SUSAN PETERSON

Wenn der Eukalyptus blüht
Die roten Blüten der Sehnsucht

Buch

WENN DER EUKALYPTUS BLÜHT

Dorothea Schumann ist eine Missionarstochter, die alles andere als sanftmütig ist. Als die Familie 1840 nach Südaustralien übersiedelt, erhofft sie sich vor allem größere Freiheit. Tatsächlich erfüllt sich ihr größter Wunsch, als Journalistin Fuß zu fassen, doch dann überstürzen sich die Ereignisse. Ihr geliebter Vater ertrinkt, und Dorothea stellt fest, dass sie schwanger ist. Aber der Vater ihres Kindes denkt nicht daran, sie zu heiraten. Verzweifelt stimmt sie der Hochzeit mit Robert Master zu, einem reichen Viehzüchter. Und begegnet kurze Zeit später dem jungen Ian, der bereits auf der Überfahrt nach Australien ihr Herz erobert hat …

DIE ROTEN BLÜTEN DER SEHNSUCHT

Seit sieben Jahren sind die Missionarstochter Dorothea und ihr geliebter Ian glücklich verheiratet, als ihre vertraute Welt erschüttert wird: Ein Anwalt trifft auf Eden House ein und mit ihm zwei Verwandte, die Ian zu ihrem Cousin, dem verschollenen Sohn eines englischen Grafen, erklären. Mit der Ankunft des Geschwisterpaares beginnt für Ian und Dorothea eine aufregende und unerwartet gefährliche Zeit. Werden sie trotz aller Hindernisse an ihrem Traum vom Lebensglück in Australien festhalten können?

Autorin

Susan Peterson wurde 1955 in Erlangen geboren. Ihre Recherchen über die Kolonisierung Südaustraliens und die dortigen Aborigines inspirierten die Ethnologin zu der Geschichte der Missionarstocher Dorothea und des geheimnisumwitterten Ian, sodass sie beschloss, vom Schicksal der beiden zu erzählen.

Susan Peterson

Wenn der Eukalyptus blüht

Die roten Blüten der Sehnsucht

Zwei Romane in einem Band

Verlagsgruppe Random House FSC® N001967
Das FSC®-zertifizierte Papier *Holmen Book Cream*
für dieses Buch liefert Holmen Paper, Hallstavik, Schweden.

Sonderausgabe der Verlagsgruppe Random House GmbH
Copyright © der Originalausgaben 2011/2012 by Blanvalet Verlag,
in der Verlagsgruppe Random House GmbH, München.
Diese Werke wurden vermittelt durch die Literarische Agentur Thomas
Schlück GmbH, 30827 Garbsen.
Umschlaggestaltung: Atelier Versen, Bad Aibling.
Umschlagabbildung: © istockphoto / Susan Triggs, t-s-x
Satz: Buchwerkstatt GmbH, Bad Aibling
Druck und Einband: GGP Media GmbH, Pößneck
Printed in Germany 2013

Inhalt

Susan Peterson

Wenn der
Eukalyptus blüht

Journal geführt an Bord der Brigantine Maria
gebaut 1823, 136 Tonnen,
Heimathafen Hobart Town,
Commander W. Smith

25. Juni 1840
Reinigten Vordeck, Lenzpumpe, nahmen später Proviant und Passagiere über.

Passagierliste:
– Mrs. E. William Smith.
– Mr. Samuel & Mrs. Ann Sophia Denham aus Nord-Adelaide mit ihren fünf Kindern Andrew (10), Anna (4), Fanny (8), Thomas (12) und Walter (6) sowie ihr Bediensteter.
– James Strutt.
– Mr. & Mrs. George Young Green.
– Mr. Alec Murray.
– Mrs. York & Tochter (8 Monate).
– Mr. Thomas & Mrs. Kitty Daniels aus Long Plains, Südaustralien.
Wind Südwest, flaue Brise, bewölkte Luft, später zunehmender Wind.

26. Juni 1840
Um 4 Uhr am Morgen lichteten wir Anker, setzten alle dienlichen Segel und steuerten auf Sicht die Bay hinaus. Klares Wetter, westliche Brise.
Passierten um 9 Uhr am Vormittag das Leuchtschiff vor der Passage, setzten Klüver.

2 Uhr am Nachmittag frische Brise und hohe See, machten die leichten Segel fest und banden ein Reff in jedes Marssegel.

Peilten um 6 Uhr Witton-Anhöhe O ½ S, steuerten bestmöglichen Kurs und kreuzten nach Umständen.

27. Juni 1840

Auffrischender Wind, mehrere Passagiere seekrank, Auseinandersetzung mit Mrs. Denham, die vom Koch frischen Kamillentee verlangt.

8 Uhr morgens peilten wir die Westküste der Fleurieu-Halbinsel, refften und führten Segel nach Umständen.

1 Uhr mittags passierten wir Cap Jervis, später steife Brise, machten Bramsegel fest, hohe See von S.W. (Lenzpumpe).

3 Uhr nachmittags sichteten wir »The Pages«.

4 Uhr am Nachmittag waren verdächtige Geräusche aus dem Ladedeck zu hören. Mr. Leigh meldete, eine der Denham-Kisten hätte sich gelöst. Ich beauftragte Mr. Griffiths und Mr. Leigh, die Vertäuung der Ladung zu überprüfen und gegebenenfalls zu erneuern. Walfängerboot gesichtet (Capt. Blenkinsop?).

Stürmisches Wetter, hohe See von W.S.W.

6 Uhr am Nachmittag dreht Wind auf W.N.W., furchtbar hohe See, setzten alle Segel bei.

28. Juni 1840

In der Nacht heftiger Sturm, gegen 2 Uhr wurde das Schiff auf das Margaret Brook Reef getrieben. Alle Passagiere und Crewmitglieder konnten sich im Beiboot ans Festland retten. Am Morgen war klar, dass das Schiff nicht mehr zu retten ist. Die Schäden am Rumpf sind beträchtlich. Die Masten stehen noch, aber die unteren Decks sind bereits vollgelaufen, und der schwere Wellengang drückt sie ständig breitseits gegen das Riff. Bald wird sie ganz zerbrechen.

Bei Ebbe gingen wir an Bord, um zu retten, was möglich war.

Ein Haufen Eingeborener hat sich eingefunden und angeboten, uns nach Encounter Bay zu bringen, der zunächst gelegenen weißen Siedlung. Einige Passagiere möchten lieber direkt nach Adelaide gebracht werden, aber es sieht nicht so aus, als ob sie sich verständlich machen könnten. Immerhin haben uns die Silberuhr von Mr. Murray und das rote Halstuch von Mrs. Daniels Wasser, Essen und ein Feuer verschafft.

Auseinandersetzung mit Mr. Denham wegen des Verlusts seiner Habe. Mr. Denham beabsichtigt, die Reederei auf Schadenersatz zu verklagen.

Hysterischer Anfall von Mrs. York.

Zwei Crewmitglieder (Tegg und Cowley) zurechtgewiesen wegen Belästigung mehrerer Eingeborenenweiber.

29. Juni 1840

Kalt und windig, aber trocken. Trotz des starken Westwinds beschlossen, an der zum Meer gelegenen Seite des Coorong entlang nordwärts zu gehen und nicht im Windschatten auf der andern Seite der Düne an der Lagune entlang, in der Hoffnung, vorbeifahrende Schiffe aufmerksam machen zu können.

Beschwerlicher Weg, Schwarze haben ihre Weiber weggeschickt.

Mrs. Smith klagt über Schmerzen an den Füßen, Mrs. Green über Kopfschmerzen und Übelkeit.

Das Wasser aus den Löchern, welche die Schwarzen überall graben, schmeckt scheußlich brackig. Auch das Essen ist seltsam.

30. Juni 1840

Immer noch kalt und windig, aber trocken. Am Vormittag auf anderen Trupp Schwarzer gestoßen. Langes Palaver. Es scheint, als wären wir an irgendwelche Stammesgrenzen gelangt, die unsere ersten Begleiter nicht überschreiten dürfen. Verlangten als Bezahlung die vier silbernen Teelöffel von Mrs. Young Green und die Bibel von Mrs. Smith. Danach überließen sie uns unserem Schicksal in Form dieser finsteren Gestalten.

Nachmittags wieder Ärger wegen Tegg und Cowley und ihren Annäherungsversuchen an die Eingeborenenweiber.

Die Damen klagen über Erschöpfung und verlangen ständig Pausen (sonst kämen wir deutlich schneller voran).

1. Juli 1840

Der stürmische Seewind macht uns allen zu schaffen, besonders den Damen mit ihren schweren Röcken. Aber mein Vorschlag, die Zahl der Unterröcke zu reduzieren, wird zurückgewiesen. Mrs. Denham nennt mich »schamlos« und will sich über mich bei der Reederei beschweren.

Neue Schwarze sind mittags zu uns gestoßen und geben uns zu verstehen, dass wir aufs Festland hinter der Lagune gehen sollten. Dort sei ihr Lager und dort sei es leichter, uns zu versorgen. Denhams und Mrs. York weigern sich, und Mr. Denham bringt einen kleinen Trupp dazu, sie weiter auf ihrem Weg an der Küste entlang zu begleiten.

Wir anderen folgen unseren neuen Führern über die Lagune. Meiner Schätzung nach müssten wir uns jetzt südlich vom Lake Albert befinden, ungefähr 25 Meilen vom Murray Mouth entfernt.

Das Lager, in das sie uns gebracht haben, ist recht groß und voller Frauen. Ich muss die Crew hart zurechtweisen. Nicht nur Tegg und Cowley, auch Durgan, Biggins und Rea vergreifen sich an den Weibern, was zu entsprechendem Unmut bei den Männern führt (Reederei davor warnen, jeden Halunken anzuheuern, der im Hafen herumlungert!).

2. Juli 1840

In der Nacht gab es einige Unruhe, wie Mrs. Smith erzählte, aber ich schlief zu fest und bekam nichts davon mit. Zu meiner Überraschung war meine gesamte Crew verschwunden. Der Schwarze, der hier der Anführer zu sein scheint, ein äußerst seltsam bemalter Bursche, aber des Englischen mächtig, erklärte, sie seien nachts mit den Frauen davongelaufen (wirklich eine üble Bande!). Deshalb gebe es jetzt auch nichts zu essen im Lager.

Auch die Greens fehlen. Auf unsere Nachfrage erklärte der Schwarze unter wildem Gestikulieren, sie wären wieder zu den Denhams an die Küste gegangen.

Ich habe ein ungutes Gefühl. Diese Schwarzen machen mir einen ziemlich hinterhältigen Eindruck. Immerzu tuscheln sie miteinander und werfen uns verstohlene Blicke zu.

Mr. Murray und Mr. Daniels meinen auch, dass wir besser daran täten, uns wieder den anderen anzuschließen. Sobald wir eine geeignete Stelle zum Überqueren der Lagune gefunden haben, werden wir das tun. Außerdem haben wir beschlossen, den Schwarzen zu sagen, dass wir auf ihre weiteren Dienste verzichten. Am Ende des Coorong gibt es eine Station namens Goolwa, wie Mr. Murray erzählte, und dort finden wir sicher Hilfe von Landsleuten.

Dresden, März 1840

Gebannt verfolgte Dorothea, wie ihr Gegenüber die Stirn runzelte und das erste Blatt überflog, dann das zweite und dritte. Ihre Hände krampften sich um den Beutel aus sandfarbenem Leder. Jedes Rascheln schien ihr unnatürlich laut und ließ sie fast von der Stuhlkante aufspringen. Wie würde sein Urteil lauten? Warum brauchte er so lang?

Nach scheinbar endlosen Minuten sah er schließlich auf und räusperte sich. »Nicht schlecht, Fräulein Schumann. Wirklich nicht schlecht.«

Dorothea stieß erleichtert die Luft aus. »Werden Sie es drucken?«

Herbert Dünnebier wiegte den Kopf ein paar Mal hin und her. »Unter zwei Bedingungen«, sagte er schließlich. »Erstens: Als Autor geben wir einen Männernamen an.«

Ihre grünen, leicht schräg stehenden Augen weiteten sich vor Empörung. »Aber das wäre doch Betrug!«, protestierte sie. »Es ist meine Geschichte.«

Der Herausgeber und Redakteur der *Dresdner Postille* fixierte sie streng. »Fräulein Schumann! Muss ich Ihnen wirklich erklären, dass ich es mir nicht leisten kann, die Herren vom Magistrat vor den Kopf zu stoßen? Ein junges Mädchen als Schreiberin dieser Zeilen – und dann auch noch die Tochter eines Missionars! Die Verteidiger von Sitte und Anstand würden mir die Hölle heißmachen. Und das bringt mich zu meiner zweiten Bedingung: Sie müssen es so umschreiben, dass die Frau Geheimrätin nicht zu identifizieren ist! Ich kann mir eine Klage wegen bösartiger Nachrede nicht leisten.«

»Genau so hat Grete es mir aber geschildert«, beharrte sie. »Ich habe nicht ein Jota hinzuerfunden. Wenn es doch wahr ist, wieso darf man es nicht schreiben?«

Dünnebiers helle Augen hinter dem Kneifer schienen durch sie hindurchzublicken, als er leise sagte: »Kindchen, Sie sind noch sehr jung. Wenn Sie meine Jahre auf dem Buckel hätten, wüssten Sie, dass die Mitglieder der Hautevolee nichts so übel nehmen wie eine Bloßstellung. Das Los der Dienstmädchen in so manchen Haushalten ist bedauernswert, nicht nur bei der Frau Geheimrätin. Wir helfen ihnen mehr, wenn wir an das allgemeine Mitgefühl appellieren, als wenn wir eine einzelne Person an den Pranger stellen. Zu stellen versuchen, müsste ich sagen, denn die Dame verfügt über beste Verbindungen. Nein, Fräulein Schumann, mit der lege ich mich nicht an! Also, schreiben Sie es um oder nicht?«

Dorothea presste ihre vollen Lippen zu einem Strich zusammen. Ihr Unmut entging ihm nicht.

»Zu meinen Bedingungen oder gar nicht«, bekräftigte er nochmals, ordnete die Manuskriptseiten und reichte sie ihr über den Tisch. »Nun?«

»Ich schreibe es um«, gab sie nach. »Obwohl ich es nicht richtig finde. Es war unglaublich grausam von ihr. Sie hätte es verdient gehabt, bloßgestellt zu werden.«

Dünnebier ging darauf nicht ein. »Wie lange werden Sie brauchen?«

Dorothea überlegte, was ihre Mutter für die nächsten Tage geplant hatte. Wenn Waschtag war, kam sie kaum zum Verschnaufen, geschweige denn zum Schreiben. Hatte sie nicht etwas von Leinen lüften erwähnt? »Zwei Tage, wenn es regnet. Vier, wenn die Sonne scheint.«

Herr Dünnebier nickte. »Dann werde ich ›Das mitleiderregende Schicksal eines Dienstmädchens‹ für die übernächste Woche vorsehen.« Er zog die oberste Schreibtischschublade auf, hielt einen Moment inne, um dann kurz entschlossen den Deckel einer Schatulle zu heben. Metall klirrte leise gegen Metall. Gleich darauf schoben seine von Tintenflecken übersäten Finger ihr ein hell glänzendes Silberstück zu. »Ihr Vorschuss auf das Honorar«, brummte er. »Den Rest bei Ablieferung. Und jetzt habe ich noch zu tun. Guten Tag, Fräulein Schumann.«

Solcherart abgefertigt stieg Dorothea die Stufen zur Straße vor den Kellerräumen der *Dresdner Postille* hinauf. Im blendenden Licht der Frühjahrssonne schien der frisch gepunzte Silbertaler noch heller zu funkeln als dort unten im Kontor. Nachdenklich drehte sie ihn hin und her. Mit einem Honorar hatte sie gar nicht gerechnet. Eigentlich hatte sie nur ihrer Empörung Luft machen wollen. Die *Dresdner Postille* war berühmt-berüchtigt für ihre libertinistische Tendenz und daher prädestiniert, ein Unrecht, wie es Grete widerfahren war, anzuprangern.

Immer noch ballten Dorotheas Hände sich ganz wie von selbst zu Fäusten, wenn sie an Grete dachte: Die Geschichte der Kleinen war so banal wie traurig. Ihre Eltern, Taglöhner, schickten die Kinder in Stellung, sobald diese den Anforderungen der Dienstherren gerecht werden konnten. Auch Grete hatte am Tag nach ihrem zwölften Geburtstag ihr Bündel gepackt und war in die Stadt gewandert. Zuerst hatte niemand das knochige, schwächlich wirkende Kind in Stellung nehmen wollen. Deswegen war sie zutiefst dankbar gewesen, als sich endlich doch ein Haushalt fand, in dem sie als Spülmädchen aufgenommen wurde. Als rangniederstem Mitglied wurde ihr der Zwischenboden über dem Herd zugeteilt, ein im Sommer unerträglich heißer Ort, im Winter voller Ruß und Rauch. Trotzdem war sie zufrieden. Das Essen war knapp, aber immer noch reichlicher als daheim.

Mit vierzehn hatte sie sich zu einem recht ansprechenden Mädchen entwickelt. Ansprechend genug jedenfalls, um das Interesse des heranwachsenden Sohns der Familie zu wecken. Anfangs war Grete nur geschmeichelt gewesen, mit der Zeit jedoch hatte sie sich wirklich in den schüchternen Jungen verliebt. Sie hatten begonnen, sich heimlich im Gartenpavillon zu treffen, und das junge Mädchen träumte bereits von einer märchenhaften Zukunft. Natürlich waren die Rendezvous auf Dauer nicht unbemerkt geblieben, und die Frau Geheimrätin hatte ihre eigenen Methoden, die unpassende Liaison zu beenden. Adalbert wurde quasi über Nacht auf eine Schule in Süddeutschland geschickt. Ein paar Tage später schlug die Köchin Alarm: Es fehlte ein halbes Dutzend der silbernen Sonntagslöffel.

Nach langem Suchen wurden die sechs Löffel in Gretes Bündel gefunden. Wie energisch sie ihre Unschuld auch beteuerte – der Augenschein sprach gegen sie.

Die Frau Geheimrätin ließ Grete die Wahl, entweder würde sie die Gendarmen rufen und ihr diebisches Hausmädchen festsetzen lassen. Oder Grete verschwand freiwillig und ließ sich niemals wieder in Dresden blicken. Eine solche Wahl war keine Wahl. Tränenblind war Grete mit nichts als ihrem schäbigen Bündel auf die Straße gestolpert. Ihren ausstehenden Lohn hatte sie selbstverständlich nicht ausgezahlt bekommen, und auch ihr Dienstbuch hatte die Frau Geheimrätin einbehalten.

Als Dorothea auf sie aufmerksam geworden war, hatte sie am Elbufer gestanden und Anstalten gemacht, sich in das schmutzige Wasser zu stürzen.

Sie hatte sie angesprochen und mit nach Hause genommen. Versehen mit Proviant und einem Empfehlungsschreiben an Bekannte der Schumanns war Grete ein paar Tage später zwar traurig, aber nicht mehr verzweifelt nach Leipzig aufgebrochen.

Ob sie dort wohl eher ihr Glück finden würde?

Behutsam verstaute Dorothea den Taler in ihrem Beutel und machte sich auf den Heimweg.

Vor den Stufen zu ihrem Haus hatte sich ein kleiner Menschenauflauf gebildet.

Dorothea raffte ihre Röcke und rannte so schnell sie konnte die Straße entlang.

»Thea, wo warst du denn?«, rief Witwe Klingefeld aus dem zweiten Stock. »Deine Mutter hat dich schon überall gesucht.«

»Mach hin, Mädchen«, bestätigte Herr Grünvogel, der Gemüsehändler vom Eckladen. »Es scheint, dass dein Vater Nachricht geschickt hat, dass ihr nachkommen könnt.«

Theodor Schumann war rund anderthalb Jahre zuvor im Auftrag der Dresdner Mission nach Australien aufgebrochen. In Anbetracht der dortigen Lebensumstände sollte die Familie nachfolgen, sobald ihr dort eine angemessene Unterkunft zur Verfügung stand. Vor allen anderen hatte besonders Dorothea ungeduldig auf diese Nachricht gewartet.

Als sie in die Küche stürzte, war der Rest der Familie bereits vollzählig versammelt. Und auf dem Küchentisch lag er: der sehnlichst erwartete Brief. Ihre Mutter wirkte ungewohnt blass, als sie ihn aufnahm und sagte: »Hier. Ich habe es den anderen eben schon vorgelesen. Es ist so weit.«

Dorothea starrte auf die gestochen scharfen Buchstaben, ohne wirklich etwas zu sehen. »Wann?«, stammelte sie.

»Sehr bald«, erwiderte August anstelle der Mutter. »Unser Zubringerschiff nach London läuft schon in zwei Wochen von Hamburg aus. Was für ein Glück, dass die Dampfschiffe wieder fahren können! Sonst wäre es kaum zu bewältigen.«

Die erst drei Jahre zuvor gegründete Firma *Elbe-Dampfschifffahrt* beförderte in den Monaten, in denen der Fluss eisfrei war, Passagiere in nur vier Tagen von Dresden nach Hamburg. August hatte seit Langem mit einer Fahrt auf einem der schmucken Raddampfer geliebäugelt. Jetzt würde sein Wunsch also endlich in Erfüllung gehen.

»Ist es dir recht, Mutter, wenn ich gleich gehe und unsere Plätze reservieren lasse?«

August sprühte auf einmal vor Energie. Ob es nur die Aussicht war, das ungeliebte theologische Seminar verlassen zu können, oder die Vorfreude auf das neue Leben? Der Älteste der Schumanngeschwister stand Dorothea besonders nahe. Nur knapp zwei Jahre älter als sie, war er sich nie zu schade gewesen, die jüngere Schwester zu hüten, wenn die Mutter mit dem dritten Kind, dem kränklichen Karl beschäftigt war. Dorothea war auch der einzige Mensch, dem August anvertraut hatte, dass er den Unterricht am theologischen Seminar verabscheute. »Immer diese schrecklichen Übersetzungen aus dem Hebräischen und Griechischen«, hatte er gestöhnt. »Eingesperrt in dumpfen Kammern, während draußen das herrlichste Wetter herrscht.«

August war schon immer am liebsten draußen umhergestreift. Seine Sammelleidenschaft für Gesteinsbrocken hatten unzählige Hosen- und Jackentaschen zerrissen, bis seine Mutter, der endlosen Flickarbeiten müde, feste Lederbeutel einnähte.

»Denk daran, dass auch unsere Reisekisten Platz brauchen.« Die Stimme der Mutter klang immer noch tonlos. »Und dass wir so rechtzeitig in Hamburg eintreffen, dass wir dort noch die Besorgungen erledigen können, die euer Vater uns aufgetragen hat.«

Im letzten Brief hatte Theodor Schumann recht genaue Instruktionen geschrieben; auch darüber, was nach den Erfahrungen anderer Auswanderer für die lange Seereise empfehlenswert sei.

Packt so viel Kleidung ein wie möglich, denn diese ist hier vor Ort ausgesprochen teuer. Dabei sind baumwollene Wäschestücke den leinenen vorzuziehen, da man hier öfter sehr schwitzt und Letzte-

re dann zu sehr kühlen. Verseht euch ferner mit wollenen Strümpfen und Unterjacken, da öfter ein ganz kalter Südwind weht, welcher zu üblen Erkältungen führen kann.

Beim Einpacken der Kleidungsstücke denkt daran, dass ihr diejenigen, welche ihr auf dem Schiff benötigt, in besondere, kleine Kisten packt, die ihr bei euch behaltet. Die großen Kisten werden in den untersten Schiffsraum verladen, und dorthin kann man selten bis gar nicht. Starke, wasserdichte Schuhe oder Stiefel sind auf dem Schiff ratsam, da man öfter durch Seewasser gehen muss, was sich ausgesprochen nachteilig auf das Schuhwerk auswirkt.

Wenn ihr in Hamburg seid, verseht euch mit einigen Flaschen Magenelixier, die dort von der Backmann'schen Apotheke speziell für Seereisen verkauft werden. Auch Chininwasser gibt es dort günstig. Die Verpflegung auf den englischen Schiffen ist zwar um einiges besser als auf den deutschen, dennoch bitte ich dich, den Kindern täglich einen Löffel Cochlearia-officinalis-Extrakt gegen Skorbut zu geben. Auch dies Mittel ist bei der Backmann'schen Apotheke erhältlich.

Ein Problem kann die Langeweile während der langen Reise werden. Denkt also daran, ausreichend Bücher und Beschäftigungsmöglichkeiten für die Kleinen bereitzuhalten. Bücher sind hier überaus rar – selbst in englischer Sprache. Deswegen bitte ich August, so viel gute Lektüre einzupacken wie möglich. Was auch immer sie im Seminar entbehren können, es wird in mir einen dankbaren Abnehmer finden.

Was mir noch am Herzen liegt: Übt fleißig die englische Sprache. Zeitungen, Magistrat, Geschäfte – jegliche Verständigung ist nur möglich in Englisch. Ich habe von studierten Herren gehört, die sich aufgrund ihrer mangelhaften Sprachkenntnisse als Schafhirten und Lastenträger verdingen mussten, um sich durchzuschlagen.

»Darf ich dich begleiten, August?«, fragte Karl schüchtern. Ihr jüngerer Bruder begegnete dem ältesten mit einer seltsamen Scheu. Obwohl August sich ihm gegenüber niemals unwirsch oder ablehnend verhalten hatte, schien Karl zu spüren, dass der lebhafte, vor Vitalität sprühende Bruder mit ihm nichts anzufangen wusste. Dorothea hatte schon manchmal gedacht, dass es wohl kaum ein unterschiedlicheres Brüderpaar gab als das ihre. Der eine so gut aussehend wie gut gebaut. Seine kastanienbraun schimmernden Locken trugen ihm so manchen bewundernden Blick ein. Dazu hatte er eine so lustige, freundliche Art, dass er nicht nur bei seinen Kommilitonen am Seminar, sondern überall sofort Anschluss fand. Der vierzehnjährige Karl hingegen mit seinem blassen Teint und dem feinen dunkelblonden Haar sah aus wie ein Bücherwurm. In der Knabenschule, die er besuchte, hatten seine Kameraden ihm den Spitznamen »Das Weißbrot« verliehen. Am liebsten vergrub er sich hinter Büchern oder übte stundenlang am Küchentisch für den Einzelunterricht, den ihm sein Zeichenlehrer gab.

»Wenn du magst«, sagte August freundlich. »Aber zieh besser deinen Mantel an. Der Wind ist recht frisch.«

Karl zog eine Grimasse, holte aber seinen Überzieher.

»Ich will auch mit.« Das war natürlich Lischen, das Nesthäkchen der vier Geschwister. Ihre Puppe Mimi, die sie letzte Woche zu ihrem zehnten Geburtstag bekommen hatte, an sich gedrückt, zupfte sie energisch an Dorotheas Ärmel. »Hilf mir mit den Stiefeln, Thea.«

»Kommt nicht infrage. Du bleibst bei Mutter und Thea. Ich käme mir ja vor wie der Rattenfänger von Hameln«, wehrte August entschieden ab. Lischen verzog den Mund, als wolle sie jeden Augenblick in Tränen ausbrechen. »Und du brauchst gar nicht die Schleusen zu öffnen. Ich nehme dich trotzdem nicht mit«, fügte er in ungewohnt strengem Ton hinzu.

»Du bist gemein!« Mit blitzenden Augen sah sie zu ihm auf, die

Arme in die Seiten gestemmt. Das winzige Persönchen vibrierte geradezu vor Empörung.

August musste grinsen. »Beruhige dich, du wirst noch genug Abenteuer erleben«, sagte er versöhnlich und ging.

»Ich hätte nicht gedacht, dass der Abschied so rasch kommt«, sagte Auguste Schumann leise, während sie mit ihren abgearbeiteten Händen fast andächtig über die glatt gescheuerte Tischplatte fuhr. »Aber so ist das nun einmal.«

Sie schien nicht gerade von Freude überwältigt. Die eigenartige Stimmung ihrer Mutter ließ Dorothea verunsichert schweigen. Scheu versuchte sie, in den vertrauten Gesichtszügen zu lesen. Bisher war ihr nie in den Sinn gekommen, dass das große Abenteuer vielleicht nicht von allen mit Freude erwartet wurde. Wie selbstverständlich war sie davon ausgegangen, dass die Mutter mindestens so ungeduldig wie sie darauf wartete, dem Vater nach Südaustralien folgen zu können.

»Ich bin sicher, es wird uns dort gut gefallen«, sagte Dorothea schließlich. »Denk nur: keinen ewig langen Winter mehr! Dort muss man nicht Tag für Tag den Ofen anheizen, um nicht vor Kälte mit den Zähnen zu klappern.« Sie unterstrich ihre Worte, indem sie theatralisch fröstelte. »Und das Klima soll sehr gesund sein. Bestimmt wird Karl dort nicht ständig husten.«

Im letzten Winter hatte Karl unter so heftigen Hustenanfällen gelitten, dass der Hausarzt der Schumanns schon ernsthafte Sorge um den Zustand seiner Lunge geäußert hatte. Seiner Ansicht nach konnte der Junge gar nicht schnell genug aus dem feuchten, kalten Dresden wegkommen.

Dorothea hatte das Richtige gesagt. Auguste Schumann straffte die Schultern. »Ja, für Karl wird die australische Wärme ein Segen sein«, stimmte sie ihrer Tochter zu. »Ich hoffe nur, für uns andere auch. Lass uns die Koffer vom Dachboden holen.«

In kluger Voraussicht hatte Mutter Schumann die vergangenen

Monate dazu genutzt, umfangreiche Listen zu erstellen, was an Leinen, Kleidung und Hausrat mit in die neue Heimat sollte. Bis auf einen warmen Mantel für jeden würden all die Wintersachen, die sie in Australien nicht mehr benötigten, an die Mission gehen. Das Mobiliar übernahm ein Trödler. Das Schiff nach London sollte am Pfingstmontag auslaufen. Das bedeutete, ihnen blieb nicht viel Zeit, alles zu verpacken und den Haushalt aufzulösen.

Dennoch brachte Dorothea das Kunststück zuwege, beim Licht einer Kerze spätnachts ihre Geschichte umzuschreiben. Sie erklärte ihrer Mutter, sich von einem alten Bekannten verabschieden zu wollen – was ja nicht direkt gelogen war –, und trug die fertigen Seiten, zusammengerollt unter ihrem Umschlagtuch, zu den düsteren Katakomben der *Dresdner Postille*.

»Mit Ihnen habe ich gar nicht mehr gerechnet«, begrüßte Dünnebier sie erstaunt. »Wo Sie doch bald die Gestade Südaustraliens durchstreifen werden. Es ehrt Sie, dass Sie Ihre Zusage so ernst nehmen. Sie wären ein guter Journalist. Wenn Sie nicht abreisten, hätte ich die Zusammenarbeit gerne fortgeführt.«

Erfreut über das unerwartete Lob errötete Dorothea leicht. »Danke. Vielleicht finde ich dort ja auch eine Möglichkeit. In Adelaide soll es zwei Zeitungen geben. Würden Sie mir eine Empfehlung schreiben?«

Herr Dünnebier wirkte leicht verlegen und kratzte sich am Kopf. »Ähm, tja, müsste die nicht auf Englisch verfasst sein? Leider beherrsche ich diese Sprache nur äußerst notdürftig.«

»Das macht nichts. Ich spreche und schreibe es inzwischen ganz gut«, beeilte Dorothea sich, seine Zweifel zu zerstreuen. »Ich habe mir erlaubt, eine entsprechende Formulierung vorzubereiten. Sie bräuchten sie nur zu unterschreiben.«

Zu ihrer Überraschung warf Herbert Dünnebier den Kopf in den Nacken und lachte schallend.

»Ich hoffe, die wissen Sie dort zu schätzen«, brachte er endlich heraus und wischte sich die Lachtränen aus den Augenwinkeln. »Geben Sie her, Mädchen. Ich unterschreibe den Wisch. Ich hoffe nur, Sie haben Ihr Licht nicht unter den Scheffel gestellt.« Er sank in seinen Schreibtischstuhl und griff nach der Feder. »Aber irgendwie glaube ich das nicht ... Was für eine Verschwendung!«

Schwungvoll kratzte der Kiel über das Papier und verteilte einen feinen Regen schwarzer Tintentröpfchen über den Schreibtisch. Ohne sich im Geringsten darum zu kümmern – den zahllosen Flecken auf der Schreibunterlage nach zu urteilen, tat er das nie –, schob er den Bogen mit der noch feuchten Signatur Dorothea zu. »Jetzt zur Frau Geheimrätin. Haben Sie alles unkenntlich gemacht?« Seine Augen musterten sie scharf.

Dorothea nickte und reichte ihm die umgeschriebene Geschichte. »Ich habe alles umgedreht. Wo sie dick ist, ist die Dame dünn. Und wo sie dunkelhaarig ist, ist die Dame in der Geschichte blond.«

»Gut, ich vertraue Ihnen.« Damit verschwand ihr Manuskript in seiner ominösen Schublade. »Und hier Ihr Honorar.« Feierlich zählte er die Münzen ab. Dorothea dankte ihm und öffnete schon den Mund, um sich endgültig zu verabschieden, als ihm noch etwas einzufallen schien. Er hob eine Hand und sagte hastig: »Warten Sie mal, ich habe da etwas für Sie als Abschiedsgeschenk.« Hektisch kramte er in einer großen Blechschachtel. Erstaunt sah Dorothea auf die Handvoll Bleistifte, die er ihr hinstreckte. »Die neuesten Stifte der Firma Staedtler«, sagte er stolz. »Allerbeste Qualität. Damit Sie nicht aus der Übung kommen. – Ich denke, Feder und Tinte werden auf Schiffen Mangelware sein.«

Zu diesen wunderbaren Schreibgeräten erstand Dorothea in Hamburg zwei Notizbücher. In schwarzes Leder gebunden wirkten sie so vornehm, dass Lischen ausrief: »Meine Güte, Thea, die getraut man sich ja gar nicht mit bloßen Fingern anzufassen!« Karl sagte nichts, seine Augen hingen jedoch so sehnsüchtig an Heften und Stiften, dass Dorothea stillschweigend noch einmal zu dem Laden ging und für ihren Bruder zwei Zeichenmappen und eine Packung Zeichenkohle besorgte.

Lange währte der Aufenthalt in Hamburg nicht. Niemand war darüber traurig, denn die Kabine, die der Familie zur Verfügung stand, erschien ihnen geradezu winzig. Für Lischen musste jeden Abend extra eine Hängematte zwischen die Kojen gespannt werden. »Ich hoffe, auf dem englischen Schiff geht es nicht ganz so beengt zu«, seufzte Mutter Schumann. »Allerdings habe ich gehört, dass es auf den sogenannten Auswandererdecks noch schlimmer sein soll. Also will ich mich nicht beklagen. So ist das nun einmal.«

Tatsächlich hatten sie das Glück, dass während der gesamten Überfahrt herrlichstes Frühlingswetter herrschte. Ein beständiger Nordostwind blähte die Segel und trieb sie in Rekordzeit über die Nordsee und die Themse hinauf.

Dorothea hatte einen Fluss wie die Elbe erwartet: Die Themse überraschte sie jedoch mit ihrer Quirligkeit. Noch Meilen von London entfernt, herrschte bereits ein Verkehr wie mitten im Hamburger Hafen. Lastkähne, Fischerboote und majestätisch dahingleitende Dreimaster wimmelten durcheinander. »Es scheint mir wie ein Wunder, dass nicht ständig welche zusammenstoßen«, meinte Dorothea und beobachtete interessiert, wie geschickt die wendigeren Boote sich zwischen den anderen hindurchmanövrierten. Langsam schob sich ein mächtiger, dunkler Schiffsrumpf in ihr Gesichtsfeld. »Schaut mal, das riesige Schiff dort hinten!« Gebannt starrte sie auf die imposante Erscheinung, deren Bug das schlammige Wasser durchschnitt.

»Das ist die *Great Western*«, erklärte August, fast genauso aufgeregt wie sie. »Da, am Bug steht der Name. Sie wurde erst vor zwei Jahren in Betrieb genommen und fährt mit Segeln und Dampf gleichzeitig – siehst du den Schornstein zwischen den Masten und die Seitenräder außen an der Bordwand? Dadurch ist sie unglaublich schnell. Ihr Rekord sind fünfzehn Tage bis New York! Schade, dass sie nur nach Amerika fährt!« Sehnsüchtig verfolgte er ihren Kurs Richtung Nordsee, bis sie aus ihrem Blickfeld verschwunden war.

»Fünfzehn Tage nach Amerika? Bloß zwei Wochen? Wieso brauchen wir dann so lange bis Australien? Ich weiß, die Strecke ist länger – aber so viel länger nun auch nicht.« Dorothea hatte August überredet, sie in die Bibliothek des Seminars mitzunehmen und ihr dort die geografischen Karten zu zeigen.

»Das liegt an der Topografie«, ertönte eine Stimme über ihren Köpfen. Kapitän Krüger sah, die Hände auf das Geländer des Achterdecks gestützt, zu ihnen herunter. »Nach Amerika, über den Atlantik, sind die Strömungs- und Windverhältnisse günstiger. Die Kalmenzone vor dem Äquator, in der absolute Windstille herrscht, zwingt die Schiffe zu einem Umweg bis zur Küste Südamerikas, um dort die richtigen Winde abzupassen, die sie ostwärts treiben.«

»Mit Dampfantrieb könnte man die Kalmenzone durchqueren und wäre unabhängig von den Windverhältnissen«, sagte August eifrig. »Es ist doch viel praktischer, sich aus eigener Kraft fortzubewegen. Ich denke, es ist nur noch eine Frage der Zeit, bis solche Schiffe auch nach Australien und Indien fahren.«

Kapitän Krüger verzog das Gesicht, als hätte er auf etwas Unangenehmes gebissen. »Ja, das fürchte ich auch. Ich hoffe nur, dass ich nicht mehr erleben muss, dass statt des Kapitäns ein Ingenieur das Sagen hat.« Er hob einen Arm und wies schräg nach vorn: »Das dort drüben, neben der schwarz gestrichenen Fregatte, ist Ihr Schiff, die *Apolline*. Ein guter Segler. Letztes Jahr haben sie die Reise in weniger als vier Monaten geschafft.«

Die *Apolline* wirkte relativ unscheinbar. Zwischen der schwarzen Fregatte und einem wuchtigen Schoner auf ihrer anderen Seite schien sie das Lob des Kapitäns nicht zu rechtfertigen. Auf diesem Boot sollten sie über endlose Meere fahren?

Sie legten ein Stück entfernt von ihr an einem freien Platz an, und der Kapitän winkte einige kräftig aussehende Schauerleute herbei. Gegen ein bescheidenes Entgelt erklärten sie sich bereit, die Reisekisten der Schumanns auf die *Apolline* zu schaffen.

Von Weitem mochte die *Apolline* unscheinbar gewirkt haben. Jetzt, da sie unmittelbar vor ihr standen, musste Dorothea den Kopf weit in den Nacken legen, um die Mastspitzen zu sehen. Die Segel waren noch gerefft, aber die turmhohen Masten und die Takelage waren auch ohne Bespannung beeindruckend.

»Sollen wir einfach da rübergehen?« Skeptisch beäugte Auguste Schumann den glitschigen Plankensteg. »Das kommt mir ziemlich gefährlich vor.« Tatsächlich wirkte die provisorische Gangway alles andere als vertrauenswürdig.

»Ich werde jemanden suchen, der uns hilft«, sagte August, und schon balancierte er hinüber. Es sah ganz leicht aus. Einen Moment spielte Dorothea mit dem Gedanken, es ihm nachzutun. Laute Stimmen lenkten sie jedoch von ihrem Vorhaben ab. Vom Ende des Piers näherte sich eine ungewöhnliche Truppe: Voran schritt ein würdiger, korpulenter Herr in schwarzem Gehrock, Zylinder und dem Beffchen des Klerikers; ihm folgte in Zweierreihen eine ganze Anzahl Kinder und Jugendlicher. Als Letzte marschierte eine stämmige Person in einer karierten Pelerine, die einen schwarzen Regenschirm dazu einsetzte, ihre Schutzbefohlenen anzutreiben wie ein Hirte seine Herde. »Come on, hurry up«, rief sie mit Donnerstimme.

Fasziniert beobachtete Dorothea, wie die Gruppe immer näher kam und schließlich neben den Schumanns und ihrem Stapel von Reisekisten anhielt. Der Geistliche lüpfte zwar höflich den Hut, machte aber keine Anstalten, sich bekannt zu machen, sondern sah abwartend auf das Schiffsdeck. Dort tauchte neben Augusts vertrauter Gestalt ein untersetzter Mann mittleren Alters in blauem Tuch auf, in ihrem Schlepptau mehrere Matrosen mit bloßen Füßen. Jeweils zwei schulterten eine Reisekiste und trugen sie unter Deck.

Lischen und Karl starrten unverhohlen neugierig die Kinder neben ihnen an. Dorothea versuchte es ein wenig unauffälliger. Wohl nicht unauffällig genug, denn einer von ihnen, ein hübscher Bursche mit dunklen Locken, grinste und zwinkerte ihr zu. Verlegen wandte sie den Blick ab.

»Hello. Mr. Gibbs?« Der Ton des würdigen Herrn ließ keinen Zweifel aufkommen, dass er die sofortige und exklusive Aufmerksamkeit dieses Mannes beanspruchte. Dorothea verstand nicht alles. Er sprach sehr schnell, und einige Ausdrücke kannte sie nicht. Aber bald wurde ihr klar, dass die Gruppe sich ebenfalls nach Australien einschiffen würde. Es ging nur darum, dass es einige mehr waren, als Plätze gebucht worden waren. Es dauerte nicht lange, bis alles geregelt war. Als die Kinder begannen, paarweise vorzutreten, um sich von ihrem Pastor zu verabschieden, verfolgte Dorothea verblüfft die tiefen Knickse der Mädchen, die devoten Bücklinge der jungen Burschen.

»Familie Schumann. Ich darf Sie im Namen des Kapitäns herzlich begrüßen.« Mr. Gibbs kam auf sie zu. »Wenn Sie mir bitte folgen wollen …« Galant reichte er Mutter Schumann seinen Arm und winkte einem Matrosen, Lischen und Dorothea hinüberzuhelfen.

»Willkommen an Bord! Ihre Kabine ist bereit. Und für den jungen Herrn habe ich einen schönen Platz bei den allein reisenden Männern reserviert.« Dorothea erinnerte sich, dass im Unterschied zu den deutschen Auswandererschiffen die Zwischendeck-Passagiere bei den englischen Linien fest unterteilte Bereiche hatten. Im vorderen Teil die allein reisenden Männer, in der Mitte die Familien, und im Heck befand sich das abgeteilte Quartier alleinreisender Frauen. Vermutlich war dort unten auch die Gruppe vom Kai untergebracht.

Mr. Gibbs führte sie über das Deck, eine Stiege hinunter, und dann standen sie schon vor ihrer Kabine. Sie war nicht nur größer als auf dem deutschen Schiff, sondern auch deutlich komfortabler eingerichtet. Außer den beiden Doppelkojen gab es einen an den Bodenplanken fixierten Tisch, mehrere Hocker, einen ebenfalls festgeschraubten Waschtisch und sogar so etwas wie Wandschränke. Alles aus blank poliertem Holz, das trotz des intensiven Schlickgeruchs, der hier alles zu durchdringen schien, zart und doch unverkennbar einen leichten Duft nach Bienenwachs verströmte.

»Ich werde Ihnen das Dinner bringen lassen, sobald es geht«, sagte der Quartiermeister. »Wir hoffen alle, dass die neuen Küchenjungen sich geschickter anstellen als die letzten.«

»Die Schützlinge vom Reverend sind Dienstboten?«, platzte Dorothea heraus. Ihre Mutter runzelte die Stirn über ihr vorlautes Benehmen, aber Dorothea achtete nicht darauf. Sie wollte unbedingt mehr über den dunkelhaarigen Jungen erfahren.

»Es sind Waisen, die sich in Adelaide nützlich machen sollen«, erklärte Mr. Gibbs. »Der Reverend ist der Leiter einer wohltätigen Stiftung, die sich dafür einsetzt, diese Kinder zu nützlichen Mitgliedern der Gesellschaft zu erziehen, statt sie der Prostitution und dem Verbrechen anheimfallen zu lassen.«

»Ein wahrhaft guter Christenmensch«, lobte Mutter Schumann. »Wie dankbar müssen diese armen Wesen ihm sein!«

»Nun, die Dankbarkeit verliert sich rasch«, meinte Mr. Gibbs trocken. »Soviel ich gehört habe, sind von der letzten Gruppe gerade noch zwei in Stellung. Der Rest hat sich verdrückt. Im Busch verschwunden. Kommen Sie, Mrs. Schumann, ich zeige Ihnen jetzt Ihren Schlafplatz.«

»Was wohl aus denen wird, die ihre Stellung aufgeben? Meinst du, sie finden woanders eine andere?« Dorothea musste wieder an Grete denken.

»Ich weiß es nicht, Herzchen«, sagte ihre Mutter abwesend, während sie weiter den Schrank einräumte. »Hilf mir doch mal mit dem Leinenzeug hier.«

»Vielleicht leben sie ganz wie die Wilden«, spann Dorothea den Gedanken weiter und reichte ihrer Mutter einen Stapel Leibwäsche nach dem anderen zu. »Die Wilden dort ernähren sich ja auch bloß von Jagen und Fischen.«

»Du meinst, sie kennen keinen Kuchen?« Lischen mit ihrer ausgesprochenen Vorliebe für die Tüten mit Kuchenkrümeln vom Konditor Steinhaus fand diese Vorstellung schrecklich.

»Es ist nicht jeder so ein Schleckermaul wie du.« Karl ließ die Zeichenkohle sinken und hob sein Skizzenbuch, sodass alle es sehen konnten. »Wie findet ihr das?«

Dorothea war an die Geschicklichkeit gewöhnt, mit der Karl Gegenstände aufs Papier bannte, aber diese Zeichnung war etwas anderes: Die Gruppe vom Kai hatte er in groben Strichen skizziert. Einige Gesichter jedoch waren so ausgearbeitet, dass Dorothea sie augenblicklich wiedererkannte: die verkniffene Gouvernante mit ihrer spitzen Nase, den arroganten Reverend mit seinen übertrieben hochgezogenen Augenbrauen und den dunkelhaarigen Jungen, der ihr zugezwinkert hatte.

»Es ist großartig«, sagte sie und konnte ihren Blick kaum von dem Gesicht abwenden. »Schenkst du es mir?«

»Was willst du denn damit?« Karl klappte den Block schon wieder zu, als er sich plötzlich anders besann, das Blatt herausriss und seiner Schwester reichte. »Von mir aus. Aber denk daran, dass Kohle schmiert.«

»Ich werde gut darauf aufpassen«, versprach Dorothea und schob die Zeichnung unter ihre Koje.

Zu ihrer heimlichen Enttäuschung war es nicht der Lockenkopf, der einige Zeit später an ihre Kajütentür klopfte. »Na endlich. Ich war schon halb verhungert.« August hatte sich ihnen wieder angeschlossen, als er von der Aktivität in der Kombüse darauf schließen zu können glaubte, dass das Dinner bald serviert werden würde. Leider hatte es noch eine ganze Weile gedauert, in der sein Magen laut und vernehmlich geknurrt hatte. Sehr zum Amüsement seiner jüngeren Geschwister.

Ein magerer Junge stellte vernehmlich ein großes Tablett auf den Tisch. Darauf befanden sich nicht nur ein Topf gekochter Kartoffeln und eine Kasserolle mit Fleischeintopf, sondern auch eine Kanne Tee, ein Krug frischer Milch und ein Schälchen Zucker. Eines der Mädchen folgte ihm auf dem Fuß mit dem Geschirr und Besteck. Dorothea erkannte es wieder: Es war eines der beiden Mädchen, die unmittelbar hinter dem Reverend gegangen waren. Während sie die Steingutteller und Teebecher aufstellte, sah sie immer wieder in Augusts Richtung. Zuerst glaubte Dorothea, sie hätte sich geirrt, aber dann fing sie einen unzweifelhaft herausfordernden Blick auf. Erstaunt beobachtete sie, wie ihr Bruder errötete und sich angelegentlich mit Karl zu unterhalten begann. Trotzdem brachte das Mädchen es fertig, ihn im Vorbeigehen mit der Hüfte zu streifen. August zuckte zurück, als habe etwas ihn verbrannt.

Das Essen war schmackhaft und reichlich. Gerade als sie damit fertig waren, klopfte es, und Mr. Gibbs erkundigte sich, ob sie noch irgendwelche Wünsche hätten. »Kurz nach Mitternacht laufen wir aus«, informierte er sie. »Der nächste feste Boden, den Sie betreten, wird Australien sein!«

Sie gewöhnten sich überraschend schnell an die veränderten Lebensumstände auf dem Schiff. Morgens um halb sieben weckte das durchdringende Scheppern der Schiffsglocke alle eventuellen Langschläfer. Kurz darauf wurden den Schumanns zwei Eimer heißes Wasser zum Waschen gebracht. Ein Privileg der zahlenden Kabinenpassagiere, das vor allem Lischen sehr zu schätzen wusste.

Gegen halb acht kam das Frühstückstablett mit Tee und Porridge, einer Art Haferbrei, den keiner mochte. »Schweinefutter ist das«, murrte August, wenn er lustlos darin herumrührte. Mittags gab es meist eine Art Suppe oder einen Eintopf, ähnlich dem, der ihnen am ersten Abend so gut geschmeckt hatte, und abends das Gleiche. Offenbar hielt der Koch es für ausreichend, ein Gericht pro Tag zu produzieren.

»Es ist sicher schwierig, so viele Münder satt zu bekommen«, meinte Mutter Schumann und betrachtete in stiller Resignation den inzwischen wohlbekannten Hammeleintopf mit Kohl. »Wenigstens müssen wir nicht hungern, und wir sind alle gesund. Was will man mehr?«

»Oh, da wüsste ich so einiges«, murmelte August Dorothea zu. »Kommst du nachher mit an Deck? Jim will uns ein neues Lied beibringen.«

Dorothea zögerte. Wie es seine Art war, hatte August schnell mit den übrigen Mitreisenden im Bug Freundschaft geschlossen.

Darunter waren allerdings auch einige Männer, die ihr nicht ganz geheuer waren. Sie hätte nicht zu sagen gewusst, was an ihnen sie irritierte. Waren es die Seitenblicke, die sie ihr zuwarfen, wenn August abgelenkt war? Die übertriebene Höflichkeit, die fast schon an Spott grenzte? Oder das unverständliche Kauderwelsch, in dem sie sich über sie zu unterhalten schienen? Es waren Waliser. Ehemalige Bergleute, hatte August ihr erzählt, die in der neu eröffneten Mine von Glen Osmond bei Adelaide arbeiten würden.

Auch Jim gehörte zu ihnen. Und bei den Liedern, die er August und den höchst interessierten Matrosen beizubringen pflegte, handelte es sich meistens um recht schlüpfrige Texte. Absolut unpassend für eine junge Dame. Ihre Mutter wäre entsetzt gewesen, wenn sie davon gewusst hätte. Aber genau das war es, was Dorothea so faszinierte. Eine neue Welt hatte sich ihr eröffnet. So ganz anders als alles, was sie gewohnt war. Sie konnte einfach nicht widerstehen, sie zu entdecken. Und an Augusts Seite konnte ihr ja nichts geschehen.

Außerdem hoffte sie immer noch, endlich mit dem Lockenkopf zusammenzutreffen. Jetzt waren sie eine Woche unterwegs, und sosehr sie auch nach ihm Ausschau gehalten hatte – er schien wie vom Schiffsrumpf verschluckt. Vielleicht hatte sie heute endlich Glück? Also stimmte sie zu.

Es war ein windiger Tag. Über ihnen knatterten die Segel so laut, als wollten sie gegen die steife Brise protestieren. Dorothea band ihre Haube fester und folgte August zu dem etwas windgeschützteren Winkel des Oberdecks, an dem sich die Passagiere zu treffen pflegten. Nicht nur Jim und seine Freunde drängten sich dort bereits zusammen, sondern auch einige der Frauenzimmer, die Mr. Gibbs mit einem kaum wahrnehmbaren Naserümpfen als »die Ladys für Tasmanien« bezeichnet hatte. Augusts Bekannte waren weniger zurückhaltend gewesen und hatten ihn davon in Kenntnis gesetzt, dass es sich bei den schrill gekleideten und ziemlich selbstbewusst auftretenden Frauen um »streetwhores« handelte, wie sie sie nannten. Die Straßenmädchen hatten sich bereit erklärt, ans andere Ende der Welt verschifft zu werden, um nicht in eines der gefürchteten Londoner Arbeitshäuser gesteckt zu werden. »Will meinte, wenn sie Glück hätten, würden sie dort sogar geheiratet«, hatte August nachdenklich gesagt. »Es scheint, als wäre dort alles ganz anders, viel freier.«

Dorothea wusste wenig über solche Dinge. Wenn es in Dresden Straßenmädchen gegeben hatte, waren sie zumindest nicht so in Erscheinung getreten, dass man sie hätte bemerken müssen. Es war einfach kein Thema gewesen. Jetzt machte sie sich erstmals Gedanken darüber, wie es sich wohl anfühlen mochte, wenn ein Mann »einem zu nahe trat«, wie es in den Romanen, die sie sich aus der privaten Leihbücherei hinter dem Marktplatz hier und da geholt hatte, geheimnisvoll umschrieben wurde. Meist in Zusammenhang mit einem schrecklichen Erlebnis der jeweiligen Heldin, die danach wochenlang mit einem Nervenfieber das Bett hüten musste.

Diese Frauen machten nicht im Geringsten den Eindruck, unter schrecklichen Erlebnissen zu leiden. Im Gegenteil: Selten hatte Dorothea dermaßen selbstbewusste Frauen erlebt. Kein grober Scherz, den sie nicht zurückgaben. Sie hätte sie zu gerne ausgefragt. Ob sie sie auslachen würden? Bisher hatte Dorothea noch nicht den Mut aufgebracht, eine von ihnen direkt anzusprechen.

Entsprechend scheu hielt sie jetzt auch gebührenden Abstand zu den drei Frauen mit dem schrecklich ordinär klingenden Englisch. Während August sich zu Jim durchdrängte, umklammerte sie die Reling und tat so, als ob der Anblick der unendlichen Wasserwüste sie brennend interessierte.

»Na komm, Schätzchen, du frierst dir da ja noch deinen hübschen, kleinen Hintern ab«, rief die Jüngste von den dreien ihr zu. Einladend hob sie ihr Schultertuch. »Wenn wir eng zusammenstehen, ist es wärmer.« Tatsächlich fröstelte Dorothea bereits. Der strahlende Sonnenschein täuschte darüber hinweg, dass der Nordwestwind, der die Segel blähte, nicht nur kräftig, sondern auch ausnehmend kalt war. Abgesehen von ihrer Profession schien sie eine nette Person zu sein, und so schob Dorothea alle Zweifel beiseite und schmiegte sich dankbar an ihre Seite. »Ist es so nicht besser?«, fragte die junge Frau und zwinkerte fröhlich, während sie den zigfach geflickten Wollschal enger um sie beide zog. »Einer von den Seeleuten hat gesagt, es würde jetzt jeden Tag wärmer«, fügte sie hinzu. »Je näher wir der Linie kommen.«

»Versprich der Kleinen nicht zu viel, Rosie«, mischte die zweite sich ein. »Danach wird es stetig wieder kälter. Ich habe gehört, kurz vor Australien soll es sogar Eisberge geben.«

»Ach, Nell, du alte Schwarzseherin! Bis dahin ist es noch lange hin«, gab Rosie gut gelaunt zurück. »Und vorher kommt die Neptuntaufe. Da freu ich mich jetzt schon drauf. Dabei soll es mächtig hoch hergehen.«

»Na, ob das der Käp'tn erlauben wird? Mit solch frommen Mitreisenden …« Nell und die dritte, die bisher zu allem geschwiegen hatte, warfen sich einen vielsagenden Blick zu.

»Wieso? Was hat es mit der Neptuntaufe für eine Bewandtnis?« Dorothea war nur zu klar, dass mit den frommen Mitreisenden ihre Familie gemeint war.

»Es ist eine Art Mummenschanz. Die Matrosen verkleiden sich als Meeresgeister und tauchen alle Passagiere in ein großes Wasserfass«, erklärte Rosie bereitwillig. »Danach gibt es Grog und Tanz und …«

»Belästigen die Weibsbilder Sie etwa, Miss Schumann?«, ertönte plötzlich ein harter Bariton dicht hinter ihnen. Dorothea fuhr herum und sah in das Gesicht des Schiffsarztes, Dr. Miller, der sich mit finsterer Miene vor ihnen aufgebaut hatte. »Du da, nimm deinen verlausten Umhang von den Schultern der jungen Lady und halte gefälligst Abstand. – Miss Schumann, erlauben Sie mir, Sie in Ihre Kabine zu begleiten.« Unmissverständlich hielt er Dorothea einen Arm hin. Dabei strahlte er eine solche Überheblichkeit aus, dass die ursprüngliche Höflichkeit der Geste zur Farce wurde. In Dorothea, die gespürt hatte, wie die junge Frau bei den barschen Worten zusammengezuckt war, stieg heißer Ärger auf. Der Doktor war ihr schon vorher unsympathisch gewesen. Er erinnerte sie an eine der Krähen an den Landungsstegen bei den Fischerbooten. Als Kind hatte sie schreckliche Angst vor den großen schwarzen Vögeln gehabt, die mit misstönendem Geschrei nach jedem hackten, von dem sie glaubten, dass er ihnen das Futter streitig machen könnte. Wenn er auf Deck spazierte, die Hände auf dem Rücken, fehlte nur noch der Schnabel. Mehr als einmal schon hatte Mr. Gibbs, der Quartiermeister, eingreifen müssen. Doktor Miller pflegte nämlich oft und gerne mit seinem dünnen Malakka-Spazierstock um sich zu schlagen. Das kam weder bei den Seeleuten noch bei anderen Passagieren, die das Pech hatten, ihm im Weg zu stehen, gut an. Wenn er als Schiffsarzt nicht gewisse Privilegien genossen hätte, hätte er wohl schon längst mit dem Kabelgatt, der behelfsmäßigen Arrestzelle auf einem Schiff, Bekanntschaft gemacht.

»Danke sehr«, sagte Dorothea mit kalter Stimme. »Ich fühle mich hier äußerst wohl und gedenke noch eine Weile zu bleiben.«

Dr. Miller zog übertrieben erstaunt die Augenbrauen hoch. »Tatsächlich? – Nun ja, da Sie sich schon bald unter Wilden aufhalten werden, ist es vielleicht ganz vorausschauend, die Nase abzuhärten. Aber sagen Sie nicht, ich hätte Sie nicht gewarnt, wenn die Läuse auf Ihnen tanzen.«

Rosie schnaufte empört auf. »Wir haben uns alle von Kopf bis Fuß gewaschen, bevor wir hier auf das Schiff sind!«, rief sie. »Wie können Sie da behaupten, dass wir stinken? – Und Läuse haben wir schon gar nicht. Das hat uns der Herr Amtsarzt sogar schriftlich gegeben. Hier, da können Sie es selber lesen.« Hastig förderte sie aus den Tiefen ihres Rocks ein zerknülltes Stück Papier hervor und machte Anstalten, es Dr. Miller vor die Nase zu halten.

»Halt, Weibsbild, bleib mir ja vom Leib!« Sein Malakka-Stock schnellte nach vorn und traf Rosie am rechten Arm. Mit einem schrillen Schmerzensschrei ließ diese das Zeugnis des Amtsarztes fallen. Augenblicklich wirbelte der Wind es um die Kajütecke, die Reling entlang. Ohne nachzudenken, stürzte Dorothea dem hellen Flecken nach. Versuchte, ihn keinen Moment aus den Augen zu verlieren, als könnte sie ihn dadurch davon abhalten, unwiederbringlich aufs Meer hinausgeweht zu werden. Der Wind trieb es von einer Seite des Decks zur anderen, hob es leicht an, ließ es dann wieder los, und es lag reglos, bis sie es fast greifen konnte. Fast hatten ihre Finger es berührt, da packte ein Wirbel es erneut und ließ es verspielt übers Deck tanzen.

Etwas sauste durch die Luft, bohrte sich mit einem dumpfen Aufprall durch das Papier hindurch in die Deckplanken und blieb zitternd stecken. Ein seltsam geformtes Messer hatte Rosies kostbare Bescheinigung nur eine Handbreit von einer der Lücken in der Reling entfernt festgenagelt.

»Danke.« Dorothea keuchte und versuchte, durch die losen Haarsträhnen, die ihre Sicht behinderten, zu erkennen, wer ihr da so buchstäblich in letzter Sekunde zu Hilfe gekommen war.

»Keine Ursache«, erwiderte ein junger Mann. Der unbekannte Helfer bückte sich, zog die Klinge aus dem Holz und reichte ihr mit einer höflichen Verbeugung das inzwischen ziemlich mitgenommene Blatt. Das war er! Um ein Haar hätte sie es sofort wieder fallen gelassen. Es war kein Zweifel möglich, vor ihr stand der dunkelhaarige Lockenkopf aus der Gruppe vom Pier.

»Hallo, ich bin Dorothy«, sagte sie schüchtern. »Und wie heißt du?«

»Ian.«

»Du bist sehr geschickt mit dem Messer.« Sie musterte neugierig die extrem dicke, kurze Klinge. »Das ist kein normales Messer, nicht wahr?«

»Nein.«

Besonders gesprächig war er nicht. Sie zermarterte sich den Kopf, was sie ihn noch fragen könnte, um ihn in ein Gespräch zu verwickeln.

»Ich habe dich noch nie hier auf Deck gesehen«, sagte sie schließlich. »Du warst doch nicht etwa im Kabelgatt eingeschlossen?« Angesichts seiner unheimlichen Gewandtheit mit dem seltsamen Wurfmesser schien ihr das eine mögliche Erklärung für seine Abwesenheit zu sein.

»Das war ich nicht!« Er errötete. Zuerst vermutete sie aus Ärger, aber es war wohl eher aus Verlegenheit, denn er fuhr fort: »Ich war krank. Ich habe den Seegang nicht vertragen.«

»Geht es dir jetzt wieder besser?« Dorothea bemühte sich, mitfühlend zu klingen. Sie selbst und ihre Familie hatten nicht darunter gelitten, aber Mr. Gibbs hatte ihnen erzählt, dass es Menschen gab, die selbst den leichtesten Wellengang nicht vertrugen. »Armselige Landratten«, hatte er sie genannt.

»Ja.« Er schien zu spüren, dass sie mehr erwartete, und so fügte er hinzu: »Ich helfe jetzt dem Zimmermann. Mr. Gibbs meinte, ich wäre an der frischen Luft am besten aufgehoben. Falls es wieder losgeht …«

»Thea, du kannst doch nicht einfach so davonrennen!« August und die anderen waren ihr gefolgt. Rosie stürzte mit einem Freudenschrei auf Dorothea zu. »Du hast es! Danke, vielen Dank«, stammelte sie, faltete den Bogen sorgfältig und schob ihn wieder in die Tasche.

»Ich hätte es nicht geschafft, wenn Ian es nicht aufgehalten hätte«, wehrte Dorothea Rosies Dankbarkeit ab und wies auf den Jungen, der, ohne die Zuschauer zu beachten, gelassen das Messer in seinem Stiefelschaft verstaute. »Er verdient deinen Dank viel mehr als ich.« Der Anblick des Messers hatte eine eigentümliche Wirkung auf die Umstehenden. Rosie wich ängstlich zurück, und einige der Männer warfen Ian fast feindselige Blicke zu.

Augusts Augen hingegen wurden groß wie Untertassen. »Du kannst Messer werfen?«, fragte er. Seine Stimme war voller Bewunderung. Dorothea erinnerte sich, dass er, nachdem eine Zigeunertruppe in Dresden ihre Kunststücke vorgeführt hatte, einige Wochen lang davon geträumt hatte, sich ihnen anzuschließen. Besonders der Messerwerfer und seine Künste hatten es ihm damals angetan. Deswegen war sie nicht überrascht, als ihr Bruder bat: »Würdest du es mir beibringen?«

Ian richtete sich auf und musterte ihn mit undurchdringlichem Ausdruck. Er war noch recht jung. Dorothea schätzte, dass er etwa ihr Alter haben dürfte. Aber in seinen Augen lag mehr Lebenserfahrung, als es den Jahren entsprochen hätte. »Was bietest du mir dafür?«, erwiderte er bedächtig.

»Wie bitte?« August zwinkerte verblüfft.

»Was würdest du mir dafür geben, wenn ich dir zeige, wie man mit einem Messer wirft?«

»Ähm …« Ihr Bruder warf ihr Hilfe suchend einen Blick zu. So viel Geschäftstüchtigkeit überforderte August, der es gewohnt war, alles mit einem Lächeln oder einem Scherz zu regeln. »Ich habe leider kein Geld.«

Ian machte eine wegwerfende Bewegung. »Ich will kein Geld.«

»Was denn dann?« Jetzt war August völlig verwirrt. »Ich habe nichts, das ich dir anbieten könnte.«

Über Ians Gesicht glitt ein trauriges Lächeln. Auf einmal wirkte er sehr jung und ein bisschen verloren. »O doch. Das hast du«, sagte er mit einer Entschiedenheit, die Dorothea aufhorchen ließ. »Du kannst lesen und schreiben, nicht wahr?«

»Natürlich.«

»So natürlich ist das nicht. – Ich möchte, dass du es mir beibringst.«

»Ist das dein Ernst?« August sah sich unsicher um. Die anderen Deckspaziergänger hatten sich bereits wieder in die windgeschützte Ecke zurückgezogen und warfen ihnen nur hier und da neugierige Blicke zu. Dr. Miller war verschwunden. Sehr zu Dorotheas Erleichterung, die hoffte, dass er das auch blieb. Nur zu gut konnte sie sich seine herablassende Miene und die ätzenden Bemerkungen vorstellen.

»Absolut.« Ian hob fragend die Brauen. »Der Handel gilt?« Er streckte August die Hand hin.

»Ich bin kein guter Lehrer, aber ich will mein Bestes tun.« August hob schon die Hand, um einzuschlagen, als ihm ein Gedanke durch den Kopf schoss. »Moment mal. Dass ich da nicht gleich drauf gekommen bin ...« Er wies auf Dorothea. »Meine Schwester wäre viel besser dazu geeignet. Sie hat oft genug in der Sonntagsschule ausgeholfen. Was hältst du davon, Thea? Du hast dich doch die letzten Tage ständig über Langeweile beklagt. Wenn du Ian unterrichten würdest, hättest du eine vernünftige Beschäftigung.«

Dorothea überlegte keine Sekunde. »Wenn Ian einverstanden ist, mache ich es gerne«, sagte sie und wäre ihrem Bruder am liebsten um den Hals gefallen. »Bist du einverstanden, Ian?«

Ian runzelte die Stirn. »Ich denke schon«, erwiderte er in seinem gedehnten Tonfall. »Morgen um die gleiche Zeit hier?«

Am nächsten Tag konnte Dorothea es kaum abwarten, dass die Schiffsglocke endlich die tägliche Deckstunde für die Passagiere ankündigte. Alles lag für die erste Unterrichtsstunde bereit: ein Blatt Papier, auf dem sie in ausgesucht schöner Schrift das Alphabet in Groß- und Kleinbuchstaben aufgemalt hatte, und eine Schiefertafel mit Lappen und Kreidestift aus der für die Missionsschule bestimmten Kiste im Frachtraum. Es hatte sie einige Überredung gekostet, bis Mr. Gibbs ihr die Holzkiste geöffnet und wieder vernagelt hatte. So konnte Ian ausgiebig üben, ohne kostbares Papier zu verschwenden.

Ihre Mutter war nicht allzu begeistert gewesen, als sie ihr von dem Handel erzählt hatten. »Ich weiß nicht so recht, ob es wirklich eine gute Idee ist, Messerwerfen zu lernen«, hatte sie missbilligend bemerkt. »Eine solche Kunst ist nutzlos, wenn man nicht im Zirkus auftreten will. Du solltest lieber deine Studien wieder aufnehmen, August, anstatt deine Schwester in solche dubiosen Unternehmen zu verwickeln.«

»Ach, Mutter, sei nicht so schrecklich streng mit uns«, hatte ihr Bruder erwidert. »Gönn uns doch ein wenig Zerstreuung. Das Schiffsleben ist eintönig genug, da ist man für jede Ablenkung dankbar.«

»Ian ist wirklich ein sehr netter Junge«, hatte Dorothea ihrer Mutter eiligst versichert. »Sehr wissbegierig und fleißig. Vater würde sicher wollen, dass wir ihm helfen. Er würde sagen, es sei unsere Christenpflicht. Ob wir jetzt den Heidenkindern etwas beibringen oder einem Engländer, ist doch fast dasselbe.«

Das gab den Ausschlag. »Also gut. In Gottes Namen«, entschied Mutter Schumann. »Aber seid vorsichtig. Nicht, dass wir Dr. Miller rufen müssen! Das wäre mir sehr unangenehm.«

Spontan schloss Dorothea ihre Mutter in die Arme: »Keine Sorge, Mama. Ian hat mit dem Zimmermann gesprochen. Wir dürfen auf dem Vorderdeck üben. Da kommt niemand zu Schaden.«

Ian erwartete sie, lässig an den Fockmast gelehnt. »Bereit?«, fragte er mit breitem Grinsen, bevor er sich umdrehte und ihnen mit einer tiefen Verbeugung das Gatter aufhielt, das diesen Bereich des Oberdecks vom Hauptdeck trennte. Dorothea sah sich neugierig um. Hinter der Back, wie die Hütte genannt wurde, in der die Seeleute ihre freie Zeit verbrachten und ihre Mahlzeiten einnahmen, lagen Taurollen, Stapel von Ersatz-Segeltuch und ein jetzt zu Beginn der Reise noch recht eindrucksvoller Brennholzvorrat für die Kombüse. Ian wies auf die hintere Wand der Back. Auf dem von der Sonne fast hellgrau gebleichten Holz hatte er mit Teer eine Art Zielscheibe gemalt. Mit einer blitzschnellen Bewegung zog er das Messer aus dem Stiefelschaft und schleuderte es durch die Luft. Die ganze Aktion lief so rasant ab, dass Dorotheas Augen die Flugbahn nicht verfolgen konnten. Ein kaum wahrnehmbares Pfeifen, fast zeitgleich ein leiser, dumpfer Aufprall – und da steckte die Klinge schon zitternd mitten im innersten Kreis.

»Sapperlott!« Mehr brachte August nicht heraus. Er starrte auf das Messer, dann wanderte sein Blick zu Ian. »Wo hast du so werfen gelernt?«

»Von einem Freund«, antwortete Ian ausweichend, schlenderte zur Zielscheibe, zog sein Messer heraus und hielt es August hin. »Du hältst es an der Spitze – nicht am Heft.« Er demonstrierte es. »Und dann wirfst du aus dem Handgelenk, nicht mit dem ganzen Arm. Pass auf, ich mach es langsam vor.« Auch diesmal traf er mitten ins Ziel.

August hatte weniger Erfolg. Beim ersten Versuch prallte das Messer von dem Holz ab, beim zweiten warf er es fast an der Back vorbei. Auch der dritte und vierte waren nicht wesentlich näher am Ziel. »Es hat keinen Zweck. Das lerne ich nie!«, seufzte er.

Ian verzog spöttisch das Gesicht, sagte aber nur: »Es ist nicht so einfach, wie es aussieht. Deine Haltung ist gut so. Übe weiter.«

»Meinst du, ich werde es jemals schaffen, so gut wie du zu sein?«

Ian zuckte mit den Achseln. »Das kann man nicht im Voraus sagen.« Er überließ August seinen Übungen und wandte sich Dorothea zu, die auf einer der Taurollen Platz genommen hatte. »Du willst mich doch nicht auf dieser Kindertafel schreiben lassen?«, fragte er und runzelte unwillig die Stirn, sobald er ihre Ausrüstung in Augenschein genommen hatte.

»Warum nicht? Ich habe nicht genug Papier. Es ist doch nur

zum Üben. Und dafür ist es sehr praktisch, weil man einfach alles wieder abwischen kann, was man schon geschrieben hat«, versuchte Dorothea ihm das unliebsame Gerät schmackhaft zu machen.

Ganz überzeugt war er nicht, aber er nickte und sagte: »Na gut, dann muss es wohl so sein. Und was ist das da?« Er zeigte auf das Blatt mit dem Alphabet.

»Das ist das Alphabet. Die Buchstaben. Man lernt sie zuerst einzeln, und dann setzt man sie zu Wörtern zusammen«, erläuterte Dorothea. Fasziniert beobachtete sie, wie er die Zeichen mit den Augen aufzusaugen schien. »Lies sie mir vor«, verlangte er und deutete auf das große A. »Eines nach dem anderen.«

Dorothea tat wie geheißen und bemühte sich in Erinnerung an ihre eigene Schulzimmerzeit, jeweils passende Worte dazu zu finden. A wie apple, B wie bee, C wie cat, D wie dog, E wie egg. Ian lauschte aufmerksam und wiederholte alles mehrfach, um es sich einzuprägen. Dorothea hatte den Eindruck, dass er alles mit einer fast schon unheimlichen Konzentration in sich aufnahm. »F wie family. Hast du eine Familie, Ian?« Dorothea musste es einfach fragen.

Ian antwortete nicht, starrte nur auf das Blatt.

»Eltern, Geschwister …« Ian schüttelte langsam und stumm den Kopf. Dorothea schluckte. Bei der Vorstellung, dass er tatsächlich mutterseelenallein in der Welt zurechtkommen musste, wurde ihre Kehle eng. »Wenigstens einen Onkel oder eine Tante irgendwo?«

»Nicht dass ich wüsste.« Das klang hart, abschließend. Offensichtlich wollte er nicht ausgefragt werden. Mühsam unterdrückte Dorothea ihre Neugier. Zu gern hätte sie gewusst, wie er aufgewachsen war. Dieser seltsame Handel: Lesen und Schreiben gegen Messerwerfen! Wo hatte Ian diese Kunstfertigkeit gelernt, die im Allgemeinen bloß unter Zigeunern verbreitet war? Seine schwarzen Locken, die gebräunte Haut hätten durchaus zu einem von ihnen gepasst. Seine kornblumenblauen Augen sprachen allerdings dagegen. Konnte es sein, dass er ein von Zigeunern entführtes Kind war? Unter ihnen aufgewachsen und dann von den britischen Behörden befreit? Die Witwe Klingefeld hatte einmal so eine ähnliche Geschichte erzählt. Dorothea konnte sich nicht mehr genau erinnern, aber es war auch um ein entführtes Grafenkind gegangen, das erst Jahre später wiedergefunden worden war.

»G wie glass«, sagte sie hastig. Auf keinen Fall wollte sie, dass Ian sie für aufdringlich hielt. »H wie house.« Oder home. At home. Zu Hause. Würde Ian in Australien ein Zuhause haben? Vermutlich nicht. Sie hatte Mr. Gibbs ein wenig ausgefragt. Als Hilfskraft auf einer Farm warteten vor allem harte Arbeit und ein entbehrungsreicher Alltag auf ihn.

»Ich denke, das reicht jetzt für die erste Stunde«, sagte sie schließlich, als sie bei Z wie zero angelangt waren. »Morgen fangen wir dann mit ersten Schreibübungen an.«

»Warum bist du eigentlich so scharf drauf?«, fragte August in seiner unbedarften Art. »Ich meine, du bist bis jetzt doch gut zurechtgekommen. Oder?«

»Ich will nicht mein ganzes Leben lang ein Bediensteter sein«, sagte Ian ein wenig herablassend. »Man sollte immer auf alles gefasst sein. Deswegen werde ich auch Dorothy zeigen, wie man wirft.« Er stand auf, streckte seine vom Sitzen steifen Glieder und wandte sich dann zu Dorothea um. »Probier es.« Er hielt ihr das Messer hin.

»Aber das ist doch nichts für Mädchen«, protestierte August. »Thea, untersteh dich!«

»Warum eigentlich nicht?« Halb aus Übermut, halb aus dem Gefühl heraus, Ians Angebot nicht zurückweisen zu dürfen, griff Dorothea nach dem Messer. Es wog mehr, als sie erwartet hatte. Vergleichbar dem schweren Hackmesser, mit dem ihre Mutter das Geflügel zerteilte. »Geh beiseite, August!«

Sie fasste es genauso, wie Ian es vorgemacht hatte, versuchte es auszubalancieren und warf. Nicht nur zu ihrer eigenen Überraschung landete es im äußeren Ring der Zielscheibe. Das hatte August erst am Ende der Übungsstunde fertiggebracht.

»Ein Zufall. Das muss Anfängerglück gewesen sein.« Der Stolz ihres Bruders war empfindlich getroffen.

»Noch einmal.« Ian schlenderte zur Wand, zog das Messer aus dem Holz und drückte es Dorothea erneut in die Hand. Diesmal traf es sogar noch zwei Fingerbreit näher am Zentrum auf. »Du hast die richtige Hand dafür.« Ians nüchterne Feststellung kam einem Lob so nahe, dass sie vor Freude errötete.

»Das gibt es doch nicht!« August starrte fassungslos auf die Bretterwand. »Bitte seid so freundlich, das für euch zu behalten, ja?«

Ihr Bruder war zu gutmütig, um lange zu grollen. Sein Eifer, die Kunst des Messerwerfens zu erlernen, hatte jedoch deutlich nachgelassen. Anfangs absolvierte er noch seine Übungsstunden, während Ian unter Dorotheas Anleitung verbissen auf der Schiefertafel kritzelte. Nach und nach jedoch entschuldigte er sich immer häufiger mit anderen Verabredungen. Niemandem von ihnen kam es in den Sinn, dass die Unterrichtsstunden ohne seine Anwesenheit vielleicht als unschicklich empfunden werden könnten. Die zwischen Ian und Dorothea gewachsene Vertrautheit ließ sie gar nicht darüber nachdenken, zumal Ian nie auch nur im Ansatz hätte durchblicken lassen, an Dorothea als weiblichem Wesen interessiert zu sein.

Überhaupt war er nicht sehr mitteilsam. Seine Herkunft und Vergangenheit blieben für sie ein unzugänglicher Bereich, nur selten blitzte hier und da doch etwas hervor. Wie die beiläufige Erwähnung, dass er gelernt hatte, Hasen und Rehe in Fallen zu fangen und auszuweiden. Oder dass er sich mit Pferden gut auskannte. Spuren zu lesen wusste und über erstaunliche Kenntnisse im Freihandel verfügte.

Sie hatte sich angewöhnt, diese Bemerkungen in ihrem Notizbuch aufzuschreiben, um sie nicht zu vergessen. Neben: »7. Juli: Steife Brise, viele fliegende Fische gesehen«, stand dann: »Hat von einem kleinen Hund gesprochen, der ihm einmal gehört hat. Bagster o. Ä.«

Oder: »11. August: mittags schon wieder Fischsuppe. I. nach englischen Kinderreimen gefragt. Sagte, er kenne keine.«

Inzwischen war es tatsächlich heiß und wieder kalt geworden, wie Rosie und Nell es vorausgesagt hatten. Seit gut zwei Monaten waren sie jetzt unterwegs, und Dorothea begann, das Meer zu verabscheuen. Es sah nur unendlich aus, in Wahrheit hielt es sie alle auf engstem Raum gefangen. »Ich wünschte, wir wären endlich da!«, sagte sie und seufzte. Dann zog sie das Messer nach ihrem letzten Wurf aus dem Holz und schlang fröstelnd ihr Tuch enger um die Schultern. »Wünschst du dir das auch, Ian, oder würdest du lieber auf dem Schiff bleiben?«

»Es ist unerheblich, was ich möchte«, gab er zurück, zog sie dicht neben sich und legte ihr einen Arm um die Schultern, um sie zu wärmen. »Die nächsten Jahre werde ich damit beschäftigt sein, meine Überfahrt abzuarbeiten.«

»Vielleicht können wir uns ja in Adelaide weiter sehen«, sagte Dorothea hoffnungsvoll. »Du könntest deinem Patron doch sagen, dass du bei mir Unterricht nimmst.«

Ian machte sich nicht die Mühe zu antworten, schüttelte nur leicht den Kopf. Stumm saßen sie eine Weile auf der Taurolle und verfolgten die halsbrecherischen Flugmanöver der Seevögel, die hier in der Nähe des Kaps der Guten Hoffnung in Scharen unterwegs waren, um unvorsichtige Fische zu erbeuten.

Beide hatten in den vergangenen Wochen gute Fortschritte gemacht. Ian konnte inzwischen leicht stockend, aber problemlos lesen und einigermaßen leserlich schreiben, was Dorothea ihm diktierte. Ihre Fertigkeiten im Messerwerfen konnten sich ebenfalls sehen lassen. Nahezu jeder Wurf traf in den innersten Ring. Ian hatte sie so lange üben lassen, bis sie auch aus größerer Entfernung absolut treffsicher geworden war. Seine Beharrlichkeit als Lehrer war ihr nicht ganz verständlich. Vermutlich war es eine Art Stolz, die es ihm verbot, etwas ohne Gegenleistung anzunehmen. Deshalb hatte sie auch dann noch weitergemacht, als der Reiz der ungewöhnlichen Übung schon längst verflogen war.

Eine lautstarke Auseinandersetzung auf dem Oberdeck ließ sie beide aufhorchen. Nicht nur Dorothea machte die Enge zu schaffen, auch die meisten anderen Passagiere reagierten zunehmend gereizt auf den kleinsten Anlass.

Streitereien um den besten Platz zum Wäschelüften, die größere Essensportion, vermeintliche Kränkungen – nichts war zu unwichtig, um sich nicht darüber in die Haare zu geraten. Auch jetzt vermengten sich Männer- und Frauenstimmen zu einem Chor der Disharmonie.

»Damn you, bloody bigot!«, kreischte ein schriller Sopran. »Show 'em what a good englishman can!«, schrie eine andere.

»Langsam, Leute, nicht so schnell. Was ist denn überhaupt los?« Das war Augusts Stimme, aus der nichts als Unverständnis sprach. »Bleib hier«, befahl Ian schroff und schlich an die Ecke der Back, von der aus man einen ganz guten Überblick auf das Oberdeck hatte. Natürlich folgte Dorothea ihm. Ihr Bruder stand umringt von finster blickenden Seeleuten vor dem Hauptmast und sah zunehmend besorgt in die Runde. Neben ihm stand die Kleine aus Ians Gruppe, vor deren Berührung Theas Bruder am ersten Abend noch zurückgezuckt war.

Spätestens seit der Neptuntaufe hatte er jedoch an ihrer Gegenwart nichts mehr auszusetzen gehabt, erinnerte Dorothea sich. Sie selbst hatte das Spektakel mit ihrer Mutter, den jüngeren Geschwistern, dem Kapitän und Dr. Miller vom Achterdeck aus verfolgen müssen. Obwohl August und sie die Mutter tagelang bestürmt hatten, war sie in diesem Punkt hart geblieben. »Ein junges Mädchen aus gutem Haus hat bei so etwas nichts verloren!«

Voller Neid hatte sie zugesehen, wie alle anderen von den in aberwitzigen Kostümen steckenden Seeleuten in einen großen Bottich mit Seewasser getaucht wurden, während ihr der Schweiß in Strömen den Rücken herunterlief. Die triefend nassen Täuflinge hatten sich danach nicht sofort umgezogen. In der durch die Extraportion Rum angefeuerten Stimmung hatte sich dort unten im Nu ein ausgelassenes Tanzvergnügen entwickelt. Alles wirbelte wild durcheinander, und August als einer der wenigen gut aussehenden, jüngeren Männer war überaus begehrt als Partner gewesen. Sie hätte nicht zu sagen gewusst, worum sie ihn mehr beneidet hatte: um das kühle Bad in der schwülen Mittagshitze oder um den Spaß, den er hatte, während sie höfliche Konversation mit dem grässlichen Dr. Miller und dem Kapitän machen musste. Wenn sie wenigstens wie Karl die Möglichkeit gehabt hätte, sich hinter einem Zeichenblock zu verstecken!

Sie hatte nach Ian Ausschau gehalten, ihn aber unter den Tänzern nicht entdecken können. Dafür war ihr aufgefallen, dass August und das Mädchen sich plötzlich ausnehmend gut zu verstehen schienen.

Jetzt umklammerte das Mädchen mit der schief sitzenden Haube trotzig Augusts Arm und beschimpfte ebenso lautstark wie unverständlich einen der Männer. Es war ein bärenstarker Kerl mit fettigen Haaren, verfilztem Bart und braunen Lippen, die davon rührten, dass er ständig Priem kaute. Er sah ziemlich gefährlich aus, wie er breitbeinig dastand, die bloßen Füße fest auf den Planken, die muskulösen Arme über der Brust verschränkt.

Dorothea wollte an Ian vorbeischlüpfen, um ihrem Bruder beizustehen, aber Ian streckte einen Arm aus und hielt sie zurück.

»Bleib hier, hab ich gesagt«, zischte er. »Vielleicht kriegt Millie das hin. Sie ist nicht auf den Mund gefallen.«

Um sich aus seinem überraschend festen Griff zu lösen, hätte sie mehr Kraft aufwenden müssen, als sie hatte. Also blieb sie stehen und beobachtete ängstlich, wie der Kreis sich um August schloss. Etwas braute sich dort zusammen, das sie nicht verstand. Was hatte ihr Bruder getan, um die Männer dermaßen gegen sich aufzubringen?

Ohne Vorwarnung legte der Mann mit dem Priem den Kopf in den Nacken und spuckte August zielsicher mitten ins Gesicht. Dorothea riss die Augen auf. Auch ihr Bruder schien von der Attacke völlig überrascht. Wie versteinert stand er da, während der braune Speichel über seine Wange rann, auf seine weiße Hemdbrust tropfte und dort hässliche Flecken hinterließ. Erst das verächtliche Grinsen und eine höhnische Bemerkung des Herausforderers brachen die Erstarrung. Neben sich hörte Dorothea Ian leise zischend einatmen, als ihr Bruder bis zu den Haarwurzeln errötete, das Mädchen zur Seite stieß und mit geballten Fäusten vorwärts stürmte.

Begeisterte Ausrufe zeigten, dass dies genau das Ergebnis war, auf das man gehofft hatte. Angefeuert von seinen Kumpanen konnte der bärtige Riese zwei oder drei Treffer landen, ehe August sich auf seine Boxstunden besann. Plötzlich wendete sich das Blatt. Nun war er es, der seinen Kontrahenten über die Deckplanken taumeln ließ. Der Seemann war zwar kräftiger und größer, August jedoch war deutlich wendiger und der bloßen Kraft technisch überlegen. Er wusste genau, wohin er schlagen musste.

Millie kreischte vor Entzücken. Wenn Dorothea sie richtig verstand, dann forderte sie August auf, »das Schwein zu Brei zu schlagen«. Die übrigen Zuschauer waren weniger angetan von der Entwicklung des Zweikampfs. Speziell einer von ihnen, der zuvor besonders laut geschrien hatte, verschwand unauffällig. Zuerst dachte Dorothea, er wolle nur Augusts Sieg nicht mit ansehen müssen. Dann aber sah sie ihn wieder auftauchen, wobei er ein längliches Holzstück notdürftig hinter seinem Rücken verbarg.

Mit verschlagenem Grinsen schlich er um die beiden Kämpfer herum, immer auf der Suche nach einer günstigen Gelegenheit, seine provisorische Waffe einsetzen zu können.

Auf einmal ging alles so schnell, dass in Dorotheas Erinnerung nachher alles miteinander verwoben war: Der Mann hob das Scheit, als August in seine Reichweite kam, holte aus – und im selben Moment sah sie aus den Augenwinkeln einen Blitz durch die Luft fahren. Der hinterhältige Kerl stieß einen Schrei aus und hielt sich mit schmerzverzerrtem Gesicht die Hand, die eben noch das Holzstück geschwungen hatte.

»Darf ich fragen, was hier los ist?« Der Kapitän klang ausgesprochen verärgert. Der nachlässig zugeknöpfte Rock und der fehlende Hut wiesen darauf hin, dass er in aller Hast seine Kajüte verlassen hatte. Offensichtlich von Mr. Gibbs alarmiert, der sich dicht hinter ihm hielt und die Szene zu überblicken versuchte. Ehe irgendjemand seine Frage beantworten konnte, drängte Millie sich zu ihm durch, stemmte die Arme in die Seiten und legte los: »Der Mistkerl da hat mich belästigt, wie ich gerade ganz harmlos mit dem Herrn dort an Deck spazierte«, zeterte sie. »Hat behauptet, ich wäre ihm noch einen Tanz schuldig, und den Herrn angespuckt. Da hat der es ihm aber gezeigt.« Sie lächelte selig bei der Erinnerung an die Schlägerei. »Und dann, grad, wie Sie gekommen sind, hat der da«, sie wies auf den Mann, der immer noch sein Handgelenk umklammerte, »der da hat ihm eins mit dem Prügel da überziehen wollen. Aber irgendwas hat's ihm aus der Hand geschlagen.«

Wie im Theater wanderten die Blicke aller Anwesenden zu dem Holzstück, das gut sichtbar vor dem Niedergang zum Achterdeck lag. Niemandem entging das Wurfmesser, das immer noch darin feststeckte.

»Ich dulde keine Messerstechereien auf meinem Schiff.« So kalt hatte die Stimme des Kapitäns noch nie geklungen. »Wem gehört es?«

»Mir.« Ian schob Dorothea sanft zur Seite und trat aus ihrem Versteck.

»Wer zum Teufel bist du denn, Bursche?« Ungehalten musterte der Kapitän ihn von Kopf bis Fuß. Offensichtlich wusste er nicht so recht, was er von dieser Entwicklung halten sollte. »Und was hast du mit dieser Sache zu schaffen?«

»Nichts. Jedenfalls nicht direkt.« Ian machte Anstalten, sein Messer zurückzuholen.

»Halt!« Der barsche Befehl ließ ihn innehalten. »Mr. Gibbs«, wandte der Kapitän sich an den Quartiermeister. »Seien Sie so gut und nehmen Sie sowohl den Holzprügel als auch das Messer in Verwahrung, bis diese Angelegenheit geklärt ist. Mr. Schumann – ich erwarte Sie in meiner Kajüte, sobald Sie Ihr Äußeres wieder in einen präsentablen Zustand gebracht haben.«

Kleinlaut wie ein gescholtener Schuljunge nickte August und verschwand.

»Und jetzt zu Ihnen!« Der Blick des Kapitäns verfinsterte sich bedrohlich, als er sich dem Bärtigen und dessen Komplizen zuwandte. »Es ist absolut unakzeptabel, dass Mitglieder der Crew Passagiere attackieren. Ab sofort werden Sie nur noch unter Deck Dienst tun, und sollten mir irgendwelche Klagen, egal worüber, zu Ohren kommen, lasse ich Sie beide für den Rest der Reise in Eisen legen. Ist das klar?«

Beide nickten und schlurften davon. Auch der Rest der Zuschauer versuchte, sich so unauffällig wie möglich zu verdrücken.

»Sie, Miss, werden sich in Zukunft ebenfalls allergrößter Zurückhaltung befleißigen«, wurde Millie in etwas milderem Ton abgekanzelt. »Wenn meine Männer sich Ihretwegen noch einmal in die Haare geraten, werde ich die Deckstunden streichen.«

Nun doch leicht eingeschüchtert knickste Millie und beeilte sich, den Niedergang ins Zwischendeck hinunterzuklettern.

»Damit wären wir bei Ihnen, junger Mann!« Der Kapitän musterte Ian ernst, doch nicht unfreundlich. »Sie haben großes Glück, dass niemand verletzt wurde. Wussten Sie, dass man vor gar nicht langer Zeit Leute, die auf See ein Messer einsetzten, mit der Hand an den Mast genagelt hat?«

Dorothea hielt es nicht mehr in ihrem Versteck. »Ian hat verhindert, dass der Mann meinen Bruder mit dem Prügel niederschlug«, sagte sie hastig. »Bitte, Herr Kapitän, er wollte doch nur helfen.«

»Wo kommen Sie denn jetzt her? Haben Sie etwa alles mit angesehen?« Sowohl den Kapitän als auch Mr. Gibbs schien diese Möglichkeit ziemlich zu schockieren.

»Na ja, sozusagen. Ian und ich haben hinter der Back gerade Messerwerfen geübt«, gab Dorothea zu und sah flehentlich zum Kapitän auf. »Ian hat dann den Mann entwaffnet. Er wollte ihn nicht verletzen.«

»Wenn ich ihn hätte treffen wollen, hätte ich ihn getroffen«, bekräftigte Ian ruhig.

Die beiden Männer wechselten einen langen Blick, den Dorothea nicht deuten konnte. Dann schüttelte der Kapitän leicht den Kopf und sagte: »Ich werde von einer Sanktion bezüglich des Messerangriffs absehen. Es scheint sich ja tatsächlich eher um eine Notlage gehandelt zu haben. Mr. Gibbs, Sie können ihm die Waffe wieder aushändigen.« Er nickte ihnen abschließend zu, und Dorothea konnte hören, was er im Weggehen vor sich hinmurmelte: »Messerwerfen! Beim Jupiter, Missionarstöchter sind auch nicht mehr, was sie mal waren!«

Südaustralien, Oktober 1840

3

Der erste Anblick von Adelaide enttäuschte Dorothea zutiefst. Sie hatte zumindest eine Stadt wie Dresden erwartet, nicht aber diese jämmerliche Ansammlung halb verfallener Häuser. Die Straßen waren ja noch nicht einmal gepflastert! Das Ochsengespann, mit dem ihr Vater sie abgeholt hatte, versank immer wieder bis zu den Radnaben im gelblichen Schlamm des Weges. Dann mussten sie alle absteigen und so lange zu Fuß gehen, bis die Räder wieder festeren Untergrund hatten. Ihre Schuhe waren inzwischen total durchweicht, die nassen Rocksäume schlugen bei jedem Schritt schwer und kalt gegen ihre Waden.

Missmutig glitt ihr Blick über die regennassen Büsche am Wegrand. Da waren sie endlich auf dem »trockenen Land« und dann das!

Die letzten Wochen auf dem Schiff hatte sie fast unerträglich gefunden. Nach dem sogenannten »Zwischenfall« hatte ihre Mutter darauf bestanden, dass sie und August während der Deckstunden bei der übrigen Familie auf dem abgeschiedenen Kajütdeck blieben. Dorthin hatten die anderen Passagiere keinen Zutritt. Während ihr Bruder nicht unzufrieden mit diesem Arrangement schien, hatte sie die Stunden mit Ian schmerzlich vermisst. Statt mit ihm auf dem Achterdeck so etwas wie Freiheit zu genießen, musste sie nun mit Lischen und ihrer Mutter »Schwarzer Peter« oder andere alberne Kindereien spielen. Nur äußerst selten war es ihr gelungen, sich davonzuschleichen. Und meist war dann Ian gerade nicht zu sehen.

In Port Adelaide hatten sie kaum ein paar Minuten gehabt, um sich zu verabschieden. Im allgemeinen Aufruhr hatte er sie hinter den Aufbau der Back gezogen, ihr sein kostbares Messer in die Hand gedrückt und gesagt: »Hier, nimm es. Ich habe sonst nichts, was ich dir als Andenken schenken könnte.«

»Das kann ich nicht annehmen«, hatte sie geflüstert, weil sie ihrer Stimme nicht so recht traute. »Ich weiß doch, wie wichtig es dir ist.«

»Ich möchte aber, dass du es hast. Ich kann mir ein neues besorgen. Vielleicht ist es dir eines Tages noch nützlich. Es ist immer gut, sich verteidigen zu können.«

Das war typisch Ian! Unter seiner abweisenden Schale verbarg er recht gut eine überraschend fürsorgliche Natur.

»Danke, ich werde gut darauf aufpassen«, hatte Dorothea gestammelt und ihm vom Abschiedsschmerz überwältigt die Arme um den Hals geworfen. Als sie ihn auf die raue Wange geküsst hatte, war er seltsam erstarrt, ehe er sich hastig losgerissen hatte. »Vergiss nicht zu üben, um dein Handgelenk geschmeidig zu halten«, hatte er ihr noch zugerufen, dann sein Bündel gepackt und war ohne einen Blick zurück auf den vierschrötigen Viehzüchter aus Neu-Südwales zugegangen, bei dem er seine Überfahrt abarbeiten sollte.

So viel zu ihrem schönen Plan, die Unterrichtsstunden fortzusetzen! Der Viehzüchter hatte seine Ländereien am Oberlauf des Murray River. Gewissermaßen am Ende der Welt, wie August ihr mithilfe einer von ihm grob skizzierten Karte Südaustraliens verdeutlicht hatte. Oder »hinter den sieben Bergen, bei den sieben Zwergen«, wie Lischen es unerwartet poetisch in den Worten ihres Lieblingsmärchens ausdrückte.

»Da vorn ist es!« Die Stimme ihres Vaters riss sie aus ihren trübsinnigen Betrachtungen. Die Mission samt dem Haus, in dem sie von nun an alle wohnen würden, lag außerhalb von Adelaide. Obwohl das Wetter alles in einen feuchten Nebelschleier hüllte, war doch zu erkennen, dass die »Native Location«, wie sie genannt wurde, ausgesprochen idyllisch am Nordufer des Torrens River gelegen war. Neben einigen flachen Bauten aus Lehm und mit Schilf gedeckten Dächern stand ein solide gemauertes, zweistöckiges Steinhaus mit umlaufender Terrasse und rotem Ziegeldach.

»Willkommen zu Hause, meine Lieben«, rief ihr Vater, sobald der Wagen direkt vor der großen Vordertreppe zum Stillstand gekommen war. »Ach, was habe ich meine Familie vermisst!« Mit glücklich strahlendem Gesicht bot er seiner Frau den Arm. »Darf ich bitten, gnädige Frau?«

So feierlich, als geleite er sie in eine fürstliche Residenz, führte er sie die Treppe hinauf und öffnete ihr die Vordertür. »Nun, was sagt ihr dazu? Ist das nicht ein großartiges Haus?«

Großartig war vielleicht übertrieben, aber verglichen mit der Kajüte, die monatelang ihre beengte Unterkunft gewesen war, erschien es ihnen allen geräumig, hell und luftig. Im Untergeschoss trat man rechts von der Eingangstür in den zukünftigen Salon. »Ich dachte mir, dass du ihn sicher lieber selber einrichten möchtest, Liebste«, erklärte der Vater die gähnende Leere. Linker Hand, im Esszimmer, zeigte er stolz auf eine Einrichtung aus englischer Eiche. »Das alles – Tisch, Stühle, Vertiko und Anrichte – habe ich äußerst günstig erstanden. Der arme Mann hatte sein ganzes Geld verspekuliert und musste seine Möbel verkaufen, um die Passage zurück nach London zahlen zu können.«

Im hinteren Teil lagen das Arbeitszimmer mit all seinen geliebten Büchern und einem bequemen Ohrensessel, Küche und Speisekammer.

Im Obergeschoss gab es neben dem Elternschlafzimmer mit separatem Ankleidezimmer drei weitere Räume und eine Wäschekammer.

Dorothea wählte das Zimmer über der Küche, weil es den besten Ausblick auf den Torrens River bot, August dasjenige unmittelbar neben der Treppe, um niemanden unnötig zu stören, wenn er abends noch ausginge. Lischen wurde im sogenannten Ankleidezimmer mit der Verbindungstür zum Elternschlafzimmer untergebracht, und Karl bezog, wie immer still und ohne Murren, das letzte freie zwischen der Wäschekammer und Dorotheas Raum.

Wie im Untergeschoss war auch hier die Möblierung noch ziemlich spartanisch. Nach der monatelangen Beengtheit der Kajüte störte sich allerdings niemand von ihnen daran. »Es ist direkt ungewohnt, nirgends anzustoßen«, stellte August fest, als er zusammen mit dem Ochsenknecht alle Reisekisten ablud und auf die Zimmer verteilte. »Und irgendwie kommt es mir seltsam vor, dass der Boden unter meinen Füßen nicht mehr ständig schaukelt.«

Daran musste Dorothea denken, als sie am nächsten Morgen erwachte und für einige Augenblicke orientierungslos war. Auch sie hatte sich so an den beständigen Seegang gewöhnt gehabt, dass der feste Untergrund sie irritierte. Mit dem leicht schwankenden Gang, den sie sich alle angewöhnt hatten, ging sie zum Fenster. Die Wolken hatten sich verzogen. Nur noch ein leichter Dunstschleier hing über dem Wasser des Torrens River, auf dem die Morgensonne glitzerte wie Blattgold. In den Bäumen lärmten Vögel, die ganz anders klangen als die heimischen Finken und Meisen. Sie kniff die Augen gegen das blendende Licht zusammen und versuchte, sie genauer zu betrachten. Bunt schienen sie zu sein. Ausgesprochen bunt. Die Äste waren übersät mit Unmengen kanariengelber und himmelblauer Farbtupfer. Es sah aus wie ein Blütenmeer. Bis auf ein unmerkliches Signal hin der ganze Schwarm aufflog und zwischen den Baumwipfeln verschwand.

Eigentlich hatte sie vorgehabt, Adelaide und die Umgebung näher zu erkunden, aber kaum hatte die Familie sich zum ersten gemeinsamen Frühstück, das zur allgemeinen Erleichterung nicht mehr aus dem gewohnten Porridge, sondern aus frisch gebackenem Brot, Butter und Honig bestand, versammelt, da erschienen bereits die ersten Besucher.

»Oh, das wird der gute Teichelmann sein«, sagte ihr Vater, als von draußen Stimmengewirr zu hören war, und stellte behutsam die Tasse Tee ab, die seine Frau ihm soeben eingeschenkt hatte. »Er will euch wohl seine Aufwartung machen.«

»So früh am Tag?« Ihre Mutter runzelte ungehalten die Stirn.

»Er ist ein wenig verwildert«, gab der Vater zu. »Aber ein herzensguter Mensch. Du wirst schon sehen.«

»So wie es sich anhört, bringt er einen ganzen Hofstaat mit«, bemerkte August launig und erhob sich, um aus dem Vorderfenster zu spähen. »Ach, du lieber Himmel …«

»Er hat die Schüler und einige Eltern dabei«, erklärte ihr Vater und ging schon zur Haustür, um den frühen Gast willkommen zu heißen. »Gestern hatte ich ihnen freigegeben, damit sie ihre Familien besuchen konnten, und nun haben die sie wiederum hierher begleitet.«

»Bitte, Theodor, wir müssen sie doch nicht etwa alle hereinbitten?« Das kaum verhohlene Entsetzen in der Stimme ihrer Mutter war verständlich, fand Dorothea, angesichts der laut schnatternden Menge, die dort draußen durcheinanderwuselte. Bisher hatte sie noch keine australischen Eingeborenen aus der Nähe gesehen. Jetzt nutzte sie die Gelegenheit, sie genau zu betrachten. Es waren mindestens zwanzig Kinder und ebenso viele Erwachsene. Allesamt ebenholzbraun, mager und sehnig, mit üppigem, schwarzem Kraushaar. Auf den ersten Blick schienen sie erschreckend hässlich; ein Eindruck, der durch die zerrissenen, verdreckten Kleidungsstücke noch verstärkt wurde. Nicht einmal die Bettler in Dresden hätten solche Lumpen noch angezogen. Weder trugen sie irgendeine Art von Kopfbedeckung noch Schuhe oder Sandalen.

»Beruhige dich, Liebste.« Theodor Schumann tätschelte ihre Hand, mit der sie seinen Jackenärmel gepackt hatte. »Das würden sie gar nicht wollen. Aber es ist eine gute Gelegenheit, euch alle miteinander bekannt zu machen. Kommt.«

Dorothea griff nach Lischens Hand und zog sie hinter sich mit hinaus. August und Karl folgten ihnen. Mitten unter den Eingeborenen ragte ein hochgewachsener, barhäuptiger Mann auf wie ein Turm: Missionar Christian Teichelmann, von dem ihr Vater nur in Worten höchster Bewunderung geschrieben hatte. Deutlich jünger als Theodor Schumann hatte er nur zu gerne die Reisen zu den Gruppen im Hinterland übernommen und sich dabei ein immenses Wissen über die Eingeborenen der Umgebung angeeignet.

Eben hatte er ihren Vater oben an der Treppe gesehen und hob die Hand, um ihm zuzuwinken. »Gott zum Gruß«, rief er. »Wie freue ich mich, endlich die Familie meines werten Kollegen kennenzulernen! Gnädige Frau, Ihr Diener.«

Die Schwarzen wichen ein wenig zurück und schienen äußerst interessiert zu beobachten, wie Familie Schumann und Missionar Teichelmann sich begrüßten. Er verbeugte sich formvollendet vor ihrer Mutter, machte den guten Eindruck jedoch in Windeseile wieder zunichte, indem er ihr ein abgehäutetes Tier hinhielt. Auguste Schumann war nicht übermäßig empfindsam. Als Hausfrau war sie den Anblick toter Tiere durchaus gewöhnt. Dies jedoch ließ sie angeekelt zurückzucken. »Ein Wallaby«, erklärte er, ohne ihren Abscheu zu realisieren. »Die guten Leute haben es heute bei Sonnenaufgang als Willkommensgeschenk für Sie erlegt.«

Es war offensichtlich, dass ihre Mutter es nicht über sich bringen konnte, die schlaffe, seltsam deformiert wirkende Form anzufassen. Also nahm Dorothea sich ein Herz, trat vor, knickste, sagte: »Vielen Dank«, und fasste das unwillkommene Geschenk mit spitzen Fingern an den Hinterläufen. Vorsichtig, um sich nicht mit Blut zu beschmieren, trug sie es in die Küche und legte es erst einmal in den Spülstein. Dort konnte man es später genauer inspizieren und eventuell in den Fluss entsorgen. Ein seltsames Tier.

Die Bilder, die sie von Kängurus gesehen hatte, hatten aufrecht auf zwei großen Hinterläufen hockende Kreaturen gezeigt mit winzigen Vorderbeinen und einem Kopf wie ein Reh. Dies hier war vielleicht so groß wie ein Feldhase. Aber die Proportionen waren ähnlich. Wenn sie wenigstens den Kopf abgeschnitten hätten! Die dunklen, blinden Augen schienen sie vorwurfsvoll anzustarren. Dorothea erschauerte unwillkürlich, warf ein Tuch darüber und ging zurück zu den anderen.

Dort stellte ihr Vater gerade seine Zöglinge vor. »Das ist Koar, mein Musterschüler. Er liest nicht nur mühelos mehrsilbige Wörter und schreibt nach Diktat nahezu fehlerlos, er beherrscht auch alle Grundrechenarten, kann das Vaterunser und die Zehn Gebote aufsagen und ist sehr gut in Geografie.«

Dem Jungen war nicht anzusehen, ob er überhaupt verstand, dass sein Lehrer über ihn sprach. Irgendetwas an ihm war anders als bei seinen Mitschülern. War es seine so betont zur Schau getragene Gleichgültigkeit, während die anderen vor Ungeduld, endlich ihren Knicks oder Diener vor Auguste Schumann machen zu dürfen, mit den Füßen scharrten? Oder die Aura von Einsamkeit, die ihn umgab? Hielt er sich absichtlich abseits von den anderen? Warum war er als anscheinend Einziger nicht in Begleitung eines Verwandten?

Die Reihe rückte weiter vor, und sie erwiderte automatisch das scheue, freche oder neugierige Lächeln in einem Gesicht nach dem anderen.

Während die Eingeborenen nach der Begrüßung alle zu der Feuerstelle vor der Lehmhütte schlurften, in der die Kinder untergebracht waren, und dort ihre mitgebrachten Essensvorräte auspackten, zogen Familie Schumann und Missionar Teichelmann sich wieder ins Speisezimmer zurück.

»Herr im Himmel, welch ein Anblick: Tee und Honigbrot!« Teichelmann rieb sich vor Freude die Hände. »Ein wahres Festmahl nach all dem, was ich die letzten Wochen im Busch zwischen die Zähne bekommen habe.«

»Was denn so zum Beispiel?«, wollte Lischen es genauer wissen.

»Lass mich nachdenken: Gestern war es eine Eidechse, vorgestern ein Flughörnchen mit Birirablättern, vorvorgestern …«

»Sie ziehen mich auf! So was isst man doch nicht.«

»O doch, es gibt kaum etwas, was die Eingeborenen nicht essen. Als ich hier neu war, habe ich oft an ihren Mahlzeiten teilgenommen, um ihr Vertrauen zu gewinnen. Dabei habe ich Bekanntschaft mit diversen Maden, Insekten und anderen nach unseren Maßstäben nicht essbaren Dingen gemacht, die du mir nicht glauben würdest.«

»Das ist ja eklig«, hauchte Lischen sichtlich erschüttert. »Wieso können sie nicht normal essen wie wir?«

Teichelmanns Gesicht wurde ernst. »Für sie ist es normal. Schließlich sind sie es nicht anders gewöhnt. Wenn du seit deiner frühen Kindheit Regenwürmer und Engerlinge gegessen hättest, fändest du sie auch nicht eklig.«

»Igitt, Engerlinge«, Lischen schüttelte sich bei der Vorstellung, und auch Dorothea musste schlucken. Sie sah, wie ihre Eltern einen Blick wechselten. Ihr Vater nickte, räusperte sich und sagte: »Bitte, Kollege Teichelmann, könnten wir vielleicht das Thema wechseln?«

Teichelmann sah einen Augenblick verwirrt drein, dann verstand er und lächelte reumütig. »Verzeihung, ich fürchte, ich bin tatsächlich ein wenig verroht. Aber gut, dass Sie mich daran erinnern: Es gibt da etwas Wichtiges, das ich mit Ihnen zu besprechen hätte.« Er leerte seine Tasse mit einem einzigen Schluck und lehnte sich zurück. »Gestern Abend hatte ich eine Unterredung mit Gouverneur Gawler und Mr. Moorhouse. Beide Herren haben nochmals ihr Interesse daran bekräftigt, dass diese Schule erhalten bleibt. Sie wissen ja, dass ich in Kürze zum amtlichen Dolmetscher berufen werde und damit dann nicht mehr als Lehrer zur Verfügung stehe. Kurz und gut, die Herren haben meinem Vorschlag zugestimmt, Ihrem ältesten Sohn ein Salär von dreiunddreißig Pfund per annum als Hilfslehrer zuzugestehen. Ich weiß, Sie hatten andere Pläne, aber wären Sie unter diesen Umständen bereit, das Angebot zu akzeptieren, bis Dresden Ersatz für mich schickt?«

August fiel beinahe sein Honigbrötchen aus der Hand. »Aber ich kann ihre Sprache gar nicht«, wandte er ein. »Wie sollte ich mich ihnen denn verständlich machen?«

Teichelmann lächelte beruhigend. »Sie können doch Englisch. Das Gouvernement möchte sowieso, dass der Unterricht verstärkt auf Englisch gehalten wird. Man ist zu der Ansicht gelangt, dass es nicht sinnvoll sei, ihnen Lesen und Schreiben in einer Sprache beizubringen, in der sie diese Fertigkeiten aller Wahrscheinlichkeit nach niemals anwenden werden.«

»Das finde ich sehr vernünftig«, mischte sich überraschend Auguste Schumann ein. »Um in Australien bestehen zu können, muss man der englischen Sprache mächtig sein. Alles ist doch auf Englisch: die Gesetze, die Zeitungen, der Handel. Ein einheimischer Dialekt, so schön und ehrwürdig er auch sein mag, hilft einem keinen Schritt weiter.«

Dorothea erinnerte sich, wie ihre Mutter darüber geschimpft hatte, dass sie gezwungen sein würde, ihre Muttersprache zugunsten der englischen Sprache aufzugeben. Dass sie jetzt so entschieden dafür sprach, wunderte sie. Ob es damit zusammenhing, dass die Finanzen der Familie ziemlich angespannt waren und ein zusätzliches Einkommen ihr daher sehr willkommen war?

»Ich will das nicht für dich entscheiden, August. Du bist inzwischen alt genug, das selber zu tun«, sagte Vater Schumann leise. »Was meinst du dazu?«

August errötete vor Verlegenheit und warf Dorothea einen hilfesuchenden Blick zu. »Meine Schwester ist viel begabter als ich.

Sie hat auf dem Schiff einem Jungen Lesen und Schreiben beigebracht. Kann sie nicht an meiner Stelle Lehrerin sein?«

»Unmöglich.« Teichelmann schüttelte heftig den Kopf. »Die Eingeborenen betrachten Frauen als inferiore Wesen. In ihren Augen wäre es eine Beleidigung, und sie würden sofort alle Kinder aus der Schule nehmen.«

»Ich bin sicher, dass August der Aufgabe mehr als gewachsen ist«, sagte Dorothea mit Entschiedenheit, wobei sie versuchte, ihrem Bruder mit den Augen zu signalisieren, sich gefälligst nicht so zu zieren. »Du bist viel zu bescheiden, Lieber!« Dreiunddreißig englische Pfund waren ja wohl ein gutes Argument.

»Wenn ihr meint, dass ich es kann …«

»Dann betrachte ich es als abgemacht.« Teichelmann streckte August die Hand entgegen. »Gratulation, Herr Hilfslehrer Schumann!«

Lange hielt er sich nicht mehr auf, bevor er sich verabschiedete. Draußen wurde er sofort von den Eingeborenen umringt und plauderte angeregt in ihrer Sprache mit ihnen, ehe er Richtung Adelaide verschwand.

»Was für ein ungewöhnlicher Mensch«, sagte August und sah ihm vom Fenster aus nach. »Er scheint sich glänzend mit ihnen zu verstehen.«

»Das tut er«, bestätigte sein Vater. »Es gibt wohl kaum jemanden, der ihre Sprache besser beherrscht oder mehr über ihre Mythen und Sagen wüsste. Er und Kollege Schürmann haben bereits eine Grammatik und Vokabelsammlung der Kaurna-Sprache veröffentlicht. Nur schade, dass die Eingeborenen so gar keine Bereitschaft zeigen, die Errungenschaften der Zivilisation anzunehmen! Teichelmann hatte große Hoffnungen auf eine Musterfarm gesetzt. Aber sie wollen einfach keinen Ackerbau betreiben. Lieber streifen sie durch den Busch und sammeln, was sie an Essbarem finden.«

»Das ganze Jahr über? Auch im Winter?« Dorothea grauste es bei der Vorstellung.

»Die Winter sind hier nicht wie in Deutschland«, sagte ihr Vater. »Es friert so gut wie nie. Hauptsächlich regnet es, und der Wind kann ziemlich unangenehm werden. Deshalb ziehen sie dann in die Bergregionen und bauen dort etwas festere Hütten. Im Frühling kommen sie dann wieder hier in die Ebene und an die Küste zurück.«

»Die Missionsschüler auch?«

Theodor Schumann lächelte ein wenig traurig. »Eigentlich sollten sie das ganze Jahr über hier sein. Aber das tun die wenigsten. Wenn ihre Familien in der Nähe kampieren, zieht es sie hinaus. Manche kommen wieder, manche nicht. Das unstete Wanderleben liegt ihnen wohl im Blut.« Er erhob sich und klopfte August auf die Schulter. »Komm mit, mein Sohn, damit ich dich deinen zukünftigen Schülern vorstelle!«

Die folgenden Tage waren angefüllt mit häuslichen Verrichtungen. Ihre Mutter bestand darauf, sämtliches Leinen auf den Wiesen hinter dem Haus auszulegen. Die lange Lagerzeit im Unterdeck war ihm nicht gut bekommen. Immer wieder mussten sie es mit Sodalauge besprengen, bis die Stockflecken ausblichen.

Der Tischler und seine Gesellen gingen ständig ein und aus. Zudem hatte ihre Mutter eine Näherin kommen lassen, die ihnen helfen sollte, die Musselingardinen zu säumen, die hier eher als Schutz vor Insekten als vor neugierigen Blicken üblich waren.

Frau Schmidt entpuppte sich als eine unerschöpfliche Informationsquelle. Sie war es auch, die Dorotheas Bild von den harmlosen, gutmütigen Eingeborenen relativierte.

»Ham Se schon das Neueste gehört?«, begann sie wie immer, sobald sie sich mit dem Nähkorb im bequemsten Stuhl niedergelassen hatte. »Jetzt ham se schon wieder zwei neue Leichen vom Maria-Massaker gefunden!«

»Um Himmels willen, wovon sprechen Sie da?« Dorotheas Mutter klang nicht gerade erbaut. Inzwischen hatte sie sich daran gewöhnt, dass ihre Nähhilfe offenbar nicht schweigend arbeiten konnte, aber bisher hatte sie sich auf urbanen Klatsch und Tratsch beschränkt.

»Na, von dem Massaker im Juni. Als die schwarzen Teufel unten bei Encounter Bay die Schiffsbesatzung und alle Passagiere abgeschlachtet haben. Männer, Frauen und Kinder. Sagen Se bloß, Se haben davon noch nix gehört?«

Dorothea und ihre Mutter mussten zugeben, dass sie das noch nicht hatten.

»Das sollten Se aber«, meinte Frau Schmidt. »Wo Se doch praktisch Tür an Tür mit denen wohnen!« Dabei warf sie einen ausgesprochen feindseligen Blick auf das Schulhaus, vor dem sich ein Grüppchen Eltern die Wartezeit damit verkürzte, aus Gräsern Schnüre zu flechten und Speerspitzen zu schärfen.

»Jetzt sehn se aus, als könnten se kein Wässerchen trüben. Aber in ihnen lauert der Teufel, das können Se mir glauben. Da hilft das ganze Beten und Missionieren nix. Also: Die *Maria* segelte hier am 26. Juni los. Sollte zwei Dutzend Siedler nach Hobart bringen. Da sind se aber nie nicht angekommen. Ein paar Wochen später gab es Gerüchte über ein Wrack, und der Gouverneur schickte Inspektor Pullen und ein paar Leute los. Sollten der Sache nachgehen. Und was soll ich sagen? Die sahen einen Haufen Schwarze in europäischen Kleidern da herumstolzieren. Alles blutdurchtränkt!« Frau Schmidt rollte wild mit den Augen.

»Nach einigem Hin und Her führten sie die Polizisten zu einem Platz, an dem acht schrecklich zugerichtete Leichen vergraben waren. Vier Erwachsene und vier Kinder. Das jüngste grad mal zehn Jahre. Schweinebande! Man hätte sie alle aufhängen sollen! Die ganze Bagage!«

»Aber vielleicht haben die Eingeborenen sie gar nicht ermordet«, warf Dorothea ein. »Wenn die armen Menschen nun auf See ertrunken und angespült worden waren?«

Sie konnte sich einfach nicht vorstellen, dass die so harmlos und friedlich wirkenden Eingeborenen tatsächlich zu Mördern wurden. Und dann auch noch an Kindern?

»O doch, das ham se!« Frau Schmidts Stimme vibrierte vor Triumph. »Warten Se ab! Inspektor Pullen ist dann erst mal nach Adelaide zurück, um dem Gouverneur Bescheid zu sagen. Und Gouverneur Gawler hat nich lang gefackelt und den Polizeichef O'Halloran höchstpersönlich mit einer Strafexpedition losgeschickt.« Sie legte eine Kunstpause ein, um sich ein Glas Limonade einzugießen.

»Und was geschah dann?«, drängte Dorothea, ungeduldig, dass sie endlich weitererzählte.

»Na, die Männer haben die ganze Gegend abgesucht und den Stamm gefangen genommen, der sie ermordet hat. Eine üble Bande – diese Stämme am Murray River. Sogar unsere Schwarzen hier fürchten sie wie den Beelzebub.«

»Wurden sie vor Gericht gestellt?«

Frau Schmidt sah Dorotheas Mutter an, als sei diese nicht recht bei Verstand.

»Aber wo denken Se hin, Frau Schumacher! Das wäre als Abschreckung doch völlig daneben gewesen. Nee, nee: Aufgeknüpft haben se zwei von den Kerlen, an einem Galgen über den Gräbern der armen Opfer. Wahre Teufelsgestalten mit Visagen für Albträume! Ein paar ham se erschossen und die restlichen samt den Frauen und Kindern laufen lassen. Wenn's nach mir gegangen wäre, hätten se se alle aufgeknüpft. Es hätte schon keinen Falschen getroffen.« Sie verzog grimmig das Gesicht. »Dieser ganze Unsinn mit den Aborigine-Schutzgesetzen wird uns noch in Teufels Küche bringen. Woanders ist man auch nicht so zimperlich.«

»Weiß man denn, was aus den restlichen Vermissten wurde?

Sucht man nach ihnen?«, erkundigte Dorothea sich. »Es fehlen doch noch einige. Vielleicht sind sie noch am Leben und warten auf Hilfe.«

Frau Schmidt zuckte fatalistisch mit den Schultern. »Die ham die ganze Gegend abgesucht. Wenn jemand noch am Leben wäre, hätten se ihn gefunden. Der *Register* hat geschrieben, die jetzt wären in Wombatlöchern versteckt gewesen. Weiß der Kuckuck, wo die Saubande die restlichen armen Leute vergraben hat …?« Frau Schmidt verstummte erschöpft und griff erneut zum Limonadenkrug.

»Ist so etwas schon öfter vorgekommen?« Auguste Schumann wirkte besorgt. Dorothea entging nicht, dass sie fast ängstlich zu den Eingeborenen hinübersah, die gerade in lautes Gelächter ausbrachen. »Ich meine, dass sie …« Obwohl sie es nicht über sich brachte, die Worte auszusprechen, verstand Frau Schmidt sofort.

»Bisher nich. Jedenfalls nich hier in der Gegend. Aber man weiß ja nie, was noch kommt, nich?«

»Sie sagten, der *Register* hätte darüber geschrieben?« Dorothea war fasziniert. »Ob man dort wohl noch alte Exemplare bekommt?« Sie hätte zu gerne mehr darüber in Erfahrung gebracht. Vielleicht ergab sich eine Gelegenheit, wenn sie Dünnebiers Empfehlungsschreiben abgab. Bisher ruhte es gut verwahrt unter ihren Taschentüchern. Aber sie war fest entschlossen, so bald wie möglich ihr Glück zu versuchen. Ursprünglich hatte sie einen Artikel über die Waisen schreiben wollen, aber Ian hatte sich schlichtweg geweigert, ihr die nötigen Auskünfte zu geben. Also hatte sie sich hier und da mit Millie unterhalten. Die war sehr viel gesprächiger gewesen und hatte sich auch nicht gescheut, Dorothea erschütternde Einblicke in das Leben auf Londons Straßen zu geben. Danach hatte Dorothea zumindest eine Ahnung davon, was einen dazu bewegte, ans andere Ende der Welt zu reisen. Leider hatte sie Ian nach den Waisenkindern, die zu Taschendieben abgerichtet wurden, auszufragen versucht. Danach war Millie ihr ausgewichen, als ob sie die Krätze hätte. Trotzdem hatte sie eine zu Herzen gehende Geschichte aufs Papier gebracht, die Herrn Dünnebier begeistert hätte. Und hoffentlich auch die hiesigen Redakteure! Sobald sie sie zu Gesicht bekamen …

»Dorothea!« Ihre Mutter wirkte geradezu entsetzt. »Du beabsichtigst doch wohl nicht im Ernst, in eine Zeitungsredaktion zu spazieren, nur um dort deine morbide Neugierde zu befriedigen.« Ihrem Tonfall nach rangierte eine Zeitungsredaktion nur um Haaresbreite vor einer Kaschemme übelsten Rufs. »Lasst uns lieber ein Gebet für diese armen Seelen sprechen.«

Sie senkte den Kopf über ihre gefalteten Hände. Aber noch ehe sie beginnen konnte, kam Lischen laut kreischend um die Hausecke gerannt: »Ein Ungeheuer, ein Ungeheuer! Es hat mich angefaucht.«

»Lischen, sei nicht albern«, sagte ihre Mutter streng. »Es gibt hier keine Ungeheuer.«

»Vielleicht ne große Eidechse?«, schlug Frau Schmidt vor und lächelte breit. »Die tun aber nix, Kindchen.«

»Ich schau mal nach«, sagte Dorothea, froh darüber, die endlose Stoffbahn beiseitelegen zu können, und nahm Lischens Hand. »Zeig mir, wo du es gesehen hast.«

Sobald sie um die Hausecke bogen, war das rätselhafte Wesen zwar nicht zu sehen, dafür jedoch deutlich zu hören: Aus dem Dickicht, das einmal der Gemüsegarten werden sollte, drang tatsächlich erschreckend lautes Fauchen und Grollen. Der Lautstärke nach zu urteilen, war es nahezu unmöglich, dass ein solch großes Tier sich in dem mannshohen Gebüsch verbergen konnte. Lischen kreischte erneut entsetzt auf und flüchtete. Dorothea schwankte gerade noch zwischen dem Drang, es ihr nachzutun, und dem Wunsch, der Sache auf den Grund zu gehen, als einige der Kaurna-Eltern sich näherten. Der Aufruhr hatte offenbar ihr

Interesse geweckt. Allerdings schienen sie nicht im Geringsten beunruhigt von den unheimlichen Lauten. Im Gegenteil – sie grinsten und machten anscheinend Witze darüber. »Wombat«, sagte einer von ihnen. »Viel gut.« Er rieb sich genüsslich die Bauchregion. Einige der anderen begannen, mit Speeren in dem Dickicht herumzustochern und Steine hineinzuwerfen. Das Fauchen und Grollen verstummte. Es raschelte, und dann brachen zwei biberähnliche Tiere aus dem Gebüsch. Ehe Dorothea ganz begriff, was da vor sich ging, hatten zwei der Männer sie bereits mit keulenartigen Gerätschaften erschlagen. Eines der beiden Exemplare betrachtete sie sich genauer: eine Fellkugel mit Stummelschwanz und einem ungewöhnlich geformten Kopf. Zwischen der gespaltenen Oberlippe konnte sie gelbliche Zähne erkennen. Das waren Wombats? Frau Schmidts Erzählung über die Leichen in Wombatlöchern schoss ihr durch den Kopf. Was fraßen diese Tiere?

Als die Eingeborenen sie mit Gesten fragten, ob sie die Tiere nehmen dürften, nickte Dorothea erleichtert. Das Känguru hatte zwar gut geschmeckt, aber diese Wombats wollte sie nicht essen.

Die Geschichte der ermordeten Schiffbrüchigen ging Dorothea nicht mehr aus dem Kopf. Sie musste einfach mit jemandem darüber sprechen. Leider zeigte August deutlich weniger Enthusiasmus, als sie gehofft hatte. »Ja, davon habe ich gehört. Wer nicht? Grässliche Sache. Ich möchte gar nicht darüber nachdenken – und schon gar nicht mehr darüber wissen«, sagte er. »Weißt du, dass zu Mrs. Gawlers Teeparty am Sonntag auch Professor Menge erwartet wird?«

Die unterdrückte Erregung in seiner Stimme ließ sie trotz der Enttäuschung über sein Desinteresse aufhorchen.

»Nein, woher sollte ich das wissen? Wer ist das?«

Der förmlichen Geselligkeit bei der Gattin des Gouverneurs sah sie nicht gerade mit Vorfreude entgegen. Mrs. Gawler hatte die

Einladung gestern persönlich überbracht, aber trotz der freundlichen Geste war die Frau Dorothea nicht sympathisch gewesen. Sie erinnerte sie zu sehr an die Frau Geheimrätin in Dresden, die Grete so übel mitgespielt hatte. Auch deren aufdringlich zur Schau getragene Frömmigkeit hatte nur als Deckmantel gedient.

»Professor Menge ist der größte, lebende Mineraloge«, erklärte ihr Bruder geradezu schwärmerisch. »Er hat hier in Südaustralien bereits zweihundert Mineralien entdeckt, und derzeit hält er Vorlesungen am mechanischen Institut. Ich würde ihn zu gerne über seine Reisen sprechen hören. Er hat Kangoroo-Island erforscht und Neu-Schlesien und den Murray River. Und überall hat er neue Mineralien gefunden. Ach, wenn Vater nur sehen würde, dass ich nicht zum Geistlichen geschaffen bin!«

»Rede mit ihm. Wenn er merkt, wie sehr dein Herz an der Mineralogie hängt, wird er es dir nicht abschlagen«, riet Dorothea.

August seufzte schwer. »Du weißt doch, wie sehr *sein* Herz daran hängt, dass ich Missionar werde. Du hast gut reden – sagst du ihm etwa, dass du lieber Zeitungsreporter würdest als eine brave Pastorenfrau?«

Sein Vorwurf traf ins Schwarze. Auch Dorothea hatte es noch nicht über sich gebracht, ihrem Vater ihren Herzenswunsch zu gestehen.

Schon als Kinder hatten sie gemerkt, dass der Vater ihren Wünschen sehr viel eher nachgab als die Mutter. Er hatte eine triste Kindheit im Waisenhaus verbracht. Vielleicht konnte er es deshalb nicht ertragen, seine Kinder unglücklich zu sehen. Keines von ihnen hatte je die Rute zu spüren bekommen, obwohl sie es zuweilen sicher verdient gehabt hätten. »Könnt ihr mir eine Stelle aus dem Neuen Testament zeigen, an dem unser Herr Jesus Christus es gutgeheißen hätte, Kinder zu züchtigen?«, hatte er erwidert, als ihm ein erboster Nachbar, dessen prämierte Pflaumen gerade in den Mägen von August und Dorothea verschwunden waren, zu einer kräftigen Tracht Prügel riet, und stattdessen den Geldbeutel gezückt.

Das brennende Gefühl der Scham, als die Münzen, die für ein dringend benötigtes, neues Paar Stiefel vorgesehen waren, im Hosensack des Nachbarn verschwanden, empfand sie noch heute. Konnte man einen solchen Mann enttäuschen?

»Ich werde es ihm schon noch sagen. Sobald ich meine erste Geschichte verkauft habe. Aber um mich geht es hier nicht. Du jammerst doch ständig, dass deine Zukunft grau und öde vor dir läge. Tu etwas dagegen!« Manchmal hätte sie ihren Bruder am liebsten gepackt und geschüttelt. Wie konnte man nur so unentschlossen sein?

August wirkte leicht verärgert. »Du weißt immer genau, was andere tun müssen, nicht wahr? Dein zukünftiger Mann ist wahrlich nicht zu beneiden, du, du ... Xanthippe!« Damit drehte er ihr den Rücken zu und stapfte aus dem Zimmer.

Dorothea stand wie erstarrt. Was war nur mit ihrem Bruder los? So hatte er noch nie mit ihr gesprochen! Ärger begann die Überraschung zu überlagern. Was bildete er sich eigentlich ein?

»Er wollte dich sicher nicht kränken«, kam Karls Stimme aus dem Ohrensessel im Winkel.

Sie schoss herum. »Du hast gelauscht?«, fauchte sie, erbost darüber, dass er Zeuge ihrer Kränkung geworden war.

»Das habe ich nicht.« Im Gegensatz zu August ließ Karl sich nicht provozieren. Er fasste den Zeichenstift fester und beobachtete sie mit schief gelegtem Kopf. »Wenn du wütend bist, sind deine Augen schmaler als sonst und fast schräg«, stellte er sachlich fest. »Wie bei einer Katze. Auch dein Mund ist dann ganz anders ...« Die Kohle flog über das Papier, und nur Augenblicke später hielt er ihr das Blatt hin. »So etwa.«

Leicht erschrocken sah Dorothea in ihr Gesicht, wie andere es sahen. Karl hatte sie gut getroffen. Aber schaute sie wirklich so finster drein? Sträubten sich ihre Augenbrauen tatsächlich dermaßen?

»Es ist ein bisschen überzeichnet«, sagte Karl ruhig. »Eine solche Skizze nennt man eine Karikatur. – August hat es nicht so gemeint. Sicher tut es ihm schon leid.«

Wider Willen musste Dorothea lachen. »Du wärst ein guter Anwalt, Karl. Schon gut, ich bin nicht mehr wütend. Es war mein Fehler. Ich weiß ja, dass August es nicht leiden kann, zu etwas gedrängt zu werden. Aber manchmal gehen einfach die Pferde mit mir durch.«

Karl schwieg. Er redete nicht gerne mehr als nötig. Auf einmal verspürte Dorothea das Bedürfnis, ihrem stillen Bruder mehr über sich zu entlocken.

»Die Zeichnung erinnert mich an die, die du auf dem Schiff gemacht hast. Aber du hast große Fortschritte gemacht seitdem«, sagte sie freundlich. »Hast du Vater schon gefragt, ob du hier weiter Unterricht nehmen kannst?«

Karl schüttelte den Kopf. »Das wird nicht nötig sein. Mr. Kingston war so freundlich, mir seine Unterstützung und Hilfe anzubieten, als er meine Zeichnungen im Schulzimmer gesehen hat.«

Pastor Teichelmann hatte Karl das Privileg vermittelt, zusammen mit den Söhnen des Gouverneurs und einiger Honoratioren unterrichtet zu werden. Eines der zwölf Zimmer der Residenz war extra zu diesem Zweck hergerichtet worden. Bisher hatte Karl so gut wie gar nichts darüber erzählt. Keiner hatte ihn gefragt, und er war nicht von der Art, die von sich aus alles heraussprudelt. »Sag mal, wie ist es eigentlich so bei diesen Gawlers?«, erkundigte Dorothea sich. »Wie sind deine Mitschüler? Nett?«

Karl hob gleichmütig die Achseln und ließ sie wieder sinken. »Engländer eben. Wenn man ihnen nicht widerspricht und zu allem Ja und Amen sagt, sind sie ganz in Ordnung. Den Gouverneur habe ich noch nicht kennengelernt. Mrs. Gawler scheint überaus fromm zu sein. Ständig ist sie mit wohltätigen Werken beschäf-

tigt.« Er lächelte schief. »Sie spricht mit mir wie mit einem Halb-
gescheiten. Vermutlich denkt sie, ich sei unfähig, mich in ihrer
Sprache zivilisiert zu unterhalten.«

An diesen Ausspruch ihres Bruders wurde Dorothea erinnert, als
sie Mrs. Gawler gegenüberstand. Trotz der frühsommerlichen
Temperaturen trug sie ein langärmliges, schwarzes Kleid aus Me-
rinowolle mit schlichtem, weißem Kragen. Die Wirkung kam einem Pastorenhabit so nah, dass Dorothea sich fragte, ob sie ihre
Garderobe absichtlich so ausgewählt hatte. Auch der Gouverneur
trug Schwarz. In Verbindung mit seiner ungesund bleichen Gesichtsfarbe und den verhärmten Gesichtszügen erschien er ihr eher
bemitleidenswert als Ehrfurcht einflößend. Das war der Gouverneur? Der mächtigste Mann Südaustraliens?

Aber seine Stimme, als er sie alle begrüßte, war fest, und seine
dunklen Augen schienen nachgerade zu erahnen, was sie dachte.
Verlegen senkte sie den Blick und knickste besonders tief. Während er sich bereits den nächsten Gästen zuwandte, nahm Mrs.
Gawler sie unter ihre Fittiche. »Wie schön, dass unser lieber Pastor
Schumann endlich seine Familie wieder um sich hat. Die Damen
vom Kirchenkomitee freuen sich schon so darauf, Sie kennenzulernen, Mrs. Schumann. Ich werde Sie gleich zu Ihnen geleiten«,
sagte sie betont langsam und deutlich akzentuiert. Dorothea wechselte einen kurzen Blick mit Karl und biss sich auf die Unterlippe.
Er hatte ihren Tonfall gut beschrieben. »Für die jungen Leute haben wir auf der hinteren Veranda gedeckt. Von dort aus hat man
einen guten Überblick über das *palti,* das unsere Schützlinge heute
veranstalten. Mr. Moorhouse, wären Sie so freundlich, sie dorthin
zu führen und bekannt zu machen?«

Ein großer, schlanker Mann mit auffallend gut geschnittenen
Gesichtszügen verbeugte sich höflich. »Zu Ihren Diensten, Madam.« Dorothea musterte ihn neugierig. Von ihm hatte sie schon

einiges gehört. Matthew Moorhouse war seit über einem Jahr der offiziell bestellte »Protector of Aborigines« für Südaustralien, ein Amt, das er mit Hingabe ausfüllte. Ihr Vater hatte mit größter Hochachtung von ihm gesprochen. Seine Aufgaben waren vielfältig: Er hatte dafür Sorge zu tragen, dass die Landstücke, die von Gesetz wegen den Eingeborenen zustanden, nicht von Siedlern okkupiert und Übereinkommen eingehalten wurden.

Er musste Streitigkeiten schlichten, die stetig zunehmenden Schafsdiebstähle aufklären, Verstöße gegen die Gesetze – egal ob von Weißen oder Schwarzen begangen – anzeigen, vor allem jedoch sollte er die Aborigines »zivilisieren«.

»Ich befürchte allerdings, dass damit vor allem beabsichtigt ist, sie zu willigen Dienstboten zu erziehen«, hatte Pastor Schumann nachdenklich bemerkt. »Ich wurde schon mehrfach gefragt, wann die Mädchen denn so weit wären, dass man sie als Dienstmädchen gebrauchen könnte.«

Dorothea, die sich sofort wieder an Grete erinnerte, war empört. Niemand sollte einem anderen Menschen so ausgeliefert sein!

»Man kann sie doch nicht zwingen, oder?«

Pastor Schumann lächelte milde. »Natürlich nicht. Moorhouse würde das keinesfalls gestatten. Aber du kannst es den Engländern nicht übel nehmen. Sie sind es gewöhnt, dass in ihren Kolonien in Afrika und Indien die Einheimischen ihnen alle Wünsche von den Augen ablesen. Dass diese hier nicht zum Dienen geboren sind, müssen sie wohl noch lernen.«

Auf der hinteren Veranda ging es bereits munter zu. Eine junge Dame in violett gestreifter Seide löste sich aus einer der Gruppen, sobald sie ihrer ansichtig wurde, und kam ihnen ein paar Schritte entgegen. Ihr strahlendes Lächeln galt vor allem dem Protector, aber es schloss auch die Schumanns mit ein.

Matthew Moorhouse legte ihre Hand zärtlich in seine Armbeuge und sagte: »Darf ich Ihnen meine Verlobte Miss Mary Ruth Kilner vorstellen?«

Neue Gesichter wurden in der überschaubaren Gesellschaft von Adelaide begeistert begrüßt, wie Miss Mary Dorothea zuflüsterte, und so drängten sich alle Anwesenden darum, mit den Schumann-Geschwistern bekannt gemacht zu werden. Vor allem junge Herren umlagerten sie und wetteiferten um ihre Aufmerksamkeit. Das war kein Wunder, wenn man berücksichtigte, dass von der ganzen Gesellschaft außer ihr nur Miss Kilner und zwei albern kichernde Backfische in rosarot-karierten Rüschenkleidern weiblichen Geschlechts und dem Kinderzimmer entwachsen waren.

Das Missverhältnis zwischen den Geschlechtern war so auffällig, dass sie Miss Kilner danach fragte. »Nach Südaustralien kommen sehr viele alleinstehende junge Männer«, erklärte die ihr. »Aber nur wenige Familien mit Töchtern im passenden Alter. Eine Ehefrau zu finden ist deswegen nicht einfach. – Auch Sie werden sich bald vor Verehrern nicht mehr retten können, Miss Schumann.«

Das war nicht gerade eine Aussicht, die Dorothea begeisterte. Irgendwann in ferner Zukunft lauerte ein gesichtsloser Ehemann, aber doch nicht so schnell! Sie hatte nicht das geringste Bedürfnis, in die Rolle einer Ehefrau zu schlüpfen. Erleichtert wandte sie sich daher dem älteren Herrn im abgetragenen Anzug zu, der ihnen als Professor Menge vorgestellt wurde.

»Bin lieber hier als bei den steifen Gestalten im Salon«, vertraute er ihnen an und zwinkerte fröhlich. »Kann dieses ganze vornehme Getue nicht leiden. Sie auch nicht, was, Moorhouse?«

August hatte sich sein Idol wohl anders vorgestellt, dachte Dorothea eine Spur schadenfroh, als sie sah, wie ihr Bruder etwas verkrampft versuchte, mit ihm ins Gespräch zu kommen.

»Nicht jetzt, junger Mann«, wehrte Menge ungeduldig ab. »Jetzt schauen Sie doch lieber mal zu diesen prächtigen Burschen dort hinüber! Es sind die besten Tänzer des Stammes. Die bekommen Sie nicht oft zu sehen.«

Dorothea versorgte Lischen so reichlich mit Kuchen, dass diese für die nächste Zeit beschäftigt war, ehe sie sich selbst eine Tasse Tee holte und zu den anderen Interessierten ans Geländer trat. Auf einem von jeglichem Bewuchs gesäuberten Platz am Torrens River hatte sich eine größere Menge Aborigines versammelt. Am östlichen Rand saßen in einer langen, ordentlich aufgereihten Linie die Frauen, Kinder und einige alte Männer. Am gegenüberliegenden Rand hatten sich die Tänzer aufgestellt. Fasziniert musterte Dorothea ihre exotische Aufmachung. Außer einem Lendenschurz waren sie nackt, allerdings von Kopf bis Fuß mit roter und weißer Farbe bemalt. Kreise und Striche hoben ihre Körperkonturen auf, ließen sie fast wie Wesen einer anderen Welt erscheinen. Auf dem Kopf, unter den Knien und an den Oberarmen waren Federtuffs befestigt. In den Händen trugen sie ebenfalls große Büschel aus Federn und Blattwerk. Sie schienen bester Laune zu sein, denn sie neckten sich ständig wie Kinder, indem sie sich gegenseitig mit den Federbüscheln kitzelten.

Einer der alten Männer gab das Signal anzufangen, indem er zwei Stöcke laut gegeneinanderschlug. Gleich darauf begann die erste Frau in der Reihe, mit der flachen Hand auf das Fellbündel zu schlagen, das sie auf dem Schoß hielt. Eine nach der anderen nahm den Rhythmus der provisorischen Trommel auf.

»Worauf schlagen sie?«, wollte Karl wissen.

»Auf ihre Umhänge.« Menge verzog spöttisch das Gesicht. »Natürlich geht das nur bei den traditionellen Umhängen aus Opossumfell. Mrs. Gawlers löchrige Decken, die sie ihr zuliebe angelegt haben, taugen nicht dafür. Sie sehen nicht nur armselig aus – sie sind es auch.« Er zeigte auf den alten Weißhaarigen: »Der dort trägt als Einziger noch die traditionelle Tracht. Bei Männern bleiben der rechte Arm und die Schulter frei, damit sie beim Werfen nicht behindert werden. Tagsüber wird er mit einem Gürtel in der

Taille gebunden, und nachts dient er als Bettdecke. Normalerweise gehen sie jetzt im Sommer sowieso nackt, aber das würde Mrs. Gawler in Sichtweite der Residenz nicht dulden.«

Dieselbe Frau, die den Trommelrhythmus vorgegeben hatte, fing zu singen an. Eine ziemlich eintönige Melodie, fand Dorothea, ohne Höhen und Tiefen. Ihre klare Altstimme schien immerzu die gleichen Worte zu wiederholen. Hier und da setzte sie aus, und dann fielen die anderen wie ein Chor ein.

Nahezu unmerklich steigerte sich das Tempo. Auf ein einstimmiges »Waugh« hin begannen die Männer, die ihnen bisher reglos gegenübergestanden hatten, mit den Füßen aufzustampfen und ihre Büschel zu schütteln. Es sah so lustig aus, dass Dorothea fast in Gelächter ausgebrochen wäre. Plötzlich stürmte eine weitere Männergruppe aus ihrem Versteck im Gebüsch auf den Platz. Mit sich trugen sie eine Art ausgestopfte Puppe aus Känguruhaut mit der Fellseite nach innen. Die Leerseite war über und über mit kleinen weißen Kreisen bemalt. Statt eines Kopfes ragte ein Stock mit einem besonders großen Federtuff in die Höhe. Die Arme und Hände wurden durch ebensolche Stöcke und rot gefärbte Federbüschel repräsentiert. Aus der Mitte ragte ein kürzerer Stock, verziert mit einem dicken Ende aus Gras und buntem Stoff.

»Was soll denn das?«, fragte jemand aus dem Hintergrund. »Soll das ein Tier oder einen Menschen darstellen?«

»Ich bin mir nicht ganz sicher. Tänze werden ständig neu erfunden und oft von anderen Stämmen übernommen, die deren Bedeutung gar nicht mehr kennen. Es scheint mir eine Art Kängurutanz zu sein. Was meinen Sie, Moorhouse?«

»Sie dürften mit Ihrer Vermutung recht haben, Professor. Etwas Ähnliches habe ich weiter im Süden gesehen. Aber da ging es um einen Emu.«

»Die guten Leutchen lieben es doch über alles, zu tanzen und zu singen«, bemerkte Menge eine Spur wehmütig. »Da sind sie wie

Kinder. Kein Gedanke an das Morgen. Aber irgendwie charmant. Finden Sie nicht, Miss Schumann?«

Was sollte man darauf erwidern? Dorothea dachte an ihren Vater und Pastor Teichelmann, die so überzeugt davon waren, ihren Zöglingen die nötigen Fähigkeiten vermitteln zu können, um sich in der Welt der Weißen zu behaupten.

»Glauben Sie, dass man ihnen beibringen kann, wie wir zu leben? Wenn man ihnen Zeit lässt und ihnen dabei hilft?«

Sie spürte, wie er sie von der Seite her betrachtete. »Nein, das glaube ich nicht«, sagte er endlich so leise, dass sie ihn gerade noch verstand. »Sie sehen es einfach nicht ein, dass sie so leben sollen wie wir. Und wenn man wie ich mit ihnen monatelang durch den Busch gezogen ist, dann sieht man es auch nicht mehr ein.«

Das konnte Dorothea wiederum nicht verstehen. »Was ist denn so herrlich daran, jede Nacht im Freien zu schlafen? Jede Mahlzeit erst mühsam erjagen oder sammeln zu müssen? Ich finde, unsere Art zu leben ist der ihrigen bei Weitem überlegen.«

»Ach ja, das gute, preußische Arbeitsethos!« Spott und eine Spur Traurigkeit glitzerten in seinen Augen. »Nein, mein Kind, das können Sie natürlich nicht nachfühlen. Dafür müssten Sie die unendliche Freiheit unter diesem fantastischen Sternenhimmel des Südens geschmeckt haben, die Grenzenlosigkeit. Wer davon gekostet hat, der empfindet ein Haus nur noch als Gefängnis, unsere Zivilisation als quälend enges Korsett, das einen hindert, frei zu atmen.«

Professor Menge begann ihr unheimlich zu werden. War der Mensch wirklich ganz bei Trost? Es mochte ja noch angehen, vom Sternenhimmel hier zu schwärmen. Auch ihr war aufgefallen, dass die Sternbilder anders aussahen und heller zu strahlen schienen als zu Hause. Ein Haus nicht als Schutz, sondern als Kerker anzusehen ging aber einwandfrei zu weit! So unmerklich wie möglich rückte sie von ihm ab und war erleichtert, als August die Gelegenheit wahrnahm und sich neben den Professor drängte.

Dass es sich tatsächlich um einen Kängurutanz handelte, wurde sehr schnell deutlich, als der Träger der Puppe begann, wie eines dieser Tiere umherzuspringen. Er imitierte es so gut, dass alle Zuschauer in schallendes Gelächter ausbrachen, während er zwischen den Tänzern und den Musikerinnen hin und her hüpfte. Die Pantomime wurde auf dramatische Art beendet, als die Tänzer mit den Federbüscheln ihren Schmuck ablegten und nach ihren Waffen griffen. Auf einmal hielten sie lange Speere und seltsam geformte Keulen in den Händen. Die Gruppe wirkte so kriegerisch, dass Dorothea äußerst unbehaglich zumute wurde. Was, wenn sie sich entschieden, ihre Speere und Wurfhölzer nicht nur zur Zierde zu tragen, sondern sie gegen die Weißen einzusetzen? Niemand von ihnen hier war bewaffnet. Schutzlos wären sie einem Angriff ausgeliefert.

Glücklicherweise dachten die Aborigines nicht im Traum daran, ihnen etwas zuleide zu tun. Sie begnügten sich damit, unter wildem Geschrei die Waffen zu schwingen und das arme Känguru zu bedrohen. Indem sie so heftig aufstampften, dass der trockene Lehm in Staubwolken aufgewirbelt wurde, umkreisten sie ihre imaginäre Beute. Inzwischen lief den Männern der Schweiß in Strömen über den Körper, verwischte die Bemalung und ließ die dunkle Haut darunter schimmern wie poliertes Ebenholz. Die animalische Ausstrahlung der Darbietung war so überwältigend, dass Dorothea zwischen Bewunderung und einer gewissen Verlegenheit schwankte. Aus den Reihen der Frauen waren anfeuernde Rufe zu hören. Keine von ihnen machte jedoch Anstalten, sich den Tänzern anzuschließen.

»Tanzen bei ihnen eigentlich nur die Männer?«, fragte Karl und sprach damit aus, was Dorothea auch gerade gedacht hatte.

»Bei dieser speziellen Art von Tanz, ja«, erwiderte Matthew Moorhouse, ohne den Blick von dem Schauspiel abzuwenden. »Es gibt aber auch andere Tänze. Nur für Frauen oder solche, bei denen beide Gruppen sich gegenüberstehen. Das kommt ganz auf den Anlass an.«

»Gibt es auch Kriegstänze?«, wollte einer der jungen Männer wissen. »Wie bei den Schwarzen auf Neuseeland? Ein Freund hat sie mir beschrieben. Sie sollen überaus beeindruckend sein.«

»So kriegerisch geht es hier nicht zu.« Moorhouse lächelte plötzlich nicht mehr. »Glücklicherweise. Die Kaurna hier um Adelaide sind ausgesprochen friedliebend.«

»Was man von der Bande am Coorong nicht behaupten kann!«, warf ein anderer der jungen Männer halblaut ein. »Und mit den Murraystämmen wird O'Halloran noch alle Hände voll zu tun bekommen!«

»Ein Hoch auf unseren Commissioner! Auf dass er dort bald Klarschiff macht!«, grölte sein bereits leicht alkoholisierter Freund neben ihm. »Hängt sie alle auf!«

»Mäßigen Sie sich! Es sind Damen anwesend.« Moorhouse verfolgte mit verächtlicher Miene, wie er seinen Flachmann vollends leerte und mit unsicheren Fingern zuschraubte, ehe er ihn in den Tiefen seiner Rockschöße verschwinden ließ. »Offensichtlich sind Sie nicht ganz wohl. Vielleicht sollten Sie sich jetzt entschuldigen. Guten Abend.« Damit drehte er ihm ostentativ den Rücken zu und überließ es dem peinlich berührten Freund, ihn nach einem heftigen Disput im Flüsterton hinauszuführen.

Der Gesang der Frauen war währenddessen immer leidenschaftlicher geworden. Auf- und abschwellend steigerte die primitive Melodie sich zu einer Art Beschwörung, die Dorothea trotz aller Fremdartigkeit in ihren Bann zog.

Mit einem letzten, kollektiven Aufschrei endete die Jagd. Von zahlreichen Speeren getroffen sank das Känguru samt seinem Träger unter dramatischem Stöhnen zu Boden. Augenblicklich stürzten sich die Jäger darauf. Ein wirres Knäuel aus bemalten Körpern entzog es ihren Blicken, bis sich ein Mann, der den Stock mit dem

Stoffknubbel triumphierend gen Himmel reckte, aus ihm löste und ihn unter lautem Triumphgeschrei dem alten Mann brachte.

Damit war die Darbietung beendet. Die Tänzer hatten sich so verausgabt, dass einige taumelten und von Mittänzern in den Schatten geführt wurden, wo sie erschöpft zu Boden sanken. Die Kinder beeilten sich, ihnen große, mit Wasser gefüllte Muscheln zu bringen, das sie durstig hinunterstürzten. Einer nach dem anderen sammelte sich unter den Akazien.

»Was kommt jetzt?«, fragte Dorothea. »Sie scheinen auf etwas zu warten.«

»Auf ihr Schaf«, sagte Moorhouse und wies auf einen kräftigen Bediensteten des Gouverneurs, der, einen Schafskadaver über die Schulter geworfen, auf sie zuging und ihn vor dem alten Mann zu Boden fallen ließ. »Sobald sie in ihrem Lager sind, werden die Ältesten jedem seinen Anteil zusprechen.«

»Warum gerade die Alten? Haben sie keinen Anführer?«

»Die Alten sind die Anführer. Die jungen Männer haben kaum etwas zu sagen. Sie müssen sich erst bewähren, ehe ihr Wort Gewicht hat.«

»Und das scheint ziemlich lange zu dauern«, bemerkte August scherzhaft, während sie zusahen, wie die Männer die Beine des Schafs zusammenbanden, einen Speer dazwischen hindurchschoben und das schwere Tier schulterten. »Ich hätte auch gedacht, dass einer von den Kräftigsten der Häuptling ist.«

»Nein, mein Junge. Erfahrung zählt bei ihnen mehr als bloße Kraft.« Professor Menge klopfte Moorhouse anerkennend auf die Schulter. »Kompliment, Mr. Moorhouse! Wie lange sind Sie jetzt Protector? Etwas über ein Jahr, nicht? Dafür haben Sie bereits erstaunlich gute Kenntnisse von ihren Sitten und Gebräuchen.«

»Ich gebe mir Mühe.« Moorhouse war sichtlich erfreut über das Lob. »Aber sie überraschen einen immer wieder aufs Neue.«

4

Dieser Ausspruch von Protector Moorhouse kam Dorothea wieder in den Sinn, als er ein paar Wochen später in der Mission vorsprach. Ihre Mutter und sie waren gerade vom Einkaufen gekommen. Auguste Schumann liebte es, auf den Markt zu gehen. »Da kann ich mir fast einbilden, wieder zu Hause zu sein«, hatte sie einmal mehr gesagt.

Die meisten Marktfrauen waren deutsche Bäuerinnen. Speziell die Hahndorferinnen waren bekannt für die Qualität ihrer Waren. Allerdings auch für ihre Preise.

»Wir sollten sehen, so rasch wie möglich den Gemüsegarten anzulegen«, hatte ihre Mutter geseufzt, während sie die Ausgaben fein säuberlich ins Haushaltsbuch eintrug. »Fünf Pence für einen Bund Petersilie und einen Shilling für einen Salatkopf! Ich muss mit deinem Vater sprechen, ob man nicht jemand von diesen Eingeborenen draußen dafür abstellen kann. Sie lungern sowieso nur herum.«

Für jemanden wie Auguste Schumann war es fast eine Sünde, untätig herumzusitzen. Die Familien der Schüler, die sich vor der Missionsschule die Zeit vertrieben, entlockten ihr nicht selten spitze Bemerkungen.

»Ich fürchte, dazu haben sie alle viel zu viel Angst vor dir, Mama.« Dorothea musste immer noch lachen, wenn sie sich daran erinnerte, wie ihre Mutter wutentbrannt mit einem Besen auf den vorwitzigen Eingeborenen losgegangen war, der die Kühnheit besessen hatte, mit schmutzigen Fingern die frisch gewaschene Tischwäsche zu befühlen. Seitdem hatten sie respektvollen Abstand zu dieser gefährlichen Frau und ihrem *wodli* gehalten.

»Auguste, kannst du bitte in den Salon kommen? Du auch, Dorchen.«

Pastor Schumann stand in der Küchentür und sah verwirrt aus. »Mr. Moorhouse hat mir ein Anliegen vorgetragen, das ich nicht allein entscheiden möchte.«

Dorothea stellte noch rasch einen Krug Limonade sowie einige der guten Gläser auf ein Tablett und folgte dann den Eltern. Mr. Moorhouse erhob sich höflich bei ihrem Eintreten, machte ihr ein Kompliment über ihr frisches Aussehen und nahm dankend ein gefülltes Glas entgegen. Es war ihm aber deutlich anzusehen, dass er mit seinen Gedanken ganz woanders war.

»Ich komme in einer delikaten Angelegenheit zu Ihnen«, begann er. »Ich fürchte, ich muss ein wenig ausholen.«

»Lassen Sie sich ruhig Zeit«, ermutigte Pastor Schumann ihn freundlich. »August ist durchaus imstande, die Bande im Zaum zu halten, wenn es nötig ist.«

»Gut. Es geht darum, dass Jane, wie Kauwewingko sich jetzt nennt, lernen möchte, wie man als weiße Frau lebt.« Dorothea verschluckte sich fast an ihrer Limonade. Auch die Eltern starrten den Protector nur sprachlos an. »Ich sagte ja, ich muss weiter ausholen«, fuhr der fort. »Ich kenne Jane seit meiner Anfangszeit hier. Sie hat kurz diese Schule besucht. Erinnern Sie sich vielleicht noch an sie, Pastor Schumann? Sie muss eine gute Schülerin gewesen sein, denn sie spricht besser Englisch als die meisten.«

Dorotheas Vater schüttelte bedauernd den Kopf. »Der Name sagt mir jetzt nichts. Aber ich habe in meiner ersten Zeit nicht unterrichtet, weil ich ja selber noch Kaurna lernen musste.«

»Warum möchte sie denn wie eine weiße Frau leben?« Dorothea

erinnerte sich gut an den Ausspruch von Professor Menge, dass die Eingeborenen nicht zu zivilisieren seien. Und nun das?

»Jane möchte einen weißen Mann heiraten«, sagte Moorhouse, und sein Gesichtsausdruck signalisierte, dass er es für keine gute Idee hielt. »Nach Kaurna-Sitte sind sie bereits verheiratet. Aber Tim Burton möchte sie auch nach englischem Recht zur Frau nehmen. Mit einer Trauung in der Trinity Church und allem.«

»Wie romantisch!« Auguste Schumann war tief gerührt.

»Ich fürchte eher berechnend, Madam«, erwiderte Moorhouse schmallippig. »Burton ist Schafhirte, und sein Heiratswunsch dürfte in erster Linie darauf zurückzuführen sein, dass Jane ein ordentliches Stück Land beanspruchen kann. Sie wissen ja, dass die Regierung einen Teil der vermessenen Gebiete für die Eingeborenen zurückhält. Sie können also jederzeit eine Parzelle einfordern, wenn sie sie bebauen wollen.«

»Sie sind nicht glücklich mit der Sache?« Pastor Schumann musterte sein Gegenüber.

»Nein, das bin ich ganz und gar nicht«, sagte Moorhouse offen. »Aber ich habe keine Handhabe, es zu verbieten. Meiner Meinung nach hätte Jane etwas Besseres verdient, aber es ist nun einmal ihr Wille. Wahrscheinlich war ihr Leben im Harem ihres vorigen Ehemanns auch kein Vergnügen. Die jüngsten Ehefrauen bekommen immer die unangenehmsten Arbeiten zugeteilt.«

»Sie war schon verheiratet?«, platzte Dorothea heraus. »Wie alt ist sie denn?«

»Sechzehn, höchstens siebzehn.«

Mein Gott, sie war jünger als sie! Als sie zum ersten Mal geheiratet hatte, musste sie noch ein Kind gewesen sein.

Moorhouse, dem ihr Entsetzen nicht entging, lächelte schwach. »Ich darf Ihnen versichern, Miss Schumann, dass Jane keineswegs verdorben ist, wie man es nach unseren Maßstäben vermuten würde. Die Eingeborenen verheiraten ihre Töchter sehr früh. Sobald sie ungefähr zwölf oder dreizehn Jahre alt sind, verlassen sie ihren Stamm und ziehen zur Gruppe des Ehemanns.«

»Die armen Dinger!« Mutter Schumann schüttelte empört den Kopf. »Kann der Magistrat nicht dagegen vorgehen? Das ist einfach …« Ihr fehlten sichtlich die passenden Worte, um das auszudrücken, was nicht taktvoll auszudrücken war.

»Sie würden es nicht verstehen. Schließlich sind sie diese ihre Art gewohnt seit Urzeiten. Es wäre ein Kampf gegen Windmühlen.«

»Um auf den eigentlichen Grund Ihres Besuchs zurückzukommen: Verstehe ich Sie richtig? Sie möchten, dass wir sie als Haustochter aufnehmen?«, fragte Pastor Schumann, und Dorothea bewunderte ihn dafür, dass seine Stimme so ruhig klang. »Für wie lange?«

»Ich denke, länger als ein, zwei Monate wird Burton sich nicht gedulden«, sagte Moorhouse bedauernd. »Aber sie ist ausgesprochen aufgeweckt. Ich denke, in dieser Zeit wird sie alles lernen, was nötig ist.«

»Bringen Sie uns das arme Mädchen ruhig her. Wir werden uns gut um sie kümmern«, rief Auguste Schumann mitleidig. »Sie kann bei Dorothea schlafen. Es ist zwar ein bisschen eng, aber es wird schon gehen, nicht, Dorchen?«

In stummer Frage ruhten die Augen von Pastor Schumann und Protector Moorhouse auf ihr. Eingeschüchtert nickte sie. »Natürlich.« Es würde seltsam sein, das Zimmer mit einer so ungewöhnlichen Person zu teilen. Aber hatte sie sich nicht immer gewünscht, interessante Menschen kennenzulernen?

Mit dem zweiten Bett wurde es tatsächlich ziemlich eng. Dorothea tröstete sich damit, dass sie sich jetzt in den Sommermonaten sowieso nicht allzu viel dort aufhalten würden. Bei ihrer Ankunft hatten noch durchaus angenehme Temperaturen geherrscht. Die

zauberhaften Frühlingstage hatten sich jedoch nur zu rasch zu trockenen, staubigen Sommertagen gewandelt, an denen einem der
Schweiß bereits am Vormittag die Kleidung durchnässte. Dorothea
und den Geschwistern machte das weniger aus, aber ihre Mutter
litt bei der zunehmenden Schwüle immer häufiger an Kopfschmerzen, die so stark waren, dass sie sie zwangen, das Bett zu hüten.

So spielten Dorothea und Lischen allein auf der Veranda, als
Moorhouse vorfuhr. Neben ihm saß ein schlicht gekleidetes, dun-
kelhäutiges Mädchen mit wachen Augen. »Das muss sie sein«, flüsterte Lischen und starrte mit aufgerissenen Augen auf die beiden
Besucher. »Glotz nicht so!« Dorothea stieß ihre kleine Schwester
mit dem Fuß an, ehe sie sich anschickte, die beiden angemessen
zu begrüßen.

»Es tut mir leid, meine Mutter ist nicht wohl. Herzlich willkommen, Jane. Ich bin Dorothea, und das ist Lischen.«

»Ich bin euch sehr dankbar, dass ich bei euch lernen darf«, sagte Jane mit überraschend dunkler, weich klingender Stimme. »Ich
werde mir große Mühe geben, euch nicht zur Last zu fallen.«

»Ich bin sicher, dass du das nicht wirst, Jane«, sagte Protector
Moorhouse herzlich und reichte ihr das Bündel mit ihren Hab-
seligkeiten. »Grüßen Sie Ihre Eltern von mir, Miss Schumann.
Ich muss leider gleich weiter. Gouverneur Gawler erwartet mich.«

Er verschwand in der unvermeidlichen Staubwolke, und die
drei Mädchen betrachteten sich neugierig und eine Spur befan-
gen. »Möchtest du etwas trinken oder dich lieber zuerst frisch machen?«, fragte Dorothea schließlich.

»Was ist frisch machen?«

Lischen brach in hilfloses Gekicher aus. Ihre ältere Schwester zog
sie energisch am Zopf, um sie zur Ordnung zu rufen.

»Sich frisch machen bedeutet: den Staub abzuwaschen oder sich
umzuziehen – das Kleid wechseln«, fügte sie hinzu, als sie bemerkte, dass Jane das Wort nicht kannte. »Soll ich dich hinaufführen?«

»Ja, bitte.«

Jane zog sich natürlich nicht um. Sie trug ja bereits ihr bestes Kleid aus indigofarbener Baumwolle, zusammen mit einem Paar abgetragener Stiefel, die notdürftig für sie passend gemacht worden waren. Ein Waschtisch war ihr offensichtlich genauso unbekannt wie ein Kleiderschrank. Mit großen Augen nahm sie die neuartige Umgebung in sich auf. Als Dorothea Wasser aus dem Krug in die Waschschüssel goss, sah sie sie verwirrt an. »Zum Trinken?«

Dorothea verbiss sich das Lachen. »Nein, zum Waschen. Schau, das ist die Seife, und dort ist der Handtuchständer. Das schmutzige Wasser gießen wir hier einfach aus dem Fenster.«

Geradezu andächtig schnupperte Jane an dem Seifenstück. »Sie riecht ja nach Blumen«, stellte sie fest. »Wie macht ihr das?«

»Wir machen sie nicht selber. Wir kaufen sie in dem neuen Drugstore in der Hindley Street«, gab Dorothea zu. »Ich wüsste gar nicht, wie man Seife herstellt.«

»Es ist nicht schwer. Tim hat auch manchmal Seife gekocht, aber die stinkt.«

Sie wusch sich mit so kindlicher Freude an dem ungewohnten Luxus, dass Dorothea geduldig wartete, bis sie zum dritten Mal ihre Hände eingeschäumt hatte, ehe sie sagte: »Ich glaube, du bist jetzt sauber genug. Möchtest du dich noch ein wenig umsehen? Sonst können wir hinuntergehen und auf der Veranda etwas trinken. Ich habe vorhin frische Zitronenlimonade gemacht.«

»Ihr trinkt kein Wasser?«, fragte Jane erstaunt.

»Doch, auch. Aber Limonade schmeckt besser. Findest du nicht?«

Das gab Jane ohne Weiteres zu, nachdem sie vorsichtig gekostet hatte. »Es schmeckt wirklich sehr gut«, sagte sie höflich und stellte ihr Glas behutsam ab. »Viel besser als Tee oder Branntwein.«

Lischen spitzte die Ohren, und Dorothea warf ihr einen warnenden Blick zu. »Tee wird in englischen Haushalten viel getrunken«, sagte Dorothea. »Vom Morgen bis zum Abend und zu jeder Gelegenheit, habe ich gehört. Branntwein, glaube ich, eher nicht.« Sie wusste zwar nicht genau über englische Gepflogenheiten Bescheid, doch bei der Einladung des Gouverneurs war zumindest auf der Veranda kein Alkohol gereicht worden. Das schien bekannt zu sein, sonst hätte der junge Mann ja nicht seinen Flachmann dabeigehabt.

»Trinkst du oft Branntwein?« Lischen legte neugierig den Kopf schief. »Wie schmeckt er?«

»Scheußlich.« Jane schüttelte sich unwillkürlich. »Ich mag ihn nicht. Er brennt wie flüssiges Feuer in der Kehle. Aber Männer lieben ihn. Sowohl die Schafhirten als auch unsere. Was ein Glück ist.« Sie lächelte zufrieden. »So konnte Tim mich loskaufen.«

Dorothea beschlich das Gefühl, dass die Konversation für ein zehnjähriges Mädchen ganz und gar nicht passend war. Ihre Mutter hätte Lischen sicher weggeschickt. Aber sie kannte Lischen besser: Die Kleine war eine wahre Meisterin im Lauschen. So versuchte sie lieber, der Unterhaltung eine andere, harmlosere Richtung zu geben.

»Wie hast du eigentlich bisher gewohnt? Ich meine, habt ihr ein eigenes Haus, dein Mann und du?«

Jane schüttelte den Kopf. »Noch nicht. Aber sobald wir unser Land haben, wird Tim uns ein schönes wie dieses hier bauen«, erklärte sie mit unüberhörbarem Stolz in der Stimme.

Dorothea verstand so gut wie nichts von Hausbau, dennoch bezweifelte sie, dass ein Mann imstande wäre, einen solchen Bau ganz allein zu errichten. Jane schien diesem Tim ja wahre Wunder zuzutrauen!

Janes Beschreibung der Behausungen, die sie bisher gewohnt gewesen war, ließ beide Schwestern staunen. Bei den Kaurna waren feste Bauten unbekannt. Im Sommer wurden nur Windschirme errichtet, in den Wintermonaten etwas festere Schutzhütten. Es war ihr schwergefallen, sich an die aus massiven Baumstämmen errichtete Schäferhütte zu gewöhnen. »Am Anfang bin ich oft nachts nach draußen gegangen und habe mich dort unter einen Busch gelegt, weil ich das Gefühl hatte zu ersticken«, erzählte Jane.

»Hattest du keine Angst – so ganz allein im Dunkeln?« Lischen sah sie mit großen Augen an.

»Ich hatte doch ein Feuer, *yakkanilya!*«

»Ist das mein Name in deiner Sprache?«

»Nein, es bedeutet ›kleine Schwester‹. Darf ich dich so nennen? Dein Name ist für meine Zunge sehr schwer.«

»Natürlich.« Lischen strahlte. »Yakkanilya, das klingt nett. Viel hübscher als Lischen.«

»Eigentlich heißt du ja auch Elise«, warf Dorothea ein.

»Ihr habt auch andere Namen für kleine Kinder?« Jane wirkte verwirrt. »Ich dachte immer, Engländer bekommen ihre Namen für alle Zeiten?«

Dorothea erklärte ihr die Unterschiede zwischen Tauf- und Kosenamen und fragte dann, wie es bei den Kaurna gebräuchlich sei. »Wenn ein Kind geboren wird, ruft man es zuerst nur ›Kartamaru‹ – das bedeutet Sohn Nummer eins oder ›Kartanya‹ – das bedeutet Tochter Nummer eins«, sagte Jane. »Erst wenn es alt genug ist, mit den Männern oder mit den Frauen zu gehen, geben die Geister seinen endgültigen Namen bekannt.«

»Wie machen sie das denn?« Lischen war geradezu fasziniert.

»Sie schicken den Eltern einen Traum«, erwiderte Jane schlicht.

»Was denn für einen?«

»Ganz verschieden. Man träumt von einem Tier oder einem bestimmten Platz. Und dann wissen die Eltern, wie ihr Kind heißen soll.«

»Ihr nennt sie nicht nach Verwandten? Ich heiße nämlich nach meiner verstorbenen Großmutter«, erklärte Lischen.

Diese harmlose Eröffnung hatte eine seltsame Wirkung auf die junge Aborigine. Zu Dorotheas Verblüffung betrachtete sie Lischen mit einer Mischung aus Schrecken und Mitleid. »Nein«, sagte sie schließlich. »Wir nennen Kinder niemals nach Menschen. Menschen sterben eines Tages und gehen dann zu den Ahnengeistern. Und die Ahnengeister müssen respektiert werden. Ihre Namen sind tabu. Man darf sie nicht einmal aussprechen.«

»Das kommt mir ziemlich albern vor«, befand Lischen ungerührt und zog die Nase kraus. »Mama spricht ständig von Großmutter Elise.«

»Wir glauben nicht an Ahnengeister«, sagte Dorothea mit der Entschiedenheit einer Missionarstochter. »Wir glauben, dass die Seelen der Verstorbenen in den Himmel kommen und von dort auf uns herabsehen. Wir glauben, dass …« Lautes Geschrei aus Richtung des Schulhauses zeigte an, dass der Unterricht für heute beendet war. »O Himmel, ist es schon so spät?« Sie sprang auf. An den Tagen, an denen Auguste Schumann nicht wohl war, war es Dorotheas Aufgabe, das Essen zuzubereiten. »Jetzt haben wir uns aber mächtig verplaudert.«

Ungeduldig wartete sie, bis ihr Vater und ihr Bruder sich ausgiebig von ihren Schülern und deren Familien verabschiedet hatten und endlich auf das Haus zusteuerten.

»So, das ist also unser Gast«, sagte Pastor Schumann freundlich und streckte Jane eine Hand entgegen. »Willkommen, Kind. Ich hoffe, Sie werden sich bei uns wohlfühlen. – Was gibt es denn Schönes zu essen, Dorchen?«

»Ich fürchte, es gibt heute später Abendbrot, Papa. Lischen, deck schon mal den Tisch!«

Bis Dorothea mit Augusts Hilfe die Pastete aufgeschnitten und die Beilagen angerichtet hatte, war die Tageshitze von einer angenehm kühlen Abendbrise vertrieben worden, und Auguste Schumanns Lebensgeister erwachten wieder. Zumindest so weit, dass sie sich der Gesellschaft im Esszimmer anschloss. Janes offensichtliche Nervosität bei der Vorstellung befremdete Dorothea zuerst. Dann fiel ihr wieder ein, was Protector Moorhouse einmal über die Hierarchie bei den Kaurna-Frauen erzählt hatte. Älteren war absoluter Gehorsam zu leisten. Und vielleicht war ja auch die Geschichte mit dem Besen und der Tischwäsche herumgegangen? Das würde erklären, wieso Jane Mutter Schumann fast schon unterwürfig begegnete. Ihre Vermutung bestätigte sich, als Jane, die mit dem ungewohnten europäischen Besteck zu kämpfen hatte, einen Bissen auf die blütenweiße Tischdecke fallen ließ und vor Schreck erstarrte.

»Ich bitte um Entschuldigung. Ich bin zu ungeschickt«, wisperte sie und schien auf ein schreckliches Donnerwetter gefasst. Als Auguste Schumann nur beiläufig bemerkte: »Das macht doch nichts, es war sowieso nicht mehr frisch«, wirkte sie auf geradezu absurde Weise erleichtert.

Später, allein auf ihrem Zimmer, erklärte sie Dorothea, dass das Haus und seine ganze unbekannte Einrichtung sie nervös mache. »Ich fürchte, ich werde es niemals schaffen, mich an englische Sitten zu gewöhnen«, sagte sie verzagt. »Ich habe immerzu Angst, dass ich etwas kaputt mache. Dies zerbrechliche Geschirr, von dem ihr esst – sicher werde ich noch etwas fallen lassen, und deine Mutter wird sehr böse werden.«

»Du musst keine Angst haben. Mama wird nicht mit dir schimpfen«, beruhigte Dorothea sie. »Sie hat viel zu viel Mitleid mit dir.«

»Mitleid?« Jane sprach das Wort mit so viel Unverständnis aus, dass Dorothea hinzufügte: »Sie findet, dass du sehr schlecht behandelt wurdest.«

»Wieso?«

»Weil du praktisch schon als Kind verheiratet wurdest.«

»Ich wurde nicht als Kind verheiratet. Ich war genau im richtigen Alter, als mein erster Mann mich zur Frau nahm«, widersprach Jane.

Was sollte man darauf erwidern? Dorothea schwieg, nahm sich aber vor, bei nächster Gelegenheit Protector Moorhouse nach gewissen Aspekten des Lebens der Kaurna zu fragen.

»Soll ich das wirklich anziehen?« Jane drehte das Musselin-Nachthemd, das Dorothea ihr überlassen hatte, unschlüssig hin und her. »Es ist doch viel zu vornehm, um darin zu schlafen. Das ist ein Kleid für ein *palti!*«

»Findest du?« Dorothea musste bei der Vorstellung lachen, in einem Nachthemd zu einer Gesellschaft zu erscheinen. »Wenn du nicht magst, musst du es natürlich nicht anziehen. Was trägst du denn sonst in der Nacht?«

»Nichts.«

Dorothea zwinkerte. »Wie bitte?«

»Nichts. Wozu braucht man nachts Kleidung?«

Diese Frage hatte sich Dorothea noch nie gestellt. Es war eben so. »Anständige Frauen tragen Nachthemden«, sagte sie bestimmt. »Du wirst dich schon noch daran gewöhnen.«

In der Folgezeit wurden allerdings mehr Überzeugungen und Gewohnheiten der Schumanns auf den Prüfstand gestellt, als die es sich je hätten träumen lassen. Aus zahlreichen beiläufigen Bemerkungen und Erzählungen setzte sich allmählich ein Bild von Janes Alltag zusammen. Ihr Leben mit Tim Burton war in den Augen der Schumann-Frauen keine wesentliche Verbesserung gegenüber dem mit ihrem Stamm. Seine Hütte war zwar stabiler als die Windschirme, aber die Einrichtung war so spartanisch, wie es bei einer von Männern für Männer gedachten Unterkunft zu erwarten war: ein Kastenbett mit einer Matratze aus heimischen Farnen, ein großer Tisch und grob gezimmerte Stühle sowie eine gemauerte Herdstelle.

»Eine erbärmliche Hütte«, wie Mutter Schumann es zusammenfasste.

Trotzdem schien Jane dort nicht unzufrieden gewesen zu sein. »Ich werde froh sein, wieder nur Blechgeschirr benutzen zu dürfen«, vertraute sie Dorothea an. »Da muss man nicht ständig drauf aufpassen. Und keine Tischdecken, die man ununterbrochen waschen muss.«

Um sie nicht mit unnötigen Zwängen der Zivilisation zu konfrontieren, hatte Auguste Schumann den Schwerpunkt ihres hauswirtschaftlichen Unterrichts auf die Zubereitung einfacher Speisen, Wäschepflege sowie Grundkenntnisse in Näharbeiten gelegt. »Flicken muss man immer! Und man sollte imstande sein, aus alten Kleidungsstücken neue zu schneidern. – Puh, wenn es nur endlich wieder kühler würde!«

Damit war noch lange nicht zu rechnen. Erst gegen Ostern würde es Herbst werden. »Verrückte Welt«, hatte Mutter Schumann gemurrt. »Alles ist andersherum. Im Sommer ist Winter und zu Weihnachten Hochsommer. Man wird ja ganz wirr im Kopf.«

Tatsächlich empfanden es alle als äußerst seltsam, bei sommerlichen Temperaturen Advents- und Weihnachtslieder zu singen. Als Pastor Schumann Jane gebeten hatte, ihnen bei der Suche nach »geeigneten Zweigen für einen Kranz« behilflich zu sein, hatte Dorothea einige Momente gebraucht, bis sie realisiert hatte, dass er von einem Adventskranz sprach. Ihrem Gefühl nach konnte es ohne Kälte und Schnee einfach nicht Vorweihnachtszeit sein.

Es war ein wunderschöner Sommermorgen, als die beiden Mädchen, begleitet von Karl und Lischen, zu ihrer Exkursion aufbrachen. Jane wusste von einem Flecken ein Stück flussaufwärts, an dem Büsche mit biegsamen, lange haltbaren Zweigen wuchsen.

»Dort gibt es ganz in der Nähe auch eine Stelle, an der *goannas* leben. Ich werde aus ihnen eine Medizin für die Kopfschmerzen eurer Mutter machen.«

»Bist du denn ein Arzt?«, fragte Lischen erstaunt.

Jane schüttelte den Kopf. »Nein, ein Arzt bin ich nicht«, erwiderte sie. »Aber ich glaube, ich weiß, was ihr helfen könnte. *Ngalyipi* wäre auch gut, wenn wir welches finden.«

»Was sind *goannas* und *ngalyipi?*«, fragte Karl, während er sich neugierig über einen Busch beugte, der von roten Spinnen übersät schien. »Diese Blüten sind äußerst ungewöhnlich. Könnt ihr kurz warten, ich möchte sie zeichnen.«

»*Goannas* sind Tiere wie die da«, sagte Jane und zeigte auf eine zierliche, braune Eidechse, die aus dem Schilfbüschel flüchtete, von dem sie die breiten Blätter abzupfte. Geschickt begann sie, daraus ein dichtes Netz zu flechten. »Ich werde ein paar von ihnen fangen und in diesem *yammaru* mit nach Hause nehmen. Ihr Fett ist ein gutes Mittel gegen Kopfschmerzen.«

Alle drei Schumanngeschwister erstarrten vor Entsetzen. Dorothea fasste sich als Erste: »Du willst diese Tiere kochen?« Sie traute sich nicht vorzustellen, was ihre Mutter dazu sagen würde.

»Nicht kochen, nur das Fett auslassen«, erklärte Jane, ohne zu bemerken, welche Gefühle sie in ihren Begleitern geweckt hatte. »Sie sind noch ziemlich klein, deshalb werde ich ein paar von ihnen brauchen.«

»Das wird Mama niemals erlauben!« Lischen sprach aus, was sie alle dachten. Jane sah überrascht von ihrer Tätigkeit auf. »Wieso denn nicht? Sind sie für sie tabu?«

»Nein, natürlich nicht.« Dorothea überlegte, wie sie Jane taktvoll erklären sollte, dass ihre Mutter ganz bestimmte Ansichten darüber hatte, was in ihren Kasserollen und Töpfen zubereitet wurde und was nicht. Amphibien gehörten ganz sicher zu Letzteren. »Weißt du, Jane, vielleicht wäre es besser, wenn du die Eidechsen am Leben lässt. Ich könnte mir vorstellen, dass Mama lieber eine Arznei aus Pflanzen nehmen würde. – Was ist denn *ngalyipi?*«

»Es wächst um Bäume.« Die junge Aborigine machte eine kreisende Handbewegung, um zu demonstrieren, dass es sich offenbar um ein Schlinggewächs handelte. »Es hat gelbe Blüten. Man zerdrückt die Stängel und Blätter und macht daraus einen Umschlag für den Kopf. Aber *goanna*-Fett ist besser!«

»Trotzdem denke ich, dass Mama die Umschläge lieber wären«, sagte Dorothea. Sie bezweifelte im Stillen, dass ihre Mutter sich überhaupt auf »Eingeborenenkram« einlassen würde, aber sie wollte Jane nicht kränken, indem sie das laut äußerte. »Was sind das für Berge?«, fragte sie stattdessen und wies auf die bläulich schimmernde Bergkette am Horizont. »Kennst du ihren Namen, Jane?«

»Die Engländer nennen sie Mount Lofty Ranges. Für uns ist das *Yurrebillas* Rumpf«, sagte Jane so ernsthaft, dass niemand lachte.

»Ein seltsamer Name für eine Bergkette«, bemerkte Karl, klappte seinen Zeichenblock zu und studierte mit zusammengekniffenen Augen die fernen Strukturen. »Wer oder was ist *Yurrebilla?*«

»Es ist eine Traumzeitgeschichte.«

»Erzählst du sie uns? Bitte, Jane, ich liebe Geschichten«, bettelte Lischen.

»Ich bin keine gute Geschichtenerzählerin«, wehrte sie ab.

»Ach, bitte, bitte!«

»Jetzt hast du uns so neugierig gemacht, da musst du sie uns schon erzählen«, stimmte Karl mit ein. »Dort drüben ist ein netter Schattenplatz.«

»Es war vor langer, langer Zeit«, begann Jane in einem eigentümlichen Singsang. »Das Land war noch nicht lange aus den Wassern gestiegen, und unsere Vorfahren warteten noch darauf, geboren zu werden. Damals war das Land bewohnt von Riesen, und der größte von ihnen, ein unbezwingbarer Kämpfer, war *Yurrebilla*. Aber auch *Yurrebilla* wurde alt, und seine Kräfte schwanden. Zuerst bemerkte das niemand. Er war schlau genug, es geheim zu halten. Immer noch war er stark genug, es mit jedem einzelnen seiner Feinde aufnehmen zu können.

Eines Tages kam ein Zauberer zu ihnen. Niemand wusste, woher er kam, aber er war ein sehr, sehr mächtiger Zauberer. Er verriet ihnen, wie sie *Yurrebilla* besiegen könnten. Sie sollten sich aufteilen: Ein Teil würde den großen Krieger herausfordern und ihm in der Ebene zum Kampf gegenübertreten. Der andere Teil jedoch sollte sich versteckt halten und *Yurrebilla* von hinten angreifen.

So geschah es: *Yurrebilla* tötete so viele der Männer, dass ihre Leichen sich auftürmten wie ein Termitenhügel, aber der Blutverlust durch die unzähligen Speere in seinem Rücken schwächte ihn nach einiger Zeit so, dass er zu Boden sank. Als sie das sahen, kamen die Männer aus ihrem Versteck und erschlugen ihn mit ihren Keulen. Aus dem toten *Yurrebilla* formte sich das Land hier: Seine beiden Ohren wurden zu den zwei großen Berggipfeln dort im Süden, der Rumpf zu der Hügelkette nördlich von *Nuriootpa*, die ausgestreckten Arme berührten das Meer, und sein Kopf kam südlich bei *Parewarangk* zu liegen. So umschließt *Yurrebillas* toter Körper die Ebene, und sein Geist beschützt von den Hügeln herab alles Leben in der Ebene.«

Sie verstummte, und Dorothea hatte den Eindruck, dass sie sich mühsam wieder in die Gegenwart zurückkämpfte.

»Was für eine grässliche Vorstellung!« Lischen zog die Nase kraus. »Zu denken, dass ein toter Riese da herumliegt.«

»Es ist eine sehr alte Geschichte aus der Traumzeit, *yakkanilya*«, sagte Jane leise. »Ich weiß noch, wie ich sie das erste Mal hörte: Der Vater meines Vaters erzählte sie mir, als ich mir bei einem großen *palti* in *Warriparinga* einen giftigen Dorn in den Fuß getreten hatte. Es war sehr schmerzhaft, und ich habe viel geweint. Aber während er sie mir vortrug, habe ich keine einzige Träne vergossen. Und jetzt sollten wir weitergehen.«

In nachdenklichem Schweigen folgten sie Jane im Gänsemarsch. Der Bewuchs hier war dichter als in den Parklands von Adelaide. Die schütteren Baumkronen der Red River Gums ließen viel Licht durch. Kein dichtes Blätterdach spendete Schatten, wie sie es von deutschen Wäldern her gewohnt waren. Dementsprechend üppig gediehen Gräser und niedrige Sträucher um die einzelnen Tümpel und Weiher im ehemaligen Flusslauf.

Der Torrens River führte den Sommer über nicht durchgehend Wasser. Zu einem großen Teil versickerte es im sandigen Grund. Sobald in den Bergen die Regenfälle einsetzten, würde er wieder zu einem richtigen Fluss anschwellen, aber derzeit schien das schwer vorstellbar.

»Ist es noch weit?« Lischen hatte schon vor einiger Zeit aufgehört, den Eidechsen und Schmetterlingen nachzujagen, um zu sehen, wo sie zu Hause waren, wie sie es ausdrückte.

»Wir sind gleich da«, sagte Jane aufmunternd. »Siehst du die hohen Bäume dort vorn? Dahinter ist es.«

Tatsächlich erstreckte sich unter der Akaziengruppe, zu der sie sie führte, ein verlassener Lagerplatz. Von den ehemals vier Windschirmen stand nur noch ein einziger aufrecht, und die dazugehörigen Feuerstellen waren kaum mehr zu erkennen. Dazwischen verstreut lagen diverse unbrauchbar gewordene Gerätschaften aus Holz und zwei zerbrochene Branntweinflaschen. »Wofür benutzt man das?« Karl bückte sich und hob einen Stock mit abgebrochenem Ende auf.

»Das ist ein *katta*. Damit graben die Frauen nach Yamsknollen, Wurzeln oder Larven im Boden. Er ist auch nicht schlecht, um Opossums aus ihren Baumhöhlen zu jagen«, erklärte Jane mit leicht verschleiertem Blick.

»Und das?«

»Das ist die Hälfte von einem *wirri*. Ein Schwirrholz zur Vogeljagd.«

Jane schluckte plötzlich und lief auf das Wasserloch zu. Dort ging sie, den Blick fest zu Boden gerichtet, hin und her, bis sie gefunden zu haben schien, wonach sie Ausschau gehalten hatte.

Mit bloßen Händen begann sie zu graben und stieß nach kurzer Zeit einen unterdrückten Freudenschrei aus. Als sei er eine wahre Kostbarkeit, hielt sie einen zerbeulten Emaillebecher in die Höhe. »Mein Becher von Großvater!«

»Warum hast du ihn hier vergraben?«, wollte Lischen wissen.

»Ich hatte Angst, dass die erste Frau meines Mannes ihn als Geschenk verlangen könnte«, sagte Jane, ohne den Blick von ihrem wiedergefundenen Besitz zu heben. »Also habe ich ihn versteckt, um ihn irgendwann später zu holen. Aber dann ging alles so schnell, dass ich keine Zeit mehr hatte.«

»War dies hier der Lagerplatz deiner Familie?«, fragte Karl und sah sich interessiert um.

»Nur einer für den Frühsommer«, sagte Jane. »Aber es war mein Lieblingsplatz. Vor allem, weil es hier so viele *makus* gibt. Mein Lieblingsessen.«

»*Makus?*« Dorothea schwante, dass es sich dabei um etwas handelte, was nicht unbedingt dem entsprach, was sie unter Leibspeise verstand.

»Ich zeige es euch.« Jane nahm den *katta* auf, setzte sich in Bewegung und führte sie einige Meter in den Busch. Ihre Augen suchten den Boden ab. Neben einem halb vermoderten Akazienstamm stieß sie den Grabstock zielsicher in den Boden und förderte ein Stück Wurzel zutage. Als sie es zerbröselte, fielen einige weiße Würmer zu Boden. Jane hob sie auf und hielt ihnen ihre Handfläche mit dem Gewürm unter die Nase. »Sie schmecken sehr gut, wenn man sie über Feuer röstet.«

»Igitt! Wie eklig!« Lischen wich ein paar Schritte zurück und schüttelte sich vor Abscheu. Auch Dorothea waren die weißlichen Maden zuwider. Konnte man so etwas wirklich essen? Und es auch noch gut finden?

»Wonach schmecken sie?« Karl schien als Einziger von ihnen nicht von dem Anblick abgestoßen zu sein. Interessiert beugte er sich über die *makus* auf Janes Hand. »Es scheinen Käferlarven zu sein. Jedenfalls sehen sie ganz genau wie Maikäferlarven aus.«

»Sie schmecken wirklich gut: wie weiche, fette Nüsse«, verteidigte Jane ihr Lieblingsessen. »Soll ich sie mitnehmen und für dich zum Abendessen rösten?«

»Nein danke«, lehnte Karl ihr Angebot eilig ab. So weit ging sein Wissensdurst nun auch wieder nicht. »Ich glaube, ich muss nicht selber probieren, wie sie schmecken. Ich bleibe lieber bei Pastete.«

»Tim wollte sie auch nicht probieren. Er meinte, er sei kein Huhn«, sagte Jane kopfschüttelnd. »Aber ihr habt doch nichts dagegen, wenn ich sie für mich mitnehme?«

Als sie, beladen mit den Zweigen für den Adventskranz, einem Vorrat an *ngalyipi*-Stängeln sowie einigen Jungpflanzen, die sie in Hausnähe einpflanzen wollten, zur Mission zurückkehrten, erwartete Mutter Schumann sie nicht alleine auf der Veranda.

»Wer ist denn das?« Karl stöhnte unwillig, als er den jungen Mann in kariertem Anzug erblickte. Schweißüberströmt und staubverkrustet war keiner von ihnen in der Stimmung, einen Gast willkommen zu heißen. Es hatte länger gedauert, den *ngalyipi* zu finden, und der Rückweg in der Mittagshitze hatte allen zu schaffen gemacht. Selbst Jane ging nicht mehr so leichtfüßig wie sonst.

Der elegant gekleidete Mann kam ihnen entgegen, zog seinen Panamahut und fragte geradezu aufreizend munter: »Kann ich den Damen irgendwie behilflich sein? – Miles Somerhill vom *Register*.«

»Ja, gehen Sie uns aus dem Weg«, knurrte Karl und stapfte, den Bund Zweige auf der Schulter, weiter. »Die letzten Meter schaffen wir jetzt auch noch alleine.«

»Oje, da bin ich wohl ins Fettnäpfchen getreten.« Somerhill lachte, schien jedoch keineswegs zerknirscht. »Werden Sie mir auch gleich zu verstehen geben, wie nutzlos und lästig ich bin?«

»Führen Sie mich nicht in Versuchung«, gab Dorothea im gleichen Ton zurück. »Weswegen sind Sie eigentlich hier?« Sie warf dem jungen Mann einen Seitenblick zu. Er sah gut aus, sehr gut sogar. Viel besser als der ältliche Reporter, der am Schiffskai in Port Adelaide jeden der Neuankömmlinge nach seinem Namen und seinen weiteren Plänen gefragt hatte.

»Mein Chef hat von Ihrem Gast gehört und ist der Ansicht, dass der *Register* eine solche Geschichte unbedingt bringen müsse.« Er sah Jane hinterher, die ihr Bündel Richtung Torrens River trug. »Was hat sie vor?«

»Konkret oder im übertragenen Sinn?« Dorothea ließ ihre Zweige an die Hauswand neben die von Karl fallen und wischte sich mit dem Handrücken den Schweiß von der Stirn.

»Im Augenblick frage ich mich, was sie mit diesem Grünzeug vorhat«, sagte Somerhill. »Was macht sie denn jetzt?« Sein Tonfall drückte ein solches Ausmaß an Erstaunen aus, dass Dorothea seinem Blick folgte. Jane hatte ihren Rock über einen der Büsche geworfen und knöpfte gerade ihre Bluse auf. Unterwegs hatte sie zwar davon gesprochen, wie unangenehm ihr die europäische Kleidung wäre und dass sie lieber wie früher nackt ginge, aber Dorothea hatte das nicht ernst genommen.

»Würden Sie bitte meiner Mutter auf der Veranda Gesellschaft leisten, Mr. Somerhill«, stieß sie jetzt hastig hervor. »Wir kommen gleich nach.« Ohne darauf zu achten, ob er ihrer Bitte Folge leistete, eilte sie auf die Stelle zu, an der Jane ihre Kleidung abgelegt hatte und Anstalten machte, in ein Wasserloch zu steigen.

»Jane, was machst du da? Zieh dich sofort wieder an!«

»Wenn ich gebadet habe«, gab Jane ungerührt zurück und watete vorsichtig tiefer. »Du solltest auch ins Wasser kommen. Dein Kleid ist ganz nass geschwitzt.«

Die Wassertropfen glitzerten auf Janes dunkler Haut wie Perlen auf Samt. Kühl und frisch. Einen Moment verspürte Dorothea die

Versuchung, es ihr nachzutun. Es müsste herrlich sein, sich von diesem Wasser umspülen zu lassen. Den ganzen Schweiß, der ihre Glieder mit einem klebrigen Film überzog, auf einmal abzuwaschen. Aber ein Blick in die Runde zeigte ihr, dass der Badeplatz keineswegs vor Blicken geschützt war. Also sagte sie bedauernd: »Ich kann nicht. Wenn jemand käme und mich so sähe!«

Jane lachte, sagte aber nichts. Stattdessen kam sie langsam zum Ufer zurück, streifte sich das Wasser vom Körper und kleidete sich wieder an. Erst bei den Stiefeln zögerte sie und sah Dorothea an. »Meinst du, dieser Reporter wäre sehr schockiert, wenn ich barfuß bliebe?«

Jane hasste europäisches Schuhwerk. Wann immer es ging, lief sie mit bloßen Füßen. Selbst Mutter Schumann hatte sich inzwischen an den Anblick gewöhnt. Also nahm Dorothea die ungeliebten Stiefel mit hinauf, als sie sich waschen ging, während Jane sich schon ihrer Mutter und Mr. Somerhill auf der Veranda anschloss.

Obwohl sie sich beeilte, war bis auf Karl die übrige Familie bereits vollzählig versammelt. Der Reporter erzählte gerade von den Zuständen in Adelaide, die er als Neuankömmling noch miterlebt hatte. »Kennen Sie die Geschichte von dem Hut auf der Wakefield Street? Nein? – Also, in der Regenzeit geht ein Mann die Straße entlang, als er einen Zylinder im Schlamm liegen sieht. Er bückt sich, um ihn aufzuheben. Zu seinem Entsetzen kommt darunter ein Männerkopf zum Vorschein, der ihn um Hilfe bittet. Der Mann geht ein Brett holen, stellt sich darauf und zieht und zieht. Aber der Gentleman im Schlamm steckt fest, rührt sich keinen Zentimeter. Ein zweiter Mann kommt ihm zu Hilfe – vergebens. ›Verdammt‹, sagt der Mann im Schlamm schließlich. ›Ich komme einfach nicht aus den Steigbügeln!‹«

August brach in schallendes Gelächter aus. »Der Witz ist gut«, prustete er. »War es wirklich so schlimm?«

»Mr. Stevenson, mein Chef, schwört Stein und Bein, dass er das selbst erlebt hätte.« Somerhill grinste. Da sah er Dorothea in der Tür stehen und sprang auf. »Miss Schumann, Ihre Mutter hat mir verraten, dass Sie ein äußerst schmeichelhaftes Interesse an unserer Zeitung geäußert haben. Es wäre mir eine Ehre und ein Vergnügen, Ihnen alles zu zeigen, was Sie sehen möchten.«

Überrascht sah Dorothea zu ihrer Mutter. »Mama!«

Auguste Schumann lächelte verhalten. »Glaubst du, ich habe nicht gemerkt, dass du immer dann den kleinen Umweg durch die Hindley Street vorschlugst, wenn beim *Register* eine neue Ausgabe aushing? Und es waren nicht die Familienanzeigen, die du verschlungen hast.«

Tatsächlich hatte die Eloquenz, ja Bissigkeit der Kommentare, in denen meist die Arroganz und Überheblichkeit der Verwaltung gegenüber den Eingeborenen gegeißelt wurde, sie begeistert. Dagegen war Herr Dünnebier in Dresden ein Chorknabe! Man musste die Menschen aufrütteln. Überhaupt waren die Philanthropen in ihren Augen viel zu zurückhaltend: Anstatt Waisenkinder von den Straßen Londons in die australische Wildnis zu verfrachten, wäre es doch sinnvoller gewesen, die Missstände anzuprangern, die dazu führten, dass die Kleinen als Diebe und Huren abgerichtet wurden. So, wie Mr. Stevenson es hier mit seinem *Register* tat.

Wenn sie ein Mann gewesen wäre, hätte sie schon längst dort vorgesprochen und ihre Dienste angeboten. Stattdessen hatte sie seit Wochen überlegt, wie sie es anstellen konnte, den Herausgeber zu überzeugen, ihr als Frau eine Chance zu geben. Dorotheas Gedanken überschlugen sich: Janes Geschichte bot ihr die erste Möglichkeit, ihr Geschlecht zu ihrem Vorteil einzusetzen. Im persönlichen Gespräch konnte sie diesen Mr. Stevenson sicher davon überzeugen, dass die Geschichte einer Frau besser von einer anderen Frau geschrieben würde als von einem Mann.

Dorothea holte tief Luft und lächelte Miles Somerhill an. »Sie glauben gar nicht, was Sie mir damit für eine Freude machen«, sagte sie und spürte, wie ihr Herz vor Aufregung wie rasend klopfte. Dass ihr sehnlichster Wunsch jetzt so plötzlich und unerwartet in greifbare Nähe rückte, erschien ihr wie ein Wunder. »Wann?«, fragte sie atemlos.

»Ist Ihnen gleich morgen Vormittag um zehn Uhr recht?« Somerhill sah fragend zu ihren Eltern. »Wir könnten dann einen kleinen Lunch nehmen, und anschließend würde ich Ihre Tochter selbstverständlich wieder nach Hause bringen.«

5

Miles Somerhill kam auf die Minute pünktlich mit einem eleganten Gig vorgefahren. »Was für ein Angeber«, kommentierte Karl das geschickte Manöver, mit dem er vor den Treppenstufen wendete. Es war offensichtlich, dass er den jungen Reporter nicht mochte. War es eine Art Eifersucht auf die Weltläufigkeit des Älteren, oder ging die Abneigung tiefer? Bei Karl war das schwer zu beurteilen.

»Ein Wagen wäre wirklich nicht nötig gewesen«, sagte Dorothea, sobald sie neben Somerhill auf dem Bock Platz genommen hatte und ihren neuen Strohhut zurechtrückte. »Wir sind beide jung und gesund und hätten die paar Schritte auch gut zu Fuß gehen können.«

»Lassen Sie mir doch die Freude, mit einer bezaubernden, jungen Dame durch die Straßen zu kutschieren und mich von allen Herren beneiden zu lassen«, gab er mit einem Augenzwinkern zurück. »Ich dachte mir, ich nutze die Gelegenheit und zeige Ihnen etwas von der Stadt. Oder haben Sie etwa keine Lust auf eine kleine Spazierfahrt?«

»Doch, doch«, beeilte Dorothea sich zu sagen. »Ich hatte nur nicht damit gerechnet.«

»Zum *Register* kommen wir noch früh genug. Aber im Ernst: Ich habe den Auftrag, einen Blick auf die neuen Bauten zu werfen, und dachte, zwei Fliegen mit einer Klappe zu schlagen. Bin gespannt, wie weit sie inzwischen mit dem Hospital sind.«

Tatsächlich folgten ihnen zahlreiche neugierige Blicke von Passanten, während er in flottem Trab die North Terrace entlangfuhr. Vor den Baracken neben der Residenz des Gouverneurs exerzierten etwa zwei Dutzend uniformierter Polizisten unter dem Befehl eines bärtigen Mannes. Seine harte, metallisch klingende Stimme deutete auf eine lange militärische Karriere hin. »Unser neuer Commissioner, Major O'Halloran, mit seiner Fußtruppe.« Somerhill tippte sich an den Zylinder, seine höfliche Geste wurde jedoch ignoriert. »Er ist nicht gut auf den *Register* zu sprechen«, bemerkte Somerhill mit süffisantem Grinsen. »Ein irischer Haudegen und Sturkopf, wie er im Buche steht. Haben Sie von seiner Strafexpedition wegen des Maria-Massakers im Coorong gehört?«

»Unsere Näherin hat davon gesprochen.« Dorothea bemühte sich, ihre Stimme ruhig klingen zu lassen, obwohl sie vor Aufregung, endlich mehr darüber zu erfahren, am liebsten gejubelt hätte. »Stimmt es, dass die Eingeborenen dort wirklich alle Schiffbrüchigen ermordet und verscharrt haben? Es ist kein Irrtum möglich?«

Somerhill schüttelte den Kopf. »Es gibt einige ungeklärte Fragen. Beispielsweise die nach den verschwundenen Seeleuten, die wie vom Erdboden verschluckt sind. Aber die Leichen, die man gefunden hat, wurden von Eingeborenen getötet. Das ist sicher.«

»Woher weiß man das?«

»Ihre Verletzungen. Ich habe den inoffiziellen Bericht von Dr. Penney gelesen.« Somerhill schluckte. »In der Zeitung haben wir es nicht gebracht. Wollen Sie es wirklich wissen?«

Dorothea nickte. Einige Augenblicke später wünschte sie, sie hätte dies nicht getan.

»Den Männern haben sie mit ihren Waddies, das sind diese Keulen, die Arme gebrochen, und dann wurden sie mit Speeren getötet. Die Frauen und Kinder wurden alle erschlagen. Zum Teil wurden ihre Köpfe regelrecht zertrümmert.«

Dorothea verspürte plötzlich leichte Übelkeit. Sie atmete tief durch und wartete, bis das Unwohlsein nachließ, ehe sie die Frage stellte, die sich ihr aufdrängte. »Gibt es eine Erklärung für diesen Wahnsinn?« Ein solcher Gewaltausbruch konnte doch nicht einfach so stattfinden. Es musste irgendeinen Grund dafür geben! Wie brachte man es sonst fertig, unschuldige Kinder umzubringen?

»Das hat sich hier auch jeder gefragt«, sagte Somerhill nachdenklich. »Natürlich gab es wie immer die Leute, die von der schlechten Natur der Eingeborenen überzeugt sind und die das gerne zum Anlass genommen hätten, kurzen Prozess mit allen zu machen. Egal, ob unschuldig oder schuldig. Dr. Penney, der die dortigen Dialekte ganz gut beherrscht, wollte noch einmal bei den Salt-Lake-Stämmen nachforschen, was im Einzelnen vorgefallen ist. Aber ich bezweifle, dass er damit Erfolg haben wird. Es wird wohl auf immer ein Geheimnis bleiben, was diese Tragödie letztendlich ausgelöst hat.«

»Es gibt keine Hinweise? Nicht einmal gerüchteweise?«

»Gerüchte gibt es immer. Es heißt, die Seeleute hätten sich an Eingeborenenfrauen vergriffen. – Na ja, inzwischen ist es ein paar Monate her, und die Leute haben andere Sorgen. Die verschollenen Seeleute waren nicht von hier, und die Passagiere haben keine Verwandten in Adelaide, die die Erinnerung wachhalten könnten. Aber wenn es Sie so interessiert, kann ich Ihnen nachher die entsprechenden Ausgaben heraussuchen. Da müsste auch die Passagierliste dabei sein und die offiziellen Berichte, die wir abgedruckt haben.«

»Die Behörden betrachten die Angelegenheit also als abgeschlossen?«

»Das wäre Gouverneur Gawler nur zu recht«, sagte Somerhill eine Spur boshaft. »Aber seine und Richter Coopers unpassend großzügige Auslegung der Rechtsprechung wird vermutlich ebenso Folgen für ihn haben wie sein noch großzügigerer Umgang mit den Finanzen der Kolonie.«

Am letzten Markttag hatte Dorothea mitbekommen, wie sich am Bierstand eine Gruppe gut gekleideter Herren lautstark über »Gawlers Bauwut« und dass er Südaustralien damit in den Ruin triebe ausgelassen hatte.

»Ist es wirklich so gefährlich?«, erkundigte sie sich nun etwas besorgt.

Der Reporter nickte. Mit der Kutscherpeitsche wies er hinter sich auf die Residenz, die gerade noch durch die Bäume des Parklands zu sehen war. »Dieser Prachtbau alleine hat fast zehntausend Pfund gekostet. Für das Gefängnis dort hinter den Polizeibaracken, übrigens ebenfalls nagelneu, hat sein Architekt Kingston fast das Doppelte ausgegeben wie eigentlich vorgesehen.« Er unterbrach sich, um das Pferd mit einem Zungenschnalzen zu einer etwas flotteren Gangart zu bewegen, und fuhr dann fort: »Das neue Hospital, die neue Werft und das Zollhaus in Port Adelaide, nicht zu vergessen die zahllosen neuen Straßen ins Landesinnere – es gibt nicht wenige Leute, die sagen, dass Gouverneur Gawler uns mit seiner Bauwut in den Bankrott treibt.«

Dorothea erinnerte sich an den nüchtern gekleideten Mann mit der asketischen Ausstrahlung.

»Ist er wirklich ein solcher Verschwender?«

Somerhill hörte die Skepsis in ihrer Stimme und verzog den Mund zu einem schiefen Lächeln. »Persönlich ist Gouverneur Gawler ganz sicher ein sehr bescheidener Mensch. Aber er hält zu viel von den Theorien eines Adam Smith.«

»Von dem habe ich noch nie gehört«, gestand Dorothea und kam sich auf einmal sehr ungebildet vor.

»Er ist auch schon gestorben, bevor Sie das Licht der Welt erblickten: Adam Smith, ein schottischer Wissenschaftler, vertrat in seinem berühmten Werk *Vom Wohlstand der Nationen* die Auffassung, dass in Krisenzeiten der Staat seine Ausgaben drastisch erhöhen muss, um den Wegfall privater Investitionen auszugleichen. – Und das tut Gawler nicht zu knapp: Die öffentlichen Schulden Südaustraliens belaufen sich inzwischen auf über dreihunderttausend Pfund! Lange wird London ihn nicht mehr das Geld mit vollen Händen zum Fenster hinauswerfen lassen. Auch wenn ich über keinerlei hellseherische Gaben verfüge – das kann ich mit Sicherheit voraussagen. Sie werden jemanden in Marsch setzen, der ihn ablöst, und dann dürfte es für einige Herrschaften hier ziemlich unangenehm werden.«

»Was wird dann geschehen?« Dorothea war es bei seiner düsteren Prophezeiung kalt den Rücken hinuntergelaufen.

Miles Somerhill sah in ihr ängstliches Gesicht und musste lachen. »Entschuldigung, da ist mein Hang zu dramatischen Formulierungen wieder mit mir durchgegangen! Befürchten Sie eine Revolution? Nein, nein – einige Herren werden ihre gut dotierten Posten verlieren, und weitere Straßen dürfen wir wohl vergessen. Aber fallen lassen wird England uns nicht! – He, du Biest, du sollst gefälligst abbiegen!« Letzteres war an das Pferd gerichtet, das wenig Neigung zeigte, sich lenken zu lassen, sondern sich mehr für das üppige Grün der umzäunten Gärten interessierte.

Dennoch schaffte Miles Somerhill es, sie zielsicher bis vor das Gebäude des *Register* in der 53, Hindley Street zu kutschieren. Die Hindley Street galt als erste Adresse Adelaides, und diesem Umstand war es wohl auch zu verdanken, dass sie als eine der ersten bereits über gepflasterte Bürgersteige verfügte. Das nagelneue zweistöckige Haus erinnerte in nichts mehr an die Lehmhütte, in der am 3. Juni 1837 die erste Ausgabe der *South Australian Gazette and Colonial Register* gedruckt worden war. Inzwischen war die Belegschaft auf einundzwanzig Personen angewachsen und die Auflage des wöchentlich erscheinenden Blatts auf neunhundert Exemplare. Aus dem Hausinneren drang das Stampfen der Druckerpresse wie der Herzschlag eines riesigen Tieres.

Wumm, wumm, wumm. Wenn sie mit Dampf betrieben würde, hätte August sicher darauf bestanden, mitzukommen. Die Geschicklichkeit der Drucker, die bis zu zweihundertfünfzig Seiten in der Stunde produzieren konnten, interessierte ihn weniger.

»Bringen Sie die Mähre doch bitte in den Mietstall zurück, Tom«, bat Somerhill den jungen Mann, der dienstbeflissen auf ihn zukam. »Ach, und richten Sie Mr. Myers aus, dass ich das Tier am Nachmittag noch mal brauche.« Er wandte sich Dorothea zu, die nervös an ihrem Beutel herumfingerte, in dem sich außer einem Taschentuch und ein paar Münzen auch das Zeugnis von Herrn Dünnebier befand. Von ihm unterschrieben bestätigte sie sich darin »brillante Formulierungskunst«, »ein ungewöhnliches Geschick im Umgang mit Informanten« sowie »ein unbestechliches Gespür für Wahrheit und Anstand«. Jetzt, wo sie ihre Hymne tatsächlich gleich einem Herausgeber vorlegen würde, beschlich sie das Gefühl, vielleicht doch ein bisschen zu dick aufgetragen zu haben.

In respektvollem Abstand passierten sie die Stanhope-Presse und die beiden Männer in ihrer Arbeitskleidung aus grobem Drillich, die die Maschine mit Papier fütterten und die fertigen Druckseiten einem Jungen weiterreichten, der sie zu den Trockentischen brachte. »Auf dieser Presse wurde im Januar 1837 die Proklamation zur Errichtung der Kolonie Südaustralien gedruckt«, erklärte Somerhill ihr mit erhobener Stimme, um den Lärm zu übertönen. »Am Strand von Holdfast Bay. Die erste Ausgabe des *Register* wurde dann schon hier gedruckt, auf diesem Grundstück. In einer Lehmhütte, deren Dach bei Regenwetter ständig undicht war.«

Im ersten Stock folgten ihnen einige erstaunte Blicke der Setzer, als sie auf die Tür mit der Aufschrift »George Stevenson, Chefredakteur« zugingen.

Im Büro befanden sich bereits zwei Herren. Der Jüngere von ihnen lümmelte in einem Schreibtischstuhl, die Füße auf der Tischplatte. Er war nicht sehr groß, sein Haar und Kinnbart von einer undefinierbareren Schattierung zwischen dunkelblond und hellbraun. Mit seinen aufgekrempelten Hemdsärmeln, dem herabhängenden Halstuch und den ungeputzten Stiefeln wirkte er nicht nur nachlässig gekleidet, sondern geradezu schlampig.

Der andere lehnte am Fenster: ein freundlich wirkender, älterer Herr mit einem mächtigen grauen Backenbart. Gerade sah er von dem Papier auf, das er überflogen hatte, und fragte bekümmert: »Willst du uns unbedingt ruinieren, George? Wenn Gawler uns den letzten Regierungsauftrag auch noch entzieht – und das wird er, sobald er das gelesen hat –, dann müssen wir den *Register* einstellen.«

»Verzeihung«, stammelte Miles Somerhill mit vor Verlegenheit feuerroten Ohren. »Ich habe nicht gehört, dass Sie Besuch haben, Sir.«

»Macht nichts, macht nichts. Robbie wollte sowieso gerade gehen«, sagte der Mann hinter dem Schreibtisch, sprang auf und klopfte dem Älteren freundschaftlich auf die Schulter. »Mach dir nicht so viele Sorgen, alter Junge! Ich werde es überarbeiten. Versprochen.«

Der Grauhaarige wirkte nicht unbedingt beruhigt, verabschiedete sich jedoch mit einem flüchtigen Nicken.

»Sie sind also die junge Dame, die sich so glühend für unseren *Register* interessiert?« Mr. Stevenson musterte Dorothea aus wachen, grauen Augen unter buschigen Brauen. »Was halten Sie davon?« Er griff nach dem Papier und las laut: »Wir erinnern an die Proklamation, die wir im Auftrag unseres verehrten damaligen Gouverneurs Hindmarsh die Ehre hatten zu drucken. Stand darin nicht wörtlich:

Es ist auch, speziell zu diesem Zeitpunkt, meine Pflicht, die Kolonisten von meiner Resolution in Kenntnis zu setzen, dass jedes gesetzliche Mittel anzuwenden ist, der einheimischen Bevölkerung denselben Schutz angedeihen zu lassen wie dem Rest der Untertanen Ihrer Majestät. Und es ist meine feste Absicht, mit exemplarischer Härte jeden Akt der Gewalt oder Ungerechtigkeit, der in irgendeiner Art gegen die Eingeborenen, die unter demselben Schutz des Gesetzes wie die Kolonisten stehen und denen die gleichen Privilegien wie britischen Bürgern zustehen, ausgeübt oder versucht wird, zu bestrafen.

Was ist aus diesem hehren Anspruch geworden? Es mag nicht wenige Kolonisten geben, die Major O'Halloran für seine Aktion am Coorong Beifall zollen. Denen sei diese Proklamation ins Gedächtnis gerufen. Nach Recht und Gesetz hätten die Beschuldigten vor Gericht gebracht werden müssen. Angeblich steht den Eingeborenen doch dasselbe Recht wie uns zu. Was würden wir sagen, wenn Gouverneur Gawler seine Truppe gegen einen Engländer schickte und diesen, auf die bloße Anschuldigung eines Nachbarn hin, aufhängen ließe?

Genau das ist hier geschehen: Es ist unbestritten, dass die unglücklichen Schiffbrüchigen auf gewaltsame Art zu Tode gekommen sind. Zumindest diejenigen, deren Überreste gefunden wurden. Wie es jedoch zu der Tragödie kam, wird sich aufgrund der voreiligen Lynchjustiz unseres werten Major O'Halloran wohl niemals mehr aufklären lassen.

Und das Schlimmste ist der Verdacht, dass in Wahrheit Unschuldige ermordet wurden. Ja, ermordet, denn unser englisches Recht wurde hier mit Füßen getreten. Die angeblich Schuldigen hatten keine Möglichkeit, sich zu verteidigen. Kein Anwalt stand ihnen zur Seite. Das Urteil des Standgerichts, die stümperhafte Vollstreckung desselben war eine einzige Verhöhnung unserer Werte. Major O'Halloran ist ein Mörder, und unser werter Gouverneur ist zumindest ein Anstifter, wenn nicht ein Mittäter. Wollen wir wirklich solchen Männern unsere Sicherheit anvertrauen?«

Während seine Worte nachklangen, war für einige Momente nichts zu hören als das Klappern von Pferdehufen draußen auf der Straße. Dann räusperte sich Somerhill und sagte: »Sir, ich fürchte, Mr. Thomas hat recht.«

Stevenson schnaubte unwillig und wedelte mit der Hand, als wolle er eine lästige Fliege verscheuchen. »Feiglinge, alle beide. Und was sagen Sie, junge Dame?«

»Ich finde es großartig.« Dorothea holte tief Luft. »So möchte ich auch schreiben können.«

Kurz entschlossen zog sie das Zeugnis aus ihrem Beutel und hielt es ihm hin. »Mr. Stevenson, bitte, lassen Sie mich Ihnen beweisen, dass ich zu Ihrer Zeitung passe. Hier, schauen Sie, ich habe daheim in Deutschland schon einen Artikel verkauft.«

Der Chefredakteur hob die Brauen. »Worum ging es? Blumen stecken? Marmeladenwettbewerb? Na, geben Sie schon her.« Seine Mundwinkel zuckten, als er das Zeugnis las. »Dieser Mr. Dünnebier lobt Sie ja in den höchsten Tönen.«

»Nein, ich schrieb keineswegs über etwas so Banales«, erwiderte Dorothea leicht beleidigt. »Ich schrieb über ein Dienstmädchen und die Ungerechtigkeit und Schlechtigkeit ihrer Dienstherrschaft.«

»Tatsächlich?« Mr. Stevenson wirkte nicht übermäßig beeindruckt. »Da gibt es hier nicht viel zu berichten. Dienstboten sind rar und werden entsprechend zuvorkommend behandelt.«

»Ich dachte eher, ich könnte Mr. Somerhill vielleicht bei dem Artikel über Jane zur Seite stehen«, schlug Dorothea vor. »Viele der Menschen haben keine Ahnung vom wirklichen Leben der Eingeborenen. Sie kennen nur die *paltis* und die Bettler. Wäre es nicht eine gute Idee, ihnen ihre Lebensweise näherzubringen?«

George Stevenson musterte sie mit unleserlichem Gesichtsausdruck. »Das kommt jetzt etwas plötzlich, Miss Schumann. Darf ich fragen, ob dieser Plan mit Mr. Somerhill abgesprochen ist?«

»Nein, Sir. Aber ich hielte es tatsächlich für eine gute Idee«, sagte der nachdenklich. »Die Geschichte von Burtons Verlobter bietet ausreichend Potenzial. Eine entsprechende Hintergrundschilderung würde gut dazu passen. Und ich denke, im Gespräch von Frau zu Frau ist diese Jane vielleicht zugänglicher, als sie es mir gegenüber war. Vor allem wäre es einmal etwas anderes als die ewigen gestohlenen Schafe.«

»Hm.« Stevenson schien sich allmählich für den Vorschlag zu erwärmen. »Vielleicht wäre es wirklich nicht schlecht. Im Magistrat haben wir erst neulich darüber gesprochen, dass man etwas unternehmen müsste, um bei der Bevölkerung mehr Verständnis für die Eingeborenen zu wecken. Richter Cooper wird mit Diebstahlsklagen überhäuft, die oft genug auf Missverständnisse zurückzuführen sind. – Also gut.« Er nickte abschließend. »Bringen wir zur Abwechslung mal etwas, was dem guten Gouverneur nicht auf den Magen schlägt und Robbie ruhig schlafen lässt! Liefern Sie mir bis nächste Woche eine Arbeitsprobe, Miss Schumann. Wenn ich zufrieden bin, akzeptiere ich Sie als freie Mitarbeiterin auf Honorarbasis. Ist das für Sie in Ordnung?«

»Ja, natürlich. Danke«, hauchte Dorothea. In ihrem Kopf formte sich bereits der Artikel. Sie würde mit einer Beschreibung der täglichen Pflichten und Aufgaben einer Eingeborenenfrau beginnen. Jane konnte ihr ja alles aus eigener Anschauung schildern. Hier und da hatte sie über ihr Leben im Harem gesprochen, und es war Dorothea recht schnell klar geworden, dass es kein schönes Leben gewesen war. Ob Professor Menge ein solches Dasein auch so romantisch verklärt gesehen hätte?

Und dann hatte sie Tim Burton getroffen, den Prinzen, der sie aus dem Elend erlöst hatte. Oder war das zu theatralisch?

»Miss Schumann?«

Erschrocken zuckte sie zusammen. George Stevenson hielt ihr die Hand zum Abschied hin. »Ich sehe Sie dann nächste Woche.« Damit waren sie entlassen. Wie in Trance schwebte sie hinter Miles Somerhill die Treppe hinunter und wäre vermutlich einfach weiter auf die Straße hinausgeschwebt, wenn er sie nicht am Ellenbogen gezupft hätte.

»Wollten Sie nicht noch die alten Ausgaben ansehen?«

Das Archiv befand sich im hinteren Teil des unteren Stockwerks. »Natürlich ist es noch nicht sehr eindrucksvoll«, sagte Somerhill. »Der *Register* existiert ja auch erst seit vier Jahren, wenn man die Londoner Ausgabe mitzählt. Das ist die dort an der Wand. Aber ich bin zuversichtlich, dass sich die Ausgaben in diesem Raum noch einmal bis unter die Decke stapeln werden.«

Er klang ein wenig verschnupft. Nahm er ihr insgeheim übel, dass sie ihn praktisch benutzt hatte? Auf einmal war es ihr sehr wichtig, dass er nicht schlecht von ihr dachte. Dorothea nahm ihren Mut zusammen und sah ihm offen in die Augen. »Ich kann Ihnen gar nicht genug für Ihren Beistand danken. Bitte glauben Sie mir, dass ich nicht vorhatte, Sie zu verdrängen. Ich wollte doch nur, dass Mr. Stevenson mir eine Chance gibt.«

»Und das hat er getan. Schwamm drüber. Ich muss noch kurz in die Redaktion hoch und hole Sie dann zum Lunch ab. Kommen Sie bis dahin hier zurecht?«

Dorothea versicherte ihm, keine weitere Hilfe zu benötigen, und stürzte sich auf die letzten Ausgaben, kaum dass die Tür hinter ihm zugefallen war.

Die Berichterstattung im *Register* begann mit einer Sonderausgabe vom 1. August mit den Schlagzeilen:

Verdächtiges Schiffswrack
Mord durch Eingeborene?

Dorothea überflog den Artikel, der auf dem offiziellen Bericht der Polizeistation von Encounter Bay fußte: Ungefähr eine Woche früher hatten örtliche Eingeborene Mitglieder eines Nachbarstamms, des »Big Murray tribe«, in blutdurchtränkter europäischer Kleidung gesehen, und ihnen war erzählt worden, zehn weiße Männer, fünf weiße Frauen und einige Kinder seien zwei Tagesreisen entfernt am Coorong getötet worden.

Eine Suchmannschaft, die der Sache nachgehen sollte, war tatsächlich auf zahlreiche Eingeborene in blutbefleckten europäischen Kleidern und auf eine Stelle gestoßen, an der acht verstümmelte Leichen von Männern, Frauen und Kindern oberflächlich verscharrt worden waren. Sie wurden als Mr. Und Mrs. Denham, vier ihrer fünf Kinder, eine Mrs. York und ein Mr. Strutt identifiziert. Alle waren sie, wie der offizielle Bericht explizit vermerkte, »mit äußerst brutaler Grausamkeit« ermordet worden.

Und alle acht Toten waren Passagiere der *Maria* gewesen, die am 26. Juni mit neun Besatzungsmitgliedern und einem guten Dutzend Passagieren an Bord Port Adelaide in Richtung Van Diemensland verlassen hatte.

Sobald diese Nachricht Adelaide erreichte, hatte der Gouverneur seinen Polizeichef Major O'Halloran mit einer Strafexpedition beauftragt. Er sollte gründliche Nachforschungen anstellen und, sobald die Täter identifiziert und gefangen genommen worden seien, bis zu vier von ihnen zur Abschreckung möglicher Nachahmer erschießen oder erhängen.

Major O'Halloran begann seine Nachforschungen am Massengrab, in dem die Reste der Denhams und ihrer Begleiter von der ersten Suchmannschaft beigesetzt worden waren. Von dort aus durchkämmten er und seine Leute die Dünenlandschaft. Zwar fanden sie keine weiteren Leichen, stießen dafür jedoch am Lake Albert auf das Lager eines von befreundeten Einheimischen als schuldig bezeichneten Stammes. Dort wurden entsprechende Indizien sichergestellt: blutverschmierte Kleidung, Briefe, Bücher, Silberlöffel, eine Taschenuhr, die einwandfrei einem der Getöteten gehört hatte. O'Halloran ließ den gesamten Stamm, fast siebzig Personen, festnehmen. Einige der Männer, die zu flüchten versuchten, wurden dabei verletzt oder getötet. Zwei, die von ihren Stammesgenossen als Haupttäter bezeichnet wurden, verurteilte ein sogenanntes Kriegsgericht zum Tod durch den Strang. Sie wurden auf dem Massengrab ihrer Opfer an einem rasch errichteten Galgen erhängt. Nach eingehender Ermahnung, dass Engländer auf diese Art Mord bestraften, ließ der Polizeichef den Rest des Stammes laufen.

Bei der weiteren Suche wurden eine Woche später auf dem Festland, südöstlich vom Massengrab, nochmals zwei Leichen, in Wombatlöchern versteckt, gefunden, die aufgrund ihres Zustands nur noch als männlich und weiblich zu identifizieren waren.

Aufgrund der Aussagen von Eingeborenen ging Major O'Halloran davon aus, dass zwei oder drei der Männer und eine Frau – vielleicht Captain Smith und Mr. und Mrs. Young – von einem anderen Eingeborenenstamm an der Ostseite des Murray ermordet worden waren. Man hoffte, dass die Suchmannschaft wenigstens die Leichen dieser Personen finden würde, damit alle Zweifel über ihr Schicksal ausgeräumt würden. Aber die Suche verlief ergebnislos und wurde schließlich eingestellt.

In der Zwischenzeit war eine offene Auseinandersetzung zwischen Befürwortern und Gegnern der von Gouverneur Gawler gewählten Lösung ausgebrochen.

»Nach diesem Stand der Dinge würde ich sagen, dass man allen Grund hat zu glauben, dass die prompte Exekution der Schuldigen auf dem Platz, wo das Verbrechen begangen worden war, und in Anwesenheit ihres Stammes, der sich der Schuld vollkommen bewusst war, für die Zukunft einen sehr wohltuenden Effekt auf die Eingeborenen dieses Distrikts hat, indem es sie von mutwilligen und unprovozierten Attacken gegen Personen oder Besitz von Europäern, die in ihrer Nachbarschaft siedeln, abschreckt.

Wenn die Beschuldigten nach Adelaide verbracht worden wären, ist es sehr wahrscheinlich, dass sie nicht verurteilt und nach dem englischen Gesetz hätten bestraft werden können. Aber selbst wenn es geschehen wäre, hätte es keinen abschreckenden Effekt auf die anderen Mitglieder des Stammes gehabt, die durch eine Verhaftung ihrer Kameraden eher verwirrt als abgeschreckt und eingeschüchtert worden wären, was auch immer sie über die Bestrafung der Übeltäter hören mögen«, schrieb O'Halloran selbst.

Diese Art von Rechtsauffassung hatte wiederum Stevenson in beißenden Kommentaren gegeißelt. Er hatte nicht nur schlüssige Beweise für die konkrete Schuld der Hingerichteten gefordert, sondern auch einen »deutlichen und ernsten Protest gegen das Recht der Kolonialregierung von Südaustralien, Todesurteile gegen irgendjemanden zu verhängen, außer unter Umständen, die vom englischen Recht und der Verfassung des Britischen Empire anerkannt und genauestens definiert wurden«, geäußert. Es sei nicht hinnehmbar, dass ein »Busch-Gerichtshof« Todesurteile fällte.

Kein Wunder, dass Gouverneur Gawler auf Mr. Stevenson und den *Register* nicht allzu gut zu sprechen war! Selbst ihr, die nicht die geringste Ahnung von englischem Recht hatte, war klar, dass er ihm mit diesem Protest im Grunde öffentlich vorwarf, sich willkürlich über das Gesetz hinweggesetzt zu haben. Ob das zutraf, konnte sie nicht beurteilen. Trotzdem kam ihr die Handlungsweise des Polizeichefs zumindest nicht allzu gründlich vor.

Wie konnte es angehen, dass eine Handvoll Männer allein für den Tod so vieler Menschen verantwortlich war? Wie konnte man wissen, ob die Beschuldiger nicht selbst Beteiligte waren?

Und wo waren die Besatzungsmitglieder? Sie hatte alles gründlich durchgelesen, aber sie wurden nirgends erwähnt. Neun erwachsene Männer, acht, wenn man den Schiffsjungen abzog, konnten doch nicht einfach spurlos verschwinden? Wenn sie dort Nachforschungen betrieben hätte, hätte sie die Eingeborenen sehr viel eingehender nach dem Verbleib dieser Vermissten befragt.

Vielleicht konnte sie ja zu einem späteren Zeitpunkt Mr. Stevenson davon überzeugen, dass es sich durchaus lohnte, dieser mysteriösen Geschichte genauer nachzugehen. Momentan schien er ihr mehr daran interessiert, sie als Waffe gegen den missliebigen Gouverneur einzusetzen, als sie aufzuklären.

Sie war gerade eifrig damit beschäftigt, sich Notizen zu machen, als eine Stimme hinter ihrer rechten Schulter ertönte: »Was halten Sie jetzt von einem netten Lunch zur Feier des Tages?« Sie hatte Somerhill gar nicht eintreten gehört!

Hastig klappte sie ihr Notizbuch zu. »Ist es schon so spät?«

»Wissen Sie, dass ich noch nie zuvor einer jungen Dame begegnet bin, die so begeistert von einer Zeitung ist wie Sie?« Der Reporter musterte sie mit der Aufmerksamkeit, die ein Forscher einer neuen Art entgegenbringt. »Die meisten interessieren sich bloß für die Gesellschaftsnachrichten.«

»Vielleicht kommt es daher, dass ich so schrecklich neugierig bin«, sagte Dorothea, etwas aus der Fassung gebracht durch die Art, wie er sie ansah. »Gesellschaftsnachrichten langweilen mich.«

Somerhill sah aus, als fiele es ihm schwer, ihr zu glauben. Aber er sagte nur: »Wenn Sie dann so weit sind, sollten wir gehen.«

Er führte sie in ein relativ kleines Lokal ganz in der Nähe, über dessen Eingangstür ein bescheidenes Blechschild hing. »Zur freien Presse« stand darauf. »Der Inhaber unterstützt Mr. Stevensons Ansichten über die absolute Unabhängigkeit der Zeitungen«, erklärte Miles. »Und wir sind natürlich gehalten, wiederum ihn zu unterstützen. Tavernen gehen nicht allzu gut, wenn die Leute kaum Geld in der Tasche haben.«

»Wegen Gouverneur Gawlers Verschwendungssucht?«

»Nein, das kann man so nicht sagen«, erwiderte Somerhill ernst-haft. »Es gibt hier in Südaustralien zu viele Spekulanten, die ein Vermögen mit dem Kauf und Verkauf von Land gemacht haben, anstatt es zu bewirtschaften. Deshalb fehlen unserer Kolonie Wa-ren für den Export. Was die deutschen Siedlungen rund um Ade-laide anbauen, reicht gerade für den Eigenbedarf. Die paar Ballen Schafwolle, die wir nach England schicken können, fallen dage-gen kaum ins Gewicht.«

»Wenn wir also mehr Waren produzieren würden, die woanders verkauft werden könnten, ginge es allen besser?«

»So ungefähr.« Miles Somerhill schmunzelte. »Respekt, Sie ha-ben schnell begriffen, worum es geht! Man muss Gawler zugeste-hen, dass er alles getan hat, um den Landverkauf anzukurbeln: Er hat vermessen und parzellieren lassen, was das Zeug hielt. Dazu jede Menge Straßen bauen lassen – aber damit hat er die Spekula-tion nur noch angeheizt.«

»Konnte er das nicht einfach verbieten?«

»Leider nein. Der freie Handel ist ein Grundrecht englischer Bürger, das kann nicht einmal die Königin verbieten. Schon gar nicht ein kleiner Gouverneur in einer Kolonie am Ende der Welt.«

Dorothea stutzte, als ihr ein störender Gedanke in den Sinn kam. »Wie kann man überhaupt das Land hier einfach verkaufen? Gehört es nicht den Eingeborenen?«

»Die wissen doch gar nicht, was sie damit anfangen sollen, Mis-sy«, mischte Hoby, der Wirt, sich ein und stellte einen Krug Li-monade vor sie auf den Tisch. »Oder haben Sie schon mal einen Schwarzen auf dem Feld arbeiten sehen?« Herausfordernd stemm-te er beide Arme in die fülligen Seiten. »Na also. Steht übrigens schon in der Bibel: Wenn einer seinen Weinberg verkommen lässt, dann soll man ihn einem anderen geben. Er gehört dem, der ihn pflegt. Ist es nicht so, Mr. Somerhill?«

»Ich bin nicht sehr bibelfest«, sagte der einschränkend. »Aber sowieso greift hier juristisch das Prinzip der *Terra nullius,* was bedeutet, dass das Land als Niemandsland angesehen wird, auf das jeder Anspruch erheben kann.«

»Und wir Engländer waren die Ersten, die es taten.« Hoby kicherte, bei einem derart massigen Mann ein irgendwie unpassender Heiterkeitsausbruch. »Wenn ich denke, dass dieser Kontinent anfangs nur wegen der Sträflinge kolonisiert wurde! Sie sind Deutsche, nicht? Wussten Sie, dass es sogar schon Verhandlungen gab mit einem deutschen Fürstentum, ich weiß jetzt nicht, welches, aber die wollten auch ihre Zuchthäusler hierher verschiffen. War ihnen dann nur zu teuer, die Passage.«

»Es gibt Sträflinge hier? Doch nicht in Adelaide?«, fragte Dorothea erschrocken.

»Keine Sorge, Missy. In ganz Südaustralien gibt es keine. Hier leben nur anständige Leute. Die großen Sträflingskolonien sind an der Ostküste, nicht hier«, beruhigte Hoby sie. »Was darf ich bringen? Lamm-Stew, Entenpastete oder Kängurubraten?«

Dorothea wählte das Lamm-Stew, und während sie auf das Essen warteten, unterhielt Miles sie mit mehr oder minder skurrillen Anekdoten aus den ersten Tagen der Kolonie.

Es gefiel Dorothea ungemein, dass er mit ihr nicht wie mit einem unwissenden Kind sprach, sondern sie wirklich als gleichwertigen Gesprächspartner ansah. Wie ihre zukünftige Zusammenarbeit wohl aussehen würde? Miles Somerhill schien keiner zu sein, der sein Wissen hütete wie einen Schatz, den man nicht mit anderen teilt. Wenn Mr. Stevenson mit ihrem Artikel zufrieden war – und sie zweifelte nicht daran –, dann begann für sie ein neues Leben!

Wie Mr. Stevenson und Mr. Somerhill würde sie sich dafür einsetzen, dass niemand ungerecht behandelt wurde, dass alles mit rechten Dingen zuging, dass auch Höhergestellte die Gesetze einhielten, die für alle galten. Und sie würde aus erster Quelle erfahren, was in der großen, weiten Welt vor sich ging.

Wer sich nicht für die Schönheit griechischer Hexameter oder den Aufbau polymorpher Gesteine interessierte, dem boten die häuslichen Gespräche im Hause Schumann wenig Unterhaltung, geschweige denn Anregung. Ihr Vater interessierte sich ebenso wenig wie ihr Bruder August für Politik. Er fühlte sich in seinem kleinen, überschaubaren Kosmos der Missionsstation wohl und schien kein Bedürfnis zu verspüren, zu erfahren, was in der Außenwelt vor sich ging. Vermutlich hätte es ihn auch nur verstört. Sie hatte nicht umhinkönnen, zu bemerken, wie geschickt Pastor Teichelmann für ihren verträumten Vater die Fäden gezogen hatte. Die Hilfslehrerstelle für August, die fest zugesagte weitere Unterstützung der Missionsschule durch die Regierung – der zukünftige Regierungs-Dolmetscher ließ seinen Kollegen in diesen unruhigen Zeiten wohlversorgt zurück.

»Es würde mich interessieren, zu erfahren, wieso Sie sich für so unweibliche Dinge wie Politik interessieren«, sagte Miles Somerhill und riss sie mit dieser Frage aus ihren Gedanken.

»Erzählen Sie mir von sich?« Er stützte die Ellenbogen auf den Tisch und sah sie erwartungsvoll an. Sein Interesse an ihrer Person verunsicherte sie gleichermaßen, wie es ihr schmeichelte. Für einen so weltläufigen jungen Herrn wie ihn konnte ihr Leben nur äußerst langweilig sein. Auf einmal bedauerte sie, nicht versierter in Konversation zu sein. »Spannen Sie mich nicht auf die Folter!«, bat er. »Ich würde wirklich gerne mehr über Sie und Ihre Familie erfahren. Wo sind Sie aufgewachsen?« Dabei strahlte er sie so charmant an, dass sie nicht anders konnte, als sein Lächeln zu erwidern.

»In Dresden«, erwiderte Dorothea. »Das ist eine Stadt an der Elbe, ziemlich in der Mitte von Deutschland, in der Nähe von …«

»Ich weiß, wo Dresden liegt«, unterbrach er sie. »Ein Cousin von mir hat eine Zeit lang dort studiert. Es soll eine sehr schöne, elegante Stadt sein. Kommt Ihnen Adelaide dagegen nicht richtig provinziell vor?«

»Ein bisschen.« Dorothea musste lachen. »Außer an Markttagen laufen dort zumindest keine Schweine herum.« Damit spielte sie auf das gut genährte Ferkel an, das zwischen den Tischen nach Essensresten suchte. Auch in den Gärten an der North Terrace, ja selbst in unmittelbarer Nachbarschaft der Residenz, hatte sie welche gesehen und sich gewundert, dass der Magistrat der Stadt das duldete.

»Und sonst? Vermissen Sie nicht das kulturelle Leben einer Großstadt? Theater, Konzerte, Bälle?«

Dorothea schüttelte den Kopf. »Wir haben ausgesprochen zurückgezogen gelebt. Bevor mein Vater nach Australien vorausgereist ist, war ich noch zu klein für solche Vergnügungen. Und danach mussten wir sehr haushalten. Also habe ich viel gelesen, weil die Leihgebühr nicht hoch war.« Sie lächelte verschmitzt. »Und Zeitungen konnte man in der Leihbücherei sogar umsonst lesen.«

Er erwiderte ihr Lächeln in stillem Einverständnis. »Daher also. Sind Ihre Geschwister auch so wissbegierig?«

»August interessiert sich für nichts anderes als Mineralien und Dampfmaschinen«, erklärte sie. »Was diese Themen betrifft, ist er sicher besser informiert, als ich es je sein könnte. Karl sieht alles nur mit den Augen eines Zeichners, und Lischen ist noch ein Kind.«

Ein schrilles Quieken und ärgerliche Stimmen von der Straße ließen sie aufspringen und hinauslaufen. Vor der Taverne standen sich ein erzürnter Hoby, sein Ferkel unter dem Arm, und ein gleichfalls aufgebrachter Eingeborener gegenüber. Zwischen ihnen lag im Staub der Straße eine angefressene Melone. Der finster blickende Schwarze fuchtelte wild mit seinem Speer, drauf und dran, den Übeltäter damit zu durchbohren, traute sich jedoch offensichtlich nicht, den Wirt dabei zu gefährden.

»Was ist denn hier los?« Ein Constabler in schweißdurchtränkter Uniform kam herbei und musterte den Eingeborenen misstrauisch.

»Mein Schweinchen hat die Melone gefunden und sich drüber hergemacht«, erklärte Hoby in unschuldigem Ton. »Plötzlich kam der anspaziert, behauptete, es sei seine Melone, und verlangte, dass ich ihm dafür einen Shilling bezahle. Was lässt er sie auch herumliegen? Außerdem kann man sie noch gut essen. Es ist noch mehr als die Hälfte da.«

»Sie wissen, dass Schweine auf den Straßen verboten sind!« Der Constabler zückte seinen Block. »Eigentlich müsste ich Sie dafür verwarnen, Hoby, dass Sie Ihr Viehzeug frei herumlaufen lassen. Aber in diesem Fall …« Er stieß die angefressene Melone verächtlich mit dem Fuß an, sodass sie auf den Schwarzen zurollte. »Der hat sie doch sowieso irgendwo geklaut. – Du da, troll dich gefälligst! Und dass du dich hier so schnell nicht wieder blicken lässt. Haben wir uns verstanden?« Er unterstrich die in barschem Ton hervorgestoßene Anweisung mit entsprechenden Handbewegungen.

Der Angesprochene gehorchte, wobei er den Wirt und sein Haustier mit wütenden Blicken bedachte. »Die nächste Zeit würde ich Ihren kleinen Liebling nicht mehr unbewacht lassen«, riet der Constabler. »Na, Mr. Somerhill, wieder auf der Suche nach einem zündenden Thema für die nächste Ausgabe?« Er bemerkte Dorothea nicht sofort, weil sie im Schatten stehen geblieben war. »Langsam wird es für den *Register* eng, was?« Die leise Schadenfreude in seiner Stimme war nicht zu überhören.

»Wetten Sie lieber nicht darauf, dass Thomas und Stevenson das Handtuch werfen«, gab der Reporter kühl zurück. »Uns, nicht dem *Southern Australian,* sind die Regierungsaufträge zugesichert worden. Wir werden ja sehen, was London zu Gouverneur Gawlers Eigenmächtigkeit sagt. – Hoby, die Rechnung bitte.«

»Worum geht es bei diesen Regierungsaufträgen eigentlich?«,

erkundigte Dorothea sich, als sie in bestem Einvernehmen Arm in Arm zum Mietstall schlenderten. »Sie scheinen ja sehr wichtig zu sein.«

»Das kann man bei einem Volumen von eintausendachthundert Pfund im Jahr wohl sagen«, meinte Somerhill trocken. »Ursprünglich war der *Register* die einzige Zeitung hier in Südaustralien, und die Kolonialbehörde hatte Mr. Thomas auch sämtliche Druckaufträge der hiesigen Regierung zugesichert. Mr. Stevensons Kampf für die Pressefreiheit und seine Opposition gegenüber Gouverneur Gawler haben dann einige Herren dazu bewogen, ein Konkurrenzblatt zu gründen.« Er schnaubte verächtlich durch die Nase. »Der *Southern Australian* ist nichts anderes als ein Sprachrohr der Verwaltung. Aber mit den Druckaufträgen, die uns entzogen und ihnen zugeschanzt werden, floriert das Blatt recht ordentlich.«

So viel zur Pressefreiheit! Dorothea verspürte einen Stich der Enttäuschung darüber, dass es auch hier am anderen Ende der Welt immer noch um gesellschaftliche Rücksichten und schnöden Mammon ging. Hatte nicht auch Herr Dünnebier Angst vor einer Klage beziehungsweise deren finanziellen Folgen gehabt?

6

Dass Weihnachten praktisch vor der Tür stand, kam Dorothea genauso unwahrscheinlich vor wie ihre neue Position als freie Korrespondentin. Ihre Mutter hatte zwar den Kopf geschüttelt, als sie davon hörte, jedoch keine Einwände erhoben. Auch ihr Vater hatte nur gemurmelt: »Tempora mutantur. Ich hoffe nur, dass du nicht Schaden an deiner Seele nimmst, wenn du in die Niederungen menschlichen Daseins hinabblickst.«

Jane war hellauf begeistert von der Aussicht, dass nunmehr Dorothea diejenige sein würde, die ihre Geschichte aufschrieb. »Ich spreche viel lieber mit dir als mit diesem Mann«, vertraute sie ihr an. »Er wird allerdings ärgerlich sein, jetzt nicht mehr herkommen zu können.«

»Wieso denn das?«

»Ich habe gesehen, wie er dich mit den Augen verschlungen hat. Wenn es nach ihm ginge, würde er dich hinter einen Busch ziehen«, sagte Jane und lächelte vielsagend.

Dorothea schluckte bei der Vorstellung, Miles Somerhill auf diese Art näherzukommen. Er gefiel ihr wirklich ausnehmend gut. Nicht nur, dass er glänzend aussah mit seinem gut geschnittenen Gesicht, das sie an die Abbildungen römischer Büsten in den Büchern ihres Vaters erinnerte. Mehr noch zog sie sein herausforderndes Lächeln, sein bissiger Humor und der Hauch von Unverfrorenheit an, der ihn umgab. Sie hätte absolut nichts dagegen gehabt, wenn er den Versuch unternommen hätte, sie zu küssen. Irgendetwas sagte ihr, dass es keine unangenehme Erfahrung sein würde. Aber er hatte keinerlei Anstalten dazu gemacht, und sie hatte nicht die geringste Ahnung, wie sie es anstellen sollte, ihn zu ermutigen.

»Jane, so etwas sagt man nicht«, brachte sie schließlich verlegen hervor. »Außerdem ist Mr. Somerhill ein Gentleman. Der würde so etwas nie tun.«

»Alle Männer sind gleich.« Die junge Aborigine war nicht im Mindesten beeindruckt. »Die Weißen, die in unser Lager kamen, wollten immer nur … Wie sagt man in eurer Sprache dazu?« Sie vollführte eine obszöne Geste, die an Deutlichkeit nichts zu wünschen übrig ließ.

»Man spricht überhaupt nicht über solche Dinge.« Dorothea bemühte sich um Fassung.

»Nie?« Überrascht hob Jane die Augenbrauen. »Nicht einmal, wenn ihr heiratet?«

»Doch, ich glaube schon. Aber nicht einfach so. Das Thema ist – wie soll ich sagen – sehr, sehr privat.«

»Bei uns im Lager sprachen alle ständig davon. Die Männer über die Frauen, die Frauen über die Männer und alle gemeinsam über die weißen Männer. Die Frauen, die oft mit Weißen hinter einen Busch gingen, sagten, dass sie sehr unterschiedlich wären. Schafhirten seien fast wie unsere Männer, aber die vornehmen aus der Stadt schwächlich wie ein Greis.« Sie lachte kehlig. »Was für ein Glück, dass Tim ein Schafhirte ist!«

Und was für ein Glück, dass weder ihre Mutter noch Lischen in Hörweite waren! Dorothea wagte nicht, sich die Reaktion Mutter Schumanns auf diese in aller Harmlosigkeit geäußerte Information auszumalen.

»Du willst damit doch nicht sagen, dass Herren aus Adelaide sich …« Dorothea fehlten die Worte.

»Aber natürlich. Oder hast du wirklich geglaubt, nur Schafhirten gingen zu *lubras?*«

Dorothea versuchte, das zu verdauen. Sie konnte sich einfach nicht vorstellen, dass die Herren in ihrem feinen Zwirn, die immer so höflich den Zylinder lupften, wenn sie ihnen auf der Straße begegnete, mit Eingeborenenfrauen »hinter einen Busch gingen«, wie Jane es so malerisch ausdrückte. Ihr Widerwillen spiegelte sich so deutlich auf ihrem Gesicht, dass Jane ganz erstaunt fragte: »Hast du das denn nicht gewusst? Ach, wie dumm von mir. Ihr sprecht ja nicht darüber.« Sie lachte erneut, offenbar fand sie diese Zurückhaltung äußerst albern.

»Stört es die Männer denn gar nicht, wenn ihre Frauen mit fremden Männern … in den Busch gehen?«, erkundigte Dorothea sich. Bekanntermaßen betrugen die Eingeborenen sich nicht nach europäischen Vorstellungen von Sitte und Anstand, aber dennoch fiel es ihr schwer, zu glauben, dass es Ehemännern tatsächlich gleichgültig war, wenn ihre Frauen sich mit anderen Männern einließen.

»Nur, wenn sie keine Kompensation dafür bekommen.« Plötzlich wurde Jane ernst. »Dann ist das Gleichgewicht nicht mehr gewahrt, verstehst du?«

Dorothea nickte geistesabwesend, weil ihr eben ein schrecklicher Gedanke durch den Kopf geschossen war: Ging Miles Somerhill etwa auch in den Busch? Sie brachte es nicht über sich, Jane zu fragen. Was, wenn sie es bejaht hätte? Stattdessen griff sie nach ihrem Notizbuch und sagte betont munter: »Ich denke, wir sollten dann anfangen mit dem Interview. Die meisten Leserinnen interessieren sich sicher brennend dafür, wie eine Hochzeit bei deinem Stamm gefeiert wird. Welche Zeremonien werden dabei abgehalten? Kannst du sie mir beschreiben?«

»Nachdem die Verhandlungen über den Brautpreis abgeschlossen waren, hat mein Bruder mir befohlen, alle meine Sachen zusammenzupacken und meinem Ehemann zu seinem Lager zu folgen«, sagte Jane nüchtern. »Eine spezielle Zeremonie gibt es nicht. Dafür ist es nicht wichtig genug.«

Fassungslos ließ Dorothea den Stift sinken und starrte sie an. »Nicht wichtig genug? Eine Hochzeit?!« Bisher hatten sie, auch wenn sie allein gewesen waren, weder über Janes ersten Ehemann noch über ihr Leben bei seinem Stamm gesprochen. Irgendwie hatte es sich nie ergeben. Jane kicherte. »Du solltest lieber den Mund wieder zumachen, sonst fliegt noch eine Mücke hinein«, riet sie. »Tim hat mir erzählt, dass bei den Weißen eine Eheschließung eine großartige Angelegenheit ist. Deswegen will er mich ja auch nach euren Zeremonien heiraten. Er meinte, sonst fühlte er sich überhaupt nicht verheiratet.« Sie verzog spöttisch den Mund. »Dass man vor der Hochzeitsnacht enthaltsam bleiben muss, hat er mir aber erst viel später erzählt. Damals war ich schon lange seine Frau.«

»Musstest du nicht erst von deinem Mann geschieden werden? Kommt es oft vor, dass Ehefrauen ihren Mann verlassen?«

Jane schüttelte den Kopf. »Eine Ehefrau kann ihren Mann nicht verlassen. Sie gehört ihm. Wenn sie wegläuft, weil sie Heimweh nach ihrer Familie hat oder weil er sie schlecht behandelt hat, wird sie sofort zurückgebracht und hart geschlagen. Einmal hat mir gereicht!« Sie beugte sich vor, zog ihre Haare am Scheitel etwas auseinander und ließ Dorothea einen Blick auf eine lange, hässliche Narbe auf der Kopfhaut werfen. »Du kannst mir glauben, dass es lange gedauert hat, bis es nicht mehr schmerzte und mich nicht mehr an meinen Fehler erinnerte«, sagte sie gelassen, ohne auf Dorotheas offenes Entsetzen einzugehen. »Nein, es ging alles nach den Regeln. Tim hat mich ihm abgekauft, und damit bin ich in seinen Besitz übergegangen. Jetzt gehöre ich ihm.«

»Das ist ja Sklaverei!«, empörte Dorothea sich.

»Was ist Sklaverei?«

»Es war gar nicht so einfach, Jane das zu erklären!«, sagte sie ein paar Tage später, als sie mit Miles Somerhill wieder ihre Notizen für den neuesten Artikel sichtete. Chefredakteur Stevenson hatte nach einem kurzen Blick in ihre erste Beschreibung über das »Leben einer Eingeborenen vom Kaurna-Stamm« diese als »talentiert, aber noch ein wenig ungeschliffen« bezeichnet und vorgeschlagen, dass Miles Somerhill sie in »die Tricks und Kniffe der Zeitungsschreiberei« einweihen sollte.

»Es geht vor allem darum, die Leser nicht zu langweilen«, hatte der ihr eingeschärft. »Das ist die größte Todsünde für einen Journalisten. Die zweite, jedenfalls hier in Adelaide, ist, die werte Leserschaft mit obszönen Details zu schockieren. Dass der Akt mit einem Mann dazu dient, einer Kinderseele den Weg zu bahnen, und deswegen so oft wie möglich vollzogen wird, lassen wir weg. Es reicht, wenn Sie schreiben, dass die Eingeborenen glauben, die Kinderseelen schwebten in der Geisterwelt herum und suchten sich von da aus ihre zukünftigen Mütter selber aus. Überhaupt – wir müssen aufpassen, dass wir die Empfindsamkeit der Damen der Literarischen Gesellschaft nicht beleidigen.«

Sie hatte seine Ratschläge befolgt, und das mit so gutem Erfolg, dass Dorotheas Artikel inzwischen sowohl in der Literarischen Gesellschaft, dem wichtigsten Zirkel Adelaides, als auch in Regierungskreisen äußerst wohlwollend aufgenommen und kommentiert wurden.

»Ich fürchte, ich bin inzwischen zu sehr an Janes Art gewöhnt, um noch über irgendetwas schockiert zu sein«, gab Dorothea zu. »Was ich als verabscheuungswürdig bezeichne, ist für sie bloß eine Tradition, die sie ohne Widerwillen akzeptiert. Sie ist so vollkommen anders. Manchmal werde ich ganz wirr im Kopf.«

»Interessant. Und was irritiert Sie besonders?«

»Diese Geschichte mit dem ›in den Busch gehen‹«, platzte Dorothea heraus und wurde im selben Augenblick knallrot. Was musste

Miles Somerhill jetzt nur von ihr denken! Warum hatte sie nicht den Mund gehalten? »Ich meine, bei ihr hört es sich an, als ob unsereins sagen würde: Ich habe etwas gegessen«, versuchte sie zu erklären. »So, wie soll ich sagen … als wäre es ganz selbstverständlich.«

Somerhills Mund verzog sich zu einem amüsierten Lächeln. »Und wenn es für sie eben tatsächlich so selbstverständlich ist wie zu essen oder zu trinken? Schließlich wäre die Menschheit ohne diesen ›Akt‹, wie er so schamhaft genannt wird, schon längst ausgestorben.«

Dorothea wurde bewusst, dass die Unterhaltung in eine Richtung driftete, die ganz und gar nicht schicklich war. Ihre Mutter hätte sich spätestens in diesem Moment laut geräuspert, und ihr Vater hätte augenblicklich dafür gesorgt, dass das Thema gewechselt wurde. Aber keiner von beiden war anwesend. Überhaupt war niemand anwesend, wie sie auf einmal feststellte.

Verlegen fixierte sie den zweiten Knopf seiner Weste, um ihm nicht ins Gesicht sehen zu müssen. »Jetzt sehen Sie aus, als ob Sie am liebsten die Flucht ergreifen würden! Soll ich mich entschuldigen, dass ich Sie mit meinen ungehörigen Bemerkungen in Verlegenheit gebracht habe?« Seine Stimme klang sanft und dunkel. Etwas in ihrem Inneren reagierte darauf mit dem irrwitzigen Wunsch, sich in seine Arme zu werfen und ihn zu bitten, sie zu küssen. Plötzlich war das Einzige, woran sie denken konnte, wie es sich wohl anfühlen mochte, wenn er seine Lippen auf ihre presste. Wie würde er schmecken?

»Vertrauen Sie mir?«, fragte Somerhill sanft und erhob sich von seinem Stuhl auf der anderen Seite des Schreibtischs. Unschlüssig sah sie zu ihm auf, während er langsam um den Tisch herumgeschlendert kam. Die kleine Stimme in ihrem Hinterkopf, die ihr riet, vor dem inneren Aufruhr, den seine Nähe in ihr anrichtete, erst einmal zu flüchten, hatte keine Chance. Wie gebannt versuchte sie, in seinem Gesicht zu lesen. Er würde sie küssen, das war klar. Ihr Herz klopfte so stark, dass sie glaubte, er müsste es hören. Schließlich war er inzwischen nahe genug.

»Vertrauen Sie mir?«, fragte er erneut. Seine Stimme klang anders als sonst, irgendwie rauer. Dorotheas geschärfte Sinne saugten jeden Eindruck auf: den dezenten Geruch von Irispuder, den scharfen von Brandy, darunter eine kaum wahrnehmbare Moschusnote und ein Hauch Schweiß. Als er die Arme ausstreckte, ihre Hände ergriff und sie aus dem Stuhl hochzog, wunderte sie sich, wie unsicher sie auf den Beinen stand. Aber schon im nächsten Moment war das völlig gleichgültig. Somerhill hielt sie so fest an seine Brust gedrückt, dass sie auch nicht umgefallen wäre, wenn sie völlig den Dienst versagt hätten.

»Sieh mich an«, befahl er, immer noch mit dieser fremden, aufregenden Stimme, die ihr Schauer über den Rücken jagte. Sie gehorchte und sah scheu zu ihm auf. Somerhill war einen guten Kopf größer als sie, sie musste den Kopf in den Nacken legen, um ihm wirklich in die Augen zu sehen. Auch sein Lächeln war anders. Fast jagte es ihr Angst ein.

»Braves Mädchen«, sagte er mit belegter Stimme und senkte den Kopf. Instinktiv schloss Dorothea die Augen, aber statt der erwarteten Leidenschaft hauchte er federleichte Küsse auf ihre Stirn und Schläfen. Zart wie Schmetterlingsflügel glitten seine Lippen über ihre Haut; kaum spürbar und doch so präsent, dass sie alles um sich herum vergaß und zitternd vor Ungeduld nur noch darauf wartete, dass er endlich Ernst machte.

Als sein Mund sich über ihrem schloss, wurde sie überrascht von dem Strudel der Gefühle, den sein Kuss auslöste. Nichts hatte sie darauf vorbereitet, dass die Welt um sie herum sich zu drehen beginnen würde. Sie umschlang Miles Somerhills sehnigen Körper fester, was ihn dazu ermutigte, den Kuss zu vertiefen. Die intensive Berührung verdrängte jede andere Empfindung. Alles, was noch zählte, war dieses schwindelerregende Einswerden ihrer Münder. Mit einem kehligen Stöhnen protestierte sie dagegen, dass er plötzlich den Kopf hob und sich von ihr löste.

»Pscht, Kleines, es kommt jemand«, flüsterte er, während er sie flink auf ihren Schreibtischstuhl drückte und nach einem der Papiere griff, die überall verstreut lagen.

»Ähm, ich würde vorschlagen, Sie konzentrieren sich also lieber auf die unverfänglichen Teile wie die Jagd, das Sammeln und solche Sachen«, sagte er in leicht gelangweiltem Tonfall, als auch schon die Tür aufgerissen wurde.

»Wie kommt ihr beiden voran? Kann ich es für die nächste Ausgabe einplanen?«, erkundigte sich der Chefredakteur, ohne Dorotheas roten Wangen und der verrutschten Krawatte von Somerhill die geringste Aufmerksamkeit zu schenken.

»Alles bestens, Sir. Ich habe Miss Schumann nur gerade empfohlen, die Damen vom Zirkel mit den anstößigen Details des Eingeborenenlebens zu verschonen.«

»Wozu sind wir eigentlich ans Ende der Welt gezogen, wenn wir dann nicht den Mut haben, neue Wege zu gehen?«, brummte Stevenson, mehr zu sich selbst. »Sie haben mein volles Vertrauen, mein Junge«, sagte er laut und musterte das Durcheinander. »Übrigens, ehe ich es vergesse: Nächste Woche hält unser exzentrischer Professor Menge wieder einmal einen Vortrag bei der Literarischen Gesellschaft. Davon hätte ich gerne einen zweispaltigen Bericht.« Er hob einen Zeigefinger wie ein gestrenger Oberlehrer. »Zwei Spalten. Nicht mehr und nicht weniger.« Er fixierte Dorothea mit scharfem Blick, die gerade überlegte, ob er ihr etwas ansah. Stattdessen fragte er: »Wann ist diese Hochzeit terminiert?«

»Am 27. Januar«, sagte sie nach kurzem Zögern. Ihm war offenbar nichts aufgefallen.

»Gut, richten Sie sich schon mal auf eine Sonderausgabe ein. Ich will alles drinhaben: Kleid, Schuhe, Hut, na, eben der ganze Weiberkram. Das wird *das* gesellschaftliche Ereignis der Saison. Und der Höhepunkt Ihrer Artikelreihe. Ich erwarte, dass Sie Ihr Bestes geben, Miss Schumann.« Er nickte ihnen zu und war gleich darauf wieder verschwunden.

»Hättest du Lust, mich zu diesem Vortrag zu begleiten?«, fragte Miles Somerhill. »Dass es unterhaltsam wird, kann ich dir nicht versprechen – es sei denn, du hast eine geheime Leidenschaft für Mineralien und Bodenproben –, aber ich würde zu gerne einen ganzen Abend in deiner Gesellschaft verbringen.«

Augenblicklich sagte Dorothea zu. Wenn es auch nicht haargenau der Wahrheit entsprach, konnte sie ihren Eltern doch erklären, dass es sich bei dieser Verabredung um eine durch ihre neuartige Berufstätigkeit bedingte, rein geschäftliche Angelegenheit handelte. Tatsächlich erwies sich als unerwartet großes Hindernis für den gemeinsamen Abend ausgerechnet ihr Bruder August.

»Ich komme mit«, verkündete er, kaum dass sie diesen Vortrag beim Abendessen erwähnt hatte. »Überall wird schon davon gesprochen, dass der Professor sicher seine neuesten Entdeckungen präsentieren wird. Seit Jahren wartet man darauf, dass er Gold oder Kupfer findet. Schließlich hat er immer behauptet, in Südaustralien gäbe es eine Menge davon. Man müsse es nur finden. Es kann gut sein, dass es endlich so weit ist und er tatsächlich ein El Dorado aufgetan hat. Eine solche Gelegenheit lasse ich mir nicht entgehen.«

»Wie kommst du denn darauf? Es wird sicher fürchterlich langweilig«, versuchte sie ihn abzuschrecken. »Es geht nicht um Mineralien, sondern wo in der Kolonie die besten Böden für die Schafzucht oder für Weizenanbau zu finden sind und solche Dinge. Das interessiert dich doch gar nicht.«

»Na und? Vielleicht gelingt es mir, mit Menge ein paar Worte unter vier Augen zu sprechen«, beharrte August.

»Ich würde auch gerne mitkommen.« Alle starrten Jane an, als wären ihr plötzlich Hörner gewachsen. »Ich würde ihn gerne einmal wiedersehen.«

»Du kennst Professor Menge? *Den* Professor Menge?« August wirkte so irritiert, als hätte sie behauptet, mit der englischen Königin Tee getrunken zu haben.

»Wir haben ihn hier und da getroffen, wenn wir ins Winterlager wanderten«, erklärte Jane. »Er hat in den Bergen, die wir Yurrebillas Rumpf nennen, wie nannte er es doch noch …« Sie zog die Stirn kraus. »Ach ja, prosperiert. Er ist sehr nett. Er hat uns schöne Geschichten erzählt.« Sie lächelte. »Das erste Mal hielten wir ihn für einen Geist und sind schreiend weggelaufen. Er sah auch sehr seltsam aus mit seinen bloßen Füßen und den zerrissenen Kleidern.«

Professor Johann Menge war als Sonderling bekannt, der plötzlich monatelang im Busch verschwand und ebenso plötzlich wieder auftauchte. Mit den Eingeborenen verstand er sich glänzend. Mit derselben Leichtigkeit, mit der er Hindi, Farsi, Hebräisch, Lateinisch und eine beeindruckende Reihe anderer Sprachen beherrschte, hatte er sich auch die örtlichen angeeignet. Man munkelte, dass er seine Erfolge bei der Mineraliensuche zum großen Teil seinen guten Beziehungen zu den Stämmen im Hinterland verdankte.

Ob er auch mit den Frauen seiner Gastgeber in den Busch ging? Dieser Gedanke war Dorothea unwillkürlich durch den Kopf gegangen. Seit Miles sie geküsst hatte, beschäftigten solche Fragen sie zunehmend. Eines Abends beim Schlafengehen hatte sie Jane danach gefragt, wie es wäre, wenn ein Mann eine Frau »nahm«. Im Studierzimmer ihres Vaters, das er ihr zu benutzen erlaubt hatte, war sie zufällig auf eine »Menschliche Anatomie für jedermanns Hausgebrauch und zur geflissentlichen Beachtung für Studenten der Medizin« gestoßen. Darin waren nicht nur nackte Körper abgebildet, sondern sogar schematische Darstellungen des »Aktes«, die an Deutlichkeit nichts zu wünschen übrig ließen. Von daher war sich Dorothea jetzt über den Vorgang an sich im Klaren. Was sie allerdings mehr als alles andere beschäftigte, war: Wie fühlte es sich an? Darüber schwieg das Buch.

Auch Jane hatte sich nicht als sehr informativ erwiesen. »Es ist ganz verschieden«, hatte sie nachdenklich gesagt. »Manche Männer sind so grob, dass es wehtut. Manche sind behutsam, dann ist es nicht schlimm. Manchmal sogar angenehm.« Sie seufzte und strich sich versonnen über den kleinen Bauch. »Ich mag es, wenn Tim sich die Zeit nimmt, mich zu küssen. Dann kribbelt es hier. Und wenn er dann …« Sie unterbrach sich und demonstrierte, was sie meinte, indem sie den Zeigefinger der rechten Hand rhythmisch durch die zu einem Kreis geschlossenen Daumen und Zeigefinger der linken Hand stieß. »Dann habe ich manchmal verstanden, wieso die Männer es immerzu wollen.« Sie lächelte etwas verzerrt. »Meine Mutter hat immer gesagt, dass die Geister der Traumzeit sich so über die Frauen geärgert hätten, dass sie ihnen ihren Teil der Freude daran wegnahmen und alles den Männern gaben.«

»Warum? Was haben sie getan?«

Jane zuckte mit den Schultern. »Das wusste sie auch nicht. Frauen dürfen so etwas nicht wissen. Solche wichtigen Geheimnisse sind allein den *bourka* vorbehalten.«

Bei den Kaurna durchliefen die Männer diverse Stadien. Bis zum Alter von zehn Jahren galten sie als Kinder. Erst mit Vollendung der Tatauierung, im Alter von etwa zwanzig Jahren, waren sie *wilyaru,* erwachsene Männer. Das fünfte Stadium, das der angesehenen *bourka,* wurde erst mit dem Grauwerden der Haare erreicht.

Eine vergleichbare Hierarchie für Frauen gab es nicht. Sie wurden als zu unwichtige Lebewesen angesehen, um irgendein Aufhebens um sie zu machen.

Vermutlich waren deshalb nur so wenige Mädchen unter den Schülern der Mission.

»Warst du mit diesem Mr. Somerhill im Busch?« Janes unschuldige Frage riss Dorothea aus ihren Überlegungen.

»Nein, natürlich nicht! Miles ist ein Gentleman.«

Jane grinste breit, schwieg aber.

Zu dem Vortrag in den Räumen der Literarischen Gesellschaft hatte sich fast alles eingefunden, was in Adelaide Rang und Namen hatte. Dazu gesellten sich noch eine ganze Menge unbekannter Gesichter. Offensichtlich hatte das Gerücht über die bevorstehende Veröffentlichung von Goldfunden die Runde gemacht. Normalerweise sprengte die Anzahl der an den Vorträgen Interessierten nicht die Räumlichkeiten. Heute jedoch sah es ganz danach aus, als ob man jenen Londoner Veranstaltungen Konkurrenz machen wollte, die erst als gelungen bezeichnet wurden, wenn die Gäste sich aus Platzmangel ständig gegenseitig auf die Füße traten. Sobald man die Schwelle zum Foyer überschritten hatte, tauchte man in ein Gedränge ein, das August spöttisch bemerken ließ: »Sagtest du nicht, es sei nur für Schafzüchter und Farmer interessant?«

»Da können Sie sehen, wie viele es davon in unserer schönen Kolonie gibt«, ertönte eine sonore Männerstimme hinter ihnen.

Jane fuhr herum. »Mr. Masters!« Mit strahlendem Gesicht packte sie die Rechte des hageren Herrn mit ergrauten Schläfen, der sie angesprochen hatte, und schüttelte sie kräftig. »Was machen Sie denn hier?« Ohne seine Antwort abzuwarten, wandte sie sich Dorothea zu und sagte: »Mr. Masters ist der Gentleman, für den Tim arbeitet. Tim und viele, viele andere.«

»So viele sind es nun auch nicht.« Die dunklen Augen hefteten sich auf Dorothea. »Darf ich mich selber vorstellen: Robert W. Masters.« Etwas steif beugte er sich über ihre Hand. Offensichtlich war der Gehstock mit dem opulenten Silberknauf nicht nur ein modisches Accessoire. »Und Sie sind vermutlich Miss Schumann, die Tochter von Pastor Schumann? Ihre Artikel über das

Leben der Eingeborenen fand ich überaus interessant. Besonders den, in dem Sie über Namensgebung und Ahnenverehrung schrieben. Ich wusste gar nicht, dass es so kompliziert ist. Sie haben das wunderbar erläutert. Kompliment!«

»Guten Abend, Mr. Masters«, erwiderte Dorothea höflich. Während sie ihm August vorstellte, musterte sie ihn so unauffällig wie möglich. Auf schwer fassbare Art schien ihn eine Aura würdevoller Trauer zu umgeben. Die Augen unter den jettschwarzen Brauen gaben nichts preis, doch tiefe Stirnfalten zeugten von körperlichen oder seelischen Schmerzen. Unter den nahezu unbewegten Zügen schien etwas verborgen zu sein, das sowohl ihr Interesse wie auch ihr Mitgefühl weckte.

»Sie interessieren sich also für die Beschaffenheit der Böden Südaustraliens?«, versuchte August sich in Konversation, nachdem er festgestellt hatte, dass Professor Menge so umlagert war, dass er keine Chance hätte, zu ihm durchzudringen. »Darf ich fragen, wo sich Ihre Ländereien befinden?«

»Am unteren Murray River«, antwortete Masters freundlich. »Nördlich von Wellington. Das ist eine ausgezeichnete Gegend für Merinos. Aber ich halte auch eine kleine Herde Milchkühe für den eigenen Bedarf und ein paar Pferde.« So beiläufig, wie er das erwähnte, wäre niemand auf die Idee gekommen, dass der Preis für ein gutes Reitpferd dem Jahressalär eines lutherischen Pastors entsprach. Dorothea wusste es auch nur, weil sie erst neulich darüber mit Miles gesprochen hatte. Sie hatte ihm vorgeschlagen, sich ein Pferd zuzulegen. Daraufhin war er zuerst in lautes Gelächter ausgebrochen und hatte ihr danach haarklein vorgerechnet, was ein solcher Luxus in Adelaide kostete.

Dieser Mr. Masters musste in Geld schwimmen wie Krösus!

»Guten Abend, Miss Schumann. Jane, Mr. Schumann. Mr. Masters.« Die kalte Höflichkeit, mit der Miles Somerhill sich vor Robert Masters verbeugte, war so greifbar, dass Dorothea ihm einen erstaunten Blick zuwarf. Masters ließ mit keiner Regung erkennen, ob er es ebenfalls bemerkt hatte. Er verabschiedete sich stattdessen und gesellte sich zu einer Gruppe älterer Herren nahe der Tür, um in deren Begleitung den Vortragssaal zu betreten.

»Ich fasse es nicht, dass er sich noch in Gesellschaft wagt«, murmelte Miles verärgert. »Man sollte meinen, mein Artikel hätte ihm gereicht.«

»Was hat er denn verbrochen?« Dorothea konnte sich beim besten Willen nicht vorstellen, dass dieser Mann, den Jane so überschwänglich begrüßt hatte und der auch ihr sympathisch gewesen war, etwas getan haben könnte, das die offensichtliche Verachtung des jungen Mannes verdiente.

»Nicht jetzt«, gab Miles zurück und zog sie mit sich in den Vortragssaal, wo einige Sessel für die Pressevertreter reserviert worden waren. Während Begriffe wie Tonmergel oder Schiefer, dessen Vorkommen in Macclesfield groß genug war, um wirtschaftlich relevant zu sein, an ihrem Ohr vorbeirauschten, rätselte sie darüber, was es sein mochte, das Miles so gegen Robert Masters aufgebracht hatte. Dankbar für ihre Rolle als Pressevertreterin, die es ihr erlaubte, offen alle Anwesenden zu beobachten, schien ihr die öffentliche Meinung zweigeteilt. Einige zeigten ihm ganz ungeniert die kalte Schulter, während der andere Teil umso bemühter war, ihm seine Sympathie zu bezeugen.

Sie konnte es kaum erwarten, bis die Veranstaltung endlich beendet war. Mit keinem Ton hatte Professor Menge zur Enttäuschung eines Großteils seiner Zuhörer Metalladern erwähnt. Nichts als langweilige Ausführungen über die Zusammenhänge zwischen Bodenbeschaffenheit und Flora. Kein Wunder, dass die Männer mit den von der Sonne gebräunten Gesichtern und den schwieligen Händen nahezu geschlossen dem nächsten Pub zustrebten, um sich dort bei einem Krug Ale darüber auszulassen, dass der Professor sie wieder einmal alle an der Nase herumgeführt hatte.

Leider zeigte auch Miles wenig Neigung, ihre bohrenden Fragen nach Robert Masters zu beantworten. Dieser Mann interessierte sie. Nur zu gern hätte sie mehr über ihn und sein Schicksal erfahren. Zu ihrem Ärger blieb keine Zeit dazu, weil ein überaus enttäuschter August unmissverständlich zum Aufbruch drängte. Erst ein paar Tage später gelang es ihr, Miles Somerhill wieder darauf anzusprechen.

»Du wolltest mir noch verraten, was du Mr. Masters vorwirfst«, erinnerte sie ihn, als er sich in gewohnter Nachlässigkeit auf die Schreibtischkante hockte. Das Bein, das wie ein Uhrenpendel hin und her geschaukelt hatte, stockte.

»Eine ziemlich schlimme Sache«, sagte Miles, erhob sich und vergrub die Hände in den Hosentaschen. »Wenn Richter Cooper nicht alle dazu verdonnert hätte, Stillschweigen zu bewahren …«

»Er wird ja wohl niemanden umgebracht haben«, bemerkte sie spöttisch. Umso erstaunter war sie, als Miles mit plötzlich verfinstertem Gesichtsausdruck nickte. »Doch. Und er hat es sogar zugegeben. Es ist nur nicht klar, wie viele er auf dem Gewissen hat.«

»Du scherzt!« Noch während sie es aussprach, wusste sie, dass er das nicht tat.

»Masters' Frau war todunglücklich dort draußen in der Wildnis«, begann er. »In London war sie der Mittelpunkt jeder Gesellschaft, jedes Balls gewesen, und das vermisste sie. Kann man es ihr verdenken, dass sie nicht für diese Art Pionierleben geschaffen war? In gewisser Hinsicht allerdings wusste sie sich schadlos zu halten. Recht bald kamen Gerüchte in Adelaide auf, wonach sie nicht einmal davor zurückschreckte, ihre Gunst Schafhirten und Viehtreibern zu schenken. Man hielt es für rachsüchtiges Geschwätz der Entlassenen.

Bis zu dem Tag, an dem Masters bei Richter Cooper erschien und ihm mitteilte, er habe eine Gruppe Eingeborener erschießen müssen, die seine Frau entführt und ermordet hätten.«

»Der arme Mann!«, entfuhr es Dorothea mitleidig. Wie schrecklich musste es sein, einen geliebten Menschen auf solch brutale Art und Weise zu verlieren! Kein Wunder, dass er so unglücklich wirkte!

»Hm.« Miles Somerhill schnaubte verächtlich. »So lautete *seine* Geschichte.« Er wartete einen Moment ab, ehe er fortfuhr. »Es kommt immer wieder vor, dass Eingeborene draußen bei den Stationen erschossen werden. Und immer wieder prangern wir vom *Register* es an, aber Richter Cooper steht auf dem Standpunkt, dass solche ›bedauerlichen Vorkommnisse‹, wie er sie nennt, nicht aufzuklären wären, weil Eingeborene als Zeugen vor Gericht nicht eidfähig seien. Die meisten Schafzüchter machen sich inzwischen nicht einmal mehr die Mühe, es anzuzeigen, obwohl es vorgeschrieben ist. Zu befürchten haben sie so oder so nichts.«

»Aber Mr. Masters hat es doch angezeigt?«

»In seinem Fall war das auch dringend geboten. Der Stamm, zu dem die erschossenen Männer gehörten, behauptete nämlich, die weiße Frau sei völlig freiwillig zu der Jagdgruppe gekommen. Und auch, dass es nicht zum ersten Mal geschehen wäre.«

Dorothea stockte der Atem. »Was passierte dann?«

Somerhill zuckte mit den Achseln. »Nichts. Masters hatte die Leichen der Schwarzen ja bereits beseitigt und seine Frau begraben. Sehr praktisch, dass die Sommerhitze ihm nicht die Zeit ließ, das Eintreffen von einem Arzt abzuwarten.« Miles' Stimme hatte einen höhnischen Unterton, der Dorothea aufhorchen ließ.

»Du vermutest, dass es nicht mit rechten Dingen zuging?«

»Nicht nur ich!« Der junge Mann runzelte die Stirn. »Es war alles ein wenig zu glatt, wenn du verstehst, was ich meine. Alle Beteiligten tot, Masters der einzige Überlebende. Unter der Hand kursierte das Gerücht, er habe die günstige Gelegenheit genutzt und sich seiner Frau entledigt.«

Dorothea war schlicht entsetzt. »Das hast du doch nicht in der Zeitung geschrieben?«

»Natürlich nicht. Nur ganz dezent angedeutet. Mit dem Erfolg, dass Richter Cooper wutschnaubend bei uns auftauchte und mit ernsthaften Konsequenzen wegen Rufmords drohte.«

Janes Hochzeitstermin war für Ende Januar festgesetzt worden. Tim Burton hatte sich gewünscht, in der Trinity Church getraut zu werden. Angesichts des immensen öffentlichen Interesses hatte der anglikanische Geistliche Reverend Howard erst durch eine größere Spende von Mr. Masters dazu gebracht werden können, seine Kirche zum Theater umfunktioniert zu sehen, wie er es nannte.

Gerade mal zwei Tage vor dem Termin war der Bräutigam in der Mission aufgetaucht. Ein ziemlich grobschlächtiger Mann mit lauter Stimme und einem ausgeprägten Hang zur Selbstdarstellung. Dorothea mochte ihn nicht. Wie abscheulich musste Janes Leben bei ihrem Stamm gewesen sein, um dieses Großmaul als Verbesserung anzusehen? Wenigstens schien er Jane einigermaßen gut zu behandeln.

Am Morgen ihres großen Tages wirkte Jane nicht im Geringsten so nervös, wie man es gemeinhin von einer Braut erwartete. Es war Dorothea, die fahrig ihre Schublade mit den Taftbändern und dem übrigen Haarputz durchwühlte, weil sie die Seidenblumen nicht mehr finden konnte, die sie Jane ins Haar flechten wollte. In ihrer Ungeduld packte sie schließlich die ganze Lade und schüttete den Inhalt auf das Bett.

»Was ist denn das?« Jane zeigte auf das kompakte, ungewöhnlich geformte Wurfmesser. Ians Abschiedsgeschenk. Zwischen all den Spitzen und bunten Borten wirkte es unpassend martialisch. »Was macht man damit?«

»Das ist ein Wurfmesser.« Fast zärtlich nahm sie es auf und balancierte es probeweise zwischen den Fingerspitzen aus. »Das hatte ich ganz vergessen.« Tatsächlich hatte sie nicht ein einziges Mal daran gedacht, dass sie Ian versprochen hatte, ihr Handgelenk geschmeidig zu halten. Wie es ihm wohl derzeit ging? Ob er an sie dachte? Gleich morgen würde sie wieder anfangen zu üben, nahm sie sich vor, bevor sie es wieder in die Schublade zurücklegte. Die Seidenblumen fanden sich schließlich in einem Spankästchen auf dem Fensterbrett. Während sie Janes drahtiges Haar zu zwei dicken Zöpfen flocht, die sie dann später zu einer Art Krone aufstecken wollte, erzählte sie ihr von Ian und wie es dazu gekommen war, dass sie Messerwerfen gelernt hatte.

»Vermisst du ihn?«, fragte Jane leise, als sie geendet hatte. »So, wie deine Stimme klingt, wenn du über ihn sprichst, muss er dir sehr nahegestanden haben.«

»Ach, Jane, du bist unheilbar romantisch«, erwiderte Dorothea und lachte auf. »Ian war ein guter Freund. Ein sehr guter Freund. Mehr nicht.«

»Nicht so wie Miles?«

»Wo denkst du hin! Ian war noch ein Junge. Miles hingegen …« Sie verstummte verlegen, während sie an vorgestern dachte, als er sie in ihrem gemeinsamen Zimmer in der Redaktion so leidenschaftlich geküsst hatte, dass sie jeden Rest Selbstbeherrschung verloren hatte. Geradezu fiebrig waren ihre Hände über seinen Rücken geglitten, seine Schultern – und wenn nicht in dem Moment einer der Setzer direkt vor der Tür gehustet hätte, hätte auch Miles sich vermutlich nicht mehr zurückgehalten. Fast unmerklich hatte sie die anfängliche Scheu vor seinem Körper verloren, und es verlangte sie nach mehr. Was war schließlich schon dabei? Miles und sie würden sowieso heiraten, sobald er die Anstellung als Redakteur bekäme, mit der er jede Woche rechnete. Jane hatte auch nicht die Hochzeit abgewartet, und es musste ja niemand erfahren, wenn sie es genauso hielte.

Als ihre Mutter einmal vorsichtig angesprochen hatte, ob es für Dorotheas Ruf nicht besser wäre, wenn sie nicht ständig »mit diesem jungen Reporter zusammen« gesehen würde, hatte ihr Vater nur gelächelt und gesagt: »Lass gut sein, mein Herz. Wozu sind wir ans andere Ende der Welt gezogen, wenn wir nicht all die lächerlichen Konventionen und Vorschriften hinter uns lassen können, die uns in der alten Welt doch bloß das Leben schwer machten. Unser Dorchen ist hier richtig aufgeblüht, und wenn diese Schreiberei sie glücklich macht, soll es mir recht sein.«

Dass nicht »die Schreiberei« die Ursache für Dorotheas Aufblühen war, ahnte er in seiner Naivität nicht. Und wenn ihre Mutter eine leise Besorgnis verspüren sollte, so behielt sie sie für sich.

Sobald die Glocken von Holy Trinity zu läuten begannen, machten sie sich auf den Weg. Voran schritten Pastor Schumann in seinem Sonntagsrock und Jane. Die junge Aborigine sah bezaubernd aus. In dem hellblauen Seidentaftkleid mit den azurblauen Ziegenlederstiefeletten, einem Geschenk von Mr. Masters, wirkte sie mädchenhaft und geradezu ätherisch anmutig. Dorothea beglückwünschte sich dazu, mit Jane das Gehen in den ungewohnten Stiefelchen geübt zu haben. Sicher schritt sie an Pastor Schumanns Arm den Weg zur North Terrace entlang. August folgte mit seiner Mutter und Schwester, danach Karl und Lischen, die vor Aufregung ununterbrochen belangloses Zeug schnatterte. Die Missionsschüler und ihre Familien bildeten den Abschluss des Zuges. Eine Hochzeit nach Art der Weißen war für sie ein großartiges Ereignis, das sicher Eingang in ihre Geschichten finden würde.

Die Straßenzüge um die Kirche waren so voller Menschen, die sie alle neugierig anstarrten, sodass Dorothea begann, sich unbehaglich zu fühlen. Dem abgerissenen Äußeren einiger Zuschauer nach zu urteilen, waren auch von den Buschstationen alle abkömmlichen Männer in die Stadt gezogen, um Zeuge der Hochzeit eines der ihren mit einer Eingeborenen zu werden. Von ihnen kamen die ersten schüchternen Vivat-Rufe, ehe einige Herren in Stadtkleidung sie aufnahmen. Jane winkte ihnen allen zu, kein bisschen eingeschüchtert. Dorothea bewunderte sie für die freundliche Gelassenheit und Würde, mit der sie ihrer zentralen Rolle in diesem öffentlichen Spektakel mehr als gerecht wurde.

Die Bänke der Kirche waren bis auf den letzten Platz gefüllt. Selbst in den Seitengängen und auf der Empore drängten sich die Zuschauer, die keinen Sitzplatz mehr gefunden hatten.

Tim Burton stand in einem vermutlich geliehenen Frack vorn am Altar und drehte seinen Hut nervös in den Händen. Ein Lächeln erhellte seine Züge, als er Jane am Arm des Pastors auf sich zuschweben sah. In diesem Moment war er Dorothea fast sympathisch.

Selbst Reverend Howards strenge Züge verloren ein wenig von ihrer hölzernen Härte, als er sie begrüßte und alle bat, auf der für sie reservierten vorderen Bank Platz zu nehmen. Von Janes Herkunftsfamilie war kein Einziger erschienen. Niemand war darüber verwundert, denn ihre Eltern waren tot, und ihr Bruder hatte sich von ihr losgesagt, als sie zu Burton gezogen war.

Die Zeremonie zog sich hin. Vor allem die englische Predigt. Dorothea ertappte sich dabei, dass ihre Gedanken abschweiften. Gerade formulierte sie im Stillen, wie sie den endlosen Sermon auf seinen wesentlichen Inhalt kürzen würde, als Reverend Howard die vor sich hindämmernde Gemeinde mit der Ankündigung aufschreckte, jetzt die Ehegelübde sprechen zu lassen. »Ich bitte das Brautpaar, zu mir an den Altar zu treten.«

»Na endlich! Ich dachte schon, er kommt überhaupt nicht zum Ende«, flüsterte August Dorothea ins Ohr. »Diese anglikanischen Geistlichen sind verflixt langatmig!«

Pastor Schumann erfüllte den letzten Teil seiner Aufgabe als Brautvater, indem er Jane ihrem zukünftigen Ehemann zuführte. Burtons »Ja, ich will« klang ein wenig belegt vor Aufregung. Janes dunkler, warmer Stimme hingegen war nicht die geringste Gefühlsregung anzumerken. Dorothea erinnerte sich, dass die kirchliche Zeremonie für sie bedeutungslos war. Sollte sie das im

Artikel schreiben, oder würden sich dann einige der Leser vor den Kopf gestoßen fühlen? Es war gar nicht so einfach, die Balance zwischen der Wahrheit und der nötigen Rücksichtnahme zu finden.

Dann ging auf einmal alles sehr schnell: Tim Burton führte Jane zu dem Ochsenwagen, der auf sie wartete. Eine hastige Umarmung, ein kurzes »Ich werde dich besuchen«, und im nächsten Augenblick rumpelte der schwere Karren los, wobei er Unmengen rötlichen Staubs aufwirbelte, der die Menge rascher auseinandertrieb, als es einer Kompanie Dragoner möglich gewesen wäre.

Eigentlich war ein ausgiebiges Festessen geplant gewesen, aber Burton hatte darauf gedrängt, die Stadt möglichst schnell wieder verlassen zu können. Er fühlte sich nicht wohl zwischen »all den feinen Pinkeln« und konnte es nicht erwarten, das neue Land in Besitz zu nehmen.

»Ich hoffe, dass Jane glücklich wird«, sagte Dorothea, während sie der Staubwolke nachsah, die den Ochsenkarren ihren Blicken entzog.

»Warum sollte sie es denn nicht werden?« August warf ihr einen erstaunten Blick zu.

»Ach, es war nur so ein Gedanke«, murmelte sie. »Komm, Lischen.«

7

»Irgendwie vermisse ich unsere Jane jetzt schon«, seufzte Mutter Schumann, als sie ins Haus zurückkehrten. »Das Mädchen ist mir richtig ans Herz gewachsen – trotz ihrer manchmal mehr als seltsamen Angewohnheiten.«

Auch Dorothea konnte sich nicht so recht darüber freuen, ihr Zimmer nun wieder für sich zu haben. Ihr fehlte die Freundin noch mehr als den anderen, weil sie nun niemand mehr hatte, dem sie sich anvertrauen konnte. Jane hatte immer ein offenes Ohr für sie gehabt, auch wenn sie oft Dorotheas Probleme nicht hatte nachvollziehen können.

Umso freudiger reagierte sie, als Miles Somerhill eines Tages mit geheimnisvoller Miene eine Überraschung für sie ankündigte. »Du hast deine Stelle als Redakteur genehmigt bekommen?«, riet sie auf gut Glück.

Er lächelte, schüttelte jedoch den Kopf.

»Was dann?« Dorothea schmiegte sich an ihn und begann, an einem der Westenknöpfe zu drehen. »Sag es, ich bin nicht in der Stimmung für lange Ratespiele.«

»Setz deinen Hut auf, dann zeige ich es dir.« Miles löste ihren Griff vom gefährdeten Knopf.

»Es ist in meinem Zimmer bei Mrs. Wilson.«

Die Straßen der Stadt waren nahezu ausgestorben. In der Gluthitze des Spätsommers mieden Mensch und Tier um diese Tageszeit den Aufenthalt im Freien. Glücklicherweise lag Mrs. Wilsons Haus nur ein paar Straßenecken weiter. Ein einstöckiges Haus zwischen einer bereits halb zerfallenen Lehmhütte, deren Bewohner schon vor Monaten ausgezogen waren, und einer Schlosserei, an deren Tür noch das Schild hing »Zu verkaufen«. Niemand hatte sie gekauft, also hatte der Handwerker einfach seine Sachen gepackt und das nächste Schiff Richtung England bestiegen. Und nicht nur er. Immer mehr Einwohner verließen die Stadt auf Nimmerwiedersehen.

Adelaide verfiel langsam, aber sicher. Erst neulich hatte der Bürgermeister die besorgniserregende Entwicklung in Zahlen gefasst: Von den rund eintausendachthundert Häusern stand rund ein Fünftel bereits leer, und der Trend schien sich eher zu verstärken als abzuebben. Von der sich selbst finanzierenden Kolonie, wie sie die Gründer der South Australian Company vorgesehen hatten, war schon lange nicht mehr die Rede.

»Wo ist Mrs. Wilson eigentlich?« Dorothea sah sich erstaunt im düsteren Hausflur um. Miles hatte ihr immer Schauergeschichten von seiner Vermieterin erzählt, und sie war entsprechend neugierig darauf, sie endlich kennenzulernen.

»Sie ist zu einer kranken Freundin nach Glenelg gereist«, sagte Miles mit solch sonderbarer Stimme, dass Dorothea sich zu ihm umdrehte und fragte: »Bist du sicher, dass sie nichts dagegen hat, dass du mich in ihr Haus gebracht hast?«

»Was sie nicht weiß, macht sie nicht heiß«, murmelte Miles und betrachtete sie mit einem ganz eigenartigen Glanz in den Augen. »Hier entlang.« An der Hand zog er sie in das hinterste Zimmer, in dem der größte Teil des Raums von einem Bett und einer Spiegelkommode eingenommen wurde. Das Bett war aufgeschlagen, auf dem Tischchen daneben standen eine Flasche Champagner und zwei Gläser.

»Miles?« Dorothea schluckte nervös und suchte seinen Blick.

Er wich ihr aus und beugte sich stattdessen vor, um die zwei Gläser einzuschenken.

»Hier – auf uns und unsere Liebe!«

Ihr wurde heiß. Auch wenn sie es sich insgeheim gewünscht haben mochte – das jetzt kam doch sehr überraschend. Verlegen nahm sie das Glas entgegen und leerte es mit raschen Schlucken.

Miles nahm ihr das leere Glas aus den Fingern, stellte es ab und nahm sie in die Arme. »Ganz ruhig, Liebes. Ich werde nichts tun, was du nicht willst«, versprach er und küsste sie sanft.

Es passierte genau dasselbe wie in seinem Büro: In dem Augenblick, in dem seine Lippen ihre berührten, schien ihr Körper sich ihrem Willen zu entziehen. Sie schloss die Augen und überließ sich willig dem Zauber, der ihr normales Bewusstsein auslöschte. Als sei sie durch einen Spiegel gegangen, zählte nichts anderes mehr als das unbestimmte Verlangen, das in ihrem Inneren alles andere – Scham, Furcht vor dem Unbekannten, den letzten Rest instinktiver Zurückhaltung – verdrängte. Ihre Finger glitten wie selbstverständlich unter sein Hemd, gierig auf das Gefühl nackter Haut. Strichen über seine harten Flanken, seinen mit drahtigem Haar überzogenen Oberbauch, um schließlich kühn an seinem Hosenbund zu zerren.

Ohne den leidenschaftlichen Kuss zu unterbrechen, zog Miles sie zum Bett. Zitternd vor Ungeduld ließ sie es zu, dass er sie langsam auszog. Warum dauerte das nur so lange? Unbeherrscht grub sie ihre Fingernägel in seinen Rücken, um ihn zu größerer Eile anzutreiben. Er lachte. Ein kehliges, triumphierendes Lachen. Ehe er sie in die Kissen drückte und sich über sie schob.

Miles war ein guter Liebhaber. Auch wenn sie auf diesem Gebiet noch unerfahren war, spürte sie mehr, als dass sie es bewusst wahrnahm, wie geschickt er ihre Leidenschaft so weit anstachelte, bis sie ihn völlig außer sich vor Lust anflehte, der süßen Qual ein Ende zu bereiten.

Der eigentliche Akt, vor dem sie sich in klaren Momenten gefürchtet hatte, war nur ein nichtiger Schmerz, der sich sofort verflüchtigte. An seiner Stelle wuchs in ihr der Wunsch nach etwas, das sie nicht fassen konnte. Ihr Körper spannte sich wie eine Bogensehne, während die Lust sich mit jeder Bewegung von Miles' Körper steigerte. Keines klaren Gedankens mehr fähig, bäumte sie sich unter ihm auf, zitternd vor Gier auf den Höhepunkt, der zum Greifen nah schien. Als sie ihn erreichte, schrie sie auf, weil sie das Gefühl hatte, sich aufzulösen, in Tausende winziger Splitter zu zerspringen, die in die Unendlichkeit des Firmaments geschleudert wurden.

»Alles in Ordnung?« Miles' Frage ließ sie widerwillig in die Gegenwart zurückkehren. Sie öffnete die Augen und lächelte.

»Oh, Miles, das war – einfach wundervoll.«

Mit Worten ließ es sich nicht ausdrücken, was sie empfand, also hob sie die Arme, zog seinen Kopf zu sich herunter und küsste ihn leidenschaftlich.

»Können wir es gleich noch einmal tun?«

»Ich fürchte nein.« Miles schien von ihrer Frage sowohl überrascht als auch amüsiert. »Lass mir ein bisschen Zeit, dann geht es wieder.«

Er erhob sich, ging zu dem Beistelltisch und füllte die Gläser erneut. »Auf dich!« Er hob eines der Gläser zum Toast. »Und auf unsere nähere Bekanntschaft.«

Dorotheas Blick glitt mit einer Art Besitzerstolz über seinen nackten Körper, bis er an seinem Glied hängen blieb, das feucht und schlaff in nichts mehr an den Zustand erinnerte, in dem sie es kennengelernt hatte. »Ich hätte nicht gedacht, dass ihr Männer so seltsam beschaffen seid«, bemerkte sie leicht herausfordernd. Begierig darauf, erneut jene Lust zu empfinden, die er ihr eben verschafft hatte, erschien ihr jede Verzögerung als Ärgernis. »Kannst du es irgendwie beschleunigen, dass er wieder hart wird?«

Miles' Augen verschmälerten sich plötzlich zu Schlitzen, und ein laszives Lächeln umspielte seine Mundwinkel. »Jaaaa, es gäbe da etwas«, erwiderte er gedehnt. »Soll ich es dir zeigen?«

Der Nachmittag schien zu verfliegen. Miles zeigte ihr Dinge, von denen sie nie gedacht hätte, dass man sie überhaupt machen könnte. Die neue Welt, die sie unter seiner Anleitung entdeckte, begeisterte sie. Am liebsten hätte sie sie nie wieder verlassen. Miles war es, der bei einsetzender Dämmerung daran erinnerte, dass sie jetzt besser nach Hause ginge. »Nicht, dass deine Eltern anfangen, sich Sorgen zu machen.«

Bedauernd ließ sie sich von Miles beim Ankleiden helfen und bat ihn um einen Kamm oder eine Bürste, um ihr zerzaustes Haar zu frisieren. Gespannt überprüfte sie ihr Spiegelbild nach irgendwelchen Anzeichen für Verruchtheit. Angeblich sah man losen Frauenzimmern ihren Lebenswandel an. Zu ihrer Erleichterung unterschied sich ihr Aussehen in nichts von dem üblichen. Vielleicht wirkte sie ein bisschen erschöpft, aber das konnte sie mit der Hitze und dem Fußweg zur Mission erklären.

»Ich liebe dein wundervolles Haar«, sagte Miles und hob die schweren Flechten an, um sie mit den Lippen zu berühren. »Es ist wie schwere Seide, wenn es über meinen Körper gleitet.« Er verzog die Lippen, als sie bei dieser Anspielung feuerrot wurde. »Ach, meine kleine Missionarin. Nach all dem, was wir miteinander geteilt haben – immer noch so prüde?«

»Sei nicht albern. Ich bin überhaupt nicht prüde«, widersprach Dorothea heftig. »Und jetzt nimm deine Hände da weg, sonst bekomme ich es nie gerichtet.«

Jegliche Sorge, ihre Familie könnte ihr etwas anmerken, verflog in dem Augenblick, in dem sie durch die Hintertür die Küche betrat und ihre Eltern und August in heller Aufregung vorfand.

»Karl ist verschwunden«, rief ihre Mutter, die verzweifelt die

Hände rang. »Er wollte irgendetwas zeichnen, irgendetwas mit Ohren als Berge. Aber er ist nicht zurückgekommen. Weißt du vielleicht, wohin er wollte?«

Ohren als Berge? Jane hatte doch die Geschichte von dem getöteten Riesen erzählt, dessen Ohren zu Mount Lofty und Mount Barker geworden waren. Vermutlich war Karl zu der Stelle gegangen, an der man die Bergkette so gut gesehen hatte. »Ich denke, ja«, sagte sie rasch. »Aber wir sollten besser welche von Papas Schülern bitten, uns zu begleiten. Ich bin nicht sicher, ob ich im Dunkeln den Weg dorthin finde.«

Pastor Schumann schüttelte den Kopf. »Sie gehen niemals nach Sonnenuntergang von ihrem Feuer weg. Angeblich schleicht dann dieses Nachtgespenst Nokunna im Busch umher. Vor dem fürchten sie sich mehr als vor allem anderen.«

»Ich fürchte ihn nicht.« Alle fuhren herum. Im Türrahmen stand Koar. Der Junge, den Pastor Schumann als seinen besten Schüler bezeichnet hatte und der Dorothea damals aufgefallen war, weil er sich auf schwer fassbare Weise von den anderen seiner Gruppe unterschieden hatte. Stolz warf er den Kopf zurück und wiederholte: »Ich fürchte weder Nokunna noch sonst einen Geist. Der Geist meines Ahnen ist mächtiger als sie.« Mit zwei Fingern holte er einen bräunlichen Gegenstand aus dem Lederbeutel an seinem Hals und hielt ihn andächtig auf der Handfläche. »Das ist die Hand von Tenberry, dem großen Zauberer. Kein böser Geist wird es wagen, mich anzurühren. Ich werde euren Sohn finden und zurückbringen.«

Mutter Schumanns Augen hingen wie gebannt an dem mumifizierten Körperteil. Sie schwankte zwischen Grausen und Dankbarkeit, und ihr fehlten sichtlich die Worte. Auch Dorothea betrachtete die krallenartig zusammengeballte Hand mit unterdrücktem Ekel. Unter der verschrumpelten, dunkelbraunen Haut waren noch deutlich die Fingerglieder zu erkennen. Es war zweifellos eine menschliche Hand, die dieser Junge als Talisman mit sich herumtrug.

Ihr Vater und ihr Bruder reagierten erstaunlich gleichmütig auf diese seltsame Reliquie. Ohne weiter darauf einzugehen, sagte August nur: »Das finde ich großartig von dir, Koar. Lass uns gleich losgehen. Kannst du uns zeigen, wo ihr damals gegangen seid, Doro?«

Wortlos ging Dorothea voraus. Anfangs war der Weg noch deutlich zu erkennen. Dann wurde der Pfad allmählich immer schmaler, bis sie schließlich unsicher auf einer Lichtung stehen blieb. Im Mondlicht sahen die Sträucher alle gleich aus. Erleichtert überließ sie Koar die Führung, der ihnen jetzt wie ein Spürhund vorauslief, zuweilen tatsächlich mit der Nase fast auf dem Boden. August und Dorothea hatten ihre liebe Mühe, ihm zu folgen. Immer wieder blieben sie stehen und riefen. Und immer wieder war nur Rascheln und das Knacken von trockenen Ästen die Antwort. Nach einer halben Stunde blieb Koar plötzlich stocksteif stehen und hob eine Hand. »Hört ihr?«

Dorothea lauschte angestrengt, und wirklich vernahm sie ein schwaches »Hallo, hier bin ich«. Es drang aus einem dichten Gebüsch ein Stück weiter vorn. August wollte sofort losstürzen, aber Koar hielt ihn zurück. »Er hängt in einem Schlammloch fest. Wir müssen aufpassen, dass wir nicht ebenfalls hineingeraten!«, sagte er. Vorsichtig führte er sie näher an die Stelle heran, bis sie zwischen dem Schilf hindurch ihren Bruder Karl bis zu den Hüften in schwarzem Schlamm stecken sahen. Mit beiden Händen klammerte er sich an einer dicken Wurzel an dem Abbruch über sich fest, aber seine Kräfte reichten nicht aus, sich daran aus dem zähen Schlick zu ziehen.

»Gott sei Dank, dass ihr kommt«, rief er ihnen erschöpft zu. »Lange hätte ich mich nicht mehr halten können! Dieser verfluchte Matsch! Seid vorsichtig, dass ihr nicht auch noch abrutscht.«

August warf sich direkt am Abbruch auf den Boden und streckte ihm seine Hand entgegen. Es fehlte gut eine halbe Armlänge. »Wir bräuchten ein Seil. Oder einen Ast. Aber etwas Stabiles!« Verzweifelt sah er sich nach etwas Brauchbarem um.

»Deine Hose!«

August brauchte ein paar Sekunden, bis er verstand, was Koar meinte. Dann setzte er sich auf den Boden, riss sich die Stiefel von den Füßen und zog seine Hose aus festem Baumwollköper aus. Unter normalen Umständen hätte Dorothea sich köstlich über den Anblick amüsiert: August in Hemd und Socken wie ein Kleinkind. Jetzt aber achtete weder sie noch einer der anderen darauf. Erneut legte ihr Bruder sich auf den Bauch und schob sich so nah es ging an die Abbruchkante heran. »Kannst du sie greifen?« Etwas ungeschickt schwang er die Hose so lange hin und her, bis es Karl gelang, erst eines und gleich darauf auch das zweite der Hosenbeine zu packen. »Ich hab sie!«

»Wickle sie dir einmal um die Handgelenke«, wies Koar ihn an. »Du darfst auf keinen Fall loslassen! Und bleib ganz ruhig: Wir ziehen dich jetzt langsam heraus.«

Koar und August stemmten die Fersen in den harten Lehmboden und begannen zu ziehen. Der Schlamm schmatzte mehrmals wie ein großes Tier, das unwillig ist, seine Beute wieder auszuspucken, ehe er Karl aus seinen Untiefen freizugeben begann. Fingerbreite um Fingerbreite zogen sie ihn aus der schwarzen Masse. Karl war ein schlanker Junge, aber die klebrige Masse des Schlamms, in dem er feststeckte, vervielfachte sein Gewicht.

Als er endlich mit einem letzten, lauten Schmatzen freikam, lief August und Koar der Schweiß übers Gesicht. Nachdem sie ihn über die Kante gehievt hatten, ließen sie sich vor Erschöpfung auf den Rücken fallen und keuchten nur noch.

Vor Erleichterung über den glücklichen Ausgang hätte Dorothea in Tränen ausbrechen können. Stattdessen stürzte sie auf Karl zu und schüttelte ihn wie einen jungen Hund. »Weißt du überhaupt, welche Sorgen du Mama und Papa bereitet hast? Wie konntest du nur so leichtsinnig sein?«, schrie sie ihn an, nur um im nächsten Moment die Arme um ihn zu schlingen und ihn an sich zu pressen. Wieso war ihr erst in diesen Momenten höchster Gefahr klar geworden, wie sehr sie an ihrem Bruder hing?

»Es war ein Unfall«, verteidigte der sich schwach. »Ich war wirklich nicht leichtsinnig. Dieses verdammte Schlammloch war einfach nicht zu sehen.«

»Lass ihn!«, sagte Koar ruhig und richtete sich langsam auf. »Es war ihm so vorherbestimmt. Solche Ereignisse kann man nicht ändern.« Seine dunklen Augen ruhten mit fast ungläubigem Staunen auf Karls mitgenommener Erscheinung. »Der weise Tenberry hat es vorhergesagt, und es ist genau so eingetroffen.«

»Behaupte jetzt bitte nicht, dein Ahne hätte prophezeit, dass Karl in ein Schlammloch fällt!«, schnaubte Dorothea. »Das glaube ich einfach nicht.«

Im Mondlicht, das inzwischen schräg durch die Büsche fiel, blitzten Koars Zähne, als er lächelte. »Nein, natürlich nicht«, gab er mit leichter Ungeduld zurück. »So funktionieren Voraussagen nicht.«

»Wie dann?« Augusts Atem hatte sich wieder normalisiert, und er musterte den jungen Aborigine mit Interesse.

»Tenberry träumte von einem weißen Stern, der auf die Erde herniederfiel und in unserem Lagerfeuer verglühte. Am nächsten Morgen lag dort ein Kind mit heller Haut und einem sternförmigen Mal auf der Brust. Dieses Kind fühlte sich einsam und war unglücklich, weil niemand etwas mit einem Unglücksbringer zu tun haben wollte. Eines Nachts stieg es deswegen auf zum Wodliparri, das ist dort.« Koar legte den Kopf in den Nacken und zeigte auf das helle Bild der Milchstraße über ihnen am Nachthimmel. »Im Wodliparri, an dessen schilfbewachsenen Ufern die Ahnengeister hausen, fand er in einem der Löcher von Jura, dem Wasserunge-heuer, einen Bruder.«

»Eine tolle Geschichte«, sagte August verständnislos. »Aber was hat sie mit dir zu tun?«

»Sie ist der Grund dafür, dass ich lebe«, erwiderte Koar schlicht.

»Wie bitte?«

»Als ich geboren wurde, war meine Haut so hell, dass meine Fa-milie mich töten wollte. – Kinder mit ungewöhnlich heller Haut bringen Unglück«, fügte er hinzu. »Aber Tenberry entdeckte zu-fällig das Mal auf meiner Brust und verbot es ihnen. Ich sei ein Kind, das den Geistern gehörte. Niemand wollte die Geister erzür-nen, aber ebenso wenig wollte jemand mich aufziehen. Also nahm Tenberry mich zu sich. Er war schon sehr alt und fürchtete, nicht lange genug zu leben, um mir all sein Wissen weitergeben zu kön-nen. Deswegen begann er bereits damit, mich zu unterrichten, als ich noch ein Kind war.«

»Bist du jetzt schon, nach den Sitten deines Stammes, ein rich-tiger Zauberer?«, wollte Karl wissen, während er vergeblich ver-suchte, den Schlamm von seiner Hose zu klopfen.

»Niemand traut sich, es herauszufinden«, sagte Koar und grins-te. »Tenberrys Hand schützt mich immer noch.« In einer liebevol-len Geste bedeckte er den Beutel auf seiner Brust mit der Hand.

»Aber ich vermisse ihn.«

»Wann ist er gestorben?«, fragte Dorothea leise. Das Schicksal dieses Jungen war wirklich ungewöhnlich.

»Vor vier Wintern. Danach zog ich allein umher, bis ich be-schloss, dass es an der Zeit sei, auch die Bräuche und Künste der Weißen zu lernen. Tenberry hat immer gesagt, Wissen sei wie die Beeren und Wurzeln am Wege. Man sollte alles mitnehmen, auf das man stoße. Alles sei auf seine Art wertvoll.«

»Gehen die anderen dir deswegen aus dem Weg, Koar? Weil sie Angst vor dir haben?« Karl sah ihm forschend ins Gesicht.

Der Junge machte eine wegwerfende Handbewegung. »Sie sind dumm. Sie fürchten, dass ich sie verfluchen könnte.«

»Und du lässt sie in dem Glauben, was?« Karl nickte verständnisvoll. »Auf die Art hast du deine Ruhe vor ihnen. – Ich bin dir zu großem Dank verpflichtet, Koar«, sagte er dann sehr ernst. »Ohne dich hättet ihr mich wahrscheinlich nicht mehr rechtzeitig gefunden. Lange hätte ich mich nicht mehr halten können. Und ich danke euch beiden ebenfalls, dass ihr nicht erst die Constabler abgewartet habt.«

»Spar dir deinen Atem«, brummte August, sprang auf und verpasste ihm liebevoll eine Kopfnuss. »Das war doch selbstverständlich. – Wo ist meine Hose?«

Nach diesem Abenteuer waren Karl und Koar unzertrennlich. Bald ging der junge Aborigine bei den Schumanns ein und aus, als hätte er schon immer dazugehört. Nach einigem Bedenken rang er sich sogar dazu durch, bei der Anlage des Gemüsegartens mitzuhelfen. Eigentlich sei das reine Frauenarbeit, erklärte er dem verblüfften Karl. Aber angesichts der Tatsache, dass auch August und Pastor Schumann sich nicht zu schade waren, mit anzupacken, würde er sich den europäischen Sitten anpassen.

Bei Mutter Schumann hatte er bald einen Stein im Brett, als er den Kopfschmerz-Umschlägen aus den Stängeln des Ngalyipi, der ausgezeichnet an den Bäumen hinter dem Haus gedieh, einige Substanzen zufügte, über die er sich geheimnisvoll ausschwieg, deren Wirksamkeit jedoch unbestreitbar war. Wenn Dorothea oder Karl sich an Janes Vorschlag mit dem Goannafett erinnerten, sprach es doch keiner aus. »Hauptsache, Mama fühlt sich dadurch besser«, verteidigte Dorothea ihr Schweigen gegenüber Miles, der sich köstlich darüber amüsierte.

»Ein schlauer Bursche! Es könnte auch ganz einfach daran liegen, dass die Hitze nachgelassen hat. Bald wird die Regenzeit einsetzen. – Hast du übrigens schon davon gehört? Man erwartet praktisch jede Woche Gawlers Nachfolger. Das wird ein lustiger Tanz werden.« Miles streckte sich genüsslich und fuhr dann mit den Fingerspitzen über Dorotheas nackte Schulter. »Mr. Stevenson macht sich große Hoffnungen, dass der neue Gouverneur ihm wieder die Regierungsaufträge zuspricht.«

»Und? Wird er das tun?« Dorothea schmiegte ihre Wange an seinen Handrücken, ein wenig abgelenkt von der Tatsache, dass Miles' Knie sich gerade zwischen ihre Schenkel schob.

»Keine Ahnung. Über Grey ist eher bekannt, dass er ein Teufelskerl ist«, sagte ihr Geliebter nachdenklich. »Auf seinen Forschungsreisen hat er Unglaubliches geleistet. Aber als Regierungsvertreter hat er nicht viel Erfahrung. Gerade mal ein Jahr als Bevollmächtigter am King George Sund im Südwesten. Er muss glänzende Beziehungen in London haben.«

»Wenn er den neuen Gouverneur davon überzeugen kann, uns wieder die lukrativen Aufträge zu geben, dann könntest du doch auch deine Festanstellung bekommen, oder?« Miles hatte oft genug durchblicken lassen, dass eine sichere Anstellung die Voraussetzung für ihre gemeinsame Zukunft wäre. Das war nur vernünftig. Schließlich musste er ja auch eine Familie ernähren können. Aber warum kümmerte er sich dann nicht etwas mehr darum? Sie hätte schon längst mit Mr. Stevenson gesprochen.

»Das wird dann sicher auch klappen, Liebes. Ganz bestimmt. Aber jetzt sollten wir sehen, noch rasch die letzte Galgenfrist auszunutzen, ehe Mrs. Wilson vom Whist zurückkommt.« Verführerisch strichen seine Lippen über ihre empfindliche Kehle, ehe er sie in die Kissen drückte. Sie hatten es sich angewöhnt, sich an den Nachmittagen in Miles' Zimmer zu treffen, an denen seine Vermieterin zu ihren wöchentlichen Whist-Turnieren in die Nordstadt ging.

Wenn sie dann, durch ihren Gewinn und den stets reichlich ausgeschenkten Portwein in äußerst heitere Stimmung versetzt, in den frühen Abendstunden heimkehrte, war sie gegenüber verdächtigen Gerüchen oder Spuren deutlich weniger argwöhnisch als normal.

Dorotheas Familie hatte sich in der Zwischenzeit so an ihre ungeregelten Abwesenheiten gewöhnt, dass sie, wenn sie sich in die Redaktion verabschiedete, höchstens mit der Frage rechnen musste: »Bist du zum Abendbrot zurück?«

Nachdem ihr erster unter ihrem eigenen Namen erschienener Bericht über Janes ungewöhnliche Liebesgeschichte, die der Hochzeit vorausgegangen war, zahlreiche positive Leserbriefe zur Folge gehabt hatte, hatte Stevenson von ihr weitere »Frauengeschichten« verlangt. Als Erstes hatte sie mit den deutschen Marktfrauen gesprochen, und erst dabei war ihr die ganze Tragweite des Schicksals der gemeinhin als »lutherans« bezeichneten Gruppe klar geworden.

»Wie schäbig vom preußischen König, sie derart zu schikanieren!«, hatte sie sich entrüstet, als sie beim gemeinsamen Essen der Familie von den Gefängnisstrafen und harten Geldbußen erzählt hatte, mit denen man sie zum Einlenken hatte zwingen wollen. »Stellt euch vor: Die armen Menschen sind nur wegen ihres Glaubens verfolgt worden. Wie im alten Rom!«

»Jetzt lass aber mal die Kirche im Dorf«, hatte ihr Vater ungewohnt vehement eingeworfen. »Es hat genug lutheranische Gemeinden gegeben, die sich der gemeinsamen Agenda nicht verweigert haben. Die Absicht des Königs, in Preußen eine einzige unierte Landeskirche zu schaffen, sollte anderen Menschen den Kummer ersparen, den er als zutiefst frommer Mann empfunden hat, weil er niemals mit seiner geliebten Frau gemeinsam das Abendmahl einnehmen durfte! Sosehr ich Pastor Kavel als Theologe schätze, als Seelsorger zeigt er einen bedenklichen Hang zum Fanatismus.«

»Du gibst ihm die Schuld an der Misere?«

Pastor Schumann seufzte leise und schüttelte den Kopf. »Nein, Dorchen. So einfach ist es nie. Da sind schon mehrere Dickköpfe aufeinandergeprallt. Ich wollte dich nur davor warnen, vorschnell einseitig Partei zu ergreifen. Du hast eine gute Auffassungsgabe und einen scharfen Verstand. In einer Zeitung zu schreiben bedeutet auch eine große Verantwortung. Die Leser erwarten, dass das, was du schreibst, der Wahrheit entspricht. Das darfst du nie vergessen!«

Der Fund von vier weiteren Leichen des Maria-Massakers Ende April 1841, darunter vermutlich die des Kapitäns und seiner Frau, hätte wohl mehr Aufsehen erregt, wenn die Nachricht sich nicht mit der Ankunft des neuen Gouverneurs überschnitten hätte. »Ich werde mich doch jetzt nicht in die Einöde schicken lassen, wenn in Adelaide die Fetzen fliegen!«, hatte Miles ihren Vorschlag, nach Encounter Bay zu reisen, um seine Eindrücke der einsamen Gräber in den Dünen besser schildern zu können, von sich gewiesen. »Du glaubst doch nicht ernsthaft, dass sich noch irgendjemand für die armen Schweine interessiert? Jetzt, wo dieser bigotte Gawler endlich abgesägt ist, werden andere Zeiten anbrechen.«

Miles Somerhill sollte recht behalten, allerdings nicht ganz in dem Sinne, in dem er es gemeint hatte. Der neue Gouverneur schien nach dem Sprichwort zu verfahren: »Neue Besen kehren gut.« Noch ehe sein Vorgänger das Land verlassen hatte, wurden bereits Stimmen laut, die meinten, man sei vom Regen in die Traufe geraten. Nicht nur, dass Grey mit sofortiger Wirkung sämtliche Baumaßnahmen gestoppt hatte – er hatte auch all jene Angestellte aus dem öffentlichen Dienst entlassen, die seinen Anforderungen nicht genügten oder sonst sein Missfallen erregt hatten. Den stechenden Augen unter buschigen Brauen entging nichts. Ein Angestellter wurde entlassen, weil er versehentlich eine Fensterscheibe zerbrochen hatte; ein Bürojunge, weil dem Gouverneur dessen acht Pence Lohn zu hoch schienen.

Der zuständige Beamte für Immigration musste sich anhören, dass Senf unnötiger Luxus bei der Beköstigung der Bedürftigen sei. Ihre staatliche Unterstützung wurde auf ein absolutes Minimum heruntergefahren, in der Absicht, die Menschen dazu zu bewegen, sich außerhalb Adelaides um Arbeit und Brot zu bemühen und so die öffentlichen Kassen zu entlasten.

Der schmale Mund unter dem blonden Schnurrbart verzog sich fast nie zu einem Lächeln, was zu seinem Ruf beitrug, arrogant und selbstherrlich zu sein.

Natürlich hatte er nicht sofort alle Aufträge wieder dem *Register* zugesprochen. Mr. Thomas hatte sich gezwungen gesehen, nach London aufzubrechen, um dort seine Ansprüche zu verfechten. Bis zu seiner Rückkehr musste sein Partner Stevenson sehen, wie er zurechtkam.

Derweil kehrte Gouverneur Grey weiterhin mit eisernem Besen. Die Polizeikräfte wurden halbiert und mit Truppen aus Sydney aufgestockt. Im Vermessungsamt bemängelte er die »ruinöse Unbedachtsamkeit«, mit der weiter entfernte neue Landstriche erschlossen wurden.

Selbst die Missionsschule blieb nicht verschont. Eines Morgens brachte ein Bote einen knapp formulierten Brief, der August darüber in Kenntnis setzte, dass sein bis Ende des Jahres laufender Kontrakt leider nicht verlängert werden könnte.

»Das macht mir weniger aus, als er denkt«, vertraute er Dorothea an. »Ich habe bereits am Mechanischen Institut vorgesprochen, und dort würden sie mich als Gehilfen anstellen, sofern der Professor mich akzeptiert.«

»Wie schön für dich!«, sagte Dorothea geistesabwesend. Sie bewegten ganz andere Sorgen.

In letzter Zeit war Miles manchmal so seltsam gewesen. Wann immer sie die gemeinsame Zukunft anzusprechen versuchte, hatte er es einzurichten gewusst, sie davon abzulenken. Die ersten Male war es ihr nicht aufgefallen, aber inzwischen war es nicht mehr zu beschönigen: Er wich jedem Gespräch über Heirat oder Familiengründung so rasch aus wie ein Hase, der Haken schlägt. Sogar das letzte wöchentliche Treffen hatte er abgesagt. Angeblich war Mrs. Wilson krank gewesen. War sie das wirklich?

Die ersten, diffusen Zweifel, ob Miles ihre Beziehung so wie sie sah, hatte sie noch mühelos abgetan. Sie war so selbstverständlich davon ausgegangen, dass sie heiraten würden, dass sie gar nicht auf die Idee gekommen war, dass es bei ihm anders sein könnte. Doch seit einigen Tagen nagte genau diese Befürchtung an ihr. Liebte er sie nicht mehr? Rückblickend fiel ihr auf, dass hauptsächlich sie es gewesen war, die ihn mit Liebesbeteuerungen überschüttet hatte. Er hatte dann meist nur gelächelt und sie stumm geküsst.

Ihr wurde abwechselnd heiß und kalt vor Schrecken, als sie sich zu vergegenwärtigen versuchte, wann Miles von sich aus über Heirat gesprochen hatte: Nie. Er konnte sie doch nicht in dem Glauben gelassen haben, dass sie ein Ehepaar würden, wenn er …

»Schau mal!« Lischen hielt ihr eine verschwitzte Hand unter die Nase, aus der sich eine graugrüne Eidechse zu befreien versuchte. »Ist sie nicht schön?« Seit ihrem vorweihnachtlichen Ausflug mit Jane hatte die Kleine ihr Interesse für die Tierwelt der Umgebung entdeckt. Kaum ein Tag, an dem sie nicht stolz irgendein mit ihrem Schmetterlingsnetz gefangenes Exemplar anbrachte. »Ich werde sie in den Glaskrug setzen und mit Fliegen füttern.«

»Lass sie lieber frei«, sagte Dorothea automatisch. »Sicher hat sie Kinder zu Hause, die auf sie warten!« Das sagte ihre Mutter auch immer, wenn sie Lischen zu überreden versuchte, ihre Beute wieder laufen zu lassen. Aber diesmal versetzte ihr die harmlose Bemerkung einen Stich.

Konnte es wirklich sein, dass Miles sie so hintergangen hatte? Dass er sich so unglaublich hinterhältig verhalten hatte? Miles? Der stets so moralische Miles?

Nicht nur wegen der kühlen Temperaturen jetzt im Juni fröstelte sie, und sie zog sich das wollene Umschlagtuch enger um die Schultern. Morgen würde sie ihn zur Rede stellen. Und wenn es sich bewahrheiten sollte, dass er nur mit ihr gespielt hatte, würde sie ihm den Laufpass geben. Unbewusst ballten sich ihre Hände zu Fäusten. Heiße Wut stieg in ihr auf. Wut auf Miles – und auch Wut auf sich selbst. Wie hatte sie nur so unglaublich dumm sein können?

Sie hatte sich ihm ja praktisch an den Hals geworfen. Daran war nichts zu beschönigen. Eine solch leichte Beute dürfte er selten in seinem Zimmer empfangen haben!

In einem winzigen Winkel ihres Herzens hoffte sie noch, dass alles Misstrauen sich am nächsten Morgen zerstreuen würde wie die morgendlichen Nebel über dem Torrens River. Miles würde ihr einen förmlichen Heiratsantrag machen, und alles würde gut enden. Aber ihr Verstand, den ihr Vater so gelobt hatte, sagte ihr, dass sie sich solche Hoffnungen sparen könnte.

Die halbe Nacht lag sie wach und schwankte zwischen bitteren Selbstvorwürfen und Rachegelüsten.

Am nächsten Morgen hingen dunkelgraue Regenwolken wie ein böses Omen tief über Adelaide. Dorothea bemühte sich, den zahllosen Pfützen auszuweichen, die den Weg zur Stadt hinunter in eine Miniaturseenlandschaft verwandelt hatten. So trocken der Sommer gewesen war, so nass zeigte sich jetzt der Winter. Mit dem Einsetzen der Regenzeit verfiel die Kolonie in eine Art Winterstarre. Zwar schneite es nicht, und Nachtfröste waren äußerst selten, aber die Straßen waren bloß noch bodenlose Schlammpisten. Niemand unternahm eine Reise, wenn es nicht absolut unvermeidlich war.

In den Räumen des *Register* herrschte gespenstische Stille. Dorothea trat unwillkürlich leise auf, als sie durch das menschenleere Erdgeschoss auf die Treppe zuging. Auch im oberen Stockwerk schien niemand zu sein.

»Miles?«, rief sie verunsichert, als sie auf die offen stehende Tür ihres gemeinsamen Büros zuging. Auf der Schwelle blieb sie wie angewurzelt stehen. Dort, wo sie letzte Woche noch Miles am Schreibtisch gegenübergesessen hatte, stapelten sich jetzt Wollballen über Wollballen. Der Geruch nach feuchtem Schaf war so überwältigend, dass sie unwillkürlich den Atem anhielt.

»Was machen Sie denn hier?«

Die herrische Stimme ließ sie herumfahren. George Stevenson stand vor seinem Büro und betrachtete sie ungehalten. »Ich habe Ihnen doch ausrichten lassen, dass Sie warten sollen, bis ich mich wieder bei Ihnen melde.«

»Niemand hat mir etwas gesagt«, stieß sie trotzig hervor und griff nach dem Türrahmen, weil um sie herum alles zu schwanken begann.

»Somerhill wollte doch …« Stevenson brach ab und kam mit schnellen Schritten auf sie zu. »Mir scheint, was Sie jetzt brauchen, ist ein Brandy«, sagte er, ergriff ihren Arm und führte sie ins Allerheiligste. Dort drückte er sie in den Besuchersessel und klappte den hölzernen, hohlen Globus auf, in dem er seinen berühmten Brandy aufbewahrte.

»Somerhill hat nicht mit Ihnen gesprochen?« Es war mehr eine Feststellung als eine Frage. Er drückte ihr ein Glas mit einer reichlich bemessenen Portion des intensiv duftenden Getränks in die Hand und nahm ihr gegenüber Platz. »Nicht nippen. Herunter damit.« Dorothea gehorchte. Im nächsten Moment bedauerte sie es, denn der Alkohol schien ihre Kehle zu versengen. Hustend und mit Tränen in den Augen kämpfte sie um ihre Fassung.

»Den Rest auch noch«, sagte Stevenson ruhig und wartete danach geduldig, bis ihr Gesicht wieder seine normale Färbung hatte. »So, Miss Schumann, reden wir offen miteinander. Sie haben ja sicher mitbekommen, dass die Lage für den *Register* immer prekärer wurde. Deswegen hatte ich Somerhill bereits vor Längerem geraten, sich besser um eine Anstellung bei einer anderen Zeitung zu bemühen. Vor vier Tagen hat er sich nach Singapur eingeschifft.«

»Nach Singapur? Liegt das nicht in Ostindien?« Halb betäubt starrte sie auf die große Landkarte an der gegenüberliegenden Wand, ohne wirklich etwas davon zu sehen. »Und wann wird er wiederkommen?«

»Überhaupt nicht.« Der Chefredakteur räusperte sich. »Ich dachte, dass Sie das wüssten.«

Miles hatte sich feige aus dem Staub gemacht! Die Erkenntnis traf sie wie ein Schlag. Damit hatte sie nicht gerechnet. Jetzt konnte sie ihm ihre Verachtung nicht einmal mehr ins Gesicht schleudern. Selbst um diese letzte kleine Genugtuung hatte er sie gebracht!

In Stevensons harten Gesichtszügen war nichts zu lesen. Weder Mitgefühl noch Neugier.

Plötzlich erschien es ihr überaus wichtig, vor ihm nicht die Fassung zu verlieren. »Er ist wohl nicht dazu gekommen, es mir zu sagen.« So würdevoll wie möglich richtete sie sich auf und sah ihm ins Gesicht. »Sie erwähnten vorhin eine Nachricht, die Sie mir haben schicken lassen? Dass Sie mich nicht mehr bräuchten?«

»Verstehen Sie das bitte nicht falsch! Sie sind eine verdammt gute Reporterin. Aber ich kann Sie nicht mehr bezahlen.« Stevenson verzog den Mund zu einem bitteren Grinsen. »Sie haben es ja vorhin selbst gesehen: Sämtliche Büros sind zu Lagerräumen umfunktioniert und vermietet. Das bringt jedoch nur das Nötigste. Bis wir wieder flüssig sind, muss ich, so leid es mir tut, auf Ihre Dienste verzichten.«

»Ich bin sicher, dass der *Register* bald wieder an seine große Zeit anknüpfen kann«, sagte Dorothea und versuchte dabei, überzeugt zu klingen. Irgendwie ging gerade alles schief: erst Miles' Verrat und nun auch noch dieser Rückschlag! »Dann will ich Sie nicht länger aufhalten. – Danke für den Brandy, Mr. Stevenson.«

Dass es erneut zu regnen angefangen hatte, bemerkte sie nicht einmal. Wie im Traum setzte sie Fuß vor Fuß, ohne auch nur im Entferntesten darauf zu achten, dass ihr leichtes Schuhwerk bald total durchnässt war. Wut und Enttäuschung kämpften in ihr. Hin- und hergerissen zwischen dem Bedürfnis, in Tränen auszubrechen, und dem Wunsch, sich irgendwie an Miles rächen zu können, schritt sie so kräftig aus, dass Protector Moorhouse Mühe hatte, sie einzuholen.

»Miss Schumann – warten Sie doch. Wenn Sie gestatten: Ich würde Sie gerne begleiten. Ich hätte mit Ihrem Vater etwas zu besprechen. – Geht es Ihnen gut?«

Die Besorgnis in seinen freundlichen Augen war ehrlich, und so rang sie sich ein Lächeln ab. »Danke, mir geht es gut. Ich war nur völlig in Gedanken versunken.«

»Ein neuer Artikel?« Er sah sie fragend an, während er seinen Schritt dem ihren anpasste. »Ich wollte Ihnen schon seit Längerem sagen, wie gut mir der über Jane und ihr Leben gefallen hat. Auch der über die Frauen der Lutheraner. Wissen Sie schon, worüber Sie als Nächstes schreiben werden?«

»Das ist leider noch völlig ungewiss. Mr. Stevenson hat mir eben eröffnet, dass der *Register* sich keine weiteren Artikel von mir leisten kann.«

»Oh, das tut mir leid«, murmelte er. Offensichtlich hielt er ihren Zustand für eine Folge dieser Unterredung, und Dorothea war ihm dankbar, dass er den Rest des Weges über nur belanglose Konversation führte.

Endlich allein auf ihrem Zimmer, gab sie dem Bedürfnis nach, das sie die ganze Zeit unterdrückt hatte. Den Kopf im Kissen vergraben, schrie sie ihren ganzen Zorn hinaus und hielt auch die Tränen nicht mehr zurück, die ihr in den Augen brannten; Tränen der hilflosen Wut. Dorothea war noch nie eine Heulsuse gewesen, und so dauerte der Sturm nicht lange. Sobald sie sich einigermaßen beruhigt hatte, schniefte sie kräftig, zog die nassen Sachen aus, wusch ihr Gesicht mit kaltem Wasser und nahm sich vor, Miles Somerhill so rasch wie möglich zu vergessen. Nur gut, dass sie niemanden in die Heiratspläne eingeweiht hatte! Jetzt Gegenstand des unvermeidlichen allgemeinen Mitleids zu sein hätte sie nicht ertragen.

Aber da keiner davon wusste, konnte sie so tun, als wäre nichts gewesen. Vielleicht sollte sie einen kleinen Flirt zugeben. Sonst würden einige von sich aus mehr vermuten. Schließlich waren sie ständig zusammen gesehen worden.

Hoffentlich erging es diesem Schuft richtig schlecht in Singapur! Sie schwelgte in Vorstellungen darüber, wie Miles als niederer Dienstbote von seiner Herrschaft schikaniert wurde oder sich gar als Lastenträger verdingen müsste. Und wenn er sich die Passage vom Munde abgespart hätte und hier wieder auftauchte, um sie um Verzeihung zu bitten, würde sie ihn nicht zu kennen vorgeben.

Nach diesem Entschluss fühlte sie sich deutlich besser.

Der Besuch von Mr. Moorhouse hatte einen konkreten Anlass gehabt: Pastor Schumann wurde gebeten, den neuen Gouverneur mit einer Delegation, bestehend aus Geschäftsleuten und Vertretern der Südaustralischen Company, in den Süden zu begleiten. Dort, im Gebiet am unteren Murray River und weiter südlich waren angeblich deutlich bessere Böden entdeckt worden als die bereits bewirtschafteten im Norden Adelaides. Pastor Schumann sollte in seiner Eigenschaft als Geistlicher und Sprachkundiger eventuell feindselige Eingeborene beruhigen. In Anbetracht der schlechten Reiseverhältnisse zu Lande, würde man mit dem Schiff von Port Adelaide südwärts die Küste entlangsegeln. Sollten sich die Gerüchte bestätigen, würde eine weitere Expedition klären, ob der Viehtrieb aus Neu-Südwales nicht zukünftig besser an der Küste erfolgen sollte.

»Sie haben sicher davon gehört, dass die Maraura im April einen Viehtreck auf der Höhe von Lake Bonney angegriffen haben«, hatte Moorhouse erklärt. »Die versprengten Tiere – immerhin fünftausend Schafe und achthundert Rinder – sind immer noch verschwunden, obwohl schon zwei Expeditionen nach ihnen gesucht und dabei einige Eingeborene erschossen haben. – Und unsere letzte Expedition, von der ich gerade zurückgekehrt bin, war ein Desaster.« Er starrte düster auf seine Hände.

»Sind dabei nicht auch Hirten umgekommen?«, fragte Dorotheas Mutter leise.

»So ist es. Major O'Halloran und ich trafen mit unseren Männern einen verfluchten Tag zu spät ein. Bei dem Überfall am Abend zuvor waren vier von Mr. Langhornes Männern mit Speeren getötet worden. Wie viele Maraura erschossen worden waren, ließ sich nicht mehr eruieren.«

»Es ist sicher klug, die Situation nicht weiter eskalieren zu lassen und nach einem anderen Weg für die Trecks zu suchen«, sagte Pastor Schumann nachdenklich. »Gibt es denn eine Erklärung für diese plötzliche Feindseligkeit? Ich kann mich nicht erinnern, dass die Maraura in früheren Jahren Weiße angegriffen hätten.«

»Sicher weiß man es natürlich nicht.« Moorhouse wirkte bedrückt. »Es gibt Stimmen, die den Viehtreibern die Schuld daran geben. Es heißt, sie vergriffen sich ohne jede Kompensation an den Eingeborenenfrauen und die Männer des Stammes rächten sich dafür.«

»Kann man denn diese Kerle nicht unter Kontrolle halten?« Mutter Schumann war empört. »Es geht doch nicht an, dass sie sich straflos an diesen armen Frauen vergreifen!«

Der Protector lächelte schwach. »Das ist leichter gesagt als getan, Madam. Die meisten von ihnen sind ehemalige Sträflinge oder ähnlich dubiose Gestalten, die man guten Gewissens als Abschaum bezeichnen kann. Anständige Männer sind die wenigsten. Doch das ist den Viehbaronen egal. Für sie zählt nur ihr Profit, sprich eine möglichst große Anzahl Tiere lebend hierherzubringen.«

»Dann verstehe ich nicht, wieso der Gouverneur ihnen Major O'Halloran und seine Truppe zu Hilfe schickt.« Pastor Schumann schüttelte verständnislos den Kopf. »Ich dachte, militärisches Eingreifen wäre Angelegenheiten von allgemeinem öffentlichen Interesse vorbehalten. Sollen die Herren doch sehen, wie sie ihr Vieh transportieren.«

»Der Gouverneur möchte damit vor allem denjenigen Siedlern den Wind aus den Segeln nehmen, die nach einer strengen Bestrafung der Eingeborenen rufen. Indem er Major O'Halloran den Gebrauch von Schusswaffen untersagte und mich mitschickte, wollte er den größtmöglichen Schutz der Maraura sicherstellen. Wie gesagt, leider kamen wir zu spät. Und ich fürchte, Mr. Bull wird jetzt umso lauter darauf drängen, endlich ein Exempel zu statuieren.«

»Ich verstehe. Deshalb wäre eine neue Route die beste Lösung.« Pastor Schumann nickte. »Natürlich komme ich mit. Wie könnte ich mich einem so guten Zweck verweigern?«

8

Zwei Wochen waren für die Erkundungsreise angesetzt worden. Zwei Wochen, in denen Dorothea sich darüber klar werden musste, wie es weitergehen sollte. »Wenn ich wiederkomme, müssen wir uns ernsthaft über deine Zukunft unterhalten, Dorchen«, hatte ihr Vater mit leichtem Schmunzeln angekündigt. »Ich habe da einige sehr schmeichelhafte Anfragen erhalten.«

»Papa!« Fast ärgerlich sah sie von dem Pastetenteig auf, den sie gerade knetete. »Bitte verschone mich damit. Ich will nicht heiraten. Ich will schreiben.«

»Papperlapapp«, gab er vergnügt zurück, während er sich unauffällig einige Rosinen aus der Schüssel daneben fischte. »Jede Frau will heiraten und ihrem eigenen Haushalt vorstehen.«

»Ich nicht!«

»Das besprechen wir dann in aller Ruhe, wenn ich wieder zu Hause bin, mein Kind«, sagte er, von ihrer strikten Weigerung nicht im Mindesten beeindruckt.

Kurz nach seiner Abreise war etwas geschehen, oder besser war nicht geschehen, das Dorotheas Welt auf den Kopf stellte. Ihre Monatsblutung war überfällig!

Es war ihr erst aufgefallen, als sie sich eines Morgens beim Anblick der säuberlich gefalteten Binden in ihrer Schublade gefragt hatte, wann sie sie eigentlich das letzte Mal benutzt hatte. Sie konnte sich noch gut daran erinnern, weil es die Woche vor dem

Eintreffen des neuen Gouverneurs am 10. Mai gewesen war. Und nun war der 20. Juni!

Das war einfach nicht möglich! Sie musste sich verrechnet haben. Oder es gab eine andere harmlose Erklärung dafür? Miles hatte ihr doch versichert, er wisse, was zu tun sei, damit sie keinesfalls schwanger würde. Panik stieg in ihr auf, schiere Panik. Nein, das konnte nicht sein, das durfte einfach nicht passiert sein. Sie brauchte lange, um zu akzeptieren, dass es eben doch passiert war. Im Anatomiebuch waren auf äußerst präzisen Stichen sämtliche Phasen der Schwangerschaft abgebildet, und irgendwie zweifelte sie nicht mehr daran, dass sie in sich bereits diesen kleinen Ball aus Fleisch und Blut trug, aus dem sich später ein Kind entwickeln würde. Miles' Kind.

Was sollte sie tun? Was konnte sie tun? Unwillkürlich kamen ihr die Gerüchte über die sogenannten Engelmacherinnen in den Sinn. In Dresden hatte sie einmal einen Wortwechsel zweier Dienstmädchen aufgeschnappt. Die eine hatte nach der Adresse einer »Engelmacherin« gefragt, um »ein Kind wegmachen zu lassen«, und die andere hatte sie sofort hinter die nächste Hausecke gezogen. Dorothea hatte völlig arglos ihre Mutter gefragt, was es damit auf sich hätte und wie man ein Kind »wegmachte«. Es war ihr rätselhaft erschienen, wieso jemand Gottes Geschenk, wie es immer in den Geburtsanzeigen hieß, nicht haben wollte.

Ihre Mutter hatte sie seltsam angesehen und dann ruhig erklärt, dass nur sehr schlechte Menschen so etwas täten. Es sei eine schwere Sünde, die man damit auf seine Seele lade. Sie hatte dabei so ernst gewirkt, dass Dorothea nicht gewagt hatte, weiter nachzufragen. Aber es hatte sie noch wochenlang beschäftigt, wie man dabei vorging. Schnitt man den Frauen dafür den Bauch auf? Sie hatte sich fest vorgenommen, das Dienstmädchen abzupassen und danach zu fragen, aber die junge Frau tauchte nicht wieder auf. Nach einigen Wochen hatten andere Themen die Frage nach den

Engelmacherinnen in den Hintergrund treten lassen. Dorothea hatte – bis jetzt – nicht mehr daran gedacht.

Aber gab es solche Frauen überhaupt hier in Adelaide? Und wenn, wie sollte sie sie finden?

Das Gesicht ihrer Mutter in dem Moment, als sie von der schweren Sünde gesprochen hatte, vor Augen, schob sie diesen Gedanken rasch von sich. Nein, das wollte sie nicht.

Aber was blieben ihr sonst für Möglichkeiten?

Die Gedanken rasten in ihrem Kopf, ohne dass sie einer Lösung auch nur ansatzweise näher gekommen wäre. Wenn Miles noch hier in Adelaide wäre, müsste er sie jetzt, unter diesen Umständen, selbstverständlich heiraten. Aber er war auf See. Wenn sie ihm eine Nachricht hinterherschickte, konnte die ihn – wenn überhaupt – frühestens in einigen Monaten erreichen. Falls er dann noch in Singapur war. Auf jeden Fall wäre es zu spät, um noch vor der Geburt heiraten zu können. Und wollte sie ihn überhaupt heiraten? Hatte sie sich nicht geschworen, ihn aus ihrem Leben und ihrer Erinnerung zu streichen? Sie lachte bitter auf, als ihr bewusst wurde, dass sein Kind sie immerzu an ihn erinnern würde. Tag für Tag.

In den folgenden Tagen fielen ihr fehlender Appetit, die dunklen Ringe unter den Augen und ihre Niedergeschlagenheit sogar Lischen auf. Als Einzige sprach sie aus, was alle anderen nur dachten: »Bist du traurig, weil du dich mit Mr. Somerhill gezankt hast?«

»Wie kommst du denn darauf?« Überrascht sah Dorothea von ihrem Teller hoch, auf dem sie gedankenverloren die Bissen hin und her geschoben hatte.

»Na, weil er gar nicht mehr kommt. Und du machst immerzu ein Gesicht wie sieben Tage Regenwetter.«

»Lischen«, mahnte die Mutter.

»Aber es stimmt doch«, beharrte die Kleine. »Außerdem habe ich Karl noch zu August sagen hören, dass dieser Laffe Somerhill Doros Kummer gar nicht wert wäre. Und August sagte darauf, dass

Frauenzimmer eben manchmal ziemlich dämlich wären, und …
Autsch!« Sie verstummte erschreckt, als einer ihrer Brüder sie offensichtlich heftig vors Schienbein getreten hatte. Karl war rot bis
über beide Ohren, und auch Augusts Wangen wiesen eine gesunde Färbung auf.

»Schäm dich, Lischen! Man belauscht nicht anderer Leute Unterhaltung«, sagte Mutter Schumann streng. »Koar, sei so gut und
reich mir bitte die Bohnen herüber.«

Auch Koar war kein willkommenes Kind gewesen, dachte Dorothea. Ohne das Eingreifen des greisen Zauberers wäre sein Leben sehr, sehr kurz gewesen. Aber ohne ihn wäre Karl jetzt nicht
mehr am Leben. Gab es so etwas wie eine Bestimmung? Dann hätte auch ihr Kind eine. Es war ein seltsam tröstlicher Gedanke, der
ihr Mut gab. Sie würde es irgendwie schaffen. Schließlich lebten
hier in der Kolonie Witwen, die sogar mehr als ein Kind ernähren mussten. Und sie hatte ihre Familie. Sie war nicht allein wie
diese armen Frauen.

Sobald ihr Vater wieder da war, würde sie sich den Eltern anvertrauen. Sie würden nicht gerade in Jubel ausbrechen, so viel
war klar. Aber sie war sich sicher, dass sie sie nicht im Stich lassen würden.

Zwei Tage später beendete Mr. Moorhouses Besuch alle Zukunftspläne. Noch bevor sie den schwarzen Flor am Ärmel bemerkte, fiel ihr sein ernster Gesichtsausdruck auf. Sie hatte den
Eindruck, dass er nur zögernd der Einladung ihrer Mutter in den
Salon folgte, in dem die Familie gerade beim Frühstück saß. »Ich
habe Ihnen leider eine traurige Nachricht zu überbringen«, begann
er tonlos, die Finger um die Hutkrempe verkrampft. Vor Schreck
setzte Dorotheas Herzschlag aus. »Jane …?«, flüsterte sie rau. Die
letzten Tage hatte sie manchmal an ihre Freundin gedacht. Hatte
dieser Tim Burton ihr etwas angetan?

Moorhouse schüttelte den Kopf. »Nicht Jane, Ihr Vater …« Dorothea hörte die Worte, aber irgendetwas hinderte sie daran, sie zu begreifen. Wie durch eine Fensterscheibe hindurch sah sie, wie jegliche Farbe aus dem Gesicht ihrer Mutter wich. Wie August die Tasse aus den Fingern glitt und auf dem Boden zersprang. Wie Karl aufsprang, so heftig, dass sein Stuhl umstürzte, und rief: »Nein, das ist nicht wahr!«

Mr. Moorhouse senkte in stummem Mitgefühl den Kopf.

»Wie … Ich meine, was ist geschehen?« Die Stimme ihrer Mutter klang unnatürlich ruhig. Immer noch totenbleich saß sie dennoch aufrecht wie stets und fixierte den Protector, als sei er das Einzige, das im Augenblick von Wichtigkeit war.

»Das Boot ist gekentert, mit dem sie bei Encounter Bay an Land rudern wollten. Pastor Schumann fiel so unglücklich, dass er bewusstlos wurde und unterging, ehe man ihm zu Hilfe kommen konnte. Die See war zu dem Zeitpunkt sehr rau.« Moorhouse bemühte sich sichtlich, die Vorgänge möglichst schonend darzustellen. »Ich bin sicher, er hat nicht gelitten.«

»Hat man seine … Leiche bergen können?« Nur mit äußerster Selbstbeherrschung war es Mutter Schumann gelungen, diesen Ausdruck über ihre Lippen zu bringen.

»Ja, aber erst am folgenden Tag«, sagte Moorhouse bedrückt.

»Ich möchte ihn sehen.«

»Das wird leider nicht möglich sein, Madam.«

»Warum nicht?« Mutter Schumann sah fast flehend zu ihm auf. »Wir waren zweiundzwanzig Jahre verheiratet. Sie können mir nicht verbieten, von ihm Abschied zu nehmen.«

Moorhouse räusperte sich vor Verlegenheit. »Es ist keine Frage des Wollens, Mrs. Schumann. Verstehen Sie doch: Sein Körper war nach mehr als zwölf Stunden in der Brandung nicht mehr unversehrt. Wir mussten ihn dort auf dem Friedhof von Encounter Bay bestatten.«

Friedhof. Bestatten.

Schlagartig fiel die Erstarrung von Dorothea ab. Ihr Vater war tot! Er würde nie wieder durch die Tür treten und fröhlich fragen: »Na, was gibt es denn heute Feines?«

Nie wieder würde sie ihn über eine vorlaute Bemerkung Lischens schmunzeln, über eine von ihr oder August nachdenklich die Lippen verziehen sehen.

Nie wieder würde sie von ihm getröstet werden wie bei den zahllosen Malen, wenn sie sich in kindlichem Kummer in seine Umarmung geflüchtet hatte. Sie konnte immer noch den kratzigen Stoff an ihrer Wange spüren, den vertrauten Geruch nach Pfeifentabak und Lavendel riechen.

Nie wieder würde das geschehen, denn er war tot.

Die Wucht, mit der die Erkenntnis der brutalen Wahrheit sie traf, spürte sie fast körperlich. Nie wieder. Bloß zwei dürre, kurze Worte. Aber welch grauenhafte Worte, wenn es dabei um einen geliebten Menschen ging.

August trat neben die Mutter und legte in einer hilflosen Geste die Hand auf ihre Schulter. Sie reagierte nicht. Sie schien wie eine Puppe aus Glas, die jeden Augenblick zerspringen konnte, sobald man sie nur ein wenig heftiger anstieß.

»Wenn Papa im Himmel ist – was wird denn jetzt aus uns?«, flüsterte Lischen kaum hörbar. Sie umklammerte ihre Puppe und sah von einem zum anderen. »Müssen wir jetzt in ein Asyl für Waisenkinder?«

»Nein, Kleines«, beruhigte Moorhouse sie. »Ihr bleibt erst mal hier in eurem Haus wohnen wie bisher.«

»Geht das denn?« August hatte genug vom Ruf des neuen Gouverneurs gehört, um besorgt auszusehen. »Wird Gouverneur Grey nicht verlangen, dass wir sofort ausziehen?«

Moorhouse schüttelte den Kopf. »Machen Sie sich bitte darüber keine Sorgen! – Ich würde vorschlagen, dass ich in einigen Tagen wiederkomme, um mit Ihnen und Mrs. Schumann zu besprechen, wie es weitergehen soll.« Er griff in seine Brusttasche und holte ein in Ölpapier geschlagenes Päckchen hervor. Unentschlossen wanderte sein Blick einige Augenblicke zwischen Mutter Schumann und August hin und her, ehe er es vor der Witwe auf den Tisch legte und leise sagte: »Seine Uhr und ein Medaillon, das er am Herzen trug. Die Kleidung war leider zu sehr in Mitleidenschaft gezogen. – Wenn ich Ihnen sonst irgendwie behilflich sein kann, zögern Sie bitte nicht, es zu sagen.«

»Danke, sehr freundlich von Ihnen«, sagte Mutter Schumann mit dünner Stimme, während sie das schlichte Päckchen an sich drückte, als sei es die größte Kostbarkeit. »Aber wir kommen schon zurecht.«

Tatsächlich kam es Dorothea so vor, als befände sie sich in einer Art Traum: Sie aßen und sie schliefen, jedenfalls taten alle so. Wenn es auch nur war, um sich gegenseitig eine Normalität vorzugaukeln, die es nicht mehr gab. Die es niemals mehr so geben würde.

Nach einer Nacht, in der sie immer wieder hochgeschreckt war, weil sie glaubte, die Schritte ihres Vaters auf der Treppe zu hören, hielt es sie nicht mehr im Bett. Sobald es hell genug war, stand sie leise auf, zog sich an und ging nach unten, um den Küchenherd anzuheizen.

Das war keine Arbeit, nach der sie sich gewöhnlich drängte, aber untätig herumzusitzen schien ihr geradezu unerträglich.

Aus dem Arbeitszimmer ihres Vaters drang unterdrücktes Schluchzen. Leise drückte sie die Klinke herunter. Es war nicht ihre Mutter, wie sie angenommen hatte, die dort ihrem Kummer freien Lauf ließ. Es war Karl, der im lederbezogenen Ohrensessel kauerte und sie aus verquollenen Augen anblickte. Er wirkte so unglücklich, so verloren, dass sie spontan auf ihn zulief und ihn fest in die Arme schloss. Zuerst versteifte er sich, doch dann überlief ihn ein Zittern, und er erwiderte ihre Umarmung mit einer verzweifelten Kraft, deren Intensität Dorothea überraschte.

»Konntest du auch nicht mehr schlafen?«, fragte sie und spürte überrascht, wie es sie selber tröstete, ihn im Arm zu halten. »Sitzt du schon länger hier?«

»Seit ein paar Stunden«, erwiderte er und wischte sich mit dem Ärmel über das Gesicht. »Ich wollte Papa nahe sein, und hier …« Er schniefte verlegen, während er sich aus ihren Armen löste. »Hast du vielleicht ein Taschentuch?«

Wortlos reichte sie ihm ihres, und er ließ es in seiner Rocktasche verschwinden, nachdem er mehrmals kräftig geschnäuzt hatte. »Sag, hast du nicht auch das Gefühl, dass er immer noch hier ist?« Er hob den Kopf und schnüffelte wie ein Jagdhund. »Ich kann ihn sogar noch riechen.«

»Ich weiß, was du meinst«, sagte sie traurig. »Aber wir werden uns daran gewöhnen müssen, ohne Papa auszukommen. Der Geruch wird verfliegen, und dann gibt es nichts mehr, das von ihm noch übrig ist.« Ihr Blick glitt über die Bücherreihen, die die Wände bedeckten. Hier und da steckten Zettel dazwischen mit Notizen oder Skizzen. Vielleicht war es dieser Anblick, der sie auf den Gedanken brachte: »Du musst ihn zeichnen, Karl!«

»Wozu?« Er schaute sie an, als hätte sie den Verstand verloren.

»Zur Erinnerung. Damit wir sein Gesicht nicht vergessen«, erklärte sie ihm. »Schau, du kannst so wunderbare Porträts zeichnen. Du hast einen Blick für das Wesentliche, was ein Gesicht ausmacht. Ich bin sicher, Mama würde sehr gerne ein Bild von Papa zur Erinnerung haben. Und wir anderen auch.« Da sie Karls unausgesprochene Vorbehalte spürte, fragte sie: »Du könntest es doch, oder?«

»Jaaa«, erwiderte er gedehnt. »Aber ich bin nicht sicher, ob es ihm recht wäre. Weißt du nicht mehr, wie Papa immer über den *Totenkult der Papisten* gespottet hat?«

»Das ist doch etwas ganz anderes«, gab Dorothea ungeduldig zurück. »Ich will ja nicht, dass wir Papas Bild auf einen Altar stellen. Nur eine Skizze, wie du sie nennst. Du könntest jedem von uns Papa zeichnen, wie er uns immer angesehen hat. Verstehst du, was ich meine? Für Mama diesen Blick, wenn er sie geneckt hat. Und für mich …«, sie musste schlucken, weil ihr die Kehle eng wurde, »für mich diesen Ausdruck, wenn er gedacht hat: ›Halt, mein Kind, jetzt gehen gerade die Pferde mit dir durch!‹«

Karl lächelte schwach. »Ich weiß. Sag nichts mehr.« Er schloss die Augen, und auf seiner Stirn erschienen Falten der Konzentration. »Ich sehe es vor mir.«

Ihre Mutter strahlte eine unheimliche Ruhe aus, als sie kurz danach die Küche betrat. Sie trug Schwarz. Von den Schuhspitzen bis zu der Haube. Dorothea hatte gar nicht gewusst, dass sie so viele schwarze Kleidungsstücke besaß. Scheu musterte sie die dunklen Ringe unter den Augen, die geröteten Lider. Ihre Mutter sah nicht aus, als hätte sie auch nur eine Minute geschlafen. Die strenge Trauerkleidung ließ sie so abweisend erscheinen, dass Dorothea sich nicht überwinden konnte, sie einfach in den Arm zu nehmen. Zu groß war ihre Scheu.

Die Stimme jedoch war fest wie immer, als sie Dorothea anwies, den Schulraum, in dem ihr Vater immer die Andachten abgehalten hatte, herzurichten. Sie wollte, dass die Familie im engsten Kreis gemeinsam vom Vater Abschied nahm.

Von den Schülern und Eltern war nichts zu sehen. Sicher hatte sich der Unglücksfall herumgesprochen. Es war nicht damit zu rechnen, dass sie in nächster Zeit hier wieder auftauchen würden. Nur Koar schlüpfte plötzlich durch den Seiteneingang und setzte sich in Karls Nähe auf den Boden. Im Unterschied zu seinen Stammesmitgliedern schien er Todesfällen gegenüber nicht das panische Entsetzen zu empfinden, das sie selbst nähere Hinterbliebene meiden ließ, als hätten diese eine ansteckende Krankheit.

In Ermangelung eines Sargs hatte Mutter Schumann die Taschenuhr und das goldene Medaillon mit den ersten Haarlocken jedes Kindes auf den Behelfsaltar gelegt. Beim Anblick des Schmuckstücks kämpfte Dorothea mit den Tränen. Mehr als alles andere verkörperte es die hingebungsvolle Liebe, die Pastor Schumann seinen Kindern entgegengebracht hatte.

Sie alle kannten die Gebete und Lieder anlässlich eines Gedenkgottesdienstes. Aber noch nie war es Dorothea so schwergefallen, die Worte über die Lippen zu bringen. Besonders die Stellen, an denen von Gottes Weisheit und Güte die Rede war, reizten sie zu wütendem Widerspruch. Was war gütig oder weise an diesem schrecklichen Unglück? Es gab so viele Menschen, die ihrer Ansicht nach keine größere Lücke hinterlassen hätten. Warum hatte Gott nicht einen solchen sterben lassen? Warum ausgerechnet Papa?

Sie war unendlich erleichtert, als das letzte »Amen« verklang.

Fünf Tage später kam Mr. Moorhouse in Begleitung Miss Mary Kilners zu seinem angekündigten Besuch. Da die Kondolenzbesucher sich in den letzten Tagen die Klinke praktisch in die Hand gegeben hatten, verwunderte das niemanden. Inzwischen waren sie alle ganz gut darin, mit höflicher Miene die Beileidsbekundungen entgegenzunehmen, auch wenn August nicht nur einmal mit zusammengebissenen Zähnen geknurrt hatte: »Am liebsten würde ich ihnen sagen, sie sollten uns einfach in Ruhe lassen!« Allmählich hatte sich ein gewisser Abstumpfungseffekt eingestellt. Nur Karl zog es noch immer vor, tagsüber mit Koar im Busch zu verschwinden, weil er »diesen Haufen schwarzer Krähen, die über einem Leichnam kreisen«, wie er es nannte, nicht ertrug.

Nachdem Miss Kilner in angemessener Weise ihr Mitgefühl ausgedrückt hatte, wandte sie sich an Dorothea und bat sie um ein Gespräch unter vier Augen. Es war zu kalt, um draußen auf der

Terrasse zu sitzen, also gingen die beiden jungen Frauen in das Arbeitszimmer von Pastor Schumann. Der Geruch nach Pfeifentabak und Lavendel war inzwischen so schwach geworden, dass man ihn kaum noch wahrnahm, aber für Dorothea war es immer noch der Raum, in dem sie sich ihrem Vater am nächsten fühlte. Miss Kilner nahm etwas umständlich auf dem Ohrensessel Platz, während Dorothea sich den Besucherstuhl zurechtrückte. »Sie möchten etwas mit mir besprechen?«, ermutigte sie Mr. Moorhouses Verlobte, die sichtlich verlegen nach Worten suchte.

»Ich weiß, dass ich Ihnen jetzt ziemlich herzlos vorkommen muss«, sagte sie schließlich. »Und ich bitte Sie aufrichtig um Verzeihung für meine Impertinenz, so mit der Tür ins Haus zu fallen.« Sie blickte auf ihre in schwarzen Häkelhandschuhen steckenden Finger, mit denen sie nervös an den Bändern ihres Retiküls zupfte. »Erinnern Sie sich noch an den Nachmittag, an dem wir vom Haus des Gouverneurs aus den Kängurutanz verfolgten?«

Dorothea nickte und wartete ungeduldig darauf, dass Miss Kilner endlich zur Sache käme. Sie wollte so rasch wie möglich zurück in den Salon und zu den Gesprächen über ihr zukünftiges Leben.

»Damals sagte ich Ihnen voraus, dass Sie bald umworben würden. Nun, soviel ich weiß, sind Sie noch nicht versprochen?«

»Nein«, erwiderte Dorothea brüsk. »Und ich gedenke auch nicht zu heiraten.« Dass eine Fremde an das letzte Gespräch, das sie mit ihrem Vater geführt hatte, anknüpfte, tat erstaunlich weh.

»Wirklich nicht?« Miss Kilner wirkte überaus erstaunt. »Wie schade. Dann erübrigt sich alles Weitere. Ich bitte nochmals um Entschuldigung.«

Jetzt hatte sie doch Dorotheas stets wache Neugierde geweckt. Konnte es sein, dass Miss Kilner sich hier als Kupplerin versuchte?

»Andererseits, wenn ich es recht bedenke, wäre es unter den gegebenen Umständen vielleicht angebracht, meine Haltung zu überdenken«, lenkte sie ein. »Sie verstehen sicher, dass ich mir darüber jetzt keine weiteren Gedanken gemacht habe.«

»Natürlich. Das ist absolut verständlich«, sagte Miss Kilner verständnisvoll. »Und ich hätte auch niemals zu diesem Zeitpunkt davon gesprochen, wenn sich nicht – wie soll ich sagen? – die Dinge gerade überschlagen würden.«

»Bitte reden Sie ganz offen«, bat Dorothea.

»Ich glaube, Sie haben Mr. Masters kennengelernt? Auf der Soiree anlässlich des Vortrags von Professor Menge?«

Der Viehzüchter vom Murray River! Nur zu gut erinnerte Dorothea sich an den durch ihn verursachten gesellschaftlichen Eklat. Hatte Miles nicht sogar behauptet, man hätte ihn verdächtigt, am Tod seiner Frau zumindest nicht gänzlich unbeteiligt gewesen zu sein? Jane hatte das allerdings mit Empörung zurückgewiesen, als sie darauf zu sprechen gekommen war. Miss Kilner hob die Hand, um sie am Sprechen zu hindern. »Ich sehe, die hässlichen Gerüchte wurden Ihnen bereits zugetragen. Glauben Sie mir, wenn ich Ihnen versichere, dass sie völlig aus der Luft gegriffen sind? Ich kenne Robert seit vielen Jahren, und er wäre absolut außerstande, einer Frau auch nur ein Haar zu krümmen.«

Robert Masters hatte auf Dorothea einen äußerst sympathischen Eindruck gemacht. Zudem traute sie Janes Menschenkenntnis. Also nickte sie. »Ja, ich glaube Ihnen. Aber Sie wollen doch nicht andeuten, dass Mr. Masters sich für mich interessiert? Wir sind uns nur ein einziges Mal begegnet.«

Miss Kilners Wangen färbten sich leicht rosa. »Ich muss zugeben, dass ich es war, die ihn auf Sie aufmerksam machte. Sie müssen wissen, dass er eine sechsjährige Tochter hat. Heather. Roberts Tante, Lady Arabella Chatwick, hat bisher Mutterstelle an ihr vertreten, aber sie ist nicht mehr die Jüngste. Das Kind entgleitet ihr täglich mehr. Es braucht dringend Führung und Anleitung durch eine Person, die Heathers Ungestüm gewachsen ist.«

»Ich bin nicht sicher, ob ich Sie richtig verstehe: Sucht er jetzt eine Gouvernante für das Kind oder eine neue Ehefrau?«

»Beides in einer Person.« Miss Kilner senkte erneut leicht verlegen den Blick. »Robert bat mich um Rat. Er suchte eine junge Frau, die selbstbewusst genug sein sollte, es mit Heather und Lady Chatwick aufzunehmen. Von ausreichender geistiger Beweglichkeit, um sich mit ihr über mehr als Banalitäten unterhalten zu können, sowie genug Mut, um sich dort draußen nicht zu fürchten.« Dorothea musste bei dieser Stellenbeschreibung unwillkürlich lächeln. Miss Kilner erwiderte das Lächeln fast komplizenhaft und fügte hinzu: »Ich weiß wirklich nicht, wieso ich sofort an Sie dachte.«

Dorothea unterdrückte den ersten Impuls, das nicht gerade romantische Angebot abzulehnen.

Bei näherer Betrachtung verdiente es zumindest ernsthafte Überlegung. Natürlich war es nicht das, was sie sich als junges Mädchen erträumt hatte. Aber hatte sie nicht sowieso mit einer Ehe aus Liebe abgeschlossen?

Soweit sie wusste, war Masters ausgesprochen wohlhabend. Ein guter Fang, wie man zu sagen pflegte. Als seine Ehefrau würde es ihr an nichts fehlen, und sie könnte, statt ihrer Mutter eine zusätzliche Bürde zu sein, ihrer Familie hilfreich unter die Arme greifen. Dorothea war pragmatisch genug, um sich darüber im Klaren zu sein, dass das Leben für Witwen und Waisen alles andere als erfreulich war. Meist vegetierten sie am Rande des Existenzminimums dahin, oft genug abhängig von der Güte und Großzügigkeit anderer.

Den Ausweg einer zweiten Ehe würde ihre Mutter ganz sicher von sich weisen. Also blieb nur sie, Dorothea.

»Kann ich darüber nachdenken?«

»Selbstverständlich«, beeilte Miss Kilner sich zu sagen. »Robert – Mr. Masters – ist für ein paar Tage im Hotel in der King William Street abgestiegen. Darf ich ihm sagen, dass er morgen hier vorsprechen und sich seine Antwort holen soll? Oder benötigen Sie mehr Bedenkzeit?«

Insgeheim hatte Dorothea sich bereits entschlossen, Mr. Masters nüchternen Antrag, oder besser: Stellenangebot, anzunehmen. Langes Zaudern und Abwägen war ihre Sache nicht. Im Grunde ist es eine Arbeit wie jede andere, dachte sie ironisch. Vielleicht mit etwas mehr Renommee – zumindest in diesem Fall. Sie holte tief Luft und richtete sich auf: »Nein, das passt mir ausgezeichnet«, ließ sie Miss Kilner wissen. »Ich möchte Sie nur bitten, die Sache nicht vor meiner Familie zu erwähnen.«

»Selbstverständlich nicht!« Miss Kilner schien geradezu schockiert. »Übrigens: Auch mein lieber Matthew ist nicht eingeweiht. Sie, Mr. Masters und ich sind die einzigen Menschen, die davon wissen. Robert wollte seine Suche nicht publik werden lassen.«

Angesichts der teilweise unverblümt feindseligen Reaktionen der Menschen war das nicht unverständlich, fand Dorothea.

Am Abend fragte sie ihre Mutter, ob sie ein paar Minuten Zeit für sie hätte. Nachdem sie das Problem überdacht hatte, war sie zu dem Entschluss gekommen, sich ihr anzuvertrauen und sie um Rat zu fragen.

»Was ist denn, Kind?« Ihre Mutter sah so müde aus, dass Dorothea kurz mit sich kämpfte. Aber sie brauchte die Lebenserfahrung einer Älteren.

»Ich habe einen Heiratsantrag bekommen, Mama«, platzte sie heraus. Ihre Mutter reagierte nicht wie erwartet. Anstatt sich zu freuen, runzelte sie die Stirn. »Von wem denn? Du hast doch gesagt, dein Mr. Somerhill wäre verreist?«

»Nicht von Miles. Miles denkt gar nicht daran, mich oder sonst jemanden zu heiraten. Von Mr. Robert Masters.«

»Und wer ist Mr. Robert Masters? Ich kann mich nicht an jemanden dieses Namens erinnern.«

»Er war auf dem Vortrag von Professor Menge, zu dem ich vor ein paar Wochen mit Jane und August gegangen bin. Er ist Viehzüchter am Murray River bei Wellington. Ein sehr wohlhabender Viehzüchter. Um nicht zu sagen: steinreich.«

»Gut, dass dein lieber Vater dich nicht so reden hört«, seufzte Mutter Schumann. »Aber davon abgesehen: Magst du ihn?«

»Er machte auf mich einen sehr netten Eindruck«, sagte Dorothea ausweichend. »Und Jane hält große Stücke auf ihn. Wärst du einverstanden, wenn ich ihm zusagte?«

»Wenn man dich so reden hört, könnte man glauben, es ginge um die Einladung zu einem Ball! Eine Ehe sollte aber mehr sein. Ich hatte gehofft, du würdest jemanden finden, mit dem du so glücklich sein könntest, wie dein Vater und ich es waren.« Ihre Mutter sah sie traurig an. »Dorchen, mein Kind, ich bin nicht sicher, ob es klug ist, in diesen Tagen eine so wichtige Entscheidung zu treffen. Du solltest damit zumindest ein paar Wochen warten.«

»Das kann ich nicht!«

»Wieso nicht?« Ihre Mutter musterte sie scharf. Unter ihrem inquisitorischen Blick senkte Dorothea die Augen.

»Es eilt ihm. Seine erste Frau ist gestorben, und er braucht jemanden für das Kind und seine kranke Tante.«

»Das tut mir leid für ihn. Aber ich sehe immer noch keinen Grund, dass du dich kopflos in diese Ehe stürzt. Ich dachte immer, du und Mr. Somerhill, ihr würdet ein Paar.« Mutter Schumann kniff die Augen zusammen und nahm ihre Älteste noch einmal genau ins Visier. »Kann es sein, dass diese Entscheidung etwas mit der unerwarteten Abreise dieses jungen Herrn zu tun hat?« Als Dorothea darauf nicht antwortete, fuhr sie fort: »Gekränkte Eitelkeit ist keine gute Basis für eine Ehe, Kind.«

»Es geht nicht um meine Eitelkeit, Mama.« Dorothea ballte die Hände zu Fäusten und wappnete sich innerlich für das Geständnis, das sie gleich machen musste. »Ich muss ihn so rasch wie möglich heiraten, weil ich ein Kind von Miles erwarte.«

Das Schweigen währte so lange, dass Dorothea sich fragte, ob ihre Mutter sie gehört hatte. Ihre erschlafften Züge ließen keine Gefühlsregung erkennen. Schließlich sagte sie mit tonloser Stimme: »Dann musst du tun, was du für richtig hältst. Ich kann dir keinen Rat geben.« Sie erhob sich und schlurfte gebeugt wie eine alte Frau aus dem Raum.

Robert W. Masters erschien am nächsten Tag gegen elf Uhr. »Schon wieder einer«, stöhnte Karl, als das Getrappel der Pferdehufe vor dem Haus verstummte. »Nimmt das denn kein Ende?« Er reckte den Hals, um durch die Musselingardinen einen Blick auf den Neuankömmling zu werfen. »Wer ist das? Er sieht aus wie einer von den feinen Pinkeln aus dem Club in der King William Street. Und sogar ein Bukett hat er dabei! Komm, Koar, lass uns verschwinden!« Während die beiden Jungen, gefolgt von Lischen, ihre Worte in die Tat umsetzten, erhob August sich und warf ebenfalls einen Blick auf den unwillkommenen Besucher.

»Den Mann habe ich schon einmal gesehen«, bemerkte August und verfolgte ohne größere Anteilnahme, wie Masters, behindert durch sein steifes Bein, umständlich vom Bock des Gigs kletterte. »Schau mal, Doro, ist das nicht dieser seltsame Mann, der sich uns selber vorgestellt hat?«

»Wenn es Mr. Masters ist, dann will er vor allem zu mir«, sagte Dorothea, ohne von ihrer Näharbeit aufzusehen. »Wir haben etwas zu besprechen.«

»Was hast du mit einem wildfremden Mann zu besprechen?« August sah sie völlig perplex an. »Du hast mit ihm keine zwei Worte gewechselt!«

Mutter Schumann hatte bereits die Haustür geöffnet und nahm in stoischer Ruhe die Beileidsbekundung entgegen. Sie hörten, wie sie sagte: »Ich bitte, mich zurückziehen zu dürfen. Mir ist nicht ganz wohl. Dorothea ist im Salon. August, hilfst du mir bitte auf mein Zimmer?«

Dorothea warf ihrem Bruder einen warnenden Blick zu und zischte: »Na los, geh schon! Und versuch, nicht ganz so belämmert dreinzuschauen!« Gehorsam tat er wie geheißen, und nach ein paar Worten zwischen den beiden Männern war sie mit ihrem zukünftigen Ehegatten allein.

Von ihrem kurzen Aufeinandertreffen hatte sie ihn als gepflegte Erscheinung in Erinnerung. Tatsächlich war er mehr als das. Bei näherer Betrachtung war nicht zu übersehen, dass die elegant geschnittenen Stiefel aus feinstem Leder gefertigt waren, der Anzug faltenlos den gut proportionierten Körper umspannte. Zwar stützte er sich auf einen Stock mit Silberknauf, aber dennoch wirkte er nicht im Mindesten gebrechlich. Ohne das leichte Hinken hätte man den Stock für ein modisches Accessoire gehalten.

Das leicht gebräunte Gesicht, die Körperspannung, die Vitalität, die er ausstrahlte, ließen vermuten, dass er sich viel im Freien aufhielt. Bei einem Viehzüchter war das ja auch zu erwarten. Sicher war er viel unterwegs …

»Prüfung bestanden?«, murmelte er und verzog den Mund zu einem leichten Lächeln. Er trat auf sie zu, um ihr ein exquisit gebundenes Bukett aus weißen Rosen, zartrosafarbenen Nelken und silbernen Eukalyptuszweigen zu überreichen. »Miss Schumann, lassen Sie mich mein ehrliches Bedauern darüber ausdrücken, dass ich meine Werbung zu einem so unpassenden Zeitpunkt vortragen muss! Ich bin mir der Tatsache vollkommen bewusst, welch eine Zumutung es für Sie sein muss, sich jetzt mit meinen vergleichsweise lächerlichen Problemen abgeben zu müssen. Umso größer ist meine Dankbarkeit, dass Sie bereit waren, mich zu empfangen. Darf ich das als ein Ja auffassen?«

Dorothea nickte, weil ihr jetzt doch etwas beklommen zumute war. Obwohl sie es in einer langen Nacht geschafft hatte, ihre Zweifel, ob sie richtig handelte, zu zerstreuen, verlangte dieser letzte, endgültige Schritt ihr einiges an Überwindung ab.

»Wie schnell können wir heiraten – Robert?«, fragte sie so forsch, dass sie selber über sich erschrak.

Wenn Masters über die Ungeduld der Braut erstaunt sein sollte, ließ er sich nichts anmerken. »Ich denke, dass ich Reverend Howard überzeugen könnte, das Aufgebot auf ein paar Tage zu beschränken«, erwiderte er gelassen. »Wenn deine Familie keine Einwände erhebt, dass alles so – überhastet – abläuft …«

»Eine Hochzeitsfeier wie die von Jane wäre jetzt sowieso nicht angebracht. Und Miss Kilner hat angedeutet, dass du dringend auf die Hilfe einer Frau angewiesen wärst.«

Seine dunklen Brauen hoben sich. »So, hat sie das? Ich fürchte, die gute, alte Mary ist da etwas über das Ziel hinausgeschossen. Natürlich wäre eine lange Verlobungszeit in meiner augenblicklichen Lage eher unpraktisch; aber so prekär, dass ich meine zukünftige Frau praktisch vor den Altar zerren müsste, ist sie nicht. Auf ein paar Wochen kommt es mir nicht an. Ich möchte nicht, dass du dich überrumpelt fühlst.«

Dorothea fühlte Panik in sich aufsteigen: Eine längere Verlobungszeit würde all ihre raffinierten Planungen über den Haufen werfen. Sie hatte einfach nicht mehr genug Zeit. Sie wusste nicht, ab wann ein Ehemann die Schwangerschaft seiner Frau bemerkte, aber dieser Robert Masters war kein Dummkopf. Wenn sie ihm weismachen wollte, dass ihr Kind von ihm war, musste die Hochzeitsnacht sehr bald stattfinden. Also suchte sie Zuflucht bei dem weiblichen Trick, den sie immer aufs Tiefste verabscheut hatte: Sie griff nach einem Taschentuch und vergrub ihr Gesicht darin. »Es ist so bedrückend hier«, stammelte sie. »Ich schäme mich, es zu sagen, aber als Miss Kilner von einer möglichst raschen Hochzeit sprach, war das ein gewichtiger Grund, deinen Antrag anzunehmen. Bitte, zwing mich nicht, noch lange in diesem Trauerhaus auszuharren!«

Sie musste einen Nerv bei ihm getroffen haben, denn er trat neben sie und legte ihr tröstend eine Hand auf die Schulter. Die Wärme, die seine Handfläche ausstrahlte, schien sich in ihre Haut zu brennen. »Ich verstehe dich besser, als du denkst«, sagte er leise. »Weine nicht, Dorothy, wenn es wirklich dein Wunsch ist, werde ich die nötigen Formalitäten so rasch wie möglich erledigen. Nächste Woche müssten wir Adelaide dann schon als Mann und Frau verlassen können.«

Dorothea ließ das Tuch sinken und lächelte ihn an. »Danke, Robert!«

»Ich habe dir zu danken. Mary behauptete, du wärest die perfekte Frau für mich, und sie hatte – wie immer – recht. Ich freue mich schon darauf, dir alles auf Eden-House zu zeigen.«

»Ich freue mich auch darauf«, sagte Dorothea höflich, doch in ihrem Innersten kämpfte sie mit dem Unbehagen, es auf so hinterhältige Weise bewerkstelligt zu haben. Quasi als Wiedergutmachung war sie fest entschlossen, ihrer neuen Rolle, so gut es irgend ging, gerecht zu werden. Robert Masters sollte es nicht bedauern, um sie angehalten zu haben! Um ihm zu zeigen, dass sie ihre zukünftigen Pflichten als Stiefmutter sehr ernst nahm, erkundigte sie sich nach seiner Tochter.

»Heather ist ein bisschen ungebärdig«, gab Masters zu. »Sie braucht eine feste Hand. Umso mehr, als Tante Arabella ihr meist ihren Willen gelassen hat. Ich verstehe nichts von Kindererziehung, aber ein sechsjähriges Mädchen sollte nicht wie ein Stallbursche fluchen, wenn es sich über etwas ärgert. Ich hoffe, das wirst du ihr bald abgewöhnen.«

Dorothea hoffte das auch. Jetzt schon sah sie der Begegnung mit ihrer Stieftochter voller Nervosität entgegen.

»Und deine Tante?«

Robert lächelte, ein warmes Lächeln, das sein Gesicht auf einmal jung und unbekümmert aussehen ließ. »Du wirst Tante Arabella mögen! Sie ist ein Schatz. Vielleicht ein bisschen verschroben – sie besteht immer noch auf der Mode ihrer Jugend und pflegt auch sonst ein paar harmlose Marotten –, aber daran gewöhnt man sich rasch.«

Ehe Dorothea sich näher nach den sogenannten Marotten erkundigen konnte, hüstelte August vor der Tür zum Salon. Der Beschützerinstinkt ihres Bruders konnte manchmal etwas lästig werden. »Robert hat mir einen Antrag gemacht, und ich habe ihn angenommen«, informierte sie ihn, kaum dass er den Raum betreten hatte. »Wir werden so bald wie möglich heiraten.«

August fehlten sichtlich die Worte. Robert Masters trat ein paar Schritte auf ihn zu und sagte halblaut: »Tut mir leid, ich hätte natürlich vorher mit Ihnen sprechen müssen. Aber die besonderen Umstände … Ich hoffe doch, Sie haben keine Einwände?«

»Einwände? Nein, nein, welche denn?«, stammelte August völlig verwirrt. »Aber Sie kennen Doro doch gar nicht. Ich meine, wie können Sie ihr da gleich einen Antrag machen? Ich dachte immer …«

Ehe ihr Bruder weitersprechen konnte, griff Dorothea ein. »Miss Kilner hat die Verlobung vermittelt.« Sie stellte sich neben Robert Masters und griff nach seinem Arm. »Willst du uns nicht gratulieren?«

»Natürlich.« August wurde rot bis unter die Haarwurzeln. »Bin nur so überrascht. Ich wünsche dir alles Gute, Doro!« Er umarmte sie kurz und heftig. Dann streckte er seinem zukünftigen Schwager die Hand hin: »Herzlichen Glückwunsch, Mr. Masters.«

»Robert, bitte. Wir sind ja jetzt bald verwandt.«

»Sehr bald«, bestätigte Dorothea. »Wir werden diese oder spätestens nächste Woche heiraten. Robert kann seine Tochter nicht lange alleine in Eden-House lassen.«

Diesmal fehlten August nicht nur die Worte. Er starrte sie lediglich an und schnappte nach Luft wie ein Fisch auf dem Trockenen.

»Ich weiß, es ist absolut gegen jede Konvention«, sagte Robert Masters. »Aber die Trauerzeit abzuwarten würde bedeuten, dass Heather noch ein halbes Jahr ohne mütterliche Aufsicht bleiben muss. Daher bin ich Dorothea zutiefst dankbar, dass sie sich bereit erklärt hat, sofort und ganz im Stillen zu heiraten.«

»Es gefällt mir trotzdem nicht«, sagte August und sah nicht gerade glücklich drein. »Bei diesen überstürzten Heiraten gibt es immer jede Menge bösartigen Klatsch. Ich möchte nicht, dass es von meiner Schwester heißt, sie hätte heiraten müssen.«

»August, was fällt dir ein!«, fauchte Dorothea, zutiefst entsetzt darüber, wie nahe ihr ahnungsloser Bruder der Wahrheit gekommen war.

»Ich denke, diese Art von Tratsch dürfte unsere geringste Sorge sein«, murmelte Masters ironisch. »Aber Miss Kilner ist sicher gerne bereit, die Sache klarzustellen und meine familiäre Notlage als Begründung publik zu machen.«

Noch nicht völlig überzeugt, brachte August keine weiteren Einwände vor. Erst als Masters sich mit einem keuschen Kuss auf Dorotheas Stirn verabschiedet hatte, brach es aus ihm heraus: »Was ist nur in dich gefahren? Wir werden es schon irgendwie schaffen, auch ohne Papa. Wir werden uns einschränken müssen, ja, aber so verzweifelt ist unsere finanzielle Lage nun auch wieder nicht, dass du dich meistbietend verkaufen musst!«

»Halt den Mund!«, fuhr sie ihn an. Ihre Nerven lagen nach einer durchwachten Nacht nahezu blank, und Augusts unerwarteter Widerstand reizte sie bis aufs Blut. »Kannst du dir nicht vorstellen, dass ich ihn heiraten *will?*«

»Aber warum? Er ist alt und hat nicht gerade den besten Ruf, um mich vorsichtig auszudrücken. Wieso solltest du ihn heiraten wollen?«

»Er ist reich, und ich mag ihn ganz gern. Ist das nicht genug?«

»Nein, es ist nicht genug!« August packte sie an den Oberarmen, um sie zu zwingen, ihm ins Gesicht zu sehen. »Ich versteh dich nicht mehr. Du hast dich doch immer über diese Frauenzimmer lustig gemacht, die nur darauf aus sind, sich einen reichen Ehemann zu angeln. Und jetzt machst du es selber.«

»Man wird älter und vernünftiger«, gab sie schnippisch zurück und riss sich los. »Kümmere dich gefälligst um deine eigenen Angelegenheiten. Ich weiß schon, was ich tue!«

»Ich hoffe, dass du das wirklich weißt.« Er wandte sich ab und ging verärgert aus dem Zimmer.

9

Nach Dorotheas Ausbruch ging August ihr aus dem Weg. Und obwohl ihre Mutter kein Wort mehr über die Heirat verlor, schien von ihr ein ständiger Vorwurf auszugehen. Karl und Koar nahmen die Eröffnung mit der Gleichgültigkeit Halbwüchsiger entgegen. Einzig Lischen war hellauf begeistert; besonders, als sie erfuhr, dass ihre Schwester bald die Stiefmutter eines kleinen Mädchens sein würde.

So war Dorothea ausgesprochen erleichtert, als der Tag der Trauung anbrach. Robert Masters hatte Wort gehalten: Reverend Howard hatte aus Rücksicht auf die ungewöhnlichen Umstände, vielleicht auch milde gestimmt durch eine großzügige Spende, die Aufgebotszeit auf das absolute Minimum beschränkt. Auch Gouverneur Grey hatte entschieden, dass auf eine Überprüfung der Brautleute verzichtet werden konnte. Schließlich waren sie ihm beide gut bekannt. Er hatte sich sogar als Trauzeuge angeboten. Miss Mary Kilner fungierte als zweite Zeugin. Sie und der Protector waren die ersten Gratulanten nach der nüchternen Zeremonie in der Registratur.

»Ich freue mich so für Sie«, flüsterte Miss Kilner ihr ins Ohr, als sie sie herzlich umarmte. »Ich bin sicher, dass Sie mit Robert sehr, sehr glücklich werden.«

Protector Moorhouse drückte seine Freude etwas zurückhaltender aus, als er dem Brautpaar mit einem freundlichen Lächeln die

Hände schüttelte und dabei meinte, es sei doch manchmal erstaunlich, wie sich manche Dinge zum Guten wandten.

Moorhouse und seine Verlobte begleiteten das frischgebackene Ehepaar anschließend auch zur kirchlichen Trauung in der Holy Trinity Church, wo Familie Schumann wartete. Gouverneur Grey entschuldigte sich mit häuslichen Verpflichtungen. »Der arme Mann ist wirklich geschlagen!«, bemerkte Miss Kilner mitleidig, als sie die North Terrace entlanggingen. »Erst stirbt sein kleiner Sohn, und jetzt kränkelt seine Frau. Kein Wunder, dass er manchmal etwas harsch reagiert.«

Außer einigen Neugierigen, die sich in die hinteren Bänke drückten, um einen Blick auf den verruchten Viehzüchter und seine neue Ehefrau zu werfen, waren keine Besucher anwesend. Dorothea sah scheu zur vordersten Bank, auf der ihre Familie aufgereiht saß. Ihre Mutter, auffallend blass unter der schwarzen Witwenhaube, blickte starr geradeaus, als ginge sie das alles nichts mehr an. August neben ihr zerrte immer wieder an seinem Halstuch. Auch Karl und Koar wirkten nicht so glücklich, wie man es von Hochzeitsgästen erwarten durfte. Karl hatte ihr am Tag zuvor heftige Vorwürfe gemacht, dass sie ihre Familie im Stich ließe. Das hatte sie tief getroffen. »Jetzt, wo Papa tot ist, müssten wir umso mehr zusammenhalten«, hatte er mit Bitterkeit in der Stimme gesagt. »Du kennst August so gut wie ich: Glaubst du, er ist der Halt, den Mama jetzt bräuchte? Und was tust du? Du heiratest einen Geldsack und verschwindest. Schämst du dich nicht?«

»Ich verschwinde nicht«, hatte sie protestiert. »Natürlich ist es ziemlich unglücklich so, aber ich kann doch nichts dafür, dass Robert seine kleine Tochter nicht zu lange dort draußen in der Wildnis alleine lassen will.« Inzwischen glaubte sie schon fast selber daran, dass die hastige Eheschließung einzig und allein der Sorge um Heather zuzuschreiben war. »Das Mädchen ist noch klein. Es braucht dringend eine Mutter.«

Karls Augen hatten sich zu Schlitzen verengt, und voller Verachtung sagte er: »Ach, was soll's? Du hast dich ja sowieso schon längst entschieden.« So verständlich sein Ärger war – wie groß wäre er erst gewesen, wenn er die Wahrheit gewusst hätte?

Es belastete sie, dass ihre Geschwister glaubten, dass sie des Geldes wegen heiratete. Aber das war immer noch besser als der wirkliche Grund. Mit der Zeit würde ihr Zorn sich legen, und sie würden wieder zu ihrem guten Verhältnis zurückfinden, tröstete sie sich. Sobald ihre Schwangerschaft offensichtlich wäre, würden sie ihr schon verzeihen. Dann würde alles gut werden.

Plötzlich fand sie sich vor dem Altar wieder, und Reverend Howard intonierte die zeremonielle Frage: »Willst du …«

»Ja, ich will«, antwortete sie mit fester Stimme. Es gab keinen Weg mehr zurück. Sie hatte ihre Entscheidung getroffen, und jetzt musste sie dazu stehen. Der schwere Goldreif, den Robert Masters ihr auf den Finger schob, fühlte sich so kalt an, dass sie unwillkürlich erschauerte. Auch ihre Hände waren eisig, als sie ihm seinen Ehering ansteckte. Lieber Gott, bitte, lass ihn nichts merken, flehte sie stumm, und ich schwöre dir, dass ich alles tun werde, um ihm eine gute Ehefrau zu sein!

Masters' erster Kuss als Ehemann war so zart, dass sie kaum spürte, wie seine Lippen ihre berührten. »Keine Angst, ich werde dich zu nichts drängen«, murmelte er an ihrem Ohr und fasste nach ihrer Hand, um sie in seine Armbeuge zu legen. »Komm, Liebes, die Gäste warten.«

In Robert Masters' bevorzugtem Hotel in der King William Street war ein opulenter Stehempfang vorbereitet worden. Überrascht registrierte Dorothea die Menge der Gratulanten, die sich drängte, ihre Glückwünsche zu überbringen. Selbst Mr. Stevenson, der Chefredakteur vom *Register,* war darunter und bemerkte eine Spur brummig: »Dass Sie mal als biedere Ehefrau enden würden, hätte ich nicht von Ihnen gedacht. Na, trotzdem alles Gute, und wenn es da unten was Interessantes gibt – ich habe immer ein offenes Ohr für Ihre Berichte!«

Die meisten der Anwesenden kannte sie nicht. Dem Äußeren und der recht unverblümten Sprache nach zu urteilen, waren es zum großen Teil Viehzüchter.

»He, Masters, alter Junge! Ihr Diener, Ma'am.« Ein Bär von Mann schlug Robert so herzhaft auf die Schulter, dass der schmerzlich das Gesicht verzog. »Hast du Interesse an ein paar erstklassigen Devonshire-Rindern? In den nächsten Wochen erwarte ich einen neuen Treck aus Neu-Südwales. Hab schon mächtig Druck gemacht, dass der Gouverneur diesmal Begleitschutz schickt. Nicht, dass die Schwarzen wieder alle Tiere stehlen.«

»Sind die denn nicht wieder eingesammelt worden? Ich dachte, ihr hättet eine private Expedition losgeschickt?«

Der Mann schnaufte resigniert. »Von den fünftausend Schafen keine Spur, und von den achthundert Rindern haben wir ein paar traurige Überreste gefunden. Man sollte diese Maraura alle aufknüpfen! Major O'Halloran hätte da oben schon längst für Ruhe gesorgt. Aber der Gouverneur ziert sich wie eine alte Jungfer. Hat Angst, ihnen auch nur ein Haar zu krümmen, dabei wäre eine ordentliche Lektion das Einzige, was sie Mores lehren würde. Kein Wunder, dass die Kerle ihm auf der Nase herumtanzen!«

»Mäßigen Sie sich, Mr. Inman!« Protector Moorhouse, der in einer Gruppe ganz in der Nähe gestanden hatte, drehte sich um und fixierte den aufgebrachten Mann etwas schmallippig. »Ich darf Sie daran erinnern, dass die Eingeborenen genau die gleichen Rechte englischer Staatsbürger besitzen wie Sie. Eine Strafexpedition, wie Sie sie fordern, ist nur gegen aufständische Fremdvölker zulässig.«

»Pffff«, machte Inman verächtlich. »Diese Winkeladvokaten in London sollten mal ihre Nasen aus den Büchern heben und sich hier umsehen: diese Halunken Bürger Englands – dass ich nicht lache.«

Wie aus dem zustimmenden Gemurmel in der Umgebung ersichtlich wurde, stand er mit seiner Ansicht nicht alleine da. Der Protector ließ sich jedoch nicht aus der Ruhe bringen: »Das sind sie aber nun einmal. Und deswegen werde ich auch Major O'Halloran begleiten, wenn er morgen mit seiner berittenen Truppe zum Rufus River aufbricht.«

»Als Kindermädchen? Da wird der Gute aber nicht sehr erfreut sein«, bemerkte Stevenson spöttisch vom Büfett her. »Wo er doch so wild darauf ist, endlich wieder für Ruhe und Ordnung im Norden zu sorgen.«

»Das wäre jetzt genau das Richtige!«, murrte Mr. Inman. »Stattdessen hat man das Gefühl, dass der Gouverneur sich eher um das Wohl der Schwarzen sorgt als um das seiner Landsleute.«

»Vielleicht hat er mehr Grund dazu.« Moorhouse sah den verärgerten Mann vielsagend an.

»Es gibt äußerst unschöne Gerüchte über das Verhalten der Viehtreiber den *lubras* gegenüber. Wenn diese zutreffen, wäre es nur zu verständlich, dass die Maraura bis aufs Blut gereizt sind.«

»Ich habe Langhorne gesagt, er solle nicht immer den Abschaum mitschicken«, erwiderte Inman eine Spur kleinlaut. »Aber er meinte, nur Strauchdiebe und Halsabschneider wären bereit, die Drecksarbeit zu machen. Und wenn die sich unterwegs an den schwarzen Weibern schadlos hielten, ginge es ihn nichts an.«

»Wenn erst einmal die Südroute erkundet ist, wird das Problem mit den Maraura sich von selber lösen«, warf Robert Masters beschwichtigend ein. »Sobald das Vieh da ist, kannst du mir Bescheid geben, Henry. Ein paar Stück kann ich immer gebrauchen.« Mit einem kurzen Nicken gab er dem Viehhändler zu verstehen, dass er das Gespräch als beendet betrachtete, und wandte sich anderen Gästen zu. Unter anderen Umständen hätte Dorothea sich glühend für die angedeuteten Ungeheuerlichkeiten interessiert, die hinter den Zusammenstößen steckten. Im Augenblick beschäftigte sie jedoch nichts außer der Frage, ob es ihr gelingen würde, Robert Masters eine verschreckte Braut vorzuspielen. Nervös genug war sie jedenfalls!

Es war vorgesehen, dass sie gleich nach dem Empfang nach Glen Osmond aufbrechen sollten. Dort würden sie im Haus eines Freundes von Robert die Hochzeitsnacht verbringen, ehe sie am nächsten Tag so rasch wie möglich zu Roberts Besitzungen weiterreisen wollten. Der ständige Regen hatte, ungewöhnlich genug für Anfang Juli, einer Phase freundlichen, trockenen Wetters Platz gemacht, und das musste ausgenutzt werden.

Gerade wollte Dorothea sich von ihrer Familie verabschieden, die sich in eine etwas ruhigere Ecke des Raums zurückgezogen hatte, als eine bekannte Gestalt auf sie zusteuerte: Mrs. Wilson! Was suchte die denn hier? Ihres Wissens war sie nicht eingeladen gewesen. Alles andere als begeistert sah sie der alten Fregatte entgegen. »Na, so was!« Mrs. Wilson lächelte breit und wohlwollend. »Ich kenne Sie doch. Das dachte ich mir schon in der Kirche. Habe ich Sie nicht ein paar Mal mit meinem Untermieter, Mr. Somerhill, gesehen?«

Dorothea spürte, wie sie vor Schreck erstarrte. Hatte die Alte ihnen nachspioniert? Ihres Wissens hatte Miles immer sehr darauf geachtet, dass sie auch tatsächlich abwesend war, wenn sie sich in seinem Zimmer aufgehalten hatten. Aber wenn sie nun doch …?

»Ja ja, die beiden jungen Leute waren meine besten Spürhunde«, sagte Stevenson. »Jammerschade, dass ich sie nicht beim *Register* halten konnte. – Lesen Sie den *Register,* Madam?«

Schwindlig vor Erleichterung beobachtete Dorothea, wie Mrs. Wilsons Aufmerksamkeit sich sofort auf die stattliche Erscheinung des Chefredakteurs richtete. Besser hätte eine Ablenkung nicht funktionieren können. War es Absicht gewesen? Ahnte Stevenson gar etwas? Man unterschätzte ihn immer, weil er es mit seiner persönlichen Selbstinszenierung so übertrieb. Dabei war er ein scharfer Beobachter und exzellenter Menschenkenner.

»Ihr brecht auf?« August sah sie fragend an.

»Ja. Gleich.« Dorothea bedachte ihre Familie mit einem liebevollen Blick. »Ich werde euch schrecklich vermissen. Lischen, lass dich umarmen.« Karl und Koar ließen Dorotheas Überschwang mehr oder weniger stoisch über sich ergehen, August jedoch drückte sie so fest an sich, dass es beinahe schmerzte. »Ich werde dich auch vermissen, Schwesterherz! Aber ich besuche dich, sobald ich kann.«

Ihre Mutter hatte stumm und ernst daneben gestanden. Jetzt aber, als Dorothea die Arme ausstreckte, um sich von ihr zu verabschieden, sagte sie leise: »Ich komme mit und helfe dir beim Umkleiden.«

Ohne ein weiteres Wort miteinander zu wechseln, gingen die beiden Frauen nach oben in das Zimmer, das Robert Masters bewohnt hatte und in dem nun Dorotheas Reisekleidung bereitlag.

Dorothea versuchte, im Gesicht ihrer Mutter zu lesen. War sie zu einem Urteil gekommen und wollte es ihr nun mitteilen? Würde sie sich von ihr lossagen?

»Mama?«, flüsterte sie. »Bist du noch böse auf mich?«

Mutter Schumann seufzte kaum hörbar auf und drückte Dorothea auf die Chaiselongue vor dem Fenster. »Ach, Kind, ich weiß selber nicht mehr, was richtig und falsch ist. Dein lieber Vater hat oft darüber philosophiert, wie seltsam es wäre, dass aus guten Absichten häufig Böses entstünde und ein Betrug oder eine Lüge so viel Gutes bewirken könne. Es lag ihm sehr am Herzen, dass du eine gute Ehe eingehen würdest.« Sie schloss für einen Moment die Augen, von Erinnerungen überwältigt, ehe sie fortfuhr: »Ich maße mir nicht an, dich zu verurteilen. Du bist alt genug, um dein Handeln selbst zu bestimmen. Und vielleicht entsteht ja auch in diesem Fall aus der Täuschung etwas Gutes.« Sie setzte sich dicht neben Dorothea, öffnete ihren Beutel und zog eine winzige gläserne Phiole sowie ein Stück Schwamm heraus. Dorothea glaubte, ihren Augen nicht trauen zu dürfen: Der Inhalt des gläsernen Behälters schimmerte rubinrot. Und das Schwammstück sah haargenau wie ein abgeschnittenes Stück des Schumann'schen Badeschwamms aus.

»Ich habe das Blut mit Pökelsalz vermischt, damit es frisch aussieht«, sagte Mutter Schumann so gelassen, als erkläre sie ein Rezept für Hefebrötchen. »Unmittelbar bevor ihr zu Bett geht, zieh dich zurück, tränke diesen Schwamm mit dem Blut und führe ihn ein.« Sie lächelte schwach. »Wie das geht, muss ich dir ja wohl nicht im Einzelnen erklären. Wenn du dann noch daran denkst, im richtigen Moment einen Schmerzensschrei auszustoßen, dürfte dein Mann von deiner Jungfräulichkeit überzeugt sein.«

Fassungslos betrachtete Dorothea die Utensilien. »Woher weißt du das alles, Mama?« Nie und nimmer hätte sie solche Kenntnisse ausgerechnet bei ihrer Mutter vermutet. »Und woher hast du das Blut?«

Wortlos schob Mutter Schumann ihren linken Ärmelsaum hoch. Knapp über dem Handgelenk, unter den langen Ärmeln gut verborgen, hatte sie sich einen Verband angelegt. »Ich wollte kein Tierblut nehmen« war ihre lapidare Erklärung für das Opfer, das Dorothea die Tränen in die Augen trieb.

»Danke, Mama«, flüsterte sie zutiefst gerührt. »Ich weiß gar nicht, wie ich dir danken kann.« Sie warf ihr die Arme um den Hals und vergrub ihr Gesicht an ihrer Schulter.

»Indem du versuchst, deinem Mann eine gute Ehefrau zu sein«, antwortete ihre Mutter. »Ich habe mich für diese Täuschung nur hergegeben, weil ich hoffe, dass es eine ist, die allen Beteiligten Gutes bringt. Dafür werde ich jeden Tag beten. Und jetzt solltest du deinen Mann nicht unnötig warten lassen.«

»Ich hoffe, du fühlst dich gut?«, erkundigte sich Robert besorgt, sobald sie die Straßen Adelaides verlassen hatten und das Kutschpferd in einen gemächlichen Trott fiel.

»Ja, wieso?« Dorothea, die gerade noch damit beschäftigt gewesen war, die letzten Reiskörner aus ihrem Umhang zu schütteln, sah überrascht auf.

»Eine gewisse Nervosität wäre nichts Ungewöhnliches bei einer jungen Ehefrau. Ich versichere dir jedoch, dass ich keine Ansprüche an dich stellen werde, solange du nicht dazu bereit bist«, erklärte er etwas steif.

Dorothea erschrak. Roberts übertriebene Rücksichtnahme passte jetzt überhaupt nicht! Ihre Ehe musste so rasch wie möglich vollzogen werden. Jede Verzögerung, so gut gemeint sie auch sein mochte, gefährdete den Plan.

»Ich bin sehr wohl bereit«, erklärte sie daher so entschieden, dass ihr Gatte ihr einen erstaunten Seitenblick zuwarf. »Kennst du es nicht: dass etwas immer schlimmer erscheint, je länger man es aufschiebt? Nein, ich würde es vorziehen, die Hochzeitsnacht so, wie es sich gehört, zu verbringen.«

Robert nickte. »Ich verstehe, was du meinst. Das Unbekannte macht immer Angst, aber ich verspreche dir, dass es unnötig ist, sich davor zu fürchten.« Er nahm die Zügel in eine Hand und legte seine in einem Lederhandschuh steckende Rechte sanft auf Dorotheas im Schoß verkrampfte Hände. »Ich bin kein Rohling.«

Dorothea traute ihrer Stimme nicht, also nickte sie nur. Vermutlich hielt er das für jungfräuliche Scheu, denn, wohl um sie abzulenken und zu unterhalten, er begann, ihr von sich und den übrigen Bewohnern auf Eden-House zu erzählen. Robert William Masters war als jüngster Sohn eines Landadeligen mit fünf lebenden Brüdern schlicht und einfach überflüssig gewesen. Versehen mit seinem Erbteil und in Begleitung eines erfahrenen Stallknechts war er also nach Südaustralien ausgewandert, um sich dort eine Zukunft als Viehzüchter aufzubauen.

Noch unter dem ersten Gouverneur Hindmarsh hatte er eine gute Nase bewiesen und billig ein großes Stück Land am Murray

River erstanden, als die meisten anderen Immigranten sich noch davor scheuten, weiter im Land zu siedeln. »Erst später habe ich begriffen, was für ein Glück ich hatte«, sagte er nachdenklich. »Im Unterschied zu den Kaurna um Adelaide leben die Ngarrindjeri hier vor allem aus dem Fluss. Sie kennen keine Notzeiten wie die Stämme im Norden, die auf Jagdwild angewiesen sind. Umso einfacher war es, ihnen den Geschmack an Rindfleisch zu verderben.« Er grinste bei der Erinnerung. »Der alte Sam hatte die Idee: Wir nahmen das älteste Tier, das wir hatten, schlachteten es und rieben das Fleisch mit Rizinusöl ein. Dann hängten wir die Stücke über Nacht an die Bäume am Fluss. Natürlich war es am nächsten Morgen verschwunden. Aber seitdem ist mir kein Stück Vieh gestohlen worden.«

Mit den Schafen funktionierte das natürlich nicht. Um seine Herden teilweise äußerst wertvoller Merinos zu schützen, hatte Robert mit den Häuptlingen der umliegenden Stämme einen Handel abgeschlossen: Sie bekamen einen festgelegten Anteil an den Tieren, Mehl und Tabak. Dafür garantierten sie, dass niemand von ihnen eines tötete.

Der rasche wirtschaftliche Erfolg hatte seine Familie dazu bewogen, einen weiteren Sohn samt seiner Familie nachzuschicken. Unglücklicherweise war dieser während der Überfahrt gestorben, und Robert stand vor der Aufgabe, die Verantwortung für eine vom Schicksal enttäuschte junge Witwe und ihre kleine Tochter übernehmen zu müssen. »Da haben wir eben geheiratet. Es schien mir damals das Einfachste.«

»Dann ist Heather gar nicht deine leibliche Tochter?«, entfuhr es Dorothea.

»Nein, aber sie glaubt es. Ihre Mutter wollte es damals so. Ich glaube nicht, dass sie noch eine wirkliche Erinnerung an ihren Vater hat, und nachdem ihre Mutter starb, wollte ich ihr nicht auch noch den Vater nehmen. Das arme Kind hat genug mitgemacht.«

Dorothea murmelte etwas Zustimmendes und wartete gespannt darauf, dass er weitersprach.

Robert Masters schien im Zwiespalt, wie viel er ihr anvertrauen wollte. Schließlich rang er sich ein schiefes Lächeln ab und sagte: »Es hat einfach nicht funktioniert. Claire konnte sich nicht an das Leben draußen im Busch gewöhnen.

Sie brauchte Gesellschaft, Bewunderung und Gelegenheiten, ihre schönen Kleider zu tragen. All das konnte ich ihr nicht bieten. Ich musste mich ja um meine Tiere kümmern. Und ich gebe zu, ich blieb öfter draußen auf den Stationen als nötig. Um mein Gewissen zu beruhigen, ließ ich Tante Arabella nachkommen. Ich dachte, wenn sie ihr Gesellschaft leistete, würde Claire sich nicht mehr so einsam fühlen.«

»Hat es geholfen?«

»Nur kurz.« Masters kämpfte sichtlich mit den unschönen Erinnerungen. »Tante Arabella meinte, Claire sei vermutlich schwer nervenkrank. Sie begann, in die Eingeborenenlager in der Umgebung zu gehen und dort mit den Männern zu kokettieren. Wir haben sie dann in ihrem Zimmer eingesperrt, um sie vor sich selbst zu schützen. Aber eines Nachts ist sie durchs Fenster gestiegen und im Nachthemd in den Busch gelaufen.«

Der Rest der Geschichte war bekannt. Zumindest die Tatsachen oder was als Tatsachen angesehen wurde. Dorothea schluckte und murmelte: »Es tut mir mehr leid für dich, als ich sagen kann. Es muss schrecklich gewesen sein.«

»Das war es.« Mehr sagte er nicht dazu, und sie traute sich nicht, weiter in ihn zu dringen. Es gab Erinnerungen, die man besser ruhen ließ.

»Wie sind die Ngarrindjeri eigentlich so? Wie die Kaurna?«, fragte sie, auch um das Thema zu wechseln. Masters zuckte mit den Achseln. »Mehr oder minder sind sie alle gleich. Zumindest die, die ich kenne. Die Gruppen in unserer Umgebung sind ganz friedlich.

Die an der Küste haben mehr schlechte Erfahrungen mit Weißen gemacht, deswegen sind sie uns nicht gerade freundlich gesonnen. Das kann man ihnen kaum übel nehmen, wenn man bedenkt, dass die Walfänger und Fischer seit Generationen ihre Frauen als Sklavinnen nach Kangaroo-Island zu verschleppen pflegten.«

»Sind das nicht dieselben, die die Schiffbrüchigen der *Maria* erschlagen haben?«

Ihr Mann nickte. »Wenn lang unterdrückter Zorn ausbricht, trifft es selten die Schuldigen«, meinte er grimmig. »Seit es hier eine Regierung und Gesetze gibt, sind kaum noch Fälle bekannt geworden. Moorhouse tut sein Bestes, aber es braucht viel Zeit, verlorenes Vertrauen wieder aufzubauen.«

Dorothea fühlte sich plötzlich unwohl, als sie an die schrecklichen Verletzungen der Getöteten dachte. »Diese Stämme kommen aber nicht bis zu uns nach Eden-House?«

»Nein, die Gruppen haben alle ihre angestammten Gebiete, die sie nur zu größeren Stammestreffen verlassen. Und die finden eher auf der Halbinsel Fleurieu statt. Da haben sie ihre heiligen Stätten, wo sie den Ocker für die Körperbemalung holen oder andere Zeremonien abhalten. Hat dir Jane nicht davon erzählt?«

»Nein, es gab so viel anderes, worüber wir gesprochen haben«, sagte sie und musste lächeln, als sie sich an Janes unbefangene Art erinnerte, in der diese über sexuelle Beziehungen gesprochen hatte. Jane hätte ihre Entscheidung sicher voll und ganz gebilligt. Ein Kind kam von den Ahnengeistern. Wenn Robert seinen Vaterpflichten nachkam, war es auch sein Kind. Egal, wer es gezeugt haben mochte. Wie einfach und richtig! Alle taten immer so, als seien die Eingeborenen ungebildet und dumm, aber es gab durchaus Dinge, die man von ihnen lernen konnte, fand Dorothea.

In Glen Osmond erwartete sie der Hausherr von Woodley bereits. »Na, ihr Turteltäubchen«, rief er ihnen zu und schwenkte eine

Weinflasche. »Lasst uns anstoßen auf viele glückliche Jahre und eine zahlreiche Nachkommenschaft!«

»Findest du nicht, dass du ein bisschen sehr direkt bist?«, gab Robert zurück und grinste. »Dorothy, meine Liebe, darf ich dir einen meiner ältesten und besten Freunde vorstellen: Osmond Gilles. Er ist bekannt für sein teuflisches Temperament. Also sei vorsichtig mit ihm.«

»Alles böswilliger Klatsch. Ich bin der friedlichste Mensch auf Gottes schönem Erdboden«, behauptete der kleine, dicke Mann mit dem zerknautschten Gesicht fröhlich und streckte die Arme aus, um ihr beim Absteigen behilflich zu sein. »Ich habe gehört, Sie sind Deutsche, Madam?«

»Aus Dresden. Kennen Sie es?«

»Natürlich, eine bezaubernde Stadt!«, erwiderte er in nahezu akzentfreiem Deutsch. »Ich habe lange Jahre in Hamburg gelebt, ehe ich mich hier niederließ. Dort habe ich meine Erfahrungen im Wollhandel gesammelt.« Er lächelte Robert Masters freundschaftlich an. »Ohne mich hättest du hier ziemlich bald schlecht ausgesehen, nicht wahr, alter Junge?«

Er zwinkerte Dorothea verschwörerisch zu und flüsterte: »Was er über seine sächsischen Merinos weiß, das hat er alles von mir gelernt. Und jetzt tut er so, als sei ihm sein Wissen vom Himmel zugefallen, der Angeber!«

»Lass gut sein, Osmond«, bat Robert und hob die Hände wie ein Fechter, der seine Niederlage eingesteht. »Wenn du so weitermachst, wird meine Frau noch denken, sie hätte einen Schwachkopf geheiratet.«

Osmond Gilles entpuppte sich als glänzender Unterhalter. Und er war kein Kostverächter: Das Dinner, das er auftragen ließ, hätte jedem Feinschmeckerlokal Ehre gemacht. Der Tisch bog sich unter der Menge der Pasteten, Gelees, Bratenplatten und Terrinen.

»Was macht deine Silbermine? Seid ihr fündig geworden?«, erkundigte Robert sich. »Das letzte Mal, als ich dich traf, hattest du große Pläne.«

»Im März sind wir auf eine ordentliche Menge Silbererz gestoßen«, erwiderte Gilles zufrieden. »Meine Waliser meinen, sie würde sich zu einer Goldgrube entwickeln. Ihr Wort in Gottes Ohr! Die Kolonie könnte zur Abwechslung einmal ordentliche Export-Einnahmen gebrauchen.«

Während sich das Gespräch der Männer um ihre Geschäfte zu drehen begann, wurde Dorothea zunehmend nervöser. In immer kürzeren Abständen glitt ihr Blick zu der imposanten Standuhr an der Schmalseite des Raums, auf deren Zifferblatt die Messingzeiger mit der Gleichgültigkeit unbeseelter Materie weiterwanderten.

Halb erleichtert, halb verlegen hörte sie ihren Mann endlich sagen: »Nimm es uns nicht übel, wenn wir früh zu Bett gehen. Wir haben noch eine ganz schöne Strecke vor uns bis nach Hause. Und es war ein verflixt anstrengender Tag!«

Sein kauziger Freund lachte herzlich, hielt sich aber mit anzüglichen Bemerkungen zurück, zumindest bis Dorothea die Tür hinter sich zugezogen hatte. Derselbe Diener, der bei Tisch aufgelegt hatte, erwartete sie im Flur, um ihr das für sie vorgesehene Zimmer zu zeigen. Osmond Gilles hielt offenbar nichts von einem großen Dienstbotenstamm. Ohne die prächtige Ausstattung eines Blickes zu würdigen, stürzte Dorothea, kaum dass der Mann den Raum verlassen hatte, hinter den Paravent, der eine Ecke des Zimmers abtrennte. Nur gut, dass Robert sich an die Sitte hielt, der Braut einen zeitlichen Vorsprung zu lassen!

Mit zitternden Fingern holte sie den Schwamm und die Phiole aus ihrem Beutelchen. Die ersten Tropfen von dem leuchtend roten Blut ihrer Mutter wurden sofort von der porösen Masse aufgesogen. Der Schwamm sah genauso unschuldig wie ein ganz normaler Badeschwamm aus. Dorothea versuchte abzuschätzen, wie viel nötig wäre. Nicht zu viel und nicht zu wenig. Wenn sie übertrieb, würde Robert sich danach als Grobian fühlen. Gab es jedoch keine Blutspuren, könnte er an ihrer Jungfräulichkeit zweifeln.

Als sie den Schwamm einführte, hoffte sie inständig, dass sie richtig dosiert hatte. Da sie es als unpassend empfand, sich in dieser Situation an Gott zu wenden, verzichtete sie auf das übliche Nachtgebet und schlüpfte mit vor Aufregung schweißnassen Händen zwischen die schweren Daunendecken.

Robert ließ sie nicht lange warten. Nach einem kurzen Klopfen betrat er das Zimmer, blieb an der Tür stehen und sah sie nachdenklich an. »Bist du sicher?«, fragte er mit leicht heiserer Stimme.

Dorothea nickte entschlossen. Alles war bereit. »Machst du nur bitte das Licht aus?«, bat sie und grub die Fingernägel in die Handflächen, bis es schmerzte.

Masters gehorchte, und sie lauschte auf das Rascheln seiner Kleidung, während er sich im Dunkeln auszog. Als er die Decke anhob und sich neben sie legte, biss sie die Zähne zusammen. »Ich werde nichts tun, wozu du nicht bereit bist«, sagte er leise und beugte sich über sie. »Keine Angst, ich werde dich jetzt nur küssen.«

Sosehr sie seine Rücksichtnahme bewunderte, machte sie sie doch gleichzeitig beinahe wahnsinnig. Sie wollte es endlich hinter sich bringen! Nach verspielten Zärtlichkeiten war ihr im Augenblick ganz und gar nicht zumute. Aber was blieb ihr anderes übrig, als darauf einzugehen?

Ihr Mann küsste gut. Es dauerte nicht lange, und Dorothea vergaß alles um sich herum. Im Dunkeln war es fast wie mit Miles. In einem Moment klaren Denkens wunderte sie sich darüber, dass ihr Körper genauso auf Robert reagierte. Aber dann dachte sie überhaupt nicht mehr.

Als die rosigen Nebel sich verzogen hatten, lag sie an Roberts nackte Brust geschmiegt, und sein Brusthaar kitzelte sie an der Wange. »Ich danke dir«, sagte er schlicht, griff nach ihrer Hand und drückte einen zärtlichen Kuss in ihre Handfläche. »Dass ich so viel Glück mit meiner Ehefrau haben würde, hätte ich nicht im Traum zu hoffen gewagt.«

In Dorothea regten sich heftige Gewissensbisse, die jedoch rasch von schierer Erleichterung verdrängt wurden. Ihr Mann hatte nichts gemerkt! Dabei hatte sie gar nicht mehr an ihre Rolle als jungfräuliche Braut gedacht.

Was für ein Glück!

Erst sein Angebot, ihr behilflich zu sein, riss sie aus ihrer trägen Zufriedenheit. »Nein, nein, ich wasche mich lieber allein«, sagte sie schnell, rutschte seitwärts aus dem Bett und verschwand hinter dem Wandschirm. Im Streifen Mondlicht, der genau auf die Waschschüssel fiel, sah sie ein paar dunkle Flecken auf dem Lappen und atmete erleichtert auf. Zur Sicherheit drückte sie den Schwamm noch einmal in dem Wasser aus, ehe sie ihn in einem ihrer Schuhe verschwinden ließ.

Lieber Gott, ich danke dir, betete sie stumm, aber desto inbrünstiger. Ich bin mir vollkommen bewusst, dass ich es nicht verdient habe, einen so guten Ehemann zu bekommen. Aber ich will es an ihm gutmachen. Er soll es nie bereuen, mich geheiratet zu haben.

10

Zwei Tage später lag Eden-House im milden Licht der Abendsonne vor ihnen. »Wie schön!«, entfuhr es Dorothea. »So schön hatte ich es mir nicht vorgestellt.«

Die parkartigen Ufer des Murray River wirkten, als wären sie von einem Landschaftsgärtner angelegt worden. Der majestätische Fluss, viel mächtiger als der Torrens River, erstreckte sich, breit wie ein See, von Horizont zu Horizont. An seinen Ufern wuchsen außer den typischen, knorrigen Red River Gums anmutige Akazien, Gruppen von Eukalyptusbäumen, und dazwischen spross bereits frisches, grünes Gras. Eine ländliche Idylle wie auf einem Gemälde.

Das Haupthaus war aus hellem Stein errichtet, die Stallungen und Wirtschaftsgebäude aus gebrannten Ziegeln. Auf den umzäunten Weiden in der unmittelbaren Umgebung tummelten sich zahlreiche Pferde und Rinder.

»Freut mich, dass es dir gefällt«, sagte Robert und lächelte. »Du findest es nicht zu abgelegen?«

Hatte Claire sich darüber beklagt? »Nein, ich finde es geradezu paradiesisch«, erwiderte Dorothea begeistert. »Weißt du, dass ich mir als Kind immer ausgemalt habe, in einer Hütte im Wald zu wohnen? Ich stellte mir vor, von Beeren und Pilzen zu leben und mir Kleidung aus Blättern und Rinde zu fertigen.«

»Ganz so frugal geht es bei uns nicht zu«, erwiderte Robert trocken. »Ich wage gar nicht, mir Tante Arabellas Gesicht vorzustellen, sollte ich ihr den Vorschlag machen, auf Elizas köstliche Gerichte zu verzichten und eine solche Diät auszuprobieren. Obwohl es ihr guttäte! Aber das wirst du ja gleich selber sehen.« Er schnalzte dem Pferd aufmunternd zu. Den heimischen Stall vor sich, fiel es in einen leichten Trab.

Die letzten beiden Tage waren im Nu vergangen. Sie waren gut vorangekommen: kein verlorenes Hufeisen, kein beschädigtes Rad. Auf dem Mount Barker hatten sie im Mount Barker Inn übernachtet. Das schlichte Gasthaus verfügte nur über einen einzigen Schlafraum, in dem bereits drei Schafhirten auf ihren Strohsäcken schnarchten. Zwar hatten Robert und sie sich fest in ihre Umhänge eingewickelt, trotzdem inspizierte sie immer noch misstrauisch jede juckende Stelle.

Robert hatte ihr die Bewohner von Eden-House so lebendig beschrieben, dass sie fast überzeugt war, sie schon lange zu kennen.

Die sechsjährige Heather war ein Wildfang, der sich in den Ställen wohler fühlte als im Schulzimmer. Von allen Erwachsenen um sie herum seit jeher verwöhnt und verhätschelt, würde es nicht einfach werden, sie zu zähmen.

Tante Arabella, verwitwete Lady Chatwick, frönte zwei Leidenschaften: exquisitem Essen, inklusive entsprechendem Wein, was sich im Umfang ihrer Figur niederschlug, sowie Romanen, die ihr gar nicht aufregend genug sein konnten. Seit Neuestem schwärmte sie für einen amerikanischen Schriftsteller namens Edgar Allan Poe, der ihrer Meinung nach ein Genie war. »Ich halte ihn entweder für einen Säufer oder für geisteskrank«, hatte Robert konstatiert. »Aus Neugierde habe ich einmal in einem der Bücher geblättert – ich wundere mich über Tante Arabellas gesunden Schlaf nach solcher Lektüre!«

Der Stallknecht Sam war inzwischen grau, und die Gicht plagte ihn heftig, aber nichts hätte ihn dazu bewegen können, seine

Herrschaft über die Ställe aufzugeben. Seine scharfe Zunge verschaffte ihm immer noch den nötigen Respekt seiner Untergebenen: des wortkargen Stallburschen John aus Irland und des Stalljungen Gilbert.

Wohl die am meisten gefürchtete Person des Haushalts war jedoch Eliza Perkins, die Köchin.

Nicht nur Eingeborene ergriffen schleunigst die Flucht, wenn sich ihre durchdringende Stimme zu einer Schimpfkanonade erhob, die selbst gestandene Mannsleute erblassen ließ.

Die gebürtige Schottin hatte den größten Teil ihres bisherigen Lebens in Bristol verbracht. Dort hatte sie einem weltfremden Gelehrten den Haushalt geführt und seinem Versprechen vertraut, nach seinem Tod Alleinerbin zu werden. Das geräumige Haus am Stadtrand hätte ihr ein gesichertes Alter als Zimmerwirtin beschert. Leider hatte der vergessliche Herr es versäumt, sein Testament bei einem Notar beglaubigen zu lassen. Ein entfernter Verwandter war geschickt genug gewesen, einen Richter zu finden, der es für ungültig erklärte. Der folgende Rechtsstreit hatte Eliza Perkins ihren letzten Penny gekostet. Mittellos wie an dem Tag, an dem sie bei ihrem Dienstherrn über die Schwelle getreten war, hatte sie es wieder verlassen müssen.

Mit guter Gesundheit und einem festen Willen ausgestattet, hatte sie sich für ein neues Leben in der Kolonie Südaustralien entschieden. Und sie hatte auch keinen Moment gezögert, Robert und Sam in die fremde Wildnis zu begleiten. Von der provisorischen Rindenhütte, in der sie damals alle drei gehaust hatten, bis zu dem eindrucksvollen Haupthaus war es auch für sie ein langer Weg gewesen. Dorothea sah ihr mit gemischten Gefühlen entgegen. Einerseits bewunderte sie eine solche Frau grenzenlos, andererseits würde es sicher nicht einfach sein, mit ihr auszukommen. Das musste sie aber unbedingt, denn Robert wäre niemals bereit, seine Köchin und Haushälterin zu entlassen.

»Ohne Eliza wäre ich jetzt tot«, hatte Robert erzählt. »Es war in unserem ersten Winter hier. Auf der Suche nach einem trächtigen Muttertier wagte ich mich weiter nach Norden, als ratsam war.« Er lächelte reumütig. »Natürlich hatte man mich bereits in Adelaide gewarnt, dass die Stämme dort wegen der ständigen Zusammenstöße mit den Schafhirten Weißen gegenüber nicht gerade freundlich gesinnt wären. Aber ich erwartete nicht, dass sie dermaßen feindselig auf mich reagieren würden. Ein Speer im Oberschenkel und zwei weitere in meinem Pferd belehrten mich eines Besseren.«

»Um Himmels willen«, entfuhr es Dorothea. »Und wie bist du ihnen entkommen?«

»Es war ziemlich knapp! Zum Glück schaffte mein armes Pferd es noch bis zum Ufer. Ich ließ mich ins Wasser fallen und treiben. Ein Pferd als Beute war natürlich lohnender als ein magerer Engländer. Sie stürzten sich auf das verletzte Tier wie ein Rudel Wölfe.« Robert schüttelte sich bei der Erinnerung. »Das wirkte auf mich ausgesprochen anfeuernd. Ich schwamm und schwamm, und irgendwann muss ich ans Ufer gekrochen sein. Jedenfalls fand mich dort unser Stamm und transportierte mich bis zur Hütte. Eliza hat mich dann gesund gepflegt.«

»Hast du daher dein steifes Bein?«

»Hmm.« Mehr sagte er nicht, aber an den zusammengepressten Lippen war abzulesen, dass er von sich aus nicht weitersprechen würde. Einen Moment schwankte Dorothea, ob sie nachhaken sollte. Ihre Neugier drängte sie dazu. Gerade öffnete sie den Mund, um zu fragen: Sind deine Verletzungen sehr schlimm gewesen?, als ein plötzlicher Ruck sie beinahe vom Sitz katapultiert hätte.

»Verdammt«, fluchte Robert. Eines der Räder hatte sich an einer Wurzel verhakt. Um ein Haar wäre der leichte Wagen umgekippt, wenn er das Kutschpferd nicht geistesgegenwärtig angetrieben hätte. Ebenso elegant nutzte er den kurzen Zwischenfall zu einem Themenwechsel. »Ich hoffe wirklich, dass Gouverneur Grey sich endlich dazu durchringt, die Straße weiter bauen zu lassen«, sagte er ungehalten. »Es ist so schon kein Vergnügen, aber wenn es richtig regnet, ist hier nur noch für Reiter ein Durchkommen. – Kannst du eigentlich reiten?«

»Nein, wozu? Wir hätten uns sowieso kein Pferd leisten können«, gab Dorothea zur Antwort.

»Dann werden ich oder Sam es dir beibringen«, entschied ihr Mann. »Hier draußen musst du es können, wenn du nicht den ganzen Winter über ans Haus gefesselt sein willst wie Tante Arabella.«

Die letzte Strecke zum Haus legten sie schweigend zurück. Dorothea klopfte das Herz im Hals. Ihre Ankunft war nicht unbemerkt geblieben. Die breite, überdachte Terrasse, die sich über die gesamte Vorderseite zog, füllte sich rasch mit einem Empfangskomitee.

Als Robert Masters genau vor der Vordertreppe die Zügel anzog, betrachtete fast der gesamte Hausstand sie mit offenem Erstaunen. »Du hast Besuch mitgebracht?« Die korpulente Dame im sackähnlichen Kleid mit der Unmenge hellgrauer Löckchen, die ihren Kopf wie ein gesträubtes Gefieder umgaben, musste Tante Arabella sein. Sie musterte Dorothea mindestens so kritisch, wie es die Köchin Eliza und Sam taten.

»Kein Besuch. Dorothy wird ab jetzt hier bei uns zu Hause sein. Wir haben vorgestern geheiratet.«

Robert überließ die Zügel dem jungen Burschen, der von den Stallungen angerannt kam, und stieg steifbeinig vom Bock. Während Dorothea darauf wartete, dass er sich umdrehte und ihr behilflich war, fing sie den Blick eines kleinen Mädchens mit goldbraunen Zöpfen auf. Nur kurz, aber aus den braunen Augen schlug ihr eine solch unverblümte Feindseligkeit entgegen, dass sie erschrak. Wieso verabscheute Heather sie bereits, bevor sie überhaupt zusammengetroffen waren?

»Liebe Tante Arabella«, sagte Robert feierlich, während er sie die breite Steintreppe hinaufführte. »Ich freue mich, dir meine Frau vorstellen zu können. – Dorothy, Lady Arabella Chatwick.«

Die ältere Frau blinzelte ein paar Mal, ehe sie die Hand ausstreckte und Dorotheas Rechte herzhaft schüttelte. »Ähh, herzlich willkommen, meine Liebe, herzlich willkommen. Ich freue mich für euch. Das ist jetzt aber wirklich eine Überraschung!«

»Willkommen, Ma'am.« Die vierschrötige Eliza trat vor und knickste erstaunlich anmutig. »Ich werde mich sofort darum kümmern, dass Ihre Zimmer hergerichtet werden. Wenn man mir etwas gesagt hätte, wäre das selbstverständlich schon längst geschehen.«

Ihre Zimmer? Würde sie kein gemeinsames Schlafzimmer mit Robert teilen? Sie versuchte, sich ihre Verwirrung nicht anmerken zu lassen. Engländer, vor allem feine Engländer, hatten oft seltsame Gewohnheiten, hatte sie gehört. Stattdessen lächelte sie dem drahtigen, klein gewachsenen Mann mit dem ledergegerbten Gesicht zu, der sich vor ihr aufgebaut hatte und seinen Hut in den Händen drehte.

»Sam ist mein Name«, knurrte er eher. »Hoffe, Sie werden sich bei uns wohlfühlen, Ma'am.« Seine scharfen Augen huschten zwischen ihr und Robert hin und her, bis er, anscheinend zufrieden mit dem, was er sah, seinem Dienstherrn in ähnlich kurz angebundener Form gratulierte.

»Heather, Schätzchen, willst du deinem Vater und deiner neuen Mutter nicht guten Tag sagen?« Arabella legte dem kleinen Mädchen den Arm um die Schultern und versuchte, sie auf Dorothea zuzuschieben. Widerborstig stemmte die jedoch ihre Füße auf den Boden und sah mürrisch zu Robert auf. »Ich will keine neue Mutter, Daddy. Schick sie wieder weg!«

»Das werde ich ganz bestimmt nicht tun«, sagte Robert streng. »Wo hast du eigentlich deine Manieren? Begrüße sie gefälligst anständig, oder du kannst ohne Dinner gleich zu Bett gehen.«

So etwas wie spöttische Überheblichkeit blitzte in den braunen Augen auf, und Dorothea vermutete, dass diese Strafe häufig ausgesprochen und ebenso häufig von der Köchin oder Tante Arabella unterlaufen wurde.

»Wie geht es Ihnen?«, fragte Heather mit der leeren Höflichkeit eines Papageis und knickste artig, ehe sie sich ihrem Vater an den Hals warf. »Daddy, ich habe wieder den bösen Mann gesehen«, hörte Dorothea sie flüstern, während sie ihr Gesicht in den Falten seines Halstuchs vergrub. »Ich bin so froh, dass du wieder da bist.«

»Ist ja gut, Heather«, murmelte er und strich ihr über die Haarflechten. »Er wird nicht wagen, dich anzurühren. Das verspreche ich dir. Und jetzt geh bitte mit Tante Arabella. Wir sehen uns dann beim Dinner.«

»Leidet Heather unter nächtlichen Albträumen?«, erkundigte Dorothea sich halblaut, sobald sie im oberen Stockwerk außer Hörweite waren. »Meine kleine Schwester war auch eine Zeit lang fest davon überzeugt, unter ihrem Bett verstecke sich ein Räuber.«

»Ich bin mir nicht sicher«, erwiderte Robert und sah sie an, als überlege er, ob er sich ihr anvertrauen sollte. »Manches von dem, was sie erzählt, klingt verflucht real.« Er öffnete die Tür zu einem großen, lichtdurchfluteten Raum voller anmutiger Möbelstücke. Vor den hohen Fenstern bauschten sich Musselinvorhänge in der Abendbrise. Die ganze Einrichtung in den Farben Himmelblau und Elfenbein wirkte ausgesprochen feminin und verspielt. »Es ist noch nach Claires Wünschen eingerichtet. Du musst nur sagen, was du geändert haben möchtest, dann werde ich es in die Wege leiten.«

»Es ist wunderschön«, sagte Dorothea leise und sah sich um. Jemand hatte in aller Eile die schützenden Leinenhüllen abgezogen. Sie lagen noch zusammengefaltet auf einem der zierlichen Hepplewithe-Sessel. Die seidene Steppdecke vom Himmelbett war zurückgeschlagen, nur die Staubschicht auf dem Beistelltischchen zeugte davon, dass dieser Raum längere Zeit hindurch nicht benutzt worden war. »Ein solches Zimmer würde eher in ein Schloss passen.«

»Claire war der Meinung, dass es angemessen für sie wäre«, bemerkte Robert ausdruckslos und ging bereits auf eine schmale Tür an der Querwand zu. »Hier geht es zum Ankleidezimmer, und dahinter ist mein Zimmer.«

Das Ankleidezimmer war eine Spur schlichter ausgestattet, aber auch hier war Claires Handschrift deutlich zu erkennen. Dorotheas klobige Reisekiste mit den abgeschlagenen Kanten wirkte wie ein Fremdkörper vor dem Schrank aus poliertem Wurzelholz. Robert ging auf ihn zu und öffnete die Türen. Im ersten Moment glaubte Dorothea an eine optische Täuschung: Aus dem Inneren quollen solche Unmengen von bunten Stoffen, dass es wie ein Kaleidoskop aus Farben wirkte. So viele Kleider auf einen Haufen hatte sie noch nie gesehen. Wann hatte Claire die nur alle getragen?

»Natürlich erwarte ich nicht von dir, dass du Claires alte Kleider aufträgst«, sagte Robert eilig. »Aber Tante Arabella meinte, es wäre schade, sie einfach wegzuwerfen. Vielleicht gefällt dir ja das eine oder andere. Dann lasse ich eine Schneiderin kommen, die es dir umnäht.«

Dorotheas angeborener Sinn für Sparsamkeit meldete sich. »Das wird nicht nötig sein. Meine Mutter ist gelernte Schneiderin, und sie hat mir genug beigebracht, dass ich einfache Näharbeiten sehr gut selber machen kann«, wehrte sie ab. »Ich weiß nur nicht, wann ich solche Roben tragen soll? Sie sind viel zu vornehm.« Vorsichtig strich sie mit den Fingerspitzen über den schimmernden Atlas, den geschmeidigen Samt. Die Stoffe waren von erstklassiger Qualität.

»Ich überlasse es ganz dir, was du damit machst«, meinte Robert. »Das ist übrigens die Tür zu meinem Zimmer. Ich bitte dich, jederzeit davon Gebrauch zu machen, wenn dir danach ist.«

Dorothea entging nicht, dass im Schloss ein Schlüssel steckte. Hatte Claire ihren Mann ausgesperrt?

»Das gilt natürlich für dich genauso«, sagte sie kurz entschlossen, zog den Schlüssel ab und ließ ihn in die offen stehende Schublade der Frisierkommode fallen. »Ich finde, zwischen uns sollte es keine verschlossenen Türen geben.«

Sie hatte das Richtige gesagt. Ihr Mann betrachtete sie mit einem so liebevollen Ausdruck, dass sie ganz verlegen wurde.

»Ich bin der guten Mary von Tag zu Tag dankbarer«, murmelte er mehr zu sich selbst, als er sie in die Arme schloss und mit zwei Fingern ihr Kinn anhob, um ihr in die Augen sehen zu können. »Du glaubst nicht, wie froh ich darüber bin, dass du in mein Leben getreten bist.«

Er senkte den Kopf und küsste sie. In den vergangenen Tagen hatte er das öfter getan, aber mit Rücksicht auf die äußeren Umstände waren es eher keusche Küsse gewesen. Dass ihr Mann nicht nur rücksichtsvoll und zart, sondern auch von mitreißender Leidenschaftlichkeit sein konnte, überraschte und erregte Dorothea gleichermaßen. Erstaunlich schnell hatte sie sich an das Zusammensein mit ihm gewöhnt. Seit der Hochzeit war sie praktisch rund um die Uhr mit ihm zusammen gewesen, und in den langen Gesprächen, mit denen sie sich die Reisezeit verkürzt hatten, war eine Vertrautheit zwischen ihnen gewachsen, wie sie sonst erst nach längerer Zeit zu entstehen pflegt. Deswegen empfand sie jetzt auch keinerlei Scheu, sondern erwiderte den Kuss mit Hingabe. Ihre Hochzeitsnacht war eine durchaus lustvolle Erfahrung gewesen, und Dorothea war gerne zu einer Wiederholung bereit. Instinktiv drängte sie sich an ihn und zerrte mit fiebrigen Händen an seinem Leinenhemd.

»Bist du nicht zu erschöpft?« Roberts Stimme klang belegt, als er seinen Mund von ihrem nahm.

»Kein bisschen«, flüstere Dorothea atemlos, während sie ihn schon auf die Tür zuschob.

Erst danach, zufrieden den Kopf auf die Schulter ihres Mannes gebettet, ließ sie ihren Blick interessiert schweifen. Roberts Zimmer hatte nicht das Geringste gemein mit dem mondänen Stil, in dem Claires Räume eingerichtet worden waren. Die fast schon klösterliche Schlichtheit der spärlichen Möbelstücke, die Reitgerte und das Gewehr neben dem schmalen Kleiderschrank – alles war maskulin, eher zweckmäßig. Dennoch fühlte sie sich hier wohler. Vielleicht sollte sie doch das eine oder andere zerbrechliche Sesselchen entfernen. Und sei es nur, um sich nicht ständig als bäurischer Trampel zu fühlen. Vor ihrem inneren Auge entstand Claires Bild als das einer ätherischen Schönheit, und unwillkürlich seufzte sie leise.

»Geht es dir gut?« Besorgt richtete Robert sich auf einem Ellenbogen auf.

»Es geht mir wunderbar«, beeilte sie sich, ihn zu beruhigen, und streckte sich träge wie eine Katze in der Sonne. »Ich habe nur gerade gedacht, dass ich wohl nie an die Kultiviertheit deiner ersten Frau heranreichen werde.«

In Roberts Gesicht zuckte es wie Wetterleuchten. »Hast du noch nie erlebt, dass sich unter einer schönen Schale ein verfaulter Kern verbirgt?«, brach es schließlich aus ihm heraus. »Ich habe noch mit keinem Menschen darüber gesprochen, aber meine Ehe mit Claire war die Hölle. Es mag sein, dass ich ihr nicht geben konnte, was sie brauchte. Ich hätte über ihre Untreue hinweggesehen, doch es hat ihr geradezu Vergnügen bereitet, sich mir mit ihren diversen Liebhabern zu präsentieren und mich zum Gespött zu machen. Gott vergebe mir: Ich bin eher erleichtert, von ihr befreit zu sein, als dass ich um sie trauerte.«

Erschreckt von seinem Ausbruch und erschüttert von dem Geheimnis, das er ihr anvertraut hatte, suchte Dorothea nach Worten. Was sollte sie dazu sagen? Wo sie doch nicht viel besser war, indem sie ihrem Mann das Kind eines anderen unterschob. Robert hätte etwas Besseres als sie verdient gehabt. Eine anständige Frau wie Miss Mary, die ihren zukünftigen Ehemann ganz sicher nicht schon vor der Hochzeit hintergehen würde.

»Jetzt habe ich dich abgestoßen«, murmelte Robert bedrückt, setzte sich auf und schwang die Beine über die Bettkante. »Ich hätte besser den Mund halten sollen.«

»Nein, ich bin kein bisschen abgestoßen. Es tut mir schrecklich leid, dass du all das durchmachen musstest«, flüsterte Dorothea und umschlang ihn von hinten mit den Armen. Irgendwie war es leichter, zu seiner Schulter zu sprechen, als ihm dabei ins Gesicht zu sehen. »Ich schwöre dir, dass ich dich nie betrügen werde.«

»Schwöre nicht.« Roberts Lächeln, als er sich halb zu ihr umdrehte, um ihr zärtlich über die Wange zu streicheln, hatte etwas Trauriges. »Schwüre sind leicht abzulegen und schwer zu halten.« Er bückte sich nach ihren Kleidern, die als wirrer Haufen neben dem Bett lagen – ein Zeugnis ihrer Ungeduld. »Darf ich deine Kammerzofe sein?«

Das erste Dinner mit ihrer neuen Familie verlief nicht ganz ohne Irritationen auf beiden Seiten. Als Robert sie zum Platz der Hausfrau an dem ihm gegenüberliegenden Tischende führte, wären sie fast mit Tante Arabella kollidiert, die ihn gewohnheitsmäßig angesteuert hatte.

»Verzeih mir, Liebes, die Macht der Gewohnheit«, entschuldigte Lady Chatwick sich verlegen und eilte, so schnell es ihr Umfang erlaubte, auf den Stuhl Heather gegenüber zu.

»Wieso kann Tante Bella nicht da sitzen, wo sie immer sitzt?« Das Mädchen fixierte Dorothea aus zusammengekniffenen Augen. Die Abneigung war geradezu greifbar.

»Weil jetzt Dorothy die Dame des Hauses ist und der Platz gegenüber dem Hausherrn nun mal deren Platz ist, Schätzchen«, sagte Tante Arabella hastig, wodurch sie einer harschen Bemerkung Roberts zuvorkam, der schon den Mund geöffnet hatte, um seine

Tochter zurechtzuweisen. »Das solltest du eigentlich wissen. Wo bleibt denn Trixie mit der Suppe?«

Als hätte sie nur auf ihr Stichwort gewartet, näherten sich bedächtige Schritte, und ein adrett gekleidetes, rotwangiges Mädchen in Häubchen und Leinenschürze trug eine große, dampfende Terrine herein, die sie auf der Anrichte absetzte, ehe sie sich umwandte und vor Dorothea knickste. »Guten Abend, Madam«, sagte sie. »Darf ich Ihnen meine herzlichsten Glückwünsche aussprechen? Und auch Ihnen, Sir.« Sie knickste erneut in Roberts Richtung.

»Danke«, erwiderte Dorothea leicht nervös. Im Schumann'schen Haushalt hatten sie sich nie auch nur eine Dienstmagd leisten können. Dass jetzt auf einmal ein Hausmädchen vor ihr knickste und sie mit »Madam« ansprach, erschien ihr immer noch unwirklich. Und warum sah sie sie jetzt so fragend an? Was erwartete sie von ihr?

»Würdest du dann bitte anfangen aufzutragen, Trixie?« Roberts Stimme half ihr aus der Verlegenheit. »Die Suppe duftet köstlich. Was hat Mrs. Perkins uns denn da gezaubert?«

»Sie hat zur Feier des Tages extra deutsche Gerichte zubereitet«, erklärte Trixie stolz, während sie geschickt die dampfende Flüssigkeit auf die Teller schöpfte. »Dies ist eine Hamburger Fischsuppe.«

Fischsuppe, gleichgültig welcher Provenienz, zählte nicht gerade zu Dorotheas Lieblingsspeisen. Aber Trixie schaute so gespannt, als sie den gefüllten Teller vor sie hinstellte, dass sie sich anstrengte, Begeisterung zu heucheln. »Die Suppe schmeckt wie zu Hause. Ganz köstlich.«

Es folgten verschiedene »deutsche« Gerichte, die Dorothea vollkommen unbekannt waren.

Erst die bayerische Creme und der Aprikosenkuchen zum Nachtisch kamen ihr wieder vage vertraut vor.

»Verzeiht meine Neugier«, wagte Lady Arabella sich schließlich, nach mehreren Gläsern französischen Rotweins mutig geworden, vor. »Aber gab es einen speziellen Grund für diese rasche Hochzeit? Normalerweise legen junge Bräute doch großen Wert auf eine pompöse Feier.«

»Eine große Hochzeit wäre nicht angebracht gewesen, da Dorotheas Vater erst vor Kurzem gestorben ist«, sagte Robert ruhig. »Diese Lösung kam uns beiden entgegen.«

»Haben die Schwarzen ihn ermordet?« Überrascht sah Dorothea in Heathers gerötetes Gesicht. Zum ersten Mal während des gesamten Essens nahm das Kind Anteil an der Konversation der Erwachsenen. Bisher hatte es nur mürrisch auf seinem Teller herumgestochert; jetzt wirkte es geradezu elektrisiert.

»Nein, er ist bei einem Bootsunfall ertrunken.« Dorothea musste schlucken. »Wie kommst du darauf, dass die Eingeborenen an seinem Tod schuld wären?«

»Na, weil sie es immer sind.« Heather betrachtete sie mit abgrundtiefer Verachtung. »Wissen Sie das nicht? Hier, ganz in der Nähe, haben sie eine Menge Leute umgebracht. Sogar Kinder. Und sie lauern darauf, dass sie noch mehr erwischen. Ihr böser Zauberer braucht tote weiße Menschen für seine Beschwörungen.« Heathers kindliche Züge verzogen sich zu einer bösartigen Grimasse. »Besonders gerne nimmt er dafür weiße Frauen.«

»Schätzchen, das ist doch Unsinn.« Lady Arabella sah peinlich berührt in Roberts Richtung. »Das hast du dir bestimmt gerade erst ausgedacht, um der armen Dorothy Angst einzujagen. Das ist nicht nett von dir.«

»Ich habe mir gar nichts ausgedacht. Das hat King George vorgestern zu Eliza gesagt«, erwiderte die Kleine trotzig. »Ich habe es ganz genau gehört.« Sie presste die vollen Lippen zu einem Strich zusammen.

»Wenn das stimmt, warum hat Mrs. Perkins mir dann nichts davon erzählt?« Lady Arabella wirkte immer noch nicht überzeugt.

»Ich meine, sie hätte es doch nicht für sich behalten, wenn hier nachts blutdürstige Wilde ums Haus schleichen.«

»Sie hat ihm nicht geglaubt«, erklärte Heather widerwillig. »Eliza hat ihn ausgelacht und gesagt, er sollte nächstens besser seinen Rausch ausschlafen, bevor er sich wieder blicken ließe.«

»Ach so.« Mit einem abgrundtiefen Seufzer der Erleichterung lehnte Lady Chatwick sich zurück und nahm einen tiefen Schluck aus ihrem Glas. »Schätzchen, diese Schwarzen erzählen die tollsten Geschichten. Man muss nicht alles für bare Münze nehmen, was sie einem so auftischen.«

Dorothea erschien Lady Chatwicks Reaktion beinahe genauso befremdlich wie Heathers Geschichte. Robert war ihre Verwirrung nicht entgangen. »King George nennen wir den Häuptling des Stammes auf meinem Land«, erläuterte er. »Du wirst ihn sicher bald kennenlernen. Wenn er nicht gerade sinnlos betrunken ist, dann ist er ein ziemlich beeindruckender alter Herr.« Sein Gesicht wurde ernst, als er seine Tochter nachdenklich musterte. »Heather, man belauscht nicht die Gespräche anderer Leute! Das ist nicht nur ungezogen, es kommt auch zu Missverständnissen, weil man nur die Hälfte versteht.«

»Ich habe sehr wohl alles richtig verstanden«, beharrte Heather, aber ihre Unterlippe begann fast unmerklich zu zittern.

»Und dein ständiges Widersprechen ist auch nicht gerade wohlerzogen«, fuhr Robert ungerührt fort. »Ich bin überaus froh, dass Dorothy sich als deine neue Mutter bereit erklärt hat, dir Manieren beizubringen.«

Dorothea konnte nicht umhin, sich zu wundern, wieso ein Mann, den sie als feinfühlig eingeschätzt hatte, mit seiner Tochter derart ungeschickt umging. Die Situation war schon verfahren genug. Es war wirklich nicht nötig, noch Öl ins Feuer zu gießen. Heathers Feindseligkeit umgab sie wie eine düstere Wolke, als sie ihren Stuhl zurückstieß und mit kaum verständlicher Flüsterstimme erklärte: »Ich will keine neue Mutter! Ich hasse diese Deutsche. Warum konnten wir nicht so weiterleben wie bisher?« Wie ein Wirbelwind drehte sie sich um und rannte mit fliegenden Röcken davon.

»Heather«, schrie Robert ihr wütend hinterher. »Komm sofort zurück und entschuldige dich bei Dorothy!«

»Bitte, lass es gut sein«, sagte Dorothea, zum ersten Mal seit ihrer Ankunft sicher in ihrer neuen Rolle. Sie erinnerte sich nur zu gut an Lischens Zornausbrüche und wie ihre Mutter damit umgegangen war. »Sie ist so außer sich, dass es sinnlos ist, mit ihr vernünftig reden zu wollen. Ich werde morgen versuchen, zu ihr durchzudringen.«

Lady Chatwick betrachtete sie mit schräg gehaltenem Kopf, wodurch sie frappierend einer Eule ähnelte. »Du scheinst etwas von Kindern zu verstehen, meine Liebe«, stellte sie scharfsinnig fest. »Ich freue mich, dass du für Heather so viel Verständnis hast. Es wird ihr guttun, ihre Zeit mit dir zu verbringen. Ich altes, fettes Weib war einfach nicht die richtige Gesellschaft für ein dermaßen ungestümes Kind.«

»Du bist weder alt noch fett, und Heather liebt dich aufrichtig«, widersprach Robert vehement.

»Papperlapapp«, gab Lady Chatwick zurück. »Ich bin nicht blind, und hier gibt es genug Spiegel. Und ich bin auch nicht so blöde, dass ich nicht wüsste, dass Heather an mir vor allem schätzt, dass ich es gar nicht erst versuche, ihr etwas zu verbieten.« Sie seufzte leise auf. »Ich bin diesem Kind nicht gewachsen, bin es nie gewesen.«

Betrübt starrte sie auf die Tischdecke vor sich, als sähe sie dort die Bilder der Vergangenheit.

»Ich bin sicher, Heather hätte es nicht besser treffen können«, versuchte Dorothea, sie zu trösten. »Mein Vater meinte immer, Kindern sollten die Härten des Lebens so lange erspart bleiben, bis sie stark genug wären, sie zu ertragen.«

Lady Chatwick schmunzelte. »Ungewöhnliche Ansicht! Ich hätte deinen Vater gerne kennengelernt, meine Liebe. Aber jetzt lasse ich euch alleine. Sicher habt ihr noch eine Menge unter vier Augen zu besprechen.« Damit rauschte sie aus dem Esszimmer und zog energisch die Tür hinter sich zu.

Dorothea gewöhnte sich relativ schnell an den Tagesablauf in Eden-House. Er begann mit einem Frühstück, zu dem Robert Eier mit Schinken, Lady Chatwick Rosinenbrötchen mit Butter, Scones genannt, und Heather Toastschnitten mit Marmelade serviert wurden.

Nach kurzem Zögern entschied Dorothea sich ebenfalls für Toast. Das kam ihrem gewohnten deutschen Frühstück noch am nächsten.

Gegen Ende der Mahlzeit pflegte meist Sam »auf ein Tässchen« aufzutauchen und mit Robert »Kriegsrat zu halten«. Die Weiden und mehr noch die Hirten mussten in regelmäßigen Abständen kontrolliert werden, da Letztere zu Unzuverlässigkeit neigten. Das war kein Wunder, hatte Robert Dorothea erklärt: Die meisten von ihnen waren sehr einfache Männer, die in der Einsamkeit oft Trost im Branntwein suchten und wenig Verantwortungsbewusstsein für die ihnen anvertrauten Tiere verspürten. »Wenn sie nicht täglich damit rechnen müssen, dass jemand von uns vorbeikommt, würden sie den lieben, langen Tag mit ihren Schnapsvorräten unter einem Baum liegen und rauchen.«

Auch die Pferde und die noch recht überschaubare Herde Milchkühe erforderten auf ihren jeweiligen Weiden einiges an Aufmerksamkeit. Um die Kühe kümmerte sich der wortkarge Stallbursche John, ein rothaariger Ire, der sich mit den Tieren wohler fühlte als mit Menschen.

Sobald die Männer dann aufgebrochen waren, erschien Mrs. Perkins, um mit Dorothea die Hausarbeiten zu besprechen. Da Eden-House so abgeschieden lag, hatten sie ein spezielles Abkommen mit den Hahndorfern: Einmal wöchentlich traf man sich auf dem Mount Barker. Dort wurden die Wäschekörbe ausgetauscht und die Gemüsevorräte aufgefrischt. Dorothea hatte schon in Adelaide mitbekommen, dass englische Hausfrauen nicht selbst wuschen, sondern es vorzogen, die gesamte Wäsche außer Haus zu geben. Es war eine gute Verdienstmöglichkeit für die deutschen Frauen der Umgebung.

Zwar gab es einen kleinen Gemüsegarten hinter dem Haupthaus, aber Mrs. Perkins hatte sich entschieden geweigert, Kartoffeln anzubauen, und ihr gärtnerisches Geschick war leider nicht allzu groß. Es reichte für Salat, Gurken, Tomaten und unempfindliche Obstsorten; Melonen, Buschbohnen und Aprikosen beispielsweise überstiegen es jedoch deutlich.

Auf Roberts Rat hin hatte Dorothea sämtliche Menüpläne anstandslos akzeptiert, was zu einem angenehm entspannten Verhältnis zwischen der Köchin und ihr sicher beigetragen hatte. Waren diese Dinge erledigt, wartete das Schulzimmer. Am ersten Morgen hatte sie mit heftig klopfendem Herzen den hellen, freundlichen Raum betreten. Heather saß bereits an ihrem Pult. Kerzengerade aufgerichtet, die gestärkten Rüschen an ihrer Schürze gesträubt wie die Halskrause einer angriffslustigen Eidechse.

»Am besten zeigst du mir, was du bisher gemacht hast«, sagte Dorothea und erwartete insgeheim schon eine widerborstige Erwiderung. Zu ihrer Überraschung holte Heather ohne erkennbaren Widerwillen ihre Hefte aus dem Pult und reichte sie ihr. Recht schnell war Dorothea klar, dass eine Ausbildung des Mädchens bisher bestenfalls rudimentär stattgefunden hatte. Das wirre Gekrakel auf den Seiten war kaum zu entziffern, und die primitiven Additions- und Subtraktionsrechnungen im Stil von »1+4« oder »7-6« erschienen ihr ebenfalls nicht ganz angemessen. Genau konnte sie sich nicht mehr erinnern, aber sie war sich sicher, dass Lischen in Heathers Alter bereits deutlich weiter gewesen war.

»Wer hat dich unterrichtet?«, fragte sie so neutral wie möglich. »Dein Vater?«

»Der hat doch nie Zeit«, gab das Mädchen mürrisch zurück. »Tante Bella hat damit angefangen, aber zuletzt kam immer etwas dazwischen.« Lady Chatwick hatte ihr kurz zuvor unter vier Augen anvertraut, dass Heather es immer einzurichten gewusst hatte, dass sie vor dem Unterricht rasch noch etwas erledigen musste. Woraufhin sie verschwand und nicht wieder auftauchte.

Dorothea ging also nicht darauf ein, sondern sagte nur freundlich: »In Zukunft werde ich darauf achten, dass wir dein Unterrichtspensum auf jeden Fall irgendwie absolvieren. Ist deine Feder gespitzt? – Gut, dann lass uns mit ein paar Schreibübungen anfangen.«

Trotz fehlender Begeisterung erwies Heather sich als erstaunlich geschickt. Während sie von dem Vorlagebogen die Wörter kopierte, sah Dorothea sich im Schulzimmer genauer um. Robert hatte nur gemeint: »Es ist alles da, was du brauchen wirst. Und wenn nicht, lassen wir es eben kommen.« Das würde nicht nötig sein, denn die Ausstattung war mehr als üppig. Pastor Schumann hätte sich glücklich geschätzt, eine auch nur vergleichbare Sammlung an Lehrmaterialien in seiner Missionsschule zur Verfügung gehabt zu haben: Papier im Überfluss; eine ganze Schublade voller Federkiele und neumodische Bleistifte in bester Qualität; Aquarellfarben, die Karls Augen hätten strahlen lassen, und jede Menge Bücher. Dorothea schmunzelte, als sie die fünf unterschiedlichen Lesefibeln nebeneinander sah. Robert hatte offenbar unterschiedslos alles aufgekauft, was zu bekommen gewesen war. Für den Erdkundeunterricht gab es eine ganze Kartensammlung. Sie wählte eine der gerollten Landkarten mit der Aufschrift »Australien« und hängte sie an den Kartenständer. Heather sah von ihrer Schreibarbeit auf.

»Kann ich jetzt aufhören?«

»Bist du fertig?«

»Noch nicht, aber ich habe keine Lust mehr. Meine Hand tut weh«, maulte sie und verzog das Gesicht in einer schmerzlichen Grimasse.

»Das kommt daher, dass deine Finger noch nicht daran gewöhnt sind, den Kiel zu halten«, erklärte Dorothea. »Du wirst sehen: Es wird jeden Tag leichter werden.«

»Wieso muss ich überhaupt schreiben lernen? Sam kann auch nicht schreiben.«

»Schreiben können ist überaus hilfreich«, versuchte Dorothea das Mädchen zu überzeugen. Unvermittelt kam ihr Ian in den Sinn. Der Waisenjunge, der so erpicht darauf gewesen war, es zu lernen. Wo er jetzt wohl war? Wie mochte es ihm ergangen sein? Sie schob die Erinnerung an Ian beiseite und konzentrierte sich wieder darauf, das Interesse ihrer lustlosen Schülerin zu wecken. »Nicht nur für Einkaufslisten und Briefe. Wenn ich nicht hätte schreiben können, hätte ich nicht bei der Zeitung in Adelaide arbeiten können.«

»Du hast bei einer Zeitung gearbeitet?« Heathers Interesse war unzweifelhaft geweckt. »Ich dachte, das täten nur Männer.«

»Ich war auch die einzige weibliche Mitarbeiterin«, sagte Dorothea mit einem gewissen Stolz. »Und Mr. Stevenson nahm mich nur, weil wir Jane als Haustochter hatten, die Frau von Tim Burton. Kennst du ihn vielleicht? Er arbeitete für deinen Vater.«

»Ich glaube nicht. Eliza sagt, früher waren immer zu viel Fremde im Haus, aber ich kann mich nicht daran erinnern. Seit meine Mutter tot ist, kommt niemand mehr, um uns zu besuchen.« Auf einmal klang Heathers Stimme traurig. Sie sah so verloren aus, dass es Dorothea drängte, sie in den Arm zu nehmen. Spürte sie mit dem feinen Instinkt des Kindes, dass die gesellschaftliche Isolation, in der sie hier draußen lebten, nicht ganz freiwillig war? Sicher vermisste sie ihre Mutter schmerzlich. Da halfen auch die liebevolle Zuneigung von Lady Chatwick und Mrs. Perkins etwas handfestere Fürsorge wenig. Was sie bräuchte, waren Spielkameraden in ihrem Alter.

»Was bedeutet *Haustochter?*« Heathers Frage riss sie aus ihren Überlegungen.

»Das bedeutet, dass ein Mädchen – oder eine junge Frau«, berichtigte sie sich schnell und unterdrückte ein Lächeln, als sie sich an Janes zuweilen schockierende Ansichten erinnerte, »bei einer Familie lebt und dort Manieren und Haushaltsführung lernt.«

»Und wieso konnte diese Jane das nicht schon vorher?«

»Jane ist eine Kaurna«, erwiderte Dorothea schlicht.

Heather machte große Augen. »Eine Eingeborene?«

»Ja.«

»Warum wollte sie Manieren und Haushaltsführung lernen? Das ist doch Blödsinn!« Das Mädchen blies verächtlich die Luft aus.

»Mr. Burton hatte sich in sie verliebt und hatte sie gebeten, seine Frau zu werden«, brachte Dorothea die skandalöse Geschichte in eine für Kinderohren vertretbare Form.

»Und was hatte das damit zu tun, dass du bei der Zeitung gearbeitet hast?«, kam Heather auf den Ausgangspunkt der Geschichte zurück.

»Der *Register* brachte eine Reihe von Berichten über Janes Leben bei ihrem Stamm und über das bei uns zu Hause und über ihre Hochzeit. Da Jane lieber mit mir sprechen wollte als mit einem Mann, bekam ich den Auftrag.« In Dorotheas Stimme schwang immer noch der Stolz über diesen Coup mit. Heather betrachtete sie mit einem Anflug von Respekt. »Das war ganz schön clever von dir«, gab sie widerwillig zu. »War der Mann nicht sauer?«

»Ein bisschen.« Und er hat sich mehr als angemessen revanchiert, dachte Dorothea bitter.

»Aber du siehst: Wenn ich nicht hätte schreiben können, hätte ich nie und nimmer auch nur die kleinste Chance bekommen, bei einer Zeitung zu arbeiten«, kam sie auf die Quintessenz der

Geschichte zurück. »Also gib dir Mühe. Es lohnt sich. Und wenn du fertig bist, lese ich dir ein Kapitel aus der *Umseglung von Australien* von Kapitän Flinders vor.«

Das Buch hatte sie auf dem Regal entdeckt, und es interessierte sie selbst, wie der berühmte Kapitän zur See Matthew Flinders ihre neue Heimat vom Meer aus erkundet hatte. Auf der Karte, die sie vorhin aufgehängt hatte, waren die Küstenregionen relativ präzise wiedergegeben. Zum Landesinneren hin wurden die eingezeichneten Flüsse und Gebirge jedoch zunehmend ungenauer. In der Mitte des Kontinents prangte ein weißer Fleck. Entgegen den allgemeinen Vermutungen, dass sich dort ein riesiges Binnenmeer befinden müsste, hatte der Kartenhersteller auf Spekulationen verzichtet. Dorothea hatte hier und da von Plänen in Brisbane und Melbourne gehört, Forschungsexpeditionen in diese unbekannte Region zu entsenden.

Südaustralien verfügte nicht über die nötigen Mittel für aufwendige Erkundungen, aber immerhin wartete man in Adelaide mit Spannung auf die Rückkehr eines Mr. Eyre, der mit einer kleinen Gruppe auf eigene Faust in den Norden Südaustraliens aufgebrochen war.

Der erste Unterrichtstag verlief überraschend harmonisch. »Heather macht sich sehr gut«, konnte sie Robert mitteilen, als sie sich vor dem Lunch kurz in ihrem Ankleidezimmer trafen. »Sie ist klug.« Dorothea zögerte kurz, ehe sie fortfuhr: »Ich vermute, sie ist so ungebärdig, weil sie sich einsam und unglücklich fühlt. Es ist nicht gut für sie, dass es weit und breit keine Spielgefährten in ihrem Alter gibt.«

»Das ist nun einmal nicht zu ändern.« Roberts Stimme klang so schroff, dass sie es schon bereute, es überhaupt angesprochen zu haben. »Sie kann froh sein, dass du jetzt hier bist«, fügte er sanfter hinzu. »Und wenn sie erst Geschwister hat, wird sie sich auch nicht mehr allein fühlen.«

Dorothea fühlte, wie sie errötete. Sollte sie jetzt schon ihre ausbleibende Monatsblutung ansprechen? Ehe sie zu einem Entschluss gekommen war, küsste Robert sie auf die Nasenspitze und sagte: »Verzeih, Liebes. Wie undelikat von mir! – Was hältst du davon, wenn ich dir heute nach dem Lunch deine erste Reitstunde gebe? Ich habe Sam gebeten, die sanfteste Stute auszusuchen, die im Stall steht.«

Augenblicklich war jeder andere Gedanke wie weggeblasen. Zwar hatte Dorothea sich in ihren Tagträumen manchmal auf einem wunderschönen Pferd dahingaloppieren sehen – eine elegante Erscheinung in schwarzem Reitkleid und Hut mit Schleier –, aber in Wirklichkeit wurden ihr vor Angst die Hände feucht, wenn sie daran dachte, wie groß so ein Pferd war und wie hoch man dort oben auf seinem Rücken saß.

»Schon heute?«, brachte sie atemlos heraus. Robert lächelte. »Wenn man vor etwas Angst hat, muss man es so rasch wie möglich hinter sich bringen«, erinnerte er sie im Tonfall eines alten Lehrers. »Du wirst sehen: Es wird dir Spaß machen.«

Tatsächlich hätte sie sich am liebsten umgedreht und wäre davongerannt, als das Pferd, das Sam am Zügel hielt, bei jedem Schritt, den sie sich ihm näherte, weiter in die Höhe zu wachsen schien. Der Damensattel auf seinem Rücken sah nicht gerade vertrauenerweckend aus, und dass Claires Reitkostüm aus königsblauem Samt ein wenig zu eng saß, trug auch nicht gerade zu ihrem Wohlbefinden bei.

»Das ist Molly, Ma'am«, knurrte der Stallknecht. »Wenn es Pferdeengel gäbe, wäre sie einer. Auf ihr sind Sie so sicher wie in Abrahams Schoß.« Wie um seine Worte zu bestätigen, schnaubte die hellbraune Stute sanft und rieb ihre Nase an seiner Schulter.

»Komm, ich helfe dir«, sagte Robert und reichte ihr die Hand, während Dorothea mit klopfendem Herzen auf den Aufsteigebock kletterte. Nach seinen Anweisungen stellte sie den linken Fuß in den Steigbügel, schwang sich hinauf und hatte dann etwas zu kämpfen, bis es ihr gelang, unter all den Röcken ihr rechtes Knie um das Sattelhorn zu legen.

»Die äußere rechte Wade drückt gegen das Sattelblatt – das ist die Lederdecke hier –, die Zehen leicht nach unten. Das linke Bein bleibt fast ausgestreckt. Fertig?«

Sehr bequem war es nicht und sehr, sehr hoch. Ängstlich umklammerte sie mit beiden Händen den vorderen Sattelknauf. Nur zu gerne hätte sie ihren Mann gebeten, ihr wieder herunterzuhelfen. Aber vor den Ställen gaben nicht nur John und Gilbert vor, damit beschäftigt zu sein, Zaumzeug zu putzen und Sättel zu pflegen. Auch ihre Stieftochter hockte in wenig mädchenhafter Pose auf dem obersten Gatterbalken und betrachtete die Szene mit unverhohlener Schadenfreude.

Wenn sie jetzt feige aufgab, wäre ihr die bodenlose Verachtung des Mädchens sicher. Warum musste Claire auch ausgerechnet eine versierte Reiterin gewesen sein! Hätte sie sich nicht mit Aquarellmalerei, Klavierspiel oder anderen ungefährlichen Zeitvertreiben beschäftigen können?

»Sam wird Molly jetzt ganz langsam im Schritt führen«, kündigte Robert an. Es war ihm anzuhören, dass er sich das Lachen verbeißen musste. »Versuch, dich an die Bewegungen des Pferdes anzupassen. Ihr müsst eins werden miteinander.«

Robert hat gut reden, dachte Dorothea und presste leicht gereizt die Lippen aufeinander. Wenn sie wie er im Männersitz reiten könnte, würde sie sich auch nicht so unsicher fühlen. So hatte sie das Gefühl, bei jedem eventuellen Stolpern von Molly im hohen Bogen durch die Luft zu segeln. Im Lauf der ersten Stunde schaffte sie es tatsächlich, ein Anfangsgefühl für die Balance zu entwickeln, die es benötigte, um im Damensitz zu reiten. Allerdings wurden ihr noch nicht die Zügel ausgehändigt. »Nicht, dass du aus lauter Nervosität ihr empfindliches Maul malträtierst«, erklärte Robert wenig galant. »Für das erste Mal gar nicht so schlecht, nicht wahr, Sam?«

»Ma'am ist die geborene Reiterin«, erklärte Sam und spuckte einen kräftigen Strahl braunen Tabaksafts in Richtung eines neugierigen Kookaboorra auf einem der Gatterpfosten. Lautstark protestierend flatterte der Vogel davon. »Die Mistviecher sollen ein schlechtes Omen sein, sagt King George«, brummte er als Begründung.

Dorotheas erste Wochen in ihrem neuen Heim schienen geradezu zu verfliegen. Zwischen Heathers Unterrichtsstunden, dem Reitunterricht, angeregten Unterhaltungen mit Lady Chatwick und Haushaltsdingen fand sie kaum Zeit, einige Kleider aus der umfangreichen Garderobe Claires für sich zu ändern. Glücklicherweise war die Schneiderin so vorausschauend gewesen, für zukünftige Schwangerschaften reichlich Saumzugaben einzurechnen. Davon profitierte sie nun, denn Dorotheas Taille war um gut zwei Finger breiter, als es Claires gewesen war.

Im August nahm sie all ihren Mut zusammen und gestand Robert, dass ihre Monatsblutung ausgeblieben wäre. Arglos schrieb er ihre geröteten Wangen und den gesenkten Blick ihrer Schamhaftigkeit zu. Seine Freude über die Schwangerschaft war derart ehrlich und überschwänglich, dass Dorothea sich noch schäbiger fühlte als sonst. Aber sie hatte diesen Weg gewählt und musste ihn jetzt zu Ende gehen. Auch um des Kindes willen.

Lady Chatwick nickte mit der ganzen Erfahrung einer kinderlosen älteren Dame und erklärte, es schon seit geraumer Zeit vermutet zu haben. Schließlich sei ein gesunder Appetit immer ein deutlicher Hinweis auf diesen Zustand, nicht wahr?

Heather sagte gar nichts. Während der Schulstunden hatten die beiden zu einem Verhältnis gefunden, das zwischen Duldung und vorsichtiger Zuneigung pendelte. Deswegen hatte Dorothea gebeten, es Heather selbst mitteilen zu dürfen. »Würdest du dich über ein Geschwisterchen freuen?«, fragte Dorothea zur Einleitung und war dann doch überrascht über Heathers prompte Gegenfrage: »Du bekommst ein Baby?« So viel zu ihrem Vorhaben, ihrer Stieftochter die Neuigkeit behutsam beizubringen.

»Ja«, sagte sie also. »Freust du dich?«

Das Mädchen senkte den Blick auf die Schreibplatte vor sich und zuckte stumm mit den Schultern.

»Was wäre dir denn lieber: ein Brüderchen oder ein Schwesterchen?«, versuchte Dorothea, ihr eine Reaktion zu entlocken.

»Ist doch egal.« Das klang nicht gerade enthusiastisch.

»Vielleicht hast du recht«, sagte Dorothea im Versuch, verständnisvoll zu sein. »Als ich klein war, wünschte ich mir immer eine Schwester zum Spielen. Weißt du, ich hatte nur zwei Brüder, und die fanden Mädchenspiele immer albern. Aber Jungenspiele machten mir eigentlich genauso Spaß. Was ist eigentlich dein Lieblingsspiel?«

Vergeblich. Heather zuckte nur erneut mit den Schultern und nuschelte ein kaum verständliches »Weiß nicht«. Sie hatte sich in einen inneren Bereich zurückgezogen und die Türen zugeschlagen. Auf alle Fragen antwortete sie nur noch mit enervierender Einsilbigkeit. Nicht einmal Flinders Reisebericht, dem sie vorher mit unverfälschtem Vergnügen gelauscht hatte, riss sie aus ihrer Erstarrung. Schließlich gab Dorothea ihre Versuche auf.

Lady Chatwick, bei der sie nach der missglückten Unterredung Rat suchte, legte etwas widerstrebend ihren Roman beiseite. Vermutlich war sie gerade an einer besonders spannenden Stelle. Dennoch wartete sie höflich, bis Dorothea geendet hatte. »Ich würde mir nicht so viele Gedanken machen, Liebes«, riet sie ihr dann. »Heather ist zuweilen etwas seltsam. Das muss man nicht so ernst nehmen. Spätestens wenn das Baby da ist, wird sie sich schon damit abfinden.«

Das konnte man nur hoffen! Dorothea bezweifelte im Stillen, dass Lady Chatwick recht behielte. Da diese jedoch schon wieder nach ihrem Buch gegriffen hatte, murmelte sie einen Dank und zog die Türe leise hinter sich zu. Vielleicht machte sie sich ja wirklich zu viele Gedanken.

Dorothea schob die Sorge um den Gemütszustand ihrer Stieftochter beiseite und ging in Roberts Arbeitszimmer, um dort nach Briefpapier zu suchen. Claire schien keine eigene Korrespondenz geführt zu haben: In der Schublade ihres Sekretärs befanden sich außer einem eingetrockneten Tintenfass nichts als ein paar Modejournale, ein hellblaues Strumpfband und ein zerbrochener Schildpattkamm sowie zwei tote Käfer, die zwar auf rätselhafte Weise hinein-, jedoch nicht mehr hinausgefunden hatten.

Roberts Arbeitszimmer wurde dominiert von einem riesigen Schreibtisch. An der Wand dahinter hing eine Karte von Südaustralien, auf der die Routen der Viehtrecks, die Stammesgebiete sowie diverse Lokalitäten eingezeichnet waren. Bisher hatte sie sich noch nicht die Zeit genommen, sie näher zu studieren. Diese Karte war deutlich detaillierter als die im Schulzimmer. Sie zeigte allerdings auch nicht ganz Australien, sondern nur die Kolonie Südaustralien mit den angrenzenden Gebieten von Neu-Südwales. Neugierig trat sie näher. Robert hatte ihr erklärt, dass es für ein harmonisches Miteinander mit den ortsansässigen Eingeborenenstämmen äußerst wichtig sei, nicht unwissentlich heilige Plätze oder Begräbnisstätten zu entweihen.

Handelte es sich bei den markierten Punkten um solche Orte?

Einer, ganz in der Nähe, war ihr bekannter, als ihr lieb war. Er lag am Ufer des Murray River, und sie schüttelte sich immer noch bei der Erinnerung. Einige Tage nach ihrer Ankunft hatte Robert sie dem benachbarten Stamm vorstellen wollen und war mit ihr zum Lagerplatz gegangen. King George empfing sie so würdevoll, als trüge er nicht bloß einen Umhang aus Opossumfell, sondern mindestens die halbe Brust voll königlicher Orden. Mit vor Stolz geschwellter Brust führte er sie an das Feuer, um das die Männer des Stammes herumlungerten. Dorothea empfand die Blicke der Männer als unangenehm aufdringlich. Obwohl sie ihre Garderobe bewusst schlicht gewählt hatte, hingen ihre Augen so schamlos anzüglich an ihrem schwellenden Busen, dass sie instinktiv ihr Umschlagtuch fester zog. Nur zögernd machten sie ihr Platz, und es bedurfte eines strengen Befehls von King George, um einen finster blickenden Schwarzen dazu zu bewegen, seinen Sitz aus geflochtenen Grasmatten zu räumen.

Frauen und Kinder waren keine zu sehen. Erst nachdem Robert den Beutel Tabak verteilt hatte und alle damit beschäftigt waren, ihre provisorischen Pfeifen zu stopfen, kamen einige *picaninnies* mit den typischen Kugelbäuchen aus den Hütten und starrten die fremde weiße Frau an. Dorothea war froh, dass sie daran gedacht hatte, eine Schachtel von Mrs. Perkins' selbst gemachten Karamellbonbons mitzunehmen. Damit war das Eis im Nu gebrochen – vor allem, als die erwachsenen Männer sich nicht zu schade waren, ebenfalls nach den Süßigkeiten zu verlangen.

»Wo sind eigentlich die Frauen alle?«, fragte Dorothea schließlich leise ihren Mann, während die jüngeren Männer und die älteren Kinder sich lautstark um die letzten Bonbons balgten.

»Wahrscheinlich am Fluss. Muscheln sammeln«, gab er kurz zurück. Nur wenige Momente später waren Stimmen zu vernehmen, und die Frauen des Stammes, die *yammaru* bis zum Bersten gefüllt mit Muscheln, erschienen zwischen den Hütten.

King George bellte einen herrischen Befehl, worauf drei von ihnen sich aus der Gruppe lösten und näher traten.

»Meine Frauen«, sagte er mit unverhülltem Besitzerstolz. Dorothea konnte ihr Entsetzen kaum verbergen. Die Mädchen hätten seine Töchter, ja Enkelinnen sein können! Die Kleinste und

Schwächlichste von ihnen zitterte wie Espenlaub, ihre Zähne klapperten hörbar. Ihre dunkle Haut wirkte aschfarben vor Erschöpfung. Unter ihrer schweren Last wankte sie, stolperte, und mitsamt dem *yammaru* glitt auch ihr Opossumfellumhang von den Schultern. Für einen Augenblick stand sie nackt da, ehe sie sich hastig wieder bedeckte. Der Moment jedoch hatte ausgereicht, den Blick auf ihren entsetzlich entstellten Rücken freizugeben. Vom Nacken bis zur Taille verliefen die kaum vernarbten, noch immer grässlich geröteten und entzündeten Wunden, die ein perverses Muster bildeten: Schnitte von gut zwei Zentimetern Länge und mit einem Abstand von nur anderthalb Zentimetern überzogen in horizontalen Reihen den gesamten Rücken.

»Mein Gott, welcher unmenschlichen Bestie ist das arme Mädchen nur in die Hände gefallen?«, entfuhr es Dorothea. King George war ihre schockierte Reaktion nicht entgangen. Ärgerlich griff er nach seinem Speer, um damit das Mädchen wegzustoßen. Dabei bohrte sich die Spitze tief in den Oberschenkel. Ungerührt überhörte er den Schmerzensschrei, knurrte nur etwas Unfreundliches in Richtung seiner Frauen und sagte dann in schmeichlerischem Tonfall zu Robert: »Sie ist noch ganz frisch. Wenn du Gefallen an ihr findest, schicke ich sie dir hinüber. Ich will nur eine Flasche Branntwein dafür.«

Dorothea bekam kaum mit, dass Robert höflich ablehnte. Sie wollte nur noch weg hier. Dass King George, den sie bisher für einen harmlosen Säufer gehalten hatte, in Wirklichkeit so brutal und roh war, entsetzte sie zutiefst.

»Warum wurde dieses Mädchen so verstümmelt? Was hat sie getan, dass sie dermaßen grausam bestraft wurde? Diese Bestien!«

Robert fuhr ihr besänftigend über den Handrücken. »Bitte, mäßige dich. Nicht, dass sie sich beleidigt fühlen. Das war keine Bestrafung. Bei einigen Stämmen hier in der Gegend ist es üblich, dass die Mädchen, ehe sie verheiratet werden, ihren Rücken tätowieren lassen. Du kannst sicher sein: Niemand hat sie gezwungen.«

»Woher willst du das wissen?«

»Weil Moorhouse und ich darüber gesprochen haben. Er hat schon ein paar Mal eingegriffen und eine solche Operation gestoppt. Am lautesten haben dann die Betroffenen dagegen protestiert, weil sie diese Narben als Erhöhung ihrer Attraktivität sehen.«

»Das ist doch verrückt!«

Robert lächelte schwach. »Andere Länder, andere Sitten. Du kannst den Ngarrindjeri hier nicht vorschreiben, was sie schön zu finden haben. Ich persönlich finde die alltäglichen Misshandlungen schlimmer. Hast du die Narben an den Beinen der anderen Frauen gesehen? Die Männer behandeln sie schlimmer als Vieh. Beim geringsten Anlass schlagen sie sie mit ihren Waddies auf den Kopf oder stechen sie mit Speeren. Und nicht nur ein bisschen. Ich habe mich schon manches Mal geradezu geschämt, dem männlichen Geschlecht anzugehören.«

»Gibt es denn gar keine Zuneigung zwischen Mann und Frau?«, fragte Dorothea und dachte an Jane, die ihrem Tim so rührend zugetan war.

»Leider nein. Der einzige Grund für den Wunsch junger Männer nach einer Frau ist der, dass sie dann jemanden haben, der ihren Besitz schleppt, sich um Kleidung und Nahrung kümmert – kurz: ihr persönlicher Sklave ist. So wie die Männer eben, die ihre Frauen ins eiskalte Wasser zum Muscheltauchen schicken, während sie selber am Feuer hocken und es sich gut gehen lassen.«

»Kann man denn gar nichts unternehmen, um ihr Los zu verbessern?«

»Das ist schwierig. Moorhouse und die Missionare tun, was sie können. Aber es ist fast unmöglich, in kurzer Zeit etwas zu verändern, was seit Generationen so üblich gewesen ist«, gab Robert, vernünftig wie immer, zu bedenken. »Es dauert länger, eingefahrene Wege in den Köpfen zu beseitigen als Radfurchen auf einer alten Straße.«

Seit diesem Besuch hatte Dorothea es vermieden, auch nur in die Nähe des Lagers zu gehen. In ihrer Unwissenheit waren die Schwarzen an der Mission ihr harmlos erschienen. Doch je mehr sie über die Eingeborenen erfuhr, desto unheimlicher wurden sie ihr. Was, wenn so einer wie der finstere Jäger plötzlich zu der Überzeugung gelangte, eine weiße Frau sei auch nur eine Frau? Die lüsternen Blicke der Männer am Feuer waren unmissverständlich gewesen. Dorothea fröstelte plötzlich. Was, um Himmels willen, hatte Claire nur dazu bewogen, ihre Nähe zu suchen?

Robert hatte gesagt, das Briefpapier läge in der obersten Schublade, aber es gab zwei davon. Versuchsweise zog sie zuerst die linke auf. Neben einigen der gerade in Mode kommenden Stahlfedern samt Halter und einer Stange Siegellack lag ein Stapel Büttenpapier und obenauf ein paar mit krakeliger Handschrift bedeckte Briefbogen. Sie wollte sie schon achtlos beiseiteschieben, als sie innehielt. Etwas an der Schrift kam ihr sonderbar vertraut vor.

Man las keine fremden Briefe. Dennoch konnte sie nicht anders; als zwinge sie etwas außerhalb ihres Bewusstseins, verschlangen ihre Augen die letzten Zeilen des Schreibens auf der Suche nach einem Namen. Und da stand er: »Dein Ian.«

Mit einem hörbaren Plumps ließ sie sich auf den Schreibtischstuhl nieder. War das möglich?

Sicher gab es auch noch andere Männer gleichen Namens. Es musste nicht der Junge vom Schiff sein, an den sie jetzt nahezu täglich dachte: immer dann, wenn sie heimlich hinter den Stallungen mit dem Wurfmesser übte. Der Kampf mit ihrem Gewissen währte nur kurz. Mit klopfendem Herzen holte sie die Bogen aus der Schublade, suchte nach dem Anfang, und dann gab es kein Halten mehr.

Mein lieber Robert,

sicher wartest Du schon länger auf ein Lebenszeichen von mir.
Ich hoffe, dass Deine Brautschau Dich gebührend in Anspruch
nimmt, um nicht auf Ablenkung durch ein armseliges Schreiben
meinerseits zu warten. Jedenfalls wünsche ich Dir alles Glück die-
ser Welt. Niemand hat es mehr verdient als Du.
Der letzte Treck nach Adelaide war die Hölle. Du hast sicher da-
von gehört. Robinson hatte Gouverneur Grey dringend um Geleit-
schutz gebeten, und wie nötig der gewesen wäre, durften wir am
26. August erleben.
Schon nachts war das Vieh merkwürdig unruhig. Wir auch, denn
wir wussten nur zu gut, dass wir mitten im Gebiet der Maraura
waren, die im Mai erst vier von unseren besten Leuten ermor-
det hatten. Und tatsächlich: Im Morgengrauen ertönte dieses ner-
venzermürbende Hu-ih, hu-ih aus mindestens fünfzig schwar-
zen Kehlen. Ein Anblick, den ich nie vergessen werde: ein Haufen
Wilder, die Körper bemalt in dieser scheußlichen Art, dass man
denken könnte, es mit Totengerippen zu tun zu haben. Mit den
Federputzen auf den Köpfen und an Armen und Beinen hätte es
komisch gewirkt wie ein palti, *aber es war bitterernst.*
Ununterbrochen dies infernalische Geheul ausstoßend, stürzten
sie auf unseren Lagerplatz zu und versuchten, uns zu überrennen.
Wir waren nur zu sechst, aber wir schossen, was das Zeug hielt,
und tatsächlich gelang es einem von uns, den Häuptling zu erwi-
schen. Wir vermuten jedenfalls, dass er es war, denn kaum sank er
getroffen zu Boden, flohen die anderen wie ein Mann. Wir töteten
fünf, und sicher haben wir auch noch ein paar verwundet.
Du hast mir ja gesagt, man soll sie nicht verscharren, sondern lie-
gen lassen, damit ihre Angehörigen sie holen und nach ihren Sit-
ten bestatten können. Das taten wir und versuchten, so rasch wie
möglich weiterzukommen, ehe sie sich zu einem neuen Angriff
sammeln konnten.

Einen halben Tagesritt weiter trafen wir dann endlich auf Major O'Halloran und seine Leute. Auch der gute Moorhouse war dabei und ziemlich bestürzt, als wir von den Toten berichteten. Hätte er sich etwas mehr beeilt!

Trotz allem war es gut, dass wir eskortiert wurden, denn sie griffen tatsächlich noch einmal an. An der Furt, Du weißt: die mit den alten Akazien, versuchten sie, uns zu umzingeln und ins Wasser zu treiben. Da hätten sie den Vorteil gehabt, dass wir auf den Pferden nicht so beweglich waren wie sie. Und sie können tauchen wie die Otter!

Es gab ein teuflisches Hin und Her! Die Kerle hätten es fast geschafft, den alten Tom von seinem Pferd und unter Wasser zu ziehen. Wenn ich nicht in letzter Minute einem von ihnen mein Messer in die Brust geworfen hätte, wäre es um den alten Burschen geschehen gewesen.

Ich denke nicht, dass sie bei der Untersuchung Moorhouse einen Vorwurf machen werden, dass er bei diesem Durcheinander den Überblick verlor und O'Halloran freie Hand gab. Du kannst Dir denken, dass der sich das nicht zweimal sagen ließ! Schließlich hat er seit seinem unrühmlichen Ausritt im Mai zähneknirschend darauf gewartet, es den Maraura heimzuzahlen. Endlich kam er zum Schuss, und das nutzte er gründlich! Dreißig tote Maraura, wie viele Verwundete, weiß kein Mensch.

Eine üble Geschichte.

Es wird Dich freuen zu hören, dass ich keine Verletzung abbekommen habe. Nur zwei von uns haben Speerwunden davongetragen, aber keine schweren. Und das Wichtigste: Kein Stück Vieh ist uns abhandengekommen. Du wirst also alle Tiere bekommen können, die Du bestellt hast. Es wird nur ein wenig dauern, weil ich vorher noch nach Gawlertown und Onkaparinga liefern muss.

Ich freue mich von Herzen darauf, Dich wiederzusehen, und
hoffe, dann auch Deiner Braut meine Aufwartung machen zu
können. Bis dahin verbleibe ich mit den besten Grüßen
Dein Ian

Dorothea ließ den Brief sinken und starrte vor sich hin, ohne etwas wahrzunehmen. Was für ein Zufall! Sie hatte schon gar nicht mehr damit gerechnet, Ian jemals wieder zu treffen. Und er hatte angekündigt, Robert besuchen zu wollen! Ob er sich sehr verändert hatte? Der Ton des Schreibens klang ausgesprochen zielbewusst und selbstsicher. Aber hatte Ian nicht schon auf dem Schiff ganz genau gewusst, was er wollte? Und wie er es bekam?

Damals waren sie fast noch Kinder gewesen, doch seine Zielstrebigkeit war schon da bewundernswert gewesen. Er hatte sich vorgenommen, lesen und schreiben zu lernen, und er hatte es gelernt. In Gedanken saß sie wieder mit ihm auf dem zugigen Deck hinter der Back und sah ihm zu, wie er konzentriert die Buchstaben nachmalte. Sicher hatte er sich alles andere notwendige und nützliche Wissen genauso angeeignet. Ob sie ihn wohl wiedererkennen würde? Und er sie?

Inzwischen war sie eine verheiratete Frau. Eine verheiratete Frau in guter Hoffnung. Ihre Gedanken und Erinnerungen wirbelten wild durcheinander. Fast hätte sie darüber vergessen, wozu sie Roberts Arbeitszimmer ursprünglich betreten hatte. Erst als sie die Schublade schon wieder zugeschoben hatte, fiel ihr ein, dass sie ursprünglich Papier für einen Brief an ihre Mutter gesucht hatte.

Robert war es, der vorgeschlagen hatte, ihr zu schreiben und sie von der Schwangerschaft in Kenntnis zu setzen. Er konnte ja nicht ahnen, dass sie es längst wusste. Dorothea nahm vorsichtig eine der spitzen Stahlfedern in die Hand und prüfte sie auf dem Daumenballen. Angeblich sollte man mit ihnen sehr viel eleganter schreiben können als mit den gewohnten Gänsekielen. Sie waren sündhaft teuer und deswegen weder in der Missionsschule noch beim *Register* in Gebrauch gewesen. Robert hätte sicher nichts dagegen, wenn sie eine davon ausprobierte. Vorsichtig, um das kostspielige Gerät nicht aus Ungeschick zu beschädigen, steckte sie sie auf den Federhalter aus poliertem Horn, tauchte sie in das Tintenfass und begann.

Liebe Mama,
ich hoffe, Ihr seid alle wohlauf. Mir geht es wunderbar. Ich weiß
wirklich nicht, wieso man sagt, dass man sich kränklich fühlen
soll, wenn man guter Hoffnung ist.
Leider kann ich Euch nicht besuchen kommen, wie ich es gerne
getan hätte, denn Robert ist überaus besorgt um mich und meinen
Zustand. Sogar das Reiten hat er mir verboten, was sehr ärgerlich
ist, denn es fing gerade an, mir Spaß zu machen.
Sonst bin ich sehr glücklich hier auf Eden-House. Alle sind ganz
reizend zu mir. Ich habe meinen Entschluss noch keine Sekunde
lang bereut, obwohl ich Euch natürlich alle sehr vermisse und oft
an Euch denke.

Dorothea hielt unschlüssig inne. Sollte sie ihrer Mutter von Heathers seltsamem Verhalten berichten? Ihr Rat wäre sicher hilfreicher als der von Lady Chatwick. Nein, entschied sie dann jedoch nach kurzem Überlegen. Es würde sie nur beunruhigen. Ihre Stieftochter war ein Problem, mit dem sie selbst zurechtkommen musste. Also schrieb sie:

Aber Robert hat mir versprochen, dass wir einige Zeit in Adelai-
de verbringen werden, sobald das Kind da ist. Dann werden wir
uns fast so oft sehen wie früher. Darauf freue ich mich jetzt schon,
obwohl es noch so lange hin ist. Nicht, dass Du denkst, ich lang-
weilte mich …

Mit diesen Worten stürzte sie sich in eine Beschreibung ihres Tagesablaufs, um ihre Familie an ihrem jetzigen Leben teilhaben zu lassen. Sicher würde ihre Mutter den Geschwistern den Brief am Esstisch vorlesen, wie sie es mit den Briefen ihres Vaters immer getan hatte. Während des Schreibens musste sie immer wieder lächeln, wenn sie sich Augusts Kommentare zur Schilderung ihrer ersten Reitstunde vorstellte oder Lischens kugelrunde Augen bei der Aufzählung all der Kuchen und Süßspeisen, die Mrs. Perkins regelmäßig auftischte, oder Karls Begeisterung, wenn er die Abendstimmung am Murray River sehen könnte, die selbst in ihr den Wunsch auslöste, malen zu können.

Ihre Familie fehlte ihr mehr, als sie gedacht hatte. In entsprechend trüber Stimmung sah sie auf, als Robert eintrat. »Was ist los?«, fragte er sofort. »Ist es wegen Heather? Tante Arabella hat so etwas angedeutet, dass sie sich wieder in eine ihrer Stimmungen hineingesteigert hätte.«

»Ach, das wird schon wieder vorbeigehen«, sagte Dorothea. »Nein, ich bin nur etwas müde. – Würdest du den Brief morgen nach Adelaide mitnehmen?«

»Natürlich.« Er trat neben sie und beugte sich herab, um sie auf den Scheitel zu küssen. »Hast du irgendwelche speziellen Wünsche, vielleicht, was die Babyausstattung betrifft? Etwas, womit die brave Mrs. Dietrich überfordert wäre?«

»Ach, Robert!« Dorothea schüttelte den Kopf. Frau Dietrich, die Hahndorfer Näherin, wäre über solche Zweifel an ihrer Kompetenz sicher höchst entrüstet gewesen. »Es sind doch noch Monate hin. Wenn man dich so hört, könnte man meinen, die Geburt stünde unmittelbar bevor. Du bist aufgeregter als ich!«

»Du hast recht«, gab er leicht verlegen zu. »Ich habe mir immer eine große Familie gewünscht. Aber Claire …« Er sprach nicht weiter. Dorothea schmiegte die Wange an seine Hand auf ihrer Schulter, um ihn nicht ansehen zu müssen. »Ich möchte dich in ein paar Jahren hören, wenn unsere Kinder dir keine ruhige Minute mehr lassen«, neckte sie ihn. »Dann werde ich dich daran erinnern, dass es dein ausdrücklicher Wunsch war.«

»Liebling, ich weiß wirklich nicht, womit ich eine Frau wie dich verdient habe«, murmelte Robert und zog sie hoch, um sie fest in die Arme zu schließen.

Roberts Geschäfte erforderten in regelmäßigen Abständen seine Anwesenheit in der Stadt; Anfang September war es wieder so weit. Die alljährliche Schafschur stand bevor. Ein wichtiger, nein, der wichtigste Termin des Jahres für einen Züchter von Merinoschafen. Ihre Wolle war in den englischen Spinnereien hoch begehrt und wurde gut bezahlt. Merinos waren nicht zum Essen da, wie Dorothea inzwischen gelernt hatte, sondern allein wegen ihrer besonders feinen Wolle. Die war so besonders, dass Spanien über Jahrhunderte zur Aufrechterhaltung seines Monopols die Ausfuhr lebender Tiere zu verhindern gewusst hatte. Der Grundstock von Roberts Herde stammte allerdings aus Sachsen, wo Merinos erfolgreich mit einheimischen Rassen gekreuzt worden waren und den Ruhm sächsischer Wolle begründet hatten.

»Ich möchte mir die Scherer noch aussuchen können«, erklärte er Dorothea. »Die besten sind sonst schon weg.«

»Ist es wirklich so wichtig, wer denn nun die Schafe schert? Es scheint mir keine sehr anspruchsvolle Tätigkeit zu sein.«

»Da täuschst du dich gewaltig«, erwiderte Robert und löste sein Halstuch. »Ein ungeschickter Scherer kann die Tiere übel verletzen. Das bedeutet hohe Verluste, sobald die Fliegenschwärme im Sommer über die Herden herfallen.« Er legte das zerknüllte Musselintuch sorgsam über die Stuhllehne und bückte sich nach dem Stiefelknecht. »Deshalb lege ich großen Wert darauf, die deutschen Mädchen zu engagieren. Sie sind nicht die schnellsten – mehr als dreißig Tiere pro Tag schaffen sie nicht –, aber sie fügen ihnen dabei keinen einzigen Kratzer zu.« Er lachte leise. »Es sieht ziemlich komisch aus, wenn sie so dasitzen mit ihren bloßen Füßen und dem Seil, das sie um den großen Zeh gebunden haben, mit dem sie die Hinterbeine der Tiere ruhig halten. Aber die Methode ist höchst effektiv.«

»Kann ich dabei einmal zusehen?« Dorothea schien es interessant genug, um einen Bericht darüber zu schreiben. Wer in der Stadt wusste schon von solchen Dingen? Robert stieg leise ächzend aus dem ersten Stiefel. »Natürlich. Nächstes Jahr. – Vorausgesetzt, dass du dann in der richtigen Verfassung bist«, schränkte er ein.

Dorothea verzog das Gesicht, enthielt sich jedoch einer Erwiderung. Es hatte unbestreitbar Vorzüge, in Watte gepackt zu werden. Ihrer Ansicht nach machte das die Nachteile der übertriebenen Fürsorge aber nicht wett. Manchmal fühlte sie sich schon wie ein Kanarienvogel: verhätschelt, geliebt und doch nie frei zu tun, was ihr beliebte.

»Ich werde so schnell wie möglich zurückkommen«, sagte ihr Mann aufmunternd und trat auf sie zu, um sie liebevoll zu umarmen. »Es sind doch nur ein paar Tage.«

»Warum kann ich nicht mitkommen? Ein wenig durchgerüttelt zu werden wird mir schon nicht schaden.« Dorothea hörte selbst, dass ihre Stimme klang wie die eines quengelnden Kleinkinds. Sie konnte nichts daran ändern. Und im Augenblick wollte sie das auch nicht.

Ihr Mann seufzte leise und drückte einen Kuss auf ihren Scheitel. »Liebes, das haben wir doch wieder und wieder besprochen: Es ist unser erstes Kind. Ich will und kann nicht das geringste Risiko eingehen. Tante Arabella kannte eine Frau, die ist nur mit der Kutsche zur Kirche gefahren, und das hat schon ausgereicht, eine Fehlgeburt auszulösen.«

Dorothea biss die Zähne zusammen, um eine sarkastische Bemerkung über Lady Chatwicks Kompetenz in Sachen Schwangerschaft zurückzuhalten. Ihrer Einschätzung nach neigte die Dame ein wenig zu sehr zum Dramatisieren, was vermutlich auf die blutrünstige Lektüre zurückzuführen war, die sie so schätzte. Aber Robert das klarzumachen würde sich als vergebliche Liebesmüh herausstellen. Also winkte sie ihm am nächsten Morgen ein wenig neidisch hinterher. Männer hatten es gut: Sie konnten jederzeit beschließen, hierhin und dorthin zu reiten. Keine typisch weiblichen Befindlichkeiten behinderten sie in ihren Plänen. Kein Wunder, dass Heather die Welt der Rüschen und gestärkten Hauben so vehement ablehnte! Wurden ihr doch täglich die Einschränkungen des weiblichen Geschlechts vor Augen geführt: ihre Tante, die völlig davon abhängig war, dass jemand sie kutschierte; Mrs. Perkins, die sich erstaunlicherweise ebenfalls weigerte, auch nur die Zügel in die Hand zu nehmen, und sie, die neue Stiefmutter, die noch nicht einmal mitfahren durfte, weil ihr Zustand »zu delikat« war.

Als sie etwas Entsprechendes Lady Chatwick gegenüber äußerte, meinte die jedoch: »Liebes, das ist doch Unsinn! Wenn ich wollte, könnte ich jederzeit Sam bitten, anzuspannen und mich irgendwohin zu kutschieren. Das Gleiche gilt für Mrs. Perkins und für Heather, sobald sie alt genug sein wird. Bei dir ist es etwas anderes. Das kannst du nicht vergleichen. Wieso sollte das Kind auf dermaßen seltsame Gedanken kommen?« Lady Chatwick war so offensichtlich zufrieden mit der Welt, wie sie war, dass Dorothea darauf verzichtete, das Thema weiter zu verfolgen, und sie dem wohligen Grusel ihrer augenblicklichen Schauergeschichte überließ. Wenigstens hatte sie genug Umsicht, Heather damit zu verschonen! Nicht auszudenken, was das in ihrem kindlichen Kopf anrichten konnte.

Dorothea hatte dem Angebot, eines der Bücher zu lesen, nicht widerstehen können. Und es überlief sie immer noch eiskalt, wenn sie an die Geschichte der eisernen Jungfrau oder den neben der Leiche seiner Mutter lebendig begrabenen jungen Mann dachte. Entsprechend panisch reagierte sie mit einem Entsetzensschrei, als sie mitten in der Nacht von einer kleinen, kalten Hand an der Schulter geweckt wurde. Sie fuhr auf und rang nach Atem, während ihr wie rasend schlagendes Herz sich beim Anblick ihrer Stieftochter langsam wieder beruhigte.

Ihr erster Impuls, das Kind scharf anzufahren, weil es sie so erschreckt hatte, verschwand sofort, als sie in das totenblasse Gesicht sah. Wenn Heather sich ausgerechnet an sie um Hilfe wandte, musste es ihr bitterernst sein. »Was ist los, Heather? Fühlst du dich krank?«, gelang es ihr schließlich einigermaßen ruhig zu fragen, während sie schon die Hand ausstreckte, um zu fühlen, ob das Kind fieberte.

Heather schüttelte entschieden den Kopf. »Ich bin nicht krank.« Ihre Augen blickten klar und ernst. Sie wirkte absolut gesund. Dorothea spürte Ärger in sich aufsteigen. Was sollte das?

»Würdest du mir dann erklären, wieso du hier mitten in der Nacht an meinem Bett stehst?«, fragte sie, und der Unmut, den sie empfand, klang dabei deutlich durch.

Heather erschauerte und umschlang die schmalen Schultern mit den Armen. »Ich habe den bösen Mann gesehen«, flüsterte sie mit vor Schreck immer noch ganz großen Augen.

Ein Albtraum!

Fast erleichtert hob Dorothea die Bettdecke an. »Du hast schlecht geträumt. Komm, du kannst heute Nacht hier schlafen, und morgen bei Tageslicht ist alles vergessen.«

Heather kniff die Lippen zusammen. »Ich habe nicht geträumt. Ich habe den bösen Mann wirklich gesehen«, beharrte sie und blieb stocksteif stehen.

»Unter deinem Bett?«

Die prompte Antwort war ein verächtliches Schnauben. »Du glaubst mir ja doch nicht!«

»Also gut, lass uns nachsehen, was dich so erschreckt hat«, entschied Dorothea und schlüpfte, nicht allzu begeistert davon, ihr warmes Bett zu verlassen, in ihre Pantoffeln. Die Nächte im September waren noch ausgesprochen frisch, auch wenn die Akazienknospen bereits dick und prall waren. Es war aber wohl das Zweckmäßigste, dem Kind zu zeigen, dass es diesen bösen Mann nicht gab, vor dem es sich so fürchtete. »Wir gehen jetzt zuerst in dein Zimmer, und du ziehst dir Schuhe an«, sagte sie streng, wobei sie den Gürtel ihres wattierten Morgenmantels zuband. »Und dann führst du mich dorthin, wo du ihn gesehen hast.«

Heathers Zimmer lag nach Süden hinaus, und während Dorothea darauf wartete, dass das Mädchen seine Samtslipper und ein Bettjäckchen anzog, ließ sie ihren Blick über die vom Mondschein erhellte Ebene bis zum Murray River schweifen. Einige der einzeln stehenden Bäume und Büsche warfen bizarr geformte Schatten, die man bei oberflächlicher Betrachtung durchaus mit dem Schatten eines Menschen verwechseln konnte. Wahrscheinlich hatte Heather im Halbschlaf aus dem Fenster gesehen, und ein solcher Schattenriss hatte sie genarrt.

»Fertig?«

»Willst du wirklich nach draußen gehen? Was ist, wenn er uns auflauert?« Heather schielte ängstlich aus dem Fenster.

»Sei nicht albern. Selbst wenn sich dort draußen jemand herumgetrieben haben sollte, ist er inzwischen sicher wieder verschwunden. Mrs. Perkins' Vorratskammer ist so fest verschlossen wie die Kronjuwelen im Tower.«

Bei dem unpassenden Vergleich musste Heather kichern. Der Bann war für einen Moment gebrochen. Dann wurde sie wieder ernst. »Er war nicht bei der Vorratskammer. Er war bei der Latrine.« Mit dem Zeigefinger wies sie auf das Gebüsch bei dem Holzhäuschen, dessen Zweige sich in der nächtlichen Brise tatsächlich wie lebende Wesen zu bewegen schienen.

»Dort drüben. Er hat genau zu mir hochgesehen«, flüsterte Heather kaum hörbar. »Ich habe mich hinter der Gardine versteckt, und da hat er gelacht. So …« Sie imitierte erstaunlich treffend ein höhnisches Grinsen. »Und dann hat er ein kleines Tier hochgehalten und ihm zuerst den Kopf und danach die Beine ausgerissen.«

Jetzt wurde es Dorothea doch mulmig zumute. Heathers Erzählungen klangen so erschreckend real. Sie musste schlucken, ehe sie bemüht leichtfertig sagte: »Das hört sich ja fast wie eine von Tante Arabellas Geschichten an. Bist du sicher, dass er das arme Tier wirklich getötet hat? Konntest du sehen, was es für eines war?«

Heather schüttelte nur den Kopf.

»Dann sollten wir schleunigst nachsehen, was da vor sich gegangen ist.« Dorotheas vorherrschender Gedanke, sich vor ihrer Stieftochter nur ja keine Blöße zu geben, ließ sie mutiger handeln, als es sonst der Fall gewesen wäre. Der Vollmond schien so hell, dass sie gut auf Kerzen verzichten konnten. Als sie die Hintertür öffnete, schrie ein Vogel. Schrill wie in Todesangst. Heather drängte sich dicht an sie und flüsterte: »Wollen wir nicht doch lieber Sam wecken?«

»Sam braucht seinen Schlaf«, flüsterte Dorothea automatisch zurück. »Ich sehe nichts Ungewöhnliches bei der Latrine.« Tatsächlich gab es nicht das geringste sichtbare Anzeichen dafür, dass sich hier ein solch blutrünstiges Geschehen wie das von dem Mädchen beschriebene abgespielt hatte. »Sieh selbst, hier ist nichts.« Beinahe mit Gewalt zerrte sie das widerstrebende Kind hinter sich her, um ihm zu demonstrieren, wie normal alles war. Kein zerfetzter Tierkadaver, keine Blutlache.

Die innerliche Anspannung wich Erleichterung und einer Art Triumphgefühl. Sie hatte sich von Heather nicht ins Bockshorn jagen lassen! Also war die Geschichte mit dem bösen schwarzen Mann wirklich nichts als ein Trick, um Aufmerksamkeit zu erregen, wie sie insgeheim schon vermutet hatte. »Und hier ist auch nichts!« Entschlossen, diese Farce ein für alle Mal zu beenden, griff sie nach der Latrinentür und riss sie auf.

Da ihr Blick dabei fest auf Heathers Gesicht geheftet war, sah sie nicht, was diese sah. Das Gesicht der Kleinen schien urplötzlich zu einer Grimasse des Grauens zu zerfließen. Ihre aufgerissenen Augen starrten wie gebannt auf etwas im Inneren der Latrine, ihre freie Hand presste sie in einer verzweifelten Geste auf den Mund.

Wie der Kopf einer Marionette, gezogen von unsichtbaren Fäden, schwang auch Dorotheas herum. Im ersten Augenblick erkannte sie nicht, was da auf den Brettern vor dem Latrinensitz lag. Es war eine seltsame Form. Nein, eher verschiedene Formen. Und sie lagen in einem dunklen Fleck, der auf dem hellen Holz gut auszumachen war. War das etwa Blut?

Ihr Griff um Heathers Hand lockerte sich, und die ergriff die Gelegenheit, sich loszureißen. Wie ein verschrecktes Tier flüchtete sie ins Haus und warf die Tür hinter sich zu. Mit einem deutlich hörbaren Klacken wurde der Riegel vorgeschoben.

Na fein! Jetzt durfte sie auch noch Mrs. Perkins wecken, um sie wieder ins Haus zu lassen! Dorothea presste verärgert die Lippen aufeinander, ohne den Blick von dem sonderbaren Häufchen zu nehmen. Was daran hatte Heather so verstört? Sie konnte nicht einmal erkennen, worum es sich handelte. Es erinnerte an …

Blitzartig brach die Erkenntnis über sie herein: Es war das kleine Tier, von dem Heather gesprochen hatte. Sie versuchte, die Übelkeit zu ignorieren, die in ihr aufstieg, brach einen Ast ab und schob damit die Teile so weit aus der Blutlache, bis sie Einzelheiten erkennen konnte. Es handelte sich tatsächlich um ein Wallaby. Ein noch nahezu nacktes Jungtier. Der abgetrennte Kopf mit den geschlossenen Augenlidern rollte ein paar Zentimeter beiseite. Jetzt erkannte sie die bleistiftdünnen Gliedmaßen, die wie zerbrochene Stöckchen daneben verstreut lagen.

Mein Gott, wer tat so etwas? So etwas konnte nur die Tat eines Verrückten sein!

Fast gleichzeitig schoss ihr der zweite Gedanke durch den Kopf: War er noch in der Nähe?

Starr vor Angst versuchte sie, in den unruhigen Schatten etwas zu erkennen, lauschte mit angespannten Sinnen auf jedes Rascheln in der Nähe. Es war kein Geräusch, das sie warnte, sondern ein Geruch. Plötzlich war da dieser Gestank. Ranzig und streng. Er ähnelte nichts Bekanntem.

Sie wirbelte herum, um zum Haus zu rennen und dort an die Tür zu hämmern. Und da stand er. Unbeweglich wie eine Statue versperrte er ihr den Rückweg. Unwillkürlich wich Dorothea zurück, bis sie mit dem Rücken an die raue Holzwand der Latrine stieß.

Es war ein hochgewachsener Schwarzer. Um nicht zu sagen: riesig. Gesicht und Körper waren vollkommen mit Mustern aus weißem Ocker bedeckt, die im fahlen Mondlicht schimmerten und an ein Skelett erinnerten. Aus dunklen Augenhöhlen fixierte er sie, während aus seinem weiß umrandeten Mund gutturale Töne drangen, eine Art Beschwörung.

Schritt für Schritt kam er auf sie zu, in einer seltsam tänzelnden Bewegung wie eine Schlange, die sich ihrer Beute nähert. Genauso gelähmt wie das Kaninchen sah Dorothea ihm entgegen. Sie brachte einfach nicht die Kraft auf, ihren Blick von seinem zu lösen und den Zauber zu brechen.

Erst als er schon sein Waddy hob, um zuzuschlagen, gewann ihr Überlebenswille die Oberhand. Mit einem Schrei der Verzweiflung warf sie sich herum und tauchte in die schützenden Schatten des Unterholzes. Ohne darauf zu achten, dass die Dornen und Ranken ihr Gesicht und Hände zerkratzten, den schützenden Morgenmantel zerfetzten, hetzte sie voran, jeden Moment in Erwartung des tödlichen Schlags. Ihre panische Flucht folgte keinem Plan. Deshalb hatte sie nicht die geringste Ahnung, wo sie sich befand, als sie endlich völlig außer Atem in einem hohlen Red Gum Tree zu Boden sank.

Sie war so erschöpft, dass sie einfach nicht mehr weiter konnte. Hektisch tastete sie den Boden nach etwas ab, womit sie sich verteidigen könnte. Wenn sie nur daran gedacht hätte, das Wurfmesser mitzunehmen! Inzwischen war sie wieder so gut wie damals auf dem Schiff. Auf zwanzig Schritt traf sie mit einer Genauigkeit, die vollkommen ausgereicht hätte, die Halsschlagader ihres Verfolgers zu durchtrennen.

Sie musste etwas anderes finden. Einen Stein, einen dicken Ast, irgendetwas. In demselben Moment, in dem ihre Finger etwas Hartes, Spitzes berührten, durchzuckte sie ohne Vorwarnung ein scharfer Schmerz. Als ob ein Messer in ihre Eingeweide gestoßen würde.

Die Empfindung war so überwältigend, dass sie unwillkürlich einen spitzen Schrei ausstieß und sich zusammenkrümmte. Es fühlte sich ganz anders an als alles, was sie kannte. Das Messer bohrte sich durch ihren Unterleib, so heftig, dass sie vor Schmerzen fast ohnmächtig wurde. Hatte er sie etwa verletzt, ohne dass sie es vorher gespürt hatte?

Schweißperlen sammelten sich auf ihrer Stirn und Oberlippe, und sie schmeckte Galle. Es kostete sie geradezu übermenschliche Selbstbeherrschung, still und bewegungslos zu verharren. Dorothea grub die Zähne in die Unterlippe, bis der metallische Geschmack von Blut den der Galle übertönte. Sie durfte keinen weiteren Laut von sich geben! Vielleicht war sie auch so verloren, weil der eine Schrei ausgereicht hatte, ihm ihr Versteck zu verraten. Sie klammerte sich jedoch an die winzige Hoffnung, dass er ihn nicht gehört hatte und im Dunkeln nicht so gut Spuren lesen konnte wie bei Tageslicht.

Plötzlich ließ der nahezu unerträgliche Schmerz nach, als hätte jemand das Messer wieder herausgezogen. Gleich darauf war es vorbei. Dafür setzte ein Ziehen in ihrem Unterleib ein, das ihr von ihren Monatsblutungen her nur zu vertraut war. Dorothea realisierte nur am Rande ihres Bewusstseins, dass sie gerade das Kind verlor. Es ließ sie seltsam unberührt: so, als ob es einem anderen Menschen zu einer anderen Zeit zustieße. Das Einzige, das zählte, war der irrsinnige Schwarze, der sie töten wollte.

Ein Rascheln wie von einem größeren Tier ließ sie vor Angst beinahe ohnmächtig werden. War er ihr bis hierher gefolgt? Würde sein Schatten gleich die Öffnung des Baums verdunkeln und ein brutaler Schlag ihrem Leben ein Ende setzen? Als könne sie die Wirklichkeit ausschließen, kniff sie die Augen wie ein Kind fest zusammen und presste sich an die raue Holzfläche des Red River Gums. In diesem unpassenden Moment kam ihr ihr Vater in den Sinn, wie er ihr einmal die Geschichte einer Nymphe vorgelesen hatte, die sich im Augenblick höchster Gefahr in einen Baum verwandelt hatte. Sie hatte auf seinem Schoß gesessen, das dazugehörige Bild betrachtet und sich gefragt, wie es sich wohl anfühlen mochte, wenn die eigenen Glieder zu Ästen und Borke wurden.

Auf einmal wich das Gefühl der Bedrohung. Es gab keinerlei Anzeichen, wieso. Aber ohne dass Dorothea einen Grund hätte angeben können, wusste sie einfach, dass der Mann sich entfernt hatte. Die Anspannung wich von ihr. So plötzlich, dass sie zusammensackte wie eine Stoffpuppe, ehe sie in Tränen ausbrach.

Die warme Nässe zwischen ihren Oberschenkeln erinnerte sie daran, dass sie so schnell wie möglich Hilfe benötigte. Sie musste zurück zum Haus! Ihre Knie zitterten immer noch, als sie sich vorsichtig aufrichtete und das Schwindelgefühl zu beherrschen versuchte. Als sie die Öffnung im Stamm erreicht hatte, setzte der schneidende Schmerz erneut ein. Mit einem lauten Stöhnen krümmte sie sich zusammen. Es tat so weh, dass sie kaum spürte, wie etwas aus ihr herausrutschte. Etwas Glitschiges, Warmes. Sobald der Krampf nachließ, blickte sie an sich herab und erschrak dermaßen, dass sie fast wieder zu Boden gesunken wäre.

Im fahlen Mondlicht sah der untere Teil des Nachthemds unter dem zerfetzten Morgenmantel schwarz aus. Dabei war es doch eigentlich weiß. War die klebrige Flüssigkeit, die an ihren Beinen herunterlief, Blut?

Würde sie jetzt hier sterben? Hatte der Schwarze das gewusst und sie deshalb ihrem Schicksal überlassen?

Dorothea schloss die Augen. Ihr ganzer Körper schmerzte, und sie war so müde, dass sie kaum die Augen offen halten konnte. Schlafen, nur noch schlafen. Wäre es wirklich so schlimm, wenn sie dabei in den Tod hinüberglitte?

Ihr unbedingter Lebenswille gewann die Oberhand. Ohne darüber nachzudenken, setzte sie sich in Bewegung. Sie war sich nicht einmal sicher, ob sie in der richtigen Richtung vorwärtstaumelte. Aber wie getrieben setzte sie einen Fuß vor den anderen. Das Bellen eines Hundes und menschliche Stimmen rissen sie aus ihrer halben Betäubung. Man suchte sie, Hilfe war nah!

»Ma'am? Mrs. Masters?« Jetzt waren Sams besorgte Rufe schon deutlich zu verstehen. Sein raues Organ klang in ihren Ohren wie die schönste Musik. »Können Sie mich hören? – He, John, such mal da drüben bei den Büschen. Das könnte ein Stofffetzen sein.«

»Hier bin ich.« Dorotheas Stimme klang schwach, leicht krächzend. Sie räusperte sich und versuchte es nochmals. »Hilfe, hierher.«

In der windstillen Nacht trug ihre Stimme weit genug, um zumindest den Hund zu erreichen. Mit aufgestellten Ohren und heftig wedelndem Schwanz kam er auf sie zu. Bisher hatte sie dem Mischling, der nachts die Ställe bewachte, kaum Beachtung geschenkt. Jetzt empfand sie tiefe Dankbarkeit, als das Tier sie umsprang und dabei laut bellend kundtat, dass es sie gefunden hatte.

»Mein Gott, Madam, sind Sie schwer verletzt?« Sam war dem Hund gefolgt und warf einen entsetzten Blick auf ihr blutgetränktes Nachthemd, ehe er sie mit festem Griff an den Oberarmen packte. In letzter Sekunde, denn ihre Beine versagten jetzt endgültig ihren Dienst. John erreichte sie nur unwesentlich später, und sein Gesichtsausdruck zeigte nur zu deutlich, was er empfand.

»Nicht verletzt. Das Kind ...«, gelang es Dorothea noch zu wispern, ehe es um sie herum schwarz wurde.

Als Dorothea die Augen wieder aufschlug, sah sie als Erstes in die Gesichter von Lady Chatwick und Mrs. Perkins. »Sie kommt zu sich«, bemerkte Lady Chatwick überflüssigerweise und schenkte ein Glas Wein ein. »Hier, Liebes. Ein gutes Schlückchen ist nie verkehrt, um wieder zu Kräften zu kommen.«

Mrs. Perkins sagte nichts, kniff nur die Lippen zusammen und schob das gefüllte Glas mit einer Entschiedenheit beiseite, dass es fast übergeschwappt wäre.

»Wenn Sie uns einen Moment allein lassen würden, Lady Chatwick, damit ich mich um Madam kümmern kann!« Es war weniger eine Bitte als ein Befehl, und die ältere Dame beeilte sich, ihn zu befolgen.

Die resoluten Köchinnenhände waren überraschend geschickt beim Wechsel der Vorlagen. »Nur gut, dass Madam jung und gesund sind«, bemerkte sie mit gerunzelter Stirn, ohne Dorothea anzusehen. »Ich weiß, dass es mich nichts angeht, aber was haben Sie eigentlich mitten in der Nacht draußen zu schaffen gehabt?«

»Ich wollte Heather beweisen, dass ihre Angst vor diesem bösen Mann unbegründet ist.«

»Indem Sie mitten in der Nacht mit ihr draußen herumspazieren?« Mrs. Perkins sah auf und schüttelte über so viel Unvernunft den Kopf. »Madam, die Wilden mögen ja nachts keine Gefahr sein, aber flüchtige Sträflinge kommen immer wieder über die Grenze zu uns herüber.

Bisher haben sie sich zwar in unserer Gegend nicht blicken lassen, aber nur um der Kleinen ihre fixe Idee auszutreiben ...«

»So war es nicht.« Dorothea fühlte sich gedrängt, sich zu rechtfertigen. »Heather hatte mich geweckt, weil sie glaubte, etwas gesehen zu haben. Wir sind dann nachschauen gegangen. – Hat man eigentlich dieses grässliche Gemetzel vor dem Latrinensitz entfernt?«

»Welches Gemetzel?« Mrs. Perkins sah Dorothea entgeistert an.

»Das zerfetzte Wallaby-Junge.«

»Da war nichts, Madam. Trixie hätte es mir gesagt, wenn sie dort etwas so Scheußliches gefunden hätte.«

Dort war nichts? Nur zu deutlich erinnerte sie sich an den schaurigen Anblick. Wenn sie die Lider schloss, erstand jede Einzelheit davon vor ihrem inneren Auge.

»Hat Heather nichts von dem erzählt, was vorher geschehen ist? Sie hat ja wohl Alarm geschlagen. Sonst hätte man mich nicht gesucht.«

Mrs. Perkins nickte grimmig. »Aufgeführt hat sie sich wie eine Irre! Hat immerzu geschrien, dass der böse Mann Ihnen etwas antun wollte. Zuerst dachte ich ja, es wäre der Vollmond.« Etwas wie Verlegenheit zeichnete sich auf ihren Zügen ab. »Ich habe es nicht ernst genommen. Sie fantasiert doch ständig von diesem Geist, und es ist Vollmond, Madam: Da sehen viele Menschen Dinge, die es nicht gibt. In meinem Heimatdorf gab es eine alte Lady, die hatte dann immer ihre verstorbenen Verwandten zu Besuch.«

»Ich habe Heathers schwarzen Mann auch gesehen«, sagte Dorothea leise. »Er war von Kopf bis Fuß bemalt wie ein Skelett und tanzte auf dem Platz zwischen der Waschküche und der Latrine.«

»Wirklich?« Mrs. Perkins' Skepsis war immer noch offenkundig. »Na ja, schließlich ließ ich mich von der Kleinen breitschlagen, und als ich dann den halben Ärmel von Ihrem Morgenrock dort in den Büschen hängen sah, habe ich Sam geweckt. Aber wir haben niemanden gesehen. Weder einen als Skelett bemalten Schwarzen noch sonst jemand!«

»Er war da und wollte mich töten. Deswegen bin ich ja in den Busch geflüchtet.«

»Aber das Haus wäre doch viel näher gewesen«, wandte die Köchin ein. Dorothea verschwieg, dass Heather in ihrer Panik die Tür hinter sich verriegelt hatte. »Er versperrte mir den Weg«, sagte sie nur leise. »Und ich hatte solche Angst, dass ich nicht mehr klar denken konnte. Ich bin nur noch gerannt.«

»Also, was auch immer Sie gesehen haben mögen – Sam und John haben nicht die geringste Spur gefunden, außer einigen Fetzen von Ihrem Morgenrock. Die Hunde haben auch nicht angeschlagen, und Schwarze wagen sich vor Morgengrauen nie aus ihren Lagern. Sind Sie sicher, dass Sie nicht irgendwelche Schatten genarrt haben?« Es war der Köchin anzusehen, dass sie für sich diese Erklärung bevorzugte. »Das kommt davon, wenn man solche unchristlichen Geschichten liest.« Sie war kein Freund von Edgar Allan Poe.

»Ich habe mir nichts eingebildet!«, beharrte Dorothea gekränkt.

Mrs. Perkins machte sich nicht die Mühe, darauf zu antworten. »Der arme Master Robert!«, murmelte sie vor sich hin. »Wo er sich so auf das Kind gefreut hat!« Sie nahm die Waschschüssel auf, packte den Haufen nasser, verschmutzter Tücher und schickte sich mit der Ankündigung, für Dorothea gleich eine kräftige Brühe aufzusetzen, zum Gehen an.

»Wie geht es Heather?«, rief Dorothea ihr noch hinterher, bevor die Tür sich hinter ihr schloss. »Ist sie in Ordnung?«

Mrs. Perkins nickte. »Soweit ich es beurteilen kann. Im Augenblick ist sie noch ein wenig verstört, aber Kinder vergessen rasch.«

»Kann ich sie sehen?«

Die Köchin musterte sie, ehe sie nickte und sagte: »Ich schicke sie Ihnen nachher hoch. Sie kann Trixie tragen helfen.«

Sobald Dorothea allein war, sank sie in die Kissen zurück. So schrecklich diese Fehlgeburt auch gewesen war – sie hatte doch ihr Gutes! Sie würde nicht ständig durch sein Kind an Miles und seine schäbige Rache erinnert werden. Sie schämte sich für die Erleichterung, die sie bei diesem Gedanken empfand. Und es ging ja nicht nur um sie: Robert würde nicht erneut, wenn auch ohne sein Wissen, eine Vaterrolle ausüben müssen, die auf Betrug basierte. Besser, er trauerte jetzt aufrichtig um das Ungeborene, als in späteren Jahren vielleicht doch Verdacht zu schöpfen, wenn das Kind ihm so überhaupt nicht ähnelte.

Sie würde so rasch wie möglich wieder schwanger werden. Und dann würde es auch wirklich sein Kind sein, das sie zur Welt brachte.

Es war wohl nicht angebracht, Gott für eine Fehlgeburt zu danken. Obwohl: Woher sollte sie wissen, ob dieser unheimliche Eingeborene nicht doch sein Werkzeug gewesen war? Nein, das war Blasphemie, verwarf sie diesen ungeheuerlichen Gedanken wieder. Andererseits: Hatte nicht sogar ihre Mutter gemeint, dass manchmal aus Schlechtem Gutes entstünde?

Sie erschauerte bei der Erinnerung an die grauenhaften Stunden – waren es überhaupt Stunden gewesen? Ihr Zeitgefühl war ihr während der Flucht vollständig abhandengekommen. Die bange Zeit im Baum war ihr wie eine Ewigkeit erschienen. Hatte der Skelettmann sie derweil belauert? Wie ein Raubtier seine Beute?

Jetzt, bei hellem Tageslicht und sicher in ihrem Bett, schien ihr die nächtliche Verfolgung eher wie ein Albtraum. So unglaublich, dass sie selbst für einen Moment zweifelte. War es wirklich geschehen? Mrs. Perkins hatte vollkommen recht: Die Eingeborenen würden niemals ihre sicheren Lagerfeuer verlassen. Zu groß war ihre Angst vor dem *kuinyo*, einem Dämon, der jeden tötete, dessen er nachts außerhalb des Feuerscheins habhaft wurde. Wurde der *kuinyo* nicht als Skelett beschrieben?

War es wirklich ein Mensch aus Fleisch und Blut gewesen, den sie gesehen hatte?

Sie erschauerte, als ihr die Konsequenz dessen, was sie da eben gedacht hatte, bewusst wurde. Dieser Geist existierte nur als Aberglaube der Ngarrindjeri. Es war absolut unmöglich, dass sie ihn gesehen hatte. Es musste ein realer Mensch gewesen sein – und wenn Mrs. Perkins noch so ungläubig die Brauen hochzog! Auch Koar hatte keine Angst vor der Nacht gehabt. Es gab also einzelne Eingeborene, die sich im Dunkeln herumtrieben. Vielleicht sollte sie ihre Abneigung überwinden und doch einmal King George aufsuchen. Sie erinnerte sich nicht mehr an den genauen Wortlaut jener schockierenden Erzählung von Heather, wonach der alte Häuptling die Köchin vor einem bösen Zauberer gewarnt hatte. Wie alle anderen hatte sie es als kindliche Fantasterei eingestuft. Vielleicht war an der wüsten Geschichte doch mehr gewesen, als sie geglaubt hatte.

Ein kaum hörbares Kratzen an der Tür ließ sie aufmerken. Mit gesenktem Blick schob sich Heather ins Zimmer.

»Es tut mir leid«, platzte sie heraus, wobei sie immer noch vermied, Dorothea ins Gesicht zu sehen. »Ich wollte nicht, dass dir etwas geschieht. Wirklich nicht. Bist du sehr böse?«

»Auf dich? – Nein, Heather. Es war ja meine Dummheit, nachts nach draußen zu gehen.« Sie streckte die Hand aus, um dem Mädchen über die glänzenden Flechten zu streichen. »Mach dir keine Gedanken mehr darüber. Ich bin nur ordentlich zerkratzt«, sie hob zur Demonstration die von roten, entzündeten Kratzern übersäten Hände. »Außerdem bin ich ungeschickt gefallen und habe mir dabei wehgetan.« Absichtlich vermied sie jede Erwähnung des unheimlichen Schwarzen. Hatte Heather ihn bei ihrer überstürzten Flucht ins Haus überhaupt bemerkt?

»Bist du jetzt sehr krank?« Die dunklen Wimpern hoben sich, und sie sah Dorothea scheu an.

»Nicht sehr«, antwortete die betont zuversichtlich. »Ich bin sicher bald wieder auf den Beinen.«

»Was ist ein Abort?«

»Wieso fragst du das?«

»Tante Bella und Mrs. Perkins haben sich darüber unterhalten«, flüsterte Heather bedrückt. »Ist das etwas Schlimmes?«

Unsicher sah Dorothea in die Augen ihrer Stieftochter. Wie sollte sie einer Sechsjährigen eine Fehlgeburt erklären? Ganz kurz spielte sie mit dem Gedanken, Heather mit ihrer Frage zu Lady Chatwick zu schicken. Aber sie hatte sie gefragt. Also räusperte sie sich und sagte: »Du weißt doch, dass in meinem Bauch ein Geschwisterchen gewachsen ist? Wenn ein Kind zu früh zur Welt kommt – wenn es noch nicht an der Zeit ist –, dann nennt man das einen Abort oder eine Fehlgeburt.«

»Wie bei den Kühen? Wenn sie das giftige Gras gefressen haben?« Es war Heather anzusehen, dass es in ihrem Kopf heftig arbeitete, deshalb sagte Dorothea rasch: »Würdest du so lieb sein und Mrs. Perkins fragen, ob die Brühe fertig ist? Ich habe schrecklichen Hunger.«

Das war zwar gelogen, in Wirklichkeit bereitete ihr schon der bloße Gedanke an Essen Übelkeit, aber sie fühlte sich einfach nicht imstande, gerade jetzt Heathers bohrende Fragen zu den Analogien zwischen Kühen und Menschen zu beantworten.

Ihr Mann reagierte erwartungsgemäß zutiefst betrübt. Obwohl er sich nach Kräften bemühte, es zumindest Dorothea gegenüber nicht zu zeigen, spürte sie seine tiefe Trauer über den Verlust. Er schien davon auszugehen, dass ihre Trauer naturgemäß noch größer sein musste, und stürzte Dorothea damit in tiefste Verlegenheit. Sie hatte dem Kind sowieso ambivalent gegenübergestanden:

Einerseits hatte Roberts Vorfreude sie gerührt, andererseits war dies Kind ihr immer als eine Art Fremdkörper in ihrem eigenen erschienen. Ihm eingepflanzt ohne ihre Einwilligung. Es war ihr unmöglich gewesen, es als Geschenk Gottes anzusehen. Aber die Erleichterung, die sie jetzt empfand, durfte sie auf keinen Fall zeigen. Ein weiteres Geheimnis, das ihr einiges an Verstellung abverlangte.

»Die arme, kleine Madam ist so tapfer«, hörte sie Trixie einmal sagen. »Ich weiß nicht – ich glaube, ich würde immerzu weinen, wenn mir so etwas passiert wäre.«

»Beim Nächsten wird Master Robert schon darauf achten, dass sie es nicht verliert«, meinte Mrs. Perkins darauf. »Sie werden noch viele Kinder bekommen, warte nur ab.«

Etwas Ähnliches äußerte auch Lady Chatwick bei einem ihrer Krankenbesuche. »Nur gut, dass du so schnell wieder zu Kräften kommst«, stellte sie zufrieden fest und musterte Dorothea so ungeniert, als sei diese ein Pferd auf dem Markt. »Es hätte dem armen Robert schwer zu schaffen gemacht, wenn du jetzt auch kränklich geworden wärst wie …« Als ihr einfiel, dass es wohl nicht sehr taktvoll war, jetzt Roberts erste Frau zu erwähnen, schlug sie die Hand vor den Mund und sah Dorothea schuldbewusst an. »Entschuldige, ich plappere wieder so gedankenlos vor mich hin. Du bist ja vollkommen anders als sie. Deshalb trägt er dich ja auch auf Händen.«

Tatsächlich war er so besorgt um Dorothea, dass sie es allmählich als einengend empfand. Das Gefühl, ständig unter Beobachtung zu stehen, machte sie ganz nervös. Vielleicht tat es ihr gut, einen Spazierritt zum Lager des Nachbarstammes zu machen. Insgeheim hoffte sie, dort etwas über den Skelettmann zu erfahren.

Doch so bereitwillig Robert allen bisherigen Wünschen entgegengekommen war, ihre Ankündigung, King George in seinem Lager besuchen zu wollen, stieß auf seine entschiedene Ablehnung. »Wozu soll das gut sein? Du willst ihn doch nicht noch in seinem

Aberglauben bestärken, indem du ihm von deinen Traumgespinsten erzählst?«

Leicht verärgert, dass er sie durchschaut hatte, erwiderte Dorothea patzig: »Wieso glaubst du, dass ich nichts anderes mit ihm zu besprechen haben könnte? Mr. Stevenson vom *Register* war durchaus interessiert an weiteren Berichten über die Eingeborenen. Vor allem über das Leben der Frauen ist nur wenig bekannt, weil man sich nicht die Mühe gemacht hat, mit ihnen zu sprechen.«

»Und wie willst du dich mit ihnen unterhalten? Du sprichst ihre Sprache nicht. Von dem ganzen Stamm ist King George der Einzige, der sich auf Englisch einigermaßen verständigen kann, und ob er der Richtige ist, um dir zu dolmetschen, wage ich zu bezweifeln. Die Frauen wagen ohne seine Erlaubnis nicht einmal, auch nur den Mund aufzumachen, und selbst wenn: Wie willst du sicher sein, dass sie das gesagt haben, was er dir übersetzt?«

Robert hatte recht. Es war für sie nahezu unmöglich, mit den Ngarrindjeri-Frauen in Kontakt zu kommen. Anders als die Kaurna, von denen zumindest diejenigen, die sich in der Umgebung von Adelaide aufhielten, mehr oder weniger Englisch verstanden und sprachen, hatten die Ngarrindjeri am Murray River wenig Kontakt mit Weißen.

»Also gut«, gab sie nach. »Vielleicht sollte ich zuerst ihre Sprache erlernen. Aber auch dazu müsste ich in ihr Lager.«

»Das kommt gar nicht infrage. Zurzeit kann ich niemanden abstellen, um dich zu begleiten, und außerdem ist es noch viel zu früh für dich, wieder mit dem Reiten anzufangen. Tante Arabella meinte, mindestens sechs Wochen solltest du alle Erschütterungen wie Reiten und Kutschfahrten vermeiden.«

»Offenbar ist mir völlig entgangen, dass Lady Chatwick eine medizinische Kapazität ist«, sagte Dorothea mürrisch. »Ich bin keineswegs krank – auch wenn alle so tun als ob. Mrs. Perkins kocht mir ständig ihre grässlichen Suppen, Trixie schleicht mit feuchten

Hundeaugen um mich herum, und selbst Heather ist so brav, dass es langsam unheimlich wird. Wann werdet ihr endlich aufhören, mich zu betütteln?«

»Ich verstehe, dass es für dich ziemlich langweilig sein muss, ans Haus gefesselt zu sein.« Robert rieb sich geistesabwesend die Augen. »Es tut mir sehr leid, dass ich mich nicht mehr um dich kümmern kann. Aber zurzeit geht es wirklich nicht.« Wie alle auf Eden-House wusste auch Dorothea, dass die Schafschur absolute Priorität hatte. In den letzten Tagen war ihr Mann in Begleitung Sams von Sonnenaufgang bis spät in die Nacht unterwegs gewesen. Wenn er danach völlig verdreckt und übermüdet ins Bett fiel, konnte sie nur noch seinem leisen Schnarchen lauschen. Auch jetzt konnte er kaum noch die Augen offen halten. Die dunklen Schatten der Müdigkeit waren unübersehbar. Schwerfällig hinkte er zum Waschtisch. Er war kaum noch fähig, sich auf den Beinen zu halten.

Auf einmal schämte Dorothea sich. Der arme Robert war am Ende seiner Kräfte, und sie hatte nichts Besseres zu tun, als ihre Unzufriedenheit an ihm auszulassen. »Setz dich. Ich helfe dir mit den Stiefeln«, sagte sie leise und drückte ihn auf die Bettkante. »Und dann hole ich dir dein Essen.« Da er nie zu den üblichen Dinnerzeiten anwesend war, stand für ihn stets ein liebevoll zubereiteter Imbiss in der Speisekammer bereit. Mrs. Perkins hatte sich bereits für die Nacht zurückgezogen, aber Dorothea kannte sich inzwischen in ihrer geheiligten Küche gut genug aus, um rasch noch einen Krug Ale zu zapfen, ehe sie das nächtliche Essen hinauftrug. Als sie das Zimmer wieder betrat, lag ihr Mann rücklings auf dem Bett ausgestreckt und schlief wie ein Toter. Er wachte nicht einmal auf, als sie ihn bequemer bettete und die Steppdecke über ihn zog. Dorothea drückte impulsiv einen Kuss auf seine stopplige Wange, deckte die Serviette über das kalte Roastbeef und ging auf Zehenspitzen hinüber in ihr Zimmer.

Am nächsten Morgen war er verschwunden, ebenso das Fleisch und das Brot. Nicht einmal das abgestandene Bier hatte er verschmäht.

Um sich abzulenken und zu beschäftigen, hatte sie begonnen, das einzige Abendkleid Claires, das ihr gefiel, für sich umzunähen: eine schlichte, überaus elegante Robe aus nachtblauer Seide. Wann sie sie tragen sollte, wusste sie selbst noch nicht. Aber es machte ihr Freude, dabei von Tanzgesellschaften zu träumen. Wie sie sich im Kerzenschein wiegte, Komplimente erhielt und vielleicht ein bisschen flirtete. Nur ein bisschen. Ein ganz kleines bisschen. Gerade so, dass sie wieder ein wenig Herzklopfen verspürte.

Robert war der rücksichtsvollste, beste Ehemann, den man sich vorstellen konnte. Seit dem Unfall, wie er genannt wurde, schliefen sie getrennt, jeder in seinem Zimmer. Zärtlichkeiten erschöpften sich in einem keuschen Kuss auf die Stirn. Sie sollte ihm für seine Zurückhaltung dankbar sein. Nur wenige Frauen hatten ein solches Glück wie sie. Warum nur fühlte sie sich in seiner Gegenwart zunehmend gereizt?

Aus dem Mangel an passenden Gesprächspartnern heraus hatte sie begonnen, Tagebuch zu führen. In eines der schmucklosen Hamburger Hefte, die sie damals von ihrem ersten Honorar erstanden hatte, schrieb sie jetzt alles, was sie bewegte, und stellte sich dabei vor, zu Jane zu sprechen. Jane in ihrer absoluten Schamlosigkeit war die Einzige, der sie hätte anvertrauen können, dass sie die körperlichen Intimitäten so schmerzlich vermisste, dass sie launisch und unbeherrscht wurde. Immer häufiger ertappte sie sich dabei, dass sie die arme Trixie grundlos harsch anfuhr oder Heather für etwas tadelte, das eigentlich nicht der Rede wert war.

Weder der jedes Mal danach gefasste Vorsatz, sich zu bessern, noch ausgiebige Bibellektüre verhalfen ihr zu mehr Ausgeglichenheit. Umso erfreuter begrüßte sie den unerwarteten Besuch, den

Trixie ihr mit den Worten ankündigte: »Ein überaus hübscher junger Mann möchte Sie sehen, Ma'am. Er sagte, er wäre Ihr Bruder.«

»August!« Sie sprang auf und rannte auf die hochgewachsene Gestalt in der Tür zu. »Was machst du denn hier?«

»Was für eine Frage! Dich besuchen natürlich, du Gans!« In brüderlicher Zuneigung erwiderte er ihre Umarmung. »Mutter meinte, jemand von der Familie sollte nach dir sehen. Also habe ich mich am Institut beurlauben lassen – und da bin ich.«

»Wie geht es Mutter? Und den anderen?« Aus den Augenwinkeln heraus bemerkte sie Trixie, die immer noch August anstarrte. Offensichtlich war auch sie nicht unempfindlich gegenüber seiner Anziehungskraft auf das weibliche Geschlecht. »Ach, Trixie, bringen Sie meinem Bruder doch bitte einen Imbiss. – Du bist sicher halb verhungert, August, oder?«

»Das könnte man schon so bezeichnen. Ich bin ordentlich marschiert«, gab der ihr recht und warf Trixie einen treuherzigen Blick zu. »Wäre es möglich, Miss? Nur wenn es keine Mühe macht.«

»D… das macht überhaupt keine Mühe«, stammelte das Hausmädchen, wobei es bis an die Haarwurzeln errötete. »Ich bringe es Ihnen sofort.«

»Du glaubst gar nicht, wie ich mich freue, dich zu sehen«, sagte Dorothea und seufzte, während er sich am Waschtisch in ihrem Ankleidezimmer Gesicht und Hände wusch. »Die letzte Zeit habe ich euch schrecklich vermisst.«

»Wir dich auch«, erwiderte er schlicht. »Mutter macht sich große Sorgen. In der Stadt gehen Gerüchte, unter den Murray-Stämmen gäre es nach den Zwischenfällen am Rufus River gewaltig. Angeblich exerziert O'Halloran deshalb so eifrig, weil er mit einer Frühjahrsoffensive rechnet.«

»Hier? Bei uns?«

»Keine Ahnung. Aber ich hoffe, ihr seid vorsichtig.«

»Das sind wir«, versicherte Dorothea. Tatsächlich hatte Robert vor einigen Tagen angeordnet, dass die Hunde nachts frei laufen sollten und jeder der Männer stets ein geladenes Gewehr in Griffweite neben sich zu halten hatte. Allerdings hatte das weniger mit ihrem Skelettmann zu tun als mit den sich häufenden Viehdiebstählen. King George hatte eine Beteiligung daran für sich und seine Männer vehement abgestritten. Das bedeutete, wenn man ihm glaubte, dass es fremde Jäger sein mussten. Bisher waren nur Schafe verschwunden, aber Robert hegte die Befürchtung, dass ihre Erfolge sie zunehmend kühner werden ließen. Und der Verlust eines Pferds oder einer Kuh wäre deutlich schwerer zu verschmerzen.

»Mutter hatte die Idee, du und deine Stieftochter, ihr könntet uns für ein paar Wochen besuchen kommen. Was hältst du davon?«

»Das würde ich schrecklich gerne«, sagte Dorothea sehnsüchtig. »Es kommt mir wie eine wahre Ewigkeit vor, dass ich Vorträge und Konzerte besucht habe. – Apropos Vortrag: Was macht eigentlich dein Professor Menge?«

Augusts Augen glänzten plötzlich wie im Fieber. »Er hat mir angeboten, auf seine Sommerexpedition in den Norden mitzukommen. Er glaubt, dass es dort noch jede Menge Metallvorkommen zu entdecken gibt. Stell dir vor, Doro, wir würden dort Gold finden! Gold!« Vor lauter Begeisterung überschlug sich seine Stimme beinahe. »Wäre das nicht wunderbar? Ich könnte dann ein Haus in der Nordstadt kaufen, ein richtig mondänes mit Marmorsäulen vorn am Eingang und Granitstufen; nicht so ein armseliges wie das in der Angas Street.«

August haderte immer noch damit, dass die Schumanns für den Nachfolger von Pastor Teichelmann das geräumige Haus an der Missionsschule hatten räumen müssen. Da konnte es ihn auch nicht versöhnen, dass sie durch die Vermittlung von Robert Masters und Matthew Moorhouse äußerst günstig eine neue Bleibe im deutschen Viertel gefunden hatten. Der Vorbesitzer, ein Herrenschneider, hatte seine komplette Werkstatt mit verkauft, und so hatte es nur geringer Änderungen bedurft, um Mutter Schumanns Plan einer eigenen Damenschneiderei zu verwirklichen.

Aus den Beschreibungen ihres Mannes wusste Dorothea, dass es zwar nicht gerade ein Palast, aber auch keineswegs armselig war. Zudem lag es nahe am Laden einer derzeit äußerst gefragten Hutmacherin. »Mit etwas Glück dürfte deine Mutter sich bald vor Kundschaft nicht mehr retten können«, hatte Robert prophezeit. »Sie hat mir ein paar ihrer Entwürfe gezeigt, und soweit ich es als Mann beurteilen kann, sind sie bei aller Schlichtheit äußerst elegant. Ich wusste gar nicht, dass sie so ein gutes Auge für Modedinge hat.«

Auch Dorothea hatte es nicht gewusst. Zwar hatte Mutter Schumann sämtliche Kleidung der Familie selbst angefertigt, aber ihre Kinder hatten das mehr als Gebot der Sparsamkeit aufgefasst. Erst bei dieser Bemerkung ihres Mannes erinnerte Dorothea sich plötzlich, dass ihre Mutter beim Nähen immer besonders gut gelaunt gewesen war. Einmal hatte sie davon gesprochen, dass sie als junges Mädchen unbedingt Modistin hatte werden wollen. Dorothea konnte sich nicht mehr genau erinnern, woran dieser Wunsch gescheitert war. Für die Frau eines Pastors wäre es später sowieso nicht passend gewesen.

Erst im Nachhinein wurde ihr bewusst, wie stark ihre Mutter sich selbst und ihre Bedürfnisse zurückgestellt hatte. Der Vater als Familienoberhaupt und Mittelpunkt war in dieser Rolle so selbstverständlich gewesen, dass keines der Kinder auch nur auf den Gedanken gekommen war, diese Konstellation zu hinterfragen.

»Ich werde Robert schon dazu überreden können, dass er mir erlaubt, dich nach Adelaide zu begleiten. Er muss einfach zustimmen!« Dorothea verspürte plötzlich eine überwältigende Sehnsucht danach, wieder in die Rolle der Tochter zu schlüpfen. Verglichen mit anderen Frauen trug sie nicht allzu viel Verantwortung, aber schon dieses bisschen lastete momentan schwer auf ihren Schultern. Ob das an den Nachwirkungen der Fehlgeburt lag? Lady Chatwick hatte schon einmal angedeutet, im Anschluss an ein solches Ereignis könne sich Melancholie und Schwermut einstellen. Wenn sie ihrem Mann entsprechende Andeutungen machte, würde er sie gehen lassen. Ungern zwar, aber das Versprechen, Dr. Woodforde aufzusuchen, würde ihm sicher die Entscheidung erleichtern.

Tatsächlich erhielt sie Unterstützung von unerwarteter Seite. »Ach bitte, Daddy, erlaube es uns! Ich würde zu gerne Dorothys Familie kennenlernen«, bettelte Heather, kaum dass Dorothea den Plan zur Sprache gebracht hatte. Ob es die vereinten Bitten seiner Frau und Tochter waren oder vielleicht doch die stille Angst, an den Gerüchten über drohende Aufstände sei etwas Wahres – Robert Masters gab seine Zustimmung zu der Reise.

»Unter einer Bedingung!«

»Welche?«

»Dass ihr beiden euch nach Kräften amüsiert.« Er lächelte seine Frau liebevoll an und griff nach ihrer Rechten. »Derzeit ist es hier nicht gerade unterhaltsam. Es wird dir guttun, einmal wieder Stadtluft zu schnuppern. Und für Heather wäre es schön, wenn sie eine Freundin in ihrem Alter fände. Ich denke, sie und Lischen werden sich gut verstehen.«

»Na, dann wäre das ja geklärt«, sagte August und zwinkerte Dorothea zu. »Meinst du, wir könnten dein Gig nehmen, Schwager?«

»Dein Mann ist ein feiner Kerl«, stellte August drei Tage später fest, nachdem sie das letzte Mal die hellen Mauern von Eden-House hinter sich aufblitzen gesehen hatten. »Das ist ein ganz anderes Reisen als auf Schusters Rappen!«

Dorothea sagte nichts. Während sie durch lichte Baumgruppen betäubend duftender Akazien fuhren, spürte sie immer noch den

Schrecken, den sie bei der plötzlichen Erkenntnis über die Erleichterung, Eden-House und Robert hinter sich zu lassen, empfunden hatte.

War sie ein schlechter Mensch?

Nein, beruhigte sie sich selbst. Sie liebte Robert. Dass sie das Gefühl hatte, in seiner Gegenwart nicht mehr frei atmen zu können, würde sicher wieder vergehen, wenn sie ein wenig Abstand voneinander hätten. Bis dahin war sie fest entschlossen, ihre wiedergewonnene Freiheit nach Kräften auszunutzen. Mit jedem Meter, den sie zurücklegten, stieg ihre Vorfreude. Die violetten Baumorchideen, die zartgelben Blütenteppiche auf den Lichtungen – alles schien ihr strahlender, farbenprächtiger als je zuvor. Und nachdem sie sich fest vorgenommen hatte, Robert in Zukunft die sanfte, fügsame Ehefrau zu sein, die er verdiente, schob sie alle trüben Gedanken beiseite und stimmte einen Gassenhauer an, der im Januar der letzte Schrei gewesen war.

Als sie vor dem Haus in der Angas Street hielten und ihre Mutter und Lischen ihnen zur Begrüßung entgegeneilten, musste sie sich zusammennehmen, um nicht wie ihre kleine Schwester hin und her zu hüpfen.

»Mama, Lischen – das ist Heather.«

»Willst du meine Puppe sehen?«, fragte Lischen, sobald Heather artig ihre Gastgeberin begrüßt hatte. »Sie hat ein neues Bett bekommen. Ich auch. Du kannst in meinem alten schlafen.« Und schon zog sie sie mit sich in das dämmrige Hausinnere.

»Du siehst etwas blass um die Nase aus«, stellte Mutter Schumann fest und betrachtete ihre Älteste mit mütterlicher Sorge. »War die Reise sehr anstrengend?« Zutiefst erleichtert konstatierte Dorothea, dass ihre Mutter zu ihrer gewohnten, energischen Art zurückgefunden hatte. Sosehr der Verlust des Vaters sie geschmerzt hatte, fast noch mehr hatte sie die Verwandlung der Mutter verstört.

»Überhaupt nicht«, kam August Dorotheas Antwort zuvor und hievte unter theatralischem Ächzen die Reisekisten vom Gig. »Sie hat ja keinen Finger rühren müssen. Wo sind die verflixten Jungs? Sie könnten hier ruhig mit anpacken.«

»Wenn es Ihnen recht ist, könnte ich Ihnen stattdessen meine Hilfe anbieten«, ertönte da eine auffallend melodische Männerstimme.

Der Gentleman, dem sie gehörte, war gerade um die Hausecke gebogen und hob nun höflich seinen Zylinder. Dorotheas Kopf flog herum. Diese Stimme kannte sie gut!

Allerdings hatte Ian sich so verändert, dass es kein Wunder war, dass August und ihre Mutter ihn nicht sofort wiedererkannten. Auf dem Schiff war Ian ein magerer, hochgewachsener Junge gewesen. Nun war er ein Mann. Ein äußerst attraktiver und unter dem feinen Wollstoff seines Gehrocks auffallend muskulöser Mann. Sein tief gebräuntes Gesicht unter den schwarzen Locken zeugte von häufigen Aufenthalten im Freien. »Meine Verehrung.« Er verbeugte sich galant in Richtung Dorothea und ihrer Mutter. »Wo sollen sie denn hin?«

Schon griff er nach einer der Kisten, hob sie anscheinend mühelos auf eine Schulter und sah Dorothea fragend an.

Dorothea starrte ihn immer noch an wie eine Erscheinung. Ihre Mutter, die ihn offensichtlich nicht wiedererkannt hatte, sagte nur erfreut: »Überaus freundlich von Ihnen, Sir. Wenn Sie mir folgen wollen, zeige ich Ihnen den Weg.«

Sobald die beiden im hinteren Teil des Hauses verschwunden waren, wandte Dorothea sich ihrem Bruder zu, der leise vor sich hin schimpfte und an den Riemen der zweiten Kiste nestelte.

»Hast du ihn erkannt?«, zischte sie.

»Wen denn?«

»Den Gentleman eben. Das war doch Ian vom Schiff.«

August ließ die Schnalle los und wandte sich stirnrunzelnd um.

»Bist du dir sicher? Derselbe Bursche, dem du Lesen und Schreiben beigebracht hast?«

»Und der dir zu Hilfe kam, als du dich mit deiner Tändelei wieder mal in Schwierigkeiten gebracht hast«, erinnerte Dorothea ihren Bruder ungeduldig. »Ja, ich bin mir sicher. Er hat sich sehr verändert, aber die Stimme und die Augen würde ich unter Hunderten erkennen.«

»Ich dachte, er wäre an den oberen Murray gegangen.« August schien immer noch zu zweifeln.

»Sollte er nicht als Stallbursche bei einem reichen Viehbaron arbeiten? Dieser Herr macht mir nicht den Eindruck, als würde er seine Zeit im Stall verbringen.«

»Das tut er auch nicht.«

»Woher weißt du das?«

»Von Robert. Die beiden sind befreundet.« Es ging ihren Bruder ja nichts an, dass sie diese Information aus einem heimlich gelesenen Brief hatte. August stieß einen scharfen Pfiff aus, als seine Mutter und Ian gerade wieder aus dem Haus traten. »Kennen wir uns vielleicht, Mr. …?«, fragte er ungeniert.

»Rathbone. Ian Rathbone«, erwiderte Ian kurz angebunden.

»Du bist es tatsächlich!«, platzte Dorothea heraus. »Entschuldigen Sie – Mr. Rathbone.«

Als er ihre ausgestreckte Hand ergriff, durchzuckte es sie wie ein elektrischer Schlag. Seine Rechte war schwielig, fest und warm. Sie umfasste ihre mit einer Behutsamkeit, als hielte er etwas sehr Kostbares und Zerbrechliches. Nur zögernd, fast widerwillig, ließ er sie los, um ihre Mutter und August ebenfalls mit Handschlag zu begrüßen.

»Sind Sie hier zu Besuch?«, erkundigte Mutter Schumann sich freundlich. »Wenn Sie hier lebten, wären wir uns doch wohl schon längst über den Weg gelaufen?«

»Ich habe einige Geschäfte zu erledigen.« Ian mochte zwar wie ein Gentleman gekleidet sein, seine Umgangsformen jedoch entbehrten immer noch der oberflächlichen Verbindlichkeit, die einen solchen auszeichnete. Mit einigen geschickten Handgriffen löste er die Riemen der zweiten Kiste, schulterte sie ohne ein weiteres Wort und trug sie der ersten hinterher.

»Sollten wir ihn nicht einmal zum Essen einladen?«, schlug Mutter Schumann mit gedämpfter Stimme vor. »Er macht einen überaus soliden Eindruck. Ich finde es erfreulich, dass zumindest eines der armen Geschöpfe es zu etwas gebracht hat.«

Dorothea war mehr als einverstanden, und auch August brummte seine Zustimmung, sodass eine Einladung für den übernächsten Abend ausgesprochen wurde. Ian Rathbone akzeptierte sie mit unbewegter Miene, zog den Zylinder und ging mit raschen Schritten davon.

»Jetzt komm endlich ins Haus, Kind«, sagte Mutter Schumann und hakte sich bei ihrer Tochter unter. »Ich bin schon so gespannt, wie du unser neues Heim findest.«

Das Haus war, wie die meisten im Viertel, nur einstöckig, aber solide gebaut. Zur Straße hin lagen die mit besonders großen Fenstern ausgestattete Schneiderwerkstatt und eine Art Salon, in dem die Kundinnen empfangen wurden. Dahinter schlossen sich einige kleinere Zimmer an: Mutter Schumann schlief in einer winzigen Kammer unmittelbar hinter der Werkstatt, Lischen und die Jungen bewohnten etwas größere Räume. Ein Esszimmer wie in der Mission gab es nicht. »Wir essen sowieso immer in der Küche. Das ist viel praktischer«, sagte Dorotheas Mutter nüchtern. »Sonntags oder wenn wir Besuch haben, benutzen wir den Salon vorn.« Kam Dorothea alles nur so schrecklich beengt vor, weil sie inzwischen Eden-House gewöhnt war? Mein Ankleidezimmer ist ja größer!, schoss ihr durch den Kopf, während sie sich bemühte, Interesse für die geblümten Chintzgardinen vor den Fenstern und die Flickenteppiche zu heucheln, mit denen ihre Mutter eine gemütliche Atmosphäre zu schaffen versucht hatte. August würde für die Dauer ihres Besuchs ins Mechanische Institut ziehen, wo auch Professor Menge zu nächtigen pflegte, wenn er nicht das Land durchstreifte. Mit Rücksicht auf seine Angewohnheit, zuweilen spät nachts erst nach Hause zu kommen, lag sein Zimmer gegenüber der Küche, unmittelbar neben der Tür, die zum Garten hinausführte. Durch eine Pforte in der Gartenmauer konnte der Nachtschwärmer kommen und gehen, wie es ihm beliebte.

»Verstehst du jetzt, wieso ich unbedingt mit dem Professor gehen möchte?«, raunte August ihr zu. Die Geschwister wechselten einen Blick stillen Einverständnisses. Offenbar hatte er ihre Gedanken erraten.

»Danke, dass du mir dein Zimmer überlässt«, sagte Dorothea rasch. August nickte bloß und begann, Kleidungsstücke in eine abgewetzte Reisetasche zu werfen.

Dorothea folgte ihrer Mutter in die Küche, wo sie am Spülstein notdürftig Gesicht und Hände vom Reisestaub reinigte. Zu Hause auf Eden-House hätte sie Trixie die Zinkbadewanne füllen lassen, aber sie ging nicht davon aus, dass dieser bescheidene Haushalt über einen solchen Luxus verfügte – geschweige denn über ein Dienstmädchen.

»Zwischen dir und deinem Mann ist alles in Ordnung?«, erkundigte Mutter Schumann sich beiläufig, während sie geschäftig mit dem Geschirr klapperte.

»Wir sind sehr glücklich miteinander«, erwiderte Dorothea steif. »Robert ist sehr besorgt um mich und schlägt mir keinen Wunsch ab.«

»Dann ist es ja gut.« Mehr sagte ihre Mutter nicht. Einem ahnungslosen Zuhörer wäre der tiefere Sinn dieses Wortwechsels verborgen geblieben. Nur Dorothea wusste, ohne dass es ausgesprochen worden wäre, was ihrer Mutter Sorgen bereitet hatte.

»Und du, Mama? Wie geht es dir?«, fragte Dorothea fast ängstlich. Die Eltern hatten für sie immer als Einheit fungiert, ein untrennbares Paar wie Pfeffer und Salz. Dass jetzt alles anders war, verunsicherte sie mehr, als ihr, weit weg auf Eden-House, bewusst gewesen war.

»Wir kommen besser zurecht, als ich befürchtet hatte.« Mutter Schumann lächelte wehmütig. »Dein lieber Vater fehlt mir sehr, aber in gewisser Weise ist er immer bei uns.« Sie umfasste das Medaillon an ihrem Hals und sah zu der gerahmten Zeichnung über dem Esstisch auf. Dorothea folgte ihrem Blick und atmete überrascht ein: Karl hatte das amüsierte Schmunzeln ihres Vaters so lebensecht eingefangen, als säße er hier und beobachte wohlwollend seine Familie. Wie gebannt starrte sie auf das Porträt und spürte, wie es anfing in ihren Augen zu brennen.

»Wer ist das? Der Mann auf dem Bild.«

Dorothea blinzelte und drehte sich zu ihrer Stieftochter um. »Mein Vater«, sagte sie heiser, in gewisser Weise dankbar für die Ablenkung. »Mein Bruder hat ihn gezeichnet.«

Heather legte den Kopf schief und betrachtete die Bleistiftzeichnung aufmerksam. »Meinst du, er würde mir zeigen, wie es geht?«

»Ich denke schon. Aber es gehört viel Übung dazu, bis man so gut ist wie Karl. Das lernt man nicht von heute auf morgen«, sagte Mutter Schumann, und man hörte den Stolz in ihrer Stimme mitschwingen.

»Ach, wie schade.« Heathers Enttäuschung war so deutlich erkennbar, dass Dorothea neugierig nachfragte: »Wieso möchtest du denn überhaupt auf einmal zeichnen lernen?« Das Mädchen hatte bisher wenig Neigung zu künstlerischer Betätigung gezeigt. Aber vielleicht hatte das auch daran gelegen, dass Dorotheas Kenntnisse sich auf Handarbeiten wie Sticken und Häkeln beschränkten, was nur im weitesten Sinne als künstlerisch zu bezeichnen war.

»Wenn ich das könnte, könnte ich den bösen Mann malen, und mein Vater würde uns endlich glauben, dass es ihn gibt«, antwortete Heather schlicht. Dorothea erstarrte. Ihre Mutter musterte Heather scharf, als versuche sie, sich darüber klar zu werden, ob das Mädchen es ernst meinte.

»Du glaubst noch an den bösen Mann?« Lischens helles Lachen unterbrach die Stille. »Weißt du nicht, dass nur Babys das tun?«

»Du bist so dumm!«, fuhr Heather sie so heftig an, dass Lischen erschreckt zurückwich. »Was glaubst du denn, wer schuld an diesem, diesem … Abort von Dorothy war?«

Dorothea spürte den Blick ihrer Mutter auf sich, deswegen sagte sie streng: »Es reicht, Heather. Ob dieser seltsame Schwarze wirklich böse ist, können wir nicht mit Sicherheit sagen. Vielleicht war ich einfach nur dumm. Und jetzt wascht euch die Hände. Es ist Zeit fürs Abendbrot.«

13

Zwei Tage später hatte Dorothea sich so weit eingelebt, dass sie nicht mehr ständig das Bedürfnis empfand, in den Garten hinauszulaufen, um wieder frei atmen zu können. Der von mannshohen Mauern umschlossene Hinterhof legte die Vermutung nahe, dass der Vorbesitzer ein leidenschaftlicher Gärtner gewesen war: Zwischen Spalieren, an denen sich knorrige Reben emporrankten, wuchsen prächtige Orangen- und Zitronenbäume. Und in der Mitte des Gevierts stand ein Mandelbaum, dessen blassrosa Blütenmeer eine reichliche Ernte versprach.

Dennoch blieb der alte Korbstuhl unter dem Küchenfenster ihr Lieblingsplatz. Hier verschlang sie gerade die neueste Ausgabe des *Register,* die sie auf dem Rückweg vom Markt einem Zeitungsjungen abgekauft hatte, als ihr eine dick gedruckte Überschrift ins Auge sprang.

Steht ein Aufstand der Eingeborenen bevor?

Wer die traurigen Gestalten kennt, die um Almosen bettelnd durch die staubigen Straßen von Adelaide schleichen, wird diesen Verdacht mit schallendem Gelächter von sich weisen. Auch wir sind der Ansicht, dass dergleichen Befürchtungen eher von Viehzüchtern gestreut werden, die sich dadurch einen besseren Schutz für ihre Viehtriebe zu verschaffen hoffen. Dennoch wollen wir aus Gründen der journalistischen Fairness unseren Lesern nicht vorenthalten, dass in Port Lincoln ein dort gut bekannter Eingeborener, Lincoln-Bay-Peter genannt, seit Längerem Erzählungen von einem Zauberer verbreitet, der angeblich die Stämme der Ngarrindjeri zu Mord und Totschlag gegen alle Weißen aufhetze.

Sowohl die Ermordung der Schiffbrüchigen auf dem Coorong als auch die Überfälle am Rufus River seien von ihm in die Wege geleitet worden. Sein Ziel sei die Vernichtung oder Vertreibung aller Europäer.

Nun ist jedem einigermaßen der Topografie kundigen Leser sofort klar, dass die beiden Orte viel zu weit auseinanderliegen, um in einem solchen Zusammenhang zu stehen.

Die Maraura am oberen Murray sind bekannt für ihre wilde, kriegerische Art. In Verbindung mit den bereits mehrfach erwähnten Übergriffen auf Maraura-Frauen ist es kein Wunder, dass die dortigen Stämme keine Freunde der Weißen sind. Von einem organisierten Aufstand sind sie allerdings noch weit entfernt. Ihre Feindseligkeit beschränkt sich auf sporadische Überfälle.

Die Stämme am Great Murray River machen eher durch gelegentliche Diebstähle als durch ernsthafte Bedrohung der Siedler in ihrem Gebiet auf sich aufmerksam. Außer einem Walfänger, der, wie mehrfach berichtet wurde, sein Schicksal selbst herausgefordert hat, und den Schiffbrüchigen der *Maria* sind keine weiteren Todesfälle zu beklagen.

Unserer Ansicht nach war das Letztere ein tragisches Missverständnis, für das die Regierung unter dem damaligen Gouverneur Gawler rechtswidrig das Kriegsrecht angewandt und vermutlich Unschuldige hingerichtet hat. Es besteht also nicht der geringste Grund, vor den hiesigen Eingeborenen Furcht zu empfinden, und noch weniger, ihnen voller Misstrauen entgegenzutreten.

Der Schreiber dieser Zeilen möchte auf das Missverhältnis hinweisen, wonach bis zum heutigen Tag in Südaustralien kein einziger Europäer wegen eines Verbrechens gegen Leib und Leben eines Eingeborenen hingerichtet wurde, wohingegen das Hohe Gericht rasch bereit ist, über einen des gleichen Verbrechens gegenüber einem Weißen beschuldigten Schwarzen das Todesurteil zu verhängen. Dies ungeachtet der Tatsache, dass die Eingeborenen den Status britischer Staatsbürger haben. Das kann angesichts der wachsenden feindseligen Stimmung unter den Siedlern nicht oft genug betont werden.

Chefredakteur Stevenson führte auch kurz vor dem Untergang noch eine spitze Feder, dachte sie anerkennend. Ihre Mutter hatte ihr erzählt, dass der *Register* praktisch bankrott war. »Als Schneiderin erfährt man mehr, als man wissen möchte«, hatte sie ironisch bemerkt, während sie zusammen in der Nähstube saßen und die zahllosen Unterröcke für Miss Mary Kilners Hochzeitsrobe säumten.

Anfang Januar sollten die beiden endlich ein Paar werden. »Ich freue mich so für sie. Stell dir vor: Mr. Moorhouse hat sich extra die Mühe gemacht, hier bei mir vorzusprechen, nur um mich von Jane zu grüßen!«

»Wie geht es ihr?« Des Öfteren hatte Dorothea schon bedauert, dass ihre Freundin so weit nach Norden gezogen war. Sie zweifelte nicht daran, dass das Land, das ihr zugesprochen worden war und das sie nun mit ihrem Tim bewirtschaftete, vom Protector äußerst sorgfältig ausgewählt worden war. Aber hatte es so weit weg sein müssen?

»Mit ihrer Gesundheit steht es nicht zum Besten«, sagte ihre Mutter betrübt. »Sie hat vor ein paar Monaten einem kleinen Mädchen das Leben geschenkt und ist immer noch sehr schwach. Mr. Moorhouse hat durchblicken lassen, dass er wenig Hoffnung hat, dass sie sich wieder völlig erholt. Für harte Feldarbeit ist sie nicht geschaffen. Und dieser Ehemann von ihr scheint ein rechter Taugenichts zu sein.«

»Ob man sie wohl überreden könnte, ihn zu verlassen?«, überlegte Dorothea spontan. Robert hätte vermutlich nichts dagegen, sie aufzunehmen, wenn sie ihn darum bäte. Der Gedanke an die lustige, lebenssprühende Jane machte ihr bewusst, wie sehr ihr eine gleichaltrige Freundin fehlte.

»Ich glaube, Mr. Moorhouse hat das schon getan«, sagte ihre Mutter, ohne den Kopf zu heben. »Aber Jane nimmt ihr Eheversprechen sehr ernst. Bewundernswert, wenn man bedenkt, wie sie aufgewachsen ist. – Nicht so große Stiche, Kind, sonst reißen die Rüschen gleich ab.«

Heute nun würde Ian also zum Abendessen kommen. Dorothea ließ die Zeitung sinken und fixierte verträumt das Spalier an der gegenüberliegenden Wand. Auch er hatte seine Vergangenheit anscheinend abgestreift wie einen alten Mantel. Sie vergegenwärtigte sich seine Erscheinung auf dem Schiff: ein ungelenker, schweigsamer Junge in abgetragenen Sachen. Schweigsam schien er immer noch zu sein, aber seine Kleidung war beste Qualität. Das hatte sie auf den ersten Blick erkannt. Und ungelenk war er auch nicht. Wie lässig er die schwere Kiste geschultert hatte! Er musste überaus kräftig sein. Vermutlich wurde man das bei einem Leben wie dem, das er geführt hatte.

Ob es eine Frau in seinem Leben gab? Dieser Gedanke versetzte ihr einen leichten Stich. Wie albern! Ärgerlich auf sich selbst faltete sie die Zeitung zusammen und ging in die Küche, um ihrer Mutter bei den Vorbereitungen zu helfen.

Als Ian Rathbone pünktlich um sieben Uhr den Klingelzug an der Haustür betätigte, trug er einen schwarz schimmernden Zylinder, einen Anzug aus feinstem Merinowollstoff und ein sorgfältig gebundenes Halstuch aus schneeweißem Batist. Unter den Gamaschen blitzten blank polierte Abendschuhe, und in den Händen hielt er ein äußerst geschmackvoll gebundenes Bukett aus weißen Rosen und gelben Lilien.

»Meine Güte, hast du dich herausgeputzt, alter Junge«, begrüßte August ihn, während er ihm herzlich die Hand schüttelte. »Du bist ja kaum wiederzuerkennen. Wie Doro das geschafft hat, ist mir ein Rätsel.«

»Vielleicht hat sie auf andere Dinge geachtet als die Kleidung«, erwiderte Ian mit seiner melodischen Stimme und verbeugte sich tief vor seiner Gastgeberin. »Mrs. Schumann, darf ich Ihnen mein tief empfundenes Mitgefühl aussprechen? Leider habe ich erst vor Kurzem von Ihrem Verlust erfahren. Umso mehr weiß ich Ihre freundliche Einladung zu schätzen.« Er überreichte ihr den Blumenstrauß, bevor er sich langsam, fast zögernd Dorothea zuwandte.

»Mrs. Masters? Robert hat in seinem letzten Brief von Ihnen geschwärmt, aber ich wäre nicht im Traum auf die Idee gekommen, dass du, Verzeihung, … dass Sie es sind.«

»Im Hinblick auf mich übertreibt Robert gerne«, sagte sie äußerlich unbewegt. »Und lass das Mrs. Masters, Ian. Ich bin sicher, Robert würde nicht von uns erwarten, dass wir unsere alte Freundschaft hinter Förmlichkeiten verstecken.« Etwas in ihr drängte sie, auf ihn zuzugehen und ihre Arme um ihn zu schlingen, wie sie es damals beim Abschied getan hatte. Damals hatte er es stocksteif über sich ergehen lassen. Ob er immer noch so reagieren würde? Wie sein Körper sich wohl jetzt anfühlen mochte?

Doch sie unterdrückte den Impuls und streckte die Rechte aus. »Herzlich willkommen. Ich hoffe doch, wir werden uns in nächster Zeit häufiger sehen.« Sein Händedruck fiel recht flüchtig aus. Als scheute er davor zurück, sie zu berühren. Und so schnell wie möglich wandte er sich den übrigen Familienmitgliedern zu.

Die Jungen hatten auf Bitten der Mutter den großen Tisch in den Garten getragen. Die bunten Lampions, die Lischen und Heather dort in den nahen Ästen befestigt hatten, verliehen dem Ganzen einen Hauch von Sommernachtsfest. »Wir haben überlegt, als Vorspeise diesen entsetzlichen Porridge zu kochen, den es immer zum Frühstück gab – weißt du noch? –, aber wir haben uns dann doch lieber für etwas anderes entschieden«, sagte August und grinste breit. »Die Schiffskost war wirklich eine harte Prüfung.«

»Ich fand's schon gut, dass es dreimal am Tag zu essen gab«, sagte Ian leise und neigte den Kopf über die gefalteten Hände, während Mutter Schumann das Tischgebet sprach. »Im Arbeitshaus war das nicht selbstverständlich.«

»Du warst in einem Arbeitshaus?« Lischen sah ihn aus großen Augen an. »Ist es wirklich so schrecklich dort, wie es heißt?«

»Ich war nicht lange dort, aber ein angenehmer Aufenthalt ist es nicht«, erwiderte Ian erstaunlich gleichmütig. »Bevor die Constabler mich von meinen Leuten wegholten, war ich jedenfalls besser dran, auch wenn ich nicht jeden Tag satt wurde.«

Dorothea erinnerte sich, dass er jeder ihrer Fragen nach seiner Familie stets ausgewichen war. Sie wusste nur, dass er von jemandem im Messerwerfen unterrichtet worden war, einen kleinen Hund namens Bagster besessen hatte und weder lesen noch schreiben gelernt hatte. Plötzlich gaben die Puzzleteile einen Sinn: Die Behörden steckten Zigeunerkinder, die aufgegriffen wurden, manchmal in Arbeitshäuser. Aber Ian Rathbone war kein Zigeunername.

»Was hat dein Vater gearbeitet?«, bohrte Lischen bereits nach, während Dorothea noch darüber nachdachte, wie er zu diesem Namen gekommen war.

»Sei nicht so impertinent!«, sagte Mutter Schumann mit deutlichem Tadel in der Stimme. »Unser Gast muss sich ja vorkommen wie bei einem Verhör. Möchten Sie noch von den grünen Bohnen, Mr. Rathbone?«

»Danke, gern.« Ian wandte den Kopf so, dass er Dorothea direkt ins Gesicht sah. Es kam ihr vor, als spräche er nur zu ihr. »Ich weiß nicht einmal, wer meine Eltern waren. Die einzigen Erinnerungen, die ich habe, sind die an den Gypsie-Clan, bei dem ich aufwuchs.«

»Wie aufregend«, hauchte Lischen. »Kannst du Feuer spucken?«

Die Anspannung wich aus seinem Gesicht, als er in herzhaftes Gelächter ausbrach. Fasziniert beobachtete Dorothea die Veränderung an ihm: Alles Düstere war von ihm abgefallen. Geradezu kindlich wirkte er in seiner ungehemmten Fröhlichkeit. »Tut mir leid, damit kann ich nicht dienen«, sagte er. »Solche Künste beherrschen nur die besten unter den Gauklern.«

»Dafür warst du ein wahrer Meister mit dem Wurfmesser«, warf August ein, lehnte sich zurück und musterte ihn nachdenklich. »Ian hat auf zwölf Yards das As einer Spielkarte getroffen!« Er grinste spitzbübisch. »Das hat Doro nie geschafft.«

»Inzwischen schafft sie es.« Heathers Feststellung sorgte für verblüfftes Schweigen in der Runde.

»Du hast mir nachspioniert!« Dorotheas Ausruf war halb Frage, halb Anklage. Heather nickte ungerührt. »Sam auch. Wir wollten sehen, was du hinter den Ställen zu schaffen hast. Sam meinte, es sei zwar nicht das Richtige für eine Lady, aber wir sollten es für uns behalten.«

»Sam auch? Das wird ja immer schöner!« Dorothea war peinlich berührt, dass der Stallknecht ihre anfänglich keineswegs bühnenreifen Übungsstunden verfolgt hatte. Wahrscheinlich hatte er sich im Stillen köstlich amüsiert.

»Du hast wirklich noch mein altes Messer? Ich hätte nicht gedacht, dass du es so lange aufheben würdest.« Ian klang überrascht. »Und noch weniger, dass du in Übung bleiben würdest.«

»Sonst hätte es ja wohl wenig Sinn«, gab Dorothea eine Spur patzig zurück. »Schließlich hast du mir doch eindringlich geraten, mein Handgelenk geschmeidig zu halten.«

»Ja, aber ich hätte nicht erwartet, dass du meinen Rat auch befolgst«, sagte er und schmunzelte. »Ich dachte, du würdest es zu deinen Taschentüchern legen, und irgendwann würde es als Brieföffner enden.«

Dorothea musste lachen. »Ich habe es tatsächlich zu meinen Taschentüchern gelegt. Aber als Brieföffner habe ich es nie benutzt.« Sie sah ihn an. »War es eigentlich schwierig für dich, dir ein neues zu beschaffen? Dort, wo du damals hingingst?«

»Es dauerte nur ein bisschen«, sagte Ian ausweichend.

»Komm schon, heraus mit der Sprache: Wie ist es dir dort im Norden ergangen bei diesem deinem Viehzüchter?« August stützte die Ellenbogen auf den Tisch und beugte sich vor. »So, wie du aussiehst, würde ich sagen: Du hast dein Glück gemacht. Stimmt's?«

»Man kann es wohl so sagen«, erwiderte Ian bedächtig.

»Na los, Mann, lass dir nicht alle Würmer einzeln aus der Nase ziehen! Merkst du nicht, wie neugierig wir alle sind?«

Ehrlich erstaunt sah Ian von einem zum anderen. »Ihr interessiert euch wirklich dafür?«

»Natürlich«, bestätigte Dorothea, reichte ihm eine gefüllte Teetasse und nickte ihm zu. »Und sei gewarnt: Wir erwarten einige aufregende Geschichten von dir!«

Ian sah sie unsicher an, ehe er anfangs stockend, dann immer lebhafter von seinem Leben als Viehhirte erzählte. Der Besitz des Viehzüchters lag am Darling River, nahe der Route, auf der die Herden von der Ostküste nach Südaustralien getrieben wurden. Auf dieser abgelegenen Station mitten im Busch ging es ziemlich rau zu. Meist teilten sich zwei Männer die Verantwortung für eine Schafherde: Einer begleitete sie tagsüber zu den Weideplätzen und passte auf, dass sich dort nicht etwa ein hungriger Dingo oder Aborigine an ihnen vergriff; der andere hielt nachts Wache an der Koppel, in welche die Tiere bei Einbruch der Dunkelheit getrieben wurden. Die Schutzhütte für die Hirten diente auch gleichzeitig als Unterstand für Mutterschafe und Lämmer, die zu schwach oder kränklich waren, um frei laufen zu dürfen. »Manchmal war es ziemlich eng«, bemerkte Ian trocken. »Und einmal bin ich davon aufgewacht, dass eines der Lämmer verzweifelt an meinen Zehen saugte. Aber wenigstens fror man auf die Art nicht.«

Die harte, einsame Arbeit wurde bloß unterbrochen von den Wochen der Schafschur und wenn der Monatslohn ausgezahlt wurde. Die meisten Männer gaben ihn sofort für Tabak und Branntwein aus. Beides verkaufte ihnen der Viehzüchter gerne aus seinen Vorräten. Auf diese Art floss der größte Teil der Lohngelder sofort wieder in seine Taschen zurück.

Ian selbst rauchte und trank nicht, sondern sparte eisern für seine Freiheit. Allerdings scheiterte seine ursprüngliche Idee, sich vom Kontrakt freizukaufen und nach Adelaide zurückzukehren, am Widerstand seines Arbeitgebers, der sich weigerte, einen seiner zuverlässigsten Männer gehen zu lassen. Von Ians Geld hätte er weniger als von seiner Arbeit, erklärte er dem Jungen unverblümt. Also müsse er die vollen fünf Jahre ableisten.

»Ich überlegte schon ernsthaft, einfach zu verschwinden«, gestand Ian mit schiefem Lächeln. »Nur der Gedanke, dass ich dann vermutlich steckbrieflich gesucht werden würde und niemals einen Fuß in die Stadt setzen könnte, hielt mich zurück.«

»Was für ein ekelhafter Mensch!«, rief Mutter Schumann empört aus. »Aber irgendwie haben Sie es ja wohl doch geschafft. Sonst wären Sie nicht hier.«

»Das verdanke ich Robert. Robert Masters wurde auf mich aufmerksam, als wir uns beim Wollhändler in Port Adelaide über den Weg liefen. Wir kamen ins Gespräch, und er bot mir eine Teilhaberschaft für einen Viehtrieb an. Keine Ahnung, wie er es geschafft hat, Mr. Higgins zu überreden – aber am nächsten Tag drückte er mir meine Kontraktauflösung in die Hand, und ehe ich es mich versah, war ich auf dem Schiff nach Sydney. Dort übernahm ich die Herde und brachte sie über die Südroute nach Wellington.« Er lehnte sich zurück und sah mit offenem Stolz in die Runde. »Wir haben kein einziges Stück Vieh verloren auf dem Treck!«

Mit einem kurzen Seitenblick streifte er Koar, ehe er fortfuhr: »Dass wir von Überfällen verschont blieben, soll auf die Coorong-Strafexpedition zurückzuführen sein, sagte man mir. Aber es war wirklich seltsam: Obwohl ich während der ganzen Zeit das Gefühl nicht loswurde, beobachtet zu werden, haben wir nicht einen einzigen Eingeborenen zu Gesicht bekommen. O'Halloran scheint ihnen wirklich Respekt eingebläut zu haben.«

»Da konntet ihr von Glück sagen! In der Stadt gehen Gerüchte um, dass es unter den Stämmen am Great Murray River gewaltig gären soll. Angeblich soll ein Zauberer dahinterstecken.« August lächelte herablassend. »Ein Zauberer! Was für ein Hokuspokus!«

»Ein Zauberer ist ein überaus gefährlicher Mann«, widersprach Koar ihm leise, jedoch umso entschiedener. »Selbst die stärksten Jäger fürchten sie, weil sie einen aus der Ferne töten können.«

Da er die ganze Zeit geschwiegen hatte, wie er es immer tat, wenn Fremde anwesend waren, sahen ihn alle erstaunt an. »Wirklich?«, sagte August etwas unsicher. »Ich dachte immer, eure Zauberer wären so eine Art männliche Kräuterhexen.«

»Weil du nie richtig zuhörst, wenn es um andere Dinge als Steine und Dreck geht«, murmelte Karl und sah Koar auffordernd an. »Erzähl ihm, was ein Zauberer alles kann!«

»Das würde mich auch interessieren.« Ian betrachtete Koar aufmerksam. »Du kennst dich damit aus?«

»Ich war sozusagen schon Zauberlehrling – um es in eurer Sprache auszudrücken«, erwiderte Koar. »Mein Großvater, der große Tenberry, hat mich so gut es ging unterrichtet. Leider starb er, als ich noch recht klein war.«

»Aber du weißt, was ein Zauberer so tut?«, fragte Ian.

Koar zuckte mit den Schultern. »Es gibt verschiedene Zauberer. Alle kennen sie die Mythen und Geschichten der Regenbogenzeit. Sie können Kontakt zu den Ahnengeistern aufnehmen. Und sie befragen Verstorbene, wer ihren Tod verursacht hat, damit der Mörder bestraft werden kann. Sie heilen schwere Krankheiten, die von bösen Geistern verursacht wurden. Aber sie können ihre Macht auch einsetzen, um anderen zu schaden.« Koar verstummte.

»Wie beispielsweise, sie aus der Ferne zu töten?« Ian runzelte die Stirn. »Funktioniert das wirklich?«

»Ja«, sagte Koar lakonisch.

»Und wie? Benutzen sie dazu magische Beschwörungsformeln oder so etwas?«

»Ich weiß es nicht. Wirklich nicht. Tenberry meinte, das sei ein Missbrauch der Gabe. Sie sei ein Geschenk der Ahnengeister, dazu bestimmt, den Menschen zu helfen, nicht, ihnen zu schaden. Deswegen hat er auch nie den höchsten Grad angestrebt.« Es schien Koar zu widerstreben weiterzusprechen.

»Jetzt hast du uns so neugierig gemacht, jetzt musst du uns den Rest auch noch verraten«, drängte August ihn. »Was hat es für eine Bewandtnis mit dem höchsten Grad?«

»Ein solcher Zauberer kann Menschen allein kraft seines Willens töten«, sagte Koar. »Aber um diese Kraft freizusetzen, muss er Menschenfleisch essen.«

Es folgte ein entsetztes Schweigen, in dem man eine Nähnadel hätte zu Boden fallen hören.

»Das ist ja grauenhaft«, hauchte schließlich Mutter Schumann und warf einen besorgten Blick auf die beiden Mädchen, die Koar mit aufgerissenen Augen anstarrten. »Tun sie das immer noch? Ich meine, das haben sie vielleicht früher getan, aber doch nicht heute!« Es klang geradezu beschwörend. »So etwas würde der Gouverneur doch sicher strengstens verbieten.«

Koar schwieg verlegen. Man sah ihm an, dass er es bereute, sein Wissen preisgegeben zu haben. Also entschied Dorothea, ihn erst später wegen des Skelettmanns zu fragen. Dieses Familiendinner war nicht der richtige Zeitpunkt dafür. »Mutter erzählte mir, dass du gerne Medizin studieren würdest, Koar«, sagte sie in dem Versuch, das Gesprächsthema zu wechseln. »Hat dich Mr. Moorhouse auf den Gedanken gebracht?« Der Protector hatte in England als Landarzt praktiziert, ehe er seinen Posten hier angenommen hatte.

Karl kam Koar mit einer Antwort zuvor und erzählte von dem Anatomiebuch, anhand dessen er die Körperproportionen hatte üben wollen. Koar hingegen war weniger an den Proportionen als an den Funktionen interessiert. Karls Kenntnisse hierüber waren äußerst beschränkt. Also hatte er dem Freund, halb im Scherz, geraten, bei Dr. Woodforde vorzusprechen und ihn um entsprechende Lehrbücher zu bitten. Und der alte Herr war nur zu gerne bereit gewesen, dem jungen Aborigine im Austausch gegen seine Kenntnisse der einheimischen Heilkräuter medizinische Werke auszuleihen. »In der Lateinklasse ist Koar inzwischen unter den Besten«, berichtete Karl stolz. »Und Dr. Woodforde hat neulich angeboten, ihm Empfehlungsschreiben für all seine alten Bekannten in London mitzugeben. Wir müssen nur noch einen Gönner finden, der bereit ist, für das Studium aufzukommen.«

Ganz so einfach, wie Karl es sich vorstellte, würde es nicht werden. Obwohl Dorothea keine Ahnung von den Gepflogenheiten der Universitäten hatte, bezweifelte sie doch, dass die ehrwürdige Londoner Fakultät ohne größere Umstände einen Aborigine als Studenten annehmen würde. Aber vielleicht gab es andere Möglichkeiten. Sie würde Robert um Rat fragen.

»Würden Sie mich auch Messerwerfen lehren, Mr. Rathbone?« Heathers atemlos hervorgestoßene Frage ließ alle verblüfft aufhorchen.

»Sicher. Wenn deine Mutter, ich meine Dorothy, nichts dagegen einzuwenden hat.« Ian wirkte im Gegensatz zu allen Übrigen nicht im Geringsten irritiert. Im Gegenteil: Er schien die ungewöhnliche Bitte für ein ganz normales Anliegen zu halten.

»Ich auch!« Ehe Dorothea etwas hatte äußern können, war ihre kleine Schwester bereits damit herausgeplatzt. Lischen sah ihre Mutter bittend an. »Bitte, Mama, erlaube es! Wenn Doro und Heather es tun, will ich es auch.«

»Es ist nicht gerade ein passender Zeitvertreib für junge, wohlerzogene Damen«, sagte Mutter Schumann streng. »Und ich bin fast sicher, dass Mr. Masters es ebenfalls missbilligen würde.«

»Er muss es ja nicht wissen.« Heather warf ihrer Stiefmutter einen verschlagenen Blick zu. »Wenn du es vor ihm geheim halten kannst, kann ich es auch. Zu zweit ist es leichter, ein Geheimnis zu bewahren.« Dorothea war mit ihrer Stieftochter inzwischen vertraut genug, um die versteckte Drohung als solche zu erkennen. Dieses kleine Biest!

»Messerwerfen ist doch nichts für kleine Mädchen. Bleibt lieber bei euren Puppen und Stickübungen.« August lächelte gönnerhaft, und dieses Lächeln voll männlicher Herablassung gab den Ausschlag zu einem plötzlichen Sinneswandel: Eben noch hatte Dorothea trotz der versuchten Erpressung ihrer Mutter recht geben wollen, jetzt hörte sie sich sagen: »Man weiß doch nie, was einem in der Wildnis nützlich sein kann. Ich denke nicht, dass Robert etwas dagegen haben würde, solange wir nicht in aller Öffentlichkeit damit hausieren gehen.« Sie wandte sich an Ian: »Vielleicht könnten wir im Garten üben.«

»Nein, das kommt nicht infrage.« Mutter Schumanns Stimme verriet jedem, der sie kannte, dass es keinen Sinn hätte, sie umstimmen zu wollen. »Nicht in meinen vier Wänden! Das wäre ja noch schöner, dass man hier im Haus nicht mehr seines Lebens sicher ist.«

»Mrs. Schumann hat vollkommen recht«, sagte Ian eilig und deutete eine kleine Verneigung an. »Es wäre nicht passend. Aber was hielten Sie davon, wenn ich die jungen Damen und Mrs. Masters zu einem Picknick einlüde? Im Busch könnten wir völlig ohne Gefahr für jeden Unbeteiligten ein wenig üben, und dabei dürfte sich die Begeisterung für diese Betätigung dann schnell verflüchtigen.« Er lächelte übermütig in die Runde. »Vielleicht möchten sich uns ja noch mehr Teilnehmer anschließen?«

August und die Jungen lehnten dankend ab. Mutter Schumann erklärte, momentan wirklich keine Zeit erübrigen zu können. »Aber ein Ausflug wäre sicher eine nette Abwechslung für die Mädchen. Wenn es nicht zu anstrengend wird …« Sie sprach nicht weiter, aber alle außer Ian wussten auch so, was sie meinte.

»Bist du nicht ein bisschen überängstlich, Mama?«, sagte Dorothea eilig und versuchte, den Ärger zu ignorieren, der in ihr aufstieg. Wie lange denn noch würden sie alle als Invalidin behandeln? »Ian wird schon auf uns achtgeben. Nicht wahr, Ian?«

»Ja«, erwiderte er schlicht, wobei es ihm Mühe zu bereiten schien, ihrem Blick standzuhalten.

Einige Tage später hielt ein schicker modischer Gig, gezogen von einem lebhaften Braunen, vor der Tür.

»Er ist da, er ist da!« Lischen und Heather, die aus dem vorderen Schaufenster gespäht hatten, kamen in die Küche gerannt, wo Dorothea und ihre Mutter damit beschäftigt waren, den Picknickkorb zu packen.

»Lauft schon vor und sagt ihm, ich wäre gleich so weit«, sagte Dorothea und spürte, wie ihr Herzschlag sich beschleunigte. Wieso war sie so nervös? Mit fahrigen Fingern zupfte sie noch ein letztes Mal den kecken Strohhut zurecht, den sie am Tag zuvor bei der neuen Modistin um die Ecke erstanden hatte, ehe sie den Henkelkorb aufnahm und sich rasch von ihrer Mutter verabschiedete. »Bis heute Abend, Mama.«

Ian hatte das Pferd am Terrassengeländer festgebunden und war gerade damit beschäftigt, den beiden Mädchen in den Wagen zu helfen, als er sie kommen hörte. Eilig drehte er sich um. In legerer Kleidung sah er beinahe noch besser aus als im Abendanzug. Der Buschläuferhut und die derben Drillichhosen verliehen ihm das Aussehen eines Abenteurers. Um der Formlosigkeit die Krone aufzusetzen, hatte er auch auf ein Halstuch verzichtet, und so blieb im Ausschnitt des Hemds aus kariertem Cambraystoff ein Teil seiner gebräunten Brust sichtbar. Dorotheas Augen hingen wie gebannt an diesem Flecken Haut.

»Entschuldige, ich habe gedacht, für einen Ausflug in den Busch muss ich meine guten Sachen nicht einstauben lassen«, sagte er, während er leicht errötete. »Aber wir können am Gasthaus halten, und ich kleide mich schnell um.«

»Ach, Unsinn«, wehrte sie ab und drückte ihm den Korb in die Hand. »Ich werde es sicher bereuen, aber ich konnte der Versuchung nicht widerstehen, meine neue Garderobe auszuführen. Deine Kleidung dürfte sehr viel passender für den Anlass sein.«

Tatsächlich hatte sie sich große Mühe gegeben, modisch auf dem neuesten Stand zu sein. Ihr Kleid aus narzissengelbem Batist mit moosgrünen Falbeln hatte sie noch in der Nacht fertig gesäumt. Dazu trug sie Knöpfstiefel aus feinem Veloursleder, eine leichte Samtpelerine und eben den Strohhut mit der schmalen, gebogenen Schute, von dem die Modistin versichert hatte, er wäre *dernier cri* in Paris.

Ians bewundernder Blick, als er sie auf den Bock hob, sagte ihr, dass es sich gelohnt hatte.

»Wo fahren wir hin?«, erkundigte sie sich, während er den Wagen geschickt die King William Street entlanglenkte.

»Ich habe mir sagen lassen, es gibt auf dem Weg nach Glenelg einen Ort, der früher ein Heiligtum der Eingeborenen gewesen sein soll. Dort gibt es nicht nur eine ganze Reihe Quellen, sondern auch Felsen voller geheimnisvoller Zeichen, und man kann seltsam bemalte Steine und Kiesel finden.« Seine Zähne blitzten, als er leise, damit die Mädchen auf dem Rücksitz ihn nicht hören konnten, hinzufügte: »Das wird sie beschäftigen, wenn sie merken, dass Messerwerfen zu üben eine recht langweilige Angelegenheit ist.«

Es versprach ein perfekter Tag zu werden: Die Sonne schien von einem azurblauen Himmel, ein leichter Wind vom Meer her hielt die Temperatur angenehm – Dorothea fühlte sich auf einmal wieder so jung und übermütig wie damals auf dem Schiff, als die Zukunft voller Versprechungen gewesen war. Vielleicht lag es an Ians Gegenwart, dass sie sich wie ein Fohlen auf der Frühjahrsweide vorkam. Er erwartete nicht von ihr, dass sie sich vernünftig und erwachsen benahm – er nahm sie hin, wie sie war. Sie musste bei ihm keine Rolle spielen.

»Weißt du noch, die unanständigen Lieder, die die Matrosen auf dem Schiff immer sangen?« Und schon stimmte sie eines davon an. Wann immer sie stockte, weil sie den Text vergessen hatte, fiel Ian mit seiner klangvollen Stimme ein. »Du kannst sie ja doch alle auswendig«, sagte sie vorwurfsvoll, als er zum wiederholten Male soufflierte. »Warum hast du immer so getan, als kenntest du sie nicht?«

»Ich hatte Angst, wenn es herauskäme, würde deine Mutter dir den Umgang mit mir verbieten«, sagte Ian schlicht. »Ich wusste ja, dass ihr eine Missionarsfamilie seid. Und kirchliche Leute sind da verflixt eigen.«

»Du hättest auch einfach sagen können, dass ich meiner Mutter nichts davon erzählen sollte«, widersprach Dorothea und dachte unwillkürlich an ihre Stieftochter, die keinerlei Hemmungen hatte, mit solchen kleinen Tricks zu arbeiten.

»Das hätte ich wohl.« Mehr äußerte er nicht dazu, sondern zeigte mit der Peitsche auf ein paar Kängurus, die neugierig zu ihnen herüberspähten. »Seht ihr, Kinder, sie haben alle Junge im Beutel!«

Während Lischen vor Begeisterung über das malerische Bild fast außer sich geriet, blieb Heather stumm. Dorothea fragte sich, ob sie ebenfalls an den grausigen Fund auf dem Latrinenbrett denken musste, den sie beide in jener denkwürdigen Nacht gemacht hatten. Um sich und Heather abzulenken, schlug sie rasch das Spiel vor: »Ich sehe was, was du nicht siehst.« Und tatsächlich quiekten bald beide Mädchen vor Vergnügen, wenn die Erwachsenen einfach nicht auf den zu ratenden Gegenstand kommen wollten.

Und es gab viel zu raten in dieser abwechslungsreichen Landschaft. Die Parklands in der Umgebung von Adelaide trugen ihren Namen zu Recht: Kein Gartenarchitekt hätte sie geschickter planen können, als sie von Natur aus gewachsen waren. Wie zufällig angeordnete Baumgruppen wechselten sich ab mit lichten Waldungen und blumenübersäten Wiesen. Hier und da stiegen kreischende Kakaduschwärme gen Himmel, von einer Schlange oder einem kleinen Raubtier aufgescheucht. Die bunten Vögel sahen aus wie eine Wolke aus Blütenblättern, die der Wind aufwirbelte.

Selbst das Kutschpferd schien die Fahrt zu genießen, jedenfalls brauchte Ian es nicht ein einziges Mal mit der Peitsche anzutreiben. Nach etwa zwei Stunden sah er sich um. »Hier muss es sein«, murmelte er mehr zu sich selbst. »Ah ja, dahinten.« Und schon lenkte er das Pferd zwischen zwei markanten Eukalyptusbäumen hindurch. »Da ist es«, verkündete er und wies auf einen auffallend geformten Hügel, der sich in etwa zwei Kilometer Entfernung mitten im Mallee aus dem kniehohen Gestrüpp erhob.

»Das da soll ein Heiligtum der Eingeborenen sein?« Abgrundtiefe Enttäuschung sprach aus Lischens Stimme. »Sie haben doch gesagt, es gäbe Quellen und Felsbilder dort. Aber ich sehe nichts in der Art.«

»Abwarten«, empfahl Ian gut gelaunt. »Manches erschließt sich erst auf den zweiten Blick.«

»Ich glaube, da ist so etwas wie ein Fels«, rief Heather und reckte den Hals. »Dort, hinter dem Busch mit den roten Blüten.«

Dorothea kniff die Augen zusammen. Tatsächlich: Zwischen den locker belaubten Zweigen schimmerte hellgrauer Stein. Als sie näher kamen, wurde immer deutlicher, dass der Hügel nicht einfach nur ein Hügel war. Dafür war seine Form zu regelmäßig. Menschenhände hatten vorstehende Kanten begradigt, Lücken aufgefüllt und Felsvorsprünge abgeschlagen. Auf einer glatten, senkrecht stehenden Felsplatte konnte sie fremdartige Figuren in Rot, Weiß und Gelb erkennen.

Rund um den Hügel war alles Gras säuberlich niedergebrannt worden, sodass er von einem schwarzen Ring umgeben war. In der dunklen Asche erkannte man deutlich die Abdrücke nackter Füße. Unwillkürlich überlief Dorothea ein Schauer des Unbehagens, und sie musterte die Umgebung auf Anzeichen von Eingeborenen. Die Vorstellung, plötzlich von einem Haufen finster blickender Schwarzer mit Speeren und Keulen umzingelt zu werden, verursachte ihr eine Gänsehaut. Dass weit und breit keiner zu sehen war, besagte wenig. Hatte Robert nicht erzählt, sie könnten sich so gut wie unsichtbar machen?

»Was ist mit dir? Du bist auf einmal so blass.«

Ians besorgte Stimme riss sie aus ihren Überlegungen. Sollte sie ihre Bedenken mit ihm teilen? Nein, entschied sie rasch. Er musste ja denken, sie sei hysterisch. Also zwang sie sich zu einem Lächeln und sagte betont munter: »Nein, nein, es ist alles in Ordnung. Ich habe nur ordentlich Hunger. Ihr nicht?«

Kaum waren sie abgestiegen, als die Mädchen auch schon losliefen, den seltsamen Platz zu erkunden. »Ich hoffe, die hiesigen Eingeborenen werden keinen Anstoß daran nehmen, dass wir hier picknicken«, bemerkte sie, während sie den beiden nachsah, unschlüssig, ob sie sie zurückrufen sollte. »Bist du sicher, dass es ungefährlich ist, hier herumzustreifen?«

»Sonst hätte ich euch wohl kaum hierhergebracht«, gab er eine Spur ungehalten zurück. »Denkst du, ich würde euch leichtsinnig einer Gefahr aussetzen?« Über einem Arm den Stapel Decken, über dem anderen den Henkelkorb, stapfte er ihr voraus zu einer etwas abseits liegenden Baumgruppe, wo das Gras noch frisch und grün war. »Ich bin mir vollkommen darüber im Klaren, dass Robert mir den Kopf abreißen würde, wenn euch etwas zustieße, und ich kann dir versichern: Ich bin nicht lebensmüde!« Ian stellte den Korb ab und machte sich daran, die Decken auszubreiten.

»Entschuldige«, sagte Dorothea kleinlaut. »Ich muss dir schrecklich kleinmütig vorkommen. Es ist nur so, dass sie mir seit einiger Zeit unheimlich sind. Besonders einer bei uns draußen …«

»Hast du deswegen wieder begonnen, mit dem Messer zu werfen?«, fragte Ian hellsichtig.

Dorothea nickte und spielte mit der Seidentroddel am Griff ihres Sonnenschirms, um ihn nicht ansehen zu müssen. »Ich wollte mich notfalls verteidigen können«, sagte sie. »Und Heather geht es ähnlich. Dieser Kerl ängstigt sie zu Tode, indem er nachts ums Haus schleicht.« Sie schauderte. »Du hättest ihn sehen sollen: angemalt wie ein Skelett. Ein wirklich furchterregender Anblick!«

»Was für eine Frechheit! – Ich verstehe nur nicht, wieso Robert ihm nicht eine Ladung Schrot hinterherjagt oder wenigstens eine tüchtige Tracht Prügel verpasst.« Ian schüttelte verständnislos den Kopf. »Alle Stationsbesitzer tun das mit gutem Erfolg. Wenn die Kerle erst einmal zur Räson gebracht worden sind, ist ganz schnell Ruhe.«

»Meistens ist Robert nicht auf Eden-House, wenn er sich zeigt«, erklärte Dorothea. »Er scheint zu wissen, wann es gefahrlos möglich ist und wann nicht.«

Ian runzelte finster die Brauen. »Dem Kerl würde ich zu gerne einmal begegnen!« Er ballte die Hände zu Fäusten und genoss sichtlich die Vorstellung eines Zweikampfs.

Dorothea schwankte gerade, ob sie ihm auch von dem zerfetzten Wallabyjungen und dem seltsamen Schlangentanz erzählen sollte, als die Mädchen, die den Hügel umrundet hatten, wieder zu ihnen stießen. Ein andermal, dachte sie.

»Schaut mal, was wir gefunden haben!« Lischen schwenkte einen Stecken mit einem Puff aus flauschigen Schwanenfedern. »Ist das nicht hübsch? Ich denke, ich werde es Mama mitbringen.«

»Es gibt noch viel mehr davon an der Stelle«, sagte Heather herablassend. »Aber ich fand Staubwedel nicht so interessant.«

Dorothea betrachtete den Gegenstand genauer. Er erinnerte sie an die Büschel, welche die Tänzer bei dem *palti* im Garten des Gouverneurs auf dem Kopf getragen hatten. »Ich weiß nicht, ob du das einfach mitnehmen solltest«, sagte sie zweifelnd. »Er sieht nicht so aus, als ob er schon länger hier gelegen hätte. Vielleicht hat er eine besondere Bedeutung. Bring ihn lieber wieder zurück.«

Der Picknickkorb enthielt außer gebratenen Hühnerbeinen, Butterbroten und frischem Obst auch zwei Flaschen Limonade. Während sie die vorsichtig in die mitgebrachten Steingutbecher goss, war Dorothea sich nur zu bewusst, dass Ians Augen an ihr hingen. »Schade, dass Koar nicht mitgekommen ist. Er hätte uns sicher sagen können, was diese Dinge zu bedeuten haben«, bemerkte sie leichthin, um ihre Befangenheit zu überspielen. »Ich bin schon sehr gespannt, was wir hier noch zu sehen bekommen.«

Da auch die Mädchen begierig waren, ihre Erkundungen wieder aufzunehmen, war das Picknick nur von kurzer Dauer. Kaum waren die Hühnerbeine abgenagt, die Butterbrote verspeist, stürmten Lischen und Heather schon wieder los. Dorothea und Ian folgten gemächlicher. »Was für eine seltsame Art zu zeichnen«, entfuhr es ihr, sobald sie vor dem ersten Felsbild standen. Man erkannte ohne jede Schwierigkeit ein Opossum, ein Känguru, einen Emu und ein Wombat. Die Umrisse waren mit sicherer Strichführung in gelbem Ocker auf den Stein gemalt worden. Was verwirrte, waren die Striche, Punkte und Spiralen, mit denen die Figuren ausgemalt worden waren. »Es sieht fast so aus, als sehe man die Eingeweide und Knochen im Inneren der Tiere. Das da zum Beispiel ...« Mit dem Zeigefinger fuhr sie die braunroten Schlingen nach, die sich vom Kopf bis zum Schwanz eines Baumopossums wanden wie ein mäandernder Wasserlauf. »Man denkt sofort an die Kaldaunen.«

»Hier scheinen sie einen Menschen gemalt zu haben.« Ian war schon vorausgeschlendert und stand nun vor einem weiteren glatten Felsen. »So etwas habe ich schon einmal gesehen.« Er runzelte die Stirn und starrte angestrengt auf die Zeichnung in weißer Farbe. »Jetzt hab ich's! Das sind fast genau die Muster, die ich auf den Maraura gesehen habe, als sie uns überfielen.«

Kaum hatte Dorothea einen Blick auf die Malerei geworfen, als sie spürte, wie ihr Atem stockte und die Härchen in ihrem Nacken sich sträubten. Das war er: der Skelettmann von Eden-House!

Er war geradezu unheimlich gut getroffen: als würde er jeden Moment aus dem Felsen heraustreten. Abgestoßen und zugleich fasziniert hing Dorotheas Blick an seinem Konterfei. In der Nacht hatte sie ihn nur undeutlich sehen können, jetzt, im hellen Licht der Mittagssonne, war jede Einzelheit klar zu erkennen. Und trotz der lieblichen Umgebung ging von dem Bild etwas seltsam Bedrohliches aus. Es schien sie aus dunklen Augenhöhlen anzustarren, ihr eine Botschaft vermitteln zu wollen. Hinter dieser Figur steckte mehr als nur ein skurril bemalter Eingeborener.

»Was hat er da eigentlich in der linken Hand? Es sieht fast aus, als wären das Menschenköpfe ...« Ians Stimme riss sie aus ihrer Erstarrung. »Und in der rechten – ist das ein Kängurubein oder ein *waddy*?« Dorothea löste sich mit einiger Anstrengung aus der hypnotischen Anziehungskraft des gespenstischen Totenschädels. Tatsächlich war das, was er in Händen trug, nicht weniger grausig als seine Erscheinung. Die Köpfe waren in ihrer plastischen Darstellung grauenhaft naturgetreu: Die eingetrockneten Augenhöhlen hatten sich zu Schlitzen verengt, dafür hingen die Unterkiefer schlaff herunter und vermittelten dadurch den Eindruck, als seien die Münder zu schrecklichen Schreien aufgerissen. Und was Ian anscheinend nicht aufgefallen war: Die Köpfe waren alle weiß.

»Komm weiter, das ist wirklich kein schöner Anblick«, sagte Ian im gleichen Moment. »Manchmal muss man sich schon wundern, was in diesen Traumgeschichten von ihnen alles an Scheußlichkeiten vorkommt.«

Die übrigen Felsbilder zeigten ausnahmslos Tiere der Umgebung, keine Menschen. Dennoch spürte Dorothea ein wachsendes Unbehagen. Sie mochte diesen Ort nicht. Etwas an ihm verursachte ihr Gänsehaut. War es das Felsbild des Skelettmanns? Die frische, von Fußspuren durchzogene Asche? Am liebsten wäre sie schleunigst nach Adelaide zurückgekehrt.

Aber das hätte zu empörten Protesten geführt. Heather und Lischen hatten den Hügel mehrfach umrundet und dabei in versteckten Felsnischen einiges gefunden: besonders schöne Schneckenhäuser und Muschelschalen, fein gewirkte Körbchen aus Gras, geheimnisvoll bemalte Kiesel und Flintsteine. Die von Heather als »Staubwedel« bezeichneten Federbüsche hatten rund um eine frische Feuerstelle am westlichen Ende gelegen.

»Vermutlich haben sie hier vor Kurzem ein *palti* abgehalten«, vermutete Ian und warf einen gleichgültigen Blick auf den grauweißen Aschekegel. Ein plötzlicher Windstoß blies eine Staubwolke auf und legte etwas frei, das seine Aufmerksamkeit erregte. »Was ist denn das?« Er kniff die Augen zusammen und ging in die Hocke, um vorsichtig nach dem verkohlten Gegenstand zu greifen. Alle vier sahen verblüfft auf das dicke, schwarze Buch mit den vom Feuer angefressenen Ecken. Als Ian es vorsichtig aufschlug, sah man, dass die Flammen es nur äußerlich versengt hatten – die Seiten waren zwar an den Rändern bräunlich verfärbt, aber noch einwandfrei lesbar. »Es ist eine Bibel«, stellte Ian verwundert fest. »Warum zum Teufel verbrennen sie eine Bibel?«

Diese Frage ließ Dorothea nicht mehr los. Sie hatten sie in Blätter eingeschlagen und in den Picknickkorb gelegt. In Adelaide würden sie sie Mr. Moorhouse bringen. Er sollte entscheiden, ob und was er gegen diese Blasphemie unternehmen wollte. Die heitere Stimmung des Morgens war irgendwie verflogen, aber als hätten sie sich darauf verständigt, es nicht wahrhaben zu wollen, agierten sie alle mit einer aufgesetzten Fröhlichkeit, die Dorothea an das Verhalten bei einem Kranken erinnerte, dem man Zuversicht vorspielt, wo in Wahrheit keine Hoffnung mehr besteht.

14

Ian malte mit der Asche eine Zielscheibe auf einen nahe gelegenen Baumstamm und holte sein Messer aus dem Stiefelschaft. Während er den Mädchen erklärte, welche Körperhaltung man einzunehmen hätte und worauf sie achten mussten, schweiften Dorotheas Gedanken auf das Schiff und zurück zu ihren Unterrichtsstunden mit ihm. Damals war ihr nicht aufgefallen, dass er solch ein guter Lehrer war. Er wurde nicht ungeduldig, auch wenn er zum zwanzigsten Mal die Körperhaltung korrigierte. Seine dementsprechenden Hinweise waren immer genau richtig, und er ermutigte Lischen, die schnell aufzugeben pflegte, mit großem Geschick.

Erst als beide Mädchen so weit waren, dass sie, wenn auch nicht immer die improvisierte Zielscheibe, so doch zumindest den Baumstamm trafen, war er zufrieden.

Erhitzt und durstig liefen Heather und Lischen zur nächsten Quelle. Ian jedoch rührte sich nicht vom Fleck. Rücklings an den Stamm gelehnt, die Beine lässig überkreuzt, balancierte er spielerisch das Messer auf seinen Fingerspitzen. »Es würde mich interessieren, ob du wirklich so gut geworden bist, wie Heather behauptete«, sagte er leise und warf ihr unter gesenkten Lidern einen herausfordernden Blick zu. »Was hältst du von einem kleinen Wettwerfen?«

War es dieser Blick, der sie fragen ließ: »Ehe ich die Herausforderung annehme: An welchen Gewinn hattest du dabei gedacht?«

»Wenn ich dich besiege, gehst du mit mir zu dem Maskenball beim Gouverneur«, erwiderte er. Dieser Maskenball versprach das gesellschaftliche Ereignis der Saison zu werden. Obwohl Dorothea keine begeisterte Gesellschaftsgängerin war, hatte sie in diesem Fall doch insgeheim bedauert, noch im Trauerjahr zu sein und somit auf den Besuch dieser Veranstaltung verzichten müssen, die unter dem Motto stand: »Am Hofe des Sultans von Konstantinopel«. Nach den Kostümen auf den Schneiderpuppen ihrer Mutter würde es ein äußerst prächtiger Ball werden. Selbst die nüchterne Miss Mary Kilner hatte sich eine Art Haremskostüm in Nilgrün bestellt. Ihr Verlobter, Protector Moorhouse, würde als muselmanischer Würdenträger erscheinen.

»Du weißt doch, dass ich noch nicht in der Öffentlichkeit tanzen darf«, wandte sie mit leisem Bedauern ein.

»Es ist ein Maskenball«, erinnerte er sie. »Demaskierung ist um Mitternacht, das heißt, wir hätten vier Stunden, um zu tanzen und das Büfett zu plündern. Wir verschwinden kurz davor. Niemand wird wissen, dass du dort warst. Na, was sagst du?«

»Ich würde schon gerne dorthin gehen«, gab sie zu. »Aber ich habe kein Kostüm!«

Ians siegessicheres Grinsen sagte ihr, dass er auch dieses Problem gelöst hatte. »Sei nicht so sicher, dass du gewinnst«, warnte Dorothea ihn, wider Willen beeindruckt von seinem Organisationstalent. Wie hatte er es nur geschafft, ein passendes Kostüm zu beschaffen, wo doch seit Wochen jedes einigermaßen orientalisch anmutende Accessoire von seiner Besitzerin eifersüchtig gehütet wurde? »Was ist, wenn ich gewinne?«

»Dann darfst du dir etwas von mir wünschen«, sagte Ian großmütig. »Aber das wird nicht geschehen. Also brauchst du dir darüber keine Gedanken zu machen.«

Spontaner Ärger über seine Herablassung schoss durch ihre Adern und ließ ihren Körper vibrieren. Plötzlich fühlte sie sich so lebendig wie seit Langem nicht mehr. »Da sei dir mal nicht so sicher«, murmelte sie zwischen zusammengebissenen Zähnen. »Wie viele Würfe?«

»Zehn?«, schlug er vor.

»Einverstanden. – Wer fängt an?«

»Die Dame natürlich.« Ian verbeugte sich übertrieben höflich. »Bitte sehr.« Die breite, lanzettförmige Klinge glitzerte auf seiner Handfläche, als er ihr das Messer reichte. Ihre Finger berührten seine nur kurz, doch dieser Moment reichte aus, um ihre Treffsicherheit derart zu beeinträchtigen, dass das Messer gerade noch im äußersten Kreis stecken blieb. Ian hob stumm die Augenbrauen, enthielt sich jedoch jedes weiteren Kommentars, als er zu dem Baum ging und das Messer herauszog.

»Deine nächsten werden sicher besser«, bemerkte er, als er sich neben sie stellte. Er warf, ohne auch nur zu zielen. Trotzdem stak die Klinge mitten im Zentrum, wie Dorothea erbittert feststellen musste.

Aber auch ihre nächsten Würfe waren beschämend schlecht. »Du bist nicht bei der Sache«, stellte Ian kritisch fest. »Das wird nichts mehr. Gibst du auf?«

»Nein, das tue ich nicht«, fauchte Dorothea, stapfte mit wehenden Röcken zum Stamm und riss wütend das Messer aus der Rinde. »Ich werd's dir noch zeigen.« Mit geschlossenen Augen atmete sie tief ein und aus, bis sie das Gefühl hatte, den Aufruhr in ihrem Inneren eingedämmt zu haben. Erst dann stellte sie sich in Wurfposition und zielte sorgfältig.

Ein lauter Schreckensschrei ließ sie so heftig zusammenzucken, dass das Messer ihren Fingern entglitt. »Doro, komm schnell, etwas hat Heather gebissen!«

Noch bevor sie die beiden Mädchen erreichte, war Ian schon dort und beugte sich über Heather, die kreidebleich und zitternd am Rand des Wasserbeckens hockte. Ihre Rechte hielt sie weit von sich gestreckt und starrte mit weit aufgerissenen Augen auf das Blut, das aus einer kleinen, punktförmigen Wunde quoll.

»Was war es? Hast du gesehen, was dich gebissen hat?« Ian kniete nieder, ergriff ihr Handgelenk und inspizierte die Wunde.

»Ein Skorpion«, flüsterte Heather und wies mit dem Kinn auf ein zerquetschtes Etwas neben sich. »Ich habe ihn noch mit dem Stein erwischt.«

Ian lächelte. »Tapferes Mädchen«, sagte er. »Gott sei Dank! Diese Biester können zwar gemein zustechen, aber es ist nicht lebensgefährlich.« Mit einem Stöckchen stocherte er in den Resten, schob den Giftstachel hin und her und nickte dann erleichtert. »Die Sorte kenne ich. Du wirst ein paar Tage eine geschwollene Hand und ziemliche Schmerzen haben. Wir sollten sehen, dass wir schleunigst nach Adelaide zurückkommen und mit essigsaurer Tonerde kühlen.«

Ohne lange zu fackeln, nahm er sie auf die Arme und trug sie zum Wagen. Dorothea wollte ihnen schon folgen, als Lischen sie am Ärmel zupfte. »Das war wirklich seltsam, Doro«, flüsterte sie und wies mit bebenden Fingern auf das flache Becken voll klaren Wassers. »Ich hätte schwören können, dass nichts dort drin war. Aber als Heather ihre Hand mit dem Becher aus dem Wasser zog, hing er dran. Wo ist er denn bloß hergekommen?«

»Vielleicht ist er von oben heruntergefallen«, sagte Dorothea. »Außerdem können Skorpione gut klettern. Komm jetzt, wir sollten besser nicht trödeln.«

Ian trieb das Pferd so an, dass es schweißnass war, als sie Adelaide erreichten. Trotz der modernen Federung wurden sie ordentlich durchgeschüttelt, aber niemand beklagte sich. Auch Heather nicht, doch ihr kalkweißes Gesicht und die zerbissenen Lippen sprachen eine deutliche Sprache. Ihre Hand war inzwischen feuerrot und bis über das Handgelenk hinaus so geschwollen, dass die Haut darüber spannte.

»Um Himmels willen, was ist geschehen?«, fragte Mutter Schumann besorgt, kaum dass sie einen Blick auf das Häufchen Elend geworfen hatte. »Hat sie sich verletzt?«

»Nein, ein Skorpion hat sie gestochen«, gab Dorothea kurz zurück. Sie wartete nicht, dass Ian ihr half, sondern sprang vom Bock und hob die Arme. »Komm, Heather, ich bringe dich ins Bett und mache dir einen Umschlag mit essigsaurer Tonerde. Danach wirst du dich gleich besser fühlen.«

»Sollten wir nicht zur Sicherheit Dr. Woodforde kommen lassen?«, schlug Mutter Schumann vor. »Mr. Rathbone, wären Sie so freundlich, ihm Bescheid zu sagen?«

»Natürlich, gerne.« Mit dem denkbar kürzesten Gruß verschwand er in einer rötlichen Staubwolke.

Glücklicherweise hatte Dr. Woodforde seine Sprechstunde gerade beendet, und er ließ alles andere stehen und liegen, als er von Ian alarmiert wurde. »Na, wo ist denn die kleine Patientin?«, dröhnte seine Stimme im Flur, kaum dass Dorothea Heather ausgekleidet und ins Bett gesteckt hatte. Er war ein freundlicher alter Herr mit grauem Backenbart und einem stets leicht nach Mottenkugeln riechenden Gehrock. Bedächtig fühlte er Heathers Puls, nickte zufrieden und holte sein poliertes Hörrohr aus der Arzttasche, dessen Zustand von einem langen Berufsleben Zeugnis ablegte.

»Die kleine Dame ist in einem den Umständen entsprechenden guten Zustand. Ihr Puls ist etwas zu schnell, aber der Herzschlag ist regelmäßig«, erklärte er mit professionell beruhigender Stimme. »Sie ist jung und kräftig. Ihr Körper wird das Gift bald ausscheiden. Sie braucht jetzt ein paar Tage Schonung, leichte Kost und viel Schlaf. Dann ist es bald nur noch eine böse Erinnerung.«

Mit einem leisen Ächzen erhob er sich von der Bettkante. »Wenn sie über starke Schmerzen klagt – aber nur dann! –, geben Sie ihr zehn Tropfen davon. Zehn – keinesfalls mehr!«, sagte er zu Dorothea und reichte ihr ein kleines braunes Fläschchen. »Ich bin kein

Freund von Laudanum, aber es wäre grausam, das Kind nur aus Prinzip leiden zu lassen. Sollte ihr Zustand sich überraschend verschlechtern, zögern Sie nicht, mich zu rufen. Ihr Diener, Madam.«

Gerade als er noch ein paar Abschiedsworte mit Mutter Schumann wechselte, kamen Karl und Koar aus der Lateinschule zurück. Die Überraschung war gegenseitig.

Dr. Woodforde fand zuerst die Sprache wieder. »Holla, ist das nicht mein junger Freund, der Medizinmann? Sie kommen wie gerufen: Wie würden Sie einen Skorpionstich behandeln? Na los, lassen Sie hören.«

»Mit einem Umschlag aus *ngalyipi*-Wurzelbrei«, antwortete Koar. »Aber danach muss man die Geister befragen, welcher Zauberer den Skorpion geschickt hat.«

»Hm, so, so.« Dr. Woodforde betrachtete Koar lange und nachdenklich, ehe er ihm väterlich die Hand auf die Schulter legte. »Mit dem Umschlag bin ich einverstanden. Dies scheint wirklich eine außergewöhnlich nützliche Heilpflanze zu sein. Sie haben meine Zustimmung, die Patientin damit zu behandeln. Den Rest vergessen wir besser. Diesen Geisterglauben müssen Sie ablegen, wenn es Ihnen mit dem Studium der Medizin ernst ist, junger Freund.«

»Es war nur ein Scherz«, sagte Karl rasch und stieß seinen Freund unauffällig mit dem Ellenbogen an. »Selbstverständlich glaubt Koar keinen solchen Unsinn.«

Ehe der protestieren konnte, hatte er den Arzt schon hinauskomplimentiert. »Und jetzt lass uns schleunigst diese Wurzeln besorgen.« Sobald er die Tür hinter Dr. Woodforde geschlossen hatte, betrachtete er Koar nachdenklich. »Es war doch ein Scherz, oder?«

»Nein«, erwiderte Koar. »Ein Skorpion sticht dich nicht zufällig. Es ist immer ein Zeichen dafür, dass jemand einen Fluch gegen dich ausgesprochen hat.«

»Selbst wenn du recht hättest: Wer sollte einen Fluch gegen ein kleines Mädchen aussprechen?«, wandte Dorothea ein. »Gegen ein Kind!«

»Ein Kind hat Eltern, die es lieben.« Der junge Aborigine sah sie eindringlich an. »Es ist nur das Mittel, um ihnen Schmerz zuzufügen.«

»Schluss mit dem Gerede«, unterbrach Karl ihn ungewohnt energisch. »Wie ich schon sagte: Wir sollten uns beeilen.«

»Musst du Doro mit solch morbidem Zeug Angst einjagen?«, hörte Dorothea ihn vorwurfsvoll sagen, als sie um die Hausecke bogen. »Das bringt doch nichts.«

Ihre Mutter hatte angeboten, sich bei der Wache an Heathers Bett mit ihr abzuwechseln, und die Stunden bis Mitternacht übernommen. »Der Umschlag scheint ihr gutzutun«, teilte sie Dorothea leise mit, als die kam, um sie abzulösen. »Aber sie fiebert, und wenn sie aufwacht, ist sie immer sehr durstig. Ich bringe dir noch einen Krug von der Limonade, die sie so gern mag.«

Tatsächlich waren Heathers Wangen hochrot, ihre Stirn glühend heiß, und sie warf sich unruhig in den Kissen hin und her, wobei sie Unverständliches vor sich hin murmelte. Dorothea, die als Krankenpflegerin völlig unerfahren war, da ihre Mutter bei Karls und Lischens früheren Erkrankungen keinem der anderen Kinder erlaubt hatte, das Zimmer zu betreten, wurde es mulmig zumute. Wie sollte sie erkennen, wann es nötig war, Dr. Woodforde zu rufen?

»Weck mich, wenn du denkst, dass ihr Zustand besorgniserregend ist«, sagte ihre Mutter ruhig und stellte den Krug mit der frischen Limonade auf den Waschtisch. »Gegen Morgen ist es immer am schlimmsten.«

Mit klopfendem Herzen verfolgte Dorothea jeden mühsamen Atemzug ihrer Stieftochter. War Dr. Woodforde wirklich so zuversichtlich gewesen, dass Heather es gut überstehen würde, oder hatte er es nur vorgetäuscht, um sie nicht zu beunruhigen? Sollte sie ihr von den Tropfen geben, wenn sie aufwachte? Und würde sie es rechtzeitig bemerken, wenn der Arzt benötigt würde? Sie kam sich so schrecklich hilflos vor, dass sie bedauerte, nicht rechtzeitig daran gedacht zu haben, Dr. Woodforde nach einer Pflegerin zu fragen. Eine erfahrene Frau gehörte an ihren Platz. Nicht eine wie sie, der vor lauter Angst, etwas falsch zu machen, die Hände zitterten.

Als das Mädchen plötzlich die Augen aufschlug, hätte sie vor Schreck fast aufgeschrien. Als Heather sie erkannte, lächelte sie schwach. »Dorothy«, flüsterte sie. »Ich habe so schrecklich Durst.«

»Möchtest du Limonade?«, fragte Dorothea, zutiefst erleichtert, dass Heather nicht halluzinierte, sondern fast normal wirkte. Heather nickte, und Dorothea flößte ihr ein halbes Glas der nach Zitrone duftenden Flüssigkeit ein.

»Glaubst du, der böse Mann hat den Skorpion geschickt?«, fragte Heather kaum hörbar, nachdem sie in die Kissen zurückgesunken war.

»Nein, das glaube ich nicht. Aber selbst wenn – gegen Koars Medizin kann er nichts ausrichten.« Sie wies auf den Breiumschlag.

»Koar ist auch ein Zauberer?«

Dorothea zögerte nur einen winzigen Moment. »Ja«, sagte sie dann entschieden. »Koar ist sogar ein überaus bedeutender Zauberer bei ihnen. Er ist zwar noch jung, aber sein Großvater, der ihn alles gelehrt hat, war einer ihrer größten.«

Diese Information hatte auf Heather eine erstaunliche Wirkung. Sie lächelte zufrieden. »Das habe ich gespürt«, wisperte sie und blickte fast ehrfürchtig auf den schlichten Breiumschlag. »Wenn Koar mich beschützt, habe ich keine Angst mehr.« Ihre Lider fielen zu, und schon nach kurzer Zeit zeigten ihre regelmäßigen Atemzüge, dass sie wieder eingeschlafen war. Verwundert sah Dorothea, dass die ungesunde Röte schwächer geworden war. Auch das Fieber schien gesunken. Heather schlummerte so ruhig und friedlich, als hätte sie ihr das ganze Fläschchen Laudanum eingeflößt.

Seltsam: Allein der Glaube, Koar sei ein mächtiger Zauberer, dessen Medizin selbst das Gift eines Skorpions unschädlich machen konnte, schien geradezu Wunder gewirkt zu haben. Sollte an diesem ganzen Brimborium doch etwas dran sein?

Am nächsten Tag ging es Heather schon bedeutend besser. Als Ian Rathbone zu einer Krankenvisite vorbeikam, wie er es nannte, konnte sie seine Genesungswünsche aufrecht im Bett sitzend entgegennehmen. »Ich dachte mir, daran hast du mehr Freude als an Blumen«, sagte er mit einem Augenzwinkern, als er ein Körbchen mit exquisiten Süßigkeiten von Lacy's, dem besten Konditor der Stadt, vor sie auf die Bettdecke stellte. »Und ich hoffe, dadurch die schlechten Erinnerungen an unseren gestrigen Ausflug zu übertünchen.«

»Oh …« Lischen stierte gierig auf das Konfekt. »Dafür würde ich mich auch von einem Skorpion stechen lassen!«

August, der nach dem Frühstück vorbeigekommen war, betrachtete seine jüngste Schwester kopfschüttelnd. »Wie kann man nur so gefräßig sein?«

Dorothea und Ian sahen sich an und brachen unisono in schallendes Gelächter aus. »Untersteh dich, Mädel«, prustete Ian und wischte sich die Lachtränen aus den Augenwinkeln. »Wenn du das tust, kriegst du von mir kein Konfekt, sondern eine Gardinenpredigt, die sich gewaschen hat. Also lass es lieber sein.«

Anschließend führte Dorothea Ian in den Garten. »Du siehst müde aus«, sagte Ian fast schroff. »Ich habe dir doch gesagt, dass es nicht so schlimm ist. An einem Bienenstich stirbt man schließlich auch nicht.«

»Du hast gut reden. Robert hat mir Heather anvertraut. Ich bin für sie verantwortlich. Wenn ihr etwas zustieße …« Dorothea sprach nicht weiter.

»Schhh…« Ian zog sie tröstend in die Arme, und Dorothea war

zu erschöpft, um sich zu wehren. Schließlich war es Ian. Ian, den sie seit Langem kannte. Warum sollte sie ihrem Bedürfnis widerstehen, sich an seine so beruhigend warme, feste Brust zu schmiegen?

»Ach, Ian, es ist so schön, dass ich dich wiederhabe«, murmelte sie. Der Druck seiner Arme verstärkte sich fast unmerklich, und sie spürte, wie sich sein Körper verhärtete, ehe er sie mit einem tiefen Seufzer sanft von sich schob.

»Setzen wir uns ein wenig auf die Bank dort. Wie habt ihr euch eigentlich kennengelernt, du und Robert? Soviel ich weiß, ist er möglichst selten in der Stadt.«

»Ich kannte ihn auch kaum. Es war das, was man gemeinhin eine arrangierte Ehe nennt.« Dorothea lächelte schwach, als sie sich an das denkwürdige Gespräch mit Mary Kilner erinnerte. »Wir waren durch den Tod meines Vaters in eine ziemliche Zwangslage geraten. Und Robert befand sich bereits in einer solchen. Wir haben uns sozusagen gegenseitig geholfen.«

»Das hat er mir nicht erzählt«, stieß Ian hervor. Als Dorothea ihm einen scheuen Seitenblick zuwarf, sahen seine Wangenmuskeln wie gemeißelt aus. »Er sagte nur, er werde einer alten Freundin ewig dankbar sein für ihre Vermittlung. Aber ich dachte natürlich, er meinte damit, sie hätte euch einander vorgestellt.« Ian schien ausgesprochen aufgebracht. Vermutete er, Robert hätte die Notlage ihrer Familie ausgenutzt und sie praktisch gekauft? Wenn man nicht wusste, dass ihr Interesse an einer raschen Heirat bedeutend größer gewesen war, musste es wohl so erscheinen. Und Robert war sicher zu sehr Gentleman gewesen, um ihren angeblichen Wunsch, das Trauerhaus möglichst schnell verlassen zu können, als Begründung für die ungewöhnlich hastige Eheschließung anzugeben.

»In gewisser Weise hat sie das auch nur«, sagte Dorothea begütigend. »Du musst wissen, ich war es, die hoffte, meiner Familie mit einer guten Heirat zu nützen. Inzwischen schäme ich mich dafür, denn Robert ist ein ganz wundervoller Ehemann, wie ich ihn besser nicht hätte finden können ...«

»Genug«, unterbrach er sie und sprang auf. »Liebst du ihn?«

Dorothea zögerte mit einer Antwort. Diese Frage hatte sie sich selbst schon öfter gestellt. Was war Liebe? Zweifellos liebte sie ihre Familie: ihre Mutter, ihre Geschwister. Ihren Vater hatte sie so geliebt, dass der Schmerz über seinen Tod kaum zu ertragen gewesen war. Hatte sie Miles geliebt? Rückblickend musste sie das eher verneinen. Es war ein kurzer Rausch gewesen, ein körperliches Vergnügen gepaart mit der prickelnden Erregung des Verbotenen.

Für Robert empfand sie tiefe Zuneigung und Hochachtung. Und auch die körperliche Seite ihrer Ehe mit ihm war durchaus zufriedenstellend. Das Gefühl, dass etwas fehlte, war erst in den letzten Wochen aufgekommen, zunächst schemenhaft, dann immer klarer.

»Ja, ich liebe ihn von Herzen«, sagte sie mit einer Entschiedenheit, die zu einem guten Teil darauf zurückging, dass sie auch sich selbst davon überzeugen wollte, dass es so war. »Er ist ein wunderbarer Ehemann, und er wird ein genauso wundervoller Vater sein, wenn wir erst einmal Kinder haben werden.«

Ian fuhr zusammen, als hätte sie ihm einen Faustschlag in den Magen versetzt. Dann drehte er sich unvermittelt um und stürmte davon. Dorothea sah ihm niedergeschlagen nach. Warum benahm Ian sich auf einmal dermaßen seltsam? Hatte sie das Falsche gesagt? Es war so verwirrend: Anfangs hatte sie sich einfach nur gefreut, einen alten Freund wiedergefunden zu haben, aber etwas zwischen ihnen hatte sich verändert. Er war nicht mehr der Junge, mit dem sie auf den Taurollen gesessen und Lesen und Schreiben geübt hatte. Die kameradschaftliche Vertrautheit von damals war einer merkwürdig zwiespältigen Haltung gewichen. Der neue Ian zog sie magisch an, und doch ließ etwas sie fast ängstlich vor ihm

zurückscheuen. Vielleicht war es gut, dass er so wütend davongestürmt war. Seine Nähe beunruhigte sie mehr, als es sich gehörte.

»Was hast du nur zu ihm gesagt, dass er aus dem Haus gestürmt
ist wie eine angestochene Sau?« August betrachtete sie mit brüderlicher Missbilligung. »Schade, ich hatte ihn gerade fragen wollen,
ob er heute Nacht mitkommen möchte.«

»Mitkommen wohin?«, erkundigte sich Dorothea automatisch,
ohne nachzudenken. August errötete deutlich sichtbar. »Ach, nur
in so ein neues Etablissement«, wiegelte er dermaßen offensichtlich ab, dass Dorothea argwöhnisch wurde. »Was für ein Etablissement?«

»Eines mit künstlerischen Darbietungen«, sagte er. »Und du
brauchst mich gar nicht so anzuschauen, als wäre ich eine Kaker-
lake. Männer haben nun einmal andere Bedürfnisse als Frauen. Als
Ehefrau solltest du das wissen.«

»Ist dieses Etablissement mit den künstlerischen Darbietungen
etwa ein Bordell?«, fragte Dorothea, wobei sie die *künstlerischen
Darbietungen* verächtlich betonte.

»Hast du etwas dagegen?«, gab August trotzig zurück. »Ist ja
wohl besser, als Dienstmädchen schwängern, und Rathbone schien
mir genau der Mann zu sein, der einen original orientalischen
Schleiertanz zu würdigen weiß.«

Würde er das? Ihr Bruder war ebenfalls ein Mann. Vielleicht
konnte er das besser beurteilen. Waren Männer wirklich so anders?

»Du weißt ja, wo er logiert«, sagte sie in neutralem Ton und
wandte sich ab, um ins Haus zu gehen.

Dr. Woodfordes Zuversicht in Heathers Konstitution erwies sich
als berechtigt: Ihre Genesung machte rasante Fortschritte. Zwei
Tage nach dem Stich war sie so munter wie vorher, und es wurde
zunehmend schwieriger, das Mädchen, das daran gewöhnt war, frei

herumzustreifen, zu beschäftigen. Mutter Schumann schlug vor, die neue Leihbücherei aufzusuchen. »Dort gibt es sicher passende Lektüre«, meinte sie. »Außerdem habe ich gehört, dass es dort auch verschiedene Spiele zum Ausleihen geben soll.«

Dorothea, die bisher nur den Lesesaal der Literarischen Gesellschaft gekannt hatte, war angenehm überrascht. Die Bezeichnung Lesesaal war ziemlich euphemistisch – er enthielt außer einigen Sesseln nur zwei Vitrinen mit gespendeten Büchern, die ihren Vorbesitzern wohl nicht zugesagt hatten.

Die Leihbücherei Gibson dagegen wirkte äußerst geschäftig. An einer Theke aus hellem Eichenholz empfing sie eine ältere Dame mit schwarzen, fingerlosen Spitzenhandschuhen und erklärte ihnen, dass man sich zuerst einschreiben und einen Jahresbeitrag zahlen musste. Danach durfte man in die Räume dahinter, in denen lange Regale voller Bücher auf Leser warteten. »Einen Monat Leihfrist, Überschreitung kostet einen Shilling«, leierte sie mit ausdrucksloser Stimme herunter. »Hier ist Ihre Karte, bitte sehr.«

Dorothea nahm sie entgegen. Sie war aus stabilem, braunem Karton und ließ Raum für gut zwanzig Titel auf jeder Seite. »Rufen Sie mich ruhig, wenn Sie noch Fragen haben«, sagte die Dame und wandte sich einem älteren Herrn mit üppigem, grau meliertem Bart zu, der laut und vernehmlich forderte, ihm die neueste Ausgabe »dieses verdammten Schmierblatts« ins Lesezimmer zu bringen.

Während Lischen und Heather zwischen den Regalen verschwanden, folgte Dorothea dem Mann neugierig. Dank zahlreicher Fenster war der Raum lichtdurchflutet, dicke indische Wollteppiche dämpften jedes Geräusch. Die wuchtigen Ledersessel wirkten ausgesprochen bequem. Und ein üppig bestücktes Teetablett auf einem der Beistelltische zeigte, dass man hier durchaus angenehm erholsame Stunden verbringen konnte.

Es war nicht der Ort, an dem sie erwartet hätte, Ian wiederzubegegnen.

Er saß in einem der Sessel direkt vor dem Fenster und las mit gerunzelter Stirn in einer aufgeschlagenen Zeitung. So vertieft in seine Lektüre, dass er aufsprang, wie von der Tarantel gebissen, als sie leise sagte: »Guten Morgen, Ian. Ich wusste gar nicht, dass du ein Anhänger des *Register* bist.«

Aus einem mit dem Rücken zu ihnen stehenden Sessel ertönte ein mahnendes Räuspern; ein oder zwei ergraute Köpfe hoben sich von der Lektüre und musterten den Störenfried. Ian schüttelte nur den Kopf, legte die Zeitung hin und erhob sich mit der stummen Aufforderung, ihm nach draußen zu folgen. »Dort drinnen herrscht striktes Sprechverbot«, sagte er, während er so leise wie möglich die Tür hinter ihnen schloss. »Ich fürchte, du hast dich bei den Herrschaften nicht gerade beliebt gemacht.« Er sah sie fragend an. »Was machst du hier? Ich nehme nicht an, dass du mich gesucht hast.«

»Nein.« Dorothea senkte den Blick und gab vor, ihre Handschuhe zurechtzuziehen. »Die Mädchen wollten unbedingt hierher. Und ich muss zugeben: Ich war ebenfalls neugierig. – Bist du öfter hier?«

»Wundert es dich?«

»Ich hätte nicht gedacht, dass es dir Freude macht, deine Zeit in einer Bibliothek zu verbringen«, gab sie zu. »Aber als deine frühere Lehrerin freut es mich natürlich, dass meine Bemühungen so reiche Früchte tragen.«

Er verzog die Lippen zu einem amüsierten Lächeln. »Tut mir leid, dich enttäuschen zu müssen. Ich habe die Viehpreise studiert. Warum soll ich mir eine Gazette kaufen, wenn ich sie hier umsonst lesen kann?«

»Und was machen die Viehpreise? Steigen sie oder fallen sie?« In Wahrheit interessierte es sie nicht im Geringsten, aber wenn Ian die Viehpreise interessant fand, würde sie sich mit ihm eben über Viehpreise unterhalten. Sie hätte nicht erwartet, dass sie ihn vermissen würde, kaum dass er gegangen war. Und doch war es so.

Am nächsten Tag hatte sie versucht, August auszuhorchen, ob er Ian tatsächlich mit ins Bordell genommen hatte. Aber ihr Bruder war für seine Verhältnisse ungewöhnlich verschwiegen gewesen. »Gentlemen reden mit anständigen Frauen nicht darüber«, hatte er hochnäsig erklärt. »Du solltest wenigstens so tun, als ob du keine Ahnung von solchen Dingen hättest.« Dorothea hatte nicht widerstehen können, ihn darauf hinzuweisen, dass ihr Wissen über dieses Thema ausschließlich von ihm stamme, der vor seiner Zeit als Gentleman so gut wie keine Geheimnisse vor ihr gehabt habe.

Das war ein taktischer Fehler gewesen, denn darauf hatte August so verärgert reagiert, dass er jede weitere Frage mit bockigem Schweigen quittierte.

»Sie steigen. Aber das war ja zu erwarten«, riss Ian sie aus ihren Überlegungen.

Wer stieg? Dorothea war so beschäftigt gewesen, ihn mit den Augen zu verschlingen, jede Einzelheit seiner Erscheinung in sich aufzunehmen, von dem gestärkten Halstuch bis zu den blank geputzten Stiefeln, dass sie kurz stutzte. Ach so, natürlich. Sie unterhielten sich ja gerade über die Viehpreise.

»Wieso?«

»Robert langweilt euch wohl nicht mit geschäftlichen Dingen, hm?« Ian nahm ihren Arm und führte sie zu einer grob gezeichneten Karte Südaustraliens, die an der Schmalseite der Büchereitheke hing. »Hier ist der Murray«, sein Finger fuhr einen Flusslauf entlang. »Hier etwa liegt Eden-House, hier Sweet Wellington. Und hier«, er tippte so energisch mit dem Zeigefinger auf den Bereich, dass die Dame mit den fingerlosen Spitzenhandschuhen pikiert zu ihnen hersah und die fein gezupften Brauen hob, »hier im Süden liegen ausgezeichnete Weidegründe. Nicht nur für Schafe, sondern auch für Rinder. Und Rinder bringen einen viel größeren Profit als Schafe.« Er grinste zufrieden. »Beim letzten Treck hat er sich vervierfacht. Durch die Probleme am Rufus River sind die Preise ins Astronomische gestiegen. Eigentlich müsste ich den Maraura richtig dankbar sein.«

Nachdenklich sah Dorothea auf die Karte. Nördlich des Murray River waren zahlreiche Siedlungen eingezeichnet: Macclesfield, Strathalbyn, Willunga, Hahndorf. Selbst im Norden von Adelaide reihten sich die Siedlungsnamen aneinander wie Perlen an einer Kette. Nur im Süden gähnte eine weiße Fläche. Seltsam.

»Wieso wohnt dort noch niemand?«

»Ganz einfach: weil das Gebiet erst seit Kurzem vermessen worden ist. Vorher hat man sich auf die nähere Umgebung von Adelaide konzentriert, und unter Grey wurde dann ja erst einmal alles gestoppt. Aber jetzt ist der Andrang auf das frische Weideland groß.«

»Und die Eingeborenen, die dort leben?«

Ian zuckte mit der Schulter. »Die werden sich schon daran gewöhnen. So oder so.«

»Wenn es nicht anders geht, muss Major O'Halloran die Schwarzen eben wieder Mores lehren«, warf die Dame vom Empfang ein, die das Gespräch interessiert verfolgt hatte. »Neulich hatte ich hier einen Herrn, der …«

»Mr. Rathbone, was machen Sie denn hier?« Heather sah strahlend zu ihm auf.

»Das Gleiche könnte ich dich fragen«, neckte er sie und zupfte an ihrer Zopfschleife. »Es freut mich, dass du bereits wieder auf den Beinen bist. Was hältst du davon, wenn ich euch alle zu Lacy's einlade?«

»Ist das nicht ein bisschen zu extravagant?«, wandte Dorothea ein. »Es ist ein ganz normaler Wochentag.«

»Und wenn ich dir verriete, dass ich heute Geburtstag habe?« Ians Augen funkelten herausfordernd. »Ist es dann immer noch zu extravagant?«

»Du hast Geburtstag?« Dorothea fühlte sich wie vor den Kopf geschlagen.

»Das soll vorkommen«, erwiderte er trocken. »Macht mir die Freude und leistet mir bei einer Tasse Tee Gesellschaft. An seinem Geburtstag sollte man nicht allein feiern müssen.«

»Herzlichen Glückwunsch.« Heather kam ihr um Haaresbreite zuvor. »Wie alt wirst du denn?«

»Ich weiß es nicht genau.«

Das Mädchen sah ihn ungläubig an. »Du ziehst mich auf. Jeder Mensch weiß doch, wie alt er ist!«

»Ich nicht. Ich weiß nur den Tag«, sagte Ian ohne merkliche Gefühlsregung.

»Aber …«

»Es reicht, Heather.« Dorothea hatte sich gefangen. »Dring nicht so in Mr. Rathbone. Das ist unhöflich. – Ian, ich wünsche dir alles Gute und dass alles gelingt, was du dir vornimmst.« Sie streckte die Hand aus, und er ergriff sie. Eine ganz normale, förmliche Gratulation. Er hielt sie nur eine winzige Spur länger als angemessen. Auch die sittenstrengste Gouvernante hätte es kaum der Rede wert gefunden. Aber der Moment reichte, um in Dorotheas Innerem etwas auszulösen, was sie nicht verstand. Eine irrwitzige Sehnsucht danach, sich an Ian zu schmiegen und mit ihm zu verschmelzen. Der Moment ging vorbei. Niemand hatte etwas bemerkt. Wie auch? Die Dame an der Theke wirkte nicht so, als seien ihr solche Anflüge vertraut. Dorothea trat zwei Schritte zurück und sah sich nach ihrer kleinen Schwester um. »Wo steckt Lischen bloß?«

»Sie ist ganz hinten bei den großen Büchern mit den Bildern. Ich hole sie«, sagte Heather und verschwand zwischen den Regalen.

Dorothea nestelte verlegen an ihrem Wiener Täschchen. Ihre Handschuhe schienen die Wärme von Ians Hand gespeichert zu haben. Sie konnte sie immer noch spüren.

»Bist du sicher, dass du Lischen in eine so gefährliche Umgebung bringen willst?«, fragte sie mit gezwungener Leichtigkeit. »Nicht, dass sie sich noch den Magen verdirbt.«

»Das ist dann nicht mein Problem«, gab er zurück. »Aber ich vertraue darauf, dass du ihre Leidenschaft so weit zügeln kannst.«

»Manche Leidenschaften sind nicht zu zügeln.«

»Wirklich?« Er sah ihr tief in die Augen. So tief, dass sie erschrak. Die leise Stimme in ihrem Hinterkopf, die ihr riet, sich nicht auf schwankenden Boden zu begeben, kam nicht an gegen das verlockende Gefühl, das in ihrem Inneren ausgelöst wurde, wenn Ian sie auf diese besondere Art ansah.

»Doro, kann ich dieses Buch ausleihen?« Lischens Stimme brachte sie auf den Boden der Tatsachen zurück. »Es sind so seltsame Tiere darin.« Sie hielt ihr die aufgeschlagene Seite hin, und Dorothea sah verwundert auf die Aquarellzeichnung eines Tieres, das die Gestalt und Größe eines Otters hatte – auch die Schwimmhäute –, aber einen Schnabel wie eine Ente.

»Das ist ein Schnabeltier. Im Darling River habe ich sie mit eigenen Augen gesehen«, sagte Ian nach einem kurzen Blick. »Sie können unangenehm beißen, wenn man ihnen zu nahe kommt.«

»Natürlich, das müssen wir unbedingt mitnehmen.« Dorothea sah zu Heather. »Und du? Hast du ein Buch gefunden, das du ausleihen möchtest?« Heather nickte und hob stumm ein dünnes Traktat mit dem Schattenriss eines Pferds in die Höhe. »Grundlagen der Pferdezucht mit einem Überblick über die Vor- und Nachteile der jeweiligen Rassen«, las Dorothea und schmunzelte. »Das ist ziemlich speziell. Aber wenn du meinst …« Ihre Stieftochter hatte in letzter Zeit überraschend schnelle Fortschritte im Lesen gemacht. Ob sie jedoch dieser Art fachlicher Lektüre bereits gewachsen war, bezweifelte Dorothea. Nun, es war wohl besser, Heather würde das selbst herausfinden. Sie zahlte den bescheidenen Obolus, wartete geduldig, bis die Dame Titel und Datum fein säuberlich auf der Leihkarte eingetragen hatte, und folgte dann Ian und den Mädchen auf die Straße hinaus.

15

Bei Lacy's herrschte gerade Hochbetrieb. Erstaunlich, wie viele sich diesen Luxus gönnten, dachte Dorothea und bestaunte das reich bestückte Kuchenbüfett. Sie hatte eben zum ersten Mal ihren Fuß in das vornehme Etablissement gesetzt, denn das Café hatte erst eröffnet, als sie schon auf Eden-House lebte. Die hohen Räume in dem zweistöckigen Steinhaus in bester Lage waren nach der neuesten Mode eingerichtet. Vermutete sie, denn diese Art von Dekoration hatte sie noch nie gesehen. Ein Künstler hatte sämtliche Wände mit Motiven aus dem englischen Landleben bemalt, und zwar so geschickt, dass man meinte, die pittoreske Szenerie durch ein geöffnetes Fenster oder eine offen stehende Tür zu betrachten. Die echten Fenstertüren waren von hauchzarten Tüllgardinen verdeckt, die zwar das Tageslicht hereinließen, Insekten aber wirkungsvoll aussperrten. Geflochtene Korbmöbel, blau-weiß gemustertes Steingutgeschirr und der mit gebrannten Ziegeln gepflasterte Boden schafften eine gemütliche, ländlich anmutende Atmosphäre.

Eine als Milchmädchen verkleidete Bedienung empfing sie mit einem tiefen Knicks an der Tür und führte sie quer durch das Lokal in den hinteren Raum, wo gerade noch ein Tisch frei war. Ian bestellte Tee für die Erwachsenen und Schokolade für die Kinder, und während das Gewünschte geholt wurde, gingen sie alle zur Kuchentheke. Nicht nur Lischen konnte sich lange nicht entschei-

den. Die Auswahl war einfach zu überwältigend: Schokoladenku-
chen, diverse Obstkuchen, Cremetörtchen, Biskuitrouladen, Sa-
varins, Eclairs … Es war nicht einfach, da eine Wahl zu treffen.
Dorothea schwankte gerade zwischen einem Stück Aprikosenkuchen und einem Nugatbaiser, als eine bekannte Stimme dicht hinter ihr ertönte.

»Mrs. Masters? Ehemals Miss Schumann?«

Dorothea drehte sich zu einer zierlichen Frauengestalt um.

Mary Kilner lächelte erfreut und streckte ihr die Hand entgegen. »Das ist aber eine nette Überraschung, Sie hier zu treffen! Ist
Robert auch in der Stadt?«

Ihr Blick streifte kaum merklich Ian, der gerade in eine lebhafte
Diskussion mit Heather und Lischen über die Vorzüge der diversen Köstlichkeiten verwickelt war.

»Nein, Robert konnte sich leider nicht freimachen«, erwiderte
Dorothea höflich. »Darf ich Sie mit Mr. Ian Rathbone bekannt
machen? Er ist ein alter Freund von Robert. Wir haben ihn gerade in der Leihbücherei getroffen.«

»Guten Tag, Mr. Rathbone. Ich freue mich sehr, einen Freund
von Robert kennenzulernen«, begrüßte Miss Kilner ihn herzlich.
»Wollen Sie nicht heute Abend an seiner Stelle zu unserer Sitzung der Literarischen Gesellschaft kommen? Sie natürlich auch,
Mrs. Masters. Mein lieber Matthew will von seiner letzten Reise die Küste herunter bis Cap Jervis berichten. Er hat dort einige
höchst interessante Eingeborenenkultplätze entdeckt, die zu einer
Art Mythos gehören.« Sie zog die Stirn kraus in dem Bemühen,
sich zu erinnern. »Wie hieß er nur? – Ach ja, der Tjilbruke-Ge-
sang. Es geht da um Mord und Totschlag und einen alten Mann,
der sich in einen Ibis verwandelt. Oder so ähnlich.«

»Das klingt wirklich höchst interessant. Ich fürchte nur, ich bin
heute Abend verhindert«, sagte Ian mit einem Bedauern, dem
auch für einen unbedarften Beobachter jeglicher Enthusiasmus

fehlte. »Aber ich bin sicher, Mrs. Masters wird es ein Vergnügen sein.«

»O ja, Sie müssen unbedingt kommen.« Mary Kilner griff beschwörend nach Dorotheas Hand. »Matthew muss übermorgen bereits wieder nach Port Lincoln aufbrechen und würde es sehr bedauern, Sie nicht getroffen zu haben.« Sie lächelte und entschuldigte sich. »Meine Mutter winkt mir. Ein andermal habe ich hoffentlich mehr Zeit zum Plaudern. Sind Sie öfter in der Leihbücherei?« Sie klopfte auf den Beutel an ihrem Arm. »Ich habe mir gerade *Oliver Twist* von Charles Dickens geholt. Es soll sich dabei ja um eine wahre Geschichte handeln!« Mary schüttelte den Kopf. »Man kann es sich kaum vorstellen, dass es in London solche schrecklichen Menschen gibt. Stellen Sie sich vor: elternlose Waisen zu Dieben abzurichten! Welche Verkommenheit!«

Immer noch entrüstet verabschiedete sie sich und bahnte sich den Weg zu einer in schwarzen Taft gekleideten Matrone, mit der sie verschwand.

»Sie würde sich wundern, wie es in den Gassen von Whitechapel zugeht«, bemerkte Ian leise. »Das ist also die Person, die euch verkuppelt hat. Ich könnte ihr den Hals umdrehen!«

»Sie hat nur versucht zu helfen«, verteidigte Dorothea sie. »Außerdem ist jetzt nicht der richtige Zeitpunkt, das zu diskutieren.« Sie warf einen sprechenden Blick auf die beiden Mädchen, die sich anscheinend entschieden hatten.

Nicht nur Ian hatte anderweitige Verpflichtungen vorgeschoben. Auch August hob abwehrend die Hände, als sie ihm vorschlug, sie zu dem Vortrag zu begleiten. Und ihre Mutter erklärte, zu müde zu sein, um noch in Gesellschaft zu gehen. Dorothea jedoch war fest entschlossen, dem Protector endlich die verbrannte Bibel zu zeigen, die sie am Heiligtum in der Asche gefunden hatten. Bisher hatte es sich einfach nicht ergeben, aber dies schien ihr eine günstige Gelegenheit. Koar war das Ritual dahinter völlig unbekannt gewesen. Er hatte allerdings gemeint, dass es mit Sicherheit nichts Gutes zu bedeuten hätte. Jedem Aborigine sei bewusst, dass die Bibel als heiliges Buch galt. Sie zu zerstören deute auf großen Hass gegen die Europäer.

Glücklicherweise war es in Adelaide kein Problem, als Frau allein unterwegs zu sein. Also wickelte Dorothea die immer noch brenzlig riechenden Reste in ein altes Leinentuch, setzte einen zu der dunkelblauen Samtpelerine passenden Hut auf und verabschiedete sich mit den Worten: »Wartet nicht auf mich mit dem Zubettgehen, es kann spät werden, wenn Mr. Moorhouse sein Steckenpferd reitet.«

An der Kreuzung zur Morphett Street wäre sie fast mit einem hochgewachsenen, mageren Gentleman zusammengestoßen. »Mr. Stevenson!« Überrascht sah sie zu ihrem ehemaligen Chef auf. »Was machen Sie denn hier?«

»Dasselbe könnte ich Sie fragen, Mrs. Masters. Ich wähnte Sie glücklich verheiratet an den lieblichen Ufern des Murray River. Der Ehe schon überdrüssig?« Sein Spott war noch beißender geworden, die Falten um die Mundwinkel tiefer.

Automatisch registrierte Dorothea, dass die Armsäume seines Gehrocks abgestoßen, der Zylinder ungebürstet war. Es war nicht zu übersehen, dass er wenig Sorge auf sein Äußeres verwandte. »Nein, ich bin nur bei meiner Mutter zu Besuch. Wie geht es im *Register?*«, fragte sie und war überrascht von der Heftigkeit seiner Antwort.

»Ein einziger Misthaufen ist das hier!«, polterte er in altgewohnter Offenheit. »Wäre ich nicht Stadtrat, hätte Grey mich vermutlich schon längst aus der Stadt vertrieben. Aber ich denke nicht daran, klein beizugeben! Selbst wenn sie mir den *Register* wegnehmen – ich finde ein anderes Sprachrohr, um die Missstände der Verwaltung anzuprangern!«

»Sie gehen doch sicher auch zu dem Vortrag der Literarischen Gesellschaft? Dann sollten wir nicht länger trödeln«, sagte Dorothea und beobachtete leicht nervös, wie in der Nachbarschaft Vorhänge zurückgezogen wurden, um der Ursache des lauten Wortwechsels auf den Grund zu gehen. »Kommen Sie, Mr. Stevenson.«

Die Räumlichkeiten der Gesellschaft waren bereits hell erleuchtet, obwohl die Sonne noch gar nicht untergegangen war. Kaum hatten Dorothea und ihr Begleiter das Foyer betreten, als auch schon Mary Kilner auf sie zueilte, um sie zu begrüßen. »Es sind so viele Gäste da, dass wir kaum genügend Stühle haben«, verriet sie strahlend vor Stolz über den öffentlichen Zuspruch. »Darf ich Sie zu den reservierten Plätzen führen?«

Auf dem Weg dorthin begrüßten sie einige Bekannte Miss Kilners und Mr. Stevensons. Als sie eine Gruppe schwarz gekleideter Matronen passierten, hörte Dorothea eine von ihnen zischeln: »Das ist die Neue von diesem Masters. Der Mann könnte einem ja echt leidtun: nicht besser als die Erste. Heute Vormittag erst hat sie mit einem äußerst windigen jungen Mann bei Lacy's geflirtet – ich habe es genau gesehen –, und jetzt kokettiert sie mit diesem Freigeist Stevenson. Also, wenn ich ihre Mutter wäre ...« Sie verfiel in Flüsterton, der nicht mehr bis zu Dorothea trug. Die versuchte zwar, das Gehörte zu ignorieren, aber es war doch genug Wahrheitsgehalt in dem bösartigen Geschwätz, dass es sie beunruhigte. Hatte sie wirklich mit Ian geflirtet? Ihrem Gefühl nach war ihr Betragen einwandfrei gewesen. Diese alte Hexe war doch nur missgünstig.

»Mrs. Masters!« Matthew Moorhouse lächelte sie so herzlich an, dass ihr unterschwelliges Unbehagen augenblicklich verflog. »Und Mr. Stevenson. Dürfen wir uns vielleicht auf eine neue Artikelreihe über die weibliche Welt der Stämme am Murray freuen?« Er hob die Brauen, während er von einem zum anderen sah. Dorothea schüttelte bedauernd den Kopf. »Leider nein. Die Ngarrindjeri sind nicht so zugänglich wie die Kaurna hier um Adelaide. Sie bleiben lieber für sich. Weder Frauen noch Kinder dürfen auch nur in unsere Nähe. Der Einzige, der sich regelmäßig auf Eden-House blicken lässt, ist ihr alter Häuptling, King George.«

»Ja, ich habe auch gehört, dass die Ngarrindjeri uns Europäern wesentlich ablehnender gegenüberstehen als andere Stämme. Es soll damit zusammenhängen, dass sie schon früh sehr schlechte Erfahrungen mit den Walfängern auf Kangaroo-Island machen mussten. Die Männer haben Frauen und Kinder der Ngarrindjeri entführt und dort als Sklaven gehalten. Das ist nicht vergessen«, bestätigte Stevenson.

»Dabei ist gar nicht klar, wo es den Frauen schlechter erging«, murmelte Dorothea und dachte an die beiläufige Grausamkeit von King George gegenüber seiner jüngsten Frau. »Für manche mag es sogar eine Verbesserung ihrer Lage gewesen sein!«

Moorhouse nickte etwas widerstrebend. »Leider muss ich Ihnen da zustimmen. Auf meiner letzten Reise habe ich auch so einiges gehört und gesehen, was ich nicht gutheißen kann. Die Leute von der neuen Missionsstation tun ihr Bestes, aber der Pastor predigt tauben Ohren.«

»Vielleicht hat das etwas damit zu tun«, sagte Dorothea und hielt ihm das Päckchen hin.

»Was ist das?« Moorhouse schnupperte unauffällig. Aus dem Stoff stieg immer noch ein starker Rauchgeruch auf.

»Eine Bibel. Wir haben sie bei diesem Heiligtum an der Straße nach Glenelg in einer Feuerstelle gefunden«, erklärte Dorothea. »Offenbar wurde versucht, sie zu verbrennen. Ich dachte, Sie sollten darüber Bescheid wissen.«

Moorhouse betrachtete das Päckchen mit gerunzelter Stirn. »Ich werde es Reverend Howard und den deutschen Missionaren zeigen. Soweit ich weiß, ist so etwas noch nie vorgekommen. Ehrlich gesagt, ich weiß nicht, was ich davon halten soll. – Entschuldigen Sie mich, der Vorsitzende winkt mir.«

Als Matthew Moorhouse neben den Vorsitzenden ans Sprecherpult trat, schob Dorothea alle unschönen Gedanken weit weg und konzentrierte sich auf seinen Vortrag. Schon bald war sie von seiner sonoren Stimme und der lebhaften Erzählweise gebannt. Jedem Satz merkte man an, wie fasziniert er von der fremden Kultur seiner Schützlinge war, wie er sich bemühte, ihre oft abstoßenden Verhaltensweisen speziell den Frauen gegenüber mit den harten Lebensumständen, den rigiden Sitten zu erklären. »Dass sie ihre Frauen schlimmer als Vieh behandeln, haben sie mit den niederen Klassen in Europa gemein. Auch dort haben die armen Frauenzimmer die Hauptlast des Elends zu tragen. Es ist dies also kein Vorrecht primitiver Völker. Aber es ist meine feste Überzeugung, dass mit der richtigen Anleitung und der Vermittlung unserer überlegenen Kultur, wozu ich auch den christlichen Glauben zähle, dieser hässliche Fleck auf ihrem Wesen zum Verschwinden gebracht werden kann. Gibt es doch genug Beispiele aus anderen Kolonien, wo den Frauen durchaus eine unseren Maßstäben entsprechende Hochachtung entgegengebracht wird. Im Kosmos der australischen Eingeborenen ist kein Platz für Schwache, Schutzbedürftige. Das Recht des Stärkeren ist in ihren Augen zugleich göttliches Recht. Ein gutes Beispiel dafür ist die wichtigste Traumgeschichte der südlichen Kaurna, eine vielschichtige Geschichte von Schöpfung, Gesetz und menschlichen Beziehungen. Es ist die Geschichte von Tjilbruke.«

Moorhouse räusperte sich, trank einen Schluck und begann, den eindringlichen Singsang der Eingeborenen treffsicher kopierend: »In der Traumzeit, vor vielen, vielen Sommern, lebte Tjilbruke, ein Meister im Feuermachen und ein großer Jäger. Eines Tages erlegte sein Lieblingsneffe Kulultuwi, der Sohn seiner Schwester, einen Kari, einen männlichen Emu. Das war ein schweres Vergehen, denn Tjilbruke war der Einzige, dem die Jagd auf Karis erlaubt war. Aber da er Kulultuwi über alles liebte, verzieh er ihm.

Kulultuwi hatte zwei Brüder, Jurawi und Tetjawi, die ihn hassten, weil er von seinem Onkel ihnen immer vorgezogen wurde. Sie dachten, sie könnten sich bei ihm beliebt machen, wenn sie Kulultuwi für sein Verbrechen bestraften. Also töteten sie ihn.

Tjilbruke als Bewahrer der Gesetze der Ahnen musste nun darüber richten, ob er zu Recht getötet worden war. Immerhin hatte er ein Tabu gebrochen, und das wurde nach den Sitten der Ahnen mit dem Tode bestraft.

Tjilbruke entschied jedoch, dass Kulultuwi ermordet worden wäre. Er selbst tötete seine beiden Neffen mit dem Speer und verbrannte sie. Ihren Staub verstreute er in alle Winde. Das geschah bei dem Ort Warriparinga, südlich von Adelaide.

Dann nahm er den noch nicht fertig im Rauch getrockneten Körper seines geliebten Neffen Kulultuwi auf die Arme und trug ihn zuerst zu der Quelle Tulukudank, bei Kingston Park an der Küste, wo er die Trocknung vollendete. Sobald der Körper Kulultuwis leicht wie eine Feder war, trug er ihn bis zu der Höhle Patparno, wo er ihn endgültig bestatten wollte. Auf seiner Reise die Küste hinunter rastete er, von Trauer übermannt, an verschiedenen Plätzen. Und wo immer er rastete, entsprang, gespeist von seinen Tränen, eine Süßwasserquelle.

Zu Tode betrübt durch die Ereignisse wollte Tjilbruke nicht länger als Mensch leben. Sein Geist wurde ein Vogel, ein Ibis, und sein Körper verwandelte sich in eine Steinsäule.«

Moorhouse hob eine Hand und zeigte den Zuhörern einen braunroten Brocken: »Dies ist ein Stück Ocker aus Karkungga, einem der Orte, an denen Tjilbruke gerastet haben soll. Ein ganz besonders kostbarer Ocker, weil er die Kraft von Tjilbruke überträgt. Er wird nur zu ganz besonderen Ritualen benutzt. Leider habe ich nicht in Erfahrung bringen können, welche das sind. Da wurde der Häuptling auf einmal sehr wortkarg und verstand kein Englisch mehr.«

Begleitet von leisem Gemurmel wanderte der Gesteinsbrocken von Hand zu Hand.

»Er wird schon einen Grund gehabt haben, wieso er es nicht verraten wollte«, bemerkte ein Mann hinter Dorothea spöttisch. »Wahrscheinlich einen, der zivilisierte Menschen abstoßen würde.«

Als der Brocken endlich in Dorotheas Hand lag, musste sie sofort an die Felsmalereien am Kultplatz denken: Die Gedärme der Tiere waren in haargenau dem gleichen Farbton ausgeführt worden. Und auch der Körper des Skelettmanns. Die hellen Striche, welche die Knochen darstellen sollten, hatten sich deutlich davon abgehoben. Stand er für Blut? Für Leben?

Gerne hätte sie den Protector nach seiner Meinung gefragt, aber er war so umlagert, dass sie darauf verzichtete, sich zu ihm durchzudrängen. Also schloss sie sich einem Ehepaar an, das in die gleiche Richtung wie sie nach Hause ging. Der Mond schien so hell, dass man keine Laterne brauchte. Die Tavernen, an denen sie vorbeikamen, waren noch gut frequentiert. Aus dem Inneren drangen lautes Gelächter und hier und da ein Schwall Tabakrauch und Bierdunst zu ihnen nach draußen. Die meisten Fenster der Wohnhäuser waren bereits dunkel. Kerzen waren teuer, da ging man lieber zu Bett, sobald es dämmerte. An der letzten Kreuzung verabschiedete Dorothea sich von den beiden. Die Straße war menschenleer, es war unnötig, dass das freundliche Paar sie auch noch bis zum Gartentor begleitete. Dort tastete sie in ihrem Beutel nach dem Schlüssel für die Pforte, als sie sich plötzlich von starken Armen umfangen und an eine Männerbrust gedrückt fühlte. August hatte ihr noch in Dresden eine sehr wirkungsvolle Methode gezeigt, wie sie unerwünschte Aufmerksamkeiten zurückweisen könnte. Die kam ihr jetzt glücklicherweise in den Sinn: Anstatt um Hilfe zu rufen oder erschreckt gegen den Griff anzukämpfen, stellte sie sich auf die Zehenspitzen und schlug ihre Stirn kräftig gegen die Nase des Angreifers.

»Autsch, bist du wahnsinnig?« Die Stimme klang belegt und nicht ganz klar. Aber es war einwandfrei die von Ian. Er hatte sie tatsächlich sofort losgelassen, wie August es ihr damals prophezeit hatte, und betastete jetzt sein malträtiertes Körperteil. »Was ist in dich gefahren, du Megäre?«

»Dasselbe könnte ich dich fragen, du Idiot«, zischte Dorothea aufgebracht. Sie fand den Schlüssel, öffnete die Pforte und zog ihn hinter sich in den Garten, ehe noch einer der Nachbarn aufmerksam wurde. »Was hast du dir dabei gedacht, mir hier mitten in der Nacht aufzulauern wie ein Wegelagerer?«

»Ich wollte dir nur Gutnacht sagen«, nuschelte er undeutlich. »Das tut verflucht weh. Woher kennst du diesen miesen Trick?«

»Das hast du verdient, dass es wehtut«, fuhr sie ihn an, den plötzlichen Lachreiz unterdrückend. »Du bist betrunken, Ian.«

»Vielleicht ein bisschen. Ein ganz kleines bisschen«, gab er zu. »Aber das ist doch kein Grund, mir den Schädel einzuschlagen.«

»Übertreib nicht! Und außerdem hast du es dir selber zuzuschreiben. Was erschreckst du mich auch zu Tode!«

»Wollte dich nicht erschrecken, wollte dir nur Gutnacht sagen.« Er betastete wehleidig seinen Nasenrücken. »Irgendwie schien es mir eine gute Idee.«

»Es war keine gute Idee«, sagte Dorothea bestimmt. »Bleib hier sitzen, ich hole ein nasses Tuch für deine Nase.«

Als sie mit einem Leintuch und einer Schüssel Wasser zurückkam, lehnte Ian leise schnarchend an der Mauer. Sie schüttelte den Kopf, wrang das Tuch aus und tupfte vorsichtig das Blut ab, das ihm aus einem Nasenloch sickerte. Ihre Erfahrung mit betrunkenen Männern war beschränkt. Ihr Vater hatte zwar einen guten Tropfen zu schätzen gewusst, aber niemals über den Durst getrunken. Auch Robert hatte sie noch nie in einem solchen Zustand gesehen. Gut, August hatte hier und da ein Glas, besser einen Bierkrug zu viel getrunken, und von daher waren ihr die Begleiterscheinungen von zu viel Alkohol bekannt. Aber weder verlangte Ian nach einem Eimer, noch beschwerte er sich lautstark über die schlechte Qualität des ausgeschenkten Gerstensafts. Stattdessen schnarchte er inzwischen, als ob er im bequemsten Bett läge. Es tropfte kein neues Blut nach, also war der Schaden, den sie angerichtet hatte, sicher nicht groß. Im Schlaf wirkte er ungewohnt verletzlich. Sie konnte nicht widerstehen. Mit einer zärtlichen Geste strich sie ihm die in die Stirn gefallenen Haare zurück, beugte sich über ihn und küsste ihn leicht auf die Lippen. Sie schmeckten nach Branntwein, was nicht überraschend war, wenn man den schalen Tavernendunst bedachte, der von ihm ausging. Dennoch war sie nicht abgestoßen, wie sie es hätte sein sollen. Stattdessen schloss sie die Augen und genoss das berauschende Gefühl, das die einfache Berührung in ihr auslöste. So versunken, dass sie nicht einmal mitbekam, wie Ian aufseufzte und seine Hände zart über ihre Hüften und Taille wandern ließ. Erst als sie ihre Hinterbacken berührten und genießerisch zu kneten begannen, zuckte sie zurück.

»Hör nicht auf«, murmelte er träumerisch. »Du riechst so gut. Wie Apfelkuchen mit Sahne …«

»Was man von dir nicht gerade behaupten kann!« Dorothea rümpfte die Nase. »In welcher Spelunke hast du dich bloß herumgetrieben, dass du in einem solchen Zustand bist?«

»Weiß nicht, in mehreren. Hier und da.«

»He, wach bleiben! Hier kannst du auf keinen Fall deinen Rausch ausschlafen«, sagte Dorothea energisch, als er den Kopf nach hinten sinken ließ und die Augen schloss, als wollte er gleich wieder in Schlummer versinken. Sie tunkte das Tuch ins Wasser und klatschte es ihm ins Gesicht. Prustend fuhr Ian hoch. »Schaffst du es allein in deinen Gasthof, oder soll ich die Jungen wecken, dass sie dir helfen?« Dorothea griff nach dem Tuch und machte Anstalten, die Behandlung zu wiederholen.

»Lass das sein!« Ian hob abwehrend beide Hände. »Ich geh ja

schon.« Leicht schwankend streckte er sich und steuerte auf die Gartenpforte zu. »Gute Nacht, Liebling!« Ehe sie reagieren konnte, hatte er sie gepackt und ihr einen herzhaften Kuss auf den Mund gedrückt. »Schlaf schön und träum von mir.« Im nächsten Moment war er hinausgeschlüpft und torkelte leise vor sich hin summend die Straße hinunter. Kopfschüttelnd sah Dorothea ihm nach. Diese Seite von Ian hatte sie noch nicht gekannt. Ob er oft in Tavernen ging? Irgendwie passte es nicht zu ihm.

Kurz nach Mittag am folgenden Tag brachte ein Bote ihr eine Karte samt einem geschmackvoll gebundenen Bukett. »Ich entschuldige mich für alles, was ich getan habe. Da ich mich nicht mehr erinnere, kann ich nur hoffen, dass du mir vergibst – was auch immer es war.« Unwillkürlich musste sie bei dem Gedanken an das nächtliche, wenig romantische Stelldichein lächeln. Ian musste wirklich schwer betrunken gewesen sein, wenn er sich nicht mehr erinnerte. Vermutlich ging diese Gedächtnislücke mit einem mächtigen Brummschädel einher!

»Richten Sie ihm bitte aus, dass kein Anlass zur Sorge besteht«, sagte sie zu dem Mann, der geduldig gewartet hatte, und gab ihm einen Shilling. »Genau in diesen Worten.«

Von da an ergab es sich irgendwie, dass sie ständig irgendwo aufeinandertrafen. Sei es in der Leihbücherei, sei es am Markt, beim Schuster, bei der Hutmacherin oder in der Kirche. Es war fast, als hätte Ian es darauf abgesehen, ihr über den Weg zu laufen. »Hat Mr. Rathbone eigentlich auch noch eine andere Beschäftigung, außer deine Einkäufe und deinen Sonnenschirm zu tragen?«, bemerkte August bissig, als er ihm wieder einmal an der Haustür begegnete. »Ständig stolpert man über ihn. Hat er schon gefragt, ob er bei Schumanns einziehen kann?«

»Er ist nur so oft hier, weil wir Messerwerfen üben«, verteidigte Dorothea ihn. »Nach dem Vorfall mit dem Skorpion will Heather nicht mehr in den Busch, deswegen hat Mama uns erlaubt, den Garten zu benutzen.«

»Das ist auch so etwas! Es geht mich ja nichts an, wenn du meinst, deine Stieftochter müsse solche Gauklerkunststücke beherrschen. Aber müsst ihr auch noch Lischen solche Flausen in den Kopf setzen? Neulich hat sie mir erklärt, sie würde nicht heiraten, sondern als Zirkuskünstlerin durch die Welt ziehen und sich von niemandem etwas sagen lassen.«

»Das hat sie doch nicht ernst gemeint! Das hat sie nur gesagt, weil du sie ›gefräßig‹ genannt hast.«

»Mag sein. Trotzdem finde ich, dass Mr. Rathbone uns ein wenig zu häufig besucht. Und nicht nur ich bin dieser Meinung. Du brauchst mich gar nicht so anzublitzen! Glaubst du, es macht mir Spaß, den Moralapostel zu spielen? Aber als verheiratete Frau kannst du einfach nicht mehr so unbekümmert sein. Die Klatschbasen wetzen bereits ihre Zungen.«

»Seit wann achtest du auf so etwas? Ich habe mir nichts vorzuwerfen, und ich wüsste nicht, wieso ich auf die Gesellschaft von Ian verzichten sollte, nur weil ein paar missgünstige alte Weiber mit einer hässlichen Fantasie es mir nicht gönnen!« Dorothea drehte sich auf dem Absatz herum und marschierte hoch erhobenen Hauptes in die Küche. »Damit betrachte ich das Thema als erledigt. Hast du die Schweinebacke bekommen, die du besorgen solltest?«

Am Vorabend des Maskenballs befürchtete Dorothea schon, Ian hätte seine Einladung vergessen. Seit jenem Nachmittag im Busch war er mit keinem Wort erneut darauf zu sprechen gekommen. Hatte er seine Meinung geändert und entschieden, dass es doch nicht das Richtige war? Eine Art von Stolz hielt sie davon ab, ihn zu erinnern. Wenn er nicht mit ihr dorthin gehen wollte, würde sie nicht drängen. Aber ihre Stimmung wurde zunehmend gereizter, als eine Dame nach der anderen ihr bestelltes Kostüm abholte. »Wenn ich noch einmal den Satz hören muss: ›Wie schade, dass Sie nicht auch kommen können‹, dann schreie ich«, murmelte sie zu sich selber, als sie die Haustür hinter einer weiteren zufriedenen Kundin ihrer Mutter ins Schloss fallen ließ.

»Das solltest du lieber nicht tun. Es könnte zu peinlichen Nachfragen kommen.«

Sie fuhr herum. »Ian, wo kommst du denn her?«

»Ich habe die Gartenpforte benutzt«, erklärte er ungeniert. »In deinem Zimmer liegt ein Paket für dich bereit. Um acht Uhr hole ich dich dann ab, einverstanden?«

Nun wurde ihr doch ein wenig mulmig zumute. »Ich weiß nicht, Ian. Was soll ich meiner Mutter sagen? Und wenn uns jemand sieht?«

»Dir wird schon etwas einfallen«, sagte er leichthin. »Und niemand wird uns sehen, wenn wir den Umweg über die East Terrace nehmen. Da stehen fast alle Häuser leer.«

»Hast du denn überhaupt eine Einladung?«, fiel Dorothea ein. »Du stehst bestimmt nicht auf der Gästeliste des Gouverneurs.«

Ian grinste. »Das tue ich auch nicht. Aber zufällig kenne ich jemanden, den ich überreden konnte, mir eine Einladungskarte zu beschaffen.«

Dorothea musste lachen. »Ian, du bist unmöglich!«

»Aber das magst du doch gerade an mir«, erwiderte er, plötzlich ernst. »Wenn du mich pfeifen hörst, kommst du heraus. Bis morgen Abend.« Er drehte sich um und verschwand auf demselben Weg, auf dem er bereits ungesehen hereingekommen war.

Das Kostüm war relativ schlicht: weite Pumphosen aus locker gewebtem, dunkelblauem Baumwollstoff, dazu ein eng geschnürtes Oberteil in der gleichen Farbe, dessen trompetenförmige Ärmel mit goldfarbenen Rankenmustern bestickt waren. Ein dichter Gesichtsschleier aus schwarzem Chiffon würde sicherstellen, dass niemand sie erkannte. Samtpantöffelchen mit aufgebogenen Spitzen vervollständigten die orientalische Note. Es war bei Weitem nicht so prächtig wie die Kostüme ihrer Mutter, aber vermutlich war es klüger, so wenig wie möglich aufzufallen.

Nach einigem Überlegen hatte sie entschieden, sich kurz vor dem Abendessen mit Kopfschmerzen zu entschuldigen und in ihr Zimmer zurückzuziehen. Wenn sie darum bat, in Ruhe gelassen zu werden, würde ihre Mutter schon dafür sorgen, dass dieser Wunsch respektiert werden würde. Sobald alle Übrigen sich in ihre Zimmer zurückgezogen hatten, konnte sie hinausschleichen und durch die Gartenpforte ungesehen das Anwesen verlassen.

Ihr Plan funktionierte wie vorgesehen.

»Natürlich, schlaf dich gesund«, sagte ihre Mutter bloß, als sie darum bat, nicht gestört zu werden. »Wenn es morgen allerdings nicht besser ist, sollten wir vielleicht doch Dr. Woodforde kommen lassen.« Seit dem Skorpionstich hielt sie große Stücke auf den alten Arzt.

In ihrem Zimmer legte Dorothea mit fiebrigen Fingern die ungewohnte Kleidung an. Die Hose wurde nur von einem Band in der Taille gehalten. Es ist ein seltsames Gefühl – so ganz ohne Unterröcke, dachte sie, als sie sorgfältig die Schleife band. Nicht auszudenken, wenn sie sich löste! Sie kam sich ein wenig verrucht vor, als sie das Oberteil über ihren nackten Oberkörper zog. Ihr Hemd hatte sie ausziehen müssen, weil der Schnitt keine Unterkleidung zuließ. Fertig geschnürt saß es wie angegossen, und auch der tiefe Ausschnitt überließ nur wenig der Fantasie. Aber dank des Schleiers würde ja niemand wissen, wer es war, der da so offenherzig sein Dekolleté zur Schau stellte.

Allmählich begann sie, sich wirklich auf das Abenteuer zu freuen. Ungeduldig wartete sie auf das verabredete Zeichen. Als Ian endlich leise pfiff, schlich sie auf Zehenspitzen durch die Hintertür und in den Garten hinaus. Die Samtpantoffeln verursachten nicht das geringste Geräusch.

»Alles klar?« Er musterte sie prüfend. »Das Zeug steht dir. Man muss diesen Osmanen lassen, dass sie wissen, wie sie ihre Frauen anziehen.«

»Was man bei der Männertracht nicht unbedingt sagen kann«, erwiderte sie spöttisch. »Du siehst aus wie eine Jahrmarktsfigur.« Tatsächlich wirkte er in den roten, weiten Hosen, der gemusterten Schärpe mit der Säbelattrappe, dem Fes und einem wilden Schnurrbart eher wie ein Kinderschreck. »Findest du?« Seine Zähne blitzten inmitten der schwarzen Wolle, aus der der Bart gefertigt war. »Dann mal los, Madame Suleika.«

Es traf sich gut, dass Neumond war. Selbst wenn jemand aus dem Fenster schauen sollte, würde er im pechschwarzen Häuserschatten allenfalls Umrisse ausmachen können. Aber wie von Ian vorhergesagt, begegneten sie erst auf der North Terrace anderen Menschen, die alle in die gleiche Richtung strebten. Von der Residenz her klangen bereits leise Geigenklänge durch die Abenddämmerung. Fackeln erleuchteten den Weg und tauchten den Park in ein warmes, rötliches Licht. Der Festsaal und die Salons waren schon gut gefüllt. Offenbar hatte die Gesellschaft von Adelaide diese Einladung nur zu gerne wahrgenommen.

Am Eingang begrüßten Gouverneur Grey und ein grobschlächtiger Mann mit riesigem Turban die Ankömmlinge. »Das ist Morphett«, flüsterte Ian Dorothea zu. »Ein Viehbaron. Es heißt, er wäre der eigentliche Gastgeber. Und er ist nicht gerade als Kostverächter bekannt. Zieh den Schleier besser so tief herunter wie möglich!«

Trotzdem schien es ihr, als schafften seine tiefliegenden Augen es, ihn zu durchdringen. Er grinste unverschämt, und seine fleischigen Hände hielten ihre deutlich zu lange, während er versuchte, so viel wie möglich von ihrem Busen zu erkennen. »Was für ein ekelhafter Mensch«, flüsterte sie Ian zu, als sie in die hinteren Räume schlenderten. »Warum lässt Grey sich darauf ein?«

»Er ist ein sparsamer Mann«, bemerkte Ian trocken.

»Und was hat dieser schreckliche Mensch von einem Maskenball? – Außer dass er in jede Menge Ausschnitte glotzen kann.«

»Morphett verspricht sich davon Stimmen für die nächste Stadtratswahl«, erklärte Ian mit gedämpfter Stimme. »Achte darauf, dass du flüsterst, wenn du angesprochen wirst. Die meisten Menschen, die sich verkleiden, denken nicht daran, dass der Klang ihrer Stimme sie meistens sofort verrät.«

Tatsächlich konnte Dorothea schon von Weitem zwei Damen der Literarischen Gesellschaft identifizieren, auch wenn diese sich hinter ihren eher andalusisch anmutenden Spitzenschleiern inkognito fühlten. Auch einige Kostüme aus der Werkstatt ihrer Mutter erkannte sie wieder, darunter das nilgrüne von Mary Kilner. Der hochgewachsene Mann neben ihr, der wie ein Wegelagerer aussah, musste Matthew Moorhouse sein! Sicherheitshalber achteten sie darauf, zu dieser Gruppe Abstand zu halten.

Es machte Dorothea mehr Spaß, als sie erwartet hätte, hinter ihrem Schleier versteckt die anderen Gäste zu beobachten und zu raten, wer sich unter den mehr oder weniger gelungenen Kostümen verbarg. Die meisten Gäste kannte sie nicht, aber einige Stimmen schienen ihr noch aus ihrer Zeit beim *Register* vertraut. Damals war sie mit Miles Somerhill gemeinsam ja fast bei jedem gesellschaftlichen Ereignis zugegen gewesen.

Major O'Halloran mit seiner dröhnenden Stimme, die immer klang, als ob er gerade eine Kompagnie befehligte, Richter Cooper, der sich notdürftig als Derwisch maskiert hatte, und Sir Charles Mann, der selbst im Sultanskostüm unverwechselbar war. Ihnen allen war leicht auszuweichen. Hier und da streifte sie ein neugieriger Blick, aber da niemand mit Ian bekannt war, machte auch niemand Anstalten, sich ihnen zu nähern.

»Ich habe so Hunger!«, klagte Dorothea nach einem Blick auf das üppige Büfett. »Ich konnte ja angeblich nichts essen. Und jetzt stehe ich vor diesem Schlaraffenland und weiß nicht, wie ich es bewerkstelligen soll. Wie machen es nur diese Muselmaninnen, dass sie nicht verhungern?«

»Soviel ich gehört habe, tragen sie nicht ständig einen Schleier, sondern nur, wenn sie aus dem Haus gehen oder in Anwesenheit fremder Männer«, sagte Ian amüsiert. »Warte hier, ich hole dir einen Teller und halte dann deinen Schleier, während du isst.«

Umsichtig hatte er Speisen gewählt, die nicht allzu ungeeignet waren, wie Krebsschwänze, Scheiben von diversen Pasteten und Wildragout.

»Nicht nur ihr Frauen habt Probleme«, sagte Ian und wies auf Richter Cooper, der sich verzweifelt bemühte, eine Gabel voll Muschelsalat zwischen seinem struppigen Kunstbart hindurchzulavieren. »Ich wette, das hat er nicht bedacht.« Selbstzufrieden strich er über seinen mit Schuhwichse steif geformten Schnauzbart.

Ians Methode funktionierte bestens. Mit einem zufriedenen Seufzer schluckte Dorothea den letzten Bissen herunter und reichte ihm den leeren Teller zurück. Während er sich verköstigte, beobachtete sie fasziniert die anderen Gäste. Nicht nur sie schien die ungewöhnliche Atmosphäre zu genießen, welche die Anonymität den meisten bot. Ungläubig verfolgte sie, wie unverfroren manche der Anwesenden, versteckt hinter Schleiern und Bärten, flirteten.

Ein Maskenball ließ die Leute nicht nur anders aussehen – sie benahmen sich auch anders. Oder wäre es unter normalen Bedingungen auch nur vorstellbar gewesen, dass die durch und durch korrekte Mary Kilner nicht nur ihren Verlobten mit koketten Augenaufschlägen bedachte?

Vielleicht lag es auch an dem indischen Punsch, der so reichlich ausgeschenkt wurde? Er wurde in Henkelbechern serviert, mit einem Strohhalm, der nicht nur das Trinken an sich erleichterte,

sondern auch dazu animierte, mehr von dem Getränk zu kon-
sumieren, als man es unter anderen Umständen getan hätte. Es
schmeckte wirklich ausgezeichnet: genau richtig ausbalanciert zwischen säuerlich und süß, mit einer exotischen Note, die Dorothea
sehr zusagte. »Ich glaube, das reicht fürs Erste«, sagte Ian, als sie
ihm zum dritten Mal ihren leeren Becher hinhielt, um ihn erneut
füllen zu lassen. »Was hältst du von Tanzen?«

»Kannst du denn tanzen?« Aus einem der hinteren Säle drangen
die Klänge einiger Geiger, schmelzend und mitreißend. Dorothea
hatte mit August früher öfter Walzer geübt. Nach anfänglichen
Bedenken der Obrigkeit wegen der zu großen Freizügigkeit hatte der Tanz aus Österreich dann doch die öffentlichen Tanzsäle in
Dresden erobert. Ihr Bruder war ein begeisterter und guter Tänzer. Aber Ian?

»Ich werde mir die Sache anschauen und dann einfach nach-
machen. So schwer wird es schon nicht sein«, meinte Ian zuversichtlich. Tatsächlich studierte er eine Weile die Bewegungen der
bunt gekleideten Tänzer mit zusammengezogenen Brauen. Dann
nickte er, sagte: »Ich denke, ich hab's«, und zog sie in seine Arme.
Zu Dorotheas Überraschung erwies er sich als geborener Tänzer.
Niemand wäre auf die Idee gekommen, dass Ian zum ersten Mal
einen Fuß in einen Tanzsaal gesetzt hatte. Er wirbelte sie derart
schwungvoll herum, dass sie sich an seiner Schulter festklammern
musste. Es war, als wären sie zwei allein auf der Welt. Um sie herum verschwamm alles zu einem Kaleidoskop aus Farbsplittern,
während sie sich ganz der Melodie hingab. Der Melodie und Ian,
der sie führte. Dorothea reagierte auf jeden Druck seiner Hand in
ihrem Rücken mit einer Selbstverständlichkeit, als seien ihre Körper seit Jahren miteinander vertraut.

Als der Tanz zu Ende war, war ihr schwindlig, und sie rang nach
Atem, aber sie war zutiefst glücklich. »Ich hatte nicht gedacht, dass
Tanzen so viel Spaß machen kann!«, stieß sie leise aus. »Ich auch

nicht«, stimmte Ian zu und grinste. »Wir haben sie alle vom Parkett gefegt! Aber ich glaube, ich brauche jetzt etwas zu trinken. Du auch?«

Fast hätten sie die Zeit vergessen. Zwischen den Tänzen pausierten sie nur, wenn auch die Kapelle eine kurze Verschnaufpause einlegte. Dann gingen sie nach draußen auf die Veranda, wo eine kühle Brise die erhitzten Körper kühlte, und Ian besorgte Nachschub von dem indischen Punsch. Als Dorotheas Blick zufällig auf die Glassturzuhr neben dem Porträt Königin Victorias fiel, erschrak sie. Es konnte doch nicht wirklich schon zehn Minuten vor Mitternacht sein? Sie zupfte Ian am Ärmel. »Ich fürchte, wir müssen jetzt verschwinden«, raunte sie. »Wie sollen wir das anstellen?« An der einzigen Treppe der Veranda, die direkt in den Garten hinunterführte, stand ein bulliger Wachmann.

»Nichts leichter als das!« In Ians Augen blitzte der Schalk. »Schwank ein bisschen und vergiss nicht, leise vor dich hin zu stöhnen!« Ehe Dorothea protestieren konnte, hatte er sie fest am Arm gepackt und zog sie hinter sich her. »Die Dame hat ein bisschen zu viel von dem Punsch getrunken, fürchte ich«, sagte er zu dem Wachmann. »Es wäre wohl das Beste, wenn ich sie, möglichst ohne Aufsehen zu erregen, nach Hause bringe.«

»Brauchen Sie Hilfe?«, fragte der Mann nicht allzu begeistert, während er sich beeilte, den Weg freizugeben.

»Nein danke. Ich denke, ich schaffe es alleine«, sagte Ian. »Gute Nacht.«

Sie tauchten gerade in den Schatten der Bäume, als es vom Kirchturm der Trinity Church zwölfmal schlug und drinnen in der Residenz eine Kakofonie der Stimmen losbrach.

»Das war knapp.« Ian lachte und riss sich mit einem schmerzlichen Stöhnen den falschen Schnauzbart ab.

»War es wirklich nötig, dem Mann vorzumachen, ich wäre betrunken?«, fragte Dorothea und zog sich den Schleier vom Kopf, um ihn erbost anzublitzen. »Ich war noch nie so froh, diesen albernen Schleier zu tragen wie in dem Augenblick. Ich habe mich in Grund und Boden geschämt!«

»Er hat doch keine Ahnung, wer du bist. Was macht es also aus?«, gab Ian gleichmütig zurück. Er verzog leicht die Mundwinkel. »Und du musst zugeben: Es hat wunderbar funktioniert. War es nicht furchtbar komisch, wie er sich davor fürchtete, dass dich noch in seiner Gegenwart das Unwohlsein überkommen würde?« Er kicherte so albern vor sich hin, dass Dorothea ihm verärgert einen Rippenstoß versetzte. Er griff nach ihren Händen, um sie von weiteren Attacken abzuhalten. Sie versuchte sich loszureißen, was nur dazu führte, dass sein Griff sich verstärkte, und ehe sie es sich versah, hatte er sie so fest an sich gepresst, dass sie kaum noch atmen konnte.

»Ian«, keuchte sie und sah zu ihm auf, um ihn zur Vernunft zu bringen.

Im nächsten Augenblick pressten sich seine Lippen auf ihre. Und anstatt ihn wegzuschieben, sich loszureißen, erwiderte sie den Kuss mit einer Leidenschaft, die sie beide überraschte. Um Ian noch näher zu sein, schlang sie ihre Arme um seine Taille und presste sich, so fest sie konnte, gegen ihn. Seine Reaktion darauf war ein unterdrücktes Stöhnen, und er vertiefte den Kuss. Keiner von beiden wollte ihn enden lassen. Sie klammerten sich aneinander wie Ertrinkende, als müssten sie sterben, wenn sie sich lösten.

Es war Dorothea, die zu Boden sank und ihn mit sich auf das Gras zog. Wie wahnsinnig zerrte sie an seinem Hemd, riss es auf, um endlich seine warme, nackte Haut unter ihren Fingern zu spüren. Gierig glitten ihre Hände über seine behaarte Brust, tiefer, zögerten kurz, ehe sie nach dem Verschluss der Hose tasteten.

»Nicht …«, wehrte Ian halbherzig ab, ehe auch ihn jegliche Beherrschung verließ.

Als der Sturm sich verzogen hatte, tastete Dorothea nach ihm.

Doch sie fand keinen warmen Körper, sondern nur zerdrücktes, feuchtes Gras. Ernüchtert öffnete sie die Augen und richtete sich halb auf den Ellenbogen auf. Ian stand ein paar Schritte entfernt, die Stirn gegen einen Baum gelehnt, und hämmerte mit den Fäusten gegen die Rinde.

Seine stumme Verzweiflung ließ die rosige Blase, in der sie sich eben noch befunden hatte, platzen. Mein Gott, was war nur in sie gefahren?

Die warme Feuchtigkeit zwischen ihren Beinen ließ sie unwillkürlich erschauern. Nein, das durfte nicht sein. Nicht noch einmal! Wie hatte sie sich nur so vergessen können? Hatte sie nicht geschworen, Robert eine gute Ehefrau zu sein? Ekel vor sich selbst packte sie, sie schmeckte den bitteren Geschmack von Galle. Mit aller Selbstbeherrschung, die sie noch aufbringen konnte, kämpfte sie die Übelkeit nieder. Ihre Beine trugen sie kaum, als sie sich aufrichtete, um die zerrissene Hose ihres Kostüms hochzuziehen und wieder zuzubinden. Mit zitternden Knien wankte sie zu Ian. »Robert darf nie davon erfahren«, sagte sie. »Hörst du? Er darf niemals davon erfahren.«

»Natürlich nicht!« Ian streifte ihre Hand von seinem Unterarm wie ein lästiges Insekt und drehte sich zu ihr um, um ihr ins Gesicht zu sehen. »Wofür hältst du mich? Glaubst du, ich würde mit der Frau meines besten Freundes … Und es ihm danach brühwarm erzählen?«

»Es tut mir so leid.« Dorothea wischte die aufsteigenden Tränen mit dem Handrücken aus den Augenwinkeln. »Das habe ich wirklich nicht gewollt.«

»Ich auch nicht.« Ians Stimme klang dumpf vor Verzweiflung. »Ich dachte, ich hätte es im Griff, aber das war wohl nicht der Fall.«

»Was meinst du damit?«, fragte Dorothea.

»Ich liebe dich. Seit damals auf dem Schiff. Weißt du das nicht? Ich dachte, eine Frau spürt so etwas«, gestand er niedergeschlagen.

»Ich wollte reich werden und dann zurückkommen und um deine Hand anhalten. Und als ich dich zufällig wiedersehe, bist du schon verheiratet. Ausgerechnet mit Robert Masters.« Er lachte auf. Ein bitteres Lachen. »Welche Ironie des Schicksals! – Warum konntest du nicht auf mich warten?«

Dorothea hätte es ihm sagen und seine wilden Schuldgefühle damit vielleicht ein wenig mildern können. Aber sie schwieg. Es gab Geheimnisse, die musste man für sich behalten, auch wenn sie einen zu ersticken drohten.

»Wir sollten uns besser die nächste Zeit nicht sehen«, sagte sie müde.

»Nein, das sollten wir wirklich besser nicht«, gab Ian ihr recht. »Wird es Folgen haben?«

Im ersten Moment verstand sie nicht, was er meinte. Dann jedoch erinnerte sie sich, dass er ja Viehzüchter war. Wie Robert. Und Viehzüchter wussten recht gut Bescheid über Empfängnis und Fruchtbarkeit. »Ich weiß es nicht. Wirklich nicht.« Am liebsten hätte sie sich zusammengerollt und wäre in Tränen ausgebrochen. Aber das half jetzt auch nichts mehr.

»Die Eingeborenen sollen Kräuter für solche Zwecke haben«, meinte Ian leise. »Soll ich dir welche besorgen?«

Noch ein totes Kind? Und diesmal von seiner eigenen Mutter getötet? Alles in ihr sträubte sich gegen diese Vorstellung. Hatte sie nicht schon genug Sünden auf ihre Seele geladen?

Es war zu viel. Sie konnte das jetzt einfach nicht entscheiden. »Ich werde mich darum kümmern, wenn es so weit ist.« Dorothea schluckte krampfhaft und versuchte, nicht daran zu denken, wie es sich anfühlen würde, wenn sie sich zu Hause auf Eden-House im Spiegel betrachtete.

Die Reue kam zu spät. Sie wandte sich ab und begann mit hängenden Schultern Richtung East Terrace zu gehen. »Warte, ich bringe dich nach Hause.« Ian und sie gingen nebeneinander, wobei sie sich krampfhaft bemühten, jegliche zufällige Berührung zu vermeiden. Es gab nichts mehr zu sagen. Kurz vor der Gartenpforte blieb er stehen und flüsterte rau: »Ich werde in den Norden gehen. Leb wohl.« Er hob die Hände, als wolle er sie ein letztes Mal an sich ziehen, aber mitten in der Bewegung ließ er sie wieder fallen, wandte sich ab und verschwand mit großen Schritten in der Dunkelheit. Dorothea biss sich auf die Unterlippe, bis sie schmerzte, während sie so leise wie möglich durch den Garten ins Haus schlich. In ihrem Zimmer riss sie sich die zerdrückten, vom Tau feuchten Kleidungsstücke vom Leibe, rollte sie zu einem Bündel zusammen und schob es tief unter das Bett, um sie bei nächster Gelegenheit zu verbrennen.

Erst nachdem sie sich gründlich mit Wurzelbürste und Seife abgeschrubbt hatte, zog sie ihr Nachthemd über und schlüpfte unter die glatten Laken. Trotz ihrer Erschöpfung konnte sie nicht einschlafen. Sobald sie sich hinlegte und die Augen schloss, begann alles sich in einem wahnsinnigen Tanz zu drehen, als wäre sie immer noch mit Ian im Ballsaal. Erst in der Morgendämmerung fiel sie in einen leichten, unruhigen Schlaf, der zu früh von einem Klopfen an der Tür beendet wurde. »Geht es dir heute besser, Kind?« Die Stimme ihrer Mutter klang besorgt. »Oder soll ich Lischen zu Dr. Woodforde schicken?«

»Nein, ich komme gleich«, rief sie und zuckte beim Klang ihrer eigenen Stimme zusammen. Ihr Kopf schien von einem Heer Zwerge bevölkert, die sich einen Spaß daraus machten, dort ihr Bergwerk zu bearbeiten. Und ihre Zunge war so pelzig und schal wie ein alter Spüllappen. Vorsichtig richtete sie sich auf und taumelte zum Waschtisch. Nach ihrer nächtlichen Waschorgie war kaum noch Wasser im Krug. Mit den Resten spülte sie sich so gut es ging den Mund aus und rieb sich den Schlaf aus den Augen. Im Spiegel sah sie fast aus wie immer. Nur die dunklen Schatten unter den Augen und die ungewöhnliche Blässe waren anders. Dorothea kniff sich energisch in die Wangen, bis sie eine gesunde Färbung aufwiesen, und ging in die Küche.

»Du hättest noch nicht aufstehen sollen« war das Erste, was ihre Mutter sagte, sobald sie einen Blick auf sie geworfen hatte. »Leg dich wieder hin, ich bringe dir einen Tee.« Mit dem Tablett brachte sie ihr einen Umschlag, auf dem in Ians unverkennbarere Handschrift »Mrs. Masters, persönlich« gekritzelt stand.

»Das hat ein Bote am frühen Morgen gebracht«, sagte sie in neutralem Ton. »Wenn es das ist, was ich vermute, kann ich ihm nur beipflichten. Du wirst sehen, du wirst bald darüber hinwegkommen.« Sie stellte das Tablett ab und strich ihrer Tochter mitfühlend über den Kopf. »Ach, Dorchen, du warst immer schon so wild und ungestüm. Damit verletzt man sich und andere nur unnötig.«

»Schon gut, Mama. Ich werde Ian nicht wiedersehen.« Dorothea ballte die Hände zu Fäusten und drehte sich zur Wand, damit ihre Mutter die Tränen nicht sah, die ihr in die Augen stiegen. »Wenn ich nur die Zeit zurückdrehen könnte!«

Statt einer Erwiderung darauf sagte ihre Mutter nur: »Ich werde mit den Mädchen in den neuen botanischen Garten gehen. Bis später.«

Sobald ihre Schritte verklungen waren, riss Dorothea mit klopfendem Herzen den Brief auf: »Wenn Du mit mir in Kontakt treten willst, wende Dich an Mr. Hastings von der Bank. Er weiß, wie ich zu erreichen bin. Mit den besten Wünschen für Dein weiteres Leben, Ian.«

Nichts weiter. Enttäuscht ließ sie ihn sinken. Was hatte sie erwartet? Dass Ian ihr seine unendliche Liebe schwören würde? Das konnte er ja nicht gut.

Dorothea ließ sich aufs Bett fallen und starrte blicklos an die Zimmerdecke. Offensichtlich ging ihre Mutter davon aus, dass ihre gestrigen Kopfschmerzen auf die notwendige Trennung zurückgingen. Wie entsetzt wäre sie, wenn sie die Wahrheit kennen würde!

Dabei hatte es sich so richtig angefühlt. Als wären Ian und sie füreinander bestimmt. Auch wenn es Robert gegenüber über die Maßen schäbig gewesen war – solange sie allein ihren Gefühlen gefolgt war, war ihr alles richtig und natürlich erschienen. So richtig und natürlich, wie es weder mit Miles Somerhill noch mit Robert gewesen war. Einerseits bedauerte sie, dass sie nun wusste, was sie in Zukunft vermissen würde. Andererseits hätte sie diese berauschende Erfahrung um keinen Preis missen wollen. Wie hieß es so schön: Jedes Ding hat seinen Preis. Sie würde so bald wie möglich nach Eden-House zurückkehren.

16

Als sie diesen Entschluss beim Abendbrot verkündete, stieß sie damit auf Unverständnis und Heathers entschiedenen Protest. »Ich will noch nicht zurück«, erklärte Heather entschieden. »Erst muss Mr. Rathbone sein Versprechen einlösen und mir ein eigenes kleines Messer machen.«

»Daraus wird sowieso nichts, Heather. Mr. Rathbone musste wegen dringender Geschäfte abreisen«, sagte Dorothea.

»Was? Und er hat sich noch nicht einmal von mir verabschiedet?« Die Enttäuschung des Mädchens war offensichtlich.

»Manchmal muss es sehr schnell gehen«, warf Mutter Schumann begütigend ein. »Es tut ihm sicher sehr leid, dass er keine Zeit mehr dafür hatte.«

»Wieso musste er überhaupt auf einmal abreisen? Als wir ihn vorgestern trafen, hat er nichts davon gesagt.« Lischen warf ihrer Schwester einen argwöhnischen Blick zu. »Habt ihr euch etwa gezankt, Doro?«

»Nein, das haben wir nicht. Wie kommst du überhaupt auf eine solche Idee? – Ich habe nur Sehnsucht nach Eden-House und meine, wir können deinen Vater nicht noch länger allein mit Tante Arabella und Mrs. Perkins lassen. Findest du nicht auch, Heather?«, versuchte Dorothea ihrer Stieftochter die neue Wendung schmackhaft zu machen. »August, könntest du uns dann morgen mit dem Gig hinbringen?« Das Gig war ebenso wie das Kutsch-

344

pferd in Robert Masters' bevorzugtem Mietstall in der Wakefield Street untergebracht und wartete dort auf seinen weiteren Gebrauch.

»Morgen?« Ihr Bruder wirkte nicht gerade angetan. »Morgen sollte ich mit dem Professor unsere Ausrüstung kaufen gehen. Du weißt doch, dass wir nächste Woche aufbrechen wollen. Ich habe wirklich keine Zeit. Frag im Mietstall. Dort werden sie dir sicher gerne einen Kutscher oder Pferdeknecht vermitteln.«

»Das wird nicht nötig sein. Ich kann sie begleiten«, sagte Koar unvermittelt.

»Das ist sehr nett von dir, Koar«, erwiderte Dorothea überrascht von dem unerwarteten Angebot. »Aber hast du nicht Unterricht?«

Das Lächeln, das über seine schwarzen Züge glitt, war unmissverständlich ironisch. »Bei einem Kaurna wird nicht erwartet, dass er zuverlässig ist. Karl kann sagen, dass ich auf einem Trail bin. Niemand wird das bezweifeln.«

»Kannst du denn kutschieren?«

»So gut wie August allemal.« Koars weiße Zähne blitzten auf. »Ich habe hier und da im Mietstall geholfen, weil es mich interessiert hat, wie Pferde funktionieren.«

»Na, dann wäre das ja geklärt«, sagte August erleichtert und stand auf. »Mach's gut, Schwesterherz. Wir werden uns länger nicht sehen.« Eine feste Umarmung für Dorothea, ein beiläufiges Tätscheln der Schulter für Heather – und weg war er.

»Ich bin überaus froh, ihn die nächsten Wochen in guter Gesellschaft zu wissen«, bemerkte Mutter Schumann später zu Dorothea, als sie zu zweit die Reisekiste packten. »In letzter Zeit habe ich manchmal ein ungutes Gefühl gehabt, was den Hang deines Bruders zu zwielichtigem Umgang betrifft.«

»Das geht sicher vorüber«, versuchte Dorothea sie zu beruhigen. »Junge Burschen schlagen manchmal über die Stränge. Wenn er erst einmal verheiratet ist, wird er sicher ein Muster an Tugend sein.«

»Dein Wort in Gottes Ohr«, gab Mutter Schumann trocken zurück. »Aber bis dahin bleibt mir nur zu beten, dass ihm nichts Unwiderrufliches zustößt.«

Dorothea dachte an die Leichtfertigkeit, mit der ihr Bruder gewisse Etablissements besuchte, und konnte ihr im Stillen nur recht geben. »Zumindest für die nächsten Wochen brauchst du dir jedenfalls keine Sorgen zu machen«, versuchte sie ihre Mutter zu beruhigen. »Mit Professor Menge wird er gar keine Zeit haben, auf dumme Gedanken zu kommen.«

Beim Aufbruch am nächsten Morgen war Heather dermaßen schlecht gelaunt, dass Dorothea sich zusammennehmen musste, um sie nicht anzufahren. Nach zwei nahezu durchwachten Nächten waren ihre Nerven bis zum Zerreißen angespannt. Als das Mädchen aus Unachtsamkeit den Krug Limonade, die Mutter Schumann am Abend zuvor noch zubereitet hatte, umstieß, konnte sie nicht mehr an sich halten und versetzte ihm eine schallende Ohrfeige. Nach einem Augenblick, in dem sie wie erstarrt dagestanden hatte, brach Heather in Tränen aus und rannte ins Haus zurück. »Verdammt«, fluchte Dorothea. Das würde Heather ihr vermutlich ewig übel nehmen. Warum war sie nur so unbeherrscht gewesen?

Sie fand ihre Stieftochter am ganzen Körper bebend, den Kopf im Schoß ihrer Mutter vergraben. »Ich will viel lieber bei dir und Lischen bleiben!«, stieß sie unter gewaltigen Schluchzern hervor. »Du schimpfst nie mit mir. Du bist lieb. Warum kannst du nicht meine Mama sein?«

In Dorothea stieg brennende Scham auf. Ihre Mutter strich der Kleinen liebevoll über die Flechten. »Dorothy meint es nicht böse, Kindchen. Sie ist nur manchmal etwas ungeduldig. Als sie klein war, war sie genauso ein Hitzkopf wie du. Weißt du, manchmal erinnerst du mich sehr an sie.«

»Es tut mir leid, Heather«, sagte Dorothea leise. »Wenn ich es ungeschehen machen könnte, würde ich es tun. Wirklich.« Ein, zwei Sekunden vergingen, ehe Heather das tränenverschmierte Gesicht hob und sie anblickte. Auf ihrer rechten Wange zeichnete sich der Abdruck von Dorotheas Hand ab. Dorothea erschrak zutiefst über den Anblick. »Ich hoffe, ich habe dir nicht sehr wehgetan? Es war nicht meine Absicht.«

Heather schniefte kräftig, nahm das nasse Tuch, das Mutter Schumann ihr reichte, und wischte sich damit die Tränen ab. »Es geht«, sagte sie dann mit belegter Stimme. »Aber es war nicht gerade nett.«

»Nein, das war es nicht«, gab Dorothea ihr recht. »Vergibst du mir?«

Heather dachte ein wenig nach, ehe sie die Rechte ausstreckte und feierlich sagte: »Ich vergebe dir. – Aber nur dies eine Mal!«

»Danke. Abgemacht.« Die Zustimmung im Gesicht ihrer Mutter sagte ihr, dass sie das Richtige gesagt hatte.

Der eigentliche Abschied war schmerzlich. Lischen schenkte der neuen Freundin ihren Lieblingskreisel, ein mit Zwergen und Fliegenpilzen bemaltes Prachtstück. Zwar spielte sie seit einigen Jahren schon nicht mehr damit, aber sie hatte sich bisher noch nicht davon trennen können. Mutter Schumann hatte heimlich für sie einen kleinen Hund aus braunem Samt genäht, mit Knopfaugen und Ohren und Schwanz aus Wallabyfell. Um ein Haar wäre Heather nochmals in Tränen ausgebrochen. Und auch Dorothea rang um Fassung.

»Wir werden sie bald wieder besuchen«, versprach sie Heather. »Aber dein Vater braucht uns jetzt erst einmal dringender.«

Koar war tatsächlich ein ausgezeichneter Pferdelenker. Auf der neuen Straße kamen sie gut voran. Schon mittags passierten sie die Mautstelle bei Glen Osmond und erreichten die Herberge auf dem Mount Barker noch vor Anbruch der Dämmerung. Von hier aus gab es lediglich eine Fahrspur, die hinter der Abzweigung nach Strathalbyn kaum sichtbar durch die lichten Wälder führte.

»Ich wüsste gerne, ob der böse Mann immer noch da ist«, sagte Heather nachdenklich, als sie gerade an einem Busch vorüberfuhren, der über und über von grauen Spinnen bedeckt schien. Nur wenn man genauer hinsah, wurde deutlich, dass es keine Spinnen, sondern bizarr geformte Blüten waren. Abgelenkt von dem Anblick hatte Dorothea ihr gar nicht zugehört. Erst als Koar sie ernsthaft aufforderte, ihm diesen bösen Mann zu beschreiben, wurde sie aufmerksam.

»Er sah sehr seltsam aus, so ähnlich wie der *kuinyo,* den du mir aufgezeichnet hast«, erwiderte das Mädchen. »Dorothy hat ihn auch gesehen. Sie kann ihn sicher besser beschreiben.« Sie zupfte Dorothea am Ärmel. »Das kannst du doch, oder?«

»Was ist ein *kuinyo?«,* fragte Dorothea stattdessen neugierig.

»Ein Dämon, der nachts umherschleicht und jeden verschlingt, der sich aus dem Schutz des Feuers entfernt«, erklärte Koar. »In den Traumgeschichten wird er als Skelett mit einem aufgeblähten Bauch beschrieben. Die Kaurna haben schreckliche Angst vor ihm. Und nicht nur die Kinder …«

»Einen aufgeblähten Bauch hatte er nicht.« Sie versuchte, sich genau an sein Aussehen zu erinnern. »Er war groß. Ungewöhnlich groß. Und mager. Und er trug eine sehr auffällige Körperbemalung.« Schade, dass Koar nicht bei dem Picknick mit dem unglücklichen Ausgang dabei gewesen war: dann hätte sie ihm nur das Felsbild zeigen müssen. »Ja, man könnte sagen, er imitierte ein Skelett. Aber ich bin mir sicher, er war kein Geist.«

Sie lächelte schwach. »Dafür roch er viel zu intensiv nach ranzigem Opossumfett.« Seltsam, dass ihr dieses Detail erst jetzt wieder einfiel!

Koar sagte nichts dazu. Sein brütendes Schweigen hielt an, bis

Heather schließlich die Geduld verlor. »Was meinst du nun? War es wirklich ein Geist, den wir gesehen haben?«

Er schreckte auf, als sei er in Gedanken sehr weit weg gewesen. »Wenn du wirklich dem *kuinyo* begegnet wärst, würdest du jetzt nicht neben mir auf dem Bock sitzen«, erwiderte er trocken. »Habe ich dir schon die Geschichte erzählt, wie mein Großvater mir beibrachte, Eidechsen zu fangen?«

Auf Eden-House wurden sie mit großer Freude begrüßt. »Ich hätte nicht gedacht, dass ich dich so vermissen könnte«, gestand Robert ihr unter vier Augen und zog sie stürmisch in seine Arme. »Mein Herz, du hast mir so gefehlt!«

»Du mir auch«, log Dorothea. »Deswegen habe ich es ohne dich nicht mehr ausgehalten. Ich konnte einfach nicht mehr warten, dass du uns holen kommst.« Sein glückliches Gesicht besänftigte ihre Gewissensbisse. Mit der Zeit würde sie lernen, Robert so zu lieben, wie er sie liebte.

Am nächsten Morgen verabschiedete Koar sich, um nach Adelaide zurückzukehren. Roberts Angebot, eines der Pferde zu nehmen, lehnte er ab. »Ich bin lange nicht mehr auf dem Trail gewesen«, sagte er eine Spur wehmütig. »Es ist an der Zeit, dass ich wieder die Erde unter meinen Fußsohlen spüre.«

Mit ihm verschwand auch das letzte Verbindungsglied zu ihrer Familie und zu Ian. Dorothea sah ihm betrübt nach, wie er mit den langen Schritten seines Volkes davonging. »Ein ungewöhnlicher Bursche«, konstatierte Lady Arabella. »Ich denke, er kann es weit bringen. – Mrs. Perkins wollte übrigens mit dir die Wäscheliste durchgehen, Liebes. Ich glaube, es fehlte irgendetwas.«

Der Alltag auf Eden-House nahm Dorothea schneller wieder in Anspruch, als sie erwartet hätte. Mrs. Perkins schien es darauf anzulegen, sie mit allen Aspekten eines größeren Haushalts vertraut zu machen. Als sie sich bei Robert darüber beschwerte, dass die Köchin doch früher nicht ständig alle Menüpläne und Einkaufslisten mit ihr hatte absprechen wollen, lächelte er und sagte: »Sie meint es nur gut! Sie fürchtete nämlich schon, du hättest dich vielleicht überflüssig gefühlt, weil sie immer alles über deinen Kopf hinweg bestimmt hatte. Wenn es dir zu viel wird, kannst du ihr ja sagen, dass du ihr freie Hand gibst.«

Auch Heathers Schulstunden wurden wieder aufgenommen. Zu Dorotheas Überraschung hatte das Mädchen einigen Ehrgeiz entwickelt. »Lischen hat gesagt, sie schreibt mir Briefe – aber nur, wenn ich es auch tue«, erklärte sie ihren neuen Eifer.

Drei Wochen nach ihrer Rückkehr setzte ihre Monatsblutung ein. Vor Erleichterung hätte sie singen und tanzen können. Stattdessen brach sie in Tränen aus. Dass es Freudentränen waren, konnte niemand ahnen. Robert, der ihren Ausbruch teilweise mitbekommen hatte, setzte sich, nachdem er den Grund dafür erfahren hatte, neben sie aufs Bett. »Weine nicht, mein Herz«, tröstete er sie etwas hilflos und legte den Arm um ihre bebenden Schultern. »Ich verstehe ja, dass du enttäuscht bist. Aber dass du so schnell wieder schwanger wirst, kannst du nicht erwarten. Hab Geduld. Es wird schon werden.«

»Ich will dir unbedingt Kinder schenken.« Dorothea sah zu ihm auf. »Du wünschst es dir doch so sehr, Robert.«

»Das stimmt, mein Herz.« Er tupfte ihr liebevoll mit seinem Brusttuch das nasse Gesicht trocken. »Aber habe ich dir nicht auch gesagt, dass du das Allerwichtigste für mich bist? Dein Glück kommt für mich an erster Stelle. Bitte, tu mir den Gefallen und lächle wieder. Es tut mir weh, dich so bekümmert zu sehen.«

Sie tat ihm den Gefallen. Es war so einfach, Robert glücklich zu machen. Warum konnte sie ihn nicht so lieben, wie er es verdiente?

Der Frühling wich einem heißen, trockenen Sommer. Jetzt machte sich die Nähe zum Murray River angenehm bemerkbar: Wassermangel wie in anderen Gebieten Südaustraliens gab es hier nicht. Wenn Sam die Schleusen zu den raffiniert ausgeklügelten Bewässerungskanälen für die Tränken auf den weiter entfernten Viehweiden öffnete, strömte stets ausreichend von dem kostbaren Nass. Wenn Robert Zeit hatte, und die nahm er sich jetzt häufig, ritt er mit Dorothea und Heather zum Fluss. Dort vergnügte die Kleine sich damit, Muscheln zu sammeln oder Fische nach Eingeborenenart mit der Hand zu fangen. Derweil saßen Dorothea und Robert im Schatten und unterhielten sich oder schlenderten Hand in Hand zu einem von den Steinplätzen, an denen die Ngarrindjeri angeblich geheimnisvolle Rituale durchführten. »Ich habe es noch nie selber gesehen, aber Moorhouse erzählte mir, dass an solchen Plätzen Geister angerufen werden, die dann auch tatsächlich erscheinen.« Robert grinste spitzbübisch. »Natürlich sind es in Wirklichkeit bemalte und maskierte Männer, aber in der Dunkelheit soll es ausgesprochen eindrucksvoll sein, wenn sie plötzlich zwischen den Dolmen auftauchen, als wären sie vom Himmel gefallen. Dazu scheinen sie einige magische Tricks zu beherrschen, die für einfache Gemüter äußerst beängstigend sein sollen.«

»Zum Beispiel?«

»Sie werfen etwas ins Feuer, dass es meterhoch auflodert und dabei seine Farbe verändert. Oder sie lassen Geisterstimmen sprechen – vermutlich beherrschen sie also auch die Kunst des Bauchredens. Wie auch immer, dieser Platz hier dürfte schon lange aufgegeben sein.«

Das war Dorothea nur zu recht. Ein Platz wie die Kultstätte auf dem Weg nach Glenelg in ihrer unmittelbaren Nachbarschaft wäre ihr alles andere als lieb gewesen.

Die Adventszeit begann und erinnerte sie schmerzlich an die letztjährige. War es wirklich erst ein Jahr her, dass sie mit Jane so unbeschwert durch den Busch gewandert waren? Dass sie Miles Somerhill kennengelernt hatte? Beim letzten Weihnachtsfest waren sie noch eine Familie gewesen. Ihr Vater hatte den Weihnachtsgottesdienst gehalten, und danach hatte es ein Festessen gegeben. Das Leben hatte voller Versprechungen vor ihr gelegen. Sie gab sich große Mühe, ihre Anflüge von Melancholie vor Robert zu verbergen. Er verlangte so wenig von ihr, da war es das Wenigste, was sie tun konnte, ihm nicht mit trübsinnigem Gesicht zu begegnen.

»Hast du irgendwelche besonderen Pläne für Weihnachten, Liebes«, erkundigte Lady Chatwick sich eines Abends, wobei sie sich mit einer Serviette Kühlung zufächelte. »Puh, ist das heiß! Bei dieser Witterung könnte man glatt vergessen, dass es auf Weihnachten zugeht.«

»Nein, sollte ich?« Dorothea sah Robert fragend an. »Ich dachte, ich passe mich den Gepflogenheiten auf Eden-House an.«

»Allzu viele davon gibt es hier nicht«, erwiderte er fast bedauernd. »Ein Mistelzweig würde ja auch nicht allzu viel Sinn ergeben. In den letzten Jahren haben wir uns auf ein gutes Essen beschränkt. Obwohl Eiergrog und Christmaspudding bei diesen Temperaturen natürlich nicht ganz das Passende sind.«

»Aber es gehört doch irgendwie dazu«, protestierte Lady Chatwick. »Ohne Grog und Pudding ist es einfach kein Weihnachtsfest.«

»Mrs. Perkins ist ganz deiner Ansicht. Deswegen steckt sie ja auch immer eine fette Gans in die Bratröhre«, bemerkte Robert trocken.

»Was ist dir denn an Weihnachten wichtig, Heather?«, fragte Dorothea, die sich wunderte, wieso ihre Stieftochter sich am Gespräch nicht beteiligt hatte. Sie konnte sich gut erinnern, wie sie sich früher immer schon Wochen vorher auf das Fest gefreut hatte. Heather hingegen wirkte ausgesprochen desinteressiert an dem Thema.

»Nichts.« Heathers brüske Antwort befremdete Dorothea. Sie warf Robert einen Blick zu. Der schüttelte kaum merklich den Kopf, um ihr zu bedeuten, nicht weiter in sie zu dringen.

»Als ich klein war, wimmelte es zu Hause über die Feiertage immer vor lauter Besuchern«, sagte er später in ihrem Schlafzimmer. »Darunter jede Menge Cousins und Cousinen. Wir hatten viel Spaß damals.« Robert lächelte schief. »Vom nächtlichen Schlittschuhlaufen auf dem Dorfweiher bis hin zu heimlichen Ausflügen in die Speisekammer. Hier haben wir leider keine Gäste, und schon gar nicht im passenden Alter für Heather. Es ist kein Wunder, dass Weihnachten ihr nichts bedeutet. Für sie ist es ein Tag wie jeder andere.«

»Wie traurig!« Dorothea erinnerte sich an die Winterabende, an denen die Familie in Dresden bis spät in die Nacht bei Früchtebrot und Apfelpunsch zusammengesessen und Weihnachtslieder gesungen hatte. Auch bei ihnen waren Gäste ein und aus gegangen: meist Kollegen des Vaters und ihre Angehörigen. Alt und Jung hatten bei den Scharaden und Pfänderspielen mitgemacht und sich dabei königlich amüsiert. Nur das letzte Weihnachtsfest hatte sich von allen vorhergehenden unterschieden: Es waren dieselben Weihnachtslieder gewesen, dieselben Mandelplätzchen wie die, die ihre Mutter jedes Jahr zu backen pflegte – dennoch hatten sie alle das Gefühl gehabt, zur falschen Zeit am falschen Ort zu sein.

»Mitten im Sommer Weihnachten zu feiern ist irgendwie verrückt«, hatte Karl die allgemeine Empfindung in Worte gefasst.

Sie hatten das Beste daraus gemacht: Der Punsch wurde eben kalt getrunken, und ihr Vater hatte launig bemerkt, dass es doch eigentlich etwas Wunderbares an sich hätte, wenn in ihre Lieder auch die Vögel mit einstimmten. Überhaupt: ihr Vater! Ohne ihn konnte sie sich Weihnachten gar nicht vorstellen. Wer sonst sollte »Vom Himmel hoch« anstimmen? Wer sonst mit verschmitztem Lächeln die Keksdose aus ihrem Versteck holen, das jeder kannte?

Selbst Jane, die immer behauptete, die Weißen wüssten nicht zu feiern, war tief beeindruckt gewesen. Weniger von den Gesängen als von der Gemeinsamkeit. »Bei uns würde kein Mann sich herablassen, mit seiner Familie einen ganzen Abend zusammenzusitzen«, hatte sie bemerkt. »Vielleicht mit seinem Lieblingssohn. Aber nie mit seiner Frau und den Töchtern. Siehst du, deswegen liebe ich Tim so: Er behandelt mich nicht wie eine Frau.«

Dorothea wusste, was Jane damit meinte: Tim Burton sah in ihr nicht bloß eine wertlose Sklavin.

»Du siehst plötzlich so betrübt aus, Liebste«, unterbrach Robert die Flut der Erinnerungen, die in ihr aufstieg. »Ist es wegen Heather? Glaube mir, das ist unnötig: Sam und ich haben eine wunderhübsche kleine Ponystute für sie ausgesucht und zugeritten. Sie wünscht sich doch schon so lange ein eigenes Pferd. Jetzt ist sie endlich alt genug dafür. Ich bin sicher, das wird sie glücklich machen.« Er streckte die Arme nach ihr aus. »Wahrscheinlich wirst du dann größte Mühe haben, sie überhaupt noch ins Schulzimmer zu bekommen.«

»Das macht nichts. Hauptsache, sie ist glücklich.« Dorothea schmiegte sich bereitwillig an ihn. »Und du? Was würde dich glücklich machen?«

»Weißt du nicht, dass du mich bereits zum glücklichsten Mann von Südaustralien gemacht hast?«, raunte er mit vor Leidenschaft rauer Stimme und schob sie in Richtung Bett.

Als ihr Mann ein paar Tage vor Weihnachten erklärte, noch einmal nach Adelaide reisen zu müssen, und dabei einen verschwörerischen Blick mit seiner Tante tauschte, empfand Dorothea spontan Erleichterung. Erleichterung darüber, ein paar Nächte allein verbringen zu können, keine Leidenschaft vortäuschen zu müssen, die sie nicht empfand.

Der ersten Monatsblutung nach der Nacht mit Ian im Park, die sie noch freudig begrüßt hatte, war inzwischen eine weitere gefolgt. Ihre Enttäuschung war mindestens so groß gewesen wie Roberts. Vielleicht noch größer, denn der unbändige Wunsch, endlich von ihm schwanger zu werden, hatte dazu geführt, dass der eheliche Akt für sie schleichend, fast unbemerkt, vom Vergnügen zur Pflicht geworden war. Dorothea war dazu übergegangen, ihm ihren Höhepunkt vorzuspielen. Sie wollte nicht, dass ihr Mann sie mit Fragen bedrängte, auf die es nur Lügen als Antwort gegeben hätte.

Ihr Körper schien sich ihrem Willen zu entziehen. Und wenn sie sich noch so bemühte, Lust zu empfinden: Er blieb im Innersten kalt und unbeteiligt. Es war ihr völlig unverständlich, denn es war ja keineswegs so, dass sie Widerwillen gegen ihren Mann empfand.

Aus einer Art Verzweiflung heraus hatte sie ihn letzten Sonntagmorgen sogar verführt. Es war nicht schwer gewesen. Miles hatte es immer besonders geschätzt, wenn sie sein Glied mit der Hand gestreichelt hatte. Daran hatte sie sich erinnert und sich an Roberts schlafwarmen Rücken geschmiegt. Anschließend hatte sie ihre Rechte unter sein Nachthemd gleiten lassen. Sobald sie gefunden hatte, was sie suchte, hatte er auf die Berührung reagiert, bevor er halbwegs wach gewesen war. Er hatte keinen Versuch gemacht, sich ihr zu entziehen. Stattdessen hatte er sich langsam, sehr langsam, als hätte er Angst, dass sie ihren Griff sonst lösen würde, umgedreht und sie angesehen.

Errötend hatte sie dem Blick standgehalten. »Ich hoffe, der Herr hat gut geschlafen?«, hatte sie gefragt. »Hat er. Und die gnädige Frau?« Ohne den Blickkontakt zu unterbrechen, hatte Robert träge seine Hand zwischen ihre Beine geschoben und seinerseits begonnen, sie zu streicheln.

Aufs Äußerste erregt hatte sie darauf gehofft, den Bann brechen zu können, endlich wieder die Lust zu empfinden, die sie vorher für selbstverständlich gehalten hatte und die sich ihr jetzt so widerspenstig verweigerte. Aber erneut war im unpassendsten Moment Ians Gesicht vor ihrem inneren Auge erschienen. Verfluchter Kerl! Man könnte glauben, er hätte sie mit einem Zauber belegt wie dem, von dem Jane erzählt hatte. Danach konnte der Verzauberte nur noch an die eine Person denken. Niemand anderes zählte für ihn, niemand anderes konnte seine Leidenschaft wecken. Man musste in einem solchen Fall nach dem Zauber suchen, hatte Jane ganz ernsthaft erklärt. Meist handelte es sich dabei um eine Lehmkugel, in der außer dem Fluch noch Haare oder Fäkalien des Verfluchten eingeknetet waren. Diese Lehmkugel musste man zerstampfen und die Reste in alle Winde verstreuen, um die Wirkung zu neutralisieren. Sobald das geschehen war, wäre alles wieder in schönster Ordnung.

Wenn das nur so einfach gewesen wäre!

»Du wirst doch nicht jetzt vor Weihnachten krank werden, Liebes?«, erkundigte Lady Chatwick sich, besorgt über Dorotheas Blässe. »Soll ich Mrs. Perkins bitten, dir einen von ihren vorzüglichen Toddies zu machen?«

Dorothea winkte schaudernd ab. Lady Arabella war ein großer Anhänger dieses fürchterlichen Gebräus aus Rotwein, Ei und Zucker. In ihren Augen gab es nichts Besseres, um Leib und Seele gleichermaßen zu stärken. »Nein? Dann werde ich mir einen holen. Ich fühle mich gerade etwas schwach.« Zur Untermalung griff sie sich an die Stirn und rauschte in Richtung Küche.

Als Dorothea den Flur entlang zum Schulzimmer ging, wunderte sie sich, dass die Tür zu einem der unbenutzten Zimmer im hinteren Teil des Hauses offen stand. Sie ging hin und wollte sie wieder schließen, als sie Mrs. Perkins und Trixie eifrig damit beschäftigt sah, die Betten zu lüften und die Schutzhüllen von den Möbeln zu ziehen. »Du kannst dann nachher noch schnell die Kommode abstauben«, sagte Mrs. Perkins gerade, als sie Dorothea bemerkte. »Guten Morgen, Ma'am.«

Dorothea sah sich neugierig in dem Raum um, den sie noch nie vorher betreten hatte. Ein großes Bett stand darin, eine Sitzgarnitur, eine Spiegelkommode mit Marmorplatte und einer Waschgarnitur aus Wedgewood-Porzellan. »Erwarten wir Besuch?«, fragte sie eine Spur ironisch.

»Nicht dass ich wüsste, Ma'am. Ich wollte nur vor den Feiertagen alles ordentlich und sauber haben«, erwiderte Mrs. Perkins ungerührt. »Haben Sie mich gesucht? Brauchen Sie etwas?«

»Nein, lassen Sie sich nicht stören«, sagte Dorothea und überließ die beiden Frauen kopfschüttelnd ihrer schweißtreibenden Tätigkeit. Sie hatte Mrs. Perkins immer für eine praktische und vernünftige Frau gehalten. Was war nur in sie gefahren, dass sie ausgerechnet jetzt meinte, einen Hausputz ansetzen zu müssen? Gehörte das zu ihren Vorstellungen von Weihnachten?

Zwei Tage später wurde klar, weswegen Mrs. Perkins und Trixie die Mühe auf sich genommen hatten: Als Robert vorfuhr, kletterte nicht nur er vom Bock, sondern er wurde von Mutter Schumann, Lischen, Karl und Koar begleitet. »Ich dachte mir, es wäre schön, wenn wir das Weihnachtsfest zusammen feiern könnten«, sagte er, als Dorothea und Heather freudestrahlend die Verandatreppe hinunterliefen, um die unerwarteten Gäste zu begrüßen.

Dorothea fehlten die Worte, sie fiel ihm nur um den Hals.

»Willkommen, willkommen! Ich freue mich, Sie endlich auch kennenzulernen, Mrs. Schumann.«

Lady Chatwick streckte majestätisch die Hand aus. »Vielleicht können wir uns später auf ein kleines Schwätzchen zurückziehen? Bei einem Gläschen Claret?«

Dorothea unterdrückte ein Kichern, als sie den fragenden Blick ihrer Mutter auffing.

Engländer kannten die Sitte des »Heiligen Abends« nicht. Das wussten sie noch von ihrem ersten Weihnachtsfest in Adelaide. Umso überraschter waren sie alle, als Robert Masters sie am Abend des 24. Dezembers statt ins Esszimmer in den großen Salon bat. Dort stand eine kerzengerade gewachsene Tanne. Natürlich war es keine richtige Tanne, sondern ein einheimischer Nadelbaum – über und über mit roten Schleifen, vergoldeten Nüssen und Naschwerk geschmückt.

»Ein Weihnachtsbaum!« Lischens Augen weiteten sich entzückt bei seinem Anblick. »Dürfen wir das Süße auch essen? Oder ist es nur zum Angucken?«

»Selbstverständlich darfst du das«, erwiderte Robert amüsiert. »Aber möchtest du nicht vorher dein Geschenk auspacken?«

Jetzt erst bemerkten sie die mit bunten Schleifen verzierten Schachteln unter den Zweigen.

»Das war in der Kiste, die so schwer war?« Karl sah seinen Schwager unsicher an. »Wir haben leider keine Geschenke für dich.«

»Dass ich eure Schwester heiraten durfte, ist das größte Geschenk für mich«, sagte Robert leise und griff nach Dorotheas Hand, um sie dicht neben sich zu ziehen. »Nichts könnte das aufwiegen. – Frohe Weihnachten!«

Gerührt sah Dorothea zu, wie eine Schachtel nach der anderen ihren Adressaten fand. Robert hatte wirklich an alles gedacht: für Lischen Marzipankonfekt; Karl fand eine komplette Zeichenausrüstung für unterwegs in seinem Päckchen; Koar ein medizinisches Kompendium; Mutter Schumann blickte sprachlos vor freudiger Überraschung auf einen indischen Schal aus feinster Kaschmirwolle, so dünn und leicht wie Seide; Lady Chatwick packte erfreut den *Mord in der Rue Morgue* aus; und für Heather war in der größten Schachtel ein komplettes Reitkostüm versteckt.

Auch für Dorothea lag ein eher unscheinbarer Karton mit einer goldfarbenen Schleife in dem stacheligen Grün versteckt. Als sie das Band löste und den Deckel hob, keuchte sie erschreckt. »Robert, nein! Das ist doch viel zu kostbar!«

»Keineswegs. Es ist absolut angemessen«, sagte er und verbeugte sich leicht. »Darf ich es dir anlegen?«

»Du siehst damit aus wie eine Prinzessin«, stellte ihre Schwester fest, nachdem sie sie kritisch beäugt hatte. »Es glitzert wie die Sonne auf dem Wasser. Ist es ein besonderes Glas?«

Lady Chatwick schnaufte, empört über diese Ignoranz, laut und vernehmlich auf. »Das sind Diamanten, Kind«, belehrte sie Lischen. »Und zwar welche von reinstem Wasser, wie man zu sagen pflegt. Deswegen funkeln sie auch so.«

Das Collier schmiegte sich schwer und kalt um Dorotheas Hals und Nacken. »Für meine Königin«, sagte Robert und hauchte einen Kuss auf ihre nackte Schulter. »Lischen hat nicht übertrieben.«

»Natürlich musst du ihr später auch passende Ohrgehänge dazu schenken«, bemerkte Lady Chatwick. »Vielleicht zur Geburt des ersten Kindes? Und beim zweiten dann ein Armband und beim dritten ein zweites.«

»Würdest du diese Einzelheiten mir überlassen, Tante Arabella?« Robert klang ein wenig ungehalten.

»Natürlich, mein Lieber. Es ist nur so, in unserer Familie war es immer üblich …«

Mrs. Perkins räusperte sich energisch in der offenen Tür und erklärte, dass angerichtet sei und es schade wäre, wenn das Essen kalt würde. Niemand beging den Fehler, den Befehl als solchen nicht zu erkennen. Gehorsam begaben sich alle ins Esszimmer, wo der Anblick der überquellenden Platten und Schüsseln auf der Anrichte nicht nur Lischen die Sprache verschlug. So üppig war es im Hause Schumann nie zugegangen.

Die Köchin hatte sich selbst übertroffen.

Krossbraun und duftend lag eine gebratene Gans in der Mitte und sandte appetitanregende Duftschwaden aus. Rechts von ihr dampften gebackene Kartoffeln, Blumenkohl in weißer Soße, gedünsteter Kohlrabi, grüne Bohnen mit Speck und in Butter geschmorte Karotten. Links standen Gurkensalat, eine Schüssel mit grünem Salat und Kräutern, eine Schale Yorkshirepudding, frische Haferbrötchen und der geheimnisvolle Plumpudding, um dessen Zubereitung Mrs. Perkins ein solches Aufheben gemacht hatte, dass Dorothea sich gefragt hatte, ob diese unansehnliche, braune Masse es wirklich wert war. Lady Chatwick hatte ihr erklärt, dass er als Höhepunkt des Abends mit Rum übergossen und angezündet werden würde. Nun ja, man konnte sich vielleicht damit herausreden, dass man viel zu satt wäre, um auch noch einen einzigen Bissen zu schaffen.

»Einen Toast«, mit diesen Worten hob Robert sein gefülltes Weinglas. »Lasst uns anstoßen auf fröhliche, unbeschwerte Feiertage!«

Tatsächlich schien die Zeit zu verfliegen. Karl und Koar entdeckten die Freuden des Angelns. Der Murray River war so voller Fische, dass ein Fisch am Haken hing, kaum dass man die Angel ausgeworfen hatte. Zu ihrer Enttäuschung entpuppte sich ein Großteil der gefangenen Fische allerdings als wenig erfreuliche Beute: Sie waren so voller haarfeiner, stachliger Gräten, dass Mrs. Perkins meinte, es lohne die Mühe der Zubereitung nicht.

Von King George erfuhren sie die Geschichte dieser von den Eingeborenen *thukeri* genannten Fische. King George erzählte gerne Geschichten. Er setzte sich bequem auf einen angespülten Baumstumpf am Ufer, klaubte das unvermeidliche Stück Kautabak aus seiner Backentasche und verstaute es sorgfältig in seinem Brustbeutel, ehe er mit rollenden Augen begann: »Vor langer, langer Zeit gingen zwei Ngarrindjeri-Männer zum Fischen. Sie paddelten zu ihrem Lieblingsplatz, wo es viele *thukeri* gab, banden ihr Kanu an einigen Reetbüscheln fest und fischten den ganzen Tag. Sie fingen viele saftige, fette Fische. Als das Boot fast voll war, fuhren sie zum Ufer. Dabei bemerkten sie einen Fremden, der sich ihnen näherte. Sie befürchteten, er würde sie um Fische bitten.

Die beiden Männer waren aber nicht bereit, ihm von ihrem Fang abzugeben, obwohl sie mehr als genug für sich und ihre Familien gefangen hatten. Also deckten sie den Haufen Fische mit einer Bastmatte ab.« King George untermalte das pantomimisch, rollte sogar theatralisch mit den Augen, um anzudeuten, wie dumm und schlecht diese Handlung gewesen war, ehe er fortfuhr: »Tatsächlich kam der Fremde auf sie zu und bat sie um ein paar Fische, weil er hungrig sei. Aber sie sagten, sie hätten nur ganz wenige gefangen und könnten keine abgeben.

Daraufhin sah der Mann sie lange an, ehe er sich umdrehte und zum Gehen anschickte. Plötzlich hielt er inne, drehte sich um und sagte: ›Weil ihr gelogen habt, werdet ihr niemals wieder mit Genuss *thukeri* essen.‹

Erschreckt hoben sie die Matte an und sahen zu ihrem Entsetzen, dass alle Fische voller spitzer, dünner Knochen waren, die sie ungenießbar machten. Beschämt kehrten sie nach Hause zurück, um ihren Familien davon zu erzählen. Die Alten sagten ihnen, dass der Fremde, dem sie nicht hatten helfen wollen, in Wahrheit der Große Geist *Ngurunderi* gewesen war. Und nun müsse der ganze Stamm für ihre Gier büßen.

So kam es, dass der *thukeri* in die Welt kam.« King George lachte zufrieden, dass es ihm gelungen war, ihre Aufmerksamkeit zu fesseln, und wies mit dem nackten Fuß in Richtung Flussmitte. »Es ist besser, vom Kanu aus zu fischen. Wie wir.«

Lischen und Heather waren von »Princess«, wie die kleine Stute hieß, kaum noch zu trennen. Sobald sie ihr Frühstück heruntergeschlungen hatten, rannten die Mädchen zu den Stallungen und tauchten nur zu den Mahlzeiten wieder auf.

Als Mutter Schumann bedauernd meinte: »Ich könnte mich an so ein Leben wirklich gewöhnen. Aber ich fürchte, wir müssen langsam wieder in die Stadt zurück«, protestierte nicht nur Dorothea.

»Können wir nicht noch ein bisschen bleiben?« Lischen sah flehend zu ihrem Schwager auf. »Du hättest doch nichts dagegen, oder?«

»Natürlich nicht«, erwiderte Robert und zupfte neckend an einem ihrer langen Zöpfe. »Von mir aus könnt ihr hier einziehen. Aber ich muss leider morgen nach Adelaide.«

»Wieso denn das?«, fragte Dorothea verwundert. »Zwischen den Jahren macht doch niemand Geschäfte.«

»Es ist ein Notfall. Ein Freund von mir will alle Brücken hier abbrechen, und ich muss versuchen, ihn davon abzuhalten.« Ian! Robert hatte sich zwar sehr ungenau ausgedrückt, dennoch wusste Dorothea, dass dieser Freund Ian sein musste. Er wollte also Australien verlassen. Wohin wollte er sich wenden? Amerika? In ihrem Inneren zog sich alles schmerzhaft zusammen. Sie würde ihn nie wiedersehen. Und diese Vorstellung schmerzte so unglaublich, dass sie kaum hörte, wie ihre Mutter Robert Masters fragte, ob sie sich ihm anschließen könnten. Bis zur Hochzeit von Protector Moorhouse und Miss Kilner am 4. Januar hatte sie noch einige kleinere Aufträge zu erledigen und wollte auf keinen Fall in Verzug geraten. Glücklicherweise achtete niemand auf sie. Wieso tat es immer noch so weh, wenn sie an Ian dachte? Sie versuchte sich einzureden, dass sie froh darüber wäre, wenn er im fernen Amerika eine andere Frau fände und mit ihr glücklich würde. Aber schon der Stich, den ihr dieser Gedanke versetzte, belehrte sie eines Besseren. Blanker Hass auf diese Frau, die doch gar nicht existierte, loderte in ihr auf. Dorotheas Hände verkrampften sich dabei so heftig um den Henkel der Teetasse, dass das fragile Material zerbrach.

»Doro …?«

»Mein Herz …?«

Unter dem Blick von sieben besorgten Augenpaaren errötete sie peinlich berührt. »Das war die angeschlagene Tasse …«, stammelte sie und schob die Scherben zusammen. »Ich habe nicht aufgepasst.«

»Hauptsache, du hast dir nicht wehgetan«, sagte Robert, während er ihre Hände in seine nahm und auf Verletzungen inspizierte. »Fühlst du dich nicht gut? Soll ich dich hinaufbringen?«

Dankbar griff sie nach der Ausrede, die er ihr bot. »Nur ein bisschen Kopfschmerzen. Ich war wohl zu lange in der Sonne«, sagte sie. »Aber du hast recht, ich werde lieber gleich zu Bett gehen.«

Oben, allein in ihrem Bett, drangen die Stimmen der anderen im Salon unter ihr nur noch gedämpft durch die offen stehenden Fenster. Wie beneidete sie ihre Geschwister und Heather um die laute, ungehemmte Fröhlichkeit, mit der sie sich ganz dem augenblicklichen Spiel überließen!

Sie war noch hellwach, als Robert später leise hereinschlich, um ihr einen Abschiedskuss auf die Stirn zu hauchen. Aber sie hielt die Augen fest geschlossen und atmete regelmäßig, bis das Knarren der Bodenbretter und das kaum hörbare Knacken des Türschlosses angezeigt hatten, dass ihr Mann in seinem Zimmer war. Dann erst drehte sie sich auf die Seite, vergrub ihr Gesicht im Kissen und ließ den Tränen ihren Lauf.

Lischen hatte trotz ihrer Proteste mit zurückfahren müssen. Da hatte Mutter Schumann nicht mit sich handeln lassen. Lady Chatwick hatte sich überraschend angeschlossen. Die Aussicht, ein derart einmaliges gesellschaftliches Ereignis wie die Hochzeit von Protector Moorhouse und seiner Braut miterleben zu können, hatte sie ihre ausgeprägte Trägheit überwinden lassen. »Ich hoffe nur, dass bis dahin ihr bestes Kleid nicht mehr so nach Mottenkugeln riecht«, bemerkte Mrs. Perkins spitz. »Sonst werden alle in der Kirche schrecklich niesen.« Karl und Koar waren noch da. Sie würden bis zum Ende ihrer Ferien auf Eden-House bleiben und dann zu Fuß die Rückreise antreten.

Sie alle winkten der Reisegesellschaft hinterher, bis die Kutsche, eine rötliche Staubwolke hinter sich herziehend wie einen Kometenschweif, im lichten Unterholz verschwunden war.

Karl und Koar hatten sich mit einigen jungen Männern aus dem Lager von King George verabredet. Gemeinsam wollten sie mit Kanus den Murray River hinunterfahren bis zu einer Stelle, an der es besonders lohnend sein sollte, die Netze auszuwerfen. Heather hatte Sam dazu überredet, mit ihr einen längeren Ausritt zu unternehmen. »Ich will doch wissen, wie Princess im Gelände geht«, hatte sie erklärt.

Erleichtert darüber, zumindest für die nächsten Stunden von niemandem gestört zu werden, ging Dorothea langsam in ihr Zimmer zurück. Ein Blick in den Spiegel zeigte ihr ein ungewöhnlich blasses Gesicht mit immer noch leicht geschwollenen Tränensäcken, obwohl sie extra früher aufgestanden war, um die geröteten Augen mit kaltem Wasser zu baden. Müde hob sie die Hand, um eine lose Haarsträhne festzustecken, als ihr auffiel, dass es ungewöhnlich ruhig draußen war. Es war noch zu früh am Tag, als dass sich ein Gewitter hätte ankündigen können, aber genauso fühlte es sich an. Die spärliche Feuchtigkeit der Nacht war unter der gnadenlosen Sommersonne bereits verdampft, und die bleierne Hitze lag jetzt wie ein schweres Federbett über dem Land. Dorothea trat ans Fenster, um den Horizont nach Anzeichen von Gewitterwolken abzusuchen. Nichts. Im dunstigen Grau war auch nicht das kleinste Schleierwölkchen auszumachen. Dafür weckte etwas anderes ihre Aufmerksamkeit.

Im Lager von King Georges Stamm herrschte Aufruhr. Es lag zu weit weg, um Genaueres zu erkennen. Deutlich war aber, dass dort ein hastiger Aufbruch stattfand. Es wimmelte wie in einem aufgescheuchten Ameisenhaufen. Einige Frauen in den traditionellen Opossumumhängen, schwer beladen mit Tragenetzen samt Kleinkindern, marschierten bereits nach Norden. Andere waren noch damit beschäftigt, ihre Habe zusammenzupacken, angetrieben von den Männern, die wild mit ihren Waddies und Speeren herumfuchtelten. Dazwischen wuselten die Kinder und zahmen Dingos. Wenn es einen Grund dafür gegeben hätte, hätte man an eine Flucht denken können. Aber wovor sollten die Eingeborenen sich in Sicherheit bringen wollen? Weit und breit war nichts zu sehen, das ihnen einen solchen Schrecken eingejagt haben könnte.

Vermutlich wieder eine ihrer seltsamen Sitten. Sie würde später Koar fragen, aber jetzt bedrängten sie ganz andere Sorgen. Bisher war sie davon ausgegangen, alles würde gut, sobald sie nur erst ein Kind von Robert erwartete. Sie war fest davon überzeugt gewesen, dass ihre Nerven sich dann wieder beruhigen und das Eheleben sich schon einspielen werde. Nach dem Gefühlschaos, das allein der Gedanke an Ian gestern in ihr ausgelöst hatte, war sie sich da gar nicht mehr sicher. Wie sollte es weitergehen mit Robert und ihr, wenn sie jedes Mal, sobald sie im Bett die Augen schloss, Ians Gesicht vor sich sah?

Sie liebte Robert, rief sie sich selbst innerlich zur Ordnung. Sie musste sich nur noch größere Mühe geben, Ian zu vergessen, ihn ganz und gar aus ihren Gedanken zu verbannen. Mit der Zeit würde sein Bild schwächer werden, die Erinnerung verblassen, bis sie sein Wurfmesser betrachten konnte, ohne dass es schmerzte.

Was blieb ihr auch übrig? Robert war ein wunderbarer Mann. Er konnte nichts dafür, dass sie ihm gegenüber eher wie einem Bruder oder Lieblingsonkel empfand. Ein verrückter Impuls durchzuckte sie: Was, wenn sie einfach alles hinter sich ließ und sich Ian anschloss? Sie konnte sich als blinder Passagier einschleichen, niemand müsste etwas erfahren. Sie wäre einfach auf rätselhafte Weise verschwunden.

Der verlockende Gedanke quälte sie so, dass sie es nicht mehr in ihrem Zimmer aushielt. Sie zog ihr Reitkleid an und marschierte in den Stall.

»Ma'am?« John, der Stallbursche, sah erschrocken von den Kandaren auf, die er gerade polierte.

»Sattle mir bitte Molly«, sagte sie und klopfte ungeduldig mit der Gerte gegen ihren Stiefel. »Ich will versuchen, Sam und Heather noch einzuholen. Weißt du, in welche Richtung sie geritten sind?«

»Jaa, schon«, erwiderte der junge Mann mit sichtlichem Unbehagen. »Sie wollten zur Nordweide. Aber ... sind Sie sicher, Ma'am, dass Sie wirklich alleine loswollen?«

»Natürlich. Sie können noch nicht weit sein«, sagte Dorothea. »Was soll da schon passieren?«

John wirkte nicht überzeugt, wagte jedoch keine weiteren Einwände vorzubringen. Dorothea war in den vergangenen Wochen zwar keine versierte Reiterin geworden, fühlte sich aber inzwischen hinreichend sicher auf einem Pferderücken. So zögerte sie keinen Augenblick. Sobald John Dorotheas fertig gesattelte Stute zum Aufsteigeblock führte, saß sie auf und trieb das Tier auch gleich zu einem flotten Trab an. »Hetzen Sie sie besser nicht zu sehr, Ma'am«, rief ihr der Stallbursche noch hinterher. »Wenn sie erschöpft ist, wird sie bockig.«

Dorothea hob die Hand mit der Gerte, um ihm zu signalisieren, dass sie ihn gehört hatte, und verlangsamte die Gangart. John hatte recht. Es hatte wenig Sinn, das Tier bis zur Erschöpfung anzutreiben. Sie würde auch so noch schnell genug Sam und Heather einholen. Ihre Stute Molly war ein hochbeiniges, auf Schnelligkeit gezüchtetes Araberhalbblut. Heathers Princess dagegen ein kurzbeiniges, stämmiges Pony, und auch Sam hatte natürlich wieder den alten Wallach genommen, der eigentlich nur noch sein Gnadenbrot auf Eden-House erhielt.

Die Nordweide lag etwa zehn Meilen von Eden-House an einem Zufluss in den Murray River, der im Frühling reichlich Wasser führte und so den Schafen das nötige Trinkwasser bot. Soviel

Dorothea wusste, gab es dort eine kleine Station, die in regelmä-ßigen Abständen mit Vorräten versorgt wurde und in der sich die Hirten aufhielten, wenn sie nicht Dienst im Busch hatten.

Sie überließ es Molly, sich ihren Weg durch das niedrige Mallee-Gestrüpp zu suchen. Solange sie die Richtung beibehielt, konnte sie sich nicht verirren. Zu ihrer Erleichterung ließ die unerträgli-che Anspannung in ihr langsam nach. Dieser Ausritt war eine gute Idee gewesen, um sich abzulenken. Aber allmählich mussten doch in der Ferne Heather und Sam auszumachen sein? Das Gestrüpp hier war nicht hoch. Man hätte ein Pferd schon von Weitem sehen müssen. Hatten sie sich vielleicht für einen Umweg entschieden? Dorothea reckte sich im Sattel, und tatsächlich: Etwa eine halbe Meile vor ihr waren undeutlich einige Silhouetten zu erkennen, die sich sehr langsam auf sie zubewegten. Das mussten sie sein. Lahmte vielleicht eines der Pferde? Oder war etwa Heather etwas passiert? Dem Wildfang war zuzutrauen, dass er sein Pony überfordert hatte.

Dorothea trieb Molly zu einem Galopp an, und als hätte das Tier ihre Besorgnis gespürt, stürmte es bereitwillig vorwärts. Im Näherkommen sah sie, dass Heather munter und unverletzt auf ihrer Princess thronte. Aber der alte Wallach, den Sam am Zügel führte, hinkte stark.

»Was ist geschehen?«, rief sie schon von Weitem.

»Hat sich etwas eingetreten«, brummte Sam. »Das da.« Er griff in seine Westentasche und demonstrierte ihr auf seiner Handflä-che einen seltsamen Gegenstand. So etwas hatte Dorothea noch nie zuvor gesehen: In dem getrockneten, runden Tonklumpen sta-ken jede Menge spitzer Stacheln aus Knochen oder ähnlichem Ma-terial. »Die Furt dahinten war voll davon«, sagte Sam mit unter-drückter Wut. »Jemand muss die mit Absicht dort verteilt haben. Wahrscheinlich wieder eine schwarze Teufelei. Jedenfalls sind wir sofort umgekehrt. Ich freu mich schon drauf, mir diesen Halun-ken, diesen King George vorzuknöpfen!«

»Das wird warten müssen. Sie haben heute Morgen in aller Eile ihr Lager verlassen. Aber ich kann mir beim besten Willen nicht vorstellen, dass King George seinen Leuten so etwas erlauben würde.« Dorothea betrachtete die improvisierte Wolfsangel mit Abscheu.

»Wahrscheinlich nicht. Aber wenn er abgehauen ist, wette ich, dass er weiß, wer es war.« Sams steingraue Brauen zogen sich finster zusammen. »Na warte, Freundchen!«

Plötzlich schnaubte der alte Wallach und warf den Kopf hoch. Auch Molly begann, hin und her zu tänzeln. »He, he, he«, machte Dorothea beruhigend, wie sie es bei Sam und Robert gesehen hatte, und beugte sich nach vorn, um Mollys Hals zu tätscheln. In dem Augenblick hörte sie ein leises Zischen wie von einer Schlange und unmittelbar darauf aus Sams Richtung ein schmerzliches Aufstöhnen. Verständnislos starrte sie auf den langen Speer, der zitternd in seiner Seite steckte. Sie wollte gerade vom Pferderücken rutschen, um ihm zu Hilfe zu kommen, als er die Hand hob. »Nicht absteigen – nehmen Sie Heather und bringen Sie sich in Sicherheit! Schnell!« Seine gepresste, vor Schmerz heisere Stimme jagte ihr fast noch mehr Angst ein als die Waffe in ihm. Niemand war zu sehen, alles schien ruhig und friedlich. Die Vögel in den Bäumen sangen, als sei nichts geschehen. Auch die Eidechsen huschten ungerührt zwischen den Grasbüscheln umher und ließen sich bei ihrer Jagd auf Ameisen nicht stören.

»Ich kann Sie doch nicht einfach hier zurücklassen, Sam«, flüsterte sie hilflos. »Sagen Sie mir, was ich tun soll.«

»Verdammt, bringen Sie endlich das Kind von hier weg!«, brüllte er sie so unvermittelt an, dass sie automatisch gehorchte. Sie warf Molly herum und griff nach den Zügeln von Princess. Heather war vor Entsetzen wie erstarrt gewesen. Nun wehrte sie sich auf einmal entschieden und versuchte, Dorothea die Zügel wieder zu entreißen. »Wir müssen Sam doch helfen«, schrie sie. »Er ist verletzt!«

»Hast du nicht gehört, was er gesagt hat«, stieß Dorothea aus und trieb die beiden Pferde in einen halsbrecherischen Galopp. »Wir können ihm nicht helfen. Wir würden nur selber sterben.«

Heathers verzweifeltes Aufschluchzen war das Letzte, das sie hörte. Etwas traf sie mit unerhörter Wucht am Hinterkopf und löschte alles um sie herum aus.

Als sie wieder zu sich kam, war sie nicht sicher, ob sie vielleicht in der Hölle war. Es war stockdunkel, es stank widerwärtig, und ihr Kopf schmerzte unerträglich. Dazu hing sie mit dem Kopf nach unten, und etwas drückte so schmerzhaft auf ihre Hüftknochen, dass sie unwillkürlich laut aufstöhnte. Erst allmählich realisierte sie, dass ihr Körper in einer Art Umhüllung steckte und sie selbst über einem Pferderücken hing wie ein Sack Mehl. Aber unzweifelhaft lebte sie noch. Außer den Kopfschmerzen war ihr auch so übel, dass sie fürchtete, sich früher oder später übergeben zu müssen. Da das ihre Lage um einiges verschlimmert hätte, tat sie alles, um den Aufruhr in ihrem Inneren zu unterdrücken. Damit war sie so beschäftigt, dass sie gar nicht bemerkte, dass das Pferd auf einmal langsamer ging und schließlich stehen blieb. Jemand griff nach ihr, zerrte sie herunter und ließ sie zu Boden fallen, als sei sie tatsächlich ein Sack Mehl.

Gefangen in ihrem stinkenden Kokon lag sie da und biss sich auf die Lippen, um nicht laut zu schreien und um Hilfe zu rufen. Eine innere Stimme sagte ihr, dass es sowieso vergebens wäre. Doch es könnte ihrem Peiniger signalisieren, dass sie wieder bei Bewusstsein war. Sich ohnmächtig zu stellen war weniger eine bewusste Entscheidung als eine instinktive. Mehr als eine Atempause würde es ihr nicht verschaffen. Aber dass sie noch lebte, schien ihr ein gutes Zeichen. Wenn er sie hätte töten wollen, hätte er sich wohl kaum die Mühe gemacht, sie zu verschleppen. Panik stieg in ihr auf, als sie sich an die Geschichten erinnerte, die nur hinter vorgehaltener Hand weitergegeben wurden: Gerüchte über Europäerinnen in benachbarten Kolonien der Region, die von Eingeborenen entführt und entsetzlich missbraucht worden waren. Einige waren nie wieder aufgetaucht; andere, die von Suchtrupps gefunden und befreit worden waren, mussten angeblich den Rest ihres Lebens in Asylen für Wahnsinnige verbringen.

In ihrer Nähe wieherte leise ein Pferd. Gleich darauf fiel etwas Schweres zu Boden. Hufe scharrten über trockenes Gras, dann Stille. Dorotheas bis zum Zerreißen gespannte Nerven drohten sie im Stich zu lassen. Es war eine Tortur, nicht zu wissen, was um einen herum vorging. Dabei war sie sich nicht einmal sicher, ob es nicht schlimmer wäre, es zu wissen.

Ein nackter Fuß trat sie so heftig in die Seite, dass sie einen Schmerzensschrei nicht unterdrücken konnte. Mit einem zufriedenen Grunzen zog ihr Entführer sie in sitzende Position und löste die Verschnürung des Ledersacks. Als er ihn ganz fortzog, kniff sie die Augen zusammen, um nichts sehen zu müssen. Ein harter Schlag ins Gesicht und der Befehl »Sieh mich gefälligst an, wenn ich mit dir spreche!« ließ sie sie entgeistert aufreißen. Er hatte Englisch gesprochen! Englisch, wie es in den Straßen von Adelaide gesprochen wurde.

Dorothea glaubte ihren Augen nicht mehr trauen zu können: Vor ihr hockte in der eigentümlichen Haltung der Eingeborenen der Skelettmann und sprach mit ihr, als sei er ein Engländer. Träumte sie? Das konnte doch nicht die Wirklichkeit sein!

Aus unmittelbarer Nähe sah sie in seine scharfen Züge; die Augen, dunkel und kalt wie Obsidian, ließen keine menschliche Regung erkennen, während sie sie beobachteten, wie ein Jäger seine Beute beobachten würde: interessiert, aber mitleidlos. Unter der weißen Bemalung erkannte sie eine scharfe, hakenförmige Nase und einen schmal geschnittenen Mund. Er schien sich zu rasieren, denn sie konnte in der weißen Schminke, die seine ausgeprägten Wangenknochen noch stärker hervortreten ließ, keine Anzeichen von Bartwuchs entdecken.

»Ich weiß, dass weiße Frauen noch nutzloser sind als schwarze«, sagte er verächtlich. »Aber ich rate dir, dich geschickt anzustellen. Sonst hole ich mir mein Fleisch von deinem Körper.« Seine Augen zogen sich zu bösartigen Schlitzen zusammen, und er fügte hinzu: »Ich ziehe Pferdefleisch vom Geschmack her vor, aber du wärst nicht die Erste.«

Das konnte er doch nicht ernst meinen? Verstört versuchte Dorothea, in den unmenschlichen Augen zu lesen. Sie fand nichts darin als Kälte und gleichgültige Grausamkeit. »Hier«, er warf ihr eine Steinklinge vor die Füße, mit der sie die Eingeborenenfrauen Felle hatte bearbeiten sehen. »Ach ja, und versuch nicht zu fliehen. Sonst schneide ich dir die Zehen ab.« Damit wandte er sich um und verschwand in einem Spalt in der Felswand hinter ihnen. Bisher hatte Dorothea ihre Umgebung noch nicht in Augenschein genommen. Jetzt, während sie auf den Kadaver des alten Wallachs zuwankte, sah sie nur Bäume ringsumher. Durch den dichten Bewuchs hindurch war nicht zu erkennen, wie weit sie von den Ebenen am Murray River entfernt waren. Wohin hatte er sie verschleppt? Sie vermutete, dass sie sich irgendwo in den Mount Lofty Ranges aufhielten. Mit dem lahmenden Pferd konnte er nicht allzu weit gekommen sein.

Der Ekel, als sie näher trat und der süßliche Blutgeruch sich intensivierte, überwältigte sie fast. Schon umschwirrten unzählige Fliegen den Kadaver, saßen so dicht auf der Blutlache, die aus der Halsschlagader geströmt war, dass man nur noch schwarze, metallisch glitzernde Körper sah. Teilweise flogen sie auf, umschwirrten sie hektisch, krochen auch auf ihr herum. Nur der Gedanke an die Drohung des Skelettmanns vermochte es, sie dazu zu bringen, zwi-

schen den schlaffen Beinen niederzuknien und einen ersten, unge-
schickten Schnitt anzusetzen. Er ritzte gerade einmal das Fell. Mit
zusammengebissenen Zähnen drückte sie stärker zu und schaffte
es tatsächlich, die Haut über dem mächtigen Oberschenkel in einem langen Schnitt von der Kruppe bis zur Flanke zu durchtrennen. Aus dem Schnitt quoll eine Mischung aus Blut, gelblichem
Fett und einer wässrigen Flüssigkeit, die die Steinklinge in ihrer
Hand so rutschig werden ließ, dass sie sie kaum noch führen konnte. Achtlos riss sie einen Volant von ihrem Unterrock, wickelte ihn
um ihre Hand und begann, das Fell abzulösen. Es ging leichter,
als sie befürchtet hatte. Stück für Stück legte sie das rosige Fleisch
frei. Mit jedem Schnitt, mit dem sie lange Streifen aus dem großen Muskel heraustrennte, wurde sie sicherer. Fast empfand Dorothea so etwas wie Stolz, während der Haufen neben ihr größer
und größer wurde.

»Das reicht.«

Sie hatte nicht gehört, wie er näher kam. Das war nicht erstaunlich. Verbissen auf ihre Tätigkeit konzentriert, hatte sie auf nichts
um sich herum mehr geachtet.

»Pack es ein und bring es hinein«, wies er sie an, wobei er ein
Tragenetz neben den Fleischhaufen warf.

Dorothea gehorchte. Sie konnte das Netz kaum heben, aber er
dachte gar nicht daran, ihr zu helfen. Stattdessen hob er den Speer
und drehte sich um, um im Berg zu verschwinden. Folgsam wie
eine Eingeborene folgte sie ihm. Der Gang war eng, immer wieder blieb sie mit ihrer Last an Felsvorsprüngen hängen. Mehrmals
stolperte sie und hätte um ein Haar das Gleichgewicht verloren.
Es schien ihr endlos, bis sie plötzlich in einer Höhle stand. Einer
überraschend großen Höhle.

Mindestens so groß wie das Speisezimmer auf Eden-House.
Durch mehrere Ausbrüche in der Decke drang ausreichend Tageslicht herein, um sich gut orientieren zu können. Unter dem

niedrigsten Felsenfenster brannte ein Feuer. Daneben lagen mehrere Speere, Waddies und andere Gegenstände, deren Nutzen Dorothea nicht einordnen konnte. Erleichtert, sich von ihrer Last befreien zu können, ließ sie sie neben dem Feuer zu Boden gleiten.

»Aufspießen, rösten.« Neben der Feuerstelle lagen zugespitzte Äste. Während Dorothea sich beeilte, seiner knappen Anordnung Folge zu leisten, sah sie sich unauffällig um. Sie war noch zu schwach, und seine Drohung, ihr die Zehen abzuhacken, hatte sie so eingeschüchtert, dass sie im Augenblick keinen Fluchtversuch wagte. Aber dennoch wollte sie so viel wie möglich über ihn in Erfahrung bringen, bevor sie versuchen würde, mit ihm vernünftig zu reden. Vielleicht ließ er sie ja gegen ein Lösegeld gehen, wenn sie ihm klarmachte, dass Robert jede geforderte Summe für sie zahlen würde. Dafür könnte er sich vier oder noch mehr Frauen kaufen, von denen jede Einzelne sicher geschickter wäre als sie. Es war ihr sowieso unklar, was er von ihr wollte.

In der Nacht, als er sie gejagt hatte, war sie überzeugt gewesen, er wollte sie ermorden. Heute hätte ihn nichts daran gehindert, es zu tun. Wieso also lebte sie noch? Sam hatte er doch auch getötet. Sie schluckte, als unvermittelt die bleichen, verzerrten Züge des alten Stallknechts vor ihrem inneren Auge erschienen. Der arme Sam!

Heather musste es geschafft haben, ihm zu entkommen. Offenbar hatte er es nur auf sie abgesehen gehabt. Vorsichtig betastete sie die schmerzhafte Beule an ihrem Hinterkopf. Vermutlich hatte er sie mit einer Wurfkeule getroffen, und sie war bewusstlos vom Pferd gestürzt. Glück im Unglück, dass sie nicht mit dem Fuß im Steigbügel hängen geblieben war!

»Was willst du von mir?« Die Frage war ihr herausgerutscht, ohne dass sie bedacht hatte, dass es ihn verärgern könnte, wenn sie ihn einfach so ansprach. In der Erwartung, im nächsten Moment einen harten Schlag oder den Stich einer hölzernen Speerspitze zu verspüren, duckte sie sich ängstlich, aber es geschah nichts.

»Nichts.« Er sagte es ohne jede Emotion. Im ersten Moment glaubte Dorothea, sich verhört zu haben. Der raffiniert eingefädelte Überfall, der Mord an Sam, ihre Entführung – für nichts?

»Du bist unwichtig. Ein weißes Nichts. Ich will den Kindgeist in dir.«

Trotz ihrer Situation lachte Dorothea bitter auf. »Ich bin nicht schwanger. Du hast die Falsche entführt.«

»Du trägst einen Kindgeist in dir. Ich kann es riechen. Er ist noch sehr klein, aber er ist da.«

Der Mann war wahnsinnig! Entsetzt starrte Dorothea in sein unbewegtes Gesicht. Niemand konnte riechen, ob eine Frau schwanger war. Oder doch? Konnten Zauberer das?

»Selbst wenn du recht hättest und ich ein Kind erwartete: Was willst du von einem Kindgeist?« Irgendwie kam ihr das Ganze inzwischen so surreal vor, dass sie ihre Angst vergaß. Die Neugierde war stärker.

»Ich brauche ihn für einen Zauber.«

Ein schrecklicher Verdacht stieg in ihr auf. »Du wolltest mich gar nicht töten? Du wolltest, dass ich mein Kind verliere, damit du … Oh!« Außer sich vor Wut sprang sie auf, einen der angespitzten Äste in der Faust, um ihn ihm in den Leib zu rammen. Ein scharfer Schmerz brachte sie zur Besinnung. Ungerührt zog er seinen Speer aus ihrem Oberschenkel. »Du vergisst dich«, sagte er mit leisem Tadel in der Stimme. »Ein solches Benehmen werde ich nicht dulden. Ich sehe es dir noch einmal nach, weil du nicht weißt, wie eine Frau sich zu benehmen hat. Aber stell meine Geduld nicht noch einmal auf die Probe.«

Die Speerwunde in Dorotheas Bein brannte wie Feuer und mahnte sie zur Vorsicht. Es würde ihr nicht weiterhelfen, ihren Entführer anzugreifen. Sie hatte keine Chance gegen ihn. Körperlich war er ihr weit überlegen. Wenn sie doch wenigstens ihr Wurfmesser eingesteckt hätte!

»Dieser neue Kindgeist in dir scheint stark zu sein«, sagte er, und die Zufriedenheit in seiner Stimme war unüberhörbar. »Das ist gut. Vermutlich ist es ein männlicher. Der vorige war ein weiblicher Kindgeist. Er war natürlich zu schwach.«

»Zu schwach wofür?«

Er machte sich nicht die Mühe, ihr zu antworten. Stattdessen erhob er sich mit katzenartiger Geschmeidigkeit, um in einem weiteren Gang, der noch tiefer in den Berghang hineinführte, zu verschwinden. Kaum war er nicht mehr zu sehen, als Dorothea auch schon ihre Röcke hochzog, um die Wunde zu inspizieren. Sie sah hässlich aus: Mit der hölzernen Spitze hatte er einen Teil des Batiststoffs mit ins Fleisch getrieben. Sie versuchte, den Schmerz zu ignorieren, den es ihr bereitete, die Fasern aus dem blutigen Loch zu ziehen. Zum Glück schienen die Stoffschichten einiges abgehalten zu haben. Die Wunde war weniger tief, als sie befürchtet hatte. Dorothea riss einen weiteren Volant ab und verband sich provisorisch. Wenn sie Glück hatte und es sich nicht entzündete, würde nur eine kleine Narbe zurückbleiben. Wenn sie Glück hatte und das hier überlebte, berichtigte sie sich selbst. Sie setzte sich auf die Fersen zurück und vergrub das Gesicht in den Händen.

Selbst wenn Heather es bis nach Eden-House geschafft und dort Alarm geschlagen hätte, dort befanden sich derzeit nur Karl, Koar und der Stallbursche John. Koar war der Einzige, dem sie zugetraut hätte, sie hier in dem Versteck aufzustöbern. Aber wäre er auch imstande, es mit diesem Verrückten aufzunehmen?

Wahrscheinlicher war, dass sie Hilfe in Adelaide holen würden. Es würde also mindestens vier Tage dauern. Vier Tage, in denen alles Mögliche passieren konnte. Sie wollte sich gar nicht allzu genau ausmalen, was. In unmittelbarer Lebensgefahr schien sie nicht zu schweben. Das Wichtigste war jetzt, herauszufinden, was er vorhatte. Erst dann konnte sie einen Fluchtplan schmieden. Dazu musste sie ihn jedoch zum Reden bringen.

Das erwies sich als gar nicht so schwierig.

»Darf ich dich etwas fragen?«, flüsterte sie demütig, als sie die sorgsam von allen Seiten gerösteten Fleischstreifen auf einem Rindentablett vor ihn hinstellte. Der Skelettmann nickte.

»Du sprichst unsere Sprache sehr gut. Woher kommt das?«

»Bis ich ihn tötete, war ich der Haussklave eines Weißen auf der Känguruinsel«, erwiderte er so unbewegt, als berichte er von einem Schulbesuch. »Er hatte meine Mutter und mich entführt, und als sie starb, erwartete er, dass ich ihren Platz einnahm. Er war zu faul, sich eine neue Frau zu holen. Ich war noch zu klein und hatte nicht genug Kraft, um mich zu wehren. Später, als ich merkte, dass ich stark genug war, schnitzte ich mir ein Waddie und erschlug ihn, während er schlief.«

Sprachlos vor Entsetzen starrte Dorothea ihn an.

»Dann nahm ich sein Boot und ruderte an Land.« Mit seinen weißen, kräftigen Zähnen riss er einen großen Bissen aus dem Fleisch und kaute ihn in aller Ruhe, bevor er hinzufügte: »Damals habe ich mir geschworen, einen Zauber zu finden, der die Weißen dorthin zurücktreibt, wo sie hergekommen sind.«

Worüber sollte sie schockierter sein? Über den kaltblütigen Mord oder über den menschlichen Abschaum, der nicht davor zurückschreckte, ein Kind zu missbrauchen? In Dorotheas Kopf vermengten sich Gut und Böse, richtig und falsch, bis sie völlig orientierungslos war.

Der Mann hatte ihr eine Ecke ganz hinten in der Höhle zugewiesen, während er sich mit überkreuzten Beinen an der Felswand neben dem Feuer niederließ. Die Waffen griffbereit neben sich, in seinen Opossumfellmantel gehüllt, schien er augenblicklich in tiefen Schlaf zu sinken.

Auf dem blanken Boden, ohne Decke oder Kissen, hatte Dorothea sich, so gut es ging, zusammengerollt und versuchte, das Knurren ihres Magens zu ignorieren. Es war lächerlich, dass sie bei all dem Hunger verspüren konnte! Aber sie tat es. Der Duft des gebratenen Fleisches quälte sie so, dass sie es sogar einmal wagte, sich so leise wie möglich an die Reste auf dem Rindentablett heranzupirschen. Ein gut gezielter Speerwurf, der ihre bereits ausgestreckte Hand nur um Haaresbreite verfehlte, ließ sie zurückzucken. Er hatte nicht einmal die Augen geöffnet. Sie kroch auf allen vieren zurück in ihre Ecke und sank schließlich doch in eine Art Erschöpfungsschlaf.

Geweckt wurde sie im Morgengrauen von einem kräftigen Tritt und dem Befehl: »Wasser holen, aber marsch!« Neben ihr klatschten zwei der aus Opossumhaut gefertigten Wassersäcke auf den Boden. Sie rappelte sich auf, wischte sich den Schlaf aus den Augen und folgte ihrem Entführer hinaus. Der tote Wallach war über Nacht merklich weniger geworden. Ausgehend von der aufgeschnittenen Flanke hatten sich zahlreiche kleine Raubtiere ihren Weg zu den Innereien gebohrt. Halb heraushängende Darmschlingen zeigten, worauf sie aus gewesen waren. Ein überwältigender Gestank stieg von dem in Verwesung übergehenden Tierkadaver auf. Ohne irgendwelche Anzeichen von Ekel ging der Mann dicht daran vorbei, wobei er erneut Fliegenschwärme aufscheuchte, und stieg dann, ohne sich auch nur umzusehen, ob seine Gefangene ihm folgte, weiter den Hang hinauf. Dorothea hörte die Quelle, bevor sie sie sah. Das Plätschern machte ihr bewusst, wie durstig sie war. Es war ein kleines Rinnsal, das aus einer Spalte rann, um sich in einem Becken zu sammeln. Glasklar spiegelte das Wasser den Himmel und das Blätterdach über sich wider. Dorothea stürzte darauf zu, fiel auf die Knie und beugte sich darüber, um in tiefen, hastigen Zügen so viel von dem köstlichen Nass wie möglich zu trinken.

Er ließ sie gewähren. Wartete ab, bis sie den Kopf hob und sich das triefende Kinn abwischte. »Vergiss die Wassersäcke nicht.« Mit diesen Worten drehte er ihr den Rücken zu und ging den Weg zwischen den Bäumen zurück. Dorothea füllte die Wassersäcke. Dabei handelte es sich um komplette Opossumhäute, deren Körperöffnungen abgedichtet worden waren. Voller Wasser wirkten sie wie bizarr aufgeblähte Tiere ohne Kopf. Und sie wogen mindestens so viel! Dorothea keuchte, als sie endlich mit den zwei schweren Behältern den Eingangsspalt erreichte. Ihr ehemals schickes Reitkostüm war nicht besonders geeignet für solche Aufgaben. Der weite, übermäßig lange Rock ließ sie ständig stolpern. Normalerweise trug man ihn, wenn man nicht gerade im Sattel saß, wie eine Schleppe elegant über dem Arm – aber sie brauchte beide Arme für die Wassersäcke.

Der Skelettmann hockte vor dem Feuer und erneuerte seine grauenerregende Bemalung, indem er langsam und sorgfältig die Striche mit weißer Paste aus einem Rindentöpfchen nachzog. Zu Dorotheas Verwunderung benutzte er dabei einen Spiegel. Einen hübschen Damenspiegel mit Schildpattgriff, der besser in ein elegantes Boudoir gepasst hätte. Er nahm keine Notiz von ihr, also stellte sie die Wassersäcke in geeignete Nischen an der Wand ab und zog sich in ihre Ecke zurück. Ihr Magen hatte aufgehört zu knurren, dafür war ihr jetzt ein wenig schwindlig, aber es fühlte sich nicht unangenehm an. Vielleicht vergleichbar einem leichten Schwips.

Sobald er mit seinem Werk zufrieden war, verstaute er seine Utensilien in einer Höhlung, schaufelte geschickt glühende Holzkohle in eine verbeulte Blechschüssel, die in Dorotheas Augen ganz wie eine der Schalen aussah, in denen Mrs. Perkins Küchenabfälle zu sammeln pflegte, und verschwand in der Felsspalte im hintersten Bereich der Höhle. Dorothea hatte sich schon gefragt, wohin diese Spalte wohl führte. Vielleicht ein zweiter Ausgang?

Und wofür brauchte er die Kohle?

Am Rand der Feuerstelle verstreut lagen noch Überbleibsel seines gestrigen Mahls, die er achtlos in die Asche geworfen hatte. Allzu appetitlich wirkten die angekohlten Fleischreste nicht mehr, aber wenn sie fliehen wollte, musste sie sehen, bei Kräften zu bleiben. Dorothea klaubte die Brocken auf und zwang sich, sie hinunterzuwürgen. Es war nicht viel, aber es musste reichen. Sie traute sich nicht, sich an den Vorräten zu vergreifen, die an einer Wand in Tragenetzen lagerten: Pflanzenwurzeln, getrocknete Früchte, Vogeleier. In der Hoffnung, ihn freundlich zu stimmen, machte sie sich daran, weiter den Kadaver des armen Wallachs zu zerlegen. Eine zunehmend unangenehme und schweißtreibende Arbeit. Aus der offenen Bauchhöhle drang immer wieder ein Schwall stinkender Gase. Sosehr sie sich auch bemühte, durch den Mund zu atmen – es war kaum auszuhalten. Dazu musste sie sich ständig der Ameisen und Insekten erwehren, die in unüberschaubaren Mengen die unverhoffte Nahrungsquelle ansteuerten.

Nachdem einige besonders große Ameisen unter ihre Röcke gekrochen waren und sie schmerzhaft gebissen hatten, gab sie auf. Zwei Tragenetze voll Fleisch mussten fürs Erste reichen. Sie schleppte ihre Beute in die Höhle und konstatierte überrascht, dass er immer noch nicht wieder aufgetaucht war.

Aus dem Berginneren drang undeutlich ein monotoner Singsang, in Melodie und Art, wie sie ihn von den *paltis* her kannte. Was zum Teufel trieb er dort hinten? Waren dort vielleicht noch andere Menschen? Menschen, die sie um Hilfe bitten konnte?

Sie nahm all ihren Mut zusammen und tastete sich den dunklen Gang entlang. Schritt für Schritt wurde der Gesang lauter. Dazu gesellte sich ein eigentümlich stechender, süßlicher Geruch. Holzrauch und noch einige andere Ingredienzen, vermutlich duftende Harze. Als ihre Fingerspitzen an weiche Haare stießen, wurde ihr klar, wieso sie alles nur gedämpft wahrgenommen hatte. Der Zugang zu dieser Höhle war sorgfältig mit Opossumfell abgedichtet. Mit äußerster Vorsicht schob sie den Rand ein wenig zur Seite und lugte durch den schmalen Spalt zwischen Felswand und Fell. Es dauerte einige Zeit, bis sie begriff, was sie sah. Es konnte nur eine Täuschung sein!

Aber sie träumte nicht, und ihre Augen spielten ihr auch keinen Streich: Genau in ihrer Blickrichtung, unter dem Felsbild einer riesigen Schlange, lag Sams Kopf auf einem Gerüst aus grünen Eukalyptuszweigen. Die Rauchschwaden des darunter glimmenden Feuers verhüllten ihn wie ein Nebelschleier, aber es waren dennoch unverkennbar Sams Züge. Auch wenn sie jetzt seltsam verzerrt wirkten, gab es keinen Zweifel. Verstört starrte sie darauf, jede Einzelheit des schrecklichen Bildes grub sich unwiderruflich in ihr Gedächtnis. Die weiße Struktur der Wirbel, wo sein Mörder den Hals durchtrennt hatte; das rötliche Fleisch der Muskeln; die eine Sehne, die er nicht durchtrennt, sondern einfach herausgerissen hatte und die jetzt herunterhing wie ein harmloses Band.

Der ätzende Rauch, der den Raum erfüllte und begann, durch den Spalt zu strömen, reizte ihre Atemwege. Um ein Haar wäre sie in einen Hustenanfall ausgebrochen. Das brachte sie zur Besinnung. Sie zog das Fell wieder zurecht und versuchte, die Fäuste gegen den Mund gepresst, den Hustenreiz und die aufsteigende Panik zu unterdrücken. Der Mann war verrückt! Sie war in der Gewalt eines Wahnsinnigen! Würde er ihr auch den Kopf abschneiden, oder hatte er gar noch Schlimmeres mit ihr vor? Wo war er überhaupt? Sie hatte ihn gar nicht gesehen.

Noch einmal schob sie den Fellvorhang beiseite, achtete dabei jedoch darauf, den Anblick von Sams Kopf so gut wie möglich zu vermeiden. Der Skelettmann kauerte ein paar Schritte vom Feuer entfernt auf dem Boden und wiegte seinen Oberkörper langsam hin und her. Seine Augen waren geschlossen, Speichel tropfte ihm aus den Mundwinkeln. Er hatte aufgehört zu singen. Stattdessen gab er jetzt gutturale Laute von sich, die eher an ein Tier als an einen Menschen denken ließen. In seiner Trance wirkte er blind und taub gegen seine Umgebung, deswegen wagte Dorothea einen genaueren Blick. Auch wenn man durch die Rauchschwaden hindurch nicht allzu viel erkennen konnte, schien die Felsenkammer ihr erstaunlich klein zu sein. Die Wände waren über und über bemalt mit seltsamen Kreaturen im gleichen Stil wie an dem Kultplatz, an dem sie mit Ian das Picknick abgehalten hatten. Im Zentrum des Gewimmels eine Art Riesenschlange mit aufgerissenem Maul, vor der auf einem flachen Stein einige runde Klumpen lagen. Steine? Sie kniff die Augen zusammen, um erkennen zu können, worum es sich handelte. Von Größe und Form her waren sie beinahe identisch, und sie schienen mit irgendetwas Moosartigem bewachsen zu sein. Etwas an ihnen kam ihr sonderbar vertraut vor wie …

Auf einmal wusste sie, was da lag. Menschliche Köpfe. Mumifiziert, wie es gerade mit Sams Kopf geschah. Sie ließ den Fellvorhang fahren und biss sich in die Hand, um nicht zu schreien. Ihre Knie gaben unter ihr nach, und sie sackte zu Boden. Sie träumte, sie musste träumen. So etwas konnte doch gar nicht wahr sein. Sicher lag es an diesem schrecklichen Rauch, dass sie auch schon halluzinierte und harmlose Steine für Schädel hielt!

Diesmal sah sie genauer hin. Drei von ihnen wiesen deutlich helleres Moos auf als die anderen. Blondes Haar, das durch den heißen Rauch zwar strähnig und angekohlt, aber immer noch deutlich heller als das der Aborigines war. Es mussten also Europäer sein, die er wie Sam ermordet und deren Köpfe er hier in diesem grausigen Heiligtum aufgestellt hatte.

Wer waren diese armen Menschen, die er abgeschlachtet hatte? Hirten? Viehtreiber? Geflüchtete Sträflinge aus Neu-Südwales?

Plötzlich erinnerte sie sich klar an ihre eigenen Worte: Wenn ich etwas zu sagen hätte, würde ich nachforschen, was aus der Mannschaft geworden ist! Ihr Schicksal hatte damals niemanden interessiert. Nach der öffentlichen Empörung über die Hinrichtung der zwei Verdächtigen waren sowohl Gouverneur Gawler als auch Major O'Halloran mehr um ihre eigene Haut besorgt gewesen, als dass das Schicksal von ein paar Seeleuten sie gekümmert hätte. Wie die Passagiere hatte keiner von ihnen Verwandte oder Freunde in einflussreicher Position gehabt, die weitere Suchexpeditionen gefordert hätten. Also war ihr Verschwinden allmählich in Vergessenheit geraten.

Dorothea waren die Einzelheiten noch beunruhigend präsent, die damals über das Maria-Massaker kursierten. Bereits damals hatte man sich nicht erklären können, was die bisher friedlichen Stämme dazu bewogen hatte. Einzelne Stimmen hatten die Vermutung geäußert, ein Außenstehender hätte die Stimmung so weit aufgeheizt, dass die jungen Männer in einen Blutrausch verfallen wären. Aber wer hätte das sein sollen? In Ermangelung konkreter Verdachtsmomente war diese Theorie rasch in der Versenkung verschwunden.

Auch sie hatte sie nicht ernst genommen.

Schwindlig und elend tastete sie sich den Gang zurück. Die Versuchung, seine augenblickliche Schwäche auszunutzen und zu fliehen, war beinahe übermächtig. Nur weg von hier, von ihm!

Andererseits war ihr nur zu klar, dass sie nicht die geringste Chance hatte, ihm zu entkommen. Selbst wenn sie stramm marschierte, würde er keine Probleme haben, sie einzuholen. Dann würde er seine Drohung wahrmachen und ihr die Zehen abschneiden. Und vermutlich wäre das nicht das Einzige, was er ihr antun würde.

Sie musste einen günstigen Moment abwarten, um ihn zu überwältigen und zu töten. Eine andere Möglichkeit gab es nicht. Wenn sie nur daran gedacht hätte, ihr Wurfmesser mitzunehmen! Aber was nützte es jetzt, sich Vorwürfe zu machen? Hastig machte sie sich daran, die Wohnhöhle zu untersuchen. Es war ein ungünstiger Umstand, dass die Eingeborenen nur Speere und Keulen als Waffen benutzten. Mit einem *wirri*, einem Schwirrholz zur Vogeljagd, das in einem der Netze steckte, konnte man einem ausgewachsenen Mann höchstens eine kleine Beule zufügen. Auch die Steinklingen, die sie zum Zerlegen von Tieren benutzten, taugten nicht, um sie einem Menschen in Rücken oder Brust zu stoßen. Wenn sie wenigstens etwas Ahnung von Giften gehabt hätte!

Vor Frustration und Verzweiflung stiegen ihr die Tränen in die Augen.

»Du hast das Feuer ausgehen lassen.« Sie hatte nicht gehört, wie er näher gekommen war. Er stand jetzt dicht hinter ihr, und sie wich instinktiv zur Seite, weil sie einen weiteren Stich seiner Speerspitze befürchtete. Als er sich nicht rührte, sah sie erstaunt auf. Sein Gesicht wirkte grau und eingefallen. Um Jahre gealtert. Auch seine Körperhaltung war eher die eines Greises. Auf seinen Speer gestützt wie auf einen Stock, sah er in diesem Moment eher bemitleidenswert als gefährlich aus. Nicht wie der Mann, der Sams Kopf dort hinten im Berg räucherte.

Konnte sie es wagen, ihn sehr, sehr vorsichtig danach auszuhorchen?

Ohne sie zu beachten, sank er, immer noch auf seinen Speer gestützt, neben der Feuerstelle auf ein Knie. Vorsichtig schob er kleine Stöckchen und trockene Rindenstücke in die Asche, beugte sich darüber und blies hinein, bis es tatsächlich knisterte und erste Flämmchen aufzuckten.

»Geh Holz holen!« Seine Stimme hatte angestrengt geklungen, als bereiteten ihm selbst kurze Sätze Mühe. Ob das von dem beißenden Rauch kam, den er stundenlang eingeatmet hatte?

Aus dem Dunkel des Eingangstunnels warf sie einen kurzen Blick zurück und sah ihn, den Kopf in den Nacken gelegt, direkt aus dem Wassersack trinken, als sei er am Verdursten.

Draußen blickte sie sich um. Es war lange her, dass jemand sie Holz holen geschickt hatte. Aber der Boden war übersät mit trockenen Ästen und Rindenstücken. Es würde keine mühselige Aufgabe werden. Vielleicht konnte sie die Zeit nutzen, um sich ein wenig zu orientieren. Jetzt wünschte sie, sie hätte sich die Karte in Roberts Kontor genauer eingeprägt. Sie hatte sich hauptsächlich für den Verlauf des Murray River interessiert und den Bergzügen westlich von ihm nur wenig Aufmerksamkeit geschenkt. Wenn sie sich die Karte vergegenwärtigte, musste der mächtige Flusslauf im Osten liegen. Dem schmalen Rinnsal der Quelle folgend, hoffte sie, einen Blick auf seine glitzernde Fläche zu erhaschen. Aber so sehnsüchtig sie auch durch die lichten Baumkronen spähte: Es war keine Spur von dem Strom zu entdecken. Nichts als Wald und Gestrüpp.

Niedergeschlagen machte sie sich auf den Rückweg. Als sie, beladen mit ihrer Last, wieder zu ihm kam, saß er mit geschlossenen Augen an seinem üblichen Platz. Er rührte sich auch nicht, als sie das Holzbündel zu Boden gleiten ließ.

»Die Geister sprechen nicht mehr klar zu mir«, sagte er so unvermittelt, dass sie das Scheit, das sie eben auflegen wollte, vor Schreck fallen ließ. »Es ist nicht so, wie es sein sollte«, fuhr er fort. Seine Stimme klang nachdenklich, fast verunsichert. »Dabei stehe ich kurz vor dem Ziel.«

»Wovon?«, flüsterte sie, unsicher, ob sie nicht besser schweigen sollte. Sie wollte diesen Mann auf keinen Fall unnötig reizen.

Er schwieg. Nach längerer Zeit, sie erwartete schon gar nicht mehr, dass er ihr noch antworten würde, sagte er: »Der Zauber, der die Regenbogenschlange ruft, ist beinahe vollendet. Bald, sehr bald wird sie kommen, um die Weißen ins Meer zurückzutreiben und sie in Strömen von Blut ertrinken zu lassen. Danach wird alles wieder so sein, wie es sich gehört: Recht und Gesetz werden wieder respektiert, wie unsere Ahnen es uns gelehrt haben. Und ich werde einer der mächtigsten Anführer meines Volkes werden. Die Generationen nach mir werden sich nur mit Ehrfurcht an mich erinnern, wenn sie meine Geschichte erzählen.«

»Hast du dafür all diese armen Menschen umgebracht?«, platzte Dorothea heraus. Der arme Sam! Bei dem Gedanken an den Kopf des alten Mannes stiegen ihr die Tränen in die Augen und rannen ihr über die Wangen. Nie wieder würde sie sein verschmitztes Grinsen sehen, seine zwinkernden Augen oder seine spezielle Art, die Lippen zum Pfeifen zu spitzen.

Durch den Tränenschleier hindurch sah sie, wie er sie drohend fixierte. »Du warst in der heiligen Höhle?«

»Nein.« Sie wischte sich über die Augen und schüttelte entschieden den Kopf. Keinen Fuß würde sie dort hineinsetzen! »Ich habe dich gesucht«, log sie. »Und da habe ich ganz kurz den Vorhang angehoben, ich bin gleich wieder gegangen. Aber da habe ich …« Dorothea brachte es nicht fertig weiterzusprechen.

»Er war ein tapferer Mann«, sagte er leise. »Ihn zu töten war ein harter Kampf.«

»Warum musstest du Sam überhaupt töten? Er hat dir doch nichts getan. Und all die anderen dort drinnen auch nicht.«

Plötzlicher Ärger blitzte in seinen Augen auf. »Du verstehst nichts. Aber wie auch? Schließlich bist du nur eine Frau! – Sie waren alle gute Kämpfer. Die Feiglinge haben wir den Dingos überlassen. Ich habe der Regenbogenschlange nur starke Seelen gesandt.«

Verwirrt versuchte Dorothea, den Sinn hinter seinen Worten zu verstehen. »Gesandt? – Was meinst du damit?«

Aber seine Mitteilsamkeit schien erschöpft. Er machte keine Anstalten, ihr zu antworten. Stattdessen starrte er mit düsterer Miene in die flackernden Flammen …

Ihre zweite Nacht in der Gefangenschaft des Skelettmanns verlief ähnlich wie die erste. Außer dass sie erstaunlich rasch einschlief. Vielleicht lag das auch an dem seltsamen Gebräu, das er aus diversen Pulvern und getrockneten Pflanzenteilen zusammengerührt hatte. Zuerst hatte sie die bräunliche Brühe angeekelt zurückgewiesen, aber der Skelettmann hatte erklärt, sie ihr notfalls mit Gewalt einzuflößen. Da hatte sie den Rindenbecher genommen und an seinem trüben Inhalt geschnuppert.

»Was ist das?«, hatte sie gefragt. »Gift?«

Er hatte den Kopf geschüttelt, und die Andeutung eines Lächelns hatte auf seinen Lippen gelegen. »Nein, nur eine Medizin.«

»Willst du mein Kind töten?« Seltsamerweise erschreckte diese Möglichkeit sie nicht in dem Ausmaß, wie man hätte annehmen können.

»Die Zeit ist noch nicht gekommen, den Kindgeist zu fangen. Du bist ziemlich störrisch. Eine Frau sollte schweigen und gehorchen«, hatte er mit deutlichem Tadel festgestellt. »Trink es. Sonst wirst du es bereuen, mich herausgefordert zu haben.«

Ihr Mut hatte sie verlassen, als sie sich bewusst gemacht hatte, dass sie ihm vollkommen ausgeliefert war. Wenn er wollte, konnte er ihr genauso den Kopf abschneiden wie Sam und den Männern dort hinten. Resigniert hatte sie den Becher geleert und voll Unruhe auf die Wirkung gewartet. Würde sie schreckliche Schmerzen empfinden oder eher nichts? Er hatte amüsiert gewirkt, als er ihr einen Streifen Fleisch hinwarf wie einem Hund und mit einer beiläufigen Handbewegung bedeutete, sie dürfe sich jetzt an ihren Platz zurückziehen.

Einigermaßen beruhigt – er würde ihr sicher nichts zu essen geben, wenn er gerade dabei war, sie zu vergiften – hatte sie das zähe Fleisch verschlungen wie die größte Delikatesse. Und dann war sie plötzlich sehr, sehr müde geworden.

Diesmal erwachte sie vor ihm. Unwillkürlich suchten ihre Augen im dämmrigen Dunkel nach den Speeren und dem Waddie. Wenn sie nur schnell genug wäre … Aber das war illusorisch. Noch bevor sie auch nur die Hälfte der Strecke zwischen ihnen zurückgelegt hätte, würden bereits mindestens zwei Speere in ihrem Körper stecken. Sie hatte ja gesehen, wie schnell und treffsicher er war.

Und die entscheidende Frage dabei war: Würde sie es fertigbringen, einem Menschen einen Speer ins lebende Fleisch zu bohren? Wenn es ihr nicht gelang, ihn auf Anhieb bewegungsunfähig zu machen, war sie verloren. Eine zweite Chance würde sie nicht bekommen.

Ehe sie sich zu einer Entscheidung durchgerungen hatte, setzte er sich unvermittelt auf, streckte sich und gähnte herzhaft. Irgendwie irritierte es sie, dass er sich benahm wie ein ganz normaler Mensch. Dadurch wurde sein Wahnsinn noch bedrohlicher. Wenn er mit wild rollenden Augen unverständliches Zeug gebrabbelt hätte, wäre sein Zustand offensichtlich gewesen. Im normalen Kontakt mit ihm wäre jedoch niemand auch nur auf den Gedanken gekommen, es mit einem gefährlichen Irren zu tun zu haben.

Inzwischen kannte sie ihre morgendlichen Pflichten und beeilte sich, ihnen nachzukommen.

»Du lernst schnell«, bemerkte er und verfolgte, wie sie die Wassersäcke an ihren Platz trug, frisches Wasser in eine Muschelschale goss und ihm brachte. »Ich könnte mich direkt an dich gewöhnen.«

Ermutigt durch seine milde Stimmung stellte sie ihm die Frage, die sie seit geraumer Zeit verfolgte: »Was hast du mit mir vor?«

Er zuckte mit den Schultern. »Ich habe dir doch schon gesagt, dass ich den weißen Kindgeist brauche. Erst mit ihm ist mein Zauber vollkommen.«

»Willst du mir auch den Kopf abschneiden?«

Er lächelte herablassend. »Natürlich nicht, was soll ich mit einem Frauenkopf?«

Dorothea scheute davor zurück, ihn zu fragen, wie er an das Ungeborene in ihrem Körper gelangen wollte. Darüber wollte sie jetzt lieber nicht nachdenken.

»Wann wird das sein?« Es war wichtig, zu wissen, wie viel Zeit ihr blieb.

»Die Geister werden es mich wissen lassen«, erwiderte er so ungerührt, dass sie die Zähne fest zusammenbeißen musste, um ihn nicht anzuschreien. Ihre Nerven waren zum Zerreißen gespannt. Die Gefangenschaft war schon schlimm genug. Die Ungewissheit darüber, was ihr drohte, machte ihr jedoch am meisten zu schaffen.

Als er nach dem Morgenmahl erneut in dem Gang verschwand, der zu der schrecklichen Kammer führte, hatte sie sich entschieden, das Risiko einzugehen und zu flüchten. Alles war besser als diese grässliche Ungewissheit. Sie saß gerade neben dem Feuer und riss hastig einen breiten Streifen ihrer Röcke ab, um nicht von ihnen beim Laufen behindert zu werden, als ein Geräusch sie aufblicken ließ.

Schritte näherten sich dem Eingang! Und es waren keine Eingeborenen, die nahezu geräuschlos über den Erdboden gleiten konnten. Der Teppich aus trockener Rinde und morschen Ästen raschelte deutlich vernehmbar unter Stiefeltritten und Pferdehufen.

Vor Erleichterung und Glück hätte sie schreien können. Stattdessen warf sie einen Blick auf den Gang. Hatte er etwas gehört? Nichts war zu sehen oder zu hören, außer dumpfem Stampfen. Wahrscheinlich war er wieder in Trance, und seine sonst so feinen Sinne waren benebelt.

»Bist du sicher, dass die Spuren dort hineinführen?«, hörte sie Robert leise fragen.

Jemand hatte ihm offenbar so leise geantwortet, dass sie nichts verstanden hatte, denn Robert sagte nach einer kleinen Pause: »Dann sollten wir die Pferde hier anbinden und reingehen. Mit einem einzelnen Mann werden wir es ja wohl noch aufnehmen können. Oder was meinst du?«

Sie hatten sie gefunden! Vor Erleichterung und Freude wäre sie am liebsten in lauten Jubel ausgebrochen. Der Albtraum dieser Gefangenschaft war zu Ende. Vor lauter Glück konnte sie keinen Ton herausbringen. Stattdessen sprang sie auf, rannte durch den Tunnel und warf sich so heftig in die Arme ihres Mannes, dass er strauchelte und beinahe hintenübergefallen wäre.

»Dorothy!« Er presste sie so fest an sich, dass sie kaum noch Luft bekam. »Geht es dir gut? Bist du verletzt?«

»Es geht mir gut«, stammelte sie und sah durch einen Tränenschleier zu ihm auf. »Ach, Robert, es war so schrecklich … Dieser Mann. Er ist irrsinnig.«

»Kommt vom Eingang weg! – Ist wirklich nur einer da drin?«

Die Stimme ließ sie zusammenfahren. Was machte Ian hier? Sie drehte den Kopf, weil sie es nicht glauben konnte. Warum war er nicht auf dem Schiff? Er stand unbeweglich, das Gewehr im Anschlag, und ließ den Tunneleingang nicht aus den Augen, als erwarte er, jeden Augenblick eine Horde Angreifer herausstürmen zu sehen.

»Nur er.«

»Nur ein Mann?« Ian entspannte sich sichtlich. »Den Burschen hole ich mir. Kommst du mit, Koar?«

»Halt, wartet.« Die unerwartete Autorität in Roberts Stimme ließ Koar und Ian innehalten.

Ian sah seinen Freund an. »Was ist? Befürchtest du einen Hinterhalt? Wir passen schon auf.«

»Wenn du jetzt da reingehst – willst du ihn einfach erschießen oder was?«

»Na, was sonst?« Ian wirkte verblüfft. »Der Kerl verdient es doch nicht besser. Er hat Dorothy entführt und wahrscheinlich …« Er warf Dorothea einen verlegenen Seitenblick zu, räusperte sich und fuhr mit spöttischem Unterton fort: »Oder willst du ihn zu Richter Cooper bringen? Damit der erklärt, dass er keinen Weg sieht, englisches Recht auf Schwarze anzuwenden, und ihn prompt wieder laufen lässt? Soll Dorothy ständig Angst haben müssen, dass er ihr wieder zu nahe tritt? Er hat den Tod mehr als verdient.«

»Er hat Sam getötet und ihm den Kopf abgeschnitten«, sagte Dorothea mit einer Stimme, die ihr selbst fremd vorkam. Sie holte tief Luft. »Vom hinteren Teil der Höhle führt ein Gang in eine kleine, abgetrennte Kammer. Dort sind noch mehr Köpfe und jede Menge seltsamer Malereien an den Wänden.«

Die drei Männer starrten sie nur stumm an. Dachten sie, sie hätte den Verstand verloren?

»Er ist ein Zauberer.« Koar hatte als Erster die Sprache wiedergefunden. »Tenberry hat einmal angedeutet, dass es gewisse Zauber gäbe, für die man Menschenköpfe bräuchte. Aber als ich weiterfragte, hat er gesagt, es sei besser, wenn ich es nicht wüsste.«

»Wenn das so ist, sollten wir hier nicht weiter herumstehen, sondern den Kerl zur Strecke bringen«, knirschte Ian wütend und schob seinen breitkrempigen Hut zurück. »Ich mochte Sam.«

Auch Robert hatte keine weiteren Einwände mehr, und so schlichen sie – Ian mit dem Gewehr im Anschlag voran, danach Koar mit einem geliehenen Säbel und zum Schluss Robert mit seiner leichten Jagdflinte – in die Wohnhöhle. Dorothea hatte kurz überlegt, draußen zu warten. Aber ihre Ortskenntnis würde den Männern von Nutzen sein. Also bezwang sie ihren Widerwillen, ihr Gefängnis noch einmal zu betreten.

»Durch den Gang dort hinten kommt man in die geheime Kammer«, flüsterte sie und wies auf den Felsspalt. »Am Ende ist ein Opossumfell, dahinter die Kammer. Seid vorsichtig, sie ist sicher voller Rauch. Ein ekliges Zeug, das einen fast erstickt. Ich weiß nicht, wie er es da drin so lange aushält.«

»Wenn man mit den Geistern spricht, braucht man diese Kräuter«, sagte Koar. Er schnüffelte wie ein Jagdhund. »Ich erinnere mich an diesen Geruch.«

»Dann los«, drängte Ian. »Wir sollten es ausnutzen, dass er benebelt ist.« Und schon hatte die Schwärze ihn verschluckt. Koar folgte ihm wortlos auf den Fersen.

Robert sah Dorothea fragend an. »Macht es dir etwas aus, hier allein zu bleiben? Es wird sicher nicht lange dauern.«

Sie hatte schon den Mund geöffnet, um ihm zu sagen, dass sie das auch noch aushalten würde, als aus dem Inneren des Berges eine Explosion, gefolgt von einem markerschütternden Schrei zu hören war. Ohne einen Augenblick zu zögern, rannten sie beide an den Ort des Geschehens. Dichter Rauch waberte ihnen entgegen und sagte Dorothea, dass der Vorhang aus Opossumfell nicht mehr an seinem Platz war.

Robert stolperte als Erster in die Kammer und blieb so abrupt stehen, dass Dorothea gegen seinen Rücken prallte. Es war so gut wie unmöglich, sich zu orientieren. Außer dem beißenden Rauch des Zauberfeuers hing immer noch ein Schleier aus pulverisiertem Gestein in der Luft. Im hinteren Teil hatte der Gewehrschuss einen größeren Teil der Wand abgesprengt und einen Felssturz verursacht. Überall lagen kleinere und größere Trümmerbrocken. Direkt unter dem neuen Ausbruch, in den Rauchschwaden seines Feuers, lag der Skelettmann reglos auf der Seite. Auf seinem Rumpf war die weiße Bemalung von etwas Dunklem verschmiert. Er rührte sich nicht. Auf die Entfernung war nicht zu erkennen, ob er noch atmete.

»Ian?« Robert sank vor Dorothea auf die Knie, und jetzt erst sah sie, was Robert so plötzlich hatte innehalten lassen. Unmittelbar vor ihnen lehnte Ian halb zusammengesunken an der Wand und stöhnte schwach. Robert fühlte zuerst nach seinem Herzschlag, bevor er ihn nach Verletzungen absuchte.

»Ian, mein Junge. Kannst du mich hören? Bist du verletzt?«

»Glaub nicht«, nuschelte Ian und zog dann doch schmerzhaft den Atem ein, als Roberts Finger seinen Kopf abtasteten. »Ein Stein muss mich erwischt haben.«

»Du hast Glück gehabt«, sagte Robert ruhig und deutete auf Ians schwarzen Filzhut, der zu Boden gefallen war. »Der da hat das Schlimmste verhütet.«

»Wo ist Koar?«, fragte Dorothea. »Ich sehe ihn nicht.« Tatsächlich war von ihm keine Spur zu sehen.

»Als ich rein bin, war er direkt hinter mir.« Ian sah sich um. »Dieser Bastard! Hat er ihm was getan?«

Ein heftiger Hustenanfall aus der Opossumfelldecke, die unbeachtet neben dem Eingang gelegen hatte, ließ alle erleichtert aufatmen. »Er muss sich in dem Zeug da verheddert haben, als das Stück Decke runterkam«, meinte Ian. »Alles in Ordnung mit dir, Koar?«

Er wollte aufspringen, um Koar zu Hilfe zu kommen, sank aber sofort wieder zurück. »Verdammt, ich fühle mich, als hätte mich ein Pferd getreten!«

»Bleib liegen. Ich helfe ihm.« Robert hinkte hinüber zu dem Fellhaufen, als plötzlich ein leises, bösartiges Zischen zu vernehmen war und er, ohne einen Laut von sich zu geben, unvermittelt zu Boden sank. Aus seinem Rücken ragte ein Speer, auf den ersten Blick harmlos – und dennoch hinterhältig gefährlich.

Zu keiner Reaktion fähig starrte Dorothea auf den zusammengesunkenen Körper. Langsam, sehr langsam wandte sie den Kopf und sah den Skelettmann, halb auf ein Knie aufgerichtet, vor Triumph grinsen.

Es war keine bewusste Entscheidung. Ehe auch nur einer der anderen reagieren konnte, hatten ihre Finger das Messer aus Ians Stiefelschaft gezogen. Die schimmernde Klinge beschrieb einen eleganten Bogen, ehe sie sich mit einem kaum hörbaren »Plopp« in die Halsschlagader des Skelettmannes bohrte. Seine dunklen Augenhöhlen schienen sie, und nur sie, anzusehen, als er sehr langsam eine Hand hob und das Messer mit einem kräftigen Ruck herauszog.

Eine schwarze Fontäne stieg auf, einige Herzschläge lang plätscherte sie wie das Wasser im Springbrunnen im alten Schlosspark, ehe sie schwächer wurde und versiegte. Wenn auch heftig schwankend hatte er sich doch überraschend lange aufrecht gehalten. »Ströme von Blut«, hauchte er, während er fast erstaunt auf die dunkle Flüssigkeit sah, die aus seinem Körper geströmt war und die weiße Farbe seiner Körperbemalung fast vollkommen überdeckte. »Ströme von Blut sind es wirklich.«

Als er rücklings in die Blutlache fiel, spritzte es in alle Richtungen. Ein besonders großer Spritzer traf die Wand mit der Malerei. Ein dunkler Streifen lief über die unebene Fläche, bis er genau im Maul der Riesenschlange endete. Es sah aus, als züngelte sie.

»Robert?« Dorothea kroch auf ihn zu, weil sie ihren Beinen nicht traute. Ängstlich streckte sie eine Hand aus, um sich zu vergewissern, dass er noch lebte. Nicht weit unter der rechten Schulter ragte der Speer aus seinem Rücken. Gott sei Dank, er war nicht am Bauch verletzt. Irgendjemand hatte ihr einmal erzählt, Schulterverletzungen seien selten tödlich, und daran klammerte sie sich jetzt mit aller Kraft.

»Robert, kannst du mich hören? Hast du Schmerzen?« So, wie er da lag, konnte sie ihn nicht einmal richtig ansehen. Kurz entschlossen packte sie den Speergriff, um ihn herauszuziehen und ihren Mann auf den Rücken zu drehen.

»Nicht! Lass ihn um Gottes willen stecken!« Ian packte sie schmerzhaft am Unterarm und riss ihre Hand zurück. »Wenn die Spitze ein größeres Blutgefäß verletzt hat, verblutet er sonst sofort.«

»Was können wir nur tun?« Vor Verzweiflung rang sie die Hände. »Hilf ihm, Ian!«

»Was ist denn los?« Koar hatte es endlich geschafft, sich aus den Falten der Decke zu befreien. »O verdammt!« Mit seinen zerzausten Haaren und dem entgeisterten Gesichtsausdruck wirkte er nicht gerade kompetent. Dennoch war er es, der als Einziger zumindest über rudimentäre medizinische Kenntnisse verfügte. Wenn jemand von ihnen Robert helfen konnte, war es Koar.

»Der Bastard hat ihn mit einem Speer erwischt«, erklärte Ian grimmig. »Du hast doch Ahnung von Medizin. Was sollen wir tun?«

»Mir auf die Beine helfen.« Es war nur ein heiseres Wispern, kaum verständlich. Roberts Augen waren geöffnet, und ein schwaches Lächeln spielte um seine bleichen Lippen.

»Halleluja! Willkommen im Leben, alter Knabe«, brach es aus Ian mit rauer Herzlichkeit hervor. Er sah Koar an. »Hilfst du mir, ihn aufzusetzen?«

»Ich weiß nicht, ob das richtig ist.« Koar sah besorgt aus. »Ich würde ihn vorher gerne untersuchen.«

»In Gottes Namen, tu, was du für nötig hältst.« Ian schien nicht überzeugt, nahm jedoch Dorotheas Arm und zog sie mit sich beiseite, um Koar Platz zu machen. Der öffnete mit flinken Fingern Roberts Reitrock und Hemd. Seine Brust war unverletzt, der Speer war nicht durchgedrungen. Koar nickte zufrieden und beugte sich vor, um sein Ohr an Roberts Brust zu legen. Er lauschte lange. So lange, dass Dorothea Angst bekam. Schließlich hielt sie die Anspannung nicht mehr aus. »Was ist? Was hörst du?«

Koar schüttelte den Kopf, ohne sie anzusehen. Dass er ihren Blick mied, sagte nur zu deutlich, dass es schlecht um Robert stand. Dennoch wollte sie es nicht wahrhaben.

»Es gibt hier jede Menge Kräuter«, sagte sie eifrig. »Ich weiß, wo er sie aufbewahrt. Damit kannst du doch sicher etwas anfangen. Ich hole sie dir.« Sie musste etwas tun. Sie konnte doch nicht einfach nur dasitzen und warten.

Koar sah sie an und schüttelte bedeutungsvoll den Kopf. Lass es, sagte er stumm. Behutsam zog er Roberts Kleidung wieder zurecht, rollte die Opossumdecke zusammen und schob eine Ecke unter den Kopf des Verletzten, um ihn bequemer zu lagern. Robert hatte die Augen wieder geschlossen, als schliefe er. Nur die steile Falte über der Nasenwurzel zeigte, dass er bei Bewusstsein war.

Plötzlich hustete Robert. Und dann quoll blutiger Schaum aus seinem Mund. Mühsam rang er um Luft, versuchte etwas zu sagen, die Augen fest auf Koar geheftet. »Tödlich?« Er war kaum zu verstehen, aber die Augen blickten so klar, dass kein Zweifel darüber bestand: Robert Masters wollte die Wahrheit wissen.

»Es tut mir leid. Die Lunge ist verletzt. Mehr kann ich nicht sagen.« Koar erwiderte den Blick offen. »Ich bin kein Arzt, Mr. Masters. Aber unter diesen Umständen …«

»Bin kein Idiot.« Es war mehr ein Röcheln. Jeder Atemzug schien ihm jetzt schwerzufallen. Er schloss die Augen wieder, aber Dorothea war der Schmerz in ihnen nicht entgangen. Vorsichtig nahm sie seine Hand. Sie fühlte sich seltsam heiß an. Er drückte sie erstaunlich fest, ehe er die Augen wieder öffnete und flüsterte: »Ian.«

»Ja, Robert?« Koar hatte sich taktvoll entfernt und betrachtete angelegentlich die Wandmalerei. Ian und Dorothea waren mit Robert allein.

Robert tastete mit seiner freien Hand nach Ians Hand und packte sie.

»Kümmere dich um sie! Versprochen?« Die beiden Männer tauschten einen langen, stummen Blick. Dann nickte Ian und sagte: »Ich verspreche es dir.« Robert wollte etwas erwidern, aber ein weiterer quälender Hustenanfall hinderte ihn daran. Noch mehr blutiger Schaum rann ihm aus dem Mundwinkel und tropfte auf das Opossumfell.

»Versuch nicht zu sprechen, Liebling«, bat Dorothea ihn, halb wahnsinnig vor Sorge. »Wir werden alles tun, was du willst. Werde nur wieder gesund.«

Der Anfall verebbte. Zu ihrer Verwunderung sah sie so etwas wie

Mitleid in seinen Augen, als er leicht den Kopf schüttelte. »Verzeih mir, Liebste. Ich liebe dich«, flüsterte er, bevor er erneut Ian fixierte. »Tu mir einen Gefallen und zieh das Ding raus! Will nicht elend krepieren …«

Ian wurde totenblass. »Das kannst du nicht von mir verlangen!«

»Bist du … Freund?«

Das Blickduell der beiden Männer währte nur kurz. Dann neigte Ian in einer Geste der Ergebung den Kopf. Und ehe Dorothea begriff, was er vorhatte, trat er hinter Roberts ausgestreckten Körper und riss mit einem lauten Schrei voller Schmerz und Trauer den Speer heraus.

Roberts Körper zuckte. Seine Hand wurde plötzlich schlaff. Fassungslos sah sie auf. »Was hast du nur getan, Ian?«, schrie sie ihn an.

»Hast du nicht gehört, wie er mich darum gebeten hat«, schrie er zurück. Er ließ den Speer fallen, rollte sich auf dem Boden zusammen, verbarg das Gesicht in den Armen und schluchzte hemmungslos.

»Du Mörder!« Außer sich vor Zorn wollte Dorothea sich auf ihn stürzen, aber Koar fing sie ab und hielt sie fest. Ohne darüber nachzudenken, schlug sie mit ihren Fäusten auf ihn ein, schrie all ihren Zorn heraus. In stoischer Ruhe ertrug er ihren Ausbruch. Hielt sie einfach nur fest, bis der Sturm vorüber war. Erst als auch Ian sich wieder etwas gefangen hatte, ließ er sie los. »Dein Mann hat es so gewollt. Du solltest es respektieren«, sagte er ernst. »Ian, wir müssen hier weg. Die Explosion ist sicher nicht unbemerkt geblieben. Und gegen eine Gruppe von Kriegern haben wir keine Chance.«

»Du hast recht.« Ian rappelte sich schwerfällig auf, wischte sich mit dem Jackenärmel über das Gesicht und sah stirnrunzelnd in die Runde. »Roberts Leichnam und Sams Kopf nehmen wir selbstverständlich mit, um sie anständig zu bestatten. Was machen wir mit den anderen da?«

»Hierlassen?«, schlug Koar vor.

»Ich weiß nicht … Es waren sicher brave Männer. Sie sollten nicht für irgendwelchen Hokuspokus herhalten müssen.« Ians Blick glitt über die Wände der Höhle.

»Vielleicht funktioniert es«, murmelte er vor sich hin.

»Du willst die Höhle sprengen?«

»Ich will es zumindest versuchen.«

Dorothea stand starr wie eine Statue daneben, während Ian und Koar Roberts Leichnam in die Opossumfelldecke hüllten und dann unschlüssig Sams Kopf auf dem makabren Räuchergerüst betrachteten. »Am besten tun wir ihn in ein *yammaru*«, meinte Koar. »Mit genügend Eukalyptusblättern sollte es gehen.«

»Ich hole es.« Es waren die ersten Worte, die Dorothea seit ihrem Ausbruch von sich gab. Ohne eine Reaktion abzuwarten, schlüpfte sie in den Gang. Als sie mit dem Netz voller Blätter wiederkam, hatten Ian und Koar in der Zwischenzeit die Köpfe in den Teil der Höhle getragen, in dem die Leiche des Skelettmanns neben dem immer noch qualmenden Feuer lag. Koar war gerade damit beschäftigt, die Wandmalerei mit gelber Ockerfarbe zu übertünchen. Ian begutachtete die Risse und Spalten in der Felswand, die er zum Einstürzen bringen wollte.

Keiner von beiden machte Anstalten, ihr zu helfen. Mit gemischten Gefühlen näherte Dorothea sich Sams Kopf. »Es war Sam«, sagte sie sich energisch und zwang sich, ihn zu packen und aus dem aufsteigenden Rauch zu heben.

Es war nicht so schrecklich, wie sie erwartet hatte. Die Haut fühlte sich warm und lederartig an, leicht rau. Dennoch war sie erleichtert, als sie ihn in das Netz gelegt und mit den intensiv duftenden Blättern zugedeckt hatte. Der Eukalyptusgeruch überdeckte teilweise den pervers anmutenden nach geräuchertem Schinken.

»Ich bin fertig«, sagte sie.

»Gut, wir kommen.« Koar ließ den Farbtopf samt Fellpinsel fallen. »Ian?«

Zu zweit schleiften und trugen sie Roberts Leichnam durch den engen Gang und aus der Höhle. Es war nicht einfach, ihn auf den Rücken seines Reitpferdes zu hieven. Wie alle Pferde mochte es den Geruch von Blut und Tod nicht und war nur mit viel gutem Zureden dazu zu bringen, seine traurige Last zu akzeptieren.

Mit den drei Pferden machten Koar und Dorothea sich schon an den Abstieg, während Ian in die Höhle zurückkehrte, um den schrecklichen Ort endgültig zu verschließen. Keiner von beiden sprach. Auch nicht, als ein dumpfes Grollen im Berg anzeigte, dass Ians Plan funktioniert hatte. Kurz darauf tauchte er, von Kopf bis Fuß mit feinem Staub bedeckt und heftig hustend, hinter ihnen auf. Nur ein kurzes Nicken zum Zeichen, dass alles nach Plan verlaufen war, und dann übernahm er die Zügel von Roberts Pferd, um sich an die Spitze der kleinen Karawane zu setzen.

Dorothea war die Einzige, die sich noch einmal umdrehte, als sie den Wald hinter sich ließen und auf die weite Grasebene hinausritten. Der Berghang wirkte absolut unberührt, als sei nichts von alledem wirklich geschehen. Nur ein Schwarm schneeweißer Kakadus flatterte wild kreischend über dem Bereich, in dem die Höhle gelegen hatte.

18

Sie erreichten Eden-House am späten Abend. Die Freude und Erleichterung in den Gesichtern dort wich verstörtem Entsetzen, als ihnen das Fehlen von Robert Masters und die Bedeutung des Fellbündels auf seinem Reitpferd klar wurde. Heather stieß einen spitzen, markerschütternden Schrei aus, drehte sich auf den Fersen um und rannte ins Haus. Mrs. Perkins rang mühsam um Fassung, und Karl schwankte so, dass er sich an der Verandabrüstung abstützen musste.

»Was ist passiert?«, flüsterte Mrs. Perkins heiser. So erschüttert hatte Dorothea die resolute Frau noch nie gesehen.

»Ein Eingeborener hat Robert Masters getötet«, sagte Ian brüsk und schwang sich aus dem Sattel. »Und Sam auch.«

»Aber wieso denn? Wir hatten nie Streit mit ihnen.« Mrs. Perkins sah hilflos von einem zum anderen. »Das ist doch verrückt!«

»Es waren nicht King Georges Leute.« Dorothea ließ sich von Ian von der Pferdekruppe heben und ging steifbeinig auf die Treppe zu. »Es war ein fremder Zauberer. Ich muss mich waschen. Entschuldigt mich bitte.« Erst als sie den Flur zu ihrem Zimmer erreicht hatte, wurde ihr bewusst, dass sie es ganz automatisch Ian überlassen hatte, sich um alles Weitere zu kümmern. Sie hatte ihn nicht einmal darum gebeten! Einen kurzen Moment rang sie mit sich, ob sie noch einmal umkehren sollte, aber sie war zu müde. Die tagelange Anspannung und die körperliche Anstrengung forderten ihren Tribut. Kaum brachte sie es fertig, sich die schmutz-starrenden Kleidungsstücke vom Körper zu reißen. Sich zu waschen erschien ihr als riesige Aufgabe, das Ausbürsten der Haare zu mühsam. Halb ohnmächtig vor Erschöpfung stieg sie in ihr Bett, zog die kühlen, sauberen Laken über sich und war eingeschlafen, sobald ihr Kopf das Kissen berührte.

Sie erwachte von einem beharrlichen Klopfen und setzte sich verwirrt auf. Im ersten Augenblick war ihr nicht klar, wo sie sich befand. Immer noch erwartete sie, harten Fels unter sich zu fühlen. Stattdessen stieg zarter Lavendelduft in ihre Nase. Das Klopfen verstummte. Die Tür wurde vorsichtig aufgestoßen, und Trixies verweintes Gesicht erschien im Türrahmen.

»Guten Morgen, Ma'am. Mrs. Perkins schickt mich, ob Sie irgendetwas brauchen. Die Beerdigung wäre dann nachmittags, sobald die Sonne nicht mehr so hoch steht.« Sie wischte sich mit der Schürze über die verquollenen Augen.

»Danke, ich komme gleich nach unten. Ist Mr. Rathbone im Haus?«

»O nein, Ma'am! Er und John sind gleich heute Morgen losgezogen, die Gräber auszuheben.« Trixie schniefte ungehemmt. »Er hat gesagt, das duldet keinen Aufschub. Wegen der Temperaturen und so.«

Als Dorothea nur wenig später in die Küche trat, saß dort Mrs. Perkins und umklammerte ihren Teekrug, als gebe er ihr Halt. »Es kommt mir alles so unwirklich vor«, sagte sie mit tränenerstickter Stimme. »Ich denke immer, jeden Moment geht die Tür auf und er kommt hereinspaziert.« Dorothea setzte sich ihr gegenüber und streichelte die abgearbeiteten, rauen Hände der Köchin.

»Ich kenne das, Mrs. Perkins. Es ging mir genauso, als mein Vater starb. Kann ich Robert noch einmal sehen?«

Mrs. Perkins schüttelte den Kopf. »Lieber nicht, Ma'am. Behalten Sie ihn in Erinnerung, wie er war. Das habe ich auch Miss Heather gesagt.«

»Wie geht es ihr?«

Mrs. Perkins zuckte mit den Schultern. »Wie soll es dem armen Kind gehen? Sie hat ihren Vater vergöttert. Nur gut, dass Mr. Rathbone hier ist. Ohne ihn wüsste ich nicht, wie wir das alles …« Sie brach mitten im Satz ab und warf Dorothea einen schuldbewussten Blick zu. Offenbar hatte sie sich gerade daran erinnert, dass sie mit der Witwe sprach.

»Ja, ich bin ihm auch sehr dankbar«, sagte Dorothea. »Sie haben schon recht: Ich bin nicht fähig, wichtige Entscheidungen zu treffen. Zumindest nicht jetzt.« Sie stützte die Ellenbogen auf den Tisch, verbarg das Gesicht in den Händen und versuchte, die Bilder in ihrem Kopf zu verdrängen. Die Bilder von Ian und Robert.

»Verzeihen Sie mir bitte!« Mrs. Perkins klang ehrlich zerknirscht. »Ich wollte eigentlich nur sagen, dass Mr. Rathbone wirklich eine wunderbare Hilfe ist. Sie sollten etwas essen, Ma'am. Sie sehen schrecklich blass aus.«

»Nein danke, ich könnte jetzt doch nichts herunterbringen«, wehrte Dorothea ab. »Ich bin dann bei Heather.«

Das Mädchen war weder in seinem Zimmer noch im Schulzimmer. Sie fand sie schließlich an ihrem Lieblingsplatz, dem Stall. Dort hockte sie in der Box neben ihrer Ponystute. Ihre schmalen Schultern zuckten heftig, der ganze kleine Körper wurde von Weinkrämpfen geschüttelt.

Dorothea zog die Tür auf. Spontan wollte sie Heather in den Arm nehmen, aber die wehrte sich entschieden. »Geh weg, lass mich in Ruhe!« Das Pony spürte die Unstimmigkeit und begann, mit den Hufen zu scharren und den Kopf hochzuwerfen.

»Komm lieber heraus. Nicht, dass dir noch etwas passiert.« Dorothea wich ängstlich zurück. Immer noch waren Pferde ihr ein wenig unheimlich.

»Das kann dir doch egal sein!«

»Ist es mir aber nicht.«

»Ich hasse dich! Wenn du nicht gewesen wärst, wäre das alles nicht passiert!« Heather war geradezu außer sich vor Zorn und Kummer.

»Ich weiß«, sagte Dorothea sehr leise. »Und es tut mir unendlich leid, dass dein Vater getötet wurde. Aber es war wirklich nicht meine Schuld. Glaubst du mir?«

Eine Zeit lang blieb es ruhig. »Das sagte Ian auch«, bestätigte das Mädchen schließlich widerstrebend, aber nicht mehr so aufgebracht wie zuvor. »Er sagte auch, es wäre der böse Mann gewesen, der uns so Angst eingejagt hat und von dem die anderen glaubten, dass wir ihn uns einbilden würden. Stimmt das?«

Dorothea nickte.

»Ist der böse Mann auch wirklich tot?« Heathers ängstliche Frage ließ Dorothea erschauern. Wieder spürte sie das Wurfmesser zwischen ihren Fingern, die rote Wut in sich, mit der sie es geschleudert hatte. »Das ist er!«, erwiderte sie so entschieden, dass Heather sie erstaunt ansah. Aber Dorothea sagte nur: »Ich dachte, du möchtest mir vielleicht beim Blumensammeln helfen. Damit wir die Gräber schmücken können.«

Die Beerdigungszeremonie war schlicht. Ian, Koar und John hatten unter einer Akaziengruppe auf einer Anhöhe über dem Murray River eine tiefe Grube ausgehoben. Tief genug, dass kein Dingo sich bis zur Sohle durchgraben konnte. Dorthin brachten sie Robert Masters Leichnam und Sams Kopf. Den Boden hatten sie mit Eukalyptusblättern bedeckt, und Eukalyptusblätter häuften sie auch über die beiden in weißes Leinen eingenähten Formen, ehe die Männer sich daranmachten, die Grube zuzuschütten.

Da kein Pastor verfügbar war, hatte Karl eine kurze Andacht vorbereitet. Dorothea und Heather legten ihre Kränze auf den

Erdhügel; danach kehrten alle wortkarg und niedergeschlagen ins Haus zurück. John hatte angeboten, zwei Holzkreuze zu schnitzen, die, bis beim Steinmetz in Adelaide zwei Grabsteine bestellt und geliefert worden wären, an Robert Masters und Sam Carpenter erinnern würden.

Außerdem musste man die Behörden in Adelaide informieren. Koar und Karl waren an dem Tag von Dorotheas Entführung glücklicherweise früher als erwartet von ihrem Ausflug zurückgekommen. Koar war sofort nach Adelaide geritten, um Robert Masters zu informieren, während Karl auf Eden-House geblieben war. Dorotheas Mann hatte nicht lange gezögert. Sobald er in Erfahrung gebracht hatte, dass Protector Moorhouse unterwegs und der Gouverneur ebenfalls nicht erreichbar war, hatte er bei Richter Cooper eine Nachricht hinterlassen und war mit Ian und Koar auf eigene Faust aufgebrochen.

Das bedeutete, dass keine amtliche Stelle über den weiteren Verlauf dieser Expedition Bescheid wusste. Da jedoch ein Eingeborener und zwei Engländer, wenn man von den Köpfen der Unbekannten absah, zu Tode gekommen waren, musste es zumindest gemeldet werden. Ob daraufhin eine gerichtliche Untersuchung eingeleitet würde, musste dann Richter Cooper entscheiden.

Die Ankunft von Protector Moorhouse drei Tage später enthob sie der Entscheidung, wer von den Männern nach Adelaide reiten sollte. Er reagierte äußerst bestürzt auf Ians ersten, knappen Bericht. »Was für eine üble Geschichte!«, bemerkte er. »Ich hätte nicht für möglich gehalten, dass so etwas hier bei uns in Südaustralien geschieht. Sind Sie ganz sicher, Mrs. Masters – verzeihen Sie meine Impertinenz –, dass dieser Schwarze nicht nur Ihretwegen den Kopf verloren hat?«

Dorothea brauchte ein wenig, um zu verstehen, was Moorhouse andeuten wollte. Dann jedoch stieg Ärger in ihr hoch. »Er war nicht bloß vernarrt in mich. Dafür hätte er ja wohl kaum solch einen makabren Altar gebraucht wie den, den er aus den Köpfen der Seeleute von der *Maria* aufgebaut hatte!«

Moorhouse war die Skepsis deutlich anzusehen. Zweifelte er etwa an ihrem Geisteszustand? »Fragen Sie ruhig Koar oder Mr. Rathbone. Sie haben es auch gesehen«, bekräftigte sie.

Ian nickte bedächtig. »Ja, da waren Köpfe, sieben Stück. Aber ob es wirklich die von den vermissten Seeleuten waren, da bin ich mir nicht so sicher.« Er sah zu Dorothea hinüber. »Tut mir leid, das finde ich wirklich zu weit hergeholt.«

»Ich denke auch, dass wir diese Spur nicht weiterverfolgen müssen«, meinte Protector Moorhouse sichtlich erleichtert. »Und da Sie, Mr. Rathbone, ja die Höhle endgültig verschlossen haben, wird das auch nie zu klären sein. Nur schade um die Malereien. Die hätte ich gerne gesehen. Sie meinten, es hätte sich um eine Darstellung der Regenbogenschlange gehandelt, Mrs. Masters?«

»Jedenfalls hat er das gesagt.« Dorothea versuchte, sich an den genauen Wortlaut zu erinnern.

»Er sprach davon, dass er mit den Köpfen die Regenbogenschlange dazu bringen könnte, die Weißen alle zu töten und die Gesetze der Traumzeit wieder einzuführen.«

»Hm. Gerüchte über solch einen angeblich ›großen Zauber‹ sind mir verschiedentlich zugetragen worden. Aber ich hatte eher den Eindruck, dass die Informanten sich damit wichtig machen wollten. – Koar, was sagen Sie dazu?«

»Es tut mir leid, Mr. Moorhouse, aber von solchen Dingen weiß ich nichts«, wehrte der ab und knetete nervös seine Finger. »Mein Interesse gilt der Medizin, nicht der Magie. Und schon gar nicht der in Ihrer Sprache *schwarze Magie* genannten Spielart.«

»Haben Sie einmal einen Blick auf den Kultfelsen an der Straße nach Glenelg geworfen?« Dorothea erinnerte sich plötzlich an die Malerei, die sie damals so erschreckt hatte. »Dort, wo wir die verbrannte Bibel gefunden haben? Der Mann, der mich entführt hatte, trug die gleiche Bemalung wie die Figur dort mit den Köpfen in den Händen. Das muss doch etwas zu bedeuten haben!«

»Natürlich bin ich der Sache so rasch wie möglich nachgegangen.« Protector Moorhouse runzelte die Stirn. »Aber dort waren nur Tierzeichnungen. Nichts Ungewöhnliches, versichere ich Ihnen.«

Dorothea öffnete schon den Mund, als eine Hand ihre Schulter drückte und Karl ihr ins Ohr flüsterte: »Lass die Dinge ruhen! Was soll es bringen? Du siehst doch, dass der Protector es gar nicht wissen will.« Laut sagte er: »Ich glaube, meine Schwester ist erschöpft. Sind Sie mit Ihrer Befragung so weit fertig, dass ich sie auf ihr Zimmer begleiten kann?«

»Natürlich. Ich bitte um Entschuldigung, dass ich Sie in Ihrer Trauer belästigen musste, Mrs. Masters.« Moorhouse sprang auf und nahm ihre Hand. »Wenn ich irgendetwas für Sie tun kann, zögern Sie nicht, es mich wissen zu lassen. Mary und ich fühlen mit Ihnen.«

Dorothea neigte dankend den Kopf. Sein Mitleid zerrte an ihrer Beherrschung. Warum nur waren Beileidsbekundungen so schwer zu ertragen? Eigentlich sollten sie doch trösten.

»Möchtest du, dass ich bei dir bleibe?« Karl hatte die Tür zu ihrem Zimmer geöffnet und sah sie an.

»Nein danke. Lieb von dir, aber ich möchte lieber allein sein.«

Der Wunsch, um Robert trauern zu können, war allmählich gewachsen. Im ersten Schock war ihr der Verlust noch gar nicht richtig bewusst geworden. Danach hatte Heathers Kummer keinen Raum für ihren eigenen gelassen. Bewusst oder unbewusst hatte sie die Bilder in ihrem Kopf verdrängt, die sich nun, nachdem Matthew Moorhouse sie geweckt hatte, nicht länger verdrängen ließen. Roberts schweißüberströmtes, blasses Gesicht. Der Speer, der aus seinem Rücken ragte. Ian, der ihn herauszog, und Ian, wie er sich danach auf dem Boden krümmte wie unter unmenschlichen Schmerzen.

Von den zwei Männern, die sie liebte, hatte einer den anderen getötet. Nicht aus Eifersucht, nicht aus Leidenschaft, sondern weil der ihn darum gebeten hatte. Als letzten Freundschaftsdienst.

Um Robert noch einmal nahe zu sein, ging sie in sein Zimmer. Das Kopfkissen bewahrte noch einen Rest seines Geruchs. Wie der im Arbeitszimmer ihres Vaters würde er jeden Tag schwächer werden, bis er ganz verschwunden war. Dorothea vergrub ihr Gesicht im Kissen und ließ endlich den Tränen freien Lauf. Sie weinte um ihren Vater, um Robert und um das, was hätte sein können, wenn sie ihn so geliebt hätte wie Ian.

Am nächsten Morgen zog Karl sie beiseite. »Gut, dass du endlich geweint hast«, sagte er. »Mama hat es sehr geholfen. – Kann ich offen mit dir sprechen?«

Dorothea war wieder einmal erstaunt über die Beobachtungsgabe ihres jüngeren Bruders. »Natürlich«, erwiderte sie. »Was hast du auf dem Herzen?«

»Nicht hier. Können wir nach draußen gehen?«

Erstaunt folgte sie ihm. »Als Erstes: Mr. Moorhouse hat uns zugesichert, dass er in seinem Bericht schreiben wird, dass er weitere Untersuchungen nicht für erforderlich hält. Ein Verrückter hat dich entführt, und bei der Befreiung sind nicht nur er, sondern auch dein Mann und ein Stallbursche umgekommen.« Er blieb stehen und sah ihr offen ins Gesicht. »Er meinte, es sei unnötig, sämtliche Einzelheiten öffentlich zu machen. Es würde nur Unruhe unter den Kolonisten auslösen, und einen Beweis müssten wir letztendlich schuldig bleiben. Ian und ich haben den Bericht so unterschrieben. Mr. Moorhouse hat mich gebeten, dir zu erklären, dass es auch in deinem Interesse ist, wenn diese Sache möglichst diskret behandelt wird.«

»Das heißt, er möchte es geheim halten?«

»So würde er das sicher nicht ausdrücken, aber ja, ich denke, der Gouverneur kann in der augenblicklichen Situation keine weiteren Komplikationen gebrauchen. Am oberen Murray gärt es immer noch heftig, und Moorhouse berichtete, dass es in den neuen Weidegebieten im Südosten ebenfalls zu Überfällen gekommen ist. Die Eingeborenen dort könnten auf dumme Gedanken kommen, wenn sie von diesem Kopfjäger hören.«

»Ich habe mich die ganze Zeit gefragt, wie er zu dem geworden ist, der er war«, sagte Dorothea nachdenklich. »Er erzählte, er wäre eines der Kinder, die von Siedlern der Känguruinsel entführt worden waren. Meinst du, er hat dort so etwas aufgeschnappt?«

»Möglich.« Karls Tonfall nach war er ausgesprochen desinteressiert am früheren Schicksal des Skelettmanns. »Was ich noch mit dir besprechen wollte, ist etwas heikel.« Er räusperte sich mehrmals, ehe er, den Blick fest auf einen Raubvogel hoch oben am Himmel geheftet, sagte: »Gehst du Ian aus dem Weg wegen dem, was in der Höhle geschehen ist?«

Dorothea blieb abrupt stehen.

»Koar hat mir alles erzählt«, fuhr Karl fort. »Er bewundert Ian dafür. Er sagt, er weiß nicht, ob er die Kraft hätte, das Gleiche für mich zu tun, wenn ich ihn darum bäte.«

Dorothea schloss die Augen. Wenn sie nur auch dieses Bild ausschließen könnte, das sich in ihren Kopf gebrannt hatte!

»Ich hatte immer das Gefühl, zwischen dir und Ian bestünde eine besondere Verbindung. Schon auf dem Schiff. Wenn du da mit ihm zusammen warst, haben deine Augen danach gestrahlt. Ich wusste immer, ob du ihn getroffen hattest oder nicht. Ich verstehe nicht viel von solchen Dingen, aber ich weiß, dass du und Ian … wie soll ich sagen: dass es zwischen euch etwas Besonderes ist.«

»Karl, was soll das?« Dorothea hatte ihre Stimme wiedergefunden. Es sah Karl nicht ähnlich, sich in derart intime Angelegenheiten einzumischen. »Wenn du damit sagen willst, dass du weißt, dass Ian und ich uns lieben … Ja, es stimmt. Aber es stimmt auch, dass ich nie wissen werde, ob er Roberts Wunsch ihm zuliebe oder unseretwegen erfüllt hat. Immer, wenn ich ihn ansehe, frage ich mich das.«

»Vertraust du ihm so wenig?«

»Ich weiß nicht mehr, was ich denken soll«, erwiderte Dorothea müde.

»Wenn dein Mann ihm vertraut hat, solltest du es auch tun«, sagte Karl entschieden.

Dorothea stieß einen tiefen Seufzer aus. »Wenn dieser Zauberer recht hatte, trage ich Roberts Kind unter dem Herzen. Ich habe es ihm nicht einmal mehr sagen können!« Sie wandte sich ab und kämpfte mit den Tränen, die ihr erneut in den Augen brannten.

»Weiß er es?«

Dorothea schüttelte den Kopf. »Ich bin mir ja selbst noch nicht ganz sicher.«

Schweigend gingen sie eine Weile nebeneinanderher.

»Was soll ich tun?«, fragte Dorothea schließlich. »Du bist der Einzige hier, den ich fragen kann. Was rätst du mir?«

»Du willst wirklich wissen, was ich meine?« Karl wirkte etwas überrascht.

Dorothea nickte.

»Ich denke, dass es das Gescheiteste wäre, du würdest so schnell wie möglich Ian heiraten. Wenn du Eden-House halten willst, brauchst du jemanden, der es für dich bewirtschaftet. Und Ian scheint mir dafür die beste Wahl zu sein.« Er fasste sie an der Hand und drückte sie ermutigend. »Ich weiß, es ist taktlos, so etwas so kurz nach seinem Tod zu sagen. Ich mochte Robert auch sehr gern. Er war ein prima Kerl, und deswegen bin ich mir sicher, er hätte das auch gewollt. Eden-House lag ihm sehr am Herzen.«

Sie waren auf dem Pfad angelangt, den sie immer mit Robert entlangspaziert war. »Und wenn Ian das gar nicht will?«, wandte Dorothea ein.

»Ich denke nicht, dass er Nein sagen wird. Koar meinte, er war derjenige, der die Pferde bis zur Erschöpfung gehetzt hat.«

»Ich kann ihm doch keinen Antrag machen!« Dorothea bückte sich, pflückte eine gelbe Blume und begann, sie gedankenlos zu zerzupfen.

»Du erwartest doch wohl nicht, dass er dir einen macht!« Karl riss schockiert die Augen auf. »Einer Frau, die gerade Witwe geworden ist! Du wirst ihn schon selber fragen müssen.«

»Ich werde es mir überlegen«, versprach Dorothea.

»Aber warte nicht zu lange damit«, warnte ihr Bruder. »Die Sache ist für Ian nicht einfach.«

Er schüttelte mitfühlend den Kopf, verfolgte das Thema jedoch nicht weiter.

Dorothea musste zugeben, dass Karls Argumentation durchaus Sinn ergab. Ein Gut wie Eden-House brauchte einen Herrn. Warum nicht Ian? Es wäre sicher das Beste, jemanden zu wählen, dem Roberts Vermächtnis etwas bedeutete. Jemanden, der von allen akzeptiert und gemocht wurde.

Das meinte auch ihre Mutter. Kaum dass sie von Protector Moorhouse erfahren hatte, was sich abgespielt hatte, hatte sie Lischen einer Nachbarin anvertraut, eine Droschke gemietet und sich umgehend auf den Weg gemacht. Da Lady Chatwick davon überzeugt war, auf Eden-House dringend gebraucht zu werden, hatte sie sich ihr angeschlossen.

»Dorchen, Kind«, sagte ihre Mutter nur und schloss sie fest in die Arme. Es war eine beruhigende, tröstliche Berührung. Dorothea spürte, wie in ihrem Inneren etwas nachgab. Am liebsten hätte sie sich wie früher in die Arme ihrer Mutter geschmiegt und sich in den Schlaf wiegen lassen. Für einen Moment lehnte sie ihre

Stirn an die warme Schulter unter dem steifen, schwarzen Atlas, ehe sie sich Lady Chatwick zuwandte.

»Ach Gott, Liebes, das ist alles so schrecklich«, seufzte die und ließ achtlos ihr zerknülltes, nasses Taschentuch fallen, während sie Dorothea ebenfalls umarmte. »Was für ein Unglück! Wie nimmt Heather es auf? Das arme Kind. Nun auch noch den Vater zu verlieren! – Und du?« Mit beiden Händen hob sie den Schleier von ihrem Hut, schlug ihn zurück und betrachtete Dorothea aufmerksam. »Du bist eine sehr tapfere Frau, Dorothy! Robert wäre stolz auf dich.« Sie bekräftigte das mit einem Nicken, bevor sie erklärte, umgehend nach Heather sehen zu wollen. Geschäftig eilte sie davon.

»Ich hoffe, es ist dir recht, dass ich sie mitgebracht habe«, sagte Mutter Schumann und sah ihr hinterher. »Aber wie hätte ich es ihr verbieten können? Schließlich ist das hier ihr Zuhause.«

»Mach dir keine Gedanken deswegen, Mama.« Dorothea lächelte schwach. »Hauptsache, du bist da!«

Ihre Mutter erwies sich als perfekte Zuhörerin. Nicht ein Mal unterbrach sie Dorothea, als diese ihr am nächsten Tag alles berichtete. Alles, auch das, was sie Protector Moorhouse verschwiegen hatten. »Mir scheint, dieser arme Mann war tatsächlich irrsinnig«, sagte sie schließlich bedächtig. »Es kommt manchmal vor, dass Menschen, die übermäßig schlecht behandelt werden, den Verstand verlieren.« Damit waren der Skelettmann und sein großer Zauber für sie erledigt. Mutter Schumann konnte mit Mythen und Fantasiegestalten nicht viel anfangen. »Aber ich muss sagen, von Mr. Rathbone bin ich zutiefst enttäuscht.« Sie schüttelte den Kopf. »Ich dachte immer, er wäre ein anständiger Christenmensch. Wie konnte er sich nur so versündigen?«

Angesichts der Kritik ihrer Mutter fühlte Dorothea sich bemüßigt, Ian zu verteidigen. »Was hätte er denn tun sollen? Jeden Moment konnten feindliche Eingeborene eintreffen. Roberts Verwundung war tödlich, er war nicht mehr zu retten. Hätten wir ihn sterbend und hilflos zurücklassen sollen? – Und Robert hat Ian darum gebeten!«

»Ich weiß. Trotzdem – es ist eine schwere Schuld, die er auf sich geladen hat.« Mutter Schumanns Stimme klang anklagend.

»Glaubst du, das ist ihm nicht bewusst? Ich habe seine Verzweiflung miterlebt. Robert war sein Freund, sein einziger Freund.« Dorothea sah hinaus in die hitzedurchglühte Landschaft, und in ihren Ohren klang wieder das schreckliche, herzzerreißende Schluchzen eines Menschen, der es nicht gewohnt war zu weinen. Ihre Hände verkrampften sich um die Stuhllehnen. »Mama, was soll ich nur tun? Karl meint, das Beste wäre, ich würde Ian heiraten.«

Mutter Schumann senkte den Blick auf die Häkeltasche, die sie gerade reparierte. »Das Beste für Eden-House mag es sein. Aber ist es auch das Beste für dich?« Sie sah auf, und in ihren hellen Augen war deutlich Verständnis für Dorotheas Dilemma zu lesen. »Ich weiß, dass ihr beide euch zueinander hingezogen fühlt. Das war nicht zu übersehen. Und nicht nur ich dürfte es bemerkt haben. Du wirst also mit bösen Zungen zu rechnen haben, sobald es bekannt wird.«

»Das macht mir nichts aus«, erwiderte Dorothea trotzig. »Ich habe es so satt, mir Sorgen darüber zu machen, was andere Leute denken mögen. Robert wäre sicher einverstanden.«

»Das denke ich auch. Er hätte allem zugestimmt, was dir Freude macht«, sagte Mutter Schumann sehr leise. »Er liebte dich über alles.«

»Ich liebte ihn auch.« Dorothea hörte selbst, wie falsch das klang. Dabei war es doch die Wahrheit: Sie hatte Robert wirklich geliebt – nur nicht so, wie man einen Ehemann liebte. Oder wie sie Ian liebte.

»Auf jeden Fall würde ich die Testamentseröffnung abwarten«, sagte Mutter Schumann und biss routiniert einen Faden ab. »Vielleicht hat er ja eigene Vorkehrungen getroffen.«

Darauf war Dorothea noch gar nicht gekommen. Erst jetzt wurde ihr unangenehm bewusst, dass es durchaus möglich war, dass Robert seine eigenen Pläne gehabt haben könnte. So begrüßte sie Sir Charles Mann mit mühsam unterdrückter Nervosität, als der einige Tage später nach Eden-House kam. Würdevoll und eloquent sprach er der Witwe sein Beileid aus und bat alle Hausbewohner in den großen Salon.

»Das Testament des verstorbenen Robert William Masters wurde bei mir hinterlegt, beglaubigt und versiegelt am 1. Dezember des Jahres 1841.« Er hob das Schriftstück hoch, damit alle sich davon überzeugen konnten, dass das Siegel unversehrt war. »Es ist sehr kurz und unmissverständlich«, fuhr er fort, während er mit einem Taschenmesser das Siegel aufbrach und den Bogen entfaltete.

»Ich hinterlasse alle meine weltlichen Güter meiner geliebten Frau Dorothy«, las er. »Es steht ihr frei, darüber ganz nach ihren Wünschen zu verfügen. Einzige Ausnahmen sind folgende Legate …« Es folgten großzügige Summen für die Angestellten und Lady Chatwick sowie eine mehr als großzügige Mitgift für Heather.

»Außerdem hat Mr. Masters mir einen Brief für Sie übergeben, Mr. Rathbone«, sagte er, nachdem er das Testament sorgfältig wieder zusammengefaltet und in seinem Portefeuille verstaut hatte.

»Danke«, brummte Ian, nahm ihn so vorsichtig entgegen, als enthielte er Schwarzpulver, und verschwand umgehend.

Nachdem der Rechtsanwalt wieder abgereist war, wäre es eigentlich an der Zeit gewesen, ein klärendes Gespräch mit Ian zu führen. Aus unerfindlichen Gründen kam Dorothea nicht dazu. Zudem schien er ihr absichtlich aus dem Weg zu gehen. Er war in Sams Kammer gezogen, und wenn sie zum Frühstück herunterkam, war er stets schon unterwegs. Da er zwei Männer ersetzen musste, gab es genug zu tun, um sich nur selten im Haus blicken zu lassen.

Trotz der überraschenden finanziellen Unabhängigkeit hatte keiner Eden-House den Rücken gekehrt. »Das wäre ja noch schöner: Master Robert hätte von uns erwartet, dass wir sie nicht im Stich lassen!«, hatte Mrs. Perkins erklärt, als Dorothea ihnen angeboten hatte, sie mit besten Referenzen auszustatten.

Es war die Abreise ihrer Familie, die sie schließlich dazu brachte, Ian durch Trixie um eine Unterredung bitten zu lassen. »Es ist höchste Zeit, dem Mann endlich reinen Wein einzuschenken«, hatte Karl sie ermahnt. »So oder so – du musst dich entscheiden. Sonst ist er weg.« Und auch ihre Mutter war der Ansicht, dass das Leben weiterzugehen hatte. »Als dein lieber Vater starb, wollte ich auch nicht mehr weiterleben«, hatte sie Dorothea mit stockender Stimme gestanden. »Ich wollte nichts anderes, als ihm nachzufolgen. Aber dann träumte ich von ihm: Theodor schimpfte mit mir und sagte, dass das Geschenk des Lebens zu kostbar wäre, um es zu missachten. Wenn es Gottes Wille wäre, würden wir wieder vereint werden, aber bis dahin sollte ich mich gefälligst nicht wie eine Närrin benehmen. – Am nächsten Tag bin ich zufällig an der Schneiderei vorbeigekommen. Und weißt du was? Es macht mir Spaß, schöne Kleider zu entwerfen und zu nähen! Wenn du spürst, dass er der Richtige ist, dann zögere nicht zu lange, sondern sag ihm bald, dass du ihn noch liebst. Sonst ist es zu spät …«

Während sie im Kontor saß und auf Ian wartete, gestand sie sich ein, dass sie diese Aussprache absichtlich hinausgeschoben hatte. Inzwischen wusste sie, dass sie tatsächlich ein Kind erwartete. Roberts Kind.

Würde Ian sich daran stören?

Karls Vorschlag würde vermutlich funktionieren: Alle mochten Ian. Selbst Lady Chatwick. Nur sie war sich nicht sicher, ob eine Ehe mit Ian den Erinnerungen standhalten würde. Dabei war es besser geworden: Sie sah nicht mehr jede Nacht Roberts gequältes Gesicht vor sich, hörte nicht mehr seinen rasselnden Atem, während er im Sterben lag. Die Tritte schwerer Reitstiefel, die sich dem Kontor näherten, ließen sie nervös die Hände verkrampfen.

»Du wolltest mich sprechen?« Ian sah müde aus. Dunkle Schatten unter den Augen sprachen von zu wenig Schlaf, die Wangenknochen zeichneten sich scharf unter der tief gebräunten Haut ab.

»Ja, ich dachte, wir sollten uns einmal unterhalten, wie es weitergehen soll.« Dorothea sah auf die Papiere vor sich. »Karl sagte, du hättest ihn gebeten, sich in Adelaide nach geeigneten Männern umzuhören?«

Ian nickte. »Du brauchst einen tüchtigen Verwalter. Keine Sorge, ich werde ihn auf Herz und Nieren prüfen.«

»Du willst nicht bleiben?«

Ian biss die Zähne so fest zusammen, bis die Wangenmuskeln deutlich hervortraten. »Ich kann es nicht, Dorothy. Ich ertrage es nicht, tagtäglich deinen Hass und deine Verachtung zu spüren! Nicht einmal um Roberts willen.«

Dorothea erschrak zutiefst. Glaubte Ian im Ernst, sie könnte ihn hassen?

»Nein, Ian, ich hasse dich nicht«, stammelte sie erschüttert. »Wieso sollte ich?«

Er ballte die Hände zu Fäusten. »Du siehst in mir Roberts Mörder. Das hast du ja klar genug gesagt in der Höhle! Aber lass dir gesagt sein, wenn ich erneut vor der gleichen Entscheidung stünde, ich würde wieder dasselbe tun! Verdammt, er war mein Freund!«

»Das weiß ich doch«, flüsterte Dorothea und hätte weinen können vor Erleichterung. Der letzte, kleine Zweifel an seinen Motiven löste sich angesichts seines Ausbruchs in Luft auf. »Ich hatte einfach nicht den Mut, mit dir darüber zu sprechen.« Sie holte tief Luft und stieß rasch, ehe sie es sich anders überlegen konnte, hervor: »Ian, könntest du dir vorstellen, Herr von Eden-House zu sein?«

»Wie bitte?« Er sah sie verblüfft an. Dorothea wich seinem Blick aus, errötete und schob ziellos die Papiere vor sich hin und her. Das war schwieriger als erwartet!

»Du hast einmal gesagt, du hättest mich zur Frau haben wollen. Hast du es dir inzwischen anders überlegt?«

»Du meinst …?« Ians Gesicht strahlte plötzlich auf. Mit ein paar raschen Schritten umrundete er den Schreibtisch und ergriff ihre Hände. »Dorothy, ist es dein Ernst? Du willst mich heiraten? O Gott …« Er zog sie an sich und umarmte sie so stürmisch, dass sie energisch die Hände gegen seine Brust stemmte.

»Ian, ich muss dir noch etwas sagen: Ich bin schwanger mit Roberts Kind.«

Einen Augenblick stutzte er, dann jedoch glitt ein Lächeln über sein Gesicht. »Das freut mich«, sagte er. »Ein Teil von Robert wird also doch weiterleben. Ich will alles tun, um dem Kind ein so guter Vater zu sein, wie Robert es gewesen wäre.«

»Ian, ich liebe dich.« Dorothea kämpfte mit den Tränen. »Du bist wunderbar.«

»Und ich liebe dich.« Plötzlich wurde er ernst, griff in seine Westentasche und holte einen schmalen Goldreif hervor. »Den konnte ich dir bisher nicht geben. Ich habe ihn von meinem ersten eigenen Geld anfertigen lassen.«

Dorothea drehte ihn so, dass sie die Gravur im Inneren lesen konnte: »Dorothy & Ian, auf immer«. Die Buchstaben verschwammen vor ihren Augen. »Auf immer«, wiederholte sie leise und streifte ihn über ihren Ringfinger.

Susan Peterson

Die roten Blüten der Sehnsucht

Prolog

»Noch einen!« Wet Ned wischte sich mit dem Handrücken über die Lippen und schob das schmierige Glas über den Tresen.

»Hast du nicht schon genug?« Der Wirt sah missmutig auf seinen einzigen Gast.

»Noch einen. – Oder soll ich nachhelfen?«

Wet Ned war für seine schnellen Fäuste berüchtigt, und was ging es ihn schließlich an, wenn er nachher am Straßenrand umkippte? Der Wirt zuckte die Achseln und füllte neues Ale nach, wobei er darauf achtete, es stark schäumen zu lassen. Man musste den Gästen ja nicht mehr als nötig einschenken. »Was sitzt du eigentlich hier herum, wo alle Männer doch nach dem Kleinen suchen?«

»Hab was Besseres zu tun«, gab Wet Ned kurz angebunden zurück.

»Ach nein? Was denn?«

»Ich warte hier auf einen Geschäftspartner«, knurrte der schäbig gekleidete Mann. »Warum so neugierig? Kann recht ungesund sein.«

»Ich wollte nur freundlich sein«, gab der Wirt beleidigt zurück und verschwand in der Küche, wo er seinen Ärger hörbar am Küchenmädchen ausließ.

Wet Ned rülpste, verzog das Gesicht, als ihm die Rüben von vorhin aufstießen, und wechselte zu einem Tisch am Fenster. Von dort starrte er angestrengt durch die halb blinden Fensterscheiben in die Nacht hinaus. Wo blieb der Mann?

Er nahm einen großen Schluck von dem säuerlichen Ale. Eigentlich sollte er besser nicht so viel trinken. Sein Auftraggeber würde jede Schwäche seinerseits auszunutzen wissen. Andererseits musste er sich ja irgendwie beruhigen, oder? Ihm war äußerst unbehaglich zumute, wenn er an das bevorstehende Gespräch dachte. Nicht, dass er Gewissensbisse gehabt hätte zu lügen. Nein, es war eher die Befürchtung, dass seine Lüge durchschaut werden könnte. Und das – daran zweifelte er keinen Augenblick – würde für ihn ausgesprochen unangenehme Konsequenzen haben.

Drei Wochen war es her, dass er auf dem nächtlichen Heimweg plötzlich angesprochen worden war. Im ersten Moment hatte er zuschlagen wollen. Niemand wusste besser als er, wie vorsichtig man in diesen Zeiten sein musste. Schließlich war es seine ureigene Masche, angesäuselte Kneipengänger auszunehmen. Aber sein Gegner hatte ihm blitzschnell eine blitzende Klinge unters Kinn gehalten. Da hatte er nur gefragt, was er für den Herrn tun könne. Ein vornehmer Herr war er auf jeden Fall. Der Wollumhang mochte zerschlissen sein, aber darunter blitzten schneeweiße Manschetten, und die Stiefel glänzten im Mondlicht, wie es nur von einem Spezialisten polierte Schuhe tun.

»Ich brauche einen Gauner und Halsabschneider«, hatte der Herr gesagt.

»Besser hätten Euer Gnaden es nich' treffen können«, hatte Wet Ned ihm versichert und vorsichtig die Degenspitze zur Seite gedrückt. Feinen Herren rutschte sie gerne aus, und nach einem toten Straßenräuber würde kein Hahn krähen. »Womit kann ich Euer Gnaden dienen?«

»Du sollst mir ein Balg vom Hals schaffen. Ist das ein Problem für dich?«

Ned hatte keinen Moment gezögert. Zwar hatte er bisher deutlich weniger Leute ermordet, als er sich rühmte. Um genau zu sein: noch niemanden. Aber es konnte ja nicht so schwer sein. »Die Mutter auch?«, bot er an. »Es würde Sie nicht mal das Doppelte kosten.«

»Nein.« Der Herr hatte den Kopf geschüttelt. »Das würde zu viel Aufsehen erregen.«

Jetzt war es Ned doch etwas unbehaglich zumute geworden. »Was ist es für ein Kind?«, hatte er nachgefragt. War er ursprünglich davon ausgegangen, dass er das unerwünschte Ergebnis einer nicht standesgemäßen Liaison beseitigen sollte, so schien es doch nicht so einfach zu werden wie erhofft.

»Der kleine Embersleigh«, hatte der Herr unumwunden gesagt.

Ned war zusammengezuckt. Der Sohn des Earl of Embersleigh!

»Ähm …« Das war schon eine ganz andere Geschichte.

Der Herr hatte offenbar gespürt, dass Ned kurz davorstand, sich in die Büsche zu schlagen.

»Du hast zwei Möglichkeiten, Bursche«, hatte er mit einer sehr leisen, aber umso unheimlicheren Stimme gesagt. »Entweder du haust ab, dann werde ich dem Friedensrichter klarmachen, dass es höchste Zeit ist, dich endlich wegen Straßenräuberei zu hängen. Einen Beweis dafür wird er finden. Und du brauchst nicht zu denken, dass man dir auch nur ein Wort glauben wird von dieser Unterredung. Oder du tust, was ich von dir verlange. Dann bekommst du von mir einen Beutel Sovereigns und kannst aus der Gegend verschwinden. Ein neues Leben anfangen. Na, wie klingt das?«

»Gut, Euer Gnaden«, hatte Ned geächzt. Er dachte an Molly, die bald niederkommen würde. Hatte es überhaupt eine andere Möglichkeit gegeben, als zuzustimmen?

Und es war wirklich nicht schwer gewesen: Der Fensterflügel war nur zugezogen gewesen wie versprochen. Auf dem Fensterbrett hatte die Flasche Chloroform bereitgestanden. Sogar ein

Lappen hatte daneben gelegen. Ned hatte das unangenehme Gefühl, beobachtet zu werden, abgeschüttelt und getan, was ihm aufgetragen worden war. Der Junge hatte friedlich geschlafen. Als er ihm den nassen Lappen aufs Gesicht gedrückt hatte, war er fast augenblicklich still gewesen.

Schon hatte Ned ein Bein über das Fenstersims geschwungen, als doch tatsächlich dieses blöde Kindermädchen erschienen war. Halb im Schlaf, mit der Kerze in der Hand, hatte sie zuerst gar nicht richtig realisiert, was vor sich ging. Zeit genug, um das leichte Bündel abzulegen und noch einmal den Chloroformlappen einzusetzen. Die Kleine hatte allerdings mehr Widerstand geleistet als erwartet. Bei seinem Versuch, ihr den Lappen vor das Gesicht zu halten, hatte sie so um sich geschlagen, dass die Flasche mit dem Chloroform sich über sie ergoss.

Es war verflucht anstrengend gewesen, die Last der beiden Körper, so leicht sie ihm auch zu Anfang erschienen waren, bis zu der Jagdhüterhütte zu schleppen. So anstrengend, dass er beschlossen hatte, erst einmal eine Stärkung verdient zu haben, ehe er sein Werk zu Ende brachte. Auf ein oder zwei Stunden kam es ja wohl nicht an. Das Würmchen hatte sich so zerbrechlich angefühlt – und dass er jetzt auch die Kleine umbringen musste, war nicht ausgemacht gewesen. Sie war ja auch noch fast ein Kind.

Es waren dann drei Stunden im Hinterzimmer des Pubs geworden, wo der Wirt ausschenkte, wenn eigentlich Sperrstunde war. Als er die aufgebrochene Tür gesehen hatte, war sein erstes Gefühl Erleichterung gewesen. Erleichterung, dass er doch nicht zum Mörder von zwei Kindern werden musste.

Dann jedoch war ihm der Herr in den Sinn gekommen. Er würde kein Verständnis haben, wenn er ihm gestand, dass sie entwischt wären. Er wollte nicht hängen! Molly brauchte ihn. Molly und das Kind, das sie bald zur Welt bringen würde.

Also hatte er sich an die Verfolgung gemacht. Es war nicht

schwer gewesen, denn der Kleine hatte laut geweint. Am Flussufer hatte er sie gestellt. Was er nicht erwartet hatte, war der Mut
des Kindermädchens. Sobald sie ihn gesehen hatte, war sie in den
Fluss gestapft und hatte versucht, das andere Ufer zu erreichen.

Wet Ned hieß nicht umsonst so. Alle wussten von seiner Scheu
vor Wasser. Dennoch hatte er versucht, hinter den beiden herzu-
waten. Die Angst vor seinem Auftraggeber war größer gewesen
als die Angst vor dem Fluss. Auf einem schlüpfrigen Stein war
die Kleine ausgeglitten und in den reißenden Teil des Avon gefallen. Während sie ihren Schützling fest umklammerte, waren
die beiden den Fluss hinuntergetrieben. Die Köpfe tanzten dabei
wie Borkenschiffchen auf und ab. An der unteren Stromschnelle
hatte Ned sie aus den Augen verloren. Aber das war nicht weiter
schlimm. Die Strudel dort waren schon versierteren Schwimmern
zum Verhängnis geworden.

Was für ein Glück! Mit äußerster Vorsicht war er wieder ans
Ufer geklettert und hatte sich noch ein letztes Mal umgedreht.
Nichts. Die beiden Köpfe waren nicht mehr zu sehen. Manch-
mal dauerte es Tage, bis die Strudel die kaum noch kenntlichen
Körper freigaben.

Trotz der nassen Stiefel war er bester Stimmung. Er hatte sich
nicht die Hände schmutzig machen müssen, und dennoch konnte er dem Herrn heute Abend berichten, dass er den Auftrag erfolgreich ausgeführt hatte.

Und so saß er nun in der düsteren Kaschemme und wartete darauf, dass sich am vereinbarten Treffpunkt bei der Selbstmörder-
Eiche die vermummte Gestalt zeigte.

Fast hätte er ihn übersehen. Er verschmolz beinahe mit den
Schatten der tief hängenden Äste. Wet Ned stürzte den Rest Ale hinunter und ging ungewohnt unsicher auf seinen Auftraggeber zu.

»Ich bin sehr zufrieden mit dir«, raunte der Herr. »Alle glauben an einen Unfall. Keine Spur von Blut, obwohl sie sogar die

Jagdhunde eingesetzt haben. Die konnten die Spur aber nur bis zum Fluss verfolgen. Hast du sie erwürgt und die Leichen in den Fluss geworfen?«

Ned nickte. Er traute seiner Stimme nicht ganz. Dieser Herr könnte vielleicht hören, wenn er log.

»Wie du siehst, halte ich mein Versprechen.« Der Herr zog einen prall gefüllten Beutel unter dem Umhang hervor und warf ihn ohne Vorwarnung Wet Ned zu. Der fing ihn auf. »An deiner Stelle würde ich zusehen, aus der Gegend zu verschwinden«, flüsterte der Mann mit heiserer Stimme. »Haben wir uns verstanden?«

Wet Ned nickte erneut. Im nächsten Moment war der Herr verschwunden. Ned hütete sich allerdings, ihm nachzusehen. Ein kalter Schauer überlief ihn. So ähnlich musste man sich fühlen, wenn man dem leibhaftigen Teufel begegnete, dachte er und presste den kalten, harten Beutel Münzen an sich, als könne er ihn beschützen.

August 1849

In die feuchtkalte Brise, die vom Murray River herüberzog, mischte sich kaum wahrnehmbar der Duft der ersten Akazienblüten. Dorothea liebte die *wattles,* wie die Engländer sie nannten, wegen ihrer fröhlichen gelben Kugelblüten und wegen des parfüm-ähnlichen Geruchs, den sie freigebig verströmten. Sie drehte den Kopf ein wenig, damit sie den zarten Hauch besser schnuppern konnte, und schloss die Augen. Der Duft der Akazien war das Zeichen dafür, dass die ungemütliche Regenzeit sich ihrem Ende näherte. Bald schon würden die Wiesenflächen auf der anderen Seite des Flusses von Unmengen der *Pink Fairies* überzogen sein, kleinen Wiesenorchideen, die von fern an die heimischen Leberblümchen erinnerten.

»Ma'am?« Trixie, das Hausmädchen, ächzte ein wenig, während sie den kleinen Charles von der rechten Hüfte auf die linke setzte. Eigentlich war Dorotheas und Ians Jüngster inzwischen zu alt, um noch ständig getragen zu werden, aber Trixie war mit ihm geradezu lächerlich ängstlich. »Soll ich Charles dann schon mal fürs Bett fertig machen? Ich glaube, er ist ziemlich müde.«

Dorothea warf einen Blick in das pausbäckige Gesicht ihres Sohnes, der gerade wie zum Beweis herzhaft gähnte und sich mit den zu Fäusten geballten Händchen die Augen rieb. Natürlich hatte Trixie recht. Sie war ein ausgezeichnetes Kindermädchen. »Ich hoffe nur, dass John sich mit seiner Werbung Zeit lässt«, hatte Dorothea erst neulich in der Vertraulichkeit des gemeinsamen Schlafzimmers gemurmelt, während sie der Stimme der jungen Frau lauschte, die Charles und seine dreijährige Schwester Mary in den Schlaf sang. »Was sollten wir nur ohne sie machen?«

»Ein neues Kindermädchen suchen.« Ihr Mann Ian war nicht im Mindesten beeindruckt gewesen. »So selbstsüchtig kenne ich dich gar nicht, Darling. Wenn jemand es verdient hat, eine eigene Familie zu gründen, dann sind es diese beiden.«

Dorothea hatte ihm recht geben müssen. Nach der schweren Geburt von Robert vor acht Jahren hatte das Hausmädchen die Sorge um das körperliche Wohl des Säuglings übernommen. Dorothea war damals nur langsam wieder zu Kräften gekommen, und so war es bei dieser Aufteilung geblieben. Auch nach den Geburten der folgenden Kinder.

Sie lächelte dem Mädchen zu. »Ja, tu das, Trixie. Und für Mary wird es auch Zeit. Wo ist sie denn? Ach, sag nichts, ich weiß schon.« Die beiden Frauen tauschten einen Blick stillen Einverständnisses. »Ich bringe sie gleich nach oben«, sagte Dorothea.

Tatsächlich hockte die Kleine still und artig unter dem Schreibtisch im Kontor, eifrig damit beschäftigt, ein Blatt teuren Büttenpapiers mit wilden Krakeleien zu bedecken.

»Ian, doch nicht das gute Briefpapier!«, entfuhr es Dorothea halb amüsiert, halb ärgerlich.

»Sie wollte aber unbedingt das dicke«, erwiderte er, lächelte und hob den Kopf von dem Brief, den er gerade gelesen hatte, um sich von ihr küssen zu lassen. »Und da es ein Geschenk für dich werden soll, wollte ich nicht geizig sein.«

»Du hättest es ihr auch sonst gegeben, wenn sie es verlangt hätte«, murmelte Dorothea und küsste ihn liebevoll auf die raue Wange. »Gibt es irgendetwas, was du ihr abschlagen würdest?«

»Nein, nichts«, sagte er ehrlich und strich der Kleinen, die sich an sein Knie schmiegte, über die schimmernden dunklen Locken. »Nun, Engelchen, willst du Mama nicht dein Geschenk geben?«

»Es ist noch nicht fertig.« Mary zog einen Flunsch und versteckte das Blatt hinter ihrem Rücken.

»In Ordnung, dann malst du es morgen fertig. Aber jetzt wartet Trixie oben. Komm.« Dorothea streckte auffordernd die Arme aus. Mary machte keine Anstalten, sich von Ians Knie zu lösen. »Nicht du. Daddy soll mich tragen«, beharrte sie.

Dorothea runzelte die Stirn und öffnete schon den Mund, um ihre eigensinnige Tochter zurechtzuweisen, als Ian dem Tadel zuvorkam, indem er aufsprang und die Kleine auf seine Schultern hob. »Dann wollen wir Trixie nicht länger warten lassen. Nicht, dass sie mit uns schimpft. Festhalten!« Und in einer Art Galopp hüpfte er mit ihr davon.

Dabei hatte der Luftzug den Brief zu Boden geweht. Dorothea hob ihn auf und wollte ihn gerade auf die Schreibunterlage zurücklegen, als ihr mitten aus dem Text die Worte »Earl of Embersleigh« ins Auge stachen. Der Name war ihr vollkommen fremd. Sie kannte alle Geschäftspartner ihres Mannes, doch sie konnte sich nicht erinnern, jemals von einem Earl of Embersleigh gehört zu haben. Der Absender war eine Anwaltskanzlei in Bristol …

Von der Veranda ertönte das durchdringende Scheppern der Dinnerglocke. Dorothea legte das Schriftstück auf seinen Platz zurück und wandte sich zum Gehen. Sie würde Ian später danach fragen.

Im Flur traf sie auf die Köchin, die gerade geschickt mit dem Ellenbogen die Tür zum Esszimmer öffnete, um die Suppenterrine hineinzutragen. »Master Ian hat mich eben fast umgerannt«, murrte sie. »Wie kann ein erwachsener Mann sich nur derart kindisch benehmen? So wie er die Kleine verwöhnt, wird sie ihm später ganz sicher auf der Nase herumtanzen.« Schwungvoll stellte Mrs. Perkins die Terrine ab. Um ein Haar wäre der duftende Inhalt übergeschwappt. »Das Lamm-Stew steht rechts auf der Anrichte, der Brotpudding links. Brauchen Sie sonst noch etwas, Ma'am?«

»Nein danke«, sagte Dorothea. Seit Trixie die Aufgaben eines Kindermädchens übernommen hatte, bediente die Familie sich selbst. Und außer Lady Chatwick, die jede unnötige Bewegung nach Möglichkeit mied, waren sie ganz zufrieden mit diesem Arrangement.

Der Tisch war für fünf Personen gedeckt. Heather, Dorotheas Stieftochter aus ihrer ersten Ehe, war mit ihren fünfzehn Jahren alt genug, um mit den Erwachsenen zu essen, und Robert hatte sich dieses Privileg vor einigen Wochen ertrotzt. Als Siebenjähriger gehörte er eigentlich noch ins Kinderzimmer, dort jedoch hatte er sich so unleidlich aufgeführt, dass Trixie seine Forderung unterstützt hatte. »Wissen Sie, Ma'am, er hat so eine Art, die Kleinen zu piesacken, dass es mir wirklich lieber wäre.« Nach einem Blick in Dorotheas Gesicht hatte sie rasch hinzugefügt: »Er meint es sicher nicht böse, aber der Kleine weint inzwischen schon, wenn er ihn nur sieht. Kein Wunder: Die Fratzen, die er zieht, um ihn zu erschrecken, machen sogar mir Angst.«

Schon als Säugling war Robert schwierig gewesen. Er weinte viel, schlief wenig und neigte zu Koliken. Er hatte so gar nichts von Roberts fröhlichem Naturell und auch sonst erinnerte er sie in nichts an seinen Vater. Konnte es möglich sein, dass die schlimmen Ereignisse vor seiner Geburt seinen Charakter beeinflusst hatten?

Eine rundliche Gestalt in einer Art Zelt aus schwarzem Taft, die behäbig ins Zimmer watschelte, lenkte sie von ihren trüben Überlegungen ab. »War das nicht die Dinnerglocke? – Hm, das duftet wieder köstlich. Ich war schon halb verhungert.«

Dorothea murmelte eine höfliche Erwiderung und half der alten Dame, ihren Stuhl zurechtzurücken. Von ihrem Platz gegenüber dem Hausherrn am anderen Tischende beobachtete sie unter gesenkten Lidern, wie Lady Arabella ärgerlich ihre fingerlosen Spitzenhandschuhe zurechtzupfte.

»Diese Dinger machen mich noch wahnsinnig«, murrte sie. »Sie nehmen einem jedes Gefühl.« Die knotig verdickten Gelenke deuteten auf eine andere Ursache für ihre steifen Finger, aber Dorothea versagte sich den Hinweis auf den ärztlichen Rat, Lady Chatwick solle doch etwas mehr Zurückhaltung bei fetten Fleischspeisen und ihrem geliebten Portwein üben. »Die Podagra liebt Alkohol und gutes Essen«, hatte Dr. Woodforde gewarnt. »Ich auch!«, hatte die alte Dame trocken bemerkt und dem würdigen Mann erklärt, sie erwarte von ihm »Pillen und Pülverchen«, keine guten Ratschläge. »Ich bin alt genug, um zu wissen, was gut für mich ist. Ich denke gar nicht daran, den Rest meines Lebens dünnen Tee zu schlabbern und trockenen Toast zu kauen«, war ihr Kommentar nach dieser ärztlichen Visite gewesen.

Der stürmische Eintritt einer Gestalt in Reithosen und nachlässig geflochtenen Zöpfen ließ beide Frauen unisono ausrufen: »Heather, wie siehst du denn wieder aus!«

»Wieso, ich habe mir doch Gesicht und Hände gewaschen«, gab das Mädchen betont unschuldig zurück.

»Und die Hosen?«

»Ach, sei nicht so verknöchert, Dorothy. Wir sind doch unter uns. Ich trage sie sowieso ständig. Was macht es schon aus, wenn ich sie auch zum Essen anbehalte? Es ist so lästig, sich immer umzuziehen.«

»Du wirst es trotzdem tun. Was in den Ställen zur Not angehen mag, ist noch lange keine angemessene Bekleidung bei Tisch.« Ians Stimme klang ausgesprochen verärgert, während er sie aus zusammengekniffenen Augen von Kopf bis Fuß musterte. »Darf ich fragen, was du dir dabei denkst, in diesem Aufzug zum Dinner zu erscheinen?«

»Du tust ja so, als wäre ich im Nachthemd hier aufgekreuzt.« Heather warf den Kopf zurück wie ein widerspenstiges Fohlen. »Bitte, Ian, nur heute. Mir tut alles weh, und ich habe nicht die geringste Lust auf Unterröcke.«

»Wenn das so ist, hättest du dein Training eben früher beenden müssen.« Auf Ians Stirn erschien eine steile Falte, für Eingeweihte ein untrügliches Zeichen dafür, dass er wirklich ungehalten war. »Es ist keineswegs eine neue Sitte, sich zum Dinner umzuziehen. Wenn ich mich recht erinnere, hat es bereits dein Vater so gehalten. Wenn es dir nicht passt, kannst du in der Küche essen.« Er hielt in stummer Aufforderung die Tür auf.

»Schon gut.« Während sie etwas Unverständliches vor sich hinmurmelte, rannte Heather an ihm vorbei und die Treppe hinauf.

Inzwischen hatte sich Robert auf seinen Platz geschlichen. Dorothea hoffte, dass Ian weiter oben am Tisch nicht auffallen würde, dass von der schmächtigen Gestalt des Jungen ein irritierend muffiger Geruch ausging. Hatte er wieder eine tote Eidechse in der Hosentasche? Robert war fasziniert, ja geradezu besessen von toten Tieren. Er sammelte sie wie andere Kinder bunte Kiesel oder Vogelfedern. Seit Trixie auf der Suche nach der Quelle des Gestanks auf die Kommodenschublade voller halb mumifizierter Kadaver gestoßen war und einen hysterischen Anfall erlitten hatte, war dem Jungen strikt verboten worden, seiner morbiden Neigung weiter nachzugehen. Dorothea war sich jedoch sicher, dass er sich nicht daran hielt. Robert hatte so eine Art, durch sie hindurchzusehen, wenn sie mit ihm schimpfte, als wäre sie gar nicht vorhanden. »Ja, Mama«, hatte er nur gesagt, sobald sie ratlos innegehalten hatte. »Darf ich jetzt gehen?«

Sie hatte ihm nachgesehen und sich wie schon so oft gewünscht, mit Ian darüber sprechen zu können. Aber sobald sie es versuchte, zog ihr Mann sich hinter eine unsichtbare Wand zurück.

»Gibst du schon mal die Suppe aus, Liebes?« Lady Chatwick sog genüsslich den Duft ein, der von der goldbraunen Brühe aufstieg. »Wie war es in Strathalbyn, Ian? Hast du alles zu deiner Zufriedenheit regeln können?«

»Ich habe einen guten Preis ausgehandelt«, gab Ian kurz zurück und schüttelte nach einem kurzen Blick auf Robert unwillig den Kopf. »Robert, wenn du unbedingt mit den Erwachsenen essen willst, dann sitz gefälligst gerade und schlürf deine Suppe nicht wie ein Bauer!«

Der Junge warf ihm unter gesenkten Lidern einen Blick voll Abscheu zu, sagte aber nichts, sondern richtete sich auf und pustete so energisch auf den Löffel in seiner Rechten, dass die Suppe in alle Richtungen spritzte. Auf dem blütenweißen Tischtuch waren die dunklen, bräunlichen Flecken gut zu sehen.

»Gibt es irgendwelche Neuigkeiten?«, erkundigte Dorothea sich rasch. »Was machen die Moorhouses? Geht es ihnen gut?«

»Ich denke schon. Wenn man von dieser Sache mit den vergifteten Schwarzen bei Kingston absieht. Moorhouse soll sich ziemlich darüber aufgeregt haben.«

»Erzähle!« Lady Chatwicks Augen strahlten bei der Aussicht auf eine aufregende Geschichte. »Heather, mein Liebes, sei so nett und bring mir eine Portion von Mrs. Perkins' vorzüglichem Stew. Und dann, Ian, wirst du uns alles, und ich meine damit wirklich alles, erzählen!«

»Ich weiß nicht. Es ist nicht gerade das, was Damen zu Ohren kommen sollte …« Ian wirkte unangenehm berührt. »Nicht das Richtige. Überhaupt nicht.«

»Unsinn«, beschied Dorothea ihn und sammelte die Suppenteller ein, um sie auf der Anrichte abzustellen. Ihr Mann hatte manchmal überraschend altmodische Ansichten, was Schicklichkeit anbelangte. »Du kannst uns so eine Geschichte doch nicht einfach vorenthalten. Na los, lass dir nicht alles aus der Nase ziehen!«

»Wenn es euer ausdrücklicher Wunsch ist.« Ian seufzte und goss sich ein zweites Glas Wein ein. »Aber in Strathalbyn wussten sie auch nur das, was sie von Tolmers Leuten aufgeschnappt hatten«, begann er immer noch zögernd. »Vor ein paar Wochen waren Moorhouse Gerüchte zu Ohren gekommen, im Süden hätte ein Schafzüchter einen ganzen dort ansässigen Stamm ausgerottet. Also ist er mit einem Dolmetscher, Inspector Tolmer und zwei berittenen Polizisten zur Avenue Range Station geritten. Der Squatter leugnete überhaupt nicht, die Leichen gesammelt und vergraben zu haben, behauptete allerdings, sie wären bereits tot gewesen, als er sie fand.«

»Hatte er eine Erklärung dafür, wieso sie alle auf einmal gestorben waren?«, unterbrach ihn Lady Chatwick, die als erfahrene Leserin von Detektivgeschichten sofort den kritischen Punkt erfasst hatte.

»Sein Aufseher meinte, sie hätten wohl verdorbenes Fleisch gegessen. Er hätte einige Schafskadaver im Lager gesehen, die dort schon seit geraumer Zeit gelegen haben müssen.«

»Nicht schlecht. Ich vermute, damit hat er seinen Kopf aus der Schlinge gezogen?«

»Nicht ganz.« Ian lächelte schief. »Sie haben die Überreste von über zwanzig Leuten – auch Kindern – freigelegt. Moorhouse wäre nicht Moorhouse, wenn er das auf sich beruhen gelassen hätte.«

»Was hat er gemacht?«

»Er hat die Gegend durchkämmen lassen, und sie haben tatsächlich ein paar Eingeborene gefunden, die noch am Leben waren. Allerdings sind sie, bis auf einen, in den nächsten Tagen gestorben. Und der war zu schwach, um mit nach Adelaide zu kommen. Alle hatten von einem süßlich schmeckenden, weißen Mehl gegessen, das sie auf der Station geschenkt bekommen hatten.«

»Gift! Wie hinterhältig!«, platzte Dorothea heraus. »Es ist nicht zu fassen! Ist er wenigstens sofort verhaftet worden?«

»Erst einmal ist er zur Untersuchung der Umstände in Adelaide. Ob Richter Cooper Anklage erhebt, ist noch völlig offen.« Ians Gesichtsausdruck verfinsterte sich. »Es ist allgemein bekannt, dass Richter Cooper gegen Eingeborene als Zeugen große Vorbehalte hegt. Sie können ja nicht auf die Bibel schwören. In seinen Augen entspricht ihr Zeugnis damit nicht den Grundsätzen des englischen Rechts.«

»Ja, will man ihn einfach damit durchkommen lassen?« Dorothea sah ihn ungläubig an. »Er ermordet einen Haufen unschuldiger Menschen und spaziert aus dem Gericht als Ehrenmann?«

»Was sollen sie denn tun?« Ian hob die Schultern, eine fatalistische Geste. »Der Mann behauptet steif und fest, er hätte es ihnen nicht geschenkt, sie hätten ihm das Mehl gestohlen. Sein Aufseher schwört Stein und Bein, dass er es in einem fest verschlossenen Kasten aufbewahrt hat, der aufgebrochen wurde. Es ist allgemein üblich, vergiftete Köder gegen Dingos und anderes Raubzeug auszulegen. Wie willst du ihm beweisen, dass er sie absichtlich vergiftet hat?«

»Er wird genauso damit davonkommen wie dieser Kerl, der die Eingeborenenfrau erschossen hat, weil er angeblich von ihr angegriffen worden ist«, prophezeite Lady Chatwick düster. »Dabei wusste doch jeder, worum es ging.« Sie warf einen vielsagenden Blick in Richtung der beiden Kinder, um anzudeuten, dass sie in ihrer Gegenwart nicht alles aussprechen konnte. Dorothea erinnerte sich gut an den Fall. Er hatte ziemliches Aufsehen erregt, weil die Familie der Frau die Bestrafung des Mörders gefordert hatte, und tatsächlich wäre fast Anklage erhoben worden. In letzter Minute hatte der Schafhirte sich der Gerichtsverhandlung durch Flucht entzogen. Angeblich nach Amerika.

»Der Wirt vom Crown & Anchor meinte auch, dass die Aussichten auf eine Verhandlung schlecht stünden«, stimmte Ian Lady Chatwick zu. »Obwohl über diesen Aufseher einige hässliche Sachen kursieren. Er soll in South Wales schon öfter im Verdacht gestanden haben, Eingeborene zu vergiften. Man konnte ihm nie etwas nachweisen, aber es war schon auffällig, dass immer solche Gruppen betroffen waren, die dieselben Wasserlöcher wie seine Tiere benutzten.«

»Was ist ein Wasserloch?«, meldete sich Robert überraschend zu Wort. Alle sahen ihn verdutzt an, denn normalerweise saß er stumm dabei und ließ nicht erkennen, ob er am Gang des Tischgesprächs irgendein Interesse hatte.

»So etwas wie ein kleiner Teich. Woanders gibt es keinen solchen Fluss wie hier«, erklärte Ian. »Dort ist Wasser sehr kostbar, deswegen gibt es oft Streit darum.«

»Dann muss man sich dort nicht ständig waschen?«

Ian lachte. »Nein, Robert. Doch glaube mir, wenn du dort wärst, würdest du dich sehr gerne waschen!«

Obwohl er nicht gerade überzeugt aussah, wagte der Junge nicht zu widersprechen. »Aber John macht das nicht?«, vergewisserte er sich nur noch, sichtlich besorgt.

»Was denn?«

»King George und seine Leute vergiften. Sie benutzen doch auch dasselbe Wasser wie wir.«

»Natürlich nicht!« Ian war sichtlich schockiert über diese Frage. »Wie kommst du nur darauf, Robert?«

»Er gibt Parnko Mehl«, war die schlichte Antwort.

»Das ist ganz etwas anderes. Parnko bekommt das Mehl als Teil seines Lohns«, sagte Dorothea rasch. »Mit Geld kann er ja nichts anfangen.« Parnko, ein junger Aborigine aus dem Stamm von King George, des örtlichen Aborigine-Häuptlings, hatte als Halbwüchsiger alle männlichen Verwandten verloren und war damit den Launen und Schikanen der übrigen Männer ausgesetzt gewesen. Eines Tages war er an der Hintertür aufgetaucht, womit er Mrs. Perkins zu Tode erschreckt hatte, und hatte zu verstehen gegeben, dass er Arbeit und Unterkunft suchte. Er kam wie gerufen, denn der bisherige Stalljunge hatte sich, wie so viele andere, gerade auf den Weg zu den neu entdeckten Goldfeldern im Süden gemacht. Parnko bekam also dessen nunmehr leer stehende Kammer zugewiesen und erwies sich als äußerst anstellig. Nach einigen Wochen war John voll des Lobes über sein Geschick mit den Pferden. Parnko lernte überhaupt rasch. Auch seine Englischkenntnisse verbesserten sich rapide. Bald schon war er imstande, seine Wünsche und Vorstellungen explizit zu äußern. Und die entsprachen nicht unbedingt dem Erwarteten. Parnko hatte sich als Lohn europäische Kleidung sowie Mehl, Zucker und Tabak ausbedungen.

»Ich vermute, er erkauft sich damit Gefälligkeiten von den jungen *lubras*«, hatte Ian mehr amüsiert als abgestoßen zu Dorothea gesagt. »Nun ja, solange er seine Arbeit ordentlich macht, werde ich ihm nicht dreinreden.«

Ians Moralvorstellungen entsprachen nicht immer denen, die Dorothea von ihren Eltern vermittelt worden waren.

Die restliche Mahlzeit verlief ohne Zwischenfälle. Dorothea hatte den seltsamen Brief schon völlig vergessen. Sie saß in ihrem gemeinsamen Schlafzimmer gerade vor dem Spiegel und bürstete ihre Haare aus, als Ian hinter sie trat und ihr die Bürste abnahm. »Lass mich das machen«, murmelte er zärtlich und hatte diesen gewissen Ausdruck in den Augen, der eine aufregende Nacht versprach. Nur zu gern gab sie daher seiner Bitte nach, legte den Kopf leicht in den Nacken und beobachtete unter halb gesenkten Lidern, wie ihr Mann sich mit Hingabe ans Werk machte.

»Du hättest eine gute Kammerzofe abgegeben«, neckte sie ihn. »Vielleicht sollte ich dich demnächst bitten, mir beim Aufstecken zu helfen, wenn Trixie keine Zeit hat.«

»Ich mag es lieber offen – so wie jetzt«, sagte er. Und mit anzüglichem Grinsen fügte er hinzu: »Ich fürchte, mein Geschmack in Damenmode ist generell nicht ganz up to date. Du würdest bezaubernd aussehen in einem Opossumfellumhang, nur mit einer Schnur um die Taille.«

»Also wirklich, Ian!« Ihr Mann hatte es wieder einmal geschafft, sie zu schockieren. »Du findest diese stinkenden Fellmäntel attraktiv? Schon der ranzige Geruch treibt einen in die Flucht.«

»Es war doch nur Spaß, Darling«, gab er amüsiert zurück, beugte sich vor und küsste sie auf die Stelle zwischen Hals und Schulter, an der sie besonders empfindlich auf solche Liebkosungen reagierte. Auch jetzt erschauerte sie prompt. Ian kannte viele solcher Raffinessen, und er wandte sie mit einem geradezu unheimlichen Gespür an. Immer schien er zu wissen, ob sie sich gerade ein zärtliches und liebevolles oder leidenschaftliches, fast grobes Liebesspiel wünschte.

»Obwohl – die Vorstellung, dass du nur mit einem Pelz bekleidet wärst ...« Er sprach nicht weiter, sondern begann stattdessen, Dorotheas Nachthemd aufzuknüpfen.

Nur zu gerne überließ sie sich seinen erfahrenen Händen, die es ohne jede Hast über ihre Schultern schoben. Seine Lippen schienen heiß auf ihrer kühlen Haut und wärmten sie nicht nur äußerlich. Ihr Herzschlag beschleunigte sich; ihr ganzer Körper schien vor Erwartung zu prickeln. Als Ians warme, schwielige Hände sich wie Schalen um ihre Brüste legten und begannen, sie vorsichtig zu kneten, entfuhr ihr ein leises Keuchen.

»Mach die Augen auf«, befahl er mit einer fremden, heiseren Stimme. »Schau uns an. Was siehst du?«

Zögernd gehorchte sie. Das Bild, das sich unmittelbar vor ihr im Spiegel abzeichnete, war sowohl obszön als auch erregend. Auf jeden Fall schamlos. Ians dunkle Hände auf ihrer weißen Haut. Ihre geröteten Wangen. Ihre feuchten Lippen.

»Ian ...« Sie senkte den Blick, weil das Schauspiel sie mehr erregte, als es sich für eine anständige Frau gehörte.

»Du bist wunderschön, weißt du das?« Seine Stimme klang

dunkel, leicht verwaschen. Unvermittelt zog er sie hoch und trug sie zum Bett. »Ich liebe dich«, konnte sie gerade noch flüstern, ehe er sie so leidenschaftlich küsste, dass nichts mehr außer Ian, seinem Körper, seinen Lippen, seinem Duft von Bedeutung war. Erst als der Sturm sich wieder gelegt hatte und sie erschöpft und befriedigt aneinandergeschmiegt unter der Decke lagen, kam ihr der geheimnisvolle Brief wieder in den Sinn.

»Lord Embersleigh – wer ist das eigentlich?«, fragte sie unvermittelt.

»Hm? Wer?«, gab ihr Mann träge zurück.

»Dieser Lord, der dir einen Brief geschrieben hat – oder hat schreiben lassen. Was hast du mit einem Lord in England zu schaffen? Du ziehst es doch eigentlich vor, deine Geschäftspartner persönlich zu kennen.«

»Ach so, das. Wenn du ihn gelesen hast, weißt du ja, worum es geht.«

»Ich habe ihn nicht gelesen.« Entrüstet richtete sie sich auf einen Ellenbogen auf und sah ihm direkt ins Gesicht. »Er fiel zu Boden, als du mit Mary davongestürmt bist, und ich habe ihn aufgehoben und zurückgelegt. Mehr nicht.«

»Schon gut.« Ian zog sie an sich. »Es ist eine äußerst seltsame Angelegenheit. Dieser Lord Embersleigh bildet sich ein, ich könnte sein Sohn sein, der vor vielen Jahren verschwunden ist. Man hielt ihn für ertrunken – und höchstwahrscheinlich ist er das auch –, aber manche Leute klammern sich eben an jeden Strohhalm, weil sie die Wahrheit nicht ertragen können.«

»Wie kommt er ausgerechnet auf dich?« Dorothea kuschelte sich enger an seine Seite, um möglichst viel von seiner Körperwärme zu profitieren.

»Er hat Nachforschungen anstellen lassen.« Ian schüttelte mitfühlend den Kopf. »Der arme Mann muss wirklich ziemlich verzweifelt gewesen sein. Sein Anwalt wollte von mir wissen, ob ich mich erinnern kann, mit welcher Zigeunersippe ich durchs Land gezogen bin und ob sie jemals Andeutungen über meine Herkunft gemacht hätten.«

»Du bist tatsächlich bei Zigeunern aufgewachsen?« Dorothea war entschlossen, die Gelegenheit zu nutzen. Normalerweise sprach Ian nie über seine Kindheit. Nachfragen war er so geschickt ausgewichen, dass ihr erst allmählich klar geworden war, dass er nicht darüber sprechen wollte. Wenn man bedachte, dass er mit einer Gruppe Londoner Straßenkinder nach Australien gekommen war und dass er erst von ihr Lesen und Schreiben gelernt hatte, war sein früheres Leben vermutlich nicht gerade eines, an das man sich gerne erinnerte. Sie hatte das respektiert, was nicht hieß, dass sie es aufgegeben hätte, ihm seine Vergangenheit eines Tages doch noch zu entlocken. Und jetzt schien dieser Moment in greifbare Nähe gerückt.

»Wie bist du zu ihnen gekommen? Wo hast du vorher gelebt?«

»Ich weiß es nicht.« Ian klang nachdenklich. »Niemand konnte mir darüber etwas sagen. Als ich alt genug war, um zu bemerken, dass die anderen mich nicht als ihresgleichen betrachteten, erzählte der Chief mir, wie ich zu der Sippe gekommen war: Er hatte mich neben einer toten Frau mitten im Wald gefunden. Halb verhungert und fast verrückt vor Angst. Ich tat ihm leid, und so nahm er mich mit und zog mich mit seinen Kindern zusammen auf.« In Ians lakonischer Erzählweise klang es eher unspektakulär.

»Warum hat er nicht die Polizei benachrichtigt? Vielleicht gab es ja Verwandte, die dich aufgenommen hätten.«

»Die Polizei?« Er lachte rau. »Ein Zigeuner meidet die Polizei wie der Teufel das Weihwasser. Zudem war er natürlich beim Wildern gewesen. Weißt du, was die Gutsherren mit Wilderern machen? Wenn es Leute sind, nach denen keiner fragt, lassen sie sie einfach von den Hunden zerreißen wie einen Fuchs.«

Dorothea war entsetzt. »Das ist doch Mord!«

»Ohne Kläger kein Richter«, sagte Ian gelassen. »Und niemand würde es wagen, den Gutsbesitzer zu beschuldigen. Oft genug sind sie ja gleichzeitig auch Friedensrichter.«

Dorothea brauchte eine Weile, um das zu verdauen. »Wie bist du denn dann nach London gekommen?«, fragte sie schließlich. Sie erinnerte sich noch genau an die Gruppe im Gefolge des englischen Geistlichen, die vor ihnen eingeschifft worden war. Es waren einwandfrei keine Zigeuner darunter gewesen.

»Als ich älter wurde, gab es zunehmend Ärger mit den anderen Jungen. Der Chief schickte mich weg, und ich ging nach London.«

»Einfach so?«

»Einfach so.« Ian gähnte herzhaft und streckte sich. »Er gab mir das Messer und sagte, ich müsse jetzt allein zurechtkommen.«

»Was hast du da gemacht, so ganz allein? Wovon hast du gelebt?«

»Anfangs habe ich es mit meinen Messerkunststücken probiert. Mit Botengängen und als Stalljunge. Dann versuchte ich mich als Taschendieb.« Er stockte, bis er mit spürbarer Überwindung fortfuhr: »Nicht sehr erfolgreich. Dabei geriet ich an den Reverend, der mir nur die Wahl ließ zwischen den Constablern und seiner Besserungsanstalt. Den Rest kennst du.«

Dorothea war überzeugt, dass er ihr einige der hässlicheren Details vorenthalten hatte, aber sie drang nicht weiter in ihn. Dass er ihr überhaupt so viel erzählt hatte, war erstaunlich genug. Der Brief des Lords musste einiges in seinem Inneren aufgewühlt haben. Sie umschlang ihn fester. Sein Weg vom Findelkind zum Viehhändler zeugte von bewundernswerter Willenskraft und Zielstrebigkeit. »Was wirst du Lord Embersleigh antworten?«

»Die Wahrheit. Der Mann tut mir leid, aber wenn sein Sohn tatsächlich noch leben sollte – ich bin es jedenfalls nicht. Dem

Chief wäre es auf jeden Fall aufgefallen, wenn ich feine Kleidung getragen hätte.«

»Stand in dem Brief eigentlich etwas über die Umstände, unter denen das Kind verschwand?«, fragte Dorothea nachdenklich.

Ian wandte den Kopf und sah ihr ins Gesicht: »Nein. So etwas würde man einem Wildfremden auch nicht berichten. Du nimmst doch nicht im Ernst an, dass an der Räuberpistole etwas dran ist?«

»Nein, nein, es hat mich nur ganz allgemein interessiert«, sagte sie rasch. In ihrem Kopf wirbelten die Gedanken durcheinander. Was wäre, wenn nun doch …?

»Vergiss es!« Seine Stimme klang gepresst. »Der Chief fand uns, weil meine Mutter dermaßen nach irgendeinem billigen Fusel stank, dass er dem Geruch folgte.«

Es war ihm anzuhören, dass er diese Information nur äußerst widerwillig preisgab. War das der Schlüssel zu seinem oft übermäßigen, ja geradezu pedantischen Beharren auf Umgangsformen? In einer plötzlichen Aufwallung von Zärtlichkeit strich Dorothea ihm sanft die dunklen Haare aus der Stirn. »Ich liebe dich, Ian«, versicherte sie ihm. »Ich liebe dich, egal, wer deine Eltern waren oder wo du aufgewachsen bist. Der Mensch, der du jetzt bist, ist mein Mann, Ian Rathbone.« Sie zog die Stirn kraus. »Woher hast du diesen Namen eigentlich?« Ihr war eingefallen, dass ein Kleinkind sicher nicht wusste, wie es mit Familiennamen hieß.

»So hat mich der Chief genannt.« Ian grinste, ein übermütiges Grinsen voller Zuneigung. »Er meinte, ein Zigeunername wäre für mich nicht passend. Also hat er mir den ersten Namen gegeben, den er gehört hat, nachdem er mich aufgesammelt hat. Angeblich hat eine Wirtsfrau ihren Mann Ian Rathbone wüst beschimpft. Der Chief pflegte zu sagen, dass ich aufpassen sollte, dass mir nicht das gleiche Schicksal drohte.« Er zog Dorothea eng an sich und drückte ihr einen Kuss auf die Schläfe. »Aber jetzt sollten wir schlafen. Morgen muss ich früh raus. John sagte etwas von Problemen am nördlichen Gatter.«

Wie schaffte Ian es nur, nach einer so aufwühlenden Unterhaltung nahezu übergangslos in tiefen Schlaf zu sinken? Dorothea lag neben ihm, lauschte seinen regelmäßigen Atemzügen und ging die Geschichte in Gedanken noch einmal durch. Ian mochte überzeugt davon sein, dass er nichts mit dem verschwundenen Grafensohn gemein hatte. Sie hingegen hatte das Gefühl, dass etwas mehr hinter dieser ganzen Geschichte steckte. Eine vage Beunruhigung, die sie nicht konkret hätte begründen können. Aber vermutlich ging da nur wieder ihre Fantasie mit ihr durch. Sie hätte diesen letzten Roman nicht lesen sollen, den Lady Arabella ihr so glühend empfohlen hatte, dass sie es einfach nicht übers Herz gebracht hatte, abzulehnen. Darin wimmelte es dermaßen von Entführungen und Verwechslungen, dass man völlig den Überblick über die Personen verlor. Ian hatte sicher recht: Bei dieser Suche nach dem verschollenen Kind handelte es sich um nichts als den letzten, verzweifelten Versuch eines alten Mannes, dem Schicksal eine andere Wendung abzutrotzen.

Der Morgen verhieß einen strahlenden Frühlingstag. Dorothea öffnete die Fensterflügel weit und blickte auf die liebliche Landschaft, die sich bis zur Horizontlinie hin erstreckte. Um diese Jahreszeit führte der Murray River so viel Wasser, dass sie es bis hier oben an ihr Schlafzimmerfenster brodeln und brausen hörte. In den Sommermonaten verlangsamte sich sein Lauf, bis er im Herbst so träge dahinfloss, dass man die weite Wasserfläche für einen See halten konnte. Ian hatte ihr erzählt, dass er nur von Wellington bis etwa fünfzig Meilen flussaufwärts so breit war. Am Oberlauf bei Moorundie musste er sich durch steile Felsklippen zwängen, und noch weiter nördlich konnte man ihn problemlos mit den Viehherden durchqueren.

In den braunen, undurchsichtigen Fluten war das Speerfischen, eine Lieblingsbeschäftigung der männlichen Aborigines von sechs bis sechzig Jahren, nicht möglich. Sie behalfen sich mit Reusen und Netzen. In ihnen fingen sich erstaunlich viele *Murray-cods,* eine Art Barsch. Der Hauptteil des winterlichen Speiseplans bestand allerdings aus den Rhizomen des Schilfrohrs und den unterirdischen Wurzelknollen der *murnong,* einer Pflanze, deren Blüte an Löwenzahn erinnerte. Die Frauen gruben die Knollen mit ihren Grabstöcken, den *katta,* aus dem feuchten Boden und kochten sie in Erdöfen. Ähnlich verfuhren sie mit den Rhizomen des Schilfrohrs. Diese wurden von den äußeren, harten Scheiden befreit und die weichen Teile einfach zu einem Knoten zusammengebunden. Wenn man sie dann später auskaute, schmeckte es ähnlich wie Kartoffeln. Die Bewohner von Eden House waren vorigen Frühling einmal allesamt zu einem *palti* in King Georges Lager eingeladen gewesen und entsprechend bewirtet worden.

Der Anlass des Festes war der übliche Frauentausch mit einem Stamm vom oberen Murray River gewesen. Wilde Gesellen mit Tierzähnen und Känguruknochen in den Nasenscheidewänden, von Kopf bis Fuß bemalt, hatten furchterregende Tänze aufgeführt. Besonders einer von ihnen hatte sich durch besondere Kühnheit hervorgetan. Als er plötzlich auf Heather zugestürmt war und mit seiner Speerspitze ihre Röcke angehoben hatte, hätte Ian ihn um ein Haar niedergeschlagen, was angesichts der bis an die Zähne bewaffneten Schwarzen äußerst unklug gewesen wäre. King George war glücklicherweise sofort eingeschritten, hatte den Mann zurechtgewiesen und erklärt, dieser hätte sich nur vergewissern wollen, ob die weißen Frauen tatsächlich richtige Beine unter ihren Röcken hätten.

Mit leisem Schaudern erinnerte Dorothea sich an das ungewöhnliche Festmahl, bei dem sie die Ehrengäste gewesen waren. In Erinnerung an die fetten weißen Maden, die Jane als besondere

Delikatesse angesehen hatte, hatte sie Ian leise gefragt, woraus die einzelnen, recht appetitlich duftenden Gerichte bestanden. »Glaub mir, es ist besser, du weißt es nicht«, hatte er geantwortet. Daraufhin hatte sie sich bemüht, nicht genauer anzusehen, was ihr in einem kunstvoll geflochtenen Körbchen gereicht wurde. Sie wünschte nur, Robert hätte ihr nicht mit den Worten: »Schau, Mama, die schmecken wirklich lecker. Probier einmal!« eine Bogong-Made unter die Nase gehalten. Das hatte ihre Beherrschung dann doch auf eine harte Probe gestellt. Ian war es gewesen, der ihr aus der Klemme geholfen hatte. »Ich glaube, deine Mutter zieht Krebse vor«, hatte er beiläufig gesagt, ihr den anstößigen Leckerbissen abgenommen und heldenhaft hinuntergeschluckt. »Willst du ihr nicht ein paar von der Feuerstelle dort drüben holen?«

Es würde noch ein paar Monate dauern, bis sich die Wassermassen vom Oberlauf des Murray River, die über ein fein verzweigtes Netz aus Sielen und Bächen bis weit in die Ebenen auf beiden Uferseiten vorgedrungen waren, allmählich wieder im Flussbett sammeln würden. Die dadurch mit ausreichend Feuchtigkeit versorgten Wiesen und Weiden brachten vorzügliches Gras hervor. Im Frühjahr allerdings waren sie so dicht mit violetten, blauen und rosafarbenen Blütenteppichen überzogen, dass selbst Mrs. Perkins etwas von »zauberhaftem Anblick« murmelte. Leider hielt dieser Zauber nicht allzu lange an. Das wüchsige Grasland, weniger schön, dafür nützlich, diente dann den unzähligen Schafen der neu zugezogenen Viehbarone am Ostufer als Weidegrund.

Natürlich führte das zu häufigen Auseinandersetzungen mit den Aborigines, die nicht einsahen, dass sie das Land, das sie doch als das ihre betrachteten, nicht mehr nach ihren Gewohnheiten nutzen können sollten. Einige Meilen flussabwärts gab es immer wieder Konflikte, weil die Viehhirten die Reusen und Netze des dort lebenden Stammes zerstörten. Zum Teil aus Übermut, zum Teil, um ihren Schafen den Zugang zu den Tränken zu erleichtern.

»Wie kann man nur so dumm sein, sie völlig unnötig gegen sich aufzubringen!«, hatte Ian sich schon öfter ereifert. »Kein Wunder, dass sie sich feindselig verhalten, wenn man ihnen so kommt. Ich habe Morphett schon öfter geraten, ein Übereinkommen mit ihnen zu suchen, und er ist eigentlich ein ganz vernünftiger Bursche. Er würde es tun. Aber diese Kerle, die er anstellt, machen sich ja einen Spaß daraus, die Schwarzen zu provozieren. Das wird noch übel enden«, schloss er dann meist düster. »Nur gut, dass wir hier ein gutes Verhältnis zu ihnen haben. Man schläft doch viel ruhiger.«

Ihr erster Mann, Robert Masters, hatte die Sitte eingeführt, King George und seine Leute mit Schafen zu entschädigen. Ian hatte das fortgeführt. Es funktionierte gut. Zumindest im Einflussbereich des alten Häuptlings hatten sie kaum Verluste an Tieren zu beklagen.

Eine gebeugte Gestalt, die sich schwer auf einen Speer stützte, während sie sich dem Haus näherte, zog ihre Aufmerksamkeit auf sich. King George war alt geworden. Sehr alt. Weiß war seine üppige Haarpracht gewesen, seit sie ihn kannte. Aber der sehnige, kräftige Körper und das immer noch prächtige Gebiss, dessen weiße Zähne immer aufblitzten, wenn er lachte – und er lachte oft –, hatten ihn jünger wirken lassen. Der letzte Winter jedoch hatte ihm schwer zu schaffen gemacht. Eine üble Erkältung hatte sich zu einer Lungenentzündung entwickelt, von der er sich immer noch nicht erholt hatte.

»Ich fürchte, wir müssen uns darauf einstellen, dass wir es bald mit Worammo zu tun haben werden. Schade um den alten Knaben. Er ist ein feiner Kerl – was man von seinem Nachfolger nicht sagen kann.« Unwillkürlich kam Dorothea diese Bemerkung Ians in den Sinn, während sie beobachtete, wie der alte Aborigine sich mühsam auf das Haus zubewegte. Nur sein Stolz und sein Speer aus Akazienholz hielten ihn aufrecht. Sie beeilte sich, in ihr bestes Tageskleid zu schlüpfen. Ihre Mutter hatte es erst vor wenigen Wochen fertiggestellt: schlicht, aber elegant, aus fein gestreifter indischer Dupionseide und so geschickt geschnitten, dass Dorothea es ohne Hilfe an- und ausziehen konnte. Es wurde nicht im Rücken mit den üblichen Häkchen geschlossen, sondern der überlappende V-Ausschnitt konnte bequem seitlich mit einem größeren Haken fixiert werden. Ein ausladender Kragen aus Brüsseler Spitze sorgte für die Schicklichkeit und verhüllte das zwangsläufig tiefe Dekolleté.

Als sie die Treppe herunterlief, wurde King George gerade herzlich von Heather begrüßt, die es offenbar vorgezogen hatte, ihr Frühstück mit nach draußen auf die Terrasse zu nehmen. Dorothea schloss daraus, dass sie sich wieder einmal mit Robert in die Haare geraten war, und bemühte sich, ihren Unwillen zu unterdrücken. Mussten die beiden sich ständig aufführen wie Hund und Katz?

»George! Ich freue mich, dich zu sehen«, rief sie und streckte dem alten Mann die Rechte entgegen. »Was führt dich zu uns? Kann ich dir ein anständiges Frühstück anbieten?«

»Sehr gerne«, erwiderte er und ergriff ihre Hand, um sie kräftig zu schütteln. Er liebte es, seine Weltläufigkeit zur Schau zu stellen, indem er mit Inbrunst europäische Sitten zelebrierte. »Wenn es Mrs. Perkins recht ist?« Er verdrehte die Augen in Richtung Küche. Für ihn kam die Köchin in der Hierarchie auf Eden House unmittelbar hinter Ian und weit vor Dorothea. War sie doch die unangefochtene Herrin über die in der Speisekammer gut verschlossenen Köstlichkeiten!

»Manchmal habe ich mich schon gefragt, ob in seinen Augen Mrs. Perkins die Hauptfrau ist und wir bloß die Nebenfrauen«, hatte Dorothea einmal ironisch bemerkt. »Ich glaube, sie ist die einzige Frau auf der Welt, vor der er Respekt hat!«

»Nun, Liebes, das darf dich nicht verwundern«, hatte Lady Arabella völlig ernsthaft erwidert. »Du musst dir nur vergegenwärtigen, dass in seinen Augen Mrs. Perkins so etwas wie eine Zauberin ist. Niemand von uns wagt, ihr zu widersprechen. Nicht einmal Ian!« Sie zwinkerte belustigt. »Hingegen sieht er in dir wohl so etwas wie eine Lieblingsfrau und in mir ein nutzloses altes Weib, das sie schon längst im *mallee* ausgesetzt hätten.«

Diese Vermutung war sicher nicht ganz aus der Luft gegriffen, dachte Dorothea amüsiert, während sie King George in die Küche führte.

»Na, wen haben wir denn da?« Mrs. Perkins musterte den Häuptling wohlwollend, wenn auch ohne jeglichen Respekt. »Lange nicht gesehen. Lust auf Rührei und Schinken, George?«

»O ja!« Er strahlte über das ganze Gesicht, während er seinen Opossumfellmantel achtlos zu Boden rutschen ließ. Darunter kamen zerschlissene, dreckstarrende Breeches zum Vorschein und ein ehemals weißes Hemd in ähnlich trauriger Verfassung. »An meinen Küchentisch setzen sich keine nackten Männer!«, hatte Mrs. Perkins ganz am Anfang ihrer Bekanntschaft klargestellt. Der Häuptling hatte in der Erwartung, dass diese unverschämte Frau augenblicklich von ihrem Besitzer gezüchtigt werden würde, Robert Masters angesehen. Doch der hatte nur den Kopf eingezogen und gemurmelt: »Natürlich. – Komm, George, ich gebe dir etwas zum Anziehen.« Seit diesem Erlebnis, das sein Weltbild schwer erschüttert hatte, war King George der Köchin immer nur mit höchstem Respekt entgegengetreten. Ein Verhalten, das sich für ihn auszahlte.

Geschäftig machte Mrs. Perkins sich daran, ein halbes Dutzend Eier in die gusseiserne Pfanne zu schlagen und großzügige Scheiben von dem Schinken abzuschneiden, der gestern erst geliefert worden war. King George saß zufrieden auf der Holzbank, den Rücken an die Wand dahinter gelehnt, und wartete geduldig auf sein Essen. Er machte nicht den Eindruck eines Menschen, der etwas Bestimmtes vorhat. Andererseits überquerte man zu dieser Jahreszeit den gefährlich angeschwollenen Fluss nicht ohne Not. Überhaupt: Was wollte er eigentlich? Es war eine ungewöhnliche Visite, denn das Schaf und die übrigen Vorräte hatten in den letzten Monaten immer der finstere Worammo und ein paar kräftige Begleiter abgeholt. Aus Erfahrung wusste sie, dass Nachfragen keinen Sinn hatte. King George würde erst reden, wenn er so weit war.

»Einen Becher Tee?« Dorothea wartete seine Antwort nicht ab, sondern goss einen der dunkelblau glasierten Teebecher dreiviertel voll und schob ihn ihm samt der Schale mit den Zuckerbrocken über den Tisch. Der alte Aborigine liebte seinen Tee süß. Sehr süß. Auch jetzt warf er so viele Brocken in die braune Flüssigkeit, bis der Becher randvoll war, und begann genüsslich die heiße Flüssigkeit zu schlürfen.

Während Dorothea ungeduldig darauf wartete, dass er endlich mit dem Anlass seines Besuchs herausrücken würde, fiel ihr Blick auf einen bekannten Leinensack auf dem Fensterbrett: Heathers Proviantbeutel. Seine gewölbte Form verriet, dass er bereits reichlich gefüllt war. »Was hat Heather denn vor? Die Männer sind doch schon längst losgeritten.« Wann immer sich die Gelegenheit bot, schloss Heather sich Ian und John an. Je weiter der Ritt, desto besser. Dorothea wäre es lieber gewesen, ihre Stieftochter hätte Gefallen an weiblicheren Beschäftigungen gefunden. Junge Damen, die dem Schulzimmer entwachsen waren, verbrachten üblicherweise ihre Tage mit Stick- oder Näharbeiten. Malten vielleicht mit Wasserfarben oder malträtierten ein Pianoforte. Es war den besonderen Umständen auf Eden House zuzuschreiben, dass Heathers Freiheit kaum beschnitten wurde. Gelegentlich plagte Dorothea das schlechte Gewissen, und sie nahm einen sporadischen Anlauf, ihre Stieftochter zu einem damenhafteren Verhalten zu ermahnen. Es endete immer damit, dass Heather Besserung gelobte, sobald das Fohlen auf der Welt wäre, der neue Wallach zugeritten oder sonst etwas, das einem sofortigen Wechsel zu Unterröcken im Wege stand.

Die Köchin zuckte nur stumm mit den Schultern, während sie geschäftig in der Pfanne mit den Eiern rührte. Es hatte keinen Sinn, in sie zu dringen. Sie würde nichts verraten. Für sie war Heather immer noch das arme, mutterlose Kind, dem sie keinen Wunsch abschlagen konnte.

King George hatte den Becher geleert und klopfte leicht damit auf die Tischplatte, um kundzutun, dass er einen zweiten wünschte. Dorothea schenkte ihm nach und wartete mit schlecht verhüllter Ungeduld, bis er seine Riesenportion Eier und Schinken in sich hineingeschaufelt hatte. Mrs. Perkins schien sich mit ihm verschworen zu haben. Kaum hatte er den ersten Gang beendet, tischte sie ihm noch ein großes Stück Hammelpastete sowie einen Teller Mandelmakronen auf. Alles verschwand bis auf den letzten Krümel hinter King Georges weißen Zähnen. Offenbar war sein Appetit wiederhergestellt. Schließlich rülpste er laut und lehnte sich zufrieden zurück.

»Wenn der Mond das nächste Mal voll ist, werden wir ein *palti* abhalten«, verkündete er übergangslos. »Meine Zeit ist gekommen, zurück zu den Ahnen zu gehen. Ich habe alle meine Verwandten gebeten, ein letztes Mal mit mir zu tanzen. Und ich möchte auch euch dazu einladen.«

»Aber du bist doch wieder gesund?«

Mit einer Handbewegung wischte er Dorotheas Einwand beiseite. »Das hat nichts zu sagen. Ich habe geträumt, dass meine Ahnen sich schon auf meine Ankunft vorbereiten. Ich werde sie nicht mehr lange warten lassen.«

Ihr fehlten die Worte. Sie wusste, dass die Eingeborenen Träume enorm wichtig nahmen. Aber dass King George nur wegen eines Traums den eigenen Tod als gegeben hinnahm, war einfach zu befremdlich.

»Geschieht immer das, was ihr träumt?« Robert stand in der offenen Küchentür und betrachtete den alten Aborigine interessiert. In seinem Alter unterschied man noch nicht zwischen Realität und Fantasie. »Ich habe neulich geträumt, ich könnte fliegen wie ein Adler und würde über den Fluss fliegen. Aber dann bin ich aufgewacht und lag in meinem Bett. Wie immer.« Er klang enttäuscht.

»So einfach ist es nicht mit den Träumen«, sagte King George und musterte seinerseits den Jungen nachdenklich. »Wenn du von einem Adler geträumt hast, kann es alles Mögliche bedeuten. Erzähl es mir genau.«

Konzentriert lauschte er, während Robert seinen Traum rekapitulierte. Es wimmelte darin von abenteuerlichen Erlebnissen mit allen möglichen Tieren, die er als Adler erlebt haben wollte. Der Junge verfügte über mehr Fantasie, als gut für ihn war, befand Dorothea im Stillen. Mrs. Perkins' leicht verkniffenem Gesichtsausdruck nach zu urteilen, dachte sie das Gleiche. Schließlich verstummte Robert und sah gespannt in das runzlige Gesicht.

»Das ist ein sehr interessanter Traum.« King George kratzte sich ungeniert in den Tiefen des schlohweißen Kraushaars, zog eine Laus hervor und steckte sie sich, ohne auf die entsetzten Blicke der Übrigen zu achten, in den Mund. »Wenn du ein Ngarrindjeri wärst, würde ich sagen, du bist vom Adler auserwählt und du wirst ein großer Mann werden. Bei euch Engländern bin ich mir nicht ganz sicher.« Er grinste und versetzte Robert einen leichten Nasenstüber. »Auf jeden Fall war es ein guter Traum.«

Er ging gleich darauf, nachdem Dorothea ihm versichert hatte, dass sie selbstverständlich gerne alle zu dem großen *palti* kämen, und nicht vergaß, ihm eine Extraportion Tabak zuzustecken.

2

Noch ehe Dorothea Ian über den sonderbaren *palti* informieren konnte, passierte etwas, das Lady Chatwick später nur euphemistisch als »jenen Vorfall« bezeichnete: Die alte Dame stattete gerade dem Kinderzimmer einen ihrer sporadischen Nachmittagsbesuche ab, um sich davon zu überzeugen, dass es den Kleinen an nichts fehlte. Trixie schätzte diese Visitationen, die sie als Einmischung in ihr ureigenstes Revier betrachtete, ganz und gar nicht, und so war auch Dorothea beim ersten lauten Wortwechsel herbeigeeilt, um das Schlimmste zu verhüten. Das hätte gerade noch gefehlt, dass Trixie aus Ärger über Lady Arabellas unangebrachte Ermahnungen kündigte!

»Es ist allgemein bekannt und wissenschaftlich bewiesen, dass Wolle direkt auf der Haut getragen werden soll«, dozierte die alte Dame und nickte dabei zur Bestätigung so heftig, dass die schwarzen Satinbänder ihrer Haube nur so flogen. »Du tätest gut daran, Mary und Charles die Merinoleibchen anzuziehen, die ich extra für sie bestellt habe.«

»Sie mögen die kratzigen Dinger aber nicht leiden«, gab Trixie genauso entschieden zurück, die zu Fäusten geballten Hände in die Hüften gestemmt. »Und Ma'am hat gesagt, ich soll sie nicht dazu zwingen. Sie heulen dann ja nur ständig.«

»Man darf Kindern nicht immer in allem nachgeben. Das ist nicht gut für den Charakter.«

»Aber der Charakter muss ja nicht gerade mit Wollleibchen ge-stärkt werden«, warf Dorothea ein, die noch etwas atemlos von ihrem Spurt aus der Wäschekammer war. »Ich trage auch lieber die mit Daunen gefütterten Unterröcke als die mit Rosshaar.«

Lady Arabella schien von diesem Argument nicht ganz über-zeugt. Kein Wunder, lehnte sie es doch, seit Dorothea sie kannte, entschieden ab, sich der augenblicklichen Mode zu unterwerfen. Lady Arabella Chatwick trug ausschließlich Kleider mit hoher Taille, wie sie Anfang des Jahrhunderts üblich gewesen waren. Ob aus nostalgischen Gefühlen oder weil ihr enge Mieder und mindestens acht Unterröcke einfach zu unbequem waren, blieb ihr Geheimnis. Jedenfalls sah man die würdige Dame nie anders gekleidet als in einem der sackartigen Gewänder aus den unendli-chen Tiefen ihres Kleiderschranks. Gegen die Kälte hüllte sie sich in zahllose Schals und Überwürfe, sodass man manchmal das Ge-fühl hatte, einem Kleiderständer zu begegnen.

Alle Versuche Dorotheas oder ihrer Mutter, einer inzwischen in Adelaide äußerst angesehenen Schneiderin, die eigensinnige alte Dame zu einem modischeren Äußeren zu bewegen, waren regel-mäßig gescheitert.

Der Disput zum Thema Wollleibchen fand ein jähes Ende, als anschwellendes Stimmengewirr durch das geöffnete Fenster drang. Es hörte sich äußerst ungewöhnlich an: lautes Grölen aus Männerkehlen, wie es gewöhnlich der reichliche Genuss von Ale und Branntwein nach sich zog. Nur gab es in der Umgebung von Eden House weder Pub noch Schankstube. Insofern erschien allen drei Frauen die Geräuschkulisse ziemlich befremdlich.

Trixie fing sich als Erste und trat zum Fenster, um nach draußen zu sehen. »Es scheint Miss Heather zu sein. Und ein ganzer Haufen Mannsbilder ist auch dabei.« Trixie machte keine Anstalten, ihren Beobachtungsposten zu verlassen, sondern beschattete ihre Augen mit der Hand und starrte angestrengt in Richtung des Aufruhrs.

Dorothea und Lady Chatwick teilten sich also das zweite Fenster. Es war tatsächlich Heather! Umringt von mindestens zwanzig Reitern, die teilweise deutlich angeheitert zu sein schienen. Mit einem unpassenden Anflug von Genugtuung konstatierte Dorothea, dass dieses Schauspiel sogar Lady Chatwick die Sprache verschlug.

»Heb mich hoch, Mama. Ich will auch gucken«, rief Mary und zerrte an Dorotheas Überschürze. Prompt begann daraufhin Charles zu weinen, und bis er beruhigt war, hatten die Besucher bereits das Haus erreicht, und man hörte sie die Stufen zur Veranda hinaufpoltern.

»Dorothy, Dorothy!« Heather klang so aufgeregt und glücklich, dass Dorotheas vage Besorgnis, ihre Stieftochter sei vielleicht in eine Auseinandersetzung zwischen Siedlern und Eingeborenen geraten, sofort verflog. Die Eskorte war offensichtlich nicht zu ihrem Schutz mitgeritten.

»Dorothy, ich habe gewonnen!« Heather flog ihr geradezu entgegen und fiel ihr um den Hals. Vor Freude stammelte sie so, dass sie kaum einen Satz ordentlich zu Ende führen konnte. Aber schließlich brachte sie es doch fertig, die Sache zu erklären: Sie hatte heimlich an einem Rennen in Macclesfield teilgenommen und gewonnen.

»Bitte sagt, dass ich es falsch verstanden habe.« Lady Chatwick stöhnte und fächelte sich verzweifelt mit dem ersten erreichbaren Gegenstand Luft zu. Sinnigerweise war es eine Fliegenklatsche. »Heather, bist du von allen guten Geistern verlassen? Dein Ruf! Welcher anständige junge Mann soll denn jetzt noch um dich anhalten?«

»Pah, das ist mir doch egal«, gab das Mädchen schnippisch zurück. »Wer so spießig ist, dass er sich an so etwas stört, den will ich sowieso nicht. Die Herren haben mir jedenfalls alle von Herzen gratuliert und mich zu meinen Reitkünsten beglückwünscht.«

»Herren?« Lady Chatwick verzog das Gesicht, als hätte sie auf eine Zitrone gebissen. »Täusch dich nicht, Kind, jeder Herr, der diese Bezeichnung verdient, hätte alles versucht, dich von einer solchen billigen Zurschaustellung abzuhalten.«

»Wenn man dich hört, Tantchen, könnte man meinen, ich hätte in einem Bordell getanzt.«

»Heather!« Dorothea verspürte den plötzlichen Drang, ihrer Stieftochter eine Ohrfeige zu versetzen. »Was unterstehst du dich, in diesem Ton mit deiner Großtante zu sprechen!« Sie fühlte, wie die Wut, die Heather mit beunruhigender Leichtigkeit in ihr auslösen konnte, sie überflutete, und riss sich zusammen. Jetzt war nicht der richtige Zeitpunkt, die Beherrschung zu verlieren. Auf ihrer Veranda saßen nahezu zwanzig wildfremde Männer und wollten bewirtet werden. Das ungeschriebene Gesetz südaustralischer Gastfreundschaft verlangte, die so unerwarteten wie unerwünschten Besucher herzlich willkommen zu heißen und ihnen Essen, Trinken und einen Schlafplatz anzubieten. »Du bleibst gefälligst hier oben«, fuhr sie Heather gereizt an. »Ich werde dich entschuldigen.« Hastig band sie sich die Schürze ab und warf einen Blick in den goldgerahmten Spiegel im Flur, um zu überprüfen, ob ihre Haube richtig saß, ehe sie zur Begrüßung der ungebetenen Gäste auf die Terrasse eilte.

Mrs. Perkins hatte in treffender Einschätzung der Situation bereits die letzten Vorräte Ale serviert, und die Stimmung war ausgesprochen gelöst.

»Einen schönen guten Abend, Mrs. Rathbone!« Einer der jungen Männer zog seinen Hut, und die anderen taten es ihm nach. »Entschuldigen Sie, dass wir so einfach bei Ihnen reinplatzen, Ma'am, aber wir wollten die Kleine nicht unbegleitet heimreiten lassen. – Nich', dass sie sich bei ihrem halsbrecherischen Stil noch den Hals bricht«, fügte er hinzu und erntete damit grölendes Gelächter. Der Sprecher warf seinen Kumpanen einen strafenden Blick zu; und tatsächlich verstummten sie peinlich berührt. »Die Kerle sind den Umgang mit Ladys nich' gewöhnt«, entschuldigte er sie halblaut. »Nehmen Sie's ihnen nich' krumm. Aber das Mädel kann echt reiten wie der Teufel.« Er schürzte anerkennend die Lippen zum Pfiff, erinnerte sich in letzter Sekunde aber daran, wie unfein das wäre, und begnügte sich damit, heftig die Luft auszustoßen.

Recht schnell stellte sich heraus, dass es nicht nur die Fürsorge für Heathers Wohlergehen gewesen war, welche die Gruppe hergeführt hatte. Angelegentlich erkundigten sie sich nach der besten Stelle, um den Fluss zu überqueren. »Wollen dem Stamm dort drüben einen kleinen Besuch abstatten«, erklärte der Wortführer. »Die Schwarzen bei uns lassen einen ja nicht mehr in ihre Nähe. Unfreundliche Kerle! Keinen Sinn für friedliche Nachbarschaft.«

Dorothea bedauerte zutiefst, dass Ian nicht da war. Es war völlig klar, dass die jungen Männer es auf die Frauen von King Georges Stamm abgesehen hatten. In ihren Satteltaschen führten sie vermutlich Tabak und Schnaps bei sich – die übliche Währung, für welche die Aborigine-Männer ihre Frauen nur zu gerne an weiße Männer verkauften. Jeder wusste es, denn Protector Moorhouse hatte es oft genug in schockierend offenen Worten angeprangert. Leider hatte das nur dazu geführt, dass sich die Prostitution in weiter entfernte Gebiete verlagerte. Wie hier zu ihnen an den Murray River.

Selbst in der Station Moorundie, ein ganzes Stück flussaufwärts, wo Edward Eyre mit festen Rationen zu jedem Vollmond die dortigen Eingeborenen von Überfällen auf Viehtrecks abzuhalten hoffte, hatte diese Unsitte inzwischen Einzug gehalten. Die zahlreichen »Gentlemen«, die sich zur Erholung aus der Stadt entfernt hatten, bevölkerten die Umgebung der Station nicht nur wegen der pittoresken Landschaft und der guten Fischgründe.

»Wie kann man sich nur so widerlich benehmen?«, hatte sie einmal ihrer Empörung Luft gemacht. »Was sind das nur für Männer?«

»Ganz normale«, hatte ihr Mann achselzuckend erwidert. »Es gibt auch mitten in London Gegenden, in denen die Frauen nicht besser behandelt werden, glaub mir!«

Das hatte sie natürlich nicht getan, und er hatte ihr Dinge erzählt, die sie sprachlos vor Entsetzen gemacht hatten. Vor allem, weil sie ahnte, dass er einiges unerwähnt gelassen hatte, was noch schlimmer war als alles, was sie sich vorstellen konnte.

»Ich fürchte, Sie werden Ihren Besuch verschieben müssen«, sagte sie mit falschem Bedauern. »Bei dem derzeitigen Wasserstand ist es zu gefährlich. Selbst geübte Schwimmer wie die Eingeborenen bleiben jetzt lieber an Land. Die Strömung ist so reißend, dass man nicht gegen sie ankommt.«

Die Enttäuschung in den Gesichtern war offensichtlich, und Dorothea hätte sich sicher darüber amüsiert, wenn sie das Unternehmen nicht dermaßen angewidert hätte. So jedoch unternahm sie keinen Versuch, die Gäste zum Bleiben zu ermuntern, als diese sich verabschiedeten.

»Ich hätte sie im Fluss ersaufen lassen sollen«, sagte sie später immer noch aufgebracht zu Lady Chatwick. »Das wäre ihnen nur recht geschehen!«

»Versündige dich nicht, Liebes.« Lady Arabella lächelte sie verständnisvoll an. »Auch wenn es dich noch so abstößt, ist es doch unter Männern absolut üblich, sich diese – hm, wie soll ich es sagen – Zerstreuung bei einheimischen Frauen zu holen. Das ist in den anderen Kolonien nicht anders. Selbst vornehme Herren halten sich einheimische Konkubinen. Ich kannte einen, der hat sie sogar mit nach England genommen. Das arme Mädchen ist dort dann recht bald gestorben. Ach ja ...« Lady Chatwick fixierte den Kerzenleuchter, während sie sich in ihren Erinnerungen verlor.

Dorothea hielt es sehr wohl für einen Unterschied, ob jemand eine Einheimische als Geliebte aushielt oder ob er ihren Ehemann dafür bezahlte, sie nach Belieben benutzen zu dürfen, als sei sie ein Gegenstand. Aber sie schwieg, weil sie aus Erfahrung wusste, dass Lady Arabella bei aller Gutmütigkeit doch sehr ausgeprägte Ansichten über die Privilegien der englischen Rasse hatte.

Ian wiederum wollte nicht einsehen, was so viel schlimmer daran war, als vom eigenen Mann misshandelt zu werden. »Die armen Frauen tun mir ja auch leid, Darling, aber so brutal wie ihre eigenen Männer würde kein Mann, den ich kenne, mit ihnen umgehen. Sie sind Übleres gewöhnt als eine rasche Nummer hinter dem Busch.«

Irgendwann würde sie zumindest versuchen, den bedauernswerten Aborigine-Frauen zu helfen, nahm Dorothea sich vor. Vielleicht wieder eine Artikelreihe im *Register*? Allerdings bezweifelte sie, wie halb Adelaide, dass Chefredakteur Stevenson sich noch sehr lange behaupten konnte. Seine hartnäckigen Enthüllungen von Unzulänglichkeiten und Fehlern der Verwaltung hatten ihm natürlich auch die Feindschaft des gegenwärtigen Gouverneurs, Sir Henry Young, eingebracht. Im letzten Brief von Mutter Schumann hatte gestanden, dass allgemein Wetten abgeschlossen wurden, dass der *Register* den Jahreswechsel nicht überstehen würde.

Jetzt allerdings hatte sie genug eigene Sorgen: Heathers Abenteuer war natürlich nicht unbeachtet geblieben. Dorothea war froh, dass sie so abgeschieden lebten, dass ihnen die teils bewundernden, teils bösartigen Kommentare nicht zu Ohren kamen. Glücklicherweise schienen die meisten es dank Mary Moorhouses Fürsprache als Kinderstreich anzusehen. Ein Ehedrama verdrängte den Vorfall schnell aus dem Fokus der öffentlichen Aufmerksamkeit.

Auf Eden House allerdings kam Heather nicht so leicht davon. Sobald Ian von dem Wettrennen und – noch schlimmer – Heathers spektakulärem Sieg unterrichtet worden war, hatte er zunächst so lange geschwiegen, dass Dorothea sich schon leicht beunruhigt fragte, ob er überhaupt zugehört hatte. Oder fand er die ganze Sache etwa auch eher lustig?

Für diese Aussprache hatten sie Heather mit ins Kontor genommen. Dorothea saß im Besucherstuhl, und Heather stand mit hinter dem Rücken gefalteten Händen kerzengerade vor Ians Schreibtisch. Der verächtliche Zug um die zusammengepressten Lippen und ihr vorsichtshalber gesenkter Blick zeigten deutlich ihre Einstellung diesem familiären Strafgericht gegenüber.

»Als ich deinem sterbenden Vater versprach, mich um dich zu kümmern und dafür zu sorgen, dass es dir an nichts fehlte, warst du ein kleines, verängstigtes Mädchen. Was haben wir falsch gemacht, dass aus diesem Kind ein Wildfang geworden ist, der jeden Anstand und die guten Sitten mit Füßen tritt?«, fragte er schließlich so leise, dass Dorothea sich anstrengen musste, um ihn zu verstehen. Heather blickte betroffen auf. Damit hatte sie nicht gerechnet. Auch Dorothea nicht. Ian überraschte sie doch immer wieder.

»Ich habe mir nichts Böses dabei gedacht«, flüsterte Heather schließlich kleinlaut. »John meinte, mit dem neuen Sattel könnte ich jedes Rennen in Südaustralien gewinnen, und ich wollte einfach ausprobieren, ob ich es wirklich schaffe.«

»Schiebe bitte nicht John die Schuld für etwas zu, das ganz allein deine Entscheidung war.« Ians Stimme hatte einen harten, metallischen Unterton. »Das ist mehr als billig.«

»Ich will ihm nicht die Schuld in die Schuhe schieben, ich versuche nur zu erklären, wie es dazu kam«, verteidigte das Mädchen sich. »Ich habe niemandem etwas davon gesagt, was ich vorhatte. Nicht einmal Mrs. Perkins!«

»Und was meinst du, was geschehen wäre, wenn du deinen Plan mit ihr oder Lady Chatwick oder Dorothy besprochen hättest?«, fragte Ian so beiläufig, als besprächen sie hier ein Picknick.

Heather errötete bis an den Haaransatz und senkte den Kopf. »Sie hätten es mir ja doch nur verboten.«

»Und das hat dir nicht zu denken gegeben? – Ich hätte dich nicht für solch einen Hohlkopf gehalten.« Die Verachtung in Ians Stimme war unüberhörbar.

»Es tut mir leid.« Heather wischte sich unauffällig über die Augen. Sie hasste es, beim Weinen ertappt zu werden. »Ich werde so etwas Dummes bestimmt nicht wieder machen.«

»Das hoffen wir. Du kannst gehen.«

Das ließ Heather sich nicht zweimal sagen. Im Nu war sie verschwunden, und Dorothea sah ihren Mann halb bewundernd, halb verwirrt an. »Ich hatte erwartet, du würdest ihr eine saftige Standpauke halten. Wieso hast du das nicht getan?«

»Weil es nichts gebracht hätte.«

»Wie meinst du das?«

»Vorwürfe wären zu Heather nicht mehr durchgedrungen«, erklärte Ian. »Und jede Bestrafung hätte sie nur in ihrer Verstocktheit bestärkt. Ich musste etwas anderes versuchen. Also habe ich den Wall, den sie in sich aufgebaut hatte, mit einem Überraschungsangriff durchbrochen.« Er grinste. »Aber eine tolle Leistung war es schon: John hat mir erzählt, sie hat dreizehn Männer ausgestochen.« Sein Grinsen wurde breiter. »Ich hätte zu gerne Morphetts Gesicht gesehen, als er bemerkte, dass eine Frau gewonnen hat! Er hatte nämlich ein Fass Rum als Siegerpreis gestiftet.«

Dorothea kämpfte kurz dagegen an, schaffte es aber nicht, das aufsteigende Gelächter zu unterdrücken. »Wirklich?« Schließlich prustete sie los und lachte. »Ich vermute, die Unterlegenen haben sich später damit getröstet.«

Die nächsten Tage schlich Heather in gedrückter Stimmung durchs Haus. Allzu lange hielt die Reue jedoch nicht an. Kurz vor King Georges großem *palti* hatte sie schon wieder so weit zu ihrer alten Form zurückgefunden, dass die Lautstärke, in der sie sich mit Robert zankte, von der Veranda bis in die Küche reichte.

»Ich weiß nicht, wie ich es anstellen soll, aus ihr eine Lady zu machen.« Dorothea seufzte und sah von dem Menüplan für die nächste Woche auf, den Mrs. Perkins gerade mit ihr besprach. »Keine Sorge. Das wird schon werden, Ma'am«, gab die Köchin, sichtlich unbeeindruckt von der lautstarken Auseinandersetzung, zurück. »Das Mädel hat einen prima Kern.«

Am Tag des *palti* schien die Sonne von einem strahlend blauen Himmel auf eine Landschaft, die nach Lady Chatwicks Ansicht einem Maler als Vorbild für eine Darstellung des Gelobten Landes hätte dienen können. Der Murray River führte immer noch reichlich Wasser, aber die Strömung war nicht mehr so stark wie noch wenige Wochen zuvor, als es ein äußerst gefährliches Unterfangen gewesen war, den Fluss zu überqueren.

Mrs. Perkins hatte sich in ihr bestes Kleid aus schwarzem Kretonne gezwängt, und selbst Lady Chatwick hatte der Wichtigkeit des Anlasses gemäß ihre Haube mit einem Bund schwarzer Straußenfedern aufgeputzt. Die Kanus, mit denen sie abgeholt wurden, glitten unter den geschickten Ruderschlägen der Männer wie von unsichtbaren Fäden gezogen über die Wasserfläche. Die Eingeborenen kannten jede Stromschnelle, jede Eigenheit dieses Flussabschnitts und brachten sie haargenau an die Stelle des gegenüberliegenden Ufers, an dem King George sie bereits erwartete.

Für dieses *palti,* das sein letztes werden sollte, hatte der Alte sich geschmückt wie zu einer Hochzeit: Aus dem weißen Kraushaar ragten Emufedern und ein seltsames Gebinde aus Knochen und Zähnen. Seinen Opossumfellmantel trug er mit einer Grandezza, die eines Krönungsmantels würdig gewesen wäre. In der Rechten hielt er eine Art Speer oder Zeremonienstab, von dessen Spitze kunstvoll gebundene Büschel aus bunten Vogelfedern baumelten.

»Willkommen, willkommen, meine englischen Freunde«, sagte

er, sobald sie alle aus den Kanus an Land geklettert waren. Hinter ihm drängten sich neugierig die Männer des verwandten Stammes aus dem Norden, und Dorothea war froh, dass Ian sich nicht hatte erweichen lassen und darauf bestanden hatte, Heather und Trixie samt der Kleinen in Johns Obhut zurückzulassen. Die Fremden waren bis auf ihre Bemalung nackt, wie Gott sie erschaffen hatte. Nein, schlimmer als nackt, denn sie hatten auf höchst anstößige Weise ihre Geschlechtsteile mit farbigen Schnüren umwickelt, sodass sie zwar notdürftig verhüllt waren, der Blick jedoch unwillkürlich von dem auffälligen Zierrat angezogen wurde.

»Schamlose Bande!«, murmelte Mrs. Perkins. Ihre anfängliche Empörung über solche Sitten war im Lauf der Jahre einer eher milden Missbilligung gewichen. Konnte man diesen Wilden einen Vorwurf daraus machen, dass sie nicht das Glück gehabt hatten, in eine Zivilisation wie die englische hineingeboren worden zu sein? Das Einzige, das sie ihnen nicht nachsah, war die Widerborstigkeit, mit der sie sich der Übernahme dieser Zivilisation widersetzten.

»Ja, aber interessant«, bemerkte Lady Chatwick und musterte die prächtig gebauten Gestalten wohlwollend. »Ich habe mich manchmal schon gefragt, ob wir in Europa in früheren Zeiten auch so herumgelaufen sind. Vielleicht waren wir ja auch einmal so primitiv wie sie und haben …«

»Schon gut«, unterbrach Ian ihre kulturhistorischen Reflexionen. »Seht ihr nicht, dass sie es kaum noch abwarten können?«

Tatsächlich drängelten die weiter hinten Stehenden so, dass die in den vorderen Reihen alle Kraft aufwenden mussten, um nicht vom Platz geschoben zu werden. Es war bekannt, dass die Geschenke, die der Engländer mitbrachte, stets reichlich und von guter Qualität waren. Man konnte sein Mehl gefahrlos essen, das Fleisch war nicht alt und der Tabak frisch. Nur Schnaps gab es nie. Aber den konnte man sich problemlos woanders beschaffen.

Ian stellte sich in Positur, um King George feierlich eine kleine, säuberlich gehobelte Holzkiste als Gastgeschenk zu überreichen. »Das soll dir nützlich sein und dein Leben erleichtern«, sagte er. »In England sind sie sehr beliebt.«

Mit der unverhohlenen Freude eines Kindes öffnete der Alte die Schachtel und sah verwirrt auf den Inhalt. Es war ein sehr hübsches Klappmesser aus Sheffield-Stahl, mitsamt einem Wetzstein und einem Futteral, um es am Gürtel zu befestigen. »Was ist das? Ein Zauberstab?«

Als Ian ihm die Funktion demonstrierte, war er so hingerissen von dem Gerät, dass er es immer wieder aufklappte und zuklappte, aufklappte und zuklappte. Bis schließlich die anderen Männer unverhohlen forderten, es auch betrachten und ausprobieren zu dürfen.

»Wenn ihnen etwas Spaß macht, kosten sie es auch wirklich gründlich aus«, bemerkte Mrs. Perkins trocken und sah sich um. »Es ist ziemlich heiß hier in der Sonne. Ich würde mich gerne irgendwo in den Schatten setzen.« Sie winkte dem Stallburschen Parnko zu, den sie auch als Dolmetscher mitgenommen hatten. Der Stallbursche hatte gemeinsam mit einigen anderen Halbwüchsigen die Mehlsäcke, Tabakkisten und die beiden Schafe ausgeladen und wirkte etwas ratlos, wie er da neben den Kanus stand und anscheinend nicht so recht wusste, wohin er sich wenden sollte. Niemand aus der Gruppe der Aborigines sprach ihn an oder ermutigte ihn in irgendeiner Weise, sich ihnen anzuschließen. »Komm her, Parnko. Kannst du ihnen sagen, dass wir uns in den Schatten setzen möchten?«

Nun sah sich auch Parnko um. Dann ging er auf eine ältere Frau zu und sprach auf sie ein, wobei er eifrig gestikulierte. Die Bequemlichkeit der weißen Frauen war eine schwierige Frage im Protokoll der Traditionen. Niemand fühlte sich dafür zuständig. Die Männer nicht, weil es Frauen waren. Und die Frauen nicht, weil es ja Fremde waren und der Umgang mit Fremden Männersache war. So direkt damit konfrontiert, zeigte die Alte sich allerdings der Sache vollkommen gewachsen: Sie bellte einige Befehle, und eine Handvoll jüngerer Frauen stob davon, um gleich darauf mit Unmengen geflochtener Sitzkissen wiederzukehren, die sie im Schatten eines Windschirms ablegten und den drei Damen bedeuteten, dort Platz zu nehmen.

Dorothea war heilfroh, dass sie in Anbetracht der Temperaturen auf den Großteil ihrer Unterröcke verzichtet hatte. Das geblümte Kleid aus indischem Musselin erreichte so zwar nicht die modische Rockweite, aber das machte nichts. Hier war niemand in der Nähe, der auch nur die geringste Ahnung von Modefragen gehabt hätte. Während Lady Chatwick und Mrs. Perkins sich erleichtert auf ihren improvisierten Sesseln niederließen, nutzte Dorothea die günstige Gelegenheit und schlenderte auf der Suche nach interessanten Beobachtungen zwischen den Windschirmen und Feuerstellen umher. Einige der Frauen lächelten ihr scheu zu, andere, vor allem ältere, schienen weniger freundlich gestimmt. Sie hatte sich gerade über eine Feuerstelle gebeugt, um genauer zu sehen, wie die Blätter zusammengefügt waren, in denen etwas äußerst Wohlriechendes gedämpft wurde, als sie aus dem Augenwinkel eine Bewegung wahrnahm. Rasch drehte sie sich um und sah in das Gesicht eines Mädchens von vielleicht sechs oder sieben Jahren. Obwohl ihre Haut von der Sonne fast genauso dunkel gebrannt war, unterschieden sich ihre Gesichtszüge doch deutlich von denen der Eingeborenen. Die zarte Nase, der fein geschnittene Mund, das hellbraune, glatte Haar. Bisher hatte sie noch keine Mischlingskinder zu Gesicht bekommen. Dies musste eines sein.

»Hallo …«, sagte Dorothea leise und lächelte sie an. »Kannst du mich verstehen?«

Die Kleine erwiderte das Lächeln und machte gerade Anstalten, näher zu kommen, als sie scharf zurückgepfiffen wurde. Augenblicklich drehte sie sich um und rannte so schnell sie ihre Füße trugen davon. Im Nu war sie zwischen den Windschirmen und Trockengestellen für die Fische und Tierhäute verschwunden.

Seltsam, dass King George dieses Kind nie erwähnt hatte. Sie hätte erwartet, dass der alte Häuptling nur zu gerne Kapital aus einem solchen Stammesmitglied geschlagen hätte. Eine weißhaarige Frau mit einem dermaßen verrunzelten Gesicht, dass es fast wie eine groteske Maske wirkte, stand plötzlich neben ihr, ergriff ihre Hand und zog sie energisch mit sich Richtung Festplatz.

»Halt, warte noch.« Dorothea wies in die Richtung, in die das Kind verschwunden war, und deutete dessen ungefähre Größe an. »*Piccaninnie?* Name?«, radebrechte sie in den wenigen Worten auf Ngarrindjeri, die sie kannte.

Die Frau schüttelte den Kopf und verstärkte ihre Bemühungen, Dorothea wegzuziehen.

Sie gab nach. Es hatte keinen Zweck. Hier würde sie keine Antwort erhalten.

Am Festplatz hatten die Männer bereits für den ersten Tanz Aufstellung genommen. Die Gäste aus dem Norden und die Männer von King George standen sich jeweils in einer Reihe gegenüber und schwenkten mit Emufedern geschmückte Akazienäste. Dazu hatten sie einen monotonen Singsang angestimmt, der Lady Chatwick zu der Bemerkung verleitete: »Wenn sie noch lange so weitermachen, werde ich gleich einnicken!«

Die Frauen und Kinder drängten sich an den Rändern. Dorothea verrenkte sich den Hals, aber sie konnte das seltsame, kleine Mädchen nirgends in der Menge entdecken.

»Was ist los?«, flüsterte Ian. »Du wirkst, als ob du nach einem Bekannten Ausschau halten würdest. Warum benimmst du dich so eigenartig?«

»Ich habe vorhin ein Mädchen gesehen, das sicher ein Mischlingskind war. Aber jetzt ist es verschwunden, und ich kann es nirgends sehen.«

»Sie lassen Mischlinge nicht am Leben«, sagte Ian so sachlich, als spräche er über Tierzucht. »Du musst dich also getäuscht haben.« Er ließ seinen Blick eher gleichgültig über die Menge schweifen. »Vielleicht sah es einfach nur heller aus, weil es gerade krank gewesen ist oder aus sonst einem Grund.«

Damit schien für ihn alles gesagt. Dorothea erwiderte nichts, denn ganz hinten bei den Netzen mit den getrockneten Fischseiten hatte sie die alte, runzlige Frau entdeckt. Sie redete aufgeregt auf eine andere ein. Hier und da sah sie dabei in Dorotheas Richtung, war aber zu weit entfernt, als dass man ihren Gesichtsausdruck hätte erkennen können.

Plötzlich brachen die beiden Reihen der Tänzer in lautes Geschrei aus und begannen, ihre geschmückten Äste auf den Boden zu schlagen. Dabei bewegten sie sich aufeinander zu und wichen, knapp bevor sie sich berührten, wieder zurück. Das wiederholte sich ein paar Mal, bis auf einen Schlag eine geradezu unheimliche Ruhe einkehrte. Niemand sprach, alles schien auf etwas zu warten. Nur worauf?

Parnko, der dicht neben ihnen hockte, sagte leise: »Sie haben den Platz gereinigt, und jetzt wird King George seine Ahnen anrufen, damit sie ihm auf seinem Weg in die Geisterwelt beistehen.«

Fast hätte Dorothea den Alten nicht erkannt: Schmale Streifen in Weiß und Rot zogen sich in einem bänderartigen Flechtmuster über seinen gesamten Körper. Seinen Mantel hatte er abgelegt und war, bis auf einen schmalen Grasschurz, nackt. Ihr stockte der Atem, als er ihnen sein Gesicht zuwandte. Für einen schrecklichen Augenblick glaubte sie, der Skelettmann wäre zurückgekehrt! Auch King George hatte seine Augenhöhlen und seinen Mund schwarz ummalt. In Kombination mit dem hellen Ocker, der sein übriges Gesicht bedeckte, erinnerte es frappierend an einen Totenschädel.

»Es ist nur der alte King George«, sagte Ian und fasste beruhigend nach ihrer schweißnassen Hand.

Dankbar umklammerte sie seine Rechte. Die Erinnerungen, die sie überflutet hatten, waren zu scheußlich, um sie einfach beiseitezuschieben. Während ein halbwüchsiger Junge mit einem Armvoll Holz kam und es geschickt zu einer Art Pyramide aufschichtete, kämpfte Dorothea mit den Dämonen der Vergangenheit. Auf einen Schlag waren alle schrecklichen Bilder wieder da: der Skelettmann, wie er sie in jener Nacht in so panische Angst versetzt hatte, dass sie in den Busch geflohen war und dabei ihr Kind verloren hatte; seine Fratze, die sich über sie gebeugt hatte, als er sie entführt hatte, und sein hassverzerrtes Gesicht, als er Robert ermordet hatte. Robert, ihren ersten Mann. Trotz der Hitze fröstelte sie und begann unkontrolliert zu zittern.

»Was ist los mit Ihnen, Ma'am? Werden Sie krank?« Mrs. Perkins musterte sie besorgt. »Heute Morgen ging es Ihnen doch noch ganz gut.«

Dorothea biss sich auf die Unterlippe, bis sie Blut schmeckte. Der Schmerz brachte sie wieder so weit zu sich, dass sie die Köchin, wenn auch verzerrt, anlächeln und sagen konnte: »Es war nur eine kleine Anwandlung von – ich weiß auch nicht, wovon. Schade, dass wir jetzt nicht auf Lady Chatwicks Portweinvorrat zurückgreifen können. Das würde sicher helfen.«

»Portwein habe ich nicht dabei. Tut es auch Brandy?« Ohne das Opernglas, durch das sie aufmerksam die Reihen der gut gebauten Jäger musterte, zu senken, griff Lady Chatwick in eine versteckte Tasche und zog einen silbernen Flakon heraus.

Dankbar nahm Dorothea einen kräftigen Schluck. Brennend lief er ihre Kehle hinunter. Es half tatsächlich. Sie nahm noch einen Schluck und noch einen. Bis der Behälter leer war. Die Bilder in ihrem Kopf wurden schwächer, verblassten. Der hastig getrunkene Alkohol versetzte sie in einen leicht betäubten Zustand, in dem selbst solche Erinnerungen zu ertragen waren. Es war der harmlose King George, nicht der Skelettmann. Es gab keinen Grund, sich vor ihm zu fürchten. Wie albern von ihr! Und eigentlich sah er doch ganz putzig aus mit diesem Staubwedel auf dem Kopf. Wenn er in diesem Aufzug auf Eden House aufkreuzte, könnte man ihn vielleicht anstellen, um Staub zu wischen? Es müsste lustig aussehen, wenn er sich mit diesem Flederwisch über die Vertikos beugte. Sie kicherte leise.

Ian und Mrs. Perkins wechselten einen Blick.

»Ich fürchte, das war etwas zu viel des Guten«, bemerkte die Köchin halblaut. »Aber was soll's? Ein kleiner Schwips hat noch niemandem geschadet. – Schauen Sie: Es geht los.«

King George hatte mithilfe zweier Feuerstöckchen den Holzstapel in Brand gesetzt. Aus einem Lederbeutel zog er mit den Fingerspitzen geheimnisvolle Ingredienzen und schleuderte sie in die Flammen. Es zischte gefährlich, dann färbten die Flammen sich grünlich, loderten hell auf.

»Was ist das für ein Trick? Es ist doch einer?«, flüsterte Lady Chatwick etwas erschreckt.

»Ich verstehe nichts von Chemie, aber ich möchte wetten, der alte Knabe hat irgendetwas Salziges verbrannt«, sagte Mrs. Perkins mit glänzenden Augen. »Das ist ja hier eine richtige Vorstellung wie im Varieté!«

King George fuhr fort, Pulver und Kügelchen ins Feuer zu streuen, bis dichte Rauchschwaden ihn umhüllten. Einen Teil davon wehte die Flussbrise in ihre Richtung. Der stechende, süßliche Geruch brannte in den Lungen und ließ sie unwillkürlich husten. Lady Chatwick und Mrs. Perkins begannen, hektisch mit ihren Taschentüchern zu wedeln.

»Was ist das für ein schreckliches Zeug?«, fragte Lady Chatwick.

»Es ist ein Zauberkraut, das die Verbindung zu den Ahnengeistern herstellt«, erläuterte Parnko ehrfurchtsvoll. »Es wird nicht oft benutzt, weil es zu mächtig ist. Manchmal kommen diejenigen, die es gebrauchen, nicht mehr zurück.«

»Du meinst, sie sterben?« Erschreckt sahen sie den Jungen an. Der nickte nur.

King George schien im Moment zumindest allerdings nicht in Gefahr. Mit erstaunlich klangvoller Stimme begann er, all seine Ahnen aufzuzählen und anzurufen. Parnko übersetzte es ihnen bereitwillig.

»Es hört sich ein bisschen alttestamentarisch an.« Lady Chatwick seufzte ungeduldig. »Geht es noch lange?«

»Bis er ein Zeichen bekommt«, antwortete Parnko, ohne den Blick vom alten Häuptling zu nehmen, der dort ganz allein auf dem Platz stand und seine fremdartige Litanei deklamierte.

»Was für ein Zeichen denn?«

Parnko antwortete nicht, sondern hob nur in der unnachahmlichen Art der Aborigines die Schultern, um anzudeuten, dass er keine Ahnung hätte.

Lady Chatwicks Geduld wurde auf eine harte Probe gestellt, und auch Dorothea hätte einiges dafür gegeben, sich endlich in ihr kühles Schlafzimmer zurückziehen zu können. Ihr war schwindlig und heiß, und sie merkte, dass sie Kopfschmerzen bekam. Es war erstaunlich, wie lange der alte Mann durchhielt. Unermüdlich umkreiste er mit seinen sonderbaren Tanzschritten das rauchende Feuer, und wenn er auch inzwischen leiser sang, so war er immer noch gut hörbar.

Es sprach für den Respekt der anderen Aborigines, dass keiner von ihnen seinen Platz verließ.

Plötzlich und ohne jede Vorwarnung brach King George zusammen. Er krümmte sich, als litte er unerträgliche Schmerzen, und brabbelte wirres Zeug.

»Jetzt! Sie sprechen zu ihm!« Parnko wirkte wie elektrisiert.

»Was sagen sie denn?«, erkundigte Lady Chatwick sich interessiert.

Parnko schüttelte den Kopf. »Ich verstehe die Sprache der Ahnengeister nicht. Nur *bourkas* können mit ihnen Kontakt aufnehmen.«

»*Bourkas*? Was sind das für Leute? Zauberer?«

»Nicht unbedingt. Es ist der höchste Rang unter den Männern. Erst wenn Haare und Bart grau werden, ist ein Mann ein *bourka*. Dann müssen ihm alle anderen Respekt erweisen.«

»Na, so was.« Mrs. Perkins staunte. »Gibt's das bei den Frauen auch?« Sie wies auf ein paar ältere Frauen mit schneeweißem, kurz geschorenem Haar.

Parnko schien peinlich berührt. Schließlich raffte er sich doch zu einer Antwort auf. »Frauen sind wie Hunde«, versuchte er, etwas zu erklären, worüber er offensichtlich noch nie nachgedacht hatte. »Sie sind alle gleich.«

»Hm«, machte Mrs. Perkins nur. Ihrem Tonfall war jedoch deutlich anzuhören, wie wenig sie von dieser Ansicht hielt. Jetzt war allerdings nicht der geeignete Zeitpunkt, dieses Thema weiterzuverfolgen. Vier weißhaarige Männer hatten sich neben King Georges immer noch wild zuckenden Körper gehockt und wedelten ihm mit Büscheln aus duftenden Eukalyptusblättern Luft zu. Schließlich hob einer von ihnen behutsam den Kopf des alten Häuptlings an und hielt ihm vorsichtig eine große Muschelschale mit Wasser an die Lippen.

Der größte Teil lief ihm über das Kinn und tropfte zu Boden. Trotzdem gelang es ihnen, ihm genügend einzuflößen, um seine Lebensgeister zurückzurufen. Langsam, sehr langsam öffnete King George die Augen. Er schien seine Umgebung nicht wahrzunehmen. Sein entrückter Blick war auf etwas gerichtet, das nur er sehen konnte. Ein Gesichtsausdruck war unter der Bemalung nicht zu erkennen, aber Dorothea schien es fast, als strahle er inneren Frieden aus – falls man bei einem Aborigine davon ausgehen konnte, dass er fähig war, so etwas zu empfinden. Reverend Howard von der Trinity Church in Adelaide hatte sich darüber mit Protector Moorhouse ein viel beachtetes Streitgespräch in der Literarischen Gesellschaft geliefert. Der Reverend vertrat die Ansicht, innerer Frieden sei nur in Gott und im christlichen Glauben zu finden. Der Protector hatte ihm entschieden widersprochen. Seinen eigenen Beobachtungen und diversen Berichten über sogenannte heilige Männer in Indien zufolge war ein solcher Zustand auch von Heiden zu erreichen.

Wie auch immer, King George wankte schließlich, gestützt auf die zwei kräftigeren Helfer, aus dem Kreis und wurde zu seiner Hütte geführt, wo seine drei Frauen bereits darauf warteten, ihn in Empfang zu nehmen.

»Ich denke, wir sollten auch aufbrechen«, sagte Ian und musterte unter gesenkten Lidern die Reihe der fremden Krieger. »Ich möchte kein Risiko eingehen.«

Zusammen mit Parnko gingen Ian und Dorothea zu King Georges Hütte, um sich förmlich zu verabschieden. Der alte Mann lag zusammengerollt unter einer Opossumfelldecke und schien zu schlafen. Die älteste Frau saß neben ihm und hielt mit einem Blattwedel die Fliegen von seinem Gesicht fern. Die beiden anderen hockten in respektvollem Abstand, während sie damit beschäftigt waren, eines der feinmaschigen Netze aus Rindenfasern zu knüpfen, mit denen die Bogong-Motten gefangen wurden – eine Delikatesse, die Dorothea immer noch den Magen umdrehte.

King George lag so reglos wie ein Leichnam. Dorothea erschrak zutiefst. Er war doch nicht schon …? Nein, natürlich nicht. Sonst würden die Frauen nicht so ungerührt an dem Netz knüpfen. Beim Tod eines Jägers wurde von seinen Frauen erwartet, dass sie ihre Trauer laut und anhaltend herausschrien. Und nicht nur das!

Ihr lief es kalt den Rücken herunter, als sie sich erinnerte, was Protector Moorhouse erzählt hatte: Mit scharfen Steinen oder Muscheln ritzten sie sich die Haut an Oberschenkeln und Brüsten, sodass sie bald blutüberströmt waren. Ihre Haare wurden mit heißer Asche bis zu den Wurzeln abgesengt und darüber dann aus einem feinen Netz und feuchtem Ton eine »Trauerkappe« geformt, die sie zu tragen hatten, bis sie von selbst abfiel.

Die jüngste, ein ausgesprochen hübsches Mädchen von vielleicht Anfang zwanzig, hob verstohlen den Kopf und warf ihr einen verschwörerischen Blick zu. Es war ein Blick, der Dorothea verblüffte, ehe ihr klar wurde: Er galt nicht ihr. Er galt Parnko. Der junge Aborigine stand dicht hinter ihr und schien die junge Frau gut zu kennen, denn eine verräterische Röte stahl sich in ihre Wangen. Höchstwahrscheinlich waren die beiden ein heimliches Liebespaar. Da die Eingeborenen den Zeugungsakt an sich für unwichtig hielten, weil nach ihren Vorstellungen die Kinderseelen sich selbsttätig die Frau aussuchten, die sie als Mutter wünschten, galten Begriffe wie eheliche Treue bei ihnen nichts. Dennoch wurde es nicht gerne gesehen, wenn unverheiratete Männer den Frauen der älteren Jäger nachstellten. Parnko, ohne den Schutz einer Familie, musste da besonders vorsichtig sein. Dorothea hoffte, dass King Georges Todesahnung sich noch nicht allzu bald erfüllen würde. Worammo, sein Neffe und Nachfolger, würde ein solches Verhältnis nicht stillschweigend dulden. So, wie sie ihn einschätzte, müsste die junge Frau damit rechnen, gnadenlos verprügelt zu werden, und Parnko, einen Speer in den Rücken zu bekommen.

»Frag sie, wie es ihm geht«, bat Ian den Jungen leise. »Soll ich einen Arzt kommen lassen?«

»Wozu?« King George hielt die Augen immer noch geschlossen, schien aber wieder bei klarem Bewusstsein. »Ich werde bald mit meinen Ahnen vereint sein. Darauf freue ich mich. Ich bin lange genug über diese Erde gestreift. Ich bin müde. Schrecklich müde.« Seine Stimme verlor sich in unverständlichem Gemurmel.

»Na gut. Aber sag ihr, sie soll mich rufen, sobald es ihm schlechter geht. Vielleicht ist er dann eher bereit, sich helfen zu lassen.«

Ian wandte sich schon zum Gehen, als Dorothea noch etwas einfiel. »Ich habe vorhin im Lager ein hellhäutiges Kind gesehen. Zu wem gehört es?«

Die Reaktion auf die von Parnko übersetzte Frage war eines dieser typischen Achselzucken, das alles gesagt hätte – wenn da nicht zugleich etwas im Blick der alten Frau gewesen wäre, das Dorothea irritierte. War es Angst? Wovor?

Trotz ihrer Kopfschmerzen und ihres leicht benebelten Zustands war Dorotheas Neugierde geweckt. »Ich habe es ganz genau gesehen. Ich irre mich nicht«, beharrte sie. »Es hatte eine auffallend helle Haut. Vielleicht sechs, sieben Jahre alt.« Das Alter der Kinder war schwer zu schätzen, bis sie die ersten Anzeichen der Pubertät aufwiesen. Mit der ersten Regel wurden die Mädchen verheiratet, auch wenn es meist noch ein paar Jahre dauerte, ehe sie schwanger wurden. Dorothea vermutete, dass das Kind ein Mädchen gewesen war. Die zarten Gesichtszüge sprachen eher für das weibliche Geschlecht. »Ein Mädchen.«

»So jemanden gibt es hier nicht!« Dorothea musste Parnkos Übersetzung nicht abwarten. Der Sinn der von einem geradezu feindselig abweisenden Blick begleiteten Worte war nicht misszuverstehen.

»Komm.« Ian griff nach ihrem Arm und zog sie mit sich. »Jetzt ist absolut nicht der passende Zeitpunkt für deine ethnografischen Studien. Wir sollten besser auf der anderen Seite des Flusses sein, ehe die fremden Jäger noch auf dumme Gedanken kommen. Ohne Gewehr wären wir ihnen schutzlos ausgeliefert.«

Ians Besorgnis schien übertrieben angesichts der Männer, die wie Kinder um Lady Chatwick und Mrs. Perkins herumtanzten und sich einen Spaß daraus machten, an den Säumen ihrer Unterröcke zu zupfen. Die erboste Reaktion der beiden Damen animierte sie zu wahren Heiterkeitsausbrüchen. Die gelöste Stimmung hielt glücklicherweise an. Umringt von dem johlenden Haufen bestiegen sie die Kanus. Etwa auf der Flussmitte drehte Dorothea sich noch einmal um, und da war sie: Sie stand inmitten der anderen Kinder und wirkte dennoch irgendwie verloren. Dorothea hob die Hand, um ihr zuzuwinken, und als wüsste das Kind, dass es gemeint war, lächelte es verlegen, winkte jedoch nicht zurück.

»Schau, Ian, da ist das Kind, das ich gemeint habe«, rief sie ihrem Mann zu. »Dort, genau in der Mitte der Kindergruppe, die unter dem Eukalyptus steht.«

Doch Ian war so vollkommen in das Gespräch mit seinem Ruderer vertieft, dass er nicht reagierte. Leicht verärgert drehte sie sich wieder um, aber sosehr sie auch die Augen zusammenkniff: Sie konnte die Kleine nicht mehr entdecken.

Das Kind ging Dorothea nicht mehr aus dem Kopf.

Ian reagierte eher gleichgültig, als sie die Sprache darauf brachte. »Na und? Dann lebt dort eben ein Bastard von einem der Hirten. Wird auch langsam Zeit, dass Moorhouse mit seinem Kampf gegen diese barbarische Sitte des Kindermords Erfolg hat.« Ihren Einwand, King Georges Frau hätte sich auffallend seltsam benommen, sobald die Sprache auf dies Kind kam, wischte er lachend beiseite. »Du siehst Gespenster, Darling! Sie war sicher nur besorgt um ihren Mann und wollte, dass wir endlich gehen.«

Auch Lady Chatwick zeigte deutliche Skepsis, als die Sprache darauf kam. »Bist du sicher, dass du dir das Ganze nicht eingebildet hast? Wenn ich mich recht erinnere, hast du meinen ganzen Brandy-Vorrat verbraucht. Da sieht man schon einmal Dinge, die es gar nicht gibt.«

Dorothea errötete, halb aus Ärger über die Unterstellung, sie wäre so betrunken gewesen, dass sie Halluzinationen gehabt hatte, halb aus Beschämung, dass sie tatsächlich mehr Alkohol zu sich genommen hatte, als es für eine Lady schicklich war. »Ich habe das Kind schon vorher gesehen. Als ich mich im Lager umsah. Ich wollte mit ihm reden, aber eine alte Frau hat es weggerufen.«

Lady Chatwicks Brauen hoben sich zu vollkommenen Bögen. »Tatsächlich, Liebes? Nun, vielleicht wollte sie einfach nicht, dass du mit ihm sprichst. Nicht alle Eingeborenen sind uns freundlich gesonnen. Was ist daran seltsam?«

Dorothea seufzte frustriert auf. Die Aura des Besonderen, die das Kind umgeben hatte, war kaum jemandem zu erklären, der es nicht gesehen hatte. »Es war irgendwie anders. So, als ob sie verhindern wollte, dass jemand von uns das Kind zu Gesicht bekommt.«

»Liebes, das ergibt doch nicht den geringsten Sinn«, wandte Lady Arabella ein. »Wieso sollte sie das tun?«

»Das werde ich schon noch herausbekommen!« Dorothea sah die ältere Frau entschlossen an. »Auch wenn es sonst niemanden hier zu interessieren scheint.«

Lady Chatwick antwortete nicht. Dorothea fiel auf, dass sie in Gedanken ganz woanders zu sein schien. Sie starrte blicklos auf den Teppich vor ihren Füßen. Ihre normalerweise rosigen Wangen waren aschfahl. »Sollte er etwa …?«, flüsterte sie tonlos. »Bei Männern weiß man doch nie. Hmm. – Möglich wäre es.« Sie hob den Kopf und fixierte Dorothea scharf. »Wie alt, sagtest du, schätzt du sie?«

Dorothea starrte sie fassungslos an. Sie brauchte eine Weile, bis sie ihre Sprache wiedergefunden hatte. »Du willst damit doch nicht andeuten, dass Robert …?«, krächzte sie schließlich verstört.

»Oh, ich dachte nicht an Robert«, murmelte Lady Arabella geistesabwesend.

Dorothea schnappte nach Luft und griff sich an die Kehle, die sich plötzlich schrecklich eng anfühlte. Das vertraute Zimmer schien hin und her zu schwanken. Sie hörte nichts mehr, ein schwarzer Schleier legte sich vor ihr Gesicht – und Dorothea fiel zum ersten Mal in ihrem Leben in Ohnmacht.

Als sie wieder zu sich kam, lag sie auf der Chaiselongue ausgestreckt, und eine immer noch sehr blasse Lady Chatwick schwenkte ein abscheulich stinkendes Riechfläschchen vor ihrem Gesicht hin und her.

»O Gott, was habe ich nur angerichtet! Verzeih, Liebes, wie gedankenlos von mir!«, rief sie reumütig, sobald Dorothea die Augen aufschlug. »Eine grässliche Angewohnheit von mir, laut zu denken.« Dorothea musste niesen. Eilig stöpselte Lady Chatwick ihr antiquarisches Riechfläschchen wieder zu und tätschelte ihr unbeholfen die Wange. »Natürlich ist es absoluter Unsinn, was ich gedacht habe. Ian würde nie …« Zur Bekräftigung schüttelte sie so heftig den Kopf, dass ihr fast die Spitzenhaube vom Kopf geflogen wäre. »Ganz sicher nicht!«

Wirklich? Bildete sie es sich nur ein, oder klang es eine Spur zu emphatisch? Fast, als müsse sie sich selbst ebenfalls davon überzeugen, dass es undenkbar wäre. Aber war es das?

Ian war ein ausgesprochen leidenschaftlicher Liebhaber. Nach der schrecklichen Geburt, bei der ihr erstes gemeinsames Kind gestorben war, hatte sie ihn monatelang abgewiesen. Selbst als Dr. Woodforde sie für körperlich wiederhergestellt erklärt hatte, waren seine Berührungen ihr unerträglich gewesen. Vergraben in ihrem eigenen Kummer hatte sie keinen Gedanken daran verschwendet, ob ihm die erzwungene Enthaltsamkeit schwerfiel.

Hatte er sexuelle Erleichterung auf der anderen Flussseite gesucht und gefunden?

Er war viel unterwegs gewesen damals …

Hinter vorgehaltener Hand hatte sie oft genug die Klagen der

Damen aus Adelaide gehört, dass *lubras,* wie man die eingeborenen Frauen nannte, offenbar auf englische Männer einen unwiderstehlichen Reiz ausübten. War auch Ian ihm erlegen?

»Bitte, nimm dir mein dummes Geschwätz nicht so zu Herzen«, bat Lady Arabella zutiefst zerknirscht. »Du glaubst doch nicht im Ernst, dass Ian zu so etwas imstande wäre?«

Dorothea achtete nicht auf sie. Ihre Gedanken kreisten allein um die Frage: War es möglich? »Ja, natürlich ist es möglich«, ertönte eine hinterhältige Stimme in ihrem Kopf. »Wenn er sagte, er ritte zur Ostweide, hast du je daran gezweifelt? Und wenn Ian über Nacht weggeblieben war – hast du je auch nur im Traum daran gedacht, dass er sie in den Armen einer anderen Frau verbracht haben könnte? O ja, er hatte jede Gelegenheit!«

War er deswegen immer so erschöpft gewesen, wenn er von seinen langen Ausflügen nach Eden House heimkam? Wenn sie jetzt darüber nachdachte, war er auch immer verdächtig gut gelaunt gewesen.

»Wenn ich sie nur genauer hätte anschauen können!« Dorothea versuchte, sich die Züge des Kindes ins Gedächtnis zu rufen. Eine direkte Ähnlichkeit mit Ian war ihr nicht aufgefallen, aber das hatte nichts zu bedeuten. Ein Kind, noch dazu ein Mädchen, sah dem Vater oftmals nicht im Geringsten ähnlich. »Sollte er wirklich der Vater dieses Kindes sein, dann …« Dorotheas Hände ballten sich zu Fäusten, und ihre Augen blitzten. »Ich würde es ihm nicht raten!« Heiße Wut durchströmte sie, ließ sie vibrieren vor Eifersucht und Empörung und Schmerz darüber, dass Ian jene wunderbaren, verzauberten Momente, die nur ihnen beiden gehörten, mit einer anderen Frau geteilt haben sollte.

»Liebes, es ist nichts als eine wilde Theorie«, sagte Lady Chatwick mit bemüht fester Stimme. »Ich denke – nein, ich bin mir sicher –, dass dein Mann dich viel zu sehr liebt, um eine andere Frau auch nur anzuschauen. Und dann auch noch eine Schwarze!«

Lady Arabella rümpfte die Nase. »Ian besitzt für einen Mann ein erstaunliches Maß an Geschmack und Feingefühl.«

Dorothea hätte ihr sagen können, dass diese Einschätzung auch auf die meisten der Männer zutraf, deren Frauen sich über die *lubras* erregten. Stattdessen nickte sie nur und flüchtete nach einer eiligen Entschuldigung aus dem Zimmer.

Weder sie noch Lady Chatwick kamen je auf das Gespräch zurück. Dorothea versuchte, ihr wachsendes Unbehagen Ian gegenüber zu ignorieren. Doch es war wie verhext: hartnäckigem Unkraut gleich ließen sich die Bilder in ihrem Kopf nicht ausrotten, in denen sie Ian eine exotische Schönheit mit feuchten, dunklen Augen und samtiger Haut liebkosen sah. Kaum hatte sie sie verdrängt, tauchten sie aus heiterem Himmel wieder auf. So schrecklich real, als wäre sie dabei gewesen.

Hatte er ihr die gleichen Koseworte ins Ohr geflüstert wie ihr? Wie sie wohl aussah? Einige der jüngeren *lubras* waren ausgesprochen attraktiv. Mit ihren dunklen Augen, der samtigen Haut und dem glänzenden, schwarzen Haar hätten sie – anständig gekleidet – jedem Mann den Kopf verdrehen können. Die von den Matronen in Adelaide bemängelte fehlende Schamhaftigkeit war in den Augen der Männerwelt keineswegs ein Nachteil.

Mehrmals war sie kurz davor, Ian direkt zu fragen. Stets scheiterte dieser Vorsatz jedoch an irgendetwas. An einem Tag schien Ian zu sehr mit der Frage beschäftigt, welchen Preis er wohl für den Braunen erzielen würde. Ein andermal galt seine ausschließliche Sorge den steigenden Lohnkosten der Hirten. Seit immer mehr junge Männer ihr Glück auf den Goldfeldern im Osten suchten, wurden Arbeitskräfte knapp. Jedenfalls schien es nie der richtige Zeitpunkt zu sein. Was hätte es auch für einen Sinn? Natürlich würde er leugnen, ein Kind mit einer Ngarrindjeri zu haben.

»Mama, wusstest du, dass ich weder Enten noch Kängurus essen dürfte, wenn ich ein Ngarrindjeri-Junge wäre?« Robert war noch in einem Alter, in dem man sich keine Gedanken darüber machte, warum seine Mutter Löcher in die Luft starrte, anstatt die Zahlenkolonnen in dem Haushaltsbuch zu kontrollieren, auf dem Mrs. Perkins aus alter Gewohnheit bestand. Dorothea hatte ihr schon oft vorgeschlagen, darauf zu verzichten. Sie empfand es als lästige Pflicht. Für Mrs. Perkins jedoch verkörperte es einen Grundpfeiler anständiger Haushaltsführung. »Kommt nicht infrage, Ma'am«, pflegte sie bei solchen Gelegenheiten empört abzulehnen. »Es geht ja nicht nur darum, dass ich damit nachweise, gut zu wirtschaften. Man kann auch sehen, welche Dinge im Lauf der Zeit teurer geworden sind oder was man letztes Jahr um diese Zeit gebraucht hat.«

»Nein, das wusste ich nicht«, sagte sie jetzt, dankbar für die Ablenkung, und schob das ungeliebte Journal beiseite. »Was für ein Glück für dich, dass du Engländer bist – wo du gebratene Ente doch so liebst!«

»Ja, das meinte Parnko auch. Und Reiher, Opossums, weibliche Wassermolche, Schildkröten sowie einige Vögel und Fische dürfte ich auch nicht essen«, zählte er so stolz auf, als wäre das Verbot eine Art Privileg.

»Tatsächlich? – Was für eine seltsame Zusammenstellung. Warum gerade diese Tiere?«

»Das habe ich ihn auch gefragt. Er sagte, die Ahnengeister hätten es so bestimmt.« Robert sah sie fragend an. »Mama, wieso haben wir keine Ahnengeister?«

Dorothea suchte nach einer passenden Antwort. »Wir haben die Bibel, in der steht, wie wir leben sollen, Robbie«, sagte sie schließlich. »Wir brauchen keine Ahnengeister.«

»Ich hätte aber gerne welche!« Robert zog eine Grimasse der Enttäuschung. »Es muss lustig sein, wenn sie einem sagen, was man tun soll.«

477

Dorothea dachte an die Initiationsriten, die Protector Moorhouse dezent mit »schmerzhaft und unanständig« umschrieben hatte. Ian, der einmal Zeuge bei einer solchen Zeremonie gewesen war, hatte sie ihr unverblümt geschildert. Die Vorgänge bei diesem *wharepin* gipfelten darin, dass den Novizen die Schambehaarung bis auf das letzte Haar ausgerissen wurde. Keinesfalls etwas, das für Kinderohren geeignet war!

»Ich glaube nicht, dass es immer lustig ist«, sagte sie daher nur. »Stell dir nur vor, in der Regenzeit kein festes Dach über dem Kopf zu haben! Da würden die Ngarrindjeri sicher gerne mit dir tauschen.« Dorothea betrachtete ihren Sohn nachdenklich. »Sprichst du mit Parnko oft über seinen Stamm?«

Der Junge nickte, sah sich um, als fürchte er, belauscht zu werden, und hielt seinen Mund dann dicht an Dorotheas Ohr. »Parnko hat manchmal Heimweh«, flüsterte er geheimnisvoll. »Dann fliegt er im Traum über das Camp seiner Leute und kann alles sehen und hören, was dort vor sich geht. Aber das dürfen die Männer nicht wissen! Sonst funktioniert der Zauber nicht mehr!« Vermutlich war es eher seine Verbindung zu der jüngsten Frau King Georges, die ihm solche Informationen zukommen ließ. Angesichts des schlechten Gesundheitszustands des alten Häuptlings war es sicher nicht falsch, sich auf dem Laufenden zu halten. Dorothea kam eine Idee. Vielleicht konnte sie den jungen Aborigine beauftragen, etwas über dieses mysteriöse Kind in Erfahrung zu bringen.

Sie passte ihn ab, als er seinen Sack Mehl in der Küche abholte. »Gehst du jetzt über den Fluss?«, fragte sie so beiläufig wie möglich. »Kannst du mir einen Gefallen tun?«

Parnko errötete wie ein ertappter Schuljunge. »Natürlich, Ma'am. Wenn es mir möglich ist.«

»Erinnerst du dich daran, dass ich nach einem hellhäutigen Kind fragte? Ich möchte, dass du dich umhörst, woher es kommt und zu wem es gehört.« Dorothea bemühte sich um einen gleichmütigen Gesichtsausdruck. »Eigentlich ist es nicht wichtig, aber ich habe von ihm geträumt.« So wichtig, wie die Ngarrindjeri Träume nahmen, müsste das als Begründung für ihr Interesse ausreichen. Tatsächlich versprach Parnko, sein Bestes zu tun.

»Es gibt kein Mitglied des Stammes mit heller Haut«, berichtete er ihr am Abend. »Es muss eines der Kinder von den Narwijerook gewesen sein.«

Das wäre eine plausible Erklärung gewesen, wenn er nicht so heftig mit den Füßen gescharrt und beharrlich ihrem Blick ausgewichen wäre. Dorothea war überzeugt, dass er log. Sie würde einen anderen Weg finden müssen.

3

Der Sommer des Jahres 1849/50 versprach so trocken zu werden wie sein Vorgänger. Dank der Bewässerungskanäle, die Robert Masters angelegt hatte, litten die Weiden rund um Eden House weniger unter Wassermangel. Aber die weiter entfernt liegenden nahmen schon bald die Farbe trockener Blätter an. »Wenn es so weitergeht, werden wir bald wie die Einheimischen Wasserlöcher graben müssen«, schrieb Mutter Schumann in einem ihrer monatlichen Briefe, in denen sie auch von den Geschwistern zu berichten pflegte. Karl und Koar studierten in London. Ihr Bruder an der Kunstakademie, und Koar war dank der vehementen Fürsprache Dr. Woodfordes sowie seiner guten Verbindungen zu den maßgeblichen Stellen tatsächlich an der medizinischen Fakultät angenommen worden. Sogar ein Stipendium hatte er erhalten. Zusammen mit dem, was Karl als Illustrator nebenbei verdiente, schienen sie damit gut in der fremden Großstadt zurechtzukommen.

August hatte es in den Osten verschlagen. Kaum waren die ersten aufsehenerregenden Berichte über Goldfunde nach Adelaide gedrungen, hatte ihn nichts mehr gehalten. Nachrichten von ihm waren spärlich und selten ausführlich. Meist gipfelten sie in der Ankündigung, bald – sehr bald – mit einem großen Fund zu rechnen.

Über Weihnachten kamen also nur Mutter Schumann und Lischen zu Besuch nach Eden House. Ihre jüngere Schwester war mit neunzehn Jahren inzwischen im heiratsfähigen Alter. Ein hübsches, etwas dralles Mädchen, das auf Ians Bemerkung: »Stehen die Verehrer nicht inzwischen Schlange in der Angas Street, Lizzy?« übermütig zurückgab: »Sie stehen sogar bis zur West Terrace, Schwager!«

»Und keiner, der endgültig Gnade vor deinen Augen findet?«, neckte Ian sie. »Komm, gib es zu: Du genießt es, die armen Kerle zappeln zu lassen.«

»Warum auch nicht?« Lischen grinste undamenhaft. »So viel Konfekt und kostspielige Buketts bekommen Ehefrauen nicht. Stimmt's, Doro? – Heather, Robbie, ich freue mich riesig, euch zu sehen!« Sie stürzte auf Heather zu und umarmte sie stürmisch. »Was macht deine Pferdezucht? – Na, Robbie, und du? Hast du wieder fleißig tote Eidechsen gesammelt?« Seinen schuldbewussten Blick in Richtung seiner Mutter interpretierte sie richtig und lachte nur. »Lass dich nicht beirren, Robbie! Vielleicht wirst du auch einmal so ein berühmter Naturforscher wie Herr von Humboldt. Dann bekommst du sogar Vitrinen für deine toten Tiere und speist mit dem Kaiser!«

»Oder in London bei Queen Victoria«, warf Heather etwas spitz ein. »Robert ist schließlich Engländer. Was soll er da in Berlin?«

»Oder in London«, sagte Lischen, nicht im Mindesten aus der Ruhe gebracht. »Was gibt es zum Dinner?«

Weihnachten war für Dorothea immer noch eine schwierige Zeit. Auch wenn inzwischen acht Jahre vergangen waren, wurden die Entführung und das anschließende Drama um diese Jahreszeit bei ihr stets wieder präsent. Sie vermied Ausritte, und ihr Schlaf wurde so leicht, dass jedes nächtliche Vogelkrächzen sie aufschrecken ließ. Normalerweise begrüßte sie daher die Ablenkung, die der Besuch ihrer Familie in den Alltag auf Eden House brachte. Diesmal jedoch brachte er ihr nicht die erhoffte Erleichterung. Im Gegenteil – Lischens ansteckende Fröhlichkeit ging ihr dermaßen auf die Nerven, dass sie sich sehr zusammennehmen musste, ihre Schwester nicht anzufahren.

Als die kleine Mary beim Nachmittagstee aus Unachtsamkeit den mit Veilchen bemalten Porzellanbecher, das Weihnachtsgeschenk ihrer Großmutter, umstieß und die Schokolade, die Mrs. Perkins extra für sie gekocht hatte, sich über das Tischtuch und Dorotheas neues Festtagskleid ergoss, war es um den letzten Rest ihrer Beherrschung geschehen. »Kannst du nicht aufpassen?«, fauchte sie, ohne sich um die erschrockenen Gesichter der anderen zu kümmern. »Wie kann man nur so ungeschickt sein! Wenn du zu blöde bist, Schokolade zu trinken, bekommst du eben wieder Wasser.« Sie packte das verschreckte Kind an der Hand und zerrte es hinter sich her zum Kinderzimmer, wo Trixie gerade damit beschäftigt war, Charles zu wickeln. Erstaunt drehte sie sich zur Tür, als eine aufs Äußerste erboste Dorothea mit einer laut heulenden Mary im Schlepptau hineinstürmte.

»Sie hat ihre Schokolade verschüttet«, erklärte Dorothea kurz angebunden. »Zur Strafe gibt es kein Abendessen, und sie geht sofort zu Bett. – Ich hoffe nur, ich bekomme die Flecken je wieder heraus!« Immer noch wütend musterte sie die hässliche Moorlandschaft auf dem zarten Schilfgrün ihres Taftrocks.

»Wenn Sie es mir gleich geben, kann ich versuchen, sie mit Mrs. Perkins' Spezialseife herauszuwaschen«, bot Trixie an. »Sie schwört, dass sie damit noch alles sauber bekommen hat.« Mary war zum Kindermädchen gelaufen und stand eng an Trixie geschmiegt, ihr Gesicht in den Röcken der jungen Frau vergraben, als wolle sie sich verstecken. Unauffällig strich Trixie ihr über den Hinterkopf.

Dorotheas Zorn verrauchte so rasch, wie er aufgeflammt war. Statt seiner machte sich ein Gefühl der Beschämung in ihr breit.

Was war nur los mit ihr? »Mary, ich …« Aber kaum hatte sie einen Schritt in Richtung der beiden gemacht, als die Kleine aufwimmerte und sich noch tiefer in Trixies Röcke drückte.

»Lassen Sie's gut sein, Ma'am«, sagte das Kindermädchen leise. »Mary ist ein gutes Mädchen. Es tut ihr sicher furchtbar leid, was sie angerichtet hat. Ich komme dann gleich nach und helfe Ihnen beim Umziehen.«

Dorothea nickte und ging über den Flur hinüber in ihr Zimmer. Vor dem Kleiderschrank glitt ihr Blick unschlüssig über die Garderoben. Die meisten von ihnen waren Kreationen ihrer Mutter, mit der Besonderheit, dass ihre Häkchen und anderweitigen Verschlüsse so angebracht waren, dass sie sie zur Not auch ohne Hilfe an- und ausziehen konnte. Allerdings war es zumindest abends selten nötig, da Ian nur zu gerne bereit war, als Kammerzofe zu fungieren. In letzter Zeit hatte sie allerdings meist schon im Bett gelegen und sich schlafend gestellt, wenn er auf Zehenspitzen ins Zimmer schlich. Früher hatte er sie dann manchmal mit verführerischen Küssen geweckt. Früher – das schien so ewig lange her zu sein; dabei war es doch erst ein paar Wochen her, dass sich dieser verfluchte Verdacht in ihren Kopf gestohlen und dort festgesetzt hatte. Gedankenverloren starrte sie auf die Kleidungsstücke.

Trixie klopfte kurz an die Tür und öffnete sie nahezu gleichzeitig. Hastig griff Dorothea nach einem seegrünen Kleid aus Baumwollmusselin. Es war nicht gerade *Dernier Cri*, aber es war bequem und leicht. »Ich werde den Rest des Tages dieses hier tragen«, sagte sie so bedeutsam, als hätte sie die ganze Zeit über die richtige Wahl nachgedacht.

Mit äußerster Vorsicht zogen die beiden Frauen das Kleid über Dorotheas Kopf, um zu verhindern, dass die feuchten Kakaoflecken auch noch andere Bereiche in Mitleidenschaft zogen. Die zwei obersten Unterröcke musste sie ebenfalls wechseln. »Danke, jetzt komme ich alleine zurecht.«

Dorothea trödelte beim Umziehen, so gut es ging, aber dann ließ es sich nicht mehr hinausschieben: Sie musste hinuntergehen und sich den vorwurfsvollen Blicken stellen, die sie sicher erwarteten. Zu ihrer immensen Erleichterung saß nur noch ihre Mutter im Salon.

»Lischen und Heather kümmern sich um das Tischtuch«, sagte sie ruhig. »Und Lady Chatwick erinnerte sich, dass sie noch einen Brief zu schreiben hatte. Wir können uns also in aller Ruhe unterhalten, mein Kind. Komm, setz dich.« Auffordernd klopfte sie neben sich auf den freien Platz des Sofas.

Das klang nach einem unangenehmen Gespräch! Es war lange her, dass ihre Mutter sie so ernst angeschaut hatte. Dorothea gehorchte, vermied es jedoch, ihrer Mutter ins Gesicht zu sehen. Es war lächerlich. Absolut lächerlich. Aber sie fühlte sich so schuldbewusst wie früher, wenn sie etwas Dummes angestellt hatte und ihre Mutter ihr ins Gewissen redete.

»Es tut mir leid, Mama.« Dorothea nahm sich ein Herz und sah auf. »Ich wollte Mary nicht so anfahren. Es ist mir irgendwie herausgerutscht.«

Mutter Schumann machte eine wegwerfende Handbewegung: »Wenn es nicht häufiger geschieht, wird Mariechen es bald vergessen haben. Nein, was mir Sorgen macht, bist du. Du warst als Kind immer etwas unbeherrscht, aber ich hatte den Eindruck, dass sich das in den letzten Jahren gegeben hätte. Seit deiner Eheschließung mit Ian wirktest du sehr viel ausgeglichener. Bis auf die Zeit nach …« Sie brach ab und warf ihrer Tochter einen scharfen Blick zu. »Hat es etwas mit deinem Mann zu tun? Bist du deshalb so unleidlich?«

»Mama, jetzt übertreibst du aber!«, widersprach Dorothea ihr vehement, konnte jedoch nicht verhindern, dass ihr eine verräterische Röte in die Wangen stieg. »Erstens hat Ian überhaupt nichts damit zu tun und zweitens – bin ich wirklich unleidlich?«

»Das bist du«, stellte ihre Mutter ungerührt fest. »Bitte, halte mich nicht für senil, mein Kind. Übrigens gilt das gleichfalls für Lady Chatwick. Ich hatte gestern einen netten Plausch mit ihr, und auch sie ist äußerst besorgt über deinen nervlichen Zustand. Sie macht sich schwere Vorwürfe«, fügte Mutter Schumann mit deutlicher Kritik in der Stimme hinzu, »ihre leichtfertigen Äußerungen nicht für sich behalten zu haben. Und da gebe ich ihr recht!«

»Früher oder später wäre ich auf den gleichen Gedanken gekommen«, nahm Dorothea die alte Dame in Schutz. »Oder was würdest du vermuten, wenn die Eingeborenen ein Mischlingskind vor dir zu verstecken versuchen?« Inzwischen zweifelte sie kaum noch daran, dass es sich genau so zugetragen hatte. Auch wenn Parnko immer noch keine Spur entdeckt hatte – oder nicht hatte entdecken wollen – und sie sogar selber ein paar Mal unter dem Vorwand, die Frauen für einen ethnografischen Artikel befragen zu wollen, im Lager gewesen war und kein hellhäutiges Kind zu Gesicht bekommen hatte, war sie von seiner Existenz felsenfest überzeugt.

»Nun, es gäbe da noch einige andere Erklärungen, falls du sie auch nur in Erwägung ziehen würdest. Wieso bist du so sicher, dass es Ians Kind ist? Sieht es ihm ähnlich?«

»Ich habe es nur ganz kurz von Nahem gesehen«, musste Dorothea zugeben. »Und dabei ist mir keine Ähnlichkeit aufgefallen. Aber als sie dann versucht haben, es vor mir zu verstecken, kam mir das komisch vor, und ich habe mich gefragt, wieso …«

»Hast du Ian danach gefragt? Wie hat er reagiert?«

»Gleich am nächsten Tag habe ich ihm davon erzählt. Er meinte, eigentlich ließen sie Mischlingskinder nicht am Leben, aber vielleicht hätten die Mahnungen des Protectors endlich gefruchtet.«

»Das klingt doch plausibel. Es wird von einem dieser nichtsnutzigen Kerle sein, die sich so gerne an den einheimischen Frauen vergreifen.« Mutter Schumanns Stimme troff vor Verachtung.

»Und warum halten sie es vor uns versteckt?« Letztendlich war es dieser Umstand, der Dorotheas Misstrauen erst geweckt hatte.

»Vielleicht geht es gar nicht darum, es vor euch zu verstecken? Die Regierung hat doch vor einiger Zeit einen Erlass veröffentlicht, wonach Kinder aus gemischten Verbindungen weder zur Mutter noch zum Vater gehören, sondern Mündel des Staates Südaustralien sind. Janes Kinder sind deswegen auch nach Poonindie gebracht worden.«

Beide Frauen senkten betrübt den Kopf. Ihre frühere Haustochter und Dorotheas Freundin hatte das Leben der Weißen nicht lange ertragen. Zwei Kindern hatte sie das Leben geschenkt. Bei der Geburt des dritten war sie, geschwächt durch die ungewohnte Kost und die harte Feldarbeit, gestorben. Die Hauptsorge des Witwers war gewesen, ob das Land, das ja Jane als Eigentum zugeteilt worden war, auf ihn übertragen werden konnte. Um die Kinder hatte Tim Burton sich nicht gekümmert. Er war vollkommen beschäftigt gewesen, seinen Kummer und seine Sorgen im Alkohol zu ertränken. Mitleidige Nachbarn hatten sich der verstörten Waisen angenommen, bis Protector Moorhouse sie persönlich zu der Missionsstation Poonindie bei Port Lincoln brachte.

Mutter Schumann und Dorothea hatten beide darum gebeten, Janes Kinder in Pflege nehmen zu dürfen, aber der Gouverneur war hart geblieben. »Es ist besser, sie sind weit weg von ihren Stammesangehörigen«, hatte er ihnen erklärt. »Selbst Mr. Moorhouse ist der Ansicht, dass der Einfluss der Eingeborenen auf die Kinder absolut nicht hilfreich ist. Wir bringen ihnen mühsam Lesen, Schreiben und Rechnen bei, lehren sie den richtigen Glauben, und wenn ihre Familien sie dann abholen, legen sie mit der Kleidung auch alle anderen Aspekte der Zivilisation ab. Um sie zu zivilisierten Menschen zu erziehen, muss man sie jetzt in eine

Umgebung bringen, in der alle diese eher schädlichen Einflüsse von ihnen ferngehalten werden können.«

Wenn Dorothea an Jane dachte, sah sie immer die strahlende Jane in ihrem himmelblauen Hochzeitskleid vor sich, wie sie stolz am Arm von Tim Burton aus der Kirche trat, um die Glückwünsche entgegenzunehmen. Danach hatten sie sich nicht mehr gesehen. Janes Land lag weit im Norden. Hier und da hatten Durchreisende Nachrichten von ihr gebracht, und auch Protector Moorhouse hatte es sich nicht nehmen lassen, sie zumindest einmal im Jahr zu besuchen. Schon aus seinen Erzählungen war hervorgegangen, dass das harte Farmleben der jungen Aborigine schwer zu schaffen machte. Trotzdem hatte keiner damit gerechnet, dass sie so schnell aus dem Leben gerissen würde.

»Du könntest recht haben, Mama«, sagte Dorothea leise. »Trotzdem hätte ich zu gerne Gewissheit.«

»Manchmal ist das nicht möglich. Damit solltest du dich abfinden. Selbst wenn dein Ian einmal Trost in den Armen einer Schwarzen gesucht und gefunden hat – mach die Sache nicht schlimmer, als sie ist. Er scheint nicht das geringste Interesse an diesem Kind oder seiner Mutter zu haben. Also ist die Affäre, wenn es denn je eine gegeben hat, längst vorbei. Selbst die besten Männer können straucheln. Das liegt in ihrer Natur.«

»Hat Papa auch …?«

Mutter Schumann lächelte leicht. »Dein lieber Vater war in seinen jungen Jahren einem Flirt durchaus nicht abgeneigt. Aber er hat seinen Glauben viel zu ernst genommen, um das Ehegelöbnis zu brechen. Da bin ich ganz sicher.«

Ian war nicht so fromm. Ihn würde kein Glaube, welcher Art auch immer, von etwas abhalten, das er wollte. Seine religiöse Erziehung hatte sich auf den Aufenthalt in der Besserungsanstalt beschränkt. Wenn sie in Adelaide die Trinity Church besuchten, geriet er bei der Liturgie regelmäßig ins Stocken.

»Du hast gut reden, Mama«, seufzte Dorothea. »Es lässt mir einfach keine Ruhe. Immer wieder frage ich mich, ob ich damals vielleicht nur blind und taub gewesen bin. Ian war so oft draußen im Busch. Allein?«

»Wenn du einen Rat von mir annehmen willst, dann lass die Dinge auf sich beruhen. Was geschehen ist, ist geschehen. An der Vergangenheit ist nichts mehr zu ändern. Es wäre dumm, sich die Gegenwart und Zukunft von einem alten Fehltritt vergiften zu lassen. – Vor allem, wenn es noch nicht einmal bewiesen ist. Hat Ian dir irgendeinen Anlass für diesen unsäglichen Verdacht gegeben?«

Dorothea musste zugeben, dass dem nicht so war. »Ich hatte vor, ihn direkt zu fragen. Aber dann verließ mich immer im letzten Moment der Mut.«

»Das kannst du dir sparen«, sagte Mutter Schumann nüchtern. »Wenn es stimmt, wird er entweder leugnen oder gestehen. Beides wird euer Verhältnis trüben. Wenn es nicht stimmt, würde allein der Verdacht ihn fürchterlich kränken. Auch das dürfte nicht gerade ein gutes Ergebnis nach sich ziehen.«

»Ich soll also einfach so tun, als hätte ich dieses Kind nie gesehen?«

»Das wäre das Klügste.«

Im Stillen fragte Dorothea sich, woher ihre Mutter solche Dinge wusste. Offensichtlich vertrauten ihre Kundinnen ihr so einiges an. Gewisse Spötter vertraten ja die Ansicht, dass, wenn Modistinnen und Barbiere als Spione des Geheimdienstes Ihrer Majestät tätig wären, dieser bedeutend effektiver agieren würde.

»Und gib dir ein wenig Mühe, nicht so unbeherrscht zu sein.« Ihre Mutter lächelte versonnen. »Als Kind warst du ein richtiger Wildfang. Mary erinnert mich sehr an dich. Weißt du, dass du in ihrem Alter immer darauf bestanden hast, aus Erwachsenentassen zu trinken? Dabei ist dir auch so manches Missgeschick passiert.«

Der leicht versteckte Tadel tat seine Wirkung. Dorothea gab sich redlich Mühe, nicht weiter über das Kind nachzudenken. Erleichtert wurde es ihr durch die ständige Ablenkung. Die Tage verflogen mit Cricket, Angeln am Murray River und Picknickausflügen zu den luftigen Hängen des Mount Lofty. Viel zu rasch sagte Mutter Schumann: »So leid mir das tut, aber ich fürchte, wir müssen zurück in die Stadt. Auf uns warten noch jede Menge Aufträge, die bis Ende Februar fertig sein sollen.«

Nach der Abreise der beiden versank der gesamte Haushalt in einer gewissen, den äußeren Umständen geschuldeten Trägheit. Der Januar des Jahres 1850 war der trockenste und heißeste, an den man sich erinnern konnte. Auf den Weiden vergilbte das Gras am Halm und wurde zu Heu. Nur an den Kanälen säumten grüne Büschel die brackigen Wasserläufe wie deplatzierte Pelzkragen. Jede Nacht überzogen Buschfeuer den Horizont mit einer unheimlichen Röte. Selbst der Murray River führte so wenig Wasser wie noch nie. Verendete Fische aus den überhitzten Seitenarmen des Flusses trieben mit den silbrig weißen Bäuchen nach oben in Massen den Fluss herunter und bescherten den Aborigines mühelose, reiche Fänge. Sie sammelten sie in Netzen, die sie quer durch das Wasser spannten. Offensichtlich empfanden sie keinen Widerwillen gegenüber Tierkadavern, die bereits in Verwesung übergegangen waren.

Die Verluste unter den Lämmern begannen allmählich besorgniserregende Ausmaße anzunehmen. »Wenn es so weitergeht, können wir die Lämmer von dieser Saison abschreiben«, stellte Ian mit düsterer Miene fest, als er mit rötlichem Staub überkrustet von seinem wöchentlichen Kontrollritt zu den äußeren Weiden zurückkam. »Die Mutterschafe haben einfach nicht genug Milch. Wir können froh sein, wenn wir die ausgewachsenen Tiere durchbringen.«

Dabei hatten die Anrainer des Murray River noch Glück, denn der Fluss versiegte im Gegensatz zum River Torrens bei Adelaide nie. Dort hatte der Gouverneur bereits das Wasser rationieren müssen. In Fässern wurde das kostbare Nass von weit her angekarrt. Wer ein Fuhrwerk besaß, nutzte die günstige Gelegenheit, sich dadurch ein saftiges Zubrot zu verdienen, denn die Preise stiegen und stiegen.

»Wenn es nur endlich einmal regnen würde!« Mrs. Perkins seufzte und wischte sich mit dem Unterarm über das gerötete Gesicht. Eine Geste der Nachlässigkeit, die sie sich früher nie erlaubt hätte. Ihr hatte die sommerliche Hitze immer schon zu schaffen gemacht. In letzter Zeit schien sie jedoch noch stärker darunter zu leiden. Auch wenn sie sich mit keiner Silbe beklagte, war es ihr anzumerken, dass ihr jede körperliche Anstrengung größte Mühe bereitete. Auch jetzt trug sie das Tablett mit dem Teegeschirr, als sei es aus Blei und nicht aus hauchdünnem, chinesischem Porzellan.

»Die gute Perkins ist auch nicht mehr die Jüngste«, bemerkte Lady Chatwick halblaut und sah ihr nach, wie sie mit schweren Schritten im Haus verschwand. »Wir sollten sehen, eine Hilfe für sie einzustellen.«

»Ian hat dem Vermittler in Adelaide schon vor Wochen den Auftrag gegeben, sich nach einem geeigneten Küchenmädchen umzusehen«, sagte Dorothea und fächelte sich träge Luft zu. »Aber es sind einfach keine passenden zu finden. Die guten sind fest in Stellung und denken nicht daran, in die Wildnis zu ziehen. Und die, die dazu bereit wären, taugen nichts.«

»Könnte Heather ihr nicht ein wenig zur Hand gehen?«

»Heather?« Jetzt war es an Dorothea zu seufzen. »Das Mädchen ist mit Pferdemäulern sorgsamer als mit unserem guten Wedgwood-Geschirr. Mrs. Perkins würde innerhalb einer Woche mit Krämpfen im Bett liegen.«

»Hm«, machte Lady Chatwick, nahm sich dann ein Herz und sprach aus, was ihr anscheinend schon lange auf dem Herzen lag: »Meine Liebe, ich möchte auf keinen Fall impertinent erscheinen, aber so geht das mit dem Mädchen einfach nicht weiter. Bitte, sieh es nicht als Vorwurf. Ich weiß ja, dass du dir alle Mühe mit ihr gegeben hast. Allein dir ist es zu verdanken, dass sie zumindest über eine rudimentäre Bildung verfügt – aber reicht das aus?« Auch wenn sie es nicht explizit aussprach, so schwang doch unterschwellig mit: »Um einen Mann zu finden.«

Im Stillen musste Dorothea ihr recht geben. Heathers Eigenwilligkeit und ihr burschikoses Auftreten waren nicht dazu angetan, junge Herren von Stand zu bezaubern.

»Was sollen wir tun? Sie einsperren?«, gab Dorothea leicht gereizt zurück. Neidisch folgte ihr Blick Parnko und Robert, die gerade mit nassen Haaren und vergnügten Mienen von einem erfrischenden Bad im Fluss zurückkehrten. Auch Ian ging, sooft es sich einrichten ließ, zum Schwimmen. Er hatte sogar angeboten, es ihr beizubringen. Dorothea konnte sich jedoch nicht dazu durchringen, in das von unzähligen Fischen bevölkerte Wasser zu steigen. Abgesehen davon scheute sie davor zurück, dass die Eingeborenen es als willkommenes Schauspiel betrachten könnten.

»Um Himmels willen, nein! Ich dachte an ein Institut für junge Damen«, sagte Lady Chatwick fast entsetzt. »Zufällig habe ich gerade den Brief einer guten, alten Freundin aus Sydney erhalten, in dem sie schrieb, dass es dort jetzt ein solches gebe und es einen ganz ausgezeichneten Ruf genieße. Die Absolventinnen sollen auf dem Heiratsmarkt überaus begehrt sein.«

»Ich werde Heather nicht in die Verbannung schicken, nur weil sie kein Zierpüppchen ist«, wehrte Dorothea vehement ab. »Heather und Sticktücher?« Die Vorstellung war so absurd, dass sie lachen musste. »Wenn sie älter und ruhiger geworden ist, wird sie selber einsehen, dass sie sich ändern muss.«

»Wird sie das?« Lady Chatwick hob zutiefst skeptisch die Augenbrauen. »Ich befürchte eher, je länger man sie in diesem Stil weitermachen lässt, desto beharrlicher wird sie daran festhalten. Es ist allerhöchste Zeit, ihr zu zeigen, dass es im Leben auch noch andere Dinge gibt als Pferde.«

Etwas Ähnliches hatte auch ihre Mutter gesagt und angeboten, Heather für eine Weile mit zu sich in die Stadt zu nehmen. Da Dorothea aber nur zu gut wusste, dass weder sie noch Lischen freie Zeit aufbringen konnten und Heather sich vermutlich zu Tode langweilen würde, hatte sie dankend abgelehnt. Ja, leider genügte ihre Stieftochter ganz und gar nicht den Maßstäben, die an eine junge Dame aus gutem Hause angelegt wurden. Gab sie sich einer Illusion hin, wenn sie darauf hoffte, dass Heather, sobald sie im richtigen Alter war, schon noch Geschmack an schönen Kleidern und Komplimenten entwickeln würde? »Heather wäre todunglücklich in einem solchen Institut«, wandte sie ein. »Wir sollten noch etwas abwarten.«

»Leider nützt es nach meiner Erfahrung wenig, unangenehme Entscheidungen vor sich herzuschieben«, sagte Lady Chatwick ungewöhnlich entschieden. »Die Zeit drängt. Je länger wir ihr ihren Willen lassen, desto schwerer wird es für sie, sich zu ändern. Gibt es nicht ein deutsches Sprichwort: ›Was Hänschen nicht lernt, lernt Hans nimmermehr‹?«

Dorothea musste lachen, weil der englische Akzent das Deutsch dermaßen komisch klingen ließ. »Ich werde mit Ian darüber reden«, versprach sie. »Nimmt diese Dame denn überhaupt noch Schülerinnen auf?«

Lady Chatwick senkte den Blick auf ihre knotigen Finger. »Ich fürchte, ich war da ein wenig voreilig«, gestand sie leicht beschämt. »In meinem letzten Brief hatte ich meiner Freundin das Problem mit Heather geschildert und sie um Rat gefragt. Sie hat sich erkundigt, und jetzt schrieb sie, dass gerade einige Plätze frei geworden wären. Sicherheitshalber hat sie einen reservieren lassen. Dies Institut ist natürlich nicht ganz billig …« Sie nestelte an ihrem Beutel und zog ein zerknittertes Blatt Papier hervor. »Hier, das sind die Statuten und die zu erwartenden Unkosten.«

Dorothea musste mehrmals hinsehen, als sie die Zahlen las. Schließlich keuchte sie auf und sagte: »Das ist ja mehr, als das Jahresgehalt meines Vaters betrug.«

Lady Chatwick zeigte sich nicht übermäßig beeindruckt. »Wirklich? – Nun, dafür, dass dort die besten Lehrer unterrichten, die in Sydney zu finden sind, der Koch ein Franzose ist und die Leiterin Beziehungen bis in höchste Regierungskreise hat, finde ich es absolut angemessen. Ihr solltet nicht zu lange mit eurer Entscheidung warten. Es gibt reichlich Anwärterinnen auf die Plätze dort.«

Auch Ian reagierte nach der ersten Überraschung ausgesprochen positiv auf den Vorschlag. »In letzter Zeit habe ich mich immer öfter gefragt, was wohl Robert dazu sagen würde, dass wir Heather so verwildern lassen«, sagte er. »Sie fühlt sich im Stall ja wohler als im Salon! Ich denke nicht, dass es ihm gefallen hätte.«

Das gab den Ausschlag. Heather riss entsetzt die Augen auf, als sie nach dem Dinner mit diesen Plänen für ihre Zukunft konfrontiert wurde. »Ist es, weil ich dieses blöde Rennen gewonnen habe? Ich verspreche, so etwas nie, nie wieder zu tun.« Totenblass flog ihr gehetzter Blick von einem zum anderen. »Ihr könnt mich doch nicht einfach wegschicken. Ich bin doch hier zu Hause!«

»Das wirst du auch in Zukunft sein«, sagte Dorothea begütigend. »Heather, wir haben nur dein Bestes im Sinn, wenn wir dich auf dieses Institut schicken. Du wirst dort Freundinnen in deinem Alter finden und jede Menge Spaß haben.«

»Ich will keine dummen Gänse als Freundinnen. Und welchen Spaß soll ich dort schon haben? Sie werden den lieben, langen Tag nur über Kleider und Hüte schwatzen.«

Heather ließ sich nicht überzeugen, sosehr Lady Chatwick

und Dorothea sich auch bemühten. Schließlich schob Ian seinen Stuhl zurück, erhob sich und sagte: »Es reicht. Deine kindischen Widerworte werden nichts an unserer Entscheidung ändern. Eine weitere Diskussion können wir uns also ersparen. Deine Passage ist gebucht, die Zusage bereits unterwegs. Nächste Woche fährst du.«

Es wurde eine für alle anstrengende Woche: Das Mädchen schwankte ständig zwischen stillem Schmollen und lautem Lamentieren. Da es sich strikt weigerte, an Auswahl und Verpacken ihrer Kleidung auch nur den geringsten Anteil zu nehmen, übernahm Dorothea diese Aufgabe. Allzu viele Kleider und Unterröcke waren es nicht, die in der Reisetruhe landeten. Heather würde in Sydney nicht darum herumkommen, sich weitere Garderobe anzuschaffen. Das dürfte kein Problem für sie werden, denn Ian hatte veranlasst, dass ihr in der dortigen Filiale der Bank of South Australia monatlich ein großzügig bemessenes Nadelgeld ausgezahlt würde. Auch eine größere Summe für Schneiderrechnungen und Ähnliches stand ihr dort zur Verfügung. Robert hatte seine Stieftochter gut versorgt zurückgelassen. Wenn sie einmal heiratete, würde ihre Mitgift beträchtlich sein.

Es erwies sich als Glücksfall, dass eine gute Bekannte von Mary Moorhouse ebenfalls nach Sydney reiste. Diese Dame versprach, sich während der Fahrt um das Mädchen zu kümmern und auch dafür Sorge zu tragen, dass sie gut im Institut für junge Damen eintraf.

Zwischen Erleichterung und Bedenken, ob sie nicht doch vielleicht zu hart mit Heather umgesprungen waren, hin- und hergerissen, sah Dorothea dem Schiff nach, das sich schwerfällig wie eine alte Matrone immer weiter entfernte, bis die Mangroven es schließlich ihren Blicken entzogen.

»Sie wird sich schon noch damit abfinden«, meinte Ian und legte einen Arm um Dorotheas Schultern. »Ich bin sicher, es ist das

Richtige für sie. Auch wenn sie jetzt Gift und Galle spuckt – später wird sie uns dankbar sein.«

»Ich hoffe es.« Energisch schob Dorothea die trüben Gedanken beiseite. Wann war sie eigentlich das letzte Mal mit Ian allein gewesen? Ganz allein! Spitzbübisch sah sie zu ihm auf. »Weißt du, worauf ich jetzt Lust hätte?«

Ian erwiderte überrascht ihren Blick. »Nein, worauf denn?«

»Dass du mich in dieses wunderbare Kaffeehaus ausführst, in dem wir deinen Geburtstag gefeiert haben. Weißt du noch?«

»Und ob! Lizzy hat sich so vollgestopft, dass ihr nachher schlecht war.« Ian verzog amüsiert die Mundwinkel, ehe er, wieder ernst, hinzufügte: »Ich erinnere mich sehr gut daran. Ich habe die ganze Zeit gegen den Wunsch ankämpfen müssen, dich an mich zu reißen und zu küssen. Es war die Hölle!«

»Wenn du diesmal den Wunsch verspürst, darfst du ihm nachgeben«, sagte Dorothea leichthin und spürte, wie ihr bei dieser Vorstellung ausgesprochen warm wurde. »Auch auf die Gefahr hin, dass sich eine der Klatschbasen an ihrem Tee verschluckt.«

»Und morgen steht es dann im *Register!*« Ihr Mann schüttelte sich. »Nein danke. Ich denke, ich werde auf dein Angebot lieber später zurückkommen.« Er warf ihr einen lasziven Seitenblick zu und flüsterte: »Ich habe da so einige Ideen, was ich gerne täte.«

Übermütig wie ein Schulmädchen ließ sie sich von ihm in die Droschke helfen, die sie und andere Passagiere vom Hafen zurück in die Stadt brachte. Auf Ians Frage, ob er sie an dem Kaffeehaus absetzen könne, nickte der Kutscher nur mürrisch und hielt die Hand auf, um anzudeuten, dass dieser Extraservice auch seinen Preis hätte. Während der Fahrt durch die Parklands unterhielt sie einer der anderen Passagiere mit einer begeisterten Lobeshymne auf die neue Knabenschule, das St. Peters College. »Ein wunderbarer Bau! Man meint, sich in Oxford zu befinden, so erhebend ist die Architektur. Äußerst gelungen. – Kein Wunder, es soll den guten Allen ja auch ein Vermögen gekostet haben. Und die Schulgebühren jetzt sind natürlich entsprechend. Kein Wunder.«

Ein bärtiger Mann erkundigte sich interessiert nach deren Höhe, um dann bedauernd den Kopf zu schütteln. »Dafür könnte ich ja eine kleine Farm kaufen! Das können sich nur Gentlemen leisten!«

»Der Unterricht soll aber sehr gut sein«, verteidigte der begeisterte Passagier das College. »Die Jungen lernen Latein, Griechisch, Französisch, Geografie, englische Geschichte, Grammatik und Rechtschreibung, Geometrie und Arithmetik. Und ich habe gehört, in den nächsten Jahren wollen sie sogar die oberen Klassen aufteilen in einen klassischen Zweig und einen moderneren, wo den Kaufmannssöhnen Buchführung und so etwas beigebracht wird. Mr. Flaxman hat alle seine drei Jungs dort und berichtet nur das Beste.«

»Ab welchem Alter nehmen sie Schüler auf?«, mischte Ian sich in die Unterhaltung. Er wirkte angespannt, nahezu elektrisiert. Dorothea, die der Unterhaltung nur mit halbem Ohr gefolgt war, weil sie sich in Tagträumen gerade lustvoll ausmalte, was Ian heute Abend wohl im Sinn haben mochte, horchte auf. Sie war immer davon ausgegangen, dass sie für Robert einen Hauslehrer einstellen würden, der den Unterricht übernehmen würde, sobald sie an ihre Grenzen stieß. Die waren allerdings bald erreicht. Ihre eigenen Rechenkünste erstreckten sich auf die Grundrechenarten und rudimentäre Zinsrechnung. Von Geometrie oder gar Arithmetik hatte sie nicht die geringsten Kenntnisse. Ebenso wenig von Fremdsprachen oder gar englischer Geschichte. Sie hatte sich schon gefragt, wie sie einen guten Hauslehrer finden sollten, wenn weder sie noch Ian seine Eignung beurteilen konnten. Eine solche Schule wäre die Lösung dieses Problems! Und zudem wäre Robbie mit anderen Jungen seines Alters zusammen, was ihm sicher guttäte. Widerstrebend löste sie sich aus ihren Fantasien und kehrte in die stickige Gegenwart der Droschke zurück.

»Ab acht Jahren«, sagte der Mann, der sich so für das neue College ins Zeug legte, dass Dorothea sich fragte, ob er ehrlich begeistert war oder dafür bezahlt wurde, neue Schüler anzuwerben. »Sie kriegen auch extra noch einen neuen Lehrer für die Kleinen, die noch nicht so weit sind, dass sie mit den Größeren mithalten können. Schauen Sie sich's doch mal an«, sagte er an Ian gerichtet, in dem er denjenigen mit dem größten Interesse zu erkennen glaubte. »Wenn ich Kinder hätte, würde ich sie auf jeden Fall dorthin schicken.«

»Wer sich's leisten kann«, brummte der bärtige Mann missmutig. »So bleiben die feinen Herrschaften jedenfalls hübsch unter sich.«

»Was hältst du davon?«, fragte Dorothea nachdenklich, nachdem sie in einer der begehrten Nischen am Rand Platz genommen hatten. Ungeduldig wartete sie, bis Ian den Tee und zwei Stück Aprikosen-Baiser-Torte bestellt hatte.

»Wovon?«

»Nun, von dieser Knabenschule natürlich!«, gab sie eine Spur ärgerlich zurück. »Weich mir nicht aus! Ich sehe dir immer an, was dir durch den Kopf geht!«

»Wirklich?« Ian lächelte anzüglich und sah ihr tief in die Augen. »Und was denke ich gerade?«

Das war so offensichtlich, dass Dorothea glühend heiß wurde und sie nur noch atemlos flüstern konnte: »Ian! Nicht hier. Denk an die Leute!«

»Keine Angst, ich weiß mich zu beherrschen. Darin hatte ich ja reichlich Übung.« Er lehnte sich lässig zurück und nickte dankend, als das Serviermädchen das Tablett mit dem Tee abstellte.

Erst als sie außer Hörweite war, hatte Dorothea sich wieder

so weit gefasst, dass sie auf das Thema zurückkam. »Glaub bloß nicht, dass ich nicht merke, wie du mich abzulenken versuchst!«, warnte sie ihn und stieß die Kuchengabel energisch in das Tortenstück auf dem Teller vor sich. »Du denkst sicher, ich wäre dagegen, dass Robbie auf diese Schule geht. Aber ich fände es eine ausgezeichnete Lösung.«

»Tatsächlich?« Ian wirkte merkwürdig erleichtert. »Das freut mich, denn ich habe in den letzten Jahren immer wieder gesehen, wie wichtig diese Art Schule genommen wird. Wer nicht auf einem College war, ist ein Mensch zweiter Klasse. In England muss es noch schlimmer sein als hier in Australien. Und ich bin sicher, dass sein Vater ihn auf jeden Fall dorthin geschickt hätte.«

»Können wir uns das denn leisten?« Dorothea erinnerte sich an die astronomischen Summen, die der Mann in der Droschke ihnen genannt hatte, und an die Empörung des Bärtigen.

»Wir können«, erwiderte Ian lapidar. »Aber selbst wenn wir deswegen sparen müssten: Wir schulden es Robert, dass sein Sohn auf die beste Schule geht, die wir ihm ermöglichen können. Die Freundschaften, die er dort schließt, können für sein weiteres Leben entscheidend sein.«

»Ist das nicht ein bisschen übertrieben?« Dorothea rümpfte leicht die Nase. Ihr Bruder August hatte seine Kommilitonen nie so wichtig genommen.

»Nein, leider nicht. Wollen wir morgen zusammen hingehen und sie uns anschauen?« Ian sah äußerst zufrieden aus. »Schade, dass er erst im August acht wird. Sonst hätten wir ihn gleich jetzt anmelden können.« Er runzelte nachdenklich die Stirn. »Vielleicht nehmen sie ihn auch schon früher?«

Dorothea verspürte einen Stich. Konnte er es nicht mehr abwarten, den Jungen loszuwerden? War das etwa der tiefere Grund für seine Begeisterung über diese neue Schule?

Ihr Gesicht musste einen Teil ihrer Gedanken widergespiegelt haben, denn Ian fügte rasch hinzu: »Natürlich erst nach seinem Geburtstag.« Er lächelte ihr zu. »Bis dahin ist es ja noch fast ein halbes Jahr.«

Etwas verkrampft erwiderte Dorothea sein Lächeln. Wenn Ian glaubte, sie empfände nur das ganz normale Widerstreben einer Mutter, ihr Kind aus dem Haus zu geben, sollte es ihr recht sein. »Ja, das ist reichlich Zeit, um sich darauf einzustellen«, sagte sie und schob das problematische Verhältnis ihres Mannes zu seinem Stiefsohn beiseite. »Meinst du, wir könnten uns ein Zimmer in dem Hotel dort drüben nehmen?«

Zuerst sah er sie nur verdattert an, dann jedoch blitzte es in seinen Augen auf. »Das müsste sich machen lassen«, erwiderte er mit dunkler Stimme und hob die Hand, um die Bedienung auf sich aufmerksam zu machen. »Zahlen, bitte.«

Der Portier des *Hotel Bristol* beäugte sie argwöhnisch. So vornehme Gäste verirrten sich nur irrtümlich in die düstere, staubige Halle. Und schon gar nicht verlangten sie am helllichten Tag ein Zimmer nach hinten hinaus! Dergleichen kannte er nur von den Herren in zweifelhafter Begleitung! Doch dieser üblichen Klientel entsprach das Paar überhaupt nicht. Er öffnete schon den Mund, um sie darauf hinzuweisen, dass sie sich sicher im *Hotel Britannia* gleich um die Ecke wohler fühlen würden, als eine glänzende Münze ihn eines Besseren belehrte. In Windeseile ging er im Geist die Zimmer durch und entschied sich für Nr. 8 im ersten Stock, von dem er sicher wusste, dass das Bett erst heute Morgen frisch bezogen worden war. »Kann ich sonst noch etwas für Sie tun, Sir?«, fragte er, während er diesem seltsamen Paar die Tür zu Nr. 8 aufschloss und dabei vermied, die Frau zu genau anzusehen. Wenn es eine verheiratete Frau war, die sich hier mit ihrem Liebhaber traf, wollte er in nichts hineingezogen werden! Nur zu gerne entfernte er sich, nachdem Ian ihm versichert hatte, seine Dienste nicht mehr zu benötigen.

»Ich glaube, er hielt mich für eine dieser Frauen, die Männern gegen Geld gefügig sind«, stellte Dorothea amüsiert fest. »Lass uns so tun, als ob er recht hätte!« Ohne Ians Antwort abzuwarten, lehnte sie sich mit dem Rücken an die geschlossene Tür, warf ihm einen herausfordernden Blick zu und fragte: »Na, wie gefalle ich dem gnädigen Herrn?«

»Auf den ersten Blick recht gut«, ging Ian sofort auf das Spiel ein. Er zog seinen Überrock aus und hängte ihn auf den Stuhl neben dem Bett. Dann lehnte er sich mit gekreuzten Armen an einen der Bettpfosten und musterte sie von Kopf bis Fuß. »Allerdings ist es schwer, eine Ware zu beurteilen, die man nicht sehen kann.«

Die Aufforderung war unmissverständlich. Dorothea spürte, wie die vertraute Hitze sich in ihr ausbreitete. Dies Spiel versprach, aufregend zu werden. Ganz langsam öffnete sie die Verschlüsse ihres Mieders, schob es über die Schultern, bis ihre Brüste halb bloß lagen. Ians Blick verschleierte sich, und sie konnte sehen, wie die Beule an seiner Hose rapide wuchs, bis der Stoff spannte. Auch ihr Atem beschleunigte sich. Ein Teil von ihr drängte sie, sich endlich in Ians Arme zu schmiegen, ihre Lippen auf seine zu pressen und zu fühlen, wie sein harter Körper vor Lust bebte. Ein anderer Teil von ihr genoss es jedoch ungemein, die Führung übernommen zu haben.

Ihre Brüste prickelten unter seinem hungrigen Blick wie unter einer tatsächlichen Berührung. Achtlos ließ sie das Kleid zu Boden gleiten und nestelte mit fahrigen Fingern an den Bändern der Unterröcke. Mit einem kaum hörbaren Rascheln glitt der gestärkte Batist herab, und sie stand in knielangem Chemise und Strümpfen da.

»Nicht schlecht.« Ians Stimme klang etwas gepresst. Dennoch war die Anerkennung deutlich herauszuhören. »Das Hemd auch.«

Er rührte sich nicht. Stand einfach nur da und verschlang sie mit Blicken.

Nur einen winzigen Moment zögerte Dorothea, ehe sie auch das hauchdünne Unterkleid über ihre Schultern gleiten ließ. Nackt bis auf die Strümpfe stand sie da und fühlte sich auf einmal sonderbar verletzlich.

Ian schien den Anflug von Unsicherheit zu spüren. Er löste sich von seinem Bettpfosten und streckte beide Arme vom Körper weg, bis er dastand wie eine Schneiderpuppe. »Jetzt zieh mich aus«, befahl er.

Dorothea trat dicht vor ihn, um die schmale Krawatte aus dunkelbraunem Satin aufnesteln zu können, die er bevorzugte. Unbewusst erwartete sie, dass er sie berühren würde, doch er verhielt sich völlig passiv, während sie sein Hemd aufknöpfte. Überhaupt benahm er sich so ganz anders als sonst, dass sie sich fast wie mit einem Fremden fühlte. Fremd – und dabei war ihr doch sein Körper bis zum letzten Härchen vertraut!

Ihre angestaute Erregung ließ sie mit so großer Hast an den Knöpfen der Hosenträger am Hosenbund zerren, dass er seine breite Hand über ihre legte und warnend sagte: »Hübsch langsam, Mädchen. Nicht, dass der Stoff ausreißt. Sonst ziehe ich dir die Rechnung für den Schneider ab!«

»'tschuldigung, Sir«, wisperte sie ihrer Rolle eines Straßenmädchens gemäß. »Bin so feine Herrenklamotten nich' gewöhnt.«

»Wenn ich deine Dienste wieder in Anspruch nehmen soll, gib dir besser Mühe, dich dran zu gewöhnen.«

»Sehr wohl, Sir.« Mit gesenktem Blick nestelte sie an den Knöpfen, die die Hosenträger hielten, um sich dann denjenigen vom Hosenlatz zu widmen. Wie unabsichtlich streifte sie dabei immer wieder die dicke Beule darunter. Ian atmete zischend ein, und sie konnte sehen, wie sich seine Bauchmuskeln anspannten. Dieses Spiel machte wirklich Spaß!

»Schaffst du es vielleicht noch, bevor ich einschlafe?« Sein harscher Ton konnte nicht darüber hinwegtäuschen, dass er in Wirklichkeit aufs Äußerste erregt war. Und sobald sie ihm die Beinkleider und das Hemd abgestreift hatte und sie sich nackt gegenüberstanden, war es mehr als offensichtlich. Was nun?

Ian beantwortete ihre stumme Frage, indem er sich rücklings auf das Bett fallen ließ und sagte: »Reite mich!«

Zitternd vor Erregung gehorchte sie. Als sie sich auf ihn senkte, ihn heiß und hart in sich spürte, war es um ihren letzten Rest Beherrschung geschehen. Wie im Rausch ritt sie ihn, und als sie schließlich mit einem lauten Schrei auf seine Brust sank, glitt sie in eine Art Trance, in der nichts mehr von Bedeutung war als die unendliche Lust, die sie mit Ian empfand.

Sie hielten sich nicht mehr lange in Adelaide auf, obwohl Mutter Schumann sie gerne für ein paar Tage als Gäste beherbergt hätte. Sie wusste wenig von dem neuen College zu erzählen, dafür Lischen umso mehr. »Es gab immer Probleme zwischen dem Stiftungsrat und Bischof Short. Wenn es nach ihm ginge, wäre das College nur für zukünftige Geistliche. Als der Unterricht noch in den Räumen der Holy Trinity stattfand, hat er sich meistens durchgesetzt. Glücklicherweise hatte er nicht genug Geld, um die neue Schule zu bauen. Und Mr. Allen hat als Bedingung dafür, dass er die Baukosten übernimmt, verlangt, dass die Kirche sich heraushält. Zumindest aus dem Unterricht. Bischof Short soll ja immer alles zu modern gewesen sein, was es nicht auf Griechisch und Latein gab.« Lischen grinste undamenhaft. »Für den guten Bischof ist es sicher hart, wenn der neue Lehrer, der demnächst dort anfängt, auch Chemie und Mechanik unterrichtet. Und sogar einen französischen Tanzlehrer soll es geben – allerdings nur auf Extrawunsch der Eltern.«

»Woher weißt du das alles?«

»Ach, ich war bei einer dieser öffentlichen Vorlesungen über Elektrizität, die Mr. Allom in der Literarischen Gesellschaft abgehalten hat. Und dort habe ich mich ein wenig mit Mr. Flaxman unterhalten. Er ist übrigens ganz begeistert von der Schule. Alle seine drei Söhne sind dort.«

Der erste Eindruck, den St. Peters auf Dorothea machte, war eher einschüchternd: Die schmalen Spitzbogenfenster, die hohen Giebel der Fassade, das schwere dunkle Eingangsportal – alles wirkte, als stünde es seit Jahrhunderten an diesem Platz. Fast erwartete sie, dass ein Ritterfräulein sich aus einem dieser Fenster lehnen und nach ihrem Begehr fragen würde.

Ob es in Oxford tatsächlich so aussah?

Ihr Mann zeigte sich eher unbeeindruckt. Nach einem kritischen Blick auf die restlichen Stein- und Balkenhaufen, die immer noch vor der Eingangstreppe lagerten und auf ihren Abtransport warteten, meinte er nur: »Am Baumaterial wurde wirklich nicht gespart!«, bevor er die Stufen hinaufschritt und energisch den Türklopfer betätigte.

Kein Herold in prächtigem Gewand öffnete den einen Torflügel, sondern ein ziemlich kleines Männchen mit auffallend spitzer Nase. Offenbar hatte er recht hastig seinen Talar angelegt, denn er war nur halb zugeknöpft, und auch der viereckige Magisterhut saß schief auf seinen dunkelbraunen Locken.

»Guten Morgen, die Herrschaften.« Er verbeugte sich gewandt und trat zurück, um ihnen den Weg freizugeben. »Bitte treten Sie ein. Ich bin Magister Samuel Allom. Ich vermute, Sie interessieren sich für unsere neuen Räumlichkeiten?«

»Ian Rathbone. Und das ist meine Frau.« Er streckte dem Männchen die Hand entgegen. »Wir überlegen, unseren Sohn bei Ihnen anzumelden.« In der Eingangshalle, die bei aller Schlichtheit durch ihre schiere Höhe und Größe beeindruckte, hallte seine sonore Stimme unerwartet. Mit gesenkter Stimme fügte er hinzu: »Natürlich möchten wir uns erst einmal einen Eindruck verschaffen.«

Mr. Allom verbeugte sich erneut. »Selbstverständlich. Wenn ich Sie bitten dürfte, sich in unserem Visitationsbuch einzutragen?« Er wies auf ein Stehpult mit einem aufgeschlagenen, in braunes Leder gebundenen Buch. »Wie Sie sehen können, nehmen die Eltern unserer Schüler regen Anteil.«

Dorothea blätterte ein wenig zurück. Tatsächlich war im letzten Jahr keine Woche vergangen, in der sich niemand eingetragen hatte.

»Auch unser Stiftungsrat nimmt seine Aufgabe sehr ernst«, bemerkte Mr. Allom eine Spur süffisant. »Aber ich darf sagen, dass bei keiner der Visitationen irgendwelche Beanstandungen geäußert wurden.« Als Erstes führte er sie zum nagelneuen Schulzimmer, einem Raum von etwa zehn Meter Breite und dreiundzwanzig Meter Länge, hell und luftig durch zahlreiche raumhohe Fenster. »Hier ist Platz für bis zu hundertzwanzig Schüler«, erklärte er stolz. »Momentan sind es erst vierzig, aber unser guter Ruf beschert uns jedes Jahr weitere Anmeldungen. Unser Ziel ist eine gute, umfassende Allgemeinbildung und eine Festigung des Charakters. Dazu das nötige Maß gesellschaftlicher Gewandtheit, um sich auch in höheren Kreisen bewegen zu können. Deswegen der Tanzlehrer und französische Konversation. Ich weiß, dass einige Vertreter der anglikanischen Kirche hier in Adelaide diesen Teil kritisch sehen, aber ich darf Ihnen versichern, wir leisten keinesfalls dem Verfall der Sitten Vorschub!«

Er öffnete ein Fach des Lehrerpults und zeigte ihnen einen Stapel vorbereiteter Urkunden: »Hier, das sind die Moralurkunden, die wir jetzt einführen. Jeder Schüler bekommt Punkte für Fleiß, gutes Benehmen, persönlichen Fortschritt und so weiter und so fort dort eingetragen, und seine Stellung in der Gemeinschaft richtet sich streng nach seinem Punktestand.«

Dorothea war verblüfft über diese Regelung. »Es gibt hier keinen Rohrstock?«, vergewisserte sie sich.

»Selbstverständlich nicht!« Mr. Allom wirkte geradezu empört. »Das mag in der Armenschule üblich sein. Aber doch nicht bei uns!«

Die restlichen Räume waren schnell durchschritten. Der Rundgang endete in dem Büro und Aufenthaltsraum der Magister, in dem ein ziemliches Chaos herrschte. Mr. Allom entschuldigte das damit, dass die Dame, die tagsüber die Aufgaben einer Haushälterin übernehmen sollte, noch nicht erschienen sei. Das Schuljahr sollte ja auch erst in einer Woche wieder beginnen. »Und – wie haben Sie sich entschieden?« Seiner erwartungsvollen Miene nach rechnete er fest mit einer Anmeldung.

»Soweit ich das beurteilen kann, macht alles einen sehr guten Eindruck«, sagte Ian bedächtig. »Ich denke, Robert würde sich hier wohlfühlen. Was meinst du?«

Dorothea nickte bloß stumm. Im Vergleich zu den Schulen in Dresden und ihren strengen Lehrmeistern erschien ihr diese ausgesprochen liberal. Und er würde ja bei ihrer Mutter wohnen. Sollte es irgendwelche Probleme geben, wäre Robbie nicht mutterseelenallein fremden Menschen ausgeliefert. Mutter Schumann konnte sehr energisch werden, wenn es um das Wohlergehen ihrer Angehörigen ging.

Mr. Allom zeigte sich, was den Eintritt in die Schule betraf, äußerst entgegenkommend, und so einigte man sich schnell darauf, dass Robert Masters junior in der Woche nach seinem achten Geburtstag im St. Peters College aufgenommen werden würde.

»So, das haben wir mit den beiden doch alles prima geregelt. Hoffentlich bleiben wir jetzt für die nächste Zeit von Aufregungen und Skandalen verschont!«, sagte Ian und seufzte laut auf, als sie am nächsten Tag nach Eden House zurückkehrten. »Ich sehne mich so nach etwas Ruhe und Frieden im Haus.«

4

Bereits ein paar Tage später wurde die ersehnte Ruhepause durch die Ankunft des Postdampfers beendet. Schon von Weitem kündigte der Kapitän sein Kommen mit einer ausgiebigen Betätigung des Nebelhorns an. Solcherart aufgeschreckt, rannte alles, was Beine hatte, zur Anlegestelle. Bis das Schiff den Steg erreichte, war dort immer schon eine große Menschenmenge versammelt, die sich diese willkommene Abwechslung im täglichen Allerlei nicht entgehen lassen wollte.

Auch diesmal hatte nicht einmal Lady Chatwick es sich nehmen lassen, ihre Briefe und Zeitungen persönlich entgegenzunehmen. Doch etwas war anders als sonst. Auf dem vorderen Deck standen drei Gestalten, wie man sie hier sonst nicht zu sehen bekam. Die zwei Herren in Gehrock und Zylinder lehnten lässig nebeneinander an der Reling und musterten aufmerksam die Menschenansammlung. In einem durch das beeindruckende Ausmaß ihrer Röcke bedingten Abstand neben ihnen stand eine junge Frau und drehte gelangweilt ihren Sonnenschirm hin und her.

Bei ihrem Anblick musste Dorothea an die Abbildungen in den Modejournalen ihrer Mutter denken: Auf dem Kopf trug sie einen Strohhut *à la paysanne,* aufgeputzt mit saphirblauen Satinbändern und Seidenblumen. Dazu ein Reisekleid aus silbergrauem Moiré mit zwei Volants und darüber eine pinkfarbene Pelisse, im armenischen Stil mit schwarzen Samt-Posamenten verziert.

Selbst in Adelaide wäre sie aufgefallen. Hier draußen, am Murray River, wirkte sie so fremdartig wie eine Besucherin aus einer anderen Welt.

»Was sind das denn für Leute?« Mrs. Perkins wirkte nicht allzu begeistert. »Die wollen doch nicht etwa zu uns?« Der Verdacht war naheliegend, denn Eden House war die letzte Anlegestelle auf dem Murray River.

Langsam manövrierte der Kapitän sein Schiff an die massiven Eukalyptusholzpfähle und warf die Seile John zu, der sich beeilte, sie festzuzurren.

»Hallo, ahoi, ihr Landratten. Ich habe euch Besuch mitgebracht!« Die Stimme des Kapitäns trug fast so gut wie sein Nebelhorn. Ein Irrtum war nicht möglich.

»Hat Ian irgendetwas davon verlauten lassen, dass er jemanden eingeladen hätte?«, erkundigte Lady Chatwick sich leise bei Dorothea.

»Nicht die geringste Andeutung«, gab die genauso leise zurück und beobachtete, wie die Unbekannte, galant assistiert vom Kapitän, den schmalen Spalt zwischen Schiff und Steg überwand.

»Guten Tag, ich bin Dorothy Rathbone«, sagte Dorothea und ging auf die junge Frau zu. »Wie kann ich Ihnen helfen? Sind Sie sicher, dass Sie zu uns wollen?«

»Natürlich will sie das«, blaffte der Kapitän dazwischen, ehe die Angesprochene antworten konnte. »Hat mich die ganze Zeit damit gelöchert, wie es hier aussähe. Und wer alles auf Eden House lebt.« Unerwartet erinnerte er sich an seine Manieren. »Das ist übrigens Miss Catriona Grenfell. In Begleitung ihres Bruders Honorable Percy Grenfell und von Mr. … – wie hieß er noch mal?«

»Mr. Andrew Billingsworth«, sagte die junge Dame. Zum ersten Mal hörte Dorothea ihre Stimme und war überrascht, wie melodisch die englische Sprache klingen konnte. »Entschuldige vielmals, liebe Cousine, dass wir uns euch so einfach aufdrängen.

Wir hätten natürlich vorher schreiben müssen. Aber es ging alles so schnell: Als Mr. Billingsworth sich entschied, persönlich dieser Angelegenheit nachzugehen, haben wir uns ganz kurzfristig entschlossen, ihn zu begleiten. Ob die Dienstmädchen ein oder drei Zimmer herrichten, ist ja auch egal, nicht wahr?«

Dorothea rang um Fassung. Diese junge Dame hatte etwas an sich, das sie völlig aus dem Konzept brachte. Warum benahm sie sich so unangemessen vertraulich?

»Entschuldigen Sie«, gelang es ihr mit nur leichtem Stottern zu sagen. »Ich möchte nicht unhöflich sein, aber ich höre Ihren Namen zum ersten Mal. Und um welche Angelegenheit handelt es sich hier eigentlich?«

»O nein, ich fürchte, ich muss mich schon wieder entschuldigen«, rief die Vision in Rosa und schlug in gespielter Verzweiflung die Hände zusammen. »Wie konnte ich nur so kopflos sein? Natürlich kannst du das nicht wissen. Es geht um Onkel Hugh und seinen Sohn Gregory, unseren Cousin. Mr. Billingsworth ist der Familienanwalt der Familie Embersleigh.«

Die junge Frau schien anzunehmen, dass damit ihre Identität klar wäre. Aber wieso nannte sie sie »Cousine«? Angestrengt bemühte Dorothea sich, die Bruchstücke zusammenzufügen, als ihr schlagartig einfiel, wo sie diesen Namen zuletzt gehört hatte: Embersleigh war der Name jenes kauzigen Lords in England gewesen, der sich einbildete, Ian wäre sein verschwundener Sohn!

»Sie sind doch nicht den ganzen Weg von England gekommen, bloß wegen dieser Räuberpistole!«, rief sie aus und fühlte sich wie in einem jener Theaterstücke, in denen man die Torheit der imaginären Personen nicht fassen kann. »Ich fürchte, da liegt ein ganz gewaltiger Irrtum vor: Mein Mann ist ganz bestimmt nicht der Sohn und Erbe von Lord Embersleigh. Das hat er ihm auch geschrieben.«

»Onkel Hugh sieht das völlig anders«, erwiderte Catriona

schlicht. »Er hat uns geschickt, weil er selber nicht mehr reisen kann. Wir sollen Ian in seinem Namen sozusagen in den Schoß der Familie aufnehmen. Wo ist er eigentlich?«

»Auf der Nordweide«, sagte Dorothea automatisch. Immer noch drehte sich in ihrem Kopf alles wild durcheinander. Was für eine verrückte Situation!

Während des kurzen Wortwechsels hatten die Schiffer die Reisekisten ausgeladen, und der jüngere der beiden Herren zählte den Männern ein paar Münzen in die schwieligen Handflächen. Derweil schritt der ältere gravitätisch auf Dorothea zu und zog den Zylinder.

»Mrs. Rathbone, gestatten Sie, dass ich mich selber vorstelle? Andrew Billingsworth. Ihr Gatte und ich haben korrespondiert.« Er wirkte ein wenig verlegen, als sei er sich bewusst, dass dieser Überraschungsbesuch etwas Überfallartiges an sich hatte. »Ich würde ihm gerne alles erklären. Bitte, könnten Sie mich zu ihm führen lassen?«

»Das dürfte schwierig sein, mein Guter«, warf Lady Chatwick ein, wobei sie es fertigbrachte, auf ihn herabzusehen, obwohl er gut einen Kopf größer war als sie. Lady Chatwick schätzte es nicht, übersehen zu werden. »Zur Nordweide ist es selbst für einen geübten Reiter ein guter Halbtagesritt, und Sie sehen mir nicht so aus, als wären Sie besonders sportlich.« Leicht verächtlich musterte sie die rundliche Gestalt des Mannes durch ihr Lorgnon.

»Nein, das ist der gute Billingsworth wirklich nicht«, war eine angenehme Stimme zu vernehmen, bevor betretenes Schweigen sich breitmachte. »Dafür hat er andere Qualitäten. – Gestatten Sie, Mesdames: Percy Grenfell, Ihr Diener.« Seine Verbeugung vor den beiden Damen war formvollendet, wenn auch eine Spur theatralisch. Musste er dabei seinen Hut fast über den Boden schleifen? Und dann griff er auch noch nach ihrer Hand und hauchte mit einem gemurmelten »Cousine Dorothy« einen Kuss auf ihren bloßen Handrücken. In Dorotheas Augen war das mehr als eine Spur zu vertraulich. So rasch es ging, zog sie ihre Hand zurück und stellte die übrigen Anwesenden vor. Wie bei vornehmen Engländern üblich, nickten sie Mrs. Perkins und John nur beiläufig zu, Parnko ignorierten sie ganz.

»Lady Chatwick, darf ich Ihnen meinen Arm anbieten?« Percy Grenfells blaue Augen strahlten mit dem Himmel um die Wette. »Von Ihnen hat der gute Kapitän ununterbrochen geschwärmt. Eine Dame von Welt, die es in die Wildnis verschlagen hat. Ich flehe Sie an, mir alles darüber zu erzählen.« Die Strategie hatte Erfolg. Besänftigt, ja geradezu überwältigt von dem Ausmaß an Aufmerksamkeit, das er ihr zuteilwerden ließ, legte Lady Arabella ihre Hand in seine Armbeuge und ließ sich Richtung Wohnhaus führen.

»Ja, bitte, kommen Sie doch auch ins Haus«, bat Dorothea Catriona und Mr. Billingsworth, der unschlüssig auf seiner Unterlippe kaute. »John und Parnko werden sich um das Gepäck kümmern, und Mrs. Perkins wird gleich Ihre Zimmer richten.«

»Sehr wohl, Ma'am.« Mrs. Perkins knickste, was sie normalerweise nicht zu tun pflegte. »Soll ich der Dame dann Miss Heathers Zimmer geben?«

»O Himmel«, rief Catriona zerknirscht aus. »Keinesfalls wollten wir euch Umstände bereiten. Irgendeine Wäschekammer reicht mir völlig. Ich habe einfach nicht nachgedacht. Auf Embersleigh Manor stehen immer so viele Räume leer, dass es keine Rolle spielt, wie viele Hausgäste da sind.«

Aus irgendeinem Grund fühlte Dorothea sich bemüßigt, ihr Heim zu verteidigen. »Wir bekommen hier draußen nicht viel Besuch«, erklärte sie. »Deswegen wären viele Gästezimmer unsinnig. Mrs. Perkins hat auch so genug zu tun.«

»Das kann man wohl sagen«, murmelte die und rückte energisch ihre Haube zurecht. »Dann werde ich als Erstes die Betten beziehen und dann einen kalten Lunch zubereiten, wenn's recht ist, Ma'am. Mehr kriege ich jetzt nicht so schnell zustande.«

Auf Dorotheas Versicherung hin, dass sie völlig freie Hand hätte, stapfte sie Richtung Haus davon.

»Was für eine drollige Person!« Catriona zog die Nase kraus, während sie der stämmigen Gestalt der Köchin hinterhersah. »Sie erinnert mich an mein altes Kindermädchen. Sally nahm sich auch ziemliche Freiheiten heraus. Ist sie schon lange bei euch?«

»Mrs. Perkins war schon Haushälterin bei Robert«, erwiderte Dorothea geistesabwesend.

»Robert?«

»Mein erster Mann.« Dorothea hatte keine Lust, über diesen Teil ihrer Vergangenheit zu reden, deswegen drehte sie sich um und winkte dem davontuckernden Dampfer nach. Falls der Kapitän sich wunderte, war es ihr egal. »Wir sollten besser zusehen, ins Haus zu kommen«, sagte sie, ehe Catriona oder Mr. Billingsworth das Thema erneut aufgreifen konnten. »Wenn man es nicht gewöhnt ist, hat man schneller einen Sonnenstich, als man denkt.«

»Das glaube ich sofort«, stöhnte der Anwalt und wischte sich mit einem karierten Taschentuch über das Gesicht. »Auf dem Wasser war es ja recht angenehm, aber hier ...«

Die beiden Frauen tauschten einen belustigten Blick. Catriona schien die Hitze überhaupt nichts auszumachen. Obwohl sie sicher mindestens zehn Unterröcke trug, wirkte sie so kühl und frisch, als habe sie gerade ihr Ankleidezimmer verlassen. Einzig ein feiner Schweißfilm an den Schläfen verriet, dass sie nicht ganz immun gegen die Hitze war.

Im Salon war es dank der geschlossenen Fensterladentüren zwar dämmrig, aber angenehm kühl. Lady Chatwick thronte dort bereits in ihrem angestammten Sessel und war von Percy Grenfell mit einem Glas frischer Limonade versorgt worden. Als die drei eintraten, winkte die alte Dame Andrew Billingsworth herrisch zu. »Setzen Sie sich zu mir, Herr Advokat, und verraten Sie mir, was Sie hergeführt hat. Ich habe genug Erfahrung mit Rechtsverdrehern, um zu wissen, dass Sie Ihre Kanzlei nicht grundlos verlassen haben. Worum geht es?«

Billingsworth versteifte sich sichtbar. »Ich bedaure, dazu kann ich mich nicht äußern«, wehrte er schmallippig ab. »Mein Auftraggeber hat mich zu absoluter Vertraulichkeit verpflichtet. Nach meinem Gespräch mit Mr. Rathbone steht es diesem frei, mich davon zu entbinden. Bis dahin muss ich Sie jedoch bitten, nicht in mich zu dringen.«

»Alter Spielverderber!« Percy schnitt ihm quer durch das Zimmer eine Grimasse. »Na, wir sind jedenfalls nicht zum Schweigen verpflichtet.« Er blinzelte Catriona schelmisch zu. »Sollen wir es ihnen verraten, Schwesterherz?«

Andrew Billingsworth räusperte sich. »Mr. Grenfell, als Anwalt Ihres Onkels möchte ich ganz entschieden davor warnen ...«

»Schon gut, schon gut.« Percy grinste und ließ sich in einen Sessel plumpsen. »Wir sind doch alle eine Familie. Kein Grund, sich aufzuplustern, alter Junge. – Onkel Hugh ist davon überzeugt, endlich seinen verschollenen Sohn und Erben aufgespürt zu haben. Und ich muss sagen, es sieht schon verflixt danach aus, dass er recht haben könnte«, erklärte er.

Lady Chatwick schnappte hörbar nach Luft. Ihr hatten sie nichts von dem seltsamen Brief erzählt, weil Ian meinte, sie sei schon so anstrengend genug. Wenn sie von dieser Geschichte Wind bekäme, würde ihre Neugierde unerträglich werden.

Percy gönnte sich einige Sekunden, die Reaktion auf seine Enthüllung zu genießen, ehe er fortfuhr: »Ich muss zugeben, zuerst dachte ich, dieser Gauner versuchte nur, sich ein hübsches Sümmchen zu erschwindeln. Aber dann ...« Er schüttelte immer noch ungläubig den Kopf.

»So geht es nicht. Du musst es schon der Reihe nach erzählen«, warf Catriona ein. »Es geht darum, dass unser Onkel sich urplötzlich einbildete, sein vor über zwanzig Jahren verschwundener Sohn wäre noch am Leben«, fügte sie an Dorothea und Lady Chatwick gewandt hinzu. »Er verschwand im Alter von drei Jahren spurlos, mitsamt seinem Kindermädchen.«

»Erzähle ich die Geschichte oder du?« Percy wirkte nicht allzu erfreut über die Einmischung seiner Schwester.

»Du natürlich, mein Lieber!« Catriona lächelte süßlich. »Aber zäum das Pferd nicht von hinten auf.«

»Also gut: Als unser Onkel und seine Frau damals von einer Kartengesellschaft zurückkamen und noch einmal nach dem Kleinen sehen wollten, war sein Bett leer. Das Fenster stand sperrangelweit offen, und das Kindermädchen war ebenfalls nicht auffindbar. Obwohl die Dienerschaft sofort ausschwärmte und alle Stallungen und Nebengebäude durchsuchte, blieben beide verschwunden. Am nächsten Morgen wurden Suchtrupps in alle Himmelsrichtungen gesandt, und einer kam mit einem Fetzen zurück, der einwandfrei identifiziert wurde: Er stammte vom Nachthemd des Kleinen. Ein Stallbursche hatte ihn an einem Haselbusch direkt am Flussufer entdeckt. Natürlich wurde sofort flussabwärts nach der Leiche des Kindes gesucht, aber vergebens. Meine Tante verlor darüber den Verstand.«

Dorothea verkrampfte unbewusst die Finger ineinander. Nur zu gut konnte sie die Verzweiflung der Mutter nachfühlen. Hatte sie nicht ähnlich empfunden, als ihr erster Sohn von Ian eines Morgens kalt und steif wie eine Holzpuppe in seinem Steckkissen gelegen hatte? Niemals würde sie diese matten, blinden Augen vergessen, die sie Hilfe suchend anzustarren schienen, bevor Mrs. Perkins ihm sanft die Lider geschlossen hatte. Kaum hörte sie, wie Percy in seiner Erzählung fortfuhr.

»Bei der amtlichen Anhörung meinte der Friedensrichter, vermutlich sei der Kleine, vom Kindermädchen unbemerkt, aus dem Fenster geklettert, zum Fluss gelaufen und dort ertrunken. Er führte gerade ungewöhnlich viel Wasser, deswegen sei der kleine Körper wohl auch sehr schnell davongetragen worden. Das Kindermädchen hätte sich dann aus Angst vor Strafe heimlich davongemacht. Es schien die einzig mögliche Erklärung, und niemand hat sie je angezweifelt, bis Onkel Hugh sich vor einigen Jahren plötzlich einbildete, er hätte von seinem Sohn geträumt.«

»Einfach so?« Lady Chatwick runzelte die Stirn. »Gab es nicht vielleicht irgendeinen äußeren Anlass dafür? Ein schweres Nervenfieber oder so etwas?«

Percy hob gleichmütig die Achseln. »Nicht dass ich wüsste. Onkel Hugh war, bis ihn dieser Reitunfall voriges Jahr zum Krüppel machte, stets bei bester Gesundheit. Unser Vater versuchte natürlich, ihn zur Vernunft zu bringen, aber es war umsonst. Mein Onkel schreckte nicht einmal davor zurück, einen Detektiv von Scotland Yard anzufordern, damit er ihn mit den entsprechenden Nachforschungen beauftragen könne.«

»Einen echten Detektiv?«, fragte Lady Chatwick aufgeregt. »Wie sah er aus?«

»Oh, natürlich schickten sie keinen Polizisten«, sagte Percy ein wenig von oben herab. »Es war ein ehemaliger Bow Street Runner, der sich seine Rente aufbessern wollte – ein schäbig gekleideter, kleiner Mann mit einem schrecklichen Halstuch.«

»Aber er war nicht dumm!« Catriona nippte an ihrer Limonade. »Er hat mehr herausgefunden, als Onkel Hugh zu hoffen gewagt hatte!«

»Ja, genau«, riss Percy das Gespräch wieder an sich. »Er ging davon aus, dass, wenn unser Cousin nicht ertrunken war, er irgendwo geblieben sein musste. Tot oder lebendig. Also begann er seine Nachforschungen in den Pfarrhäusern entlang der Straßen und fragte nach unbekannten Toten aus dem Jahr seines Verschwindens. Er stieß dabei auf eine Unbekannte, die etwa zwei Tagesritte von Embersleigh Manor tot im Wald aufgefunden worden war. Die Wildhüter schworen, in der Nähe der jungen Frau, offenkundig einer Prostituierten, keine menschlichen Überreste oder Blutspuren gesehen zu haben.«

»Woran war sie denn gestorben?«, wollte Lady Chatwick wissen.

»Das wusste niemand mehr.«

»Und wenn es gar keine Prostituierte, sondern das verschollene Kindermädchen war? Vielleicht sind beide entführt worden, und sie wurde ermordet und der Junge mitgenommen.« Lady Chatwick war ganz in ihrem Element.

»Wenn die Frau ermordet worden wäre, hätte der Pfarrer es vermerkt.« Percy ließ sich nicht aus der Ruhe bringen. »Ich fürchte, wir werden nie erfahren, ob es nun das Kindermädchen oder jemand anders war. Jedenfalls nahm der Detektiv die Spur auf, fragte im nächsten Ort herum und siehe da: Die Wirtin erinnerte sich noch daran, dass in dem Jahr, in dem sie ihren Mann geheiratet hatte, Zigeuner durchgezogen waren, die ein seltsames Kind bei sich gehabt hatten. Zu hell für ein Zigeunerkind, meinte sie. Aber sie hätte nicht nachgefragt. Erst später hätte sie daran gedacht, dass es sich vielleicht um ein entführtes Kind gehandelt haben könnte. Aber da hatte sie Angst, man würde ihr Vorwürfe machen, dass sie nicht gleich die Polizei gerufen hatte, und hat lieber weiter geschwiegen.« Percy trat zum Vertiko und füllte sein Glas erneut, ehe er es hob und mit schiefem Grinsen sagte: »Ein Hoch auf Mr. Wheeler, diese erstaunliche Spürnase!«

Dorothea glaubte zu wissen, wie es weiterging. Ian hatte ihr ja alles erzählt, was er von seinem Pflegevater wusste. »Diese Zigeunergruppe?«, fragte sie zögernd. »Konnten sie dem Detektiv weiterhelfen?«

»Das konnten sie. Es dauerte seine Zeit, bis er sie ausfindig gemacht hatte. Aber dann war der Anführer sehr gesprächig. Sein

Vater hatte einen kleinen Jungen im Wald gefunden und mitgenommen. Die tote Mutter hatte er einfach liegen gelassen. Der Junge lebte beim Clan, bis sein Vater ihn wegschickte. Danach hätten sie nie wieder von ihm gehört.«

Natürlich nicht. Ian war ja nach London gegangen. Dorothea spürte, wie sie zunehmend aufgeregter wurde. Es sah tatsächlich ganz danach aus, dass Ian dieser verschollene Sohn war!

»Danach verlor sich die Spur«, erzählte Percy weiter. »Der Detektiv brauchte ein halbes Jahr, bis er sie in London wiederfand. In einer Besserungsanstalt für Straßenkinder.« Er grinste übermütig. »Das hat Onkel Hugh einen ziemlichen Schock versetzt! Auch dass sein Sohn und Erbe nach Australien geschickt worden war. Er war kurz davor, die Jagd abzublasen. Aber Blut ist dicker als Wasser …«

Dorothea räusperte sich, weil sie ihrer Stimme nicht ganz traute. »Wie hieß der kleine Junge denn ursprünglich?«, fragte sie leise.

»Gregory Frederick Winston Archibald Sutton-Embersleigh«, ließ sich zum ersten Mal seit seinem halbherzigen Protest wieder Andrew Billingsworth vernehmen. »Viscount Embersleigh.«

Percy verzog schmerzlich das Gesicht. »Sie müssen es nicht noch extra betonen, alter Knabe! Ich weiß, dass ich dann wieder hinter ihn zurückfalle. Was soll's? Ein lebender Cousin ist wertvoller als ein Titel. Deswegen wollten wir ihn ja auch unbedingt kennenlernen. Ich kann es kaum noch abwarten. – Am liebsten würde ich ein Pferd satteln lassen und ihm entgegenreiten.«

»Auf keinen Fall!«, sagte Dorothea entschieden. »Es ist zwar nicht mehr so gefährlich wie früher. Aber es wäre leichtsinnig, ein unnötiges Risiko einzugehen.«

»Genau. Von dem armen Adjutanten von Gouverneur Gawler fand man nur noch sein Fernglas.« Lady Chatwick erschauerte theatralisch. »Weder von ihm noch von seinem Pferd eine Spur.« Sie rollte mit den Augen. »Vermutlich aufgefressen. Alle beide«, fügte sie leise hinzu.

»Um Himmels willen!« Andrew Billingsworth sah sich so ängstlich um, als erwarte er, jeden Moment eine schreckerregende Gestalt aus der Zimmerecke springen zu sehen. »Sind wir denn überhaupt sicher hier?«

»Vollkommen«, bemühte Dorothea sich eilig, ihn zu beruhigen. Sie warf Lady Arabella einen ärgerlichen Blick zu. Wieso machte sie sich einen Spaß daraus, den armen Mann zu ängstigen? Man konnte doch auf den ersten Blick sehen, dass er nicht die geringste Ahnung vom Leben außerhalb einer Stadt hatte. Vermutlich hatte er noch nie in seinem Leben einen Fuß ins Hinterland gesetzt und nahm ihre Schauergeschichten für bare Münze. »Das Geschehen, auf das Lady Chatwick anspielt, ist viele Jahre her. Gouverneur Gawler hatte sich in den Kopf gesetzt, die Gegend hier zu erkunden. Weil sein Pferd lahmte, blieb sein Adjutant zurück und verschwand spurlos. Er kann genauso gut in Treibsand geraten oder beim Überqueren des Flusses von der Strömung mitgerissen worden sein.«

»Ja, sind die Schwarzen hier nun gefährlich oder nicht?« Catriona wirkte eher interessiert als besorgt.

»Das kann man nicht pauschal beantworten«, sagte Dorothea und bemühte sich verzweifelt, die Bilder von der Höhle des Skelettmanns, die sich wieder einmal in ihren Kopf drängten, zu ignorieren. »King George würde keinem seiner Leute erlauben, einen von uns auch nur anzurühren. Aber man kann nie wissen, wer sich sonst noch hier herumtreibt. Seit einigen Wochen gibt es Überfälle auf Außenstationen weiter im Süden. Die Squatter in den Weidegebieten dort entschädigen die Eingeborenen nicht angemessen, und die rächen sich, indem sie alles verwüsten und die Posten niederbrennen. Dabei sind schon jede Menge Schafe und auch einige Hirten getötet worden.«

»So aufregend hatte ich mir das gar nicht vorgestellt«, bemerkte Catriona mit glänzenden Augen. »Zu Hause in England habe ich bisher nur auf Enten geschossen. Es wäre eine nette Abwechslung, einmal Jagd auf Wilde zu machen.«

Meinte sie das ernst oder sollte es ein Scherz sein? Ehe Dorothea nachfragen konnte, lachte Percy auf und meinte: »Du hast dich zu viel mit diesem komischen Kauz unterhalten, Schwesterchen. Wir sind hier nicht auf Van Diemensland!«

»Auf Van Diemensland jagen sie Eingeborene wie Jagdwild?« Selbst Lady Chatwick schien das zu weit zu gehen.

Percy hob abwehrend beide Hände: »Schauen Sie mich nicht so missbilligend an, Mylady. Ich kann nichts dafür. Der Mann erzählte uns, dass sie auf der Insel fast alle Eingeborenen ausgerottet hätten. Es wäre nur noch eine Frage der Zeit, bis das Problem gänzlich gelöst sei und die Insel ein Paradies für Schafe.«

»Also hier in Südaustralien schießen wir nicht auf unsere Eingeborenen«, erklärte Dorothea mit Nachdruck. »Dem Gesetz nach stehen sie genauso unter dem Schutz der englischen Krone wie jeder andere Bürger der Kolonie. Wer sich an ihnen vergreift, muss damit rechnen, zur Rechenschaft gezogen zu werden!«

Ian kehrte müde und staubbedeckt am Abend des übernächsten Tages zurück. Sobald sie das Hufklappern hörte, eilte Dorothea zu den Stallungen, um ihn vorzuwarnen. Ihr Mann schätzte es nicht sehr, überrumpelt zu werden. Er hatte sein Pferd John übergeben und stand an der Pumpe, um sich den gröbsten Schmutz von Gesicht und Armen zu waschen. »Du wirst nicht glauben, wen wir hier zu Besuch haben!«, rief sie, kaum dass sie um die Ecke gebogen war.

»Was war wohl das Erste, was John mir erzählte, noch bevor ich die Füße aus den Steigbügeln hatte?«, fragte er zurück und musterte sie erstaunt. »Darling, seit wann trägst du an einem ganz normalen Wochentag dein bestes Nachmittagskleid?«

»Du wirst es verstehen, sobald du Catriona siehst«, gab sie zurück. »Neben ihr fühle ich mich ständig wie eine Landpomeranze. – Nein, du wirst mich jetzt nicht küssen!« Sie streckte ihre Hände in den weißen Häkelhandschuhen aus, um ihn auf Abstand zu halten. »Ich will mich nicht schon wieder umziehen müssen.«

»Du weißt schon, dass ich mir meinen Kuss dann heute Abend mit Zins und Zinseszins hole?«, sagte Ian und sah sie mit so schweren Lidern an, dass Dorothea fast schwach geworden wäre.

»Beeil dich«, drängte sie stattdessen. »Wir sind alle im Salon. Mr. Billingsworth kann es kaum noch abwarten, dich zu sprechen, damit er endlich nach England zurückkehren kann. Percy und Catriona wollen noch bleiben und dich kennenlernen.«

»Soso«, war alles, was Ian darauf erwiderte.

Trotz ihres Drängens nahm er sich die Zeit zu einer sorgfältigen Toilette, und als er eine Stunde später, frisch rasiert, gebadet und umgekleidet, in den Salon trat, erinnerte nichts an ihm mehr an den Buschreiter, der gerade einige Tage im *mallee* verbracht hatte. Dorothea registrierte, dass er den neuen Anzug und dazu den hohen Kragen mit den extrem gestärkten Spitzen trug, den er bisher verächtlich als »dandyhaft« verschmäht hatte. Einzig sein tief gebräunter Teint und seine geschmeidigen Bewegungen verrieten, dass er sich zu Pferd und im Busch wohler fühlte als auf Gesellschaften. Noch bevor Dorothea den Mund öffnete, um ihn vorzustellen, trippelte bereits Catriona auf ihn zu.

»Cousin Gregory!«, rief sie und machte Anstalten, ihm um den Hals zu fallen.

Instinktiv trat Ian einen Schritt zurück und ergriff rasch eine der kleinen, flatternden Hände, um sie vorsichtig zu schütteln. »Sehr erfreut«, murmelte er zutiefst verlegen und warf Dorothea einen verzweifelten, stummen Hilferuf zu.

»Cat, du kannst den armen Mann doch nicht so überfallen«, sagte ihr Bruder, lachte, rappelte sich aus seinem Sessel auf und streckte seine langen Glieder, ehe er auf Ian zutrat, um ihn etwas zurückhaltender zu begrüßen. »Schön, dich endlich kennenzulernen, Cousin. Ich bin Percy, und dieser Flederwisch ist meine Schwester Catriona. – Unsere Väter sind Cousins ersten Grades«, setzte er erklärend hinzu. »Das bedeutet, dass wir Cousins zweiten Grades sind.«

»Sofern die Untersuchung, mit der Lord Embersleigh mich beauftragt hat, zufriedenstellend ausfällt«, schränkte Andrew Billingsworth schnell ein. »Mr. Rathbone, wir haben korrespondiert. Erinnern Sie sich? Dürfte ich Sie vielleicht kurz unter vier Augen sprechen?«

»Natürlich. Am besten gehen wir dazu in mein Kontor. Bitte …« Ian hielt dem Anwalt die Tür auf, und beide verschwanden im hinteren Teil des Hauses.

Dorothea hielt es kaum auf ihrem Stuhl. Dieser aufgeblasene, alberne Wichtigtuer! Sie war Ians Frau. Wieso durfte sie nicht dabei sein, wenn es um so wichtige Dinge ging?

»Wetten, dass er ihn jetzt nach dem Muttermal an der unaussprechlichen Stelle fragt?« Percy verzog spöttisch den Mund. »Als ob das noch nötig wäre! Gregory ist Onkel Hugh wie aus dem Gesicht geschnitten! Nur schade, dass wir nie erfahren werden, was sich damals wirklich abgespielt hat.«

»Ein Muttermal?« Dorothea sah fragend auf. »Mir ist an Ian nie eins aufgefallen. Aber Charles hat eines. Ein ziemlich großes, sternförmiges am unteren Rücken.«

»Ja, so etwa wird es in der Familienchronik beschrieben.« Percy nickte. »Wenn man bedenkt, wo es sich befindet, ist es kein Wunder, dass du es nie bemerkt hast, Cousine.«

Dorothea wollte schon protestieren, dass sie Ian oft genug beim Schwimmen zugesehen hätte, als ihr gerade noch rechtzeitig einfiel, dass es in der guten Gesellschaft als äußerst unfein galt, sich selbst unter Eheleuten nackt zu zeigen.

»Muttermale können bei erwachsenen Menschen verblassen«,

sprang Lady Chatwick in die Bresche. »Manche sind nur in jungen Jahren sichtbar. Steht darüber auch etwas in Ihrer Familienchronik?«

»Keine Ahnung.« Percy sah zu seiner Schwester hinüber. »Weißt du etwas darüber, Cat?«

»Da sie nur bei männlichen Familienmitgliedern auftreten, kannst du mich nicht fragen. Aber Onkel Hugh dürfte es Billingsworth genau beschrieben haben. – Wie lange brauchen sie denn noch?«

Tatsächlich mussten sie sich noch eine ganze Weile gedulden. Mrs. Perkins hatte schon zweimal gefragt, ob sie endlich das Dinner servieren könnte, und Lady Chatwick war bereits bei ihrem vierten Glas Portwein angelangt, als die beiden Herren sich endlich wieder zu ihnen gesellten. Ian wirkte amüsiert, der Anwalt eher unzufrieden. »Alles andere hat so haargenau gepasst«, murmelte er mehr zu sich selbst. »Aber ich bräuchte einen letzten Beweis.«

»Kein Muttermal«, erklärte Ian ohne das geringste Bedauern. »Lord Embersleigh wird wohl weitersuchen oder sich mit dem Verlust seines Sohnes abfinden müssen.« Er schien eher erleichtert als enttäuscht.

Dorothea hielt es nicht länger aus. »Unser Sohn hat ganz genau solch ein Muttermal, wie Cousin Percy es beschrieben hat«, sagte sie. »Kommen Sie, ich zeige es Ihnen.«

Andrew Billingsworth war die fehlende Begeisterung darüber, jetzt auch noch ein Kinderzimmer aufsuchen zu müssen, deutlich anzumerken. Aber er war ein pflichtbewusster Mann und hatte seinem Auftraggeber versprochen, alles Menschenmögliche zu unternehmen, um ihm Gewissheit zu verschaffen. Also folgte er Dorothea in die ihm zutiefst unheimlichen Gefilde. Trixie war gerade dabei, den kleinen Charles zu wickeln. Mary saß bereits am speziell angefertigten, niedrigen Kindertisch und löffelte ihren abendlichen Grießbrei.

»Lass diesen Gentleman doch bitte einen Blick auf Charles' Muttermal werfen«, bat Dorothea das Kindermädchen.

Mit einem scheuen Seitenblick auf den fein gekleideten Herrn mit dem ungewöhnlichen Wunsch nahm Trixie den Kleinen auf und hielt ihn so, dass der dunkelbraune, sternförmige Fleck knapp über seiner rechten Hinterbacke gut zu sehen war. »Es tut ihm nicht weh«, versicherte sie leise. »Es sieht nur aus wie eine Narbe, aber er ist schon damit zur Welt gekommen.«

Der Anwalt zog die Skizze des Embersleigh-Muttermals aus seiner Brusttasche und verglich sie penibel mit dem Fleck auf dem Rücken des Kindes. Schließlich nickte er zufrieden. »Ich würde sagen, das ist der Beweis, den ich suchte«, sagte er. Seiner Stimme war die Genugtuung darüber, seinen Auftrag erfüllt zu haben, anzuhören. »Sofort nach meiner Rückkehr werde ich Lord Embersleigh benachrichtigen und die nötigen amtlichen Schritte einleiten. Bemühen Sie sich nicht, Viscountess, ich finde allein hinunter.« Er nickte Trixie kurz zu und beeilte sich, wieder in die ihm besser vertraute Umgebung des Salons zurückzukehren.

Trixie stand völlig verdattert, den halb nackten Charles an sich gedrückt, da und sah Dorothea fragend an. »Warum hat er Viscountess zu Ihnen gesagt, Ma'am? Ist der Herr vielleicht nicht ganz …?« Das Kindermädchen tippte sich an die Schläfe. »Ich hoffe, er kommt nicht noch einmal her.«

»Nein, nein. Keine Sorge. Ich erkläre euch alles später«, sagte Dorothea hastig, gab ihrer Tochter einen flüchtigen Gutenachtkuss und beeilte sich, dem Anwalt nach unten zu folgen.

Mrs. Perkins hatte verkündet, bei einer weiteren Verzögerung keine Verantwortung für den Zustand des Bratens zu übernehmen. Diese Drohung war nicht ohne Wirkung geblieben: Die Gesellschaft hatte sich bereits im Speisezimmer versammelt.

»Champagner wäre angemessen, findest du nicht, Cousin Gregory?« Percy kehrte gerade mit seinem voll beladenen Teller an seinen Platz zurück und beäugte missbilligend die Auswahl an Weinflaschen aus der neuen Kellerei im Barossatal. »So lobenswert es auch ist, den lokalen Weinbau zu unterstützen – um auf so etwas anzustoßen, braucht es Champagner, französischen Champagner.«

»So etwas haben wir nicht.« Ian sah von der Flasche auf, die er gerade entkorkte. »Und ich wäre euch dankbar, wenn ihr mich weiterhin Ian nennen würdet. Ich bin Ian Rathbone, und der möchte ich auch bleiben. Bei Cousin Gregory denke ich immer, es ist noch jemand im Raum.« Er lachte kurz auf. »Was genau genommen ja auch zutrifft, denn dieser Gregory und so weiter hat mit mir nicht das Geringste zu tun. Wir sind zwei völlig verschiedene Personen.«

»Auch ich hielte es für das Beste, vorerst beim alten Namen zu bleiben«, meldete Andrew Billingsworth sich zu Wort. »Bis alle Formalitäten geklärt sind.« Er nahm dankend ein Glas von Ian entgegen, betrachtete die dunkelrote Flüssigkeit mit Kennerblick und erklärte nach dem ersten, vorsichtigen Schluck: »Ein sehr ordentlicher Claret. Ich für meinen Teil ziehe einen guten Rotwein diesem französischen Zeug vor.«

»Also her damit – in Gottes Namen!« Percy schlug dem Anwalt freundschaftlich auf die Schulter. »Wenn Sie meinen, alter Knabe. Irgendwann wird er sich aber daran gewöhnen müssen, dass er jetzt Gregory, Viscount Embersleigh, ist.«

Ian verzog das Gesicht, als hätte er Zahnschmerzen. »Es klingt schrecklich aufgeblasen.«

»Keineswegs«, widersprach Catriona. Beim Klang ihrer melodischen Stimme drehten die Männer sich wie auf Kommando zu ihr um. Sie lächelte und hob ihr Glas. »Ich möchte einen Toast darauf ausbringen, dass die direkte Linie derer von Embersleigh wieder aufgenommen wird.«

»Kannst du uns das mit der direkten Linie erklären?«, bat Dorothea, nachdem alle sich am Büfett mit Mrs. Perkins' vorzüglichem Rinderbraten bedient hatten. »Ich verstehe nicht viel von solchen Dingen wie Erbfolge und Blutlinie.«

»Da fragst du genau die Richtige! Sie kennt auch noch die letzten Verzweigungen unseres an Seitenästen reichen Stammbaums«, sagte Percy und lächelte ironisch. »Cat und mein Vater haben oft Stunden in Onkel Hughs Bibliothek verbracht, nur um irgendeinen Bastard zuordnen zu können.«

»Ich glaube nicht, dass Dorothy sich für die gesamte Familiengeschichte interessiert«, meinte Catriona. »Du möchtest sicher nur wissen, wie wir verwandt sind. Das ist ganz einfach: Onkel Hughs Vater hatte eine Schwester, die mit einem Mr. Grenfell durchbrannte. Er soll Tanzlehrer oder so etwas gewesen sein. Jedenfalls ein Mann ohne Referenzen und mit zweifelhaftem Ruf. Nachdem er ihre Mitgift durchgebracht hatte, besaß er wenigstens den Anstand, sich von einem Straßenräuber erschießen zu lassen. Die Witwe und ihr Sohn, unser Vater, zogen wieder nach Embersleigh Manor. Unser Vater und Onkel Hugh wuchsen auf wie Brüder. Erst als Onkel Hugh heiratete, zog Vater in unser kleines Haus, das sein Teil vom Erbe war.«

»Es kommt mir irgendwie ungerecht vor«, meinte Dorothea. »Ist das immer so?«

»In den allermeisten Fällen«, sagte Andrew Billingsworth mit der bei Juristen bekanntermaßen verbreiteten Vorliebe für Einschränkungen. »Wenn ein großer Besitz auch groß bleiben soll, kann er nicht bei jedem Todesfall unter zig Erben aufgeteilt werden. Also muss man Regeln finden, die das vermeiden. Es gibt Gegenden in Europa, da erbt der jüngste Sohn alles, aber meist ist es aus nachvollziehbaren Gründen der älteste.«

»Und Töchter?«

»Mädchen heiraten. Ihr Erbe ist ihre Mitgift.«

»Aber das hatte doch dieser Tanzlehrer durchgebracht?«

Mr. Billingsworth hob bedauernd die Schultern. »Das ist Pech. Ein verantwortungsbewusster Vater wird einen Bewerber immer auf Herz und Nieren prüfen. Deshalb empfiehlt es sich, die Wahl eines Ehemanns ihm zu überlassen.«

So überheblich sich das anhörte – ganz unrecht hatte er nicht, fand Dorothea. Trotzdem tat die Witwe ihr leid. Nach der Demütigung durch ihren Ehemann musste sie in totaler Abhängigkeit von ihrem Bruder ihr Leben führen. »Vorhin hat Catriona etwas gesagt von der direkten Linie. Worum geht es dabei?«

»Um den Titel«, erklärte der Anwalt bereitwillig. »Der Titel ist ein Teil des Erbes und geht stets vom Vater auf den ältesten Sohn über.«

»Und wenn es keinen Sohn gibt?«

»Dann nimmt der nächste in der Rangfolge den Platz des Erben ein. In diesem Falle wäre das Mr. Percy Grenfell gewesen, weil er der nächste männliche Verwandte Lord Embersleighs ist.«

»Nicht sein Vater?«

»Unser Vater ist vor einem Jahr gestorben«, sagte Percy. »Er war nie so gesund wie Onkel Hugh.«

»Oh, das tut mir leid!«

»Schon gut, wir hatten lange genug damit gerechnet.« Percy lächelte verzerrt. »Er war übrigens der Ansicht, dass Onkel Hugh sein Geld verschwendete und dieser alte Fuchs ihn ausnähme. Wenigstens hat er nicht mehr miterlebt, dass Mr. Wheeler sein Geld wert war.«

Percy musterte Ian mit einem seltsamen Gesichtsausdruck. »Du bist Onkel Hugh so ähnlich, dass es geradezu unheimlich ist. Du scheinst auch seine unerschütterliche Konstitution geerbt zu haben.«

»Ich kann mich nicht erinnern, jemals ernsthaft krank gewesen zu sein«, stimmte Ian ihm zu.

»Gab es eigentlich noch mehr Kinder? Ich meine: Hatte ich Geschwister?«

Catriona schüttelte den Kopf. »Leider nein. Dann hätten sie deinen Verlust vielleicht besser verkraftet. Vor dir hatte deine Mutter schon mehrere Fehlgeburten gehabt. Du warst das einzige Kind, das sie zur Welt gebracht hat, und nach deinem Verschwinden wurde Tante Elizabeth schwermütig. Ich selber habe sie nicht mehr kennengelernt, doch sie soll eine sehr schöne, liebenswürdige Dame gewesen sein.«

»Vater erzählte einmal, sie sei die Königin der Saison gewesen«, ergänzte Percy. »Sogar ein Herzog hätte um ihre Hand angehalten. Aber als sie Onkel Hugh begegnete, gab es nur noch ihn. Und obwohl ihre Eltern nicht gerade begeistert waren, weil sie große Pläne mit ihr hatten, setzte sie es durch, ihn zu heiraten.«

»Wie romantisch!« Lady Chatwick seufzte und betupfte ihre Augenwinkel. »Sicher waren sie sehr glücklich miteinander.«

»Er betete sie an, und sie hatte nur Augen für ihn, wie es so schön heißt«, warf Andrew Billingsworth ein. »Als kleiner Junge bin ich ihr einmal über den Weg gelaufen, als ich meinen Vater ins Schloss begleiten durfte. Ich vertrieb mir die Wartezeit im Rosengarten, und da stand ich plötzlich vor ihr. Sie trug einen Weidenkorb voller Rosenblüten über dem Arm und war so wunderschön, dass ich sie für eine Fee hielt. Das fand sie sehr lustig, und so bekam ich statt einer Standpauke warme Milch und Mandelmakronen in der Küche. – Ich sehe sie immer noch vor mir.« Sein geradezu andächtiger Gesichtsausdruck spiegelte wider, wie kostbar ihm diese Erinnerung war.

Dass ein so nüchterner Zeitgenosse wie der Anwalt von Ians Mutter dermaßen beeindruckt worden war! Sie muss eine außergewöhnliche Frau gewesen sein, dachte Dorothea. Wie schade, dass sie nicht mehr erleben durfte, dass der verloren geglaubte Sohn doch noch lebte. Aber wenigstens der Vater.

»Wie ist mein Vater eigentlich so?«, kam Ian ihrer Frage um Haaresbreite zuvor. Allmählich schien er sich damit abzufinden, dass er nun eine Herkunftsfamilie hatte.

»Onkel Hugh?« Percy und Catriona sahen sich an und schienen sich gegenseitig den Vortritt lassen zu wollen.

»Der Earl of Embersleigh ist ein sehr angesehener Friedensrichter und genießt bei seinen Pächtern außerordentliche Beliebtheit«, antwortete schließlich Andrew Billingsworth gespreizt. »Seine Ländereien werden vorbildlich verwaltet. Ansonsten lebt er sehr zurückgezogen.«

»Ich glaube, das war nicht ganz das, was Ian wissen wollte, Billingsworth.« Percy konnte sich ein Grinsen nicht verkneifen. »Als Kinder hatten wir gehörig Angst vor ihm. Nicht, dass er uns jemals etwas getan hätte. Aber er strahlte so etwas Unheimliches aus. Wie soll ich sagen …?«

»Ja, er schien immer von einer dunklen Wolke umgeben zu sein. Ich glaube, ich habe ihn niemals lachen gehört. Wir hassten es, wenn wir ihn besuchen mussten. Diese düstere Atmosphäre – ich hatte immer Angst, in den stockfinsteren, ewig langen Korridoren einem Gespenst zu begegnen.« Catriona erschauerte und fixierte ihren Bruder. »Und du Scheusal hast dir einen Spaß daraus gemacht, mir noch mehr Angst einzujagen: Weißt du noch, wie du mir, in ein Bettlaken gehüllt, auf dem Flur aufgelauert hast? Ich habe so geschrien vor Schreck, dass das ganze Haus zusammengelaufen ist.«

»Ja, du hast mächtig gekreischt! Es war ein toller Aufruhr! Und es hat mir eine ordentliche Tracht Prügel eingebracht«, erinnerte Percy sich ohne den leisesten Hauch von Reue. »Aber es war den Spaß wert.«

»Später haben wir natürlich verstanden, wieso Onkel Hugh so war«, sagte Catriona leise. »Er war immer sehr gut zu uns, hat unsere Schulen bezahlt, und er wollte auch für mein Debüt in London aufkommen.«

»Wie großzügig!« Lady Chatwick war beeindruckt. Sie war wohl die Einzige unter ihnen, die wenigstens eine vage Vorstellung von den Kosten eines solchen Debüts hatte. »Wieso kam es nicht dazu?«

»Unsere Mutter starb. Und als das Trauerjahr vorüber war, gab es für ihn nur noch die Suche nach seinem Sohn. Alles andere interessierte ihn nicht mehr.« Catrionas Stimme klang flach, mit einem bitteren Unterton.

Es musste eine schwere Enttäuschung für sie gewesen sein, dass Ians Vater auf einmal das Interesse an ihnen verloren hatte, dachte Dorothea ziemlich schockiert darüber, dass sie den Verlust ihres Debüts mehr zu bedauern schien als den Tod der Mutter.

»Cat hatte sich unwahrscheinlich auf diese Saison in London gefreut«, sagte Percy entschuldigend und warf seiner Schwester einen warnenden Blick zu. »Es wäre für sie die Chance ihres Lebens gewesen, aus der Provinz herauszukommen.«

»Ihr schätzt das Landleben nicht?« Ian schüttelte verständnislos den Kopf. »Ich würde jederzeit die kleinste Kate gegen London eintauschen. Ein schrecklicher Ort.«

»So etwas kann auch nur ein Mann sagen! All die Bälle, die Matineen, die Soireen«, schwärmte Catriona sehnsüchtig. »Ach, wie gerne wäre ich nur ein einziges Mal bei *Almacks* gewesen!«

»Ich weiß natürlich nicht, wie es heutzutage dort zugeht. Aber zu meiner Zeit war es ausgesprochen langweilig«, sagte Lady Chatwick. »Nicht einmal Walzer durften wir tanzen, stellt euch das vor! Es gab nur Mandelmilch oder Limonade. Wie bourgeois!« Sie verdrehte die Augen zur Zimmerdecke »Und diese grässliche Lady Jersey: Sie tat immer so, als ginge es ihr um Anstand und Sitte, aber in Wahrheit machte sie sich ein Riesenvergnügen daraus, die Debütantinnen und ihre Mütter zu schikanieren.«

»Sie waren wirklich und wahrhaftig bei *Almacks*?« Catriona betrachtete zweifelnd die unförmige Gestalt in ihrem schwarzen Sack.

»Meine liebe Mutter bestand darauf«, gab Lady Chatwick zurück und seufzte leise. »Und ich muss sagen, ich habe dort tatsächlich einige vergnügliche Abende verbracht. Aber die meisten von ihnen waren schrecklich öde. – Oh, natürlich habe ich damals nicht so ausgesehen wie heute.« Sie begegnete ruhig Catrionas Blick. »Zwar war ich nie so eine ätherische Schönheit wie Lady Hamilton – die übrigens nie die Räume des *Almacks* betreten durfte –, aber auch ich hatte meine Verehrer. Ich kann mich nicht erinnern, je eine Lücke auf meiner Tanzkarte gehabt zu haben.«

Dorothea versuchte, sich eine jugendliche Lady Chatwick vorzustellen, musste aber passen. So, wie sie heutzutage schon ins Schnaufen geriet, sobald sie nur die Treppe in den ersten Stock hinaufsteigen musste, brauchte es einfach zu viel Fantasie, ihren walzenförmigen Körper den eleganten Figuren eines Reigentanzes folgen zu sehen.

»Hin und wieder gibt es auch Bälle in Adelaide. Sie sind sicher nicht so mondän wie in London, aber man kann dort auch seinen Spaß haben«, sagte Ian. »Und zu Queen Victorias Geburtstag ist ein großes Volksfest angekündigt. Wenn das Wetter mitspielt, soll es sogar ein Feuerwerk geben.«

»Wieso ist das Wetter dafür wichtig?«

»Für England mag Ende Mai günstig sein. Hier beginnt dann die Regenzeit«, erwiderte Ian trocken. »Es wäre nicht die erste Feier dieser Art, die buchstäblich ins Wasser gefallen ist.«

»Es ist so verwirrend«, beklagte Catriona sich. »Wie habt ihr euch nur daran gewöhnt, dass hier alles andersherum ist?«

»Das geht schneller, als man denkt.« Dorothea lachte. »Ich erinnere mich, dass unsere erste Adventszeit uns noch schwer zu schaffen machte. Es kam einem so aberwitzig vor, Weihnachtslieder zu singen, mitten im Sommer.« Sie hielt inne, weil mit diesen Erinnerungen auch andere Bilder aufstiegen: Jane, die sich so schockierend ungeniert ihrer Kleidung entledigte; Miles' lachendes Gesicht, als sie zum ersten Mal aufeinandertrafen. Inzwischen dachte sie nur noch selten an ihn. Sein Verrat, der sie damals vernichtend getroffen hatte, erschien ihr jetzt, nach so vielen Jahren, zwar immer noch schäbig. Aber dank Robert – und ja, auch dank des Skelettmannes – hatte sein feiges Verhalten ihr Leben nicht nachhaltig beeinflusst. Immer noch schämte sie sich dafür, dass sie Robert Miles' Kind hatte unterschieben wollen. Wie naiv sie gewesen war! Was hätte sie getan, wenn das Kind wie Ian seinem leiblichen Vater wie aus dem Gesicht geschnitten gewesen wäre? Der Skelettmann hatte es sicher nicht getan, um ihr zu helfen, aber sie musste immer wieder an den Spruch ihrer Mutter denken, dass oft aus Schlechtem Gutes würde und umgekehrt.

So hätte sie die Chance gehabt, von dieser Gewissenslast befreit, mit Robert eine gute Ehe zu führen, wenn nicht Ian aufgetaucht wäre.

Wenn, wenn … Hatte Mr. Moorhouse nicht erzählt, dass die Menschen in Indien – oder war es China gewesen? – glaubten, alles in ihrem Leben wäre vorherbestimmt? Man konnte noch so planen, man entkam seinem Schicksal nicht. Eigentlich ziemlich unheimlich.

»Einen Penny für deine Gedanken, Cousine!« Percys neckische Bemerkung holte sie in die Gegenwart zurück.

»Ich fürchte, sie waren keinen Penny wert«, gab sie im gleichen Tonfall zurück. »Ich überlegte gerade, ob es so etwas wie Schicksal gibt.«

»Und? Zu welchem Schluss bist du gekommen?« Percys uneingeschränkte Aufmerksamkeit schmeichelte ihr und war ihr gleichzeitig unangenehm.

»Zu gar keinem. Solche philosophischen Überlegungen überlasse ich wohl besser Gelehrten und Professoren.«

In den nächsten Tagen spielte sich so etwas wie eine Routine ein: Percy gewöhnte es sich an, Ian bei seinen Kontrollritten zu begleiten. Mr. Billingsworth war es vollkommen zufrieden, im Salon mit Lady Chatwick Whist zu spielen, eine Beschäftigung, die der alten Dame die Bemerkung entlockte: »So gut habe ich mich seit Jahren nicht amüsiert!«

So ergab es sich praktisch von selbst, dass Dorothea und Catriona den größten Teil des Tages zusammen verbrachten. Zwangsläufig übernahm Dorothea dabei die Hilfsdienste, für die Catriona sonst Trixie hätte rufen müssen. Und die waren zahlreich: Entgeistert hatte Dorothea am ersten Morgen auf die kostbaren Stoffe geblickt, die aus der Reisekiste quollen. Eigentlich hatte sie ihre neue Cousine nur fragen wollen, ob sie Hilfe beim Frisieren bräuchte.

»Meine Güte, die Sachen sind doch viel zu vornehm für hier. Selbst in Adelaide habe ich so etwas noch nie gesehen!« Bewundernd strich sie mit den Fingerspitzen über die Borte aus gestickten Rosenranken am Saum eines cremefarbenen Seidenrocks. »Wann willst du das denn tragen?«

»Wenn mir danach ist.« Catriona lachte und schüttelte ihre Petticoats aus.

Dorothea schätzte, dass sie tatsächlich ein Dutzend brettsteif gestärkter Unterröcke trug, wie es in den Mode-Magazinen bei ihrer Mutter empfohlen wurde. »Du wirst fürchterlich schwitzen mit all diesen Petticoats«, warnte sie. »Im Sommer begnügt man sich in Adelaide mit allenfalls einem halben Dutzend. Und hier draußen auf Eden House trage ich nur zwei bis drei.«

»Eine echte Lady schwitzt nicht«, belehrte Catriona sie herablassend. »Wenn man sich wenig bewegt, ist es gut auszuhalten. Für die Schönheit muss man schon bereit sein, hier und da ein Opfer zu bringen. Madame Fauchet würde sich in der Themse ertränken, wenn sie sähe, dass ihre Roben wie Morgenröcke getragen werden!«

»Sie ist aber nicht da, um es zu sehen. Du kannst also ruhig ein paar davon wieder ausziehen.«

»Auf keinen Fall!« Mit vor Konzentration gefurchter Stirn versuchte Catriona, ihre Wahl zu treffen. »Ich denke, ich werde heute das Prinzesskleid in Pomonagrün tragen. Dazu die passenden Musselinmanschetten und die neapolitanische Spitzenpelerine. Oder fändest du dieses Fichu passender?« Abwägend hielt sie in einer Hand einen kurzen Umhang aus cremefarbener Spitze, in der anderen ein Schultertuch aus goldgerändertem Schleierstoff.

Dorothea in ihrem einfachen Kleid aus kariertem Baumwollbatist konnte ihre Ungeduld nur schwer zügeln. »Nimm das Fichu«, sagte sie auf gut Glück. Es erschien ihr eine Winzigkeit luftiger.

»Gut, wenn du meinst.« Catriona ließ den Morgenmantel zu Boden gleiten und griff schon nach dem Kleid, als Dorothea bemerkte, dass sie ein Gebilde trug, das sie bisher nur in den allerneuesten Magazinen angepriesen gesehen hatte: ein Korsett mit Vorderverschluss. Es wirkte ausgesprochen elegant.

»Du trägst ein Korsett?«, entfuhr es ihr.

»Natürlich. Du nicht?« Catriona sah sie erstaunt an.

»Nein, meine Mutter hält sie für ungesund und Dr. Woodforde auch«, sagte Dorothea und bewunderte dabei im Stillen den Sitz von Catrionas Kleid. Sie sah einfach atemberaubend gut darin aus: Kein Fältchen an der falschen Stelle störte die vollendete Linienführung der engen Korsage mit den sich an den Ellenbogen trichterförmig verbreiternden Ärmeln. Catriona befestigte gerade ein Paar üppig gerüschter Ärmelmanschetten darin und schien von dieser Tätigkeit vollkommen in Anspruch genommen. »Außerdem sieht mich hier sowieso niemand. Warum also soll ich es mir unbequemer machen als nötig?«

»Ohne Korsett würde ich mich nackt fühlen«, erklärte Catriona und drehte sich hin und her, um sich in Heathers schmalem Spiegel zu betrachten. »Gibst du mir mal die Haube dort auf dem Tisch?«

Erst die dritte Haube, ein frivoles Nichts aus Spitze und Bändern, aufgeputzt mit künstlichen Rosenknospen, fand Gnade vor ihren Augen. Bis dann endlich noch die richtigen Halbhandschuhe und Satinslipper in einer passenden Farbschattierung gefunden waren, hatte Dorothea das Gefühl, den gesamten Vormittag vertrödelt zu haben.

»Ich hoffe, Mrs. Perkins liest uns nicht die Leviten. Sie kann es nicht leiden, wenn sie alles so lange im Esszimmer stehen lassen muss«, sagte sie, als sie vor Catriona die Treppe hinunterhastete.

»Hast du etwa Angst vor deiner Köchin?« Catriona schien ehrlich erstaunt. »Ich weiß, alte Dienstboten nehmen sich so einiges heraus. Aber du bist hier die Hausherrin. Du musst dir nicht alles bieten lassen. Notfalls setzt du sie vor die Tür.«

»Das könnte ich nie!«

»Hat das etwas mit – wie hieß er noch? – Robert zu tun?« Ihre Cousine musterte sie scharf von der Seite. »Ich glaube mich zu erinnern, dass du von ihm als deinem ersten Ehemann sprachst.«

Dorothea kämpfte gegen die instinktive Abneigung an, mit irgendjemandem darüber zu sprechen. Schließlich gehörte Catriona zur Familie und hatte gestern ihrerseits mit nichts hinter dem Berg gehalten. Sie schuldete ihr zumindest das gleiche Maß an Ehrlichkeit. Im Speisezimmer standen nur noch ihre zwei Gedecke. Selbst Lady Chatwick, sonst immer die Letzte, war bereits wieder verschwunden. Dorothea schenkte ihnen beiden Tee ein. »Robert Masters hat Eden House aufgebaut«, begann sie leise. »Als ich ihn kennenlernte und heiratete, lebten Mrs. Perkins und Lady Chatwick hier bereits seit Jahren. Seine erste Frau war gestorben, und er brauchte dringend eine Mutter für Heather.« Sie stockte und überlegte, wie viel sie über den Wahnsinn seiner Frau und die peinlichen Umstände ihres Todes preisgeben sollte. Gar nichts, entschied sie. Es waren Roberts Familiengeheimnisse und gingen Ians Familie daher nichts an.

»Ich erwartete gerade Robert, der natürlich nach seinem Vater heißt, als ich von einem Eingeborenen entführt wurde. Bei meiner Befreiung kamen Robert und der alte Sam, unser Stallknecht, ums Leben.«

»Wie schrecklich!« Catriona starrte sie aus weit aufgerissenen Augen an. »Was musst du währenddessen durchgemacht haben! Hat er …?«

»Nein, er war in dieser Hinsicht nicht an mir interessiert«, beantwortete Dorothea die unausgesprochene Frage. »Es ging ihm um einen kruden Zauber, der die Weißen wieder ins Meer zurücktreiben sollte.«

»Was für ein Irrsinn!«

»Er war irrsinnig.« Dorothea schluckte hart und starrte blicklos in ihre Teetasse. »Als ihm klar wurde, dass sein Plan nicht aufging, hat er seinen Speer auf Robert geschleudert.«

»Du musstest mit ansehen, wie er deinen Mann getötet hat?«

Dorothea nickte nur, weil sie ihrer Stimme nicht traute.

Catriona griff mitfühlend nach ihrer Hand. »Verzeih mir, dass ich das alles wieder aufgewühlt habe! Ich bewundere dich, wie du das alles überstanden hast. – Wie hast du eigentlich Ian kennengelernt?«, bemühte sie sich um ein unverfänglicheres Thema. Sie konnte ja nicht wissen, wie tief auch er in das damalige Geschehen verstrickt gewesen war! Dorothea beabsichtigte jedoch nicht, sie darüber aufzuklären. Es gab Dinge, die außer ihr und Ian niemanden etwas angingen.

»Ian war mit Robert gut befreundet und übernahm erst einmal die Leitung des Gutes. Dabei hat es sich dann ergeben.« Das war nicht einmal die Unwahrheit. Nur nicht die ganze Wahrheit. Die war sowieso zu kompliziert, als dass sie ein Außenstehender hätte nachvollziehen können.

»Ich verstehe«, nickte Catriona. »Mrs. Perkins und die verschrobene Lady in Schwarz sind also Bestandteile von Eden House, die noch aus den Zeiten des Erbauers stammen und unwiderruflich dazugehören. Sozusagen sakrosankt. Kann man das so sagen?«

»Das kann man«, bestätigte Dorothea und konnte sich ein Lächeln nicht verkneifen. Catrionas Einschätzung traf es recht genau.

»Wie kommt ihr eigentlich mit so wenigen Dienstboten zurecht? Eine Haushälterin, die gleichzeitig auch noch Köchin ist, und ein Kindermädchen.« Catriona schüttelte den Kopf über eine solche Unzulänglichkeit.

»Bisher ging es ganz gut. Jeder übernimmt einen Teil: Ich kümmere mich um die Wäschekammer und den Unterricht«, erklärte Dorothea. »Lady Chatwick hat ein Auge auf das Silber und solche Sachen. Und Robert ist für das Feuerholz zuständig. Dass wir uns beim Essen selber bedienen, hast du ja schon gesehen. – Mrs. Perkins braucht natürlich dringend eine Küchenhilfe! Ian hat schon vor Wochen dem Vermittler in Adelaide den Auftrag erteilt, doch derzeit findet sich einfach niemand, der bereit ist, hier draußen eine Stelle anzunehmen.«

»Das kann ich mir gar nicht vorstellen!«

»So ist es aber. Selbst unser Stalljunge ist zu den Goldfeldern aufgebrochen. Parnko war ein echter Glücksfall.«

»Das ist der junge Schwarze? Habt ihr keine Bedenken, ihn so unmittelbar in eurer Nähe zu haben? Vielleicht wartet er nur auf eine günstige Gelegenheit, um euch zu ermorden und auszurauben?«

Einen Augenblick lang glaubte Dorothea, sie hätte sich verhört. Dann jedoch brach sie in hilfloses Gelächter aus.

»Was, bitte sehr, ist daran jetzt so komisch?«, fragte Catriona leicht gekränkt. »Hast du nicht selber erst neulich von solchen Überfällen gesprochen?«

»Entschuldige.« Dorothea wischte sich die Lachtränen aus den Augenwinkeln. »Aber das sind zwei völlig verschiedene Paar

Schuhe: Die Stämme im Süden rächen sich für die schlechte Behandlung durch die dortigen Schafzüchter. Parnko hingegen hat seinen Stamm freiwillig verlassen und sich uns angeschlossen. Wir zahlen ihm einen ordentlichen Lohn. Er hätte nicht den geringsten Grund, uns etwas anzutun.«

»Brauchen Wilde dafür einen Grund?« Catriona hob in arroganter Herablassung die Brauen.

Dorothea spürte, wie Ärger in ihr aufstieg. »Parnko ist ein guter Junge«, sagte sie kurz angebunden. »Er hat uns noch nie Ärger gemacht.«

»Entschuldige, liebe Cousine.« Eine leichte Falte erschien auf Catrionas glatter, weißer Stirn. »Ich hatte nur das Gefühl, dass er mich – wie soll ich sagen – impertinent angestarrt hat, als ich heute Morgen ans Fenster trat.«

»Wenn du dabei deinen Londoner Frisierumhang mit der Kurbelstickerei getragen hast, kann ich ihm sein Starren nicht verdenken«, bemerkte Dorothea trocken. »Solche modischen Raffinessen lassen ja uns schon die guten Manieren vergessen – was erwartest du da von einem Ngarrindjeri?«

»Zu Hause in England würde ein Stallknecht in einem solchen Fall die Reitgerte zu spüren bekommen«, beharrte Catriona. »Als ich ihn dafür tadelte, hat er nur frech gegrinst!«

Auch Dorothea konnte sich ein Grinsen nicht verkneifen, als sie sich die Szene vergegenwärtigte. »Du musst wissen, dass Frauen bei den Eingeborenen hier generell nichts gelten«, erklärte sie. »Keine von ihnen würde es wagen, einem Mann auch nur zu widersprechen. Parnko hat sich zwar inzwischen daran gewöhnt, dass europäische Frauen anders sind. Dennoch hielt er es sicher für einen guten Witz, von einer Frau zurechtgewiesen zu werden.«

»Ich sehe schon, hier ist einiges anders …« Catriona seufzte. »Ich bin gespannt, was noch alles passieren wird.«

5

Nur zu bald sollte ihr Stoßseufzer beantwortet werden. Ian hatte eine ganze Schiffsladung von dem neuartigen »armierten Weidedraht« aus England kommen lassen, für den der Eisenwarenhändler in Adelaide so eifrig die Werbetrommel rührte, dass einige der Viehzüchter, die besonders unter dem Mangel an zuverlässigen Männern litten, sich hatten überzeugen lassen.

»Auf die Dauer ist es billiger, als Hirten einzustellen«, erklärte er. »Diese eisernen Dornen halten die Schafe sicher auf ihrer Weide. Wenn erst einmal alles eingezäunt ist, können wir uns in Zukunft den ständigen Ärger mit den Kerlen sparen.«

»Hoffentlich verletzt sich niemand an dem Teufelszeug«, bemerkte Dorothea und saugte an dem blutigen Riss, den sie sich zugezogen hatte, als sie eines der regelmäßig über den Draht verteilten Dornenbündel hatte inspizieren wollen. »Die sind ja schlimmer als Akaziendornen!«

»Ich habe gehört, in Amerika sind sie schon recht weit verbreitet«, sagte Percy und betrachtete die gefährlichen Rollen aus respektvoller Entfernung. »Dort nennt man sie passenderweise ›Stacheldraht‹. Äußerst wirkungsvoll auch gegen Viehdiebe, die in manchen Gegenden eine rechte Plage sein sollen. Hast du schon eine Idee, wie du es anbringen willst, Cousin? Es erscheint mir etwas … hm … unhandlich.«

»An Holzpfählen«, erklärte Ian. »Hollyhock hat es uns demonstriert. Es sah ganz einfach aus. Mit ein bisschen Übung werden John und ich es schon schaffen.«

»Ich bin mir zwar der leidigen Tatsache bewusst, dass ich keine große Hilfe wäre – aber dürfte ich mich euch trotzdem anschließen?«, bat Percy. »Ich könnte mir zumindest Mühe geben, mich nützlich zu machen.«

Ian schaute zweifelnd auf die eleganten Schnürschuhe und die kunstvoll gefaltete Krawatte. »Es wird aber kein Jagdausflug mit Picknick und Einkehr in netten, sauberen Gasthöfen«, warnte er seinen Cousin. »Eher eine schweißtreibende, staubige, verfluchte Plackerei.«

»Danke, dass du mich darauf aufmerksam machst, dass meine Garderobe nicht ganz passend ist«, gab Percy ungerührt zurück. »Vielleicht könntest du mir mit ein wenig rustikaleren Kleidungsstücken aushelfen?«

Tatsächlich war der Einzige, der Bedenken anmeldete, so ganz ohne männlichen Schutz den Gefahren Südaustraliens überlassen zu werden, Andrew Billingsworth. »Können Sie es denn verantworten, uns einfach so zurückzulassen?«, fragte er vorwurfsvoll, als Percy sich stolz in Ians alten Breeches, Reitstiefeln und Flanellhemd präsentierte. »Wenn nun etwas passiert?«

»Was soll schon passieren, alter Knabe?«, fragte Percy gönnerhaft. »Genießen Sie doch einfach Ihre Sommerfrische, bis der Postdampfer wieder auftaucht. Auf Eden House sind Sie so sicher wie in Abrahams Schoß. Das haben mir sowohl mein lieber Cousin als auch der vortreffliche John versichert.«

Tatsächlich hätte er vielleicht etwas mehr Verständnis für den Anwalt aufgebracht, wenn er in der übernächsten Nacht Zeuge des Dramas geworden wäre, das so niemand erwartet hätte.

Dorothea wurde von einem unheimlichen Stöhnen auf der Veranda geweckt. Ihr erster Gedanke war: Der Skelettmann ist zurückgekommen! Schweißüberströmt und mit so heftig schlagendem Herzen, dass ihre Ohren dröhnten, kämpfte sie darum, die Angststarre abzustreifen, die sie lähmte. Die Kinder! Sie musste sie beschützen!

Sein Gewehr hatte Ian natürlich mitgenommen. Aber in der Lade seiner Kommode bewahrte er ein Paar Pistolen auf. Mit zitternden Fingern tastete sie nach ihnen und versuchte, sich zu erinnern, wie man sie lud. Ian hatte es ihr gezeigt, nachdem sie sich geweigert hatte, ihr Wurfmesser auch noch ein einziges Mal anzurühren.

Außer dem schrecklichen Stöhnen wie von einem sterbenden Tier, das grässliche Schmerzen litt, war kein Laut zu hören. Mrs. Perkins schlief den Schlaf der Gerechten und Lady Chatwick den nach ihrer gewohnten Portion Portwein zu erwartenden. Catrionas und Mr. Billingsworths Zimmer gingen nach hinten hinaus. Falls sie überhaupt etwas hörten, dürften sie es als normale Nachtgeräusche abtun.

Niemand würde ihr zu Hilfe kommen. Wenn sie nur etwas mehr sähe! Wie sollte sie im Dunkeln eine Pistole laden? Wie die richtige Menge Schießpulver abmessen? Wie die Kugel in den Lauf stopfen? Ian hatte ihr eingeschärft, dass sie dabei mit äußerster Präzision vorgehen musste, damit ihr die Waffe nicht in der Hand explodierte. Unmöglich!

Frustriert warf sie die Pistole zurück in ihren Kasten und wühlte hektisch in der Schublade mit ihren Taschentüchern und Strümpfen nach dem Wurfmesser. Karl hatte es ihr in die Hand gedrückt, bevor er nach London aufgebrochen war. Sie hatte es nicht übers Herz gebracht, es wegzuwerfen, aber auch seinen Anblick nicht ertragen können. Zu genau erstanden dann jene schrecklichen Momente wieder vor ihrem inneren Auge. Deswegen hatte sie es in den hintersten Winkel geschoben. Jetzt war es erneut ihre letzte Verteidigungsmöglichkeit. Hektisch tasteten ihre Finger nach dem scharfen, harten Metall, als ein lautes Hämmern an der Vordertür sie zusammenfahren ließ.

»Ma'am, Mrs. Perkins! Hilfe, Hilfe!« Es war unzweifelhaft Parnkos Stimme, und sie klang angstverzerrt. Für einen winzigen Moment schoss ihr der Zweifel, den Catriona über seine Zuverlässigkeit geäußert hatte, durch den Kopf. War es vielleicht eine Falle? Wollte er sie alle hinauslocken, um sie draußen von seinen Kumpanen erschlagen zu lassen?

Unsinn! Nie und nimmer brächte Parnko eine solche Perfidie auf.

Es musste etwas anderes sein. Vielleicht ein verletzter Aborigine? Sie warf sich ihren alten Flanellmorgenrock über und rannte die Treppe hinunter. Als es ihr endlich gelungen war, mit ihren immer noch zitternden Fingern den Riegel zurückzuschieben, bot sich ihr ein erschreckendes Bild: Parnko hockte neben einer zusammengekrümmten menschlichen Gestalt, die halb schon auf den Dielen der Veranda, halb noch auf den Treppenstufen zusammengebrochen war. Selbst im fahlen Mondlicht war zu erkennen, dass sie blutüberströmt war. Die Schmerzenslaute waren verstummt, nur ein leises Röcheln drang an Dorotheas Ohr. Wenn noch Hilfe möglich war, war keine Zeit zu verlieren.

»Ich wecke Mrs. Perkins«, sagte sie rasch. Der Anblick und vor allem der unverwechselbare metallische Geruch des Blutes ließen die vertraute Panik in ihr aufsteigen. Sie hatte sich schon umgedreht, als Parnko leise, sehr leise sagte: »Es ist Mannara. Bitte, Ma'am, helfen Sie ihr!«

Dorothea wirbelte herum. »Bist du sicher?« Was für eine dumme Frage! Wenn einer die junge Frau erkannte, dann wohl ihr Liebhaber. Sie selbst war so selbstverständlich von einem verletzten Mann ausgegangen, dass sie gar nicht genau hingesehen hatte.

»Wenn jemand ihr helfen kann, dann Mrs. Perkins«, sagte sie mit mehr Zuversicht, als sie empfand. »Schaffst du es, sie in die Küche zu tragen?«

Mrs. Perkins zu wecken war kein leichtes Stück Arbeit. Erschöpft, wie sie war, brauchte sie einige Zeit, um zu verstehen, was Dorothea ihr zu erklären versuchte. »Muss das mitten in der Nacht sein, wenn anständige Christenmenschen schlafen?«, murrte sie, während sie sich schwerfällig aus dem Bett wälzte. »Sie könnten schon mal die Verbandsscharpie holen. Davon dürften wir eine Menge brauchen.«

Als Dorothea mit dem Arm voller Leinenbinden die Küche betrat, hatten Parnko und Mrs. Perkins den Herd angefeuert. Das Wasser brodelte, und die beiden standen über die Verletzte gebeugt. Parnko hatte sie auf dem Küchentisch abgelegt, und im Schein der darüber hängenden Petroleumlampe waren Mannaras Verletzungen deutlich zu erkennen. Ohne den voluminösen Opossumfellmantel wirkte sie mitleiderregend dünn und zerbrechlich. Dorothea erschrak bis ins Mark, als sie die Wunden sah, die ihr zugefügt worden waren.

Mit überraschender Zartheit tupfte Mrs. Perkins der jungen Frau das Blut aus dem zerschlagenen Gesicht. »Ein Wunder, dass das arme Ding es in diesem Zustand bis hierher geschafft hat«, murmelte sie, ohne den Blick zu heben. »Welche Bestie hat ihr das nur angetan?«

»Das war Worammo«, stieß Parnko zwischen zusammengebissenen Zähnen hervor. »Dafür töte ich ihn!«

»Davon werde ich dich nicht abhalten«, sagte Mrs. Perkins in grimmigem Ton. »Aber zuerst muss die Kleine verarztet werden. Nur gut, dass sie ohnmächtig ist, denn diesen Schnitt muss ich nähen!«

Dorothea sah sofort, was sie meinte: Quer über den Kopf verlief ein so tiefer Riss, dass die Kopfschwarte auseinanderklaffte. Das *waddie,* das diese Verletzung verursacht hatte, musste mit rücksichtsloser Brutalität geführt worden sein. Ihr Gesicht war von zahllosen Schlägen so geschwollen, dass Dorothea sie auch bei

Licht niemals erkannt hätte. Kaum vorstellbar, dass diese schrecklich zugerichtete Kreatur die hübsche Mannara mit dem mutwilligen Lächeln sein sollte!

»Schnell! Fädeln Sie mir ein Stück Faden von etwa einer Elle Länge ein. Ich möchte das fertig haben, ehe sie wieder zu sich kommt.« Mrs. Perkins drückte Dorothea Nadel und Faden in die Hand, während sie behutsam die Wundränder säuberte.

Dorothea hatte so etwas noch nie gesehen, und auch Parnko keuchte auf, als sie geschickt mit zwei Fingern zupackte und begann, die Kopfhaut säuberlich zusammenzuheften. Atemlos verfolgten sie, wie die Köchin die Verletzung nähte, als sei es ein Riss in einer Arbeitshose.

»So, das wäre geschafft.« Mrs. Perkins klang zufrieden, als sie sich leise ächzend aus ihrer gebückten Haltung aufrichtete. »Wenn wir Glück haben und es sich nicht entzündet, wird man die Narbe später kaum sehen.« Tatsächlich verschwand die Naht schon jetzt fast im dichten, kurz geschorenen Kraushaar der jungen Frau.

Sorgfältig deckte Mrs. Perkins die Wunde mit frisch gezupfter Scharpie ab, ehe sie sich daranmachte, einen derart komplizierten Verband anzulegen, dass Dorothea voller Bewunderung ausrief: »Wo haben Sie denn das gelernt, Mrs. Perkins?«

»Als junges Mädchen habe ich gerne unserem Dorfarzt geholfen«, sagte die Ältere gelassen. »Er legte großen Wert auf die Verbände. – Dann wollen wir mal sehen, was die Arme noch abbekommen hat!«

Der größte Teil des Blutes, das Dorothea so entsetzt hatte, stammte wohl von der Kopfwunde. Als Mrs. Perkins das Blutrinnsal näher inspizierte, das Mannara aus den Mundwinkeln sickerte, stöhnte diese plötzlich auf, hustete und spuckte zusammen mit einem Schwall halb geronnenen Blutes zwei Zähne aus. Dorothea fuhr bei dem Geräusch, das die knöchernen Gebilde machten, als sie auf die Holzplatte rollten, zusammen.

Mrs. Perkins jedoch stieß erleichtert den Atem aus und murmelte: »Dem Herrn sei Dank, es ist nicht die Lunge!«

Mannara musste zumindest halb wieder zu sich gekommen sein, denn beim Klang der fremden Stimme wimmerte sie auf und versuchte mit letzter Kraft zu flüchten.

»Verdammt!« Geistesgegenwärtig hatte die Köchin zugepackt und verhindert, dass die Verletzte sich vom Tisch stürzte. »Sag ihr, dass sie ruhig liegen muss«, fuhr sie Parnko an. »Und dass sie in Sicherheit ist. Schnell! Nicht, dass sie sich noch mehr verletzt.«

Beim Klang seiner Stimme entspannte sie sich sichtlich. Sie versuchte sogar, ihre Augen zu öffnen, aber nur das eine ließ sich einen schmalen Spaltbreit öffnen. Die Laute, die sie sich zu bilden bemühte, blieben unverständlich.

»Sie soll nicht weiter zu sprechen versuchen«, beschied Mrs. Perkins. »Wahrscheinlich ist ihr Kiefer gebrochen. Ich kann zwar nichts ertasten, aber das besagt nur, dass sich die Bruchenden wenigstens nicht verschoben haben. Sie soll ruhig liegen und uns machen lassen.«

Kaum hatte Parnko das übersetzt, erstarrte die junge Frau zu einer lebenden Puppe. Nur hie und da entfuhr ihr ein unterdrückter Schmerzenslaut, obwohl Mrs. Perkins sich alle Mühe gab, so behutsam wie möglich vorzugehen. Der Rest der Verletzungen bestand zum größten Teil aus Hautabschürfungen und Kratzern, die sie sich vermutlich auf ihrer verzweifelten Flucht zugezogen hatte.

Nachdem die größeren von ihnen so gut wie möglich versorgt worden waren, streckte Mrs. Perkins ihren schmerzenden Rücken und sah unschlüssig zwischen Dorothea und Parnko hin und her. »Sie sollte jetzt nicht allein gelassen werden«, sagte sie. »In ihrem Zustand.«

»Sie kann bei mir bleiben«, bot Parnko etwas unsicher an. »Ich weiß nichts über Krankenpflege, aber sie hat keine Angst, wenn ich bei ihr bin.«

»Guter Junge!« Mrs. Perkins nickte ihm wohlwollend zu. »Bis zum nächsten Verbandswechsel ist eigentlich gar nichts zu tun. Du musst ihr nur zu trinken geben, wenn sie Durst hat. Am besten mit einem Röhrichthalm. Morgen früh schaue ich dann gleich nach ihr.« Sie gähnte herzhaft. »Wenn mich mein Gefühl nicht täuscht, ist es gar nicht mehr lange bis zur Morgendämmerung. Müssen wir mit einem Besuch rechnen?« Sie warf dem jungen Aborigine einen scharfen Blick zu. »In dem Fall solltest du sehen, die Spuren zu beseitigen, die sie hierherführen könnten.«

Dorothea erschrak. An eine solche Möglichkeit hatte sie noch gar nicht gedacht. Aber es war durchaus plausibel: Wenn Mannara aus dem Lager geflüchtet war, würde sie sicher früher oder später vermisst werden. Und dann würden sie sie suchen.

»Sobald die Sonne aufgeht, werde ich ihre Spuren verwischen«, versprach Parnko. Nach kurzem Zögern verbeugte er sich so tief wie möglich: »Ich bin Ihnen zu großem Dank verpflichtet, Mrs. Perkins. Ich weiß gar nicht, wie ich meine Schuld bei Ihnen abtragen kann. Mannara verdankt Ihnen ihr Leben, und Mannara ist mein Leben.«

»Papperlapapp, Junge«, wehrte die Köchin seine Dankesbezeugungen mit einer Handbewegung ab, als würde sie Fliegen verscheuchen. »Sieh du lieber zu, dass wir wegen des Mädchens keinen Ärger mit deinen Leuten bekommen.«

An diesem Morgen brachte Dorothea beim besten Willen kein Interesse für Catrionas inhaltloses Geplauder auf. Immer wieder schweifte ihr Blick zum Fenster hinaus, um sich zu vergewissern, dass kein Trupp erboster Aborigines auf das Haus zustürmte. Die von Mrs. Perkins aufs Tapet gebrachte Möglichkeit beunruhigte sie zutiefst. Wenn bloß Ian bald wieder zurückkehrte! Er genoss so großen Respekt bei den Eingeborenen, dass er sicher eine Lösung für diese verzwickte Situation fände. Sollten die Jäger Mannara aufspüren und beschließen, sie wieder mit zurückzunehmen, könnte Parnko alleine sie wohl kaum aufhalten. Der lächerliche, kleine Anwalt würde sich vermutlich eher im Schrank verstecken, als ihnen entgegenzutreten. Catriona! Hatte sie nicht davon gesprochen, dass sie in England öfter auf die Jagd gegangen wäre?

»Ich fürchte, das muss dringend gebügelt werden. Kann man es dieser – wie hieß sie noch? – Trixie anvertrauen?« Catriona hielt ein verschwenderisch mit Blumenranken besticktes Kleid aus indischem Musselin hoch und musterte es kritisch. »Wie ärgerlich, dass ich nur so wenig mitnehmen konnte! Jetzt ist die Auswahl doch sehr begrenzt.«

»Hast du nicht davon gesprochen, dass du schießen kannst?«, fragte Dorothea, ohne auf die Garderobenprobleme einzugehen.

»Ja, natürlich. Ich bin ein besserer Schütze als so mancher, der sich dafür hält.« Catriona zwinkerte Dorothea übermütig zu. »Wie mein lieber Bruder Percy, zum Beispiel.«

»Kannst du auch mit Pistolen umgehen?«

Catriona sah sie befremdet an. »Du bist aber in einer seltsamen Stimmung heute Morgen! Was ist denn los mit dir?«

»Könntest du mit Pistolen schießen?«, beharrte Dorothea. »Es ist wirklich wichtig.«

»Wenn es nötig sein sollte, kann ich mit Pistolen genauso gut umgehen wie jeder Mann«, erklärte Catriona selbstbewusst. »Ist es nötig?« Sie musterte Dorothea eingehend. »Du siehst etwas blass und übernächtigt aus heute Morgen, Cousine. Willst du mir nicht sagen, was los ist?« Sie klopfte neben sich auf die Chaiselongue. Mit einem lauten Seufzer sank Dorothea neben ihr auf das Polster und folgte der Aufforderung. Catriona war eine gute Zuhörerin. Nicht ein einziges Mal unterbrach sie den manchmal etwas wirren Wortstrom, sondern hing gebannt an Dorotheas Lippen. Als diese schwieg, holte sie tief Luft. »Du rechnest also damit, dass die Eingeborenen Schwierigkeiten machen werden?«, fragte sie erstaunlich gelassen.

»Ich habe keine Ahnung«, gab Dorothea ehrlich zu. »Aber Mrs. Perkins war nicht wohl bei der Sache, und sie kennt sie schon länger als ich.«

»Also deshalb hast du ständig aus dem Fenster gesehen!« Catriona lächelte spöttisch. »Ich bin nicht sehr aufmerksam, aber selbst mir fiel auf, dass du dich aufführst wie eine Schlossherrin, die jeden Moment mit dem Auftauchen feindlicher Truppen rechnet.«

Bei diesem Vergleich musste Dorothea ebenfalls lächeln. »Dieser Worammo ist mir eben alles andere als geheuer«, gestand sie. »Solange der alte King George das Sagen hatte, war alles in Ordnung. Aber jetzt weiß man nie, ob sein Nachfolger sie nicht gegen uns aufhetzt.«

»Sprichst du von demselben Mann, der diese arme Eingeborene so zugerichtet hat?« Catriona hatte tatsächlich genau zugehört. Sie zog die zierliche Nase kraus. »Er scheint ein ausgesprochen unsympathischer Zeitgenosse zu sein. Warum hat dieser King George gerade ihn als seinen Nachfolger bestimmt?«

»Es liegt nicht allein in seiner Hand. Auch die Ahnengeister haben dabei ein Wörtchen mitzureden«, versuchte Dorothea, das auch ihr größtenteils unverständliche Prozedere zu veranschaulichen. »Es wurden furchtbar viele Geisteranrufungen und Séancen abgehalten, und am Ende hatte Worammo die meisten Befürworter. Ian meinte, das hinge wohl eher damit zusammen, dass er den Jägern jede Menge Alkohol und Tabak versprochen hätte, aber offiziell ist er von den Ahnengeistern auserwählt worden.«

»Aha. Und niemand nimmt ihm übel, wie er sich aufführt?«

»Nicht, solange er sich nur an Frauen abreagiert.« Dorothea knirschte vor Ärger mit den Zähnen. »Die armen Kreaturen werden schlechter behandelt als Hunde. Erst neulich hat ein Kaurna in Adelaide seine Frau aus Ärger darüber, dass ein Farmer seinen

Hund erschossen hatte, mit dem Speer getötet. Einfach so. Mir kommt immer noch die Galle hoch, wenn ich daran denke!« Mit Fäusten hieb sie auf das Kissen neben sich ein.

»Beruhige dich, Cousine«, bat Catriona. »Das ist natürlich sehr traurig, aber diese primitiven Menschen sind eben nicht mit unseren Maßstäben zu messen.«

So ähnlich hatte sich auch Reverend Howard ausgedrückt, als sie bei einer zufälligen Begegnung in der Hindley St. von ihm verlangt hatte, sich beim Gouverneur für eine Bestrafung des Mannes einzusetzen. »Liebe Mrs. Rathbone, wir tun unser Bestes, diese Menschen der Zivilisation zuzuführen. Aber er würde überhaupt nicht begreifen, was wir ihm vorwerfen. Er sieht es doch als sein gutes Recht an, mit seinem Eigentum so zu verfahren, wie es ihm beliebt. Und *lubras* sind nun einmal das Eigentum ihrer Ehemänner.«

»Ich dachte immer, Sklaverei wäre auch in den Augen der anglikanischen Kirche verabscheuenswürdig«, hatte sie ihm ins Gesicht geschleudert. »Was ist das anderes als Sklaverei?«

Ihre erhobene Stimme hatte Passanten neugierig den Kopf wenden lassen, und Ian hatte sich prompt beim Reverend entschuldigt und sie weggezogen. »Du kannst den armen Mann doch nicht vor allen Leuten anschreien«, hatte er ärgerlich bemerkt. »Wie sieht das denn aus?«

In ihrer Empörung war Dorothea das Aufsehen, das sie erregt hatte, völlig gleichgültig gewesen. »Diese Heuchler«, hatte sie geschnaubt und dabei den Leuten auf der anderen Straßenseite wütende Blicke zugeworfen. »Sonntags reden sie von Christenpflicht und Nächstenliebe, aber wenn vor ihren Augen ein solch himmelschreiendes Unrecht geschieht, verschanzen sie sich hinter dem Vorwand der Toleranz, nur um ihr feiges Nichtstun zu rechtfertigen.«

»Du wirst sie nicht umstimmen können, indem du sie beleidigst«, hatte Ian vernünftig wie immer eingewandt. »Außerdem ist einer davon mein bester Kunde. Also mäßige dich bitte. Es wäre fatal, wenn er seine Wollbestellung stornierte.«

Gegen dieses Argument war jede moralische Entrüstung machtlos!

»Sie sind nicht alle so primitiv«, widersprach sie jetzt, wenn auch nicht aus voller Überzeugung, Catrionas Einschätzung. »Es gibt welche unter ihnen, die sich durchaus zivilisiert benehmen können.« Mit Einschränkungen! Unwillkürlich stahl sich ein Lächeln in ihr Gesicht, als sie sich erinnerte, mit welch kindlicher Unbefangenheit Jane ihre Kleider abgelegt hatte, um sich in das Wasserloch zu stürzen. Für eine englische Lady wie Catriona musste so etwas eine unvorstellbare Entgleisung darstellen. Oder wie selbstverständlich Koar damals die mumifizierten Finger seines geliebten Großvaters aus seinem Totembeutel gezogen hatte. Derselbe »Wilde«, der jetzt in London an der medizinischen Fakultät studierte.

Selbst Parnko zeigte Anzeichen eines tief greifenden Gesinnungswandels. Wie besorgt war er um Mannara gewesen! »Es gibt doch auch in der Zivilisation Menschen, die sich nicht an Recht und Gesetz halten!«

»Das ist doch etwas völlig anderes«, Catriona schüttelte ungehalten den Kopf. »Zumindest gibt es bei uns Recht und Gesetz, und wer dagegen verstößt, muss mit Strafe rechnen. Diese Wilden dagegen haben nicht die geringste Vorstellung, was zivilisiertes Benehmen ausmacht. Schon wie sie herumlaufen: halb nackt. Ohne jede Spur von Scham. Es verwundert nicht, dass es Wissenschaftler gibt, die meinen, sie stünden den Affen näher als den Menschen. Ich kann mich nicht mehr erinnern, in welcher Zeitung es stand, aber ein Professor erklärte, sie könnten keine Menschen sein, weil Gott doch die Menschen nach seinem Bild erschaffen hätte und die australischen Eingeborenen so hässlich seien, dass es eine Beleidigung Gottes wäre, sie als Menschen zu bezeichnen.«

»Mein Vater sagte immer, Gott sehe in die Herzen der Menschen, nicht auf das Äußere«, sagte Dorothea, leicht abgestoßen von Catrionas abschätzigen Worten. »Die Schönheit des Leibes ist vergänglich, die der Seele ewig.«

»Natürlich!«, stimmte Catriona ihr augenblicklich zu und lächelte reuig. »Wie leichtfertig von mir. Willst du mir nicht von deinem Vater erzählen? Er scheint ein ganz besonderer Mann gewesen zu sein.«

Es war lange her, dass sie mit jemandem über ihren Vater hatte reden können. Plötzlich kamen all die Erinnerungen an ihn wieder hoch. Catriona ermutigte sie mit ständigen Nachfragen, und Dorothea sprudelte geradezu über. Ihre Kindheit in Dresden, die lange Trennung, die Vorfreude auf die neue Heimat — erst ein schüchternes Klopfen an der Tür erinnerte sie daran, dass der Zeitpunkt, um in Erinnerungen zu schwelgen, denkbar ungünstig war.

»Mrs. Perkins lässt fragen, ob du sie begleiten möchtest. Sie geht jetzt nach Mannara schauen«, sagte Robert hastig und sichtbar bemüht, Catriona nicht anzustarren.

»O Himmel, ist es schon so spät?« Schuldbewusst sprang Dorothea auf. »Dann war es doch längst Zeit für deine Schulstunde, Robbie. Wieso hast du nicht eher was gesagt?«

Robert zuckte mit den Achseln. Diese schlechte Angewohnheit hatte er nur zu gern von Parnko übernommen. »Darf ich mitkommen?«, fragte er statt einer Antwort.

»Nein.«

»Warum nicht?« Robert konnte recht beharrlich sein.

»Weil ein Krankenbesuch nichts für kleine Jungen ist«, sagte Dorothea entschieden. »Die arme Mannara hat schreckliche Schmerzen und möchte ihre Ruhe. Vielleicht später, wenn es ihr besser geht.«

»Und wenn es ihr nicht wieder besser geht? Mrs. Perkins hat zu

Trixie gesagt, sie würde nicht darauf wetten, dass sie es überlebt. Ich würde gerne sehen, wie ein Mensch aussieht, der bald stirbt.«

Es war Catriona, die als Erste ihre Stimme wiederfand. »Möchtest du stattdessen vielleicht mit mir schießen gehen?«, fragte sie so gelassen, als sei sie es gewohnt, dass achtjährige Jungen solch schockierende Wünsche äußerten. »Ich würde mich gerne mit den Pistolen deines Vaters vertraut machen.«

»Er ist nicht mein Vater!« Roberts Gesichtsausdruck hatte sich verfinstert. »Mein Vater ist tot.«

»Oh, entschuldige. Ich wollte dir nicht zu nahe treten. – Verzeihst du mir?« Sie streckte ihm mit einem so süßen Lächeln die Hand entgegen, dass selbst Robert nicht gegen ihren Charme gefeit war.

»Natürlich«, erklärte er und ergriff die dargebotene Rechte mit gespielter Lässigkeit.

»Danke. Wenn deine Mutter uns zeigt, wo alles ist, könntest du mir tragen helfen. Willst du? Und außerdem brauche ich deinen Rat, wo wir am besten üben können. Nicht, dass wir noch aus Versehen jemanden erschießen.«

»Hast du das schon?«

»Nein.«

»Robert, sei so lieb und zeig Cousine Catriona die Schublade, in der die Pistolen und das andere Zeug liegen, ja?«, bat Dorothea, in Gedanken bereits bei dem bevorstehenden Krankenbesuch. Stand es wirklich so kritisch um Mannara? Ohne einen Gedanken darauf zu verschwenden, ob eine Schießstunde der passende Zeitvertreib für einen Achtjährigen war, hastete sie in die Wäschekammer, um frische Scharpie und Leinenverbände zu holen.

Parnko hatte die junge Frau auf sein Bett gelegt, auf das er so stolz war, dass er meist doch auf dem Boden schlief. Die Kammer, die er bewohnte, war klein und spärlich möbliert. Außer dem soliden

Holzbett mit Schilfgrasmatratze gab es nur einen Stuhl, eine Hakenleiste und eine hölzerne Truhe mit Vorhängeschloss. Er selbst hockte in der typischen Sitzhaltung der Eingeborenen auf dem Fußende des Bettes und verscheuchte die Fliegen, die die Wunden umschwirrten. Ein Blechkrug voller Wasser mit einem Stück Schilfrohr als Trinkröhrchen stand griffbereit neben ihm.

Mrs. Perkins ging zum Fenster und zog mit einem energischen Ruck die rot karierten Gardinen beiseite. Wenn dies überhaupt möglich war, bot Mannara einen noch schlimmeren Anblick als in der Nacht zuvor. War es, weil man bei Lampenlicht nicht so gut gesehen hatte? Oder bildete sie es sich nur ein, dass die Blutergüsse stärker angeschwollen waren? Das Gesicht der jungen Frau war nur noch eine schwärzlich angelaufene Maske. Ein schrecklicher Anblick. Dorothea musste sich dazu zwingen, näher zu treten.

»Der Puls ist immer noch sehr schwach.« Mrs. Perkins' Stimme war keine Regung anzumerken. »Hat sie Blut gespuckt?«, wandte sie sich an Parnko.

Der schüttelte nur den Kopf. Aschgrau im Gesicht wirkte er so verzagt, wie Dorothea ihn noch nie erlebt hatte. »Wird sie sterben?«, flüsterte er kaum hörbar.

Mrs. Perkins fixierte ihn streng. »Das werden wir nicht zulassen«, sagte sie so entschieden, als ob es in ihrer Hand läge. »Auf dem Herd in der Küche steht heißes Wasser. Bring mir einen Eimer voll.«

Parnko straffte sich und beeilte sich, dem Befehl nachzukommen.

»So, jetzt, wo der Junge aus dem Weg ist, mal ganz offen, Ma'am: Ich habe nachgedacht, und die Sache hier stinkt! Die Kleine ist nicht ohne Grund so zugerichtet.« Sie sah ausgesprochen düster drein. »Konnte der Junge sich keine andere aussuchen? Und ausgerechnet jetzt ist Master Ian nicht da!«

»Sie meinen, sie wurde wegen Parnko halb totgeschlagen?«, fragte Dorothea ungläubig.

Mrs. Perkins nickte bedächtig. »Davon bin ich überzeugt. Es würde nur nichts bringen, dem Jungen jetzt deswegen ein schlechtes Gewissen zu machen«, sagte sie.

»Aber wieso? Ich meine, es gibt doch andere Methoden, eine Romanze zu unterbinden.«

Mrs. Perkins warf ihr einen fast mitleidigen Blick zu. »Ich fress meinen Besen, wenn es bei schmachtenden Blicken geblieben ist«, schnaubte sie. »Der Junge sollte sich in der nächsten Zeit besser nicht allzu weit vom Haus entfernen. Bei ihm werden sie sich nicht auf eine Tracht Prügel beschränken!«

Parnko näherte sich bereits wieder im Laufschritt, und nach kurzem Zögern erlaubte Mrs. Perkins ihm, ihnen dabei zu helfen, Mannaras zerschundenen Körper mit nassen Tüchern abzutupfen. »Was soll's? Für Dezenz ist es sowieso zu spät«, hörte Dorothea sie vor sich hinmurmeln.

Die schreckliche Kopfwunde hatte sich zum Glück nicht entzündet. Als die Köchin den Verband abwickelte, den Scharpiebausch darunter anfeuchtete und ablöste, sickerte nur ein wenig Wundflüssigkeit aus dem Riss. Auch die Abschürfungen und Kratzer waren bereits zum größten Teil verschorft. »Wirklich erstaunlich«, stellte Mrs. Perkins überrascht fest. »Es scheint zuzutreffen, dass die Eingeborenen über bedeutend stärkere Selbstheilungskräfte verfügen als wir. Da – sie versucht sogar die Augen zu öffnen!«

Tatsächlich bemühte Mannara sich unter leisem Stöhnen, durch die geschwollenen Lider zu blinzeln. Ihre Hände tasteten über die Matratze. Parnko fing ihre Rechte ein, und während er sie fest umklammert hielt, sprach er eindringlich auf sie ein. Er schien die richtigen Worte gefunden zu haben, denn die Anspannung wich aus Mannaras Gliedern, und sie gab einen leisen Laut der Erleichterung von sich.

»Ich habe ihr gesagt, dass sie in Sicherheit ist und wir sie beschützen werden«, erklärte Parnko heiser vor Aufregung. »Wenn sie nur reden könnte!«

»Nicht mit einem gebrochenen Unterkiefer!« Mrs. Perkins' Fingerspitzen fuhren in einer Art Liebkosung zart die Kinnlinie nach. »Ich gebe dir nachher einen Topf guter, kräftiger Rinderbrühe, Parnko. Davon lässt du sie trinken, sooft sie will, hörst du? Und wenn etwas ist, ruf mich!«

Der junge Aborigine nickte bereitwillig und nahm wieder seinen Platz am Fußende ein. Erstaunlich, was die Liebe alles bewirken kann, dachte Dorothea. Unter normalen Umständen hätte kein Eingeborener sich dazu herabgelassen, einen Kranken zu pflegen. Schon gar nicht eine Frau!

»Gestern war ich mir nicht sicher, aber jetzt denke ich, dass sie genesen wird«, sagte die Köchin, während sie über den Hof zum Haupthaus zurückgingen. »Wenn sie gestorben wäre, hätte sich das Problem von selbst erledigt. Ich hoffe nur, die Kerle kriegen keinen Wind von der Sache, bevor Master Ian wieder zurück ist! Wenn Sie meinen Rat hören wollen, Ma'am: Sagen Sie Lady Chatwick und diesem komischen Kauz besser nichts davon. Und der Zierpuppe lieber auch nicht.«

»Wären Sie sehr überrascht, wenn ich Ihnen sagte, dass meine Cousine mit Pistolen besser umgehen kann als ich?«, gab Dorothea leicht pikiert zurück. Mrs. Perkins wurde allmählich wirklich etwas zu selbstherrlich. Von Catriona als Zierpuppe zu sprechen, stand ihr nicht zu. »Sie ist gerade mit Robert bei Schießübungen. – Da, das dürften sie sein.« Aus einiger Entfernung war ein bellender Schuss zu hören gewesen.

»Tatsächlich?« Die Köchin wirkte nicht übermäßig beeindruckt. »Na, ich hoffe nur, dass sie sich im Ernstfall rasch genug entscheiden kann, welches Kleid dazu passt.«

Tatsächlich war Catrionas umfangreiche Garderobe schon Gegenstand einiger spöttischer Kommentare in Küche und Wäsche-kammer gewesen. Einige davon hatte Dorothea mitbekommen, wenn sie Trixie dabei half, die zahllosen Falbeln und Rüschen zu bügeln. Einmal, ganz zu Anfang, hatte sie ihre Cousine im Scherz gefragt, ob sie immer mit ihrem gesamten Kleiderschrank verreiste.

»Das ist doch nur ein kleiner Teil meiner Garderobe. Gerade einmal das Nötigste«, hatte Catriona in aller Harmlosigkeit er-klärt. »Die Abendroben und die meisten Nachmittagskleider habe ich gar nicht einpacken lassen. Nur die Reisekleider und ein paar schlichte Besuchskleider.« Mit einem leisen Seufzer hatte sie die üppige Pracht gemustert. »Wahrscheinlich ist alles hoffnungslos aus der Mode, wenn ich zurückkomme. – Gibt es in Adelaide ei-gentlich eine gute Modistin?«

Dorothea hatte gezögert, ihre Mutter zu nennen. Zwar waren ihre Entwürfe ausgesprochen begehrt, aber würde sie Catrionas Ansprüchen genügen können? Zudem unterschieden sich die An-forderungen der hiesigen Garderobe beträchtlich von denen Eng-lands! Hier in Südaustralien trug man lieber leichte, bequeme Modelle und nahm dafür gerne Abstriche am Erscheinungsbild in Kauf. Wer wie Catriona selbst im australischen Sommer da-rauf bestand, das volle Dutzend Unterröcke zu tragen, der würde über solche Gesichtspunkte wie Bequemlichkeit verächtlich die Nase rümpfen.

Catriona hatte ihr Zögern falsch interpretiert. »Entschuldige, ich wollte mich wirklich nicht über eure Provinzialität lustig ma-chen«, hatte sie gesagt und schleunigst das Thema gewechselt.

Beim Lunch erwies es sich als nicht gerade leichte Aufgabe, Ro-berts Begeisterung über die Kunstfertigkeit seiner Tante mit den Pistolen zu zügeln. »Sie hat auf zwanzig Schritte direkt den Pfos-ten getroffen«, berichtete er bewundernd. »Und nicht nur ein Mal, sondern fast jedes Mal!«

»Eine richtige Amazone!«, bemerkte Lady Chatwick erstaunt. »Dann brauchen wir die Männer ja gar nicht mehr zu unserem Schutz. Miss Grenfell, wo haben Sie denn so vortrefflich zielen gelernt?«

»Ach, so hier und da habe ich mir ein paar Kniffe beibringen lassen«, gab die Angesprochene leichthin zurück. »Es ist wirklich nicht schwer. Wenn Sie möchten, bringe ich es Ihnen bei.«

»Um Gottes willen, nein!« Lady Chatwick erschauerte sichtlich. »Ein solches Teufelszeug rühre ich um nichts in der Welt an. Nachher explodiert es mir noch in der Hand!«

»Nur, wenn man sich sträflich dumm anstellt.« Catriona lachte. »Mit den neuen Perkussionswaffen ist es ein Kinderspiel: Das Pulver misst man im Deckel ab, und die Zündhütchen aufzusetzen, ist ebenfalls keine Zauberei. Robert hat es sofort begriffen.«

»Du hast ihn mit der Waffe hantieren lassen?«, fragte Dorothea entsetzt.

»Nur beim Laden.« Catriona sah zu Robert hinüber und schenkte ihm ein komplizenhaftes Lächeln. »Nicht wahr, Robert, es ist wirklich ganz einfach, oder?«

»Ja, das ist es«, stimmte er ihr eifrig zu. »Mama, sie hat versprochen, mir das Schießen damit beizubringen!«

»Nur, wenn deine Mutter es erlaubt«, warf Catriona ein. Sie sah Dorothea fragend an: »Ich hoffe doch, du hast keine Einwände, Cousine?

Dorothea öffnete schon den Mund, um zu erklären, dass sie sehr wohl Einwände dagegen hätte, einen Achtjährigen im Pistolenschießen zu unterrichten, als Robert ungestüm aufsprang und zu ihr lief.

»Bitte, bitte, Mama, sag ja! Dann kann ich euch alle beschützen.«

Gerührt nahm sie ihn in den Arm. Sie wollte ihn nicht beschämen, indem sie ihn darauf hinwies, dass ein Junge seines Alters wohl kaum als adäquater Schutz anzusehen wäre. Was konnte es für einen Schaden anrichten? Im Gegenteil: Es konnte Robert nur guttun, mit einem so quirligen Menschen wie Catriona seine Zeit zu verbringen. Er war viel zu viel alleine. »Also gut«, hörte sie sich sagen. »Aber nur, wenn du versprichst, sehr, sehr vorsichtig zu sein, Robbie!«

Sprachlos vor Freude nickte er bloß.

»Ich möchte nicht undankbar erscheinen«, nutzte Andrew Billingsworth die Gesprächspause, um sich zu Wort zu melden. »Aber es ist mir langsam peinlich, Ihre Gastfreundschaft dermaßen auszunutzen. Wenn meine Notizen mich nicht trügen, hätte der Postdampfer doch schon längst wieder hier anlegen müssen. Verspätet er sich oft?«

»Ständig!« Lady Chatwick verdrehte die Augen. »Mal ist der Kessel undicht, mal die Pleuelstangen, oder wie diese Dinger heißen, defekt. Ich habe den Verdacht, dass der gute Kapitän mit der modernen Technik auf Kriegsfuß steht.«

»Gibt es denn keine andere Möglichkeit, nach Port Adelaide zu kommen?« Der Anwalt war offensichtlich nicht daran interessiert, die Unzulänglichkeiten besagter Technik zu diskutieren. Er rang fast die Hände. »Ich muss dringend wieder zurück in meine Kanzlei.«

»Mit dem Gig wären es zwei Tage – aber ich nehme nicht an, dass Sie kutschieren können?«, sagte Dorothea, die etwas ratlos war, wie sie dem Mann helfen sollte. »Außer Parnko ist aber niemand da, der Sie fahren könnte, und der ist unabkömmlich.«

»Mir scheint, Mr. Billingsworth, es bleibt Ihnen nichts anderes übrig, als sich in Geduld zu fassen«, bemerkte Catriona. »Stellen Sie sich einfach vor, Sie wären in Sommerfrische. Sie kommen noch schnell genug zurück in Ihre staubige Kanzlei.«

Der Anwalt betrachtete sie mit einem Anflug leichten Abscheus. »Sie haben gut reden, Miss Grenfell«, gab er missmutig zurück.

»Sie haben keine Verpflichtungen. Ich jedoch werde dringend in Bristol erwartet.«

»Ich bin sicher, Onkel Hugh wird Sie für all Ihre Unbequemlichkeiten großzügig entschädigen, mein Bester.« Catriona lächelte leicht. »Machen Sie sich kein Gewissen: Onkel Hugh hat so lange gewartet, da kommt es auf ein paar Tage auch nicht mehr an.«

»Es kann sich nur noch um ein, zwei Tage handeln«, sagte Dorothea begütigend. »Es tut mir leid, Mr. Billingsworth, aber hier im Busch geht es eben anders zu als in der Stadt.«

»Das habe ich schon gemerkt.« Der füllige Mann hantierte mit seinem Besteck, um niemanden ansehen zu müssen. »Letzte Nacht zum Beispiel. Da muss ein Tier ganz nah ums Haus geschlichen sein. Es hat so entsetzliche Laute von sich gegeben, dass mir die Haare zu Berge standen. Ich bin erst im Morgengrauen wieder eingeschlafen.«

»Das war sicher ein Wombat.« Lady Chatwick kicherte. »Wenn die ihre Brunftzeit haben, könnte man meinen, hier fänden Massaker statt! Als ich meinen ersten hörte, habe ich befürchtet, den nächsten Tag nicht mehr zu erleben.« Sie tätschelte dem Mann gönnerhaft den Unterarm. »Machen Sie sich nichts daraus, Mr. Billingsworth. Wir alle haben unsere Albträume. Ein kleines Glas Portwein vor dem Schlafengehen wirkt nach meiner Erfahrung wahre Wunder. Ich achte auf solche Geräusche schon seit Jahren nicht mehr.«

Dorothea, die gerade fieberhaft überlegt hatte, was sie dem Mann als Ausrede auftischen sollte, entspannte sich dankbar. Er war zu höflich, um darauf hinzuweisen, dass ein einziges Glas Portwein nicht solche Wirkungen entfalten konnte, und alle anderen wussten nur zu gut um das Ausmaß von Lady Chatwicks Portweinkonsum. Nicht umsonst nahmen die speziellen Fässer einen beträchtlichen Raum in der Speisekammer ein.

»Also, ich habe auch nichts gehört«, erklärte Catriona und blinzelte Dorothea verschwörerisch zu. »Vielleicht haben Sie wirklich nur schlecht geträumt, Mr. Billingsworth? Mein Vater hatte immer Albträume, wenn es zum Dinner Krebse gab. Und hatten wir nicht gestern Krebse als Vorspeise?«

»Ich weiß sehr wohl, wann ich schlafe und wann ich wach bin, Miss Grenfell«, erwiderte der Anwalt schmallippig. »Die Erklärung Lady Chatwicks scheint mir zutreffender. Tiere geben ja oft die seltsamsten Geräusche von sich. Sind diese Wombats eigentlich gefährlich?«

Robert prustete vor Lachen, und auch Dorothea und Lady Chatwick konnten ein Schmunzeln nicht unterdrücken.

»Wombats sind reine Pflanzenfresser und völlig harmlos«, erklärte Dorothea. »Die einzigen Tiere, vor denen man sich hier wirklich in Acht nehmen muss, sind die Braunschlangen.«

»Wenn sie einen beißen, kann man nicht einmal mehr ein Vaterunser zu Ende beten, ehe man schwarz anläuft und stocksteif umfällt«, ergänzte Robert bereitwillig.

Mr. Billingsworth erblasste. »Tatsächlich?«, hauchte er. Sein Unbehagen war ihm so deutlich anzumerken, dass er Dorothea leidtat.

»Keine Sorge, Mr. Billingsworth«, versuchte sie, ihn zu beruhigen. »Diese Art Schlangen ist extrem selten. In all den Jahren, die ich schon hier lebe, habe ich noch keine gesehen.«

Ob er ihrer Versicherung glaubte, blieb offen, denn Trixie nahm sich kaum Zeit, ihr Kommen mit einem Klopfen anzukündigen, bevor sie die Türe aufriss und schrie: »Ma'am, Ma'am – vom Fluss kommt ein Haufen Schwarzer!«

Dorothea fühlte, wie ihr plötzlich flau im Magen wurde. Sollte Mrs. Perkins mit ihrer Schwarzmalerei recht gehabt haben? Kamen sie, um Mannara mit Gewalt zurückzuholen? Was würden sie mit Parnko machen? Und mit ihnen?

»Robert, geh mit Trixie nach oben. Keine Widerrede«, befahl sie hastig. »Ihr anderen bleibt am besten hier. Ich werde versuchen, vernünftig mit ihnen zu reden.«

»Selbstverständlich lasse ich dich nicht alleine«, sagte Lady Chatwick und erhob sich würdevoll. »Das wäre ganz und gar nicht schicklich.«

»Stehe ebenfalls zu Diensten«, stammelte Mr. Billingsworth, wenn auch ziemlich blass um die Nase.

Catriona sagte nichts, sondern sah nur amüsiert von einem zum anderen.

»Danke, aber ich glaube, es wäre besser, wenn ich alleine mit ihnen spreche.« Dorothea atmete tief ein wie vor einem Messerwurf, ehe sie entschlossen auf die Veranda hinaustrat. Es war ein Trupp von acht Mann, der im Gänsemarsch auf dem Pfad, der von der Anlegestelle zum Haupthaus führte, näher kam. Zwei ältere Männer und sechs junge Burschen; bei einem von ihnen waren die Schmucknarben, die den erwachsenen Mann kennzeichneten, noch rot und entzündet.

Während die beiden erfahrenen Jäger sich keine Gemütsregung anmerken ließen und auf ihren langen, sehnigen Beinen eher lässig schlenderten, erinnerten die jüngeren in ihrem Verhalten an eine Hundemeute, die an der Leine zerrte. Alle trugen sie eine furchterregende Bemalung aus hellem Ocker, die die Gesichtszüge nahezu unkenntlich machte. Zu ihrer Erleichterung erkannte sie plötzlich den vordersten Mann: Er trug statt des üblichen Känguruknochens den Stiel einer Meerschaumpfeife als Nasenschmuck. Es war der wortkarge Jäger, der gewöhnlich King George bei seinen monatlichen Visiten begleitete und das Schaf trug. Da sein Gefährte ihm sichtlich den Vortritt ließ, war Worammo also nicht dabei! Dorothea entspannte sich ein wenig, während sie den Männern entgegensah.

Die jüngeren witterten in alle Richtungen, die Speere in den Händen wurfbereit. Mochten sie auch für Uneingeweihte wie

Kinderspielzeug aussehen, wusste sie nur zu gut um die Gefährlichkeit dieser grazil wirkenden Waffen. Sie musste sie unbedingt von den Ställen und Parnkos Unterkunft ablenken!

»Was ist euer Anliegen?«, rief sie der Gruppe zu, wobei sie ihre spärlichen Kenntnisse des Ngarrindjeri-Dialekts bemühte. Normalerweise betrat kein Eingeborener fremdes Gebiet, ohne höflich anzufragen, ob es gestattet sei. Und schon gar nicht bis an die Zähne bewaffnet. Das war Gesetz. Es sprach nicht für gute Absichten, dass diese dagegen verstießen.

Die Männern stoppten, als seien sie gegen eine unsichtbare Wand gelaufen. Offensichtlich hatten sie nicht damit gerechnet, dass Dorothea es wagen würde, sie einfach anzusprechen. Sie konnten doch nicht mit einer Frau verhandeln! Auch nicht, wenn es eine Europäerin war. Die verunsicherten Blicke, die sie untereinander tauschten, hätten Dorothea unter anderen Umständen erheitert. Jetzt jedoch war sie zu angespannt, um die Komik der Situation zu würdigen.

Das protokollarische Dilemma löste der Anführer, indem er seinen Begleitern bedeutete, ihre Speere niederzulegen und sich hinzuhocken. Er selbst ging auf Dorothea zu und sprach mit der Luft über ihrer rechten Schulter.

»Wir suchen eine junge Frau. Sie ist ihrem Mann davongelaufen. Wir sollen sie wiederholen. Gib sie uns.«

»Im Haus ist keine junge Frau«, sagte Dorothea wahrheitsgemäß. »Warum glaubst du, dass sie hier ist?«

»Wir haben ihre Spuren am Flussufer gefunden.«

»Habt ihr auch Spuren hier in der Nähe des Hauses gefunden?« Sie hoffte inständig, dass Parnko gründlich gearbeitet und sie gut verwischt hatte.

»Nein«, gab er zu. »Sie enden plötzlich.«

»Dann solltet ihr dort weitersuchen, wo ihr die Spur verloren habt. Vielleicht hat sie ja ein *tou* geholt?«

Die Eingeborenen hatten schreckliche Angst vor diesen Geistern, von denen sie glaubten, dass sie bei Dunkelheit durch die Gegend flögen, um diejenigen zu entführen, die leichtfertig genug waren, nachts das schützende Lagerfeuer zu verlassen. Selbst Jane hatte sich bei Dunkelheit außerhalb des Hauses unwohl gefühlt, obwohl sie angeblich nicht mehr an diese Geister glaubte. Dass Mannara sich dieser Gefahr ausgesetzt hatte, war ein sicheres Zeichen für ihre Verzweiflung.

»Ein *tou*?« Vor Verblüffung über diesen unerwarteten Gedanken vergaß der Jäger seine Würde und sah Dorothea direkt ins Gesicht. Man merkte ihm an, wie er darüber nachdachte. Schließlich nickte er und sagte: »Wir werden zurückkehren und die Geister befragen.«

»Ein weiser Entschluss«, stimmte Dorothea ihm zu und stieß unhörbar einen Seufzer der Erleichterung aus. Der Mann war offensichtlich nicht an einer Auseinandersetzung interessiert.

Wenn Parnko nicht unversehens aufgetaucht wäre, wären die Jäger einfach wieder gegangen. Leider suchte er sich genau diesen Augenblick aus, um laut nach Mrs. Perkins zu rufen. Mit animalischer Geschmeidigkeit waren die jungen Männer aufgesprungen und hoben drohend ihre Speere. Nur ein scharfer Befehl des Anführers hielt sie zurück, aber es war ihnen deutlich anzumerken, wie sie darauf gierten, sie zu benutzen. Parnko hatte beim Anblick der Gruppe innegehalten. Sein gehetzter Blick verriet, dass er sich über ihre Absichten im Klaren war. Verzweifelt schienen seine Augen Dorothea um Hilfe anzuflehen. Die stand wie versteinert. Was konnte sie gegen acht bewaffnete Eingeborene ausrichten?

Schon spannten sich die Armmuskeln des einen jungen Jägers. Im nächsten Augenblick würde der Speer, von einer geübten Hand geschleudert, Parnko niederstrecken. Lauf weg!, wollte Dorothea ihm zurufen, aber kein Laut entrang sich ihrer Kehle. Plötzlich

donnerte ein Schuss, und eine Sandfontäne spritzte eine Handbreit vor den Füßen des angriffslustigen Mannes in die Höhe.

Nicht nur Dorothea schrie vor Schreck laut auf. Auch die Männer brachen in lautes Geschrei aus und liefen, so rasch sie ihre
Füße trugen, Richtung Fluss davon. Parnko stand immer noch
regungslos an seinem Platz und starrte aus großen Augen zum
Haupthaus herüber.

»Na, war das nicht ein Meisterschuss?« Catriona trat neben Dorothea, wobei sie lässig die Pistole schwenkte, damit der beißen-
de Rauch sich verteilte. »Kurios, wie einfach sie in die Flucht zu
schlagen sind! Ich habe ihn noch nicht einmal verletzt.«

»Du hast absichtlich danebengeschossen?« Natürlich war Dorothea davon ausgegangen, dass Catriona einfach nicht getroffen
hatte. Ian pflegte zu sagen, dass, wenn man die Augen schlösse
und auf gut Glück den Hahn zöge, die Wahrscheinlichkeit, das
Ziel zu treffen, genauso groß sei, als wenn man sorgfältig zielte.

»Natürlich. Auf die Entfernung – pah!« Es klang nicht wie
Prahlerei. Dorothea betrachtete ihre Cousine mit ganz neuem
Respekt.

»Was ist denn hier los?« Mrs. Perkins kam, rot im Gesicht, um
die Hausecke. »Wer hat geschossen?« In der einen Hand hielt sie
noch ein halb gerupftes Huhn, mit der freien griff sie nach einem
Schürzenzipfel und wischte sich die Stirn ab. »Mir ist fast das Herz
stehen geblieben.«

»Kein Grund zur Aufregung. Wir haben nur ein paar Schwarze verscheucht«, sagte Catriona beiläufig. Ohne ein weiteres Wort
verschwand sie wieder im Haus.

»Sie lagen mit Ihrer Einschätzung vollkommen richtig, Mrs.
Perkins.« Dorothea winkte Parnko ungeduldig, näher zu kommen. »Es waren ein paar Jäger da, die Mannara suchten. Ich hatte ihnen gerade eingeredet, dass sie ebenso gut von einem bösen
Geist entführt worden sein könnte, da kam Parnko um die Ecke.

Ich glaube, sie hätten ihn getötet, wenn Catriona nicht solch eine Meisterin mit der Pistole wäre.«

Parnko hatte sich aus seiner Schreckstarre gelöst und kam nun auf die beiden Frauen zugelaufen. »Mrs. Perkins, Mrs. Perkins, Mannara stirbt! Es ist alles voll Blut, das ganze Bett.«

Mrs. Perkins drückte das Huhn Robert, der Trixies Aufsicht entwischt war, in die Hand und rannte mit einer für ihre Person erstaunlichen Geschwindigkeit hinter Parnko her.

Dorothea hielt sich gerade lange genug auf, um Robert zuzurufen: »Untersteh dich, uns nachzuschleichen! Du bringst das Huhn in die Küche und gehst dann sofort wieder ins Kinderzimmer. Hörst du?«

Mannara lag tatsächlich in einer Blutlache. Von der Taille abwärts waren die Matratze und das Leinenlaken, mit dem sie zugedeckt gewesen war, blutdurchtränkt. Dorotheas erster Gedanke war, dass einer der Jäger sie aufgespürt und so verletzt hatte. Die junge Frau lag reglos, mit geschlossenen Augen und gab keinen Laut von sich. Einzig das kaum merkliche Heben und Senken der Brust zeigte an, dass sie überhaupt noch lebte.

»Wenigstens war es früh genug, um keinen ernsthaften Schaden anzurichten«, sagte die Köchin und wies mit dem Kopf auf ein daumengroßes Etwas, das zwischen Mannaras angezogenen Beinen sichtbar wurde, als sie das Laken anhob. Es sah seltsam aus: nicht wirklich menschlich und doch irgendwie anrührend, wie es da in seiner gekrümmten Haltung lag.

Eine Fehlgeburt!

Dorotheas Beine gaben unter ihr nach, und sie musste sich auf den Stuhl an der Wand setzen.

»Alles in Ordnung, Ma'am?« Ein besorgter Seitenblick streifte sie. Sicher erinnerte auch die Köchin sich an die schreckliche Nacht, in der Dorothea im Busch ihr Kind verloren hatte. War es auch solch ein mitleiderregendes, winziges Wesen gewesen wie die zwergenhafte Struktur dort inmitten der Blutlache? Sie hatten es nie gefunden. Vielleicht auch gar nicht gesucht. Dorothea hatte nicht danach gefragt. Sie wollte durch nichts und niemand an dieses Erlebnis erinnert werden.

»Können Sie Parnko nach ein paar großen Blättern schicken?«, sagte Mrs. Perkins. »Ich möchte es nicht in den Abfall werfen. Außerdem soll er frisches Schilf schneiden. Dieses hier müssen wir schleunigst verbrennen. Und von diesen großen, weichen Blättern, die die Schwarzen so gern als Unterlage benutzen. – Und wenn Sie schon mal dabei sind, holen Sie mir noch eine anständige Portion Scharpie.«

Dankbar verließ Dorothea die stickige Kammer, um Parnko zu beruhigen und ihm die Aufträge weiterzugeben.

Der junge Aborigine war so erleichtert, dass die Blutungen kein Anzeichen des nahen Todes waren, dass er fast in Tränen ausbrach. Er erhob auch keine Einwände gegen die Besorgungen, die eigentlich Frauensache waren. Stattdessen nickte er eifrig und machte sich tänzelnd vor Glück auf den Weg.

»Sei vorsichtig«, hielt Dorothea für angebracht, ihm hinterherzurufen. »Lass dich besser nicht vom anderen Ufer aus sehen. Der Schreckschuss wird sie nicht für ewig fernhalten.«

Zur allgemeinen Erleichterung war zwei Tage später schon von Weitem das Horn des Postboots zu vernehmen. In einem unerwarteten Anflug von Humor stellte Mr. Billingsworth fest, sein Bedarf an Abenteuern sei für die nächsten zwanzig Jahre gedeckt, und verabschiedete sich mit mindestens der gleichen Erleichterung von seinen Gastgebern, wie diese ihn endlich ziehen sahen.

»Noch einen einzigen Tag von seinem Gejammer, und ich schwöre, ich hätte ihm etwas in den Portwein geschüttet«, presste Lady Chatwick zwischen den Zähnen hervor und hob die Hand, um dem Geschmähten freundlich lächelnd hinterherzuwinken.

»Dem Herrn sei gedankt, dass wir diese Memme los sind. Ian hatte verdammt recht, in den Busch zu flüchten. Wann kommt er eigentlich wieder?«

»Keine Ahnung«, erwiderte Dorothea, mit dem Sortieren der Post beschäftigt. »Hier, ein Brief Ihrer Freundin aus Sydney. – Oh, und Heather hat endlich geschrieben!« Mit klopfendem Herzen erbrach sie das Siegel und faltete das Blatt Papier auseinander. Ob das Mädchen sich inzwischen wohl in ihrer neuen Umgebung eingelebt hatte? Und grollte sie ihnen immer noch wegen ihrer »Verbannung«?

Heathers Handschrift hatte sich leider kein bisschen gebessert! Mühsam entzifferte sie das wirre Gekritzel.

»*Liebe Familie*«, las sie halblaut, »*gestern habe ich endlich einen Menschen getroffen, mit dem ich mich vernünftig unterhalten kann! Er ist unser neuer Lehrer für Naturwissenschaften und er ist ungeheuer klug. Er kennt alle Pferderassen der Welt und hat versprochen, mir ein Buch auszuleihen, in dem sie beschrieben sind.*

Eins von den Mädchen hier ist auch ganz nett. Ihre Mutter ist gestorben, deswegen hat ihr Vater sie hergebracht. Er ist Ingenieur und ständig auf Reisen, um neue Eisenbahnlinien zu erkunden. Wir teilen uns das Zimmer und sitzen auch meist zusammen. Tilda ist allerdings ein ziemlicher Hasenfuß. Kein Wunder, dass ihr Vater sie lieber dalässt. Ich fragte sie, ob sie nicht schrecklich gerne mit ihm mitgezogen wäre, und da sagte sie, sie fürchte sich viel zu sehr vor Schlangen und Spinnen und allen Krabbeltieren. Aber sonst ist sie in Ordnung.

Ihr wollt sicher wissen, wie ich in der Schule zurechtkomme. Es geht so. Bis auf die ständigen Schönschreibübungen!

Was machen die Jährlinge? Übt John schon mit ihnen an der Longe? Ich vermisse es, über Land zu reiten. Hier darf man nur ganz gesittet am Strand entlang oder in den Parkanlagen – todlangweilig. Und dazu musste ich noch dem Reitstallbesitzer abgewöhnen, mir immer die lahmste Mähre zu geben. Die hat jetzt Tilda – sie ist

sowieso keine gute Reiterin –, und ich habe endlich Wild Bill. An-
geblich soll er von wilden Mustangs abstammen, aber mir scheint, er
hat eher einen …«

Dorothea hielt das Blatt weit von sich ab, ehe sie kopfschüttelnd feststellte: »Das ist einfach nicht zu entziffern! Hat Heather
eigentlich noch etwas anderes im Kopf als Pferde?«

»Es könnte schlimmer sein«, sagte Lady Arabella. »Ich muss
gestehen, dass ich mir zeitweise große Sorgen machte, das Kind
könnte einmal nach der Mutter schlagen. Aber glücklicherweise
sieht es eher danach aus, als käme sie nach den Masters. Die waren zum größten Teil Pferdenarren. Ich kann mich erinnern, dass
auch Roberts Bruder, Heathers leiblicher Vater, als Junge mehr in
den Ställen als im Herrenhaus anzutreffen war.«

Wieso interessierte sich dann Robert junior nur für tote Tiere?,
schoss es Dorothea durch den Kopf. Es wäre doch nur normal gewesen, wenn er ebenfalls ein Pferdenarr gewesen wäre.

Falls Lady Chatwick der gleiche Gedanke gekommen war, behielt sie ihn für sich. In stummer Übereinkunft mieden die Frau-
en dieses Thema.

Dorothea senkte den Blick erneut auf das Blatt. »Der nächste
verständliche Satz ist dann schon: *Ich hoffe, Ihr seid alle wohlauf,*
und grüße Euch von Herzen. Eure Heather.«

»Du klingst enttäuscht. Was hattest du erwartet?« Lady Chatwick warf Dorothea einen scharfen Blick zu. »Es ist zu früh für
einen Gesinnungswandel. Natürlich zürnt sie uns noch. Aber du
und Ian, ihr habt die richtige Entscheidung getroffen. Später einmal wird sie euch dankbar dafür sein.«

»Ich hoffe inständig, dass Sie recht behalten!«

6

Zwei Tage später, am Nachmittag, trotteten drei erschöpfte, staub-
bedeckte Pferde mit genauso müden und verdreckten Reitern auf
den Hof. »So ähnlich stelle ich mir die Rückkehr der Kreuzritter
vor!« Catriona musterte die Gruppe amüsiert. »Nur fürchte ich,
dass sie in ihren Satteltaschen keine Schätze aus dem Orient mitbringen.«

»Eher dreckige Wäsche«, stimmte Dorothea ihr zu und sprang
auf. »Sag bitte Mrs. Perkins Bescheid, dass wir einen großen Krug
Limonade brauchen. Sobald sie gebadet haben. – Ich werde sie
vorwarnen.« Sie eilte den Männern nach, die ohne abzusitzen die
Tiere Richtung Stall trotten ließen. Wenn sie erwarteten, dass
Parnko sie ihnen dort abnähme, würden sie bald eines Besseren belehrt werden. In den letzten Tagen hatte Mannaras Genesung erfreuliche Fortschritte gemacht. Die Heilkräfte der Eingeborenen waren tatsächlich erstaunlich. Obwohl die Schwellungen
noch nicht ganz abgeklungen waren, konnte man doch schon
wieder erkennen, was für eine Schönheit sie war. Nicht einmal
die Zahnlücken, die nur sichtbar wurden, wenn sie breit lächelte, störten den Gesamteindruck. Parnko hatte ihr ein paar Brocken Englisch beigebracht, und mit leisem Lispeln hatte sie sich
recht gut verständlich bei Mrs. Perkins und Dorothea für ihre
Rettung bedankt.

»Ian, wartet!« Dorothea wollte den Männern wenigstens kurz

das Nötigste berichten, ehe sie auf das junge Paar trafen. Sie spürte, wie ihr am ganzen Körper der Schweiß ausbrach, während sie über den glutheißen Sand lief. Die Sommerhitze wollte und wollte dieses Jahr nicht weichen!

Ihr Mann zügelte sein Tier und blieb stehen.

»Ich muss euch noch rasch etwas erzählen, ehe ihr in den Stall geht.«

John und Percy sahen sich mäßig interessiert um, ohne jedoch ihre Pferde anzuhalten.

»Mannara ist in Parnkos Kammer. Sie ist geflüchtet, nachdem Worammo sie schrecklich zugerichtet hat«, sagte Dorothea rasch. »Erschreckt sie nicht. Sie ist verängstigt genug.«

Ein unterdrückter Seufzer war Ians Reaktion auf diese Eröffnung. »Das hat mir gerade noch gefehlt«, murmelte er mit deutlichem Ärger. »Wo steckt der Kerl? Er könnte uns wenigstens die Pferde abnehmen. – Parnko!«

Die Männer waren gerade abgesessen, als der in barschem Ton Gerufene wie ein Geist aus der Dämmerung des fensterlosen Stalls auftauchte. »Es war nicht ihre Schuld«, sagte er, ohne sich mit Begrüßungsfloskeln aufzuhalten. »Mannara ist eine gute Frau. Worammo hat sie fast totgeschlagen. Sonst wäre sie nicht weggelaufen. Worammo will sie töten.«

»Wieso denn das?« Percy sah verständnislos von einem zum anderen. »Könnte mir vielleicht jemand von euch dieses Drama erläutern?«

»Später«, knurrte Ian. »Parnko, sobald die Tiere versorgt sind, bringst du die Satteltaschen rüber ins Haus, und morgen früh meldest du dich bei mir. Du hast mir einiges zu erklären.« Er warf dem jungen Aborigine die Zügel seines Pferdes zu.

Parnko riss erschreckt die Augen auf und nickte stumm. Befürchtete er, dass Ian Mannara zurückschicken würde? Das würde er nie und nimmer tun. Auch wenn er immer die Eingeborenengesetze respektiert hatte. Dies ging zu weit. Dorothea wollte ihn schon beruhigen, als sie einen warnenden Blick ihres Mannes auffing und schwieg.

»Ich für mein Teil gehe jetzt erst mal unter die Pumpe«, verkündete Ian mürrisch. »Ich will diesen verfluchten Staub loswerden. Alles andere kann warten.«

Percy hob erstaunt die Brauen, während er ihm nachsah. »Die Sitten hier sind wirklich etwas seltsam. Bei uns in England waschen nur Bauern sich unter der Pumpe. Muss ich das auch tun, oder kann ich einen Badezuber aufs Zimmer haben?«

Dorothea musste lachen. »Die arme Trixie! Sie wäre höchst erstaunt, wenn ich das von ihr verlangen würde. Lass dich überraschen, Cousin, unser Waschplatz ist wirklich eine überaus angenehme Einrichtung.«

Der sogenannte Waschplatz war eine der Annehmlichkeiten auf Eden House, die noch auf Robert Masters zurückgingen. Die Pumpe von erstklassiger Qualität förderte nicht nur sauberes Grundwasser für die Küche – mit wenigen Handgriffen konnte aus bereitstehenden Flechtmatten eine Art Abteil errichtet werden, in dem man vor neugierigen Blicken geschützt war. In den heißen Sommermonaten nutzten alle Hausbewohner bis auf Lady Chatwick den Luxus des großen Blechzubers gerne für ein erfrischendes Bad. Die alte Dame war als Einzige nicht davon zu überzeugen, dass kaltes Wasser der Gesundheit im Allgemeinen – und speziell ihrer – zuträglich sein könnte.

»Ich muss zugeben, auch ich verspüre ein starkes Bedürfnis, die Erde Australiens, die ich auf mir herumtrage, loszuwerden«, sagte Percy, blickte an sich hinunter und rümpfte die Nase. »Notfalls eben unter einer Pumpe. Wo befindet sich diese nützliche Einrichtung? Ich kann mich nicht erinnern, sie schon zu Gesicht bekommen zu haben.«

»Ich führe dich, Cousin«, bot Dorothea an. »Dann kann ich

mich auch gleich vergewissern, dass genügend Badelaken bereitliegen.«

Kaum dass sie in einem der Hitze angemessenen Tempo um die Hausecke gebogen waren, verriet bereits lautes Plätschern den Standort des Badezubers. Interessiert betrachtete Percy die ungewöhnliche Konstruktion aus Binsenmatten, vor der in einem Haufen Ians abgeworfene Kleidung lag. »Nicht schlecht. Nur …« Er hielt inne und warf Dorothea einen verlegenen Seitenblick zu.

»Ja?«, fragte sie unschuldig, obwohl sie ganz genau wusste, was ihm zu schaffen machte.

»Wie komme ich ungesehen in mein Zimmer, um mich wieder anzukleiden?«

»Hier.« Dorothea hob den Deckel einer Truhe aus Eukalyptusholz und holte ein riesiges Badelaken aus blau gestreiftem Flanell heraus. »Das sollte ausreichen, oder? Die schmutzigen Sachen kannst du in diesen Korb legen.« Sie sammelte Ians Kleidungsstücke ein und warf sie in den großen Weidenkorb, der an der Küchenwand stand. Später würde sie sie sortieren und abzählen. Alle zwei Wochen kam der Mann der Wäscherin aus Strathalbyn mit seinem Eselskarren, um die schmutzige Wäsche abzuholen und die frisch gewaschene wiederzubringen.

Zum Dinner erschienen beide Herren korrekt gekleidet und mit einem so ausgesprochen gesunden Appetit, dass Lady Chatwick ausrief: »Meine Güte, ihr müsst ja halb verhungert sein! Habt ihr denn im Busch nichts geschossen?«

»Ich fürchte, ich bin kein sehr guter Schütze«, gestand Percy verlegen. »Und Ian und John hatten genug mit diesem Teufelszeug von Stacheldraht zu tun. Nur gut, dass wir Proviant dabeihatten. Die paar Fische, die ich gefangen habe, waren nur eine sehr bescheidene Erweiterung unseres Speiseplans.«

»Wie ungewöhnlich – wo Ihre Schwester eine so überragende

Kunstfertigkeit mit Pistolen an den Tag legte!«, bemerkte Lady Chatwick süffisant. »Wie sie einen ganzen Trupp Jäger das Hasenpanier ergreifen ließ, das war schon ein sehenswertes Schauspiel.«

»Wie bitte?« Ian legte sein Besteck hin und fasste zuerst Lady Chatwick, dann Dorothea scharf ins Auge. »Was war hier los? Davon hast du nichts erwähnt.«

»Ich hatte es dir eben erzählen wollen«, sagte Dorothea begütigend. Eigentlich hatte sie abwarten wollen, bis Ian nach einem ausgiebigen Mahl entspannter Stimmung gewesen wäre.

»Haben sie euch bedroht, oder wieso habt ihr auf sie geschossen?« Ians Stimme klang so schneidend, dass selbst Lady Chatwick betreten in ihrem Portweinglas nach Erleuchtung suchte.

»Bedroht würde ich es nicht nennen. Lass doch bitte die Kirche im Dorf, Cousin!« Catriona lachte hell auf. »Es war ein ziemlich lächerlicher Aufmarsch von ein paar Wilden, die hier eines Morgens vor der Veranda auftauchten. Als sie anfingen, lästig zu werden, habe ich ihnen ein wenig Beine gemacht. Das war's.« Sie lehnte sich zurück und blickte fröhlich in die Runde. »Völlig undramatisch.«

»Es war wirklich nicht gefährlich für uns«, beeilte Dorothea sich hinzuzufügen. »Sie suchten nur nach Mannara. Wenn Parnko nicht plötzlich aufgetaucht wäre, wären sie ganz friedlich wieder abgezogen.«

»Ach, wirklich? Vielleicht solltet ihr der Reihe nach erzählen, was hier vorgefallen ist.« Immer noch aufgebracht, aber gefasst, nahm er seine Mahlzeit wieder auf, während Dorothea versuchte, das Geschehen möglichst banal erscheinen zu lassen. Ian unterbrach sie nicht ein einziges Mal. Nur hier und da zogen seine Brauen sich skeptisch zusammen. Als sie schließlich verstummte, sah er auf. »Schön und gut so weit. Und wie habt ihr euch vorgestellt, dass es weitergehen soll?«

Niemand antwortete.

»Ich dachte, wenn wir Mannara als Hilfskraft für Mrs. Perkins anstellen«, wagte schließlich Dorothea vorzuschlagen, »dann könnten sie und Parnko zusammenbleiben.«

Ian schüttelte entschieden den Kopf. »Sie ist eine weggelaufene Ehefrau. Wir werden sie zurückschicken müssen, sobald es ihr wieder gut geht. Bis dahin kann sie Mrs. Perkins natürlich etwas zur Hand gehen.«

»Ian, wie kannst du nur so herzlos sein?« Dorothea starrte ihren Mann entsetzt an. »Wenn du sie nur gesehen hättest, als sie sich hierhergeschleppt hatte: Sie war mehr tot als lebendig! Wenn du sie zurückschickst, kannst du sie gleich selber umbringen. Worammo wird sie töten. Das ist so sicher wie das Amen in der Kirche.«

»Entschuldigt, wenn ich übermäßig neugierig erscheine«, sagte Percy. »Aber ich verstehe nicht ganz: Ist dieser Worammo ihr Ehemann? Und wieso wird er sie töten?«

»Aus schierer Bosheit.« Dorothea presste wütend die Lippen zusammen, ehe sie versuchte, die komplizierte Sachlage zu erläutern. »Mannara ist die jüngste Ehefrau von King George, dem Häuptling. Wenn er stirbt, womit bald zur rechnen ist, gehen seine Ehefrauen in den Besitz seines Nachfolgers über. Eben von diesem Worammo. Und ein Mann darf mit seinen Frauen machen, was er will.«

»Ermorden inbegriffen? – Wie atavistisch!« Percy schien eher interessiert als abgestoßen. »Vermute ich richtig, dass diese junge Frau euren Stallknecht attraktiver fand als ihren zukünftigen Herrn und Gebieter und er darauf unwirsch reagierte?«

Dorothea runzelte die Stirn. In Percys Worten klang es so harmlos. Ob er auch so leichtfertig spräche, wenn er Mannara in ihrem elenden Zustand gesehen hätte?

»Er hat sie nicht nur einfach verprügelt! Sie war halb tot, als wir sie fanden.«

»Ob King George davon weiß?« Lady Chatwick sah Ian fragend an. »Meinst du, es wäre möglich, sie ihm abzukaufen? Du könntest ja sagen, du bräuchtest eine Küchenhilfe.«

»O ja, Ian! Das ist die Lösung«, rief Dorothea und strahlte die alte Dame dankbar an. »Am besten gehst du gleich morgen ins Lager. Nicht, dass King George vorher …«

»Ich weiß nicht.« Ian schien noch unschlüssig.

»Du hast Bedenken?«, fragte Catriona spöttisch. »Moralischer oder eher merkantiler Art?«

»Ich weiß nicht, wie groß Worammos Einfluss inzwischen ist«, erwiderte Ian, ohne auf ihren Spott einzugehen. »Ich kann nicht riskieren, ihn ernsthaft gegen uns aufzubringen. Dazu leben wir hier zu nah beieinander.«

»Bitte, versuch es wenigstens«, flehte Dorothea ihn an. »Wenn du sie nur gesehen hättest! Dann würdest du mich verstehen.«

»Willst du deiner Frau nicht diesen kleinen Gefallen tun?« Percy zwinkerte Dorothea verschwörerisch zu. »Es wird sich doch wohl nicht um ein Vermögen handeln.«

»Darum geht es nicht. Ich muss zusehen, einen Weg zu finden, der Worammo sein Gesicht wahren lässt. Sonst haben wir in ihm einen Feind auf ewig.« Ian lehnte sich zurück und fixierte Percy missmutig. »Der kleine Gefallen, wie du ihn nennst, kann schwerwiegende Verwicklungen nach sich ziehen.«

»Machst du es dir nicht unnötig schwer, Cousin?« Percy spielte mit dem Stiel seines Weinglases. »Wenn du sowieso im Lager bist, wieso bringst du diesem Kerl nicht ein Gastgeschenk mit? Beispielsweise einen kleinen Kuchen, angereichert mit Rattengift? Das wäre doch sehr passend für eine Ratte wie ihn.«

»Pfui Teufel, nein!« Ian sah seinen Cousin schockiert an. »Zu solchen hinterhältigen Mitteln greife ich nicht. Da könnte ich mir im Spiegel ja nicht mehr in die Augen sehen. – Außerdem haben wir gar kein Rattengift im Haus.«

Das stimmte. Mrs. Perkins bevorzugte Mausefallen. »Da muss ich wenigstens nicht in irgendwelchen dunklen Winkeln nach stinkenden Kadavern suchen«, hatte sie ihre Abneigung gegen das beliebte Arsenikpulver erklärt.

»Wirklich nicht?« Catriona wirkte überrascht. »Wie schade, ich fand es einen sehr guten Vorschlag von Percy. Wie können wir ihn sonst loswerden? Hat jemand eine Idee? Lady Chatwick, Sie haben doch von uns allen am meisten Erfahrung mit diesen Dingen. Was würden Sie vorschlagen?«

Ian betrachtete seine hübsche Cousine mit unleserlichem Gesichtsausdruck. »Du siehst es als eine Art Gesellschaftsspiel an, Mordpläne zu schmieden?«

Unbeeindruckt von der Ablehnung, die in seiner Stimme mitschwang, schürzte Catriona die Lippen. »Es geht doch bloß um einen Schwarzen. Außerdem ist es nur Spaß. Ich werde schon nicht hingehen und ihm den Kopf wegschießen – obwohl ich wette, dass ich es könnte.«

In dem schockierten Schweigen, das Catrionas Worten folgte, klang ihr glockenhelles Lachen ein wenig schrill. »Das war ein Scherz!« Sie sah von einem zum anderen. »Ich wollte nur die trübe Stimmung ein wenig aufhellen.«

»Das war vielleicht nicht ganz passend«, bemerkte Lady Chatwick und erhob sich majestätisch. »Es gibt Dinge, über die scherzt man nicht, Miss Grenfell.«

»Langsam fangen meine Verwandten an, mir auf die Nerven zu gehen«, stellte Ian fest, sobald er und Dorothea allein in ihrem gemeinsamen Schlafzimmer waren. »Percy ist im *mallee* absolut unbrauchbar. Ein richtiger Gentleman eben. Du hättest sehen sollen, was für ein Theater er jedes Mal veranstaltet hat, bis er endlich einen Busch gefunden hatte, hinter dem er einem menschlichen Bedürfnis nachgeben konnte! Ich bin froh, dass wenigstens dieser komische Anwalt abgereist ist. Wenn die beiden ihm nur bald folgen würden!« Mit einem unwilligen Grunzen ließ er sich breitbeinig auf die Bettkante sinken und nestelte missmutig an seinem Halstuch. »Ich habe genug von diesen albernen Konversationen bei Tisch!«

»Wieso albern?«, widersprach Dorothea. »Ich jedenfalls finde es sehr interessant zu hören, wie es in England zugeht. Und Percy kann wirklich gut erzählen.«

»Wenn er nicht mein Cousin wäre, könnte man meinen, er würde dich umwerben.« Ians Blick verfinsterte sich. »Als er mit diesem Unsinn über Sterne in deinen Augen anfing, hätte ich ihm am liebsten eins auf die Nase gegeben.«

»Dafür bestand nicht der geringste Anlass.« Dorothea bürstete ihre Haare mit mehr Sorgfalt als üblich. »Percy ist eben ein Charmeur. Er meint es nicht so.«

»Ach ja? – Wie lange willst du eigentlich noch da sitzen bleiben? Komm endlich ins Bett.«

»Ich dachte, du wärst zu erschöpft«, sagte sie unschuldig, legte jedoch rasch die Bürste weg und folgte der Aufforderung. »Sagtest du nicht vorhin, du wärst todmüde?«

»Ich glaube, ich müsste wirklich tot sein, um dich nicht mehr zu begehren«, murmelte er in den Stoff ihres Nachthemds aus Batist, das so dünn war, dass sie jeden seiner Atemzüge heiß über ihre Haut streichen spürte.

Dorothea erschauerte bei seinen Worten. »Sag so etwas nicht«, bat sie. »Sprich nicht leichtfertig vom Tod.«

»Dann lass uns lieber an neues Leben denken«, murmelte er, während seine Lippen über ihre Kehle wanderten, bis sie die empfindliche Stelle hinter ihrem Ohrläppchen erreichten. »Ich mag Kinder.«

Seine Worte hatten eine fatale Wirkung auf Dorothea. Als hätte jemand den Docht einer Petroleumlampe heruntergedreht, erlosch ihre Lust. Verzweifelt bemühte sie sich, sie zumindest am Flackern zu halten, aber es war vergebens: Vor ihrem inneren Auge stand das kleine hellhäutige Mädchen und schemenhaft die Gestalten von Ian und seiner schwarzen Geliebten, die sich leidenschaftlich umarmten. So idiotisch sie sich selbst vorkam: Es ließ sich einfach nicht auslöschen. Wie eine Spinne im Netz hockte es in ihrem Hirn, und sobald ein Faden berührt wurde, machte es sich bemerkbar.

Automatisch gab sie die richtigen Laute von sich und bewegte sich in dem vertrauten Rhythmus. Das glaubte sie jedenfalls, bis Ian sich abrupt aus ihr zurückzog. »Was ist los?« Im schwachen Mondlicht, das durch die Vorhänge sickerte, versuchte er in ihrem Gesicht zu lesen. »Soll ich aufhören? Habe ich dir wehgetan?«

»Nein, nichts. Es ist alles in Ordnung.« Sie schloss die Augen und biss sich auf die Lippen, während sie spürte, wie die Tränen sich hinter den Lidern sammelten.

Ian fluchte unterdrückt, machte aber keine Anstalten, wieder in sie einzudringen. Stattdessen ließ er sich neben ihr auf den Rücken sinken. »Rede keinen Unsinn. Ich merke es immer, wenn dich etwas bedrückt. Also lüg mich bitte nicht an. Was hast du?«

Dorothea schüttelte stumm den Kopf, weil sie ihrer Stimme nicht traute.

»Ist es wegen Mannara?«

Dankbar griff sie nach dem Ausweg, den er ihr bot, und nickte schwach.

Ian seufzte. Der schwere Seufzer eines Mannes, der sich damit abgefunden hat, etwas zu tun, was er für unvernünftig hält. Er schob einen Arm unter ihre Schultern und zog sie fest an sich. »Wenn es dir so wichtig ist, Darling: Ich verspreche dir, sie wird auf jeden Fall bei uns bleiben. Und wenn ich Worammo tatsächlich erschießen muss.«

Glücklicherweise musste er das nicht tun. King George war nur zu gerne bereit, seinem ungeduldigen Nachfolger einen Streich zu spielen und seine jüngste Frau für ein Federbett, einen Morgenmantel aus purpurfarbenem Brokat mit Goldstickereien sowie zwei feuerrote Flanellunterröcke für seine verbliebenen Frauen an Ian zu verkaufen.

»Ich hatte den Eindruck, er hätte sie mir auch geschenkt – nur um Worammo eins auszuwischen«, berichtete Ian. »Er hat den größten Wert darauf gelegt, dass die Kompensation auch ja nur ihm zugutekommt.«

»Wie das?« Percy hob fragend eine Augenbraue.

»Die Bestattungssitten hier am Murray River sehen für angesehene Männer vor, sie mit all ihrer beweglichen Habe zu begraben. Das Federbett und der Morgenmantel werden ihn also in die ewigen Jagdgründe begleiten.«

»Warst du schon einmal Zeuge bei einem Begräbnis der Eingeborenen?«, erkundigte Percy sich interessiert. »Wie läuft das eigentlich ab, wenn einer von ihnen stirbt?«

»Das kommt sehr darauf an, welchen Status er hatte.« Ian beschattete seine Augen und sah in die Richtung des Lagers auf der anderen Flussseite, als erwarte er, dass jeden Moment die Trauergesänge einsetzten. »Um Kinder wird nicht viel Aufhebens gemacht. Ihre Mütter schleppen sie so lange in Tragnetzen mit sich herum, bis sie mumifiziert sind, und stecken sie dann in hohle Bäume, Frauen werden einfach verscharrt. Anders sieht das bei Männern aus. Besonders bei solchen, bei denen die Todesursache zweifelhaft ist.«

»Machen sie dann eine Examination wie in England?« Percy wirkte überrascht.

»So ähnlich.« Ian konnte ein Schmunzeln nicht unterdrücken. »Obwohl die Herren Doktoren in England wahrscheinlich zutiefst beleidigt wären, wenn man da Parallelen zöge. Zuerst läuft alles ab wie üblich. Das heißt, die Männer rasieren sich, die Frauen bringen sich teuflisch blutende Wunden an Schenkeln und Brüsten bei und stimmen ihre Trauergesänge an. Der Leichnam wird in seine Kleidung gerollt und verschnürt, bis der Zauberer ankommt, der die Untersuchung durchführen soll.«

»So einen Zauberer würde ich gerne einmal sehen«, rief Catriona. »Sind sie sehr eindrucksvoll?«

Dorothea und Ian wechselten einen Blick. Beide dachten unwillkürlich an den Skelettmann. »Ja«, bestätigte Ian einsilbig.

»Es ist sehr unterschiedlich«, sagte Dorothea und versuchte, sich zu erinnern, was Koar über seinen Großvater Tenberry erzählt hatte. »Es gibt welche, die sind eher so etwas wie Heiler oder Medizinmänner. Andere sind besonders gefürchtet, weil sie angeblich Menschen töten können, ohne ihnen auch nur nahe zu kommen. Von ihnen heißt es, sie würden, um diese Wirkung zu erzielen, Menschenfleisch essen.«

»Wie grausig!« Catriona schüttelte sich theatralisch. »Aber das sind doch nur Gerüchte, oder?«

»Vermutlich«, sagte Ian entschieden. »Um einen solchen Zauber als Todesursache auszuschließen, wird der Leichnam geöffnet, und die Eingeweide werden inspiziert.«

»Igitt! – Warst du einmal bei solch einer Zeremonie dabei?«

»Nein.« Ian schüttelte leicht den Kopf. »Dabei bleiben sie lieber unter sich. Aber da King George sich bereits so lange auf seine Reise zu den Ahnen vorbereitet, gehe ich nicht davon aus, dass es bei ihm nötig sein wird. Er wird wohl ganz normal in seine Sachen eingeschnürt und in seinem Grab bestattet werden.« Er grinste schwach. »Da sind sie übrigens ungeheuer pragmatisch: Es ist schon fertig gegraben. Nur die Leiche fehlt noch.« Auf Percys ungläubigen Blick fügte er hinzu: »Moorhouse hat mir einmal erzählt, er wäre Zeuge gewesen, wie sie einen Sterbenden auf der Trage bis ans Grab bugsierten, ihre Gesänge anstimmten und ungeduldig darauf warteten, dass er endlich seinen letzten Atemzug tat.«

»Bei diesem Klima ist es doch verständlich, dass sie Beerdigungen nicht lange hinauszögern wollen«, verteidigte Dorothea die unziemliche Hast, die Catriona und Percy die Sprache verschlug. »In Adelaide werden die Toten in den Sommermonaten auch möglichst rasch beigesetzt.«

»Du sagtest, du hättest sie gekauft, Cousin«, kam Percy nach kurzem Schweigen auf den eigentlichen Zweck von Ians Besuch im Lager zurück. »Wem gehört sie nun eigentlich? Dir?« Er grinste süffisant. »Ich nehme nicht an, dass du dem Alten erzählt hast, du hättest sie gerne als Zweitfrau, oder?«

»Nein, ich habe ihm gesagt, Mrs. Perkins bräuchte dringend eine junge Frau als Hilfskraft. Und vor der hat er den allergrößten Respekt. Es war ihm eine Ehre, seine nichtsnutzige dritte Ehefrau der Herrin der Speisekammer zu überlassen.« Er lächelte leicht. »King George ist ein kluger Mann. Wenn er vermutet, dass noch anderes dahintersteckt, wird er es nicht aussprechen. Ich hoffe nur, dass Worammo keinen Ärger macht. Sicherheitshalber sollten wir die nächste Zeit das andere Flussufer meiden.«

Einzig an den kürzer werdenden Tagen merkte man, dass der Sommer sich dem Ende zuneigte und die Regenzeit immer näher rückte. In stillschweigendem Einverständnis begleitete Percy Ian nicht mehr auf den Ausritten, sondern blieb als »Schutz für die Damen« zurück, wenn Ian und John die Weiden kontrollierten. Dorothea hatte den Verdacht, dass ihr Mann öfter wegblieb, als nötig gewesen wäre, um den »albernen Konversationen bei Tisch« zu entgehen. Sie selbst genoss die Gesellschaft Gleichaltriger mehr, als sie für möglich gehalten hätte. Percy verstand es immer, sie zum Lachen zu bringen, und Catriona erschien ihr mittlerweile fast als so enge Freundin, wie Jane es gewesen war.

So war es nicht verwunderlich, dass sie ihr eines Nachmittags das Herz ausschüttete.

Die beiden Frauen waren mit Trixie und den Kindern an den Fluss gegangen, die dort im flachen Wasser der Badebucht laut kreischend nach Fischen jagten und sich nach Herzenslust nass spritzten. Natürlich machte Robert sich wieder einen Spaß daraus, Mary zu ärgern, aber die wusste sich inzwischen ganz gut zu wehren. Und auf Charles passte Trixie auf wie eine Drachenmutter.

Also ließen Dorothea und Catriona sich guten Gewissens im Schatten einiger Akazienbäume nieder. In der Ferne konnte man das Eingeborenenlager am anderen Ufer sehen. Winzige Gestalten wuselten zwischen den Hütten und dem Wasser hin und her. Aus schierer Gewohnheit kniff Dorothea die Augen zusammen und hielt Ausschau nach dem kleinen Mädchen.

»Wenn es dich so interessiert, was dort vor sich geht, hätten wir vielleicht ein Fernglas mitnehmen sollen«, bemerkte Catriona amüsiert. »Mit bloßem Auge ist bei dieser Entfernung kaum etwas auszumachen.«

»Ach, es ist nicht so wichtig«, wehrte Dorothea ab. »Puh, ist es heiß heute.«

Catriona ließ sich jedoch nicht ablenken. »Willst du es mir nicht verraten?« Sie zwinkerte schelmisch. »Meine Freundin hatte diesen Blick immer, wenn sie einem gut gebauten Mann hinterhersah.«

»Natürlich nicht!«, entfuhr es Dorothea, durch die Anspielung aus der Fassung gebracht. »Wie kannst du das nur annehmen?«

»Es wäre nicht ungewöhnlich«, erwiderte Catriona und zuckte die Achseln. »Ihr seid schon lange verheiratet. Da schauen beide Teile auch mal in andere Richtungen. Wenn es kein Bild von einem Mann ist, was dann? – Oh …« Ihre Augen weiteten sich, und sie flüsterte fast: »Der brave Ian hat doch nicht etwa eine Gespielin dort?«

Dass Catriona mit solcher Selbstverständlichkeit darüber sprach, löste Dorotheas Zunge. Es wäre eine solche Erleichterung, sich einer Freundin anzuvertrauen! »Nein …« Es war dennoch schwer, es auszusprechen. Sie holte tief Luft und sprudelte dann heraus: »Ich glaube, dass dort ein Kind von Ian herumläuft.«

»Bist du sicher?« Catriona schien erstaunlich wenig schockiert. Traute sie Ian solch einen Verrat so leicht zu?

Dorothea schüttelte den Kopf. »Nein, sicher bin ich mir nicht. Aber es würde gut passen.«

»Wieso?« Catriona lauschte aufmerksam, ohne Dorothea auch nur ein einziges Mal zu unterbrechen. Als diese schwieg, nickte sie bedächtig. »Es klingt alles plausibel. Vielleicht sollten wir dem guten Ian etwas auf den Zahn fühlen.«

Dorothea erschrak. »Was meinst du damit?«

Catriona spielte mit der Troddel am Stiel ihres Sonnenschirms. »Männer neigen dazu, sich leichter einem Geschlechtsgenossen anzuvertrauen«, sagte sie schließlich. »Wenn ihm jemand etwas entlocken kann, ist es sicher Percy.«

»Ich möchte nicht, dass Percy davon erfährt«, wehrte Dorothea entschieden ab.

»Es wird sich nicht verhindern lassen, ihn einzuweihen! Dir oder mir wird Ian sicher nichts verraten. Wenn du die Wahrheit erfahren willst, brauchen wir Percys Hilfe.«

Eine Zeit lang hielt Dorothea ihre Weigerung aufrecht, dann jedoch gab sie den guten Argumenten nach. Catriona würde ihren Bruder informieren, und der würde Ian aushorchen, wenn sich eine günstige Gelegenheit ergab. Obwohl der Plan absolut vernünftig und richtig klang, fühlte Dorothea sich, als hätte sie ihren Mann verraten. In die Scham darüber mischte sich allerdings bald auch Ärger auf ihn, dass er sie praktisch dazu gezwungen hatte, dieses Komplott zu schmieden. Es geschah ihm nur recht, wenn

Percy ihn aushorchte, versicherte sie sich selbst. Sie musste einfach Gewissheit haben. Sonst würde sie noch verrückt.

Es widerstrebte ihr, alles Percy zu überlassen, deswegen bot sie ein paar Tage später der Köchin an, an ihrer Stelle nach Mannara zu sehen. Mrs. Perkins sah sie erstaunt an, erhob jedoch keine Einwände, sondern reichte ihr bloß den gut gefüllten Binsenkorb.

Dorothea räusperte sich, als sie den Stall betrat, und tatsächlich kämpfte Mannara noch mit den Bändern des alten Nachthemds von Heather, das Mrs. Perkins ihr angezogen hatte, sobald ihr Zustand es erlaubte. Parnko stand am Fenster und wirkte unbeteiligt, seine gesenkten Augen und zerzausten Haare legten jedoch den Schluss nahe, dass er nicht ganz unbeteiligt an Mannaras unbekleidetem Zustand gewesen war. Seit Ian sie dem alten Häuptling abgekauft hatte, schien er davon auszugehen, dass ihm niemand mehr die junge Frau streitig machte.

Dorothea tat, als sei ihr nichts aufgefallen. »Wie geht es Mannara heute?«

»Gutt, gutt«, erwiderte sie selbst in ihrem gutturalen Tonfall und lächelte scheu. Es war wohl immer noch ungewohnt für sie, von den anderen Frauen nicht nach Kräften schikaniert zu werden. Ihr Gesicht war fast wieder so schön wie früher. Nur eine leichte, bläuliche Verfärbung über dem linken Backenknochen zeugte noch von dem Schlag, der ihren Kiefer gebrochen und sie einige Zähne gekostet hatte. Die Schwellung an den Augen war nicht mehr sichtbar. Mannara blickte wieder aus großen dunklen Rehaugen in die Welt.

Mrs. Perkins hatte gemeint, sie wäre bald kräftig genug, um ihr zumindest zeitweise in der Küche zur Hand zu gehen, und Dorothea gab ihr recht. Parnko hatte ihr etwas Englisch beigebracht, und Mannara zeigte durchaus Sprachtalent. Mrs. Perkins würde sich schon irgendwie mit ihr zu verständigen wissen. Bis dahin wollte Dorothea jedoch nicht warten. »Frag sie nach dem weißen

Mädchen im Lager«, sagte sie entschlossen zu Parnko. Diesmal würde sie sich nicht abspeisen lassen mit der Behauptung, es existiere nicht. »Und kommt mir nicht mit der Ausrede, ihr wüsstet von nichts, sonst sorge ich dafür, dass Mannara zurück ins Lager geschickt wird.«

Beide erblassten sichtlich. Dorothea fühlte zwar heiße Scham über ihr Verhalten, das man nur als Erpressung bezeichnen konnte. Natürlich dachte sie gar nicht daran, ihre Drohung wahr zu machen, aber sie musste endlich mehr darüber wissen. Die beiden Aborigines sahen sich an, und Parnko sprach schnell und überhastet auf sie ein. Mannara schien sich zuerst zu weigern, dann jedoch sackten ihre Schultern nach vorn und sie brach in Tränen aus. Immer noch schluchzend stieß sie ein paar Sätze hervor.

»Was sagt sie?«

»Wenn sie über das Mädchen spricht, werden die Ahnengeister sie töten. Sie möchte nicht sterben. Nicht jetzt.«

Dieser verfluchte Aberglauben! Vor Frustration hätte Dorothea sie am liebsten kräftig geschüttelt. Stattdessen bemühte sie sich um einen ruhigen Tonfall und sagte: »Unsere Ahnengeister sind mächtiger als die euren. Hier auf Eden House muss sie eher Angst vor unseren Ahnengeistern haben. Und die wollen, dass sie mir alles erzählt. Sag ihr das!«

Mannara hörte zumindest auf zu schluchzen, schien aber noch nicht ganz überzeugt.

»Die Ahnengeister ihres Mannes gehören zu den mächtigsten bei den Ngarrindjeri. Alle fürchten sie. Woher soll sie wissen, dass eure sie gegen sie beschützen können?«

Dorothea erinnerte sich plötzlich an den Messingknopf mit dem Abbild des Gottes Janus, den sie heute Morgen auf der Treppe liegen sehen und eingesteckt hatte. Er gehörte an Robbies Sonntagsrock, aber der würde es auch nicht bemerken, wenn sie sämtliche Knöpfe abtrennte.

Mit feierlichem Gesicht zog sie ihn aus ihrer Tasche. »Dies hier ist ein mächtiges Amulett«, erklärte sie. »Der Ahnengeist mit den zwei Gesichtern hat mich bisher vor allem Unheil behütet. Ich gebe ihn dir, wenn du mir die Wahrheit sagst.«

Offensichtlich beeindruckt studierten die beiden das fremdartige Bildnis. Schließlich nickte Mannara, als sei sie zu einem Entschluss gekommen. Sie umklammerte den schützenden Knopf, als erwarte sie, jeden Augenblick von einem Blitz niedergestreckt zu werden, als sie heiser und hastig zu flüstern begann. Parnko übersetzte stockend.

»Der Häuptling hat allen verboten, darüber zu Engländern zu sprechen. Wer es dennoch tut, dem werden die Geister Augen und Zunge herausreißen. Sie werden ihre Eingeweide in alle Himmelsrichtungen verteilen, und die Haut wird von Adlern auf das Meer getragen.«

Eine wirksame Einschüchterung bei Menschen, die sowieso in panischer Angst vor ihren Dämonen und Ungeheuern lebten!

»Die Geister der Ngarrindjeri haben hier keine Macht«, sagte Dorothea beruhigend. »Sie können also gar nicht wissen, dass du geredet hast. Solange du auf unserem Gebiet bleibst, bist du in Sicherheit.« Nicht nur, was die Geister betraf. Auch Worammo würde es jetzt nicht mehr wagen, sie im direkten Umfeld des Gutshauses anzugreifen.

Ihre Argumentation, die ihr selbst etwas kindisch erschien, erwies sich als die richtige. Mannara schniefte kräftig, wischte sich mit dem Handrücken über Gesicht und Nase und begann, leise und schnell zu sprechen.

»Sie sagt, dass dieses Kind zu einer Verwandten ihres Mannes gehört. Sie hat nicht selber mit ihr gesprochen, aber an der Sprache gehört, dass sie aus dem Süden stammt. Sie lebt ohne Mann. Vor einiger Zeit hat sie sich dem Stamm angeschlossen, bleibt aber mit dem Kind für sich in ihrem eigenen Windschirm. Sie hält sich an keine Tabus. Als einige ältere Frauen sie daraufhin tadelten, hat sie gedroht, sie zu verfluchen. Seitdem gehen alle ihr aus dem Weg.«

Das war sehr seltsam. Alleinstehende Frauen, meist Witwen, die keinen Sohn hatten, der sie in seine Familie aufnahm, galten bei den Eingeborenen weniger als Hunde. Alt und verbraucht, wie sie waren, dauerte ihr trostloses Dasein meist nicht mehr lange. Im Regelfall wurden sie nicht einmal verscharrt, wenn sie starben, sondern den wilden Tieren überlassen. Protector Moorhouse hatte, als er in der Literarischen Gesellschaft über das traurige Los dieser Frauen sprach, erzählt, dass er eine pietätvolle Bestattung praktisch hatte erzwingen müssen. Es war äußerst ungewöhnlich, dass eine Frau dieses Schicksal freiwillig auf sich nahm und dann auch noch damit zurechtzukommen schien.

»Warum darf niemand über sie sprechen?«

Die Ratlosigkeit in Mannaras Gesicht war ehrlich. Offensichtlich wusste sie tatsächlich nicht, wieso um diese Frau und ihr Kind so ein Geheimnis gemacht wurde. Dorothea hätte nichts unversucht gelassen, hinter das Geheimnis zu kommen, aber Mannara war eben aus anderem Holz geschnitzt. Eine gute Aborigine-Ehefrau fragte nicht, sie gehorchte. Dorothea unterdrückte ihren Ärger. Eine andere Informationsquelle hatte sie nicht. Sie musste sehen, wie sie damit zurechtkam.

»Dieses Kind – hat es keinen Vater?«

Als Parnko ihr die Frage übersetzte, riss Mannara erschreckt die Augen auf. »No Vaader. Kind von Geist«, flüsterte sie fast unhörbar. Das war es also! Dorothea konnte nicht umhin, der Klugheit der Mutter Respekt zu zollen: Bastarde von weißen Männern wurden normalerweise gleich bei der Geburt erstickt und verscharrt. Das war einer der Gründe, wieso trotz des eifrigen Gebrauchs der *lubras* durch weiße Männer als billige Huren keine Mischlinge zu sehen waren.

Da mochten Reverend Howard und Protector Moorhouse noch so sehr dagegen wettern und von Kindermord sprechen – von dieser Praxis ließen sie sich nicht abbringen.

Dorothea fühlte, wie Erleichterung sie durchflutete. Wenn es stimmte, was Mannara ihr erzählt hatte, hatte ihr Mann keine Geliebte im Lager von King George gehabt! Die Vorstellung eines solchen Verhältnisses, quasi in Sichtweite, war ihr unerträglich gewesen.

Ihr Glück währte allerdings nicht lange. »Ich verstehe nicht, wieso du auf einmal davon ausgehst, dass das Kind nicht von Ian sein kann«, sagte Catriona, als sie ihr davon erzählte. »War er nicht damals ständig in Wellington? Wenn ich ein Mann wäre, würde ich auch zusehen, meine Affären so weit wie möglich von zu Hause entfernt abzuwickeln. Umso geringer ist die Gefahr, ertappt zu werden.«

Sie hatte recht: Ian war oft auf der Station von Mr. Morphett im Süden gewesen, um Vieh aus seinen Trecks zu kaufen, die am Coorong entlang von New South Wales aus nach Südaustralien getrieben wurden. Es konnte genauso gut dort zu einer Begegnung mit einer *lubra* gekommen sein.

»Denn wenn dieses Kind nichts mit ihm zu tun haben sollte«, fuhr Catriona mit unterschwelligem Triumph in der Stimme fort, »dann frage ich mich, wieso die beiden ausgerechnet hier in unsere Nähe gezogen sind. Warum sind sie nicht dort geblieben, wo sie angeblich über Jahre gut gefahren sind? Das sieht doch stark danach aus, als ob sie es in die Nähe seines leiblichen Vaters bringen wollte. Vielleicht wartet sie dort nur, bis er sie in sein Haus holt?«

»Das würde er nie tun!«

»Wirklich nicht?« Catriona umfing Dorotheas Rechte mit ihren beiden kleinen Händen in einem überraschend festen Griff. »Ich bin nicht nur deine Cousine. Ich fühle mich auch als deine

Freundin. Und als deine Freundin sage ich dir: Es gibt kaum etwas, was Männer nicht zu tun bereit sind, wenn sie vernarrt in ein hübsches Gesicht und einen weichen Körper sind.«

Dorothea wollte entgegnen, dass Ian und sie vollkommen glücklich miteinander waren. Die Worte blieben ihr im Hals stecken. Wie konnte sie da so sicher sein?

»Es tut mir so leid«, flüsterte Catriona und senkte den Blick. »Ich wollte es dir eigentlich noch nicht sagen, aber Percy ist sich ziemlich sicher, dass etwas an der Geschichte dran ist. Ian benimmt sich äußerst seltsam, sobald er die Rede auf einheimische Frauenzimmer bringt. Er meint, es wird nicht mehr lange dauern, bis er sich ihm anvertraut.«

Catriona meinte es sicher gut, dennoch konnte Dorothea ihre Gegenwart plötzlich nicht mehr ertragen. Sie murmelte eine Entschuldigung und flüchtete instinktiv ins Kinderzimmer. Trixie, die sich gerade über Charles' Bettchen gebeugt hatte, hob verwundert den Kopf und legte den Finger auf die Lippen, um ihr zu bedeuten, dass er gerade eingeschlafen war.

Marys glänzend gebürstete Locken hoben sich vom Kissen, und sie musterte ihre Mutter aus großen Augen. »Bist du traurig?«, flüsterte sie in kindlicher Hellsichtigkeit. »Ist Papa böse auf dich?«

»Nein, mein Schatz«, erwiderte Dorothea genauso leise, setzte sich auf die Bettkante und drückte ihre Tochter fest an sich. »Mama ist nur müde.«

»Wann gehen diese Leute wieder weg?«, wisperte Mary dicht an Dorotheas Ohr. »Ich will, dass sie endlich wieder verschwinden.«

»Du magst Tante Catriona und Onkel Percy nicht?« Dorothea hatte bisher noch keinen Gedanken daran verschwendet, wie die Kinder die Erweiterung des Hausstands empfanden. Sie selbst genoss es so, dass sie angenommen hatte, alle Bewohner von Eden House – außer natürlich Ian – würden das Flair, das hier mit den mondänen Verwandten eingezogen war, zu schätzen wissen.

Ihre Tochter schüttelte so entschieden den Kopf, dass ihre Locken nur so flogen. »Sie sind böse.«

»Wie kommst du darauf?« Dorothea war so verblüfft, dass sie gar nicht daran dachte, Mary für diese ungezogene Bemerkung zu tadeln. Ihr war selbst schon aufgefallen, dass Catriona für eine junge Frau den jüngeren Kindern ungewöhnlich indifferent gegenüberstand. Aber ihres Wissens war sie niemals unfreundlich zu ihnen gewesen. Oder hätte sonst etwas getan, um eine so vehemente Abneigung zu rechtfertigen.

»Ich weiß es eben«, beharrte Mary und kniff die Lippen zusammen.

»Erwachsene tun manchmal Dinge, die Kindern böse erscheinen, weil sie sie nicht verstehen«, sagte Dorothea bestimmt. Vermutlich war Mary schlicht und einfach eifersüchtig, weil Dorothea sich in letzter Zeit tatsächlich nicht mehr allzu oft bei ihren beiden Jüngsten hatte blicken lassen. Sie waren ja auch bei Trixie in besten Händen. Trotzdem würde sie in Zukunft wieder mehr Zeit mit ihren Kindern verbringen, nahm Dorothea sich vor.

Sobald sie wieder dazu kam.

Es blieb beim guten Vorsatz. Das Postboot am nächsten Tag brachte nicht nur einen dicken Packen der *Mysteries of London* für Lady Chatwick, sondern auch eine Einladung zum Galadinner der Schafzüchter anlässlich des Geburtstags Ihrer Majestät, Queen Victoria, am 24. Mai.

»Müssen wir da unbedingt hingehen?« Dorothea musterte wenig begeistert die goldgeprägte Einladungskarte mit der schwungvollen Unterschrift. »Sicher werden wieder endlose Reden über die Vorzüge und Nachteile der verschiedenen Schafsrassen gehalten. Und das Essen ist die letzten Jahre auch immer schlechter geworden.«

»Ich fürchte, da führt kein Weg daran vorbei«, hatte Ian erwidert. »Ich möchte niemanden vor den Kopf stoßen, indem ich mit einer fadenscheinigen Entschuldigung fernbleibe. Außerdem wäre es dumm, die Gelegenheit nicht wahrzunehmen, denn es wird alles dort sein, was Rang und Namen hat.«

»Du meinst damit sicher: unter den Farmern und Viehzüchtern.« Percy lachte. »Ich würde zu gerne dort Mäuschen spielen!« Sein Lachen wurde breiter. »Alleine die Vorstellung von einem Haufen stinkender Bauern in Zylindern, die feine Herrschaften spielen. Faszinierend.«

Ian runzelte die Stirn. Er mochte es nicht, wenn Percy seine Verachtung für die arbeitende Schicht so unverblümt äußerte.

Dorothea sah seinen Unwillen und sagte rasch: »In Südaustralien sind die Viehzüchter äußerst angesehene Leute, Percy. Wer hier zu Reichtum gekommen ist, verdankt es nicht seiner Herkunft, sondern hat es sich selber erarbeitet. Sogar Gouverneur Young behandelt sie mit dem größten Respekt.«

»Das ist auch nur recht und billig. Wolle ist das verlässlichste Standbein unserer Exporte. Bei Weizen kann es immer Missernten geben, und die Erzminen werden eines nicht allzu fernen Tages erschöpft sein – Schafe dagegen wird es immer geben, und gute Wolle wird immer begehrt sein. Auf englisches Tuch, das beste der Welt!« Ian hob sein Glas.

»Auf englisches Tuch«, schlossen die anderen sich seinem Toast an.

»Im Ernst, Cousin«, sagte Percy, sobald sie ausgetrunken und die Gläser erneut gefüllt hatten. »Dieses Bankett würde mich wirklich reizen. Kannst du mich nicht einschmuggeln?«

»Mich auch!«, forderte Catriona. »Ich würde mir auch ein ganz schlichtes Kostüm *à la paysanne* zusammenstellen, damit ich nicht unpassend gekleidet wäre.«

Ian betrachtete sie mit einigem Befremden. »Die Menschen dort sind ganz normale Leute«, sagte er schließlich. »Wenn ihr denkt, dass dort Schweine unter den Tischen herumschnüffeln und alle mit den Fingern essen, muss ich euch enttäuschen. Aber wenn ihr so großen Wert darauf legt, kann ich versuchen, noch zwei Einladungen zu bekommen.«

»Nicht, dass ich mich besonders darauf freue, den ganzen Abend ihre herablassenden Bemerkungen zu hören«, meinte er später zu Dorothea. »Verdammt, wieso können sie nicht einfach wieder nach England zurückfahren!« Sein Gesicht verzog sich zu einer schmerzenden Grimasse und färbte sich plötzlich grünlich. Gerade noch konnte Dorothea ihm den Nachttopf reichen.

Es kam äußerst selten vor, dass ihr Mann dem Alkohol so zusprach, dass er am Morgen danach unter Kopfschmerzen litt. Noch nie hatte sie erlebt, dass er so viel über den Durst getrunken hatte, dass sein Magen revoltierte. »Du solltest dich nicht so über die beiden aufregen«, sagte sie streng, während sie ein Tuch in das Wasser des Waschkrugs tauchte, es auswrang und ihm damit das Gesicht abwischte. »Du siehst ja, es schadet dir nur! Normalerweise weißt du doch ganz genau, wie viel du verträgst.«

»Es war nicht der Wein«, presste Ian zwischen den Zähnen hervor. »Ich habe schon seit Tagen Leibschmerzen. Wahrscheinlich was Schlechtes gegessen.«

»Dann hast du wohl wieder Brot im Proviantbeutel gehabt, das schon schimmelig war«, sagte Dorothea ungehalten. »Ich habe dir schon oft gesagt, dass du es dann wegwerfen sollst! Dein Geiz wird dich eines Tages noch umbringen.«

Ian antwortete nicht auf ihren Vorwurf, sondern schloss die Augen und atmete flach. Eine steile Falte zwischen seinen Augenbrauen zeigte, dass er starke Schmerzen litt.

»Vielleicht solltest du doch einmal Dr. Woodforde aufsuchen. Nicht, dass es etwas Ernstes ist«, schlug Dorothea vor.

»Keine Zeit.«

Das war typisch Ian. Nun gut, ein verdorbener Magen war kein Drama. Dorothea entsorgte den Inhalt des Nachttopfs im Abort und nahm einen Umweg über die Küche, um dort eine heiße Bettflasche zu holen. Ihre Mutter hatte bei Leibschmerzen immer darauf geschworen. Auf Wärme und Kamillentee.

Mrs. Perkins war noch auf. Im Schein der Petroleumlampe brütete sie über ihren Vorratslisten. »Wenn das so weitergeht, muss ich schleunigst Wein nachbestellen. Üble Schluckspechte sind das«, hörte Dorothea sie missbilligend murmeln. »Und der Zucker ist auch schon wieder alle. Dieses mondäne Leben ist ganz schön aufwendig.«

Auf Dorotheas Bitte hin fragte sie besorgt nach, welches der Kinder denn plötzlich erkrankt sei. Die Auskunft, es sei Ian, verwirrte sie sichtlich. »Master Ian? Der ist doch gesund wie ein Ochse! Also, um eines gleich klarzustellen: Mein Essen war es nicht! Und auch Mannara hat nichts Unübliches hineingerührt. Dafür verbürge ich mich.«

»Niemand würde auch nur im Traum darauf kommen, Ihr Essen dafür verantwortlich zu machen«, versuchte Dorothea, die aufgebrachte Frau zu beruhigen. »Schließlich haben wir alle das Gleiche gegessen. Sicher hat er wieder schimmeliges Brot oder verdorbenes Fleisch mitgenommen.« Die beiden Frauen wechselten einen Blick. Es war allgemein bekannt, dass Ian es nicht über sich bringen konnte, Nahrungsmittel wegzuwerfen.

»Ich werde John bitten, dass er in Zukunft ein Auge auf Master Ians Proviantbeutel hat«, versprach die Köchin und goss das kochende Wasser über die Kamillenblüten und in die kupferne Bettflasche. »Ich wünsche Master Ian gute Besserung.«

Ians Unwohlsein schien am nächsten Tag wie weggeblasen. Und da der Ausflug nach Adelaide immer näher rückte, verdrängten andere Themen es recht schnell aus ihrem Bewusstsein.

Eine Militärparade, wie sie in größeren Städten sonst gerne abgehalten wurde, kam für Adelaide nicht infrage. Dafür standen einfach zu wenige Soldaten zur Verfügung. Aber es würde einen Festumzug geben, zu dem alle möglichen Gruppierungen und Vereine Abordnungen schickten, einen Liederabend des deutschen Gesangvereins sowie einen Fackelzug vom Marktplatz quer durch die Stadt zum Gouverneurspalais. Der Abend würde mit einem Ehrensalut aus einunddreißig Gewehrsalven – einer für jedes Lebensjahr der beliebten Regentin – ausklingen.

Ian hatte Zimmer für Catriona, Percy und sie beide im *Sydney-Hotel* an der North Terrace genommen. Von dort aus waren alle Festlichkeiten leicht zu Fuß zu erreichen. »Wir können uns nicht alle deiner Mutter aufdrängen«, hatte er zur Erklärung gesagt. »So ist es für alle doch viel bequemer.«

Lady Chatwick winkte dankend ab, als Dorothea sie mehr aus Höflichkeit als aus Überzeugung bat, sich anzuschließen. »Um Himmels willen, solche Menschenaufläufe sind nichts mehr für mich. Ihr werdet euch besser amüsieren ohne eine alte Schachtel wie mich. Ich vermute, ihr seid schon eifrig mit euren Garderoben beschäftigt.« Sie schmunzelte. »Ich gehe davon aus, du hast Miss Grenfell davon überzeugen können, dass ein Auftritt als Schäferin nicht angebracht wäre?«

»Ich habe sie einfach nur gebeten, mich nicht zu beschämen, und diesem Argument ist sie sofort gefolgt.« Dorothea lachte. »Catriona ist wirklich überaus liebenswürdig veranlagt.«

»Ist sie das?« Lady Chatwick schien noch etwas dazu sagen zu wollen, besann sich dann aber anders. »Mir ist aufgefallen, dass du in letzter Zeit ziemlich viel mit Percy Grenfell zusammen bist, während seine Schwester Ian umschmeichelt.« Sie nahm ihr Lorgnon ab und massierte die Druckstellen auf ihrem Nasenrücken mit zwei Fingerspitzen. »Vielleicht ist es nur Einbildung, aber pass auf.«

»Worauf?« Dorothea musterte die alte Dame halb amüsiert, halb entrüstet. Meinte sie tatsächlich …?

»Du verstehst sehr wohl, was ich meine.« Die kurzsichtigen Augen schienen durch sie hindurchzublicken. »Bäumchen wechsle dich ist ein gefährliches Spiel. Ich würde es ungern miterleben, dass Ian und du … dass ihr euch entfremdet.«

»Sie lesen zu viele Schauergeschichten!« Dorothea wies auf den Stapel *Mysteries of London,* die neueste Leidenschaft Lady Chatwicks. »Wenn man sich immer nur mit schlechten Menschen beschäftigt, färbt das ab. Deswegen sehen Sie überall nur noch das Böse. Percy und Catriona sind Verwandte. Es ist doch kein Wunder, dass wir uns in ihrer Gesellschaft wohlfühlen. Da ist absolut nichts Anrüchiges dabei!«

»Man kann nicht so alt werden, wie ich es bin, Kindchen, ohne gewisse, unschöne Dinge über die Menschen zu lernen.« Die alte Dame hüstelte, klemmte das Lorgnon wieder an seinen Platz auf dem Nasenrücken und griff nach dem aufgeschlagenen Journal neben sich. »Ich hoffe bei Gott, dass ich mich irre«, hörte Dorothea sie zu sich selbst sagen, als sie innerlich zitternd vor Empörung über Lady Chatwicks Impertinenz das Zimmer verließ. Die alte Frau wurde langsam wunderlich. Etwas Ähnliches hatte Dr. Woodforde wohl gemeint, als er sie bei seinem letzten Besuch darauf hingewiesen hatte, dass seine Patientin »altersbedingte Eigenheiten« entwickle. Damals hatte sie es nur auf den Portweinkonsum bezogen.

Sie war so verärgert, dass sie sich bei Catriona Luft machen musste. Die lachte allerdings nur herzlich und meinte: »Soviel ich gehört habe, soll es in ihrer Jugendzeit ziemlich wild hergegangen sein. Vermutlich hat sie noch die losen Sitten von damals im Hinterkopf. Seit Victoria Königin von England ist, hat sich so einiges geändert. Auch was die Moral anbetrifft. Was mich daran erinnert, dass du in der Stadt unbedingt ein Schnürmieder tragen musst. Es ist ganz und gar bäurisch, ungeschnürt zu gehen. Außerdem sitzen dann die Kleider nicht richtig.«

Dorothea verzog das Gesicht. »Diese Dinger sind so schrecklich unbequem. Man kann sich in ihnen ja nicht einmal bücken.«

»Eine Dame bückt sich nicht.«

Um ein Haar wäre Dorothea in schallendes Gelächter ausgebrochen. Ein Blick in Catrionas schönes Gesicht zeigte ihr jedoch, dass diese es todernst meinte. Tatsächlich konnte sie sich nicht erinnern, ihre Cousine jemals dabei ertappt zu haben, dass diese sich nach etwas gebückt hätte. »Das ist doch albern.«

»Das ist nicht albern. Es ist korrektes Verhalten«, korrigierte Catriona sie. »Eine Londoner Dame der Gesellschaft würde eher sterben, als ungeschnürt aus dem Haus zu gehen.«

»Dann wäre ich schon lange tot! Aber ich bin ja auch keine Dame der Gesellschaft«, gab Dorothea leichthin zurück.

»Du wirst es aber sein, sobald Ian in seinem Stand bestätigt ist«, sagte Catriona nüchtern. »Willst du ihn blamieren, indem du dich wie eine Landpomeranze aufführst? Es mag hier in Australien lockerer zugehen als in England, aber ich möchte wetten, dass in Adelaide jede Dame, die etwas auf sich hält, inzwischen ein Schnürmieder trägt.«

Etwas Ähnliches hatte ihre Mutter auch erzählt. Da Dorothea sich inzwischen nur noch mäßig für Modefragen interessierte, hatte sie nicht weiter darauf geachtet. Natürlich liebte sie wie jede Frau immer noch schöne Roben. Aber die ursprüngliche Freude über die üppige Garderobe von Roberts erster Frau war einer gewissen Gleichgültigkeit gewichen. Was hätte es denn für einen Sinn ergeben, sich für Lady Chatwick, Ian oder Mrs. Perkins aufzuputzen?

Und es hatte ja auch Vorteile, wenn niemand Anstoß daran nahm, dass sie an besonders heißen Tagen nur einen leicht gestärkten Unterrock trug und auf das Tragen von Handschuhen verzichtete. Dabei war Dorothea nur zu klar, dass sie sich eine solche Nachlässigkeit nur erlauben konnte, weil hier am Murray River andere Regeln galten als in Adelaide. Selbstverständlich würde sie in der Stadt nie ohne Hut und Handschuhe auf die Straße treten, in der vorgeschriebenen Anzahl von Unterröcken schwitzen und bei Besuchen kein Vormittagskleid tragen. Aber musste es gleich ein solches Ungetüm von Schnürmieder sein, wie Catriona sie bevorzugte?

Die blieb jedoch unerbittlich. »Es muss.«

Glücklicher- oder unglücklicherweise, je nach Perspektive, hatte Catriona mehrere Exemplare in ihrer Garderobe. Dorothea hatte ihr inzwischen oft genug beim Schnüren assistiert, um zu wissen, wie man in das sperrige Kleidungsstück schlüpfte. »Es ist mir viel zu klein«, stellte sie nach dem ersten Blick in den Spiegel fest und machte Anstalten, es wieder abzustreifen. »Ich denke, bis ich in Adelaide eines finde, das mir besser passt, gehe ich weiter ohne.«

»Kommt nicht infrage.« Catriona trat hinter sie und griff nach den Schnüren. »Je eher du dich daran gewöhnst, desto besser. Zieh den Bauch ein und halt die Luft an.«

Dorothea befolgte die Anweisung, so gut es ging. Es dauerte eine ganze Weile, bis Catriona zufrieden war. »Ich kann nicht mehr richtig atmen«, stellte Dorothea umgehend fest. »Du hast mich viel zu eng geschnürt.«

»Unsinn!« Mit schief gelegtem Kopf betrachtete die junge Frau ihr Werk. »Es sitzt so locker, dass vermutlich keines meiner Kleider darüber passt.« Das war übertrieben, und als Dorothea sich im Spiegel betrachtete, war sie überrascht, wie mädchenhaft schlank und jugendlich sie in dem duftigen Abendkleid aus Chiffon im Farbton »Rose de Parnasse« wirkte.

»Nun? Hat sich die Mühe gelohnt?« Catriona wirkte ausgesprochen zufrieden mit sich. »Wenn ich dir noch die Haare mit den Seidenrosen aufstecke, wird Percy Augen machen.«

Tatsächlich fielen die Komplimente ihres Cousins derart überschwänglich aus, dass es Dorothea fast schon unangenehm wurde. Lady Chatwick schwieg eisern, ihr Blick jedoch sprach Bände und erinnerte Dorothea an ihre Warnung. Sie glaubte nicht, dass sie berechtigt gewesen war, dennoch fragte sie sich, ob Percy wirklich dermaßen enthusiastisch ihre »blütenstängelzarte Taille« und den »blumigen Rosenteint« lobpreisen musste.

Auch Ian wirkte nicht übermäßig angetan. Da er aber in letzter Zeit in Gesellschaft oft brummig und einsilbig gewesen war, fiel das nicht weiter auf. Catriona und Percy waren absolut imstande, die Tischunterhaltung alleine zu bestreiten.

7

Am 20. Mai führte John die Kalesche mit dem braunen Wallach vor die Veranda und half Parnko dabei, die Reisekisten hinten festzubinden. Vor einigen Jahren hatte das *Mount Barker Inn* den Besitzer gewechselt. Seitdem konnten müde Reisende dort in sauberen Zimmern auf wanzenfreien Betten übernachten. Und so hatte Ian entschieden, den Landweg zu nehmen. Er mochte Schiffe immer noch nicht. Seine Leiden in den ersten Wochen der Überfahrt hatten sich zu tief eingeprägt.

Die beiden Damen nahmen auf der hinteren Bank unter dem aufgeklappten Verdeck Platz, das ihnen zwar kaum Schutz vor dem allgegenwärtigen Staub bieten würde, aber zumindest etwas Schatten spendete. Zusätzlich trugen sie großzügig bemessene Schleier über den Hüten, die ihnen das Aussehen von Imkern verliehen, wie Trixie respektlos feststellte.

Der leichte, vierrädrige Wagen war speziell den australischen Verhältnissen angepasst: Achsen und Räder waren stabil genug, um nicht auf gepflasterte Straßen angewiesen zu sein. Der Wagenkörper aus leichtem Korbgeflecht ließ den Fahrtwind durch und sorgte so dafür, dass die Passagiere in den Genuss von ein wenig Kühlung kamen. In der Regenzeit fuhr sowieso kein vernünftiger Mensch mit Kutschen durch die Gegend, deswegen hatte der Stellmacher die Bespannung des Verdecks nicht aus Leder, sondern aus festem Segeltuch angefertigt.

»Vermutlich seid ihr aus England andere Wagen gewöhnt«, sagte Dorothea, als Percy kaum merklich zögerte, ehe er sich zu Ian auf den Bock schwang. »Aber dieser Wagen ist wirklich ausgesprochen zweckmäßig. Und sehr gut gefedert!«

Trotz der Federung, die sie selbst so gelobt hatte, fühlte Dorothea sich wie gerädert, als sie am übernächsten Abend vor dem *Sydney-Hotel* hielten. Schon nach ein paar Stunden waren sie auf die Straße von Macclesfield zum Mount Barker gestoßen. Leider war der Zustand der neuen Staatsstraße bereits wieder erschreckend schlecht. Ein Schlagloch reihte sich an das andere, und mehr als einmal hatte sie befürchtet, dass der Wagen umschlagen würde. So hatte sich der Genuss an der malerischen Landschaft in Grenzen gehalten, obwohl die Wälder, die sie durchfuhren, durchaus als imposant zu bezeichnen waren.

»Wenn man nicht näher hinschaut, könnte man direkt glauben, in England zu sein«, stellte Catriona erstaunt fest. »Dort drüben zum Beispiel würde man jeden Moment erwarten, ein Rudel Rehe aus der Deckung treten zu sehen. Erst auf den zweiten Blick sieht man, dass die trockenen Blätter auf dem Boden Rindenstücke und die Kirschen in den Bäumen dort keine echten Kirschen sind. Australien ist äußerst seltsam: Alles wirkt vertraut und ist dann doch etwas ganz anderes, als man erwarten würde. – Was ist das?« Sie wies mit dem Zeigefinger auf ein katzengroßes, pelziges Etwas, das, durch den Lärm der Kutschenräder aufgescheucht, einen Baumstamm hinaufkletterte. »Zu Hause würde ich es für einen Marder halten.«

»Das war ein junges Opossum«, erklärte Ian. »Sie leben in hohlen Baumstämmen oder Astlöchern. Die Eingeborenen jagen sie, indem sie sie mit Rauch aus ihren Verstecken treiben. Aus den Fellen fertigen sie ihre Umhänge.«

»Habt ihr schon einmal eines gegessen?«, fragte Percy und verfolgte das Tierchen zwischen den schütteren Zweigen mit seinem Blick.

»Nicht wissentlich!« Ian lachte in sich hinein. »Unser Stamm jagt auch mehr am Wasser. Wir dürften uns jetzt schon seit Längerem im Stammesgebiet der Kaurna befinden.«

»Muss man sich das so vorstellen wie bei den Indianerstämmen Amerikas? Bekriegen sie sich auch untereinander?« Percy schien sich mit den Verhältnissen in Amerika recht gut auszukennen.

»Ich kann mich nicht erinnern, dass es in Südaustralien, solange ich hier war, irgendwelche Stammeskriege gegeben hat.« Ian schien zu überlegen. »Nein, wenn es Auseinandersetzungen gab, waren es immer welche zwischen Eingeborenen und Kolonisten. Wer weiß, welch penible Höflichkeitsrituale australische Stämme befolgen, sobald sie fremdes Gebiet betreten, der weiß auch, dass ihnen die Viehtreiber wie unverschämte Eindringlinge erschienen sind. Und als solche haben sie sie eben zu vertreiben versucht.«

»Bei allem Verständnis: Einem Schafhirten den Kopf abzuschlagen und ihn im Ofen zu rösten geht weit über das Bedürfnis hinaus, sich und sein Land zu verteidigen!«

Ian runzelte die Stirn. »Wer behauptet denn so etwas?«

»Ich glaube, einer der Passagiere, die in Encounter Bay ausstiegen. Kannst du dich noch erinnern, Cat?« Percy drehte sich um. »Das war doch der mit der fürchterlichen Weste voller Pinguine.«

»Ja, es war eine ziemlich grausige Geschichte um einen Schafhirten und seine zwei Söhne. Als sie abends von den Weiden zur Hütte zurückkamen, war ihr Vater nirgends zu sehen. Nur ein alter Eingeborener saß davor und kaute auf seinem Pfriem. Sie dachten sich nichts dabei, weil der Alte öfter vorbeikam und um Tabak bettelte. Es roch appetitlich, und sie hatten großen Hunger. Also suchten sie nicht nach ihrem Vater, sondern wollten sich gleich von dem fertigen Essen nehmen. Als sie die Ofentür öffneten, lag in der Glut der Kopf ihres Vaters.«

Dorotheas Magen krampfte sich zusammen. Sie wehrte sich verzweifelt gegen die Bilder, die über sie hereinstürzten. Sams

Kopf auf dem Gestell über dem aufsteigenden Rauch, die seltsamen Steine auf dem Felsenbord in der Höhle des Skelettmannes. Wie lange würden sie sie noch verfolgen?

»Humbug!« Ian schüttelte ärgerlich den Kopf. »So etwas hätte auf jeden Fall eine Menge Staub aufgewirbelt. Mir ist aber nichts zu Ohren gekommen. Nicht einmal etwas, was man dazu aufbauschen könnte. Ich würde sagen, die Geschichte ist frei erfunden.«

»Ich muss sagen, das freut mich«, meldete Catriona sich zu Wort. »Es ist kein sehr angenehmes Gefühl, Kannibalen in der Umgebung fürchten zu müssen.« Sie sah sich kritisch um. »Obwohl, mit einem Paar guter Pistolen würde ich mir zutrauen, sie in gebührendem Abstand zu halten. Dieser Wald ist für einen Hinterhalt ziemlich ungeeignet.«

»Täusch dich nicht, Cousine! – Die Eingeborenen Australiens können so absolut mit ihrer Umgebung verschmelzen, dass du schon auf sie treten müsstest, um sie zu entdecken.« Ian schmunzelte. »Hinter diesen Akazien könnte sich ein ganzer Stamm verbergen.«

»Wirklich?« Percy sah sich besorgt um.

»Wenn sie uns töten wollten, hätten sie es schon längst getan.« Ian wirkte so unbesorgt, dass Percy sich etwas entspannte. »Keine Angst, Cousin. Die Kaurna um Adelaide herum sind schon lange keine Gefahr mehr, falls sie es denn je waren. Dazu lieben sie den Schnaps zu sehr. Sie sind eher lästig, weil sie die Straßen als Bettler bevölkern.«

»Mr. Moorhouse meint, dass sie wie Kinder wären, die man erziehen müsste«, sagte Dorothea leise.

»Nur sind die Kinder stärker als die meisten Engländer und sehen überhaupt nicht ein, dass sie erzogen werden müssten«, sagte Ian trocken. »Es war ja gut und schön, ihnen zu versprechen, sie würden glücklich sein, sobald sie erst in Häusern wohnen, das Feld bestellen und den Herrn preisen. Wunschdenken, wenn ihr mich fragt! Niemand, auch Moorhouse nicht, wird sie dazu bringen!«

»Wer hat das denn getan? Ich meine, ihnen dieses Versprechen gegeben.«

»Das war Gouverneur Gawler«, warf Dorothea ein. »Als die ersten Siedler 1836 bei Glenelg an Land gingen, ließ er als eine seiner ersten Amtshandlungen eine Ansprache an die dortigen Schwarzen übersetzen. Wartet einmal, ich versuche, es im Wortlaut wiederzugeben.« Dorothea schloss die Augen und rezitierte: »Schwarze Männer, wir wünschen, euch glücklich zu machen. Ihr könnt jedoch nicht glücklich sein, außer ihr imitiert gute, weiße Männer. Baut Hütten, tragt Kleidung und seid nützlich. Vor allem könnt ihr nicht glücklich sein, ohne Gott zu lieben, der Himmel und Erde gemacht hat und Menschen und alle Dinge. Liebt die weißen Menschen. Liebt andere Stämme schwarzer Menschen. Habt keinen Streit untereinander. Sagt anderen Stämmen, dass sie die weißen Menschen lieben sollen und dass sie gute Hütten bauen sollen und Kleidung tragen. Lernt, Englisch zu sprechen.«

»Und hat dieses überwältigende Beispiel pastoraler Prosa das bewirkt, was es sollte?«, erkundigte Percy sich und lächelte zynisch.

»Natürlich nicht. Die Aborigines haben gar nicht verstanden, wovon er sprach. Der gute Wyatt hätte sich die Mühe mit dem Übersetzen genauso gut sparen können.« Ian schnaubte verächtlich durch die Nase. »Als ob Glück so einfach zu finden wäre.«

»Wie recht du hast, Cousin«, stimmte Catriona ihm kaum hörbar zu.

Dachte sie dabei gerade an eine verlorene Liebe? Dorothea suchte nach etwas, um sie abzulenken, und sagte rasch: »Eine solche Ansprache war doch ziemlich mutig. Schließlich konnte man gar nicht sicher sein, dass sie friedlich bleiben würden. Genauso gut hätten sie die Neuankömmlinge auch mit Speeren und Keulen begrüßen können.«

»Sind diese Dinger eigentlich wirklich so gefährlich, wie man hört?«, wollte Percy wissen.

Ian nickte entschieden. »Sie sind nicht zu unterschätzen! So ein Speer kann hässliche Wunden verursachen. Und sie sind wahre Meister mit der Speerschleuder. Man tut gut daran, sie auf Abstand zu halten. Aber derzeit ist glücklicherweise alles friedlich in Südaustralien.«

»Benutzen sie auch Gift?« Catriona beugte sich interessiert vor.

»Nicht dass ich wüsste.« Ian schnalzte dem Pferd, das bergauf seinen Schritt immer weiter verlangsamte, aufmunternd zu. »Moorhouse hat es jedenfalls nie erwähnt.«

»Schade, das hätte ich interessant gefunden.« Catriona lehnte sich wieder zurück und zeigte keine Neigung, sich an dem weiteren Gespräch zu beteiligen, das sich um die Wahrscheinlichkeit weiterer Goldfunde im Osten von Neusüdwales drehte.

Kurz vor Hahndorf, einer Siedlung preußischer Lutheraner, besserte sich der Straßenzustand so auffällig, dass Ian erbost bemerkte: »Das ist doch typisch für die Herren vom Magistrat! So weit sie fahren, ist alles in bester Ordnung. Wie die Straßen im Hinterland aussehen, kümmert sie nicht die Bohne.«

Dorothea war der Grund gleichgültig – Hauptsache, das Gerüttel ließ etwas nach. Ihr Kopf schmerzte höllisch, und sie konnte es kaum noch erwarten, ihn endlich auf ein kühles Leinenkissen zu legen und die Augen zu schließen.

»Irgendwie hatte ich mir die Hauptstadt von Südaustralien doch etwas imposanter vorgestellt.« Stunden später musterte Percy enttäuscht die ungepflasterten Straßen, die bescheidenen Häuser, die sie säumten. »Dagegen ist ja sogar Bristol eine Metropole!«

»Dies Viertel der Südstadt ist auch nicht gerade die feinste Gegend«, belehrte ihn Ian. »Wer zu den besseren Leuten gehört beziehungsweise wer es sich leisten kann, residiert in der Nordstadt am Montefiori Hill. Auf der anderen Seite vom River Torrens. Die Südstadt ist mehr für Handwerker und Gewerbetreibende. Und natürlich für diejenigen, die sich die Preise auf dem Montefiori Hill nicht leisten können.«

»Ja, das ist offensichtlich«, sagte Percy und rümpfte leicht die Nase, als sie gerade ein baufälliges Haus, besser: eine Hütte, passierten. »Dieses dort sieht nicht danach aus, als ob der Besitzer sich die dringend nötige Dachreparatur, geschweige denn ein neues Dach leisten könnte.«

»Viele Häuser sind seit der Rezession verfallen. Die Besitzer sind teilweise nach England zurück oder haben ihr Glück weiter im Osten gesucht. Aber mit der Zeit werden auch diese Ruinen wieder instand gesetzt werden«, meinte Ian. »Im deutschen Viertel gibt es schon keine leer stehenden Häuser mehr. Seit letztem Jahr strömen sie geradezu ins Land. Vor allem studierte Leute. Ich hatte schon einen Doktor der Philosophie, der sich bei mir als Schafhirte beworben hat.«

»Und? Hast du ihn genommen?«

Ian lachte und schüttelte den Kopf. »Wo denkst du hin! Was soll ich mit einem sicher vortrefflichen Menschen anfangen, der nicht weiß, wo bei einem Schaf vorn und hinten ist?«

»Du übertreibst.«

»Nicht sehr.«

Im Hotel wurden sie bereits erwartet. Zwei Hausdiener stürzten auf die Straße, sobald Ian den Braunen vor den Eingangsstufen anhalten ließ, um den Damen beim Aussteigen behilflich zu sein und das Gepäck auf die Zimmer zu tragen. Das Hotel machte seinem Ruf als erstem Haus am Platz alle Ehre: Die Zimmer waren allesamt geräumig und mit jedem erdenklichen Luxus ausgestattet. Dankbar nahm Dorothea das Anerbieten des knicksenden Zimmermädchens an, ihr beim Auskleiden zu helfen. Sobald sie bis auf das Unterhemd entkleidet war, schlüpfte sie zwischen die kühlen, glatten Laken und bat das Mädchen, ihre Sachen erst morgen auszupacken. Jetzt brauchte sie Ruhe, nichts als Ruhe.

»Soll ich zu Dr. Woodforde schicken, damit er dir ein Pulver verschreibt?«

Ians Stimme klang so besorgt, dass Dorothea die Augen mit einiger Überwindung wieder öffnete und ihm beruhigend zulächelte. »Nicht nötig. Ich weiß doch, wie du darüber denkst. Lasst mich einfach schlafen und geht euch amüsieren. Es wäre dumm, auf den Liederabend zu verzichten, nur weil ich nicht mitkommen kann.«

»Ich mache mir langsam Sorgen um dich, Darling. Früher warst du nie krank.« Ian zögerte sichtlich zu gehen.

Gerührt unterdrückte Dorothea ihre Ungeduld, endlich allein gelassen zu werden. »Es ist wirklich nichts. Ich habe nur grässliche Kopfschmerzen von der Fahrt. Und ich bin so müde. Würdest du bitte noch die Vorhänge zuziehen?«

Die tief stehende Sonne schien ihre rötlichen Strahlen wie ein bösartiges Geschoss genau auf sie auszurichten. Ian zog die bodenlangen, dunkelblauen Samtvorhänge, die vor den französischen Fenstern hingen, zu und wandte sich um. »Besser so?«

»Viel besser.« Tatsächlich war es eine gewisse Erleichterung. Die Augen schmerzten nicht mehr so.

»Soll ich nach dem Mädchen rufen, dass sie dir kalte Umschläge bringt?«

»Nein, ich möchte jetzt niemanden um mich haben.«

»Na schön. Gute Besserung, Darling.« Er beugte sich über sie und küsste sie zart auf die Stirn. Schon diese kaum spürbare Berührung ließ sie fast aus der Haut fahren.

Erleichtert registrierte sie das Klappen der Tür und dämmerte in eine Art Betäubungsschlaf, der dominiert wurde von dem Hämmern in ihren Schläfen. Vielleicht, weil das Dröhnen entfernt an die stampfenden Rhythmen der Aborigines erinnerte, waren die Träume bevölkert von schwarzen Gestalten. Sie tanzten um eine Bahre, auf der ein verhüllter Körper lag. Dorothea wollte die Tücher wegziehen. Etwas in ihr drängte sie dazu. Aber sie konnte sich nicht bewegen. Keinen Finger rühren.

Es war Catriona in ihrem wunderschönen rosa Abendkleid, die vortrat und das Gewehr auf die reglose Gestalt abfeuerte. Als sich der Rauch verzog, hielt sie einen Kopf an den Haaren hoch. Es war jedoch nicht King Georges Haupt mit den schneeweißen Locken, sondern Ians. Im ersten Augenblick erkannte sie die Züge nicht, denn sie ähnelten eher einer entstellten Fratze. Sie wollte schreien, doch kein Ton drang aus ihrer Kehle. Sie wollte auf ihn zustürzen, doch ihre Beine schienen mit dem Boden verwachsen.

Catriona lächelte – ihr süßes Lächeln, das einen so bezauberte, und warf den Kopf in das Feuer, das vor ihren Füßen aufloderte. Er verschwand in dichten schwarzen Rauchschwaden. Statt seiner wiegte sie in ihren Armen auf einmal Charles. Er schlief tief und friedlich.

»Charles, mein Baby!« Dorothea wusste nicht, ob sie es laut gerufen hatte. Sie saß aufrecht im Bett und spürte ihr Herz schlagen wie verrückt. Das Nachthemd klebte an ihrem schweißbedeckten Körper. Um sie herum war alles ruhig. Auch Ian war anscheinend noch nicht zurück. Die Bettseite neben ihr war leer, die Bettdecke ordentlich zurückgeschlagen.

Dorothea ließ sich zurück in die Kissen sinken und wartete, bis ihr Atem wieder regelmäßig ging. Was für ein verrückter Traum! Sie spürte, wie ihr die Bilder schon wieder entglitten, und versuchte, sie festzuhalten. Aber das Einzige, das wirklich haften blieb, war Catrionas liebliche Erscheinung, die Ians Kopf in die Flammen warf. Wurde sie verrückt? Solche Dinge zu träumen, war doch nicht normal. Woran merkte man, dass man verrückt wurde? Gab es Anzeichen, die einen warnten?

Sie würde Dr. Woodforde aufsuchen, und dabei konnte sie ganz nebenbei versuchen, ihn auszuhorchen, nahm sie sich vor. Wenigstens hatten die schrecklichen Kopfschmerzen nachgelassen. Nur noch ein dumpfer Druck hinter der Stirn erinnerte daran. Dorothea drehte sich auf die Seite und war bald darauf wieder eingeschlafen. Diesmal ohne verstörende Träume.

Am nächsten Morgen erschien ihr alles nicht mehr so dramatisch. »In der Dunkelheit der Nacht erscheint einem sogar der alte Morgenrock als Gespenst«, hatte ihre Mutter die Kinder früher immer beruhigt, wenn sie über unheimliche Träume geklagt hatten. So muss es mir auch gegangen sein, dachte Dorothea, während sie Ians regelmäßigem Schnarchen lauschte. Kopfschmerzen und überreizte Nerven konnten einem schon grausame Streiche spielen.

Gerade wollte sie sich aufrichten, um Ian mit einem Kuss zu wecken, als das Schnarchen abrupt aussetze und er wie von der Tarantel gestochen hinter den Paravent stürzte.

Die Geräusche, die von dort an ihr Ohr drangen, wiesen unmissverständlich darauf hin, dass etwas mit seinen Gedärmen nicht in Ordnung war.

»Was habt ihr gestern gegessen?«, fragte Dorothea besorgt. »Ihr wart doch wohl nicht in einer der Tavernen in der Nähe vom Friedhof?« Seit einiger Zeit schon ging die Angst um, dass die dortigen Gräber das Grundwasser in den nächstgelegenen Brunnen vergifteten. Nach einigen Erkrankungsfällen mit choleraähnlichen Symptomen hatte der Magistrat verboten, in einem bestimmten Umkreis vom Friedhof Brunnenwasser zu zapfen. Aber natürlich hielt sich niemand daran.

»Nein, wir waren in der Hindley Street«, kam es, begleitet von mehreren schmerzlichen Ächzern, vom anderen Ende des Zimmers. »Im *Golden Hind.*«

Das *Golden Hind* war ein stadtbekanntes, erzsolides Gasthaus für Familien und alleinstehende Herren der Gesellschaft. Äußerst unwahrscheinlich, dass Ian dort etwas zu sich genommen hatte, das nicht mit äußerster Sorgfalt zubereitet worden wäre. Dennoch – unmöglich war es nicht.

Dorothea warf die Decke ab und schwang die Beine über den Bettrand. »Ich gehe schnell nachsehen, wie es Catriona und Percy geht. Leg dich wieder hin, ich bestelle uns Tee und Toast aufs Zimmer.«

Ohne eine Antwort abzuwarten, schlüpfte sie in Ians Morgenrock aus wattierter, chinesischer Seide. Er war ihr viel zu groß, aber das war jetzt zweitrangig. Ihren eigenen aus der Reisekiste herauszusuchen, hätte viel zu lange gedauert.

Im Flur versuchte sie, sich zu orientieren. Catrionas Zimmer lag genau neben der Treppe am Ende. Sie waren daran vorbeigekommen, als der Portier sie zu ihrem geführt hatte. Auf Zehenspitzen schlich sie den menschenleeren Flur entlang. Auf ihr leises Klopfen kam keine Erwiderung. Sie klopfte kräftiger und entschied sich dann, als immer noch kein Laut zu hören war, die Tür einen Spaltbreit zu öffnen und den Kopf hineinzustrecken.

»Catriona?«, flüsterte sie. »Geht es dir gut?«

»Natürlich. Wieso sollte es mir nicht gut gehen?« Catriona rekelte sich wie eine Katze und gähnte vernehmlich. Sie setzte sich auf, um sich augenblicklich mit einem gequälten »Nein, bitte sag mir, dass ich träume!« wieder zurück in die Kissen fallen zu lassen. »Was ist das?«

»Was denn?« Dorothea sah sich verständnislos nach dem Gegenstand um, der ihre Cousine so entsetzt hatte.

»Das da!« Catrionas Zeigefinger deutete genau auf sie. Ihr Nachthäubchen aus venezianischer Spitze saß kokett ein wenig

verschoben über ihrem linken Ohr. Die Schattierung der Seiden-
bänder, mit denen es aufgeputzt war, entsprach genau derjenigen
der Bänder, mit denen die Rüschen um Hals und Handgelenke
zusammengehalten wurden.

Plötzlich ging Dorothea ein Licht auf. Ihre Cousine störte sich
an ihrem Morgenrock! »Ach, das meinst du.« Sie winkte ungeduldig ab. »Den habe ich mir von Ian geliehen. Ich wollte mich nur
rasch nach eurem Befinden erkundigen. Seid ihr gesund? Kein
Magengrimmen?«

»Nicht im Geringsten. Ich fühle mich großartig. Es war ein
wunderschöner Abend. Schade, dass du nicht mitkommen konntest. Wir haben uns prächtig amüsiert.« Sie lächelte schelmisch.
»Wenn ich auch sagen muss, die deutschen Herren waren ein wenig – wie soll ich sagen: steif? Wie sie da so in Reih und Glied
standen, erinnerten sie mich an ein Garderegiment beim Appell.«

»Sie werden sehr bewundert für ihre Sangeskunst«, verteidigte Dorothea den Männergesangverein. »Besonders die Tenöre.«

»Das hat man bemerkt.« Catriona grinste wenig damenhaft.
»Die letzten beiden Zugaben gingen voll auf das Konto einer Da-
mengruppe in der ersten Reihe.« Das Grinsen erlosch, als ihr ein
Gedanke kam. »Wieso fragst du, ob es mir gut geht? Ist etwas
mit Ian?«

»Vermutlich eine Kolik. Er leidet unter Darmkrämpfen und
Übelkeit.«

»Ich wusste es doch: An dem Ale in dieser Spelunke war etwas faul!«

»Welche Spelunke?« Dorothea sah sie fragend an.

»Als wir aus dem Gasthaus kamen, war es ein so schöner Abend,
dass Ian uns zu einem Spaziergang überredete.« Catriona runzelte
ärgerlich die Stirn. »Das war wirklich dumm. Die Slipper sind ru-
iniert. Da, sieh nur!« Sie wies mit dem Kinn auf die traurigen Reste von einem Paar zartrosa Seidenpantöffelchen. »Dabei kamen

wir an dieser Spelunke vorbei, von der Ian behauptete, sie schenke das beste Ale von ganz Adelaide aus.« Sie verzog amüsiert das Gesicht. »Von Ale verstehe ich nichts. Aber die Männer stanken alle wie Bierkutscher, und die Bedienung wirkte, als ob sie auch noch einer anderen Profession nachginge. Es war wirklich recht unterhaltsam. Aber ich wundere mich nicht, dass das Ale dort Ian nicht bekommen ist. Ich hatte ihn noch gewarnt, ein zweites Glas davon zu trinken. Das Gebräu wirkte ziemlich trübe.«

»Und Percy?«

»Der schläft noch. Mach dir keine Sorgen. Wir beide vertragen auch das übelste Gebräu, ohne mit einem Rausch bestraft zu werden.«

Mit dem Versprechen, sich wieder zu melden, sobald es Ian besser ginge, verließ Dorothea ihre Cousine. Eigentlich hatten sie einen Vormittagsbesuch bei Dorotheas Mutter und Lischen geplant. Sie musste ihnen Bescheid geben, dass sie erst nachmittags kämen. Nicht, dass sie sich unnötig Sorgen machten. In ihre Erleichterung darüber, dass Ians Unwohlsein keine ernsthafte Erkrankung war, mischte sich Verärgerung über seinen Leichtsinn. Jeder wusste doch, dass die billigen Pubs alles Mögliche in ihr Ale mischten, um seine berauschende Wirkung zu verstärken. In Adelaide war zwar noch niemand daran gestorben, aber aus Sydney hatte man gehört, dass dort ein Wirtshaus für Seeleute geschlossen worden war, nachdem es zu einigen unerklärlichen Todesfällen gekommen war.

Dieser Dummkopf! Es geschah ihm recht, dass er jetzt einen ordentlichen Brummschädel hatte.

Ihr Ärger löste sich in Luft auf, sobald sie einen Blick auf die elende Gestalt im Bett geworfen hatte. Ians Gesicht war kalkweiß, seine Augen blutunterlaufen. »Ich hätte dich für klüger gehalten«, sagte sie und wischte ihm sanft die schweißverklebte Haartolle aus der Stirn, die ihm sonst immer ein so verwegenes Aussehen verlieh. »Du solltest eigentlich besser wissen, wo man trinken kann und wo nicht.«

»Bei Murphy gab es noch nie Probleme«, murmelte er und verzog schmerzlich das Gesicht. »Platz da.« Er schob sie zur Seite und verschwand erneut hinter dem Wandschirm, der den Nachtstuhl verdeckte.

»Catriona beschrieb es als Spelunke, in der sogar Straßenmädchen verkehrten. Ian, wie konntest du die beiden nur in solche Gegenden führen?«

»Quatsch! Murphy ist ein ganz normaler Pub«, kam es etwas abgehackt. »Außerdem wollte sie unbedingt typisch australische *Squatter* sehen.«

Leicht schwankend kam er wieder zum Vorschein und bewegte sich vorsichtig zurück ins Bett. Es war nicht das Ale. Egal, wer das behauptet. Ich weiß doch, wie sich ein Kater anfühlt, und dies ist etwas anderes.«

Dorothea widersprach nicht. Wenn Ian sich weigerte, die Folgen der Nacht dem Alkohol zuzuschreiben, war ihm sein Exzess wohl peinlich. Dabei war es doch völlig klar, woher sein Unwohlsein rührte. Es war lächerlich, es zu leugnen.

Für ein so vornehmes Haus dauerte es ziemlich lange, bis eine atemlose Brünette erschien und nach ihren Wünschen fragte.

»Bringen Sie uns bitte Tee und Toast. Außerdem hätte ich gerne Papier und Schreibzeug. Ich möchte nachher eine Nachricht in die Carrington Street schicken.«

Bis das Gewünschte gebracht wurde, wusch Dorothea Ian Gesicht und Hände mit kaltem Wasser. Das sollte in solchen Fällen helfen.

Wirklich helfen tat dann etwas anderes: eine kleine Flasche mit der Aufschrift »Godfrey's Elixier«. Das Zimmermädchen drückte sie Dorothea unauffällig in die Hand und flüsterte: »Geben

Sie dem gnädigen Herrn zwanzig Tropfen davon in den Tee. Der Drogist in der Rundle Street schwört auf das Haupt seiner Mutter, dass diese Tinktur auch den schlimmsten Aufruhr in den Gedärmen beruhigt. In London nimmt es jeder.«

Ein Wundermittel? Dorothea öffnete den Stopfen und schnupperte neugierig daran. Es roch harmlos genug. Ein zarter Duft nach Lindenblüten, eine Spur Muskat und noch etwas leicht Stechendes, das sie nicht einordnen konnte. »Ist es auch ungefährlich?«

»Meine Mutter gibt es den Kleinen immer, wenn sie über Bauchweh klagen.«

Dorothea dankte dem Mädchen und zählte sorgfältig zwanzig Tropfen ab. Dann gab sie noch zehn dazu. Wenn zwanzig für Kinder richtig waren, brauchte Ian mehr. Dem Tee war außer einem leichten, öligen Film auf der Oberfläche nichts anzusehen. Sie goss ein wenig Milch dazu, einen halben Teelöffel Zucker, rührte um und brachte Ian die Tasse. Während sie an dem kleinen Tisch saß, ihren Tee trank und den gebutterten Toast aß, beobachtete sie ihn aus den Augenwinkeln. Wie rasch mochte das Wundermittel wirken?

»Der Tee schmeckt irgendwie komisch«, murrte Ian, der nach dem ersten Schluck innegehalten hatte. »Findest du nicht?«

»Er ist nicht unsere gewohnte Mischung«, gab Dorothea zurück. »Sicher haben sie hier eine andere. Aber komisch würde ich den Geschmack nicht nennen. Trink deine Tasse aus, die zweite schmeckt dir sicher schon besser.«

»Das ist zu hoffen«, hörte sie ihn murmeln, ehe er den gesamten Inhalt auf einmal herunterstürzte. »Brrh.« Er schüttelte sich. Dorothea beeilte sich, ihm die Tasse abzunehmen und eine neue zu mischen. Diesmal nur mit Tee, Milch und Zucker.

Es dauerte tatsächlich nicht lange. Ian hatte seine zweite Tasse noch nicht einmal zur Hälfte getrunken, als er schon herzhaft zu gähnen begann und feststellte: »Ich weiß nicht, was mit mir los ist. Auf einmal bin ich dermaßen müde, dass ich gleich wieder einschlafen könnte. – Aber wenigstens lassen die Krämpfe nach.«

Waren dreißig Tropfen vielleicht doch zu viel gewesen? Andererseits konnte es ihm nicht schaden, wenn er sich gesund schlief. Dorothea wartete ab, bis sein Atem tief und regelmäßig ging, ehe sie ans Bett trat. Ians Gesichtsfarbe hatte die kränkliche Blässe verloren, im Schlaf waren seine Züge entspannt und friedlich. Er grunzte kurz etwas Unverständliches, ehe er sich auf die Seite wälzte und hörbar zu schnarchen anfing.

Nicht einmal das Klopfen des Mädchens weckte ihn, das sich erkundigte, ob sie Dorothea beim Ankleiden behilflich sein sollte. »Ist das normal?«, erkundigte sie sich bei der munteren Brünetten. »Diese Tinktur – ist sie etwa ein Schlafmittel?«

»Aber nein, wo denken Sie hin, Ma'am!« Das Mädchen schüttelte den Kopf mit dem adretten Häubchen. »Es ist ein Gesundheitselixier, das alle schlechten Säfte austreibt. Die Kleinen schlafen danach auch immer, und wenn sie wieder erwachen, sind sie quietschfidel. Sie werden sehen – genauso wird es dem Herrn Gemahl auch ergehen.«

Ihre ungekünstelte Zuversicht zerstreute Dorotheas leise Zweifel an der Wirkungsweise der Medizin. Wenn das so war, brauchte sie den Tag nicht zu verplempern, indem sie an Ians Bett saß!

Catriona bestärkte sie freudig in ihrem Entschluss, Ian ruhig schlummern zu lassen und derweil Mutter Schumann einen Besuch abzustatten. »Ich muss gestehen, ich bin schrecklich gespannt darauf, sie kennenzulernen«, gestand Catriona. »Die Witwe eines Missionars stellt man sich ganz bestimmt nicht als Modistin vor.« Percy hüstelte warnend, worauf sie an Dorothea gewandt schnell hinzufügte: »Das war ganz und gar nicht als Kritik gemeint. Ich finde es wirklich überaus beeindruckend, wie deine

Mutter ihr Schicksal gemeistert hat. Meine hat es ja vorgezogen, sich in Krankheit zu flüchten.«

Die Verachtung war unüberhörbar. So unüberhörbar, dass Percy einwarf: »Du tust Mama unrecht, wenn du ihr das vorwirfst. Sie war schon immer sehr empfindsam und von zarter Gesundheit. Nicht jeder hat das Glück, über eine so unverschämt gute Konstitution zu verfügen wie du.«

»Du hast auch nicht stundenlang an ihrem Bett sitzen und dem Gejammer zuhören müssen«, fauchte Catriona mit blitzenden Augen. »Du hattest ja das Glück, ein Mann zu sein und derweil männlichen Zerstreuungen nachgehen zu dürfen.«

Ihr unerwarteter Wutausbruch erschreckte nicht nur Dorothea. Auch Percy schien unsicher, wie er darauf reagieren sollte. Ehe einer von ihnen etwas sagen konnte, war alles schon wieder vorbei. Catrionas eben noch verzerrte Züge glätteten sich, und sie lächelte so strahlend, dass Dorothea meinte, sie müsse sich die Entgleisung eingebildet haben. Vielleicht war ihr ein Staubkorn ins Auge geflogen?

Glücklicherweise hatte Dorothea ihr Billett noch nicht geschrieben. Als sie in ihr Zimmer zurückkehrte, um Hut und Pelerine zu holen und gerade nach den passenden Handschuhen suchte, ließ ein plötzliches Aufstöhnen vom Bett her sie herumfahren. Ihre erste Befürchtung, ihr Mann könne unter starken Schmerzen leiden, verflog in dem Augenblick, in dem sie das selige Grinsen auf seinem Gesicht sah. Es waren keinesfalls unangenehme Gefühle, die ihm solche Lautäußerungen entlockt hatten. Im Gegenteil. Diese kehligen Wonnelaute kannte sie nur zu gut.

Ian warf den Kopf hin und her und murmelte heiser: »Ja, ja, genau so, das ist wundervoll. Mach weiter, hör nicht auf.«

Dorothea spürte, wie sich ihr Inneres schmerzhaft zusammenzog. An wen waren diese Worte gerichtet? An seine schwarze Geliebte? Träumte er etwa von ihr?

Am liebsten wäre sie aus dem Zimmer geflüchtet, aber etwas hielt sie zurück. Sollte sie versuchen, sich Gewissheit zu verschaffen? Sie trat ans Bett und beugte sich über Ian. Dabei fiel ihr auf, dass er einen leicht säuerlichen, kränklichen Geruch verströmte. Normalerweise roch Ian immer nach gesundem Schweiß und hier und da nach dem Soda, mit dem die Wäscherin stark verfleckte Hemden behandelte. Sie rümpfte die Nase. Bevor sie heute Abend zu dem Viehzüchter-Dinner gingen, würde sie ihm wohl besser ein Bad richten lassen. Sie unterdrückte ihren Widerwillen gegen das Täuschungsmanöver, hauchte einen flüchtigen Kuss auf seine Wange und flüsterte: »Ich höre nicht auf, aber ich will meinen Namen aus deinem Mund hören. Sag ihn. Sag meinen Namen.«

Ihr Herz klopfte so heftig, dass das Blut in ihren Ohren rauschte. Unwillkürlich hatten ihre Hände sich zu Fäusten geballt. Sie wähnte sich unmittelbar vor des Rätsels Lösung und war sich gar nicht sicher, ob sie es lösen wollte. Solange es nur ein Verdacht war, konnte man ihn verdrängen, erklären, ignorieren. War die Wahrheit erst einmal ans Licht gekommen, musste sie Entscheidungen treffen. Schmerzhafte Entscheidungen.

Sollte sie vielleicht besser einfach gehen? Oder sollte sie es weiter versuchen? Ihr Mann nahm ihr die Entscheidung ab. Plötzlich entspannte er sich sichtlich, gab ein paar überraschend kindliche Laute von sich und fiel wieder in den regelmäßigen Atemrhythmus des Tiefschlafs. So, wie er aussah, fühlte er sich ausgesprochen wohl. Der letzte Rest Zweifel, ob sie ihn allein lassen konnte, schmolz wie Schnee in der Märzsonne. Ian ging es ja wohl gut genug, wenn er solche Träume hatte! Er sollte seinen Rausch gefälligst alleine ausschlafen. Sie griff nach ihrem Retikül und zog entschlossen die Zimmertür hinter sich zu.

Da Catriona sich strikt weigerte, erneut die staubigen Straßen zu betreten, mussten sie warten, bis der Hausdiener bei dem Mietstall um die Ecke eine Stadtkutsche geordert hatte. »Ich stelle es mir fürchterlich vor, wenn es regnet«, bemerkte Catriona, während sie verspielt ihren Sonnenschirm drehte. »Da kann man sich doch nur in einer Sänfte fortbewegen!«

Einen Moment war Dorothea sprachlos, dann lachte sie laut. »So etwas gibt es hier nicht! Der Droschkenkutscher wird schon verdutzt genug gucken, dass wir uns nur bis ins deutsche Viertel fahren lassen.«

Tatsächlich war dem gedrungenen Mann im blauen Arbeitskittel weder Verwunderung noch irgendeine andere Gemütsregung anzumerken. In gemächlichem Schritt ließ er die alte Mähre die King George Street hinuntertrotten, um dann einfach wortlos vor dem Atelier Schumann anzuhalten. Auf Percys Frage, ob er sie in zwei Stunden wieder abholen könne, brummte er nur zustimmend und hielt ihm auffordernd die schwielige Handfläche hin.

»Viel Trinkgeld wird er mit seiner Art nicht erhalten!« Percy sah dem Wagen nach. »Nicht, dass die Droschkenkutscher in London ein Ausbund von Höflichkeit wären – aber ein solches Exemplar wäre sogar dort eine Rarität.«

»Doro!« Die Eingangstür zum Atelier wurde aufgerissen, und Lischen stürzte heraus, um ihrer Schwester stürmisch um den Hals zu fallen. »Ich muss dir etwas Wundervolles erzählen!« Sie errötete bis über beide Ohren, als sie die beiden Begleiter bemerkte, die hinter ihrer Schwester standen.

»Meine Schwester Lisbeth – Catriona Grenfell und Percy Grenfell, Ians Verwandte aus England«, stellte Dorothea sie einander vor.

»Sehr erfreut, Sie kennenzulernen«, sagte Lisbeth artig und bemühte sich sichtlich, nicht auf Catrionas auffallendes Vormittagskleid aus maulbeerfarbener Moiréseide zu starren. »Bitte, kommen Sie doch herein. Mutter hat gerade Kundschaft. Darf ich Sie in den Garten bitten?«

»Von einer so bezaubernden jungen Dame lasse ich mich gerne

überallhin bitten«, sagte Percy und beugte sich galant über Lisbeths Hand. »Darf ich Sie Lisbeth nennen? Ich habe das Gefühl, wir kennen uns schon ewig. Vielleicht, weil Sie der lieben Dorothy so ähneln.«

Lisbeth errötete erneut. Schmeicheleien und Komplimente war sie nicht gewöhnt.

»Wie schön, Sie endlich persönlich zu treffen.« Catriona schob ihren Bruder energisch zur Seite und lächelte die eingeschüchterte Lisbeth strahlend an. »Ist dies Kleid ein Entwurf Ihrer Mutter? Ich muss sagen, es ist ungewöhnlich elegant und steht Ihnen glänzend. Sind Sie ebenfalls als Modistin tätig?«

»Nein, ich helfe meiner Mutter zwar, wenn Not am Mann ist, aber eigentlich interessiere ich mich mehr für chemische Experimente«, gestand Lisbeth, wobei sie verlegen zu Boden sah.

»Seit wann? Ich kann mich nicht erinnern, dass du zu Weihnachten schon so etwas erwähnt hättest«, rief Dorothea. »Was ist denn da so plötzlich in dich gefahren?«

»Ich war bei den öffentlichen Vorträgen vom St. Peters College, und da habe ich entdeckt, dass mich diese Fragen sehr interessieren«, erwiderte Lisbeth ausweichend. »Was darf ich Ihnen zu trinken anbieten? Limonade, Tee, Wein?«

»Für mich bitte Limonade«, sagte Catriona und sah sich interessiert in dem ummauerten Gärtchen um. »Was für ein entzückender Küchengarten! Ist das dort hinten wirklich ein Zitronenspalier? Wie romantisch.«

Dorothea versagte sich den Hinweis darauf, dass die Gestaltung weniger auf romantisches Stilempfinden als auf praktische Erwägungen zurückging. Das dichte, glänzende Blattgrün verdeckte perfekt das Holzhäuschen im entferntesten Winkel. Zwischen ihm und der Laube an der Rückwand des Hauses hatte die praktische Mutter Schumann Beete angelegt, auf denen sie das Gemüse zog, das auf dem Markt immer noch ausgesprochen teuer war:

Buschbohnen, Küchenkräuter, Gurken und Kartoffeln. Letztere verrieten jetzt allerdings nur noch durch ihr vertrocknetes Laub ihre Anwesenheit.

Dorothea bat die Grenfells, schon einmal auf der Bank in der Laube Platz zu nehmen, und folgte ihrer Schwester in die Küche. »Was ist das für eine Geschichte? Du und chemische Experimente! Du erschrickst doch normalerweise schon vor den Funken aus dem Herd. Was ist da los? Sag, ist es ein Mann?«

»Wie kommst du darauf?« Lisbeth schöpfte einen Krug Wasser aus der Vorratstonne, die ihnen jeden Morgen frisch von den Quellen im Süden geliefert wurde.

»Wie ich darauf komme? Wenn meine Schwester sich aus heiterem Himmel für chemische Experimente begeistert, liegt der Verdacht ja wohl nahe.« Dorothea suchte zwei besonders große Zitronen aus dem Korb und griff nach dem Messer, um sie zu teilen. »Wer ist es? Kenne ich ihn?«

»Nein.« Lisbeth reckte sich nach dem Blechbehälter mit dem Zucker ganz oben auf dem Bord. »Er ist Apotheker und arbeitet im Drugstore von Mr. Merryweather.«

»Ein Apothekergehilfe?«

»Nein, Apotheker. Er hat nur momentan kein Geld, um hier in Adelaide eine eigene zu gründen. Deswegen arbeitet er ja auch bei Mr. Merryweather.«

»Wieso ist er in Australien?«

Lischen schloss den Deckel der Zuckerdose mit hörbarem Unmut. »Heinrich ist ein verfolgter Revolutionär«, erklärte sie mit trotzig zurückgeworfenem Kopf. »In Deutschland, irgendwo im Badischen – ich glaube, Mannheim –, besaß seine Familie eine angesehene, alteingesessene Apotheke. Aber er unterstützte die Aufständischen und musste fliehen.«

Eine Revolution in Deutschland? Dorothea hatte wenig Kontakt zu anderen Deutschen. Wenn sie in Adelaide war, beschränkte sich ihr Umgang auf ihre Familie und Ians Geschäftspartner. Vielleicht noch Matthew Moorhouse und seine junge Frau, sofern sie gerade in der Stadt waren und sich nicht auf ihrem Anwesen bei Encounter Bay aufhielten. Aber auch die waren nicht interessiert an Nachrichten aus Deutschland. So war es kein Wunder, dass sie jetzt fragend ihre Schwester Lisbeth ansah.

»Was für eine Revolution?«

»Die Märzrevolution! Du bist wirklich schon eine richtige Engländerin geworden, die sich für nichts anderes als englische Angelegenheiten interessiert«, sagte Lisbeth vorwurfsvoll und holte tief Luft. »In allen deutschen Ländern gärt es. Die Bürger verlangen Reformen und ein Bürgerparlament. Dafür haben sie sogar gekämpft. Wie im Krieg. Aber die Preußen haben gesiegt, und wer nicht geflohen ist, wurde arretiert und hingerichtet.«

Aus Lischens Mund klang das alles so fantastisch, dass Dorothea sich vornahm, bei nächster Gelegenheit Erkundigungen über diese deutsche Revolution einzuziehen. In den Zeitungen, die sie hielten, stand jedenfalls nichts darüber. Wahrscheinlich bauschte Lischen wieder einmal etwas auf. Das hatte sie schon immer gerne getan.

»Weiß Mama davon?« Mutter Schumann würde es kaum gutheißen, wenn ihre jüngste Tochter sich mit einem Revolutionär einließ. Revolutionär. Es klang schon so liederlich.

Lischen schüttelte den Kopf. »Ich habe ihr gesagt, ich hätte so oft Kopfschmerzen in letzter Zeit und das Elixier von Mr. Merryweather wäre das Einzige, das mir wirklich helfen würde. Ich hatte schon Angst, dass sie mich zu Dr. Woodforde schleppen würde, aber sie hat nichts gesagt, außer dass ich vorsichtig mit der Dosierung sein sollte.«

Dorothea glaubte nicht, dass ihre Schwester die Mutter wirklich hatte täuschen können. Dafür war sie zu hellsichtig. Vermutlich rechnete sie damit, dass die Sache sich von selbst erledigen würde.

So gerne sie mehr aus Lischen herausgequetscht hätte – sie konnten die Grenfells nicht so lange sich selbst überlassen. Mit leisem Bedauern verschob Dorothea die Inquisition auf einen passenderen Zeitpunkt, goss den Zitronensaft in das von Lischen vorbereitete Zuckerwasser und stellte die Gläser auf ein Tablett.

Sie hatte gerade allen eingeschenkt, als ihre Mutter sich der Gesellschaft anschloss. Mutter Schumann sah etwas blass aus. Kein Wunder, bei den unzähligen Stunden, die sie über eine Näharbeit gebeugt saß. »Entschuldigung, es war nicht so einfach, Mrs. Mann zufriedenzustellen«, sagte sie, nachdem sie alle begrüßt hatte, und lächelte etwas gequält. »Manche französischen Novitäten sind nicht so einfach zu bekommen. Wir sind hier eben doch sehr weit von Paris entfernt.«

»Der Pariser Chic, denke ich, wird manchmal überschätzt«, sagte Catriona sanft. »Er hat mitunter so eine, wie soll ich sagen, gekünstelte Note. Zum Beispiel der Redingote. Seine eher maskuline Schnittführung mag ja für ein Reitkostüm passend sein, aber wer möchte in einer solchen Aufmachung Besuche machen?« Sie lachte leise und melodisch. »Jeder würde denken, man sei zu Pferd unterwegs. Wie absurd!« Sie nahm einen Schluck Limonade, ehe sie fortfuhr: »Darf ich so unverschämt sein und Sie darum bitten, mir Ihre neuesten Entwürfe zu zeigen? Was ich in Dorothys Kleiderschrank gesehen habe, hat mich neugierig gemacht. Es ist so ganz anders als das, was man gemeinhin sieht.«

»Aber gerne«, erwiderte Mutter Schumann geschmeichelt. »Ich bitte Sie nur, nicht Ihre Londoner Maßstäbe anzulegen. Mit den dortigen Ateliers können wir Provinzler natürlich nicht mithalten.«

Zu Dorotheas Erstaunen schien ihre Mutter sich wirklich über Catrionas Interesse zu freuen. Ihre Wangen hatten sich leicht gerötet, und ihre Augen blitzten lebhaft. Sie fühlte sich vollkommen in ihrem Element. Keine Spur mehr von der zurückhaltenden Missionarsfrau.

Wieso war ihr nicht früher aufgefallen, wie gerne sie über Schnittmuster und Stoffe sprach? Während Percy mit der neuesten Ausgabe des *Register* und einem weiteren Krug Limonade sich selbst überlassen wurde, zogen die Damen sich in die Werkstatt zurück.

»Oh, ich sehe, Sie haben da die neue *World of Fashion*«, rief Catriona aus. »Beziehen Sie sie regelmäßig?«

»Ja, außerdem *The Ladies Cabinet* und die *Ladies Gazette of Fashion*. Aber ich weiß nicht, ob das Blatt sich lange halten wird. Zu extravagant, wenn Sie mich fragen. Hier, sehen Sie nur diesen Pardessus! Alles voll Rüschen und Falbeln. Ein Besatz aus Litze oder Kurbelstickerei würde sehr viel eleganter wirken.«

»Oder Schwanendaunen. Die sind nur sehr empfindlich.«

Im Nu waren Catriona und Mutter Schumann in eine Diskussion über das passende Material für Besätze verwickelt.

Dorothea nutzte die Gelegenheit, packte ihre Schwester am Arm und zog sie in den angrenzenden kleinen Salon, in dem die Kundinnen empfangen wurden. »So, jetzt einmal heraus mit der Sprache: Wo hast du deinen Heinrich überhaupt getroffen? Ihr müsst euch ja öfter sehen, wenn du schon so viel über ihn und diese Revolution weißt.«

»Es war reiner Zufall, dass wir uns über den Weg liefen«, erzählte Lischen, anfangs etwas zögernd, aber dann brach sich doch ihr Mitteilungsbedürfnis Bahn. »Ich wollte eigentlich zu dem Vortrag über die Tierwelt Australiens, aber der war kurzfristig abgesagt und durch einen über chemische Experimente ersetzt worden. Gerade als ich wieder gehen wollte, kam Heinrich durch die Tür.« Sie verstummte und wurde über und über rot. »Er lächelte mich an und sagte: Bin ich hier richtig, gnädiges Fräulein? Ich möchte zum Vortrag von Mr. Allom.«

Lischen verstummte und schwelgte so offensichtlich in der Erinnerung an diesen Augenblick, dass Dorothea ungeduldig fragte: »Schön, und wie ging es mit euch weiter?«

»Ich blieb natürlich«, sagte Lischen. »Nach dem Vortrag fragte er mich, ob er mich nach Hause bringen dürfte. Ein richtiger Gentleman. Er hat nicht einmal versucht, mich zu küssen, wie es normal gewesen wäre.«

»Lisbeth!«

»Ach komm, spiel hier nicht die Tugendhafte!«, sagte ihre Schwester völlig unbeeindruckt. »Du glaubst doch nicht, dass er mein erster Verehrer gewesen ist?«

Genau davon war Dorothea fest überzeugt gewesen. Also schluckte sie jetzt jegliche Erwiderung hinunter und bat Lisbeth nur fortzufahren.

»Als er nicht wieder auftauchte, um mich zu einem Spaziergang einzuladen oder so etwas, habe ich die Dinge in die Hand genommen. Er hatte mir ja gesagt, dass er in Merryweathers Apotheke arbeitet. Also ging ich hin und hatte Glück: Er war ganz alleine im Laden.«

Dorothea betrachtete ihre Schwester mit neuem Respekt. Das hätte sie ihr nicht zugetraut.

»Dann war alles ganz einfach. Er erkannte mich wieder, und ich glaube, er war echt erfreut. Diesmal fragte er mich nämlich, ob ich mit ihm den neuen, botanischen Garten besichtigen wollte. Natürlich sagte ich zu.«

»Was ist mit seiner Familie? Lebt sie auch hier?«

Lischen schüttelte den Kopf. »Nein, seine Mutter ist kränklich und hätte die Seereise wohl nicht überstanden. Heinrichs Vater und seine Schwester sind in Deutschland geblieben und führen ihre Apotheke dort weiter. Sobald Heinrich genug zusammengespart hat, will er Mr. Merryweather wegen einer Teilhaberschaft fragen.«

»Wann wird das sein? Bald?«, fragte Dorothea interessiert. Sie vermutete, dass das der Zeitpunkt wäre, an dem der junge Mann ihrer Schwester einen Antrag machen würde.

Lischens Züge verfinsterten sich. »Nein.«

»Willst du ihn heiraten?«

»Lieber heute als morgen! Aber Heinrich weigert sich, über eine gemeinsame Zukunft zu sprechen, solange er mir nichts bieten kann.« Lischen schnaubte verächtlich durch die Nase. »Als ob mir das wichtig wäre! Hier wäre Platz genug im Haus. Seit die Jungen weg sind, stehen ihre Zimmer leer.«

»Habt ihr Nachrichten von ihnen?«, fragte Dorothea, sofort abgelenkt.

»Nichts seit dem letzten Brief von Ostern. Den hast du ja auch gelesen. Es hat sich nicht so angehört, als ob sie bald zurückkämen.«

»Du meinst, weil Koar so von diesem St. Thomas Lehrhospital geschwärmt hat? – Es war wirklich ungemein großzügig von Mr. Angas, ihm ein Stipendium auszusetzen. Er ist ein richtiger Philanthrop!«

»Nun, ich hörte, es sei so eine Art Wette gewesen«, wandte Lischen ein. »Er will beweisen, dass es möglich ist, die Eingeborenen Südaustraliens zu zivilisieren. Einer seiner Freunde von der *Londoner Gesellschaft zum Schutz der Eingeborenen* hatte bezweifelt, dass man ihnen das nötige Wissen beibringen könnte.«

»Wirklich?« Dorothea runzelte enttäuscht die Stirn.

»Du erwartest immer noch zu viel von den Menschen, Doro«, sagte ihre Schwester und legte ihr liebevoll den Arm um die Schultern. »Wenn er es nicht allein aus Freundlichkeit getan hat, sondern auch noch einen klitzekleinen Vorteil für sich daraus ziehen will – was ist daran denn so verwerflich? Die Hauptsache ist doch, Koar bekommt das Geld.«

»Du hast ja recht«, gab Dorothea zu. »Habt ihr eigentlich irgendetwas von August gehört?«

»Nein.« Lischen schüttelte betrübt den Kopf. »Er scheint wie vom Erdboden verschluckt zu sein. Und du weißt ja, wie er ist: Ehe August einen Brief schreibt, müsste schon sonst etwas passieren.«

Die beiden Schwestern sahen sich an und lachten gleichzeitig los. Nein, ihr Bruder August war absolut kein Freund von Feder und Tinte.

»Du stellst mir deinen Heinrich aber vor?«, vergewisserte sich Dorothea nur noch, ehe sie sich wieder den anderen Damen anschlossen.

Die Zeit verging wie im Flug. Mittags ließen sie sich das Essen aus einem benachbarten Gasthaus kommen, und Percy unterhielt sie mit Anekdoten aus seiner Zeit auf dem College.

»Deine Mutter ist eine sehr ungewöhnliche Frau«, sagte Catriona nachdenklich, als sie in der Droschke, die tatsächlich zur vereinbarten Zeit vor dem Haus aufgetaucht war, zum Hotel zurückfuhren. »Von einer Missionarswitwe hätte ich nie und nimmer ein solches Gespür für Farben und Formen erwartet. Und solch einen feinen Sinn für modische Details. Wenn sie nicht schon vollkommen ausgebucht wäre, hätte ich selber nicht übel Lust gehabt, mir von ihr ein paar Toiletten entwerfen und anfertigen zu lassen.«

Dorothea sah sie überrascht an. »Findest du wirklich?« Es war schon schmeichelhaft, wenn eine modisch so versierte Frau wie ihre Cousine ihrer Mutter ein solches Lob aussprach. Sie hatte es immer für selbstverständlich genommen, dass ihre Mutter nähte. Früher die schlichten Kleidungsstücke, die der Familie eines Theologen angemessen waren. Später die eleganten Roben, die ihr und Lischens Auskommen sicherten. Auch Ian hatte einmal, eher nebenbei, bemerkt, wie er Mutter Schumanns Geschäftstüchtigkeit und handwerkliches Geschick bewunderte. »Andere Frauen in ihrer Lage hätten sich nur zu gern in die Fürsorge und Obhut eines Schwiegersohns begeben. In ihrem Alter noch einmal ganz von vorn anzufangen und dabei auch noch erfolgreich zu sein … Ich ziehe meinen Hut vor ihr!«

Zum ersten Mal in ihrem Leben versuchte sie, ihre Mutter mit den Augen anderer zu sehen. Nicht als vertrauten Anker, der zu ihrem Leben einfach dazugehörte und schon so lange dazugehört hatte, dass sie ihn als selbstverständlich betrachtete, sondern als eigenständige Person. Damals, als ihr Vater starb, war sie so in ihrem eigenen Kummer und den Sorgen um ihre Zukunft verstrickt gewesen, dass sie kaum darüber nachgedacht hatte, was diese Katastrophe wohl für Mutter Schumann bedeutet hatte. In ihrer ruhigen, bedächtigen Art hatte ihre Mutter doch immer alles irgendwie in Ordnung gebracht.

Beschämt gestand sie sich ein, dass sie ihrer Mutter keine große Hilfe gewesen war. August hatte schon recht gehabt, ihr Vorwürfe zu machen. In ihrer Panik über die unglückliche Schwangerschaft hatte sie nur an sich gedacht. Und später war so viel passiert, dass es ihr nach einiger Zeit vollkommen natürlich erschienen war, dass ihre Mutter jetzt eben einen Schneidersalon führte. Es war ja auch so praktisch, immer passende und geeignete Kleidung zu haben.

»Ja, ihre Roben sind sehr begehrt in Adelaide«, sagte Dorothea mit neu entdecktem Stolz. »Aber ich denke, für dich würde sie es schon irgendwie möglich machen. Schließlich gehörst du ja zur Familie.«

Ian öffnete ein Auge, als sie ins Hotelzimmer rauschte. »Geht es dir besser?«, erkundigte sie sich so kühl, dass er erschreckt das zweite Auge aufriss und fragte: »Welche Laus ist dir denn über die Leber gelaufen?«

»Keine. Ich fand es nur unpassend, sich am Abend vor dem Festbankett dermaßen gehen zu lassen, dass es einen ganzen Tag braucht, den Rausch auszuschlafen.«

»Ich habe nur zwei Krüge Ale getrunken. Das ist ja wohl nicht unmäßig«, verteidigte er sich schwach. »Keine Ahnung, was da drin war. Normalerweise ist das Ale im Murphy sauber.«

»Dann solltest du vielleicht ein Wörtchen mit dem Wirt wechseln«, schlug Dorothea spitz vor. »Ich habe dir ein Bad bestellt. Ich bin bei Catriona. Wir werden uns gegenseitig beim Ankleiden helfen.«

Rasch raffte sie alles zusammen, was sie anziehen wollte, und verließ fluchtartig das Zimmer. Ian merkte immer, wenn sie etwas vor ihm verbergen wollte, und momentan fühlte sie sich nicht in der Stimmung, ihn auf seine verräterischen Worte von heute Morgen anzusprechen.

Irgendwann würde sie es tun. Aber nicht heute.

Es dunkelte bereits, als sie zum Bankett aufbrachen. Noch war es angenehm warm. Im australischen Herbst konnten die Nächte jedoch überraschend frisch sein. Deswegen trug Dorothea eine silbergraue Kaschmirpelisse über ihrem mauvefarbenen Dinnerkleid. Catriona hatte sich für die Robe aus pomonagrünem, neapolitanischem Samt entschieden, der ihren zarten Teint wie Alabaster schimmern ließ. Darüber nichts als einen hauchdünnen Shawl, über und über mit glitzernden Glassteinchen besetzt.

Ihre prächtige Erscheinung wurde von Percy in brüderlicher Unverblümtheit kommentiert mit: »Himmel, Cat, meinst du nicht, dass du etwas übertreibst für diese Viehbarone?«

»Keineswegs«, gab die zurück. »Im Gegenteil, ich finde, als Vertreter der englischen Society sind wir geradezu verpflichtet, den Menschen hier etwas weltläufige Eleganz zu bieten.«

Dorothea schwieg dazu. Unter Hinweis auf das gesellschaftliche Ereignis hatte ihre Cousine sie fester geschnürt als üblich, und sie fühlte sich ausgesprochen unwohl. Es war ihr so nicht mehr möglich, richtig zu atmen, und sie hatte den Eindruck, ihr Inneres wäre dermaßen zusammengequetscht, dass sie keinen Bissen zu sich nehmen könnte.

»Alles in Ordnung mit deiner Mutter und Lizzy?«, erkundigte Ian sich, während sie vor dem Hotel auf die Droschke warteten. Catriona hatte sich mit den Worten: »Ich denke gar nicht daran, mir meine besten Abendschuhe zu ruinieren«, weiterhin strikt geweigert, auch nur einen Schritt zu Fuß zu gehen, und so hatte Ian mit bemerkenswertem Gleichmut wieder eine Droschke bestellt. »Du wirkst so bedrückt. Oder ist dein Kopf immer noch nicht ganz in Ordnung?«

»Nein, nein«, wehrte Dorothea ab. »Ich war nur gerade in Gedanken.«

»Ich weiß nicht, wieso dieser Ausspruch von dir mich immer so beunruhigt.« Ian seufzte. »Verrätst du mir später, worüber du dermaßen finster brütest?«

Später – das wäre nach dem Festbankett und nach dem Fackelzug, der bei Mondaufgang am südlichen Ende der King George Street beginnen und durch die Stadt bis zur Residenz des Gouverneurs ziehen sollte. Dort würden die Fackelträger dann Aufstellung nehmen und die englische Nationalhymne singen, der Gouverneur eine Rede halten und die Garnison mit ihrer vorsintflutlichen Kanone einen Salut abfeuern. Es hatte einige Diskussionen darüber gegeben, ob es wirklich einunddreißig Salutschüsse sein müssten – für jedes Lebensjahr der beliebten Regentin eines. Schließlich war Pulver teuer. Die Befürworter hatten sich jedoch durchgesetzt.

Nach dem ohrenbetäubenden Salut würden sich dann die Teilnehmer und Zuschauer auf die zahllosen Pubs verteilen, die sich bereits auf den Ansturm eingestellt hatten.

Später würde Ian sicher zu abgelenkt sein, um darauf zurückzukommen. Irgendwann würde es ihm natürlich wieder einfallen, aber bis dahin blieb ihr Zeit genug, sich darüber klar zu werden, ob sie ihn direkt fragen wollte und damit riskierte, angelogen zu werden, oder ob sie lieber auf das Geschick der Geschwister Grenfell im Aushorchen vertrauen sollte.

»Natürlich«, sagte sie also bereitwillig und reichte ihm die Hand, um sich in die Droschke helfen zu lassen.

Das Hotel, in dem das Festbankett stattfinden sollte, befand sich in unmittelbarer Nähe zu den Parklands um Governor House. Sie würden den Fackelzug also bequem von den Fenstern aus beobachten können und vermutlich auch einen guten Blick auf den Aufmarsch der Salutgarde haben. Vor dem Eingangsportal standen schon Grüppchen dunkel gekleideter, bärtiger Männer mit braun gebrannten Gesichtern und stämmigen Körpern, denen man ansah, dass sie einen Großteil des Tages im Sattel auf dem Rücken eines Pferdes verbrachten.

Gesprächsfetzen aus den teilweise recht temperamentvoll geführten Unterhaltungen wie »Diese schwarzen Gauner sollte man alle erschießen!«, »Ausgerechnet mein bester Merino-Bock ist diesen Sommer krepiert« oder »Habt ihr schon mal probiert, die reinrassigen mit den sächsischen Abkömmlingen zu kreuzen? Sie sollen mit dem Klima hier besser zurechtkommen« ließen keinen Zweifel daran, in welcher Gesellschaft man sich befand.

»Wie urig!«, hauchte Catriona fasziniert und beobachtete die Männer unter gesenkten Wimpern. »Sie wirken sehr, wie soll ich sagen, rustikal.«

Das Interesse war gegenseitig. Wie ein Mann stürmten sie vor, um den Damen beim Aussteigen zu helfen. Aus den Augenwinkeln sah Dorothea, wie Ian und Percy einen amüsierten Blick wechselten, bevor sie mit der Menge ins Haus getragen wurde. Die Weiblichkeit im Damenzimmer, wie der große Salon im Erdgeschoss genannt wurde, wirkte weniger erfreut. Die meisten hatten sich große Mühe gegeben, mit ihren Garderoben der glanzvollen Gelegenheit gerecht zu werden. Catrionas elegante Erscheinung, die gerade eben einem Modemagazin entsprungen zu sein schien, weckte dort nicht nur Bewunderung. Eine Matrone in dunkelpurpurfarbenem Damast mit zwei Reihen schwarzer Seidenfransen am Saum winkte ihnen herrisch, näher zu treten.

Mrs. Morphett war Dorothea noch nie besonders sympathisch gewesen. »Dorothy Rathbone, tragen Sie jetzt endlich auch ein Schnürmieder!«, trompetete sie quer durch den Raum. »Das wurde auch Zeit. Sie fingen an, ganz schön aus dem Leim zu gehen. Und wer ist diese Person neben Ihnen?« Mit ihren wurstförmigen Fingern griff sie nach dem Lorgnon, das an einem schwarzen Samtband um ihren Hals hing, hob es vor eines ihrer wässrig blauen Augen und musterte Catriona, als stünde sie zum Verkauf.

Ehe Dorothea ihren Ärger heruntergeschluckt hatte, hatte Catriona schon selbst ihre Vorstellung in die Hand genommen. »Catriona Grenfell ist mein Name, Gnädigste«, flötete sie und knickste. Allerdings fehlte dem Knicks jede Demut. Er war eher die Karikatur eines Knickses, und Dorothea hätte gewettet, dass er auch nicht als höfliche Geste gedacht war. »Und Ihr werter Name, Madam?«

Mrs. Morphett schnappte sichtlich nach Luft, und eine ungesunde Röte stieg ihr ins Gesicht. Der Spott war zu auffällig gewesen.

»Mrs. Morphett, ich hoffe, es geht Ihnen gut?«, fragte Dorothea halb besorgt, halb schadenfroh. »Soll ich Ihnen ein Glas Ratafia holen?«

»Ich glaube, Mrs. Morphett bevorzugt Mandelmilch«, ertönte eine angenehme Stimme neben ihr. »Erlauben Sie?« Ehe sie sichs versah, hatte eine unauffällige Frau in flohfarbenem Samt sie beiseitegeschoben und neben Mrs. Morphett Platz genommen. »Nun gehen Sie schon, ehe sie noch der Schlag trifft«, zischte sie Dorothea zu. Die gehorchte nur zu gerne. Wenn Ian zu Ohren kam, dass Catriona Mrs. Morphett verärgert hatte, wäre er sicher ausgesprochen ungehalten. Mindestens.

John Morphett war einer der wichtigsten Männer Südaustraliens. Einige Stimmen meinten sogar: der wichtigste. Sein riesiger Landbesitz sicherte ihm ebenso wie sein immenser Reichtum großen Einfluss auf jede politische Entscheidung. Dass er die Tochter von James Hurtle Fisher geheiratet hatte, hatte seinen Einfluss noch vergrößert. Der ehemalige Bürgermeister von Adelaide hatte neben seiner Tätigkeit als Rechtsanwalt auch zahlreiche andere politische Ämter inne oder innegehabt. Die Allianz dieser beiden Familien war mächtiger als der Gouverneur.

Catriona war inzwischen von einer großen Anzahl der jüngeren Damen umgeben, die aus ihrer Bewunderung für die modische Extravaganz des Neuankömmlings keinen Hehl machten. Hier konnte sie wenig Schaden anrichten – außer vielleicht, dass sie sich bei den Eltern der Debütantinnen nicht gerade beliebt machen dürfte, wenn diese alle auf Kopien von Catrionas Robe bestünden.

Es dauerte nicht lang, bis der Gong ertönte und in feierliches Schwarz gekleidete Diener erschienen, um die Gäste an ihre Plätze zu führen. Wie es üblich war, fand Dorothea sich mit Percy als Tischherrn genau gegenüber von Ian und Catriona platziert. Der ältere Herr an ihrer anderen Seite ließ keine Zweifel darüber aufkommen, dass er mehr daran interessiert war, möglichst viel in sich hineinzuschaufeln, als mit höflicher Konversation seine Zeit zu verschwenden. Halb erleichtert, halb verärgert wandte Dorothea sich Percy zu. »Nun, hast du im Herrenzimmer schon einen vorläufigen Eindruck gewinnen können?«, fragte sie ihn mit gesenkter Stimme, während die Kellner die Teller mit der appetitlich duftenden Krebssuppe auftrugen.

»Es war recht interessant«, gab Percy genauso leise zurück. »Wenn ich auch gestehen muss, dass ich den Fachgesprächen kaum folgen konnte. Ich hätte wirklich nicht gedacht, dass Schafzucht ein solches Maß an Kenntnis verlangt!« Es klang ehrlich erstaunt.

Dorothea musste lächeln. »Ja, so ging es mir auch! Als ich nach Eden House kam, wusste ich von Schafen nur, dass sie Wolle geben und dass Engländer sie gerne essen. Dass Schafwolle so unterschiedliche Qualitäten haben kann, hätte ich mir nie träumen lassen.« Sie berührte seinen Ärmel. »Dies feine Tuch zum Beispiel könnte man nie aus der Wolle der Shetlandschafe gewinnen. Ihr Fell ist zu kraus und dick, wie mir jemand einmal erklärt hat. Dafür braucht es Merinos, weil nur ihre Fellfasern schön lang und glatt sind. Leider sind sie jedoch empfindlicher als andere Rassen. Deswegen versuchen die Züchter, Merinos mit anderen, unempfindlicheren Schafen zu kreuzen. Solchen, die bei ungünstiger Witterung nicht ständig die Lämmer verlieren. Außerdem wäre es nicht schlecht, wenn man sie leichter scheren könnte.«

»Du meinst, wenn sie nicht diese hässlichen Speckfalten hätten?«

»Genau. Die sind nicht nur hässlich. Wenn die Scherer nicht sehr aufpassen, verletzen sie die Tiere, und hat die Wunde sich erst einmal entzündet, ist nicht mehr viel zu machen. Ideal wäre ein Schaf mit der Wolle der Merinos, aber mit dem Körperbau und der Zähigkeit von Shetlandschafen.«

»Wenn ich das jemandem in England erzähle, wird er mir nicht glauben!« Percy glückste geradezu vor Vergnügen. »Ich sitze bei einem Bankett zur Feier des Geburtstags unserer geliebten Königin, und meine Tischdame hält mir einen Vortrag über die Vorzüge diverser Schafrassen!«

Dorothea musste lachen. »Entschuldige! Die Umgebung muss ansteckend wirken. Worüber würdest du denn lieber reden?«

»Ich gestehe, etwas ratlos zu sein. In Gesellschaft junger Damen spricht ein Gentleman viel über die Schönheit seines Gegenübers, seine weiblichen Reize – natürlich in höflicher Umschreibung. Nichtigkeiten eben. Aber ich fürchte, damit würde ich dich zu Tode langweilen. Stimmt's?«

»Ich glaube, keine Frau wird es müde, Komplimente zu hören«, gab Dorothea leichthin zurück und überlegte im Stillen, wann Ian ihr das letzte Mal eines gemacht hatte.

»Im Ernst? Dann will ich mir Mühe geben, dich nicht zu enttäuschen.«

Der weiteren Speisenfolge schenkte Dorothea nicht mehr die Aufmerksamkeit, die die Meisterwerke des Kochs verdient gehabt hätten. Genau zwischen ihr und Ian stand ein üppiger Tafelaufsatz, der ihn und Catriona völlig verbarg. Percy unterhielt sie glänzend, indem er ihr die Schmeicheleien aufzählte, die seiner Ansicht nach zu ihr passen würden.

Nach dem zweiten Glas Claret wurden seine Komplimente einen Hauch anzüglich, aber Dorothea schrieb das dem Einfluss des Alkohols zu. Wieso auch sollte sie sich nicht darüber freuen, dass ein weltläufiger Mann wie ihr Cousin ihre Augen mit Waldteichen, ihre Lippen mit reifen Pfirsichen und ihre bloßen Schultern mit Carraramarmor verglich?

Wären sie allein gewesen, hätte sie vielleicht begonnen, sich unwohl zu fühlen. Aber inmitten der Gesellschaft, beruhigte sie die kleine warnende Stimme in ihrem Hinterkopf, konnte sie ja wohl ein kleines bisschen leichtsinnig sein.

8

Ein spitzer Aufschrei Catrionas riss sie aus ihrer heiteren Stimmung. Mit lautem Klirren zersprang Porzellan. Stuhlbeine scharrten über den Boden. Es folgte ein dumpfer Aufprall. »Ian, was ist mir dir?« Catrionas Stimme klang schrill und geradezu panisch.

Der monumentale Tafelaufsatz voll exotischer Früchte und Blumen genau vor ihr versperrte Dorothea die Sicht. Ians unmittelbare Sitznachbarn waren aufgesprungen und vom Tisch zurückgewichen. Ihre Gesichter zeigten alle Anzeichen von Entsetzen. Keine angemessene Reaktion auf einen zerbrochenen Teller.

Als dann auch noch ein gurgelndes Röcheln an ihr Ohr drang, hielt es Dorothea nicht mehr auf ihrem Platz. Ohne einen Gedanken an Schicklichkeit rutschte sie vom Stuhl und kroch auf allen vieren unter dem Tisch durch. Sie musste zu Ian! Ihm helfen!

Er wälzte sich mit verzerrtem, schweißnassem Gesicht auf dem Boden und stöhnte laut. Zu Dorotheas Entsetzen drang ihm weißlicher Schaum aus Mund und Nase. Was war geschehen? Ohne sich dessen bewusst zu sein, packte sie ihn an den Schultern, schüttelte ihn und schrie: »Du darfst nicht sterben! Hörst du? Du darfst mich nicht allein lassen!«

Sie bekam nicht mit, wie die allgemeine Unruhe sich wie eine Welle an der Tafel ausbreitete. Nicht die befehlsgewohnte Männerstimme, die rief: »Ein Arzt. Holt einen Arzt!« Es war nur noch schiere Panik, die sie beherrschte. Nichts zählte, außer Ian, der sich vor Schmerzen wand. »Ian, was ist geschehen?« Achtlos griff sie nach dem Saum ihres Kleides, um den Schaum und das Erbrochene abzuwischen, das ihm aus dem Mund quoll. Es war kein Blut, dennoch erinnerte es sie an die schrecklichen letzten Minuten Roberts. Halb wahnsinnig vor Angst um ihn, hielt sie ihn gepackt, als könne allein ihr Griff ihn unter den Lebenden halten.

Sie bekam auch nicht mit, wie sich die Menge der Umstehenden teilte, um einen dürren, kleinen Mann mit Arzttasche durchzulassen. »Nehmen Sie die Frau da weg!«, schnarrte eine brüchige Stimme. Kräftige Hände packten sie und zogen sie von Ian weg, sosehr sie sich auch wehrte.

»Mrs. Rathbone, bitte fassen Sie sich«, sagte einer der Männer streng. »Sie helfen Ihrem Gatten nicht, wenn Sie sich so aufführen. Lassen Sie den Doktor seine Arbeit tun!«

Halb betäubt verfolgte Dorothea, wie das dürre Männchen sich neben Ian niederkniete und seine Tasche aufklappte. Er zog ein glänzend poliertes Stethoskop hervor, riss Ians Hemd auf und horchte mit quälender Sorgfalt seinen Brustkorb ab. Danach fühlte er mehrmals den Puls am Handgelenk. »Das Herz schlägt zu schnell, aber kräftig. Auch die Lungen sind in Ordnung«, stellte er nüchtern fest. »Was ist vor dem Anfall geschehen?«

»Nichts Besonderes. Wir haben gegessen, getrunken und uns unterhalten«, erklärte Catriona. »Plötzlich griff sich Ian an den Hals, sprang auf und stürzte zu Boden, wo er sich in Krämpfen wand.«

»Hm.« Mehr äußerte der Arzt nicht dazu. Zur allgemeinen Verwunderung holte er einen Holzspatel und eine Glasphiole aus den Tiefen der Ledertasche. Mit dem Spatel kratzte er so viel wie möglich von dem Schaum und dem Erbrochenen in die Glasphiole und verkorkte sie. Ian lag jetzt reglos mit geschlossenen Augen und atmete flach. Der Arzt betrachtete ihn nachdenklich. Plötzlich beugte er sich vor und schnupperte wie ein Hund, der einer Fährte folgt. »Was hat der Patient gegessen?«

»Das Gleiche wie wir alle«, ertönte eine Männerstimme vom Kopf der Tafel her. »Heraus damit: Was vermuten Sie, Doktor?«

»Ich werde hier keine Diagnose coram publico stellen«, wehrte der Arzt pikiert ab. »Bringen Sie ihn zu Bett, und lassen Sie ihn so viel Tee oder Zuckerwasser trinken wie möglich. Gegen die Krämpfe geben Sie ihm alle zwei Stunden zwanzig Tropfen hiervon.« Er hielt ein braunes Glasfläschchen hoch, sah zweifelnd in Dorotheas Richtung und meinte dann: »Es ist wohl besser, ich schicke eine erfahrene Krankenpflegerin als Nachtwache. Morgen komme ich dann vor der Morgensprechstunde vorbei und werde nach dem Patienten sehen. – Wer ist eigentlich sein Hausarzt?«

»Dr. Woodforde«, antwortete Dorothea automatisch. »Aber Ian war noch nie krank.«

»Ja, er ist in einer ausgezeichneten körperlichen Verfassung. Zu seinem Glück. Gute Nacht.«

Percy und Catriona erwiesen sich als große Hilfe. Percy organisierte eine Krankentrage, mit der Ian in sein Hotelzimmer gebracht wurde, wies die wortkarge Frau ein, die sich als Nurse vorstellte, und sorgte dafür, dass Dorotheas Sachen trotz ihrer Proteste in das Zimmer seiner Schwester gebracht wurden. »Du bist als Krankenschwester von keinem großen Nutzen, wenn du vor Erschöpfung kaum noch die Augen offen halten kannst«, erklärte er sehr vernünftig. »Diese Nurse macht einen ausgezeichneten Eindruck. Überlass ihr die Pflege und erspare Ian den Anblick deiner sorgenvollen Miene. Er würde sich nur verpflichtet fühlen, seine Schmerzen zu unterdrücken, um dich nicht aufzuregen.«

Catriona stimmte ihm zu, und gemeinsam schafften sie es sogar, Dorothea zu überreden, einen Teelöffel voll von dem Elixier des Zimmermädchens zu schlucken, das Ian zu so erholsamem Schlaf verholfen hatte. Tatsächlich schlief sie danach so fest, dass sie die

Krankenvisite des dürren Arztes verpasste. Als sie vorsichtig ins Zimmer spähte, legte die übernächtigt wirkende Nurse bedeutsam den Finger über die Lippen, zeigte auf Ian, der ruhig schlief, und kam auf Zehenspitzen zur Tür geeilt.

»Es geht dem gnädigen Herrn schon viel besser, Ma'am«, sagte sie so stolz, als sei diese Tatsache allein ihr Verdienst. »Der Doktor meinte, er wäre übern Berg. Wenn er keinen Organschaden davongetragen hat, wird er wieder ganz gesund.«

»Ein Organschaden?« Völlig verwirrt sah Dorothea die Pflegerin an. »Wieso ein Organschaden?«

»Keine Ahnung.« Die Frau hob gleichmütig die Schultern. »Davon versteh ich nichts. Er wollte heute Nachmittag noch mal kommen. Dann können Sie ihn ja fragen.«

Bis Dr. Macaulay, wie das dürre Männchen hieß, zu seiner Nachmittagsvisite kam, hatte Ians Genesung rasante Fortschritte gemacht. Zwar hatte er den Teller Haferschleim mit Empörung zurückgewiesen, aber Tee und Toast gerne und in reichlichen Mengen zu sich genommen. Der Doktor wirkte seltsam verkniffen, als er Dorothea kurz angebunden bat, ihn mit seinem Patienten allein zu lassen. Vermutlich war das seine Art, denn als sie ihn nachher auf dem Flur abpasste und nach dem Organschaden ausfragen wollte, nuschelte er etwas von einem dringenden Termin und huschte von dannen.

»Was für ein unangenehmer Mensch«, sagte Dorothea, als sie das Zimmer betrat. »Ich kann mir nicht vorstellen, dass er viele Patienten hat – so unhöflich, wie er ist. Aber Hauptsache, er hat dir geholfen!«

»Er hat mir äußerst seltsame Fragen gestellt.« Ian richtete sich mühsam auf, runzelte die Stirn und sah zu dem Tisch hinüber. »Und er hat diese Flasche mitgenommen, die da stand.«

»›Godfrey's Elixier‹? Was will er damit? Das kann er sich doch selber in jedem Drugstore kaufen.« Verständnislos schüttelte

635

Dorothea den Kopf. Hielt dieser komische, kleine Doktor etwa die Tinktur für den Auslöser von Ians Anfall? »Was hat er gefragt?«

»Ach, ob ich solche Anfälle schon öfter gehabt hätte und ob mir eine Häufung aufgefallen wäre. Ob wir regelmäßig Elixiere nähmen oder irgendwelche spezielle Pillen. Lauter Unsinn. Ich habe ihm gesagt, er solle die Sache nicht so aufbauschen. Es war wahrscheinlich ein Rückfall von vorgestern Abend.« Ian ließ sich, erschöpft vom Reden, zurück in die Kissen fallen. »Jedenfalls bin ich heilfroh, wenn wir wieder zurück auf Eden House sind. Ich habe das Gefühl, die Stadt bekommt mir nicht.«

Zu Dorotheas Verwunderung erschien kurz darauf auch noch Dr. Woodforde. Die Nurse hatte sich, frisch und ausgeruht, zu ihrer Nachtwache eingefunden und Dorothea mit einer Autorität, die keinen Widerspruch duldete, aus dem Zimmer gewiesen. »Sie sehen müde aus, Ma'am. Gehen Sie jetzt mal besser mit Ihren Freunden einen schönen, gemütlichen Tee trinken. Ich pass schon auf Ihren Mann auf.«

Sie saß gerade mit Catriona und Percy im Speisesaal des Hotels, als der Arzt mit äußerst ernster Miene an ihren Tisch trat und sie um ein Wort unter vier Augen bat. Während sie ihm zu dem kleinen Salon folgte, überlegte sie hektisch, worum es gehen mochte. Stand es doch ernster um Ian, als dieser Dr. Macaulay gesagt hatte?

»Bitte, sagen Sie: Geht es Ian doch wieder schlechter?«, platzte sie heraus, kaum dass Dr. Woodforde die Tür geschlossen hatte.

»Wie mein werter Herr Kollege richtig festgestellt hatte: Ihr Gatte verfügt glücklicherweise über eine ausgezeichnete Konstitution, Mrs. Rathbone. – Nein, es geht ihm besser, als zu erwarten gewesen wäre, wenn die Diagnose Dr. Macaulays der Wahrheit entspricht.«

Warum sah Dr. Woodforde sie so seltsam an? Schon dieser andere Arzt hatte sie angestarrt, als ob er erwartete, dass ihr jeden Moment Hörner wachsen würden.

»Was meinen Sie damit? Bitte spannen Sie mich nicht so auf die Folter. Sie wissen doch, wie nahe mein Mann und ich uns stehen. Was hat er? Ist es gefährlich?«

Nach einem Moment des Zögerns rang Dr. Woodforde sich zu einem Entschluss durch. Er atmete tief ein und nahm ihre beiden Hände in seine. »Mrs. Rathbone, bitte, erschrecken Sie nicht – Dr. Macaulay ist davon überzeugt, dass Ihr Gatte an den Folgen einer akuten Arsenikvergiftung erkrankt ist.«

Im ersten Augenblick glaubte Dorothea, sich verhört zu haben. Aber der Doktor hatte es ganz deutlich ausgesprochen: akute Arsenikvergiftung. Sie schüttelte langsam den Kopf. »Unmöglich. Dieser Doktor Macaulay muss sich irren. Er scheint kein sehr guter Arzt zu sein.«

»Leider doch. Er hat viele Jahre als Arzt in London gearbeitet und sagt, er hätte mehr Fälle von Arsenvergiftung gesehen als von Cholera. Bei Ihrem Gatten wäre die Symptomatik unmissverständlich gewesen.«

»Er hat mit Ihnen darüber gesprochen?«

»Nicht direkt.« Dr. Woodforde zeigte Anzeichen von Verlegenheit. »Der Gute war ein bisschen übereifrig.« Er räusperte sich. »Hat Anzeige bei Richter Cooper erstattet.«

»Anzeige? Weswegen?« Dorothea sah ihn verständnislos an.

»Tja, wissen Sie, Mrs. Rathbone – in London kommt es häufig zu Arsenikvergiftungen durch Ehefrauen, die ihre Männer loswerden wollen. Da es geschmack- und geruchlos ist, kann man es leicht unter das Essen mischen. Beliebte Methode! Die Symptome sind nahezu identisch mit denen der Cholera. Sehr schwierig zu diagnostizieren. Und bis vor Kurzem nicht nachweisbar.« Er sprach immer abgehackter.

»Wollen Sie damit sagen, Dr. Macaulay verdächtigt mich,

meinen Mann vergiftet zu haben?« Dorothea hätte fast laut heraus-
gelacht. Wie kam dieser Mensch nur auf so eine lächerliche Idee?

»Ich denke, wenn er Richter Cooper nicht die tote Maus prä-
sentiert hätte, hätte der es auch nicht ernst genommen. Aber Macaulay schwor, dass diese Maus nichts als einen Rest dessen, was er
an der Kleidung Ihres Mannes sichergestellt hatte, gefressen hätte.
Keine Stunde später sei sie tot gewesen.«

»Eine Maus? Die sterben an allen möglichen Dingen. Das ist
doch kein Beweis.«

»Es ging auch nur darum, dass Richter Cooper die Anzeige
nicht einfach abweisen konnte. Er hätte es gerne getan, aber der
neue Sekretär vom Gouverneur war zufällig anwesend und hat darauf bestanden, dass es eine Untersuchung gibt.«

Dorothea fehlten die Worte. Wie betäubt sank sie auf einen
Stuhl, den Dr. Woodforde ihr fürsorglich unterschob.

»Sehen Sie, Mrs. Rathbone: Richter Cooper hat mich extra aufgesucht, um mich nach meiner Meinung zu fragen, und ich habe
ihm selbstverständlich versichert, dass Sie ganz bestimmt keine
Giftmörderin sind. Das wird natürlich auch das Ergebnis der Untersuchung sein. Richter Cooper bat mich, Ihnen das Ganze so
schonend wie möglich beizubringen. Er hat die Anhörung für
nächste Woche angesetzt. Eine reine Formsache. Aber Sie dürfen
Adelaide so lange nicht verlassen.«

Dorothea nickte wie in Trance, während sie versuchte, diese
wahnsinnige Wendung zu verstehen. Sie hatte genug über das
englische Recht mitbekommen, um zu wissen, dass es vor einer
Anklageerhebung manchmal eine Untersuchung gab, in der eine
Kommission oder Jury der Frage nachging, ob überhaupt ein Verbrechen vorlag. Erst wenn das bejaht worden war, kam die Angelegenheit vor Gericht. Dennoch war bereits eine solche Untersuchung für die Betroffenen alles andere als angenehm. Höchst
private Dinge wurden in aller Öffentlichkeit angesprochen, und

nicht selten kam es zu einer Vorverurteilung durch die öffentliche Meinung.

Auf jeden Fall war es ein Skandal! Ein schrecklicher Skandal.

»Soll ich Ihnen ein Beruhigungsmittel dalassen?«, fragte Dr. Woodforde und betrachtete sie so besorgt, als erwartete er, dass sie jeden Augenblick einen hysterischen Anfall erleiden würde. »Oder soll ich Ihre Begleiterin bitten, dass sie Sie zu Bett bringt?«

Wieso dachten alle immer, man müsste zu Bett gehen, wenn die Welt um einen herum schwankte? Als ob sie damit aufhören würde, wenn man nur die Bettdecke über den Kopf zöge.

»Nein danke«, sagte Dorothea. »Ich bin noch nicht müde. Aber könnten Sie noch einmal nach Ian sehen? Ob wirklich alles in Ordnung mit ihm ist?«

Während der Arzt bei Ian war, schritt sie nervös den Gang auf und ab. Warum brauchte er so lange? Angeblich war er doch über den Berg?

Als sich endlich die Tür wieder öffnete und der Arzt aus dem Zimmer trat, zitterte sie vor Aufregung. »Geht es ihm gut, Doktor? Oder wird etwas zurückbleiben?« Die ominöse Organschädigung, von der die Pflegerin gesprochen hatte, beunruhigte sie mehr, als sie sich selbst eingestehen mochte.

Dr. Woodforde tätschelte väterlich ihre Hand, die sie in seinen Ärmel gekrallt hatte. »Kein Grund zur Sorge, Ma'am«, sagte er, ohne sie direkt anzusehen. »Es geht Ihrem Gatten bald wieder prächtig.«

Erst nachdem er sich schon längst verabschiedet hatte und gegangen war, fiel ihr auf, dass er ihr dabei nicht in die Augen gesehen hatte. Er glaubte doch nicht etwa auch, dass sie imstande wäre, ihren Mann zu vergiften? Dr. Woodforde kannte sie seit vielen Jahren. Er musste doch wissen, dass ein solcher Vorwurf einfach nur bösartige Verleumdung war!

Es dauerte, bis sie registrierte, dass sie im Speisesaal stets so gesetzt wurden, dass möglichst der ganze Raum zwischen ihnen und den anderen Gästen lag. Dass nicht einer ihrer alten Bekanntschaften seine Karte abgab. Dass die Zimmermädchen es gar nicht erwarten konnten, wieder gehen zu dürfen. Erst als ihre Schwester kam und bat, auf weitere Besuche in der Carrington Street zu verzichten, ging ihr die ganze Tragweite des ungeheuerlichen Verdachts auf.

»Aber, Lischen, die Leute glauben diesen Unsinn doch nicht etwa?«

»Mama hat jetzt schon zwei Absagen für Nachmittagskleider und eine für eine Abendrobe«, erwiderte Lisbeth sehr ernst. »Sie würde es dir natürlich verheimlichen und mir den Kopf abreißen, wenn sie wüsste, dass ich dich bitte, zumindest bis zu der Anhörung nicht mehr zu uns zu kommen – aber wenn das so weitergeht mit den Stornierungen, wird es riskant für das Geschäft.«

Fassungslos starrte sie ihre Schwester an. »Lischen, wie soll das alles nur enden?«, wisperte sie, den Tränen nahe. »Was kann ich tun?«

»Nichts«, erwiderte diese lakonisch. »Du weißt, dass die Anzeige lächerlich ist, und wir wissen es. Das ist doch die Hauptsache. Richter Cooper wird die Wahrheit schon ans Licht bringen, und dann wird alles wieder gut. – Wo ist Ian eigentlich?«

»Auf der Bank. Er meinte, wenn er schon in Adelaide herumhängen müsse, könne er wenigstens ein paar geschäftliche Dinge regeln.«

»Geht es ihm wieder gut?«

»Es geht ihm ausgezeichnet!« Geräuschlos war Ian ins Zimmer getreten und umarmte zuerst seine Schwägerin, dann Dorothea herzlich. »Können wir dir einen Tee anbieten, Lizzy? Zu Hause alles in Ordnung? Viel zu tun?«

»Ja, ja, deshalb muss ich auch gleich wieder los«, sagte Lisbeth hastig und warf ihrer Schwester einen warnenden Blick zu. »Bis morgen.«

»Du wirst es nicht für möglich halten«, sagte Ian mit finster zusammengezogenen Brauen, kaum dass die Tür hinter seiner Schwägerin ins Schloss gefallen war. Er ließ sich in den Sessel plumpsen, griff nach der Brandykaraffe und schenkte sich eine großzügige Portion ein. »Dieser Bankmensch war so unverschämt, mir vorzuschlagen, mein Testament zu ändern. Zur Sicherheit, pah!« Ian schnaubte verächtlich durch die Nase. »Sind die Menschen denn alle verrückt geworden?«

Beim Kirchgang am Sonntag wurde offensichtlich, dass die in der ganzen Stadt kursierenden Gerüchte bereits Wirkung zeigten. So dicht sich die Gottesdienstbesucher in der Trinity Church auf den übrigen Bänken drängten, so einsam saßen Dorothea, Ian, Catriona und Percy. Zutiefst dankbar, dass ihr Gesicht hinter dem Hutschleier gut verborgen war, beobachtete Dorothea aus den Augenwinkeln, wie die Gemeinde speziell sie mit giftigen Blicken durchbohrte. Überall schienen sie über sie zu tuscheln und zu flüstern. Die Feindseligkeit war fast mit Händen zu greifen. Es erforderte all ihre Selbstbeherrschung, nicht aufzuspringen und aus der Kirche zu laufen.

Ian spürte wie immer, was in ihr vorging. Er griff nach ihrer behandschuhten Hand und drückte sie. Seine Wärme durchdrang das zarte Ziegenleder und verlieh ihr die Kraft, den Kopf aufrecht zu halten, sich nicht zu ducken unter der allgemeinen Missbilligung.

Reverend Howards Predigtauswahl trug der allgemeinen Stimmung Rechnung: Sein Exkurs über den Psalm »Steh ab vom Zorn und lass den Grimm, entrüste dich nicht, damit du nicht Unrecht tust!« war sicher gut gemeint. Dennoch wäre es Dorothea bedeutend lieber gewesen, nicht zum Thema einer Sonntagspredigt zu werden. Die gezischelten Kommentare aus den Bänken hinter ihr bohrten sich wie spitze Nadeln in ihren Rücken.

Das letzte Amen war noch nicht das Ende ihrer Prüfungen. Reverend Howard ließ es sich nicht nehmen, zu ihrer Bank zu eilen, um ihnen allen höchstpersönlich die Hände zu schütteln. Damit war ein schneller Rückzug unmöglich geworden, denn die anderen Kirchgänger versperrten nun den Ausgang. Unbewusst schmiegte sie sich enger an Ian, während sie darauf warteten, dass der Mittelgang frei wurde und die Grüppchen vor dem Portal sich verzogen. Es schien eine Ewigkeit zu dauern, bis sie endlich aus dem düsteren Inneren ins Freie traten.

Wie üblich mieden die noch dort Herumstehenden direkten Blickkontakt, deshalb war Dorothea überrascht, als sich plötzlich ein schlaksiger Mann aus einer der Gruppen löste und zielstrebig auf sie zukam. »Wie geht es Ihnen? Schön, Sie zu sehen!«, rief er mit extra lauter Stimme und zog den Zylinder, noch ehe sie ihn erkannt hatte. George Stevenson hatte sich ziemlich verändert: Der jetzige Herausgeber des *Mining Register* war schon immer hager gewesen. Nun jedoch schien er nur noch aus Haut und Knochen zu bestehen. Einzig seine blitzenden Augen, denen keine noch so winzige Reaktion seines Gegenübers entging, waren noch dieselben. »Was macht meine einstige Starreporterin?«, fragte er vergnügt und schüttelte Dorothea ausgiebig die Hand. Es wirkte aufgesetzt, und das war es wohl auch: eine Demonstration für die Gaffer.

Auch Ian begrüßte Dorotheas früheren Mentor mit demonstrativer Herzlichkeit. Nachdem er Catriona und Percy vorgestellt hatte, bat er ihn sogar, ihnen beim Lunch Gesellschaft zu leisten. »Wenn es Ihnen nicht unangenehm ist, in unserer Gesellschaft gesehen zu werden.«

Stevensons breites Lächeln verschwand wie weggewischt. »Ich muss mich wirklich ernsthaft für das fehlende Rechtsverständnis meiner Mitbürger entschuldigen«, sagte er bedrückt. »Im Laufe meines Lebens musste ich leider feststellen, dass die Menschen erstaunlich anfällig für üble Gerüchte sind. Je übler, desto besser. Wobei man ihnen zugutehalten muss, dass in den letzten Jahren erschreckend viele Mörderinnen ihr Unwesen trieben. Allein sechs im letzten Jahr! Vermutlich habe ich sogar eine Mitschuld, indem ich diese Nachrichten genauso verbreitet habe wie andere Blätter. Mea culpa, mea maxima culpa.« Er schlug sich in einer theatralischen Geste an die Brust.

»Waren es wirklich so viele?«, erkundigte sich Catriona interessiert. »Ich kann mich jetzt nur an den Fall dieser Frau erinnern, die ihren Gatten ermordete und am Begräbnistag ihren Liebhaber heiratete. Das war ziemlich dumm.«

»Sie meinen Charlotte Harris? Ja, der Fall hat ziemliches Aufsehen erregt. Das Todesurteil wurde wegen ihrer Schwangerschaft in lebenslange Deportation umgewandelt. – Aber außer ihr gab es noch einige andere: Mary Ball zum Beispiel, die ebenfalls ihren Gatten zugunsten eines Liebhabers loswerden wollte. Rebecca Smith, die acht ihrer Kinder mit Arsen vergiftete, und noch ein paar andere. Zum Teil bedauernswerte Kreaturen – aber Frauen, die morden, erregen die Volksseele nun einmal mehr als Männer.«

»Was die Volksseele erregt, müssen Sie ja wissen«, bemerkte Ian trocken. »Wie steht es eigentlich um Ihre letzte Enthüllung bezüglich der Anschuldigungen gegen Sir Robert Torrens?« Ians Versuch, das Thema zu wechseln, war erfolgreich.

Stevenson schluckte den Köder wie ein halb verhungerter Fisch und stürzte sich mit Begeisterung in die Schilderung der nicht ganz legalen Winkelzüge eines Grundstücksverkaufs, die er Sir Robert nachzuweisen hoffte.

»Hast du tatsächlich bei ihm als Reporterin gearbeitet?« Catriona sah Dorothea fragend an. »Es gibt nicht viele Reporter in London, und soviel ich weiß, befindet sich nicht eine einzige Frau darunter. In Australien sind die Sitten wirklich sehr viel freier. Trotzdem wundere ich mich, dass deine Eltern dir das erlaubt haben!«

»Mein Vater war ungewöhnlich fortschrittlich für einen Geistlichen«, erwiderte Dorothea stolz. »Er hat uns immer ermutigt, unseren Verstand zu gebrauchen.« Ob er sie auch ermutigt hätte, den Posten anzunehmen, wenn er gewusst hätte, was sie mit der neuen Freiheit anfangen würde? Rückblickend schämte sie sich maßlos für ihre Naivität, mit der sie sich in die Affäre mit ihrem Kollegen Miles Somerhill gestürzt hatte. Andererseits – wäre sie nicht von ihm geschwängert und dann verlassen worden, hätte sie nie in die Ehe mit Robert eingewilligt. Je öfter sie darüber nachdachte, desto plausibler erschien ihr diese Bestimmung, an die so viele Heiden glaubten.

»Woran denkst du gerade? Du siehst so bedrückt aus?«, wollte Catriona wissen.

»Ach, nur so. Die Aussicht auf diese Anhörung morgen ist ja nicht gerade erfreulich.«

»Ian hat doch diesen Rechtsanwalt engagiert, der so unwahrscheinlich gut sein soll, dass er diesen komischen, kleinen Arzt in der Luft zerreißen wird«, sagte Catriona zuversichtlich. »Also mach dir keine unnötigen Gedanken.«

Das war leichter gesagt als getan. Nachts tat sie kaum ein Auge zu. Ians regelmäßiger Atem hätte sie eigentlich beruhigen sollen. Er schien sich keine Sorgen um den Ausgang zu machen. Seiner Ansicht nach war Dr. Macaulay ein geltungssüchtiger, verbitterter Mann, der aus einer Kolik einen Vergiftungsfall konstruierte, um sich wenigstens einmal im Licht der Öffentlichkeit sonnen zu können.

Dorothea hätte nicht zu sagen gewusst, was sie so beunruhigte. Aber irgendetwas an dieser Kolik stimmte nicht. Nichts, was sich konkret hätte fassen lassen. Eher ein Gefühl. Es war wie ein unsichtbarer, winziger Dorn in der Fingerspitze, der einen doch tagelang quälen konnte.

Ian hatte vermutlich recht, wenn er es für einen unglücklichen Zufall hielt. Es war bekannt, dass viele Pubs ihr Ale mit Zusätzen versahen, die alles andere als bekömmlich waren. Nicht nur giftige Beeren wie die vom indischen Kockelstrauch oder von der Brechnuss wurden dazu genutzt, wässriges Bier stärker und geschmackvoller wirken zu lassen. Auch Chemikalien halfen dabei, über Nacht wie durch Zauberhand frisches Ale reifen oder verwässertes Bier ordentlich schäumen zu lassen. Wenn es dann zu schweren Erkrankungen oder gar Todesfällen kam, wurde diese Praxis angeprangert und gefordert, die Wirte zu kontrollieren. Aber sobald die Aufregung sich gelegt hatte, fiel alles wieder in den alten Trott.

Weiß der Teufel, was der Wirt des Pubs, in dem sie an dem Abend noch spät eingekehrt waren, in sein Gebräu geschüttet hatte! Natürlich war Ian das fette, reichliche Essen des Banketts so bald darauf nicht bekommen. Eigentlich war alles so klar, dass sie selbst nicht verstand, wieso sie nicht davon überzeugt war.

Richter Cooper hatte die Anhörung auf zehn Uhr vormittags angesetzt. Vor dem Gericht drängten sich bereits die Neugierigen. Eine Klage wegen versuchten Giftmords versprach, Nervenkitzel in das öde Leben in Adelaide zu bringen. Die Zeitungen hatten das ihre dazu beigetragen, das Interesse anzuheizen, indem sie in aller Ausführlichkeit über den berühmten Giftmord der Marie Lafarge berichtet hatten. Marie Lafarge, geborene Cappelle, war die Tochter eines wenig bemittelten, aber krankhaft stolzen Obersten, der unter Napoleon gedient hatte. Nach dem frühen Tod der Eltern hatten sich zwar wohlhabende, jedoch keineswegs reiche Pflegeeltern des Mädchens angenommen und es auf besonders gute Schulen geschickt, wo es mit Töchtern der Aristokratie und des Geldadels zusammentraf. Um in dieser Umgebung als gleichberechtigt angesehen zu werden, täuschte sie geschickt vor, aus einer vermögenden Familie zu stammen. Doch leider war sie weder schön noch reich genug für eine gute Partie. Zunehmend verbittert nahm sie im August 1839 den Heiratsantrag von Charles Lafarge an, der sich als Industrieller und Schlossbesitzer ausgab. Wie groß muss ihre Enttäuschung gewesen sein, als sie das »Schloss« erblickte! Der Besitz entpuppte sich als ein heruntergekommenes Klostergebäude, düster, feucht und von Ratten verseucht, die selbst am helllichten Tag durch die Zimmer huschten.

Aber auch Charles Lafarge musste erkennen, dass er keine reiche Erbin geheiratet hatte, sondern eine Frau, deren kleines Vermögen nicht einmal ausreichte, die dringendsten Schulden zu bezahlen. Erstaunlicherweise schrieb sie in dieser Zeit Unmengen Briefe, in denen sie ihren Freundinnen und Pflegeeltern ein Leben schilderte, wie sie es sich wohl erträumt hatte. Im Dezember reiste er nach Paris, mit Empfehlungsschreiben seiner Frau versehen, um dort Geld aufzutreiben.

Um ihm die Zeit über Weihnachten »zu versüßen«, schickte seine Frau ihm einen speziellen Weihnachtskuchen. Leider war er wohl auf dem Weg verdorben, denn kurz nachdem er ihn verzehrt hatte, erlitt Lafarge einen schweren Choleraanfall. Nichts Besonderes in einer Großstadt wie Paris – und so verzichtete er auf die Konsultation eines Arztes.

Im Januar kehrte er nach Hause zurück, immer noch schwächlich, und wurde herzlich von seiner Frau empfangen und umsorgt. Schon am ersten Tag nach seiner Rückkehr überfiel ihn erneut die »Pariser Krankheit«. Der Hausarzt vermutete ebenfalls Cholera und stellte Marie Lafarge sogar noch ein Rezept für Arsenik aus – wegen der Ratten.

Erst allmählich, als sich keine Besserung einstellen wollte, schöpfte der übrige Haushalt Verdacht. Als ein weiterer Arzt feststellte, dass nur eine Arsenikvergiftung all diese Symptome hervorrufen konnte, war es zu spät. Am 14. Januar 1840 starb Charles Lafarge unter schrecklichen Krämpfen.

Jetzt begann der eigentliche »Fall Lafarge«. Zuerst hielt der zuständige Friedensrichter die Anklage für böswillige Verleumdung. Seine Einstellung änderte sich jedoch, als bekannt wurde, dass Marie Lafarge in der Apotheke der nahe gelegenen Stadt größere Mengen Arsen gekauft hatte. Die Daten ihrer Käufe passten genau zu den Krankheitsanfällen ihres Mannes. Der Richter entschied, nicht nur die verdächtigen Speisereste, sondern auch den Mageninhalt des Toten auf Arsen untersuchen zu lassen. Eine Entscheidung, die die beauftragten Ärzte und Apotheker in höchste Verlegenheit brachte, hatten sie doch nur oberflächliche Kenntnisse der »Marsh'schen Probe«.

In den folgenden Wochen entbrannte eine Art Krieg zwischen den Verteidigern von Marie Lafarge, den »Lafargisten«, die sie für eine unschuldig Verfolgte hielten, und denjenigen, die in ihr eine kaltblütige Giftmörderin sahen. Die Beweislage schwankte ständig: Mal wurde in den unterschiedlichen Experimenten Arsenik nachgewiesen, mal nicht. Den endgültigen Beweis erbrachte erst der berühmte Professor Orfila, der eigens aus Paris anreiste, um die letzten Überreste der Proben dem Verfahren zu unterziehen. Seine positiven Ergebnisse, in Verbindung mit dem hohen Gehalt von Arsenik in den Speiseresten, ließen das Gericht zum Urteil »lebenslänglich« kommen.

Die darauf folgenden jahrelangen Auseinandersetzungen zwischen den Anhängern und Kritikern der Marsh'schen Probe machten den Fall weltberühmt und lenkten die Aufmerksamkeit auf den viel zu sorglosen Umgang mit dem gefährlichen Gift. Wie der *Register* mahnend bemerkte: »Auch bei uns hier in Südaustralien wird Arsenik praktisch an jeder Straßenecke ausgelegt, ungeachtet der Gefahren für die Eingeborenen, die es für Mehl halten. Wir wollen keinem Kolonisten Böswilligkeit unterstellen, aber es ist dringend notwendig, die Verantwortung für diesen allgegenwärtigen Gifteinsatz zu schärfen.«

Ohne die beiden Gerichts-Constables, die ihnen einen Weg durch die Menge bahnten, wäre es fast unmöglich gewesen, durchzukommen. Da die Plätze im Saal begrenzt waren, hatten nur die vorderen Reihen eine reelle Chance, eingelassen zu werden, und verteidigten ihre Stellung energisch gegen jeden, der es wagte, sich vorzudrängeln.

Beklommen sah Dorothea sich um. »Bitte sehr. Wenn die Herrschaften mir bitte folgen wollen.« Der Gerichtsdiener in schwarzem Anzug und Ärmelschonern bat sie unter Verbeugungen in den großen Saal. Gemessen an anderen Gerichten war er jedoch eher klein: Mehr als fünfzig Leute würden hier nicht Platz finden. An der Wand gegenüber der Eingangstür war die Richterbank – ein langer Tisch aus Eukalyptusholz, nach vorn zu verkleidet wie eine Empore. Der Gerichtsschreiber hatte sich mit seinem Vorrat an Schreibfedern schon an seinem Tischchen eingerichtet, vor ihm lagen ein Stapel Papier, das Tintenfass und die Sandstreubüchse.

Da es keine Gerichtsverhandlung, sondern nur eine formelle Anhörung war, hatte man die Balustrade »the bar«, hinter die die Angeklagten sich aufzuhalten hatten, entfernt und stattdessen einige gepolsterte Stühle bereitgestellt. Ein hochgewachsener Mann, der die kraftvolle Nervosität eines edlen Rennpferdes ausstrahlte – eine Ähnlichkeit, die durch seinen Gesichtsschnitt noch unterstrichen wurde –, lief dort bereits ungeduldig auf und ab.

»Da sind Sie ja endlich«, begrüßte er sie, ohne sich mit Formalitäten aufzuhalten. »Gut, Mrs. Rathbone, ich gehe davon aus, dass sich diese Anklage in Luft auflösen wird. Ihr Gatte hat mich über alles Wichtige in Kenntnis gesetzt, als er mich engagiert hat. Es wird mir ein Vergnügen sein, diesen Dr. Macaulay vorzuführen und den schändlichen Verdacht gegen Sie zu zerstreuen. Neigen Sie zu Ohnmachtsanfällen?«

Dorothea war so verblüfft, dass sie nur stumm den Kopf schüttelte.

»Ich kann mich nicht erinnern, dass meine Frau je in Ohnmacht gefallen wäre«, beantwortete Ian an ihrer Stelle die seltsam anmutende Frage.

»Gut. Damen, die in Ohnmacht fallen, bringen Richter Cooper immer in fürchterliche Verlegenheit. Und nichts hasst er mehr, als aus dem Gleichgewicht gebracht zu werden. – Da kommt er übrigens.«

Begleitet vom Gerichtsdiener schritt eine Gestalt in schwarzer Richterrobe auf sie zu. Die standesgemäße Perücke trug er noch unter dem Arm und hätte sie wohl geistesabwesend irgendwo abgelegt, wenn der Gerichtsdiener, erfahren mit seinen Marotten, ihn nicht dezent daran erinnert hätte, sie aufzusetzen.

In altmodischer Höflichkeit begrüßte er die Damen mit Handkuss und ließ es sich nicht nehmen, Percy nach seinem Eindruck von Südaustralien zu fragen, ehe er sich auf seinem Richterstuhl niederließ.

Dorothea musterte ihn hinter ihrem modischen Schleier. Über seine Umständlichkeit und seine zeitweise Unentschlossenheit, die als Unfähigkeit, zu einem abschließenden Urteil zu gelangen, interpretiert wurde, hatten die Zeitungen von Adelaide schon eine ganze Reihe ätzender Kommentare veröffentlicht. Andererseits mussten auch sie anerkennen, dass Richter Cooper seine Sitzungen überaus sorgfältig und ausgewogen führte. Angeblich sollte seine Gesundheit so angeschlagen sein, dass ein zweiter Richter aus London erwartet wurde. Der mächtige Backenbart verbarg einen Großteil seines Gesichts. Seine Augen blickten so freundlich und gütig auf die Menge, die gerade unter lautem Gegröle in den Saal strömte, dass man ihn eher für einen Reverend als für einen Richter hätte halten können.

Es dauerte seine Zeit, bis die Zuhörer, die Einlass gefunden hatten, sich in den Sitzreihen verteilten. Die Damen mussten ihre Röcke ordnen, die Herren noch ein letztes Wort mit dem Nachbarn wechseln. Richter Cooper wartete geduldig, bis der Gerichtsdiener die schweren Flügeltüren geschlossen und seinen Platz neben dem Ausgang eingenommen hatte. Dann erst hob er die Stimme, einen auffallend volltönenden Bariton, um die Sitzung zu eröffnen.

»Ich habe heute diese Anhörung angesetzt, weil ein Doktor der Medizin schreckliche Vorwürfe gegen eine geachtete und bekannte Mitbürgerin unserer Kolonie erhebt«, begann er. »Seit ich die Ehre habe, hier Richter zu sein, hat es keinen ähnlichen Fall gegeben. Ich darf hinzufügen, dass selbst das angebliche Opfer die Vorwürfe für völlig an den Haaren herbeigezogen hält, aber dennoch ist es meine Pflicht als Vertreter von Gesetz und Ordnung, den Vorfall so gut wie möglich aufzuklären. Auch, damit jeglicher Verdacht gegen die Dame ausgeräumt wird. – Gerichtsdiener, führen Sie bitte Dr. Ambrose Macaulay herein.«

Dorothea betrachtete den Mann, der ihr eine solch höllische Zeit bereitete, mit abgrundtiefer Abneigung. Dr. Macaulay hatte sich für die Anhörung mächtig herausgeputzt: Zu einem altmodischen Rock aus braunem Samt trug er eine apfelgrün und amethystfarben gemusterte Krawatte, die Catriona ein gequältes Stöhnen entlockte.

»Schade, dass man ihn nicht wegen Verbrechens gegen den guten Geschmack verurteilen kann«, wisperte sie.

»Bitte, nehmen Sie Platz, Dr. Macaulay«, sagte Richter Cooper freundlich und wies auf den Zeugenstuhl direkt vor sich. Es war nicht unbedingt üblich, dass Zeugen während ihrer Befragung sitzen durften – bei Richter Cooper stand sogar ein gepolsterter Stuhl für sie bereit.

»Danke, Euer Ehren.« Der Arzt platzierte umständlich seinen Hut auf den Knien und blickte nervös zur Richterbank auf. Hoffentlich bereute er schon, was er so leichtfertig losgetreten hatte!

»Sie sind Doktor der Medizin?«, begann Richter Cooper im Plauderton. »Darf ich nach Ihrer Ausbildung und Praxistätigkeit fragen?«

»Natürlich.« Dr. Macaulay räusperte sich. »Meine Ausbildung erhielt ich am Lehrhospital St. Bartholomew's. Danach praktizierte ich einige Jahre als Schiffsarzt, bevor ich aus gesundheitlichen Gründen eine Stellung am Guy's Hospital in London annahm.«

Der quirlige Charles Mann sprang auf: »Was war Ihre Tätigkeit dort, wenn ich fragen darf?«

Dr. Macaulay warf Richter Cooper einen Hilfe suchenden Blick zu.

»Mr. Mann darf Sie befragen«, belehrte der Richter ihn. »Bitte antworten Sie ihm.«

»Ich leitete die innere Abteilung für Männer«, sagte der Doktor kurz angebunden.

»Ginge es etwas ausführlicher?« Charles Mann sah sich um wie ein Schauspieler, der den Beifall des Publikums erwartet. »Sie müssen schon darlegen, woher die Kenntnisse stammen, aufgrund derer Sie hier eine Dame der Gesellschaft eines so scheußlichen Verbrechens verdächtigen, Doktor!«

Die Röte schoss dem mageren Mann ins Gesicht, aber er beherrschte seinen Zorn: »In meine Abteilung kamen all jene, die ein unklares Krankheitsbild hatten«, erwiderte er schmallippig. »Es gab Cholerafälle, rheumatische Fieber, Typhus, Tuberkulose, aber auch Vergiftungen und natürlich jede Menge organischer Erkrankungen.«

»Sie würden also von sich selbst sagen, dass Sie erfahren im Umgang mit Vergiftungen sind? Wie viele haben Sie während Ihrer Zeit an diesem Hospital behandelt?«

»Das kann ich jetzt nicht beziffern!«, gab der Arzt unwirsch zurück. »Mal waren es mehr, mal weniger. Ich würde sagen: eine Handvoll im Monat.«

»Und waren es alles Arsenikvergiftungen?«

»Die meisten. Dicht gefolgt von Opiumvergiftungen.«

»Können Sie uns erklären, wieso eine so erschreckend große Anzahl Menschen diese Gifte zu sich genommen hat?«

Dr. Macaulay schnaubte verächtlich. »Das kann ich Ihnen sehr wohl sagen: Fragen Sie mal die Drogisten, was ihnen aus den Händen gerissen wird. Es ist immer das Gleiche: Opiumtinktur! Haben Sie etwa keine zu Hause? – Und Arsenik gibt es doch überall spottbillig. Selbst Kinder können es einfach über den Ladentisch kaufen. Da ist es kein Wunder, wenn manche Leute auf dumme Gedanken kommen. Man müsste …«

»Danke, Doktor«, unterbrach ihn der Richter freundlich. »Das ist jetzt nicht unser Thema. Ich denke, Mr. Mann wird mir da zustimmen. Noch Fragen zur Person des Zeugen, Mr. Mann? Nein? Dann würde ich Sie bitten, uns jetzt möglichst genau zu berichten, was an jenem Abend vorgefallen ist.«

»Ich war gerade mitten in der Sektion einer meiner Experimentier-Mäuse«, begann der Arzt umständlich. »Da hämmerte ein Hausknecht an die Vordertür und schrie, ich müsse sofort kommen, beim Bankett der Schafzüchter wäre ein Mann zusammengebrochen.«

»Was haben Sie gedacht, was der Grund dafür war?«, wollte Mr. Mann wissen.

»Keine Ahnung.« Der Arzt hob gleichgültig die Schultern. »Ich war nicht begeistert, mitten in einem wichtigen Experiment gestört zu werden, aber ich packte meine Tasche und folgte dem Hausdiener.«

»Schildern Sie uns einfach, was Sie gesehen haben«, sagte Richter Cooper und nickte ihm ermutigend zu, als er innehielt und unsicher zu Charles Mann sah. Offensichtlich erwartete er wieder eine Zwischenfrage.

»Noch bevor ich den Saal betrat, hörte ich schon von Weitem eine Frau kreischen.« Er erschauerte sichtlich, und Dorothea fragte sich beschämt, ob sie sich wirklich so hysterisch aufgeführt hatte. »Sie zerrte an einem Mann herum, der halb bewusstlos und in Krämpfen auf dem Boden zwischen den beiden Festtafeln lag.«

»War es derselbe Herr, der jetzt quietschfidel neben mir sitzt?« Dorothea fand, dass Mr. Mann etwas übertrieb mit seinem Spott, aber das Kichern auf den Zuschauerbänken gab seiner Strategie recht.

Richter Cooper schien allerdings ihrer Meinung. »Mr. Mann, ich wäre Ihnen dankbar, wenn Sie den Zeugen ohne weitere Unterbrechungen aussprechen ließen«, sagte er in strengem Ton. »Wir sind hier nicht im Theater.«

»Entschuldigung, Euer Ehren.« Charles Mann wirkte nicht im Geringsten zerknirscht, sondern lächelte leicht. Ein triumphierendes Lächeln. »Ich werde mich bemühen, Dr. Macaulay nicht mehr als nötig zu inkommodieren.«

Richter Cooper nickte dem Arzt zu. »Fahren Sie fort. Was haben Sie dann gemacht?«

»Jemand hat die Frau weggezogen, damit ich den Brustkorb abhören konnte. Ich wusste ja nicht, ob es eventuell eine Herzinsuffizienz oder etwas mit der Lunge war.« Er stockte, sah schräg zu Dorothea hinüber, hob dann jedoch den Kopf und sagte stocksteif aufgerichtet: »Dabei fiel mir dann die ungewöhnliche Beschaffenheit der Körpersäfte auf, die der Patient erbrochen hatte.«

»Können Sie uns das näher erklären?«, fragte Richter Cooper.

»Wenn größere Mengen Arsenik zugeführt werden, kommt es häufig vor, dass sie, insbesondere bei vorgeschädigtem Magen, wieder erbrochen werden, bevor sie vom Körper resorbiert werden. Die weißen Flocken im Erbrochenen waren ein klarer Hinweis darauf, dass er kurz zuvor eine größere Menge Gift zu sich genommen haben muss. So schnell ist mir noch keine Maus gestorben wie die, der ich eine Probe gegeben habe! Die Menge des Gifts steht in direktem Zusammenhang mit der Schnelligkeit und Heftigkeit, mit der die Symptome einsetzen. In diesem Fall …«

»Danke, Doktor«, unterbrach Charles Mann abrupt seine Ausführungen. »Sie scheinen ja felsenfest davon überzeugt zu sein, dass Mr. Rathbones Erkrankung auf Arsenik zurückzuführen ist. Haben Sie auch schon einen Verdacht, wie es ihm verabreicht worden sein könnte? Immerhin waren über vierzig Gäste anwesend. Und soviel ich weiß, saßen Mr. und Mrs. Rathbone sich gegenüber. Es wäre sicher aufgefallen, wenn sie sich über den Tisch gebeugt und ihm etwas ins Glas geschüttet hätte, meinen Sie nicht?«

Die Zuschauer murmelten zustimmend.

»Das wäre gar nicht nötig gewesen.« Dr. Macaulay gab sich nicht so schnell geschlagen. »Als ich am nächsten Tag nach dem Patienten sah, bemerkte ich ein Medizinfläschchen im Zimmer. Das habe ich sichergestellt und ein wenig von dem Inhalt einer weiteren Maus gegeben. Auch sie starb.«

Dorothea erstarrte. Hatte das Zimmermädchen ihr nicht hoch und heilig geschworen, dass es sogar kleinen Kindern gegeben wurde? Und tatsächlich hatte Ian danach ruhig und friedlich geschlafen. Das konnte doch kein Gift gewesen sein!

»Mrs. Rathbone.« Zum ersten Mal richtete Richter Cooper das Wort direkt an sie. Dorothea hob den Kopf. »Mrs. Rathbone, können Sie uns etwas zu diesem Fläschchen sagen?«

»Am Morgen litt mein Mann unter Übelkeit und Magenkrämpfen«, erwiderte sie und bemühte sich, ruhig und gelassen zu klingen. »Ich vermutete, er hätte etwas Verdorbenes gegessen. Das Zimmermädchen gab mir diese Arznei. Da sie mir versicherte, dass ihre Mutter sie auch den jüngeren Geschwistern gab, hielt ich sie für harmlos. Und ich hatte auch nicht den Eindruck, dass sie meinem Mann irgendwie geschadet hätte. Am Abend wirkte er schon wieder ganz gesund.«

»Haben Sie das Fläschchen hier?«, fragte Richter Cooper.

Dr. Macaulay verneinte.

»Dann holen Sie es bitte und: Gerichtsdiener, seien Sie so gut und bitten Sie das Zimmermädchen sowie den Inhaber des Drugstores, in dem es gekauft wurde, hierher. Bis dahin ist Teepause.«

Während sich der Gerichtssaal geräuschvoll leerte, verschwand der Richter unbeachtet im Richterzimmer.

»Soll ich uns Tee kommen lassen, oder ziehen Sie es vor, ins Kaffeehaus nebenan zu gehen?« Mr. Mann sah fragend von einem zum anderen.

»Ich würde lieber hierbleiben«, sagte Dorothea rasch. Die Aussicht, in einem öffentlichen Lokal ununterbrochen beobachtet zu werden, war alles andere als angenehm. »Aber ihr könnt gerne gehen.«

»Unsinn, wir bleiben natürlich alle bei dir, Cousine.« Catriona fasste ihre Hand und drückte sie mitfühlend. »Es ist sehr aufregend. Noch nie in meinem Leben habe ich in einem Gerichtssaal meinen Tee genommen!«

Charles Mann nickte und ging zur Tür, um alles zu veranlassen. »Findet ihr ihn nicht ein bisschen zu arrogant?«, fragte Dorothea leise und fixierte seinen Rücken in exquisit geschnittenem, dunkelblauem Tuch. »Dr. Macaulay tut mir manchmal schon fast leid.«

»Mir nicht«, sagte Ian grimmig. »Dieser impertinente Kerl! Am liebsten würde ich ihn mit einem Fußtritt vor die Tür befördern.«

»Wie undankbar von dir, Cousin! Immerhin hat er dir das

Leben gerettet!«, erinnerte Percy ihn mit leichtem Schmunzeln. »Aber ich verstehe deinen Ärger. Es ist wirklich eine bodenlose Unverschämtheit, was er sich herausnimmt. Dass das Gesetz so etwas erlaubt, ist ein Skandal!«

»Lassen Sie das nicht Richter Cooper hören«, warnte ihn Mr. Mann. »Für Richter Cooper kommt das englische Gesetz gleich hinter den Zehn Geboten! Er reagiert ausgesprochen empfindlich auf jegliche Kritik daran. – Einen Scone? Sie sind sehr gut.«

Die angesetzte Teepause dauerte gerade so lange, dass alle ihre Tassen geleert und ein gebuttertes Scone hatten essen können, als der Gerichtsdiener auch schon wieder die große Glocke schwang und damit ankündigte, dass die Verhandlung weiterginge.

Als Erste sollte das Zimmermädchen befragt werden. Obwohl Richter Cooper sich alle Mühe gab, sie zu beruhigen, zitterte sie so, dass sie kaum sprechen konnte.

»Ich hab's doch nicht bös gemeint«, jammerte sie den Tränen nahe. »Woher hätte ich denn wissen sollen, dass der gnädige Herr das nicht verträgt? Wo die Kleinen es doch so gerne nehmen!«

»Niemand macht Ihnen einen Vorwurf, Kind«, sagte Richter Cooper väterlich. »Wir möchten von Ihnen nur wissen, ob Sie dieses Fläschchen«, er hielt die braune Glasflasche weiter von sich weg, um das Etikett lesen zu können, »›Godfrey's Elixier‹ wiedererkennen? Ist es dasselbe, das Sie vorigen Dienstag Mrs. Rathbone gaben?«

»Sieht schon so aus.«

»War es noch original verschlossen?«

»Wie bitte?«

»Ich meine, hatte schon jemand davon gekostet?«

»Natürlich nicht, Euer Ehren!« Sie klang ehrlich empört. »Ich beklaue niemand!«

»Das hat auch niemand behauptet«, sagte Richter Cooper mit einem leisen Seufzen. »Wenn Mr. Mann keine weiteren Fragen an die Zeugin hat, würde ich jetzt Mr. Merryweather zu mir nach vorn bitten.«

Dorothea hätte fast erwartet, dass der Anwalt sich einen Spaß daraus machen würde, das Mädchen ebenfalls vorzuführen, aber er erhob keine Einwände gegen die Entlassung der Zeugin. Wartete er auf mehr der Mühe lohnendes Wild?

»Mr. Merryweather, Sie sind der Inhaber des Drugstores in der Pulteney Street?« Interessiert musterte Dorothea den stiernackigen Herrn im schwarzen Gehrock. Er erinnerte ein wenig an die Ochsen, die in Ermangelung von kräftigen Zugpferden gerne für Überlandfahrten angespannt wurden. Auch seine tiefe Stimme passte zu dem Bild.

»Der bin ich, Euer Ehren«, sagte er und verbeugte sich überraschend elegant. »Und ich will Ihnen gleich sagen: Mit dem Elixier ist alles in Ordnung. Wer behauptet, er wäre davon krank geworden, der soll es beweisen. Millionen Menschen hat ›Godfrey's Elixier‹ schon geholfen. Oder gibt es irgendjemanden hier im Saal, der behaupten will, ihm hätte es geschadet?« Er sah sich herausfordernd um. »Na?«

»Beruhigen Sie sich bitte, Mr. Merryweather.« Richter Cooper runzelte ungehalten die Stirn. »Und beschränken Sie sich darauf, einfach meine Fragen zu beantworten. Besteht die Möglichkeit, dass dieses Elixier verunreinigt worden sein könnte?«

Mr. Merryweathers Stirnadern schwollen an, bis sie wie dicke blaurote Stricke hervorstanden. »Soll das ein Witz sein?«

»Nein, mir ist keineswegs nach Scherzen zumute. Wäre es möglich?«

»Also, eigentlich nicht. Nein.« Der Apotheker schüttelte den Kopf. »Sehen Sie, Euer Ehren, das Elixier wird mir aus England fix und fertig in versiegelten Behältern geliefert. Wir füllen es hier nur portionsweise ab und verkaufen es weiter. Wie soll es denn dabei zu Verunreinigungen kommen?«

»Sie schließen also aus, dass es beim Abfüllen irgendwelche Unregelmäßigkeiten gegeben haben könnte?«

»Absolut. Für meinen Angestellten lege ich die Hand ins Feuer. Mr. Sartorius ist der penibelste Angestellte, den ich je hatte.«

Dorothea horchte auf. Sie hatte gar nicht mehr daran gedacht, dass Lischens Revolutionär ja bei Mr. Merryweather arbeitete. Was für ein Zufall!

»Was enthält dieses Elixier eigentlich?« Richter Cooper drehte es hin und her, als wäge er ab, ob er diese Spur weiterverfolgen sollte.

»Das kann ich nicht sagen. Es ist ein striktes Geheimnis der Hersteller. Niemand kennt das Rezept.«

»Sehr geheim ist es nicht. Jeder Chemiker weiß, dass es zum größten Teil aus in Alkohol gelöstem Opium besteht, versetzt mit einigen Zusätzen wie Pflanzenextrakten«, warf Mr. Mann süffisant ein. »Wir hatten erst neulich in der Wissenschaftlichen Gesellschaft einen interessanten Vortrag darüber.«

»Ist Dr. Macaulay noch im Saal?« Richter Cooper blickte sich um. »Oder sonst ein Arzt?« Niemand meldete sich. »Dann frage ich Sie, Mr. Merryweather: Ist es möglich, dass die Einnahme dieses Elixiers, verbunden mit irgendetwas anderem, zu den Symptomen hätte führen können, die Dr. Macaulay auf eine Vergiftung schließen ließen?«

Der Apotheker dachte angestrengt nach. Schließlich schüttelte er den Kopf. »Nein, Euer Ehren. Das Elixier wirkt beruhigend auf die Eingeweide. Um es zu erbrechen, müsste man Unmengen zu sich nehmen. Mehrere Flaschen. Das geschieht nicht aus Versehen. Aber ich schlage vor, meinen Angestellten zu befragen. Er kennt sich bestens mit Giften aus, da er darüber private Forschungen anstellt.«

»Ich schließe mich dem Vorschlag an!« Charles Mann sprang auf. »Es ist höchste Zeit, dass wir, anstatt weiter im Nebel herumzustochern, endlich jemanden befragen, der über fundierte

Kenntnisse verfügt. Dr. Macaulays Erfahrung in allen Ehren, aber er ist kein Giftexperte. Vielleicht hat er sich ja geirrt?«

In den Zuschauerreihen schwoll das Getuschel an. Wenn der Arzt sich getäuscht hatte und gar kein Arsenik im Spiel war, wäre die gesamte Klage hinfällig.

»Gut, lassen wir also Ihren Angestellten kommen, Mr. Merryweather«, entschied Richter Cooper eine Spur widerwillig. Es war ihm anzumerken, dass er die Anhörung am liebsten schnellstmöglich beendet hätte, aber er war ein sorgfältig abwägender Jurist. Eine solche Möglichkeit durfte er nicht außer Acht lassen.

Diesmal gab es keine Teepause. Ungeduldig warteten die Zuhörer auf das Erscheinen von Mr. Heinrich Sartorius, des Apothekers und Revolutionärs aus Deutschland. Als er erschien, war Dorothea zutiefst enttäuscht. Irgendwie hatte sie mit einem Revolutionär ein Erscheinungsbild verbunden wie das der Sansculotten auf den Gemälden über die Französische Revolution. Heinrich Sartorius dagegen wirkte so bieder, als sei er gerade einem der Stiche von Ludwig Richter entsprungen. Das war Lisbeths Schwarm?

Von nur mittelgroßer Statur, waren das Auffälligste an ihm wohl sein prächtiger dunkelbrauner Haarschopf und die klugen Augen hinter der schief sitzenden Nickelbrille. »Mr. Heinrich Sartorius, approbierter Apotheker und Chemiker, gebürtig in Rastatt im Großherzogtum Baden«, gab er mit leiser Stimme seine Personalien zu Protokoll. Obwohl er die englische Sprache tadellos beherrschte, war die Klangfärbung seiner Heimat nicht zu überhören.

»Mr. Merryweather meinte, Sie seien ein Experte für Gifte. Trifft das zu?«

»In Deutschland wurde ich des Öfteren von den Behörden mit der Untersuchung verdächtiger Stoffe beauftragt«, erwiderte Sartorius zurückhaltend. »Wenn mich das zu einem Giftexperten macht – ja.«

»Sind Sie auch vertraut mit dem Nachweis von Arsenik?«, erkundigte sich Richter Cooper skeptisch.

»O ja!« Sartorius schien wie elektrifiziert. »Ich habe mehrere Monate mit dem Marsh'schen Apparat experimentiert. Ein faszinierendes Gerät! Man kann damit tatsächlich Arsenik und Antimon im Bereich von Milligramm nachweisen.«

»Kennen Sie die Werke von Professor Orfila?«, wollte Mr. Mann wissen. »Dem Professor für medizinische Chemie an der Universität von Paris?«

»Selbstverständlich.« Sartorius sah ihn abwartend an.

»Dann wissen Sie auch um die Schwierigkeiten?«

»Sie meinen sicher die Empfindlichkeit des Apparats?« Heinrich Sartorius nickte. »Die wurde im Fall Lafarge ja ausgiebig diskutiert. Auch die Tatsache, dass ein unerfahrener Experimentator leicht falsche Ergebnisse erhalten kann. Im *Jahrbuch für praktische Pharmazie* haben mehrere Herren sich dazu erschöpfend geäußert, wobei ich ihre Kritik durchaus nachvollziehen kann. Und ich gehe so weit zu sagen, dass es natürlich zutrifft, dass ein einzelner Nachweis von Arsenikspuren wenig aussagekräftig ist. Die Umstände sind unbedingt zu berücksichtigen. – Das fordert ja auch Professor Orfila!«

Charles Mann schien mit dieser Antwort zufrieden. »Nachdem Sie mehrere Monate mit dem Apparat experimentiert haben – würden Sie von sich sagen, dass Sie die nötige Erfahrung besitzen, um zutreffende Analysen damit durchzuführen?«

»Ich glaube in aller Bescheidenheit sagen zu können, dass niemand hier in Südaustralien sich besser damit auskennt als ich«, sagte Sartorius mit unverhohlenem Stolz. »In zahllosen Experimenten habe ich die angesprochenen Fehlerquellen eruiert und ausgeschlossen.«

»Sie können also mit absoluter Sicherheit sagen, ob eine Probe Arsenik enthält oder nicht?«

Sartorius überlegte kurz, ehe er erwiderte: »Das kann ich. Aber auch nur das. Wie es hineingekommen ist, müssen andere erforschen. Wie gesagt, es gibt unzählige Unwägbarkeiten und Zufälle, die dabei eine Rolle spielen können.«

»Dessen ist sich das Gericht bewusst, Mr. Sartorius.« Richter Cooper griff in den Spankorb neben sich und stellte drei Glasfläschchen in einer Reihe vor sich auf.

»Ich würde Sie bitten, dieses Elixier hier, die Probe von Dr. Macaulay und eine Probe Bier aus dem Pub, das Mr. Rathbone am Abend vor seiner Erkrankung besucht hat, auf das Vorhandensein von Arsenik zu untersuchen«, entschied der Richter kurz entschlossen. »Hätten Sie sonst noch etwas vorzuschlagen, das untersucht werden sollte, Mr. Mann?«

»Ich denke, das reicht, Euer Ehren«, sagte dieser und verbeugte sich leicht. »Dürfte ich zudem noch vorschlagen, dass Mr. Sartorius diese Analysen hier durchführt?«

»Wieso denn das?« Richter Cooper runzelte unangenehm berührt die Stirn. »Dies ist ein Gerichtssaal, kein Chemielabor, wie es für ein solches Experiment angemessen ist.«

»Um jeden Zweifel an dem Ergebnis auszuschließen«, antwortete der Anwalt kühl. »Es ist kein Geheimnis, dass Mr. Sartorius und die Schwester Mrs. Rathbones – nun, sagen wir: gut bekannt sind. Je mehr Augenzeugen, desto glaubwürdiger das Ergebnis.«

Begeisterte Zustimmung von den Bänken unterstrich seine Forderung. Nachdem Richter Cooper eine Unterbrechung der Anhörung bis zum frühen Nachmittag verkündet hatte, stürmte alles hinaus, um die aufregende Neuigkeit weiterzuerzählen. Heinrich Sartorius würde die Pause nutzen, um die Geräte aufzubauen, die für den Versuch nötig waren. Mr. Allom vom St. Peters College, der sich ebenfalls gerne mit chemischen Experimenten beschäftigte, hatte seine Bereitschaft erklärt, ihm dabei zur Hand zu gehen.

»Warum haben Sie eigentlich diesen Vorschlag gemacht?«, fragte Dorothea den Anwalt, als sie langsam hinausgingen. »Es hätte doch wohl genügt, ein paar Zeugen zu bitten. Die meisten werden ohnehin nichts von den Vorgängen verstehen.«

Charles Mann sah sie von der Seite an, als überlege er, wie viel er sagen sollte. »Bei einer solchen Sache bleibt immer etwas hängen«, bemerkte er schließlich. »Ist ein solcher Verdacht erst einmal publik geworden, ist es kaum noch möglich, ihn wieder auszuräumen. Man kann nur versuchen, die Sympathie der Menschen zu gewinnen. Und in diesem Fall ist die Aussicht auf ein öffentliches Spektakel da äußerst hilfreich.«

»Sie meinen, wenn man ihnen Zerstreuung bietet, würden sie mich nicht mehr für schuldig halten?«

»So einfach ist es nicht.« Charles Mann stieß die Luft aus und erinnerte dabei fatal an einen schnaubenden Araberhengst. »Aber wir lenken ihre Aufmerksamkeit auf etwas, das sie mehr interessiert als Schuld oder Unschuld. Wenn es nachher ordentlich zischt und brodelt, werden Sie sehen, was ich meine.«

9

Tatsächlich war auch Dorothea fasziniert von all den Phiolen und skurril geformten Glasröhren, die an Stativen befestigt zu einer Art Parcours aufgebaut waren. Die Apparatur erinnerte sie an ein Bild, das sie als Kind ungeheuer aufregend gefunden hatte: *Der Alchimist.* Wie der Mann darauf ausgesehen hatte, wusste sie nicht mehr, aber an die Atmosphäre im geheimnisvollen Halbdunkel konnte sie sich noch gut erinnern.

Heinrich Sartorius und Mr. Allom schienen sich gut zu verstehen. Beide waren so in ihre Fachdiskussion vertieft, dass sie gar nicht mitbekamen, wie der Saal sich erneut füllte. Erst als Richter Cooper sich laut räusperte, sahen sie auf.

»Meine Herren, sind Sie so weit?« Der Richter beäugte den Aufbau vor seinem Tisch mit deutlichem Misstrauen. »Ich hoffe, es wird nicht gefährlich für die Zuschauer? Es werden doch keine Giftdämpfe freigesetzt?«

»Nein, Euer Ehren. Selbst wenn eines der Reagenzgläser zerspringen sollte, ist der Gehalt an Giftstoffen zu gering, um irgendjemandem hier im Saal einen Schaden zuzufügen«, versicherte Sartorius, wobei er ein Lächeln unterdrückte.

»Dann ist es ja gut. Wären Sie so freundlich, uns den Apparat zu erklären? Den Marsh'schen, richtig?«

»Gerne. Das Herzstück ist dieser U-förmige Glaszylinder.« Er wies darauf. »Wie Sie vielleicht sehen können, ist das eine Ende offen, das andere endet in einer spitzen Glasdüse. Das dünne Stück Blech hier auf halber Höhe ist aus Zink. Wenn man jetzt die zu prüfende Flüssigkeit, mit einer starken Säure wie Salzsäure versetzt, in das Rohr füllt, wird sich, sobald die Flüssigkeit das Stück Zink erreicht, in einer chemischen Reaktion aus der Säure und dem Zink reiner Wasserstoff entwickeln. Dieser verbindet sich mit Arsen zu Arsenwasserstoff, der durch die Düse entweicht. Man muss nur noch dieses Gas zünden, dann wird sich das metallische Arsen als Spiegel auf einer Porzellanschale, die ich in die Flamme halten werde, niederschlagen. Verblüffend einfach, nicht wahr?«

»Das würde ich jetzt nicht so sagen«, murmelte Richter Cooper mit ungewohntem Sarkasmus. »Aber fahren Sie bitte fort.«

»Danke, Euer Ehren. – Um ganz sicher zu sein, dass der dunkle Spiegel auch wirklich aus metallischem Arsenik besteht, muss abschließend unbedingt noch die Arsenprobe mittels Silberoxid durchgeführt werden. Dann jedoch kann man sicher sein, dass die Analyse korrekt ist.« Er sah fragend zu Richter Cooper auf. »Soll ich die Anweisungen zur Entnahme und Behandlung von Proben ebenfalls erläutern, Euer Ehren?«

»Ich denke, darauf können wir verzichten«, sagte der Richter entschieden. »Das würde zu weit führen. Glücklicherweise haben wir hier keinen Leichnam, sondern nur ein paar Flüssigkeitsproben. Fangen Sie an, meine Herren!« Er wies auf das erste der Fläschchen, das Dorothea am säuberlich beschrifteten Etikett als ›Godfrey's Elixier‹ wiedererkannte.

Atemloses Schweigen begleitete die Handgriffe von Sartorius, während er eine ordentliche Portion von dem Extrakt in das U-förmige Glasrohr kippte und danach mit einer Pipette sehr vorsichtig tropfenweise die Säure zugab. Mit vor Anspannung steifen Gliedern wartete Dorothea auf den erlösenden Moment. Wie Mr. Mann prophezeit hatte, qualmte und brodelte es ordentlich in der Röhre, und einige Damen griffen vorsichtshalber schon nach ihren Riechfläschchen. Alles zuckte zusammen, als das glühende Stück Holzkohle, das Mr. Allom dicht neben die Düse hielt, eine Stichflamme produzierte.

Sartorius drehte die Porzellanschale, die er mit einer Eisenzange genau darüber gehalten hatte, um und studierte konzentriert die kaum sichtbaren, wolkigen Rußspuren. »Keine Spur von Arsen«, verkündete er schließlich und reichte die Porzellanschale hoch zum Richtertisch, wo sie begutachtet und dann an den Schreiber weitergegeben wurde.

Einige Zuhörer hatten offenbar vergessen, wo sie waren, und klatschten laut Beifall. Richter Cooper brachte sie mit einem strafenden Blick zum Schweigen. Dorothea war fast schwindlig vor Erleichterung. Hatte doch immer ein winzig kleiner Rest Zweifel in ihr genagt, ob dies Elixier tatsächlich so harmlos war, wie alle behaupteten. Zwar war es Ian vorher schlechter gegangen, aber noch nie zuvor hatte sie ihrem Mann heimlich etwas in den Tee gemischt. Vielleicht war es diese Tatsache, dass sie sich irgendwie schuldig gefühlt hatte?

Sosehr sie sich in den vergangenen Wochen über ihn geärgert hatte – der Schock über Ians Verwundbarkeit hatte ihr vor Augen geführt, wie kostbar ihr gemeinsames Leben war. Als sie ihn in den Armen gehalten hatte, war die schreckliche Angst um ihn das Einzige, was sie empfunden hatte. Nichts anderes war von Bedeutung! Später, nachdem klar gewesen war, dass Ian leben würde, dass er sie nicht allein zurücklassen würde, hatte ein solches Glücksgefühl sie durchströmt, dass ihre Eifersucht ihr nur noch kindisch und lächerlich vorgekommen war.

In der Zeit, die die beiden Männer brauchten, um das U-Rohr zu reinigen, entwickelten sich diverse Debatten in den Zuschauerreihen. Dorothea schien es unendlich lange zu dauern, bis der nächste Versuch begonnen wurde. Aber der Chemiker erklärte, dass äußerste Sauberkeit eine Vorbedingung für belastbare Ergebnisse sei. »Schon winzige Spuren können alles verfälschen.« Diesmal war das Bier an der Reihe.

Bereits beim Einfüllen schäumte es aller Behutsamkeit zum Trotz dermaßen, dass Sartorius äußerst besorgt auf die kostbare Apparatur blickte. Er wartete geduldig, bis die bräunliche Flüssigkeit wieder klar war, bevor er nach der Pipette griff. Augenblicklich begann es erneut wie wild zu schäumen. Mr. Allom trat einen Schritt zurück, und auch Richter Cooper schien mit sich zu ringen, ob er nicht besser in Deckung ginge.

Diesmal waren alle vorgewarnt. Als die Stichflamme emporschoss, waren nur einige »Ahs« zu hören. Auch das Bier erwies sich zumindest als nicht arsenhaltig.

»Wenn ich auch ganz gerne analysieren würde, was da so alles enthalten ist, das nichts in einem guten Bier verloren hat«, bemerkte Sartorius und betrachtete interessiert die diversen Farbflecke auf dem weißen Porzellan.

Schallendes Gelächter brandete auf. In der heiteren Atmosphäre schien es nur noch eine Formsache, dass auch der Inhalt der Glasphiole, die Dr. Macaulay dem Gericht überlassen hatte, als harmlos klassifiziert würde.

Aber statt des erlösenden Verdikts wechselten Sartorius und Allom betroffene Blicke, berieten sich im Flüsterton und baten dann darum, das Experiment wiederholen zu dürfen.

Dorothea spürte deutlich, dass etwas nicht in Ordnung war. Was hatten sie in Dr. Macaulays Probe von Ians Erbrochenem gefunden?

In den hinteren Reihen begann es, unruhig zu werden. Einzelne Zuschauer reckten den Hals oder erhoben sich sogar von ihren Sitzen, um besser sehen zu können, was wiederum zu lautstarken Protesten der Umsitzenden führte.

»Ich bitte um Ruhe!«, donnerte Richter Cooper unüberhörbar

ungehalten. »Oder ich lasse den Saal räumen. – Meine Herren, könnten Sie uns bitte aufklären?«

»Es scheint so, dass die Probe Arsenik enthält«, antwortete Sartorius zögernd. »Wir wiederholen den gesamten Vorgang, um auszuschließen, dass es eventuell eine Verunreinigung gegeben hat.«

Dorothea glaubte, ihren Ohren nicht zu trauen. Wie konnte das sein? Die beiden Männer mussten einen Fehler gemacht haben!

Dennoch war sie nicht allzu überrascht, als sich auch bei der Wiederholung ein für alle deutlich sichtbarer Arsenspiegel zeigte.

»Teufel auch!«, entfuhr es Allom. Das bedeutete, dass Ian tatsächlich das Gift in irgendeiner Form zu sich genommen haben musste. Jedem im Saal drängte sich dieser Schluss auf. Nur wie? Es war nur folgerichtig, dass damit erneut die Ehefrau in den Fokus der Verdächtigungen rückte. Wer sonst hätte so gute Gelegenheiten gehabt?

Es blieb Richter Cooper nichts anderes übrig, als anzukündigen, dass er die Untersuchung am morgigen Tag fortführen würde.

»Das war ein Schlag ins Kontor«, sagte Charles Mann und folgte mit den Augen der Gestalt Richter Coopers, der sich eilfertig entfernte. »Wer hätte das aber auch gedacht? Wirklich zu ärgerlich, dass dieser aufgeblasene kleine Doktor sich nicht geirrt hat!«

»Und jetzt?«, flüsterte Dorothea. »Wird er mich jetzt wegen Mordversuch anklagen?« Sie fühlte sich wie in einem Traum. Einem entsetzlichen Traum. Schon sah sie, wie alle mit dem Finger auf sie zeigten und sie anspuckten. Frauen, die wegen Gattenmord angeklagt wurden, konnten kaum auf Mitgefühl hoffen.

»Unsinn.« Ian zog sie in eine enge Umarmung. »Niemand, der dich kennt, würde einen so hirnrissigen Verdacht ernst nehmen. Jeder weiß doch, wie nahe wir uns stehen.« Er beugte sich noch tiefer und flüsterte, seinen Mund dicht an ihrem Ohr: »Was meinst du, wie erstaunt ein gewisser Portier wäre, wenn wir ihn als Zeugen für unser gutes eheliches Verhältnis vorladen ließen?«

Er zwinkerte ihr vielsagend zu, und prompt errötete sie bei der Erinnerung an ihre Liebesnacht als Kunde und Dirne.

»Sie haben natürlich vollkommen recht, Mr. Rathbone. Trotzdem fürchte ich, kommen wir nicht darum herum, uns das durch Augenzeugen bestätigen zu lassen.« Charles Mann klang leicht verärgert. Er mochte es wohl nicht, wenn seine Prozess-Strategie durchkreuzt wurde. »Ich denke, Richter Cooper wird Sie und Ihre Verwandten befragen wollen. Und natürlich diesen oder jenen Bediensteten. Sollte ich irgendetwas wissen?« Er sah fragend von einem zum anderen. »Einen Streit? Eine Auseinandersetzung? Besorgungen in einem Drugstore?«

»Nichts. Da war nichts. Es kann sich nur um einen dummen Zufall handeln.« Ian sah Charles Mann fest an. »Ich verlasse mich auf Sie, dass Sie diese alberne Geschichte aus der Welt schaffen!«

»Keine Sorge, ich habe schon schwierigere Aufgaben gemeistert.« Mr. Mann verbeugte sich tief. »Darf ich Ihnen noch einen schönen Abend wünschen?« Dann entfernte er sich gemessenen Schrittes.

Darauf schien Heinrich Sartorius nur gewartet zu haben. »Entschuldigen Sie …« Er trat schüchtern näher. »Ich wollte nur sagen: Es tut mir schrecklich leid, dass ich Ihnen Unbequemlichkeiten verursacht habe. Umso mehr, als ich gehofft hatte …« Er sah zu Boden und wurde feuerrot.

»Sie können ja nichts dafür, dass die Probe nicht so war, wie sie hätte sein sollen«, sagte Dorothea herzlich und reichte ihm die Hand. »Lischen hat mir viel von Ihnen erzählt. Darf ich Ihnen meinen Mann und Mister und Miss Grenfell vorstellen?«

Es war deutlich, dass er nicht ganz bei der Sache war. Sobald er alle begrüßt hatte, sah er Dorothea geradezu flehend an und bat: »Kann ich Sie einen Moment unter vier Augen sprechen?« Verwundert bat sie die anderen drei, schon zum Hotel vorauszugehen, und den jungen Mann, Platz zu nehmen. Der Saal hatte sich fast geleert. Bis auf den Gerichtsdiener, der sie missmutig beobachtete, weil er endlich abschließen wollte, war niemand mehr da. Dennoch kämpfte Sartorius immer noch um Worte. Dorothea verlor die Geduld. Es war ein langer Tag gewesen, und kein sehr angenehmer. »Worum geht es? Um Lischen?«

Sartorius biss sich auf die Unterlippe. »Sie hat mir gesagt, wenn ich Arsen fände, wollte sie nichts mehr mit mir zu tun haben.« Er sah so unglücklich aus, dass Dorothea trotz ihrer eigenen unangenehmen Lage Mitgefühl für ihn empfand. »Sie meinen, sie hat von Ihnen verlangt …?«

Er nickte nur.

»Wie denn? Geht das überhaupt?«

»Ja, schon, es gibt Mittel und Wege. Wenn man beispielsweise die Porzellanschale nicht im richtigen Abstand und Winkel hält, um der Flamme das Arsen abzulocken, wird kein Arsenspiegel sichtbar, weil das Gas entweicht. Aber das wäre Betrug an der Wissenschaft.«

So, wie er die Lippen zusammenpresste und die Stirn runzelte, kam ein solcher offensichtlich für ihn nicht infrage.

Dorothea unterdrückte ein Seufzen. Wie viel einfacher wäre es für alle, wenn er sich dazu bereitgefunden hätte! »Warum haben Sie sich dann überhaupt dazu bereit erklärt? Sie hätten doch einfach sagen können, dass Sie eine solche Untersuchung nicht durchführen können.«

»Aber ich kann es doch!« Ein Sturkopf also auch noch. Da hatte Lischen sich ja etwas Feines geangelt!

»Hat Lischen Ihnen nicht gesagt, dass ich Ian um nichts auf der Welt Schaden zufügen würde?«

»Doch, das hat sie.« Heinrich Sartorius sah sie unglücklich an. »Deswegen hätte ich ja auch nie damit gerechnet.«

Dorothea sah ihn verständnislos an.

»Nun ja, ich dachte, es handelte sich um einen dieser Fälle, in denen die allgemeine Hysterie aus einer Mücke einen Elefanten macht«, erklärte der junge Apotheker. »Ich selber hatte einmal mit einem solchen zu tun. Ein Wirtspaar verlangte von mir in höchster Aufregung, ein Glas Branntwein zu untersuchen. Am Abend zuvor hatte die Wirtin es einem Handwerksburschen eingeschenkt und war dann gegangen, die Lampen zu holen. In der Zwischenzeit hatte ihr Mann sich zu dem Gast gesetzt und von dem Getränk gekostet, weil der Bursche meinte, es schmecke seltsam. Er habe sich geweigert zu zahlen und sei verschwunden. In der Nacht hätte der Wirt schreckliche Bauchkrämpfe bekommen, und nun vermuteten sie einen heimtückischen Giftanschlag. Dummerweise machte ich einen Scherz über Vitriol, und umgehend kehrten die Leibschmerzen bei dem Mann in äußerst heftiger Form wieder.

Kurz und gut, nachdem ich fast zwei Tage vergeblich auf alle bekannten Gifte untersucht hatte, stellte sich heraus, dass ein paar Lausbuben ein wenig Tinte in den Branntwein geschüttet hatten. Die ersten Leibschmerzen hatten überhaupt nichts damit zu tun, der Rückfall jedoch war zweifelsfrei auf die Einbildung zurückzuführen. Deswegen ging ich auch in diesem Fall von einem Zusammentreffen unglücklicher Umstände aus, die den Verdacht ausgelöst hatten. Ich war mir absolut sicher, kein Arsen zu finden, deshalb habe ich natürlich alles vorschriftsmäßig durchgeführt. Verstehen Sie?«

»Was erwarten Sie denn nun, dass ich tun soll?« Dorothea hätte das Gespräch gerne beendet. Inzwischen waren die anderen vermutlich schon im Hotel angelangt. Wie lange wollte er sie denn noch hier aufhalten?

»Bitte, würden Sie Lischen sagen, dass ich nichts dafür konnte?«, stieß er stotternd vor Verlegenheit hervor.

»Ich finde, das sollten Sie ihr selber sagen«, meinte Dorothea und überlegte, wie sie ihn am besten abschütteln konnte.

»Aber Sie, als ihre ältere Schwester ...«

»Sparen Sie sich das ruhig«, sagte Dorothea trocken. »Lischen hat noch nie auf mich gehört. Und ich finde, als erwachsener Mann sollten Sie sich nicht hinter Frauenröcken verstecken, sondern selber für sich sprechen. Glauben Sie mir, das würde meine Schwester bedeutend mehr beeindrucken. – Und jetzt bringen Sie mich bitte zum Hotel. Dank Ihrer Expertise kann ich mich ja nicht mehr alleine auf die Straße trauen.«

Zu ihrer Erleichterung musste sie dann doch nicht seine Begleitung ertragen. Vor dem Gericht wartete, lässig an einen Pfosten gelehnt, eine schlaksige, vertraute Gestalt.

»Mr. Stevenson! Waren Sie bei der Anhörung dabei?« Dorothea ließ den Arm des jungen Apothekers los und ging erfreut auf den Chefredakteur zu.

»Sie haben doch nicht ernsthaft gedacht, dass ich mir so etwas entgehen ließe?«, gab der zurück und richtete sich auf, um ihr herzlich die Rechte zu schütteln. »Habe ich Sie nicht immer gewarnt, dass Sie ein Talent hätten, sich in Schwierigkeiten zu bringen?« Zwar konnte Dorothea sich an keine solche Warnung erinnern, doch das war ihr momentan völlig gleichgültig. »Schon gut, junger Mann, Mrs. Rathbone und ich sind alte Bekannte«, sagte Stevenson zu Sartorius und schlug ihm gönnerhaft auf die Schulter. »Ich bringe die Dame ins Hotel. Guten Abend.«

Solcherart abgefertigt, blieb dem Entlassenen nichts anderes übrig, als sich so würdevoll wie möglich zu verbeugen und anschließend zu entfernen.

»Nun, meine Liebe, wie fühlt es sich an, selbst im Fokus der öffentlichen Aufmerksamkeit zu stehen?« Ohne eine Antwort abzuwarten, nahm er ihren Arm und begann, mit ihr die Straße entlangzuschlendern. »Man kann sagen, inzwischen ist die Stadt gespalten: Die eine Hälfte ist von Ihrer Unschuld überzeugt, die andere erinnert sich an den ominösen Tod von Robert Masters und fragt sich, glücklicherweise noch sehr zurückhaltend, ob der zweite ein ähnliches Schicksal erleiden sollte.«

»Was?!« Dorothea schrie es geradezu und blieb stocksteif stehen. Empört sah sie zu Stevenson auf. »Wenn das ein Scherz sein soll, Mr. Stevenson, ist er äußerst geschmacklos.«

»Es ist leider kein Scherz. – Kommen Sie weiter, wir erregen schon Aufsehen. Es soll eine Taverne geben, in deren Hinterzimmer bereits Wetten abgeschlossen werden.«

»Das ist nicht wahr!«

»Ich habe es zwar nicht mit eigenen Augen gesehen, aber mein Gewährsmann ist normalerweise sehr zuverlässig.«

»Mein Gott, bin ich froh, wenn morgen alles vorbei ist«, rief Dorothea. »Die Menschen sind abscheulich!«

»Sie sind, wie sie nun mal sind«, gab Stevenson ungerührt zurück. »Und wir werden sie nicht ändern. Das versuchen die Philanthropen schon lange vergeblich. Was wir allerdings tun können, ist, ihre Aufmerksamkeit abzulenken. Wissen Sie noch: Adelaide stand kopf wegen dieser Geschichte mit den Schwarzen am Coorong, woran ich, zugegeben, nicht ganz unschuldig war. Dann jedoch kam die Mautgebühr für die Straße nach Glen Osmond, und auf einmal sprach man über nichts anderes mehr.«

»Und woran hatten Sie bei der Ablenkung gedacht?« Dorothea konnte nicht umhin, dem Chefredakteur für sein Vorhaben dankbar zu sein. »Mir fällt im Augenblick nichts ein.«

»Es gibt Gerüchte, Ihr Mann wäre der verschollene Sohn eines Earls. Ist da etwas dran?«

Normalerweise ging man in Australien sehr dezent mit der Herkunft eines Menschen um. Selbst in Südaustralien, wo keine ehemaligen Sträflinge siedelten, galt es als ungeschriebenes Gebot, die Vergangenheit ruhen zu lassen. Deswegen überraschte Dorothea der Vorschlag zuerst. Aber er war gut! Das war ihr sofort klar. Die Menschen liebten solche fantastischen Geschichten.

»Ja, es sieht ganz danach aus«, erwiderte sie deshalb bereitwillig. »Das gerichtliche Verfahren ist allerdings noch nicht abgeschlossen. Jedenfalls haben wir noch nicht die offizielle Bestätigung, dass Ian als Sohn des Earl of Embersleigh anerkannt ist.«

»Wie ist die Sache eigentlich abgelaufen? Ich meine, ich habe noch nie davon gehört, dass ein verschwundenes Kind tatsächlich nach so vielen Jahren wiedergefunden wurde. Es kommt einem schon ziemlich fantastisch vor.«

»Ja, das ist es auch. Am Anfang stand ein Vater, der das Verschwinden seines einzigen Kindes nicht akzeptieren wollte. Er hat jahrelang Nachforschungen anstellen lassen, ehe sein Detektiv auf die Spur stieß, die hierher, nach Südaustralien führte.« Dorothea bemühte sich, die komplizierte Geschichte so kurz wie möglich zusammenzufassen. »Als dann eines Tages der Familienanwalt Mr. Billingsworth in Begleitung von Catriona und Percy leibhaftig vor unserer Tür stand, musste auch Ian zugeben, dass es wohl nicht nur die Träume eines alten Mannes waren, wegen der sich drei Menschen auf eine solche Reise begeben hatten. Und es hat sich dann ja auch rasch herausgestellt, dass Ian tatsächlich der verschollene Sohn ist.«

»Wie denn das?« Stevenson zeigte seine Skepsis recht offen.

»Der kleine Charles hat das Embersleigh-Muttermal«, erklärte Dorothea ihm. »Damit war für Mr. Billingsworth der Beweis erbracht.«

»Ein Muttermal? Ich habe auch eines. Aber bei mir hat sich noch kein Earl gemeldet, der seinen Sohn vermisste!«

»Es ist ein sehr spezielles. Außerdem musste ja auch alles andere zu dem Geschehen passen. Mr. Billingsworth hat uns erklärt, dass eine solche Anerkennung ein ziemlich aufwendiges Verfahren ist. Deswegen dauert es ja auch so lange.«

»Hm. Aus der Anwesenheit dieser englischen Verwandten darf man wohl schließen, dass zumindest inoffiziell alles geklärt ist?«

»Der Anwalt war absolut überzeugt von Ians Identität. Und Catriona und Percy sind es auch.«

»Ach ja, die Grenfells.« Stevenson sah einem Schwarm weißer Kakadus nach, die unter lautem Kreischen ihre Schlafbäume in den Parklands aufsuchten. »Ein äußerst mondänes Paar. Erstaunlich, dass sie es so lange hier aushalten. Oder überlegen sie, sich in unserem schönen Südaustralien niederzulassen? Sie erwecken nicht den Eindruck, dass es sie nach Englands grünen Hügeln zurückziehen würde. Haben sie da keinen Besitz, um den sie sich kümmern müssen?«

»Nicht dass ich wüsste«, sagte Dorothea leichthin. »Sie leben auf dem Besitz von Ians Vater. Die ganzen Jahre waren sie die einzigen Angehörigen, die ihm nahestanden.«

»Oh …« Stevenson zog die Augenbrauen hoch. »Dann hatten sie sich also bisher als die Erben und Nachfolger betrachtet?«

»Das kann schon sein. Aber sie waren überaus erfreut, Ian kennenzulernen. Und sie sind kein bisschen hochnäsig, obwohl wir ihnen schrecklich provinziell vorkommen müssen.«

»Soso.« Der Chefredakteur schwieg danach eine ganze Häuserfront lang, ehe er sagte: »Das ist doch eine tolle Story! Was halten Sie davon, den Klatschmäulern etwas Neues anzubieten, womit sie sich beschäftigen können? ›Wunderbare Familienvereinigung – Earl findet nach zwanzig Jahren seinen Sohn wieder.‹ Oder so ähnlich. Das könnte die Auflage des *Register* um einiges in die Höhe treiben.«

Ian zeigte sich wenig begeistert von der Idee. »Ich weiß nicht, was mein Vater dazu sagen würde, derart im Licht der Öffentlichkeit zu stehen – aber ich weiß genau, dass ich es nicht möchte. Dieser lächerliche Verdacht gegen Dorothy wird sich morgen sowieso in Luft auflösen. Es ist nicht nötig, diese sehr privaten Dinge publik zu machen.«

Percy und Catriona bestärkten ihn noch in seiner Ablehnung, indem sie erklärten, Onkel Hugh wäre es sicher ein Gräuel, den Familiennamen in einer Zeitung gedruckt zu sehen. »Er hasst es, Aufsehen zu erregen«, sagte Catriona und lächelte Ian an. »Er wäre sehr zufrieden mit dir.«

Es wäre sowieso fraglich gewesen, ob Stevensons *Register* es so schnell geschafft hätte, den Fokus des allgemeinen Interesses umzulenken. Noch mehr Leute als am Tag zuvor drängten sich vor den Türen und verlangten Einlass. Die Constables hatten alle Hände voll zu tun, die aufgeregte Menge davon abzuhalten, den Gerichtssaal zu stürmen. Immerhin erwartete man sich von der heutigen Sitzung Aufschluss über das Familienleben einer zumindest des versuchten Mordes Verdächtigen.

Richter Cooper sah mit Missfallen auf die eng besetzten Holzbänke, in denen sich die Leute gegenseitig jeden Zentimeter streitig machten. »Sobald es mir zu unruhig wird, lasse ich den Saal räumen«, drohte er. »Denken Sie bitte daran, dass wir hier in einem englischen Gerichtssaal sind.«

»Klar wie Kloßbrühe. Nu fangen Sie schon an, Euer Ehren«, rief ein vorlauter, junger Kerl von ganz hinten respektlos. Richter Cooper warf dem Frevler einen finsteren Blick zu, verzichtete jedoch auf eine Standpauke und begann stattdessen mit der Verlesung der Liste der Zeugen, die er aufzurufen gedachte. Dorothea seufzte leise. Nicht zu unrecht wurde der Richter als akribisch beschrieben. Vom Kellner des Speiselokals über den Wirt des verdächtigen Pubs, den Bediensteten, der für den Abschnitt des Tisches beim Bankett zuständig gewesen war, bis hin zu ihrem Zimmermädchen im Hotel reichte die Liste. Als dann auch noch die Namen Ian Rathbone, Catriona Grenfell, und Honourable Percy Grenfell fielen fühlte sie, wie ihr Puls sich vor Ärger beschleunigte. War das wirklich nötig?

»Wie aufregend«, flüsterte Catriona ihr ins Ohr. »Ich hätte nicht

gedacht, dass ich mich hier noch einmal so gut amüsieren würde. Soll ich ihm eine ganz dramatische Geschichte erzählen? Was
meinst du?«

Dorothea bemühte sich, ihren aufkeimenden Ärger im Zaum
zu halten. Catriona war nicht dumm. Sie musste doch wissen,
was auf dem Spiel stand. Vielleicht war es ja für sie wirklich eher
unterhaltsam. Sie stand schließlich nicht unter Anklage. Formell
stand auch Dorothea nicht unter Anklage – es war nur eine Anhörung. Aber sie empfand es genauso. Sie konnte nur hoffen, dass
Richter Coopers Genauigkeit am Schluss wenigstens zu einem
klaren Spruch führen würde.

Charles Mann verstand es geschickt, bei dem Verhör des Kell-
ners noch einmal zu betonen, dass Dorothea an diesem Abend gar
nicht in der Nähe von Ian gewesen war. Wie hätte sie ihm also
das Gift verabreichen sollen? War es nicht wahrscheinlicher, dass
etwas von den Giftködern, die im oberen Stock des Lokals ausgelegt waren, durch die Deckenbalken auf Ians Teller gefallen war?

Es war weit hergeholt, und nur der Wirt des Pubs war begeistert
von dieser Lösung. Kein Wunder, seine Taverne hatte kein zweites Stockwerk. Sollte Ian das Gift dort zu sich genommen haben,
konnte das nur auf gravierende Hygienemängel beim Ausschank
zurückzuführen sein.

»Vielleicht hat auch irgendjemand sich einen schlechten Scherz
erlaubt und unbemerkt das Ale versetzt. Ein Konkurrent etwa? Es
ist keine Reklame, wenn Gäste erkranken.« Charles Manns Fantasie trieb wahrlich wilde Blüten. Andererseits blieb ihm nur übrig, Zweifel an Dorotheas Täterschaft zu wecken und mögliche
Alternativen aufzuzeigen. Ihre Unschuld zu beweisen war praktisch unmöglich.

Das Zimmermädchen erwies sich ungeachtet seiner Schüch-
ternheit als erstaunlich gute Beobachterin. »Als die Herrschaften ankamen, hatte die Dame Migräne. Ich habe ihr nur beim

Auskleiden geholfen«, flüsterte sie, als sie von Richter Cooper freundlich aufgefordert wurde, alles zu berichten, woran sie sich erinnerte. »Ich bin dann gleich wieder runter, weil ja die Millie krank war und ich ihre Zimmer mit hab übernehmen müssen.« Sie sah zu Ian hinüber. »Am nächsten Morgen dann ging es dem Herrn da schlecht. Richtig schlecht, wenn Sie wissen, was ich meine, Sir.«

Unterdrücktes Gelächter brandete auf, erstarb jedoch prompt, als der Richter sich laut räusperte. »Es scheint, dieser Zustand ist allgemein besser bekannt, als es wünschenswert wäre. Bitte, fahren Sie fort.«

»Sehr wohl, Euer Ehren: Also, es war so, dass ich gerade vorher eine Flasche ›Godfrey's Elixier‹ gekauft hatte. Für meine Mutter. Aber als ich mitgekriegt hab, wie der arme Herr sich die Seele aus dem Leib gekotzt hat, da hab ich's Mrs. Rathbone angeboten.«

»Mrs. Rathbone hatte Sie aber nicht gebeten, ihr irgendetwas zu besorgen?«, erkundigte sich Mr. Mann höflich.

»Nein, Sir. Das kam mir grad so, es ihr anzubieten, wie ich gesehen hab …«

»Schon gut, ich denke, wir haben alle verstanden, was Sie dazu bewogen hat«, sagte Richter Cooper hastig. »Hat sie gezögert, Ihr Angebot anzunehmen?«

Das Mädchen überlegte einen Moment. »Sie hat mich nur noch gefragt, ob das Elixier auch wirklich ungefährlich wäre, und ich habe ihr gesagt, dass meine Mom sie immer den Kleinen gibt, wenn sie Bauchweh haben, und es ihnen noch nie geschadet hat.«

»Hatten Sie den Eindruck, dass Mrs. Rathbone ungewöhnlich besorgt wegen des Mittels war?«, erkundigte Mr. Mann sich eher beiläufig.

»Äh, nein, Sir. Eher nicht. Normal eben für Leute, die nicht mal Laudanum nehmen.«

»Woher wissen Sie das?«, fragte Richter Cooper scharf. Das

Zimmermädchen sah ihn an, als sei sie nicht ganz sicher, ob die Frage ernsthaft gemeint sei.

»Na, ich habe doch alles ausgepackt. Da hätte ich es wohl finden müssen. Die meisten Gäste legen großen Wert darauf, dass das Laudanum griffbereit steht, deswegen achte ich darauf, es immer als Erstes neben das Bett zu stellen.«

»In meinem Haus dulde ich dieses Zeug nicht!«, warf Ian ein. »Ich habe zu viel von dem Elend gesehen, das es anrichtet.«

»Gut, wir wissen jetzt also, dass sich in diesem Zimmer außer dem Fläschchen ›Godfrey's Elixier‹ keine Substanz befand, die geeignet war, Arsen unterzumischen. Da Mr. Rathbone am Abend zu dem Bankett ging, hatte sich sein Zustand wohl gebessert. Können Sie uns dazu etwas sagen?«

»Na ja.« Das Mädchen senkte den Blick und nestelte verlegen an den Bändern ihres Beutels. »Normalerweise würde ich es ja für mich behalten, weil es niemanden was angeht. Aber als Mrs. Rathbone zurückkam, um sich für den Abend zurechtzumachen, war sie nicht gut auf ihn zu sprechen. Ich hörte ihn fragen, welche Laus ihr über die Leber gelaufen wäre, als ich mit dem heißen Wasser kam. Sie ist dann zum Umziehen rüber zu der Dame da …« Sie wies auf Catriona. »Und mehr weiß ich wirklich nicht, weil, am nächsten Morgen dann war ja schon die Pflegerin da und hat niemanden ins Zimmer gelassen.« Sie blickte zu Richter Cooper auf, erleichtert, dass ihre Prüfung vorüber war. »War's das, Euer Ehren?«

»Hatten Sie den Eindruck, dass es bei dem Streit um etwas Ernsteres ging? Oder war es nur eine kleine Unstimmigkeit, wie sie unter Eheleuten leider nicht allzu selten sind?« Diese Bemerkung Mr. Manns löste vor allem unter den männlichen Zuschauern erneut hörbare Heiterkeit aus.

Das Zimmermädchen sah unsicher von ihm zu Richter Cooper und wieder zurück. »Woher soll ich denn das wissen? Ich bin nicht verheiratet, und mein Dad ist schon lange tot.«

»Schon gut. Ich glaube, Mr. Mann hat sich nur einen etwas unpassenden Scherz erlaubt«, sagte Richter Cooper und warf dem Anwalt einen missbilligenden Blick zu. »Sir, darf ich Sie daran erinnern, dass Sie die Zeugen mit dem angemessenen Respekt behandeln.«

Charles Mann murmelte zwar eine Entschuldigung, wirkte aber nicht übermäßig beeindruckt von der Zurechtweisung.

»Danke, Miss … äh …« Richter Cooper wühlte hektisch in seinen Papieren, »… Bessy. Wenn Mr. Mann keine Fragen mehr hat, ich meine: ernsthafte Fragen, können Sie wieder an Ihre Arbeit gehen.«

Der Anwalt verneinte, und Bessy verabschiedete sich mit einem tiefen Knicks in Richtung Richterbank.

Der Bedienstete, der Ian und Catriona beim Bankett aufgewartet hatte, hatte kaum etwas beizutragen, außer dass er dem Herrn ein frisches Glas hatte bringen müssen, weil er seines umgestoßen hatte. »Da hatte seine Tischdame ihm aber schon ihres zugeschoben, und also gab ich ihr das frische«, sagte er, ohne sich bewusst zu sein, dass das aufflackernde Gemurmel in den Bänken auf seine Äußerung zurückzuführen war.

»Mr. Rathbone hat also gar nicht seinen eigenen Wein getrunken, sondern den von Miss Grenfell?«, insistierte Charles Mann.

»Sag ich doch, Sir. Ich weiß es noch genau. Es war nämlich Claret – und der macht scheußliche Flecken im Leinen!«

»Hat es danach noch irgendwelche Besonderheiten gegeben? Hat Mr. Rathbone zum Beispiel irgendetwas anderes gegessen als die übrigen Gäste?« Richter Cooper betrachtete den Zeugen wohlwollend.

»Nicht dass ich wüsste, Sir. Es war alles in Ordnung, bis ich plötzlich – ich wollte gerade die Dessertteller abtragen – die Dame neben ihm schreien hörte, und als ich mich umdrehte, lag er schon am Boden und wand sich in Krämpfen.«

»Was gab es denn als Dessert?«

»Verschiedenes. Obst natürlich, Käse und ein Blancmanger-Pudding. – Aber kein grüner«, fügte er eilig hinzu. Das Publikum honorierte das mit allgemeinem Gelächter. Ein grün gefärbter Blancmanger hatte dieser Süßspeise zu unrühmlicher Bekanntheit verholfen, als in London vor einem Jahr mehrere Gäste eines Lokals gestorben waren. Die Untersuchung hatte zutage gefördert, dass der Koch, ein sparsamer Mensch, zum Färben keine gemahlenen Pistazien, sondern Kupferarsenik genommen hatte. Seitdem waren grün gefärbte Speisen von den Tischen verschwunden.

»Ich denke, wir können das Dessert außer Acht lassen, Euer Ehren«, sagte Charles Mann, der ein Grinsen unterdrückte. »Schließlich haben außer Mr. Rathbone noch dreiundfünfzig andere Menschen davon gegessen. Und kein Einziger von ihnen klagte danach über Unwohlsein.«

»Auch mir scheint es unwahrscheinlich«, gab Richter Cooper ihm recht. »Nur sind wir jetzt genauso weit wie vorher. Woher das Arsenik stammt, das Mr. Rathbone fast getötet hätte, ist mir ein Rätsel. Wenn dieser chemische Beweis nicht allgemein anerkannt wäre, würde ich zu der Auffassung neigen, dass Dr. Macaulay ein wenig, hm, nun sagen wir: übereifrig war und es sich doch um etwas anderes gehandelt hat.«

»Gänzlich unangefochten ist die Marsh'sche Probe nicht, Euer Ehren.« Charles Mann erkannte sofort die Chance, die sich in Form des zweifelnden Richters bot. Richter Cooper hatte nicht die geringste Ahnung von Naturwissenschaften. Es war allgemein bekannt, dass seine Interessen sich auf die englischen Gesetze sowie theologische Fragestellungen beschränkten. »Sie ist sogar ziemlich umstritten. Ich habe mir die Mühe gemacht und einige Schriften dazu studiert. Es gibt namhafte deutsche Pharmakologen, die die Ansicht vertreten, dass die Unsicherheit des chemischen Prozesses so hoch sei, dass das Ergebnis, wie auch immer es ausfallen möge, keine Gerichtsverwertbarkeit zuließe.«

»Gibt es auch englische Meinungen dazu?« Richter Cooper bevorzugte offensichtlich die Urteile von Landsleuten.

»In England ist Arsenik als Mordgift nicht so allgemein verbreitet wie auf dem europäischen Kontinent«, gab Charles Mann geschmeidig zurück. »Deswegen hat es dort nicht diesen Stellenwert der wissenschaftlichen Aufmerksamkeit.«

»Man könnte auch sagen, es ist den englischen Wissenschaftlern egal, womit die Leute sich gegenseitig umbringen«, warf Chefredakteur Stevenson halblaut ein. »Außerdem möchte ich wetten, dass Allom noch nie zuvor bei so etwas mitgemacht hat.«

»Ich muss doch sehr bitten, Sir!« Zwei Reihen vor ihm sprang wie von der Tarantel gebissen eine kleine Gestalt auf, drehte sich um und wippte auf den Zehenspitzen, als wollte er sich jeden Moment auf den bedeutend Größeren stürzen. »Zweifeln Sie etwa meine Integrität an?«

»Nicht im Mindesten.« Stevenson ließ sich nicht aus der Ruhe bringen. »Ich äußerte nur die Vermutung, dass Ihre Erfahrungen mit dieser Methode begrenzt sein dürften. – Oder wie viele Marsh'sche Proben haben Sie schon durchgeführt?«

Der Schulmeister musste kleinlaut zugeben, dass er tatsächlich noch nie mit diesem Apparat gearbeitet hatte. »Sehen Sie? Wissenschaft ist ja gut und schön. Aber sie ist nicht unfehlbar. Oder wurde irgendwo auch nur eine Unze Arsenik gefunden – außer dem obskuren Spiegel, den dieser Apparat produziert hat?«

Damit hatte er Richter Cooper aus der Seele gesprochen. Auch er schätzte bekanntermaßen handfestere Beweise wie Augenzeugen. Deswegen tadelte er Mr. Stevenson nicht für seinen Einwurf, sondern nickte ihm nur zu und sagte milde: »Sie nehmen vorweg, was ich abschließend dazu bemerken wollte: Dieser sogenannte wissenschaftliche Beweis ist nicht sehr belastbar. Ein Fehler ist nicht auszuschließen. Zudem hat auch keiner der Zeugen irgendetwas beobachtet, das darauf hingewiesen hätte, dass ein Vergiftungsversuch vorliegen könnte. Ich neige zu der Ansicht, dass wir uns die Befragungen von Mr. Rathbone, Miss Grenfell und dem Honourable Percy Grenfell sparen können.«

»Oh, wie schade«, flüsterte Catriona Dorothea zu. »Wo ich mich so darauf gefreut hatte, einmal vor Gericht vernommen zu werden.«

Ihr Bedauern über die Entscheidung des Richters wurde von der Mehrheit der Anwesenden geteilt und auch hörbar geäußert. Dorothea hingegen hätte vor Erleichterung in Tränen ausbrechen können. Trotz Richter Coopers Rücksicht war diese öffentliche Untersuchung alles andere als angenehm gewesen. Nur gut, dass sie nicht wusste, was alles an bösartigen Klatschgeschichten über sie kursierte! Die Geschichte von den Wetten hatte sie zutiefst abgestoßen. Konnte wirklich jemand annehmen, dass sie Robert getötet hatte? Wie perfide musste man sein, um ihr einen heimtückischen Giftmord zuzutrauen? Ihr Vater hatte immer gesagt, dass Vermutungen über Motive anderer Menschen mehr über einen selbst verrieten, als einem lieb sein konnte. Wie recht er gehabt hatte!

Sie brannte darauf, Adelaide endlich verlassen zu können. Und so schnell würde sie nicht in die Stadt zurückkehren!

»Ich verkünde jetzt das Ergebnis der öffentlichen Untersuchung über den Vorwurf versuchten Giftmords an Ian Rathbone, angezeigt durch Doktor Ambrose Macaulay.« Richter Cooper räusperte sich, als ließe er einiges, das ihm auf der Zunge lag, ungesagt. »Nach meiner Ansicht hat dieses äußerst gründlich durchgeführte Verfahren nicht den geringsten Hinweis auf irgendeine Grundlage eines solchen Verdachts ergeben. Das Gericht sieht sich außerstande, die Erkrankung von Mr. Ian Rathbone, die ja unbestritten ist, auf eine Vergiftung zurückzuführen. Vielmehr dürfte es sich um eine Verkettung unglücklicher Umstände handeln, die jedoch nicht aufzuklären sind. Ich möchte mich bei Mrs. Rathbone für jegliche Unannehmlichkeit entschuldigen und bedanke mich bei allen Zeugen, die hier nach bestem Wissen und Gewissen ihrer Pflicht nachkamen. Im Namen der Königin!«

»Der gute Richter ist immer so pathetisch«, hörte Dorothea Charles Mann murmeln, bevor er sich an sie wandte und meinte: »Ich habe es noch nie erlebt, dass Stevenson sich für jemanden so ins Zeug legt. Sie müssen bei ihm einen Stein im Brett haben. Wenn er jetzt noch einen entsprechenden Artikel bringt, ist die Schlacht um die öffentliche Meinung gewonnen. Dann kann der kleine Doktor sich nur noch verkriechen. – Aber passen Sie auf Ihren Mann auf: Wenn ihm jetzt irgendetwas zustoßen sollte, ist alles wieder da.«

Dorothea stockte der Atem. Scherzte er oder meinte er das ernst? In dem Fall …

»Was sollte mir denn zustoßen?« Ian griff nach ihrem Ellenbogen und drückte ihn beruhigend. Er kannte sie gut genug, um zu ahnen, was sie empfand. »Wie heißt es so schön: Totgeglaubte leben länger. Aber ich werde mich in Zukunft beim Ale etwas mehr zurückhalten. Versprochen.«

Es dauerte ewig, bis sie mit allen, die sie umdrängten, ein paar Worte gewechselt und sich verabschiedet hatten. Auf einmal schien jeder schon immer gewusst zu haben, dass an der Geschichte kein Jota Wahrheit war, und musste das auch ausführlich zum Besten geben.

»Ich kann jetzt wirklich keinen von diesen Pharisäern mehr ertragen«, stöhnte Dorothea, als sie endlich auf dem Weg in ihr Hotel waren. »Könnten wir nicht sofort aufbrechen, Ian?«

»Wolltest du nicht wenigstens noch bei deiner Mutter vorbeischauen?«, erwiderte ihr Mann erstaunt. »Sie möchte sicher wissen, wie alles ausgegangen ist. Ich habe mich schon ein wenig gewundert, dass sie und Lischen sich nicht blicken ließen.«

»Ich habe sie darum gebeten«, log Dorothea und war zum wiederholten Mal froh über den Hutschleier, der ihr Gesicht verbarg. Nach Lischens kurzem Besuch hatte sie fast damit gerechnet, dass sie ihr bis nach der Untersuchung aus dem Weg gehen würde. Trotzdem: Es hatte geschmerzt, von der eigenen Familie im Stich gelassen zu werden. Auch wenn ihr klar war, dass es nur vernünftig war. Schließlich waren Lischen und ihre Mutter auf das Wohlwollen der Kundschaft angewiesen. Ihr selbst konnte es egal sein – draußen auf Eden House war sie vor dem Klatsch sicher. Die beiden hingegen mussten hier leben. Und Ian hatte ja wie ein Fels zu ihr gestanden.

»Hast du dich niemals gefragt, ob etwas an dem Verdacht dran ist?«, fragte sie ihn, sobald sie allein in ihrem Zimmer waren. Ihr Mann sah sie an, als hätte sie den Verstand verloren. »Niemals«, sagte er schlicht und zog sie eng an sich. »Ich würde mir eher die Hand abhacken, als dir auch nur ein Haar zu krümmen. Wieso sollte es bei dir anders sein?«

Gerührt erwiderte sie die Umarmung. »Ich liebe dich«, wisperte sie in seine Hemdbrust. »Ach, Ian, lass das.« Damit meinte sie seine Hände, die in ihrem Rücken nach den Häkchen tasteten, mit denen das Oberteil ihres Kleides geschlossen wurde. »Wer soll mich denn nachher wieder schnüren? Das Zimmermädchen denkt schon schlecht genug über mich.«

»Vielleicht könnte ich es versuchen?«, schlug ihr Mann vor, ohne von seinem Vorhaben abzulassen. »Wieso trägst du überhaupt dieses alberne Ding? Früher hast du dich immer über die Frauen lustig gemacht, die solche Schildkrötenpanzer anhatten.«

»Weil ich neben deinen englischen Verwandten nicht als Landpomeranze dastehen will«, gab sie etwas kurzatmig zurück. Ians Annäherungsversuche verfehlten ihre vertraute Wirkung auf sie keineswegs. Umso mehr bemühte sie sich, einen klaren Kopf zu behalten.

»Dann kann ich ja nur hoffen, dass sie endlich wieder abreisen, damit meine Frau nicht mehr meint, sich hinter Fischbein und gestärktem Leinen verschanzen zu müssen.« Ian seufzte. »Schon gut, Darling. Ich werde mich bis heute Abend gedulden. Soll ich dich zu deiner Mutter begleiten?«

»Nein danke. Aber würdest du alles in die Wege leiten, dass wir gleich nach dem Frühstück aufbrechen können? Ich kann es nicht erwarten, endlich nach Eden House zurückzukommen!«

Der Spruch des Richters schien sich in Windeseile verbreitet zu haben. Die Herren hoben bei ihrem Anblick alle den Zylinder, und die Damen nickten ihr freundlich zu. Keiner gab mehr vor, zu sehr ins Gespräch vertieft zu sein, um sie zu bemerken. Dorothea musste unwillkürlich an Wölfe denken, die einen freundlich anzulächeln schienen, um im nächsten Moment über einen herzufallen. In Zukunft würde sie sich wohl immer fragen, ob ihr Gegenüber sie etwa wieder schneiden würde, sobald Gerüchte über sie in Umlauf gesetzt wurden.

Sie hatte den Fuß gerade auf die unterste Stufe gesetzt, als ihre Mutter bereits mit wehender Schürze aus dem Atelier stürzte. »Dorothea, Kind, wie geht es dir?« Ohne eine Spur ihrer sonstigen Zurückhaltung schlang sie beide Arme um Dorothea und drückte sie fast schmerzhaft. »Ich bin beinahe verrückt geworden, hier sitzen und warten zu müssen und dir nicht wenigstens durch meine Anwesenheit beistehen zu dürfen.«

Dorothea stutzte kurz, ehe ihr ein Licht aufging. Offenbar hatte Lischen vorgegeben, dass sie ihre Familie nicht im Gerichtssaal sehen wollte. »Es war besser so, Mama«, sagte sie und erwiderte die Umarmung liebevoll. »Es hätte nur deinem Geschäft geschadet. Und ich hatte ja Ian.«

»Pah, das Geschäft.« Mutter Schumann schnaubte verächtlich durch die Nase. »Wer von meiner Tochter so etwas denkt, der kann mir gestohlen bleiben! Du und deinen Ian vergiften! Was für eine Schnapsidee.« Sie schüttelte ungläubig den Kopf. »Dieser kleine Doktor sollte besser wieder nach London zurückgehen. Ich verstehe nicht, wieso Richter Cooper ihn nicht in seine Schranken gewiesen hat.«

»Keine Sorge. Das hat er, Mama«, sagte Dorothea und folgte ihrer Mutter in die Küche. Lischen sah von den Kartoffeln auf, die sie gerade schälte, mied aber den Blick der Schwester. Ihre normalerweise rosigen Wangen waren blass, und die geröteten Augen verrieten, dass sie geweint hatte. Dorothea zögerte nur einen Moment. Dann ging sie auf sie zu und schloss auch sie in die Arme. »Ich bin dir nicht böse«, wisperte sie an ihrem Ohr. Laut und vernehmlich sagte sie dann: »Es ist schon erstaunlich, wie rasch der Wind sich wendet. Auf dem Weg hierher bin ich von niemandem mehr geschnitten worden. Alles ist wieder wie vorher. Als wäre es nur ein böser Traum gewesen.«

»Dann wollen wir hoffen, dass die Aufträge wieder sprudeln«, bemerkte Lischen leise und stellte den Topf mit den Kartoffeln auf den Herd. »Du bleibst doch zum Essen?«

»Nein danke. Wir fahren gleich morgen früh wieder zurück nach Hause. Ich wollte nur kurz vorbeischauen, um mich von euch zu verabschieden.«

Als die Klingel der Ladentür eine Kundin ankündigte und Mutter Schumann nach vorn ging, packte Dorothea die Gelegenheit beim Schopf: »Lischen, was ist mit dir? Warum hast du geweint?«

»Ich wüsste nicht, was dich das anginge«, gab diese pampig zurück.

»Natürlich geht es mich etwas an, wenn du unglücklich bist! Komm, sag mir schon, was dich bedrückt.« Lischen wandte nur störrisch den Kopf ab.

»Hast du dich mit deinem Heinrich gezankt?« Diese direkte Frage ließ ihre Schwester überraschend in Tränen ausbrechen. Das

Gesicht in der Schürze vergraben, sank sie auf einen der Küchenstühle und schluchzte: »Es ist alles vorbei. Wie kann ich jemandem noch vertrauen, der mit diesem Doktor gemeinsame Sache macht, der meine Schwester vor Gericht gezerrt hat? Ich habe ihm ein Billett geschrieben, dass ich nichts mehr mit ihm zu tun haben will.«

Dorothea zog einen Stuhl neben sie und legte ihr gerührt den Arm um die Schultern. »Ach, Lischen! Du kannst es einem Mann der Wissenschaft doch nicht übel nehmen, wenn er sich weigert zu betrügen. Ich hätte es eher bedenklich gefunden, wenn er sich dazu bereit erklärt hätte. Er konnte wirklich nichts dafür, dass die Probe nicht wie gewünscht ausfiel. Weißt du, dass er danach zu mir kam, um sich dafür zu entschuldigen?« Dass es ihm vor allem darum gegangen war, sie zu bitten, sich bei ihrer Schwester für ihn einzusetzen, verschwieg sie wohlweislich.

»Tatsächlich?« Lischen ließ die Schürze sinken und lächelte unter Tränen. »Das sieht Heinrich ähnlich!«

Dorothea erinnerte sich, dass sie dem jungen Apotheker geraten hatte, mit Lischen offen zu sprechen. »War er seitdem schon hier?«

Lischen nickte wieder. »Ich habe ihn aber nicht empfangen«, erklärte sie. »Und das Bukett habe ich auch nicht angenommen.«

»Wenn ich es ihm nicht übel nehme, kannst du es ihm doch auch verzeihen.«

Ihre Schwester schwieg und versteckte sich erneut hinter ihrer Schürze. Irgendetwas sagte Dorothea, dass Lischen nicht ganz ehrlich war. Es war ja alles gut ausgegangen. Der Zorn auf den jungen Apotheker schien ihr übertrieben.

»Wenn du ihn wirklich gern hast, dann mach kein Drama daraus«, riet sie ihr auf gut Glück. »Es wäre schade, wenn du dein Lebensglück nur wegen deines Dickkopfes aufs Spiel setzt. Du hast ihn doch wirklich gerne, oder?«

Die Geräusche hinter der Schürze klangen nach Bestätigung.

»Na dann … – Was meint Mama dazu?«

»Nichts. Sie sagt doch nie etwas.« Unvermittelt hob Lischen das verweinte Gesicht und funkelte Dorothea wütend an. »Sie hat nichts gesagt, als du damals direkt nach Papas Tod Robert geheiratet hast und verschwunden bist. Sie hat nichts gesagt, als die Jungen nach London gingen, und sie hat nichts gesagt, als August beschloss, sich als Goldsucher zu versuchen. Wieso sollte sie jetzt etwas sagen? Aber ich werde sie nicht im Stich lassen wie ihr alle.« Ein erneuter Tränenstrom schnitt ihr die Luft ab. Erschrocken über den Ausbruch saß Dorothea wie erstarrt. Das also war es!

Hier und da – wenn sie Zeit dazu gehabt hatte – hatten sie bei der Erinnerung an ihre Flucht aus dem Trauerhaus Gewissensbisse geplagt. Allerdings hatte sie nie allzu lange dabei verweilt. Schließlich war ihr damals gar keine andere Möglichkeit verblieben. Einen Moment spielte sie mit dem Gedanken, Lischen zu erklären, dass es Gründe für die überstürzte Hochzeit gegeben hatte. Aber wozu?

»Ich glaube nicht, dass Mama es auch so sieht«, sagte sie schließlich vorsichtig. »Es ist normal, dass Kinder aus dem Haus gehen, und sie ist doch glücklich mit ihrem Atelier und dem Ansehen, das es genießt. Außerdem: Ihr würdet doch in ihrer Nähe bleiben.«

Lischen schniefte und schnäuzte sich herzhaft in das feine Batisttaschentuch, das Dorothea ihr hinhielt. »Natürlich. Heinrich mag sie sehr gern. Sie erinnert ihn an seine Lieblingstante, sagte er einmal. – Aber ich habe ihn doch weggeschickt.«

»Würdest du es wieder tun, wenn er noch einmal käme?«

Lischen seufzte laut. »Was soll die blöde Frage? Heinrich ist ungeheuer stolz. Er wird bestimmt nicht noch einmal hier anklopfen.«

»Na, dann musst du eben wieder die Initiative ergreifen und zu ihm gehen – aber nicht heute!«

Dorothea hielt sich nicht mehr lange in der Carrington Street auf, sondern nahm einen kleinen Umweg, der sie an Merryweather's Drugstore vorbeiführte. Als sie die Ladentür öffnete, fand sie sich sofort Auge in Auge mit Heinrich Sartorius, der an einem Ende der hölzernen Ladentheke hantierte. Vor Schreck entglitt ihm um ein Haar der Glastrichter, mit dessen Hilfe er gerade aus einem voluminösen Behälter zierlich beschriftete Fläschchen abfüllte. »Wenn das ›Godfrey's Elixier‹ ist, hätte ich gerne eine Flasche davon«, sagte Dorothea. »Sofern Sie nicht alles fallen lassen.«

»Mrs. Rathbone«, stammelte der junge Mann. Eilig stellte er alles hin, wischte sich die Hände an seinem blütenweißen Kittel ab und verbeugte sich tief. »Was kann ich für Sie tun? Sie wollen doch nicht wirklich dieses Zeug da kaufen?«

»Warum nicht?«

Sartorius warf einen Blick über die Schulter, um sich zu vergewissern, dass sein Chef nicht in Hörweite war. Dann beugte er sich vor und flüsterte: »In Deutschland bereiten Apotheker Opium-Lösungen nur auf ärztliche Anweisung zu. Hier verkaufen sie es wie Limonade. Bitte, lassen Sie lieber die Finger davon.«

»Ist es wirklich so gefährlich?« Dorothea dachte an das Zimmermädchen, dessen jüngere Geschwister es regelmäßig bekamen. Und wenn man die Menge der Fläschchen betrachtete, die zum Befüllen bereitstanden, mangelte es nicht an Nachfrage.

»Man stirbt nicht daran«, sagte er sehr ernst. »Aber es ist auch nicht schön, wenn man nicht mehr ohne sein kann. Wir haben Kundinnen, die holen sich jede Woche eine Flasche. Und wenn wir Lieferprobleme haben, werden sie richtig krank.«

Dorothea erschrak. »Behalten Sie es. Eigentlich wollte ich mit Ihnen wegen meiner Schwester sprechen.«

Sartorius blickte düster zu Boden. »Ich habe alles getan, um sie umzustimmen. Ich habe versucht, es ihr zu erklären, obwohl sie nicht das Geringste vom Ehrenkodex der Wissenschaft versteht. Sie hat mir den Brief ungeöffnet zurückbringen lassen. Sogar Blumen habe ich geschickt, obwohl sie derzeit furchtbar teuer sind und ich deswegen auf meine neuen Glaskolben verzichten musste. Aber es war alles vergeblich.« Er schlug mit der Faust so heftig auf die Tischplatte, dass die Glasbehälter gefährlich klirrten.

»Das war wirklich ein großes Opfer.« Sie unterdrückte die aufsteigende Heiterkeit. Sicher fand ihr Gegenüber das überhaupt nicht komisch. »Meinen Sie, Sie könnten sich dazu überwinden, es noch einmal zu versuchen?«

Sartorius sah auf. So etwas wie ein Hoffnungsschimmer glomm in seinen Augen. »Sie haben mit ihr gesprochen?« Auf einmal wirkte er überraschend jung und schüchtern. »Was hat sie gesagt? Oh, bitte, spannen Sie mich nicht so auf die Folter! Ich täte alles für sie – außer ein wissenschaftliches Experiment zu verfälschen.«

»Ich denke, wenn Sie noch einmal in der Carrington Street vorsprechen, werden Sie Lischen zugänglicher finden. Obwohl Sie feststellen werden, dass meine Schwester ihren eigenen Kopf hat.«

Sartorius strahlte vor Freude. »Ich weiß. Das schätze ich ja gerade so an ihr. Dass sie nicht eines jener Frauenzimmer ist, die zu allem Ja und Amen sagen. Wir haben schon ganz schön hitzige Diskussionen geführt.« Er packte Dorotheas behandschuhte Rechte und schüttelte sie frenetisch: »Danke. Vielen Dank. Ich weiß gar nicht, wie ich das jemals wiedergutmachen kann, Mrs. Rathbone.«

»Ganz einfach: Indem Sie gut zu Lischen und meiner Mutter sind«, sagte Dorothea leise.

»Das ist doch selbstverständlich!« Er sah für einen Moment ein wenig traurig aus. »Hat Lischen Ihnen erzählt, dass ich aus Deutschland flüchten musste, um nicht als Revolutionär erschossen zu werden?« Dorothea nickte. »Ich vermisse meine Eltern und die Geborgenheit unserer weitläufigen Familie ganz schrecklich und würde mich glücklich schätzen, hier Menschen zu haben, zu denen ich gehören darf.«

»Dann holen Sie sich gleich morgen früh ein frisches Bukett und bitten meine Schwester um ihre Hand«, riet Dorothea praktisch. »Sie passen wunderbar zusammen: zwei Dickköpfe, wie sie im Buche stehen!«

Die Rückfahrt gestaltete sich weitaus angenehmer als die Hinfahrt. Die ersten herbstlichen Regenschauer waren über die ausgetrocknete Landschaft niedergegangen und hatten den Staub gebunden. Es war gerade ausreichend Feuchtigkeit, um die Luft klar und frisch zu halten, aber noch nicht genug, um den Erdboden aufzuweichen. Als sie durch Hahndorf fuhren, rochen sie den typischen Rauch der Kartoffelfeuer und sahen die riesigen Halden aus Rüben, die später mit Erde bedeckt würden, um als Wintervorrat zu dienen.

»Wie kommt ihr eigentlich damit zurecht, dass hier die natürlichen Jahreszeiten auf den Kopf gestellt sind?«, erkundigte sich Percy, während er befremdet dem Erntetreiben zusah. »Es ist Mai. Zu Hause blühen jetzt die Apfelbäume und Rosen. Die Saison in London ist beendet, alle ziehen sich auf ihre Ländereien zurück – und hier ist es genau umgekehrt.«

»Ach, nach ein paar Jahren gewöhnt man sich daran«, sagte Ian gleichmütig. »Selbst die Schafe lammen inzwischen zum großen Teil im Herbst, wenn genügend frisches Gras zur Verfügung steht.«

»Also, an Weihnachten im Hochsommer – daran werde ich mich wohl nie so ganz gewöhnen …« Dorothea seufzte. »Und zu Ostern vermisse ich immer noch die Tulpen und Narzissen. Aber sonst geht es wirklich ganz gut. Erntedank wird eben dann gefeiert, wenn die Ernte eingefahren wird. Das funktioniert recht gut.«

Außer dass ihnen in den Wäldern am Südhang des Mount Barker um ein Haar ein dicker Ast auf den Kopf gefallen wäre, verlief die Rückreise ereignislos. Wie stets, wenn die vertraute Silhouette von Eden House am Horizont auftauchte, empfand Dorothea das freudige Gefühl, wieder zu Hause zu sein. Still bewunderte sie die Schönheit der weiten Landschaft, das silberne Band des Murray, der hier so breit und majestätisch durch die Ebene strömte. Jetzt im Herbst, wo das Grün überall verdorrt war, herrschten eher metallische Farben vor: warmes Kupferbraun, glitzerndes Silber und sanft schimmerndes Gold. Auf einigen Zweigen saßen dicht an dicht aufgereiht bunte Vögel wie großzügig verstreute Juwelen. Wenn sie sich mit der Kutsche näherten, stoben sie auf, und ihr empörtes Geschrei begleitete sie noch eine ganze Weile.

Auch auf Eden House war ihr Kommen nicht unbemerkt geblieben. Als Ian den erschöpften Braunen auf den Hof lenkte, wurden sie bereits von einem umfangreichen Begrüßungskomitee erwartet. Umfangreicher als sonst.

Zunächst glaubte Dorothea an eine Sinnestäuschung. Eine Halluzination? Auf den ersten Blick wirkte alles völlig normal: wenn nicht zwei Fremde dabei gestanden hätten, die Dorotheas Blick magisch anzogen. Hinter Mrs. Perkins und Mannara hielt sich eine weißhaarige Aborigine bescheiden im Hintergrund, und neben Robbie, als suche sie bei ihm Schutz, stand ein Mädchen, das seine Hand umklammerte. Sie erkannte es nicht sofort, vermutlich weil es völlig anders aussah als im Lager. War das nicht …?

Vermutlich war es Trixies Verdienst, dass die zotteligen Haare von ehemals undefinierbarer Farbe jetzt in sauber geflochtenen Zöpfen von hellem Nussbraun schimmerten. In einem alten Kleid von Heather störte nur die tief gebräunte Haut das Bild eines typisch englischen Mädchens. Die Haut und der gehetzte Blick … Das Kind umgab die Aura eines verängstigten Wildtieres.

Das fremde Kind sah sie an, und Dorothea wurde schwindlig vor Erleichterung. Wer auch immer die Kleine war – sie war kein Mischling. In ihren zarten Zügen fand sich nicht die leiseste Spur einheimischer Physiognomie. Es war ein einwandfrei europäisches Gesicht.

Mit einem leisen »Brrr« bedeutete Ian dem Pferd, dass es stehen bleiben durfte, band die Zügel fest und sprang vom Bock. Während er Dorothea vom hinteren Sitz hob, murmelte er gereizt: »Ich möchte nur wissen, was das schon wieder soll! Ich hatte mich so auf einen ruhigen, gemütlichen Abend zu Hause gefreut!«

Dorothea wurde einer Antwort enthoben, weil Mary es endlich geschafft hatte, sich von Trixies Hand loszureißen und vor lauter Hast beinahe die Treppenstufen hinuntergefallen wäre. »Was habt ihr uns mitgebracht?« Marys helle Stimme vertrieb den finsteren Ausdruck aus Ians Gesicht umgehend. »Kinderfragen, mit Zucker bestreut«, gab er scherzhaft zurück und bückte sich, um sie hochzuheben. »Na, mein kleiner Schatz? Wart ihr auch brav?«

»Willkommen daheim«, sagte Mrs. Perkins und trat vor. Ihre ernste Miene kündete von schlechten Nachrichten. »Ich darf sagen, wir haben Sie sehnsüchtig erwartet, Master Ian.«

»Das haben wir!«, bestätigte Lady Chatwick, die entschieden nickte. »Hier ist in den letzten Tagen so einiges los gewesen.« Sie sah vielsagend zu der alten Aborigine und dem Mädchen.

»Eine vollkommen verrückte Geschichte – aber das sollen sie euch selbst erzählen.« Ihre Augen funkelten vor Aufregung, als sie hinzufügte: »Man sagt es immer so leichthin, aber Gottes Wege sind manchmal wirklich wunderbar.«

»Sobald wir den Reisestaub abgewaschen haben«, sagte Ian, der nicht allzu begeistert schien. »In einer halben Stunde im Salon.«

Als Dorothea und er eintraten, wurden sie bereits von der alten Aborigine und ihrem Zögling erwartet. Beide hockten auf den Stuhlkanten, als trauten sie der Haltbarkeit europäischer Möbel nicht. Unter dem karierten Baumwollstoff von Heathers altem Kleid sahen nackte, braune Füße hervor. Dorothea lächelte unwillkürlich, weil es sie daran erinnerte, dass Jane festes Schuhwerk ebenfalls verabscheut hatte. Auch die Füße der Kleinen zeigten die dicken Hornhautschwielen, die vom ständigen Barfußgehen herrührten.

»Ich grüße euch«, sagte die Alte, kniete zum Zeichen des Respekts nieder und verbeugte sich mühsam fast bis zum Boden. Das Mädchen tat es ihr sofort nach.

»Bitte, steh auf.« Ian trat auf die alte Frau zu und reichte ihr die Hand, um ihr behilflich zu sein. »Erklär mir lieber, was ein weißes Kind bei dir zu suchen hat. Sie ist kein Mischling, das sieht man auf den ersten Blick. Ist sie ein Ausreißer?«

Dorothea fiel auf, dass das Mädchen plötzlich verärgert wirkte. Sie hatte jedes Wort verstanden. »Nein, das bin ich nicht«, platzte sie heraus. »Ich habe schon immer bei meiner Mutter gelebt.«

Ian schwieg angesichts dieser offensichtlich falschen Behauptung und sah die angebliche Mutter nur auffordernd an. Die zog ihren Opossumfellmantel fester um sich. »Sie war noch zu klein. Sie kann sich an ihre richtige Mutter nicht mehr erinnern«, sagte die alte Aborigine entschuldigend. »Es ist lange her, dass sie ein weißes Kind war.«

»Wie lange?«, fragte Ian scharf.

»Zu lange.« Die Alte ließ sich nicht aus der Ruhe bringen. Dorothea erinnerte sich an das Gerücht, dass sie bei den Aborigines als Hexe verschrien war. Kein Wunder, ein solches Selbstbewusstsein war bei einer Eingeborenenfrau extrem selten. Lebte sie nicht auch noch ohne Mann? Wenn dazu die Angst vor Zauberei kam, würde niemand wagen, eine Hand gegen sie zu erheben. »Jetzt muss sie zu ihrem eigenen Volk zurück.«

»Vielleicht fängst du besser ganz von vorn an«, schlug Ian vor, lehnte sich zurück und verschränkte die Hände vor dem Bauch.

»Es kommt mir ziemlich kompliziert vor. Wo hast du eigentlich so gut unsere Sprache zu sprechen gelernt?«

Die Alte nickte. »In der Missionsschule in Encounter Bay. Dort bekam ich auch meinen englischen Namen: Sara. Meine Familie starb, als ich noch klein war, und so blieb ich dort, bis ich alt genug war, für mich selbst zu sorgen. Einige Zeit war ich Dienstmädchen auf einem Anwesen bei Goolwa, aber sie schickten mich weg, als dem Besitzer dort eine andere *lubra* besser gefiel. Von da an lebte ich allein auf dem Coorong.«

Dorothea zuckte zusammen. Sara sprach das Wort ein wenig anders aus, gutturaler. Aber trotz der kehligen Aussprache erkannte sie den Namen jener Landbrücke, auf der vor vielen Jahren das berüchtigte Maria-Massaker stattgefunden hatte. Ein großer Teil der Vermissten war tot aufgefunden worden, ein anderer war verschwunden und würde es, außer für die wenigen Mitwisser jener grausigen Entdeckung, für alle anderen auch bleiben. Das Bild der aufgereihten Köpfe der Schiffsmannschaft in der Höhle des Skelettmannes würde sie nie in ihrem Leben vergessen!

Verschwunden war auch das jüngste Kind einer der Familien. Alle übrigen Mitglieder waren aufgefunden und christlich bestattet worden – bis auf die kleine Tochter.

»Wenn dich keine Gruppe deiner Leute aufnehmen wollte … Wieso bist du nicht zurück zur Missionsstation?« Ian schüttelte verständnislos den Kopf. »Sie hätten dich sicher nicht weggeschickt.«

»Nein, das hätten sie nicht«, gab Sara ihm recht. »Aber ich hatte genug vom Leben der Weißen. Meine Ahnen sagten mir, es sei an der Zeit, wieder die Erde unter meinen Fußsohlen zu spüren und den Wind auf meiner Haut. Ich hatte fast vergessen, wie *murnong* schmeckte. Dabei hatte ich als Kind nahezu täglich gedämpfte *murnong*-Wurzeln gegessen.«

»Aber ganz allein draußen in der Wildnis?« Dorothea versuchte vergeblich, es sich vorzustellen. »Wie hast du das nur ausgehalten?«

»Ich war endlich frei«, sagte Sara schlicht. »Es machte mich glücklich, tagsüber durch den Busch zu streifen und nachts die Sterne über mir zu sehen. Ich musste nicht mehr essen, wenn ich keinen Hunger hatte, und schlafen, wenn ich nicht müde war.«

»Hast du keinen Ärger mit den Jägern dort bekommen?« Die Ngarrindjeri vom Coorong und rund um den Lake Albert galten als äußerst gefährliche Nachbarn.

»Wenn man allein ist, ist es leicht, sich unsichtbar zu machen. Außerdem dauerte es nicht lange, und sie gingen mir aus dem Weg.« Sara lächelte verschmitzt.

Dorothea hätte gerne erfahren, wie sie das angestellt hatte, aber Ian schienen solche Details herzlich egal zu sein. »Schön, du hast es also geschafft, allein zu überleben«, sagte er und musterte sie wie ein Pferd, bei dem man noch überlegt, was man dafür zu zahlen bereit ist. »Ich bin kein Missionar, und deshalb ist es mir egal, ob du wieder nach dem Glauben deiner Leute lebst oder nicht. Was mich interessiert, ist, wie du zu diesem Kind gekommen bist.«

Saras Gesichtszüge verzogen sich, als litte sie Schmerzen. »Eines Morgens weckte mich lautes Kriegsgeschrei. Es war Regenzeit, und deshalb dachte ich zuerst an eine Vision.« Natürlich: In der Regenzeit verkrochen alle Aborigines sich in ihren Winterlagern. Gefährlich wurde es erst wieder, sobald die Stämme sich im Frühjahr erneut in die Sommerlager begaben und eine solche Wanderung gerne zu einem kleinen Kriegszug nutzten.

»Ich kletterte über die Düne und versuchte, etwas zu erkennen. Im dichten Nebel war es schwierig, so weit zu sehen. Zuerst dachte ich an eine Auseinandersetzung zwischen verfeindeten Jägergruppen. Dann jedoch kamen sie näher; so nah, dass ich schon fürchtete, sie würden mein Lager entdecken. Von meinem Versteck aus sah ich, dass es tatsächlich eine Gruppe Jäger war. Aber sie kämpften nicht gegeneinander, sondern sie verfolgten mehrere flüchtende Weiße. Es war ein furchtbares Durcheinander, die Frauen schrien und die Männer … und sie erschlugen sie alle mit ihren *waddies*.« Sara verstummte, überwältigt von der Erinnerung. Das Kind neben ihr schien von den Schilderungen ungerührt. Hatte sie sie schon zu oft gehört, oder fehlte ihr einfach noch die Vorstellungskraft für ein solches Verbrechen?

»In ihrem Blutrausch übersahen sie das Kind, das die Mutter mit letzter Kraft in ein Wombatloch geschoben hatte. Sobald sie ins Lager zurückgekehrt waren, um zu tanzen, hörte ich das Wimmern. Ich wollte nichts sehen.« Sara schauderte bei der Erinnerung. »Aber ich konnte nicht anders. Ich ging dem Geräusch nach und fand ein kleines Kind, unverletzt. Überall war Blut. Schrecklich viel Blut und Fleisch und Knochen und anderes.« Dorothea schluckte. Die Zeitungsberichte waren dezenter gewesen. Aber sie waren ja auch nicht von Augenzeugen geschrieben worden.

»Ich nahm das Kind und ging mit ihm weit fort, denn ich wollte nicht, dass die Mörder erfuhren, dass sie nicht alle Weißen getötet hatten.«

»Aber die Mörder wurden doch später von Major O'Halloran gehängt«, warf Dorothea ein. Sara warf ihr einen mitleidigen Blick zu. »Das waren nicht die Mörder. Ich habe sie gesehen. Sie lebten danach noch lange an dem See, den ihr Lake Albert nennt.«

Dann hatte Stevenson also recht gehabt! Und O'Halloran hatte tatsächlich die Falschen hängen lassen. Nur wieso hatten die Eingeborenen es geschehen lassen? Vermutlich würde das nach so langer Zeit nie mehr ans Licht kommen. Was für ein Jammer, dass man sich damals mit oberflächlichen Ermittlungen begnügt hatte!

»Nachdem ich das Kind, Vicky, zu mir genommen hatte, musste ich noch vorsichtiger werden. Ich mied alle Gegenden, in denen Weiße lebten, und suchte die Nähe von Stämmen, mit denen die Menraura verfeindet waren.«

»Wieso hast du sie Vicky genannt?« Ian betrachtete das Mädchen nachdenklich. »War das ihr Name?«

Sara zuckte mit den Achseln. »Es war das erste Wort, das sie sprach. Sie schien es gerne zu hören, wenn ich sie so rief.«

»Du weißt, dass du sie den Behörden hättest übergeben müssen?« Ian sah sie streng an.

Die Alte sah nicht schuldbewusst zu Boden, sondern erwiderte seinen Blick herausfordernd. »Es war der Wille der Geister, dass ich sie fand. Sie haben sie beschützt, um sie mir anzuvertrauen. Ich hätte ihr Geschenk nicht respektiert, wenn ich die Kleine zur Station nach Goolwa gebracht hätte. Bei mir hatte sie es besser. Ich habe sie geliebt, als hätte ich sie selber geboren.«

»Was ist geschehen, dass du dich jetzt doch dazu entschlossen hast?« Dorothea musterte das Mädchen, das steif aufgerichtet dasaß und angestrengt die gegenüberliegende Wand anstarrte.

Sara antwortete nicht gleich. Als sie endlich sprach, war ihre Stimme so leise, dass Dorothea sie kaum verstand. »In meinem Herzen wusste ich immer, dass sie eines Tages zu ihrem Volk zurückgehen würde. Nun ist die Zeit gekommen. Der Mann, den ihr King George nennt, ist letzte Woche zu seinen Ahnen gegangen. Er hat uns beschützt, weil sein Vater und mein Vater einmal Freunde waren. Jetzt ist niemand mehr da, der uns schützt. Ich bin alt. Ich werde wieder auf den Coorong gehen und dort sterben. Aber meine Tochter ist jung. Zu jung, um so zu leben wie ich. Unsere Pfade müssen sich trennen. Sie soll bei ihrem Volk nach den Sitten der Weißen leben, wie es ihr bestimmt ist.«

»Hast du sie deshalb die englische Sprache gelehrt?«

Sara nickte bedrückt. »Ich habe sie auch all die anderen Dinge gelehrt, die man mir in der Missionsstation beigebracht hat. Ich habe ihr von ihren Göttern erzählt und alle Geschichten aus dem heiligen Buch der Weißen vorgetragen. Auch die Anrufungen.«

Als sie Dorotheas und Ians verständnislose Mienen sah, stupste sie Vicky an, und diese begann mit monotoner Stimme »Vater unser, der du bist im Himmel …« aufzusagen. Es war ziemlich offensichtlich, dass sie wenig damit verband.

Dennoch warteten alle das »Amen« ab, ehe Dorothea ein wenig ratlos bemerkte: »Das kannst du sehr gut, Vicky, wirklich.« Obwohl in ihrem Elternhaus häufig gebetet worden war, hatte sie sich inzwischen daran gewöhnt, dass es auf Eden House deutlich profaner zuging. Natürlich sprach Dorothea mit den Kindern ein Nachtgebet, wenn sie zu Bett gingen. Aber sonst? Schon zu Roberts Zeit waren Tischgebete nicht üblich gewesen, und Ian war ja selbst ein halber Heide.

Sara schien zu spüren, dass die Demonstration nicht ganz den erhofften Erfolg gebracht hatte. »Vicky ist ein geschicktes Mädchen. Sie wird tun, was ihr ihr auftragt. Und sie wird heiraten, wen ihr für sie auswählt.«

Das Mädchen biss sich auf die Unterlippe, um die aufsteigenden Tränen zurückzuhalten.

Das arme Ding! Dorothea versuchte, sich vorzustellen, was es für ein Gefühl sein mochte, fremden Menschen ausgeliefert zu werden. Sich von der Frau, mit der man bisher ununterbrochen zusammengelebt hatte, zu trennen. Kein Wunder, dass sie sich vorhin so an Robbie geklammert hatte! Heftiges Mitleid wallte in ihr auf.

»Natürlich kann Vicky bei uns bleiben. Nicht, Ian?« Sie sah ihn fragend an.

Ihr Mann wiegte bedächtig den Kopf hin und her. »Versteh mich nicht falsch, aber – bist du da nicht etwas voreilig? Es könnte gut sein, dass es Verwandte gibt, die auf sie Anspruch erheben. Ich denke nicht, dass der Gouverneur etwas dagegen einwenden wird, wenn wir sie erst einmal bei uns aufnehmen. Aber wir müssen es natürlich melden, und er wird Nachforschungen anstellen. Das muss er in einem solchen Fall. Wir können also nicht versprechen, sie bei uns zu behalten.« Mit gerunzelter Stirn fixierte er die alte Aborigine. »Was mir nicht ganz klar ist: Wieso bringst du sie zu uns? Wieso nicht zur Missionsschule?«

»Weil sie hier bei euch sicher ist«, erklärte die mit einer solchen Selbstverständlichkeit, dass Dorothea verblüfft blinzelte.

»Vor wem?«

»Vor den Mördern ihrer Familie. Habt ihr nicht den letzten, großen Zauberer getötet und seine Höhle zerstört? Einen Hexer mit unglaublicher Macht? Niemand von meinem Volk würde es wagen, euch herauszufordern.«

»Wer sagt so etwas?«, fragte Ian scharf und fixierte sie finster.

»Es wird an den Feuern entlang des großen Murray gesungen«, gab Sara etwas unbestimmt zur Antwort. »Die meisten sind froh darüber, dass er tot ist, weil alle große Angst vor ihm hatten. Viele hätten ihn gerne tot gesehen, aber niemand hatte den Mut, es mit ihm aufzunehmen. Ihr habt es getan, und damit ist ein Teil seiner Macht auf euch übergegangen. Solange Vicky bei euch lebt, wird es niemand wagen, sie anzurühren.«

Dorothea und Ian wechselten einen bestürzten Blick. Niemand außer ihnen, Karl und Koar kannte die ganze Wahrheit über die Höhle. Wie war es möglich, dass die Eingeborenen darüber Bescheid wussten? »Später«, formten Ians Lippen, und Dorothea nickte.

»Du könntest ebenfalls bei uns bleiben«, bot er der Alten an. »In den Ställen ist Platz genug.« Das stimmte zwar nicht, denn eine der beiden Schlafkammern war die von John, die andere teilten sich Parnko und Mannara, dennoch erhob Dorothea keinen Einspruch.

»Das wäre nicht gut.« Sara schüttelte den Kopf. »Vicky muss jetzt lernen, eine Engländerin zu sein. Es wird ihr leichter fallen ohne mich.« Eine kluge Entscheidung. Dorothea musste ihr im Stillen recht geben. Aber es erforderte erstaunliche Größe für eine

Aborigine, deren Lebensinhalt dieses Kind gewesen war, zu einem solchen Schluss zu gelangen. Es war Ian anzusehen, dass auch er beeindruckt war.

»Ich will keine Engländerin werden. Ich will bei dir bleiben!« Der Ausbruch kam für jemanden, der Heather kannte, nicht ganz überraschend. Die beiden Mädchen hatten einige Ähnlichkeiten, dachte Dorothea. Allerdings duldete Sara keine Aufsässigkeit. Der strenge Ton, in dem sie das Mädchen zurechtwies, war unmissverständlich. Auch wenn weder Dorothea noch Ian den Ngarrindjeri-Dialekt kannten, den Sara benutzte, war ihnen klar, dass sie gerade Zeugen einer handfesten Standpauke wurden. Es erinnerte sie auch an Heather, wie Vickys Augen vor Zorn sprühten.

Unvermittelt stand Sara auf, warf das Ende ihres Opossummantels über die linke Schulter und sagte: »Ich gehe jetzt. Lasst nicht zu, dass sie mir nachfolgt.«

Und schon war sie, nahezu geräuschlos auf ihren nackten Sohlen, aus dem Zimmer geglitten. Vicky saß reglos wie eine Statue und stierte unglücklich auf einen Punkt zu ihren Füßen.

»Möchtest du vielleicht zu den anderen Kindern gehen?«, schlug Dorothea vor. »Ich glaube, Trixie hat schon den Tisch für das Abendessen gedeckt.«

»Ist Robert auch dort?« Seltsam, dass sie sich ausgerechnet dem eigenbrötlerischen Robert angeschlossen hatte. Aber vielleicht auch nicht. Beide waren sie ungewöhnliche Charaktere, die nicht gerade dem Ideal des braven, wohlerzogenen Kindes entsprachen. Bis ihr Sohn auf das St. Peter's College ging, würde es ihm guttun, sich um jemanden zu kümmern. Wenn er sich als Vickys Beschützer fühlte, würde er hoffentlich das Verantwortungsgefühl entwickeln, das seine jüngeren Geschwister nicht in ihm zu wecken imstande waren.

»Ja, und er wartet sicher schon auf dich«, sagte Dorothea. Vermutlich tat er das wirklich. Sie hatte noch nie erlebt, dass ihr Sohn es so geduldig ertragen hätte, dass eines seiner Geschwister sich an ihn klammerte. »Ich bringe dich hinauf«, sagte sie und streckte ihr eine Hand entgegen. Zögernd legte Vicky ihre hinein. Es war keine weiche Patschhand wie die von Mary. Im Gegenteil, die schmalen, sehnigen Finger fühlten sich rau an. Rau und schwielig wie die einer Tagelöhnerin. Sicher war Vicky genauso geschickt darin, Körbe zu flechten und Netze zu weben wie die Frauen von King Georges Stamm. Dorothea hatte sie immer dafür bewundert, mit welcher Kunstfertigkeit sie die Schilfblätter zerschlitzten, die Fasern auf den Oberschenkeln zu dünnen Fäden rollten und diese dann weiterverarbeiteten.

Es war erstaunlich, welch formschöne, ansprechende Gefäße sie auf diese Art herstellten. Immer öfter kamen inzwischen Händler den Murray hinauf, die in den Lagern »Eingeborenenzeug« aufkauften, um es mit satten Gewinnspannen nach England zu verschiffen.

»Ich hatte damals schon so ein Gefühl, als ob wir beobachtet würden«, sagte Ian nachdenklich, als sie den Salon wieder betrat. »Aber ich habe immer gedacht, ich hätte es mir nur eingebildet. Überreizte Nerven und so …«

»Meinst du, sie wissen es wirklich oder sie haben es sich nur zusammengereimt?« Dorothea holte tief Luft, ehe sie weitersprach. »Du hast doch den Eingang gesprengt. Niemand konnte danach mehr in die Höhle gelangen, oder?«

»Von unten aus sicher nicht.« Ian sprach nicht weiter, aber Dorothea wusste auch so, was er meinte: der Ausbruch in der Decke der hintersten Höhle!

»Wie auch immer: Solange dieses Gerücht die Runde macht, hat es immerhin den Nutzen, uns mögliche Angreifer vom Hals zu halten«, sagte Ian bemüht gelassen. »Ich hatte nur gehofft, wir könnten es endlich hinter uns lassen. Verflucht!« Unbeherrscht schlug er mit der Faust gegen einen der Fensterrahmen. »Wird es immer zwischen uns stehen?«

Völlig verwirrt, brauchte es eine Weile, bis sie verstand. »Du … du meinst doch nicht, dass ich deswegen …?«

»Was soll ich denn sonst denken? Seit Monaten habe ich das Gefühl, dass etwas in dir gärt, dass du mir insgeheim Vorwürfe machst. Immer wieder ziehst du dich plötzlich vor mir zurück. Verschanzt dich hinter Ausreden. – Vermutlich fragst du dich, ob ich nicht zu bereitwillig seinem Wunsch nachgekommen bin. Ob es mir nicht ganz gelegen kam. – Bereust du es inzwischen, mich geheiratet zu haben?«

Ihr fehlten die Worte. Mein Gott, was hatte sie angerichtet? Nicht im Traum wäre sie auf den Gedanken gekommen, dass er ihre Missstimmung so interpretieren könnte.

»Nein«, flüsterte sie. »Nein, es ist – es war etwas ganz anderes.«

»Was denn?« Er wirkte nicht gerade überzeugt. Befürchtete er eine Ausflucht? Eine jener Ausreden, zu denen sie so gerne griff, wenn sie keine Lust auf eine Auseinandersetzung hatte?

»Ian, hör zu!« Sie packte seine Hände und sah ihm direkt in die Augen. »Es ist nicht Robert. Ich hatte den Verdacht, du hättest eine Geliebte.«

Stumm vor Überraschung starrte er sie bloß an.

»Als ich dieses Kind im Lager sah, das sie alle unbedingt vor mir verstecken wollten, wurde ich argwöhnisch. Ich erinnerte mich daran, dass du nach Robbies Geburt ständig auf den entferntesten Weiden unterwegs warst. Es kommt oft vor, dass Ehemänner Trost in den Armen anderer Frauen suchen, wenn die eigene sie abweist. Es lag also nahe, dass du dir eine Geliebte gesucht hast. Und zu den *lubras* ist es ja nicht weit.«

»Was hast du dir da nur für einen Unsinn zusammengesponnen?« Ian hatte seine Stimme wiedergefunden. Ungläubigkeit klang darin mit, Entrüstung und eine gehörige Portion Ärger.

»Ich bin nicht stolz darauf«, gab Dorothea kleinlaut zu. »Aber es schien alles so gut zusammenzupassen. Selbst das Alter.«

»Du traust mir wirklich zu, mir quasi unter deiner Nase eine *lubra* zu halten? Und das Kind? Dachtest du, ich wollte meinen heimlichen Bastard in der Nähe behalten?«

Das kam ihrem Verdacht so nahe, dass sie spürte, wie ihre Wangen heiß wurden. Und wie so oft, wenn sie beschämt war, ging sie zum Gegenangriff über.

»Was hätte ich denn sonst denken sollen? Du hast ja nur abgewiegelt, als ich darauf zu sprechen kam. Was lag näher, als dass du etwas verbergen wolltest?«

Langsam schüttelte er den Kopf. »Das darf doch wohl nicht wahr sein!«, hörte sie ihn murmeln. »Allmählich entwickle ich Verständnis für Männer, die ihren Frauen das Lesen von Romanen verbieten!« Zu ihrer Überraschung warf er plötzlich den Kopf in den Nacken und brach in ein befreiendes Gelächter aus. »Was für eine Räuberpistole! Man sollte meinen, dass du genug zu tun hast, um nicht auf solch dumme Gedanken zu kommen.« Unvermittelt wurde er ernst. »Was hättest du eigentlich gemacht, wenn Sara nicht hier aufgetaucht wäre? Hättest du dann weiter heimlich nach Beweisen für meine angebliche Untreue Ausschau gehalten?«

Nur gut, dass ihre Wangen immer noch gerötet waren. Aber das konnte sie ihm einfach nicht gestehen. Was hatte sie sich nur dabei gedacht, auf Catrionas Vorschlag einzugehen? Wieso hatte sie ihr überhaupt davon erzählt? Im Nachhinein bereute sie ihre Redseligkeit. Aber jetzt war es zu spät. Gleich morgen musste sie ihr sagen, dass sie Hirngespinsten nachgespürt hatten und dass sie und Percy es nicht ernst nehmen sollten.

»Bitte, Ian, reite nicht weiter darauf herum. Es tut mir leid, in Ordnung?«, sagte sie in versöhnlichem Ton.

»Du hast gut reden. Ziemlich starker Tobak, von der eigenen Frau mit solchen Verdächtigungen konfrontiert zu werden.« Ian klang ernsthaft gekränkt. »Du solltest mich besser kennen. So etwas ist nicht meine Art.«

»Du weißt doch, wie es ist. Wenn ein Gedanke erst einmal Fuß gefasst hat, scheint alles ihn zu bestätigen«, versuchte Dorothea, ihm zu erklären. »Man dreht sich im Kreis und findet nicht hinaus.«

»Hättest du mich nicht einfach fragen können?«

Nicht, wenn man insgeheim Angst vor der Antwort hat, dachte Dorothea. Laut sagte sie: »Natürlich wäre es am klügsten gewesen. Aber es hat sich einfach nicht ergeben. Es kam immer etwas dazwischen. Wir hatten ja kaum Zeit für uns.«

»Das ist mir auch schon aufgefallen«, gab ihr Mann ihr mit einem leisen Seufzen recht. »Was hieltest du davon, wenn wir heute früh zu Bett gingen?«

Das warme Timbre in seiner Stimme ließ sie aufhorchen. Ein gewisses Glitzern in den Augen passte dazu. »Ein wunderbarer Vorschlag«, wisperte sie. »Ich fürchte, mich hat die Reise heute so angestrengt, dass ich mich sofort nach dem Dessert entschuldigen muss. Und du musst morgen früh raus.«

Leider erwies es sich als gar nicht so einfach, Lady Chatwicks Neugier zu entkommen. Sobald Catriona in einem unbedachten Nebensatz die öffentliche Anhörung erwähnt hatte, verlangte die alte Dame, alles darüber zu erfahren. Geradezu fasziniert war sie vom Marsh'schen Apparat und dem chemischen Experiment. »Genau das Gleiche ist in der letzten Folge der *Mysteries of London* beschrieben worden«, sagte sie eifrig. »Dort gerät eine unschuldige Dame in den Verdacht, ihren reichen Onkel vergiftet zu haben. Und nur dank Richard Markhams geschicktem Einsatz eines solchen Apparats gelingt es ihm, ihre Unschuld zu beweisen.«

»In diesem Fall hat der gute Mr. Sartorius da aber versagt«, bemerkte Percy spöttisch. »Vermutlich ist es nicht so einfach, diesen

Apparat richtig zu bedienen. Diese chemischen Experimente sind für Laien schwer durchschaubar. Ein guter Chemiker, habe ich gehört, kann jede beliebige Reaktion hervorrufen. Das ist schon irgendwie beunruhigend.«

»Ja, ich hatte auch den Eindruck, dass der würdige Richter mit so viel Wissenschaft überfordert war«, pflichtete Catriona ihm heiter bei. »Zeugen zu befragen ist eben etwas ganz anderes, als sich der Gefahr einer Explosion auszusetzen. Ich glaube nicht, dass er so schnell wieder eine solche Vorführung in seinem Gerichtssaal erlauben wird.«

Lady Chatwick schien enttäuscht. »In den Geschichten funktionieren solche Dinge immer ausgezeichnet.«

»Das ist eben der Unterschied zwischen Fiktion und Wirklichkeit«, sagte Ian und schmunzelte. »Tatsächlich sind die Helden nie so heldenhaft und die Bösewichte nie so böse. Zum Glück – denn der wackere Apotheker taugte weder zum einen noch zum anderen. Schon den Revolutionär nimmt man ihm nicht ganz ab.«

»Ach, das besagt gar nichts«, sagte Percy wegwerfend. »Zurzeit machen sie auf dem Kontinent überall Revolutionen. Man weiß schon gar nicht mehr, wofür oder wogegen. Es scheint geradezu Mode zu sein. Von Italien bis Preußen – einzig unser gutes England ist dagegen immun. Wenn es Aufstände gibt, dann nur irgendwo in den Kolonien.«

»Aber doch nicht hier?« Catriona hob fragend ihre schön geschwungenen Brauen. »Wobei ich sagen muss, dass die Sträflinge mich mehr beunruhigen würden als die Schwarzen. Auch wenn sie kein schöner Anblick sind – besondere Tapferkeit habe ich bei ihnen nicht feststellen können. Solange man eine ganze Handvoll Männer mit einer kleinen Pistole in die Flucht schlagen kann, ist mir nicht bange vor ihnen.«

»Nun ja, es wäre in meinen Augen eher dumm, sich lieber erschießen zu lassen, als zu flüchten«, sagte Ian trocken. »Sie wissen sehr genau um die Gefährlichkeit von Flinten und Pistolen. Unterschätze sie nicht, Cousine! Sie können recht gut beurteilen, ob ein Angriff Erfolg verspricht oder ob es besser ist, sich zurückzuziehen. Das heißt nur, dass sie auf eine günstigere Gelegenheit warten.«

»Du meinst, sie werden mir auflauern, um sich an mir zu rächen?« Catriona klang eher amüsiert als besorgt. »Sollte ich mir Sorgen machen?«

Ian lachte. »Nein, ich denke, das ist unnötig. Sie wissen recht gut, dass es unangenehme Folgen für sie hat, wenn Weiße zu Schaden kommen. Im Allgemeinen vermeiden sie offene Konfrontationen. Außerdem schätzen unsere Schwarzen ihre monatlichen Rationen zu sehr, um sie aufs Spiel zu setzen.«

»Apropos Rationen: Wie geht es jetzt eigentlich mit ihnen weiter?« Lady Chatwick wirkte leicht besorgt. »Unter King George hat es ja wunderbar funktioniert. Aber wird der neue Häuptling nicht versuchen, mehr für sich herauszuholen?«

»Auf zwei, drei Schafe im Monat soll es mir nicht ankommen«, sagte Ian leichthin. »Und dass sie keinen Branntwein von mir bekommen, wissen sie genau. Ich werde morgen ins Lager gehen und meinen Antrittsbesuch bei Worammo machen. Schade um King George. Irgendwie mochte ich den alten Knaben.«

»Ja, er war nicht übel für einen Schwarzen«, sagte Lady Chatwick etwas spitz. »Obwohl seine Manieren bis zuletzt zu wünschen übrig ließen. Was mich auf Vicky bringt: Dieses Kind mag als weißes geboren worden sein. Aber ich fürchte, das besagt nicht viel. Trixie hat sich beklagt, dass sie sich weigert, mit den anderen Kindern im Zimmer zu schlafen. Sobald sie ihr den Rücken zudreht, ist sie verschwunden und taucht erst am nächsten Morgen wieder auf. Gestern hat Robbie sich ihr angeschlossen. Das geht einfach nicht. Und beim Essen …«

»Könnten wir das morgen besprechen, Lady Arabella?«, bat Do-

rothea. »Es war ein anstrengender Tag. Ich bin schrecklich müde.«
Sie unterdrückte demonstrativ ein Gähnen. »Ich sehne mich nur
noch nach Schlaf.«

»Natürlich, Liebes. Wie unbedacht von mir«, entschuldigte
Lady Chatwick sich augenblicklich. »Morgen ist noch früh genug. Geht ruhig zu Bett. Ich lese nur noch ein bisschen und tue
es euch dann nach.«

»Soll ich morgen mitkommen?«, fragte Dorothea, als sie und Ian
allein in ihrem Schlafzimmer waren.

»Besser nicht. Ich werde Percy und die beiden Pistolen mitnehmen.« Ian zog die Schublade auf und betrachtete verärgert das fast
leere Innere. »Verdammt, wieso hast du nichts gesagt?«

»Wovon denn?«

»Na, dass unsere liebe Cousine und Robert den größten Teil
meiner Vorräte verschossen haben. Sonst hätte ich in Adelaide
Nachschub besorgt.«

»Ich wusste doch nicht, dass sie so viel davon nehmen würden«,
verteidigte Dorothea sich. »Es war immer nur von einer Handvoll die Rede.«

»Das waren jedenfalls jede Menge Hände voll«, meinte Ian
grimmig. »Was haben sie sich nur dabei gedacht?«

»Vermutlich gar nichts«, sagte Dorothea ohne wirkliches Interesse an den Motiven der beiden Übeltäter, schlang von hinten die
Arme um seine Taille und ließ sie wie zufällig weiter nach unten
wandern. »Ist das jetzt wirklich so wichtig?« Da sie ihre Frage mit
einer Liebkosung unterstrich, die ihren Zweck nie verfehlte, wunderte sie sich nicht darüber, keine Antwort zu erhalten. Das gutturale Stöhnen, das aus Ians Kehle aufstieg, ermutigte sie, genüsslich
mit dem Spiel ihrer Finger fortzufahren, bis er ihre Hände packte, von sich wegzog und mit auffallend heiserer Stimme bemerkte:
»Wenn du jetzt nicht aufhörst, wirst du es bereuen. Dreh dich um.«

Während er die unzähligen Haken in ihrem Rücken löste, nutzte er die Zeit, um ihren Nacken und den Schulteransatz abwechselnd mit hauchzarten Küssen und kleinen Bissen zu überziehen. Zitternd vor Ungeduld und Lust konnte Dorothea es kaum abwarten, endlich nackt zu sein und sich in Ians Arme zu schmiegen. Seinen Körper zu spüren, seine Wärme und Härte an ihrem Bauch. Als er den Kopf senkte, um sie leidenschaftlich zu küssen, versank alles um sie herum in Bedeutungslosigkeit. Die Welt hätte untergehen können, und es wäre ihr egal gewesen. Alles, was zählte, war die glühende Lust, die sie teilten; die sie zu einem einzigen Wesen zusammenschmiedete. Mit niemandem außer Ian hatte sie das je empfunden. Es war, als seien sie füreinander geschaffen, dachte sie im letzten klaren Moment, ehe sie sich mit einem Aufschrei in das lustvolle Nichts fallen ließ.

Am nächsten Morgen fühlte sie sich so gut wie seit Langem nicht mehr. Ian neben ihr schnarchte noch leise. Zärtlich betrachtete sie sein vertrautes Gesicht, dem der nächtliche Bartwuchs eine Rauheit verlieh, die nicht zu dem kindlich gelösten Ausdruck passen wollte.

In den dunklen Bartschatten waren helle Stoppeln zu erkennen. Erstaunt stellte sie fest, dass sich auch in seine dichten Locken an den Schläfen bereits erste graue Haare gemischt hatten. Seltsam. Ihr Mann war für sie immer alterslos gewesen. Zum ersten Mal sah sie ihn an und überlegte, wie er wohl in einigen Jahren, wie er als Greis aussehen mochte.

Als hätte er bemerkt, dass er beobachtet wurde, schlug er plötzlich die Augen auf.

»Guten Morgen«, flüsterte sie. »Gut geschlafen?«

»Und wie!« Ian reckte sich. »Ich könnte Bäume ausreißen.«

»Das würde Worammo sicher sehr beeindrucken.«

Er drehte sich auf die Seite, streckte einen Arm aus und zog sie dicht an sich. »Aber vielleicht sollte ich meine Energie lieber für sinnvollere und angenehmere Betätigungen sparen.«

Mrs. Perkins murmelte etwas von »The early bird …«, enthielt sich aber weiterer Anspielungen auf ihr verspätetes Erscheinen. Catriona war weniger taktvoll. »Wenn man wissen will, wie ein verliebtes Paar aussieht, muss man nur euch beide anschauen«, bemerkte sie und schob ihren Stuhl zurück. »Ich würde euch ja noch Gesellschaft leisten, aber ich habe Percy versprochen, ihm bei der Auswahl seiner Weste zu helfen. In seiner Garderobe befindet sich leider kaum etwas Passendes für einen Besuch bei einem Eingeborenenhäuptling.«

»Willst du dich wirklich nur von diesem Beau begleiten lassen?« Lady Chatwick runzelte missbilligend die Stirn. »Nimm wenigstens John mit. Nur zur Sicherheit.«

»Nein, das wäre nicht klug.« Ian schüttelte den Kopf. »Ich will Worammo nicht spüren lassen, dass ich ihm misstraue. Schließlich müssen wir so oder so noch jahrelang mit ihm auskommen.«

»Vermutlich hast du recht. Aber es gefällt mir nicht.« Lady Chatwick presste die Lippen zusammen und rührte so energisch in ihrem Tee, dass der Löffel laut klirrte. »Hoffentlich stellt er sich nicht schrecklich ungeschickt an.«

Tatsächlich wirkte Percy so elegant, als sei er unterwegs zu einem Stadtbummel in den angesagten Straßen, als er in einem dunkelgrünen Tuchrock über einer kanariengelben Weste und sandfarbenen Hosen den Salon betrat. »Ich will nicht sagen, dass ich es kaum noch erwarten kann«, sagte er etwas nervös. »Aber ich bin bereit, dich in die Höhle des Löwen zu begleiten, Cousin.«

Dorothea sah dem ungleichen Paar von der Terrasse aus nach, wie sie zur Bootsanlegestelle gingen. Obwohl Ian ungleich schlichter in Dunkelgrau und Weiß gekleidet war, strahlte er dennoch eine gewisse natürliche Autorität aus, die niemanden im Zweifel ließ, wer hier das Sagen hatte. Sie hätte nicht zu sagen gewusst, woran es im Einzelnen lag. Aber hatte nicht selbst Robert, ihr erster Mann, bei ihrer Rettung damals ganz instinktiv Ian die Führung überlassen? Als ob er gespürt hätte, dass der Jüngere der Aufgabe eher gewachsen war.

»Es freut mich, dass ihr beiden euch wieder vertragt«, bemerkte Lady Chatwick leise, die von Dorothea unbemerkt neben sie getreten war. »Eine Zeit lang hat es fast so ausgesehen, als ob gewisse Leute euch auseinanderbrächten.«

»Niemand wird Ian und mich auseinanderbringen, wie Sie es nennen«, gab Dorothea lächelnd zurück. Die gute Lady Chatwick entwickelte sich allmählich zu einer rechten Nervensäge! Wenn sie heute Morgen nicht so ausnehmend guter Laune gewesen wäre, hätte sie vermutlich gereizter reagiert. So jedoch rückte sie der Älteren einen der leichten Rohrsessel zurecht und sagte versöhnlich: »Setzen Sie sich doch und erklären Sie mir: Was haben Sie eigentlich gegen Catriona und Percy? Ich nehme an, Sie meinen mit ›gewisse Leute‹ unsere englischen Verwandten?«

Lady Chatwick ließ sich zwar bereitwillig in den Sessel plumpsen, schien aber nicht so recht zu wissen, was sie antworten sollte. »Etwas an ihnen ist nicht in Ordnung«, flüsterte sie schließlich und sah sich vorsichtig um. »Ich bin zwar schon lange nicht mehr in Gesellschaft, aber ich rieche es immer noch, wenn jemand nicht *bon ton* ist, wie es zu meiner Zeit hieß. Ein Tick zu viel hier, ein Tick zu wenig da. Ich würde meine Perlenkette verwetten, dass zumindest er zu viel in schlechter Gesellschaft unterwegs ist.«

»Wirklich? Ich habe nicht den Eindruck, dass an Percys Umgangsformen auch nur das Geringste auszusetzen wäre. Er ist ungemein gewandt und zuvorkommend.« Anstatt ihr den Wind aus den Segeln zu nehmen, stachelte Dorotheas Widerspruch die alte Dame eher an.

»Und ob«, bekräftigte sie und nickte heftig. »Genau das ist es ja. Ein bisschen zu gewandt. Wenn ich eine Tochter hätte, würde ich nicht wollen, dass er in ihre Nähe kommt.«

»Und bei einem Sohn?«, konnte Dorothea nicht widerstehen, sie herauszufordern. Es war so albern, dass man es gar nicht ernst nehmen konnte: Eine alte Frau legte die Maßstäbe ihrer Jugend an. Natürlich hatten sich in den letzten Jahren die Sitten verändert. Sie war überzeugt, dass Catriona haargenau dem entsprach, was man heutzutage in England unter einer Lady verstand.

Lady Chatwicks Nasenspitze zuckte heftig. »Ich weiß nicht so recht«, sagte sie nachdenklich. »Manchmal scheint es ihr doch sehr an Weiblichkeit zu fehlen.«

Dorothea musste lachen. »Das ist jetzt nicht Ihr Ernst, oder? Ich kenne niemanden, der so viel Gedanken an seine Garderobe verschwendet wie unsere Cousine.«

»Ich meine nicht das Äußere …« Lady Arabella winkte ungehalten ab. »Ihr Stil ist nach heutigen Gesichtspunkten sicher perfekt. Nein, ich habe eher den Eindruck, dass es ihr an Herzensgüte und Mitgefühl mangelt.«

Verblüfft starrte Dorothea sie an. »Lassen Sie sich da nicht von einer gewissen Voreingenommenheit leiten?«

»Vielleicht. Sie erinnert mich frappierend an eine junge Dame aus meiner Jugend. Ihre Mutter war früh verstorben, und ihr Vater und ihre beiden älteren Brüder trugen sie auf Händen. Sie kannte keinen anderen Willen als ihren eigenen. Bei manchen Charakteren ist das gefährlich.«

Dorothea kam nicht mehr dazu nachzufragen, was Lady Chatwick damit meinte. Lautes Kindergeschrei aus dem Obergeschoss ließ sie aufspringen und die Treppe hinaufeilen. Schon im Flur kam ihr eine vor Empörung hochrot angelaufene Trixie entgegen, die mit ausgestreckten Armen eine hübsch geflochtene Eingeborenenschale vor sich hertrug.

»Ma'am, das geht einfach zu weit!«, sagte sie, keuchte und hielt

Dorothea die Schale unter die Nase. »So etwas Ekelhaftes möchte ich nicht noch einmal erleben müssen. Sie hat sie gegessen! Und sie hat Mary und Charles auch davon gegeben. Hoffentlich werden sie jetzt nicht krank!«

In der Schale wand sich eine Handvoll weißer Maden mit gelblichen Köpfen hin und her. Kein ansprechender Anblick. Es war verständlich, dass Trixie so außer sich war. Auch Dorothea schluckte hart bei der Vorstellung, dass ihre beiden Kleinen in diese Tiere gebissen hatten.

»Wirf die Würmer ins Küchenfeuer«, wies sie das Kindermädchen an. »Ich werde mit Vicky reden.«

Im Kinderzimmer herrschte das reinste Chaos: Mary schrie immer noch ihre Wut darüber hinaus, dass ihr etwas weggenommen worden war. Charles stand aufrecht an das Gitter seines Bettchens geklammert und brüllte aus schierer Solidarität mit. Vicky war nicht zu sehen.

Dorothea widerstand dem Impuls, sich die Ohren zuzuhalten, versetzte stattdessen Mary im Vorbeigehen einen herzhaften Klaps und ging schleunigst zum Bett, um ihren Jüngsten aufzunehmen. Gerade beugte sie sich darüber, als sie aus den Augenwinkeln eine flüchtige Bewegung wahrnahm.

Ehe sie sich, behindert durch den kleinen Charles, der sich an sie klammerte, umgedreht hatte, war Vicky schon durch die Tür entwischt. Offensichtlich zog sie es vor, sich erst einmal unsichtbar zu machen. »Mary«, sagte Dorothea streng, sobald Charles nur noch laut schniefte. »Mary, weswegen veranstaltest du solch einen Affenzirkus?«

»Trixie hat uns unsere Süßigkeiten weggenommen«, schluchzte ihre Tochter unter heftigem Schluckauf. »So etwas ist gemein. Vicky hatte sie uns geschenkt, nicht ihr.«

»Diese Süßigkeiten waren keine Süßigkeiten, sondern Insektenlarven. So etwas isst man nicht.«

»Vicky sagte, sie wären besonders lecker. Und sie schmeckten wirklich gut. Wie gekochte Mandeln.«

Dorothea grauste es. Es war eine Sache, wenn die Eingeborenen Larven und ähnliches Gewürm verzehrten. Dass ihre eigenen Kinder dazu ebenfalls imstande waren, erfüllte sie mit ungläubigem Schrecken. Sie waren doch Christenmenschen, keine Wilden! Charles rülpste, und Dorothea wurde beinahe schlecht vor Ekel, als sie sah, dass sich in dem Speichel, der ihm aus dem Mundwinkel rann, auch ein Stück dieser weißlichen Larvenhaut befand. Er hatte dieses Ungeziefer tatsächlich gegessen! Irgendwie hatte sie die Vorstellung beherrscht, sie hätten sie sofort wieder ausspucken müssen. Ohne allzu genau hinzusehen, wischte sie Charles das Gesicht mit einem weichen Tuch von dem Stapel neben dem Bett ab und fragte Mary, wie viel sie von den »Süßigkeiten« gegessen hätten. Zwar teilte sie nicht unbedingt Trixies Angst wegen einer Vergiftung. Die Eingeborenen wussten sehr gut, was bekömmlich war und was nicht. Aber ein Zuviel der ungewohnten Kost wäre vielleicht nicht gut für einen Kindermagen.

»So viel.« Mary formte aus einer Hand eine kleine Schüssel. Ein strahlendes Lächeln verzauberte ihre Züge. »Und sie haben gekitzelt, solange sie sich bewegt haben. Das war lustig. Vicky hat versprochen, uns zu zeigen, wo man sie findet.«

»Ich möchte nicht, dass ihr diese, diese … Würmer wieder esst. Hast du mich verstanden? Sonst müssen wir Vicky wieder wegschicken.«

»Das dürft ihr nicht. Ihr habt versprochen, sie bei uns zu behalten! Wenn sie gehen muss, gehe ich mit.« Irritiert betrachtete Dorothea Robert, der bockig in der offenen Tür stand und sie geradezu feindselig fixierte.

»Robert, sei bitte nicht so kindisch«, sagte sie. »Du siehst doch, dass ich gerade mit deiner Schwester spreche. Mach also bitte die Tür wieder zu und warte draußen, bis ich hier fertig bin.«

Die Tür wurde mit einem solchen Nachdruck geschlossen, dass Dorothea zusammenzuckte.

»Wenn Robert und Vicky weggehen, gehen sie dann zu Großmama?« Mary sah fragend zu ihr auf. »Darf ich dann mit?«

»Nein, das hast du falsch verstanden«, sagte Dorothea rasch. »Niemand will Vicky oder Robert wegschicken.«

»Das hast du aber gesagt.«

Verlegen suchte sie nach einer passenden Antwort. »Nur, wenn ihr wieder diese Würmer esst. Aber du versprichst mir doch, dass ihr das nicht mehr tun werdet, und dann ist alles in Ordnung. Versprichst du es?«

»Dann bleibt Vicky da?«

»Natürlich.«

»Na gut. Dann will ich jetzt aber Honigbrot. Honigbrot und Milch.« Mary sah ungeduldig zur Tür. »Wo bleibt Trixie nur so lange?«

»Sie wird sicher gleich kommen. Wir können ja inzwischen ein bisschen Ball spielen«, schlug Dorothea vor und griff nach dem kunterbunten Stoffball, den Mutter Schumann aus allen möglichen Resten genäht hatte. Charles juchzte so herzhaft, wenn es ihm einmal gelang, ihn festzuhalten, und Mary lachte so ansteckend fröhlich, dass Dorothea sich fest vornahm, in Zukunft mehr Zeit mit den Kleinen zu verbringen. Fast bedauerte sie, als Trixie endlich ins Zimmer gestürzt kam und sich atemlos damit entschuldigte, dass die Minuten geradezu verflogen waren. Aber Dorothea musste jetzt dringend mit Vicky reden.

Im Flur wartete ein mürrisch dreinblickender Robert. »Weißt du, wo sie ist?«

Er nickte bloß, machte auf dem Absatz kehrt und marschierte los. Vor der Tür zur Wäschekammer blieb er stehen. Er räusperte sich laut, ehe er sie vorsichtig öffnete. Das Mädchen hockte zusammengekauert im hintersten Winkel zwischen den Körben mit der Schmutzwäsche und starrte ihnen halb trotzig, halb ängstlich entgegen.

»Vicky, was machst du da?« Dorothea schüttelte verständnislos den Kopf. »Wieso versteckst du dich hier?«

Vicky stieß nur ein leises Wimmern aus.

Es war Robert, der ihr antwortete: »Sie hat Angst, dass du sie schlägst«, sagte er leise.

Dorothea fixierte ihn argwöhnisch. Nein, er scherzte nicht. »Warum sollte ich das tun?«

Robert und Vicky tauschten einen Blick. »Bei ihnen wird man mit einem *waddie* auf den Kopf geschlagen, wenn man schlimme Sachen macht«, erklärte ihr Sohn schließlich. »Bis es blutet.«

Dorothea erinnerte sich blitzartig, dass Jane etwas Ähnliches erzählt hatte. Ja, sie hatte ihr damals sogar die Narben in ihrem dichten Kraushaar gezeigt. In King Georges Lager war sie niemals Augenzeugin dieser grausamen Praxis geworden, aber das besagte wenig. Der gerissene Häuptling hatte es verstanden, die empfindsamen Engländer nur das sehen zu lassen, was sie sehen sollten. Eine Klage beim Protector über Misshandlungen konnte schließlich dazu führen, dass die Administration verfügte, dass die Kinder in Poonindie besser aufgehoben waren.

»Ich habe nicht die geringste Absicht, dich zu schlagen«, sagte sie ruhig. »Und schon gar nicht mit einem Holzknüppel. So etwas gibt es bei uns nicht. Hab keine Angst, Vicky. Ich will nur mit dir reden.« Um sie nicht noch mehr zu verschrecken, rührte sie sich nicht von der Stelle, sondern wartete, bis das Kind zögernd aus seinem Zufluchtsort gekrochen war und mit gesenktem Kopf in einiger Entfernung von ihr stehen blieb.

»Was habe ich falsch gemacht?«, fragte sie leise. »Dürfen die Kleinen hier keine *bogongs* essen? Sind sie für sie verboten?«

»Wir essen überhaupt keine *bogongs*. Die Kinder nicht und die Erwachsenen auch nicht«, sagte Dorothea freundlich, aber bestimmt. »Du hast es sicher gut gemeint, aber Weiße vertragen manche Speisen der Schwarzen nicht.«

Vicky betrachtete zweifelnd ihre mageren, gebräunten Handgelenke. »Meine Mutter hat mir immer *bogongs* gegeben, wenn sie welche fand. Ich bin nie krank davon geworden. Bin ich dann nicht richtig weiß?«

»Doch, das bist du. In einigen Wochen wird deine Haut wieder so weiß wie unsere sein.«

»Werde ich dann keine *bogongs* mehr essen können?«

Es fiel Dorothea schwer, das Bedauern in Vickys Ton nachzuempfinden. Wie konnte jemand freiwillig dieses eklige Gewürm essen wollen? Etwas hilflos suchte sie noch nach einer Antwort, als sich überraschend Robert einmischte.

»Doch, du könntest es natürlich noch. Aber meine Mutter meint, sie möchte nicht, dass du es tust.«

Vicky seufzte schwer. »Und wenn ich auf einmal Hunger habe? Dann auch nicht?«

»Dann gehst du in die Küche zu Mrs. Perkins und bittest sie um ein Honigbrot oder sonst etwas«, sagte Dorothea abschließend. »Und jetzt hinaus mit euch. Die Körbe sind voll, ich muss die Listen für die Wäscherin schreiben.«

Während sie Laken, Kissenbezüge, Leibchen, Nachtkleider, Taschentücher und all die anderen Dinge zählte und auflistete, die außer Haus gegeben wurden, war sie nicht ganz bei der Sache. Was war in diesen letzten Monaten nur aus ihrem beschaulichen, etwas eintönigen Leben auf Eden House geworden? Und sie hatte geglaubt, ohne Heathers Eskapaden würde wieder Ruhe und Frieden einkehren!

Was für eine Fehleinschätzung: Catriona und Percy schienen überhaupt nicht mehr abreisen zu wollen, obwohl ihre ständige Anwesenheit allmählich zu Gereiztheit bei einigen Hausbewohnern führte. Was bezweckten sie mit ihrem Dauerbesuch? Sollte

Lady Chatwicks vager Verdacht zutreffen und Percy hatte Schulden, die ihn aus England vertrieben hatten? Eden House war geräumig genug, um für seine ständigen Bewohner bequem zu sein. Zwei Dauergäste jedoch ließen seine Wände schrumpfen. Und jetzt noch Vicky.

Das Kind war völlig unzivilisiert. Eigentlich bräuchte es eine Gouvernante rund um die Uhr, die es anwies und korrigierte, um aus diesem Rohdiamanten eine echte englische Lady zu formen. Wo sollte sie die Zeit dafür hernehmen? Ob sie Catriona darum bitten konnte?

Mit Bestürzung erinnerte sie sich daran, dass sie immer noch nicht mit Mrs. Perkins darüber gesprochen hatte, wie es mit Mannara weitergehen sollte. Wenn sie nicht als Hilfe taugte, mussten sie nach einer anderen Ausschau halten.

Sie heftete die Zettel an die Körbe und machte sich auf den Weg in die Küche.

Die Idylle, die sie dort vorfand, beschwichtigte ihr schlechtes Gewissen sofort: Mrs. Perkins stand am Herd und rührte konzentriert in einer schaumigen Masse. Mannara hockte in der typischen Stellung der Aborigines neben der Türschwelle und schälte Kartoffeln. Dabei summte sie eine fremdartige, aber sehr ansprechende Melodie vor sich hin, in die Mrs. Perkins gerade mit einer Art Brummstimme einfiel.

Erstaunt bemerkte Dorothea, dass eine Art Kappe Mannaras Kraushaar völlig verdeckte. Es wirkte fast wie …

»Was soll dieses Ding auf ihrem Kopf?«

»Das ist eine Trauerkappe«, erklärte die Köchin, ohne von ihrer Tätigkeit aufzusehen. »Ich habe ihr auch schon gesagt, dass es albern ist, sich vor King Georges Geist zu fürchten, aber sie besteht darauf. Wenn ich sie richtig verstanden habe, soll es ein Zeichen für seinen Geist sein, sie in Frieden zu lassen.«

»Täte es nicht auch eine Haube?«, fragte Dorothea und betrachtete halb belustigt, halb besorgt die dicke Schicht Lehm, die die junge Aborigine auf dem Kopf trug. »Ist das nicht sehr schwer?«

»Schwer, aber gut«, erklärte Mannara in singendem Tonfall. »Bald wieder weg.« Sie machte mit beiden Händen eine Bewegung, um zu demonstrieren, wie die Stücke getrockneten Lehms in alle Richtungen absprangen.

»Hast du denn kein Vertrauen in das Schutzamulett, das ich dir gegeben habe?«, fragte Dorothea und wies auf den Knopf, der an einem geflochtenen Lederband um Mannaras Hals geknüpft war. »Du brauchst überhaupt keine Angst vor Geistern mehr zu haben.«

Die junge Frau sah verlegen auf die Kartoffel in ihrer Hand. »Besser beides. Er oft hier. Vielleicht englisches Amulett nicht wirken.«

Es war eine seltsame Logik, aber was sollte man darauf erwidern?

»Wenn es die Kleine beruhigt – mir ist es egal, Ma'am«, sagte Mrs. Perkins. »Solange sie ihre Arbeit anständig macht – und das tut sie –, soll sie ihren Firlefanz ruhig behalten.«

»Sie sind also zufrieden mit ihr?«

Ein Lächeln huschte über Mrs. Perkins' Züge. »Seit ich ihr abgewöhnt habe, selber zum Speisezettel beitragen zu wollen, ist alles bestens.« Mehr sagte sie nicht, aber Dorothea konnte sich nach dem morgendlichen Erlebnis vorstellen, was sie damit meinte. Wie oft mochte die Köchin sie angewiesen haben, diverse Insektenlarven, Ameiseneier oder andere Eingeborenenleckereien wieder nach draußen zu bringen? Im Stillen hoffte sie, dass es ihr auch wirklich gelungen war, sämtliche dieser Spezialitäten rechtzeitig zu entdecken, bevor sie ihren Weg auf die Teller und in den Magen der übrigen Bewohner gefunden hatten.

Bis zum Lunch waren Ian und Percy immer noch nicht zurück. »Es scheinen ja sehr komplizierte Verhandlungen zu sein«, bemerkte Catriona, während sie Pastete und Kartoffelbrei auf ihren Teller häufte. »Muss man sich das wie eines dieser indianischen Palaver vorstellen? So richtig mit Friedenspfeife und endlosen Reden?«

»Eine Friedenspfeife kennen sie nicht. Aber endlose Reden – das kommt mir bekannt vor«, sagte Dorothea trocken. »Es wird so schnell nicht gehen. Schließlich muss Worammo vor den anderen seine Stellung behaupten, und Ian muss aufpassen, nicht übervorteilt zu werden. Sonst verlieren sie den Respekt vor ihm.«

»Er muss also hart verhandeln, obwohl es ihm eigentlich egal ist?«

»So ist es«, bekräftigte Lady Chatwick und nahm einen kräftigen Schluck aus ihrem Glas. »Die Kerle haben ihren Stolz, das muss man ihnen lassen.«

»Ich verstehe nicht, wieso man überhaupt mit ihnen verhandelt. Eigentlich ist es doch die reine Erpressung: Wenn man ihnen keine Schafe gibt, holen sie sich selber welche. Das ist Viehdiebstahl und müsste auch als solcher bestraft werden. Stattdessen werden sie verhätschelt wie unmündige Kinder.«

»Ganz so einfach ist es nicht«, wandte Dorothea ein. »Vom Gesetz her war unser Land, bevor Robert es kaufte, zwar *Terra nullius,* also Niemandsland. Aber es ist unbestreitbar, dass die Eingeborenen, obwohl sie es nicht bebauten, doch hier lebten, bevor wir kamen. Deshalb hat das Government einen Anteil guten Ackerlands hier in Südaustralien für diejenigen Eingeborenen reserviert, die es bebauen möchten.« Wie für Jane. Ihr hatte es kein Glück gebracht. Nachträglich musste sie dem Protector recht geben, der schon immer befürchtet hatte, dass Janes Ehemann mehr an ihrem Recht auf Aborigine-Land als an ihr selbst interessiert gewesen war.

»Interessant. Und: Nehmen sie das Angebot an?«

»Nein. Ich habe von keinem Fall gehört, dass ein Aborigine sein

Recht auf Land geltend gemacht hätte. Dafür müssten sie zumindest den Sinn und Nutzen des Ackerbaus begreifen. Sie sind aber Jäger. Schon das Graben nach Wurzeln und Knollen ist Frauensache. Unvorstellbar, dass ein Mann sich dazu herabließe, die schweißtreibende Arbeit eines Bauern zu verrichten!«

»Dann sollte man das Gesetz schleunigst wieder zurücknehmen und das Land an Leute verkaufen, die damit etwas anzufangen wissen«, meinte Catriona und schüttelte den Kopf. »Wenn sie es also nicht nutzen, wieso entschädigt ihr sie?«

»Auf dieser Seite des Flusses war früher ihr Revier«, bemerkte Lady Chatwick. »Und es empfiehlt sich, die Schwarzen so weit bei Laune zu halten, dass sie den Fluss als Grenze respektieren. Einfach im Interesse guter Nachbarschaft.«

»Außerdem ist es billiger, ihnen aussortierte Schafe zu geben, als dass sie sich unter Umständen an wertvollen Mutterschafen vergreifen«, ergänzte Dorothea. »So können wir wenigstens steuern, welche Tiere in Ngarrindjeri-Mägen landen.«

»Funktioniert das denn?«

»Meistens. In den letzten Jahren haben wir nur zwei wertvolle Tiere verloren. Und das können auch Dingos gewesen sein. Jedenfalls haben das die Hirten behauptet.«

»Das würde ich auch, wenn ich einen so kostbaren Bock verlöre!«, warf Lady Chatwick verächtlich ein. »Vermutlich …«

Ihre Vermutung blieb ungeäußert. Ein gedämpfter Schuss vom Fluss her ließ Dorothea aufspringen und zur Tür hinausstürzen. Ohne auch nur eine Sekunde nachzudenken, raffte sie ihre Röcke und rannte, so schnell es in den Hauspantoffeln ging, den Weg hinunter zur Bootsanlegestelle. Dort war allerdings kein einziger Eingeborener zu sehen. Ihre erste Befürchtung, es wäre zu einer Auseinandersetzung gekommen, löste sich in Luft auf. Ian und Percy standen nebeneinander auf den Planken und schienen nicht im Mindesten beunruhigt.

»Weshalb hast du geschossen?«, rief sie, sobald sie in Hörweite war, und ging langsamer weiter, um wieder zu Atem zu kommen.

»Entschuldige vielmals, wenn wir dich beunruhigt haben sollten, Cousine«, sagte Percy zerknirscht. »Ich war der Übeltäter. Ein dummer Anfängerfehler, fürchte ich.«

»Eine Handbreit tiefer, und du wärst jetzt Witwe«, bestätigte Ian und schien nicht recht zu wissen, ob er verärgert oder amüsiert sein sollte. Er hielt seinen Hut hoch und betrachtete kopfschüttelnd das harmlos wirkende Loch im steifen Stoff.

»Es tut mir schrecklich leid«, erklärte Percy mit gerötetem Gesicht. »Sie schien mir aus der Jackentasche zu rutschen, da muss ich intuitiv danach gegriffen und irgendwie den Hahn berührt haben. Jedenfalls hat sich plötzlich ein Schuss gelöst.«

»Das ist bei Pistolen so üblich«, bemerkte Ian. »Ich dachte, du wüsstest, dass man den Lauf immer auf den Boden richtet.« Er sah Dorothea an und legte ihr besorgt einen Arm um die Schultern. »Schon gut, Darling. Reg dich nicht auf, es ist ja nichts passiert.«

»Nichts passiert?« Dorothea rang um Fassung. Immer noch war ihr schwindlig, und ihre Knie zitterten. Am liebsten hätte sie Percy geohrfeigt. Dieser dumme Mensch! Wie konnte man nur so ungeschickt sein? Sie holte tief Luft, um ihm zumindest die Meinung zu sagen, als Ian sie fest an sich zog und ihr ins Ohr wisperte: »Mach keinen Aufstand deswegen, Darling. Es ist ihm peinlich genug. So etwas kommt schon mal vor.«

Die Leichtigkeit, mit der er den Zwischenfall abtat, ärgerte sie fast noch mehr als Percys Ungeschick. Immerhin wäre er fast ums Leben gekommen! Aber Ian ließ ihr gar keine Zeit, ihrem Ärger Luft zu machen. Er zog ihren Arm durch seine Armbeuge, und während er sie zurück zum Haus führte, berichtete er ausführlich von dem Besuch bei Worammo.

Der neue Häuptling hatte, nachdem er sich zuerst wenig zugänglich gezeigt hatte, schließlich doch zugestimmt, die alten Abmachungen weiterzuführen. Als Kompensation dafür, dass ihm von den drei Frauen seines Vorgängers nur die beiden alten geblieben waren, hatte Ian ihm ein Buschmesser versprochen. Und genug Tauschwaren, um einen Ersatz für Mannara zu finden.

Dorothea war entsetzt. »Du willst es diesem Unhold tatsächlich ermöglichen, eine andere Unglückliche in seine Gewalt zu bekommen? Ian, wie konntest du! Außerdem haben wir sie doch schon King George abgekauft. Er hat überhaupt kein Recht mehr auf sie.«

»Was hätte ich denn sonst tun sollen?«, verteidigte Ian sich. »Worammo ist nun einmal der augenblickliche Häuptling. Er muss sich nicht an das halten, was King George ausgemacht hat. Ich wollte nicht wegen irgendeiner wildfremden Aborigine hier Unfrieden riskieren. Außerdem: Ob mit oder ohne meine Waren – er bekommt sowieso, was er will. Er ist jetzt ein mächtiger Häuptling.«

»Ausgerechnet dieser, dieser … Mistkerl!« Dorothea knirschte mit den Zähnen. »Wenn es wenigstens jemand anderes wäre.«

»Ach, nimm es dir nicht so zu Herzen, Cousine«, versuchte Percy, sie zu trösten. »Ich fand ihn übrigens recht eindrucksvoll mit seinen Trophäen in der Nase und den Vogelfedern auf dem Kopf. In der Aufmachung könnte ich ihn mir gut als Varieténummer vorstellen. Sein Bariton war jedenfalls nicht übel.«

Ian schmunzelte. »Ja, Worammo hat uns mit einigen Gesängen geehrt. Ich habe leider nichts verstanden. Es muss eine ihrer Geistersprachen gewesen sein. Manchmal habe ich mich schon gefragt, ob sie selber verstehen, was sie so singen.«

Lady Chatwick und Catriona erwarteten sie schon gespannt auf der Terrasse.

»Was war los?«, fragte Lady Chatwick, kaum dass Ian den Fuß auf die unterste Stufe gesetzt hatte. »Wir haben uns Sorgen gemacht. – Was ist mit deinem Hut?«

»Nur ein dummer, kleiner Zwischenfall.« Ian winkte ab und wollte die beschädigte Kopfbedeckung schwungvoll auf die Hutablage werfen.

Lady Chatwick kam ihm zuvor, fing den Zylinder auf und inspizierte ihn genau. »Das war ein Schuss«, stellte sie fest und bohrte zur Untermalung einen Zeigefinger durch das Loch. »Wer hat auf dich geschossen?«

»Ich fürchte, ich muss mich schuldig bekennen«, sagte Percy und blickte betreten zu Boden. »Meine bekannte Ungeschicklichkeit mit Schusswaffen …«

Lady Chatwick betrachtete ihn skeptisch. »Wie haben Sie das denn fertiggebracht?«

»Ja, lieber Bruder. Das war nicht gerade eine Meisterleistung!«, spottete Catriona, und in ihrer Stimme schien so etwas wie leise Verachtung mitzuschwingen. »Jetzt schuldest du Ian zumindest einen neuen Hut.«

»Hört auf, auf dem armen Mann herumzuhacken«, schaltete Ian sich ein. »Komm, Percy, lass uns nachschauen, ob das Essen noch warm ist. Ich für meinen Teil habe einen Bärenhunger.« Er schlug ihm kameradschaftlich auf die Schulter und führte ihn ins Haus.

»Männer«, schnaubte Lady Chatwick.

11

Der Vorfall geriet schnell in Vergessenheit. Als wolle sie Versäumtes nachholen, krönte die Regenzeit ihren Höhepunkt mit einer Reihe von wahrhaften Sintfluten, die innerhalb kürzester Zeit sämtliche Wege unpassierbar machten. Die Ufer des Murray River verwandelten sich in eine Schlammwüste. Die Aborigines, die ein paar Tage später die versprochenen Schafe holten, sahen von Weitem aus, als trügen sie kniehohe Stiefel.

Im Haus wurde es klamm. Da halfen auch die Kohlebecken nichts, die zumindest in Kinderzimmer und Salon aufgestellt wurden.

»Tja, ihr hättet eben vorher abreisen müssen«, stellte Ian eine Spur schadenfroh fest, als Percy fröstelnd die Hände über das Kohlebecken hielt. »Jetzt ist es zu spät. Bei dem Wetter sitzt ihr fest. Vielleicht schafft es der Postdampfer vorbeizukommen, aber verlassen kann man sich nicht darauf.«

»Hört dieser Regen denn überhaupt nicht mehr auf? Ich fühle mich irgendwie eingesperrt.« Percy hatte seine gewohnten Ausritte aufgeben müssen, bei denen er manchmal auch für mehrere Tage weggeblieben war, um sich, wie er sagte, »in der Gegend umzusehen«. Wenn Dorothea zuweilen den leisen Verdacht hegte, dass seine Abwesenheit vielleicht etwas damit zu tun haben könnte, dass er die Gesellschaft zugänglicher Damen oder gar das eine oder andere Kartenspiel suchte, so hatte sie diese Vermutungen stets für sich behalten. Es war unnötig, Lady Chatwick neue Munition zu liefern. Sie schien sowieso immer nach etwas zu suchen, was sie an den Grenfells aussetzen konnte. Ihre unterschwellige Animosität den beiden gegenüber verlieh den Konversationen manchmal eine Explosivität, die Dorothea inzwischen ausgesprochen nervös machte.

»Im Juli ist es am schlimmsten«, sagte Dorothea beschwichtigend. »Dann meint man immer, man würde noch Schimmel ansetzen vor lauter Feuchtigkeit. Nimm noch eine Tasse Tee, das wärmt.«

»Worüber beklagen Sie sich? Zumindest haben wir wenigstens ein festes Dach über dem Kopf. Nicht wie die Schwarzen in ihren Laubhütten, wo es überall durchtropft.« Lady Chatwick sah ihn herausfordernd an. »Das bisschen Regen sollte einem echten Engländer nicht zu schaffen machen.«

»Ich habe doch nur gefragt, ob es noch lange anhielte«, sagte Percy in einem schwachen Versuch, sich zu verteidigen. »Diese nicht enden wollende Sintflut unterscheidet sich nämlich ganz deutlich von einem sanften, englischen Landregen.«

»Ja, das Klima ist schon sehr unterschiedlich«, gab Ian ihm recht. »Man hat den Eindruck, jetzt bräche all der Regen, der uns im Sommer vorenthalten wurde, mit Zins und Zinseszins über uns herein. Ist es nicht in Indien ähnlich? Ich habe so etwas gehört.«

»Ja, dort nennt man ihn Monsun. In London hat mir einmal ein Kaufmann erzählt, dass die Überflutungen manchmal so schlimm waren, dass er nur noch mit einem Boot von seinem Wohnhaus auf dem einen Hügel zum Warenlager auf dem gegenüberliegenden gelangen konnte.« Percy schien dankbar über die Ablenkung und plauderte eine Weile über die Erlebnisse dieses Kaufmanns. Indien! Eine Zeit lang hatte allein schon dieses Wort ihr einen Stich versetzt. Inzwischen schien die Affäre mit Miles Somerhill in einem anderen Leben stattgefunden zu haben. Ohne die Folgen dieser Affäre hätte sie damals nicht Robert heiraten müssen. Vielleicht hätte sie Ian dann so getroffen, wie er sich das gewünscht hätte? Ach nein, sie wäre dann ja die Frau von Miles gewesen, rief sie sich in Erinnerung und wunderte sich, dass ihr so viel daran gelegen hatte, ihren damaligen Kollegen zu heiraten. Nach all den Jahren konnte sie sich kaum noch an sein Gesicht erinnern. Er war ziemlich überzeugt von sich gewesen. Das hatte sie als junges Mädchen beeindruckt. Aber im Grunde war er ein durch und durch feiger Charakter gewesen. Welch ein Unterschied zu Robert. Und erst zu Ian! Beide Männer hatten ihr in ihren dunkelsten Stunden, jeweils auf ihre Art, beigestanden.

Gottes wunderbare Wege waren tatsächlich nicht vorauszuahnen. Sie schrak auf, als ihr Name fiel. »… findest du nicht, Dorothy?«, trompetete Lady Chatwick triumphierend.

»Entschuldigung, ich war gerade in Gedanken«, sagte sie hastig und sah in die fragenden Gesichter rundum.

»Das war nicht zu übersehen«, bemerkte Lady Chatwick trocken. »Es ging darum, dass wir uns nicht ganz einig waren, ob ein hübsches Kaminfeuer oder ein gut bestücktes Kohlebecken die scheußliche Kälte hier drin besser vertreiben würde. Ich bin für das Kaminfeuer.«

»Ich auch.« Catriona starrte nachdenklich auf den leeren Feuerbock in der Feuerstelle. »Flammen wirken so lebendig. Als ob sie einen eigenen Willen hätten. Sie tanzen, als ob es ihnen Spaß machte, das Holz zu fressen. Nicht so langweilig wie Kohlen, die allenfalls mal die Farbe wechseln, wenn man in die Glut pustet.«

Ian sprang auf. »Schon gut, ich gehe Holz holen. Parnko sagte vorhin sowieso etwas von einem Haufen Riesenstämme, die er alleine nicht bewegen könne.« Er stapfte aus dem Raum, und man hörte ihn lautstark nach Parnko und John rufen. Parnkos Aufgabe war es, täglich das Schwemmholz einzusammeln, das am Bootssteg antrieb, und in einem Schuppen zum Trocknen aufzuschichten. Es war erstaunlich, welche Mengen an Ästen und sogar ganzen Baumstämmen der Fluss mit sich führte. Es reichte für die Aborigines und für sie. Am Oberlauf mussten komplette Wälder von den Fluten mitgerissen worden sein.

»Willst du ihm nicht helfen gehen«, zischte Catriona ihrem Bruder zu.

Percy sah überrascht auf, stammelte: »Ja, natürlich«, und eilte aus dem Zimmer.

»Sind Sie sicher, dass er ihm von Nutzen sein kann?«, fragte Lady Chatwick mit anzüglichem Lächeln und goss sich einen tüchtigen Schluck Portwein in ihren Tee. »Parnko und John dürften als Hilfe ausreichen. Er ist ja nicht gerade – wie soll ich sagen? – übermäßig geschickt.«

»Desto nötiger, dass er sich übt«, gab Catriona zurück, ohne von ihrer Näharbeit aufzusehen. »Ehe er hier herumsteht und über das Wetter jammert, kann er zumindest versuchen, sich nützlich zu machen.«

»Wollen wir hoffen, dass er das schafft«, murmelte Lady Chatwick mit deutlichem Zweifel in der Stimme. »Ach, übrigens: Trixie erzählte mir vorhin, dass unsere kleine Wilde endlich eingewilligt hat, Schuhe zu tragen. Anscheinend hat Robert sie dazu gebracht. Erstaunlich, wie der Junge sich ihrer annimmt.«

»Ja, ich habe meinen Kavalier an eine Jüngere verloren.« Catriona seufzte theatralisch. »Seit Vicky hier im Haus ist, haben wir nicht eine einzige Schießstunde abgehalten. Dabei fing er gerade an, so treffsicher zu werden, dass ich dachte, wir könnten zur Vogeljagd übergehen. Es wimmelt hier ja geradezu von Enten und Brachvögeln.«

Dorothea hätte ihr sagen können, dass Robert zwar Entenbraten über alles liebte, die Jagd und das Töten jedoch lieber anderen überließ. Eine verletzte Stockente, der es trotz eines gebrochenen Flügels gelungen war, ihren Häschern laut schreiend immer wieder zu entkommen, bevor John ihrer endlich habhaft geworden war und ihr den Hals umgedreht hatte, hatte ihn so verstört, dass er sich fortan geweigert hatte, Parnko und John zu begleiten.

Aber das hätte Catriona vermutlich lächerlich gefunden. Also meinte Dorothea nur: »Vielleicht ist es ganz gut, wenn ihr dieses Vergnügen in Zukunft einstellt. Ian war nicht gerade begeistert davon, dass ihr so viel Munition verbraucht habt.«

»Oh, ist das ein Problem?« Catriona riss erschreckt die Augen auf. »Ich muss gestehen, ich habe gar nicht darüber nachgedacht. Onkel Hugh hat immer so reichlich davon in der Gewehrkammer, dass ich natürlich davon ausging, ihr hättet auch noch Vorräte.«

»Nein, so viel Munition brauchen wir hier nicht. Für die Jagd fehlt immer die Zeit, und bisher haben wir uns Gott sei Dank auch nicht gegen Angreifer verteidigen müssen – außer denen, die du in die Flucht geschlagen hast, Cousine«, sagte Dorothea und schmunzelte. »Entschuldigt mich, Trixie hat mich gebeten, Heathers alte Garderobe durchzusehen.«

Rechts an der Wand der Kleiderkammer stand der stabile Schrank, in den sie Heathers Kleider gehängt hatten, nachdem Catriona ihr Zimmer bezogen hatte. Einen Teil hatten sie für Mary umgenäht. Aber es war noch reichlich Auswahl vorhanden. Dorothea versuchte im Geist abzuschätzen, welche davon für Vicky infrage kamen. Keine mit Rüschen übersäten und auch keine mit zu viel Schleifen in lieblichen Pastellfarben. Ein Ärmel aus dunkelblauem Samt zog ihre Aufmerksamkeit auf sich. Ein Reitkleid. Es war das Kleid, das Heather an dem Tag der Entführung getragen hatte. Blitzartig tauchte in ihrem Kopf das Bild von Heather auf, die sich an den Hals ihres Ponys Princess geschmiegt hatte. Das Letzte, woran sie sich erinnern konnte, bevor sie in der Gewalt des Skelettmanns wieder zu sich gekommen war. In ihren Ohren klang wieder die wilde Verzweiflung in Sams Stimme, der gebrüllt hatte: »Verdammt, bringen Sie endlich das Kind von hier weg.« Schaudernd schob sie den Stoff zurück zwischen all die anderen heiter karierten und geblümten Kattunkleider.

Ob Heather ebenfalls unter solchen Erinnerungen litt? Sollte sie ihr schreiben und sie das fragen? Oder wäre es unnötig grausam, sie an Dinge zu erinnern, die sie unter Umständen bereits vergessen hatte? Sie war noch so klein gewesen. Wie selbstverständlich hatten alle Erwachsenen sie, so gut es ging, gegen die grausamen Realitäten abgeschottet. Und Heather hatte nie nachgefragt. Hatte sie niemals wissen wollen, was genau vorgefallen war?

Jetzt war sie alt genug. Dorothea nahm sich fest vor, bei nächster Gelegenheit mit ihrer Stieftochter offen zu sprechen. Heather hatte ein Recht darauf zu erfahren, wie Robert gestorben war.

Nach einigem Nachdenken wählte sie ein rot-grün kariertes Kattunkleid, ein mit unzähligen bunten Blüten besticktes Samtkleid sowie eines aus schlichtem, dunkelblauem Barchent sowie zwei Schürzen, zwei warme Flanellnachthemden, Unterwäsche und passende Kragen und Manschetten aus. Gerade hatte sie noch ein Paar Ziegenlederslipper dazugelegt und wollte alles ins Kinderzimmer hinübertragen, als ein heftiger Disput sie aufhorchen ließ. Laute Männerstimmen näherten sich rasch der Treppe. Schwere Stiefel polterten die Treppe hinauf. Als sie ihnen überraschend in den Weg trat, stoppten sie. John und Parnko wirkten ziemlich nass und erbost. Zwischen ihnen, schwer auf sie gestützt, hinkte Ian, erschreckend blass im Gesicht und mit ebenfalls tropfend nassen Haaren und Kleidern. Dahinter folgte Percy mit gesenktem Blick und hängenden Schultern – das personifizierte Schuldbewusstsein.

»Was ist passiert?«

»Ertrunken ist der Master beinahe. Dank dem da.« Johns verächtliches Nicken in Richtung Percy war unnötig.

»Es war ein Unfall«, stammelte der. »Ein schreckliches Missgeschick. Ich bin ausgeglitten und habe versucht, mich an ihm festzuhalten. Dabei ist er ins Wasser gestürzt. Es tut mir ja so leid. Ich weiß gar nicht, wie das passieren konnte, Cousin.«

»Ich auch nicht«, knurrte Ian ungewohnt barsch. »Statt hier händeringend herumzustehen, geh lieber in den Salon und beruhige die Damen.«

Percy gehorchte umgehend.

»Helft mir auf mein Bett, und dann sagt Mrs. Perkins und Mannara Bescheid. – Es ist nicht so schlimm, wie es aussieht!« Letzteres galt Dorothea, die wie versteinert auf das Blutrinnsal gestarrt hatte, das aus einer Kopfwunde sickerte und Ians linke Gesichtshälfte rot färbte. »Nur eine oberflächliche Fleischwunde und ein gequetschtes Bein.«

»Schlimm genug«, lautete Johns grimmiger Kommentar. »Das hätte wirklich böse ausgehen können. Um ein Haar wären Sie jetzt tot, Master. – Trixie, lass die Tür zu!«

Zu spät, hinter dem Kindermädchen drängten sich schon Robert, Vicky und Mary und betrachteten mit großen Augen und erschreckten Gesichtern den Auflauf im Flur.

»Zurück in euer Zimmer!« Mehr noch von seinem Anblick als von seinem scharfen Befehl eingeschüchtert, gehorchten sie Ian augenblicklich. »Los jetzt, wie lange wollt ihr mich noch hier stehen lassen.« Er musste ziemliche Schmerzen haben. Normalerweise sprach er nie in einem solchen Ton zu den Kindern. Dorothea beeilte sich, die Tür zum Schlafzimmer zu öffnen und die Bettdecke zurückzuschlagen.

Mit einem erleichterten Aufseufzen ließ Ian sich zurückfallen. »Danke, ihr beiden. Kümmert ihr euch noch um den großen Eukalyptus? Nicht, dass er noch den Bootssteg zertrümmert. Aber lasst euch besser nicht von Mr. Grenfell helfen!« Dieser Witz ließ die beiden Männer erleichtert grinsen. John tippte an den Mützenschirm und schubste Parnko freundschaftlich vor sich her aus dem Zimmer. »Wird erledigt, Master. Gute Genesung.«

Kaum dass die Tür hinter ihnen ins Schloss gefallen war, begann Dorothea, ihrem Mann aus den nassen Sachen zu helfen. Inzwischen zitterte er so, dass seine Zähne aufeinanderschlugen. Sobald sie seinen Oberkörper entkleidet hatte, holte sie eines von Roberts Flanellnachthemden aus dem Schrank. Normalerweise weigerte Ian sich, Nachthemden zu tragen. Deswegen besaß er keine eigenen. Als sie ihm mit äußerster Vorsicht die Hose herunterzog, stieß er zischend den Atem aus. Sein linker Oberschenkel war beinahe zur Hälfte blutunterlaufen und bereits im Begriff, stark anzuschwellen.

»Erzählst du mir, wie das passiert ist?«, fragte Dorothea bemüht ruhig und deckte ihn behutsam zu. Dieser Tölpel Percy!

»Später«, vertröstete er sie, denn gerade flog nach einem kurzen Klopfen die Tür auf und Mrs. Perkins, gefolgt von Mannara, betrat das Zimmer. Die Köchin mochte autokratisch sein, aber Dorothea kannte niemanden, der mit so schlafwandlerischer Sicherheit immer genau wusste, was zu tun war. Erleichtert registrierte sie die gewärmten Ziegel, die Mannara schon in Tücher wickelte und unter die Bettdecke schob. Mit gewohnter Effizienz versorgte Mrs. Perkins die Kopfwunde, die sich tatsächlich als nicht allzu ernst herausstellte.

»Eine ordentliche Beule, ein paar Tage Kopfschmerzen, aber außer einer kleinen Narbe wird nichts zurückbleiben«, war die beruhigende Diagnose.

Der Bluterguss, auf den sie nur einen kurzen Blick werfen durfte – Ian war erstaunlich schamhaft bei anderen Frauen –, ließ sie allerdings besorgt die Stirn runzeln. »Das sieht hässlich aus. Wollen Sie nicht doch einen Arzt kommen lassen?«

»Jetzt?« Ians Stimme klang spöttisch.

Mrs. Perkins lebte schon lange genug auf Eden House. Sie wusste, dass der Einwand berechtigt war. Selbst wenn ein Bote sich nach Adelaide oder Encounter Bay durchgekämpft hatte, hieß das noch nicht, dass er dort einen Arzt antraf, der bereit wäre, sich bei diesem Wetter zu einem Patientenbesuch aufzumachen. Bei dieser Witterung war es nicht ungefährlich. Die Wege waren bodenlos, wenn das Pferd stolperte, konnte man selbst in einem der heimtückischen Siele versinken.

»Ich Blätter holen?«, schlug Mannara schüchtern vor. »Und vielleicht Vicky fragen. Ihre Mutter große Heilerin.«

»Tu das.« Mrs. Perkins nickte ihr wohlwollend zu. »Die Blätterumschläge, die mir so gut geholfen haben, könnten auch dem Master Linderung verschaffen.«

Mannara verschwand eilfertig.

»Ich vermute einmal, dass ihre Art von Medizin momentan das Beste ist, was wir kriegen können«, rechtfertigte Mrs. Perkins ihre Eigenmächtigkeit. »Neulich, als ich mich verbrannt habe, hat sie mir einen Blätterumschlag gemacht. Ich gebe zu, ich habe der Sache nicht so ganz getraut. Aber innerhalb weniger Stunden haben die Schmerzen nachgelassen, und am nächsten Morgen war nichts mehr zu sehen. Das hätte ich nicht erwartet!«

Dorothea fiel das Schlinggewächs wieder ein, das so gut gegen die schrecklichen Kopfschmerzanfälle von Mutter Schumann gewirkt hatte, und das Interesse Dr. Woodfordes an den einheimischen Heilpflanzen. Vielleicht war es wirklich das Vernünftigste, auf die Medizin der Aborigines zu setzen?

»Gut«, stimmte sie zu. Im Stillen hoffte sie, dass Mrs. Perkins' Vertrauen gerechtfertigt war. Die Quetschung hatte übel ausgesehen. »Wie ist es überhaupt passiert? Normalerweise gleitet man auf dem Steg doch nicht aus.«

»Percy schon.« Ian verzog schmerzlich das Gesicht, während er versuchte, die Position des verletzten Beins zu ändern. »Die Äste einer Baumkrone hatten sich unter dem Steg verfangen. Wir versuchten gerade mit vereinten Kräften, einen besonders sperrigen Ast zu lösen, als er Percy plötzlich aus der Hand rutschte. Er verlor das Gleichgewicht, fiel gegen mich, und ich stürzte ins Wasser. Dabei muss ich mir den Kopf angeschlagen haben. Ich kann mich an nichts weiter erinnern.« Er grinste. »Das Nächste, was ich wieder weiß, ist, dass ich Unmengen Flusswasser ausgespuckt habe. John und Parnko sagten, sie hätten mich kurz hinter dem Steg aus dem Fluss gezogen.«

Dorothea spürte, wie ihre Knie nachgaben. Mein Gott, es hätte wirklich nicht viel gefehlt, und Ian wäre ertrunken! In seinen dürren Worten klang es undramatisch, aber wie nah er dem Tod gewesen war, war ihr nur zu klar. Wenn die beiden jungen Männer nicht ihr eigenes Leben riskiert und sich in die gefährlichen Fluten gestürzt hätten, wäre Ians Körper mitgerissen und an der nächsten Engstelle, an der sich das Treibholz staute, zerschmettert worden.

Mrs. Perkins und sie wechselten einen Blick. In den Augen der Älteren las sie die gleichen Gedanken.

»Ich hole Master Ian von der Hühnerbrühe, die ich fürs Dinner vorbereitet habe«, sagte sie aber nur. »Die wird ihm guttun und ihn von innen ordentlich wärmen.«

Sie sammelte die Scharpie ein, nahm die Wasserschüssel auf und öffnete die Tür. »Was machst du denn da, Kind?«

»Wird Daddy sterben?«, hörte man Mary flüstern. »Trixie weint nur, und Vicky und Robert sind weggelaufen. Ich habe Angst.«

»Unsinn. Siehst du, er ist ganz lebendig.« Die Köchin trat einen Schritt zur Seite, um dem Mädchen freie Sicht auf das Bett zu ermöglichen. »Er hat sich wehgetan, aber das wird wieder gut.«

»Mir geht es jetzt schon viel besser«, sagte Ian und lächelte warm. »Komm her, Schätzchen, gib deinem Vater einen Kuss und dann geh wieder zu Trixie. Sie wird sonst noch mehr weinen, wenn sie denkt, dass du weggelaufen bist.«

»Was hast du da am Kopf? Ist das Blut?« Mary rührte sich nicht.

»Ja, aber es wird bald verheilt sein«, sagte Dorothea rasch. »Weißt du noch, wie Robbie sich so schlimm in den Finger geschnitten hat? Das hat auch sehr geblutet und war auch nach einer Woche schon fast wieder verheilt.«

»Tut es sehr weh?«

»Ziemlich. Pass also auf, wenn du mir einen Kuss gibst«, sagte Ian und streckte beide Arme nach ihr aus. Mehr Ermutigung brauchte es nicht.

Mary flog auf ihn zu und vergrub ihr Gesicht in seiner Halsbeuge, beide Ärmchen um seinen Nacken geschlungen. »Ich hab dich lieb, Daddy«, wisperte sie kaum hörbar. »Ich bete jeden Morgen und jeden Abend zum lieben Gott, dass er dich vor den Schlangen beschützt.«

»Das ist lieb von dir«, sagte ihr Vater gerührt und tätschelte liebevoll ihren Hinterkopf. »Aber mach dir keine unnötigen Sorgen, ich passe schon auf mich auf. Hier in der Gegend ist seit ewigen Zeiten niemand mehr von einer Schlange gebissen worden. Vermutlich vertreiben die Schafe sie.«

»Aber diese sind hier im Haus.« Marys glatte Stirn kräuselte sich nachdenklich. »Ich habe es genau gehört, wie Lady Arabella zu Mrs. Perkins sagte, sie hätte einen Plan, wie sie die Schlangen aus dem Haus vertreiben würde.«

»Schätzchen, du hast da sicher etwas falsch verstanden. Es gibt keine Schlangen im Haus – außer vielleicht welche, die Robbie gesammelt hat. Aber die tun nichts mehr. Die sind mausetot.«

Mary war nicht ganz überzeugt. »Und wenn es doch welche gibt?« Sie sah unschlüssig zu Dorothea hinüber, die gerade damit beschäftigt war, die nassen Kleidungsstücke über der Fußwanne auszuwringen. »Ich bitte Trixie immer, unter meinem Bett und im Schrank nachzusehen«, flüsterte sie schließlich kaum hörbar. »Aber ich wache trotzdem nachts auf und habe Angst.«

»Das musst du nicht.« Ian zog sie in eine beschützende Umarmung. »Sobald du nach mir rufst, komme ich angerannt. Versprochen. Und jetzt gehst du besser wieder zu Trixie. Bevor sie sich

Sorgen um dich macht. Hinaus mit dir, Fräulein.« Ein liebevoller Klaps unterstrich den Befehl. Mary gehorchte überraschend sanftmütig.

Ian hatte ein unglaubliches Geschick darin, sie um den Finger zu wickeln. Wie bei mir, dachte Dorothea und lächelte ihrer Tochter zu, die behutsam auf Zehenspitzen aus dem Zimmer trippelte. Er schien immer genau zu wissen, was er tun oder sagen musste, um ihr den Wind aus den Segeln zu nehmen.

»Warst du da nicht ein wenig voreilig?«, fragte sie leise, sobald Marys Schritte verklungen waren. »Du hörst es doch gar nicht, wenn sie nach dir ruft. Zudem bist du momentan wirklich nicht in der Verfassung, um den Ritter zu spielen. Und außerdem soll man solche kindischen Ängste nicht ernst nehmen. Wo hat sie diesen Unsinn nur wieder her?«

»Vielleicht sollte man Robbie fragen?«, schlug Ian vor. »Ältere Brüder jagen den jüngeren Geschwistern gerne Angst ein. Hat dein Bruder das nicht getan?«

»August? Nein, nie!« Dankbar erinnerte sie sich daran, dass August niemals auch nur daran gedacht zu haben schien, seine Überlegenheit irgendwie auszunutzen. Im Gegenteil: Sie hatte sich immer darauf verlassen können, dass er sie in Schutz nahm, und hatte das auch weidlich ausgenutzt. Wie es ihm wohl gehen mochte? Lange hatte sie nicht mehr an ihn gedacht. Aus den Augen, aus dem Sinn, wie die Witwe aus dem unteren Stockwerk immer geschimpft hatte, wenn man nach ihrem Sohn fragte.

Die Postverbindung zu den neuen Goldfeldern war noch nicht richtig eingespielt, aber sie vermutete, dass es eher an ihrem Bruder lag, der so lästige Dinge, wie Briefe zu schreiben, gerne vergaß. Karl, ihr jüngerer Bruder, schickte pflichtschuldig einmal im Monat einen Bericht, wie es ihm und Koar erging. Wenn der junge Aborigine als Arzt nach Südaustralien zurückkehrte, würde er sicher viel Gutes bewirken können. Das traditionelle Wissen, das er von seinem Großvater vermittelt bekommen hatte, zusammen mit der modernen, medizinischen Ausbildung, müsste ihn zu einem ganz besonderen Arzt machen.

Ein unterdrückter Schmerzenslaut vom Bett her erinnerte sie unsanft an die Gegenwart. Wo blieben Mannara und Vicky nur so lange? »Beweg dich nicht mehr als unbedingt nötig«, sagte sie hastig und eilte zum Bett. »Tut das Bein sehr weh?«

»Den Umständen entsprechend«, gab Ian mit zusammengebissenen Zähnen zurück und versuchte, sich aufzusetzen. »Ich hoffe nur, dass dieses Blätterzeug tatsächlich wirkt.«

»Das wird es«, sagte Dorothea mit aller Überzeugung, die sie aufbringen konnte, während sie ihm die Kissen zurechtzog. Ihre stille Angst, es könne sich ein Wundbrand entwickeln, wagte sie nicht auszusprechen. Hatte nicht auch Robert damals seine tiefe Fleischwunde gut überstanden? Und Mannaras von Blutergüssen bedeckter Körper hatte sich auch erstaunlich schnell erholt. Nur die fehlenden Vorderzähne erinnerten noch an Worammos Gewaltexzess. Dieser kleine Makel schien Parnko allerdings nicht zu stören.

Endlich näherten sich schwere Schritte. In Ermangelung einer freien Hand räusperte Mrs. Perkins sich lautstark, ehe sie mit dem Ellenbogen die Klinke herunterdrückte und eine mit grasgrünem Brei gefüllte Schüssel sowie einen Stapel Stoffbinden auf dem Waschtisch abstellte.

»Anstatt sie zu zerkauen, wie es die Eingeborenen tun, habe ich sie durch die Passiermühle gedreht«, verkündete sie. »Mannara meinte zwar, jetzt fehlten die Kräfte derer, die sie zerkaut haben, aber ich denke, darauf verzichten Sie ganz gerne, oder?«

Der kräftig, dabei durchaus angenehm würzig riechende grüne Brei erinnerte vom Aussehen her an Erbsenpüree. Mrs. Perkins stellte ihn neben dem Bett ab und griff nach der Bettdecke, um sie aufzuschlagen. Leicht belustigt sah Dorothea, wie Ians Hände sich in den Stoff krallten. Mrs. Perkins gab einen leisen Seufzer der

Ungeduld von sich. »Master Ian, Sie sind nicht der erste Mann, den ich sehe, wie Gott ihn schuf. Stellen Sie sich vor, ich wäre Ihre Mutter, und lassen Sie mich tun, was nötig ist.«

Stumm gab Ian nach und deckte sich selbst ab. Das Hämatom hatte sich in der kurzen Zeit weiter verfärbt und war gefährlich angeschwollen; die Haut darüber so gespannt, als ob sie jeden Augenblick aufplatzen wollte. Dorothea musste sich auf die Unterlippe beißen, um nicht vor Schreck aufzustöhnen. Was für ein grässlicher Anblick!

Mrs. Perkins ließ keine Anzeichen von Nervosität oder Entsetzen erkennen. Geschickt wie immer hob sie mit einer Hand das Bein an und schob ein festes Tuch darunter. »Ma'am, würden Sie mir die Schüssel reichen?« Dorothea riss sich aus ihrer Erstarrung.

Langsam und sorgfältig verteilte die Köchin den grünen Brei auf dem blauschwarzen Bluterguss, bis nichts mehr davon zu sehen war. Dann schlug sie das Tuch zusammen, richtete sich auf und betrachtete ihr Werk mit gerunzelter Stirn. »Es kann gut sein, dass wir die Flecken nie wieder herauskriegen. Aber das müssen wir wohl riskieren.« Mit einer energischen Bewegung zog sie die Decke wieder über Ian und trat zurück.

Dorothea wäre um ein Haar in hysterisches Gelächter ausgebrochen. Dass Mrs. Perkins sich in einer solchen Situation um verfleckte Bettwäsche sorgte, hatte etwas Irreales. Als ob ihr Mann nicht gerade um ein Haar im Murray River gestorben wäre. Was zählten da ein paar verdorbene Leinenlaken?

»Wie fühlen Sie sich jetzt? Appetit auf eine nette, heiße Hühnerbrühe?« Ehe Ian ablehnen konnte, war sie schon aus dem Zimmer geeilt, und man hörte sie laut nach Mannara rufen.

»Hühnerbrühe und Bettwäsche – das ist nicht die schlechteste Art, um mit ungewöhnlichen Situationen fertigzuwerden«, bemerkte Ian mit einem Schmunzeln. »Mrs. Perkins ist wirklich eine bemerkenswerte Frau.«

Das dachte Dorothea die nächsten Tage noch manchmal. Die Köchin sorgte dafür, dass stets genug frischer Blätterbrei bereitstand, und tatsächlich entwickelte die Aborigine-Medizin eine erstaunliche Wirkung. Ians eiserne Konstitution hatte ihn vor einer Erkältung bewahrt, die Kopfwunde verheilte problemlos – nur die Quetschung gab Anlass zu Besorgnis.

»Es tut mir so entsetzlich leid, dass ich ein solcher Tollpatsch bin«, sagte Percy kleinlaut, als sie sich am nächsten Tag zum Lunch trafen. »Wenn ich denke, was alles hätte passieren können …«

»Da muss man gar nicht lange nachdenken: Ohne das mutige Eingreifen von John und Parnko wäre Ian jetzt tot«, bemerkte Lady Chatwick gehässig. »Ihre Rettungsversuche waren ja nicht gerade sehr intensiv, wie man so hört.«

Percy wurde leichenblass, im nächsten Moment schoss ihm die Zornesröte ins Gesicht. »Wer behauptet das? Ich habe getan, was ich als einzelner Mann tun konnte.«

»Ach ja? Einem Bewusstlosen einen dürren Ast hinzustrecken ist in meinen Augen nicht gerade überzeugend.«

»Woher hätte ich wissen sollen, dass er bewusstlos war? Es schien mir das Vernünftigste, ihn wieder ans Ufer zu ziehen«, verteidigte sich Percy, immer noch hochrot im Gesicht.

»Mein Bruder konnte ihm nicht hinterherspringen«, warf Catriona ein. »Er kann nämlich nicht schwimmen.«

»Wie praktisch.« Lady Chatwick hatte heute anscheinend einen besonders bösartigen Tag. Ob die Gicht sie wieder gequält hatte?

»Es war schrecklich.« Percy schloss schaudernd die Augen, als er sich die Szene vergegenwärtigte. »Ich wusste einfach nicht, was ich tun sollte. Als ich bemerkte, dass er den Ast nicht packte, wollte ich zum Haus laufen, um Hilfe zu holen. Aber ich war noch kaum vom Steg herunter, da kamen die beiden Burschen schon angerannt und haben ihn mit Gottes Hilfe aus diesem Hexenkessel gezogen.«

Er bewegte den Kopf hin und her, als versuche er, die Bilder abzuschütteln. »Es war so schrecklich, ihm nicht helfen zu können.«

»John meinte, wenn Ian sich nicht in den Ästen des großen Baums unter dem Steg verfangen hätte, wäre er sofort abgetrieben worden«, sagte Lady Chatwick nachdenklich. »Dann wäre er rettungslos verloren gewesen.« Sie kniff die Augen zusammen und legte den Kopf schief wie eine zwinkernde Eule. »In letzter Zeit wird Ian geradezu von Unglücksfällen verfolgt. Seine neue Verwandtschaft scheint ihm nicht besonders viel Glück zu bringen.«

»Sie halten uns für Unheilsbringer?« Catriona hob überrascht die zarten Brauen. »So habe ich uns noch nie gesehen. Lady Chatwick, lassen Sie sich da nicht vielleicht etwas zu sehr vom übersinnlichen Hintergrund Ihrer Lektüre beeinflussen? Ich versichere Ihnen: Wir sind keine Geister aus mysteriösen Grüften.«

»Papperlapapp, in den *Mysteries of London* geht es um handfeste Wissenschaft. Nicht um Gespenster.« Die alte Dame schüttelte unwillig den grauen Schopf. »Handfeste Wissenschaft wie chemische Nachweise, Spuren der Täter. Jeder Täter hinterlässt irgendwelche Spuren. Oder Deduktion, die Kunst, aus verschiedensten Beobachtungen Schlüsse zu ziehen.« Sie lächelte grimmig. »Beispielsweise kann ich mich erinnern, dass Sie es waren, die Ihrem Bruder geradezu befohlen haben, Ian zu helfen. Sie wussten, dass er nicht schwimmen kann. Was sagt uns das?«

»Dass ich vollstes Vertrauen in Ian hatte, ihn notfalls wieder aus dem Wasser zu ziehen«, gab Catriona leichthin zurück, aber der Blick, mit dem sie Lady Chatwick bedachte, war eisig. »Sie haben ja recht. Ich habe in dem Moment einfach nicht daran gedacht. Es war unverzeihlich leichtfertig von mir. Kannst du mir vergeben, Percy?«

»N… natürlich«, stotterte der und wurde abwechselnd blass und rot.

»Es ist ja Gott sei Dank alles gut ausgegangen«, versuchte Dorothea, die Wogen zu glätten. Sie hatte den Wortwechsel der beiden Damen nur mit halbem Ohr verfolgt, weil sie draußen vor den Stallungen John, Parnko und Mannara in eine hitzige Diskussion verstrickt sah. Was hatten die drei, das sie offensichtlich so erregte? Dann hatte sich auch noch Mrs. Perkins dazugesellt, was äußerst ungewöhnlich war. Die Köchin verließ ihr Reich nur ungern. Immer wieder schweiften die Blicke der vier zum Haus, und John gestikulierte wild in Richtung Fluss. »Entschuldigt mich, ich muss wieder zu Ian und vorher noch nach den Kindern sehen«, sagte Dorothea nun.

Die unterschwellige Spannung im Salon war so deutlich, dass sie geradezu knisterte. Die gegenseitige Abneigung zwischen Lady Chatwick und Catriona hatte einen Punkt erreicht, der kurz vor dem offenen Ausbruch von Feindseligkeiten stand. Das Wetter tat ein Übriges, die Situation zu verschärfen, weil man sich schlechter aus dem Weg gehen konnte und die erzwungene Untätigkeit eine gereizte Stimmung nach sich zog. Auf Eden House gab es wenig Möglichkeiten der Zerstreuung. Catriona musste sich ziemlich langweilen, sonst hätte sie sich wohl nicht erboten, Heathers alte Kleider für Vicky umzunähen. Gerade war sie damit beschäftigt, den Saum des mit Blüten bestickten Samtkleids zu kürzen. Vicky war etwas kleiner, als Heather es in dem Alter gewesen war; deswegen passten die Kleider zwar, waren aber allesamt eine halbe Handbreit zu lang.

Auf Ians Brief an den Gouverneur, den Percy auf einem seiner Ausflüge in Strathalbyn der Post nach Adelaide mitgegeben hatte, war noch keine Antwort eingetroffen. Höchstwahrscheinlich hatte er Dringlicheres zu erledigen, als sich um das Schicksal eines kleinen Waisenmädchens zu kümmern, das noch nicht einmal lesen und schreiben konnte. Plötzlich kam Dorothea eine Idee. Wieso war sie nicht schon längst darauf gekommen? Sie betrachtete

Percy, der mit gelangweilter Miene in eines von Roberts Büchern starrte und zu lesen vorgab.

»Percy, wäre es dir sehr lästig, wenn ich dich bäte, Vicky zu unterrichten?«, fragte sie. »Ich komme zurzeit nicht dazu.«

Sie hatte kaum ausgesprochen, als Percy schon begeistert aufsprang, das Buch achtlos beiseitelegte und ausrief: »Mit Vergnügen! Lass uns sofort hinaufgehen.«

Er musste sich wirklich sehr langweilen!, dachte Dorothea und lächelte zufrieden. Auf diese Art war er wenigstens nützlich beschäftigt.

Als sie sich der offen stehenden Tür des Schulzimmers näherten, drangen die Stimmen von Robert und Vicky klar und deutlich bis zu ihnen. Das Mädchen sagte gerade verächtlich: »Diese komischen Zeichen, die du mir beibringen willst und auf die ihr so großen Wert legt, sind doch völlig sinnlos. Damit kannst du keinen Tag überleben. Schau mal, kannst du so etwas lesen? Was ist das?« Kreide quietschte, und dann erwiderte Robert zögernd: »Ich weiß nicht. Es sieht aus wie die Spur eines Tieres. Vielleicht ein Vogel?«

Vickys helles Lachen sagte deutlich, dass er falsch geraten hatte. »Das ist die Spur eines …« Man verstand den Namen nicht.

Auch Robert sagte die Bezeichnung nichts, denn er fragte: »Was soll denn das sein?«

»Ich zeichne es dir.«

Vickys Zeichenkünste waren anscheinend gut, denn es dauerte keine Minute, bis Robert feststellte: »Ach, ein Bandicoot. Die sind hier ziemlich selten.«

»Was, zum Teufel, ist ein Bandicoot?«, flüsterte Percy Dorothea zu und grinste von einem Ohr zum anderen. »Hat Mrs. Perkins uns so etwas schon einmal zubereitet?«

»Sicher nicht.« Auch Dorothea grinste bei der Vorstellung von Mrs. Perkins' Reaktion auf eines dieser australischen Tiere, die auf den ersten Blick an Ratten erinnerten.

»Aus dem Abstand der Abdrücke kann man auf seine Größe schließen«, erklärte Vicky sachlich. »Dieser hier wäre ziemlich groß. Groß genug für eine ordentliche Suppe.«

»Hast du schon einmal eines getötet?« Roberts Stimme klang etwas gepresst.

Wieder das helle Lachen. »Natürlich. Aber sie sind gar nicht so leicht zu erwischen. Am besten kriegt man sie, indem man …«

Dorothea beschloss, die Unterhaltung an diesem Punkt zu unterbrechen. »Guten Morgen, ihr beiden. Was macht ihr denn hier?«

»Ich versuche, Vicky das Alphabet zu lehren«, erklärte Robert, nachdem er sich vor Percy verbeugt und seiner Mutter pflichtschuldig einen Kuss auf die Wange gedrückt hatte. »Und sie gibt mir Unterricht im Spurenlesen.«

»Ich wage zu prophezeien, dass die junge Dame keine großen Schwierigkeiten damit haben dürfte«, bemerkte Percy und betrachtete mit unverhohlener Bewunderung die Zeichnungen auf der Tafel. Mit wenigen Strichen war es ihr gelungen, ein stilisiertes und dabei dennoch unverkennbares Bandicoot abzubilden. »Wo hast du so zu zeichnen gelernt?«

Vicky sah zu Boden. »Meine Mutter – Sara – hat es mir beigebracht«, flüsterte sie kleinlaut, als erwarte sie, getadelt zu werden.

»Dagegen sind Buchstaben ein Kinderspiel. Wollen wir es einmal probieren?« Percy sah zweifelnd von der Kreideschachtel auf den Ärmel seines dunkelblauen Gehrocks und zurück. »Robert, bist du so freundlich und schreibst uns das Alphabet in Groß- und Kleinbuchstaben auf?«

Dorothea unterdrückte ein spöttisches Lächeln. Offensichtlich scheute er den Kreidestaub auf dem feinen Tuch. Wie würde er erst mit den Gefahren von Tintenflecken umgehen? Beim ersten Gebrauch von Feder und Tinte pflegte jeder Schüler als Erstes scheußliche Spritzer zu produzieren, wie die zahlreichen, teils schon verblassten Tintenspuren an den Wänden bezeugten. Nun, das würde sie ihm überlassen, entschied sie und zog sich unauffällig zurück.

Im Kinderzimmer war Trixie gerade dabei, mit Mary und Charles die Tiere der Arche Noah paarweise aufzustellen. Quer durch das Zimmer schlängelte sich die Reihe der bunt bemalten Holztiere. Es gab nicht nur Pferde, Rinder, Schafe, Schweine, Bären und Tiger, sondern auch Kängurus, Kakadus, Koalas und Emus. Als Dorothea die Tür öffnete, sah Charles auf, riss entzückt die Arme hoch und stolperte mit dem Ruf »Mama!« auf sie zu. Dabei warf er Löwen, Kamele und Zebras um, blieb an den Elefantenrüsseln hängen und fiel mitten in die Vertreter der australischen Fauna.

»Charles, du Trampel«, fauchte Mary erbost. »Jetzt hast du alles kaputt gemacht!«

»Schsch – Mary!«, mahnte Trixie und warf Dorothea einen besorgten Seitenblick zu. »Das ist doch nicht schlimm. Wir bauen es einfach wieder auf.«

»Machst du dir Sorgen um deinen Vater?«, fragte Dorothea freundlich und kniete sich hin, um ihren Jüngsten in die Arme zu schließen. Sie legte ihre Wange auf seinen Haarschopf und genoss für einen Augenblick einfach nur die körperliche Nähe. Charles roch nach warmer Milch, frisch gebügeltem Leinen und gesundem Kind. Zutraulich spielte er mit den Zierschleifen ihrer Morgenjacke, und sie ließ ihn gewähren, obwohl es bedeutete, dass sie wieder frisch gebügelt werden mussten. »Wenn du möchtest, darfst du ihn besuchen, während ich bei Mrs. Perkins in der Küche bin.«

Über Marys eben noch in einer Grimasse der Verärgerung verzogene Züge glitt ein strahlendes Lächeln. Ohne abzuwarten, rannte sie quer durch die zerstörte Parade und über den Flur in das elterliche Schlafzimmer. Trixie und Dorothea wechselten einen

Blick. »Die Kleine hängt sehr an ihrem Vater«, sagte Trixie. »Mrs. Perkins meinte, es wäre nicht ungewöhnlich, dass Töchter mehr am Vater hingen und Söhne mehr an der Mutter ...«

Dorothea musste ihr insgeheim recht geben. Auch sie hatte als kleines Mädchen ihren Vater vergöttert. Wie stolz war sie gewesen, wenn er ihre rasche Auffassungsgabe gelobt hatte! Sogar zu studieren hatte sie vorgehabt, um ihn noch stolzer auf sie zu machen. Dass das für ein Mädchen unmöglich war, hatte sie zuerst nicht einsehen wollen.

Mary schien ganz nach ihr zu geraten. Sie nahm sich vor, ihrer Tochter gegenüber mehr Geduld und Nachsicht zu üben. Vielleicht brannte in ihr ja der gleiche Hunger nach Anerkennung?

Charles hatte ihre Geistesabwesenheit genutzt, um unbemerkt einen der Knöpfe ihrer Bluse in den Mund zu nehmen und daran zu lutschen. Jetzt hatte sich ein großer Fleck auf dem Stoff ausgebreitet.

»Charles, bäh! Musst du immer sabbern?«, sagte Dorothea streng. »Nimm ihn mir bitte ab, Trixie. Ich schicke Mary dann wieder her, sobald ihr Vater Ruhe braucht.« Vorsichtig stieg sie über das tierische Chaos und drückte ihren Jüngsten dem Kindermädchen in den Arm.

Ians Genesung schritt langsam, aber sicher voran. Der schwarze Bluterguss färbte sich zuerst dunkellila, dann purpurn, ehe er allmählich von den Rändern her gelb wurde und schrumpfte. Trotz seiner Proteste wurde der Blätterbrei beibehalten.

»Dass sie überhaupt noch von dem Zeug hier finden?«, murrte er. »Allmählich dürfte jeder Busch in mehreren Kilometern Umkreis blattleer sein.«

Tatsächlich brauchten Mannara und Vicky immer länger für ihre Sammeltätigkeit. Als der monatliche Schafszoll fällig wurde, versuchte Dorothea, dem alten Krieger, der die Träger beaufsichtigte, einen Handel »Blätter gegen Mehl« vorzuschlagen. Vicky sollte dolmetschen, damit der Anblick von Parnko und Mannara die jungen Burschen nicht wieder provozierte. Beim Anblick von Vicky brachen alle in schallendes Gelächter aus. Jemanden, den sie als den Ngarrindjeri zugehörig betrachteten, in der Tracht der Engländer zu sehen, gekleidet und frisiert wie eine weiße Frau, erschien ihnen wohl als grandioser Witz.

Als sie sich endlich die Lachtränen aus den Augen gewischt und sich so weit beruhigt hatten, dass man wieder sein eigenes Wort verstehen konnte, war die Stimmung so gelöst, dass sie bereitwillig zustimmten, ein Kanu voller Zweige dieses Strauchs gegen einen Sack Mehl und einen Kasten Kautabak zu tauschen.

»Das hat ja wunderbar funktioniert«, stellte Dorothea erleichtert fest und sah den braunen Gestalten nach, die immer noch kichernd wie Kinder zum Murray River hinunterzogen. »Was haben sie zu dir gesagt, Vicky? Ich habe kaum etwas davon verstanden. Es waren lauter mir unbekannte Wörter.«

»Nichts Besonderes«, gab das Mädchen einsilbig zurück, drehte sich auf den Fersen um und verschwand im Haus.

Tatsächlich hielten die Männer Wort. Schon ein paar Stunden später brachten sie eines ihrer Rindenkanus, bis zum Rand gefüllt mit den duftenden Zweigen, und schütteten den Inhalt vor der Freitreppe aus.

»Das müsste reichen, bis Master Ian wieder ganz hergestellt ist«, meinte Mrs. Perkins und musterte zufrieden den grünen Haufen. »Kommt mit, ich gebe euch das Mehl und den Tabak.« Sie unterstrich ihre Worte mit den entsprechenden Gesten und wurde problemlos verstanden.

»Es wundert mich, dass sie nicht viel mehr Mehl verbrauchen«, bemerkte Percy. »Wovon leben sie eigentlich zurzeit? Fischen ist bei dem ganzen Treibholz doch viel zu gefährlich.«

»Unsere Ngarrindjeri leben hauptsächlich von dem, was der

Murray River ihnen liefert«, erklärte Dorothea. »Also vor allem von Fischen, Krebsen und Muscheln. Aber sie verschmähen auch Molche, Frösche, Vögel und ihre Gelege, Eidechsen und Schlangen nicht. Und die Frauen sind unglaublich geschickt darin, Wurzeln und Knollen zu finden. Dazu kommen Beeren, Früchte, Termiten, Insektenlarven und das, was die Männer erjagen. Ian sagte einmal, es gäbe eigentlich nichts, was sie nicht äßen – außer, es ist gerade tabu.«

»Weißt du mehr darüber?«

Dorothea überlegte. »Wenig. Tabus gibt es nicht für Kinder unter neun bis zehn und für die ganz Alten. Sobald sie alt und weißhaarig sind, dürfen sie wieder alles essen. Dazwischen ist es sehr kompliziert. Verheirateten Männern in einem bestimmten Alter sind das rote Känguru, sämtliche Jungen aus dem Beutel, ein bestimmter Fisch namens *kelapko,* der weiße Kranich, eine Schildkrötenart und noch so einiges mehr verboten.« Sie runzelte angestrengt die Stirn, während sie versuchte, sich an weitere Einzelheiten zu erinnern. »Mr. Eyre von der Station Moorundie hat einmal einen äußerst interessanten Vortrag darüber gehalten und gemeint, dass seiner Ansicht nach die Frauen deutlich mehr Tabus unterworfen wären. Allerdings variiert das dann wieder zwischen Müttern und Ehefrauen, die noch keine Kinder haben, und unverheirateten Mädchen.«

»Also eine Wissenschaft für sich, könnte man sagen«, stellte Percy fest. »Von Indianern heißt es, bei ihnen wären ebenfalls diverse Speiseverbote üblich. Interessant, dass es anscheinend überall auf der Welt verbreitet ist.«

»Wie kommt es, dass du so viel über Indianer weißt?«, erkundigte sich Dorothea. »Ich hatte dich schon länger danach fragen wollen.«

»Ich hatte vor, nach Amerika auszuwandern«, sagte Percy mit leicht verzerrtem Lächeln. »Aber Onkel Hugh war strikt dagegen und hat sich geweigert, mir das Geld für die Passage vorzustrecken. – Ich hätte es ihm natürlich zurückbezahlt, sobald ich zu Vermögen gekommen wäre«, fügte er eilig hinzu.

Dorothea verkniff sich die Frage, wie er das zu bewerkstelligen gedacht hätte. Amerika mochte das Land der unbegrenzten Möglichkeiten sein, aber es konnte sich nicht so grundlegend von Australien unterscheiden. Und hier kam man nicht einfach so über Nacht zu einem Vermögen. Selbst Mr. Osmond, der Betreiber der Mine, hatte zuerst einmal investieren müssen. Auch wusste sie von keinem einzigen Viehbaron oder Schafzüchter, dem sein Reichtum in den Schoß gefallen wäre.

»Ich vermute stark, ihm schwebte dabei etwas im Zusammenhang mit Glücksspiel vor«, bemerkte Lady Chatwick, als sie ihr gegenüber Percys ursprüngliche Pläne erwähnte. »Sagte ich es nicht schon? Der junge Mann hat einen unglückseligen Hang zum Laster.«

Dorothea schmunzelte über den altmodischen Ausdruck, aber Lady Chatwick blieb todernst. »Lächle ruhig über mich, Liebes. Ich bin alt genug, um zu wissen, dass schlechtes Blut die unangenehme Eigenschaft hat, immer wieder in den Nachkommen durchzuschlagen. Ich halte jedenfalls Augen und Ohren offen.«

Lady Chatwicks Drohung oder Versprechen – je nachdem, wie man es auffassen mochte – geriet bei Dorothea bald in Vergessenheit. Hatte sie anfangs noch erwogen, es Ian zu erzählen, wurde es rasch von anderen Dingen verdrängt. Es gab wirklich Wichtigeres als die schrulligen Einbildungen der alten Dame, die zu viele Romane las.

Ian konnte endlich das Bett verlassen. Wenn er sich auch noch schwer auf Roberts alten Stock stützte, den Dorothea nicht übers Herz gebracht hatte wegzuwerfen, hinkte er doch entschlossen durch Haus und Hof. Die Regenzeit ging allmählich ihrem Ende entgegen. In einigen Wochen würden die weiten Flächen an den

Ufern des Murray River wieder von zahllosen Blüten überzogen sein und frisches Gras für die Mütter der frisch geborenen Lämmer sprießen. Und Robert würde nach Adelaide ziehen, um dort das St. Peter's College zu besuchen.

»Wenigstens ist er nicht so weit weg wie Miss Heather«, bemerkte Mrs. Perkins ein wenig betrübt. »Und er ist nicht mutterseelenallein unter fremden Menschen wie die arme Kleine. Hat es denn wirklich gleich Sydney sein müssen?«

»In Adelaide gibt es nun einmal keine Institute für junge Damen«, sagte Dorothea kurz. »Außerdem hat Heather sich sehr gut dort eingewöhnt. Im letzten Brief schrieb sie sogar, dass sie sich auf die Tanzstunden freut. Sie haben es doch auch gelesen.« Heathers seltene Briefe wurden wie Kostbarkeiten herumgereicht.

Mrs. Perkins antwortete nicht direkt darauf, sondern fragte nur: »Wird sie Weihnachten zu Besuch kommen? Ich weiß schon gar nicht mehr, ob ich sie noch erkennen würde.«

»Ich denke ja. Aber das ist noch einige Zeit hin.« Dorothea erinnerte sich plötzlich an das ungewöhnliche Palaver vor den Stallungen, das sie beim Lunch so irritiert hatte. »Ach, sagen Sie, Mrs. Perkins, worum ging es eigentlich bei dem Gespräch vorhin, als John sich so ereifert hat?«

»Nichts Besonderes.« Schon der Tonfall machte klar, dass Mrs. Perkins diese Frage nicht beantworten würde. Dorothea versuchte also gar nicht erst, sie umzustimmen, sondern überließ sie ihrer offensichtlichen schlechten Laune.

12

Trixies schrille Schreie rissen die Hausbewohner aus dem morgendlichen Dämmerschlaf. Dorothea konnte Ian gerade noch davon abhalten, im Adamskostüm auf den Flur zu stürzen. Sie selbst warf sich nur ein Umschlagtuch über das Nachthemd und rannte auf bloßen Füßen los. Die Schreie kamen aus Lady Chatwicks Zimmer. Als sie es betrat, stand das Kindermädchen wie zur Salzsäule erstarrt vor deren Bett. Das Tablett mit dem *Early Morning Tea* lag zu ihren Füßen, die Scherben und die bräunliche Flüssigkeit in einem weiten Umkreis verteilt.

Als sie vorsichtig näher trat, sah sie auf den ersten Blick, was Trixie so entsetzt hatte: Lady Chatwick war tot. Sie lag rücklings gerade ausgestreckt in den Kissen, als schliefe sie. Aber der wie zu einem Schrei geöffnete Mund, die blinden Augen und die vollkommen schlaffe Körperhaltung sprachen eine deutliche Sprache.

»Schon gut, Trixie.« Sie zog das zitternde Mädchen vom Bett weg. »Lady Chatwick ist jetzt im Himmel. Ihr geht es gut. Kein Grund, sich so aufzuregen. Du weckst noch die Kinder.«

»Was ist mit ihr?« Ian hatte sich in einen unpassend bunten Morgenmantel aus indischer Seide gehüllt und sah mit seinem Gehstock aus wie eine der Witzfiguren aus Lady Chatwicks Londoner Zeitschriften.

»Sie ist tot«, sagte Dorothea tonlos und kniete nieder, um die

Porzellanscherben aufzusammeln. Irgendwie erschien ihr die Situation so fantastisch, als stünde sie auf einer Theaterbühne und sei Teil eines Schauspiels. Sie agierte, tat, was zu tun war. Doch sie handelte ohne jede innere Beteiligung. Dabei hatte sie Lady Chatwick ehrlich gern gehabt. Geliebt wäre zu viel gesagt. Aber es erschien unvorstellbar, dass sie nicht mehr war. Ihre spitzen Bemerkungen, ihre Marotten hatten ja nicht ihr ganzes Wesen ausgemacht. Wenn sie auch in letzter Zeit überhandgenommen hatten.

Dr. Woodforde hatte sie unter vier Augen gewarnt, dass die alte Dame nicht mehr allzu lange leben würde. »Wenn sie nicht ihren hohen Konsum an geistigen Getränken einstellt und weniger isst, übernehme ich keinerlei Verantwortung, dass sie nächste Weihnachten noch unter uns weilt«, hatte er bei seiner letzten Visite geseufzt. »Aber sie will ja nicht auf mich hören!«

Nun hatte er also recht behalten. Dorothea legte die gesammelten Scherben der Tasse und Untertasse, die allein von Lady Chatwick benutzt worden waren, beiseite. Die Stücke waren aus feinstem englischem Wedgwood-Porzellan. Angeblich von einem früheren Verehrer, erinnerte sie sich und lächelte über Lady Chatwicks damalige Hellsichtigkeit, als sie erfolglos versucht hatte, ihre Ungläubigkeit zu überspielen.

»Ich weiß genau, was du denkst, Kind: Aber ich alte Schachtel war auch einmal jung. Und man hielt mich für recht gut aussehend. Zumindest dieser vortreffliche junge Mann. Er fiel in Spanien.« Mehr war ihr nicht zu entlocken gewesen.

War es ein Omen, dass ausgerechnet diese Tasse jetzt zerbrochen war? Die Eingeborenen würden das sicher glauben und sie mit ihr begraben. Ob sie das auch tun sollten?

»Wie seltsam. Was sind das für rote Punkte in ihren Augen?« Ians Stimme ließ sie zum Bett blicken. Ihr Mann stand davor und musterte mit einem nachdenklichen Ausdruck das Gesicht der Toten. »Sie sind mir vorher nie an ihr aufgefallen.«

Dorothea trat neben ihn und versuchte zu erkennen, was ihn irritierte. Tatsächlich war das Weiße in Lady Chatwicks Augen von deutlich sichtbaren, roten Pünktchen durchsetzt. »Vielleicht ein Schlagfluss? Dr. Woodforde befürchtete schon seit einiger Zeit, dass es dazu kommen würde.«

Ian schüttelte den Kopf. »Ich habe schon Leute gesehen, die an einem Schlagfluss gestorben sind. Ihr Gesicht war ganz blau und angeschwollen. Sie lagen nicht still und friedlich in ihren Kissen, sondern verkrümmt und verbogen.«

»Dann war es eben etwas anderes.« Dorothea verstand nicht, wieso Ian so genau wissen musste, woran sie gestorben war. »Sie war schon ziemlich alt. Und wenn man alt genug ist, dann stirbt man eben.« Dorothea hatte sich noch nie zuvor Gedanken darüber gemacht. Alte Leute starben. So wie King George. Das war völlig normal. Niemand – außer Ian – wollte es genauer wissen.

»Es sieht fast so aus, als hätte sie noch nach jemandem klingeln wollen.« Ian wies auf die umgestürzte Messingglocke auf dem Nachttischchen neben dem Kopfende. Lady Chatwick hatte sie sonst nie benutzt, aber sie hatte einen so durchdringenden Klang, dass zumindest die Schläfer in den nahe liegenden Zimmern sie gehört hätten.

»Wie tragisch! Sie merkte, dass es ihr schlecht ging, aber sie schaffte es nicht mehr, jemanden zu Hilfe zu rufen.« Dorothea verspürte ehrliches Bedauern. Dass die alte Frau mutterseelenallein gestorben war, schmerzte sie. Sie hätte ihr gerne, so gut es ging, beigestanden. Ein letztes Gebet, einen Lieblingspsalm vorgelesen.

Die Bibel, die immer in Griffweite gelegen hatte. Wo war sie?

Verwundert sah sie sich um. Es war keine große Familienbibel gewesen, sondern ein eher handliches, in Leder gebundenes Buch. An einer Seite war der Einband lose, und dort hatte sie, wie sie im Scherz einmal bemerkt hatte, »alles Wichtige in meinem Leben« verborgen. Sie würde sicher damit begraben werden wollen.

War sie vielleicht heruntergefallen? Dorothea kniete sich nieder, um unter das Bett blicken zu können. Aber außer dem Nachttopf war dort nichts zu sehen als eine Spinne, die eilig in die andere Richtung krabbelte.

»Was suchst du? Etwas Bestimmtes?« Ian hatte sich ebenfalls niedergebeugt und folgte ihrem Blick.

»Ihre Bibel. Ich verstehe das nicht«, murmelte Dorothea. »Sie lag immer auf dem Nachttisch. Direkt neben der Glocke. Aber jetzt sehe ich sie nirgends.«

»Sie wird sich schon wieder einfinden.« Ian maß dem Verschwinden des Buches offensichtlich keine größere Bedeutung bei. »Sagst du Mrs. Perkins Bescheid? Ich gehe dann mit John das Grab ausheben. Nur gut, dass es nicht mehr so schüttet.«

Dorothea blieb allein mit der Toten. Sie schien sie vorwurfsvoll anzustarren. Mit zitternden Fingern versuchte Dorothea, ihr die Augen zu schließen. Kalt, unheimlich kalt und steif fühlten die Lider sich an. Sie zuckte zurück.

»Das ist die Leichenstarre«, sagte eine ruhige Stimme von der Tür her. »Ich werde heiße Kompressen auflegen, die machen sie wieder beweglich.«

Dorothea trat erleichtert zur Seite. Mrs. Perkins sah mit unleserlichem Gesichtsausdruck auf die Tote. Trotz ihrer äußerlichen Ungerührtheit kannte Dorothea sie gut genug, um zu spüren, wie erschüttert sie war. Natürlich hätte die Köchin sich das unter keinen Umständen anmerken lassen, aber ihre verkrampften Hände, an denen die Knöchel weiß hervortraten, die blassen Wangen und die zusammengepressten Lippen verrieten sie.

»Soll ich Ihnen helfen?« In dem Augenblick, in dem sie es aussprach, hätte Dorothea das Angebot gerne wieder zurückgenommen. Der kalte, steife Körper stieß sie ab. Es war nicht der direkte, unverfälschte Ekel, den man beim Anblick von Gewürm empfand. Die Scheu davor, ihn zu berühren, ging einher mit einer Art Ehrfurcht, wie man sie sonst nur sakralen Gegenständen entgegenbrachte. War die Seele wirklich schon zum Himmel aufgestiegen? Oder war doch noch ein Rest von ihr im Körper verblieben?

Dorothea konnte plötzlich die Angst der Eingeborenen vor den Toten nachempfinden. Die Form war die altvertraute. Aber die Form war leer. In ihr fehlte das, was den Menschen im Leben ausgemacht hatte. Und das war ausgesprochen unheimlich.

»Gehen Sie nur, Ma'am«, sagte die Köchin zu ihrer immensen Erleichterung. »Mir macht es nichts aus, und ich glaube, Lady Arabella wäre es lieber, wenn wir unter uns blieben. Zwei alte Frauen.« Die beiläufige Geste, mit der sie die Bettdecke glatt strich, hatte etwas Zärtliches. »Was soll sie im Grab tragen? Ihr Lieblingskleid?«

»Das wäre schön. Und wenn Sie die Bibel finden, die würde sie sicher gerne bei sich behalten.«

»Lag sie nicht auf dem Nachttisch?« Mrs. Perkins sah Dorothea erstaunt an.

»Nein, sie scheint verschwunden. Vielleicht hat sie sie irgendwo hingelegt und vergessen«, sagte Dorothea. Sicher hatte Ian recht, und die fehlende Bibel hatte nicht das Geringste zu besagen. Es war nur erstaunlich, dass die Köchin auf einmal irgendwie beunruhigt schien. Ihre Gesichtsmuskeln arbeiteten heftig, als ringe sie mit sich.

»Ist irgendetwas nicht in Ordnung, Mrs. Perkins?«

Die Köchin schüttelte den Kopf und wandte den Blick ab. »Nein, nein. Wenn Sie uns dann allein lassen würden, Ma'am ...?«

Das tat Dorothea nur zu gerne. Sobald sie sich angekleidet hatte, ging sie ins Kinderzimmer. Trixies Augen waren zwar immer noch rot gerändert, aber sie machte einen gefassten Eindruck. »Ich habe es den Kindern noch nicht gesagt«, flüsterte sie Dorothea zu, während sie sie ans Fenster zog. »Sollen sie denn mit zu der Beerdigung?«

Dorothea zögerte.

»Ist Lady Arabella tot?« Robert hatte wirklich Ohren wie ein Luchs. Wie aus dem Boden gewachsen, stand er plötzlich neben ihr und packte ihren Arm mit überraschender Kraft. »Sag schon, Mama: Ist es Lady Arabella?«

Bestürzt wandte sie sich ihm zu. »Woher weißt du es?«

Sein Gesicht erstarrte. Unwillkürlich wanderten seine Augen zu Vicky, die totenblass geworden war.

»Hast du es geträumt, Kind?«, fragte Dorothea besorgt. Eigentlich glaubte sie nicht an solche Eingeborenengeschichten, aber hatte King George nicht auch seinen Tod vorausgeträumt? War vielleicht doch etwas daran?

Vicky verneinte schwach. »Nicht ich. Mannara hat geträumt, wie ein Dämon die alte Frau verschlang. Aber ich habe den Dämon gesehen, wie er aus ihrem Zimmer kam. Er war ganz schwarz und formlos und verschwand dort hinten im Flur.«

Dorothea stutzte und warf Trixie einen fragenden Blick zu. Die hob ratlos die Schultern. »Manchmal schreit sie im Schlaf. Es kann sein, dass sie einen Albtraum gehabt hat. Aber letzte Nacht kann ich mich nicht erinnern, dass etwas Besonderes gewesen wäre.«

»Versuch, es zu vergessen«, sagte Dorothea, hockte sich auf einen der kleinen Stühle und griff nach Vickys rauen Händen. »Manchmal träumt man schreckliche Dinge, die man dann für die Wirklichkeit hält«, erklärte sie freundlich, aber entschieden. »Aber es bleibt dennoch ein Traum. Das Klügste ist, nicht mehr daran zu denken. Dann wird der Traum verblassen, und eines Tages ist er ganz weg.«

Vicky wirkte nicht überzeugt, nickte aber höflich. Dorothea nahm sich vor, mit Mannara ein ernstes Wörtchen zu sprechen.

Es ging nicht an, dass sie die Kinder mit ihren Schauergeschichten verängstigte. Vicky schien über mehr Einbildungskraft zu verfügen, als gut für sie war. Ein Dämon, der Lady Chatwick verschlang! Was mochte als Nächstes kommen?

»Ich werde mit Mr. Grenfell sprechen, dass euer Unterricht heute ausfällt. Ich möchte, dass ihr Blumen sammelt. Ich glaube, Lady Chatwick mochte die australischen Veilchen besonders, aber wenn die noch nicht blühen, dann nehmt andere.«

»Darf ich mitkommen, Blumen suchen?« Mary sah bittend zu ihr auf.

»Nein, mein Kind. Du bleibst schön bei Charles und Trixie.«

»Ich bin doch kein Baby mehr!« Mary stampfte wütend auf. »Ich will mit.«

»Wenn du so groß bist, kannst du ja mit mir in die Küche kommen und mir ein wenig zur Hand gehen.« Dorothea unterdrückte die Versuchung, der Kleinen einfach einen Klaps zu geben. Dieser Trotz war ein Charakterfehler, der ihr dringend abgewöhnt werden musste, aber nicht jetzt. Tatsächlich wirkte die Ablenkung. Sanftmütig wie selten trippelte die Kleine neben ihr her.

In der Küche wartete Mannara mit ängstlich aufgerissenen Augen. »Alte Frau tot?« Aus ihrem Kraushaar rieselten einige letzte Bröckchen der sonst fast gänzlich abgefallenen Lehmkappe, die sie vor King Georges Geist hatte beschützen sollen. Ob sie gleich wieder eine neue anfertigen würde?

»Ja, Lady Chatwick ist heute Nacht verstorben«, bestätigte Dorothea. »Es dürfte dich ja nicht sehr überraschen, wenn du es bereits geträumt hast.« Sie vergewisserte sich, dass das Wasser für den Tee bald kochen würde, und griff nach dem Zuckerhut und dem Meißel, um Brocken abzuschlagen. »Ich möchte nicht, dass du in Zukunft die Kinder damit ängstigst, dass du ihnen von deinen Träumen erzählst. Hast du verstanden?«

»Ma'am böse?« Mannara sah ängstlich zu ihr auf.

»Nein. – Ja. Behalte deine Träume einfach für dich oder begnüge dich damit, sie Parnko und Mrs. Perkins zu erzählen.« Dorothea warf einen Blick auf Mary, die gerade die fertig vorbereitete Fressschüssel des Hofhunds an der Hintertür inspizierte. Mrs. Perkins' Fürsorge erstreckte sich auch auf Vierbeiner. Im Gegensatz zu seinen ausgemergelten, räudigen Kollegen, die kaum je von der Kette gelassen wurden und ein trauriges Leben fristeten, genoss dieser eine Behandlung, die ihn dick und faul hatte werden lassen. Ian hatte schon öfter insgeheim geschimpft, dass er für seine eigentliche Aufgabe nutzlos geworden wäre und nur noch als Mrs. Perkins' Schoßhund tauge – aber natürlich hatte auch er nicht gewagt, es ihr zu verbieten. »Wenigstens müssen wir keine Sorge haben, die Kinder in seine Nähe zu lassen«, hatte Ian sich getröstet.

Tatsächlich schien das behäbige Tier nichts dagegen einzuwenden zu haben, sein Frühstück mit Mary zu teilen.

»Was hast du eigentlich genau geträumt?« Dorothea fasste die junge Aborigine fest ins Auge. »Ich meine: Was hast du Vicky erzählt?«

»Ma'am eben sagen, nicht darüber sprechen.« Mannara hatte ihre eigene Methode, sich zu revanchieren.

»Ich meinte, du sollst sie nicht den Kindern erzählen. Vicky hat einen Albtraum gehabt. Ich möchte wissen, wieso.«

»Parnko meinte, Vickys Mutter Zauberin. Vielleicht Vicky wissen, was zu tun gegen bösen Zauber.«

»Welchen bösen Zauber?«

»Der vom Meer.«

Dorothea biss die Zähne zusammen, um Mannara nicht ungeduldig anzufahren. Konnte sie sich nicht verständlicher ausdrücken? Und wieso musste man ihr alles einzeln aus der Nase ziehen? Sie schob der jungen Frau einen großen Brocken Zucker zu und sagte, während sie begann, die restlichen in die Schüssel zu sammeln: »Erzähl mir davon. Keine Angst. Ich werde nicht schimpfen.«

Mannara kaute mit nachdenklicher Miene auf dem Zuckerbrocken herum. »Eine schwarze Wolke kam. Vom Meer her.« Das beeindruckte Dorothea wenig. In den meisten Fällen kam das Schlechte vom Meer her. Das war überhaupt nicht verwunderlich, denn von dort her waren immer die Überfälle der Walfänger erfolgt. Auf der Känguruinsel befanden sich ihre berüchtigten Camps, in die sie eingeborene Frauen und Kinder verschleppt und als Sklaven gehalten hatten. Der Fall einer solchen Unglücklichen, die bei einem Fluchtversuch samt ihrem Kind ertrunken war und sich vor Encounter Bay im Netz eines Fischerboots verfangen hatte, hatte zu einem Aufschrei der Empörung geführt und den Magistrat gezwungen, streng gegen die Gesetzlosen vorzugehen. Wie erfolgreich, darüber herrschte Uneinigkeit.

Die Insel war unwegsam und bot viele Schlupflöcher. Es war kein Wunder, dass sie immer noch als der Hort des Bösen galt.

»Ja und …?«

»Die schwarze Wolke kam immer näher und kroch hier ins Haus. Sie war überall. Wie Rauch. Und dann kam sie in das Zimmer der alten Frau und verschlang sie. Aber sie war immer noch hungrig und suchte andere. Und ich habe Angst, weil …« Mannara strich in einer beschützenden Geste über ihren Bauch. Dorothea verstand sofort. Die Eingeborenen glaubten, wenn eine Frau schwanger war, wären ihre Träume vom Kindsgeist gesandt und damit viel wichtiger als alles, was eine Frau sonst träumte. Der Kindsgeist aus dem großen Teich der Geisterwelt hatte, bis er als hilfloser Säugling sein neues Leben beginnen würde, die Fähigkeit, der von ihm als Mutter auserwählten Frau Botschaften zu senden.

Diese Botschaften galten als äußerst wichtig. Also hatte Mannara sich in ihrer Ratlosigkeit an die einzige Person in ihrer Umgebung gewandt, von der sie annahm, dass sie sie verstehen und ihr helfen konnte: Vicky.

»Kam die Wolke auch in den Stall?«, fragte Dorothea versuchsweise. Es hatte nicht den geringsten Zweck, die Aborigines davon überzeugen zu wollen, dass ihre Träume Zufallsprodukte und nicht ernst zu nehmen waren. Am einfachsten war es, auf sie einzugehen und dann umzudeuten.

Mannara dachte nach und schüttelte schließlich den Kopf.

»Siehst du? Im Stall und in eurer Kammer bist du in Sicherheit«, versicherte Dorothea ihr. »Dir und deinem Kind wird nichts geschehen.«

»Und hier?« Mannara sah sich zweifelnd um.

»Glaubst du, irgendein Dämon wäre so kühn, sich in Mrs. Perkins' Reich zu wagen?« Mannara verstand zwar die Ironie nicht ganz, war aber durchaus imstande, den Sinn des Gesagten zu erfassen, und atmete erleichtert auf. Nein, in Mrs. Perkins' blitzsauberer Küche gab es nichts, das sich nicht scheuern oder polieren ließ.

»Gut, und jetzt hilf mir mit den Eiern und dem Schinken. Wo ist die große Pfanne?«

Dorothea hatte seit Ewigkeiten nicht mehr in der Küche gestanden. Jetzt war sie selbst erstaunt, wie viel Befriedigung ihr solch einfache Tätigkeiten bereiteten, wie Brot zu rösten und Porridge zu kochen. Vielleicht sollte sie in Zukunft öfter Mrs. Perkins ihre Hilfe anbieten. Es tat ihrer Zufriedenheit keinen Abbruch, dass der Porridge ein bisschen angebrannt und das Brot ein wenig zu dunkel waren.

Catriona allerdings rümpfte die Nase, kaum dass sie mit dem Tablett das Speisezimmer betrat. »Es riecht etwas ungewohnt. Ist Mrs. Perkins krank, dass du dich selber bemühst, Cousine? Du hättest etwas sagen sollen, dann hätte ich dir selbstverständlich geholfen.«

»Das hat schon Mary getan«, erwiderte Dorothea und lächelte der Kleinen zu, die sich mit konzentrierter Miene bemühte, ihr kleineres Tablett mit dem Brot und den Zuckerbrocken gerade zu halten. »Stell es ruhig da auf dem Tischchen ab, Liebes. Und dann kannst du wieder zu Trixie gehen – sobald du Cousine Catriona einen guten Morgen gewünscht hast.«

Mary gehorchte so umgehend, dass Dorothea sich schon fragte, was mit ihr los war. Ihr schüchterner, kaum hörbarer Morgengruß und der Knicks zeugten von Respekt. Fast schon Angst. Dorothea erinnerte sich plötzlich, dass Mary Catriona als »böse Frau« bezeichnet hatte. Damals hatte sie es für kindische Eifersucht gehalten. Steckte mehr dahinter? Plötzlich kam ihr die Bemerkung Lady Chatwicks in den Sinn, die Catriona als kalt und berechnend bezeichnet hatte. Und Robert, der sie anfangs so verehrt hatte, war ebenfalls auffällig auf Distanz gegangen …

»Was hast du? Du ziehst ein Gesicht, als hätte die Katze den Schinken gefressen«, scherzte Catriona. »Es ist doch nichts Ernstes mit eurer vortrefflichen Perkins?«

»Nein, es ist Lady Chatwick. Sie ist heute Nacht gestorben«, antwortete Dorothea ohne Umschweife. »Die Männer sind schon los, um das Grab auszuheben. Heute Nachmittag werden wir sie beisetzen.«

»Aber wie kam das so plötzlich?«, fragte Catriona bestürzt. »Gestern Abend war sie doch noch putzmunter. Sie schien mir sogar ein wenig spitzzüngiger als sonst.«

»Keine Ahnung.« Dorothea hob die Schultern. »Ian hat sich auch gewundert. Aber Dr. Woodforde sagte letztens zu mir, es käme für ihn nicht überraschend, wenn sie nicht ihre Gewohnheiten änderte – und das hat sie ja nicht getan.«

»Wie alt war sie denn?«

Die Frage traf Dorothea unvorbereitet. Sie wusste es nicht. Niemand wusste, wie alt Lady Chatwick war. Sie wussten überhaupt nur sehr wenig von ihr. Lady Arabella Chatwick war für Dorothea so etwas wie ein Möbelstück auf Eden House gewesen. Etwas, das schon immer da gewesen war und dessen Anwesenheit man als so selbstverständlich betrachtete, dass man sein Fehlen zuerst gar nicht bemerkte.

Catriona nickte verständnisvoll. »Es ist ja nicht so wichtig. Das kann man sicher auch später auf den Grabstein meißeln lassen. Auf dem von diesem Sam Carpenter steht auch nur das Geburtsjahr.«

»Du warst auf dem Friedhof?« Dorothea sah sie überrascht an. Catriona Grenfell hatte auf sie nicht den Eindruck eines Menschen gemacht, den die Vergänglichkeit des Lebens in der morbiden Form von Grabsteinen interessierte.

Der gute Sam! Inzwischen konnte sie an ihn als den Mann denken, der er gewesen war. Nicht als dieses schreckliche Relikt, das der Skelettmann aus ihm gemacht hatte. Als Ian beim Steinmetz die Grabsteine für Robert Masters und Sam Carpenter in Auftrag gegeben hatte, war herausgekommen, dass niemand seinen Geburtstag gekannt hatte. Auch er nicht. Mrs. Perkins glaubte sich zu erinnern, dass er erzählt hatte, er wäre im schrecklichen Hungerwinter geboren. Dieses berüchtigte Ereignis hatte damals zahllosen Menschen das Leben gekostet. Nicht nur, dass der Winter 1783 ungewöhnlich früh eingesetzt hatte – er war auch bitterkalt gewesen. So kalt, dass es niemanden gab, der sich an Ähnliches erinnern konnte. Wenn es nicht schneite, hatte giftiger Nebel über dem ganzen Land gelegen und die Lungen verätzt. Menschen und Tiere starben wie die Fliegen. Eine miserable Ernte hatte das ihre getan, um die Not zu vergrößern. Es hieß, dass ein Vulkanausbruch bei Island dafür verantwortlich wäre, aber es gab auch zahlreiche Stimmen, die es als göttliche Strafe ansahen.

Man hatte also das Jahr 1783 auf Sams Grabstein gesetzt. Der Todestag war bekannt.

Jetzt würde eine weitere Grabstätte hinzukommen.

»Entschuldigung, ich fürchte, ich habe verschlafen.« Percy knöpfte noch beim Eintreten seinen Rock zu. »Nur eine Tasse Tee, bitte. Ich kann meine Schüler doch nicht warten lassen.«

»Heute fällt der Unterricht aus«, informierte ihn seine Schwester, bevor Dorothea etwas sagen konnte. »Lady Chatwick ist in der Nacht gestorben.«

»Was?« Dass Percy sichtbar erblasste und nach der nächsten Stuhllehne griff, wunderte Dorothea ein wenig. So nah hatte er der alten Dame nun auch wieder nicht gestanden. Gehörte er zu jenen Menschen, die übermäßig empfindlich auf unerwartete Todesfälle reagierten?

»Sie ist offenbar friedlich eingeschlafen«, sagte sie tröstend. »Sie hat sicher nicht gelitten. Ich muss sagen, dass mich das sehr erleichtert, auch wenn es natürlich ein Schock ist, dass es so plötzlich geschah.«

»Ja, ein Schock«, murmelte Percy und sank auf den nächsten Stuhl. »Das ist es.«

»Da du also nicht ins Schulzimmer musst, kannst du auch frühstücken«, schlug seine Schwester, praktisch wie immer, vor. »Wie läuft denn eine Beerdigung hier draußen überhaupt ab? Ein Geistlicher ist ja wohl so auf die Schnelle nicht aufzutreiben?«

»Mrs. Perkins wird Lady Chatwick in ihrem Zimmer aufbahren«, erklärte Dorothea. »Von dort tragen die Männer sie dann auf den Hügel und legen sie in ihr Grab. Dann liest Ian aus der Bibel, wir sprechen ein Gebet und schließen das Grab.«

»Sehr schlicht, das Ganze«, stellte Catriona fest. »Dabei könnte ich mir vorstellen, dass die alte Lady eine richtig prunkvolle Beerdigung zu schätzen gewusst hätte.«

»Sei nicht albern, Catriona«, warf Percy ein. »Wo sollten wir denn hier Straußenfedern und einen Katafalkwagen auftreiben? Außerdem: der ganze Aufwand, um ein paar Schwarze zu beeindrucken?«

»Sind Begräbnisse in England wirklich so prächtig?« Dorothea hatte sich immer gefragt, ob die Pferde tatsächlich mit schwarz gefärbten Straußenfedern und Decken mit Seidenfransen aufgeputzt wurden.

»O ja, das sind sie«, sagte Catriona mit einer kleinen Grimasse, die deutlich zeigte, wie wenig sie davon hielt. »Selbst der armseligste Bauer träumt davon, sich zumindest ein schwarz angemaltes Pferd mit Federkopfputz vor den Sarg spannen zu lassen.«

»Die armen Menschen sparen dafür sogar an Medizin«, bestätigte Percy. Er schien sich wieder erholt zu haben. »Wie viel einfacher haben es doch die Schwarzen hier! Wenn einer von ihnen stirbt und nicht gerade einem Zauber zum Opfer gefallen ist, wird er einfach so rasch wie möglich verscharrt und fertig. Was geschieht eigentlich, wenn das Verdikt nach dieser Eingeweideschau lautet: ›Tod durch Zauberei‹?«

»Dann muss der Mörder bestimmt werden. Dafür tragen sie den Toten auf einer Bahre aus Zweigen herum. Ein Mann darunter fragt ihn beständig: ›Wer hat dich ermordet? Wer tötete dich?‹ Sie glauben, dass der Todesdämon die Schritte der Träger leitet. Wenn einer der Zweige einen der Umstehenden berührt, gilt er als der Übeltäter und wird von der Familie des Verstorbenen getötet.«

»Mein Gott! Da muss nur einer stolpern, und schon ist das Unheil geschehen!« Percy schüttelte den Kopf. »Kommt das häufig vor?«

»Glücklicherweise nicht. Jedenfalls ist mir nichts dergleichen von unseren Ngarrindjeri zu Ohren gekommen.«

»Was nicht heißt, dass es nicht stattgefunden hätte«, warf Catriona ein.

»Ja, aber die Eingeborenen am Murray River haben inzwischen so viele Stammesangehörige durch Krankheiten wie Masern verloren, dass sie zuerst an eine solche Ursache denken. Vor einigen Jahren wanderte eine Epidemie vom Oberlauf des Murray River bis fast zu uns. Sie soll die Hälfte aller Kinder und jede Menge Erwachsene getötet haben.«

»Masern? So gefährlich sind die doch gar nicht.« Percy runzelte die Stirn. »War es vielleicht etwas anderes, das die Ärzte nicht erkannt haben?«

»Nein, nein, es waren zweifelsfrei die Masern. Die Eingeborenen sterben daran wie unsere Vorfahren am Schwarzen Tod. Offenbar sind unsere Krankheiten für sie ungleich gefährlicher. – Entschuldigt mich, ich will sehen, ob ich Mrs. Perkins noch irgendwie zur Hand gehen kann.«

Draußen auf dem Flur schloss Dorothea für einen Augenblick die Augen. Aus der Küche drangen Kinderstimmen. Also waren Robert und Vicky zurück. Tatsächlich hatten sie reiche Ausbeute mitgebracht: Zwei geflochtene Körbe voller Blüten, vor allem in Gelb und Veilchenblau, standen neben der Tür. Mannara hatte bereits begonnen, daraus Girlanden zu winden. Unter ihren geschickten Fingern entstanden Gebilde, die es durchaus mit der Kunst städtischer Floristen aufnehmen konnten.

»Vicky meinte, wir sollten das Grab mit Blättern auslegen«, sagte Robert und sah sie fragend an. »Sollen wir noch welche sammeln?«

Dorothea gab ihr Einverständnis, und die Kinder rannten eilfertig los. Sie sah ihnen nach und musste lächeln: Vicky sprang leichtfüßig wie eine Elfe durch das frische Gras. Sie hatte die ungeliebten Schuhe ausgezogen und lief barfuß, was angesichts der Nässe nur vernünftig war. Robert hatte es ihr nachgetan, und die beiden erinnerten sie an Füllen auf der Frühlingsweide, die zum ersten Mal aus dem Stall ins Freie gelassen werden.

Oben in Lady Chatwicks Zimmer räumte Mrs. Perkins gerade die Waschutensilien beiseite. Lady Arabella Chatwick lag in ihrem Bett aufgebahrt. Sorgfältig frisiert, eine Spitzenhaube über den grauen Haaren, das Schultertuch in perfekten Falten gelegt, wirkte sie irgendwie fremd. So ordentlich hatte sie zu Lebzeiten nur selten ausgesehen.

»Ich wollte ihr die Bibel in die Hände legen«, sagte Mrs. Perkins, kaum dass Dorothea den Raum betreten hatte. »Aber ich konnte sie nicht finden.«

»Seltsam, wohin mag sie sie gelegt haben? Haben Sie schon unter dem Kopfkissen nachgesehen?«

»Da war nur das.« Die Köchin öffnete eine Spanschachtel und präsentierte ihr darin einige lange, blonde Haare, die anscheinend ausgerissen worden waren.

Dorothea starrte verständnislos auf den Fund. Was hatten Catrionas Haare – und es konnten nur ihre sein – unter Lady Chatwicks Kissen zu suchen? Hatte Lady Chatwick etwa irgendeinen Eingeborenenzauber ausprobiert? Oder hatte jemand anderes die Haare dort deponiert? Zu welchem Zweck?

Mrs. Perkins schien eine Reaktion zu erwarten, also sagte sie: »Vermutlich irgendein dummer Scherz. Mannara soll ein kleines Bukett binden. Das können wir ihr dann in die Hände legen.« Sie sah auf die gefalteten, von Arthritis entstellten Finger, und heftiges Mitleid durchzuckte sie. Als sie noch am Leben gewesen war, hatte Lady Chatwick nie so hilflos gewirkt wie jetzt. Vermutlich hätte sie es vorgezogen, einen ihrer heiß geliebten Schauerromane mit ins Grab zu nehmen, aber Dorothea wagte nicht, sich auszumalen, was passieren würde, wenn das Reverend Howard zu Ohren käme.

Als sich die Bewohner von Eden House nach einem improvisierten Imbiss versammelten, um Lady Arabella Chatwick zu Grabe zu tragen, fehlten nur Trixie und die beiden Kleinen. Nachdem Mrs. Perkins das Leintuch sorgfältig über ihr zusammengeschlagen hatte, betteten John und Parnko den Leichnam auf die Bahre, wobei Parnko ängstlich darauf bedacht war, möglichst nicht in Berührung mit dem toten Körper zu kommen. Sicher glaubte auch er, dass ein Dämon die alte Frau getötet hatte. Die Ngar-rindjeri hatten panische Angst vor solchen unsichtbaren Gefahren. Verletzungen ertrugen sie in stoischer Gelassenheit, aber simple Kopf- oder gar Bauchschmerzen ohne äußere Ursache waren für sie derart unheimlich, dass sie sofort finstere Mächte dafür verantwortlich machten. Dass er sich überhaupt bereit erklärt hatte, als Totenträger zu fungieren, war ein außerordentliches Zugeständnis. Als er sich bückte, um nach den Trageholmen zu greifen, rutschte ein runder Gegenstand an einem Lederband aus seinem Hemdausschnitt. Trotz des ernsten Anlasses musste Dorothea ein Lächeln unterdrücken, als sie den Knopf mit dem Januskopf erkannte, den sie Mannara als mächtigen Schutzzauber geschenkt hatte. Es musste ihr viel an ihm liegen, wenn sie sich – und sei es auch nur zeitweise – von ihrem kostbaren Besitz getrennt hatte.

Ian, immer noch schwer auf seinen Stock gestützt, und Dorothea führten den Trauerzug an. Nach einigem Überlegen hatte sie ein schwarzes Atlaskleid gewählt, dazu einen schwarzen Strohhut mit Schleier. Wenn schon kein Pferd mit Straußenfedern einen Katafalkwagen zum Grab zog, so hatte Lady Chatwick zumindest das Anrecht auf eine angemessen gekleidete Trauergemeinde.

Mrs. Perkins schien das Gleiche empfunden zu haben, und selbst John und Parnko hatten Trauerbinden angelegt. Leicht keuchend unter der schweren Last bemühten sie sich um einen würdevollen Gleichschritt. Lady Arabella hatte gut und gern ihre hundertachtzig Pfund gewogen.

Unmengen Schmetterlinge in allen Farben des Regenbogens stiegen rechts und links von ihnen aus dem frischen Frühlingsgrün auf, als hätten die Blüten sich von den Stängeln gelöst und plötzlich Flügel bekommen.

Mit jedem Schritt wurde Dorotheas Kehle enger. Inzwischen war sie oft genug bei den Gräbern gewesen, um frische Blumen hinzustellen. Aber diesmal war es anders. Vielleicht, weil sie erneut eine Bahre mit einem Leichnam begleiteten. Vielleicht, weil sie den Duft der aufgegrabenen Erde riechen konnte.

Lady Chatwick würde an Roberts Seite ruhen. John und Parnko hatten die Grube tief ausgehoben. Tief genug, dass kein Dingo ihre Totenruhe stören konnte. Beim Blick in die feuchte, dunkle Erde schoss ihr der Gedanke durch den Kopf, was von Robert noch übrig sein mochte. Ein paar helle Steinchen auf der Grubensohle ließen sie unwillkürlich erschauern. John und Parnko hatten bestimmt darauf geachtet, ausreichend Abstand zu Roberts Überresten zu halten. Es waren also wohl keine Fingerknochen. Dennoch mied sie den Anblick und konzentrierte sich lieber auf die Blumenkörbe, die Vicky und Robert bereithielten.

Um die Totenbahre abzulassen, mussten Ian und Percy mithelfen. Leicht schaukelnd versank die reglose, weiße Form in ihrem Grab. Der Boden des Grabes war mit duftenden Blättern bedeckt, und genau dieser Duft war es, der Dorothea Übelkeit verursachte. Mit den gleichen Eukalyptusblättern hatte damals Koar das Tragnetz ausgelegt, in dem sie Sams geräucherten Kopf nach Hause gebracht hatten.

Neben ihr raschelte Seide, eine Hand fasste stützend nach ihrem Arm, und Catriona flüsterte ihr ins Ohr: »Geht es dir gut? Du bist plötzlich so blass.«

Dorothea straffte sich. »Alles in Ordnung«, flüsterte sie zurück und trat einen Schritt beiseite, um Vicky und Robert Platz zu machen. Die Kinder streuten mit beiden Händen die Blüten aus ihren Körben ins Grab, bis das Leintuch vollkommen darunter verschwand. Eine fröhliche Decke aus Blumen.

Mrs. Perkins räusperte sich und reichte Ian das aufgeschlagene Psalmenbuch. Dachte auch sie an das letzte Mal, als sie alle hier oben gestanden hatten? Ihr Mann wirkte ungewohnt feierlich, als er den Blick auf die Seiten senkte und »Der Herr ist mein Hirte« las. Die vertrauten Worte versetzten Dorothea in eine Art Trance.

Sie kannte sie so gut, dass sie sie geistesabwesend mitsprach, während sie wieder wie an jenem glutheißen Nachmittag hier oben stand und sich immer noch wie in einem nicht enden wollenden Albtraum fühlte.

Ian klappte das Buch zu und sah in die Runde. »Wir alle kannten Lady Arabella Chatwick – und kannten sie doch nicht«, begann er. »Sie lebte bereits auf Eden House, lange bevor ich hierherkam. Über ihre Herkunftsfamilie oder Freunde in England wissen wir so gut wie nichts. Wir waren ihre Familie, und sie war uns allen so etwas wie eine Tante, die man immer um Rat fragen konnte – und die ihn manchmal auch ungebeten gab …« Er schmunzelte. »Jeder von uns hat seine ganz eigenen Erinnerungen an die alte Lady, und ich denke, wir alle werden sie vermissen. Jeder auf seine Art. Lady Arabella Chatwick, ich hatte die größte Hochachtung vor Ihnen!« Er verneigte sich tief vor dem offenen Grab, und John und Parnko taten es ihm nach. »Der Herr schenke Ihnen den ewigen Frieden und nehme Sie gnädig in sein Reich auf.« Ian faltete die Hände und begann: »Vater unser, der du bist im Himmel …« Alle, bis auf Parnko und Mannara, fielen ein. Nachdem das »Amen« verklungen war, blieben sie unschlüssig stehen. Es gab keine Regeln wie bei einem normalen Begräbnis mit einem Geistlichen.

Erleichtert sah Dorothea Parnko und Mannara Arme voller Zweige herbeitragen, die sie außer Sichtweite aufgeschichtet hatten. Wie bei den Eingeborenen üblich, würden sie den Leichnam damit bedecken, ehe sie die Erde wieder auffüllten. Mochte ein Toter auch nichts mehr empfinden, so hatte es Dorothea doch im Innersten widerstrebt, Lady Chatwick einfach zu verscharren. Aber ein Sarg war einfach ein zu großer Luxus. Die Blumen und darüber die belaubten Zweige mussten ausreichen.

Ein unterdrückter Schreckensschrei ließ sie aufblicken. Mannara war gestolpert, und ihre Last hatte beinahe Catriona den Hut vom Kopf gefegt. »Du Trampel, kannst du nicht aufpassen?«

Verärgert rückte sie ihn wieder zurecht. Offenbar hatte eine Hutnadel sie gekratzt, denn Dorothea sah aus den Augenwinkeln einen schmalen blutigen Strich genau am Haaransatz an der linken Schläfe. Gerade wollte sie ihrer Cousine ein Taschentuch anbieten, als ihr Blick zufällig auf Mannara fiel. Ihr dunkler Teint war aschgrau, ihre Augen unnatürlich weit aufgerissen, und vor Entsetzen brachte sie keinen Ton heraus. Im nächsten Augenblick ließ sie die Zweige fallen und rannte davon, als seien sämtliche Heerscharen der Hölle hinter ihr her.

»Ist sie verrückt geworden? So schlimm war das nun auch wieder nicht.« Catriona hatte ihre Kopfbedeckung wieder gerichtet und sah der Aborigine kopfschüttelnd nach. »Na los, Kind, heb das auf und wirf es dort hinein«, fuhr sie Vicky an, die sie ebenfalls starr vor Entsetzen anstarrte. Auch Parnko sah aus, als ob er am liebsten das Weite gesucht hätte.

Diese verflixten Zweige!

Und dieser verfluchte Aberglaube!

Dorothea suchte Ians Blick. Auch ihm war klar, was Mannaras Missgeschick in den Augen der Aborigines bedeutete: Der Todesdämon *Nokunna* hatte Catriona als Mörderin der alten Frau gebrandmarkt. Es würde nicht einfach werden, sie davon zu überzeugen, dass Lady Chatwick schlicht und einfach ihrem hohen Alter und ihrem Lebenswandel erlegen war.

Ihr Mann nickte ihr bloß unmerklich zu und sagte ruhig: »Wenn ihr jetzt zum Haus zurückgeht, machen John, Parnko und ich das hier fertig. Ein Tee wäre dann ganz nett, Mrs. Perkins.«

»Ist diese Eingeborene irgendwie zurückgeblieben?« Catriona klang halb amüsiert, halb verächtlich, als sie hinter Dorothea den Hügel hinabstieg. »Oder hatte sie so große Angst vor einer Strafe?«

»Erinnerst du dich, was ich euch vorhin über Schadzauber erzählt habe?«, erwiderte Dorothea. »Über die Suche nach der Todesursache?«

»Das ist doch nicht dein Ernst?« Catriona sah aus, als würde sie jeden Moment in schallendes Gelächter ausbrechen. »Nur, weil das Trampel gestolpert ist, verdächtigen sie jetzt mich, eine Zauberin zu sein?«

»Nicht nur eine Zauberin. Auch eine Mörderin.« Mrs. Perkins vergewisserte sich, dass Vicky und Robert außer Hörweite waren, ehe sie fortfuhr: »Ihrem Glauben nach hat *Nokunna* Mannaras Schritte gelenkt und ebenso die Zweige. In den Augen der Eingeborenen gelten Sie als überführt, Miss Grenfell.«

»Wie mittelalterlich! Muss ich jetzt fürchten, verbrannt zu werden?« Catriona schien das Ganze eher lächerlich zu finden. »Oder was machen sie mit ihren Hexen?«

Ehe Dorothea antworten konnte, meldete Percy sich zu Wort. »Und wenn sie nun absichtlich gestolpert ist?«, fragte er argwöhnisch. »Das wäre doch möglich, oder?«

»Warum hätte sie das denn tun sollen?«, fragte Mrs. Perkins nüchtern. »So raffiniert sind die Eingeborenen hier nicht. Und Mannara schon gar nicht. Für die lege ich meine Hand ins Feuer.« Der Blick, mit dem sie Percy bedachte, war nicht gerade freundlich.

»Natürlich war es ein unglücklicher Zufall.« Dorothea hatte nicht die geringste Lust darauf, diese unerfreuliche Diskussion weiterzuführen. »Aber Zufälle gibt es für sie nicht. Sie sehen in allem eine Botschaft von irgendeinem ihrer Geister. Sobald sie sich beruhigt haben, wird Ian mit ihnen sprechen.«

Als sie sich dem Haupthaus gerade auf zwanzig Schritte genähert hatten, ertönte das Horn des Postdampfers.

»Na endlich«, brummte Mrs. Perkins. »Ich hatte schon befürchtet, der gute Captain würde sich überhaupt nicht mehr den Murray hoch trauen. Ob er einen Brief von Miss Heather dabeihat?«

Das hatte er. Außerdem noch einen aus schwerem Büttenpapier mit dickem Siegel sowie einen für Lady Chatwick von deren Freundin aus Sydney. Der dicke Stapel der *Mysteries of London* stimmte Dorothea trübsinnig. Welche Freude hatte Lady Arabella immer an ihren blutrünstigen Geschichten gehabt!

»Lady Chatwick ist leider letzte Nacht verstorben«, sagte sie und hielt sie unschlüssig in den Händen. Was sollte sie jetzt damit anfangen?

»Nein, wirklich?« Der Kapitän riss schockiert die Augen auf. »Die alte Dame war doch noch prima in Schuss. Einfach so?«

»Sie ist im Schlaf gestorben«, bestätigte Dorothea. »Niemand hat etwas mitbekommen. Das Mädchen hat sie heute Morgen so gefunden, als sie ihr den Tee bringen wollte.«

»Schade um sie. Sie war ein richtiges Original.« Der Mann schüttelte betrübt den Kopf. »Na ja, irgendwann sind wir alle dran, nicht wahr?«

Nach einigen weiteren Bemerkungen dieser Art machte er sich auf den Rückweg. Weiter flussaufwärts war ihm die Lage zu gefährlich. »Schon bis hierher hat mein Maat ständig den Bootshaken einsetzen müssen, um uns einen Weg durch all das Mistzeugs da zu bahnen.« Verächtlich wies er auf die undurchsichtige Wasseroberfläche, aus der überall kahle Zweige und größere Äste der Eukalyptusbäume ragten. »Es wird Zeit, dass der Magistrat endlich Maßnahmen gegen das Schwemmholz trifft. Weiter unten haben sie schon damit begonnen, die Ufer zu roden. Dort kommt man prima durch.«

Dorothea hätte es jammerschade gefunden, die malerischen, knorrigen Baumriesen zu fällen, die an diesem Teil des Murray River noch die Ufer säumten. Sie gehörten einfach dazu. Auch wenn sie die Eigenheit hatten, ohne Vorwarnung große Äste fallen zu lassen. Wer hier lebte, hielt respektvollen Abstand und ging nicht leichtfertig unter ihnen spazieren. Aber das war doch kein Grund, sie alle abzuholzen!

»Was wirst du jetzt damit tun?«, fragte Catriona und wies auf die *Mysteries of London* sowie den Brief von Lady Chatwicks Freundin. »Ich hätte ihm gleich alles wieder mitgegeben.«

Catriona hatte recht. Dorothea ärgerte sich ein wenig über sich, dass sie nicht selbst daran gedacht hatte. Aber es würde auch nicht schaden, alles aufzuheben bis zum nächsten Mal.

Auf dem Weg ins Kontor, wo der Postkorb seinen Platz hatte, begegnete sie Ian. Er wirkte etwas erschöpft, als er ihr, schwer auf seinen Stock gestützt, entgegenhinkte. Sicher hatte er sich wieder überanstrengt. Wie sie ihn kannte, hatte er beim Ausheben des Grabes keine Rücksicht auf seine immer noch nicht ausgeheilte Verletzung genommen. »Setz dich«, befahl sie und schob ihm den Schemel hin, um sein Bein hochzulegen. »Seid ihr fertig?«

Ian nickte. »John hat erst einmal ein Holzkreuz geschnitzt. Was meinst du: Würde Lady Chatwick lieber Granit oder Marmor haben wollen?«

»Keine Ahnung«, erwiderte sie ehrlich. »Wir haben nie über solche Dinge gesprochen.« Wie über so vieles andere.

»Dann werde ich den gleichen Stein bestellen wie für Robert«, entschied Ian. »Hoffentlich taucht ihre Bibel wieder auf. Sonst wissen wir gar nicht, was der Steinmetz einmeißeln soll. – Irgendetwas Wichtiges?« Er wies mit dem Kinn in Richtung des Postkorbs, den sie achtlos abgestellt hatte, als sie ihm den Schemel zurechtgerückt hatte.

»Ich glaube, es ist ein Brief von deinem Vater dabei«, sagte sie und fischte ihn aus dem Stapel. »Soll ich dich damit allein lassen?«

»Nein, bitte bleib.« Ian wirkte nervös. Seine Hände zitterten leicht, als er das Siegel brach und die raschelnden Bögen entfaltete. Dorothea beobachtete sein Gesicht, während er die Zeilen geradezu verschlang. Die Emotionen, die es widerspiegelte, waren unterschiedlichster Natur. Rührung, Befremden, Entsetzen, Wut. Wieso Entsetzen und Wut?

Es kostete Dorothea all ihre Selbstbeherrschung, um nicht nachzufragen. Dann begann Ian, die Blätter noch einmal zu lesen. Langsamer diesmal, während ein grimmiges Lächeln seine Mundwinkel umspielte. Schließlich ließ er die Bögen sinken und schob sie ihr über den Tisch. Mehr brauchte Dorothea nicht als Aufforderung. Sie riss sie an sich.

»*Mein lieber Sohn*«, begann der Brief in einer gestochen klaren Handschrift.

»Du würdest nicht glauben, welches Glück mir alleine diese Anrede schon verschafft. In meinen Träumen habe ich Dich bereits so oft in die Arme geschlossen, dass ich es kaum erwarten kann, dies tatsächlich zu tun. Mein lieber Gregory, wenn ich Dich so nennen darf. Wenn du Ian vorziehst, werde ich mir Mühe geben, mich daran zu gewöhnen. Der Name ist Nebensache. Nur bist Du für mich immer Gregory gewesen, wenn ich mit Dir sprach, ohne zu wissen, wo Du bist – ob Du überhaupt noch unter den Lebenden weilst. Oder schon längst wieder mit Deiner Mutter vereint bist. Ihr beide habt mir unaussprechlich gefehlt. Ich fühlte mich verkrüppelt wie eine griechische Statue ohne Glieder. Es ist lange her, dass ich so glücklich war wie an dem Tag, an dem mich die Nachricht des guten Billingsworth erreichte. Er schrieb, er sei sicher, dass Du tatsächlich mein Sohn seist! Du fragst Dich sicher, wieso ich so lange gebraucht habe, um nach Dir suchen zu lassen. Verzeih mir, mein Kind. In meinem Innersten wusste ich immer, dass Du noch lebst, aber ich hatte keine Ahnung, wo ich anfangen sollte.
Erst ein anonymer Brief gab mir den ersten Hinweis. Angeblich hatte ein alter Mann vor seinem Tod sein Gewissen erleichtern wollen. Ich habe nie herausbekommen, wer – obwohl ich den besten Detektiv darauf ansetzte, den Scotland Yard mir empfohlen hatte. Dennoch bin ich ihm dankbar, dass er wenigstens

am Ende seines Lebens versucht hat, seine Untaten wiedergutzu-
machen. Er schrieb, dass ihm vor fast dreißig Jahren ein Mann
mit einer Maske und verstellter Stimme einen Beutel Sovereigns
geboten hätte, wenn er in einer bestimmten Nacht ein Kind entführen und verschwinden lassen würde. Das Fenster zum Kinderzimmer stand offen wie versprochen. Er betäubte den Kleinen mit Chloroform und wollte gerade mit ihm aus dem Fenster
steigen, als das Kindermädchen aufwachte und er gezwungen
war, sie ebenfalls zu betäuben.

Er schleppte beide zu einer Jagdhütte, wo er sie einsperrte und
zum nächsten Pub ging, um sich Mut anzutrinken. Entgegen
seinen großspurigen Behauptungen hatte er nämlich noch nie
zuvor ein Kind getötet. Als er zurückkehrte, hatte das Kindermädchen es fertiggebracht, die Tür aufzubrechen und mit ihrem
Schützling zu fliehen. Er wollte schon sein Bündel packen und
verschwinden, ehe sie die Schlossbewohner alarmierte, als er Kin-
derweinen aus der entgegengesetzten Richtung hörte. Offenbar
hatte sie, noch halb betäubt, die Orientierung verloren und war
in Richtung Flussufer geflüchtet. Er folgte ihnen, und als sie ihn
bemerkte, warf sie sich mit dem Kind in den Avon, um auf die
andere Seite zu schwimmen. Der Halunke konnte nicht schwimmen, also wären sie dort in Sicherheit gewesen. Aber die Strömung war zu stark und riss die beiden mit sich.

Der Mann erklärte seinem Auftraggeber, die beiden im Fluss
ertränkt zu haben, verlangte und erhielt seinen Beutel Sovereigns
und machte sich aus dem Staub. Angeblich hat er in diesen Teil
Englands nie wieder einen Fuß gesetzt.

Es dauerte seine Zeit, bis der Detektiv sämtliche infrage kom-
mende Pfarrspiele aufgesucht und nach unbekannten Toten in
jener Zeit befragt hatte, aber schließlich war er erfolgreich. Seitdem habe ich mir den Kopf zermartert, wer einen so unbändigen
Hass gegen uns empfunden haben könnte, dass er uns das antat.

*Mein geliebter Sohn, Billingsworth hat mir berichtet, dass Du
in Australien ein angesehener Mann bist. Ich bin unsäglich stolz
auf Dich. Mein größter Wunsch ist es, Dich und Deine Familie in meine Arme schließen zu dürfen. Wirst Du einem alten
Mann diesen Wunsch erfüllen? Es würde mich unendlich glücklich machen.*

Dein Vater«

Dorothea blinzelte. »Er klingt sehr nett«, sagte sie mit belegter
Stimme. »Meinst du, du kannst es möglich machen?«

»Eine Reise nach England?« Ian wirkte unschlüssig. »Ich weiß
nicht. Ich müsste jemanden finden, der sich in unserer Abwesenheit um alles kümmert. John ist ein guter Mann, aber ich bezweifle, dass er schon so weit ist.«

»Und Percy? Er hat dich so oft begleitet, da muss er doch etwas
aufgeschnappt haben.«

Ian sah sie an, als sei sie nicht ganz bei Verstand. »Percy?« Die
Verachtung war unüberhörbar. »Da würde ich ja noch eher Parnko
bitten! – Schon gut, schau mich nicht so böse an. Ich werde mir
etwas einfallen lassen.«

Beim Dinner war die Stimmung ausgesprochen gedrückt. Mrs.
Perkins hatte an Lady Chatwicks Platz an der Tafel eine Schleife
aus schwarzem Seidentaft gelegt, und das Gebilde ließ einen keinen Augenblick vergessen, dass jemand in der Runde fehlte. Dorothea hätte die Erinnerung nicht gebraucht. Sie vermisste die alte
Dame schmerzlicher, als sie es für möglich gehalten hatte.

Selbst Catriona schien zu spüren, dass heiteres Geplauder nicht
angemessen war, und schwieg meist in Gedanken verloren. Percy bemühte sich redlich, Konversation zu führen. Seine hilflosen
Versuche, ein Gespräch über die Gefährdung englischer Mono-
pole durch konkurrierende Kolonialmächte zu führen, wurden

jäh unterbrochen, als Catriona sagte: »Soll ich es übernehmen, die Sachen von Lady Chatwick durchzusehen? Oder willst du alles weggeben?«

Dorothea hätte sich fast an ihrem Wein verschluckt. Lady Arabella war noch keine vierundzwanzig Stunden tot!

»Weißt du, ich dachte, ich könnte ja dann in ihr Zimmer umziehen«, erklärte Catriona, ohne zu bemerken, welche Reaktion ihr Vorschlag ausgelöst hatte. »Auf die Dauer ist es in dem Mädchenzimmer doch ein wenig beengt.«

»Ob sich das noch lohnt, Cousine?«, sagte Ian, bevor Dorothea sich so weit gefasst hatte, um ihr antworten zu können. »Wisst ihr, wir planen einen Besuch bei meinem Vater. Es wäre doch nett, wenn die ganze Familie zusammen nach England reisen würde. Findet ihr nicht?«

»Du wolltest doch nie nach England!« Catriona war blass geworden.

»Ich habe meine Meinung geändert.« Ian schien die Situation auszukosten.

»Wieso?«

»Mein Vater hat mir geschrieben«, erklärte Ian. »Darin hat er mir alles erklärt und mich gebeten, ihn zu besuchen.«

»Aber du hast doch immer gesagt, du könntest hier nicht weg?«, erinnerte Percy ihn.

»Nun, wo ein Wille ist, ist auch ein Weg.«

13

»Wie es wohl sein wird, einen richtigen Vater zu haben?« Dorothea und Ian lagen eng aneinandergeschmiegt unter der Bettdecke. Ian hatte sie ruhig, zärtlich geliebt. Mit seinem todsicheren Gespür für ihre Stimmungen hatte er gewusst, dass heiße Leidenschaft heute Nacht nicht das war, was sie brauchte. Dorothea stützte sich auf einen Ellenbogen, legte eine Hand an seine Wange und drehte sein Gesicht so zu sich, dass sie ihm in die Augen sehen konnte. Ihr Mann wirkte nachdenklich, fast besorgt. Die neue Situation schien ihn zu beunruhigen. »Und wenn ich ihn nun enttäusche? Wenn er sich einen anderen Sohn gewünscht hat?«

Dorothea strich ihm sanft über die Wange. Die Bartstoppeln unter ihren Fingerkuppen knisterten leise.

»Er wird von dir genauso begeistert sein, wie ich es war«, versicherte sie ihm und küsste ihn auf die Lippen. »Ein Vater könnte keinen besseren Sohn bekommen als dich. Hat er nicht schon geschrieben, dass er stolz auf dich wäre? Was willst du mehr?«

»Ich weiß nicht.« Tatsächlich klang ihr Mann ausgesprochen unsicher. »Man macht sich doch ein Bild von jemandem. Wenn ich dem nun nicht entspreche? Er ist ein Earl. Und ich bin ein Viehhändler. Bei den feinen Leuten in England dürfte ich nicht einmal den Vordereingang benutzen.«

»Als Viscount Embersleigh wirst du ganz sicher nicht an den Dienstboteneingang verwiesen werden«, meinte Dorothea trocken. »Im Gegenteil: Ich bin sicher, dass alle von dir fasziniert sein werden. Der jahrelang verschollene und nach langen Mühen wiedergefundene Sohn eines Earls – alle werden deine Geschichte hören wollen.«

»In dem Fall bleibe ich lieber hier.«

»Das wirst du nicht!« Dorothea stieß ihn scherzhaft in die Seite. »Gleich morgen werde ich mit Trixie eine Liste zusammenstellen, was wir für englisches Wetter nähen lassen müssen.«

Das Kindermädchen zeigte sich ganz und gar nicht begeistert von der Ankündigung der Reise.

»Kann ich nicht hierbleiben, Ma'am?«, murmelte sie mit gesenktem Kopf und musterte angestrengt ihre Schuhspitzen. »Ich hasse Schiffe, und in England soll es immerzu regnen.«

»Und noch mehr würdest du es hassen, dich von John trennen zu müssen, nicht wahr?«, fragte Dorothea und unterdrückte einen Seufzer. Ian hatte ja schon länger damit gerechnet, dass die beiden eine Familie gründen wollten. »Gut, wir werden uns dann in Adelaide nach jemand Geeignetem umsehen. Wann wollt ihr denn heiraten?«

Trixie strahlte auf einmal über das ganze Gesicht. »Weihnachten«, platzte sie heraus. »Wir hatten es schon länger sagen wollen, aber es ist immer etwas dazwischengekommen, und John meinte, wir sollten warten, bis es passt.«

»Ihr bleibt aber auf Eden House, oder?«

Trixie nickte entschieden. »Natürlich. Der Master hat uns doch ein eigenes Haus versprochen. Hinter den Stallungen, zum Weideland hin.«

Soso. Dorothea war ein wenig pikiert. Wieso hatte Ian das nicht zuerst mit ihr besprochen? Hatte er befürchtet, sie würde Schwierigkeiten machen?

Aber das ging Trixie nichts an. »Ach ja, stimmt. Es war mir nur gerade entfallen«, sagte sie daher würdevoll und ging in die Küche, um Mrs. Perkins von den neuesten Wendungen in Kenntnis zu setzen.

Die war jedoch gerade vollkommen davon in Anspruch genommen, darüber zu grübeln, wer wohl die Bibel von Lady Chatwick genau unter ihrem Fenster deponiert haben könnte.

»Es ist irgendwie verhext, Ma'am«, sagte sie und drehte das harmlos wirkende Buch voller Erdspuren in ihren abgearbeiteten Händen. »Ich könnte schwören, gestern lag es noch nicht da, weil ich dort vorbeiging, um das Bohnenkraut zu holen. Und heute Morgen lag es mitten auf dem Weg. Ich hätte es doch nicht übersehen, wenn es gestern schon dort gelegen hätte.«

»Es ist mir auch schon passiert, dass ich etwas übersehen habe, weil ich vollkommen in Gedanken versunken war.« Dorothea fand diesen Umstand nicht so bemerkenswert. Vermutlich hatte die Köchin gestern überhaupt nicht auf ihre Umgebung geachtet, sondern war einfach daran vorübergegangen. »Aber gut, dass es wieder aufgetaucht ist. Ich verstehe nur nicht, warum Lady Arabella es aus dem Fenster geworfen hat.«

»Ich bezweifle, dass sie das getan hat.«

Die Köchin sprach in einem so seltsamen Ton, dass Dorothea sie scharf ins Auge fasste. »Bitte erklären Sie sich, Mrs. Perkins. Ich bin keine Wahrsagerin, dass ich aus Ihren Andeutungen schlau werde«, fuhr sie sie an.

»Lady Arabella hat gesagt, wenn ihr etwas zustieße, sollte ich in ihrer Bibel nachschauen.«

Sprachlos vor Verblüffung starrte Dorothea die massige Frau an. Zur Bestätigung nickte die noch einmal und hob mit dem Daumennagel das aufgerissene Leder des Einbands an. »Nichts. Sehen Sie?«

»Was haben Sie denn da erwartet?«

Die Köchin hob die Achseln. »Sie hatte da so einen Verdacht.«

Dorothea biss sich auf die Zunge, um sie nicht vor Ungeduld anzuschreien. »Was für einen? Heraus damit.«

»Na ja. – Es ging um diese Anfälle von Master Ian.« Mrs. Perkins hatte sichtbare Schwierigkeiten, es in Worte zu fassen. Ihr Blick hing wie gebannt an der alten Bibel, während ihre Finger unschlüssig an einem Fädchen, das aus dem Buchrücken hing, herumzupften. »Lady Arabella glaubte, dass er von Miss Grenfell vergiftet wurde«, flüsterte sie schließlich so leise, dass Dorothea sie kaum verstand. »Sie wollte in ihrem Zimmer nach Beweisen suchen. Ich habe ihr noch gesagt, dass es kein gutes Ende nehmen würde. Aber sie wollte ja nicht hören.«

»Moment!« Dorothea rang um Fassung. »Soll das heißen, Lady Chatwick schnüffelte in den Sachen unserer Cousine herum, weil sie sie für eine Giftmischerin hielt?«

Mrs. Perkins nickte. »Und ich glaube, sie hatte auch etwas gefunden. Aber sie wollte mir nichts sagen. Sie sei noch nicht ganz sicher und müsse erst noch eine letzte Probe machen, sagte sie. Und jetzt ist sie tot.«

»Mrs. Perkins, ich verlasse mich auf Sie: Kein Wort darüber zu niemandem!« Dorothea fühlte sich schwindlig wie nach zu viel Punsch. Es klang eigentlich nur verrückt. Aber Lady Chatwicks überraschender Tod hatte dem Verdacht ein Gewicht gegeben, den er sonst nicht besessen hätte. Wenn sie es recht bedachte, kam noch einiges hinzu: die verschwundene Bibel, die blonden Haare unter dem Kopfkissen …

Sie musste nachdenken. In Ruhe nachdenken. Zielstrebig steuerte sie auf Ians Kontor zu. Dort war die Gefahr, gestört zu werden, am geringsten. Am liebsten hätte sie die Verdächtigungen der Köchin als Hirngespinste abgetan. Aber wenn jemand ganz bestimmt nicht zu etwaigen Hirngespinsten neigte, dann Mrs. Perkins. Wenn sie recht hatte, mussten sie etwas unternehmen. Nur was? Wenn sie wenigstens irgendeinen Beweis hätte. Irgendetwas Handfesteres als die Fantasien einer alten Frau und die Träume einer Aborigine! Damit würde sie sich nur lächerlich machen.

Ihr Blick fiel auf den Postkorb. Im nächsten Moment hatte sie den Brief von Lady Chatwicks Freundin hervorgezogen und griff nach dem Brieföffner. Ungewöhnliche Umstände erforderten ungewöhnliche Maßnahmen, beschwichtigte sie ihr Gewissen. Die Dame ließ sich erst einmal ausführlich über die Probleme mit ihrem Dienstmädchen aus, ehe sie auf der zweiten Seite endlich zur Sache kam. Offenbar hatte Lady Chatwick sie um Nachforschungen gebeten.

»Was die Personen betrifft, über die Du Informationen wünschtest, beste Freundin, muss ich Dir leider mitteilen, dass ich nicht sehr erfolgreich war. Immerhin erinnerte sich jemand, dass es einige hässliche Gerüchte um das Ableben der Mutter der Grenfells gab. Ihre alte Zofe behauptete steif und fest, sie wäre vergiftet worden, aber die Frau verschwand spurlos, und natürlich wurde der Sache nicht nachgegangen. Schließlich betraf der Fall ja enge Verwandte des Earl of Embersleigh. Es wurde jedoch gemunkelt, dass weder die Tochter noch der Ehemann sie betrauerten.
Über den jungen Mann ist nichts Schlimmeres bekannt, als was man über die Hälfte der Burschen, die London unsicher machen, sagen könnte. Es heißt allerdings, ohne seinen Onkel wäre er keinen Shilling wert. Also kein Fang auf dem Heiratsmarkt für ehrgeizige Mütter. Er wird sich wohl mit einer Kaufmannstochter begnügen müssen.
Gleiches gilt für diese Miss Catriona. Ein hübsches Gesicht kann zwar manchmal Erstaunliches bewirken, aber derzeit ist der Angelteich für Glücksjägerinnen gerade ziemlich leer gefischt. Wenn ihr Onkel nicht eine hübsche Mitgift für sie lockermacht, sind ihre Aussichten nicht rosig.

Da aber derzeit jeder über den wiedergefundenen Sohn und Er-
ben spricht, ist das nicht sehr wahrscheinlich. Was mich daran
erinnert, liebste Bella: Was gibt es Neues? Hat Ian sich daran ge-
wöhnt, der Sohn eines Earls zu sein? Werden sie nun nach Eng-
land reisen? Ich warte sehnsüchtig auf Deinen Bericht.«

Enttäuscht ließ Dorothea den Brief sinken. Im Grunde wusste sie
jetzt auch nicht mehr als vorher. Hinkende Schritte näherten sich,
und Ian erschien im Türrahmen. Als er sie mit dem Brief sitzen
sah, hob er nur die Augenbrauen.

»Es war absolut notwendig, mich zu informieren«, erklärte Dorothea, wobei sie nicht verhindern konnte, dass ihre Wangen sich
röteten.

»Worüber?« Ians Ton war neutral. Doch es war klar, dass er
eine umfassende Aufklärung erwartete. Immer wieder stockend
erläuterte sie ihm Lady Chatwicks Verdacht, Mrs. Perkins' Überzeugung, dass etwas daran wäre, und ihre eigenen Zweifel. Als sie
geendet hatte, schwieg er so lange, dass sie sich schon zu fragen
begann, ob er sie etwa auch für zumindest überspannt hielte und
jetzt überlegte, wie er es ihr schonend beibringen sollte.

»Das wird schwierig«, sagte er schließlich. »Soweit ich es beurteilen kann, gibt es keinen einzigen Beweis, sondern nur Schluss-
folgerungen. Alles kann jedoch genauso gut auf unglückliche Umstände zurückgeführt werden. Mir war schon seit Wochen nicht
mehr unwohl. Wie würdest du reagieren, wenn du von deiner Familie mit solchen Beschuldigungen konfrontiert würdest?«

Dorothea schüttelte hilflos den Kopf. »Das könnte ich mir gar
nicht vorstellen.«

»Und wenn doch?«, insistierte Ian.

»Ich wäre vermutlich über alle Maßen wütend und gekränkt,
dass man mir so etwas zutraut.«

Ian nickte. »Genau. Das wäre wohl auch die Reaktion der beiden. Ich an ihrer Stelle würde sofort abreisen. Wenn ich meinem Vater das erste Mal unter die Augen trete, würde ich das gerne tun, ohne meine nächsten Verwandten tödlich beleidigt zu haben.«

Ian hatte völlig recht. Sie waren in einer scheußlichen Situation: Wenn sie versuchten, sie aufzuklären, würde es in einem Desaster enden. Es blieb ihnen nichts anderes übrig, als wachsam zu sein und sich zu geben wie immer.

Das jedoch war gar nicht so einfach. Vor allem, nachdem Dorothea Vicky gebeten hatte, ihr ihren Traum genau zu beschreiben.

»Es war kein Traum.« Vicky sah sie ernst an. »Ich weiß, wann ich träume und wann ich wach bin. Und ich war wach, als ich den Dämon gesehen habe.«

»Wo hast du ihn genau gesehen? Kannst du ihn beschreiben?« Dorothea fixierte sie scharf.

»Es war sehr dunkel.« Vicky dachte angestrengt nach. »Ich habe die Tür einen Spaltbreit geöffnet, weil ich etwas gehört hatte. Ein seltsames Geräusch, wie ein Stöhnen. Er war kaum zu bemerken, weil er ganz schwarz war. Er kam aus dem Zimmer der alten Frau und verschwand einfach im Gang.« Das Mädchen erschauerte. »Er hatte keinen Kopf und keine Glieder«, setzte sie leise hinzu. »Er sah wirklich aus wie eine Wolke, die über dem Boden schwebt.«

»Hast du sehen können, wohin er schwebte? Schwebte er vielleicht in ein anderes Zimmer?«

Vicky schüttelte stumm vor Entsetzen den Kopf. »Er war doch satt«, flüsterte sie. »Deshalb hat er das auch wieder ausgespuckt.« Zu Dorotheas Erstaunen holte sie etwas aus ihrer Schürzentasche und präsentierte ihr auf dem Handteller einen zusammengefalteten Zettel von der Größe einer halben Spielkarte.

»Bist du sicher, dass das der Dämon verloren hat?«, fragte Dorothea und griff danach.

»Als ich am Morgen zum Abort ging, hat es genau dort gelegen, wo er geflogen ist«, erklärte Vicky.

Dorothea entfaltete es und las die kurze Botschaft. »Wenn ihr dies lest und ich bin nicht mehr, dann hat C. G. einen Weg gefunden, mich zu beseitigen. Ich habe sie um einen Besuch gebeten, um sie mit gewissen Dingen zu konfrontieren.«

»Hast du ihn irgendjemandem gezeigt?«, fragte Dorothea hastig, und als Vicky verneint hatte, fügte sie hinzu: »Gut. Tu es auch weiterhin nicht. Das ist unser Geheimnis.«

Das kleine Stück Papier schien ein Loch in ihre Tasche zu brennen, während sie sich auf die Suche nach Ian machte. War das nicht der Beweis, dass Lady Chatwick auf unnatürliche Weise gestorben war? Es war ihr ein Rätsel, wie. Am Körper hatte Mrs. Perkins keinerlei Spuren gefunden, und auch die Weinkaraffe hatte noch unberührt auf dem Vertiko gestanden. Man hörte hier und da, jemand sei vor Schreck gestorben, aber sie konnte sich nicht vorstellen, dass das bei der resoluten Lady Arabella der Fall gewesen sein könnte.

»Du wirkst erregt, Cousine«, ertönte eine sanfte Stimme, und Catriona glitt neben sie.

Dorothea zuckte zusammen. In Gedanken verloren, hatte sie überhaupt nicht auf ihre Umgebung geachtet.

»Kann Percy oder ich dir irgendwie behilflich sein?«

Percys schlaksige Gestalt auf ihrer anderen Seite deutete eine elegante Verbeugung an. Dorothea spürte Panik in sich aufsteigen. Was hatten die beiden im Sinn?

»Ach, ich habe mich nur gerade über Trixie geärgert«, log sie und bemühte sich, ihre Nervosität zu unterdrücken. »Habt ihr Ian irgendwo gesehen?«

»Hm, ich glaube mich zu erinnern, dass er etwas von der Nordwestweide sagte. Er wollte dort – wie nannte er es doch noch? Ja, er wollte dort nachschauen, wie weit es mit dem Ablammen ist.«

Natürlich: Die ersten Mutterschafe begannen zu werfen. Aber musste er gerade heute so weit wegreiten? Dorothea unterdrückte den Impuls, Parnko darum zu bitten, ihr Molly zu satteln, ihre alte Stute. Seit Roberts Tod hatte sie sich nicht mehr auf ein Pferd gesetzt. Es war ihr nicht sehr schwergefallen, weil sie dem Reiten ohnehin nichts hatte abgewinnen können. Und Heather hatte ihr stämmiges Pony nur zu gerne gegen die zierliche Araberstute eingetauscht. Jetzt jedoch wünschte sie sich, diese Art der Fortbewegung nicht ganz so entschieden abgelehnt zu haben. Jeder wusste, dass sie nicht freiwillig auf ein Pferd stieg. Täte sie es jetzt, würde es ziemliches Befremden hervorrufen.

Sie zwang sich, lässig zu sagen: »Ach, es ist nicht so wichtig. Vielleicht ist es ganz gut, wenn ich mich erst ein wenig beruhige.«

»Was hat die unglückselige Trixie denn angestellt, dass es dich so mitnimmt?«, erkundigte Catriona sich mitfühlend. »Ich hatte immer den Eindruck, euer Verhältnis wäre ausgezeichnet.«

»Ist es auch.« Verzweifelt zermarterte Dorothea sich das Hirn nach einer glaubwürdigen Erklärung. Und blieb dann nah bei der Wahrheit. »Sie weigert sich, uns nach England zu begleiten. Dabei habe ich mich fest darauf verlassen.«

»Das ist doch nicht so schlimm. Wir werden uns eben alle zusammen um die Kleinen kümmern«, sagte Catriona und hakte Dorothea unter. »Weißt du schon Genaueres, welche Passage ihr buchen wollt? Ian sollte zusehen, eine komplette Kabinenreihe zu nehmen, dann wären wir während der Reise für uns. Das wäre doch nett.«

Dorothea zwang sich zu einem Lächeln, obwohl ihr insgeheim grauste. Wochen-, nein, monatelang zusammengepfercht mit den beiden auf engstem Raum. Wie sollte sie das aushalten? Unauffällig entzog sie Catriona ihren Arm und erklärte, in der Küche nach dem Rechten sehen zu müssen.

»Einen Moment, Ma'am.« Geschickt fischte Mrs. Perkins drei

Hühner aus dem kochenden Wasser und ließ sie in den Korb fallen, den Mannara bereithielt. »Am besten rupfst du sie draußen am Fluss«, sagte sie. »Wir haben hier etwas zu besprechen.«

Die Aborigine nickte und verschwand wortlos. »Was haben Sie auf dem Herzen?«, fragte die Köchin und griff beim ersten Blick in Dorotheas Gesicht nach ihrem Geheimvorrat Brandy auf dem obersten Bord. »Hier, trinken Sie erst mal«, sagte sie, goss eine großzügige Portion in einen Steingutbecher und drückte ihn Dorothea in die Hand. »Was ist denn passiert?«

»Hier, lesen Sie selbst.« Dorothea reichte ihr den Zettel, den Vicky gefunden hatte.

Mrs. Perkins' Gesicht verzog sich grimmig. »Dieses Miststück«, zischte sie und ballte die Hände zu Fäusten. »Die arme Lady Arabella!«

»Wissen Sie irgendetwas darüber, womit sie sie konfrontieren wollte?«

Mrs. Perkins schüttelte bedauernd den Kopf. »Leider nicht. Sie tat da sehr geheimnisvoll. Fühlte sich als Detektiv. Wollte alles genauso machen wie in ihren Geschichten.« Sie schluckte. »Aber es sind eben Geschichten. Nicht die Wirklichkeit.« Die Köchin sah Dorothea fragend an. »Was haben Sie jetzt vor? Die Polizei einschalten?«

Dorothea faltete den kleinen Zettel wieder zusammen und ließ ihn in ihrer Tasche verschwinden. »Ich glaube nicht, dass so etwas als Beweis anerkannt wird. Hirngespinste einer alten Dame würden sie es nennen. Außerdem möchte Ian es nicht publik machen. Er hat Angst, dass sein Vater dann schlecht von ihm denkt. Den wollen wir nämlich besuchen. Sobald Ian einen vertrauenswürdigen Verwalter für Eden House gefunden hat, wollen wir nach England.«

»Das wurde auch Zeit.« Mrs. Perkins nickte. »Machen Sie sich mal keine Sorgen, Ma'am. Ich werde auf alles achten.« Ihre Züge verfinsterten sich. »Aber ich find's nicht richtig, dass sie einfach so damit davonkommen! Die arme Lady Arabella!«

»Wir können nicht das Geringste beweisen.« Dorothea legte eine Hand auf die rauen der Köchin. »Wir wissen ja nicht einmal, wie sie gestorben ist! Aber ich verspreche Ihnen, Mrs. Perkins, dass ich einen Weg finden werde, Lady Arabella Gerechtigkeit widerfahren zu lassen. Ich habe nämlich noch andere Dinge in Erfahrung gebracht.« Sie fasste kurz zusammen, was Lady Chatwicks Freundin über die Grenfells geschrieben hatte. »Ich werde den Gerüchten nachgehen«, kündigte sie an. »Ich werde diese Zofe suchen lassen und sie befragen. Und ich werde meinem Schwiegervater alles erzählen, was …«

Mrs. Perkins hob die Hand, um sie zum Schweigen zu bringen, und nickte warnend in Richtung der Tür, die zum Flur führte. »Was kann ich für Sie tun, Miss Grenfell?«, fragte sie, stand auf und wischte sich die Hände an der Schürze ab.

»Oh, ich wollte nicht stören.« Catriona lächelte strahlend. »Ich wollte nur fragen, ob das Kohlebecken im Salon frisch bestückt werden könnte. Es ist ziemlich kühl dort.«

»Mannara wird es erledigen, sobald sie zurück ist«, sagte Mrs. Perkins gleichmütig. »Verbleiben wir dann bei Grießpudding zum Nachtisch, Ma'am?«

Es war kein sehr guter Versuch, falls Catriona schon länger gelauscht hatte. Aber dann war es auch egal. Dorothea zwang sich, das Lächeln zu erwidern und heiter zu sagen: »Ja, das wäre schön. – Ich muss mich jetzt um die Sachen für Roberts Schule kümmern. Entschuldige mich, Cousine.«

Es kostete sie all ihre Selbstbeherrschung, nicht davonzulaufen. Es war schon seltsam, wie sich quasi über Nacht alles ändern konnte. Vorgestern noch war sie mit Catriona ein Herz und eine Seele gewesen, und heute verdächtigte sie sie als Mörderin! Konnte sich ein Mensch überhaupt so verstellen? Sie sah so harmlos und freundlich aus, dass Dorothea wieder unsicher wurde. Und wenn sie ihr unrecht tat? Wenn alles ein schrecklicher Irrtum wäre? Entstanden aus der überbordenden Fantasie einer alten Frau und eines Kindes, das praktisch inmitten einer Geisterwelt aufgewachsen war? Auch die Frau im Brief sprach nur von Gerüchten.

Dorothea fühlte sich hin- und hergerissen. Egal, wie sorgfältig sie die Argumente abwog, eine endgültige Entscheidung blieb unmöglich. Ihr Gefühl sagte ihr, dass Lady Chatwick richtig gelegen hatte. Aber was war schon Gefühl?

Durfte sie etwas so Flatterhaftes über andere Menschen richten lassen?

Auch ihre Freundschaft zu Catriona hatte sich echt angefühlt. Und sie hätte geschworen, dass die andere sie ebenfalls mochte. Empfand eine Mörderin wie ein normaler Mensch?

Wie gerne hätte sie diese Fragen ihrem Vater vorgelegt. Trotz seiner Güte hatte er doch auch einen recht klaren Blick für die Schwächen und Fehler seiner Mitmenschen gehabt. Sein Urteil hätte alle ihre Zweifel ausgeräumt.

»Ach, Papa«, seufzte sie leise, während sie die Tür zu Roberts Zimmer öffnete. »Wenn du jetzt doch hier bei mir sein könntest.«

»Du vermisst deinen Vater auch?« Robert hockte zusammengekauert auf seinem Bett und sah erstaunt zu ihr auf.

»Wieso bist du nicht im Schulzimmer?«

»Onkel Percy ist nicht gekommen. Und Vicky wollte mit den Geistern reden. Alleine war es mir zu langweilig«, erklärte ihr Sohn und blickte aufmerksam in die Schachtel, die er vor sich abgestellt hatte.

»Was hast du da?« Dorothea warf einen Blick hinein, um augenblicklich entsetzt zurückzuweichen. »Bist du von allen guten Geistern verlassen? Wenn sie dich stechen! Du könntest sterben!«

»Ich pass schon auf«, gab er ungerührt zurück, ohne den Blick von dem Skorpionpaar zu wenden, das sich auf dem Boden der

Schachtel umkreiste, den Schwanz mit dem gefährlichen Stachel hoch erhoben wie ein Schwert oder Degen. »Vicky hat sie gefangen und mir gezeigt, wie es geht. Das ist ein Spiel. Wessen Skorpion den anderen tötet, der hat gewonnen.«

Dorothea wunderte sich über die Nachlässigkeit der Aborigines ihren Kindern gegenüber. Sie hatte immer den Eindruck gehabt, sie liebten sie. Solche lebensgefährlichen Spiele durfte man ihnen doch dann nicht erlauben!

»Bring sie in die Küche und wirf sie ins Feuer«, befahl sie. »Diese Tiere sind viel zu gefährlich, um mit ihnen zu spielen. – Keine Widerrede!«, fügte sie streng hinzu, als ihr Sohn Anstalten machte zu widersprechen. »Dann kommst du gleich wieder. Wir müssen deine Sachen für die Schule durchsehen.«

Robert verzog die Mundwinkel, sagte jedoch nichts, sondern verschwand mitsamt der Schachtel in Richtung Küche. Dorothea öffnete die Schranktüren und begann, die benötigten Kleidungsstücke in den von Trixie bereitgestellten Reisekorb zu packen. Das College hatte genaue Listen, was die Schüler der einzelnen Jahrgangsstufen benötigten. Später würde auch noch eine Art Talar und eine spezielle Kopfbedeckung als Schuluniform dazukommen. Die jüngsten waren davon allerdings noch ausgenommen. Dorothea war froh, dass ihre Mutter sich bereit erklärt hatte, den Jungen bei sich aufzunehmen. Zwar gab es inzwischen ein Wohnhaus für die auswärtigen Schüler, aber Robert würde sich weniger abgeschoben fühlen, wenn er von Mutter Schumann und Lischen verwöhnt würde.

»Wie war mein Vater eigentlich?« Dorothea sah auf. Ihr Sohn stand breitbeinig, die Arme hinter dem Rücken, in der Tür und gab sich alle Mühe, abgeklärt zu wirken.

»Wie soll ich ihn dir beschreiben?« Dorothea ließ das Leinenhemd sinken, das sie gerade inspiziert hatte. »Er war ein wundervoller Mensch, gütig und großzügig. Alle liebten ihn.«

»Du auch?«

»Natürlich. Ganz besonders.« Dorothea versuchte, nicht an die Zeit zu denken, in der Ian ihn aus ihrem Herzen verdrängt hatte. Sie hatte ihn doch trotzdem geliebt. Nur nicht als Ehemann.

»Warum hast du dann Ian geheiratet?«

Es war keine passende Unterhaltung. Dorothea überlegte kurz, Robert für seine Impertinenz zurechtzuweisen. Aber die Gelegenheit war gut, zumindest einen Versuch zu unternehmen, das Verhältnis der beiden zu verbessern.

»Weil dein Vater es so gewollt hat«, sagte sie kurz entschlossen. »Ich war von einem Eingeborenen entführt worden. Als er bei meiner Befreiung tödlich verletzt wurde, hat er uns beide Ian anvertraut. Dein Vater und Ian waren enge Freunde.«

In Roberts Gesicht arbeitete es. »Warum ist er dann immer so unfreundlich zu mir? Mag er mich nicht?«

»Nein, Robbie, das ist es bestimmt nicht. Damals versprach er, immer für dich da zu sein. Ich denke eher, da er selber bei Fremden aufwuchs, dass er nicht genau weiß, was einen guten Vater ausmacht. Er möchte, dass du so wirst wie dein Vater. Und dabei ist er vielleicht manchmal zu streng mit dir.«

Zu ihrer Überraschung nickte der Junge. »Vicky hat mir erzählt, dass ihre Mutter Sara immer besonders mit ihr schimpfte, wenn sie sich weigerte, Englisch zu lernen. Sie brauchte es, sagte sie dann immer, um ihren Platz im Leben einzunehmen. Ist es das, was Ian mir beibringen möchte?«

»So ist es. Er möchte, dass aus dir ein angesehener Gentleman wie dein Vater wird.« Dorothea lächelte versonnen. »Eden House wird einmal dir gehören, weißt du.«

»Dann sollte ich besser bleiben und hier lernen, was nötig ist.« Robert runzelte die Stirn. »Wozu soll ich auf diese alberne Schule?«

»Weil es unendlich viele Dinge gibt, die ich dir nicht beibringen kann«, sagte Dorothea ehrlich. »Auf dieser Schule wirst du

Dinge lernen, von denen ich noch nie gehört habe und Ian auch nicht. Außerdem wirst du jede Menge neue Freunde finden. Später, wenn du groß bist, wirst du verstehen, wie wichtig das ist.«

»Habt ihr deshalb auch Heather weggeschickt?«

Dorothea nickte.

»Und werdet ihr Mary und Charles auch auf Schulen schicken?«

Dorothea nickte abermals.

»Dann ist es gut.« Robert stieß erleichtert den Atem aus. »Onkel August hat früher immer so lustige Geschichten über seine Lehrer erzählt. Ich bin gespannt, ob es dort auch so wird.«

Das glaubte Dorothea nicht, hütete sich jedoch, ihrem Sohn seine Illusionen zu rauben. Wie sie ihren Bruder August kannte, hatte der bei seinen Schilderungen sicher mächtig übertrieben. Aber das würde Robert noch früh genug herausfinden. Fürs Erste war sie vor allem froh über seine neue Zugänglichkeit.

Catriona und Percy traf sie erst zum Dinner wieder. Die beiden standen, die Köpfe zusammengesteckt, vor einem der großen Weinkühler, aus dem es kräftig dampfte. »Da seid ihr ja endlich!« Percy sah auf, ohne vom Rühren abzulassen. »Ich habe uns zur Feier unserer baldigen Heimkehr ins gute, alte England einen anständigen Punsch gemacht.« Zur Demonstration hob er den immer noch leise zischenden Feuerhaken, mit dem er die duftende Flüssigkeit erhitzt hatte. »Onkel Hughs Lieblingspunsch. Hier, probiert einmal.«

Catriona tauchte einen Schöpflöffel hinein, füllte vorsichtig einen der bereitstehenden Steingutbecher und reichte ihn Ian. Der kostete zurückhaltend, aufmerksam beobachtet von den beiden und Dorothea. Gleich darauf lächelte er angenehm überrascht.

»Es schmeckt wirklich gut. Fast wie der damals auf dem Maskenball beim Gouverneur.« Er zwinkerte Dorothea übermütig zu. »Weißt du noch?«

Wie hätte sie das vergessen sollen? Eine Zeit lang war das zwar ihr sehnlichster Wunsch gewesen, aber inzwischen waren die schlechten Erinnerungen von den schönen überdeckt worden. Es war ein unglaublich aufregender Abend gewesen. Sie konnte sich nicht erinnern, je vorher oder je danach so viel Spaß gehabt zu haben. Der Punsch schmeckte süß und fruchtig und ließ sie fast die Walzerklänge hören, nach denen sie sich damals gedreht hatten.

»Ein Maskenball? In Adelaide?« Catriona klang verblüfft.

»Und was für einer!« Ian grinste anzüglich. »Da hättest du die spießigsten Matronen als Haremsdamen sehen können. Es war ein absolut denkwürdiges Ereignis in Adelaide.«

Und für sie! Der süßsaure Geschmack ließ die Bilder jenes Abends wieder lebendig werden: die glitzernde Welt der Fantasiekostüme, die verschwenderische Fülle der Kerzen, den überfüllten Tanzsaal, in dem Ian sie über das Parkett gewirbelt hatte. Wenn sie nicht mit Robert verheiratet gewesen wäre, wäre es ein vollkommener Abend gewesen.

Dorothea zwang sich, die aufsteigenden Erinnerungen wieder zu verdrängen. Catriona beobachtete sie scharf, und sie wollte ihr keinen Anlass zu bohrenden Fragen geben.

Es war leichter gewesen als gedacht, ihr tagsüber aus dem Weg zu gehen. Catriona hatte keine weiteren Anstalten gemacht, ihre Gesellschaft zu suchen, und sie war ihr geradezu dankbar dafür. Vielleicht würde es doch nicht so schlimm werden wie befürchtet. Die Unterhaltung hatte sich inzwischen Embersleigh und seinen Bewohnern zugewandt. Offenbar hatte die Aussicht auf eine baldige Rückkehr nach England in den beiden Erinnerungen an die dort verbrachte Kindheit geweckt.

»Weißt du noch, wie du unbedingt lernen wolltest, Fische mit der Hand zu fangen, Percy? Aber da er ja nicht schwimmen konnte, hat er an Onkels Goldfischen geübt. – Kannst du Fische mit der Hand fangen, Ian?« Catriona lächelte.

»Natürlich.« Ian sah von seinem Roastbeef auf. »Das gehörte zeitweise zu meinen Aufgaben. Und wenn es nicht genug waren, bekam ich Prügel. So etwas spornt an!«

Alle schwiegen betroffen. Ians Kindheit und die der Grenfells hätten unterschiedlicher nicht sein können.

»Ich bin schon sehr gespannt auf Embersleigh«, sagte Ian in dem Versuch, das Gespräch wieder in Gang zu bringen. »Wie gut, dass ihr so nah wohnt. Da können wir uns so häufig sehen, wie wir wollen. Ihr bewohnt den alten Witwensitz, nicht wahr?«

Catriona und Percy sahen sich an. Es war ein Blick, den Dorothea nicht deuten konnte.

»So ist es, Cousin. Ich hoffe, du wirst uns nicht hinaussetzen?« Percy lachte, aber es war ein Lachen ohne echte Heiterkeit.

»Um Himmels willen, nein«, wehrte Ian entsetzt ab. »Ich werde euch doch nicht aus eurem Zuhause vertreiben. Und natürlich wird euch auch immer das Herrenhaus offen stehen.«

»Danke. Du bist sehr großzügig.« Catriona hob ihr Glas und trank ihm zu. »Auf den zukünftigen Herrn von Embersleigh!«

Dorothea fiel auf, dass sie deutlich mehr trank als gewöhnlich. Auch Percy ließ keine Gelegenheit aus, einen Toast auszubringen. War es die Erleichterung über Ians Zusage? Oder hatten sie mehr erwartet? Etwa, dass er ihnen anbieten würde, ins Haupthaus zu ziehen? Das hatten sie ja fast schon als ihr Eigentum betrachtet. Es musste hart sein, schon wieder von der Gnade eines Verwandten abhängig zu sein. Besonders, wenn man sich schon selbst als zukünftigen Herrn von Embersleigh gesehen hatte.

Tranken sie deshalb so viel? Weil es ihnen in ihrem Innersten schwerfiel, Ian zu schmeicheln? Denn das taten sie ausgiebig.

Dorothea empfand plötzlich einen überwältigenden Widerwillen gegen das Paar. »Ich bin auf einmal so schrecklich müde«, sagte sie und unterdrückte ostentativ ein Gähnen. »Ich werde wohl besser zu Bett gehen. Gute Nacht.«

»Geht es dir gut?« Catriona erhob sich halb und sah sie fragend an. »Soll ich dich auf dein Zimmer begleiten?«

»Nein, nein, bleib du nur sitzen. Ich habe mich den ganzen Tag schon nicht so gut gefühlt«, log Dorothea. »Vermutlich die Aufregung um Lady Chatwick. Morgen geht es mir sicher besser.«

»Aber du bleibst doch noch, Ian?« Percy hob auffordernd die Kelle. »Komm, sag ja, Mann. Ich wollte dir doch noch die Geschichte erzählen, wie Cat und ich fast die Speisekammer in Schutt und Asche gelegt haben.« Seine Aussprache war leicht unscharf, sonst wies nichts darauf hin, dass er zu viel getrunken hatte. Zu ihrer Verwunderung fühlte Dorothea sich mindestens so schwindlig wie damals beim Maskenball. Dabei hatte sie doch höchstens zwei Glas von dem Punsch getrunken! Offensichtlich hatten die Leute recht, die vor diesem Getränk warnten. August hatte immer behauptet, nichts würde einen solchen Brummschädel nach sich ziehen wie ein indischer Punsch. Und damals war es ihr auch am nächsten Tag richtig schlecht gegangen.

Die Treppenstufen schienen zu schwanken wie Schiffsplanken bei stürmischer See. Dorothea packte in letzter Sekunde den Handlauf. Nur gut, dass sie vergessen hatte, eine der am Fuß der Treppe bereitstehenden Petroleumlampen zu entzünden. Sie unterdrückte ein Kichern. Mrs. Perkins würde schön schimpfen, wenn sie sie so sähe! Unter leisem Kichern tastete sie sich den Flur entlang zur Schlafzimmertür und schaffte es nach einigen Versuchen, die Klinke herunterzudrücken. Die Nacht war hell genug, um sich im Raum zu orientieren. In dem blassen Mondlicht schien auch das große Bett nicht ruhig zu stehen wie sonst. Nein, es schwankte wie ein Boot auf dem Murray River und schien vor- und zurückzuweichen. Dorothea entschied, dass es zu mühsam wäre, sich jetzt auszukleiden. Auch im wackelnden Zustand übte das Bett eine unwiderstehliche Anziehungskraft auf sie aus. Sie konzentrierte sich, visierte es an, nahm kurz Anlauf und stürzte sich mitten darauf. Mit wohligem Stöhnen registrierte sie die glatte, kühle Bettwäsche unter sich, die weiche Matratze. Es war das Letzte, was sie registrierte.

Ein stechender, äußerst unangenehmer Geruch bohrte sich in ihr Bewusstsein und verdrängte allmählich die Wolken, in denen sie geschwebt hatte. »Bitte keine verbrannten Hühnerfedern«, murmelte sie und wälzte sich auf die andere Seite, wo sie die Nase im verschwitzten Kopfkissen vergrub. Ging es ihr so schlecht, dass Mrs. Perkins an ihr Bett gerufen worden war? Und wieso meinte die, sie mit dem ebenso probaten wie abscheulichen Mittel ins Leben zurückrufen zu müssen?

Gut ging es ihr nicht. Ihr Mund fühlte sich an, als sei er mit Sand gefüllt, und in ihren Schläfen pochte es schmerzhaft. Neben ihr schnarchte Ian in einer Lautstärke, dass es sogar durch das Federkissen drang, das sie sich gegen die Ohren presste. Atemnot zwang sie, trotz des widerlichen Gestanks um sie herum, den Kopf wieder ein wenig anzuheben. »Bringen Sie mir lieber einen Tee«, krächzte sie mit schwacher Stimme.

Keine Antwort.

»Mrs. Perkins?« Stand sie etwa nicht neben dem Bett? Unter Aufbietung all ihrer Willenskraft zwang Dorothea sich, die Augen zu öffnen. Weder stand Mrs. Perkins neben ihrem Bett noch sonst jemand. Es war mitten in der Nacht. Der Mond war fast untergegangen, aber dennoch war es nicht stockfinster.

Irgendetwas stimmte nicht. Was hatte sie überhaupt geweckt? Ian schlummerte tief und fest neben ihr. Er konnte es nicht gewesen sein.

Woher kam nur dieser impertinente Gestank? Ein Blick zu den Fenstern überzeugte sie, dass diese geschlossen und die schweren, gewebten Vorhänge vorgezogen waren. Plötzlich hörte sie etwas: eine Art Knistern, kaum mehr als ein Wispern draußen auf dem Flur, als ob jemand unter einem Eukalyptusbaum hin und her schritt.

Irritiert drehte sie das Gesicht zur Tür. Durch den Spalt an der Seite drang ein heller Lichtschein. Wieso war der Flur mitten in der Nacht hell beleuchtet? Und es war ein ungewohntes Licht: Es brannte nicht ruhig und stetig, sondern flackerte wie eine Kerze im Zug.

Ihr immer noch halb betäubter Verstand benötigte länger als normal, um zu begreifen, was dort vor sich ging: Es brannte!

Das orangefarbene Licht kam von Flammen, die dort im Flur vor der Tür loderten. Fast genau gegenüber von ihr lag das Kinderzimmer. Sie sprang auf, sackte jedoch augenblicklich halb bewusstlos wieder auf die Matratze.

»Ian!« Die Kraft ihrer Stimme reichte nicht aus, ihn aus seinem Tiefschlaf zu reißen. Auf allen vieren kroch sie auf ihn zu, rüttelte ihn an der Schulter, schlug ihn ins Gesicht. »Ian, wach auf. Es brennt!« Verzweifelt schluchzte sie auf. Was sollte sie tun, wenn er nicht aufwachte? Wenn er einfach weiterschnarchte?

»Verdammt, was soll das?« Ian hatte zumindest aufgehört zu schnarchen und versuchte, sie abzuwehren. »Hör auf.« Seine Aussprache war so verwaschen, dass er kaum zu verstehen war.

»Ian, bitte, wach auf. Es brennt. Wir müssen die anderen warnen. – Die Kinder!«

»Wo brennt es? Im Stall?« Ian stemmte sich hoch und sank sofort wieder zurück.

»Nicht im Stall. Hier im Haus. Im Flur.« In ihrer Frustration über seine Hilflosigkeit schlug sie weiter auf ihn ein.

»Hilf mir lieber.« Ian biss die Zähne zusammen, packte einen der Bettpfosten und zog sich an ihm hoch. »Dieser verfluchte Punsch.« Wie ein Betrunkener taumelte er zum Waschtisch und tauchte das Gesicht in die Waschschüssel.

»Ian, waschen kannst du dich später. Tu etwas!«

»Dazu muss ich halbwegs klar im Kopf sein«, kam es kaum verständlich durch das Plätschern zurück. Tatsächlich wirkte das kalte Wasser anscheinend ernüchternd. Als er sich aufrichtete und zur Tür wankte, schien er nicht mehr ganz so unsicher auf den Beinen. Er griff nach der Klinke, um die Tür zu öffnen. Nichts geschah. Verwundert riss er energischer daran.

»Was ist los?«

»Die Türklinke. Sie lässt sich nicht bewegen.« Ohne ein weiteres Wort griff er nach einem Stuhl und begann, mit aller Kraft gegen das Türblatt zu schlagen.

Dorothea versuchte zu begreifen, was geschah. Es war so irrsinnig, dass sie die Möglichkeit erwog, sich in einem Traum zu befinden.

Ians Stimme brachte sie zur Besinnung. »Geh ans Fenster und ruf um Hilfe! Mach schon!«

Ihr wurde mehrfach schwarz vor Augen, aber es gelang ihr, den Vorhang zur Seite zu ziehen und einen der Fensterflügel zu öffnen. Das Feuer war nicht unbemerkt geblieben. Mrs. Perkins in Nachthemd und Haube, Catriona und Percy standen mit zum Oberstock gewandten, schreckensbleichen Gesichtern unten im Hof. »Die Kinder!«, schrie sie. »Wir sind eingeschlossen!«

Ehe jemand etwas erwidern konnte, wurde plötzlich die Zimmertür aufgerissen. John, triefend nass und mit einem Stapel Pferdedecken unter dem Arm, stand im Türrahmen. »Rasch, ich habe das Feuer nur kurz dämpfen können. Es lässt sich nicht löschen.«

Ian nickte, schüttete sich den Wasserkrug vom Waschtisch über den Kopf und griff nach einer der Filzdecken, um Dorothea damit zu umhüllen. »Lauf, so schnell du kannst. Bleib auf keinen Fall stehen. Ich liebe dich.« Ein Kuss, dann stieß er sie hinaus in den Flur, in dem sich das Feuer mit hungrigen Zungen die Wände hinauf fraß. John hatte mit Pferdedecken einen Weg gelegt, aber auch der würde nicht lange halten. Schon breiteten sich Glutnester darin aus und schmolzen Löcher in den dunklen Wollfilz. Rechts und links davon brannte es lichterloh.

Dorothea zögerte kurz, als die lodernden Flammen nach ihr zu greifen schienen. Dann holte sie tief Luft und begann zu rennen. Bloß nicht fallen, bloß nicht fallen, hämmerte es in ihrem Kopf. Die ersten Meter gingen. Aber in der Nähe der Treppe wurde der Rauch dichter, erstickte sie fast. Unter Hustenanfällen kämpfte sie sich Schritt für Schritt weiter. Ihre Augen tränten so stark, dass sie nicht mehr klar sehen konnte. Als sie nach dem Geländer tastete, weil sie Angst hatte zu stürzen, zog sie ihre Hand mit einem Aufschrei wieder zurück. Es war glühend heiß. Der scharfe Schmerz vertrieb den letzten Rest der Nebel in ihrem Kopf, verstärkte ihren Überlebenswillen. Sie würde es schaffen. Nur noch ein paar Meter, dann war sie in Sicherheit.

Etwas, vermutlich eine Flamme, biss sie in die rechte Wade. Sie achtete nicht darauf, sondern konzentrierte sich verbissen darauf, Stufe um Stufe zu bewältigen.

Später wusste sie nicht mehr, wie sie es geschafft hatte. Alles um sie herum war Rauch, Hitze und Glut gewesen. Sie hatte keine Luft mehr bekommen. Halb blind, halb erstickt taumelte sie schließlich aus der Haustür.

Mrs. Perkins fing sie in ihren Armen auf und erstickte als Erstes mit einem nassen Lappen die brennenden Stellen an ihrem Nachthemd, ehe sie Dorothea sanft auf einen Sitz niederdrückte und ihr einen Becher Wasser an die Lippen hielt.

Trotz des Hustens gelang es ihr, ein paar Schlucke davon zu nehmen, während sie den Rauch, der in immer dichteren Schwaden aus dem Haus quoll, keinen Moment aus den Augen ließ. Wo blieben sie nur? Sie mussten sich beeilen!

»Da sind sie.«

Zwei schwarze Silhouetten erschienen vor dem leuchtenden Hintergrund. Nur zwei?

Dorotheas markerschütternder Schrei ließ alle zusammenfahren. »Die Kinder! Wo sind die Kinder?«

John und Ian husteten so stark, dass sie sich nicht sofort verständlich machen konnten. Es waren schreckliche Minuten. »Nicht da«, brachte Ian keuchend heraus.

Nicht da? Was sollte das bedeuten?

»Keine Menschenseele dort«, bestätigte John mit kaum verständlicher, rauer Stimme. Wo waren die Kinder?

»John, wo ist Trixie? Hat sie Charles bei sich?«

John schüttelte den Kopf. »Nein. Als sie sah, dass es im Haus brannte, ist sie ohnmächtig geworden.« Ein Hustenanfall unterbrach ihn. »Hab sie aufs Bett gelegt und bin losgerannt.«

»Und Parnko und Mannara? Könnten die Kinder bei ihnen sein?«

John hob in einer Geste der Hilflosigkeit die Schultern. »Keine Ahnung.«

»Hauptsache, sie sind in Sicherheit«, krächzte Ian. »Und nicht im Haus.« Er leerte einen Becher Wasser in einem Zug, ehe ihm ein weiterer Hustenanfall das Wort abschnitt. Wenn sie nun aber doch noch im Haus waren? Wenn sie sich irgendwo hin geflüchtet hatten und dort bewusstlos zusammengebrochen waren?

Dorothea spürte, wie die Panik sie zu überwältigen drohte. Gerade als sie vollends die Beherrschung zu verlieren drohte, rief jemand: »Da sind sie! Gott sei Dank, sie sind heil und gesund.«

Alles wandte sich wie ein Mann der Stimme zu. Um die Hausecke des Flügels, der noch nicht in Flammen stand, bog eine seltsame kleine Schar. Voran Parnko, dann Mannara, die eine laut schluchzende Mary auf dem Arm trug, hinter ihnen mit gesenkten Köpfen Robert und Vicky.

Doch wo war Charlie, das Nesthäkchen?

»Charlie!« Dorothea stürzte auf sie zu. »Wo ist Charlie?« Wie eine Irrsinnige schüttelte sie die beiden abwechselnd. »Was habt ihr mit Charlie gemacht?«

»Gar nichts.« Robert riss sich los und trat ein paar Schritte zurück. »Er hat fest geschlafen, als wir gegangen sind.«

»O mein Gott, der arme Kleine!« Trixies Flüstern schnitt wie ein Messer in Dorotheas Herz.

»Hoffentlich hat er wenigstens nicht gelitten.« Das Kindermädchen stand schreckensbleich neben Mrs. Perkins und starrte entsetzt auf das brennende Haus.

»In seinem Bett war er nicht.« Ian und John wechselten einen besorgten Blick. »Wo kann der Junge geblieben sein?«

Sie hatten nichts bemerkt. Alle Türen waren geschlossen gewesen. Charles war noch viel zu klein, um selbst Türen öffnen zu können. Er konnte sich nirgends versteckt haben. Oder doch? »Ich gehe noch mal rein und schaue in die Schränke und unter die Betten«, sagte Ian. Schon griff er nach dem Eimer, um seine Pferdedecke wieder zu durchnässen, als Percy ihn am Ärmel zurückhielt.

»Warte noch einen Augenblick, Cousin. Vielleicht sollte meine Schwester uns diese Frage beantworten?«

Percys Stimme klang so fremd, dass Dorothea im ersten Moment überhaupt nicht erkannte, wer diese Worte sprach. Wieso sah er so seltsam aus? Er wirkte wie ein Mensch, der gerade eine schreckliche Entdeckung gemacht hatte. Ihr Blick wanderte zu Catriona, die mit zurückgeworfenem Kopf unverwandt auf das brennende Haus sah. Ein kaum wahrnehmbares Lächeln umspielte ihre Lippen.

»Catriona …?«

»Sieht es nicht großartig aus? Ein großes Feuer – ich meine, ein wirklich großes Feuer – hat so etwas Majestätisches, geradezu Göttliches. Findet ihr nicht?«

»Master, die Türklinke zu eurem Zimmer war mit einer Stuhllehne blockiert«, flüsterte John und betrachtete die junge Frau mit einer Mischung aus Grausen und Faszination. »Und es hat teuflisch nach Petroleum gestunken.«

Dorothea erstarrte vor Entsetzen, als sie plötzlich begriff: Es war kein Unglücksfall gewesen! Catriona hatte sie mit voller Absicht betäubt und zusätzlich die Tür blockiert, um sicherzugehen, dass sie auch bestimmt umkamen. Wenn sie nicht gerade noch rechtzeitig wieder zu sich gekommen wäre und ohne Johns beherztes Eingreifen … Sie wagte nicht weiterzudenken.

Wieso war ihr vorher nie die Grausamkeit in den ebenmäßigen Zügen aufgefallen? In den Pupillen spiegelte sich der Feuerschein, während Catriona das Bild in sich aufzusaugen schien.

»Was hast du mit ihm gemacht?« Dorothea packte Catriona an den Armen und schüttelte sie, so heftig sie konnte. Heiße Wut durchströmte sie, eine alles verzehrende Wut. »Was hast du mit meinem kleinen Jungen gemacht? Sag es! Oder ich schwöre, ich zerkratze dein Gesicht so, dass du dich nirgends mehr blicken lassen kannst!«

»Gar nichts habe ich mit ihm gemacht, Cousine«, gab Catriona zurück, aber in ihren Augen leuchtete es so triumphierend, dass allen klar war, dass sie log. »Aber ich fürchte, Onkel Hugh wird keine Gelegenheit mehr haben, seinen Enkel kennenzulernen.«

»Du hast ihn umgebracht.« Dorothea riss sich von Ian los, der ihren Arm gepackt hatte, um sie von Catriona wegzuziehen. »Du Hexe, du!«

»Lass es lieber Percy versuchen. So erreichst du nichts«, wisperte er ihr ins Ohr und presste sie erneut an seine Brust.

Wie konnte er nur so ruhig bleiben angesichts der Situation? Dorothea zitterte am ganzen Körper wie Espenlaub. »Mein Baby«, rief sie verzweifelt. »So helft ihm doch endlich!«

»Er versucht es.« Ians Flüstern war kaum zu verstehen. Auch er bebte, aber es gelang ihm, äußerlich ruhig zu erscheinen.

»Cat«, Percy hatte das Gesicht seiner Schwester zwischen beide Hände genommen und zwang sie, ihn anzusehen. »Cat, Liebes, er ist fast noch ein Baby. Du kannst doch kein Baby töten. Nicht einmal du könntest so grausam sein. Wo ist er? Sag es mir! Bitte!«

Catriona presste eigensinnig die Lippen aufeinander und schüttelte den Kopf.

Percy ließ jedoch nicht locker. »Willst du wirklich schuld am Tod eines Kindes sein? Du bist doch nicht wie Vater. So schlecht bist du nicht. Das will ich einfach nicht von dir glauben.«

»Vater war nicht schlecht. Er liebte uns. Er hat alles dafür getan, dass du den Titel erbst. Und ich habe ihm auf dem Totenbett versprochen, dass du ihn tragen wirst.«

»O Gott!« Percy schloss die Augen, als könnte er ihren Anblick nicht mehr ertragen. Als er sie wieder öffnete und weitersprach, war seine Stimme so leise, dass nur Dorothea, die ihnen am nächsten stand, hörte, was er sagte. »Vater hat uns nie geliebt. Er konnte gar nicht lieben. Niemanden. Er hat uns bloß benutzt. Dich und mich. Aber ich liebe dich. Ich habe dich immer geliebt, Cat, mein Herz! Und ich habe immer alles getan, was du von mir wolltest. Aber verlange nicht von mir, mit der Schuld am Tod eines Kindes auf dem Gewissen leben zu müssen. Das kann ich nicht. Wenn du es mir nicht verrätst, werde ich verschwinden und du wirst mich nie wiedersehen.«

Unvermittelt gab sie nach. »In der Wäschekammer«, flüsterte sie kaum hörbar. »Hier ist der Schlüssel.«

Ians Hand schoss vor, aber Percy wich zurück. »Nein, Cousin, das ist jetzt meine Aufgabe. Ich habe einiges gutzumachen. Stell du dich unter das Fenster und fang ihn auf.« Im nächsten Augenblick war er die Verandastufen hinaufgelaufen und verschwand ohne Zögern im Haus, an dessen Türsturz die Flammen züngelten, als sei es das Eintrittstor zur Hölle.

»Percy, nein!« Der gellende Schrei erreichte ihn nicht mehr.

Ian hinkte, so rasch es sein Bein erlaubte, zur Hinterseite des Gebäudes, während er John und Parnko zurief, die Leiter aus der Scheune zu holen.

»Wasser!« Mrs. Perkins hatte zu ihrer üblichen Geistesgegenwart zurückgefunden. »Mannara, Robert, Vicky – sucht alle Eimer zusammen, die ihr in der Scheune und im Stall finden könnt, und kommt damit an die Pumpe hinter der Küche. Trixie, du bleibst hier und passt auf Mary auf. Verstanden?« Sie sah das tränenüberströmte Mädchen scharf an. »Heulen kannst du später. Sieh zu, dass die Kleine uns nicht zwischen den Füßen herumläuft. – Ma'am, bleiben Sie lieber bei uns. Sie sind dort nur im Wege.«

Dorothea achtete nicht auf sie. Sie rannte Ian hinterher, der bereits hinter dem Haus verschwunden war. In den Rauchschwaden war eine einzelne Person kaum noch auszumachen. Aus dem Inneren waren immer lauteres Knistern und Krachen zu vernehmen: Anzeichen dafür, dass der Brand an Kraft zunahm. Eines der Fenster im oberen Stockwerk barst mit einem erschreckend lauten Knall. Gleich darauf schlugen Flammen aus der Öffnung, gierig auf neue Nahrung. Angefeuert durch den frischen Luftzug fauchte das Feuer auf wie ein Raubtier, leckte an den hölzernen Fensterläden, kletterte höher hinauf zu den Spanten des Dachstuhls.

Das Fenster zur Wäschekammer war dunkel. Offenbar hatte die Tür bisher dem Inferno noch standgehalten. In Dorothea keimte Hoffnung auf. Hoffnung, dass ihr Jüngster tatsächlich gerettet werden könnte. Unwillkürlich stöhnte sie auf, als auch hinter diesem Fenster der rötliche Schein aufschimmerte. Nur kurz, dann wurde das Fenster aufgerissen, und Percy, ein zappelndes Bündel in Händen, hielt Ausschau nach Ian.

»Hier bin ich.« Ian hinkte unmittelbar unter das Fenster, ohne auf die Hitze zu achten, die die Mauern ausstrahlten.

Im nächsten Moment ließ Percy den Kleinen fallen, genau in

Ians Arme. Unter lautem Weinen schlug er so kräftig um sich, dass er ihn sofort an Dorothea weiterreichte. »Er scheint völlig in Ordnung zu sein.«

Er sah hoch zum Fenster, in dem Percy nur noch schemenhaft zu erkennen war: Sein Gesicht war von Ruß geschwärzt, seine Kleidung hing in immer noch glühenden Fetzen an seinem Körper. Von Hustenanfällen geschüttelt konnte er sich kaum aufrecht halten.

»Percy, spring! Mach schon, Mann!«

Auch Dorothea verstand nicht, wieso er noch zögerte. Selbst wenn er sich etwas brach, die Höhe war nicht so gefährlich wie das Feuer hinter ihm.

»Master, Achtung: die Leiter«, rief John. Er und Parnko stellten die Stallleiter an.

»Du musst nur noch hinausklettern, Percy.«

Zur Bestürzung aller schüttelte Percy entschieden den Kopf. War er verrückt geworden?

Ian machte Anstalten, selbst die Leiter zu ihm hochzuklettern, aber Percy stürzte in einer letzten gewaltigen Anstrengung die Leiter um.

»Was soll das?« Die drei Männer und Dorothea, die Charles fest an sich presste, sahen fassungslos zu ihm auf.

»Es tut mir leid«, krächzte Percy mit kaum noch verständlicher Stimme. Dann hob er wie zum Abschied die Hand und bewegte sich rückwärts aus ihrer Sicht. Im nächsten Augenblick explodierte ein Feuerball.

Stumm vor Entsetzen starrten die Beobachter auf das Fenster, aus dem sich schwarzer Qualm wälzte.

»Er hat es absichtlich getan. – Warum?«, flüsterte John.

14

Zwei Wochen später saß Dorothea im Besucherzimmer des Spitals für Geisteskranke in Adelaide und wartete auf Catriona.

Eden House war nicht zu retten gewesen. Sobald das trockene Holz der Decken und Böden erst einmal Feuer gefangen hatte, hatte es lichterloh gebrannt. Jeder Löschversuch war vergeblich gewesen. Wie auch? Mit ein paar Eimern Wasser war einem Großbrand nicht beizukommen. Sie hatten aus dem Erdgeschoss gerettet, was zu retten gewesen war, aber im Morgengrauen, als ein Trupp *country troopers,* wie die berittenen Polizisten genannt wurden, eintrafen, hatten sie alle völlig erschöpft vor den rauchenden Trümmern gesessen.

Eden House gab es nicht mehr.

Das einstürzende Gebälk des Dachstuhls hatte alles mitgerissen und zerstört, was bis dahin noch nicht den Flammen zum Opfer gefallen war. Zwischen den geschwärzten Außenmauern mit den leeren Fensterhöhlen lag der Schutt mannshoch. Immer noch glühend heiß, und immer noch flackerten hier und da Flammen aus dem Konglomerat aus Holz, Stoffen und den übrigen Bestandteilen des Hausrats. Percys Überreste lagen irgendwo darunter. Niemand hatte die Kraft dazu, sie zu suchen. Bei dem Höllenfeuer, das seinen Körper verzehrt hatte, war mit mehr als ein paar Knochenstücken nicht zu rechnen.

Catriona war bei der Nachricht vom Tod ihres Bruders zusammengebrochen. »Nein«, hatte sie geschrien. Immer wieder. »Warum habt ihr ihn verbrennen lassen? Ihr Mörder.«

Da war Ian der Geduldsfaden gerissen, und er hatte sie angeschnauzt: »Sprich du nicht von Mord! Wer hat hier ein unschuldiges Kind ermorden wollen? – Percy hat sich mit voller Absicht in die Flammen gestürzt. Wir hatten die Leiter schon angelegt. Er war es, der sie umstürzte und ins Feuer zurückging, um zu sterben. Vielleicht solltest du dich fragen, warum?«

»Du lügst.«

»Der Master lügt nicht. Genau so war es«, bestätigte John.

Parnko nickte, und Dorothea fügte hinzu: »Seine letzten Worte, die er an uns richtete, waren: ›Es tut mir leid.‹ Weißt du, was ihm leidtat?«

Als wolle das Schicksal ihr eine Antwort ersparen, stürzte in dem Moment der Dachstuhl des rechten Flügels ein. Ein Funkenregen sprühte auf. Obwohl Stall und Scheune in eigentlich ausreichend sicherem Abstand lagen, beeilten Parnko und John sich, auf die gefährdeten Dachhälften zu klettern und die Holzschindeln anzufeuchten. Ian pumpte wie ein Verrückter Wasser, während Vicky, Robert, Mannara und Dorothea bis zur Erschöpfung Eimer schleppten.

Die gigantische Fackel war bis Wellington und Goolwa zu sehen gewesen. Dort hatte man an einen Überfall durch Aborigines geglaubt, und der Trupp, der eigentlich die Viehtriebroute am Coorong kontrollieren sollte, war zu einem scharfen Nachtritt aufgebrochen. Ihre Erleichterung, es nicht mit einem Aufstand der einheimischen Stämme zu tun zu haben, war unübersehbar gewesen.

Ihre Verblüffung, nachdem Ian dem Leutnant alles berichtet hatte, ebenfalls. »Was soll ich denn jetzt tun?«, fragte der junge Mann unsicher. »Ich kann eine Lady doch nicht verhaften?«

»Aber vielleicht einen Mann abstellen, der uns hilft, sie nach Adelaide zu schaffen und dort den Behörden zu übergeben?«, schlug Ian vor.

»Das ließe sich sicher einrichten.« Erleichtert, dass er so einfach davonkam, bot er sogar eines der Packpferde an.

Schon am nächsten Tag wollte Ian aufbrechen. Hier hielt sie nichts mehr.

Trotz ihrer Erschöpfung konnte Dorothea nicht schlafen. Es ging beengt zu in den beiden Kammern, die John und Parnko ihnen überlassen hatten. Aber das war es nicht. Auch nicht Mrs. Perkins' röchelndes Schnarchen.

Leise, um niemanden zu wecken, schob Dorothea die raue Pferdedecke beiseite und schlich hinaus. Wie von selbst fanden ihre Füße den Weg hinunter zum Murray River. Der Mond stand schon tief, und sein kaltes Licht ließ die Wasseroberfläche schimmern wie flüssiges Zinn. In der Ferne leuchteten die Lagerfeuer der Eingeborenen. Seltsam, dass keiner von ihnen sich hatte blicken lassen. Normalerweise waren sie viel zu neugierig, um etwas so Sonderbares wie den Brand von Eden House nicht näher zu betrachten. Vielleicht hatten die Uniformierten sie abgeschreckt.

Sie kauerte sich in eine Sandkuhle, umschlang die Knie mit den Armen und versuchte, sich das Bild vor ihren Augen einzuprägen. Ob sie es je so wiedersehen würde? Obwohl – ohne Eden House war auch dieses Paradies nicht vollständig. Seltsam, eigentlich hatte sie nie einen Gedanken mehr als nötig an das Haus verschwendet. Nun, da es nicht mehr war, war sie fast überrascht, wie groß die Lücke war, die es hinterlassen hatte. Wie Lady Chatwick. Auch die war einfach da gewesen.

»Nimmst du Abschied?« Sie hatte Ian gar nicht gehört. Auf dem weichen Untergrund des Uferstreifens war er ihr gefolgt. Er setzte sich dicht neben sie und legte einen Arm um ihre Schultern.

Dorothea warf den Kopf in den Nacken. »Ob die Sterne in England die gleichen wie in Deutschland sind? August hat mir einmal erklärt, dass der Sternenhimmel nördlich des Äquators ein ganz anderer ist als der südlich davon.«

Ian antwortete nicht darauf. Er schien in Gedanken versunken. Als er schließlich sprach, ging es um etwas gänzlich anderes. »Was hältst du davon, wenn ich doch John als Verwalter anstellen würde?«

»Fandest du nicht, er wäre noch nicht so weit?«

»Er hat mich eines Besseren belehrt«, sagte Ian schlicht. »John hat die ganze Zeit einen klaren Kopf behalten. Es gibt nichts, was ich anders gemacht hätte. Seine Loyalität ist außerordentlich. Ich finde, er und Trixie haben einen anständigen Posten verdient.«

»Wird es ihr hier draußen nicht zu einsam sein?« Manchmal war es schon mit Lady Chatwick und Mrs. Perkins einsam gewesen. Deshalb hatte sie ja die Ankunft der Grenfells so begrüßt.

»Parnko und Mannara wollen auch bleiben.«

»Und Mrs. Perkins?« Offenbar hatte Ian schon mit allen über ihre Zukunftspläne gesprochen.

»Die nicht. Sie meint, sie wäre zu alt, um noch einmal von vorn anzufangen. Sie wird sich in Adelaide ein Häuschen kaufen und Zimmer vermieten.« Dorothea konnte ein Schmunzeln nicht unterdrücken. Eine Frau ihrer Art konnte nicht ohne Arbeit leben. Das Legat, das Robert, Dorotheas erster Mann, ihr hinterlassen hatte, war groß genug, um ihr ein sorgenfreies Alter im Lehnstuhl zu ermöglichen. Aber ein Lehnstuhl war nichts für Eliza Perkins.

»Und Robert kommt aufs College. Und Vicky?«

»Da muss ich noch einmal mit dem Gouverneur sprechen. Aber ich werde auf keinen Fall zulassen, dass er sie in ein Waisenhaus steckt«, versprach Ian. »Wenn sich keine Verwandten melden, würde ich sie gerne adoptieren.«

»Das ist eine wunderbare Idee!«, sagte Dorothea erfreut. Sie hatte das Mädchen ehrlich ins Herz geschlossen, und vielleicht war es ganz praktisch, auf der Überfahrt jemanden dabeizuhaben, der sich um die Kleinen kümmern konnte.

»Dann ist ja alles geregelt.« Bis auf das Haus. Es war Ian, der es aussprach. »Ich wollte warten, bis Robert alt genug ist, um die Entscheidung selbst zu treffen. Wenn er nicht mehr hier draußen am Murray River wohnen will, hat es keinen Sinn, Eden House wiederaufzubauen.«

Und sie würden sowieso nicht da sein, hing unausgesprochen in der Luft.

»Bist du sehr traurig, von hier weggehen zu müssen?« Ihr Schweigen hatte ihn anscheinend beunruhigt.

»Ich weiß nicht«, erwiderte Dorothea ehrlich. »Ich bin traurig und gleichzeitig erleichtert. Eden House war nie wirklich mein Haus. Es war schön und luxuriös, und man wohnte gut darin – aber gleichzeitig hatte ich immer in einem Winkel meines Herzens das Gefühl, nur ein Gast darin zu sein.«

»Deshalb hast du nie die Möbel austauschen lassen?«

Dorothea nickte. »Ich hatte immer das Gefühl, ich hätte nicht das Recht dazu.«

»Verstehe.« Ian nickte nachdenklich. »Und deswegen hast du auch diesen abschreckend hässlichen Aufsatz auf der Anrichte nie verbrennen lassen.«

»Den hat Lady Chatwick einmal Robert zu Weihnachten geschenkt. Sie wäre tödlich beleidigt gewesen«, erklärte Dorothea. »Außerdem hatte ich anderes zu tun, als mir ständig Gedanken über das Mobiliar zu machen.«

»Robert hätte nicht erwartet, dass wir ein Mausoleum bewohnen.«

»Eden House wäre immer sein Haus geblieben. Auch wenn ich alle Zimmer neu eingerichtet hätte. Das ist mir erst bewusst geworden, als ich zusah, wie alles verbrannte, und erkannte, dass ich nichts davon wirklich vermissen würde.«

»Nicht einmal deine Garderobe?«

Ians Versuch zu scherzen wischte sie mit einer Handbewegung zur Seite. »Nicht einmal meinen Schmuck. Wirklich wichtig ist nur, dass wir am Leben sind.« Sie erschauerte. »Diese Frau …« Sie brachte es nicht fertig, ihren Namen auszusprechen. »Wie kann man nur so abgrundtief schlecht sein?«

Ian schwieg eine Weile, wie es seine Art war, wenn er eine Antwort gründlich überdachte. Dann sagte er: »Ich weiß nicht, ob es wirklich Schlechtigkeit war, die sie antrieb. Denk an den wahnsinnigen Zauberer – er beging seine scheußlichen Verbrechen ja aus einem nachvollziehbaren Wunsch heraus: Er wollte die alte Ordnung wiederherstellen. Für die Grenfells muss es sich ähnlich angefühlt haben. Ihr ganzes Leben lang sind sie davon ausgegangen, einmal Herren auf Embersleigh zu sein. Und dann tauche ich plötzlich auf …«

»Ian, du entschuldigst sie doch nicht etwa?« Fassungslos sah Dorothea zu ihm auf. Im Mondlicht strafften sich seine Züge, bis die Wangenknochen scharf hervortraten.

»Nein, das tue ich nicht. Etwas zu erklären versuchen, heißt nicht, es zu entschuldigen. Wenn mein Sohn gestorben wäre, hätte ich sie getötet.«

»Ian, nein!«

»Es war ja nicht nötig.«

Dorothea schauderte es bei der kalten Entschlossenheit in seiner Stimme. Ja, Ian hätte es tatsächlich getan.

»Wir hätten alle sterben können«, sagte sie leise. »Ich bin so froh, dass den Kindern nichts passiert ist, dass ich nicht einmal mit ihnen geschimpft habe.«

»Ja, wir hatten riesengroßes Glück, dass das Petroleum nicht so wirkte, wie sie wohl gehofft hatte«, stimmte Ian zu. »Hat Robert dir eigentlich verraten, wieso sie sich nachts aus dem Haus geschlichen haben?«

»Ich wollte es zuerst gar nicht glauben«, sagte Dorothea und schüttelte den Kopf. »Stell dir vor: Sie wollten den Geist von Lady Chatwick befragen! Offenbar ließ es Vicky keine Ruhe, dass niemand ihr diese Geschichte mit dem Dämon glaubte, den sie vor Lady Chatwicks Zimmer gesehen haben will. Mary ist zufällig aufgewacht und hat gedroht, alle zu wecken, wenn sie sie nicht mitnehmen würden. Da haben sie sie eben mitgenommen.«

»Und sie war wirklich ausgesprochen lästig«, hatte Robert verärgert erzählt. »Sie behauptet zwar immer, kein Baby mehr zu sein, aber sie benimmt sich wie eines. Ununterbrochen hat sie gejammert. Es war zu kalt, es war zu dunkel, und sie hatte Angst.«

»Und so blieb Charles allein zurück.«

Eine Zeit lang schwiegen sie. Eng aneinandergeschmiegt saßen sie einfach nur da und sogen die nächtliche Schönheit des Panoramas vor ihnen auf.

Es war eine traurige Reise. Nicht nur, weil sie alle kaum mehr als das, was sie am Leibe trugen, gerettet hatten. Sie hatten ihr Zuhause verloren. Ihren Mittelpunkt. Selbst Mrs. Perkins, die kaum etwas erschüttern konnte, machte einen ungewöhnlich niedergeschlagenen Eindruck. Mit erstaunlichem Gleichmut ertrug sie, dass Vicky stillschweigend die Verpflegung übernommen hatte, und lobte sogar die in der Kochgrube gebackenen Fische als äußerst wohlschmeckend.

Catriona hatte sich nach dem ersten Verzweiflungsausbruch völlig in sich selbst zurückgezogen. Sie sprach nicht, saß nur reglos da und starrte mit leeren Augen vor sich hin. Der Constable, der zu ihrer Bewachung bestimmt worden war, hatte nicht viel zu tun. Sie wirkte eher mitleiderregend als gefährlich, und so war es kein Wunder, dass Richter Cooper sie nicht etwa ins

Gefängnis, sondern in das neue Spital für Geisteskranke einweisen ließ.

»Das ist vielleicht wirklich die beste Lösung«, meinte Mutter Schumann. »Ein Prozess hätte grässliches Aufsehen erregt. Außerdem hättet ihr dann eure Abreise auf unbestimmte Zeit verschieben müssen.«

»Dann wären sie wenigstens bei meiner Hochzeit noch hier gewesen.« Lischen verzog bedauernd das Gesicht. »Wo sie doch so großen Anteil daran haben, dass sie endlich zustande kommt.« Dorothea hatte zufällig mitbekommen, dass Heinrich Sartorius sich um ein Darlehen bemühte, um die Apotheke übernehmen zu können. Auf ihre Bitte hin hatte Ian sich beim Direktor ihrer Bank für den jungen Deutschen verbürgt, der daraufhin sogar äußerst günstige Konditionen erhalten hatte.

»Natürlich ist das schade, aber es wird ihnen guttun, von all dem Abstand zu bekommen.« Mutter Schumann lächelte Dorothea und Ian mitfühlend zu. »Ihr beide hattet in den letzten Monaten doch mehr als genug an Aufregungen.«

Ihre Mutter war es auch gewesen, die ihr geraten hatte, ein letztes Mal mit Catriona zu sprechen. »Versuch es«, hatte sie gesagt. »Vielleicht bekommst du Erklärungen. Zumindest einen Teil.«

Jetzt, hier im kahlen, ungemütlichen Besucherzimmer wäre sie am liebsten wieder nach draußen gerannt. Ihr Herz begann heftig zu klopfen, als sich Schritte näherten. Eine der Krankenschwestern öffnete die Tür und schob eine in grobes Leinen gekleidete Gestalt vor sich her. Im ersten Moment erkannte Dorothea sie nicht und glaubte schon an einen Irrtum. Die vierschrötige Frau grüßte kurz, ehe sie ihre Patientin zu dem Stuhl an der Wand führte und dort ihre Knöchel mit Lederfesseln an den Stuhlbeinen fixierte. »Man weiß bei denen nie«, erklärte sie, als sie Dorotheas Entsetzen bemerkte. »Ehe man sich's versieht, sind sie einem schon an die Kehle gegangen.«

»Das dürfte mir schwerfallen, Schwester.« Ein Aufblitzen der alten Catriona. Dorothea sah sie genauer an. Sie hatte nicht etwa die Arme verschränkt, sondern sie steckten in Ärmeln, die hinter ihrem Rücken zusammengebunden waren.

»Vorsicht ist die Mutter der Porzellankiste. – Klopfen Sie laut an die Tür, wenn Sie rauswollen, Ma'am.« Nach diesen Worten stapfte die Frau hinaus, wobei ihr Schlüsselbund laut rasselte.

»Ich fühle mich geehrt, dass du dir die Zeit nimmst, mich zu besuchen«, sagte Catriona schließlich. »Was willst du? Dich an meinem Anblick weiden? Das muss wahrlich ein Triumph für dich sein.« Sie zog eine höhnische Grimasse. Mit den kurz geschorenen Haaren wirkte sie merkwürdig jung. Jung und sehr verletzlich.

Dorothea schüttelte den Kopf. »Nein, deswegen nicht. Ich wollte ein paar Antworten, die nur du mir geben kannst.«

»Antworten?« Catriona lächelte verhalten. »Dann frag.«

»Wie hast du Lady Chatwick getötet? Und warum?«, platzte Dorothea heraus. Im selben Atemzug hätte sie die Frage gerne wieder zurückgenommen. Wollte sie es wirklich wissen?

»Mit ihrem Kissen. Es war ganz einfach. Warum? Hm, die alte Hexe hat versucht, mich zu erpressen.«

»Womit denn?« Dorothea konnte sich die alte Dame beim besten Willen nicht als Erpresserin vorstellen.

»Mit meinem Giftring. Sie hatte bei mir herumgeschnüffelt und sofort erkannt, worum es sich dabei handelte.« Catriona nickte. »Ja, sie war echt schlau. Aber nicht schlau genug. Sich allein mit mir zu treffen, war dumm. Und es war auch nicht besonders fantasievoll, alles aufzuschreiben und in ihrer Bibel zu verstecken, wo jeder wusste, dass dort zuerst nachgesehen würde.«

Lady Chatwick hatte eben leider keine Erfahrung mit echten kriminellen Elementen, dachte Dorothea bedauernd. Aber immerhin war sie schlau genug gewesen, um einen Zettel zu schreiben und ihn in ihrer Bibel zu verstecken. »Was wollte sie von dir?«

»Dass wir sofort abreisten.«

»Das erscheint mir ziemlich billig. Warum habt ihr das nicht getan?«

Catrionas Auflachen klang bitter. »Wovon denn? Wir haben keinen Penny eigenes Geld. Das Geld, das Onkel Hugh uns für die Rückfahrt mitgegeben hatte, hat Percy verspielt. So viel zu seinen Künsten am Kartentisch.«

»Ihr hättet Ian bitten können. Er hätte es euch sicher gegeben.«

»Ja, sicher. Und dann? Alles wäre umsonst gewesen.«

»Du meinst, eure Versuche, Ian zu ermorden?«

»Das wollten wir eigentlich gar nicht.« Catriona sah Dorothea direkt ins Gesicht. »Wir hatten ursprünglich bloß vor, einen Keil zwischen euch zu treiben. Wenn Ian sich von dir hätte scheiden lassen und mich geheiratet hätte, wäre alles in Ordnung gewesen. Niemand hätte sterben müssen. Aber es hat nicht funktioniert.«

Nein, obwohl sie sich alle Mühe gegeben hatten. Nur zu gut erinnerte Dorothea sich an Catrionas falsches Mitgefühl, als sie ihr ihre Ängste anvertraut hatte, dass Ian sie betrog.

»Ich bin nicht dumm«, fuhr Catriona fort. »Ich habe schnell begriffen, dass dieser Plan nichts taugte.«

»Also habt ihr begonnen, Ian zu vergiften?«

Catriona nickte. »Für alle Fälle hatte ich einen Vorrat Arsenik eingepackt. Ein äußerst nützliches Gift.«

»Hast du wirklich deine eigene Mutter …?« Dorotheas Zunge weigerte sich, die Worte auszusprechen.

»Nein, das war mir zu unsicher. Das Kissen war schneller und sauberer.«

Sprachlos vor Entsetzen spürte Dorothea, wie sich die feinen Härchen in ihrem Nacken aufrichteten. Was für einem Monster saß sie gegenüber?

»Schau nicht so entgeistert«, sagte Catriona spöttisch. »Sie war ständig kränkelnd. Ich habe ihr Leiden bloß verkürzt. Sie sprach sowieso den ganzen Tag vom Paradies. Also habe ich ihr eigentlich einen Gefallen getan, indem ich sie etwas schneller dorthin befördert habe.«

Dorothea kämpfte den Drang nieder, aufzuspringen und an die Tür zu hämmern, um die Schwester zu rufen, damit sie sie hinausließe. Sie war hier, um die Wahrheit zu erfahren.

»Du hast also versucht, Ian zu vergiften?«

»Hmm. Allerdings musste ich aufpassen, nicht zu rasch vorzugehen. Mehrere Morde in London sind nur deshalb entdeckt worden, weil die Frauen zu ungeduldig waren. Man muss hübsch langsam steigern, damit alle die Beschwerden gewöhnt sind. Dann wundert sich beim letzten Mal niemand.«

»Warum in Adelaide?«

Catriona zuckte mit den Achseln. »Mir war danach. Dieses Dinner der Viehbarone schrie förmlich nach einem dramatischen Zwischenspiel. Also stieß ich sein Glas um und gab ihm meines, in dem ich vorher meinen ganzen Rest von dem Arsenik aufgelöst hatte. Aber ich fürchte, dieser miese, kleine Gauner in Bristol hat mich betrogen und mir gestrecktes Arsenik angedreht. – Wenn ich denke, dass ich dafür meine Amethystohrhänger versetzt habe!«

»Für jeden anderen wäre es vermutlich tödlich gewesen«, stieß Dorothea zwischen zusammengebissenen Zähnen hervor. Es war fast nicht zu ertragen, wie leichtfertig diese Person über ihre Mordversuche sprach. »Ian ist, dem Himmel sei Dank, nur von einer besonders kräftigen Konstitution.«

»Das kann man wohl sagen. – Es tut mir übrigens leid, dass du so hineingezogen wurdest. Ich wäre nicht im Traum auf den Gedanken gekommen, dass dieser lächerliche kleine Doktor dich verdächtigen könnte!« Catriona schmunzelte. »Aber du musst zugeben, es war ein tolles Schauspiel. Dieser Apparat. Wie die beiden darum herumzappelten. Und wie dieser schmucke Anwalt den Doktor zurechtstutzte. Köstlich! Ich habe mich selten so gut unterhalten.«

Dorothea betrachtete sie befremdet. Es war ihr Ernst. Was für eine sonderbare Art von Humor.

»Wenn Ian tatsächlich … gestorben wäre, wäre ich als Gattenmörderin gehängt worden!«

»Ist er aber nicht.«

»Und wenn doch? Was hättest du getan?«, beharrte Dorothea.

»Irgendwas wäre mir schon eingefallen.« Catriona lächelte, als sie Dorotheas skeptischen Blick sah. »Du glaubst mir nicht? Dabei habe ich mir immer so große Mühe gegeben, den Verdacht nicht auf dich fallen zu lassen. Ich mag dich nämlich wirklich, weißt du?«

Das verschlug Dorothea die Sprache. Nur mühsam besann sie sich auf ihr eigentliches Anliegen.

»Dann war der Unfall mit der Pistole auch kein Unfall?«

»In gewisser Weise schon. Der gute Percy. Er ist ein solcher Tollpatsch. Ich werde ihn damit aufziehen, wenn er das nächste Mal kommt.«

Dorothea öffnete schon den Mund, um ihr zu sagen, dass Percy tot sei, als sie sich gerade noch rechtzeitig daran erinnerte, dass ihr Gegenüber ja nicht umsonst im Spital für Geisteskranke untergebracht war. Sicher war es besser, sie in dem Glauben zu lassen, dass Percy gesund und munter war. Nur zu gut erinnerte sie sich an Catrionas überbordende Verzweiflung. Wenn eine solche wieder von ihr Besitz ergriff, würde sie keine weiteren Antworten erwarten können.

»Hattest du ihm aufgetragen, Ian zu erschießen?«

»Es war eine wunderbare Gelegenheit. Eigentlich sollte er es im Eingeborenenlager tun. Dann hätte er sagen können, die Lage wäre eskaliert und Ian versehentlich in die Schusslinie geraten.

Dummerweise hatte er zu viel Angst, es vor den Schwarzen zu tun. Und im Boot – ich hätte ihm sagen können, dass ein schwankender Kahn bei einem so miserablen Schützen wie ihm nicht die richtige Wahl war.«

»Vielleicht hat er es auch einfach nicht gewollt?«

»Natürlich nicht.« Catriona seufzte. Ein Seufzer der Resignation. »Percy war immer schon zu weich.«

»Unterschätzt du ihn nicht?« Dorothea dachte an den Mut, mit dem er sich in das brennende Haus gestürzt hatte.

»Nein, ich kenne meinen Bruder. Wenn es darum geht, entschieden zu handeln, versagt er. Hätte er sich ein bisschen geschickter angestellt, wäre Ian im Murray River längst so weit abgetrieben gewesen, dass sie ihn nicht mehr hätten retten können.«

Wie kaltblütig sie über Ians möglichen Tod sprach! Dorothea bohrte die Fingernägel in die Handflächen.

Am liebsten hätte sie ihr ins Gesicht geschleudert, dass ihr geliebter Percy nur noch Asche war. Später. Noch nicht.

»Wusste Percy von Lady Chatwick?«

»Natürlich nicht.« Catriona lächelte hämisch. »Eine Frau zu töten, kommt für ihn nicht infrage. Als ob Frauen etwas anderes wären als Männer! – Nein, glücklicherweise hat sie nur mich zu sich zitiert. Ziemlich dumm. Percy hätte mir vermutlich Schwierigkeiten gemacht. Er war ziemlich schockiert, als ihm klar wurde, dass ich da nachgeholfen hatte.«

Dorothea erinnerte sich an sein aschgraues Gesicht und seine übertriebene Betroffenheit, die sie damals nicht hatte nachvollziehen können. Jetzt konnte sie es: Wenn er erkannt hatte, dass seine Schwester gerade einen Mord begangen hatte, war seine Reaktion absolut angemessen gewesen.

»Warum die Brandstiftung? Und wieso Charles?« Es fiel Dorothea schwer, danach zu fragen.

»Das war unüberlegt«, gab Catriona gelassen zu. »Ich geriet in

Panik, als die Abreise plötzlich näher und näher rückte. Dumm von mir, denn auf dem Schiff hätten sich ganz andere Möglichkeiten ergeben. Aber wir haben alle unsere schwachen Momente, nicht? Wenn es geklappt hätte, wäre ich alle auf einmal losgeworden. Die Verlockung war einfach zu groß.«

»Du hast uns etwas in diesen Punsch gemischt, um uns zu betäuben.«

»Natürlich. Aber nicht in den Punsch. Den haben wir ja auch getrunken. Es war in den Bechern, die Percy euch in aller Harmlosigkeit gefüllt hat.« Catriona lachte leise. »Und auch hier hat der Drogist mich unverschämt belogen: Angeblich hätten die Tropfen sogar einen Ochsen in einen zwölfstündigen Tiefschlaf versetzen sollen. Dann wäre der Plan aufgegangen.«

»Und die Kinder?«

»Kinder sterben sowieso an allem Möglichen. Aber ich muss zugeben, ich war ganz froh, als ich entdeckte, dass Robert nicht da war. Mary ist eine miese, kleine Kröte und diese Vicky eine Wilde. Aber Robert mag ich.«

Dorothea brachte es nicht fertig, sie wegen Charles zu fragen.

Catriona war es, die das brütende Schweigen brach. Sie schien zu spüren, dass noch nicht alles gesagt war. »Ich weckte Charles und sagte ihm, dass die anderen von einem Dämon gefressen worden wären und ich ihn verstecken würde. Aber er dürfte keinen Mucks von sich geben. Egal, was er hörte. – Diese Dämonen sind wirklich etwas überaus Praktisches.«

Deswegen war der Kleine immer noch so verstört! Sie hatten es auf das schreckliche Erlebnis des Brandes zurückgeführt, dass er sich weigerte, allein in Lischens altem Bett zu schlafen.

Wie perfide musste man sein, um ein hilfloses Kleinkind so in Angst zu versetzen, dass es selbst in Lebensgefahr nicht wagte, sich bemerkbar zu machen!

»Mein Gott, du wolltest tatsächlich uns alle ermorden. Selbst die Kinder.« Dorothea schloss die Augen, um sie nicht mehr sehen zu müssen.

»Euer Sohn Charles ist der rechtmäßige Erbe und Nachfolger von Ian. Hätte ich ihn verschont, wäre euer Tod umsonst gewesen. Ich hätte nur einen anderen an den Platz gesetzt, der Percy zusteht.«

Es klang so logisch, so abartig normal, wie sie argumentierte, dass Dorothea plötzlich das unwiderstehliche Bedürfnis verspürte, die Realität wiederherzustellen.

»Nun, Percy wird auf keinen Fall Earl of Embersleigh werden«, sagte Dorothea leise. »Percy ist tot. Erinnerst du dich nicht?«

»Du lügst!« Zum ersten Mal zeigte Catriona Anzeichen von innerer Erregung. Bisher hatte sie das Gespräch mit einer Art von amüsierter Überheblichkeit geführt. Jetzt riss sie unbeherrscht an ihren Ärmeln, und auf ihren Wangenknochen und an ihrem Hals erschienen rote Flecken.

»Keineswegs.« Dorothea zögerte kurz. Dann sagte sie: »Percy hat sich ins Feuer gestürzt, nachdem er Charles gerettet hatte. Mit voller Absicht. Er wollte nicht mehr leben. Warum wohl?«

»Das hast du eben erfunden! Percy hat mich erst gestern besucht. Wir haben Tee getrunken, und er hat mir versprochen, mich bald nach Embersleigh zu bringen.«

Dorothea wurde es allmählich unheimlich. Catriona sprach so überzeugend, dass sie einen Augenblick der völlig verrückte Gedanke streifte, ob Percy ihr vielleicht als Geist erschienen war? Nein, das war Unsinn und Blasphemie.

»Das musst du geträumt haben«, sagte Dorothea entschieden. »Wir waren alle dabei, als er in den Flammen umkam. Erinnerst du dich nicht mehr daran?«

»Nein, nein. Das stimmt nicht. – Percy! Percy! – Ich will, dass Percy kommt!«

Noch bevor Dorothea die Tür erreicht hatte, um die Schwester zu alarmieren, flog diese auf. Die Hände in die Hüften gestemmt musterte die kräftige Frau von vorhin Dorothea missbilligend. »Was haben Sie bloß zu ihr gesagt, Ma'am, das sie so aufregt? Jetzt wird sie wieder für Stunden toben, und wir müssen sie festbinden, damit sie sich nicht selbst verletzt.« Kopfschüttelnd betrachtete sie Catriona, die lauthals nach ihrem Bruder rief. »Was für ein Jammer! So ein hübsches Ding, aber total durch den Wind. – Wer ist eigentlich dieser Percy, nach dem sie ständig schreit? Ihr toter Geliebter?«

»Nein.« Dorothea senkte die Stimme zu einem Flüstern, um Catriona nicht erneut aufzuregen. »Ihr Bruder. Er ist bei einem Brand umgekommen. Sie hingen sehr aneinander.«

»Ach so, die arme Lady. Wie schrecklich für sie.«

Dorothea ließ sie in dem Glauben, dass Catriona aus Kummer über den Verlust den Verstand verloren hätte.

»Es war wirklich seltsam«, sagte sie später zu Ian. »In einem Moment wirkte sie so normal wie du und ich und im nächsten absolut von Sinnen. Ich dachte anfangs, sie wäre nur abgrundtief schlecht. Aber es klang so vollkommen aufrichtig, als sie sagte, es hätte ihr leidgetan, dass ich in Verdacht geriet, dich vergiftet zu haben, dass ich es ihr einfach glauben musste.«

»Wahrscheinlich war sie schon seit Längerem nicht mehr ganz normal«, meinte ihr Mann. »Rückblickend erklärt es manches, was an ihr seltsam erschien.«

»Ob Percy es wusste?«

»Dass sie nicht richtig im Kopf war? Schwer zu sagen. Er ist schließlich mit ihr zusammen aufgewachsen. Da nimmt man vieles als gegeben hin.«

»Ich verstehe nicht, wieso Percy das getan hat.« Dorothea schauderte bei der Erinnerung an die schreckliche Hitze in dem Glutofen des brennenden Hauses. »Er hätte einfach verschwinden können. Wir hätten ihn doch niemals angezeigt, nachdem er Charles das Leben gerettet hatte.«

»Du wirst wohl damit leben müssen, es nicht zu verstehen«, bemerkte Ian trocken. »Ich hätte es auch nicht getan. Aber andererseits gilt das auch für vieles, wozu Percy sich von ihr hat drängen lassen. Er selber war wohl zu schwach, sich ihr gegenüber zu behaupten.«

»So etwas hat sie auch gesagt. Er wäre immer viel zu weich gewesen«, bestätigte Dorothea.

»Siehst du: Vielleicht hat er keinen anderen Weg mehr gesehen, sich ihr zu entziehen. Im Grunde war er ein anständiger Kerl.«

»Du sagst das, obwohl er doch mindestens zweimal versucht hat, dich umzubringen?« Dorothea runzelte missbilligend die Stirn.

»Wenn er es ernsthaft versucht hätte, wäre es ihm gelungen. Ich glaube wirklich, dass er versucht hat, mich wieder aus dem Wasser zu ziehen.« Ian lächelte leicht. »Er war nicht halb so tollpatschig, wie seine Schwester ihm immer vorwarf. Ich war oft genug mit ihm zusammen, um das beurteilen zu können.«

»Du klingst, als hättest du ihn gemocht«, stellte Dorothea erstaunt fest.

»Das habe ich. Unter anderen Umständen hätten wir gute Freunde werden können.«

Merkwürdig: Dasselbe hatte sie über Catriona gedacht! Nicht umsonst hatte sie sich so lange gesträubt, ihre dunklen Seiten zur Kenntnis zu nehmen.

»Ich bin völlig verwirrt«, gestand sie. »Wie hat sie es fertiggebracht, sich so zu verstellen? Wenn sie es mir nicht ins Gesicht gesagt hätte, würde ich immer noch zweifeln. Ich weiß gar nicht mehr, wem ich überhaupt noch trauen kann. Ich sehe die Menschen auf der Straße an, ganz normale Menschen, und frage mich, welche Geheimnisse hinter ihren höflichen Gesichtern versteckt sind.« Sie schluckte, ehe sie fortfuhr: »Manchmal fürchte ich sogar schon, dass du schlimme Dinge verheimlichst. Ian, machst du das?« Sie sah ängstlich zu ihm auf.

»Mehr, als du denkst.« Ihr Mann lächelte liebevoll und küsste sie auf die Stirn. »Darling, es ließ sich nicht vermeiden, dass ich Dinge sah, die man besser nicht gesehen hätte. Was hätte es für einen Sinn, wenn ich dich ebenfalls mit all den hässlichen Erinnerungen belasten würde. Aber ich schwöre bei meiner Liebe zu dir, dass ich niemals jemanden hinterrücks ermordet habe. Glaubst du mir?«

»Natürlich.« Dorothea schlang ihre Arme um seine Taille und schmiegte sich eng an ihn. »Entschuldige, ich weiß gar nicht, was mit mir los ist. In letzter Zeit kommen mir lauter seltsame Gedanken.«

»Das ist nicht verwunderlich. Schwangere haben das häufiger.«

»Das müsste ich ja wohl wissen, wenn ich es wirklich wäre«, gab Dorothea pikiert zurück.

»Wann warst du denn zuletzt unpässlich?«

Ians Frage ließ sie in nachdenkliches Schweigen verfallen. Wann? Irgendwann vor Ians Unfall im Juli. Sie hatte tatsächlich nicht darauf geachtet. Bei all den Aufregungen kein Wunder. Aber typisch für Ian, dass es ihm nicht entgangen war.

»Wie lange weißt du es schon?«

»Ein paar Tage.« Ihr Mann lächelte und berührte zärtlich ihre Brüste. »Gewisse Teile deiner Anatomie haben es mir verraten.«

»Dann wird unser nächstes Kind auf Embersleigh zur Welt kommen.« Dorothea strich in einer unbewusst schützenden Geste über ihren noch völlig flachen Bauch.

»Soll ich die Reise absagen? Wenn es dir lieber ist, können wir die Geburt hier abwarten.«

»Und dann mit einem Säugling die Reise machen? Nein, besser so.« Dorothea seufzte leicht. »Es wird ja wohl englische Kindermädchen geben. Wenn sie auch kaum so gut wie Trixie sein können.«

»Das dürfte ihnen schwerfallen. – Bist du sicher?«

»Vollkommen. Ich freue mich schon auf England.«

Die zwei Wochen bis zur Abreise vergingen viel zu schnell. Schließlich musste Roberts gesamte Ausstattung für das St. Peter's College neu angefertigt werden. Es war ja alles verbrannt. In Anbetracht der Umstände war Dorothea dem Schulleiter ausgesprochen dankbar, dass er ihnen einen Schneider empfahl, der nicht nur Robert, sondern auch Ian mit der benötigten Kleidung versorgen konnte. Ein Gentleman von ungefähr seiner Größe hatte mehrere Anzüge sowie die entsprechenden Garnituren bestellt, dann jedoch nicht bezahlen können.

»Es ist zwar nicht ganz mein Stil«, meinte Ian zu den extravaganten Anzügen aus gestreiften und karierten Stoffen, »aber in unserer Situation kann man nicht wählerisch sein.«

Um in der kurzen Frist Dorothea und die Kinder mit dem Nötigsten auszustatten, stellte Mutter Schumann drei Frauen an. Lischen und Dorothea waren derweil mit den restlichen Einkäufen beschäftigt. »Nur gut, dass man Strümpfe inzwischen fertig kaufen kann«, stellte Lischen erschöpft fest. »Und Unterröcke und so weiter. Sonst würden wir das nie schaffen! Warum konnte Ian nicht einfach ein späteres Schiff buchen?«

»Weil er unbedingt mit diesem neuen Dampfschiff fahren will. Weißt du noch: August war doch auch ganz hingerissen von dem, das wir damals im Londoner Hafen gesehen haben. Hat uns endlos davon vorgeschwärmt, wie schnell man damit vorwärts käme. Wenn es stimmt, dass man nur noch zweieinhalb Monate auf See ist statt über vier, soll es mir recht sein.«

»Von August haben wir auch lange nichts mehr gehört. Wie es ihm wohl gehen mag?« Lischen klang niedergeschlagen. »Karl und Koar lassen nur selten von sich hören. Und nun bist du auch weg.«

»Du hast doch dann deinen Heinrich! Glaub mir, ein Ehemann entschädigt für vieles.«

»Du musst es ja wissen …« Lischen kicherte und stieß sie übermütig in die Seite. Gleich darauf wurde sie wieder ernst. Fast schüchtern fragte sie: »Wie ist es eigentlich, das Verheiratetsein? Mama zu fragen, habe ich mich nicht getraut.«

Spontan entfuhr Dorothea: »Großartig!« Um gleich darauf einzuschränken: »Es kommt natürlich auf den Ehemann an.« Obwohl – sie hatte auch großes Vergnügen in den Armen von Miles Somerhill empfunden. Fast mehr als mit Robert.

»Du guckst auf einmal so komisch«, sagte ihre Schwester, und es war nicht zu überhören, dass sie beunruhigt war. »Gibt es da etwas, was ich wissen sollte?«

Sollte sie ihr das Anatomiebuch empfehlen, das sie selber damals zurate gezogen hatte? Sie wusste nicht einmal, ob es noch existierte oder längst verkauft war. Nein, entschied sie: Lischen und Heinrich mussten selbst herausfinden, was ihnen zusagte. Wenn sie ihr jetzt den Himmel auf Erden versprach und der sich dann nicht einstellen sollte, würde die Enttäuschung umso größer sein.

»Wenn du deinem Heinrich ehrlich sagst, was dir gefällt und was nicht, wird er einen Weg finden, dich glücklich zu machen«, sagte sie und hoffte, dass sie ihn richtig eingeschätzt hatte.

»Habt ihr das auch so gehalten?«, erkundigte Lischen sich neugierig.

»Hmm …« Dorothea musste ein Lächeln unterdrücken, denn Ian hatte immer besser als sie selbst gewusst, wie er ihr größte Lust bereiten konnte.

Das stellte er in der Nacht vor der Abreise wieder einmal unter Beweis. Sie hatten sich bereits am Abend eingeschifft, weil der Kapitän die Morgenbrise ausnutzen wollte, um in den Golf hinauszusegeln. Nach einem üppigen Dinner hatte das neue Kindermädchen Vicky, Mary und Charles in der Nachbarkabine zu Bett gebracht. Die junge Witwe war froh gewesen, auf diese Art zurück zu ihrer Familie nach Devon zu kommen, und hatte keine Einwände gehabt, bei ihren Schützlingen zu schlafen. Vicky, hatte Gouverneur Young entschieden, durfte bis zu einer endgültigen Entscheidung als Pflegetochter bei ihnen bleiben. Nachdem sich kein Verwandter gemeldet hatte, wäre sie sonst ein Fall für die Waisenfürsorge gewesen. Diese Erwägung hatte dem sparsamen Staatsdiener die Entscheidung leicht gemacht.

»So, Mrs. Rathbone – auf unseren letzten Abend in Australien.« Er hatte eine Flasche Burgunder entkorkt und mit ihr angestoßen, ehe er sie so leidenschaftlich liebte, wie es in der Beengtheit der Koje nur möglich war. In der Morgendämmerung weckte sie der Lotse, der unter lautem Rufen an Bord kam. Fast unmerklich nahm das Schiff Fahrt auf. Vorsichtig, um Ian nicht zu wecken, schlüpfte Dorothea aus der Koje und stellte sich an die Luke, um einen letzten Blick auf Australien zu werfen.

Gerade stieg die Sonne über den Horizont. Alles schien zu glühen: die Mangroven, der Nebel über dem Brackwasser, selbst die weißen Kakadus, die aufflatterten, wenn das Schiff ihnen zu nahe kam, schienen nicht weiß, sondern blutrot. Ian war hinter sie getreten, umschlang sie mit den Armen.

»Werden wir zurückkommen?«, flüsterte Dorothea. »Bitte, Ian, versprich mir, dass wir eines Tages hierher zurückkommen werden.«

»Ich verspreche es«, sagte er schlicht. »Die Jahre auf Eden House waren die schönsten meines Lebens. Das Haus mag zerstört sein, aber die Bilder in unseren Herzen sind unauslöschlich. – Schau, das habe ich letzte Woche einem alten Aborigine abgekauft.« Er hielt ihr eine kunstvoll aus Grashalmen geflochtene Schachtel hin.

Schafzüchtern okkupiert, die Viehtriebe erfolgten zunehmend an der Küste entlang, und auch die Postroute sowie die Eisenbahnlinie verliefen dann durch Ngarrindjeri-Gebiet. Infektionskrankheiten führten auch hier zu einer starken Dezimierung der indigenen Bevölkerung.

1842 wurde die Zahl der Schafe in Südaustralien auf zweihundertfünfzigtausend geschätzt. 1843 schon auf über dreihundertdreißigtausend. Zählungen in den folgenden Jahren belegen einen rapiden Anstieg der Herden und einen entsprechenden Landverbrauch: 1845 – 480 669 Schafe, 1847 – 784 811, 1850 – 984 190.

Für die Ureinwohner und ihren Lebensstil blieb da immer weniger Platz!

Der Murray River bot damals einen anderen Anblick als heute: Nördlich von Wellington betrug seine Breite auf einer Länge von circa achtzig Kilometern sage und schreibe dreihundertzwanzig Meter! Erst die Fährverbindung bei Wellington von 1848 erschloss die bisher nur schwer erreichbaren Gebiete im Süden des großen Stroms.

Beim Raddampfer war ich der Zeit ein wenig voraus: Erst 1853 fuhr der erste den Murray River hinauf.

Sämtliche Amtsträger und mehr oder weniger offizielle Figuren und Vorkommnisse sind historisch belegt. Wer mehr über sie erfahren möchte, kann sich unter http://adbonline.anu.edu.au/biogs näher informieren. Die Protagonisten sind frei erfunden – auch der Earl of Embersleigh. Ich habe mich sicherheitshalber in den englischen Adelslisten vergewissert, dass es keinen Titelträger dieses Namens gibt.

Für die Schilderung der Aborigines und ihrer Sitten habe ich mich vor allem auf die im Internet frei zugängliche Monografie von Edward John Eyre, London, 1845, gestützt. http://ebooks.adelaide.edu.au/e/eyre/edward_john/e98m/complete.html

Um ein Gefühl dafür zu bekommen, wie es damals dort ausgesehen hat, kann man sich mit viel Geduld durch die Daten-bank http://www.pictureaustralia.org klicken. Unter Begriffen wie »sketches« oder »picture« findet man mit etwas Glück Aquarelle oder Zeichnungen aus dieser Zeit. – Die Suchfunktion ist nicht besonders.

Sämtliche Quellen anzugeben, würde angesichts der Archivlage jetzt zu weit führen. Es existiert sogar noch eine Liste der Schank-lizenzen für Adelaide von 1842.

Wer also tiefer schürfen möchte, der findet ganz sicher reiche Beute!